Zu dieser Ausgabe

„Ich habe die Tragödie einer Generation geschrieben, die im Schwinden begriffen ist“, schrieb Rolland 1912 i... letzten Buch seines breit angelegten ... scher Geistesbeziehungen ‚Joh... wältigendem Erfolg begleitete ... dafür den Nobel-Preis für Lit... Weltkrieg zum Zankapfel, Ro... umstrittenen Autor, der auch im ... war. Erst unsere Zeit vermag den erstaunlichen Scharfblick Rollands in der Beschreibung deutscher und französischer Denk- und Lebenshaltungen der Jahrhundertwende und seinen sich über alle Nationalitäten hinwegsetzenden Humanismus im historischen Rückblick zu würdigen.

Rolland verdichtet sein großartiges Bild einer Generation in der Biographie des Musikers Johann Christof Krafft. In einer kleinen Stadt am Rhein unter elenden Verhältnissen als musikalisches Genie aufgewachsen, wehrt Johann Christof sich leidenschaftlich gegen die kleinbürgerliche Enge und das Philistertum seiner Umgebung, bis er durch einen verhängnisvollen Totschlag an einem Offizier zur Flucht gezwungen wird. In Paris setzt er sich mit der französischen Generation der Jahrhundertwende auseinander, die Rolland ebenso offen und leidenschaftlich darstellt, wie er die deutsche Kultur und Geisteshaltung nach 1870 geschildert hat. Nach entbehrungsreichen Jahren und heftigen Schicksalsschlägen findet Johann Christof in Rom zu sich selbst und zu einer abgeklärten Weltsicht.

Im letzten Buch des gleichsam als Symphonie komponierten Romans zieht die Vergangenheit noch einmal an Johann Christof vorbei wie der Rhein, der sein Leben leitmotivisch begleitet hat. Dieser Strom versinnbildlicht den tiefsten Gehalt des Romans: das Leben als eine sich immer erneuernde Bewegung von Kampf und Leid, in der sich der Mensch bewähren muß.

Romain Rolland
Johann Christof

Band 1
Johann Christofs Jugend

Deutscher Taschenbuch Verlag

Vollständige Ausgabe. Aus dem Französischen übersetzt von Erna Grautoff unter Mitwirkung von Otto Grautoff. Mit Anmerkungen von Gisela Bruchner und einem Nachwort von Wolfram Göbel (Band 3). Titel der Originalausgabe: ,Jean-Christophe'.

November 1977
Deutscher Taschenbuch Verlag GmbH & Co. KG, München
Lizenzausgabe mit freundlicher Genehmigung des Verlages Rütten & Loening, Berlin
Umschlaggestaltung: Celestino Piatti unter Verwendung eines Holzschnitts von Frans Masereel zu ,Jean-Christophe', 1925
Gestaltung der Kassette: Celestino Piatti unter Verwendung einer Federzeichnung von Frans Masereel
Gesamtherstellung: C. H. Beck'sche Buchdruckerei, Nördlingen
Printed in Germany · ISBN 3-423-02032-6

INHALT

JOHANN CHRISTOFS JUGEND

ANHANG

Den freien Seelen aller Nationen,
die da leiden, die da kämpfen
und die siegen werden

Erstes Buch

DÄMMERUNG

Dianzi, nell'alba che precede al giorno,
quando l'anima tua dentro dormia . . .

Purg. IX

ERSTER TEIL

> Come, quando i vapori umidi e spessi
> a diradar cominciansi, la spera
> del sol debilemente entra per essi . . .
>
> *Purg. XVII*

Das Murmeln des Flusses raunte hinter dem Hause empor. Der Regen schlug seit Tagesanbruch an die Scheiben. Ein verdampfender Wasserstreifen rieselte an dem zersprungenen Fenster hinab. Der fahlgelbe Tag verlosch. In lauer Stimmungslosigkeit lag das Zimmer.

Das Neugeborene regte sich in seiner Wiege. Obgleich der Alte beim Eintritt seine Holzschuhe fürsorglich an der Tür gelassen hatte, krachte die Diele unter seinem Schritt, und das Kind begann zu wimmern. Die Mutter beugte sich aus ihrem Bett, um es zu beruhigen, während der Großvater nach der Lampe tastete und sie anzündete, damit der Kleine beim Erwachen sich vor der Nacht nicht fürchte. Die Flamme erhellte das rote Gesicht des alten Hans Michel, seinen weißen, harten Bart, seine mürrische Miene und seine lebendigen Augen. Er trat jetzt an die Wiege heran. Sein Mantel roch nach Feuchtigkeit; er schlurfte in seinen dicken blauen Socken daher. Luise machte ihm ein Zeichen, damit er nicht gar zu nahe käme. Sie war blond, fast weiß; ihre Züge waren schlaff, Sommersprossen bedeckten ihr sanftes Lammgesicht, und ihre breiten, bleichen, schüchtern lächelnden Lippen wollten nicht recht zueinander. Sie umfaßte das Kind mit den Augen – sehr blauen, verschwommenen Augen, die trotz des ganz kleinen Pupillenpunktes doch unendlich zärtlich schauten.

Der Knabe erwachte und weinte. Sein trüber Blick flakkerte unruhig. Ach, wie entsetzlich ist dies alles! Die Finsternis, das brutale Aufleuchten der Lampe, die Schreckbilder eines kaum dem Chaos enthobenen Gehirns, die erstickende und bewegte Nacht ringsum, das bodenlose

Dunkel, aus dem gleich grell blendenden Lichtstrahlen stechende Eindrücke, Schmerzen, Erscheinungen über ihn hereinbrechen: riesenhafte Gesichter, die sich über ihn neigen, Augen, die ihn durchdringen, sich in ihn versenken und die er nicht versteht! – Zum Schreien findet er keine Kraft; das Grauen nagelt ihn unbeweglich fest; Mund und Augen weit offen, ringt er mühsam nach Atem. Sein dickes, gedunsenes Gesicht zieht sich in einer jämmerlichen und komischen Grimasse zusammen. Die Haut seines Gesichtes, seiner Hände ist braun, fast blau, mit gelblichen Flecken übersät . . .

„Großer Gott! Wie häßlich er ist!" sagte der Alte in überzeugtem Ton. Er stellte die Lampe auf den Tisch zurück.

Luise verzog wie ein gescholtenes kleines Mädchen schmollend das Gesicht. Hans Michel sah sie von der Seite an und lachte.

„Du willst doch nicht, daß ich dir sage, er sei schön? Du würdest es nicht glauben. Na, schon gut – du bist nicht schuld daran; sie sind allesamt so."

Das Kind erholte sich von der dumpfen Starrheit, in die es das Lampenlicht und des Alten Blick gebannt hatten, und fing zu schreien an. Vielleicht empfand sein Instinkt in seiner Mutter Augen eine Liebkosung, die es zur Klage ermutigte. Sie streckte die Arme nach ihm aus und sagte: „Gib ihn mir."

Der Alte begann, seiner Gewohnheit nach, zunächst mit Theorien:

„Man darf den Kindern nicht nachgeben, wenn sie weinen. Man muß sie schreien lassen."

Aber er kam doch, nahm den Kleinen und brummte: „Nie habe ich so etwas Häßliches gesehen."

Luise ergriff mit ihren fiebernden Händen den Knaben und barg ihn an ihrer Brust. Mit verwirrtem und entzücktem Lächeln betrachtete sie ihn.

„Mein armer Kleiner", sagte sie ganz beschämt, „wie häßlich bist du, wie häßlich, und ich habe dich doch so lieb!"

Hans Michel kehrte zum Feuer zurück und fing mit knurriger Miene an, darin herumzuschüren; aber ein vorüberhuschendes Lächeln strafte seinen mürrischen Ernst Lügen.

„Mein gutes Kind“, sagte er, „gräme dich nur nicht, er hat Zeit, anders zu werden. Und dann, was tut's! Man wird nur eins von ihm verlangen: ein braver Mann zu werden.“

Das Kind, an dem warmen mütterlichen Körper geborgen, hatte sich beruhigt. Man hörte es in gierigen Zügen saugen. Hans Michel lehnte sich in seinem Sessel zurück und wiederholte mit Nachdruck:

„Nichts Schöneres als ein rechtschaffener Mensch!“

Er schwieg einen Augenblick und dachte darüber nach, ob es nicht ratsam wäre, diesen Gedanken weiterzuentwikkeln; aber er wußte nichts mehr darüber zu sagen, und so begann er nach einer schweigsamen Pause wieder in gereiztem Ton:

„Wie kommt's, daß dein Mann nicht hier ist?“

„Ich glaube, er ist im Theater“, sagte Luise schüchtern, „er hat Probe.“

„Das Theater ist geschlossen; ich bin eben vorbeigegangen. Wieder eine seiner Lügen!“

„Nein, gib ihm nicht immer die Schuld. Ich werde es falsch verstanden haben. Er wird bei einer seiner Stunden aufgehalten worden sein ...“

„Er müßte längst wieder daheim sein“, behauptete der Alte unzufrieden.

Er zögerte ein wenig und fragte dann in leiserem Ton, fast befangen:

„Hat er vielleicht ... wieder ...?“

„Nein, Vater, nein“, versicherte Luise eilig.

Der Alte sah sie an, sie vermied seinen Blick.

„Es ist nicht wahr, du lügst.“

Sie weinte still vor sich hin.

„Beim Himmel!“ schrie der Greis und gab dem Kamingitter einen Fußtritt. Der Schürhaken fiel lärmend herunter, so daß Mutter und Kind zusammenzuckten.

„Vater, ich bitte dich“, sagte Luise, „er wird weinen.“

Das Kind schwankte einige Sekunden, ob es schreien oder in seiner Mahlzeit fortfahren sollte; aber da es beides nicht gleichzeitig tun konnte, entschloß es sich zum letzteren.

Hans Michel fuhr mit gedämpfter Stimme, aus der nur manchmal der Zorn hervorbrach, fort:

„Was habe ich dem lieben Gott nur getan, daß ich solchen Trinker zum Sohn habe! Da lohnt es sich wahrhaftig, gelebt zu haben wie ich und sich alles und jedes versagt zu haben – das ganze Leben lang! – Aber du, bringst du es denn nicht fertig, ihn zu zügeln? Schließlich, zum Donnerwetter, ist das doch deine Sache. Wenn du ihn im Hause hieltest ...“

Luise weinte heftiger.

„Schilt mich nicht noch, ich bin so schon unglücklich genug. Alles, was ich konnte, habe ich getan. Wenn du wüßtest, wie ich mich ängstige, wenn ich allein bin. Immer meine ich seinen Tritt auf der Treppe zu hören. Dann warte ich darauf, daß die Tür aufgeht, und ich frage mich: Gott! Wie wird er hereinkommen? – Mir das auszumalen macht mich ganz krank.“

Sie wurde von Schluchzen geschüttelt. Der Alte beunruhigte sich. Er kam zu ihr heran, zog die verwühlten Decken über ihren zitternden Schultern zurecht und streichelte mit seiner großen Hand ihren Kopf.

„Na, na – hab keine Angst, ich bin ja da.“

Um des Kleinen willen zwang sie sich zur Ruhe und versuchte zu lächeln.

„Es war unrecht, dir davon zu erzählen ...“

Der Alte sah sie an und schüttelte den Kopf.

„Mein armes Kind, ich habe dir da kein hübsches Geschenk gemacht.“

„Es ist mein eigener Fehler“, sagte sie. „Er hätte mich nicht heiraten dürfen. Heute bedauert er, was er getan hat.“

„Was soll er denn bedauern?“

„Du weißt es ja. Du selbst warst böse, daß ich seine Frau wurde.“

„Sprechen wir nicht mehr davon! Ja, ja – ich bin etwas vergrämt gewesen. Ein Junge wie er – ich kann es doch ruhig sagen, ohne dich zu verletzen –, ein Junge, den ich mit aller Sorgfalt erzogen hatte, ein geachteter Musiker, ein ganzer Künstler, der hätte andere Partien machen können, statt dich zu nehmen, die nichts hatte, die aus einer anderen Schicht stammte und nicht einmal vom Fach war. Ein Krafft ein Mädchen heiraten, das nicht Musikerin gewesen, so etwas hat man seit über hundert Jahren nicht gesehen! Aber du weißt trotzdem ganz gut, daß ich's dir nicht nachgetragen habe und daß ich dich liebgewann, sobald ich dich näher kennenlernte. Überhaupt: ist die Wahl getroffen, soll man sich zufriedengeben; dann heißt es nur noch anständig seine Pflicht erfüllen.“

Er kehrte wieder zu seinem Sessel zurück, ließ sich etwas Zeit und wiederholte dann mit der Feierlichkeit, die er auf alle seine Aphorismen verwandte:

„Die Hauptsache im Leben ist: seine Pflicht erfüllen!“

Er wartete eine Widerlegung ab und spuckte ins Feuer; dann, als weder Mutter noch Kind Einspruch erhoben, wollte er fortfahren – schwieg aber.

Keiner sprach mehr ein Wort. Hans Michel vor dem Feuer, Luise in ihrem Bett sitzend, träumten beide traurig vor sich hin. Der Alte dachte trotz aller seiner eben gesprochenen Worte mit Bitterkeit an die Heirat seines Sohnes. Auch Luise dachte darüber nach und suchte sich eine Schuld zuzuschieben, obgleich sie sich nichts vorzuwerfen hatte.

Sie war Dienstmädchen gewesen, als zu aller Überraschung, und vor allem zu ihrer eigenen, Melchior Krafft, Hans Michels Sohn, sie geheiratet hatte. Die Kraffts besaßen kein Vermögen, waren aber in der kleinen rheinischen Stadt, in der sich der Alte vor beinahe einem halben Jahrhundert niedergelassen hatte, sehr geachtet. Seit Generationen waren sie Musiker und bei den Musikern des ganzen Landes zwischen Köln und Mannheim wohlbekannt. Melchior war Violinist am *Hoftheater**, und Hans Michel hatte früher die großherzoglichen Konzerte dirigiert. Der Greis fühlte sich durch Melchiors Heirat tief gedemütigt. Er hatte große Hoffnungen auf seinen Sohn gesetzt und aus ihm den hervorragenden Mann machen wollen, der er selbst nicht hatte werden können. Dieser kopflose Streich zerstörte all seine ehrgeizigen Pläne. Zuerst hatte er denn auch gehörig gewettert und Melchior wie Luise mit Flüchen überschüttet. Von dem Augenblick an, da er sie besser kennenlernte, grollte er jedoch als anständiger Mensch, der er war, seiner Schwiegertochter nicht länger, ja hatte sogar eine Art väterlicher Zuneigung zu ihr gefaßt, die sich meistens in Barschheit äußerte.

Niemand konnte verstehen, was Melchior zu dieser Heirat getrieben hatte, Melchior weniger als irgend jemand. Sicher war es nicht Luises Schönheit. Nichts an ihr schien verführerisch: sie war klein, bläßlich und schmächtig und bildete so einen sonderbaren Gegensatz zu Melchior und Hans Michel, die beide groß und breit waren, lärmende Kolosse mit rotem Gesicht, fester Faust, gutem Appetit, gehörigem Durst und Lust zum Lachen. Sie schien von ihnen erdrückt zu werden; man bemerkte sie kaum, und sie suchte sich obendrein noch mehr vergessen zu machen. Wäre Melchior gutherzig gewesen, hätte man glauben können, er habe jedem andern äußeren Vorteil die schlichte Güte Luises vorgezogen. Aber er war der denkbar eitelste Mann. Fast sah es nach einer törichten Wette aus, daß ein Bursche seines Schlages, recht hübsch und sich dessen wohl bewußt, sehr eingebildet und übrigens nicht ohne Talent, sich plötzlich ein Mädchen aus dem Volke wählte, arm, ohne jede

* Alle mit einem Sternchen versehenen Kursivstellen sind auch im Original deutsch.

Erziehung, ohne Reiz, das ihm nicht im geringsten entgegengekommen war, während er ganz gut Anspruch auf eine reiche Heirat hätte machen können und vielleicht – wer weiß – sogar fähig gewesen wäre, wie er sich dessen rühmte, einer seiner Schülerinnen aus wohlhabendem Bürgerhause den Kopf zu verdrehen.

Aber Melchior gehörte zu jenen Menschen, die immer das Gegenteil dessen tun, was man von ihnen erwartet und dessen sie selbst gewärtig sind. Nicht etwa, daß sie ungewarnt wären – ein gut Gewarnter ist doppelt vorsichtig, sagt man ... Sie machen einen Beruf daraus, auf nichts hereinzufallen und ihren Kahn mit sicherm Schlag nach einem bestimmten Ziel zu steuern. Aber sie rechnen ohne sich selber; denn sie kennen sich nicht. In einem der ihnen gewohnten Augenblicke innerer Leere lassen sie sich die Herrschaft entgleiten; und selbstverständlich haben die Dinge, wenn sie sich selbst überlassen sind, ein boshaftes Vergnügen daran, ihren Herren entgegenzuarbeiten. Das freigelassene Boot fährt geradeswegs auf die Sandbank auf, und der verschlagene Melchior heiratet eine Köchin. Dabei war er an dem Tage, an dem er sich fürs Leben an sie band, weder betrunken noch unzurechnungsfähig; auch stand er nicht etwa unter dem Zwang einer großen Leidenschaft; dazu fehlte gar viel. Aber vielleicht wirken in uns andere Mächte als Kopf und Herz, andere selbst als die Sinne – geheimnisvolle Mächte, die das Kommando in den Augenblicken der Leere übernehmen, in welchen die andern schlafen gehen. Und vielleicht waren sie es, denen Melchior auf dem Grund der bleichen, ihn an jenem Abend schüchtern anschauenden Augensterne begegnet war, als er das junge Mädchen an der Böschung des Flusses angesprochen und sich neben sie in das Schilf gesetzt hatte – ohne zu wissen, weshalb –, um ihr seine Hand zu reichen.

Gleich nach seiner Heirat verfiel er über das, was er getan hatte, in eine bittere Niedergeschlagenheit, die er nicht einmal vor der armen Luise verbarg, welche, demütig, wie sie war, ihn obendrein um Verzeihung bat. Er war nicht bösartig und gewährte sie ihr gern; im nächsten Augenblick aber überfielen ihn im Kreis seiner Freunde Gewissensbisse oder auch bei seinen reichen, jetzt hochmütigen Schülerinnen, die nicht mehr erschauerten, wenn er ihre Fingerhaltung auf dem Klavier verbessern wollte und dabei ihre Hand mit der seinen berührte.

Er kehrte dann mit finsterer Miene heim, wo Luise mit gepreßtem Herzen aus seinem ersten Blick die gewohnten Vorwürfe las; oder er machte wohl Station im Wirtshaus; dort holte er sich dann Zufriedenheit mit sich selbst und Nachsicht gegen andere. An solchen Abenden trat er laut lachend ins Zimmer, was Luise trauriger stimmte als die heimlichen Anspielungen und der dumpfe Groll anderer Tage. Sie fühlte sich für seine Anfälle von Liederlichkeit mitverantwortlich, durch die, samt dem Haushaltungsgeld, Melchiors schwache Reste gesunden Menschenverstandes mehr und mehr schwanden. So sank er von Tag zu Tag tiefer. In einem Alter, in dem er unermüdlich hätte arbeiten müssen, um sein mittelmäßiges Talent zu entwickeln, ließ er sich die schiefe Ebene hinabgleiten; und andere nahmen seinen Platz ein.

Was aber kümmerte das die unbekannte Macht, welche ihn der flachshaarigen Dienstmagd zugeführt hatte? Melchior hatte seine Schuldigkeit getan, und der kleine Johann Christof faßte Fuß auf dieser Erde, auf die er vom Schicksal gestoßen war.

Es war vollständig Nacht geworden. Luises Stimme weckte den alten Hans Michel aus dem dumpfen Sinnen, dem er sich in Erinnerung gegenwärtiger und vergangener Trübsal vor dem Feuer überlassen hatte.

„Vater, es ist gewiß spät“, sagte die junge Frau zärtlich. „Du mußt heimgehen; dein Weg ist weit.“

„Ich erwarte Melchior“, erwiderte der Greis.

„Nein, ich bitte dich, ich möchte lieber, daß du nicht bleibst."

„Warum?"

Der Alte hob den Kopf und sah sie aufmerksam an

Sie antwortete nicht.

Er fuhr fort:

„Du hast Angst, du willst nicht, daß ich ihm begegne."

„Gott ja, das würde alles nur noch mehr verderben. Ihr würdet aneinandergeraten; ich will das nicht. Ich bitte dich!"

Der Alte seufzte, erhob sich und sagte:

„Also gehen wir!"

Er trat zu ihr heran und streifte ihre Stirn mit seinem stoppeligen Bart, fragte, ob sie noch irgend etwas brauche, schraubte das Lampenlicht niedriger und verließ, in der Dunkelheit gegen die Stühle stolpernd, das Zimmer. Aber er war noch nicht auf der Treppe, als er wieder an seinen Sohn dachte, der betrunken heimkehren würde; und er zögerte bei jedem Schritt; er malte sich tausend Gefahren aus, wenn er ihn allein hineingehen lassen würde.

Der Knabe im Bett neben der Mutter wurde von neuem unruhig. Eine unbekannte Qual stieg aus der Tiefe seines Seins empor. Er bot ihr Trotz. Er wand seinen Körper, ballte seine Fäustchen, verzog seine Brauen. Ruhig schwoll der Schmerz an, sicher seiner Macht. Der Kleine wußte nicht, was das war noch wohin es wollte. Es schien ihm ungeheuer, schien niemals ein Ende haben zu können. Und er begann jämmerlich zu schreien. Seine Mutter koste ihn mit sanften Händen; schon wurde die Qual weniger stechend. Aber er weinte weiter, denn er fühlte das Verhängnis immer neben sich, in sich. – Der leidende Mensch kann seinen Schmerz verringern, wenn er weiß, woher er kommt; er beschränkt ihn durch das Denken auf einen Teil seines Körpers, der geheilt und, wenn nötig, entfernt werden kann; er umgrenzt gleichsam seine Umrisse, er trennt sich von ihm. Das Kind besitzt diese trügerische Hilfsquelle nicht. Seine erste Begegnung mit dem Schmerz ist tragischer und wahrer. Wie sein eignes Wesen scheint er ihm grenzenlos; er fühlt ihn in seiner Brust eingenistet, festgesetzt in seinem Herzen, Herr seines Leibes. Und so ist's: er wird ihn nicht mehr verlassen, bis er ihn zernagt hat.

Die Mutter drückte den Säugling mit kleinen Trostworten an sich.

„Es ist vorbei, es ist vorbei, weinen wir nicht mehr, mein Herzblatt, mein kleiner Goldfisch ..."

Aber er fuhr fort, ab und zu aufzuschluchzen. Es war, als hätte diese elende, unbewußte und unförmige Masse das Vorgefühl des ganzen mühevollen Lebens, das ihr bestimmt war. Nichts konnte sie beruhigen ...

Die Glocken von Sankt Martin sangen durch die Nacht. Ihre Stimmen waren ernst und schwer. In der regenfeuchten Luft wanderten sie wie Schritte auf Moosboden. Der Knabe schwieg inmitten eines Schluchzens. Die wundersame Musik rann sacht in ihn hinein gleich einem Strom von Milch. Die Nacht erhellte sich, die Luft schien zart und lau. Sein Schmerz schwand hin, sein Herz begann zu lachen; und mit einem Seufzer der Ergebung glitt er in den Traum.

Die drei friedlichen Glocken fuhren fort, das Fest des nächsten Morgens einzuläuten. Auch Luise träumte, indem sie ihnen lauschte, von ihrer verflossenen Trübsal und von dem, was später das liebe Kindchen werden würde, das an ihrer Seite eingeschlafen war. Sie lag ausgestreckt, müde und schmerzgeplagt seit Stunden, in ihrem Bett. Ihre Hände und ihr Körper brannten. Das schwere Federbett erdrückte sie. Ganz zerschlagen fühlte sie sich und beängstigt vom Dunkel, aber sie wagte nicht, sich zu rühren. Sie betrachtete das Kind; und die Nacht hinderte sie nicht, in seinen ältlichen Zügen zu lesen. Der Schlaf übermannte sie, fieberhafte Bilder zogen durch ihr Gehirn. Sie glaubte zu hören, wie Melchior die Tür öffnete, und ihr Herz zuckte zusammen. In manchen Augenblicken erhob sich das Grollen des

Stromes stärker in der Stille, gleich einem Tiergebrüll. Die Scheibe klang noch ein- oder zweimal unter dem Finger des Regens. Die Glocken wurden träger, sangen und verklangen; und Luise schlief neben ihrem Kinde ein.

Während dieser Zeit wartete der alte Hans Michel vor dem Haus, im Regen, zähneklappernd und den Bart vom Nebel durchnäßt. Er wartete darauf, daß sein elender Sohn zurückkehre; denn sein immer arbeitender Kopf ließ nicht nach, ihm tragische Geschichten, die infolge der Trunksucht geschehen konnten, auszumalen, und wenn er auch nicht an sie glaubte, hätte er doch diese Nacht keine Minute schlafen können, wäre er fortgegangen, ohne Melchior heimkehren zu sehen. Der Glockengesang stimmte ihn tieftraurig; denn er rief ihm seine getäuschten Hoffnungen wach. Er dachte daran, was er da zu dieser Stunde auf der Straße tat, und er weinte vor Scham.

Der breite Strom der Tage rollt träge dahin. Unveränderlich steigen und fallen Tag und Nacht wie Flut und Ebbe eines unendlichen Meeres. Wochen und Monate verrinnen und beginnen von neuem. Und die Folge der Tage ist wie ein einziger Tag.

Unermeßlicher, schweigsamer Tag, den der gleichmäßige Rhythmus von Dunkel und Licht gliedert, und der Lebensrhythmus des traumbefangenen Wesens, das da tief in seiner Wiege schläft – mit allen seinen gebieterischen, schmerzlichen oder freudigen Bedürfnissen, die so regelmäßig kommen und gehen, daß Tag und Nacht, die diese Bedürfnisse mit sich bringen, anscheinend von ihnen mitgebracht werden.

Schwerfällig bewegt sich das Pendel des Lebens. Das kleine Wesen vertieft sich ganz und gar in seinen langsamen Pulsschlag. Der Rest sind Träume, unklare, unförmige Traumbrocken, eine Staubwolke von Atomen, die aufs Geratewohl durcheinandertanzen, ein schwindelnder vorbeistreichender Wirbel, der Lachen oder Entsetzen bringt. Schreie, bewegte Schatten, verzerrte Formen, Schmerzen, Schrecken, Lachen, Träume, Träume ... Alles ist nur Traum ... Und zwischen diesem Chaos das Licht aus Freundesaugen, die ihm lächeln, der Freudenstrom, der aus dem mütterlichen Körper, aus dem von Milch geschwellten Busen in seinen Körper sich ergießt – die Kraft, die in ihm ist, die ungeheure, unbewußte Kraft, die sich ansammelt, der brausende Ozean, der im engen Gefängnis dieses kleinen Kindeskörpers grollt. Wer in ihm lesen könnte, würde Welten sehen, im Dunkel halb vergraben, Nebelflecken, die sich zusammenschließen, ein Universum, das sich formt. Sein Wesen ist ohne Grenzen. Alles Sein ist er.

Die Monate vergehen ... Gedächtnisinseln fangen an, aus dem Fluß des Lebens aufzutauchen. Zuerst sind es verlorene, enge Inselchen, Felsspitzen, die an die Oberfläche des Wassers dringen. Rings um sie her, hinter ihnen breitet sich im anbrechenden Zwielicht nach wie vor die große, stille Meeresfläche. Dann wieder neue Inselchen, welche die Sonne vergoldet.

So tauchen aus dem Abgrund der Seele gewisse Formen, gewisse Vorgänge mit seltsamer Klarheit empor. In dem schrankenlosen Tag, der mit seinem eintönigen und mächtigen Pendelschlag immer wieder als ewig derselbe anhebt, beginnt der Reigen der Tage Gestalt anzunehmen, beginnen sich ihre bald lächelnden, bald traurigen Profile zu zeichnen. Aber die Glieder der Kette zerreißen fortwährend, und die Erinnerungen greifen über dem Haupte der Wochen und Monate ineinander ...

Der Fluß ... Die Glocken ... Soweit er zurückdenkt, in die Fernen der Zeit, in irgendeine seiner Lebensstunden – immer singen ihre tiefen und vertrauten Stimmen ...

Die Nacht – im Halbschlaf ... Ein fahler Schimmer erhellt das Fenster ... Der Fluß murmelt. Allmählich steigt seine Stimme durch die Stille; sie regiert die Wesen. Bald kost sie ihren Schlaf und scheint nahe daran, selbst zu entschlummern. Bald wird sie gereizt und heult auf wie ein wütendes Tier, das beißen will. Das Gebrüll beruhigt sich; nun ist es ein Murmeln voll unendlicher Sanftmut, er hört Silberklänge wie klare Glöckchen, wie Kinderlachen, sanfte, singende Stimmen, tanzende Musik. Große, mütterliche Stimme, die niemals einschläft! Sie wiegt den Knaben, so wie sie seit Jahrhunderten von Geburt zum Grabe die Geschlechter wiegte, die vor ihm waren; sie durchdringt sein Denken, prägt seine Träume, sie umgibt ihn mit dem Mantel ihrer flüssigen Harmonien, die ihn noch umhüllen werden, wenn er in dem kleinen Kirchhof gebettet liegen wird, der am Uferrand schläft und den der Rhein umspült.

Die Glocken ... Die Morgensonne ist da! Sie antworten sich wehmütig, fast traurig, freundschaftlich, still. Beim Klang ihrer schweren Stimmen heben sich Schwärme von Träumen, Träume der Vergangenheit, Wünsche, Hoffnungen, Leiden verschwundener Wesen, die das Kind nicht kannte und die es dennoch selber gewesen ist, denn es war in ihnen, und sie leben in ihm wieder auf. Jahrhunderte voll Erinnerungen schwingen in der Glockenmusik. Wieviel Trauer, wie viele Feste! – Und wenn man sie hört, ist es hinten im Zimmer, als sähe man die schönen, tönenden Wellen vorbeiziehen, die durch die leichte Luft rinnen wie freie Vögel, wie der laue Hauch des Windes. Ein Eckchen blauen Himmels lächelt durchs Fenster. Ein Sonnenstrahl gleitet durch die Vorhänge aufs Bett. Die kleine, den Kinderaugen vertraute Welt, alles, was er jeden Morgen beim Erwachen von seinem Bett aus sieht, alles, was er kaum und mit tausend Anstrengungen anfängt zu erkennen und zu benennen, um schließlich seiner Herr zu werden – sein ganzes Königreich leuchtet auf. Da sieht er den Tisch, an dem man ißt, den Wandschrank, in dem er sich beim Spielen versteckt, den Fußboden mit dem Rautenmuster, auf dem er herumkriecht, die Tapete, deren Fratzen ihm drollige oder grausige Geschichten erzählen, und die Wanduhr, die hölzerne Worte plappert, welche er allein verstehen kann. Wie viele Dinge in solch einem Zimmer sind! Er kennt sie noch nicht alle. Jeden Tag geht er auf neue Forschungsreisen in die Welt hinein, die sein eigen ist: alles ist sein eigen. – Nichts bleibt ihm gleichgültig, alles hat den gleichen Wert, sei es ein Mensch oder eine Fliege; alles ist vom selben Leben erfüllt: die Katze, das Feuer, der Tisch und die Staubkörner, die in einem Sonnenstrahl tanzen. Das Zimmer ist ein Land; ein Tag ist ein Leben. Wie soll man sich nur inmitten dieser unendlichen Räume zurechtfinden! Die Welt ist so groß! Man verliert sich darin. Und rings um ihn her dieser ewige Wirbel von Gesichtern, Gebärden, von Bewegung und Lärm! – Er wird müde davon, die Augen fallen zu, er entschlummert wieder. Solch süßer, tiefer Schlaf ist's, der ihn plötzlich überfällt – ganz gleich, zu welcher Stunde und wo es gerade ist, auf der Mutter Schoß oder unterm Tisch, wo er sich gern versteckt! – So ist ihm gut. So fühlt er sich wohl ...

Erste bewußte Tage! Sie summen leise in seinem Kopf wie ein Kornfeld oder ein Wald, den der Wind bewegt und über den die großen Wolkenschatten ziehn.

Die Schatten fliehn, tief dringt die Sonne in den Wald. Christof fängt an, durch das Labyrinth des Tages seinen Weg zu finden.

Der Morgen ... Die Eltern schlafen. Er liegt in seinem kleinen Bett auf dem Rücken. Er betrachtet die Lichtstreifen, die an der Zimmerdecke tanzen, und das macht ihm unermüdliches Vergnügen. Plötzlich lacht er ganz laut mit jenem warmen Kinderlachen, das die Herzen derer, die es hören, weitet. Seine Mutter neigt sich ihm zu und fragt: „Was hast du denn, du kleiner Narr?" Dann lacht er, was er nur kann, und zwingt sich vielleicht sogar ein wenig dazu, weil er ein Publikum hat. Mama setzt ein ernstes Gesicht auf und hebt den Finger zum Mund, damit Christof den Vater nicht aufwecke; aber ihre müden Augen lachen, ohne daß sie's will. Sie tuscheln miteinander ... Plötzlich ertönt ein wütendes Brummen vom Vater. Sie zucken beide zusammen. Mama dreht eilig den Rücken und stellt sich wie ein unartiges kleines Mädchen schlafend. Christof vergräbt sich in sein Bett und hält den Atem an ... Todesstille.

Nach einiger Zeit kommt das kleine, unter die Decken gedrückte Gesicht wieder an die Oberfläche. Auf dem Dach kreischt die Wetterfahne. Die Regenrinne tropft, die Morgenglocke klingt; kommt der Wind von Osten, so antworten ihr von weit her die Glocken der auf dem andern Flußufer gelegenen Dörfer. Die Sperlingsschar in der mit Efeu umsponnenen Mauer vollführt einen ohrenbetäubenden Lärm, aus dem sich drei oder vier Stimmen hervortun, die, immer dieselben, lauter kreischen als die übrigen. Eine Taube gurrt auf der Spitze eines Schornsteins. Das Kind läßt sich von allen diesen Geräuschen wiegen. Es summt ganz leise vor sich hin, dann weniger leise, dann laut, nun ganz laut, bis der Vater, von neuem außer sich, schreit: „Wird der Esel denn niemals den Mund halten! Warte nur, ich werde dich bei den Ohren packen!" Dann verkriecht sich der Kleine in seine Decken und weiß nicht, ob er weinen oder lachen soll. Er ist erschrocken und gedemütigt, und gleichzeitig möchte er bei der Idee des Esels, mit dem man ihn vergleicht, herausplatzen. Tief in seinem Bett ahmt er das Eselsgeschrei nach. Diesmal wird er mit der Rute geschlagen. Er weint alle Tränen, die sein kleiner Körper hergibt. Was hat er getan? Er möchte so gern lachen und sich bewegen! Und es wird ihm verboten, sich zu rühren. Wie machen sie's, daß sie immer schlafen können? Wann wird man denn aufstehen dürfen?

Eines Tages hält er's nicht mehr aus. Er hat auf der Straße eine Katze oder einen Hund gehört, kurz, irgend etwas Seltsames. Er läßt sich aus dem Bett gleiten, seine nackten Füßchen tappen ungeschickt über die Fliesen, er will die Treppe hinunter, um nachzuschauen; aber die Tür ist verschlossen. Er steigt auf einen Stuhl, um sie zu öffnen: alles bricht zusammen, er tut sich sehr weh und heult; und obendrein wird er noch gehauen. Er wird immer gehauen!

Er ist mit Großvater in der Kirche und langweilt sich. Er fühlt sich nicht recht behaglich. Man verbietet ihm, sich zu rühren, und die Leute sprechen gemeinsam Worte, die er nicht versteht, und gleich darauf schweigen sie gemeinsam. Alle tragen sie eine feierliche und grämliche Miene zur Schau, die nicht ihr alltägliches Gesicht ist. Er sieht sie eingeschüchtert an. Die alte Lina, die Nachbarin, die neben ihm sitzt, hat ein ganz böses Gesicht aufgesetzt; in manchen Augenblicken erkennt er nicht einmal Großvater wieder. Er ängstigt sich ein wenig. Schließlich gewöhnt er sich daran und versucht mit allen Mitteln, über die er verfügt, sich die Zeit zu vertreiben. Er schaukelt sich, verdreht den Hals, um die Decke über sich anzuschauen, schneidet Gesichter, zieht Großvater am Rock, studiert das Strohgeflecht seines Stuhles und versucht, mit seinen Fingern ein Loch hineinzubohren, er lauscht dem Vogelgeschrei, er gähnt, als wollte er sich den Kiefer ausrenken.

Da plötzlich ein Sturzbach von Klängen: die Orgel spielt. Ein Schauer läuft ihm am Rückgrat hinunter. Er dreht sich herum, stützt das Kinn auf die Stuhllehne und bleibt nun sehr artig sitzen. Zwar begreift er nichts von diesem Lärm, weiß nicht, was er bedeutet: es funkelt und wirbelt durcheinander, so daß man nichts unterscheiden kann. Aber es tut wohl. Es ist, als säße man gar nicht seit einer Stunde in einem langweiligen alten Haus auf einem Stuhl, der weh tut. Man schwebt frei wie ein Vogel in der Luft; und wenn der Strom der Töne von vorn nach hinten durch die Kirche rauscht, die Gewölbe füllt, gegen die Wände anspritzt, wird man mit ihm emporgehoben, fliegt mit Flügelschnelle hierhin und dorthin und braucht sich nur tragen zu lassen. Man ist frei, ist glücklich, die Sonne scheint ... Er entschlummert sanft.

Großvater ist mit ihm unzufrieden. Er benimmt sich schlecht in der Messe.

Er ist zu Haus, sitzt auf der Erde und hält die Füßchen in seinen Händen. Er hat soeben bestimmt, daß die Strohmatte ein Boot ist und der Fußboden ein Fluß. Er meint zu ertrinken, wenn er den Teppich verläßt. Ein wenig erstaunt und ärgerlich ist er, daß die andern, die durchs Zimmer gehen, nicht wie er darauf achtgeben. Er hält seine Mutter beim Rockschoß fest. „Du siehst doch, daß da Wasser ist. Du mußt über die Brücke gehen." – Die Brücke ist eine Reihe von Fugen zwischen den roten Fliesen. – Seine Mutter geht vorüber und hört ihm nicht einmal zu. Er fühlt sich bedrückt, ungefähr so wie ein dramatischer Dichter, der das Publikum während seines Stückes schwatzen sieht.

Im nächsten Augenblick denkt er nicht mehr daran. Der Fußboden ist kein Wasser mehr. Er liegt der Länge nach darauf, das Kinn auf den Steinen, und summt eine von ihm komponierte Musik, indem er dabei ernsthaft am Daumen lutscht. Er ist ganz in die Betrachtung einer Spalte zwischen den Steinen vertieft. Die Linien der Fliesen grinsen wie Gesichter. Das winzige Loch weitet sich, und es wird zum Tal. Berge stehen ringsum. Ein Tausendfüßler bewegt sich, er ist dick wie ein Elefant. Der Donner könnte niederbrechen, der Knabe würde ihn nicht hören.

Niemand kümmert sich um ihn, er braucht niemanden. Er könnte selbst die Strohmattenboote und die Fußbodenhöhlen mit ihrer phantastischen Fauna entbehren. Sein Körper genügt ihm. Welch eine Quelle der Unterhaltung! Stunden verbringt er damit, seine Nägel zu betrachten und laut darüber zu lachen. Sie haben alle verschiedene Gesichter und ähneln ihm bekannten Leuten. Er läßt sie miteinander plaudern, tanzen, sich schlagen. – Und sein übriger Körper! – Er dehnt die Untersuchung auf alles aus, was ihm gehört. Wie viele erstaunliche Dinge! Es sind sehr seltsame darunter. Er vertieft sich neugierig in ihren Anblick.

Er wird manchmal hart geschlagen, wenn man ihn so überrascht.

An manchen Tagen wartet er nur darauf, daß seine Mutter den Rücken dreht, um aus dem Haus zu gehen. Zuerst läuft man hinter ihm drein und erwischt ihn. Dann gewöhnt man sich daran, ihn allein hinauszulassen, vorausgesetzt, daß er sich nicht zu weit entfernt. Das Haus steht am Ende der Stadt, und das freie Feld fängt beinahe gleich dahinter an. Solange er in Sehweite der Fenster ist, wandert er mit bedächtigem Schritt, ohne innezuhalten, nur daß er hin und wieder auf einem Fuße hüpft. Aber sobald er um die Ecke des Weges ist und das Gebüsch ihn den Blicken verbirgt, ändert er mit einem Schlag sein Benehmen. Er beginnt damit, stillezustehen, den Finger in den Mund zu stecken und sich zu überlegen, welche Geschichte er sich heute erzählen wird; denn sein Kopf ist ganz voll davon – wenn es auch wahr ist, daß sie sich alle ein wenig ähneln und jede nur drei oder vier Zeilen umfaßt. Er wählt sich eine aus. Gewöhnlich nimmt er ein und dieselbe wieder auf; einmal an dem Punkt, wo er sie am Abend vorher unterbrochen hat, ein anderes Mal beginnt er, aber mit Variationen, wieder von vorne. Jedoch ein Nichts, ein zufällig aufgefangenes Wort genügt, seine Gedanken auf neuer Fährte laufen zu lassen.

Der Zufall ist fruchtbar und hilfsbereit. Man kann sich gar nicht alle Möglichkeiten vorstellen, die einem Stück Holz zu entlocken sind oder einem abgebrochenen Zweige, wie man sie längs der Hecken findet (findet man keinen, bricht man einen ab); das ist dann der Zauberstab. Lang und gerade, wird er zu einer Lanze oder vielleicht auch zu einem Degen. Es genügt, ihn zu schwingen, um Armeen ins Leben zu rufen. Christof ist dann ihr General, er marschiert an ihrer Spitze, er gibt das Beispiel und nimmt Böschungen im Sturm. Wenn der Zweig aber biegsam ist, verwandelt er sich in eine Reitgerte. Christof steigt zu Pferd und setzt über Abgründe. Manchmal kommt es vor, daß der Sattel rutscht, und der Reiter befindet sich plötzlich in der Tiefe des Weggrabens, wo er mit verdutzter Miene seine schmutzigen Hände und zerschundenen Knie betrachtet. Wenn das Stöckchen klein ist, macht sich Christof zum Dirigenten, und zwar ist er Dirigent und Orchester zugleich, er dirigiert und singt; und dann verbeugt er sich vor den Büschen, deren grüne Köpfchen vom Wind bewegt werden.

Er ist auch ein Zauberer. Er wandert mit großen Schritten durch die Felder, schaut den Himmel an und bewegt lebhaft die Arme. Er befiehlt den Wolken. Er will, daß sie mehr nach rechts gehen. Aber sie gehen nach links. Da schilt er sie und wiederholt seinen Befehl heftiger. Klopfenden Herzens belauert er sie mit einem Seitenblick und paßt auf, ob nicht wenigstens eine kleine ihm gehorche. Aber sie laufen alle ruhig weiter nach links. Nun stampft er mit dem Fuß auf, droht ihnen mit seinem Stock und heißt sie nach links gehen. Und wirklich, diesmal gehorchen sie aufs Wort. Er ist glücklich und stolz auf seine Macht. Er berührt die Blumen und befiehlt ihnen, sich in goldene Wagen zu verwandeln, wie sie es im Märchen tun. Und obgleich es bei ihm niemals dazu kommt, ist er doch überzeugt, daß es mit ein wenig Geduld schon geschehen wird. Er sucht ein Heimchen, um ein Pferd daraus zu machen. Er legt ihm ganz zart seinen Zauberstab auf den Rücken und murmelt dabei einen Spruch. Das Insekt flüchtet; er versperrt ihm den Weg. Noch einige Augenblicke, und er liegt platt auf dem Bauch bei dem Tierchen, betrachtet es. Seine Zauberrolle hat er vergessen; er vergnügt sich damit, das arme Tier auf den Rücken zu drehen und über seine Zuckungen hell aufzulachen.

Es kommt ihm auch in den Sinn, an seinen Zauberstab einen alten Bindfaden zu knüpfen, den er ernsthaft in den Fluß wirft, um darauf zu warten, daß ein Fisch danach schnappe. Zwar weiß er ganz gut, daß Fische nicht gewohnt sind, Bindfäden ohne Lockspeise und Angelhaken zu fressen; aber er denkt, einmal und für ihn könnten sie doch eine Ausnahme von der Regel machen. Und in seinem unerschöpflichen Vertrauen bringt er es sogar fertig, mit einer Gerte in der Straße durch die Ritze eines Gullydeckels hindurchzuangeln. Von Zeit zu Zeit zieht er die Gerte sehr erregt empor und bildet sich dabei ein, daß diesmal die Schnur schwerer sei und daß er einen Schatz emporheben würde, ganz so wie in einer Geschichte, die Großvater ihm erzählt hat.

Inmitten aller Spiele aber geschah es immer wieder, daß ihn Minuten seltsamer Träumerei und völligen Vergessens überfielen. Alles, was ihn umgab, war dann ausgelöscht, er wußte nicht mehr, was er tat, er entsann sich seiner selbst kaum. Ganz unvorhergesehen kam das. Beim Gehen, beim Treppensteigen – plötzlich öffnete sich eine Leere in ihm. Es war, als dächte er an gar nichts mehr. Doch kam er wieder zu sich, dann überfiel es ihn wie ein Schwindel, weil er sich noch am selben Platz auf der dunklen Treppe befand. Ihm war, als habe er im Zeitraum weniger Schritte ein ganzes Leben gelebt.

Großvater nahm ihn oft auf seinen Abendspaziergängen mit. Der Kleine trippelte, seine Hand in der des Alten, an dessen Seite. Sie gingen quer über Wege, mitten durch beackerte Felder, die starken, guten Geruch ausströmten. Die Heimchen zirpten. Riesige Krähen, die aufgereiht am Wege saßen, schauten ihnen von weitem entgegen und flatterten bei ihrem Nahen schwerfällig davon.

Großvater hüstelte. Christof wußte sehr wohl, was das bedeuten sollte. Der Alte brannte darauf, ihm eine Geschichte zu erzählen; aber er wollte, daß das Kind ihn darum bitte. Christof versäumte das niemals. Die beiden verstanden sich sehr gut. Der Alte liebte seinen Enkel unsagbar; nebenbei war es ihm eine große Freude, in ihm ein aufmerksames Publikum zu finden. Er erzählte gern Episoden aus seinem Leben oder die Geschichte großer Männer des Altertums und der Neuzeit; dabei wurde seine Stimme bewegt und pathetisch und zitterte in kindlicher Freude, die er einzudämmen versuchte. Man fühlte, er hörte sich selbst mit Begeisterung zu. Sein Unglück war nur, daß ihm im Augenblick des Sprechens die Worte fehlten – ein Strich durch die Rechnung, der ihm öfters gemacht wurde und sich, sooft er ins Feuer der Beredsamkeit geriet, wiederholte. Da er das aber nach jedem Versuch vergaß, kam er nie dazu, es das nächste Mal besser zu machen.

Er sprach von Regulus, von Arminius, von den Lützowschen Jägern, von Körner und von Friedrich Staps, dem, der den Kaiser Napoleon töten wollte. Sein Gesicht strahlte, wenn er von so unerhörten Heldentaten berichtete. Er sprach die historischen Namen in so tief feierlichem Ton aus, daß es äußerst schwierig wurde, sie zu verstehen; und er glaubte sich auf der Höhe seiner Vortragskunst, wenn er den Zuhörer in aufregenden Augenblicken zappeln ließ. Er hielt dann inne, tat, als ob er an etwas würge, schneuzte sich geräuschvoll und jubelte innerlich, wenn der Kleine mit einer vor Ungeduld erstickten Stimme fragte: „Und dann, Großvater?"

Als Christof größer wurde, kam der Tag, an dem er Großvaters Spiel durchschaute; und er bemühte sich dann boshafterweise, die Fortsetzung der Geschichte mit gleichgültiger Miene abzuwarten, was den armen Alten bitter schmerzte. – Aber vorläufig war er ganz der Kunst des Erzählers ausgeliefert, und sein Puls ging bei den dramatischen Stellen schneller. Er wußte nicht recht, von wem die Geschichten handelten noch wo und wie diese heldenhaften Begebenheiten geschehen waren, ob Großvater etwa Arminius kenne, ob Regulus – Gott weiß, warum – nicht irgendeiner sei, den er am vorigen Sonntag in der Kirche gesehen hatte. Aber sein und des Alten Herz weiteten sich vor Stolz und Freude beim Bericht historischer Taten, als ob sie selber daran teilgenommen hätten; denn der Alte und der Junge waren einer wie der andere Kinder.

Weniger beglückt war Christof, wenn Großvater im spannendsten Augenblick eine seiner Reden, die ihm so sehr am Herzen lagen, einschaltete. Es waren das meist moralische Betrachtungen, die von einem guten, jedoch ziemlich gewöhnlichen Gedanken ausgingen, wie: Sanftmut ist besser als Zorn oder: Die Ehre gilt mehr als das Leben oder: Gut sein ist besser als schlecht – nur klangen diese Sprüche bei ihm bedeutend verworrener. Großvater fürchtete die Kritik seines jugendlichen Publikums durchaus nicht und ließ sich von seiner gewohnten Emphase fortreißen, es machte ihm nichts aus, dieselben Wendungen zu gebrauchen, seine Sätze nicht zu beenden oder selbst, falls er mitten in einer Rede den Faden verloren hatte, alles herauszusagen, was ihm durch den Kopf ging, um damit die Gedankenlöcher zuzustopfen. Er betonte einzelne Worte, um ihnen noch mehr Nachdruck zu verleihen, mit widersinnigen Gebärden. Der Kleine lauschte ihm mit tiefem Respekt und fand, daß Großvater sehr beredt, aber ein wenig langweilig sei.

Sehr gern kamen beide auf die Fabelmär jenes korsischen Eroberers zurück, der Europa unterworfen hatte. Großvater hatte ihn gekannt. Beinahe hätte er gegen ihn gekämpft. Aber er wußte die Größe seiner Gegner anzuerkennen. Zwanzigmal hatte er's wohl gesagt: Einen seiner Arme hätte er hingegeben, wenn solch ein Mann diesseits des Rheins geboren wäre. Das Schicksal hatte es anders bestimmt; er bewunderte den Korsen und mußte gegen ihn kämpfen – das heißt, es fehlte nur wenig, und er hätte gegen ihn gekämpft. Jedoch als sie ihm entgegengezogen und nur noch zehn Meilen von ihm entfernt waren, hatte inmitten eines Waldes eine plötzliche Panik die kleine Truppe überfallen und nach allen Seiten zerstreut. Mit dem Geschrei: „Wir sind verraten!“ war jeder entflohen. Vergeblich, so erzählte Großvater, hatte er versucht, die Flüchtlinge wieder zusammenzuziehen. Er hatte sich drohend und weinend ihnen entgegengeworfen; aber er war von ihrem Strom mit fortgerissen worden und war erst am nächsten Morgen in einer erstaunlichen Entfernung vom Schlachtfeld – so nannte er den Ort der Auflösung – wieder zu sich gekommen. Christof jedoch erinnerte ihn ungeduldig an die Taten des Helden, und er geriet in Entzücken über dessen wunderbare Ritte quer durch die Welt. Er sah ihn vor sich, gefolgt von unzähligen Völkerscharen, deren Liebe ihm zuschrie und die ein Wink von ihm im Wirbel gegen immer fliehende Feinde warf. Es war ein Märchen. Großvater fügte aus eigener Phantasie noch ein wenig hinzu, um die Weltgeschichte auszuschmücken; er ließ Napoleon Spanien erobern und beinahe England, das er nicht leiden konnte.

Zuweilen aber unterbrach der alte Krafft seine begeisterten Erzählungen auch durch entrüstete Vorwürfe gegen seinen Helden. Der Patriot erwachte in ihm – und vielleicht mehr bei den Niederlagen des Kaisers, als wenn von der Schlacht bei Jena die Rede war. Er drohte dann mit der Faust gegen den Fluß, er spuckte verachtungsvoll und stieß edle Flüche aus – zu andern als solchen erniedrigte er sich nicht. Er nannte ihn einen Bösewicht, ein Raubtier, einen tugendlosen Menschen. Sollten jedoch solche Reden im Geist des Kindes den Gerechtigkeitssinn festigen, so muß man gestehen, daß sie ihren Zweck verfehlten. Denn die kindliche Logik war sehr versucht, den Schluß zu ziehen: Wenn ein so großer Mann nicht tugendhaft gewesen ist, so kann es mit der Tugend nicht viel auf sich haben, und die

Hauptsache ist, ein großer Mann zu sein! Der Alte war weit davon entfernt, zu ahnen, daß solche Gedanken an seiner Seite trippelten.

Beide bedachten darauf schweigend und jeder nach seiner Art die wunderbaren Geschichten; es sei denn, daß Großvater auf dem Wege einen seiner vornehmen Kunden traf; dann blieb er endlos stehen, grüßte unsagbar tief und konnte sich an unterwürfiger Höflichkeit nicht genugtun. Das Kind errötete, ohne zu wissen, warum. Großvater respektierte aber nun einmal aus Herzensgrund Standespersonen, gemachte Leute, und es ist sehr möglich, daß er die Helden seiner Geschichten nur darum so liebte, weil er in ihnen erfolgreichere und höherstehende Menschen sah.

War es sehr heiß, so ließ sich der alte Krafft unter einem Baum nieder und machte ein kleines Schläfchen. Dann setzte sich Christof neben ihn, entweder auf einen Haufen wackeliger Steine oder auf ein Kilometerzeichen oder irgendeinen hohen, sonderbaren und unbequemen Sitz. Er baumelte mit den Beinchen, summte und träumte vor sich hin. Oder er legte sich wohl auch auf den Rücken und sah die Wolken ziehen: sie sahen wie Ochsen aus, wie Riesen, wie Hüte, wie alte Damen oder auch wie großartige Landschaften. Ganz leise plauderte er mit ihnen. Er interessierte sich für die kleine Wolke, die eine große eben fressen wollte; vor denen, die sehr schwarz, fast blauschwarz waren, und denen, die allzuschnell liefen, hatte er Angst. Es schien ihm, daß sie einen ungeheuren Platz im Leben einnähmen, und er wunderte sich, daß weder sein Großvater noch seine Mutter ihnen Aufmerksamkeit schenkte. Es waren schreckliche Wesen, die Böses anrichten konnten. Glücklicherweise blieben sie niemals stehen, sondern zogen gutmütig und ein wenig seltsam immer weiter. Schließlich wurde dem Kinde von dem langen Emporsehen schwindelig, und es zappelte mit Händen und Füßen, als müsse es sonst in den Himmel fallen. Die Lider fingen zu blinzeln an, es wurde müde. – Stille . . . Sanft schauern die

Blätter und zittern im Sonnenlicht, ein leichter Dunst zieht durch die Luft; unentschieden schaukeln sich die Mücken und summen wie eine Orgel. Die Heuschrecken, vom Sommer berauscht, zirpen in begehrlicher Freude: alles schweigt ... Unter dem Waldgewölbe hallen die Schreie des Grünspechts in geisterhaften Tönen. Auf fernen Feldern ruft ein Bauer seine Ochsen an. Der Huf eines Pferdes klingt auf weißem Wege. Christofs Augen fallen zu. Neben ihm überklettert eine Ameise an einem dürren Zweig eine Wegfurche. Er verliert das Bewußtsein ... Jahrhunderte vergehen. Er wacht auf. Die Ameise hat noch immer das Zweiglein nicht überschritten.

Großvater schlief manchmal allzulange; sein Gesicht wurde dann starr, seine Nase zog sich in die Länge, sein Mund öffnete sich weit. Christof sah ihn dann etwas beunruhigt an, denn er fürchtete, den Kopf nach und nach sich in eine phantastische Fratze verwandeln zu sehen. Er sang lauter, um ihn aufzuwecken, oder er ließ sich mit großem Krach von seinem Steinhaufen herunterpurzeln. Eines Tages fiel es ihm ein, ihm einige Tannennadeln ins Gesicht zu werfen und zu sagen, daß sie vom Baum gefallen seien. Der Alte glaubte es, worüber Christof sehr lachen mußte. Aber er hatte den schlimmen Einfall, es noch einmal zu versuchen, und gerade in dem Augenblick, in dem er die Hand hob, sah er Großvaters Augen auf sich gerichtet. Das wurde eine böse Geschichte; der feierliche Ernst des Alten verstand hinsichtlich des Respektes, den man ihm schuldete, keinen Spaß; während mehr als einer Woche standen sie etwas kühl miteinander.

Je schlechter der Weg war, um so schöner fand ihn Christof. Jeder Stein hatte Sinn für ihn; und er kannte sie alle. Das Relief einer Wagenspur schien ihm eine geographische Bildung, ungefähr von der gleichen Bedeutung wie das Taunusgebirge. Er hatte überhaupt die Landkarte sämtlicher Buckel und Höhlungen, die sich innerhalb zweier Kilometer von seinem Hause befanden, im Kopf. Auch glaubte er sich, wenn er in der festgesetzten Ordnung der Furchen irgend etwas änderte, von nicht viel geringerer Bedeutung als ein Ingenieur mit einer Mannschaft Arbeiter; und wenn er mit seinem Absatz die trockene Kante eines Erdklumpens eingedrückt und das Tal, das sich unter seinem Fuße höhlte, ausgefüllt hatte, sah er seinen Tag durchaus nicht als verloren an.

Manchmal traf man auf dem Wege einen Bauern in seinem Wägelchen. Er kannte Großvater, und man stieg zu ihm ein. Das war das Paradies auf Erden. Das Pferd trabte geschwind, und Christof lachte vor Wonne – es sei denn, daß man an andern Spaziergängern vorbeikam; dann setzte er eine ernste und gleichgültige Miene auf wie jemand, der das Wagenfahren gewohnt ist; aber sein Herz war von Stolz überflutet. Großvater und der andere Mann unterhielten sich, ohne auf ihn zu achten. Er konnte, zwischen ihre Knie eingekeilt, von ihren Schenkeln gedrückt, kaum sitzen, oft überhaupt nicht, und war doch vollkommen glücklich. Er plauderte, ohne sich um Antworten zu kümmern, ganz laut vor sich hin. Er sah die Pferdeohren sich bewegen. Was für sonderbare Tiere diese Ohren waren! Sie gingen nach rechts, nach links, nach allen Seiten; sie spitzten sich nach vorn, fielen zur Seite, drehten sich nach hinten, und das alles in so drolliger Weise, daß er laut herauslachte. Er kniff seinen Großvater, um ihn darauf aufmerksam zu machen; aber Großvater interessierte sich nicht dafür. Er stieß Christof zurück und sagte ihm, er möge ihn in Ruhe lassen. Christof überlegte: er merkte, daß man über nichts mehr erstaunte, wenn man groß war, daß man dann stark war und alles kannte. Und er versuchte, selber auch groß zu sein, seine Neugierde zu verbergen und gleichgültig zu scheinen.

Er schwieg. Das Rollen des Wagens schläferte ihn ein. Die Schellen des Pferdes tanzten. Ding, ding, dong, ding ... Musik erwachte in der Luft. Sie schwebte rings um die silbernen Glöckchen wie ein Bienenschwarm; sie schaukelte sich fröhlich im Auf und Ab des Wagens und wurde eine unerschöpfliche Quelle von Liedern. Eins folgte dem andern. Christof fand sie alle prächtig. Eins jedoch schien ihm so besonders schön, daß er Großvaters Aufmerksamkeit darauf lenken wollte. Lauter, als er selbst es vernahm, sang er es heraus. Man achtete nicht darauf. Er fing einen Ton höher von vorne an, darauf noch einmal aus vollem Halse – so kräftig, daß der alte Hans Michel sich ärgerlich ihm zuwandte. „Aber nun schweig doch endlich! Du bist ja unerträglich mit deinem Trompetenlärm!" – Das nahm ihm den Atem; er wurde rot bis zur Nasenspitze und schwieg, tödlich verletzt. Er strafte die beiden plumpen Einfaltspinsel, die nicht begriffen, welche Erhabenheit in seinem Gesang lag – ein Sang, der den Himmel erschloß –, mit Verachtung! Er fand sie sehr garstig mit ihrem achttägigen Stoppelbart; und sie rochen schlecht.

Er tröstete sich, indem er den Schatten des Pferdes beobachtete. Das war auch solch ein erstaunliches Schauspiel: dies schwarze Tier, das die Straße entlanglief und dabei auf der Seite lag. Abends, wenn man heimkam, bedeckte es einen Teil der Heide; begegnete man einem Heuhaufen, so kletterte der Kopf hinauf und fand sich, war man vorüber, wieder an seinem alten Platz ein; das Maul war in die Länge gezogen wie ein zerplatzter Ballon; die Ohren waren groß und spitz wie Kirchenkerzen. War das wirklich ein Schatten, oder war es vielleicht doch ein lebendiges Wesen? Christof wäre ihm nicht gern allein begegnet. Er wäre ihm nicht nachgelaufen, wie er es bei Großvaters Schatten machte, dem er auf dem Kopf herumtrat. – Der Schatten der Bäume, wenn die Sonne sank, war auch etwas zum Nachsinnen. Er bildete quer über den Weg Barrieren. Er glich traurigen und komischen Gespenstern, die sagten: „Bis hierher und nicht weiter." Und die quietschenden Wagenachsen und die Pferdehufe wiederholten: „Nicht weiter!"

Großvater und der Fuhrmann wurden ihrer unerschöpflichen Schwätzerei nicht müde. Manchmal sprachen sie mit erhobener Stimme, besonders wenn es sich um Stadtangelegenheiten und geschädigte Interessen handelte. Das Kind hörte dann auf zu träumen und schaute sie beunruhigt an. Ihm schien, sie seien böse aufeinander, und es fürchtete, es würde noch zur Schlägerei kommen. Aber das waren ganz im Gegenteil die Augenblicke, in denen sie sich am besten in einem gemeinsamen Haß verstanden. Meistens jedoch erfüllte sie durchaus kein Haß, ebensowenig die geringste andere Leidenschaft; sie sprachen von gleichgültigen Dingen und schrien dabei, so laut sie konnten, nur aus Vergnügen am Schreien, wie es dem Volk eine Freude ist. Aber Christof, der ihre Unterhaltung nicht verstand, hörte nur die Stimmausbrüche, sah ihre verzerrten Züge und dachte voller Angst: Wie er böse dreinschaut! Sicher hassen sie sich. Wie er die Augen rollt! Wie er den Mund aufsperrt! Er hat mir in der Wut auf die Nase gespuckt. Mein Gott! Er wird Großvater noch töten ...

Der Wagen hielt. Der Bauer sagte: „Da wären Sie angekommen.“ Die beiden Todfeinde drückten sich die Hand. Großvater stieg zuerst aus, der Bauer reichte ihm den kleinen Buben zu. Ein Peitschenhieb dem Pferde; der Wagen entfernte sich, und man befand sich wieder am Anfang des kleinen Hohlweges neben dem Rhein. Die Sonne sank in die Felder. Der Fußpfad schlängelte sich beinahe auf gleicher Höhe der Wasserfläche entlang. Das üppige, weiche Gras bog sich knisternd unter den Schritten. Die Erlen neigten sich über den Strom und badeten sich in den Wellen. Ein Mückenschwarm tanzte. Ein Boot, vom sanften, großwogigen Strom gezogen, fuhr lautlos vorüber. Die Wellen sogen mit leisem Laut ihrer Lippen an den Weidenzweigen. Das Licht war nebelig zart, die Luft frisch, der Fluß silbergrau. Man kehrte zum heimischen Herde zurück, und die Grillen sangen.

Und schon von der Schwelle her lächelte das liebe Gesicht der Mutter ...

O köstliche Erinnerungen, wohltätige Bilder, die in einträchtigem Flug das ganze Leben übersummen werden! – Die Reisen, welche man später macht, die großen Städte, die wildbewegten Meere, die Landschaften der Träume, die geliebten Gestalten graben sich nicht mit der unauslöschlichen Deutlichkeit in die Seele wie solche Kindheitsausflüge oder der schlichte Gartenwinkel, den man jeden Tag durchs Fenster sah, durch das beschlagene Fleckchen hindurch, das der kleine, ans Glas gepreßte Mund des müßigen Kindes schuf.

Jetzt ist es Abend im verschlossenen Haus. Das Haus ... die Zuflucht gegen alles, was da schreckt: das Dunkel, die Nacht, die Furcht, die unbekannten Dinge. Nichts Feindliches kann über die Schwelle ... Das Feuer flammt. Eine goldbraune Gans röstet appetitlich am Bratspieß. Ein lieblicher Duft von Fett und knusprigem Fleisch durchströmt das Zimmer. Freude am Essen, unvergleichliches Glück, fromme Begeisterung, überschäumende Fröhlichkeit! Der Körper löst sich nach Tagesmühen in süßer Wärme, im Klang von vertrauten Stimmen. Das Gefühl satter Behaglichkeit gibt allem einen heiteren, zauberhaften Schimmer: den Gestalten und Schatten, dem Lampenschirm und den züngelnden Flammen, die wie ein Sternenregen in dem schwarzen Kamin tanzen. Christof lehnt die Wange an seinen Teller, um all dies Glück noch besser zu genießen.

Nun liegt er in seinem warmen Bett. Wie ist er hineingekommen? Eine wohlige Müdigkeit drückt ihn nieder. Das Stimmengesumm im Zimmer und die Erinnerungen des Tages mischen sich in seinem Hirn. Der Vater nimmt seine Geige. Scharfe und weiche Töne klagen durch die Nacht. Aber das höchste Glück ist dann, wenn Mama kommt, des müden Christofs Hand nimmt und auf seine Bitte, über ihn gebeugt, mit halber Stimme ein altes Lied singt, dessen Worte nichts bedeuten wollen. Der Vater findet diese

Musik dumm; aber Christof wird ihrer nicht überdrüssig; er hält den Atem an, er möchte weinen und lachen; sein Herz ist trunken. Er weiß nicht mehr, wo er ist, und strömt von Zärtlichkeit über. Er schlingt seine kleinen Arme um seiner Mutter Hals und küßt sie aus allen Kräften. Lachend sagt sie zu ihm:

„Willst du mich denn erwürgen?"

Er umhalst sie noch stärker. Wie er sie liebt! Wie er alles liebt! Alle Menschen, alle Dinge! Alles ist gut, alles ist schön ... So schläft er ein. Das Heimchen zirpt im Feuerherd. Großvaters Geschichten, heroische Gestalten schweben durch eine glückliche Nacht ... Ein Held sein wie sie! – Ja, er wird einer werden! – Er ist es! – Ach, wie gut ist es doch, zu leben!

Welchen Überschwang von Kraft, Freude und Stolz umfaßt solch kleines Wesen! Welche Überfülle von Energie! Sein Körper und sein Geist sind ewig in Bewegung, in einer atemberaubenden, wirbelnden Runde mitgerissen. Gleich einem kleinen Salamander tanzt es Tag und Nacht in einer Flamme. Eine Begeisterung, die nie müde wird und die von überall Nahrung erhält. Ein trunkener Traum, eine sprudelnde Quelle, ein Schatz unerschöpflicher Hoffnung, ein Lachen, ein Sang, ein nie endender Rausch. Das Leben hält es noch nicht; es entschlüpft ihm in jedem Augenblick; es schwimmt im Unendlichen. Wie glücklich es ist! Wie zum Glücklichsein geschaffen! Nichts in ihm, das nicht ans Glück glaubt, das sich nicht mit allen seinen schwachen, leidenschaftlichen Kräften daranklammert!

Das Leben wird sich bald damit befassen, es zur Vernunft zu bringen.

ZWEITER TEIL

> L'alba vinceva l'ora mattutina,
> che fuggia innanzi, sì che di lontano
> conobbi il tremolar della marina . . .
>
> *Purg. I*

Die Kraffts waren antwerpischen Ursprungs. Der alte Hans Michel hatte das Land infolge toller Jugendstreiche verlassen, nachdem einmal eine seiner wilden Schlägereien, wie er sie als der verteufelte Kampfhahn, der er war, oft bestand, einen schlimmen Ausgang genommen hatte. Vor nun bald einem halben Jahrhundert war ihm die kleine Fürstenstadt zur Heimat geworden, deren spitzgiebelige rote Dächer und schattige Gärten, die auf sanftem Hügelabhang übereinandergebaut waren, sich in den blaßgrünen Augen des *Vater Rhein** spiegelten. Als ausgezeichneter Musiker hatte er sich in einem Lande, wo alle musikalisch sind, sofort in Ansehen zu bringen gewußt. Er faßte noch mehr Wurzeln, als er mit mehr als vierzig Jahren Clara Sartorius, die Tochter des fürstlichen Kapellmeisters, heiratete, der ihm seine Stelle überließ. Clara war eine sanfte Deutsche, die nur zwei Leidenschaften kannte: die Küche und die Musik. Mit ihrem Gatten trieb sie einen Kult, der nur dem zu vergleichen war, den sie ihrem Vater geweiht hatte. Hans Michel bewunderte seine Frau nicht weniger. Fünfzehn Jahre lang hatten sie in vollkommener Harmonie gelebt und vier Kinder gehabt. Dann war Clara gestorben. Und Hans Michel heiratete, nachdem er sehr viele Tränen vergossen, fünf Monate später Ottilie Schütz, ein zwanzigjähriges, rotwangiges, robustes, lachendes Mädchen. Ottilie besaß geradeso viele gute Eigenschaften wie Clara, und Hans Michel liebte sie geradesosehr. Nach achtjähriger Ehe kam sie an die Reihe zu sterben, nicht ohne daß ihr vorher die Zeit gelassen worden war, ihm sieben Kinder zu schenken. Im ganzen waren es elf Kinder, von denen ein einziges am Leben geblieben war. Obgleich er sie alle heiß geliebt hatte, waren so viele Schicksalsschläge dennoch nicht imstande gewesen, seine unverwüstliche gute Laune zu erschüttern. Die härteste Probe war Ottilies Tod vor nunmehr drei Jahren gewesen, der ihn in einem Alter getroffen hatte, in dem es schwierig ist, das Leben von neuem zu beginnen und sich ein neues Heim zu gründen. Aber nach einem Moment der Verwirrung hatte der alte Hans Michel sein moralisches Gleichgewicht, das er in keinem Unglück ganz verlor, wiedererlangt.

Er war ein gutherziger Mensch. Aber seine Gesundheit ging ihm über alles. Gegen Traurigkeit hatte er eine unüberwindliche physische Abneigung und ein Bedürfnis nach Frohsinn, nach derbem, flämischem Frohsinn, nach herzhaftem, kindlichem Lachen. Welchen Kummer er auch haben mochte, er leerte darum keinen Becher weniger, noch ließ er sich bei Tisch einen Bissen entgehen. Und die Musik ruhte niemals. Unter seiner Führung erlangte das Hoforchester eine kleine Berühmtheit in den rheinischen Landen, wo sich Hans Michel durch seine Athletengestalt und seine Zornanfälle einen sagenhaften Ruf erworben hatte. Seiner Wutausbrüche konnte er nicht Herr werden, sosehr er sich auch Mühe gab; denn der heftige Mensch war im Grunde schüchtern, und er befürchtete, sich lächerlich zu machen. Er liebte es, den Anstand zu wahren, und war ganz von der öffentlichen Meinung abhängig. Aber sein Blut riß ihn mit sich fort; er wurde plötzlich von wahnsinniger Ungeduld überfallen und geriet vor Raserei außer sich, und zwar nicht nur bei Orchesterproben, sondern mitten im Konzert, wo es ihm einmal vor dem Fürsten geschehen war, seinen Dirigentenstab voller Wut hinzuwerfen, wie ein Beseßner mit den Füßen zu stampfen und dabei einen seiner Musiker mit rasender, stammelnder Stimme anzufahren. Der Fürst amüsierte sich darüber. Aber die betroffenen Künstler trugen es ihm nach. Es nützte nicht viel, wenn Hans Michel, beschämt über seinen eignen Ausfall, sich einen Augenblick später bemühte, ihn durch übertriebene Höflichkeit vergessen zu machen – bei der ersten Gelegenheit platzte er um so schöner heraus; und diese außergewöhnliche, mit dem Alter sich erhöhende Reizbarkeit machte schließlich seine Stellung schwierig. Er fühlte es selbst; und eines Tages, als einer seiner Zornanfälle beinahe den Streik des gesamten Orchesters heraufbeschworen hätte, reichte er seinen Abschied ein. Er hoffte, daß man auf Grund seiner geleisteten Dienste Schwierigkeiten machen würde, sein Ansuchen zu genehmigen, daß man ihn anflehen würde zu bleiben; aber nichts dergleichen geschah, und da er zu stolz war, sein Gesuch zurückzuziehen, ging er tief erbittert und klagte über den Undank der Menschheit.

Seit jener Zeit wußte er nicht, wie er seine Tage ausfüllen sollte. Er hatte die Siebzig überschritten; noch war er rüstig und fuhr fort zu arbeiten, von morgens bis abends in der Stadt herumzulaufen, Stunden zu geben, zu diskutieren, hochtrabende Reden zu führen und sich in alles zu mischen. Er war erfinderisch und suchte sich auf alle mögliche Weise zu beschäftigen; er fing an, Musikinstrumente zu reparieren, er dachte sich allerhand aus, versuchte und fand manchmal Verbesserungen. Er komponierte auch und strengte sich riesig an, etwas fertigzubringen. Einst hatte er eine Missa solemnis geschrieben, von der er viel sprach und die der Stolz der Familie war. Sie hatte ihn so viel Mühe gekostet, daß er beim Schreiben beinahe einen Schlaganfall bekommen hätte. Er versuchte sich einzureden, daß es ein geniales Werk sei; und doch wußte er ganz gut, aus welcher Gedankenleere heraus es geschrieben war; er wagte das Manuskript selbst nicht mehr anzuschauen, weil er jedesmal in den Melodien, die er sein eigen glaubte, Bruchstücke von andern Komponisten wiedererkannte, die er mühselig und mit aller Willensanstrengung aneinandergereiht hatte. Das erfüllte ihn mit großer Trauer. Manchmal kamen ihm Ideen, die er herrlich fand. Bebend lief er an den Tisch: Würde diesmal endlich die Offenbarung standhalten? –

Aber kaum hatte er die Feder in der Hand, so befand er sich wieder allein in der Stille. Und alle seine Anstrengungen, die verschwindenden Stimmen zu beleben, endeten damit, ihn die bekannten Melodien Mendelssohns oder Brahms' hören zu lassen.

„Es gibt", schreibt George Sand, „unglückliche Genies, denen der Ausdruck fehlt, die ihren Ideenschatz mit ins Grab nehmen, wie Geoffroy Saint-Hilaire – ein Glied dieser großen Familie erlauchter Stummer oder Stotterer – sagte." Der alte Hans Michel gehörte zu dieser Familie. Es gelang ihm ebensowenig, sich durch Musik wie durch Worte auszudrücken. Und immer gab er sich Illusionen hin; denn er hätte gar zu gern geredet, geschrieben, wäre so gern ein großer Musiker, ein gewandter Redner gewesen! Das war seine geheime Wunde; er sprach zu niemandem davon; er gestand es sich nicht einmal selbst, er versuchte, nicht daran zu denken; aber er dachte, ohne daß er es wollte, daran, und es bekümmerte ihn tief.

Armer alter Mann! In gar nichts gelang es ihm ganz, er selbst zu sein. Er trug so viele schöne und kraftvolle Saatkörner in sich; aber sie kamen nicht zur Blüte. Ein tiefer, rührender Glaube an die Würde der Kunst, an den moralischen Wert des Lebens; aber er setzte sie meist in eine pathetische, lächerliche Form um. Soviel edler Stolz; und im Leben eine fast knechtische Bewunderung der Höheren. Ein so starkes Bedürfnis nach Unabhängigkeit; und in der Wirklichkeit ein unbedingtes Sichfügen. Ansprüche eines starken Geistes; und aller Aberglauben. Begeisterung für Heldentum und wahren Mut; und soviel Schüchternheit! – Eine Natur, die auf halbem Wege stehenbleibt..

Hans Michel hatte all seine Hoffnungen auf seinen Sohn übertragen; und Melchior versprach zuerst, sie zu erfüllen. Er zeigte von Kindheit an große Begabung für Musik. Er lernte mit erstaunlicher Leichtigkeit und erlangte als Violinist eine Technik, die ihn für lange Zeit zum Liebling, ja fast zum Abgott der Hofkonzerte machte. Auch spielte er äußerst gewandt Klavier und andere Instrumente. Er war ein Schönredner, gut gebaut, wenn auch ein wenig plump, und der Typus dessen, der in Deutschland als klassische Schönheit gilt: eine breite, ausdruckslose Stirn, starke, regelmäßige Züge und ein lockiger Bart – ein Jupiter vom Rheinufer. Der alte Hans Michel genoß mit Wollust seines Sohnes Erfolge. Er, der niemals irgendein Instrument sauber hatte spielen können, versank in Begeisterung vor dessen Virtuosenkunststücken. Melchior, ja, der war sicher nicht in Verlegenheit, das auszudrücken, was er dachte.

Das Unglück war nur, daß er nichts dachte; und er machte sich nicht einmal etwas daraus. Er hatte ganz die Seele eines mittelmäßigen Komödianten, der seine Stimmbildung übt, unbekümmert, was sie ausdrückt, aber mit banger Eitelkeit ihren Eindruck auf das Publikum beobachtet.

Das sonderbarste war, daß bei ihm – trotz seiner beständigen Sorge um das Sich-in-Szene-Setzen, trotz seiner scheuen Ehrfurcht vor allen sozialen Konventionen wie bei Hans Michel – immer irgend etwas Heftiges, Unerwartetes, Unbesonnenes zutage trat, das die Leute sagen ließ, alle Kraffts seien ein wenig übergeschnappt. Zuerst schadete ihm das nicht. Es schien, als ob seine Maßlosigkeiten selber den Beweis für das Genie erbrächten, das man ihm zutraute. Denn es versteht sich unter Leuten von gesundem Menschenverstand von selbst, daß ein Künstler ihn nicht haben kann. Jedoch man kam sehr bald hinter den Charakter seiner Extravaganzen: ihre gewöhnliche Quelle war die Flasche. Nietzsche sagt zwar, daß Bacchus der Gott der Musik sei, und Melchiors Instinkt war derselben Ansicht; jedoch in diesem Falle zeigte sich sein Gott recht undankbar: weit davon entfernt, ihm die Ideen einzugeben, die ihm fehlten, entführte er ihm die wenigen, welche er hatte. Nach seiner absurden Heirat – absurd in den Augen der Welt und folglich auch in den seinen – ließ er sich mehr und mehr gehen. Er vernachlässigte sein Spiel und war dabei seiner überlegenen Sicherheit so gewiß, daß er sie in kurzer Zeit ganz verlor. Andere Virtuosen überholten ihn und verdrängten ihn aus der Gunst des Publikums – das war ihm bitter. Aber anstatt seine Energie zu wecken, trugen solche Niederlagen nur dazu bei, ihn zu entmutigen. Er rächte sich, indem er mit seinen Genossen im Wirtshaus auf seine Rivalen schimpfte. In seinem albernen Hochmut zählte er darauf, als Musikdirektor seinem Vater zu folgen – ein anderer wurde ernannt. Er glaubte sich verfolgt und setzte die Miene des verkannten Genies auf. Dank der Achtung, deren sich der alte Krafft erfreute, behielt er seinen Platz als Violinist im Orchester; aber er verlor nach und nach alle seine Stunden in der Stadt. War dieser Schlag seiner Eitelkeit sehr fühlbar, so war er es noch mehr seiner Kasse. Seit einigen Jahren schon hatten sich infolge verschiedener Unglücksfälle die Geldquellen sehr verringert. Nachdem man tatsächlich Überfluß gekannt hatte, war man in Dürftigkeit zurückgesunken, die von Tag zu Tag wuchs. Melchior weigerte sich, davon etwas merken zu wollen, und gab keinen Pfennig weniger für seine Kleidung und sein Vergnügen aus.

Er war kein schlechter Mensch, aber ein halbguter, was vielleicht schlimmer ist; schwach, ohne jede Spannkraft, ohne moralische Kraft, hielt er sich für einen guten Vater, guten Sohn, guten Ehemann, guten Menschen; vielleicht war er es auch, wenn dazu eine billige Güte genügt, die leicht mittrauert, und jene tierische Anhänglichkeit, welche die Seinen wie einen Teil des Selbst lieben läßt. Man hätte nicht einmal sagen können, daß er sehr egoistisch gewesen wäre: er war nicht genug Persönlichkeit dazu. Er war nichts. Es ist etwas Schreckliches im Leben um die Leute, die nichts sind. Wie ein träges Gewicht, das man in der Luft losläßt, haben sie die Neigung zu fallen – müssen unbedingt fallen; und alles, was um sie ist, reißen sie in ihrem Sturz mit.

In dem Augenblick, als die Lage der Familie am schwierigsten wurde, fing der kleine Christof gerade an zu verstehen, was um ihn her vorging.

Er war nicht mehr das einzige Kind. Melchior machte seiner Frau jedes Jahr ein Kind, ohne sich darum zu sorgen, was später aus ihnen werden würde. Zwei waren im Säuglingsalter gestorben. Zwei andere zählten drei und vier Jahre. Melchior beschäftigte sich nie mit ihnen, und Luise, die gezwungen war auszugehen, vertraute sie Christof an, der jetzt sechs Jahre alt war.

Das kostete Christof etwas, denn er mußte um dieser Pflicht willen auf seine schönen Nachmittage in den Feldern verzichten. Aber stolz darauf, daß man ihn als Mann behandelte, unterzog er sich ernsthaft seiner Aufgabe. Indem er den Kleinen seine eigenen Spiele zeigte, unterhielt er sie nach besten Kräften; er bemühte sich, mit ihnen so zu sprechen, wie er seine Mutter mit den Babys hatte plaudern hören. Oder er trug wohl einen nach dem andern auf den Armen, wie er es andre hatte machen sehen. Er krümmte sich unter der Last, aber er biß die Zähne zusammen und drückte den kleinen Bruder mit aller Kraft an seine Brust, damit er nicht falle. Die Kleinen wollten immer getragen werden, dessen wurden sie niemals müde; und wenn Christof nicht mehr konnte, gab es endlose Tränen. Sie machten es ihm recht sauer, und sie wurden ihm oft sehr beschwerlich. Schmutzig, wie sie waren, bedurften sie mütterlicher Pflege. Christof wußte nicht, was er tun sollte. Sie mißbrauchten ihn. Manchmal hatte er Lust, sie zu ohrfeigen; aber er dachte: Sie sind klein, sie wissen es nicht besser! Und er ließ sich großmütig kneifen, schlagen und quälen. Ernst heulte um ein Nichts; er strampelte, er wälzte sich vor Zorn; er war ein nervöses Kind, und Luise hatte Christof geraten, seinen Launen nicht zu widersprechen. Rudolf dagegen war von affenartiger Bosheit; trug Christof Ernst auf dem Arm, so nützte er es stets aus, um hinter seinem Rücken alle nur möglichen Dummheiten anzustellen: er zerbrach die

Spielsachen, goß Wasser aus, beschmutzte sein Kleid und kramte so lange im Wandschrank, bis die Speiseschüsseln herunterfielen. Er trieb es so herrlich, daß Luise, wenn sie heimkehrte und die Verwüstungen sah, zu Christof, anstatt ihn zu loben, mit bekümmerter Miene, wenn auch ohne zu schelten, sagte:

„Mein armer Junge, du bist nicht sehr geschickt."

Christof war tief gekränkt und dem Weinen nahe.

Luise, die sich keine Gelegenheit entgehen ließ, Geld zu verdienen, verdingte sich bei besonderen Anlässen, bei Hochzeitsessen oder Kindtaufen, als Kochfrau. Melchior tat, als ob er nichts davon wüßte, denn es verletzte seine Eitelkeit; aber er war nicht böse, daß es trotzdem geschah. Der kleine Christof hatte noch keine Ahnung von den Schwierigkeiten des Lebens; er kannte für seinen Willen keine andere Schranke als den seiner Eltern, der nicht besonders störend war; denn man ließ ihn so ziemlich aufs Geratewohl aufwachsen. Sein ganzes Verlangen ging dahin, groß zu werden, um alles tun zu können, was er wollte. Er ließ sich nichts von den Widerständen träumen, an denen man sich bei jedem Schritt stößt; und vor allem hätte er nie gedacht, daß seine Eltern nicht völlig Herr ihrer selbst seien. An dem Tage, als er zum erstenmal durchschaute, daß es unter den Menschen solche gibt, die befehlen, und andere, die gehorchen, und daß weder die Seinen noch er zu den Befehlenden gehörten, bäumte sich sein ganzes Wesen auf: dies wurde die erste Krisis seines Lebens.

Es war an einem Nachmittage. Seine Mutter hatte ihm seinen saubersten Anzug angezogen, einen alten geschenkten Anzug, aus dem die erfinderische Geduld Luises noch etwas Brauchbares verfertigt hatte. Er machte sich, wie es verabredet war, auf den Weg, um sie in dem Hause, wo sie arbeitete, aufzusuchen. Der Gedanke, allein dort hineinzugehen, schüchterte ihn sehr ein. Unter dem Portal schlenderte ein Diener auf und ab; er hielt das Kind an und fragte in gönnerhaftem Ton, was es da mache. Christof stotterte errötend, er komme, um „Frau Krafft" zu besuchen – wie zu sagen man ihm eingeschärft hatte.

„Frau Krafft? Was willst du denn von Frau Krafft?" fuhr der Diener fort, indem er das Wort „Frau" ironisch betonte. „Ist das deine Mutter? Da geh hinauf, du wirst Luise am Ende des Korridors in der Küche finden."

Röter und röter werdend, ging er weiter. Er schämte sich, seine Mutter so vertraulich Luise genannt zu hören; am liebsten wäre er davongelaufen, zu seinem lieben Fluß, in den Schutz der Büsche, dorthin, wo er sich Geschichten erzählte.

In der Küche geriet er mitten zwischen die anderen Dienstboten, die ihn mit lärmenden Zurufen empfingen. Hinten am Herd lächelte ihm seine Mutter mit zärtlichem und etwas verlegenem Ausdruck zu. Er lief auf sie zu und verbarg sich in ihren Röcken. Sie trug eine weiße Schürze und hielt einen Holzlöffel in der Hand. Sie erhöhte seine Verwirrung noch, indem sie ihn zwang, das Kinn zu heben, damit man sein Gesicht sähe, und wollte, daß er jedem einzelnen die Hand reiche und ihm guten Tag sage. Dazu ließ er sich nicht bewegen. Er drehte sich zur Wand und verbarg den Kopf in seinem Arm. Nach und nach aber faßte er sich ein Herz und wagte von seinem Versteck aus einen kleinen, glänzenden und lachlustigen Blick, der jedesmal wieder verschwand, wenn man ihn ansah. Verstohlen beobachtete er die Leute. Seine Mutter hatte eine geschäftige und wichtige Miene aufgesetzt, die er an ihr nicht kannte. Sie ging von einer Kasserolle zur andern, kostete, gab ihre Ansicht kund und erklärte in sicherem Ton Rezepte, welche die gewöhnliche Köchin mit Ehrfurcht anhörte. Das Herz des Knaben schwoll vor Stolz, als er sah, wie man seine Mutter schätzte und welche Rolle sie in diesem schönen, mit prächtigen Goldgefäßen und blitzendem Kupfer geschmückten Gemach spielte.

Plötzlich brachen alle Gespräche ab. Die Tür öffnete sich.

Mit einem Rauschen steifer Stoffe trat eine Dame ein. Sie warf einen mißtrauischen Blick um sich. Sie war nicht mehr jung, doch trug sie ein helles Kleid mit weiten Ärmeln. Ihre Schleppe hielt sie in der Hand, um nirgends anzustreifen. Das hinderte sie jedoch nicht, nahe an den Herd zu kommen, die Gerichte zu betrachten und sogar davon zu kosten. Als sie ein wenig die Hand hob, fiel der Ärmel zurück und ließ den bis zum Ellenbogen nackten Arm sehen, was Christof häßlich und unanständig fand. In welch trockenem und schneidendem Ton sprach sie mit Luise! Und wie demütig ihr Luise antwortete! Christof wurde davon betroffen. Er verbarg sich in seinem Winkel, um nicht bemerkt zu werden; aber das nützte ihm gar nichts. Die Dame fragte, wer der kleine Junge sei; Luise kam, um ihn zu holen und vorzustellen; sie hielt ihm die Hände fest, damit er nicht das Gesicht verstecken könne; und obgleich Christof Lust hatte, sich zu verteidigen und davonzulaufen, fühlte er doch instinktiv, daß er diesmal keinerlei Widerstand leisten dürfe. Die Dame sah die verstörte Miene des Kindes, und ihrer ersten, ganz mütterlichen Regung folgend, lächelte sie ihm freundlich zu. Aber gleich darauf setzte sie ihre Gönnermiene wieder auf und stellte ihm in bezug auf sein Betragen, seine Frömmigkeit Fragen, auf die er nichts antwortete. Sie sah auch nach, wie die Kleider paßten; und Luise beeilte sich, ihr zu versichern, daß sie wundervoll wären, und sie zupfte an der Jacke, um die Falten zu verstreichen. Christof hatte Lust zu schreien, so wurde er eingeschnürt. Er verstand nicht, warum seine Mutter sich bedankte.

Die Dame nahm ihn bei der Hand und sagte, sie wolle ihn zu ihren Kindern führen. Christof warf einen verzweifelten Blick auf seine Mutter; aber diese lächelte der Herrin mit so zuvorkommender Miene zu, daß er sah, von ihr war nichts zu erhoffen; und er folgte seiner Führerin wie ein Lamm, das man zur Schlachtbank schleppt.

Sie gelangten in einen Garten, wo zwei mürrisch ausschauende Kinder, ein Knabe und ein Mädchen in ungefähr gleichem Alter wie Christof, miteinander zu schmollen schienen. Christofs Ankunft brachte Ablenkung. Sie kamen näher, um den Neuankömmling genau zu betrachten. Christof, der nun auch von der Dame verlassen war, blieb in einer Allee wie festgepflanzt stehen und wagte nicht, die Augen zu heben. Die beiden anderen, einige Schritte davon und ebenfalls unbeweglich, sahen ihn vom Kopf bis zu den Füßen an, stießen sich mit den Ellenbogen und lächelten höhnisch. Endlich entschlossen sie sich zu etwas. Sie fragten ihn, wer er sei, woher er komme, was sein Vater mache. Christof antwortete in seiner Erstarrtheit gar nichts: er war bis zu Tränen eingeschüchtert, besonders durch das kleine Mädchen, das blonde Zöpfe und nackte Beine hatte und einen kurzen Rock trug.

Sie fingen an zu spielen. Als Christof gerade begann, sich ein wenig zu beruhigen, machte der kleine Herrensohn plötzlich vor ihm halt, tippte auf seinen Anzug und sagte: „Sieh einer, der gehört ja mir!"

Christof verstand nicht. Von der anmaßenden Meinung verletzt, daß sein Anzug einem anderen gehören sollte, schüttelte er zum Widerspruch energisch den Kopf.

„Ich werde ihn doch wohl wiedererkennen", meinte der Kleine. „Es ist mein alter blauer Anzug: da hat er einen Fleck."

Und er zeigte mit dem Finger darauf. Hiernach fuhr er mit der Untersuchung fort, beschaute Christofs Füße und fragte, woraus eigentlich die Flicken seiner ausgebesserten Schuhe gemacht seien. Christof wurde dunkelrot. Das Mädelchen verzog den Mund und flüsterte ihrem Bruder zu – Christof hörte es –, daß es ein kleiner Armer sei. Darauf fand Christof die Sprache wieder. Er glaubte solche beleidigende Meinung siegreich niederzuschlagen, indem er mit erstickter Stimme hervorstammelte, er sei der Sohn von Melchior Krafft, und seine Mutter sei Luise, die Kochfrau. – Ihm schien dieser Titel ebensoschön wie irgendein anderer; und er hatte damit durchaus recht. Aber die beiden Kleinen, welche die Nachricht übrigens interessierte, schienen ihn deshalb nicht höher einzuschätzen. Sie nahmen im Gegenteil einen gönnerhaften Ton an. Sie fragten ihn, was er später machen wolle und ob er auch Koch oder Kutscher werden würde. Christof fiel in seine Stummheit zurück. Er fühlte, wie ihm etwas Eisiges ins Herz drang.

Durch sein Stillschweigen kühn geworden, suchten die beiden kleinen Reichen, die plötzlich gegen den armen Jungen eine jener grausamen und grundlosen Kinderantipathien gefaßt hatten, nach irgendeinem unterhaltsamen Mittel, ihn zu quälen. Das Mädchen war ganz besonders darauf erpicht. Sie merkte, daß Christof wegen seiner engen Kleider nur mit Mühe laufen konnte; und sie kam auf die raffinierte Idee, ihn Hindernissprünge vollführen zu lassen. Man baute aus kleinen Bänken eine Barriere und forderte Christof auf darüberzusetzen. Der unglückliche Junge wagte nicht zu sagen, was ihn am Springen hindere; er raffte seine Kräfte zusammen, gab sich einen Schwung und fiel der Länge nach auf die Erde. Ringsumher gab es helles Gelächter. Er mußte von vorn beginnen. Die Augen voller Tränen, machte er eine verzweifelte Anstrengung. Diesmal gelang es ihm wirklich, hinüberzukommen. Das genügte jedoch seinen Peinigern durchaus nicht; sie fanden, daß die Barriere nicht hoch genug sei; sie bauten sie noch höher, bis es ein unfehlbar halsbrecherisches Gerüst wurde. Christof versuchte sich zu empören; er erklärte, daß er da nicht hinüber wolle. Darauf nannte ihn das kleine Mädchen feige und schalt ihn furchtsam. Christof konnte das nicht vertragen; obgleich er sicher war, daß er hinschlagen würde, sprang er und fiel. Seine Füße verfingen sich in dem Hindernis, alles brach mit ihm herunter. Er riß sich seine Hände blutig und zerschlug sich beinahe den Kopf. Um das Unglück vollzumachen, platzte sein Anzug an den Knien und an anderen Stellen auf. Er war krank vor Scham; er hörte die beiden Kinder vor Vergnügen um sich herumtanzen, und er litt entsetzlich. Er fühlte, daß sie ihn verachteten, daß sie ihn haßten. Warum? Warum? Er hätte sterben mögen! – Es gibt keinen grausameren Schmerz als den eines Kindes, das zum erstenmal die Schlechtigkeit anderer entdeckt; es glaubt sich dann von der ganzen Welt verfolgt, und nichts hat es, was es hilfreich stützt: nichts mehr, nichts! – Christof versuchte sich zu erheben; der kleine Herrensohn stieß ihn zurück, so daß er wieder hinfiel. Das Mädchen gab ihm Fußtritte. Er versuchte es von neuem; sie warfen sich alle beide über ihn, setzten sich auf seinen Rücken und drückten sein Gesicht zur Erde. Da ergriff ihn die Wut: das war zuviel des Unglücks! Seine brennenden Hände, sein zerrissener, schöner Anzug – für ihn ein tragisches Verhängnis –, die Schmach, der Kummer, die Empörung gegen die Ungerechtigkeit, all dies Elend auf einmal verschmolz in ihm zu einer wütenden Raserei. Er stützte sich im Bogen auf seine Knie und Hände, schüttelte sich wie ein Hund, so daß seine Peiniger übereinanderfielen; und als sie es noch einmal mit ihm versuchten, drang er mit gesenktem Schädel auf sie ein, ohrfeigte das kleine Mädchen und warf mit einem Faustschlag den Jungen mitten in ein Gartenbeet.

Das wurde ein Geheul! Mit durchdringenden Schreien flohen die Kinder ins Haus. Man hörte Türenschlagen und zornige Ausrufe. Die Dame kam, so schnell es die Kleiderschleppe ihr erlaubte, herbeigelaufen. Christof sah sie kommen und versuchte nicht einmal zu entfliehen, er schauderte vor dem, was er getan hatte; ja, es war etwas Unglaubliches, ein Verbrechen; aber er bedauerte nichts. Er wartete und fühlte sich verloren. Um so besser! Er war sowieso der Verzweiflung ausgeliefert.

Die Dame stürzte sich auf ihn. Er fühlte, wie er geschlagen wurde. Er hörte, daß sie mit wütender Stimme und einem Schwall von Worten auf ihn einsprach, aber er unterschied nichts. Seine beiden kleinen Feinde waren, um seiner Schande beizuwohnen, zurückgekehrt und keiften aus vollem Halse. Dienstboten standen herum; es gab einen wahren Stimmenwirrwarr. Um ihn vollends zu Boden zu drükken, erschien jetzt auch Luise, die man gerufen hatte; und anstatt ihn zu verteidigen, fing sie ebenfalls, bevor sie noch irgend etwas wußte, an, ihn zu schlagen; sie verlangte, daß er um Verzeihung bitte. Er sträubte sich wütend. Sie schüttelte ihn stärker, zerrte ihn an der Hand vor die Dame und die Kinder, damit er vor ihnen niederknie. Aber er strampelte, heulte und biß seine Mutter in die Hand. Endlich rettete er sich in die Mitte der lachenden Dienstboten.

Das Herz drohte ihm zu zerspringen; der Zorn und die empfangenen Schläge brannten in seinem Gesicht; so ging er davon. Er versuchte, an nichts zu denken, und beschleunigte den Schritt, weil er auf der Straße nicht weinen mochte. Er wünschte sich nach Hause, um seinen Tränen freien Lauf zu lassen; seine Kehle war ihm zugeschnürt, das Blut sauste ihm im Kopf, daß er zu bersten drohte.

Endlich gelangte er heim; er lief die alte schwarze Treppe empor bis zu seiner gewohnten Fensternische oberhalb des Flusses; außer Atem, warf er sich hinein, und nun kam eine Tränensintflut. Er wußte nicht genau, warum er weinte, aber er mußte weinen. Und als der erste Strom so ziemlich vorüber war, weinte er noch immer, weil er weinen wollte, in einer Art von Wut, um sich leiden zu machen, als strafe er damit die andern gleichzeitig mit sich selbst. Dann dachte er daran, daß sein Vater bald heimkehren, daß seine Mutter ihm alles erzählen werde und daß sein Unglück noch nicht am Ende sei. Er beschloß zu fliehen, ganz gleich, wohin, um niemals wiederzukehren.

Gerade in dem Augenblick, als er hinunterging, stieß er an den heimkehrenden Vater.

„Was machst du da, Bengel? Wo willst du hin?“ fragte Melchior.

Er antwortete nicht.

„Du hast irgendeine Dummheit angestellt. Was hast du getan?“

Christof schwieg hartnäckig.

„Was du getan hast", wiederholte Melchior. „Willst du antworten?"

Das Kind begann zu weinen, Melchior zu schreien, einer immer lauter als der andere, bis man den eiligen Schritt Luises hörte, welche die Treppe hinaufstieg. Sie war ganz aufgeregt. Sie begann sogleich mit heftigen Vorwürfen, die sie mit neuen Ohrfeigen begleitete und denen Melchior, sobald er begriffen hatte, worum es sich handelte – und wahrscheinlich schon vorher –, seine Hiebe hinzufügte, die einen Stier hätten erschlagen können. Sie schrien alle beide. Das Kind heulte. Schließlich stritten sie mit demselben Zorn einer gegen den andern. Während Melchior noch mitten im Schlagen war, sagte er plötzlich, der Kleine habe ganz recht getan, man sähe ja, wohin es führe, wenn man Leute bedienen gehe, die sich alles erlauben zu können meinten, weil sie Geld hätten. Luise schrie ihrem Mann zu, daß er ein brutaler Kerl sei, daß sie ihm nicht erlaube, den Kleinen anzurühren, und daß er ihn verwundet habe. Christof blutete wirklich etwas aus der Nase, aber er dachte kaum daran und wußte seiner Mutter durchaus keinen Dank dafür, daß sie ihn mit einem feuchten Leinentuch grob abtupfte, wobei sie immer weiterschalt. Zuletzt stieß man ihn in eine dunkle Kammer, wo man ihn ohne Abendbrot einsperrte.

Er hörte, wie sich die Eltern gegenseitig anschrien, und er wußte nicht, wen er am meisten verabscheute. Es schien ihm die Mutter zu sein; denn von ihr hatte er niemals eine solche Schlechtigkeit erwartet. Alle Leiden des Tages drückten ihn gleichzeitig nieder, alles, was er erlitten hatte: die Ungerechtigkeit der Kinder, die Ungerechtigkeit der Dame, die Ungerechtigkeit seiner Eltern und – was er ebenfalls wie eine frische Wunde fühlte, wenn er sich darüber auch nicht Rechenschaft gab – die Erniedrigung seiner bisher mit solchem Stolz betrachteten Eltern vor so schlechten und verächtlichen Leuten. Diese Feigheit, die ihm zum erstenmal bewußt wurde, erschien ihm gemein. Alles in ihm war erschüttert: die Bewunderung für die Seinen, die religiöse

Ehrfurcht, die sie ihm einflößten, seine Lebenszuversicht, das kindliche Bedürfnis, die andern zu lieben und von ihnen geliebt zu werden, sein blindes, aber unbedingtes moralisches Vertrauen. Es war ein vollständiger Zusammenbruch. Er wurde, ohne irgendeine Möglichkeit, sich zu verteidigen, sich jemals wieder zu befreien, von einer brutalen Macht erdrückt. Er erstickte. Er glaubte zu sterben. Er bäumte sich mit seinem ganzen Wesen in einer verzweifelten Empörung auf. Er schlug mit Fäusten, Füßen und Kopf gegen die Wand, heulte, wurde von Zuckungen erfaßt und fiel, indem er an den Möbeln anprallte, zu Boden.

Seine Eltern liefen herbei und nahmen ihn in die Arme. Jetzt wollte es einer dem andern an Zärtlichkeit zuvortun. Seine Mutter zog ihn aus, trug ihn ins Bett und setzte sich zu Häupten seines Lagers, bis er ruhiger wurde. Aber er ließ sich durchaus nicht rühren, er verzieh ihr nichts, und er tat, als ob er schliefe, nur um sie nicht zu küssen. Seine Mutter erschien ihm schlecht und feige. Er ahnte nicht, wie schwer es ihr wurde, für sich und ihn den Lebensunterhalt zu verdienen, und wie sie, als sie Partei gegen ihn nahm, gelitten hatte.

Nachdem er den unglaublich reichen Tränenvorrat, den Kinderaugen fassen, bis zum letzten Tropfen erschöpft hatte, fühlte er sich ein wenig erleichtert. Er war matt und gebrochen; aber seine Nerven waren noch zu angespannt, als daß er hätte schlafen können. Die eben erlebten Bilder fingen von neuem an, durch seinen Halbschlaf zu streichen. Vor allem sah er das kleine Mädchen immer wieder: mit ihren glänzenden Augen, ihrer kleinen, hochmütig gehobenen Nase, ihren Haaren über den Schultern, den nackten Beinen und ihrer kindlichen und gezierten Sprache. Er zitterte, wenn er sich einbildete, ihre Stimme von neuem zu hören. Er dachte daran, wie dumm er sich ihr gegenüber benommen hatte, und empfand einen wilden Haß gegen sie; er konnte ihr nicht verzeihen, daß sie ihn so erniedrigt hatte, und er wurde von dem Wunsche verzehrt, sie nun ihrerseits zu demütigen, sie weinen zu machen. Er suchte nach Mitteln und fand keines. Es war höchst unwahrscheinlich, daß sie sich jemals um ihn kümmern würde; aber um sein Herz zu erleichtern, bildete er sich ein, daß alles so wäre, wie er es sich wünschte. Er setzte also voraus, daß er sehr einflußreich und berühmt geworden sei; und gleichzeitig beschloß er, daß sie in ihn verliebt sein müsse. Dann fing er an, sich eine seiner tollen Geschichten zu erzählen, die er schließlich für wahrer hielt als die Wirklichkeit.

Sie starb fast vor Liebessehnsucht; er aber verachtete sie. Wenn er an ihrem Haus vorüberschritt, sah sie ihm, hinter den Vorhängen verborgen, nach; er fühlte, daß sie ihn anschaute, aber er tat, als achte er nicht darauf, und unterhielt sich fröhlich. Er verließ sogar das Land und reiste weit fort, nur um ihre Pein zu erhöhen. Er vollführte große Taten. – Hier fügte er in seinen Bericht einige ausgewählte Bruchstücke aus Großvaters Heldenerzählungen ein. – Währenddessen wurde sie krank vor Kummer. Und ihre Mutter, die hochmütige Dame, kam, um ihn anzuflehen: „Mein armes Kind stirbt. Ich bitte Sie um alles in der Welt, kommen Sie!" Er kam. Sie lag da mit bleichem, eingefallenem Gesicht. Sie streckte ihm die Arme entgegen. Sie konnte nicht sprechen; aber sie nahm seine Hände und küßte sie weinend. Und dann sah er mit bewundernswürdiger Güte und Sanftmut auf sie nieder. Er sagte ihr, daß sie genesen solle, und erlaubte ihr gnädig, ihn zu lieben. Als er an dieser Stelle seiner Erzählung angekommen war und, um ihre Befriedigung auszukosten, sich mehrmals die Stellungen und Worte wiederholte, übermannte ihn der Schlaf, und er schlummerte getröstet ein.

Als er die Augen von neuem öffnete, war der Tag gekommen; und dieser Tag leuchtete nicht mit der Unbewußtheit vorhergehender Morgen. Irgend etwas war in der Welt verändert. Christof wußte, was Ungerechtigkeit war.

Man hatte im Haus Augenblicke sehr fühlbarer Not zu überstehen; sie wurden nach und nach immer häufiger. An solchen Tagen gab es mageren Tisch. Niemand merkte es besser als Christof. Der Vater sah nichts; er bediente sich als erster, und für ihn gab es immer genug. Er unterhielt sich lärmend, lachte laut über seine eigenen Worte und beachtete nicht den Blick seiner Frau, die mit gezwungener Miene lächelte und ihn ängstlich überwachte, während er zulangte. War die Schüssel an ihm vorübergegangen, so blieb nur noch die Hälfte darin. Luise gab den Kleinen: jedem zwei Kartoffeln. Kam die Reihe an Christof, blieben oft nur drei auf dem Teller, und seine Mutter war noch nicht bedient. Er wußte es schon im voraus, denn er hatte sie gezählt, bevor sie zu ihm kamen. Dann raffte er seinen Mut zusammen und sagte mit ungezwungener Miene:

„Nur eine, Mama."

Sie sorgte sich ein wenig.

„Zwei wie die andern."

„Nein, bitte schön, nur eine einzige."

„Hast du denn keinen Hunger?"

„Nein, ich habe keinen großen Hunger."

Aber auch sie nahm nur eine, und sie schälten sie mit Sorgfalt, teilten sie in ganz kleine Stücke, suchten sie so langsam wie nur möglich zu essen. Seine Mutter beobachtete ihn. War er dann fertig:

„Nun also, nimm noch diese."

„Nein, Mama."

„Ja, bist du denn krank?"

„Ich bin nicht krank, aber ich habe genug gegessen."

Es kam vor, daß sein Vater ihm vorwarf, er spiele den Verwöhnten, und sich selbst die letzte Kartoffel aneignete. Aber Christof wurde jetzt vorsichtig, und er behielt sie für seinen kleinen Bruder Ernst auf dem Teller, der, ein rechter Vielfraß, vom Anfang des Essens an danach hinschielte und schließlich fragte:

„Du ißt sie nicht? So gib sie mir, gelt, Christof!"

Oh, wie verabscheute Christof seinen Vater, wie grollte er ihm, daß er nicht an sie dachte, nicht einmal ahnte, daß er ihr Teil wegaß! Er hatte solchen Hunger, daß er ihn haßte und es ihm gern gesagt hätte; aber in seinem Stolz dachte er, daß er nicht das Recht habe, solange er seinen Unterhalt nicht selbst verdiene. Dies Brot, das sein Vater ihm nahm, hatte sein Vater verdient. Er aber war zu nichts nütze; er war für alle eine Last; er hatte kein Recht zu sprechen. Später würde er sprechen – wenn es bis zum Später käme. Ach, er würde vorher Hungers sterben!

Er litt mehr als manches andere Kind an solchen jungen Bitternissen. Sein robuster Magen folterte ihn; manchmal überfiel ihn ein Zittern; der Kopf tat ihm weh; er fühlte ein Loch in der Brust, ein Loch, das sich drehte und immer größer wurde wie von einem Bohrer. Aber er klagte nicht; er fühlte sich von seiner Mutter beobachtet und setzte eine gleichgültige Miene auf. Luise begriff halb und halb und mit gepreßtem Herzen, daß sich ihr kleiner Junge das Essen versagte, damit die andern um so mehr hätten; sie wies den Gedanken von sich; aber er kam ihr immer wieder. Sie wagte nicht, die Sache ganz aufzuklären und Christof zu fragen, ob es wahr sei; denn war es auch so, was hätte sie machen können? Sie selbst war von klein auf an Entsagungen gewöhnt. Was nützt es zu klagen, wenn man nichts ändern kann? Allerdings ahnte sie mit ihrer zarten Gesundheit und ihren geringen Bedürfnissen nicht, daß der Knabe mehr leiden mußte als sie. Sie sagte nichts zu ihm; aber einoder zweimal, als die andern ausgegangen waren, die Kinder auf der Straße, Melchior bei seinem Beruf, bat sie ihren Ältesten zurückzubleiben, um ihr irgendeinen kleinen Dienst zu leisten. Christof hielt ihr das Knäuel, während sie es aufwickelte. Plötzlich warf sie alles hin und zog ihn leidenschaftlich an sich; sie nahm ihn auf den Schoß, obgleich er schon recht schwer war; sie drückte ihn an sich. Er umschlang heftig ihren Hals, und sie weinten alle beide und küßten sich wie Verzweifelte.

„Mein armer kleiner Junge!“

„Mama, liebe Mama!“

Mehr sprachen sie nicht; aber sie verstanden sich.

Es dauerte ziemlich lange, bis Christof merkte, daß sein Vater trank. Melchiors Unmäßigkeit überschritt gewisse Grenzen nicht, wenigstens nicht am Anfang. Sie war durchaus nicht brutal. Sie zeigte sich viel eher in übermäßigen Freudenausbrüchen. Er sagte Albernheiten und sang stundenlang aus vollem Halse, während er dazu auf den Tisch schlug; und manchmal wollte er mit aller Gewalt mit Luise und den Kindern tanzen. Christof sah wohl, daß seine Mutter ein trauriges Gesicht machte; sie setzte sich abseits und senkte den Blick auf ihre Arbeit; sie vermied, den Betrunkenen anzusehen, und sie versuchte ihn sanft zum Schweigen zu bringen, wenn er Unflätigkeiten sagte, die sie erröten ließen. Aber Christof verstand das nicht; er hatte ein solches Bedürfnis nach Fröhlichkeit, daß ihm die lärmende Heimkehr des Vaters fast ein Fest bedeutete. Das Zuhause war traurig, und solche Tollheiten waren ihm eine Aufheiterung. Er lachte von Herzen über Melchiors groteske Bewegungen und seine dummen Späße; er sang und tanzte mit ihm; er fand es von seiner Mutter sehr häßlich, daß sie ihm mit ärgerlicher Stimme aufzuhören befahl. Wie konnte das schlecht sein, wenn es sein Vater doch tat? Obgleich ihm durch seine stets wache Beobachtungsgabe, die ihn einmal Geschehenes nicht vergessen ließ, manches im Betragen seines Vaters aufgefallen war, was nicht mit seinem kindlichen und unabweislichen Gerechtigkeitssinn übereinstimmte, fuhr er doch immer fort, ihn zu bewundern. Das ist einem Kinde ein Bedürfnis! Sicher ist es eine Form des Selbstgefühls. Solange der Mensch zu schwach ist oder sich als zu schwach erkennt, seine Wünsche zu erfüllen und seinen Stolz zu befriedigen, überträgt er sie als Kind auf die Eltern, als vom Leben besiegter Mann seinerseits auf die eigenen Kinder. Sie sind oder werden alles, was er zu sein geträumt hat: seine Verfechter, seine Rächer. Und in diesem stolzen Verzichtleisten zu ihren Gunsten mischen sich Liebe und Selbstsucht in berauschender Süße und Kraft. Christof vergaß so die gegen seinen Vater gehegten Beschwerden und versuchte alles, um Gründe zu finden, ihn zu bewundern. Er bewunderte seine Gestalt, seine starken Arme, seine Stimme, sein Lachen, seinen Frohsinn; und er strahlte vor Stolz, wenn er sein Virtuosentalent loben hörte oder wenn Melchior selber von den Schmeicheleien erzählte, die man ihm gesagt hatte und die er noch übertrieb. Er glaubte seinen Prahlereien, und er hielt seinen Vater für ein Genie, für einen von Großvaters Helden.

Eines Abends, gegen sieben Uhr, war er allein zu Hause. Die kleinen Brüder gingen mit Hans Michel spazieren. Luise wusch Wäsche am Fluß. Die Tür öffnete sich, und Melchior taumelte herein. Er war ohne Hut, mit halboffenen Kleidern; er vollführte, um einzutreten, eine Art Luftsprung und fiel gleich darauf auf einen Stuhl am Tisch. Christof fing zu lachen an, weil er meinte, es handle sich um einen seiner gewöhnlichen Späße; und er ging zu ihm. Aber sowie er ihn aus der Nähe sah, verging ihm die Lust zum Lachen. Melchior saß da mit hängenden Armen, schaute, ohne etwas zu sehen, mit blinzelnden Augen vor sich hin; sein Gesicht war dunkelrot; der Mund stand ihm auf, und von Zeit zu Zeit quoll ein glucksendes, blödes Lachen daraus hervor. Christof war betroffen. Zuerst meinte er, daß sein Vater Scherz treibe, aber als er sah, daß er sich nicht rührte, packte ihn die Angst.

„Papa, Papa!“ schrie er.

Melchior fuhr fort wie eine Henne zu glucksen. Christof ergriff ihn verzweifelt am Arm und schüttelte ihn aus allen Kräften.

„Papa, lieber Papa, antworte mir doch! Bitte, bitte!“

Melchiors Körper schwankte wie ein widerstandsloses Ding und fiel beinahe um; sein Kopf neigte sich Christof zu;

er sah ihn an und gurgelte zusammenhanglose und erregte Silben. Als Christofs Blick diese unklaren Augen traf, bemächtigte sich seiner ein wahnsinniges Entsetzen. Er floh in den Hintergrund des Zimmers, warf sich vor dem Bett auf die Knie und vergrub sein Gesicht in den Decken. Lange blieben sie so. Melchior schaukelte sich schwerfällig auf seinem Stuhl und gurrte. Christof verstopfte sich die Ohren, um es nicht zu hören, und zitterte am ganzen Körper. Was in ihm vorging, war unbeschreiblich: es war ein entsetzlicher Aufruhr, ein Schrecken, ein Schmerz, so, als wenn jemand gestorben wäre, jemand, den man liebte und verehrte.

Niemand kehrte heim, sie blieben beide allein. Die Nacht sank, und Christofs Angst steigerte sich von Minute zu Minute. Er konnte es nicht unterlassen zu lauschen, und sein Blut erstarrte, wenn er diese Stimme, die er nicht wiedererkannte, hörte: die Stille machte sie noch fürchterlicher. Die hölzerne Standuhr schlug den Takt zu dem sinnlosen Geplapper. Er hielt es nicht mehr aus; er wollte fliehen. Aber um hinauszukommen, mußte er an seinem Vater vorbei; und Christof schauerte bei dem Gedanken, seine Augen wieder zu sehen: ihm schien, er müßte davon sterben. Er versuchte auf Händen und Knien bis zur Zimmertür zu rutschen. Er atmete nicht, er schaute nicht auf, er hielt bei der geringsten Bewegung Melchiors inne, dessen Füße er unter dem Tisch sah. Ein Bein des Betrunkenen zitterte. Christof gelangte zur Tür; mit bebender Hand drückte er auf die Klinke, aber in seiner Verwirrung ließ er sie los. Die Tür fiel heftig zu. Melchior wendete sich, um zu sehen; der Stuhl, auf dem er sich wiegte, verlor das Gleichgewicht. Er fiel mit Gepolter um. Der entsetzte Christof fand nicht die Kraft zu fliehen. Er blieb, an die Wand gepreßt, stehen, sah seinen Vater der Länge nach zu seinen Füßen und schrie um Hilfe.

Der Fall ernüchterte Melchior etwas. Nachdem er geschimpft, geflucht und den Stuhl, der ihm diesen Streich gespielt, mit Faustschlägen gepufft hatte, nachdem er vergebens versucht hatte, sich zu erheben, setzte er sich auf und lehnte den Rücken an den Tisch; so erkannte er das ihn umgebende Land. Er sah den weinenden Christof; er rief ihn heran. Christof wollte fliehen; er konnte sich nicht regen. Melchior rief ihn von neuem; und als das Kind nicht kam, fluchte er vor Zorn. Christof, der an allen Gliedern zitterte, kam näher. Melchior zog ihn an sich und setzte ihn auf seine Knie. Er fing damit an, ihn an den Ohren zu ziehen und ihm mit schwerfälliger und lallender Zunge eine Predigt über den Respekt zu halten, den ein Kind seinem Vater schulde. Dann kam er plötzlich auf einen anderen Gedanken und schwang den Knaben, indem er Albernheiten einherleierte, in den Armen auf und ab: Er bog sich vor Lachen. Hierauf ging er unvermittelt zu traurigen Ideen über; er wehklagte über den Kleinen und über sich selbst; er drückte ihn an sich, als wollte er ihn erwürgen, und überschüttete ihn mit Küssen und Tränen; und schließlich wiegte er ihn, indem er das De Profundis dazu anstimmte. Christof machte nicht die geringste Bewegung, um sich zu befreien; er war vor Entsetzen erstarrt. Fast erstickt an der Brust seines Vaters, fühlte er über seinem Gesicht den weindurchtränkten Atem und das Aufstoßen des Betrunkenen, wurde von seinen Küssen und widerlichen Tränen benäßt und verging vor Ekel und Furcht. Er wollte schreien, aber kein Laut entrang sich seinem Munde. Ein Jahrhundert – so schien es ihm – blieb er in diesem entsetzlichen Zustand, bis die Tür sich öffnete und Luise mit einem Wäschekorb in der Hand eintrat. Sie stieß einen Schrei aus, ließ den Korb fallen, eilte auf Christof zu und riß ihn mit einer Heftigkeit, die ihr niemand zugetraut hatte, aus Melchiors Armen.

„Elender Trunkenbold, du!“ rief sie.

Ihre Augen flammten vor Zorn.

Christof meinte, sein Vater würde sie töten. Aber Melchior war von der drohenden Erscheinung seiner Frau so betroffen, daß er nichts erwiderte und nur in neue Tränen ausbrach. Er wälzte sich auf der Erde; er schlug seinen Kopf an die Möbel und wimmerte, daß sie recht habe, daß er ein Trinker sei, der das Unglück der Seinen ausmache, daß er seine armen Kinder zugrunde richte und daß er sterben wolle. Luise hatte ihm voller Verachtung den Rücken gekehrt; sie trug Christof in das anstoßende Zimmer, sie liebkoste ihn und suchte ihn zu beruhigen. Der Kleine zitterte weiter und antwortete nicht auf der Mutter Fragen; dann brach er in Schluchzen aus. Luise badete ihm das Gesicht in Wasser; sie küßte ihn, sprach ihm zärtlich zu, sie weinte mit ihm. Endlich beruhigten sie sich beide. Sie kniete nieder und ließ ihn neben sich dasselbe tun. Sie beteten, der liebe Gott möge den Vater von seiner widerlichen Gewohnheit heilen und ihn gut und tüchtig wie früher machen. Luise brachte das Kind zu Bett. Es wollte, daß sie an seinem Bett bleibe und seine Hand halte. Luise verbrachte einen Teil der Nacht bei Christof, der Fieber hatte. Der Betrunkene schnarchte auf dem Fußboden.

Als Christof einige Zeit nach diesem Vorfall in der Schule, wo er gewöhnlich seine Zeit damit verbrachte, die Fliegen an der Decke zu betrachten und an seine Nachbarn Püffe auszuteilen, um sie von der Bank zu werfen, sich selbst einmal zum Spaß von seinem Sitz fallen ließ, machte der Lehrer, der längst wegen Christofs ewiger Unruhe, seiner Faulheit und Lachlust gegen ihn eingenommen war, eine unpassende Anspielung auf eine gewisse bekannte Persönlichkeit, deren Spuren er glänzend folgen zu wollen scheine. Alle Kinder brachen in Gelächter aus, und einige hielten es für nötig, die Anspielungen durch ebenso energische wie klare Kommentare zu verdeutlichen. Christof erhob sich, rot vor Scham, ergriff sein Tintenfaß und schleuderte es in hohem Bogen an den Kopf des ersten, den er lachen sah. Der Lehrer fiel über ihn her; er wurde mit der Rute gehauen, mußte in einer Ecke knien und wurde zu einem riesenhaften Strafpensum verurteilt.

Leichenblaß und voll schweigender Wut, kehrte er heim; er erklärte kalt, daß er nicht mehr in die Schule wolle. Man schenkte seinen Worten keine Beachtung. Am nächsten Morgen, als seine Mutter ihn erinnerte, daß es Zeit sei fortzugehen, erklärte er mit Ruhe, daß er gesagt habe, er werde nicht mehr hingehen. Wie Luise auch bat, schrie, drohte: nichts half. Er blieb mit eigensinniger Stirn im Winkel sitzen. Melchior schlug ihn halb lahm; er heulte. Aber auf alle Aufforderungen, die man nach jeder Strafe an ihn richtete, antwortete er wütender: „Nein!" Man bat ihn, wenigstens zu sagen, warum. Er preßte die Zähne aufeinander und wollte nicht mit der Sprache heraus. Melchior packte ihn, trug ihn zur Schule und übergab ihn dem Lehrer. Kaum saß er wieder auf seiner Bank, fing er an, systematisch alles ihm Erreichbare zu zerbrechen: sein Schreibzeug, seine Feder. Er zerriß sein Heft und sein Buch – alles dies tat er ganz offensichtlich, während er den Lehrer dabei herausfordernd ansah. Man sperrte ihn in den Karzer. – Einige Augenblicke später fand ihn der Lehrer, sein Taschentuch um den Hals geknüpft, im Begriff, aus allen Kräften an den beiden Enden zu ziehen: er versuchte sich zu erdrosseln.

Man mußte ihn heimschicken.

Christof war gegen das Leiden abgehärtet. Er hatte vom Vater und Großvater die robuste Natur geerbt. Man war in der Familie nicht verzärtelt: krank oder nicht, geklagt wurde niemals. Und nichts war imstande, an den Gewohnheiten der beiden Kraffts, Vater und Sohn, irgend etwas zu ändern. Bei jedem Wetter, ob Sommer oder Winter, gingen sie aus, blieben stundenlang in Regen oder Sonne – manchmal aus Nachlässigkeit oder Prahlerei – mit bloßem Kopf und offenen Kleidern; sie legten, ohne müde zu werden, Meilen zurück und sahen mit verächtlichem Mitleid auf die arme Luise herab, die zwar nichts sagte, die aber wohl oder übel mit geschwollenen Beinen und zum Zerspringen klopfendem Herzen haltmachen mußte. Christof war nicht weit davon entfernt, ihre Geringschätzung der Mutter zu teilen; er verstand nicht, daß man krank sein könne; ob er fiel, sich stieß, sich schnitt oder verbrannte, er weinte nicht; aber er war gegen das feindliche Objekt aufgebracht. Die Brutalitäten seines Vaters und seiner kleinen Kameraden, der Gassenjungen, mit denen er sich schlug, härteten ihn gehörig ab. Er fürchtete keine Schläge; und mehr als einmal kam er mit blutender Nase oder mit Beulen auf der Stirn nach Hause. Eines Tages mußte man ihn fast erstickt aus einem tollen Handgemenge befreien, bei dem er unter seinen Gegner gewälzt worden war, der ihm mit aller Wildheit den Kopf auf das Pflaster stieß. Er fand das ganz natürlich und war durchaus bereit, mit den anderen ebenso umzugehen, wie man es mit ihm tat.

Jedoch vor unendlich vielen Dingen hatte er Furcht; und obgleich man nichts davon wußte – denn er war sehr stolz –, litt er während eines Teiles seiner Kindheit unter nichts so sehr wie unter diesen beständigen Todesängsten. Besonders während zweier oder dreier Jahre wüteten sie in ihm gleich einer Krankheit.

Er hatte Angst vor dem Geheimnisvollen, das sich im Dunkel verkriecht, vor den bösen Mächten, die dem Leben aufzulauern scheinen, vor dem schreckenerregenden Gewimmel, das jedes Kinderhirn mit Entsetzen in sich trägt und mit allem, was es sieht, verbindet – wohl als die letzten Überbleibsel einer verschwundenen Fauna, der Gesichte erster Tage, die dem Nichts noch nahe sind, dem furchtbaren Schlaf im Mutterleibe, dem Erwachen der Larve in der Tiefe der Materie.

Er hatte Angst vor der Bodentür. Sie führte auf die Treppe und stand fast immer halb offen. Wenn er vorbeigehen mußte, fühlte er sein Herz pochen; er nahm einen Anlauf und sprang, ohne hinzuschauen, vorüber; ihm schien, irgend jemand oder irgend etwas sei dahinter. An den Tagen, an denen sie geschlossen war, hörte er deutlich durch das geöffnete Abzugsloch, wie sich hinter der Tür etwas bewegte. Es war das nicht erstaunlich; denn dort lebten große Ratten; aber er stellte sich ein Ungeheuer vor, mit zerstückelten Knochen, mit Fleisch wie Lumpen, einem Pferdekopf, todbringenden Augen und unzusammenhängenden Formen; er wollte nicht daran denken und dachte trotzdem daran. Er vergewisserte sich mit bebender Hand, daß der Riegel gut vorgeschoben war; was ihn nicht hinderte, wenn er die Stufen hinunterstieg, sich zehnmal umzudrehen.

Er hatte Angst vor der Nacht im Freien. Es geschah, daß er sich beim Großvater verspätete oder daß man ihn abends wegen einiger Besorgungen ausschickte. Der alte Krafft wohnte ein wenig außerhalb der Stadt im letzten Haus auf der Kölner Landstraße. Zwischen diesem Haus und den ersten erhellten Fenstern der Stadt lagen zwei- bis dreihundert Schritte, die Christof gut als das Dreifache erschienen. Einige Minuten lang machte der Weg eine Biegung, und man sah gar nichts. Das Land lag um die Dämmerzeit verödet; die Erde wurde schwarz, und der Himmel war von erschreckender Bleiche. Verließ man das den Weg einfassende Gebüsch und erkletterte die Böschung, so sah man am äußersten Horizont noch einen gelblichen Schimmer, aber dieser Schein hellte nicht und war beängstigender als die Nacht; er schuf ein tieferes Dunkel rings um sich her: es war ein Leichenlicht. Die Wolken senkten sich fast bis zum Erdboden. Die Büsche wurden ungeheuerlich und bewegten sich. Die Baumskelette ähnelten grotesken Greisen. Die Meilensteine hatten Reflexe wie fahle Tücher. Das Dunkel regte sich. Zwerge waren in den Gräben, Leuchtkäfer im Gras, erschreckende Flügelschläge in der Luft, schrille Insektenschreie, die wer weiß woher kamen. Christof war immer in angstvoller Erwartung irgendeiner unheilvollen Seltsamkeit der Natur. Er lief so schnell er konnte, und sein Herz flog in seiner Brust.

Sah er in Großvaters Zimmer das Licht, war er beruhigt.

Aber das schlimmste war, daß der alte Krafft manchmal noch nicht heimgekehrt war. Dann wurde es noch schrecklicher. Das alte, in der Landschaft verlorene Haus schüchterte das Kind bei hellem Tage ein. War der Großvater da, so vergaß er seine Ängste; aber manchmal ließ ihn der Alte allein und ging aus, ohne ihm vorher etwas zu sagen. Christof hatte nicht acht darauf gegeben. Das Zimmer war friedlich. Alle Gegenstände waren vertraut und freundlich. Da stand ein großes Bett aus weißem Holz. Zu Häupten des Bettes lag auf einem Brettchen eine dicke Bibel, auf dem Kamin standen künstliche Blumen und die Photographien der beiden Frauen und der elf Kinder – der Alte hatte auf eine jede unten das Geburtsdatum und den Todestag geschrieben. An den Wänden eingerahmte Verse und schlechte Farbdrucke von Mozart und Beethoven. In einer Ecke ein kleines Klavier, in einer andern ein Cello. Borte mit einem Durcheinander von Büchern; aufgehängte Pfeifen; auf dem Fensterbrett Geranientöpfe. Man war wie von Freunden umgeben. Des Alten Schritte kamen und gingen im Zimmer nebenan, man hörte ihn feilen oder nageln; er sprach mit sich selbst, nannte sich einen Dummkopf oder sang mit seiner starken Stimme ein Potpourri aus Choralbruchstücken, sentimentalen *Liedern**, kriegerischen Märschen und Trinkgesängen. Man fühlte sich in Sicherheit. Christof saß im großen Lehnstuhl am Fenster, ein Buch auf den Knien; über die Bilder gebeugt, versenkte er sich in sie; der Tag neigte sich, seine Augen wurden trübe; schließlich sah er nichts mehr und verfiel in unbestimmte Träumereien. Das Rollen von Wagenrädern grollte auf entferntem Pfad. Eine Kuh brüllte in den Feldern. Die müden und schläfrigen Glocken der Stadt läuteten das Abendgebet ein. Verschwommene Sehnsüchte, dunkle Ahnungen erwachten im Herzen des träumenden Kindes.

Plötzlich schreckte Christof, von dumpfer Unruhe ergriffen, auf. Er hob die Augen: Nacht. Er lauschte: Stille. Großvater war eben ausgegangen. Ein Schauer überrieselte ihn. Er lehnte sich aus dem Fenster, um ihm nachzusehen. Der Weg lag öde; die Dinge fingen an, ein drohendes Aussehen anzunehmen. Gott! Wenn *sie* kommen würde! – Wer? – Er hätte es nicht sagen können. Das entsetzliche Etwas ... Die Türen schlossen schlecht. Die Holztreppe knarrte wie unter einem Schritt. Das Kind sprang empor, zog den Armsessel, die beiden Stühle und den Tisch in den geschütztesten Winkel des Zimmers und baute eine Schutzmauer daraus: den Sessel mit dem Rücken gegen die Wand, einen Stuhl zur Rechten, einen zur Linken und den Tisch davor. In die Mitte stellte er eine Trittleiter. Oben auf ihrer Spitze nistete er sich fest mit seinem Buch und einigen anderen Büchern, im Falle einer Belagerung als Munition, und er atmete nun auf, denn er hatte mit seiner Kinderphantasie bei sich selbst beschlossen, daß der Feind in keinem Fall den Schutzwall überschreiten dürfe: das war nicht erlaubt.

Aber der Feind tauchte manchmal aus dem Buche selber auf. Zwischen den alten Schmökern, die vom Großvater aufs Geratewohl zusammengekauft worden waren, befanden sich einige mit Bildern, die auf den Knaben einen tiefen Eindruck machten; sie zogen ihn an, wie sie ihn erschreckten. Da waren phantastische Erscheinungen zu sehen: Versuchungen des heiligen Antonius, wo Vogelskelette in Flaschen nisteten, wo Myriaden von Eiern sich wie Würmer in aufgeschlitzten Fröschen bewegten, wo die Köpfe auf Tatzen liefen, wo die Hintern Trompete bliesen und wo Hausgeräte und Tierkadaver, in große Tücher gehüllt, sich ernsthaft vorwärts bewegten und sich mit Knicksen wie alte Damen grüßten. Christof empfand Ekel vor diesen Bildern und kehrte, von seinem Abscheu gezogen, doch immer wieder zu ihnen zurück. Lange betrachtete er sie und warf von Zeit zu Zeit einen eiligen Blick ringsherum, um zu sehen, ob sich in den Vorhangfalten etwas regte. – Noch greulicher war ihm ein Muskelmensch in einem anatomischen Werk. Er zitterte davor, die Seite umzuwenden, wenn er sich dem Teil des Buches näherte, wo sich dieser befand. Dieses ganze unförmige Durcheinander übte eine wunderbare Macht auf ihn aus. Die jedem Kinderhirn innewohnende schöpferische Kraft ergänzte die Armseligkeit des Dargestellten. Er sah keinen Unterschied zwischen jenen Schmierereien und der Wirklichkeit. Nachts beeinflußten sie seine Träume stärker als die während des Tages empfangenen lebendigen Eindrücke.

Er hatte Angst vor dem Schlaf. Während mehrerer Jahre vergifteten böse Träume seine Ruhe; er irrte in Kellern herum und sah den fratzenschneidenden Muskelmann durch die Luke hereinkommen. Er war allein in einem Zimmer und hörte im Flur ein Rascheln von Schritten; er warf sich der Tür entgegen, um sie zu schließen, und hatte gerade noch Zeit, die Klinke zu fassen, aber man zog sie von hinten auf; er konnte den Schlüssel nicht umdrehen, er ermattete, rief um Hilfe. Und andererseits wußte er genau, *wer* hereinkommen wollte. – Er war inmitten der Seinen; und plötzlich veränderten sich ihre Gesichter; sie taten wahnsinnige Dinge. Er las ruhig; und er fühlte, ein unsichtbares Wesen war *rings* um ihn. Er wollte fliehen und fühlte sich gebannt. Er wollte schreien und war geknebelt. Eine widrige Umklammerung schnürte ihm den Hals zu; er schreckte wie erstickt und zähneklappernd auf und fuhr lange noch, nachdem er erwacht war, fort zu zittern; seine Angst zu vertreiben gelang ihm nicht.

Das Zimmer, in dem er schlief, war ein Verschlag ohne Fenster und Türen. Vom Zimmer der Eltern trennte ihn nur ein alter Vorhang, der oberhalb des Eingangs an einer Stange befestigt war. Die dicke Luft nahm Christof den Atem. Seine Brüder, die im selben Bett schliefen, gaben ihm Fußtritte. Der Kopf brannte ihm, und er wurde eine Beute seiner Halbträume, in denen alle kleinen Tagessorgen, ins Unendliche vergrößert, wiederkehrten. In diesem dem Alpdruck verwandten Zustand äußerster nervöser Anspannung war ihm der geringste Stoß eine Qual. Das Krachen der Diele verursachte ihm Entsetzen. Das Schnarchen seines Vaters schwoll ihm phantastisch an; das schien kein menschlicher Atem mehr, sondern ein ungeheurer Lärm, der ihm Grauen einflößte: es war, als läge dort ein Tier im Schlaf. Die Nacht lastete erdrückend auf ihm, nie würde sie zu Ende sein, ewig würde es so bleiben; seit Monaten lag er schon so da. Er keuchte, hob sich halb aus seinem Bett, setzte sich auf und trocknete mit dem Hemdsärmel sein schweißbedecktes Gesicht. Manchmal puffte er seinen Bruder Rudolf, um ihn aufzuwecken; aber der knurrte, zog den Rest der Decke an sich und schlief ruhig wieder ein.

So blieb er in Fieberangst, bis unten am Vorhang ein bleicher Strahl auf der Diele erschien. Dieser schüchterne, blasse Schimmer des fernen Morgens erfüllte ihn sogleich mit Frieden. Er fühlte ihn ins Zimmer gleiten, wenn ihn sonst noch niemand im Dunkel hätte entdecken können. Alsbald sank sein Fieber, sein Blut beruhigte sich wie ein übergetretener Fluß, der in sein Bett zurückkehrt; gleichmäßige Wärme rann in seinen Körper, und seine von Schlaflosigkeit brennenden Augen fielen ihm gegen seinen Willen zu.

Am Abend sah er mit Schrecken die Schlafenszeit wiederkehren. Er schwor sich, diesmal nicht nachzugeben und aus Furcht vor den bösen Träumen die ganze Nacht zu wachen. Aber die Müdigkeit übermannte ihn schließlich doch, und immer gerade dann, wenn er es am wenigsten erwartete, kamen die Ungeheuer wieder.

Fürchterliche Nacht! Den meisten Kindern so süß und einigen wenigen unter ihnen so schrecklich! – Er hatte Angst zu schlafen; er hatte Angst, nicht zu schlafen. Schlaf oder Wachen – er war von gespenstischen Bildern umgeben, den Einbildungen seines Hirns, den Larven, die in der Dämmerung der Kindheit auf und nieder wogen, wie im unheilvollen Helldunkel der Krankheit.

Aber diese eingebildeten Schrecken sollten bald vor dem großen Grauen hinschwinden, das alle Menschen erregt und das die Weisheit sich vergeblich zu vergessen oder zu verneinen müht: dem Tod.

Als Christof eines Tages in einem Wandschrank stöberte, kamen ihm verschiedene Gegenstände, die er nicht kannte, unter die Finger: ein Kinderkleid und ein gesteiftes Mützchen. Er brachte sie triumphierend seiner Mutter, die, anstatt ihm zuzulächeln, ein böses Gesicht machte und ihm befahl, sie wieder an Ort und Stelle zurückzutragen. Als er zu gehorchen zögerte und „Warum?“ fragte, riß sie ihm, ohne zu antworten, alles aus den Händen und drückte es in ein Fach, das er nicht erreichen konnte. Äußerst neugierig gemacht, bestürmte er sie mit Fragen. Sie sagte ihm schließlich, daß das einem kleinen Bruder gehöre, der gestorben sei, bevor er selbst zur Welt gekommen. Davon wurde er ganz niedergeschmettert: niemals hatte er von ihm reden hören. Einen Augenblick blieb er schweigsam, dann versuchte er mehr zu erfahren. Seine Mutter schien zerstreut; sie sagte ihm jedoch, daß er Christof geheißen habe wie er, daß er aber artiger gewesen sei. Er stellte noch andere Fragen; aber sie mochte nicht antworten. Sie sagte nur noch, daß er im Himmel sei und für sie alle bete. Christof konnte nichts mehr aus ihr herausbekommen; sie befahl ihm, zu schweigen und sie arbeiten zu lassen. Sie schien sich wirklich in ihre Näherei zu vertiefen; ihr Gesicht war sorgenvoll, und sie hob die Augen nicht empor; aber nach einiger Zeit schaute sie in den Winkel, in den er sich zum Schmollen zurückgezogen hatte, begann wieder zu lächeln und sagte ihm freundlich, er möge draußen spielen.

Diese Gesprächsbrocken erregten Christof tief. Es hatte also einmal ein Kind gegeben, einen kleinen Jungen seiner Mutter, ganz so wie er, mit demselben Namen und ihm beinahe gleich, der gestorben war! Gestorben, er wußte nicht ganz genau, was das war; aber es mußte etwas Schreckliches sein. Und niemals sprach man von diesem andern Christof; er war vollständig vergessen; es würde ihm also ebenso gehen, wenn an ihn die Reihe zu sterben käme? – Dieser Gedanke arbeitete noch in ihm, als er sich abends mit der ganzen Familie bei Tisch befand und er sie lachen und von gleichgültigen Dingen reden hörte. So würde man lachen können, nachdem er selbst gestorben wäre! Oh! Niemals hätte er geglaubt, daß seine Mutter selbstsüchtig genug sein könnte, nach dem Tode ihres kleinen Jungen noch zu lachen! Er haßte sie alle; er hatte Lust, über sich selbst zu weinen, im voraus über seinen eigenen Tod. Gleichzeitig hätte er eine Menge Fragen stellen mögen; aber er wagte es nicht, denn er dachte an den Ton, in dem seine Mutter ihm Schweigen auferlegt hatte. – Endlich aber hielt er es nicht mehr aus; und als er zu Bett ging, fragte er Luise, die kam, um ihm den Gutenachtkuß zu geben:

„Mama, hat er in meinem Bett geschlafen?"

Die arme Frau zuckte zusammen; und mit einer Miene, die gleichmütig sein sollte, fragte sie:

„Wer?"

„Der kleine Junge ... der gestorben ist", erwiderte Christof, indem er die Augen senkte.

Seiner Mutter Hände umfingen ihn krampfhaft.

„Schweig still, schweig still!" sagte sie.

Ihre Stimme zitterte. Christof, der den Kopf an ihre Brust gelehnt hatte, hörte ihr klopfendes Herz. Einen Augenblick herrschte Schweigen; dann sagte sie:

„Du mußt niemals mehr davon sprechen, mein Liebling ... Schlaf ruhig ... Nein, sein Bett ist das nicht."

Sie küßte ihn. Er meinte zu fühlen, daß ihre Wange feucht sei; er hätte es gern sicher gewußt. Ein wenig war er erleichtert: sie empfand doch wenigstens Kummer! Jedoch einen Augenblick später zweifelte er wieder daran, als er sie nebenan im Zimmer mit ruhiger Stimme reden hörte, mit ihrer alltäglichen Stimme. Was war nun wahr, das Jetzt oder das Vorhin? – Er warf sich lange im Bett hin und her, ohne die Antwort zu finden. Er hätte gewünscht, daß seine Mutter sich grämte; zwar hätte es auch ihn bekümmert, wenn er hätte denken müssen, daß sie traurig sei; aber trotz allem hätte es ihm so wohlgetan! Er hätte sich weniger einsam gefühlt. – Endlich schlief er ein, und am nächsten Morgen dachte er nicht mehr daran.

Einige Wochen später kam einer der Buben, mit denen er zusammen auf der Straße spielte, nicht zur gewohnten Stunde. Einer aus der Bande sagte, er sei krank; und man gewöhnte sich daran, ihn nicht mehr mitspielen zu sehen: man hatte die Erklärung; es war ganz einfach. – Eines Abends lag Christof im Bett; es war noch früh, und von dem Verschlag aus, wo sein Lager stand, sah er das Licht im Zimmer seiner Eltern. Man klopfte an die Tür. Eine Nachbarin kam zum Plaudern herüber. Er hörte nur zerstreut hin, denn er erzählte sich, seiner Gewohnheit nach, eine Geschichte; die Worte des Gesprächs drangen nicht alle an sein Ohr. Plötzlich hörte er die Nachbarin sagen, daß „er gestorben sei". All sein Blut stockte, denn er hatte begriffen, um wen es sich handelte. Er lauschte, hielt seinen Atem an. Seine Eltern antworteten mit verwunderten Ausrufen. Melchiors lärmende Stimme schrie:

„Christof, hörst du? Der arme Fritz ist gestorben."

Christof nahm sich zusammen und erwiderte in ruhigem Ton:

„Ja, Papa."

Seine Brust war wie in einen Schraubstock geschnürt.

Melchior kam noch einmal darauf zurück:

„Ja, Papa! Das ist alles, was du zu sagen weißt! Tut es dir nicht mal leid?"

Luise, die das Kind verstand, sagte:

„Pst! Laß ihn schlafen!"

Und man sprach leiser. Aber Christof erlauschte mit gespitzten Ohren alle Einzelheiten: die Krankheit, ein Nervenfieber, die kalten Bäder, das Irrereden, den Schmerz der Eltern. Er fand keinen Atem mehr; etwas wie eine Kugel, die ihm in den Hals stieg, erstickte ihn; er schauerte zusammen: all diese entsetzlichen Dinge meißelten sich in sein Hirn ein. Vor allem behielt er, daß das Leiden ansteckend sei, das heißt, daß auch er auf dieselbe Art sterben könne; und das Grauen machte ihn erstarren, denn er erinnerte sich, daß er das letztemal, als er Fritz gesehen, ihm die Hand gegeben hatte und daß er am selben Tage noch am Haus vorbeigegangen war. – Jedoch hütete er sich, das geringste Geräusch zu machen, um nicht sprechen zu müssen; und als ihn sein Vater nach dem Fortgang der Nachbarin fragte: „Christof, schläfst du?", antwortete er nicht. Er hörte, wie Melchior zu Luise sagte:

„Das Kind hat kein Herz."

Luise erwiderte nichts; aber einen Augenblick später kam sie, hob sanft den Vorhang in die Höhe und sah in das kleine Bett. Christof hatte gerade noch Zeit, die Augen zu schließen und den regelmäßigen Atemzug, den er von seinen schlafenden Brüdern kannte, nachzuahmen. Luise entfernte sich auf den Zehenspitzen. Und dennoch, wie gern hätte er sie zurückgehalten! Was hätte er darum gegeben, ihr zu sagen, welche Angst er habe, sie zu bitten, ihn zu retten, ihn wenigstens zu beruhigen! Aber er fürchtete, daß man ihn verspotten und als Feigling behandeln würde; und dann wußte er auch schon allzugut, daß alles, was man ihm hätte sagen können, nichts nützte. Stundenlang blieb er voller Angst liegen und glaubte die Krankheit zu fühlen, die in ihn hineinkroch, die Kopfschmerzen, die Herzbeklemmungen, und er dachte entsetzt: Es ist aus, ich bin krank, ich werde sterben, ich werde sterben! – Einmal richtete er sich in seinem Bett auf und rief leise die Mutter; aber die Eltern schliefen, und er wagte nicht, sie zu wecken.

Von dieser Zeit an wurde seine Kindheit durch den Todesgedanken vergiftet. Seine Nerven ergaben sich allen möglichen grundlosen kleinen Leiden: Beklemmungen, Stichen, plötzlichen Atemnöten. Seine Phantasie brachte ihn solchen Schmerzen gegenüber außer sich und ließ ihn in jedem das mörderische Ungeheuer sehen, das ihm das

Leben nehmen würde. Wie oft litt er, nur wenige Schritte von seiner Mutter entfernt, Todesqualen, ohne daß sie davon etwas ahnte! Denn in seiner Feigheit hatte er doch den Mut, seine Schrecken in sich zu verschließen, und zwar in einem sonderbaren Gemisch von Gefühlen: dem Stolz, nicht zu andern um Hilfe zu kommen, der Scham, Furcht zu haben, und den Gewissensbissen einer zärtlichen Liebe, die nicht beunruhigen will. Aber er dachte unaufhörlich: Diesmal bin ich krank, ich bin schwer krank. Das ist eine beginnende Bräune! – Er hatte zufällig den Namen Bräune aufgefangen ... Mein Gott! Nur diesmal nicht!

Er kam auf religiöse Gedanken; er glaubte gern, was die Mutter sagte, daß nach dem Tode die Seele zum Herrn emporsteige und daß sie, wenn sie fromm sei, in den Paradiesgarten eingehe. Aber er dachte sich diese Reise viel eher angstvoll als angenehm. Er beneidete durchaus nicht die Kinder, die Gott, nach dem, was seine Mutter sagte, zur Belohnung mitten aus dem Schlaf zu sich rief, ohne sie vorher leiden zu lassen. Er zitterte im Augenblick des Einschlafens, daß Gott ihm gegenüber diese Laune haben könnte. Es mußte schrecklich sein, plötzlich aus dem warmen Bett losgelöst und in die Leere geschleppt zu werden, vor Gottes Angesicht. Er stellte sich Gott als eine riesenhafte Sonne vor, die mit Donnerstimme redete; wie weh das tun mußte! Sicher verbrannte es Augen und Ohren und die ganze Seele! Und dann konnte Gott ja auch strafen! Man wußte nie Bescheid ... Übrigens verhinderte dies alles nicht die andern Entsetzlichkeiten, die er zwar nicht genau kannte, die er aber aus den Gesprächen erraten hatte: der Leib ganz allein in einem Kasten auf dem Grund einer Grube, wo er verloren in der Menge einer jener widerwärtigen Kirchhöfe blieb, auf die man ihn zum Beten hinführte ... Gott! Gott! Wie traurig!

Und dabei war es doch gar nicht heiter, zu leben, Hunger zu haben, den betrunkenen Vater zu sehen, brutal behandelt zu werden, auf tausend Arten zu leiden – durch die

Schlechtigkeit anderer Kinder, durch das beleidigende Mitleid der Großen – und von niemand, selbst nicht von seiner Mutter, verstanden zu werden. Alle Welt demütigte einen, keiner liebte einen, man war allein, ganz allein und zählte so wenig! – Ja, aber gerade das flößte ihm die Lust zum Leben ein. Er fühlte in sich eine von Zorn gärende Kraft. Es war etwas Seltsames um diese Kraft! Noch vermochte sie nichts; sie war gleichsam fern und geknebelt, eingeschnürt, gelähmt; er hatte keine Ahnung, was sie wollte, was sie später sein würde. Aber sie war in ihm; er war ihrer sicher; er fühlte sie sich regen und murren. Morgen, morgen ... Wie würde er sich da Genugtuung verschaffen! Er hatte ein rasendes Verlangen, zu leben, um sich für all das Böse, für all die Ungerechtigkeiten zu rächen, um die Schlechten zu strafen, um Großes zu vollbringen. Oh! Wenn ich nur leben bliebe! – Er überlegte ein wenig: Nur bis zum achtzehnten Jahr! Ein anderes Mal ging er bis einundzwanzig. Das war die äußerste Grenze. Er meinte, das würde ihm genügen, um die Welt zu unterwerfen. Er dachte an die Helden, die ihm teuer waren, an Napoleon, an jenen andern, noch ferneren, den er aber am meisten liebte, an Alexander den Großen. Sicherlich würde er wie sie werden, wenn er nur noch zwölf Jahre ... zehn Jahre lebte. Die zu beklagen, die mit dreißig Jahren starben, kam ihm nicht in den Sinn. Die waren alt; sie hatten das Leben genossen; es war ihre Schuld, wenn sie es verfehlt hatten. Aber jetzt zu sterben – welche Verzweiflung! Es wäre zu traurig, ganz klein dahinzugehen und ewig im Gedächtnis der Leute ein kleiner Junge zu bleiben, dem Vorwürfe zu machen jeder das Recht zu haben glaubte! Er weinte vor Wut darüber, als wäre er schon gestorben.

Diese Angst vor dem Tode quälte ihn jahrelang – einzig gemildert durch den Ekel vor dem Leben, die Trübsal seines Lebens.

Inmitten des schweren Dunkels dieses Daseins, in der erstickenden Nacht, die sich von Stunde zu Stunde rings um ihn zu verdichten schien, fing wie ein verlorener Stern im düstern Raume ein Licht zu glänzen an, das sein Leben erleuchten sollte: die göttliche Musik...

Großvater hatte gerade seinen Kindern ein altes Piano geschenkt, das er von einem seiner Schüler übernommen und das seine erfinderische Geduld einigermaßen instand gesetzt hatte. Das Geschenk war nicht sehr freundlich empfangen worden. Luise fand, daß das Zimmer schon ohnedies klein genug sei, und Melchior sagte, daß Papa Hans Michel sich nicht gerade ruiniert habe; das sei ja reines Brennholz. Einzig der kleine Christof war über den Neuankömmling vergnügt, ohne recht zu wissen, warum. Ihm war, als sei das ein Zauberkasten, voll wunderbarer Geschichten, wie sie in dem Märchenbuch standen – einem Band von Tausendundeiner Nacht –, aus dem Großvater ihm von Zeit zu Zeit einige Seiten vorlas, die sie beide entzückten. Er hatte gehört, wie sein Vater am ersten Tage, um die Tasten zu probieren, daraus einen kleinen Sprühregen von Arpeggien hervorlockte, dem ähnlich, den ein lauer Wind nach einem Platzregen aus den feuchten Zweigen eines Gehölzes niederfallen läßt. Er hatte in die Hände geklatscht und „Weiter!" gerufen. Aber Melchior hatte das Klavier verächtlich geschlossen und gesagt, daß es nichts tauge. Christof bestand nicht darauf; aber er strich seitdem unaufhörlich um das Instrument herum, und sowie man den Rücken drehte, hob er den Deckel und schlug leise eine Taste an, als berühre er mit dem Finger den grünen Rükkenschild eines großen Insekts: er wollte das darunter eingeschlossene Tier herauslocken. Manchmal tippte er in seinem Eifer ein wenig zu stark, und seine Mutter rief ihm zu: „Wirst du dich wohl ruhig halten? Faß nicht alles an!", oder er klemmte sich arg, wenn er den Kasten schloß, und schnitt jämmerliche Gesichter, indem er an dem verletzten Finger sog...

Seine größte Freude ist es jetzt, wenn seine Mutter tagsüber einen Dienst hat oder einen Weg in die Stadt macht. Er lauscht, wie ihre Schritte die Treppe hinuntergehen – nun sind sie in der Straße; nun entfernen sie sich. Er ist allein. Er öffnet das Klavier, schiebt einen Stuhl hinan, er nistet sich darauf ein, seine Schultern reichen bis zur Höhe der Tasten: genug für seine Wünsche. Warum wartet er, bis er allein ist? Niemand würde ihn am Spielen hindern, vorausgesetzt, daß er nicht zuviel Lärm macht. Aber er schämt sich vor den andern, er getraut sich nicht. Und dann spricht man auch und bewegt sich; das verdirbt das Vergnügen. Es ist so viel schöner, wenn man allein ist! – Christof hält seinen Atem an, damit es noch stiller wird, und auch, weil er ein wenig erregt ist, als sollte er eine Kanone abschießen. Das Herz schlägt ihm, wenn er den Finger auf die Taste setzt; manchmal hebt er ihn wieder auf, nachdem er ihn schon zur Hälfte niedergedrückt hat, um ihn auf eine andere zu legen. Weiß man, ob aus dieser nicht noch etwas Schöneres als aus jener kommt? – Plötzlich steigt der Ton empor; tiefe sind darunter und spitze; solche, die klingen, und andere, die grollen. Das Kind lauscht ihnen lange, einem nach dem andern, bis sie schwächer werden und hinschwinden. Sie wiegen sich wie Glocken, die der Wind, wenn man in den Feldern ist, wechselweise herträgt und entführt; dann, wenn man genau hinhört, vernimmt man in der Ferne andere verschiedenartige Töne, die sich verschlingen und kreisen wie Insektenflüge; sie scheinen dich zu rufen, dich ins Weite zu ziehen, weit fort ... immer weiter, in geheimnisvolle Schlupfwinkel, wo sie niedertauchen und versinken ... Nun sind sie verschwunden! – Nein, sie murmeln noch ... ein kleiner Flügelschlag ... Wie seltsam das alles ist! Sie sind wie Geister. Doch warum sie so gehorchen, warum sie in dieser alten Kiste so gefangengehalten werden, das kann man gar nicht verstehen!

Aber das allerschönste ist, wenn man zwei Finger gleichzeitig auf zwei Tasten setzt. Nie weiß man ganz genau, was geschehen wird. Manchmal sind die beiden Geister Feinde; sie zürnen, sie schlagen, hassen einander, sie brummen mit verdrießlicher Miene; ihre Stimme schwillt an; manchmal schreit sie voll Zorn, manchmal voll Wehmut. Christof begeistert das: wie entfesselte Ungeheuer sind sie, die ihre Bande zerreißen, gegen ihre Gefängniswände anrennen. Es scheint, daß sie sie einreißen und nach außen durchbrechen werden wie die in arabischen Truhen unter Salomons Siegel gefangenen Dämonen, von denen das Märchenbuch erzählt. – Andere schmeicheln dir: sie versuchen dich zu betören; aber man fühlt ganz gut, daß sie nur beißen wollen und daß sie Fieber haben. Christof weiß nicht recht, was sie wollen; aber sie ziehen ihn an und beunruhigen ihn gleichzeitig; fast machen sie ihn erröten. – Und noch ein andermal erscheinen Töne, die sich lieben: die Klänge umschlingen sich, wie man mit den Armen macht, wenn man sich küßt; sie sind reizend und sanft. Gute Geister sind es, mit lächelnden, faltenlosen Gesichtern; sie lieben den kleinen Christof, und der kleine Christof liebt sie; die Tränen treten ihm in die Augen, wenn er sie hört, und er wird nicht müde, sie herbeizurufen. Das sind seine Freunde, seine lieben, zärtlichen Freunde ...

So wandert das Kind im Wald der Töne und fühlt tausend unbekannte Kräfte rings um sich, die es belauern und es zu sich rufen, um es zu liebkosen oder um es zu verschlingen ...

Eines Tages überraschte ihn Melchior so. Mit seiner lauten Stimme ließ er ihn erschrocken auffahren. Christof glaubte sich auf einer Übeltat ertappt und hielt eilig seine Hände an die Ohren, um sie gegen die fürchterlichen Klapse zu schützen.

Aber Melchior schimpfte seltsamerweise nicht; er war guter Laune, er lachte.

„Das interessiert dich also, Schlingel?" fragte er, indem er ihn freundschaftlich auf den Kopf patschte. „Willst du, daß ich dich Klavierspielen lehre?"

Ob er wollte! – Er murmelte ein entzücktes Ja. Sie setzten sich zu zweit an das Klavier. Christof wurde diesmal auf einen Stoß dicker Bücher gehoben; so nahm er sehr aufmerksam seine erste Stunde. Zuerst lernte er, daß seine summenden Geister sonderbare Namen hatten, die aus einer einzigen Silbe oder sogar aus einem einzigen Buchstaben bestanden. Er war darüber sehr erstaunt, er hatte sie sich anders vorgestellt: als schöne Kosenamen, wie die der Märchenprinzessinnen. Er mochte die Vertraulichkeit, mit der sein Vater von ihnen sprach, gar nicht leiden. Außerdem waren sie, wenn Melchior sie beschwor, nicht mehr dieselben Wesen; sie hatten ein ganz charakterloses Aussehen, wenn sie unter seinen Fingern daherrollten. Immerhin war Christof zufrieden, die Beziehungen kennenzulernen, die zwischen ihnen bestanden, ihre Hierarchie: die Tonleitern, deren erste Note einem König glich, der eine Armee befehligt, oder die wie eine Negerbande in Reih und Glied dahermarschierten. Mit Erstaunen sah er, daß jeder Soldat oder jeder Neger seinerseits Herrscher werden durfte oder das Haupt einer ähnlichen Kolonne und daß man daraus sogar ganze Bataillone von oben bis unten auf dem Klavier aufziehen lassen konnte. Es amüsierte ihn, den Faden zu halten, an dem sie liefen. Aber all dies war kindlicher geworden als das, was er zuerst geschaut hatte: er fand seinen Zauberwald nicht wieder. Dennoch gab er sich Mühe, denn es war nicht langweilig, und er war von seines Vaters Geduld überrascht. Melchior ermüdete durchaus nicht: zehnmal ließ er ihn dasselbe wieder anfangen. Christof konnte sich nicht erklären, warum er sich soviel Mühe gab; sein Vater hatte ihn also lieb? Wie gut er war! Und das Herz voller Dankbarkeit, arbeitete der Knabe.

Er wäre wohl weniger gefügig gewesen, hätte er gewußt, was im Kopf seines Lehrers vorging.

Von diesem Tage an nahm ihn Melchior zu einem Nachbarn mit, bei dem man dreimal wöchentlich Kammermusiknachmittage veranstaltete. Melchior spielte Erste Violine, Hans Michel Cello. Die beiden andern waren ein Bankbeamter und der alte Uhrmacher aus der *Schillerstraße**. Von Zeit zu Zeit gesellte sich der Apotheker zu ihnen und brachte seine Flöte mit. Man kam um fünf Uhr zusammen und blieb bis neun. Zwischen je zwei Stücken nahm man Bier zu sich. Nachbarn kamen und gingen, lauschten schweigend ein wenig, während sie an der Wand stehen blieben, nickten mit dem Kopf, bewegten den Fuß im Takt und füllten das Zimmer mit Tabakswolken. Seite folgte auf Seite, Stück auf Stück, ohne daß die Geduld der Ausführenden jemals müde wurde. Vor Aufmerksamkeit in sich zusammengezogen, mit gefalteter Stirn, sprachen sie nichts und stießen nur hin und wieder ein vergnügtes Gebrumm hervor, da sie durchaus unfähig waren, in andrer Weise die Schönheit eines Werkes nicht nur auszudrücken, sondern sogar zu fühlen. Sie spielten weder sehr richtig noch sehr im Takt; aber sie entgleisten niemals und befolgten treu die angegebenen Ausdruckszeichen. Sie verfügten über jene musikalische Leichtigkeit, die sich mit wenigem begnügt, und über jene Vollkommenheit im Mittelmäßigen, die in dem Menschenschlag, welchen man den musikalischsten der Welt nennt, überreich vorhanden ist. Auch besaßen sie jenen Kunstheißhunger, der in bezug auf die Qualität der Nahrung wenig schwierig ist, vorausgesetzt, daß die Quantität genügt, hatten den gesunden Appetit, dem jede Musik gut scheint – je nahrhafter, desto besser – und der keinen Unterschied zwischen Brahms und Beethoven macht oder im Werk desselben Meisters zwischen einem hohlen Konzert und einer ergreifenden Sonate, da sie ja beide aus dem gleichen Teig sind.

Christof hielt sich abseits hinter dem Piano in einem Winkel, der ihm gehörte. Dort konnte ihn nichts stören, denn man mußte auf allen vieren hineinkriechen. Es war fast dunkel dort; und das Kind hatte gerade Platz, auf dem Boden zusammengekrümmt zu sitzen. Der Tabaksqualm drang ihm in die Augen und in die Kehle; ebenso der Staub; Flocken, dick wie Schafwolle, lagen umher; aber er achtete nicht darauf; er saß wie ein Türke auf seinen Beinen, hörte ernsthaft zu und weitete dabei mit seinen schmutzigen kleinen Fingern die Löcher in der Klavierbespannung. Er mochte nicht alles, was man spielte; aber nichts langweilte ihn, und er suchte niemals, sich seine Meinungen klarzumachen. Denn er dachte, er sei noch zu klein und verstehe nichts davon. Nur schläferte die Musik ihn manchmal ein, ein anderes Mal machte sie ihn munter; in keinem Fall war sie unangenehm. Ohne daß er es selbst wußte, war es doch fast immer die gute Musik, die ihn begeisterte. Sicher, nicht gesehen zu werden, schnitt er mit seinem ganzen Gesicht Grimassen; er rümpfte die Nase, biß die Zähne aufeinander oder streckte die Zunge heraus, er machte zornige oder schmachtende Augen, bewegte Arme und Beine mit herausfordernder und tapferer Miene, er hatte Lust zu marschieren, zu schlagen, die Welt in Stücke zu hauen. Er gebärdete sich so unsinnig, daß sich schließlich ein Kopf über das Klavier hinüberbeugte und ihm zuschrie: „Ja, aber Bengel, bist du verrückt geworden? Wirst du das Klavier in Ruhe lassen? Wirst du deine Hand da wegnehmen? Ich werde dich bei den Ohren kriegen!" Was ihn verblüffte und ganz wütend machte. Warum mußte man ihm sein Vergnügen stören? Er tat nichts Böses. Immer mußte man ihn quälen! Sein Vater stimmte mit ein. Man warf ihm vor, Lärm zu machen und die Musik nicht zu lieben. Bis er es schließlich selber glaubte. – Man hätte die braven, mit dem Herunterleiern von Konzerten beschäftigten Beamten höchlichst verwundert, wenn man ihnen gesagt hätte, daß der einzige von dieser Gesellschaft, der Musik wirklich fühlte, dieser kleine Junge sei.

Wenn man wollte, daß er sich ruhig verhalte, warum spielte man dann Melodien, die zum Marschieren bestimmt waren? Er hörte Weisen, die wilde Rosse malten, Degen, Kriegsgeschrei und Siegerstolz; und man hätte gern gesehen, daß er wie sie mit dem Kopfe dazu wackelte und mit dem Fuß den Takt schlüge! Man hätte ihm ja nur friedliche Träumereien vorzuspielen brauchen oder geschwätzige Sachen, die reden, um nichts zu sagen; daran fehlte es in der Musik nicht; zum Beispiel das Stück von Goldmark, von dem der alte Uhrmacher noch eben mit entzücktem Lächeln sagte: „Das ist hübsch. Da gibt's keinerlei Härten. Alle Ecken sind abgerundet..." Dabei verhielt sich der Kleine ganz ruhig. Er wurde schläfrig. Er wußte nicht, was man spielte; ja, schließlich hörte er gar nicht mehr hin; aber er war doch glücklich, seine Glieder wurden schwer, er träumte.

Seine Träume waren keine folgerichtigen Geschichten; sie hatten weder Anfang noch Ende. Kaum sah er von Zeit zu Zeit ein deutliches Bild: seine Mutter, die einen Kuchen backte und mit einem Messer den zwischen ihren Fingern gebliebenen Teig abstrich; eine Wasserratte, die er am Abend vorher im Strome hatte schwimmen sehen; eine Peitsche, die er aus einer Weidenrute machen wollte... Gott weiß, warum ihm jetzt gerade diese Erinnerungen kamen! – Aber meistens sah er überhaupt nichts; und doch fühlte er unendlich vieles. Gleichsam eine Menge sehr bedeutsamer Dinge, die man nicht sagen konnte oder die zu sagen unnütz war, weil man sie so gut kannte und weil es von jeher so gewesen war. Es kamen auch traurige Bilder, todestraurige; aber sie hatten nichts Qualvolles wie die, denen man im Leben begegnet; sie waren nicht häßlich und erniedrigend, wie wenn Christof von seinem Vater Ohrfeigen bekommen hatte oder wenn er mit vor Scham krankem Herzen an irgendeine Demütigung dachte: sie erfüllten den Geist mit einer schwermütigen Ruhe. Und es gab andere, leuchtende, die Freudenschauer verbreiteten; und Christof dachte: Ja, *so* – *so* werde ich es später machen! Er wußte überhaupt nicht, wie *so* war noch warum er es sagte;

aber er fühlte, daß er es sagen mußte und daß es klar wie der Tag war. Er hörte das Rauschen eines Meeres, dem er ganz nahe war, von dem ihn nur eine Dünenwand trennte. Christof hatte keine Ahnung, was dieses Meer bedeutete und was es von ihm wollte; aber er war sich bewußt, daß es über seine Dämme treten würde und daß dann ... daß dann alles gut wäre und er vollkommen glücklich sein würde.

Es da ganz nahe zu vernehmen, sich im Brausen seiner starken Stimme zu wiegen, schon das stillte alle kleinen Leiden und Demütigungen; sie blieben stets traurig, aber sie waren nicht mehr schmachvoll, nicht mehr kränkend: alles schien natürlich und fast holdselig.

Sehr oft war es mittelmäßige Musik, die ihm solche Trunkenheit verschaffte. Die, welche sie geschrieben hatten, waren arme Teufel, die nur ans Geldverdienen dachten oder sich über die Leere ihres Lebens hinwegtäuschen wollten, wenn sie nach bekannten Rezepten – falls sie originell sein wollten, auch im Gegensatz zu den Rezepten – Noten zusammenstellten. Aber selbst wenn sie von einem Toren gehandhabt werden, lebt in den Tönen noch solche Gewalt des Lebens, daß sie in einem unberührten Herzen Stürme entfesseln können. Vielleicht sind die Träume, welche die Toren vermitteln, sogar noch freier und geheimnisreicher als jene, die ein machtvoller Gedanke einhaucht, der gewaltsam mitreißt; denn die Bewegung, die ins Leere schwingt, und das gehaltlose Geschwätz stören den Geist nicht in seinen eigenen Betrachtungen ...

So blieb das Kind, vergessen und vergessend, in dem Klavierwinkel – bis es plötzlich fühlte, wie ihm Ameisen die Beine hinaufkrochen. Und es erinnerte sich dann, daß es ein kleiner Junge mit schwarzen Nägeln war, der seine Nase an der weißen Mauer rieb und seine Füße in den Händen hielt.

An dem Tage, an dem Melchior auf den Zehenspitzen ins Zimmer geschlichen war, um das vor dem allzu hohen Klavier sitzende Kind zu überraschen, hatte er Johann Christof einen Augenblick beobachtet. Da war eine plötzliche Erleuchtung über ihn gekommen: Ein kleines Wunderkind! – Wie kam es nur, daß er nicht schon früher darauf verfallen war? – Welch ein Goldschatz für die Familie! – Er hätte zwar wetten mögen, daß der Bengel nur ein grober kleiner Bauernklotz wie seine Mutter sei, aber ein Versuch kostete ja nichts. Das konnte doch immerhin zum Glück ausschlagen. Er würde mit ihm durch Deutschland, vielleicht sogar durch fremde Länder reisen. Und dabei hätte man ein vergnügtes Leben, das obendrein noch vornehm wäre. – Melchior versäumte niemals, verborgenen Edelsinn in allem seinem Denken und Tun zu suchen; und mit einiger Mühe fand er ihn meistens auch.

Durch dieses Selbstvertrauen gestärkt, pflanzte er das Kind gleich nach dem Nachtessen, mit dem letzten Bissen im Mund, von neuem vor das Klavier und ließ es die am Tage empfangene Lektion wiederholen, bis ihm die Augen vor Müdigkeit zufielen. Darauf dreimal am nächsten Morgen, ebenso am übernächsten; und so alle Tage fort. Christof wurde dessen bald überdrüssig; er langweilte sich tödlich; endlich hielt er es nicht mehr aus und versuchte sich zu widersetzen. Was man ihn da machen ließ, war ja sinnlos; es kam doch wahrhaftig nicht nur darauf an, mit möglichster Schnelligkeit, indem man den Daumen verschwinden ließ, über die Tasten zu laufen oder den vierten Finger, der ungeschickt an seinen beiden Nachbarn klebenblieb, geschmeidig zu machen; er wurde ganz nervös davon, und es war gar nichts Schönes dabei. Zu Ende war es mit dem geheimnisvollen Widerhall, mit den lockenden Ungeheuern, der ganzen, einen Augenblick lang geahnten Welt der Träume... Trockene, einförmige, alberne Tonleitern und Übungen folgten einander, die noch abgeschmackter waren als die ewig gleichen Tischgespräche, die sich immer um die

Gerichte und ewig um dieselben Gerichte drehten. Der Knabe begann den väterlichen Stunden zerstreut zuzuhören. Hart zurechtgewiesen, spielte er dann in schlechter Laune weiter. Rippenstöße beachtete er nicht und setzte ihnen den schlimmsten Trotz entgegen. Allem aber wurde die Krone aufgesetzt, als er eines Tages im Nebenzimmer Melchior seine Pläne entwickeln hörte. Um ihn also wie ein dressiertes Tier auszustellen, langweilte man ihn so schrecklich und zwang ihn, den ganzen Tag lang Elfenbeinplättchen auf und nieder zu bewegen. Er fand nicht einmal mehr die Zeit, seinen lieben Fluß zu besuchen. Was hatte man sich denn ewig gegen ihn zu verschwören? Er war empört, in seinem Stolz, seinem Freiheitsgefühl verletzt. Er beschloß, gar nicht mehr Musik zu machen oder so schlecht, daß er seinen Vater entmutigte. Es würde ihm schwerfallen; aber er mußte seine Unabhängigkeit retten.

Von der nächsten Stunde an versuchte er seinen Plan auszuführen. Er gab sich gewissenhaft Mühe, danebenzugreifen und alle seine Läufe zu verderben. Melchior schrie; dann brüllte er, und Schläge fielen hagelweise. Er hatte ein starkes Lineal; bei jeder falschen Note schlug er damit dem Kind auf die Finger, während er ihm gleichzeitig, als solle es taub werden, in die Ohren donnerte. Christof verzog vor Schmerz das Gesicht; er biß sich, um nicht zu weinen, auf die Lippen, fuhr mit stoischer Ruhe fort, seine Noten falsch aneinanderzureihen, und zog vor jeder Ohrfeige, die er kommen sah, seinen Kopf zwischen die Schultern. Aber er sollte bald merken, daß seine Methode schlecht war. Melchior war ebenso starrköpfig wie er und schwor, daß, sollten sie auch zwei Tage und zwei Nächte damit zubringen, er ihm keine einzige Note schenken werde, bevor er nicht alles richtig spielen könne. Dann aber gab sich Christof auch zu viel Mühe, niemals richtig zu spielen; und Melchior fing an, die List zu durchschauen, als er sah, wie bei jeder Stelle die kleine Hand schwerfällig und mit sichtlich bösem Willen danebenfiel. Die Linealschläge verdoppelten sich. Christof fühlte seine Finger gar nicht mehr. Er weinte jämmerlich vor sich hin und schluchzte und schluckte Tränen wie Schluchzen in sich hinein. Er begriff, wenn er so fortführe, gewänne er nichts; er mußte einen verzweifelten Schritt wagen. Er hielt im Spiele inne, und während er im voraus bei dem Gedanken an den Sturm, den er entfesseln würde, zitterte, sagte er mutig:

„Papa, ich will nicht mehr spielen."

Melchior wollte vor Zorn bersten.

Er schüttelte ihn am Arm, als wolle er ihn zerbrechen. Christof hob den Ellenbogen, um sich gegen die Schläge zu schützen, und wiederholte, immer mehr zitternd:

„Ich will nicht mehr spielen. Erstens, weil ich nicht immer geschlagen werden will, und dann . . ."

Er konnte nicht zu Ende sprechen: eine furchtbare Ohrfeige nahm ihm den Atem. Melchior brüllte:

„So! Du willst nicht geschlagen werden? Du willst nicht?"

Ein Hagel von Schlägen folgte. Christof schrie zwischen seinem Schluchzen:

„Und dann . . . ich mag die Musik nicht! Ich mag die Musik nicht!"

Er ließ sich von seinem Sitz gleiten. Melchior setzte ihn brutal wieder hinauf und stieß ihm die Knöchel gegen das Klavier. Er schrie:

„Du spielst!"

Und Christof schrie:

„Nein, nein! Ich spiele nicht!"

Melchior mußte vorläufig darauf verzichten. Er setzte ihn vor die Tür und sagte ihm, er werde den ganzen Tag, den ganzen Monat nichts zu essen bekommen, ehe er nicht alle seine Übungen, ohne eine einzige auszulassen, gespielt habe. Er stieß ihn mit einem Fußtritt hinaus und schlug die Tür knallend zu.

Christof befand sich auf der Treppe, der schmutzigen, dunklen Treppe mit den wurmstichigen Stufen. Ein Zugwind fegte durch die zerbrochene Scheibe einer Bodenluke;

die Feuchtigkeit tropfte von den Wänden. Christof setzte sich auf eine der schmierigen Stufen; sein Herz hüpfte vor Zorn und Erregtheit in seiner Brust. Flüsternd beschimpfte er seinen Vater:

„Tier! Ja, das bist du! Ein Tier ... ein grober Kerl ... eine Bestie! Ja, eine Bestie! – Ich hasse dich, ich hasse dich ... oh, ich wünschte, daß du tot wärst, daß du tot wärst!"

Seine Brust schwoll. Er schaute verzweifelt auf die schmierige Treppe, auf das vom Wind bewegte Spinngewebe oberhalb der zerbrochenen Scheibe. Er fühlte sich einsam und seinem Unglück preisgegeben. Er sah die Leere zwischen den Geländerstäben ... Wenn er sich hinunterstürzte? – Oder auch aus dem Fenster? – Ja, wenn er sich, um sie zu strafen, das Leben nähme? – Welche Gewissensbisse würden sie dann haben! Er hörte sich schon mit Getöse durch das Treppenhaus stürzen. Die Tür oben öffnete sich hastig. Angstvolle Stimmen schrien: Er ist gefallen! Er ist hinuntergefallen! Schritte stolperten die Treppe hinab. Weinend warfen sich Vater und Mutter über ihn. Die Mutter schluchzte: Es ist deine Schuld! Du hast ihn getötet! Der Vater rang die Hände, warf sich auf die Knie, schlug seinen Kopf gegen das Geländer und schrie: Ich bin ein elender Mensch, ein elender Mensch! – Diese Vorstellung besänftigte Christofs Schmerz ein wenig. Er war schon nahe daran, mit denen, die ihn beweinten, Mitleid zu haben; aber gleich danach dachte er, daß ihnen ganz recht geschehe, und er genoß seine Rache ...

Als er seine Geschichte zu Ende gedacht hatte, fand er sich oben auf der Treppe im Dunkeln; er sah noch einmal hinunter und hatte nicht mehr die geringste Lust, sich hinunterzustürzen. Es überlief ihn sogar ein kleiner Schauer, und er rückte ein wenig vom Rand ab, weil er meinte, er könne fallen. Dann fühlte er, daß er unabwendbar gefangen war wie ein armer Vogel im Käfig, auf ewig gefangen, ohne eine andre Rettung, als sich den Kopf zu zerschlagen und sich sehr weh zu tun. Er weinte und weinte; und er rieb sich mit seinen kleinen, schmutzigen Händen die Augen, daß er im Augenblick ganz beschmiert war. Noch ganz in Tränen, betrachtete er doch weiter die Dinge ringsherum, und das zerstreute ihn. Er hörte einen Augenblick zu schluchzen auf, um die Spinne zu beobachten, die sich eben in Bewegung gesetzt hatte. Dann fing er von neuem wieder an, doch mit etwas weniger Überzeugung. Er hörte sich weinen und fuhr mechanisch mit seinem Plärren fort, ohne mehr recht zu wissen, warum er es tat. Bald danach stand er auf; das Fenster zog ihn an. Er setzte sich auf die Fensterbank, jedoch mit aller notwendigen Vorsicht, und beobachtete die Spinne, die ihn interessierte, aber zugleich anwiderte.

Der Rhein floß tief unten zu Füßen des Hauses. In dem Treppenhaus schwebte man über dem Fluß wie in einem belebten Himmel. Niemals versäumte Christof, wenn er die Stufen hinuntersprang, den Strom lange anzuschauen; aber nie hatte er ihn so wie heute gesehen. Der Kummer schärft die Sinne; es ist, als präge sich alles besser den Blicken ein, nachdem Tränen die verblaßten Spuren der Erinnerungen fortgespült haben. Der Fluß erschien dem Kinde wie ein Wesen – ein unerklärliches Wesen, aber um wieviel machtvoller als alle, die er kannte! Christof beugte sich, um besser sehen zu können, weit vor; er drückte Mund und Nase an der Scheibe platt. Wo ging *er* hin? Was wollte *er*? *Er* machte einen so freien, wegsicheren Eindruck ... Nichts konnte *ihn* aufhalten. Welche Tages- oder Nachtstunde es auch war, ob Regen oder Sonne am Himmel, Freude oder Leid im Haus, *er* zog ruhig weiter; und man fühlte, daß *ihm* alles gleich war, daß *er* niemals litt und nur die eigene Kraft genoß. Welche Wonne, wie *er* zu sein, quer über die Felder zu laufen, über die Weidenzweige, über blinkende kleine Kiesel und rieselnden Sand, und sich um nichts zu kümmern, von nichts bedrückt zu werden, frei zu sein!

Der Knabe schaute und lauschte begierig; ihm war als würde er vom Fluß getragen, als zöge er mit ihm ... Schloß er die Augen halb, so sah er Farben: blau, grün, gelb, rot und große fliehende Schatten und breite Sonnenstreifen ... Die Bilder verdeutlichen sich. Da kommt eine weite Ebene, Schilfrohr und unterm Windhauch wogende Garben, die nach frischem Gras und Minze duften. Blumen überall, Kornblumen, Mohn, Veilchen. Wie schön das ist! Wie köstlich die Luft! Wie gut es sein muß, sich im dichten, weichen Gras hinzustrecken! Christof fühlt sich froh und ein wenig betäubt, so wie an Festtagen, an denen sein Vater ihm in das große Glas einen Schluck Rheinwein geschenkt hat ... Der Fluß zieht weiter ... Die Landschaft hat sich verändert ... Jetzt sind es Bäume, die sich übers Wasser neigen. Ihre gezackten Blätter tauchen hinein wie kleine Hände und bewegen und drehen sich in den Fluten. Und zwischen den Bäumen spiegelt sich ein Dorf im Fluß. Man sieht die Zypressen und Kreuze des Kirchhofs über die weiße Mauer ragen, die der Strom beleckt ... Dann kommen Felsen, eine Bergkette, Reben an den Hängen, ein kleines Tannengehölz und verfallene *Burgen**. Und wieder Felder, Garben, Vögel, Sonne ... Das große grüne Flußband zieht immer weiter wie ein einziger Gedanke, wellenlos, fast faltenlos, in leuchtendem und vollem Glanz. Christof sieht nichts mehr. Er hat die Augen ganz geschlossen, um besser zu lauschen. Das fortgesetzte Murmeln erfüllt ihn und macht ihn schwindlig. Aufgesogen fühlt er sich von diesem ewigen und gebieterischen Traum, dessen Weg er nicht kennt. Über der wilden Flutentiefe schwingen sich leichte Rhythmen in tollem Jubel. Und längs dieser Rhythmen hebt sich Musik gleich einer Rebe, die sich an einem Gitter emporrankt: Arpeggienketten, klagende Geigen, schmeichelnde Flöten mit vollen Tönen ... Die Landschaft ist verschwunden; der Fluß ist verschwunden. Eine seltsam süße abendliche Luft umweht Christof. Sein Herz zittert vor Bewegtheit! Was sieht er denn jetzt? Oh! Welche entzückenden Erscheinungen! – Ein junges Mädchen mit braunen Locken ruft ihn, schmachtend und spöttisch ... Das blasse Gesicht eines blauäugigen Knaben schaut ihn schwermütig an ... Anderes Lächeln, andere Augen – neugierige und herausfordernde, deren Blick ihn erröten läßt, zärtliche und wehmütige Augen, die dem guten Blick eines Hundes gleichen, gebieterische Augen und leidvolle ... Und dieses Frauengesicht – bleich, das Haar schwarz, der Mund zusammengepreßt –, dessen Augen das halbe Antlitz zu verschlingen scheinen und ihn mit einer Gewalt anstarren, die weh tut. Aber das holdeste von allen ist eines mit klaren grauen Augen, die ihn anlächeln, mit leicht geöffnetem Munde, in dem die kleinen Zähne blinken ... Ach, welch nachsichtig liebevolles Lächeln! Es schmilzt das Herz vor Zärtlichkeit! Wie gut das tut, geliebt zu werden! Länger! Lächle mir noch länger! Gehe nimmer fort! – Ach, schon ist es verblichen! Aber es läßt im Herzen eine unaussprechliche Wonne zurück. Nichts Böses mehr, nichts Trauriges, nichts mehr ... Nichts als ein leiser Traum, eine helle Musik, die wie Sommerfäden in einem Lichtstrahl schwebt ... Was war das doch, was da vorüberzog? Was für Bilder sind es, die das Kind in wehmütigem und süßem Schauer durchdringen? Nie zuvor hat es sie gesehen, und dennoch kennt es sie: es hat sie wiedererkannt. Woher kommen sie? Aus welchem dunklen Abgrund des Seins? Aus dem, was war ... *oder aus dem, was sein wird?*

Alles ist jetzt erloschen, jede Form zergangen ... Ein letztes Mal erscheint noch der Strom durch Nebelschleier hindurch und so, als schwebte man hoch über ihm im Äther; er ist über die Ufer getreten, bedeckt die Felder und wogt majestätisch, langsam, fast regungslos dahin. Und ganz in der Ferne, wie ein stählerner Schimmer am Rand des Horizontes, eine zitternde Wellenlinie – die See. Der Fluß strömt zu ihr hin. Er scheint ihr entgegenzufluten. Sie ersehnt ihn. Er begehrt sie. Er wird darin verströmen ... Die Musik wirbelt auf, die schönen Tanzrhythmen schaukeln sich flügelfroh empor; alles wird in ihren sieghaften Wirbel hineingerissen ... Die befreite Seele durchschneidet den Raum wie lufttrunkene Schwalben, die den Himmel mit schrillen Schreien durcheilen ... Wonne! Wonne! Nichts anderes gibt es mehr! – O unendliches Glück!

Stunden waren vergangen, der Abend war gekommen, das Treppenhaus lag in Nacht. Regentropfen zeichneten auf dem Flußband Kreise, die die Strömung tanzend entführte. Manchmal zog ein Zweig oder ein Stückchen dunkler Baumrinde lautlos vorbei und entschwand. Die mörderische Spinne hatte sich gesättigt in den dunkelsten Winkel zurückgezogen. – Und der kleine Christof saß immer noch zusammengekauert auf dem Fensterbrett, mit seinem blassen, beschmierten, glückstrahlenden Gesichtchen – und schlief.

DRITTER TEIL

E la faccia del sol nascere ombrata . . .
Purg. XXX

Er hatte nachgeben müssen. Trotz eines heroisch hartnäckigen Widerstandes hatten die Schläge seinem bösen Willen gegenüber das letzte Wort behalten. Christof wurde jeden Morgen drei Stunden und jeden Nachmittag drei Stunden vor das Folterinstrument gesetzt. Während ihm dicke Tränen an Wangen und Nase herunterliefen, saß er verkrampft vor Aufmerksamkeit und Kummer da und ließ seine kleinen roten, vor Kälte oft starren Hände über die weißen und schwarzen Tasten laufen, immer bedroht von dem bei jeder falschen Note heruntersausenden Lineal und dem Geschimpfe seines Lehrers, das ihm noch widerlicher war als die Schläge. Er glaubte die Musik zu hassen. Und doch war er mit einem erbitterten Eifer dabei, für den die Furcht vor Melchior keine genügende Erklärung war. Gewisse Worte vom Großvater hatten Eindruck auf ihn gemacht. Als der Alte seinen Enkel weinen sah, hatte er ihm mit jenem Ernst, den er auch dem Kinde gegenüber nicht aufgab, gesagt, daß es sich wohl lohne, ein wenig für die schönste und edelste Kunst, die den Menschen zu ihrem Trost und Ruhm gegeben sei, zu leiden. Und Christof, der dem Großvater dafür Dank wußte, daß er wie zu einem Manne zu ihm sprach, war im geheimen von diesem schlichten Worte getroffen worden, das gut zu seinem kindlichen Stoizismus und zu seinem aufkeimenden Stolz paßte.

Aber mehr als alle Gründe band ihn die tiefe Erinnerung gewisser musikalischer Gemütseindrücke, ohne daß er es wollte, fürs Leben an diese verhaßte Kunst, gegen die er sich vergeblich aufzulehnen suchte, und machte ihn zu ihrem Sklaven.

Es gab in der Stadt ein Theater, in dem man Opern, komische Opern, Operetten, Dramen, Lustspiele und Burlesken aufführte, überhaupt alles, was sich nur spielen ließ, welcher Art und welchen Stiles es auch immer sei. Die Vorstellungen fanden dreimal wöchentlich von sieben bis zehn Uhr abends statt. Der alte Hans Michel fehlte bei keiner und bezeigte jeder ein gleiches Interesse. Einmal nahm er seinen Enkel mit. Schon mehrere Tage vorher hatte er ihm den Inhalt des Stückes lang und breit erzählt. Christof hatte nichts davon verstanden, aber er hatte behalten, daß entsetzliche Dinge darin geschahen, und obgleich er darauf brannte, das alles zu sehen, hatte er doch, ohne daß er es sich zu gestehen wagte, große Furcht davor. Er wußte, daß in dem Stück ein Gewitter vorkam, und er fürchtete sich sehr, vom Blitz erschlagen zu werden. Er wußte, daß es eine Schlacht gab, und er war durchaus nicht sicher, ob man ihn nicht töten würde. Am Abend vorher hatte er in seinem Bett eine wahrhafte Angst davor; und am Tage der Vorstellung wünschte er fast, daß Großvater am Kommen verhindert sein möge. Aber als die Stunde näher rückte und Großvater zunächst wirklich nicht kam, wurde er ganz verzweifelt und schaute jeden Augenblick durchs Fenster. Endlich erschien der Alte, und sie gingen zusammen fort. Dem Knaben sprang das Herz in der Brust. Die Zunge klebte ihm am Gaumen; er konnte keine Silbe hervorbringen.

Sie gelangten zu dem geheimnisvollen Gebäude, von dem in den Gesprächen zu Hause so oft die Rede war. An der Tür traf Hans Michel Bekannte; und der Kleine, der aus Furcht, ihn verlieren zu können, seine Hand mit allen Kräften festhielt, begriff nicht, wie in diesem Augenblick alle so seelenruhig miteinander plaudern und lachen konnten.

Großvater machte es sich auf seinem gewohnten Sitz in der ersten Reihe gleich hinter dem Orchester bequem. Er lehnte sich über die Balustrade und begann sogleich mit dem Kontrabaß eine ausführliche Unterhaltung. Hier fühlte er sich an seinem Platz. Hier, wo seine musikalische Autorität etwas galt, hörte man ihm zu, und er machte gehörig Gebrauch davon; man konnte fast sagen, er nützte es aus.

Christof war unfähig, irgend etwas zu vernehmen. Er war ganz bedrückt von der Erwartung auf das Schauspiel, dem Anblick des Theaterraumes, der ihm überaus prächtig erschien, dem Andrang des Publikums, das ihn gräßlich einschüchterte. Er wagte nicht, den Kopf zu wenden, weil er meinte, alle Blicke seien auf ihn gerichtet. Krampfhaft drückte er seine kleine Mütze zwischen die Knie und starrte den Zaubervorhang mit großen Augen an.

Endlich ertönte das Klingelzeichen. Großvater schneuzte sich und zog sein Textbuch aus der Tasche, dem er gewissenhaft zu folgen pflegte; so sehr, daß ihm zuweilen entging, was auf der Bühne geschah. Das Orchester setzte ein. Von den ersten Akkorden an fühlte sich Christof beruhigt. In dieser Welt der Töne war er wie zu Hause. Und nun schien ihm, so Außergewöhnliches in der Oper auch geschehen mochte, alles natürlich.

Der Vorhang hob sich, und man sah Bäume aus Pappe und Wesen, die nicht viel wirklicher schienen. Der Kleine saß mit offenem Munde in Bewunderung da; aber er war nicht überrascht. Und doch spielte das Stück in einem Phantasie-Orient, von dem er keinerlei Ahnung haben konnte. Die Dichtung war ein Gewebe von Albernheiten, in dem man sich unmöglich zurechtfinden konnte. Christof kannte sich darin gar nicht aus. Er warf alles durcheinander, nahm eine Gestalt für die andere, zog Großvater am Ärmel, um ganz ungereimte Fragen an ihn zu richten, die zeigten, daß er gar nichts verstanden hatte. Trotzdem war er weit davon entfernt, sich zu langweilen; nein, er war sogar leidenschaftlich interessiert. Auf dem läppischen Textbuch baute er einen Roman eigner Erfindung auf, der keinerlei Beziehung zu dem, was man spielte, hatte; die Ereignisse widerlegten ihn in jedem Augenblick, und er mußte ihn umarbeiten, aber das störte den Knaben nicht. Er hatte unter den Personen, die sich auf der Bühne mit mannigfachem Geschrei bewegten, seine Wahl getroffen; und er verfolgte zitternd die Schicksale derer, denen er seine Sympathie zugewandt hatte. Vor allem wurde er durch eine schöne Person reiferen Alters verwirrt, die leuchtend blonde, lange Haare und übernatürlich große Augen hatte und mit bloßen Füßen herumlief. Die Unwahrscheinlichkeiten der Inszenierung störten ihn durchaus nicht. Seine scharfen Kinderaugen bemerkten weder die groteske Häßlichkeit der großen, fetten Schauspieler, der in jeder Hinsicht unmöglichen Choristen, die in zwei Reihen aufgestellt waren, noch die Albernheiten der Bewegungen, nicht die durch das Gebrüll hochgeröteten Gesichter, die bauschigen Perücken, die hohen Absätze des Tenors noch die Schminke auf dem mit vielfarbigen Stiften tätowierten Gesicht seiner Schönen. Er befand sich im Zustand eines Liebenden, dem seine Leidenschaft nicht erlaubt, den geliebten Gegenstand so zu sehen, wie er ist. Die wunderbare Illusionskraft, die Kindern eigen ist, hielt alle unangenehmen Eindrücke im Entstehen auf und formte sie nach seinem Wunsche um.

Vor allem war es die Musik, die diese Wunder tat. Sie tauchte alle Dinge in eine Nebelluft, in der alles schön, edel und begehrenswert wurde. Sie erfüllte die Seele mit unwiderstehlichem Liebesdrang; und gleichzeitig bot sie ihr von allen Seiten Phantome der Liebe dar, um die Leere, die sie selber geschaffen hatte, auszufüllen. Der kleine Christof war ganz bestürzt vor Erregung. Einige der vorkommenden Worte, Gebärden und musikalischen Phrasen verursachten ihm Unbehagen; er wagte dabei nicht, die Augen zu heben, wußte nicht, was davon gut oder schlecht sei, und errötete und erblaßte abwechselnd; manchmal traten ihm Schweißtropfen auf die Stirn; und er zitterte davor, daß alle anwesenden Leute seine Verwirrung bemerken könnten. Als dann die unumgänglichen Katastrophen eintraten, die im vierten Akt der Opern auf die Liebenden herniederbrachen, um dem Tenor und der Primadonna die Gelegenheit zu geben, die Herrlichkeit ihrer höchsten Töne zur Geltung zu bringen, glaubte der Knabe ersticken zu müssen. Der Hals tat ihm weh, als hätte er sich erkältet; er umklammerte seine Kehle mit den Händen; er konnte den Speichel nicht mehr hinunterschlucken; die Tränen saßen ihm im Hals; er hatte eiskalte Hände und Füße. Glücklicherweise war Großvater nicht viel weniger bewegt. Er genoß das Theater mit kindlicher Naivität. Bei den dramatischen Stellen hüstelte er mit gleichgültiger Miene, um seine Erregung zu verbergen. Christof aber merkte es wohl; und das machte ihm großes Vergnügen. Es war entsetzlich heiß, Christof fiel vor Müdigkeit fast um, und das Sitzen wurde ihm beschwerlich. Er dachte jedoch nichts anderes als: Wird es auch noch lange dauern? Hoffentlich geht es noch nicht zum Schluß!

Aber ganz plötzlich und ohne daß er verstand, warum, war doch alles zu Ende. Der Vorhang fiel, alle Welt erhob sich, der Zauberbann war gebrochen.

Sie gingen zusammen durch die Nacht heim, die beiden Kinder: der Alte und der Kleine. Welch schöne Nacht! Welch stilles Mondlicht! Beide schwiegen und kosteten in der Erinnerung alles noch einmal durch. Endlich fragte der Alte:

„Bist du zufrieden, Kleiner?"

Christof konnte nicht antworten. Er war von seiner Ergriffenheit noch ganz verschüchtert und mochte diese Stimmung durch Sprechen nicht zerstören; er machte eine große Anstrengung, um schließlich ganz leise und mit einem tiefen Seufzer zu murmeln:

„Oh! Ja!"

Der Alte lächelte. Nach einiger Zeit fing er wieder an:

„Siehst du nun, welch herrlicher Beruf es ist, Musiker zu sein? Gibt es etwas Großartigeres, als solche Wesen, solche wunderbaren Schauspiele zu schaffen? Das heißt Gott auf Erden sein."

Der Kleine wurde betroffen. Wie! Ein Mensch hatte das alles geschaffen? Daran hatte er gar nicht gedacht. Es war ihm eher wie etwas vorgekommen, was ganz von selber geworden war, wie ein Werk der Natur. Aber ein Mensch, ein Musiker, wie er selbst eines Tages einer sein würde! Oh, das einen einzigen Tag wirklich zu sein, nur einen einzigen Tag! Und dann ... dann ... Was immer! Sterben, wenn es sein mußte! Er fragte:

„Großvater, wer hat das alles gemacht?"

Großvater erzählte ihm von Franz Maria Haßler, einem jungen deutschen Künstler, der in Berlin wohnte und den er früher gekannt hatte. Christof war ganz Ohr. Plötzlich fragte er:

„Und du, Großvater?"

Der Alte zuckte zusammen.

„Was denn?" fragte er.

„Hast du denn auch solche Sachen gemacht?"

„Gewiß", brummte der Alte mit ärgerlicher Stimme.

Er schwieg, und nach einigen Schritten seufzte er tief auf. Das war eine seiner geheimen Wunden. Er hatte stets ersehnt, etwas für das Theater zu schreiben, und die göttliche Eingebung hatte ihn stets getäuscht. Wohl bewahrte er einen oder zwei Akte aus seiner Feder in seinen Mappen auf; aber er hatte sich so wenig Illusionen über ihren Wert erhalten, daß er niemals wagte, sie einem fremden Urteil zu unterbreiten.

Sie sprachen bis zum Heimkommen kein Wort mehr miteinander und konnten dann alle beide nicht schlafen. Der Alte wurde von seinem Kummer gequält und hatte, um sich zu trösten, seine Bibel vorgenommen. Christof durchlebte in seinem Bett alle Ereignisse des Abends noch einmal; er rief sich die kleinsten Einzelheiten zurück, und das Mädchen mit den bloßen Füßen erschien ihm wieder. Als er im Einschlummern war, klang genausodeutlich, als spielte sie das Orchester, eine Musikstelle wider in seinem Ohr. Es durchzuckte seinen ganzen Körper; den Kopf trunken von Musik, hob er sich von seinem Kissen und dachte: Eines Tages werde ich, ich selber, auch so etwas schreiben! Oh, werde ich es jemals können?

Von diesem Augenblick an hatte er nur einen Wunsch:

wieder ins Theater zu kommen. Er stürzte sich mit um so brennenderem Eifer in die Arbeit, als man ihm das Theater als Belohnung versprochen hatte. Er dachte an nichts anderes mehr: während der einen Wochenhälfte träumte er von dem verflossenen Schauspiel, und während der anderen Hälfte dachte er an das nächste. Er zitterte davor, er könnte vor der Vorstellung krank werden; und aus Furcht fühlte er oft die Symptome von drei oder vier Krankheiten gleichzeitig in sich. War der Tag gekommen, aß er nichts zu Mittag, war in beständigem Aufruhr wie eine Seele im Fegefeuer, schaute fünfzigmal auf die Uhr und meinte, daß der Abend nie kommen würde; endlich hielt er es nicht mehr aus und ging aus Angst, keinen Platz zu bekommen, eine Stunde vor der Kassenöffnung fort. War er dann der erste in dem öden Theaterraum, so begann er sich von neuem zu beunruhigen. Sein Großvater hatte ihm erzählt, daß zwei- oder dreimal, als das Publikum nicht zahlreich genug war, die Schauspieler vorgezogen hätten, das Eintrittsgeld zurückzuzahlen und nicht zu spielen. Er spähte nach jedem Kommenden, er zählte sie und dachte: dreiundzwanzig, vierundzwanzig – fünfundzwanzig... Oh, das ist nicht genug... Niemals wird es genug sein! Doch sah er in den ersten Rang oder ins Parkett irgendeine bekannte Persönlichkeit eintreten, wurde ihm leichter ums Herz; er sagte sich: Den werden sie nicht zurückzuschicken wagen. Für ihn werden sie sicher spielen! Aber er war nicht ganz überzeugt davon, und er fing erst an, sich sicher zu fühlen, wenn die Musiker ihre Plätze einnahmen. Dann fürchtete er noch bis zum letzten Augenblick, daß man beim Heben des Vorhangs, wie es eines Abends geschehen war, eine Änderung der Vorstellung verkünden würde. Er schaute mit seinen kleinen Luchsaugen auf das Pult des Kontrabassisten, um zu sehen, ob der auf dem Heft vermerkte Titel der des erwarteten Stükkes sei. Und hatte er es auch genau gesehen, so blickte er zwei Minuten später doch von neuem hin, um sich zu vergewissern, daß er sich nicht getäuscht habe ... Der Dirigent war noch nicht erschienen. Gewiß war er krank ... Man bewegte sich hinterm Vorhang; Stimmenlärm und eilige Schritte ließen sich hören – das mußte ein Unfall sein, ein unvorhergesehenes Unglück! – Doch es trat wieder Stille ein. Der Dirigent stand an seinem Platze. Alles schien endlich bereit ... Man fing nicht an! Aber was ging denn nur vor? – Er kochte vor Ungeduld ... Endlich erklang das Zeichen. Sein Herz klopfte. Das Orchester setzte zum Vorspiel ein; und während einiger Stunden schwamm Christof in Glückseligkeit, die einzig durch den Gedanken, daß sie gleich wieder zu Ende sein werde, getrübt wurde.

Einige Zeit darauf wurden Christofs Gedanken durch ein musikalisches Ereignis noch mehr in Erregung versetzt. Franz Maria Haßler, der Komponist der ersten Oper, die ihn so tief erschüttert hatte, sollte kommen. Er hatte ein Konzert, in dem man seine Werke aufführte, zu dirigieren. Die Stadt war in Bewegung. Der junge Meister wurde in Deutschland heftig umstritten; und vierzehn Tage lang sprach man nur von ihm. Ganz anders wurde es, als er endlich angekommen war. Melchiors und des alten Hans Michels Freunde kamen beständig, um etwas über ihn zu erfahren; sie trugen sich übertriebene Berichte über seine Musikergewohnheiten und seine Exzentrizitäten zu. Der Knabe folgte diesen Erzählungen mit leidenschaftlicher Anteilnahme. Der Gedanke, daß der große Mann sich da in seiner Vaterstadt befinde, daß er dieselbe Luft mit ihm atme, dasselbe Pflaster trete, versetzte ihn in einen Zustand stummer Erregung. Er lebte nur noch von der Hoffnung, ihn zu sehen.

Haßler war im Schloß abgestiegen, wo der Großherzog ihm Gastfreundschaft gewährte. Der Meister ging kaum zu anderem Zwecke aus, als um im Theater die Proben zu leiten, zu denen Christof nicht zugelassen war. Und da er sehr bequem war, fuhr er stets im Wagen des Fürsten. Christof hatte also wenig Gelegenheit, ihn zu sehen. Es gelang ihm nur ein einziges Mal, bei der Vorbeifahrt in der Tiefe des Wagens seinen Pelz zu entdecken, obgleich er Stunden damit verloren hatte, ihn auf der Straße zu erwarten, und mit Füßen und Händen nach rechts und links, nach vorn und hinten tüchtige Püffe ausgeteilt hatte, um seinen Platz in der ersten Reihe der Gaffer zu erobern und zu behaupten. Er tröstete sich damit, halbe Tage lang die Schloßfenster zu belauern, die man ihm als die des Meisters bezeichnet hatte. Gewöhnlich sah er nur die Vorhänge, denn Haßler stand spät auf, und die Fenster blieben fast den ganzen Morgen über geschlossen. So kam es auch, daß gutunterrichtete Leute behaupteten, Haßler könne das Tageslicht nicht vertragen und lebe in beständiger Nacht.

Endlich war es Christof vergönnt, sich seinem Helden zu nähern. Es war am Tage des Konzerts. Die ganze Stadt war anwesend. Der Großherzog und der Hof saßen in der fürstlichen Loge, über der zwei pausbäckige, rundbeinige Putten eine Krone in die Lüfte schwangen. Das Theater stand im Zeichen der Galavorstellung. Die Bühne war mit Eichenzweigen und blühendem Lorbeer geschmückt. Alle Musiker von einiger Bedeutung hatten es sich zur Ehre gerechnet, ihre Stimme im Orchester zu halten. Melchior war an seinem Platz, und Hans Michel dirigierte die Chöre.

Bei Haßlers Erscheinen rauschte von allen Seiten der Beifall empor. Die Damen erhoben sich, um ihn besser sehen zu können. Christof verschlang ihn mit den Augen. Haßler hatte ein junges, feines Gesicht, wenn es auch schon etwas aufgeschwemmt und verbraucht aussah. Die Schläfen waren kahl, und zwischen den lockigen blonden Haaren zeigte sich bereits eine frühzeitige Glatze. Seine blauen Augen hatten einen unbestimmten Blick. Er trug einen kleinen blonden Schnurrbart, und sein ausdrucksvoller, von tausend unmerklichen Bewegungen umzuckter Mund blieb selten in Ruhe. Er war groß und hielt sich schlecht, nicht aus

Befangenheit, sondern aus Müdigkeit oder Überdruß. Er dirigierte mit kapriziöser Geschmeidigkeit mit seinem ganzen langen, schlottrigen Körper, der wie seine Musik in wechselweise schmeichelnden und harten Bewegungen auf und ab wellte. Man sah, daß er unglaublich nervös war, und seine Musik war sein getreues Spiegelbild. Dies bebende und gewaltsame Leben drang tief in die gewöhnliche Schläfrigkeit des Orchesters. Christof atmete schwer. Trotz seiner Furcht, die Blicke auf sich zu lenken, war es ihm nicht möglich, still auf seinem Platz sitzen zu bleiben. Er bewegte sich hin und her, stand auf, und die Musik verursachte ihm so heftige und unerwartete Erschütterungen, daß er sich gezwungen fühlte, mit Kopf, Armen und Beinen zu arbeiten, zum großen Schrecken seiner Nachbarn, die sich, so gut sie es konnten, vor seinen Ausfällen schützten. Übrigens war das ganze Publikum in Begeisterung, vielleicht mehr noch durch den Erfolg mitgerissen als durch die Werke selbst. Zuletzt brach ein Sturm von Applaus und Jubelgeschrei los, in den die Trompeten des Orchesters ihr Triumphgetöse mischten, um den Sieger zu grüßen. Christof bebte vor Stolz, als gälten alle diese Ehren ihm. Er freute sich mit, als er Haßlers Gesicht in kindlicher Zufriedenheit aufleuchten sah. Die Damen warfen Blumen, die Männer klatschten, ohne aufhören zu wollen, und das ganze Publikum stürzte an die Rampe vor. Jeder wollte dem Meister die Hand drücken. Christof sah, wie eine der Verehrerinnen diese Hand an ihre Lippen führte und eine andere Haßlers Taschentuch raubte, das er auf der Pultecke liegengelassen hatte. Auch er wollte gern bis zur Rampe vordringen, wenn er auch nicht recht wußte, warum; hätte er sich in diesem Augenblick vor Haßler befunden, so wäre er gleich vor Furcht und Erregung davongelaufen. Aber wie ein Widder stieß er wild mit dem Kopf in alle Kleider und Beine, die ihn von Haßler trennten. Er war jedoch zu klein. Er kam nicht vorwärts.

Glücklicherweise holte ihn Großvater beim Ausgang ab,

um ihn zu einem Ständchen mitzunehmen, das man Haßler brachte. Es war Nacht, und man hatte Pechfackeln angezündet. Alle Orchestermitglieder waren anwesend. Man unterhielt sich über nichts anderes als über die herrlichen Werke, die man soeben gehört hatte. Vor dem Schloß angekommen, stellte man sich geräuschlos unter den Fenstern des Künstlers auf. Man tat höchst geheimnisvoll, obgleich jedermann, Haßler so gut wie die andern, Bescheid wußte, was geschehen sollte. In der schönen Nachtstille begann man einige berühmte Weisen von Haßler zu spielen. Er erschien mit dem Fürsten am Fenster, und man brüllte zu ihrer Ehre ein Hoch. Beide grüßten. Ein Diener kam im Auftrag des Großherzogs, um die Musiker ins Palais zu laden. Sie durchschritten Säle voller Wandgemälde, die nackte Männer mit Sturmhauben darstellten; sie waren von rotbrauner Farbe und vollführten herausfordernde Gebärden. Der Himmel war mit dicken Wolken bedeckt, die wie Schwämme aussahen. Es standen auch marmorne Frauen und Männer umher, die mit blechernen Schürzen bekleidet waren. Man schritt über so weiche Teppiche, daß man seine Schritte nicht hörte, und schließlich kam man in einen Saal, der taghell erleuchtet war und wo Tische, mit Getränken und herrlichen Speisen beladen, standen.

Dort war der Großherzog. Aber Christof sah ihn nicht: er hatte nur für Haßler Augen. Haßler kam auf sie zu und dankte allen. Er suchte nach Worten, verwickelte sich in seinem Satz und zog sich schließlich mit einem witzigen Einfall, den er hervorsprudelte und der alle Welt zum Lachen brachte, aus der Situation. Man setzte sich zu Tisch. Haßler nahm vier oder fünf Musiker auf die Seite. Er zeichnete Großvater aus und sagte ihm ein paar sehr schmeichelhafte Worte. Er erinnerte sich, daß Hans Michel einer der ersten gewesen war, die seine Werke aufgeführt hatten, und er sagte, er habe oft einen Freund, der ein Schüler des Großvaters gewesen sei, von seinen Verdiensten sprechen hören. Großvater erging sich in Dankesbezeigungen. Er gab die freundlichen Worte durch so übertriebene Lobeserhebungen zurück, daß sich Christof, trotz seiner Bewunderung für Haßler, schämte. Haßler selber jedoch schien sie sehr angenehm und natürlich zu finden. Schließlich zog Großvater, der sich ganz in sein Geschwätz verloren hatte, Christof an der Hand herbei und stellte ihn Haßler vor. Haßler lächelte Christof zu und streichelte ihm nachlässig den Kopf. Als er erfuhr, daß er seine Musik liebe und in der Erwartung, ihn zu sehen, schon mehrere Nächte nicht geschlafen habe, nahm er ihn in die Arme und fragte ihn freundschaftlich aus. Rot vor Vergnügen und in seiner Erregtheit stumm, getraute sich Christof nicht, ihn anzuschauen. Haßler faßte ihn beim Kinn und zwang ihn, das Näschen zu erheben. Christof schöpfte Mut: Haßlers Augen waren gut und schalkhaft. Da begann auch er zu lächeln. Dann kam ihm sein Glück zum Bewußtsein, das wunderbare Glück, in den Armen seines geliebten großen Mannes zu sein, und er brach in Tränen aus. Haßler wurde durch diese kindliche Liebe gerührt; er wurde noch herzlicher, küßte den Kleinen und sprach mit mütterlicher Zärtlichkeit zu ihm. Gleichzeitig brauchte er drollige Worte und kitzelte ihn, um ihn zum Lachen zu bringen, so daß Christof nicht umhinkonnte, noch unter Tränen zu lachen. Bald wurde er ganz vertraut mit ihm und antwortete Haßler ohne jede Befangenheit. Er fing von selbst an, ihm alle seine kleinen Pläne ins Ohr zu flüstern, als wären Haßler und er alte Freunde. Er erzählte, daß er wie Haßler Musiker werden, wie Haßler schöne Sachen schaffen und ein großer Mann werden wolle. Er, der sich immer schämte, sprach voller Vertrauen in einer Art Ekstase und wußte nicht, was er sagte. Haßler lachte über seine Plauderei. Er sagte:

„Wenn du groß und ein tüchtiger Musiker bist, wirst du mich in Berlin besuchen. Ich werde was für dich tun."

Christof konnte vor Entzücken nicht antworten. Haßler neckte ihn:

„Du magst nicht?"

Christof nickte zur Bestätigung des Gegenteils fünf- oder sechsmal sehr energisch mit dem Kopf.

„Also, es ist abgemacht?"

Christof begann von neuem zu nicken.

„Dann küsse mich doch wenigstens!"

Christof warf seine Arme um Haßlers Hals und preßte ihn aus allen Kräften an sich.

„Holla, du kleiner Teufel, du machst mich ja ganz naß! Laß mich! Wirst du dir wohl die Nase putzen!"

Haßler lachte, nahm selbst das Taschentuch und säuberte das beschämte und beglückte Kind. Er setzte es zur Erde, führte es an einen Tisch, stopfte ihm die Taschen mit Süßigkeiten voll und entließ es, indem er nochmals sagte:

„Auf Wiedersehen! Denke daran, was du mir versprochen hast."

Christof schwamm in Wonne. Die übrige Welt existierte für ihn nicht mehr. Er erinnerte sich später an nichts anderes, was an dem Abend vorgegangen war. Voller Liebe verfolgte er jedes Mienenspiel und jede Gebärde Haßlers. Ein Wort von ihm aber traf ihn tief. Haßler hatte ein Glas erhoben; sein Gesicht war plötzlich verzerrt, er sagte:

„Die Freude solcher Tage darf uns unsre Feinde nicht vergessen lassen. Niemals soll man seine Feinde vergessen. Ihnen haben wir es nicht zu verdanken, wenn wir nicht zerschmettert wurden. Uns werden sie es nicht zu verdanken haben, wenn sie nicht zerschmettert werden. Darum gelte mein Glas der Erinnerung an die Leute, auf deren Wohl ... wir nicht trinken!"

Alle Welt hatte geklatscht und über den originellen Toast gelacht. Haßler lachte mit den andern und zeigte wieder sein gutgelauntes Gesicht. Doch Christof war peinlich berührt. Obgleich er sich nicht erlaubte, die Handlungen seines Helden zu begutachten, mißfiel ihm, daß er an diesem Abend, der nur leuchtende Gedanken und Gesichter zeigen sollte, an häßliche Dinge dachte. Aber er gab sich über das, was er fühlte, nicht deutlich Rechenschaft; und dieser Eindruck wurde bald durch seinen Freudenrausch und den kleinen Schluck Champagner verjagt, den er aus Großvaters Glase trank.

Auf dem Heimweg hörte Großvater nicht auf, ganz allein zu reden: Haßlers Schmeicheleien hatten ihn außer Rand und Band gebracht! Er schwor, daß Haßler ein Genie sei, wie man alle hundert Jahre nur eines sehe. Christof schwieg und verschloß seine trunkene Liebe in seinem Herzen. *Er* hatte ihn geküßt, *er* hatte ihn in den Armen gehalten. Wie gut *er* war! Wie groß!

Ach, dachte er in seinem kleinen Bett und umarmte leidenschaftlich sein Kopfkissen, ich möchte sterben, sterben für ihn!

Der strahlende Komet, der für einen Abend am Himmel der kleinen Stadt aufgetaucht und wieder verschwunden war, übte auf Christofs Geist einen entscheidenden Einfluß aus. Während seiner ganzen Kindheit war Haßler das lebendige Vorbild, auf das er die Augen gerichtet hielt. Auf sein Beispiel hin entschied der kleine sechsjährige Mann, daß auch er Musik schreiben wolle. In Wahrheit tat er es, ohne daß er es ahnte, schon seit langem; er hatte mit dem Komponieren nicht so lange gewartet, bis er wußte, daß er komponiere.

Für ein Musikerherz ist alles Musik. Alles, was schwingt, was sich bewegt, was wogt: durchsonnte Sommertage, winddurchheulte Nächte, rinnendes Licht und Sterngeflimmer, geliebte oder verhaßte Stimmen, vertraute Geräusche des Heims, die quietschende Tür, das Blut, das während nächtlicher Stille die Adern anschwellt – alles Sein ist Musik, man muß sie nur vernehmen können. Diese ganze Musik der Wesen fand in Christof ihren Widerhall. Alles, was er sah, alles, was er fühlte, verwandelte sich ihm, ohne daß er es wußte, in Musik. Es war wie ein summender

Bienenschwarm. Niemand aber merkte es. Er weniger als irgend jemand.

Wie alle Kinder summte er beständig vor sich hin. Zu jeder Tageszeit, was er auch immer tat – ob er auf der Straße umherspazierte und auf einem Bein hüpfte, ob er auf Großvaters Dielen auf dem Bauch lag und, den Kopf in den Händen, in die Bilder eines Buches vertieft war oder ob er im dunkelsten Küchenwinkel auf seinem kleinen Stuhl saß und, ohne etwas zu denken, bei sinkender Nacht vor sich hin träumte –, immer hörte man das gleichförmige Gesumm seiner kleinen Stimme, die mit geschlossenem Munde und geblähten Wangen oder mit prustenden Lippen arbeitete. Stundenlang dauerte das, ohne daß er dessen müde wurde. Seine Mutter achtete nicht darauf; dann plötzlich schrie sie ihn voll Ungeduld deswegen an.

War er dieses Zustandes halber Schlafbefangenheit überdrüssig, so überkam ihn das Bedürfnis, sich zu bewegen und Lärm zu machen. Dann sang er seine Musik aus voller Kehle. Für sämtliche Gelegenheiten im Leben hatte er sich welche fabriziert. Er hatte eine für den Morgen, wenn er wie eine kleine Ente in seiner Waschschale planschte, und eine, um auf den Klaviersessel vor dem verhaßten Instrument zu klettern – und vor allem eine zum Hinuntersteigen: diese war viel glanzvoller als die andere. Trug Mutter die Suppe auf den Tisch, so kündigte er sie mit Fanfarenklang an. Er spielte sich Triumphmärsche vor, um sich aus dem Eßzimmer feierlich ins Schlafzimmer zu begeben. Manchmal veranstaltete er bei dieser Gelegenheit mit seinen beiden Brüdern einen großartigen Zug: Alle drei stolzierten ernst einer hinter dem andern her, und jeder hatte seinen eigenen Marsch. Aber Christof behielt gerechterweise den schönsten für sich. Jede dieser Weisen war unabänderlich einer bestimmten Gelegenheit zugeeignet, und Christof wäre es nie eingefallen, sie zu verwechseln. Jeder andere hätte sich getäuscht; er aber unterschied die Nuancen mit klarster Deutlichkeit.

Eines Tages bei Großvater rannte er mit zurückgeworfenem Kopf und vorgestrecktem Bauch unter lautem Trampeln rings im Zimmer herum, immer und immer wieder in der Runde, daß einem schlecht werden konnte, und führte dabei eine seiner Kompositionen auf. Der Alte rasierte sich gerade. Er hielt inne; das Gesicht ganz eingeseift, wendete er sich ihm zu und sagte:

„Was singst du denn da, Kerlchen?"

Christof antwortete, daß er es nicht wisse.

„So fang noch mal an!" meinte Hans Michel.

Christof versuchte es, aber er konnte die Weise nicht wiederfinden. Stolz auf Großvaters Aufmerksamkeit, wollte er seine schöne Stimme bewundern lassen und sang eine große Opernarie auf seine Art; aber danach fragte der Alte nicht. Hans Michel schwieg darum und schien sich nicht mehr um ihn zu kümmern. Aber er ließ die Tür seines Zimmers halb offen, während sich der Kleine nebenan allein vergnügte.

Einige Tage später war Christof dabei, mit Stühlen, die er in der Runde um sich aufgestellt hatte, ein musikalisches Schauspiel aufzuführen, das er sich aus Bruchstücken von Theatererinnerungen zusammengestellt hatte. Mit tiefem Ernst vollführte er zu einer Menuettmelodie Schritte und Verbeugungen, die er an das über dem Tisch hängende Beethovenporträt richtete. Als er sich gerade in einer Pirouette drehte, sah er durch die Türspalte Großvaters Gesicht, das ihn anschaute. Er dachte, der Alte wolle ihn verspotten; er schämte sich sehr, hörte sofort auf, lief ans Fenster und preßte das Gesicht an die Scheiben, als sei er in eine höchst interessante Betrachtung vertieft. Aber der Alte sagte nichts; er kam auf ihn zu und küßte ihn. Christof sah wohl, daß er zufrieden war, und seine kleine Eigenliebe war eifrig dabei, diese Erfahrung zu bedenken: er war klug genug, um zu merken, daß sein Tun Anklang gefunden hatte; aber er wußte nicht genau, ob Großvater in ihm mehr das Talent zum Dramatiker, zum Musiker, zum

Sänger oder Tänzer bewundert habe. Er neigte dazu, das letztere anzunehmen; denn er selbst hielt große Stücke darauf.

Eine Woche später, als er alles vergessen hatte, sagte Großvater mit geheimnisvoller Miene zu ihm, daß er ihm etwas zeigen wolle. Er öffnete sein Schreibpult, zog ein Notenheft heraus, stellte es auf das Klavier und forderte das Kind auf, daraus zu spielen. Christof war sehr neugierig geworden und entzifferte, so gut er konnte. Das Heft war mit der Hand und in den dicken Schriftzügen des Alten geschrieben, der sich bei dieser Gelegenheit ganz besondere Mühe gegeben hatte. Die Kopfleisten waren mit Schnörkeln und Verzierungen geschmückt. Nach einigen Augenblicken fragte Großvater, der neben Christof saß und ihm die Seiten umwandte, von wem diese Musik wohl sei. Christof, der zu sehr in sein Spiel vertieft war, um unterscheiden zu können, was er spielte, antwortete, daß er das nicht wisse.

„Gib acht! Du kennst das nicht?“

Ja, er glaube es wohl wiederzuerkennen; aber er wisse nicht, wo er es gehört habe.

Großvater lachte.

„Denke nach.“

Christof schüttelte den Kopf.

In Wahrheit huschte ihm wohl ein Schimmer durch den Kopf; ihm schien, als ob diese Melodien ... Doch nein! Dem traute er nicht ... Er wollte es nicht wiedererkennen.

„Großvater, ich weiß es nicht.“

Er war rot geworden.

„Aber geh, kleiner Dummkopf, du merkst nicht, daß das deine Melodien sind?“

Er war davon schon überzeugt; aber es aussprechen zu hören machte ihn doch betroffen.

„Oh, Großvater!“

Der Alte erklärte ihm strahlend das Heft:

„Sieh: Arie. Die hast du Dienstag gesungen, als du dich auf der Erde wälztest. – Marsch. Das ist der, den ich dich vorige Woche wieder anzufangen bat und den du gar nicht mehr zusammenbringen konntest. – Menuett. Das hast du vor meinem Sessel getanzt ... Schau her."

Auf dem Deckel stand in wundervoller gotischer Schrift geschrieben:

Die Freuden früher Jugend: Aria, Minuetto, Walzer e Marcia, op. 1 von Johann Christof Krafft.

Christof war geblendet. Dort seinen Namen zu sehen, den schönen Titel, das große Heft, sein Werk! – Er stammelte in einem fort:

„Großvater! Großvater!"

Der Alte zog ihn an sich. Christof warf sich ihm auf die Knie und barg den Kopf an Hans Michels Brust. Er war rot vor Glück. Der Alte, der fast noch glücklicher war als er, versuchte aus Angst, sonst gerührt zu werden, einen gleichgültigen Ton anzuschlagen, und sagte:

„Natürlich habe ich die Begleitung dazu gemacht und die Harmonien im Charakter der Melodie. Und dann ...' (er hustete) „und dann habe ich dem Menuett auch ein Trio hinzugefügt, weil ... weil man das so macht ... und dann ... schließlich, ich meine, es nimmt sich nicht übel aus."

Er spielte es. – Christof war sehr stolz darauf, mit Großvater zusammenzuarbeiten.

„Aber Großvater, dann mußt du auch deinen Namen darübersetzen."

„Das lohnt sich nicht. Es ist nicht nötig, daß andere als du es wissen. Nur ..." (hier zitterte seine Stimme) „nur später, wenn ich nicht mehr sein werde, dann wird dich das an deinen alten Großvater erinnern, nicht wahr? Du wirst es nicht vergessen?"

Der arme Alte sagte nicht, daß er dem unschuldigen Vergnügen nicht hatte widerstehen können, eine seiner unglücklichen Melodien in seines Enkels Werk einzufügen, von dem er ahnte, daß es ihn überleben werde; aber sein Wunsch, an diesem erträumten Ruhm teilzuhaben, war recht bescheiden und recht rührend, genügte es ihm doch, einen Bruchteil seines Denkens anonym weiterzugeben, um nur nicht ganz zu sterben. – Christof war sehr bewegt und bedeckte sein Gesicht mit Küssen. Der Alte, der sich immer weicher stimmen ließ, küßte ihn aufs Haar.

„Nicht wahr, du wirst daran zurückdenken? Später, wenn du ein guter Musiker geworden bist, ein großer Künstler, der seiner Familie, seiner Kunst, seinem Vaterland Ehre macht, wenn du berühmt bist, dann wirst du daran denken, daß es dein Großvater war, der das alles zuerst in dir geahnt hat, der dir prophezeite, daß du es werden würdest."

Die Tränen traten ihm in die Augen, als er sich so sprechen hörte. Er wollte solche Zeichen von Schwäche nicht sehen lassen. Er bekam einen Hustenanfall, setzte seine mürrische Miene auf, schickte den Kleinen heim und schloß das Manuskript sorgfältig weg.

Christof ging ganz betäubt vor Freude nach Hause. Die Steine tanzten um ihn. Der Empfang, den ihm die Seinen bereiteten, ernüchterte ihn ein wenig. Als er ihnen natürlich sofort und ganz verklärt von seiner musikalischen Heldentat erzählte, erhoben sie ein Zetergeschrei. Seine Mutter machte sich über ihn lustig. Melchior erklärte, der Alte sei verrückt geworden und täte besser daran, für sich selbst zu sorgen als dem Kleinen den Kopf zu verdrehen. Christof dagegen solle so freundlich sein, sich nicht um diese Albernheiten zu kümmern, sondern sich illico ans Klavier setzen und vier Stunden Fingerübungen machen. Er möge nur erst versuchen, sauber spielen zu lernen; zum Komponieren sei es später immer noch Zeit genug, wenn er nichts Besseres zu tun habe.

Melchior war jedoch bei diesen vernünftigen Worten – wie man es vielleicht hätte glauben können – durchaus nicht besorgt, das Kind vor dem gefährlichen Überschwang einer verfrühten Eitelkeit zu bewahren. Er sollte sehr bald gerade das Gegenteil beweisen. Aber da er selbst nie den geringsten Gedanken in Musik auszudrücken gehabt noch je das Bedürfnis danach verspürt hatte, war er in seiner törichten Virtuoseneingenommenheit so weit gekommen, das Komponieren überhaupt als eine Kunst zweiter Ordnung anzusehen, welcher der Ausführende eigentlich erst Wert verlieh. Er war allerdings gegen die starke Begeisterung, die große Komponisten wie Haßler hervorriefen, nicht unempfindlich; er hatte vor solchen Triumphen wie vor jedem Erfolg allen Respekt, der stets mit etwas heimlicher Eifersucht vermischt war; denn ihm schien, als würden solche Beifallsbezeigungen ihm persönlich geraubt. Doch er wußte aus Erfahrung, daß die Erfolge großer Virtuosen nicht weniger geräuschvoll und sogar in ihren angenehmen und schmeichelhaften Folgen noch persönlicher und einträglicher waren. Er tat, als hege er für die Meister alle Hochachtung; aber es machte ihm großes Vergnügen, lächerliche Anekdoten über sie zu erzählen, die von ihrem Geist und ihren Gewohnheiten ein trauriges Bild gaben. Den Virtuosen stellte er an die Spitze der künstlerischen Stufenleiter. „Denn“, so sagte er, „es ist allgemein bekannt, daß die Zunge der edelste Körperteil ist; und was wäre der Gedanke ohne das Wort? Was wäre die Musik ohne den Vortragenden?“

Was auch immer der Grund für die Predigt, die er Christof hielt, sein mochte, diese Ermahnung trug doch dazu bei, dem Kleinen seine gesunde Selbsteinschätzung wiederzugeben, die des Großvaters Lobeserhebungen ihn sehr leicht hätten verlieren lassen können. Ja, jene Schelte genügte nicht einmal ganz. Christof konnte sehr gut beurteilen, daß sein Großvater bedeutend klüger war als sein Vater, und wenn er sich, ohne zu murren, ans Klavier setzte, war es viel weniger, um gehorsam zu sein als um nach seinem Belieben träumen zu können, wie er es gewöhnlich tat, während seine Finger mechanisch über die Tasten liefen. Mitten in seinen endlosen Übungen hörte er immer wieder eine hochmütige Stimme in sich: Ich bin ein Komponist, ein großer Komponist!

Da er nun einmal ein Komponist war, begann er von diesem Tage an zu komponieren. Ehe er noch Buchstaben ordentlich schreiben konnte, strengte er alle Kräfte an, Viertel- und Achtelnoten auf Papierfetzen zu kritzeln, die er aus dem Wirtschaftsbuch herausriß. Aber bei der Mühe, die er sich gab, zu wissen, was er dachte, und es schriftlich festzulegen, kam er bald dazu, gar nichts mehr zu denken, höchstens, daß er etwas denken wolle. Er versteifte sich ordentlich darauf, musikalische Phrasen zusammenzubasteln; und da er von Natur aus musikalisch war, gelang es ihm, so gut es eben ging, wenn sie auch nichts bedeuteten. Dann brachte er das Vollendete triumphierend dem Großvater, der darüber Freudentränen vergoß – er weinte jetzt, da er alterte, sehr leicht – und der ihm verkündete, daß es herrlich sei.

Das hätte ihn nun ganz und gar verderben können. Glücklicherweise rettete ihn sein natürlicher Menschenverstand, unterstützt von dem Einfluß eines Mannes, der dabei durchaus nicht beanspruchte, irgendeinen Einfluß, auf wen es auch sei, auszuüben, und der den Augen der Welt nichts weniger als das Beispiel gesunden Menschenverstandes gab. Es war Luises Bruder.

Er war wie sie klein, mager, dürftig und ein wenig gebeugt. Man wußte nicht genau, wie alt er war; er konnte die Vierzig nicht überschritten haben, aber man hätte ihm gut fünfzig Jahre oder noch mehr geben können. Er hatte ein kleines, runzliges, rosiges Gesicht mit guten, sehr blaßblauen Augen wie ein wenig welke Vergißmeinnicht. Wenn er seine Mütze, die er aus Angst vor Zug überall aufbehielt, einmal abnahm, zeigte er einen kleinen, ganz nackten rosigen Schädel in Kegelform, der das Vergnügen Christofs und seiner Brüder bildete. Sie wurden es nicht überdrüssig, ihn deswegen zu necken, ihn zu fragen, was er mit seinen Haaren gemacht habe, und ihm, ermutigt durch Melchiors plumpe Späße, mit der Rute zu drohen; er belachte das als erster und ließ alles geduldig über sich ergehen. Er war ein herumziehender kleiner Händler, der von Dorf zu Dorf ging und auf seinem Rücken einen großen Packen trug, in dem er von allem etwas hatte: Spezereien, Papierwaren, Süßigkeiten, Taschentücher, Halstücher, Schuhzeug, Konservenbüchsen, Kalender, Lieder und Arzneien. Mehrmals hatte man versucht, ihn irgendwo seßhaft zu machen, ihm einen kleinen Vorrat, einen Kramladen, eine Kurzwarenhandlung zu kaufen. Aber er konnte sich nicht daran gewöhnen; eines Nachts stand er auf, legte den Schlüssel unter die Tür und zog mit seinem Packen wieder davon. Wochen und Monate bekam man ihn nicht zu sehen. Dann erschien er wieder. Eines Abends hörte man am Eingang scharren; die Tür öffnete sich halb, und der kleine, kahle, höflich entblößte Kopf mit seinen guten Augen und seinem schüchternen Lächeln zeigte sich. Er sagte: „Guten Abend der ganzen Gesellschaft!“, säuberte sorgfältig seine Schuhe, bevor er eintrat, begrüßte jeden, indem er beim Ältesten anfing, und ließ sich im bescheidensten Winkel des Zimmers nieder. Dort zündete er seine Pfeife an, beugte den Rücken und wartete geduldig ab, bis der gewohnte Hagel von faulen Witzen vorüber war. Die beiden Kraffts, Großvater und Vater, hegten für ihn eine spöttische Verachtung. Dieser krumme Zwerg schien ihnen lächerlich; und ihr Stolz fühlte sich durch den niederen Stand eines herumziehenden Händlers verletzt. Sie ließen ihn das fühlen; aber er schien es nicht zu merken und bezeigte ihnen einen tiefen Respekt, der sie entwaffnete, besonders den Alten, welcher für jede Rücksicht, die man auf ihn nahm, sehr empfänglich war. So gaben sie sich damit zufrieden, ihn mit plumpen Späßen, die oft die Röte in Luises Gesicht jagten, zu ducken. Sie, die daran gewöhnt war, sich ohne Widerrede vor der geistigen Überlegenheit der beiden Kraffts zu beugen, zweifelte nicht daran, daß sie mit ihrem Urteil recht hätten; aber sie liebte ihren Bruder zärtlich, und dieser hegte für sie eine stumme Verehrung. Sie waren die einzigen ihrer Familie und alle beide demütig – vom Leben an die Wand gedrückt und vergessen. Ein Band stummen Mitleids und gemeinsamer, im geheimen getragener Leiden einte sie in wehmütiger Innigkeit. Inmitten der robusten, lärmenden, brutalen Kraffts, die fürs Leben und für ein fröhliches Leben fest und derb geschaffen waren, verstanden und bemitleideten, ohne es sich doch jemals gegenseitig zu gestehen, diese beiden guten, schwachen Wesen, die außerhalb oder neben dem Leben zu stehen schienen, einander.

Christof hatte im grausamsten Leichtsinn der Kindheit von vornherein die Geringschätzung seines Vaters und seines Großvaters für den kleinen Händler geteilt. Er ergötzte sich an ihm wie an einem komischen Gegenstand; er quälte ihn mit dummen Neckereien, die der andere mit seiner unzerstörbaren Ruhe ertrug. Dennoch liebte ihn Christof, ohne sich darüber genaue Rechenschaft zu geben. Zunächst liebte er ihn wie ein gefügiges Spielzeug, mit dem man macht, was man will. Auch liebte er ihn, weil er immer irgend etwas Gutes von ihm erwarten durfte: eine Lekkerei, ein Bild, eine amüsante Erfindung. Des kleinen Mannes Rückkehr war für die Kinder jedesmal eine Freude, denn er bereitete ihnen stets eine Überraschung. So arm er auch war, fand er doch stets ein Mittel, jedem ein kleines Andenken mitzubringen; und keinen Geburtstag in der Familie vergaß er. Man sah ihn pünktlich zu den feierlichen Tagen erscheinen, und dann zog er irgendein hübsches, mit Liebe ausgewähltes Geschenk aus der Tasche. Man war daran so gewöhnt, daß man kaum mehr daran dachte, ihm zu danken; jedem war es so natürlich, und er schien durch die Freude, die er bereitete, genügend belohnt. Christof jedoch, der nicht besonders gut schlief und nachts die Tagesereignisse in seinem Hirn wälzte, fand manchmal, daß sein Onkel doch sehr gut sei; und es überkam ihn eine aufströmende Dankbarkeit, von der er aber bei nächster Gelegenheit doch nichts merken ließ, weil er dann nur noch daran dachte, sich über ihn lustig zu machen. Übrigens war er noch zu klein, um den ganzen Wert der Güte einschätzen zu können: in der Kindersprache sind gut und dumm fast gleichbedeutend, und Onkel Gottfried schien dafür der lebende Beweis.

Eines Abends, als Melchior in der Stadt zu Abend aß und Luise die beiden Kleinen zu Bett brachte, ging Gottfried aus, um sich einige Schritte vom Haus entfernt an das Flußufer zu setzen. Christof folgte ihm aus Langeweile und wie gewöhnlich setzte er ihm wie ein junger Hund mit seinen Albernheiten zu, bis er außer Atem kam und sich ins Gras zu seinen Füßen rollen ließ. Er legte sich auf den Bauch und steckte die Nase in den Rasen. Als er wieder Luft geschöpft hatte, suchte er nach einer neuen Dummheit. Nachdem er sie gefunden hatte, schrie er sie, sich vor Lachen krümmend, heraus, während er das Gesicht noch immer auf dem Boden vergraben hielt. Niemand antwortete ihm. Über diese Stille erstaunt, hob er den Kopf und schickte sich an, seinen Witz zu wiederholen. Da traf sein Blick Gottfrieds Antlitz, das vom letzten Schimmer des in goldnen Nebeln versinkenden Tages verklärt war, und das Wort blieb ihm in der Kehle stecken. Gottfried lächelte mit halbgeschlossenen Augen und leicht geöffnetem Munde; und sein leidvolles Gesicht war unsagbar wehmütig und ernst. Christof stützte sich auf seine Ellenbogen und fing an ihn zu beobachten. Die Nacht kam. Gottfrieds Antlitz erlosch nach und nach. Ringsum herrschte Schweigen. Und nun wurde Christof seinerseits von den geheimnisvollen Eindrücken ergriffen, die sich auf Gottfrieds Gesicht gespiegelt hatten. Er versank in eine unklare Traumbefangenheit. Die Erde lag im Dunkel, und der Himmel war licht: die Sterne tauchten auf. Die kleinen Wellen des Stromes plätscherten ans Ufer. Des Knaben Bewußtsein verdämmerte. Ohne es zu wissen, kaute er an kleinen Grashalmen. Ein Heimchen zirpte an seiner Seite; ihm war, als schlafe er ein. Plötzlich begann Gottfried in der

Dunkelheit zu singen. Er sang mit schwacher, verschleierter, gleichsam innerlicher Stimme; zwanzig Schritt entfernt hätte man sie nicht mehr hören können. Aber es lag eine rührende Wahrhaftigkeit in ihr; es war, als dächte er laut und als könnte man durch diese Musik hindurch wie durch klares Wasser auf dem Grund seines Herzens lesen. Niemals hatte Christof so singen hören; und niemals hatte er ein ähnliches Lied vernommen. Langsam, schlicht, kindlich ging sein ernster Schritt; traurig und ein wenig eintönig, ohne sich jemals zu beeilen – dann kamen lange Pausen, und es machte sich von neuem, unbekümmert, ob es ans Ziel gelangen würde, auf den Weg und verlor sich in der Nacht. Es schien von weit her zu kommen und wer weiß, wohin zu gehen. Sein stiller Ernst war voll geheimer Unruhe; und unter seinem scheinbaren Frieden schlummerte eine uralte Bangigkeit. Christof atmete kaum, er wagte sich nicht zu regen, und ihm war ganz kalt vor Ergriffenheit. Als es zu Ende war, rutschte er zu Gottfried und fragte aus gepreßter Kehle:

„Onkel?"

Gottfried antwortete nicht.

„Onkel!" wiederholte das Kind und legte Hände und Kinn auf Gottfrieds Knie.

Die herzliche Stimme Gottfrieds sagte:

„Mein Kleiner . . ."

„Was ist das, Onkel? Sag mir! Was hast du da gesungen?"

„Ich weiß nicht."

„Sag doch, was es ist!"

„Ich weiß nicht. Es ist ein Lied."

„Ist es ein Lied von dir?"

„Nein, nicht von mir! Bewahre! – Es ist ein altes Lied."

„Wer hat es gemacht?"

„Das weiß man nicht."

„Wann?"

„Das weiß man nicht."

„Als du klein warst?“

„Bevor ich auf der Welt war, bevor mein Vater war und der Vater meines Vaters und der Vater des Vaters meines Vaters ... Es war immer da.“

„Wie sonderbar das ist! Niemand hat mir jemals davon erzählt.“

Er überlegte einen Augenblick.

„Onkel, kennst du noch mehr solche Lieder?“

„Ja.“

„Singe ein anderes. Willst du?“

„Warum ein anderes singen? Eins ist genug. Man singt, wenn man das Bedürfnis danach hat, wenn man singen muß. Man soll nicht zum Spaß singen.“

„Aber wenn man doch Musik macht?“

„Das ist keine Musik.“

Der Kleine blieb nachdenklich. Er verstand das nicht recht. Er fragte jedoch nach keiner Erklärung: es war ja wirklich keine Musik gewesen, keine Musik wie die andere. Er fing wieder an:

„Onkel, hast du mal welche gemacht?“

„Was denn?“

„Lieder!“

„Lieder? Aber wie sollte ich denn welche machen? Das macht man nicht.“

Das Kind mit seiner gewohnten Logik beharrte:

„Aber Onkel, einmal muß es doch gemacht worden sein.“

Gottfried schüttelte hartnäckig den Kopf.

„Das war immer da.“

Das Kind versuchte es noch einmal:

„Aber Onkel, kann man nicht andere machen, neue?“

„Wozu welche machen? Es gibt genug für jede Stunde. Es gibt welche für Stunden, in denen du traurig bist, und für Stunden, in denen du heiter bist. Wenn du müde bist und an das Zuhause denkst, das fern liegt, hast du eines; und auch, wenn du dich verachtest, weil du ein schlimmer Sünder bist, ein armer Tropf; wenn du Lust zu weinen hast, weil die Leute nicht gut zu dir waren; und wenn dein Herz fröhlich ist, weil die Sonne scheint und du den Himmel Gottes siehst, der immer gut ist und dir zuzulächeln scheint ... Es gibt genug, für jede, jede Stunde. Warum sollte ich da welche machen?"

„Um ein großer Mann zu sein", sagte der Kleine, noch ganz von den Belehrungen seines Großvaters und von seinen kindlichen Träumen erfüllt.

Gottfried ließ ein kleines, sanftes Lachen hören. Ein wenig ärgerlich fragte Christof:

„Warum lachst du?"

Gottfried sagte:

„Oh! Ich, ich bin doch gar nichts."

Und er fragte, indem er des Kindes Kopf streichelte:

„Du willst also ein großer Mann werden?"

„Ja", antwortete Christof stolz. Er glaubte, Gottfried würde ihn nun sehr bewundern. Aber Gottfried antwortete:

„Wozu denn?"

Christof kam in Verwirrung. Nach einigem Besinnen sagte er:

„Um schöne Lieder zu machen!"

Gottfried lachte wieder und meinte:

„Du willst Lieder machen, um ein großer Mann zu sein; und du willst ein großer Mann sein, um Lieder zu machen. Du bist wie ein Hund, der sich um seinen eignen Schwanz dreht."

Christof war sehr verletzt. In jedem andern Augenblick hätte er es nicht ertragen, daß sein Onkel, über den er sich für gewöhnlich lustig machte, nun seinerseits Spott mit ihm trieb. Und gleichzeitig hätte er niemals gedacht, daß Gottfried verständig genug wäre, um ihn durch eine Einrede in Verlegenheit zu bringen. Er suchte nach einem Gegengrund oder einer Unart, mit der er ihm antworten könnte, und fand nichts. Gottfried fuhr fort:

„Wenn du so groß wärst wie von hier nach Koblenz, so könntest du doch nie ein einziges Lied schaffen."

Christof empörte sich:

„Und wenn ich welche machen will!"

„Je mehr du willst, desto weniger kannst du. Um welche zu machen, muß man wie sie sein. Horch . . ."

Der Mond hatte sich rund und leuchtend hinter den Feldern erhoben. Ein Silbernebel wallte über den Boden und über die spiegelnden Wasser hin. Die Frösche plapperten, und man hörte in den Wiesen die melodische Flöte der Kröten. Das helle Tremolo der Heimchen schien dem Sterngeflimmer zu antworten. Der Wind streifte sanft die Erlenzweige. Von den Hügeln hinter dem Strom ertönte der zarte Sang einer Nachtigall.

„Was brauchst du zu singen?" seufzte Gottfried nach langem Schweigen (man wußte nicht, sprach er zu sich selbst oder zu Christof). „Singen sie nicht besser als alles, was du machen könntest?"

Christof hatte die Geräusche der Nacht schon viele Male gehört und liebte sie. Niemals aber hatte er sie so vernommen. Wahrhaftig, wozu brauchte man zu singen? – Er fühlte seine Seele von Zärtlichkeit und Kummer geschwellt. Er hätte Felder, Fluß, Himmel und die lieben Sterne umarmen mögen. Und sein Herz war von Liebe zu Onkel Gottfried durchtränkt, der ihm jetzt der Beste, der Klügste, der Schönste von allen schien. Er dachte daran, wie falsch er ihn beurteilt hatte; und er meinte, Onkel Gottfried sei traurig, weil er, Christof, ihn schlecht beurteilte. Er war voller Reue. Er fühlte das Bedürfnis, ihm zuzurufen: Onkel, sei nicht mehr traurig! Ich will nicht mehr boshaft sein! Verzeih mir; ich habe dich lieb! – Aber er wagte es nicht. Plötzlich warf er sich aber in Gottfrieds Arme; doch die Worte wollten nicht über seine Lippen; er wiederholte nur immer: „Ich hab dich lieb" und küßte ihn leidenschaftlich. Überrascht und gerührt sagte Gottfried nur mehrmals: „Aber was denn, was denn?" und küßte ihn ebenfalls. – Dann stand er auf, nahm ihn bei der Hand und meinte: „Wir müssen heim." Christof ging betrübt, weil er glaubte, der Onkel hätte ihn nicht verstanden. Als sie aber zu Hause anlangten, sagte Gottfried zu ihm: „Wenn du willst, gehen wir abends öfter zusammen, um des lieben Gottes Musik anzuhören, und ich singe dir andere Lieder vor.“ Da merkte Christof wohl, daß der Onkel ihn verstanden hatte, und er küßte ihn voller Dankbarkeit, als er ihm gute Nacht sagte.

Seitdem gingen sie abends oft zusammen spazieren; sie wanderten, ohne zu reden, den Fluß entlang oder über die Felder. Gottfried rauchte gemächlich seine Pfeife, und Christof gab ihm, vom Dunkel etwas eingeschüchtert, die Hand. Sie ließen sich im Gras nieder; und nach einigen Augenblicken der Stille sprach Gottfried von Sternen und Wolken zu ihm; er lehrte ihn den Hauch der Erde, der Luft und des Wassers unterscheiden, die Gesänge, die Schreie, die Geräusche der kleinen flatternden, kriechenden, huschenden oder schwimmenden Welt, die im Düster wimmelt, die Vorzeichen von Regen und schönem Wetter und die zahllosen Instrumente der nächtlichen Sinfonie. Manchmal sang Gottfried auch traurige oder heitere Weisen, aber immer von der gleichen Art; und stets wurde Christof beim Anhören ebenso bewegt wie das erstemal. Niemals aber sang Gottfried mehr als ein Lied am Abend. Christof hatte auch gemerkt, daß er nicht gern sang, wenn man ihn darum bat; es mußte von selbst kommen, wenn er dazu Lust hatte. Oft mußte man lange, ohne zu sprechen, warten; und gerade, wenn Christof schon dachte: Da haben wir es! Er singt heute abend nicht . . ., dann entschloß sich Gottfried dazu.

Eines Abends, als Gottfried wirklich nicht sang, kam Christof auf den Gedanken, ihm eine seiner kleinen Kompositionen zu zeigen, die ihm soviel Sorge und Freude zugleich verursachten. Er wollte ihm beweisen, was für ein Künstler er war. Gottfried hörte ihm ruhig zu; dann sagte er:

„Wie häßlich ist das, mein armer Christof!“

Christof war darüber so bestürzt, daß er keine Antwort fand. Gottfried wiederholte voller Mitleid:

„Warum hast du das gemacht? Es ist so häßlich! Niemand hat dich gezwungen, es zu machen."

Christof wurde rot vor Zorn und widersprach; er schrie:

„Großvater findet meine Musik sehr gut."

„So!" meinte Gottfried, ohne sich aufzuregen. „Sicherlich hat er recht. Er ist ein sehr gelehrter Mann. Der versteht etwas von Musik. Ich dagegen verstehe gar nichts ..."

Und nach einem Augenblick:

„Aber ich finde das sehr häßlich."

Er schaute Christof friedfertig an, sah dessen verärgertes Gesicht, lächelte und sagte:

„Hast du noch andere Weisen gemacht? Vielleicht mag ich die andern lieber als diese."

Christof meinte, daß seine andern Melodien den Eindruck der ersten in der Tat auslöschen würden; und er sang sie alle. Gottfried sprach nichts; er wartete, bis alles zu Ende war. Dann schüttelte er den Kopf und sagte mit tiefer Überzeugung:

„Das ist noch häßlicher."

Christof preßte die Lippen aufeinander, und sein Kinn zitterte; er hätte weinen mögen. Gottfried wiederholte, als wäre er selber bestürzt, hartnäckig:

„Wie häßlich das ist!"

Christof rief mit tränenerstickter Stimme:

„Ja, aber warum findest du es denn häßlich?"

Gottfried sah ihn mit seinen ehrlichen Augen an.

„Warum? – Ich weiß nicht ... Warte ... Es ist häßlich ... erstens, weil es dumm ist ... Ja, das ist es ... es ist dumm, es sagt gar nichts ... da haben wir es. Als du das geschrieben hast, hattest du nichts zu sagen. Warum hast du es denn geschrieben?"

„Ich weiß nicht", antwortete Christof in jämmerlichem Ton. „Ich wollte ein hübsches Stück schreiben."

„Siehst du! Um etwas zu schreiben, hast du es geschrieben. Du schreibst, um ein großer Musiker zu sein, damit man dich bewundert. Du warst eitel und hast gelogen: Du bist bestraft worden ... Da siehst du es. Man wird immer bestraft, wenn man in der Musik eitel ist und lügt. Musik will schlicht und wahrhaft sein. Was ist sie sonst? Eine Ruchlosigkeit, eine Verspottung des Herrn, der uns den schönen Gesang geschenkt hat, damit wir Wahres und Redliches sagen."

Er merkte jetzt des Kleinen Kummer und wollte ihn küssen. Aber Christof wandte sich voller Zorn ab; und mehrere Tage schmollte er mit ihm. Er haßte Gottfried. – Aber sooft er sich auch wiederholte: Er ist ein Esel! Er weiß nichts, gar nichts! Großvater ist viel klüger, und er findet meine Musik sehr gut, im Grunde seiner selbst fühlte er, daß es sein Onkel war, der recht hatte, und Gottfrieds Worte prägten sich ihm tief ein; er schämte sich, gelogen zu haben.

Auch dachte er trotz anhaltenden Grolls jetzt stets an ihn, wenn er komponierte; und oft zerriß er, aus Scham vor dem, was Gottfried denken könnte, das, was er fertig hatte. Ging er darüber hinweg und schrieb eine Weise, von der er wußte, daß sie nicht ganz ehrlich war, verbarg er sie sorgfältig vor dem Onkel; er zitterte vor seinem Urteil und war ganz glücklich, wenn Gottfried von einem seiner Stücke einfach sagte: „Das ist nicht allzu häßlich ... Ich hab es gern ..."

Manchmal spielte Christof ihm auch, um sich zu rächen, tückisch den Streich, ihm Melodien großer Musiker als seine eignen vorzuführen. Und er jubelte laut, wenn Gottfried sie zufällig abscheulich fand. Aber Gottfried ließ sich dadurch nicht aus der Fassung bringen. Er lachte gutherzig, wenn er Christof in die Hände klatschen und um sich selbst herumspringen sah; und er kam immer wieder auf seine gewohnten Gründe zurück: „Vielleicht ist es gut geschrieben, aber es sagt nichts." – Niemals wollte er einem der kleinen Konzerte, die man zu Hause veranstaltete, beiwohnen. Das Stück mochte noch so schön sein, er fing zu gähnen an, und sein Gesicht wurde vor Langeweile stumpfsinnig. Bald hielt er es nicht mehr aus und machte sich heimlich und geräuschlos davon. Er sagte:

„Schau, Kleiner, alles, was du im Haus schreibst, ist keine Musik. Musik im Haus ist wie die Sonne in einer Kammer. Musik gehört ins Freie, wenn du Gottes liebes, frisches Lüftchen atmest."

Immer sprach er vom lieben Gott; denn er war sehr fromm, im Gegensatz zu den beiden Kraffts, Vater und Sohn, welche Freigeister sein wollten, obgleich sie sich wohl hüteten, freitags Fleisch zu essen.

Melchior änderte plötzlich, ohne daß jemand wußte, warum, seine Ansicht. Er billigte nicht nur, daß Großvater Christofs musikalische Offenbarungen gesammelt hatte; zu Christofs großer Überraschung brachte er sogar mehrere Abende damit zu, von dessen Manuskript zwei oder drei Abschriften anzufertigen. Auf alle Fragen, die man deswegen an ihn richtete, erwiderte er mit bedeutsamer Miene, daß man es schon sehen werde; oder er rieb sich auch wohl lachend die Hände, fuhr dem Kleinen aus Spaß derb über den Kopf oder verabreichte ihm voller Vergnügen schallende Klapse auf den Hintern. Christof waren diese Vertraulichkeiten entsetzlich; doch sah er, daß sein Vater zufrieden war, wenn er auch nicht wußte, weshalb.

Dann fanden zwischen Melchior und Großvater geheimnisvolle Verhandlungen statt. Und eines Abends erfuhr Christof zu seinem größten Erstaunen, daß er persönlich Seiner Königlichen Hoheit dem Großherzog Leopold *Die Freuden früher Jugend* gewidmet habe. Melchior hatte die Ansicht des Fürsten aushorchen lassen, der sich gnädig geneigt gezeigt hatte, die Huldigung anzunehmen. Darauf erklärte Melchior triumphierend, man müsse unverzüglich: primo, die offizielle Anfrage an den Fürsten abfassen;

secundo, das Werk veröffentlichen; tertio, ein Konzert veranstalten, damit es gehört werde.

Weitere lange Besprechungen zwischen Melchior und Hans Michel fanden statt. Zwei oder drei Abende lang stritten sie lebhaft hin und her; es war verboten, sie zu stören. Melchior schrieb, strich aus, strich nochmals aus und schrieb wieder. Der Alte sprach mit lauter Stimme, als sage er Verse her. Manchmal wurden sie wütend aufeinander oder schlugen auf den Tisch, weil sie ein Wort nicht fanden.

Dann rief man Christof, setzte ihn – seinen Vater zur Rechten, zur Linken seinen Großvater – an den Tisch und drückte ihm eine Feder zwischen die Finger, Großvater begann, ihn ein Diktat schreiben zu lassen, von dem er nicht das geringste verstand, weil er riesige Mühe hatte, Wort für Wort zu schreiben, weil Melchior ihm in die Ohren schrie und der Alte in so theatralischem Ton deklamierte, daß Christof, vom Ton der Worte ganz betäubt, nicht einmal mehr daran dachte, auf ihren Sinn zu achten. Der Alte war nicht weniger erregt. Er hatte nicht stillsitzen können und spazierte nun durchs Zimmer, indem er unwillkürlich die Ausdrücke seines Textes mit Gebärden und Mienenspiel unterstützte; fortwährend aber kam er, um das Blatt des Kleinen anzusehen. Christof war von den beiden großen Köpfen, die sich über seinen Rücken beugten, schon ganz eingeschüchtert; er streckte die Zunge heraus, konnte seine Feder kaum noch halten, sah unklar, machte zu viele Grundstriche oder verschmierte alles, was er geschrieben hatte. Melchior brüllte, und Hans Michel tobte, und der Junge mußte wieder von vorn anfangen und immer noch einmal anfangen; und glaubte man sich endlich am Ziel, so fiel auf die makellose Seite ein herrlicher Tintenklecks; dann zog man Christof an den Ohren, und er brach in Tränen aus; aber man verbot ihm zu weinen, weil er das Papier fleckig mache – und man nahm das Diktat von der ersten Zeile an wieder vor. Er meinte, das würde nun bis an sein Lebensende so fortgehen.

Endlich wurde man fertig. Hans Michel lehnte sich an den Kamin und überlas das Werk mit vor Vergnügen bebender Stimme, indessen Melchior, der in seinem Stuhle zurückgeworfen lag, die Decke anschaute, das Kinn bewegte und so als Feinschmecker den Stil folgender Epistel durchkostete:

Hochehrwürdige, höchst erhabene Hoheit!
Gnädigster Herr!

Von meinem vierten Jahr an wurde für mich die Musik die höchste meiner jugendlichen Beschäftigungen. Sobald ich mit der edlen Muse, die in meiner Seele reine Harmonien weckte, in Verkehr trat, liebte ich sie; und wie mir schien, erwiderte sie mein Gefühl. Jetzt habe ich mein sechstes Jahr erreicht; und meine Muse flüstert mir seit einiger Zeit in den Stunden göttlicher Offenbarung beständig ins Ohr: „Wage! Wage es! Schreibe einmal deiner Seele Harmonien nieder!" – Sechs Jahre, dachte ich. Wie darf ich es da wagen? Was werden die in der Kunst geübten Männer von mir sagen? Ich zögerte – zitterte. Jedoch meine Muse befahl ... Ich gehorchte. Ich schrieb.

Und darf ich nun,

o erhabenste Hoheit!,

darf ich in vermessener Kühnheit die Erstlinge meiner jungen Werke zu Füßen Deines Thrones niederlegen? – Darf ich die verwegene Hoffnung hegen, daß Dein väterlicher Blick seine erlauchte Gnade auf sie niedersenken wird?

O ja! Denn Wissenschaft und Kunst haben stets in Dir ihren weisen Gönner und mächtigen Vorkämpfer gefunden; und das Talent blüht unter dem Schutz Deiner heiligen Obhut.

So wage ich denn, erfüllt von diesem tiefen und sicheren Glauben, mich Dir mit meinen jugendlichen Versuchen zu nahen. Empfange sie als reine Gabe meiner kindlichen Verehrung und geruhe in Güte,

o erhabenste Hoheit!,

die Blicke auf sie und ihren jungen Schöpfer zu lenken, der sich in tiefster Demut Dir zu Füßen wirft!

Seiner hochehrwürdigen, höchst erhabenen Hoheit

ganz ergebenster,
treuer und gehorsamster Diener
Johann Christof Krafft

Christof verstand nichts davon: er war zu glücklich, endlich fertig zu sein und loszukommen. Aus Angst, daß man ihn noch einmal von vorn beginnen lassen könnte, flüchtete er in die Felder. Er hatte keine Ahnung, was er eigentlich geschrieben hatte, und er kümmerte sich auch durchaus nicht darum. Der Alte hingegen wiederholte seine Lektüre, nachdem er sie beendet hatte, nochmals, um sie länger auszukosten. Nachdem er auch damit fertig war, erklärten Melchior und er, daß es ein Meisterstück sei. Das war auch des Großherzogs Ansicht, dem der Brief mit einer Abschrift der Musikstücke überreicht wurde. Er hatte die Güte, sagen zu lassen, daß eins wie das andere den reizendsten Stil habe. Er genehmigte das Konzert, befahl, den Saal seiner Musikakademie zu Melchiors Verfügung zu stellen, und versprach gnädigst, sich den jungen Künstler am Tage seines Auftretens vorstellen zu lassen.

Melchior tat alles, um das Konzert so schnell wie möglich zu veranstalten. Er versicherte sich der Mitwirkung des *Hofmusikvereins**; und da der Erfolg seiner ersten Bemühungen seine ehrgeizigen Ideen sehr in die Höhe getrieben hatte, ließ er auch noch eine prächtige Ausgabe der *Freuden früher Jugend* erscheinen. Am liebsten hätte er auf den Umschlag das Porträt Christofs am Klavier stechen lassen und sich selbst mit der Geige in der Hand daneben. Aber er mußte darauf verzichten; nicht wegen des Preises – Melchior schreckte vor keiner Ausgabe zurück –, jedoch aus Mangel an Zeit. Er beschränkte sich auf eine allegorische Darstellung, die eine von Sonnenstrahlen überspielte Lyra zeigte, um welche eine Wiege, eine Trompete, eine

Trommel und ein Schaukelpferd arrangiert waren. Auf dem Titelblatt stand nach einer langen Widmung, aus der sich der Name des Fürsten in riesenhaften Lettern abhob, daß Hans Christof Krafft sechs Jahre alt sei. – Der Wahrheit gemäß war er siebeneinhalb. – Der Druck des Werkes kostete sehr viel; um ihn zu bezahlen, mußte Großvater eine alte Truhe mit Holzschnitzereien aus dem achtzehnten Jahrhundert verkaufen, von der er sich bisher trotz wiederholter Angebote des Trödlers Wormser nicht hatte trennen wollen. Melchior zweifelte jedoch nicht, daß die Subskriptionen die Ausgaben für das Werk reichlich decken würden.

Eine andere Frage, die ihn beschäftigte, war die, welches Kostüm Christof am Konzerttag tragen sollte. Ein Familienrat fand deswegen statt. Melchior hätte am liebsten gesehen, wenn der Kleine in kurzem Kleidchen, mit nackten Beinen, wie ein vierjähriges Kind, aufgetreten wäre. Christof jedoch war für sein Alter sehr stämmig, und außerdem kannte ihn jeder; man konnte sich wirklich keine Hoffnung machen, irgend jemand etwas vorzutäuschen. Da hatte Melchior eine grandiose Idee. Er beschloß, das Kind in einen Frack mit weißer Binde zu stecken. Luise sträubte sich vergeblich dagegen, daß man ihren armen Jungen lächerlich machen wolle. Melchior rechnete gerade mit dem leisen Heiterkeitserfolg, den das Unerwartete solchen Aufzugs hervorrufen würde. So wurde es denn gemacht, und der Schneider kam und nahm für den Anzug des kleinen Mannes Maß. Feine Wäsche und Lackschuhe waren auch noch nötig, und all das zusammen kostete die Haare vom Kopf. Christof fühlte sich in seiner neuen Kleidung sehr unbehaglich. Man ließ ihn daher, um ihn daran zu gewöhnen, seine Stücke mehrmals im Kostüm wiederholen. Schon seit einem Monat kam er kaum vom Klaviersessel herunter. Man lehrte ihn auch, sich zu verbeugen. So hatte er keinen freien Augenblick. Er tobte innerlich, wagte aber nicht, sich zu widersetzen; denn er dachte, er würde nun bald eine überwältigende Tat vollbringen, die ihm gleichzeitig Stolz und Furcht einflößte. Im übrigen behütete man ihn aufs sorgfältigste; man hatte Angst, er könnte sich erkälten, und knüpfte ihm mehrere Halstücher um; man wärmte sein Schuhzeug aus Furcht, es könnte feucht sein; und bei Tisch bekam er die besten Bissen.

Endlich kam der große Tag heran. Der Friseur überwachte die Toilette, er kräuselte Christofs widerspenstige Haare und ruhte nicht eher, als bis er ein schafpelzartiges Gelock daraus gemacht hatte. Alsdann spazierte die ganze Familie an Christof vorbei und erklärte, daß er wundervoll aussehe. Nachdem Melchior ihn eingehend betrachtet und nach allen Seiten gedreht hatte, schlug er sich plötzlich vor die Stirn und holte eine große Blume, die er dem Kleinen im Knopfloch befestigte. Luise aber warf bei diesem Anblick die Arme zum Himmel und schrie voller Entsetzen, er schaue wie ein Äffchen aus, was Christof bitter kränkte. Er selbst wußte nicht recht, ob er sich seines Aufputzes schämen oder freuen sollte. Instinktiv fühlte er sich erniedrigt. Noch viel mehr aber wurde ihm das beim Konzert bewußt. Und das sollte überhaupt die vorherrschende Empfindung an diesem denkwürdigen Tage werden.

Das Konzert sollte seinen Anfang nehmen. Der halbe Saal war leer. Der Großherzog war noch nicht gekommen. Ein liebenswürdiger und gutunterrichteter Freund, wie es deren immer gibt, hatte nicht versäumt, die Nachricht zu überbringen, daß im Schloß eine Versammlung des Staatsrats zusammengetreten sei und der Großherzog nicht kommen werde: er wisse es aus sicherer Quelle. Melchior war niedergeschmettert; er rannte aufgeregt hin und her und beugte sich ein über das andre Mal aus dem Fenster. Der alte Hans Michel regte sich gleichfalls auf; aber mehr seines Enkels wegen; er überschüttete ihn mit guten Ratschlägen. Christof wurde schließlich von dem Fieber der Seinen angesteckt; wegen seiner Stücke beunruhigte er sich nicht im geringsten, aber der Gedanke an die Verbeugungen, die er vor dem Publikum machen sollte, verwirrte ihn sehr; und da man ihn immer wieder daran erinnerte, befiel ihn schließlich die Angst.

Man mußte indessen endlich anfangen, denn das Publikum wurde ungeduldig. Das Orchester des *Hofmusikvereins** setzte mit der *Coriolan-Ouvertüre* ein. Der Knabe kannte weder Coriolan noch Beethoven, hatte er auch oft Stellen daraus gehört, so war es unbewußt geschehen. Niemals bekümmerte er sich um die Titel der Werke, die er kennengelernt hatte; er nannte sie mit frei erfundenen Namen und baute kleine Geschichten oder kleine Landschaften um sie herum; gewöhnlich teilte er diese in drei Gruppen: das Feuer, die Erde, das Wasser. Und diese wieder in tausend verschiedene Nuancen. Mozart wurde fast immer dem Wasser zugeteilt; bei ihm träumte er eine Heide am Ufer eines Flusses, einen durchsichtigen Nebel, der über dem Strom webt, einen kleinen Frühlingsschauer oder auch einen Regenbogen. Beethoven war das Feuer; einmal ein riesenhaft flammendes Kohlenbecken mit ungeheuren Rauchwolken, ein andermal ein Waldbrand, eine schwarze, furchtbare Wetterwolke, aus der der Blitz sprang; dann wieder ein von Sternen überflimmerter Himmel, aus dem man in schöner Septembernacht mit Herzklopfen einen Stern sich lösen, niedergleiten und sanft ersterben sieht. Und so durchglühte ihn auch diesmal der mächtige Brand dieser Heldenseele wie Feuer. Alles übrige verschwand. Was war ihm das übrige? Der bestürzte Melchior, der verängstigte Hans Michel, diese ganze geschäftige Welt, das Publikum, der Großherzog! Was hatte der kleine Christof mit all den Leuten zu schaffen? Was gingen sie ihn an? War er das? Er? Sein Ich lebte in diesem rasenden Willen, der ihn mit fortriß. Mit Tränen in den Augen, erstarrten Gliedern und zusammengekrampftem Körper folgte er ihm atemlos. Sein Blut tobte in den Adern, und er zitterte am ganzen Leib. – Wie er, hinter einer Kulisse verborgen, mit allen Sinnen noch lauschte, schlug ihm plötzlich das Herz zum Zerspringen: das Orchester brach mitten in einem Takte ab, und nach einem Augenblick der Stille intonierte es unter lautem Einsatz der Bläser und Trommler mit dem üblichen Pomp eine Militärmusik. Der Übergang von einer Musik in die andere war so brutal und unerwartet, daß Christof mit den Zähnen knirschte, wütend mit dem Fuß aufstampfte und die Faust drohend gegen die Wand hob. Melchior aber frohlockte: der Fürst hatte eben den Saal betreten, und das Orchester begrüßte ihn mit der Nationalhymne. Hans Michel gab seinem Enkel die letzten guten Ratschläge.

Die Ouvertüre begann von vorn und wurde diesmal zu Ende geführt. Nun kam die Reihe an Christof. Melchior hatte das Programm geschickt so zusammengestellt, daß es gleichzeitig die Virtuosität des Sohnes wie des Vaters ins Licht rücken mußte. Sie sollten zusammen eine Mozartsche Sonate für Klavier und Violine spielen. Um die Wirkung allmählich zu steigern, hatte er bestimmt, daß Christof zuerst allein erscheinen solle. Man führte ihn zum Bühneneingang, zeigte ihm den Flügel vorn auf dem Podium, setzte ihm zum letztenmal alles auseinander, was er zu tun habe, und schob ihn hinaus.

Da er seit langem an Theatersäle gewöhnt war, hatte er nicht allzu große Angst; doch als er sich allein auf dem Podium befand, den Hunderten von Augen gegenüber, wurde er plötzlich so eingeschüchtert, daß er unwillkürlich eine Bewegung nach hinten machte und sich sogar in die Kulisse zurückwandte; dort aber stand sein Vater und drohte ihm mit wütenden Augen und Gebärden. So mußte er sich denn weiter hinauswagen. Auch hatte man ihn im Saal schon bemerkt. Je weiter er nach vorn kam, um so lauter erhob sich ein neugieriger Lärm, dem bald ein immer wachsendes Lachen folgte. Melchior hatte sich nicht getäuscht; die Ausstaffierung des Kleinen hatte den erwarteten Erfolg. Das Publikum brach in helles Gelächter aus bei der

Erscheinung des kraushaarigen Jungen mit dem Teint eines kleinen Zigeuners, der im Gesellschaftsanzug eines korrekten Weltmannes schüchtern einhertrippelte. Man erhob sich von den Sitzen, um ihn besser sehen zu können. Bald war alles von einer Heiterkeit ergriffen, die durchaus nichts Übelwollendes hatte, aber den herzhaftesten Virtuosen aus der Fassung hätte bringen können. Der von dem Lärm, den Blicken, den von allen Seiten auf ihn gerichteten Augengläsern ganz benommene Christof hatte nur einen Gedanken: so schnell wie möglich an den Flügel zu kommen, der ihm wie ein Zufluchtsort, eine Insel inmitten des Meeres erschien. Gesenkten Kopfes, ohne nach rechts oder links zu schauen, zog er im Eilschritt an der Rampe vorbei; und anstatt, wie verabredet, in der Mitte sich vor dem Publikum zu verbeugen, drehte er ihm den Rücken zu und stürzte sich geradeswegs auf den Flügel. Der Klavierstuhl war so hoch, daß er sich ohne Hilfe seines Vaters nicht daraufsetzen konnte; anstatt aber zu warten, erklomm er ihn in seiner Verwirrung auf den Knien, was die Heiterkeit des Publikums natürlich noch erhöhte. Jetzt aber war Christof gerettet. An seinem Instrument fürchtete er niemanden mehr.

Melchior erschien endlich. Die gute Stimmung des Publikums kam ihm zugute. Er wurde mit ziemlich lebhaftem Applaus empfangen. Die Sonate begann. Der kleine Mann spielte sie mit unerschütterlicher Sicherheit, indem er den Mund in Spannung zusammenpreßte und die Augen auf die Tasten bannte, während seine kleinen Beine am Stuhl herunterbaumelten. Je mehr Noten dahinrollten, um so wohler fühlte er sich. Hier war er wie inmitten ihm bekannter Freunde. Ein Beifallsgemurmel drang bis zu ihm. Und als er daran dachte, daß alle diese Leute sich still verhielten, um ihm zuzuhören, und ihn bewunderten, überkamen ihn Anwandlungen stolzer Befriedigung, die ihm völlig zu Kopf stiegen. Kaum aber war das Stück zu Ende, als die Angst ihn wieder überfiel. Und die Beifallsbezeigungen, die ihn begrüßten, bereiteten ihm mehr Scham als Freude.

Diese Scham verdoppelte sich, als Melchior ihn bei der Hand nahm, mit ihm vorn an die Rampe trat und ihn sich vor dem Publikum verbeugen ließ. Er gehorchte und machte mit drolligem Ungeschick einen ganz tiefen Bückling; aber er fühlte sich erniedrigt und errötete über das, was er tat, wie über etwas Lächerliches und Häßliches.

Man setzte ihn wieder vor den Flügel; und er spielte allein *Die Freuden früher Jugend*. Eine wahre Raserei brach aus. Nach jedem Stück überschrie man sich vor Begeisterung; man verlangte, daß er das Ganze noch einmal spiele; und obgleich er stolz auf seinen Erfolg war, verletzten ihn doch gleichzeitig diese Beifallsbezeigungen, die ihm wie Befehle erschienen. Schließlich erhob sich das ganze Publikum, um ihm zuzujubeln; der Großherzog hatte das Zeichen zum Beifall gegeben. Doch Christof, der diesmal allein auf dem Podium war, wagte nicht mehr, sich von seinem Stuhle zu rühren. Die Zurufe verdoppelten sich. Er senkte überrot und mit einer Armensündermiene den Kopf tiefer und tiefer und sah hartnäckig nach der dem Saale entgegengesetzten Seite. Schließlich holte ihn Melchior, nahm ihn auf den Arm und befahl ihm, Kußhände zu werfen, indem er ihm die großherzogliche Loge bezeichnete. Christof aber stellte sich taub. Da packte Melchior ihn beim Arm und drohte ihm mit leiser Stimme. Da führte der Kleine mechanisch die Bewegungen aus; aber er sah niemand an, hob nicht die Augen, wendete weiter den Kopf weg und fühlte sich todunglücklich: er litt, wenn auch ohne zu wissen, weshalb. Er fühlte sich in seinem Selbstbewußtsein gekränkt und haßte sämtliche Anwesenden. Wenn sie auch noch so sehr klatschten, er verzieh ihnen nicht, daß sie seine Erniedrigung belachten und sich daran ergötzten; er verzieh ihnen nicht, daß sie ihn in seiner lächerlichen Lage sahen, wie er da in der Luft hing und Kußhände warf; fast grollte er ihnen wegen ihres Beifalls. Und als ihn Melchior endlich zur Erde setzte, lief er schleunigst davon in die Kulissen. In diesem Moment warf ihm eine Dame ein kleines

Veilchensträußchen zu, das sein Gesicht streifte, was ihn in eine wahre Panik versetzte; er rannte Hals über Kopf und warf dabei einen Stuhl um, der ihm im Weg stand. Und je mehr er lief, um so mehr lachte man; und je mehr man lachte, um so mehr lief er.

Endlich gelangte er zum Bühnenausgang, der von Leuten, die ihn anschauen wollten, völlig versperrt war; da bahnte er sich mit Kopf und Armen einen Weg quer hindurch und versteckte sich ganz hinten im Künstlerzimmer. Großvater frohlockte und überhäufte ihn mit Segenswünschen. Die Orchestermitglieder brachen in Lachen aus und beglückwünschten den Kleinen, der sich weigerte, sie anzuschauen und ihnen die Hand zu geben. Melchior stand noch auf der Lauer, schätzte das noch immer nicht endende Beifallsklatschen ab und wollte Christof auf die Bühne zurückführen. Aber der Knabe widersetzte sich zornig, klammerte sich an Großvaters Rock und stieß mit den Füßen nach allen, die ihm nahe kommen wollten. Schließlich bekam er einen Weinkrampf, und man mußte ihn zufriedenlassen.

Gerade in diesem Augenblick erschien ein Offizier und bat die Künstler im Namen des Großherzogs in dessen Loge. Wie sollte man das Kind in solchem Zustand zeigen? Melchior fluchte vor Zorn; aber seine Aufregung verdoppelte natürlich nur Christofs Weinen. Um der Sintflut ein Ende zu machen, versprach Großvater ein Pfund Schokolade, wenn Christof still wäre. Und der leckermäulige Christof hörte urplötzlich auf, schluckte seine Tränen hinunter und ließ sich wegführen; aber zuerst mußte man ihm aufs feierlichste schwören, daß man ihn nicht etwa mit List doch wieder auf die Bühne bringe.

Im Salon der fürstlichen Loge wurde er einem Herrn mit einem Mopsgesicht gegenübergestellt, der klein, rot und ein wenig feist war und einen gesträubten Schnurrbart und einen kurzen, spitzen Kinnbart trug; er polterte ihn mit ironisch spaßender Vertraulichkeit an, tätschelte ihm mit seinen dicken Händen die Wangen und nannte ihn „Mozart redivivus!". Es war der Großherzog. – Dann wurde er bei der Großherzogin, ihrer Tochter und ihrem Gefolge herumgereicht. Aber da er die Augen nicht zu erheben wagte, sah er von dieser glänzenden Gesellschaft nichts als eine Reihe von Kleidern und Uniformen vom Gürtel bis zu den Füßen. Er saß auf dem Schoß der jungen Prinzessin und wagte sich weder zu bewegen noch zu atmen. Sie stellte Fragen, auf die Melchior mit unterwürfiger Stimme und banalen Respektphrasen antwortete; aber sie hörte ihm nicht zu und neckte den Kleinen. Der fühlte sich rot und röter werden; und da er meinte, jeder müsse es sehen, wollte er sein Erröten erklären und sagte mit einem schweren Seufzer:

„Ich bin rot, mir ist heiß."

Das junge Mädchen lachte darüber hell auf. Aber Christof grollte ihr deswegen nicht, wie er es dem Publikum gegenüber noch eben getan hatte; denn dieses Lachen war lieblich; und sie küßte ihn, und das mißfiel ihm ebensowenig.

In diesem Augenblick bemerkte er im Flur am Logeneingang Großvater, strahlend und befangen. Er hätte sich so gern gezeigt und auch seinen Spruch dazugegeben, aber er wagte es nicht, da man das Wort nicht an ihn gerichtet hatte; er freute sich von fern an seines Enkels Ruhm. Christof durchströmte eine Welle von Zärtlichkeit, ein unwiderstehlicher Drang, dem armen Alten Gerechtigkeit widerfahren zu lassen, damit man auch seinen Wert erkenne. Seine Zunge löste sich. Er reckte sich zum Ohr seiner neuen Freundin und flüsterte ihr zu:

„Ich will Ihnen ein Geheimnis sagen."

Sie lachte und fragte:

„Nun, was denn?"

„Sie wissen doch", fuhr er fort, „das hübsche Trio, das in meinem Minuetto ist, in dem Minuetto, das ich gespielt habe. Erinnern Sie sich?" (Er summte es ganz leise ...) „Nun ja! Das hat Großvater gemacht und nicht ich. Alle andern Melodien sind von mir. Aber gerade die ist die hübscheste. Und sie ist von Großvater. Großvater will nicht, daß man es sagt. Sie werden es doch nicht weitersagen?“ Und indem er auf den Alten deutete, fügte er hinzu: „Da ist Großvater. Ich habe ihn sehr lieb. Er ist sehr gut zu mir.“

Darüber lachte nun die junge Prinzessin noch herzlicher, rief, daß er ein süßer kleiner Kerl sei, bedeckte ihn mit Küssen und erzählte zu Christofs und Großvaters Bestürzung allen die Geschichte. Alle stimmten in das Lachen ein; und der Großherzog beglückwünschte den Alten, der in seiner Verwirrung vergeblich versuchte, Aufklärung zu geben, und wie ein armer Sünder stotterte. Christof aber sprach mit dem jungen Mädchen kein Wort mehr. Trotz ihrer Neckereien blieb er stumm und steif; er verachtete sie, weil sie ihr Wort nicht gehalten hatte. Die Vorstellung, die er sich vom Fürsten gemacht hatte, erlitt auf Grund dieser Treulosigkeit eine tiefgehende Erschütterung. Er war so empört, daß er nichts mehr von dem, was man sagte, hörte, auch nicht, daß der Fürst ihn lachend zu seinem ständigen Pianisten, seinem *Hofmusikus**, ernannte.

Dann ging er mit den Seinen und sah sich in den Theatergängen und sogar auf der Straße von Leuten umgeben, die ihm Schmeicheleien sagten oder ihn zu seinem größten Unbehagen küßten; denn er mochte durchaus nicht geküßt werden, und er räumte niemand das Recht ein, ohne seine Erlaubnis über ihn zu verfügen.

Endlich kamen sie zu Hause an, wo Melchior, kaum eingetreten, damit anfing, ihn „kleiner Idiot“ zu nennen, weil er erzählt habe, daß das Trio nicht von ihm sei. Da der Knabe sich sehr wohl bewußt war, damit eine gute Tat vollbracht zu haben, die Anerkennung und keine Vorwürfe verdiente, setzte er sich zur Wehr und antwortete ungezogen. Melchior wurde wütend und sagte, er würde ihn ohrfeigen, wenn er seine Stücke nicht ziemlich anständig gespielt hätte; aber durch seine Blödheit sei der ganze Effekt des Konzertes verdorben worden. Christof hatte ein ausgeprägtes Gerechtigkeitsgefühl; er ging in einen Winkel und schmollte; er verachtete seinen Vater, die Prinzessin, die ganze Welt. Sehr verletzte es ihn auch, daß alle möglichen Nachbarn seine Eltern beglückwünschen kamen und mit ihnen lachten, als hätten seine Eltern seine Stücke gespielt und als ob die ganze Sache sie alle mehr anginge als ihn.

Mittlerweile kam ein Hoflakai und überbrachte vom Großherzog eine schöne goldene Uhr und im Namen der Prinzessin eine Schachtel vortrefflicher Bonbons. Beide Geschenke machten Christof große Freude; er wußte nicht genau, welches am meisten; aber er war so schlechter Laune, daß er es sich selber nicht eingestehen wollte; und er schmollte weiter, während er nach den Bonbons schielte und sich fragte, ob er ein Geschenk von jemand annehmen könne, der sein Vertrauen getäuscht hatte. Als er gerade soweit war, sich dazu zu entschließen, wollte sein Vater, daß er sich ohne Zögern an den Arbeitstisch setze und nach seinem Diktat einen Dankesbrief schreibe. Das war schließlich denn doch zuviel! Sei es aus nervöser Abspannung nach diesem Tage, sei es aus instinktiver Scham vor dem Briefanfang, den Melchior in den Worten

„Euer Großherzoglicher Hoheit *Knecht und Musikus** ...“

abgefaßt haben wollte – kurz, Christof brach in Tränen aus, und man konnte nichts mit ihm anfangen. Der Lakai wartete mit spöttischer Miene. Melchior mußte den Brief schreiben. Das stimmte ihn Christof gegenüber nicht nachsichtiger. Und um das Unglück vollzumachen, ließ das Kind seine Uhr fallen, und sie zerbrach. Ein Hagel von Schimpfworten rasselte auf ihn nieder. Melchior schrie, daß er keinen Nachtisch bekomme. Christof antwortete wütend, daß er gar keinen haben wolle. Zur Strafe drohte Luise, ihm seine Bonbons wegzunehmen. Christof geriet außer sich und sagte, daß sie kein Recht dazu habe, daß die Bonbonniere ihm gehöre, ihm allein und keinem andern;

niemand dürfe sie ihm nehmen! Er erhielt eine Ohrfeige, bekam einen Wutanfall, riß die Bonbonniere seiner Mutter aus den Händen, warf sie zur Erde und trampelte darauf herum. Er wurde mit der Rute gehauen, in sein Zimmer getragen, ausgezogen und ins Bett gelegt.

Abends hörte er, wie seine Eltern mit ihren Freunden das herrliche Diner verspeisten, das seit acht Tagen zu Ehren des Konzerts vorbereitet worden war. Er verging fast auf seinem Kopfkissen vor Wut über solche Ungerechtigkeit. Die andern lachten überlaut und stießen mit den Gläsern an. Den Gästen hatte man gesagt, der Kleine sei müde. Niemand kümmerte sich um ihn. Nur nach dem Essen, als man im Begriff war, sich zu trennen, glitt ein schleppender Schritt ins Zimmer, und der alte Hans Michel neigte sich über sein Bett. Er küßte ihn gerührt, indem er sagte: „Mein guter kleiner Christof!" Dann schlich er sich davon, ohne ein Wort zu sprechen, als schäme er sich. Vorher aber ließ er ihm einige Leckerbissen, die er in seiner Tasche versteckt gehalten hatte, aufs Bett gleiten.

Das tröstete Christof. Aber er war von allen Erregungen des Tages so matt, daß er nicht die Kraft fand, über Großvaters Tun nachzudenken; er hatte nicht einmal die Kraft, die guten Dinge, die er ihm gegeben, anzurühren. Er war vor Müdigkeit zerschlagen und schlief fast sofort ein. Aber sein Schlaf war unruhig. Er fuhr manchmal plötzlich nervös zusammen, als schüttelten seinen Körper elektrische Entladungen. Eine wilde Musik verfolgte ihn im Traum. Mitten in der Nacht wachte er auf. Die Beethovensche Ouvertüre, die er im Konzert gehört hatte, grollte in seinem Ohr. Sie füllte mit ihrem keuchenden Atem das Zimmer. Er setzte sich in seinem Bett auf, rieb sich Augen und Ohren und fragte sich, ob er schlafe... Nein, er schlief nicht. Er erkannte sie gut wieder. Er erkannte dies Zorngebrüll, dies Wutgeschrei, er vernahm den Schlag dieses rasenden Herzens und rauschenden Blutes; er fühlte die tollen Windstöße über sein Gesicht peitschen und dann plötzlich, von einem Herkuleswillen gebrochen, aussetzen. Diese gigantische Seele drang in ihn ein, dehnte ihm Glieder und Herz und schien ihnen unermeßliche Formen zu verleihen. Er wandelte über die Welt. Er war wie ein Berg; Stürme brausten in ihm. Stürme der Leidenschaft! Stürme des Schmerzes! – Ah! Welch ein Schmerz! – Aber es machte nichts! Er fühlte sich so stark! – Leiden! Noch mehr leiden! – Ach, wie gut tut es, sich stark zu fühlen! Wie gut, zu leiden, wenn man stark ist!

Er lachte. Sein Lachen klang hell durch die Stille der Nacht. Sein Vater wachte auf und rief:

„Wer ist da?"

Die Mutter flüsterte:

„Pst! Es ist das Kind; es träumt!"

Sie schwiegen alle drei. Alles rings um sie schwieg. Die Musik schwand hin. Und man hörte nichts mehr als den gleichmäßigen Atem der im Zimmer schlummernden Wesen – der Leidensgefährten, vom Schicksal aneinandergekettet, verbunden im selben zerbrechlichen Kahn, den eine schwindelnde Kraft hinausträgt in die Nacht.

Zweites Buch

DER MORGEN

ERSTER TEIL

HANS MICHELS TOD

Drei Jahre sind vergangen. Christof wird elf Jahre alt. Er setzt seine musikalische Ausbildung fort. Er wird bei Florian Holzer, dem Organisten von Sankt Martin, Großvaters Freund, in der Harmonielehre unterrichtet. Der sehr gebildete Mann lehrt ihn, daß diejenigen Akkorde und Akkordfolgen, welche er am meisten liebt, Harmonien, die ihm Herz und Ohren sanft liebkosen, die er nicht anhören kann, ohne daß ihm ein kleiner Schauer das Rückgrat hinunterrieselt, schlecht und verboten sind. Wenn er fragt, warum, wird ihm nichts anderes geantwortet als: die Regel verbietet sie. Da er von Natur aus zuchtlos ist, liebt er sie darum nur um so mehr. Seine größte Freude ist, derartige Beispiele bei großen Musikern, die man bewundert, aufzufinden und sie Großvater oder seinem Lehrer vorzulegen. Großvater antwortet darauf, daß dergleichen bei den großen Musikern bewundernswert sei und daß Beethoven oder Bach sich eben alles erlauben konnte. Der Lehrer ist weniger nachsichtig, wird böse und sagt beißend, daß das nicht das Schönste sei, was sie geschrieben hätten.

Christof hat freien Eintritt in Konzerte und ins Theater. Er macht sich mit allen Instrumenten ein wenig vertraut. Auf der Violine entwickelt er sogar bereits annehmbares Können, so daß sein Vater auf den Gedanken gekommen ist, ihm im Orchester ein Pult geben zu lassen. Nach einigen Probemonaten hält er seine Stimme so gut, daß er offiziell zum Zweiten Violinisten des *Hofmusikvereins** ernannt wird. So beginnt er, sich seinen Lebensunterhalt zu verdienen. Und das ist nicht zu früh; denn die Verhältnisse zu Hause verschlechtern sich mehr und mehr. Melchiors Unmäßigkeit hat zugenommen, und der Großvater wird alt.

Christof gibt sich über diese traurigen Verhältnisse Rechenschaft. Er hat bereits das ernste und besorgte Aussehen eines kleinen Mannes. Mutig erfüllt er seine Aufgabe, obwohl sie ihn kaum interessiert und er abends im Orchester vor Müdigkeit fast umfällt, weil es spät ist und er sich langweilt. Als er noch klein war – vor vier Jahren –, war sein höchster Ehrgeiz gewesen, diesen Platz, auf dem er heute sitzt, einzunehmen. Heute mag er die meiste Musik nicht, die man ihn spielen läßt. Noch aber wagt er nicht, sein Urteil über sie zu formulieren; im Grunde findet er sie dumm; wenn zufällig schöne Sachen an die Reihe kommen, ärgert er sich über die Biederkeit, mit der sie gespielt werden. Die Werke, die er am liebsten hat, fangen schließlich an, seinen Nachbarn, den Orchesterkollegen, zu ähneln, die, wenn der Vorhang gefallen ist und sie mit Blasen und Kratzen fertig sind, sich lächelnd den Schweiß abwischen, als ob sie eben eine Turnstunde genommen hätten, und sich ruhig ihre belanglosen Geschichten erzählen. Auch seine alte Liebe, die blonde Sängerin mit den bloßen Füßen, hat er in der Nähe wiedergesehen; er trifft sie häufig in der Pause im Restaurant. Da sie weiß, daß er in sie verliebt war, küßt sie ihn gern. Ihm macht das kein Vergnügen: ihre Schminke, ihr Geruch, ihre ungeheuren Arme und ihre Gefräßigkeit widern ihn an; er haßt sie jetzt.

Der Großherzog vergaß seinen Hofmusikus nicht. Das kleine Gehalt, das er ihm für diesen Titel bewilligte, wurde ihm allerdings nicht pünktlich gezahlt – er mußte immer darum mahnen; aber von Zeit zu Zeit wurde Christof aufs Schloß befohlen, entweder wenn dort hervorragende Gäste waren oder ganz einfach wenn es Ihren Hoheiten Spaß machte, ihn zu hören. Das traf sich fast immer abends in den Stunden, die Christof lieber hätte allein verbringen mögen. Zuweilen mußte er im Vorzimmer warten, weil das Diner noch nicht beendet war. Die Dienerschaft, die ihn zu sehen gewohnt war, redete ihn vertraulich an. Dann führte man ihn in einen spiegelgeschmückten und lichterfüllten Saal, wo ihn steife Menschen mit verletzender Neugierde genau betrachteten. Er mußte den zu blank gebohnerten

Raum durchschreiten, um Ihren Hoheiten die Hand zu küssen. Je größer er wurde, um so linkischer benahm er sich dabei; denn er fand sich lächerlich, und sein Stolz litt.

Dann setzte er sich ans Klavier und mußte für diese Schafsköpfe – wie er sie nannte – spielen. Es gab Augenblicke, in denen die Gleichgültigkeit dieser Umgebung ihn während des Spiels derartig bedrückte, daß er drauf und dran war, mitten im Stück plötzlich abzubrechen. Er glaubte sich in einem luftleeren Raum; ihm war, als müsse er ersticken und ins Leere fallen. War er fertig, so überschüttete man ihn mit Glückwünschen. Man setzte ihn durch Komplimente in Verlegenheit. Einer stellte ihn allen der Reihe nach vor. Ihm schien, man betrachte ihn wie ein fremdartiges Tier, das zur fürstlichen Menagerie gehöre, und die Lobeserhebungen seien mehr seinem Herrn als ihm bestimmt. So glaubte er sich erniedrigt und ergab sich einer krankhaften Empfindlichkeit, unter der er um so mehr litt, als er sie nicht zu zeigen wagte. In den einfachsten Vorkommnissen sah er eine Beleidigung: wenn in einer Ecke des Salons gelacht wurde, meinte er, das gelte ihm. Er wußte nur nicht: machte man sich über sein Benehmen oder seinen Anzug oder sein Äußeres, seine Füße oder Hände lustig. Alles demütigte ihn: er fühlte sich gedemütigt, wenn man nicht mit ihm sprach, gedemütigt, wenn man mit ihm sprach, gedemütigt, wenn man ihm wie einem Kinde Bonbons gab, vor allem aber gedemütigt, wenn der Großherzog ihn, wie es zuweilen vorkam, mit fürstlicher Ungeniertheit fortschickte, wobei er ihm ein Goldstück in die Hand drückte. Er fühlte sich seiner Armut wegen unglücklich, und weil man ihn als Armen behandelte. Als er eines Tages heimging, bedrückte ihn das empfangene Geld so sehr, daß er es im Vorbeigehen in eine Kellerluke warf. Unmittelbar darauf hätte er Gemeinheiten begehen können, um es wiederzuerlangen; denn zu Hause war man seit mehreren Monaten beim Schlächter die Rechnung schuldig.

Seine Eltern ahnten kaum, wie sehr er unter seinem verletzten Stolz litt. Sie waren über seine Beliebtheit beim Fürsten glückselig. Die gute Luise konnte sich für ihren Jungen nichts Schöneres als diese Abende im Schloß in glänzender Gesellschaft denken. Für Melchior wurden sie ein Vorwand fortgesetzter Prahlereien vor seinen Freunden. Der Glücklichste jedoch war Großvater. Er spielte zwar gern den unabhängigen Geist, den Nörgler, der alle Größen verachtet; aber er war dennoch voll naiver Bewunderung für Geld, Macht, Ehren, kurz, für alle Auszeichnungen, und es war für ihn ein Stolz ohnegleichen, seinen Enkel sich denen nähern zu sehen, die daran teilhatten. Er genoß das, als ob dieser Ruhm auf ihn zurückfiele; und trotz aller Bemühungen, unberührt zu scheinen, strahlte sein Gesicht. An den Abenden, an denen Christof ins Schloß ging, richtete es Hans Michel immer so ein, unter irgendeinem Vorwand bei Luise zu bleiben. Mit kindlicher Ungeduld erwartete er die Rückkehr seines Enkels; und kam Christof heim, so fing er mit absichtlich gleichgültiger Miene an, einige nebensächliche Fragen an ihn zu stellen:

„Nun, ging's heute abend gut?"

Oder zärtlich schmeichelnd:

„Da ist unser kleiner Christof, der uns gewiß etwas Neues erzählen wird."

Oder er dachte sich irgendein Kompliment aus, das ihn zugänglich machen sollte.

„Grüß Gott, junger Hofkavalier!"

Aber Christof antwortete verdrießlich und gereizt mit einem trockenen „Guten Abend!" und setzte sich schmollend in einen Winkel. Der Alte ließ nicht nach, stellte bestimmtere Fragen, auf die das Kind nur mit Ja oder Nein antwortete. Die andern mischten sich ein und forschten nach Einzelheiten. Christof zog die Stirn immer krauser. Man mußte ihm die Worte einzeln aus dem Munde ziehen, bis Hans Michel wütend aufbrauste und ihm kränkende Worte sagte. Christof antwortete in sehr respektlosem Ton, und es endete mit einem großen Zwist. Der Alte ging indem er die Tür hinter sich zuschlug. So verdarb Christof diesen armen Leuten, die nichts von seiner schlechten Laune verstanden, alle Freude. Waren sie auch Bedientenseelen und ahnten nicht, daß man anders sein könnte, so war das doch nicht ihre Schuld.

Christof zog sich also in sich selbst zurück; und ohne die Seinen zu verurteilen, fühlte er doch einen Abgrund zwischen ihnen und sich. Zweifellos übertrieb er, was sie trennte; und trotz der Verschiedenheit ihres Denkens hätte er sich ihnen wahrscheinlich verständlich machen können, wenn es ihm gelungen wäre, sich mit ihnen ehrlich auszusprechen. Aber jeder weiß, daß es nichts Schwierigeres gibt als völlige Vertraulichkeit zwischen Eltern und Kindern, selbst wenn sie die zärtlichste Zuneigung zueinander empfinden; denn einerseits verhindert der Respekt ein offenes Aussprechen, und andererseits läßt die irrige Ansicht von der Überlegenheit und Erfahrung des Alters die Eltern kindliche Empfindungen nicht ernst nehmen, wenn diese auch meist ebenso interessant wie die der Großen und fast immer wahrhaftiger als diese sind.

Die Gesellschaft, die Christof zu Hause sah, die Gespräche, die er mit anhörte, entfernten ihn noch mehr von den Seinen.

Da kamen Melchiors Freunde: zum größten Teil Orchestermitglieder, Trinker und Junggesellen. Es waren keine schlechten, aber gewöhnliche Menschen. Das Haus dröhnte unter ihrem Gelächter und ihren Schritten. Sie liebten wohl Musik, sprachen aber mit empörender Dummheit darüber. Ihre laute, derbe Begeisterung verletzte des Kindes Schamhaftigkeit aufs empfindlichste. Lobten sie so ein Werk, das er liebte, dann war ihm, als würde er persönlich beleidigt. Er wurde blaß und blässer, trotzte, setzte eine eisige Miene auf und tat, als ob er sich für Musik nicht im geringsten interessierte; wenn es ihm möglich gewesen wäre, hätte er sie gehaßt. Dann sagte Melchior:

„Der Bursche hat kein Herz. Er fühlt nicht das geringste. Ich weiß wirklich nicht, woher er das eigentlich hat.“

Zuweilen sangen sie gemeinsam im vierstimmigen Männerchor eins jener teutschen Lieder, die sich eins wie das andere mit feierlicher Einfalt und in platten Harmonien schwerfällig – gewissermaßen vierfüßig – fortbewegen. Dann flüchtete sich Christof in das entlegenste Zimmer und schimpfte gegen die Wände an.

Auch Großvater hatte seine Freunde: den Organisten, den Tapezierer, den Uhrmacher, den Kontrabaß. Alte, schwatzhafte Leute, die immer die gleichen Witze wiederkäuten und sich in endlose Diskussionen über Kunst, Politik oder die Stammbäume der Familien des Landes einließen – viel weniger am Unterhaltungsstoff interessiert als glücklich, schwatzen zu dürfen und jemanden zu finden, mit dem sie reden konnten.

Luise hingegen sah nur einige Nachbarinnen, die ihr Stadtklatsch zutrugen, und hin und wieder irgendeine „gütige Dame“, die unter dem Vorwand, sich für sie zu interessieren, sie für ein bevorstehendes Diner um ihre Dienste bat und sich dabei herausnahm, die religiöse Erziehung der Kinder zu überwachen.

Jedoch von allen Besuchern war Christof keiner unsympathischer als sein Onkel Theodor, Großvaters Stiefsohn, ein Sohn aus der ersten Ehe der Großmutter Clara, welche Hans Michels erste Frau gewesen war. Er war Teilhaber eines großen Handelshauses, das geschäftliche Verbindungen mit Afrika und dem Fernen Osten unterhielt. Er stellte ganz den Typus eines jener Deutschen neuen Stils dar, die mit Vorliebe den alten Idealismus der Nation spöttisch verschmähen und siegestrunken mit Kraft und Erfolg einen Kult treiben, der beweist, daß sie nicht gewohnt sind, unter diesem Zeichen zu leben. Da es aber unmöglich ist, die jahrhundertealte Natur eines Volkes plötzlich zu ändern, kam der zurückgedrängte Idealismus immer wieder in der Sprache, im Benehmen, in den moralischen Anschauungen, in den Goethezitaten anläßlich der geringsten häuslichen Begebenheiten zutage; und so entstand durch das bizarre Bemühen, die ehrbaren Prinzipien des alten deutschen Bürgertums mit dem Zynismus dieser neuen Laden-Condottieri in Einklang zu bringen, ein sonderbares Gemisch von Gewissenhaftigkeit und Eigennutz, ein Gemisch, das einen recht widerlichen Geruch von Heuchelei an sich hat, die darauf hinausläuft, aus deutscher Kraft, Geldgier und Interessensucht das Symbol allen Rechts, aller Gerechtigkeit und aller Wahrheit zu gestalten.

Christofs Anständigkeit wurde dadurch aufs tiefste verletzt. Er vermochte nicht zu beurteilen, ob sein Onkel recht hatte; aber er verabscheute ihn und sah in ihm seinen Feind. Auch Großvater liebte dergleichen nicht und empörte sich gegen solche Taktik; aber er wurde in der Diskussion rasch durch Theodors Redegewandtheit erdrückt, den es keine Mühe kostete, die edelmütige Naivität des Alten ins Lächerliche zu ziehen, und es endete damit, daß Hans Michel sich seines guten Herzens schämte. Um zu zeigen, daß er nicht gar so rückständig sei, wie man glaubte, versuchte er dann, ebenso wie Theodor zu sprechen. Das aber klang in seinem Munde so falsch, daß es ihm selbst peinlich war. Wenn er auch im Grunde anders dachte, so flößte ihm Theodor doch Achtung ein; er hatte Respekt vor seiner praktischen Geschicklichkeit, um die er ihn um so mehr beneidete, als er sich selbst dazu absolut unfähig wußte. Für einen seiner Enkel erträumte er eine ähnliche Lebensstellung. Melchior hegte ebensolche Gedanken und ersah Rudolf dazu aus, den Spuren seines Onkels zu folgen. So trachtete jedermann im Hause danach, dem reichen Verwandten, von dem man Gefälligkeiten erwartete, zu schmeicheln. Der nutzte, da er sich wichtig fühlte, das aus, um den Besserwisser zu spielen; er mischte sich in alles, gab seine Ansicht über alles ab und machte aus seiner völligen Verachtung für Kunst und Künstler kein Hehl; er prahlte vielmehr damit, da es ihm Vergnügen machte, seine musikalischen Verwandten zu demütigen; und er machte bald über den einen, bald über den andern schlechte Witze, die man aus Feigheit belachte.

Besonders gern wurde Christof zur Zielscheibe der Spöttereien seines Onkels gewählt; und der war nicht geduldig. Er schwieg und biß mit böser Miene die Zähne zusammen. Der andere amüsierte sich über seine stumme Wut. Aber als Theodor ihn eines Tages bei Tisch über Gebühr quälte, spuckte Christof, außer sich, ihm ins Gesicht. Daraus wurde eine schreckliche Geschichte. Die Beleidigung war so unerhört, daß der Onkel anfangs vor Schrecken stumm blieb; in einer Sturzflut von Schimpfworten fand er die Sprache wieder. Christof saß vor Entsetzen über seine Tat wie versteinert auf seinem Stuhl und nahm die Schläge, die auf ihn niederprasselten, hin, ohne sie zu fühlen; aber als man ihn vor dem Onkel auf die Knie zerren wollte, schlug er um sich, stieß seine Mutter beiseite und flüchtete aus dem Hause hinaus. Und nicht eher hielt er auf freiem Felde inne, als bis er nicht mehr atmen konnte. Er hörte Stimmen, die ihn von weitem riefen; er fragte sich, ob er sich nicht am besten in den Fluß werfen sollte, da er nun einmal nicht die Macht hatte, seinen Feind hineinzuwerfen. Die Nacht verbrachte er in den Feldern. Erst gegen Morgen klopfte er bei seinem Großvater an die Tür. Der Alte war über Christofs Verschwinden so beunruhigt – er hatte deshalb gar nicht geschlafen –, daß er nicht den Mut fand, ihm zu zürnen. Er führte ihn nach Hause zurück, wo man vermied, ihm das geringste zu sagen, da man sah, daß er immer noch in einem Zustand von Überreizung war; und man mußte behutsam mit ihm umgehen, denn er sollte abends auf dem Schloß spielen. Aber Melchior quälte ihn mehrere Wochen hindurch mit seinem Gejammer – er tat dabei, als ob er sich an niemand besonders wende – über die Mühe, die man sich nehme, Beispiele eines tadellosen Lebenswandels und guter Manieren zu geben, und zwar ganz unwürdigen Geschöpfen, die einem nur Schande machten. Und wenn Onkel Theodor ihn auf der Straße traf, so wandte der den

Kopf weg und hielt sich mit allen Zeichen tiefen Abscheus die Nase zu.

Da Christof zu Hause so geringer Sympathie begegnete, blieb er sowenig wie möglich daheim. Er litt unter dem beständigen Zwang, den man ihm aufzuerlegen suchte. Es gab zu viele Dinge, zu viele Menschen, die man respektieren sollte, ohne daß es erlaubt war, das Warum zu diskutieren; und er hatte nicht die geringste Anlage zum Respekt. Je mehr man darauf drang, ihn in Zucht zu halten und einen artigen kleinen deutschen Bürger aus ihm zu machen, desto mehr fühlte er den Drang, sich zu befreien. Welch Vergnügen wäre es ihm gewesen, sich nach den steifen und tödlich langweiligen Sitzungen im Orchester oder im Schloß wie ein Füllen im Grünen zu wälzen, mit seiner neuen Hose den Rasenabhang von oben bis unten hinabzurutschen oder sich mit den Jungen seines Stadtviertels mit Steinen zu bombardieren. Wenn er es nicht öfters tat, so hielt ihn nicht etwa die Furcht vor Vorwürfen und Schlägen zurück; nein, er fand keine Kameraden: es gelang ihm nicht, sich mit den andern Kindern zu verstehen. Nicht einmal die Gassenjungen mochten mit ihm spielen, denn er nahm das Spiel zu ernst und teilte zu kräftige Schläge aus. So wurde es ihm zur Gewohnheit, verschlossen zu sein und sich abseits von den Kindern seines Alters zu halten; er schämte sich, ungeschickt im Spiel zu erscheinen, und wagte nicht, sich in ihre Unternehmungen zu mischen. Dann tat er wohl so, als ob er sich nicht dafür interessierte, obwohl er vor Lust brannte, zum Mitspielen aufgefordert zu werden. Man sprach ihn jedoch nicht an, und so trollte er sich tieftraurig, aber mit gleichgültiger Miene von dannen.

Es war ihm ein Trost, mit Onkel Gottfried herumzustreifen, wenn dieser im Lande war. Er schloß sich ihm mehr und mehr an und fand an seinem ungebundenen Wesen Gefallen. Er verstand jetzt so gut Onkel Gottfrieds Vergnügen, im Lande umherzuziehen, ohne irgendwo gefesselt zu sein. Oft gingen sie abends zusammen übers Feld, ohne

Ziel, geradeaus vor sich hin. Da Gottfried immer die Zeit vergaß, kam man spät heim und wurde ausgezankt. Eine wahre Freude war es daher, sich nachts heimlich davonzuschleichen, während die andern schliefen. Gottfried wußte, daß es unrecht war, aber Christof bat ihn flehentlich, und er selbst konnte dem Vergnügen nicht widerstehen. Gegen Mitternacht kam er vor das Haus und pfiff auf die verabredete Weise. Christof hatte sich vollständig angezogen hingelegt. Er glitt aus dem Bett, die Schuhe in der Hand, und mit angehaltenem Atem kroch er mit der List eines Wilden bis zum Küchenfenster, das nach der Straße zu lag. Dort stieg er auf den Tisch. Gottfried nahm ihn auf der andern Seite auf seinen Schultern in Empfang, und glücklich wie zwei Schulbuben zogen sie davon.

Einige Male trafen sie sich mit dem Fischer Jeremias, Gottfrieds Freund, und angelten im Mondschein in seiner Barke. Das Wasser tropfte von den Rudern, gab Harfentöne und kleine chromatische Läufe von sich. Ein milchiger Hauch zitterte auf der Oberfläche des Flusses. Die Sterne blinkten. Hähne riefen sich von einem Ufer zum andern Antwort zu, und zuweilen hörte man aus höchster Himmelshöhe das Trillern von Lerchen, die, getäuscht von der Klarheit des Mondscheins, in die Lüfte emporstiegen. Man schwieg. Ganz leise sang Gottfried eine Weise. Jeremias erzählte sonderbare Geschichten aus dem Leben der Tiere, die um so seltsamer erschienen, als er sie in kurze und rätselhafte Worte faßte. Der Mond verbarg sich hinter den Wäldern. Man fuhr an der düsteren Masse der Hügel entlang. Das Dunkel von Himmel und Wasser verschmolz ineinander. Der Fluß lag faltenlos. Alle Geräusche erstarben. Die Barke glitt durch die Nacht. Glitt sie? Schwebte sie? Blieb sie unbeweglich ...? Das Schilf bog sich mit einem Seidengeknister auseinander. Man legte lautlos an, stieg ans Ufer und ging zu Fuß heim. Oft war man erst gegen Morgengrauen zu Hause. Man folgte dem Lauf des Flusses. Schwärme von silbrigen Königsfischen, grün wie

Ähren oder blau wie Juwelen, tauchten beim ersten Tagesschimmer auf, wimmelten wie die Schlangen um das Medusenhaupt gefräßig um das Brot, das man ihnen zuwarf, tauchten, je nachdem wie es sank, ringsum tiefer hinab, drehten sich in Spiralen und verschwanden dann plötzlich wie ein Lichtstrahl. Der Fluß färbte sich mit rosigen und lilafarbenen Reflexen. Die Vögel erwachten rings in der Runde. Dann ging man eilig heim, und mit derselben Vorsicht wie beim Fortgehen kletterte Christof in das stickige Zimmer zurück und legte sich ins Bett. Sein Körper war frisch vom Duft der Felder, und er fiel sofort in festen Schlaf.

So ging alles vortrefflich, und niemand hätte etwas geahnt, wenn nicht Ernst, der jüngere Bruder, Christofs nächtliche Ausflüge eines Tages verraten hätte. Von da an wurden sie ihm verboten, und man überwachte ihn. Dennoch ging er wieder durch; denn er zog jeder anderen Gesellschaft die des Hausierers, seines Freundes, vor. Die Seinen waren entrüstet. Melchior sagte, er habe die Neigungen eines Bauernlümmels. Der alte Hans Michel war eifersüchtig auf Christofs Gefühle für Gottfried. Er predigte ihm salbungsvoll, daß er sich in dem Vergnügen an einer so gewöhnlichen Gesellschaft erniedrige, während er doch die Ehre hätte, Zutritt zu den besten Kreisen zu haben und Fürsten zu dienen. Man fand, daß es Christof an Würde und Selbstachtung fehle.

Obwohl mit Melchiors Unmäßigkeit und Müßiggang die Geldverlegenheiten zunahmen, war das Leben erträglich, solange Hans Michel da war. Er war der einzige, der einigen Einfluß auf Melchior hatte und ihn in gewissem Maße auf der abschüssigen Bahn seines Lasters zurückhielt. Dazu kam, daß die allgemeine Achtung, deren er sich erfreute, die tollen Streiche des Trunkenboldes häufig vergessen ließ. Und schließlich half er doch auch in Geldverlegenheiten beständig aus. Außer der bescheidenen Pension als ehemaliger Kapellmeister verschaffte er sich immer noch mit Stundengeben und Klavierstimmen kleine Nebeneinnahmen. Den größten Teil davon steckte er seiner Schwiegertochter zu, deren Bedrängtheit er sah trotz ihrer Anstrengungen, sie vor ihm zu verbergen. Luise war außer sich bei dem Gedanken, daß er sich ihretwegen etwas entzog. Und es war dem Alten wirklich um so höher anzurechnen, als er immer gewohnt gewesen war, großzügig zu leben, und viele Bedürfnisse hatte. Zuweilen genügten seine Opfer nicht einmal, und Hans Michel mußte, um eine drückende Schuld zu decken, dann im geheimen ein Stück Möbel, Bücher oder Andenken, an denen er hing, verkaufen. Melchior merkte wohl, daß sein Vater Luise heimlich Geschenke machte, und mehr als einmal kam es vor, daß er sie trotz allen Widerstandes an sich brachte. Wenn jedoch der Alte das erfuhr – nicht von Luise, die ihren Schmerz für sich behielt, aber von einem seiner Enkel –, geriet er in einen fürchterlichen Zorn; und es spielten sich zwischen den beiden Männern Szenen ab, die alles erzittern ließen. Beide waren außerordentlich heftig, verfielen gleich in grobe Worte und Drohungen und schienen stets bereit, handgemein zu werden. Aber in allen seinen Zornesausbrüchen hielt Melchior immer ein unbesiegbarer Respekt zurück; und wenn er auch noch so betrunken war, so endete es doch stets damit, daß er den Kopf unter dem Hagel von Beleidigungen und demütigenden Vorwürfen, die sein Vater auf ihn losließ, senkte. Nichtsdestoweniger lauerte er auf die nächste Gelegenheit, wieder anzufangen. Und traurige Ahnungen bedrückten Hans Michel, wenn er an die Zukunft dachte.

„Meine armen Kinder", sagte er zu Luise, „was soll bloß aus euch werden, wenn ich einmal nicht mehr bin!" Und indem er Christof liebkoste, fügte er hinzu: „Glücklicherweise wird es noch so lange mit mir gehen, bis der euch aus dem Unglück herausziehen wird."

Aber er täuschte sich in seinen Berechnungen; denn er war bereits am Ende seines Weges. Niemand hätte das geahnt. Er war erstaunlich kräftig. Über achtzig Jahre alt – hatte er alle seine Haare, eine weiße Mähne mit einzelnen noch grauen Büscheln, und in seinem dichten Bart waren ganz und gar schwarze Fäden. Allerdings hatte er nur noch etwa ein Dutzend Zähne; aber mit diesen konnte er tüchtig schaffen. Es war ein Vergnügen, ihn bei Tische zu sehen. Er hatte einen gesegneten Appetit, und wenn er auch Melchior das Trinken vorwarf, so zechte er selbst doch gehörig. Besondere Vorliebe hatte er für Moselweine. Im übrigen, ob Wein, Bier oder Apfelwein, er wußte allem, was Gott Herrliches wachsen ließ, gerecht zu werden. Aber er war nicht so unbedacht, seine Vernunft im Glase zu lassen. Er hielt maß. Allerdings war es ein wohlgeschüttet Maß, und ein schwächerer Verstand wäre in seinem Glase unfehlbar ertrunken. Er war gut zu Fuß, sah gut und hatte einen unermüdlichen Tätigkeitstrieb. Um sechs Uhr war er auf und machte peinlich Toilette; denn er war um äußeres Auftreten und Selbstachtung sehr besorgt. Er lebte allein in seinem Hause, kümmerte sich um alles selbst und duldete nicht, daß seine Schwiegertochter die Nase in seine Angelegenheiten steckte; er machte sein Zimmer, kochte Kaffee, nähte sich Knöpfe an, nagelte, klebte, besserte aus, und wenn er in Hemdsärmeln treppauf und treppab lief, sang er ohne Unterbrechung, füllte die Luft mit seiner hallenden Baßstimme, die er gern erklingen ließ und deren Weisen er mit hochdramatischen Gesten begleitete. – Dann ging er aus, und zwar bei jedem Wetter. Er ging seinen Geschäften nach, ohne ein einziges zu vergessen; aber er war selten pünktlich; man sah ihn an allen Straßenecken stehen, sich mit Bekannten unterhalten oder mit einer Nachbarin, deren Gesicht ihm gefiel, scherzen; denn er liebte die jungen hübschen Mädchen und die alten Freunde. So verspätete er sich und wußte nie, wieviel Uhr es war. Indessen die Stunde des Mittagessens vergaß er nicht: er speiste, wo er sich gerade befand, indem er sich bei irgendwelchen Leuten einlud. Spätabends erst, in nächtlicher Dunkelheit, nachdem er lange bei seinen Enkelkindern verweilt hatte, kehrte er heim. Er legte sich nieder, las vorm Einschlafen im Bett noch eine Seite in seiner alten Bibel; und in der Nacht – denn er schlief nicht mehr als eine oder zwei Stunden hintereinander – erhob er sich, um einen seiner alten Schmöker, die er billig erworben hatte, vorzunehmen: Geschichte, Theologie, Literatur oder Naturwissenschaft. Darin las er ein paar zufällig aufgeschlagene Seiten, die ihn interessierten und zugleich langweilten, die er oft nicht ganz verstand, aber doch Wort für Wort in sich aufnahm – bis der Schlaf ihn wieder übermannte. Am Sonntag besuchte er die Messe, ging mit den Kindern spazieren und spielte Kegel. – Niemals war er krank gewesen, abgesehen von etwas Gicht in den Zehen, die ihn nächtlicherweile inmitten seiner Bibellektüre zum Fluchen verleitete. Es schien wirklich, als ob er so hundert Jahre alt werden könnte, und er selbst sah auch keinen Grund, warum er nicht sogar noch älter werden sollte. Wenn man ihm prophezeite, er werde als Hundertjähriger sterben, dachte er wie vor ihm ein berühmter Greis, man möge der gütigen Vorsehung doch keine Grenzen setzen. Daß er alterte, merkte man nur daran, daß er leichter weinte und tagtäglich reizbarer wurde. Die geringste Ungeduld zog einen wahnsinnigen Zornesausbruch nach sich. Sein rotes Gesicht und sein kurzer Hals wurden dann ganz karmoisinfarben. Er stotterte wütend und war schließlich, nach Luft schnappend, gezwungen, innezuhalten. Der Hausarzt, einer seiner alten Freunde, hatte ihm empfohlen, sich in acht zu nehmen und sich in seinem Zorn und seinem Appetit gleicherweise zu mäßigen. Aber starrköpfig, wie Greise sind, beging er aus Kraftprotzerei immer mehr Unvorsichtigkeiten; und er spottete über die Medizin und die Ärzte. Er tat, als empfände er große Verachtung vor dem Tode, und sparte keine Reden, um zu versichern, daß er ihn nicht fürchte.

An einem sehr heißen Sommertage, als er kräftig getrunken und obendrein noch Streitereien gehabt hatte, kam er nach Hause und machte sich in seinem Garten zu schaffen. Er liebte es, Beete umzugraben. Mit bloßem Kopf in voller Sonne, noch ganz erregt von der Diskussion, schaufelte er wütend drauflos. Christof saß mit einem Buch in der Hand in der Gartenlaube; aber er las kaum, sondern hörte dem einschläfernden Zirpen der Grillen zu, und mechanisch folgte sein Blick Großvaters Bewegungen. Der Alte drehte ihm den Rücken zu, beugte sich nieder und jätete Unkraut. Plötzlich sah Christof, wie er sich aufrichtete, sinnlos mit den Armen durch die Luft fuchtelte und dann wie eine Masse, das Gesicht zur Erde, zu Boden stürzte. Im ersten Augenblick empfand er Lust zu lachen. Als er aber sah, daß der Alte sich nicht rührte, rief er ihn, lief zu ihm, schüttelte ihn aus Leibeskräften. Angst überfiel ihn. Er kniete nieder und versuchte mit beiden Händen, den mächtigen, zur Erde gewandten Kopf aufzurichten. Dieser war so schwer, und er selbst zitterte derartig, daß er Mühe hatte, ihn zu heben. Als er aber die verdrehten Augen sah, die weiß und blutunterlaufen waren, erstarrte er vor Schreck und ließ ihn mit lautem Aufschrei zurücksinken. Entsetzt sprang er auf und lief, was er konnte, auf die Straße. Er schrie und weinte. Ein Vorübergehender hielt das Kind an. Aber Christof war außerstande zu sprechen; er zeigte nur aufs Haus. Der Mann trat ein, und Christof folgte ihm. Andere hatten sein Geschrei gehört und kamen aus den benachbarten Häusern herbei. Bald war der Garten voller Menschen. Man zertrat die Blumen, man beugte sich über den Alten, man jammerte. Zwei oder drei Leute hoben ihn auf. Christof, der, gegen die Mauer gewandt, am Eingang stehengeblieben war, verbarg das Gesicht in den Händen. Er hatte Furcht hinzuschauen, und doch konnte er es nicht lassen. Als der Zug an ihm vorüberkam, sah er durch die Finger hindurch den leblos hängenden großen Körper des Alten: ein Arm schleifte auf der Erde, der Kopf, gegen die

Knie des einen Trägers gelehnt, wurde bei jedem Schritt hin und her geschüttelt. Als Christof das blutige, mit Schmutz bedeckte, aufgedunsene Gesicht, den offenen Mund und die schrecklichen Augen erblickte, schluchzte er wieder auf und ergriff die Flucht. Er lief wie ein Verfolgter, ohne anzuhalten, bis zum Hause seiner Mutter. Unter schrecklichem Geschrei stürzte er in die Küche. Luise verlas Gemüse. Er stürzte sich in ihre Arme und umschlang sie voller Verzweiflung, als ob er Hilfe bei ihr suche. Sein Gesicht zuckte krampfhaft, und er konnte kaum sprechen. Aber schon beim ersten Wort begriff sie. Sie wurde ganz fahl, ließ alles, was sie in der Hand hielt, fallen und stürzte wortlos hinaus.

Christof blieb allein im Zimmer; in eine Schrankecke geduckt, weinte er immer weiter. Seine Brüder spielten. Er gab sich nicht genau darüber Rechenschaft, was sich zugetragen hatte; er dachte nicht an den Großvater; er dachte nur an die schrecklichen Bilder, die er eben gesehen hatte, und er zitterte vor Furcht, sie wieder sehen, wieder dorthin gehen zu müssen.

Und wirklich, als gegen Abend die andern Kleinen nach allen erdenklichen Dummheiten, die sie angestellt hatten, müde geworden waren und zu greinen anfingen, weil sie Hunger hatten und sich langweilten, kam Luise eilig heim, nahm sie bei der Hand und führte sie zu Großvater. Sie ging sehr schnell, und Ernst und Rudolf versuchten wie gewöhnlich zu murren; Luise gebot ihnen jedoch in einem solchen Ton Stillschweigen, daß sie verstummten. Eine instinktive Furcht bemächtigte sich ihrer; im selben Augenblick, als sie eintraten, begannen sie zu weinen. Es war noch nicht völlig dunkel. Der letzte Schimmer der Abendsonne entzündete seltsame Reflexe im Hausgang, auf dem Türgriff, dem Spiegel und der Violine an der Wand des ersten, halbdunklen Zimmers. Indessen war in der Stube des Alten eine Kerze angezündet worden, deren flackernde Flamme sich gegen das fahle verlöschende Tageslicht stieß, wodurch das schwere Dunkel im Zimmer noch beklemmender wurde. Melchior saß am Fenster und weinte ganz laut. Der Arzt beugte sich gerade über das Bett und verhinderte so, daß man den sah, der dort lag. Christofs Herz schlug zum Zerspringen. Luise hieß die Kinder am Fußende des Bettes niederknien. Christof wagte es hinzusehen. Nach dem Schauspiel vom Nachmittag war er auf etwas so Schreckliches gefaßt, daß er sich im ersten Augenblick erleichtert fühlte. Großvater lag unbeweglich und schien zu schlafen. Das Kind hatte einen Augenblick den Eindruck, daß Großvater geheilt und alles vorüber sei. Als er aber seinen schweren Atem hörte und bei näherem Hinschauen sein aufgetriebenes Gesicht sah, in dem die Verletzung durch den Fall einen großen blauen Fleck hervorgerufen hatte, als er begriff, daß er, der dort lag, sterben würde, befiel ihn ein Zittern; und indem er laut Luises Gebet wiederholte, daß Großvater genesen möge, betete er im Innern seines Herzens, daß, wenn Großvater nicht genesen sollte, er doch schon lieber tot sein möge. Er hätte Angst vor dem, was noch geschehen könnte.

Seit seinem Fall hatte der Alte das Bewußtsein nicht wiedererlangt. Nur einen Augenblick dämmerte er in den Tag zurück, gerade lange genug, um sich über seinen Zustand zu vergewissern – und das war grausig. Der Priester murmelte über ihm die letzten Gebete. Man richtete den Greis in seinen Kissen auf; er öffnete schwer die Augen, die seinem Willen nicht mehr zu gehorchen schienen; er atmete geräuschvoll, betrachtete, ohne zu begreifen, die Gesichter, die Lichter; und plötzlich öffnete er den Mund; ein unsagbares Grauen malte sich auf seinen Zügen.

„Ja, dann ...", stammelte er, „ja, dann ... muß ich also sterben!"

Der fürchterliche Ton dieser Stimme, die er nie wieder vergessen sollte, bohrte sich in Christofs Herz. Der Alte sprach nicht mehr; er stöhnte wie ein Kind. Dann fiel er wieder in die Betäubung zurück; atmete nun aber noch mühseliger, jammerte, fuchtelte mit den Händen, schien gegen den Todesschlaf zu kämpfen. In seinem Halbbewußtsein rief er einmal:

„Mama!"

Oh, dieser herzergreifende Eindruck, dieses Lallen des Alten, der angstvoll nach seiner Mutter rief, wie Christof es selbst getan hätte – nach seiner Mutter, die er sonst nie erwähnt hatte und an die er sich jetzt instinktiv wandte, die letzte und vergebliche Zuflucht im höchsten Schrecken! – Er schien sich einen Augenblick zu beruhigen; noch ein Schimmer von Bewußtsein flog über ihn hin. Seine schweren Augen, deren Iris willenlos umherzuschwimmen schien, trafen den von Furcht fast erstarrten Kleinen. Da leuchteten sie auf. Mit Anstrengung machte der Alte einen Ansatz zum Lächeln und Sprechen. Luise nahm Christof und führte ihn ans Bett hinan. Hans Michel bewegte die Lippen und suchte mit der Hand seinen Kopf zu streicheln. Aber gleich fiel er wieder in seine Betäubung zurück. Dann kam das Ende.

Die Kinder wurden ins Nebenzimmer gebracht; aber es war zuviel zu tun, als daß man sich jetzt mit ihnen beschäftigen konnte. Und so erspähte Christof, von Schrekkensschauern verlockt, durch die halboffene Tür das tragische Antlitz, das, auf das Kopfkissen zurückgesunken, von dem grausamen Druck erdrosselt wurde, der ihm den Hals zuschnürte ... dies Gesicht, das von Sekunde zu Sekunde mehr verfiel ... dies Versinken des Seins ins Nichts, von dem es gleich einer Pumpe angesogen zu werden schien ... und das abscheuliche Todesröcheln, diese mechanische Atmung, einer Luftblase ähnlich, die an der Wasseroberfläche zerplatzt, die letzten Atemstöße eines Körpers, der sich darauf versteift zu leben, während die Seele schon nicht mehr ist. Dann glitt der Kopf seitwärts auf das Kissen. Und alles war still.

Erst nach einigen Minuten, inmitten des Schluchzens, der Gebete, der durch den Tod hervorgerufenen Verwirrung, bemerkte Luise den Knaben, wie er leichenblaß, mit aufgerissenen Augen und verzerrtem Mund, krampfhaft den Türgriff umklammert hielt. Sie lief zu ihm hin, und in ihren Armen wurde er von einer Krise überfallen. Da trug sie ihn in sein Zimmer. Er verlor das Bewußtsein und kam erst später in seinem Bett wieder zu sich, schrie angstvoll auf, weil er einen Augenblick allein gelassen worden war, verfiel in eine neue Krise und verlor wieder das Bewußtsein. Die letzten Stunden der Nacht und den nächsten Vormittag lag er im Fieber. Endlich beruhigte er sich und fiel die zweite Nacht in einen tiefen Schlaf, aus dem er erst am folgenden Mittag erwachte. Er hatte den Eindruck, daß man im Zimmer umherging, seine Mutter sich über ihn beugte und ihn küßte; er glaubte aus der Ferne her süßen Glockenklang zu hören. Aber er wollte sich nicht rühren; er war wie im Traum.

Als er die Augen aufschlug, saß Onkel Gottfried neben ihm. Christof fühlte sich wie zerschlagen und erinnerte sich an nichts. Dann erwachte die Erinnerung in ihm, und er begann zu weinen. Gottfried stand auf und küßte ihn.

„Nun, mein kleiner Kerl, nun?“ sagte er zärtlich.

„Ach, Onkel! Onkel!“ jammerte das Kind und preßte sich an ihn.

„Weine“, sagte Gottfried, „weine!“

Auch er weinte.

Als sich Christof ein wenig erleichtert fühlte, wischte er sich die Augen und blickte Gottfried an. Gottfried merkte, daß er ihn etwas fragen wollte.

„Nein“, sagte er, indem er einen Finger auf den Mund legte, „nicht sprechen. Weinen ist gut. Sprechen ist schlecht.“

Das Kind ließ aber nicht nach.

„Das nützt nichts.“

„Nur eine Frage, eine einzige!“

„Was denn?“

Christof zauderte.

„Ach, Onkel“, fragte er dann, „wo ist er jetzt?“

Gottfried antwortete:

„Er ist bei Gott, dem Herrn, mein Kind."

Aber das wollte Christof gar nicht wissen.

„Nein, du verstehst nicht: Wo ist er, *er*?"

(Er meinte den Körper.)

Mit zitternder Stimme fuhr er fort:

„Ist *er* immer noch zu Hause?"

„Heute morgen ist der Teure beerdigt worden", sagte Gottfried. „Hast du die Glocken nicht gehört?"

Christof atmete auf, dann aber begann er von neuem bitterlich darüber zu weinen, daß er den lieben Großvater nie wiedersehen würde.

„Armer kleiner Kerl!" wiederholte Gottfried, indem er das Kind mitleidig betrachtete.

Christof wartete darauf, daß Gottfried ihn trösten würde. Aber Gottfried versuchte es gar nicht erst, denn er wußte, daß es vergeblich wäre.

„Onkel Gottfried", fragte das Kind, „fürchtest du dich denn nicht auch davor?"

(Was hätte er darum gegeben, wenn Gottfried sich nicht gefürchtet und ihn sein Geheimnis gelehrt hätte.)

Aber Gottfried wurde bekümmert.

„Still!" sagte er erregt.

„Wie sollte man nicht Furcht haben", sagte er nach einer Weile. „Aber was ist denn da zu machen? Es ist nun einmal so. Man muß sich unterwerfen."

Christof schüttelte empört den Kopf.

„Man muß sich fügen, mein Kind", wiederholte Gottfried. „*Der* da droben hat es so gewollt. Wir müssen gutheißen, was *er* will."

„Ich mag ihn nicht leiden!" rief Christof gehässig, indem er mit der kleinen Faust zum Himmel drohte.

Gottfried war ganz entsetzt und hieß ihn schweigen. Christof selbst war erschrocken über das, was er gesagt hatte, und begann mit Gottfried zusammen zu beten. Aber in seinem Innern kochte es. Während er Worte tiefster Demut und Ergebenheit wiederholte, war im Grunde seines Herzens nur ein leidenschaftliches Gefühl von Empörung und Grauen gegen dieses fürchterliche Etwas und das ungeheuerliche Wesen, das es geschaffen hatte.

Tage und regnerische Nächte ziehen über die frisch aufgeworfene Erde dahin, in deren Tiefe der alte Hans Michel verlassen schläft. Im ersten Augenblick hat Melchior sehr geweint, geschrien und geschluchzt. Aber schon vor Ablauf der ersten Woche hört Christof ihn wieder herzlich lachen. Wenn man vor ihm den Namen des Verstorbenen ausspricht, macht er ein langes Gesicht und setzt eine düstere Miene auf; aber einen Moment später spricht und gestikuliert er wieder lebhaft. Er ist ernstlich betrübt; nur kann er nicht lange unter einem traurigen Eindruck bleiben.

Luise hat das Unglück still und ergeben hingenommen, wie sie alles hinnimmt. Sie hat ihren täglichen Gebeten ein neues hinzugefügt; sie geht regelmäßig auf den Friedhof und kümmert sich um das Grab, als gehöre es mit zum Haushalt.

Gottfried ersinnt rührende Aufmerksamkeiten für das kleine Erdengeviert, wo der Alte schläft. Wenn er ins Land kommt, bringt er ihm irgendein Andenken mit, ein selbstgemachtes Kreuz, ein paar Blumen, die Hans Michel gern gehabt hat. Er versäumt das nie, und er tut es heimlich.

Luise nimmt Christof manchmal auf ihren Friedhofsbesuchen mit. Christof empfindet vor dieser lehmigen Erde, die ein düsterer Schmuck von Blumen und Bäumen überdeckt, einen tiefen Ekel; auch vor dem schweren Duft, der in der Sonne schwebt und sich mit dem Hauch rauschender Zypressen mengt. Aber er wagt seinen Widerwillen niemandem zu gestehen, weil er ihn sich selber als Feigheit und Ruchlosigkeit vorwirft. Er ist sehr unglücklich. Der Gedanke an Großvaters Tod verfolgt ihn unaufhörlich;

dabei weiß er doch schon lange, was der Tod ist, hat daran gedacht und sich vor ihm gefürchtet. Aber nie vorher hatte er ihn gesehen. Wer ihn aber zum ersten Male sieht, merkt, daß er von Tod und Leben noch gar nichts wußte. Alles ist mit einem Schlage erschüttert, und alle Vernunft, die man hat, nützt nichts. Man glaubte zu leben, einige Lebenserfahrung zu haben, und man sieht, daß man nichts wußte, nichts sah, daß man dahinlebte, eingehüllt in einen Schleier von Illusionen, den der Geist gewoben hatte und der den Augen das schreckliche Gesicht der Wirklichkeit verbarg. Es besteht gar keine Verbindung zwischen der Idee des Leidens und dem Wesen, dessen Herz leidet und blutet. Es bestehen gar keine Beziehungen zwischen dem Gedanken an den Tod und den Zuckungen des Fleisches und der Seele, die sich auflehnt gegen das Sterben und doch stirbt. Die ganze menschliche Sprache und alle unsere menschliche Weisheit ist nur ein Puppenspiel steifer Automaten gegen die schreckliche Offenbarung der Wirklichkeit, gegen diese armseligen Erdengeschöpfe, deren ganze vergebliche und verzweifelte Anstrengung darauf gerichtet ist, ein Leben festzuhalten, das sich Tag für Tag zersetzt.

Daran dachte Christof Tag und Nacht. Die Erinnerungen an den Todeskampf verfolgten ihn; er hörte das schreckliche Röcheln; Nacht für Nacht erschien ihm Großvater. Die ganze Natur hatte sich geändert. Es war, als hätte sich ein eisiger Nebel über ihn gelegt. Ringsum, überall, wohin er sich auch wandte, fühlte er auf seinem Gesicht den mörderischen Hauch der blinden und allmächtigen Bestie; er fühlte sich unter der Faust dieser fürchterlichen Zerstörungskraft und wußte, es gab kein Entrinnen. Aber dieser Gedanke drückte ihn keineswegs zu Boden, sondern erfüllte ihn nur mit Empörung und Haß. Er ergab sich nicht. Er warf sich mit gesenktem Kopf gegen das Unmögliche. Und rannte er sich auch die Stirn ein und machte er sich auch hundertmal klar, daß er nicht der Stärkere sei, so ließ er doch nicht nach, sich gegen das Leiden aufzulehnen. Von nun an wurde sein Leben ein ununterbrochener Kampf gegen die Grausamkeit eines Schicksals, das er nicht gelten lassen wollte.

Solchen Gedankenqualen brachte die Härte des Lebens selber Ablenkung. Der Ruin der Familie, den allein Hans Michel verzögert hatte, wurde seit dessen Tod beschleunigt. Mit ihm hatten die Kraffts ihren stärksten Rückhalt verloren, und das Elend nahm seinen Einzug ins Haus.

Melchior trug das Seine noch dazu bei. Weit davon entfernt, mehr zu arbeiten, verfiel er gänzlich seinem Laster, nun, da er jedweder Beaufsichtigung ledig war. Fast jede Nacht kam er betrunken heim, und niemals brachte er irgend etwas von seinem Verdienst mit. Zudem hatte er fast alle seine Stunden verloren. Einmal war er bei einer Schülerin im Zustand völliger Trunkenheit erschienen, und infolge des Skandals schlossen sich ihm alle Häuser. Im Orchester duldete man ihn nur im Hinblick auf das Andenken seines Vaters; aber Luise zitterte schon, daß man ihn wegen irgendeines Ärgernisses von einem Tag zum andern verabschieden würde. An mehreren Abenden, an denen er sich erst gegen Ende der Vorstellung bei seinem Pult eingefunden hatte, war ihm bereits ernsthaft gedroht worden. Zwei- oder dreimal hatte er sogar ganz und gar zu kommen vergessen. Und wessen war er nicht in Augenblicken sinnloser Aufregung fähig, in denen es ihn geradezu juckte, Dummheiten zu sagen oder zu begehen! Verfiel er doch eines Abends gar darauf, mitten in einem Akt der *Walküre** sein großes Violinkonzert vortragen zu wollen! Und nur mit aller erdenklichen Mühe gelang es, ihn daran zu hindern. Es kam auch vor, daß er während der Vorstellung unter dem Eindruck drolliger Bilder, die sich auf der Bühne oder in seinem Hirn entrollten, in helles Gelächter ausbrach. Er machte die ganze Freude seiner Nachbarn aus, und man sah ihm vieles wegen seiner Lächerlichkeit nach. Aber solche Nachsicht war schlimmer als die größte Strenge; und Christof verging darüber fast vor Scham.

Der Junge war jetzt Erster Geiger im Orchester. Er richtete es so ein, daß er seinen Vater überwachen, ihn, wenn nötig, sogar ersetzen oder, wenn Melchior seine mitteilsamen Tage hatte, ihn zum Schweigen bringen konnte. Leicht war das allerdings nicht, und das beste blieb immer, ihn gar nicht zu beachten; denn sobald er sich beobachtet wußte, begann er in der Trunkenheit Gesichter zu schneiden oder Reden zu halten. Christof wandte dann die Augen ab, während er innerlich davor zitterte, daß er irgend etwas Anstößiges tun werde; er versuchte sich in seine Noten zu vertiefen und konnte doch nicht hindern, Melchiors laute Bemerkungen und das Lachen seiner Nachbarn deutlich zu hören. Die Tränen traten ihm in die Augen. Die Musiker, die brave Kerle waren, merkten es und hatten Mitleid mit ihm; sie dämpften ihre Heiterkeitsausbrüche und unterließen es, in seiner Gegenwart von seinem Vater zu reden. Aber Christof fühlte ihr Mitleid. Er wußte, daß die Spöttereien wieder ihren Lauf nahmen, sobald er den Rücken gekehrt hatte, und daß Melchior das Gespött der ganzen Stadt war. Und daß er nichts dazu tun konnte, es zu verhindern, war ihm qualvoll. Nach Schluß der Vorstellung führte er den Vater wieder heim; er reichte ihm den Arm, ließ sein Geschwätz über sich ergehen und gab sich Mühe, die Unsicherheit seines Schrittes zu verbergen. Wen aber täuschte er damit? Trotz aller Anstrengungen gelang es ihm selten, den Vater bis nach Hause zu geleiten. Waren sie an einer Straßenecke, dann erklärte Melchior, daß er eine dringende Verabredung mit einigen Freunden habe, und keine Überredungskunst konnte ihn bewegen, von seinem Vorhaben abzugehen. Die Klugheit gebot sogar, nicht allzusehr darauf zu bestehen, wenn man sich nicht einer väterlichen Verfluchungsszene aussetzen wollte, welche die Nachbarn an die Fenster rief.

Das ganze Haushaltungsgeld wurde so vertan. Melchior begnügte sich nicht damit, seinen eigenen Verdienst zu vertrinken; er vertrank auch, was seine Frau und sein Sohn sich mit so unsäglicher Mühe erwarben. Luise weinte; aber sie wagte keine Auflehnung, seitdem ihr Mann sie höchst unzart daran erinnert hatte, daß nichts im Hause ihr gehöre und er sie ohne einen Pfennig geheiratet habe. Christof versuchte aufzubegehren; da ohrfeigte Melchior ihn, behandelte ihn wie einen Gassenbuben und nahm ihm das Geld aus der Hand. Der Junge war jetzt zwischen zwölf und dreizehn Jahren, dabei robust, und fing daher an, gegen solche Strafen zu murren; dennoch hatte er noch Furcht davor, sich zu empören, und ehe er sich neuen Demütigungen dieser Art aussetzte, ließ er sich lieber ausplündern. Das einzige Mittel für Luise und ihn blieb, ihr Geld zu verstecken. Aber sobald sie beide nicht da waren, entwickelte Melchior eine merkwürdige Findigkeit im Aufspüren ihrer Verstecke.

Bald genügte ihm auch das nicht mehr. Er verkaufte die von seinem Vater ererbten Gegenstände. Christof sah voller Schmerz die teuren Andenken verschwinden: die Bücher, das Bett, die Möbel, die Musikerporträts. Aber er konnte nichts dagegen sagen. Eines Tages stieß sich Melchior heftig an Großvaters altem Klavier, und indem er sich das Knie rieb, schwor er voller Zorn, daß er all diesen alten Kram aus dem Hause fegen werde, da man sich ja schon sowieso kaum bewegen könne. Da brauste Christof auf. Zwar war es richtig, daß die Zimmer vollgestopft waren, seit man Großvaters Möbel hineingepfercht hatte, um sein Haus zu verkaufen, das liebe Haus, in dem der Knabe die schönsten Stunden seiner Kindheit verbracht hatte. Es war auch wahr, daß das alte Piano keinen großen Wert und eine meckernde Stimme hatte und daß Christof es schon lange nicht mehr benutzte, da er auf dem schönen neuen Klavier spielte, das man der Freigebigkeit des Fürsten verdankte; aber so alt und schwach das Instrument auch sein mochte, so blieb es doch Christofs bester Freund; in ihm war dem Kind die unbegrenzte Welt der Musik erstanden; auf seinen gelben, abgegriffenen Tasten hatte er das Reich der Töne mit ihren Gesetzen entdeckt; es war Großvaters Werk, der Monate damit verbracht hatte, es für seinen Enkel instand zu setzen, und darauf so stolz gewesen war: es war gewissermaßen ein geweihtes Stück. Christof erklärte mit Nachdruck, man habe nicht das Recht, es zu verkaufen. Melchior befahl ihm zu schweigen. Christof schrie noch lauter, das Klavier gehöre ihm und er verbiete, es anzurühren. Er war auf eine derbe Zurechtweisung gefaßt. Aber Melchior sah ihn nur mit einem boshaften Lächeln an und schwieg.

Am nächsten Morgen hatte Christof alles vergessen. Er kehrte müde, aber ziemlich guter Laune heim. Da fielen ihm die tückischen Blicke seiner Brüder auf. Sie taten beide, als seien sie ins Lesen vertieft; aber dabei verfolgten sie ihn mit den Augen und belauerten jede seiner Bewegungen, versenkten sich aber ins Lesen, sobald er sie anschaute. Er zweifelte keinen Augenblick, daß sie ihm irgendeinen schlimmen Streich gespielt hatten; aber da er daran gewöhnt war, kümmerte er sich nicht darum, fest entschlossen, sie wie gewöhnlich gehörig durchzuprügeln, wenn er ihn entdeckt haben würde. Er verschmähte also, der Sache nachzugehen, und begann ein Gespräch mit seinem Vater, der am Feuer saß und ihn mit so zärtlicher Anteilnahme über seinen Tag befragte, wie er es durchaus nicht gewohnt war. Während er mit ihm sprach, merkte er, wie Melchior heimlich mit den beiden Kleinen zwinkernde Blicke tauschte. Das Herz krampfte sich ihm zusammen. Er lief in sein Zimmer... Der Platz, wo sonst das Klavier stand, war leer! Er stieß einen Schmerzensschrei aus. Im andern Zimmer hörte er das unterdrückte Gelächter seiner Brüder. Alles Blut stieg ihm ins Gesicht. Er stürzte auf sie zu und schrie:

„Mein Klavier!“

Melchior hob ruhig den Kopf, machte dabei aber doch ein so verdutztes Gesicht, daß die Kinder hell auflachten. Ja, er selbst konnte nicht an sich halten, als er Christofs jammervolles Gesicht sah; er wandte sich ab und platzte laut heraus. Christof verlor die Selbstbeherrschung. Er warf sich wie ein Rasender auf seinen Vater. Melchior fand nicht die Zeit, sich zu wehren; der Knabe hatte ihn bei der Kehle gepackt, ihn tief in seinen Sessel gedrückt und schrie ihn an:

„Dieb!"

Das kam wie ein Blitz. Aber schon schüttelte sich Melchior derart, daß Christof, der sich wütend an ihn festgeklammert hatte, mit dem Kopf gegen die Ofenbank flog. Doch er erhob sich gleich wieder; seine Stirn war aufgeschlagen, und mit erstickter Stimme rief er aufs neue: „Dieb! – Dieb, der uns bestiehlt, Mutter und mich! – Dieb, der Großvater um Geld verrät!"

Melchior stand hoch aufgerichtet und erhob die Faust gegen Christof. Das Kind bot ihm mit haßerfüllten Augen Trotz und zitterte vor Wut. Da begann auch Melchior zu zittern. Er setzte sich und verbarg das Gesicht in seinen Händen. Die beiden Kleinen waren mit gellendem Geschrei davongestürzt. Dem Höllenlärm folgte tiefe Stille. Melchior stöhnte undeutliche Worte. Christof stand noch immer, am ganzen Leibe bebend, gegen die Wand gepreßt und starrte seinen Vater mit zusammengebissenen Zähnen an. Da begann Melchior sich selbst anzuklagen:

„Ja, ich bin ein Dieb! Ich sauge meine Familie aus. Meine Kinder verachten mich. Ich wäre besser tot!"

Als er mit solchem Gewinsel zu Ende war, fragte Christof, ohne sich zu rühren, mit harter Stimme:

„Wo ist das Klavier?"

„Bei Wormser", sagte Melchior, wagte aber nicht, ihn anzusehen.

Christof machte einen Schritt vorwärts und sagte:

„Das Geld!"

Melchior zog, völlig vernichtet, das Geld aus der Tasche und händigte es seinem Sohn aus. Christof wandte sich zur Tür.

„Christof!" rief ihm Melchior zu.

Christof hielt inne. Melchior begann wieder mit bebender Stimme:

„Mein kleiner Christof! – Verachte mich nicht."

Christof warf sich ihm an den Hals und schluchzte:

„Papa, mein lieber Papa! Ich verachte dich nicht. Ich bin ja so unglücklich!"

Beide weinten laut, und Melchior jammerte:

„Es ist nicht meine Schuld. Ich bin doch nicht schlecht! Nicht wahr, Christof? Sieh mal, ich bin doch nicht schlecht?"

Er versprach, nicht mehr zu trinken. Christof schüttelte mit zweifelnder Miene den Kopf, und Melchior gab zu, daß er nicht widerstehen könne, sobald er Geld in der Hand habe.

Christof überlegte und sagte:

„Weißt du, Papa, man müßte..."

Er hielt inne.

„Was denn?"

„Ich schäme mich ..."

„Weswegen?" fragte Melchior harmlos.

„Um deinetwillen."

Melchior schnitt ein Gesicht und sagte:

„Das macht nichts."

Christof erklärte, daß alles Geld der Familie, selbst Melchiors Gehalt, einem andern anvertraut werden müsse, der Melchior Tag für Tag oder Woche für Woche nur das Nötige aushändigen sollte. Melchior, der sich in demütiger Stimmung befand – er war nicht ganz nüchtern –, wollte diesen Vorschlag noch überbieten und erklärte, er werde sofort einen Brief an den Großherzog schreiben, damit das Gehalt, das ihm gebühre, regelmäßig auf seinen Namen an Christof gezahlt würde. Christof, den solche Demütigung seines Vaters erröten machte, lehnte das ab. Melchior jedoch, der von einem wahren Aufopferungsdurst verzehrt wurde, bestand darauf, zu schreiben. Er war selbst gerührt über die Großherzigkeit seiner Tat. Christof weigerte sich, den Brief zu nehmen; und Luise, die gerade heimkam, erklärte, nachdem sie von der Angelegenheit erfahren hatte, sie wolle lieber betteln gehen als ihren Mann solcher Schande aussetzen. Sie versicherte noch, daß sie Vertrauen zu ihm habe und sicher sei, er werde sich aus Liebe zu ihnen und sich selbst bessern; es endete mit einer allgemeinen Rührszene; und Melchiors Brief, der auf dem Tisch liegengeblieben war, fiel unter den Schrank, wo er verborgen blieb.

Einige Tage später jedoch fand ihn Luise beim Aufräumen; und da sie wegen neuer Torheiten Melchiors, der längst alles vergessen hatte, sehr unglücklich war, legte sie ihn, anstatt ihn zu zerreißen, beiseite. Sie verwahrte ihn mehrere Monate und stieß trotz aller Leiden, die sie erduldete, immer wieder den Gedanken von sich, von ihm Gebrauch zu machen. Als sie aber eines Tages sah, wie Melchior wieder einmal Christof schlug und ihm sein Geld wegnahm, hielt sie es nicht länger aus; und als sie mit dem weinenden Kinde allein war, nahm sie den Brief, gab ihn Christof und sagte:

„Geh!"

Christof zögerte noch; aber er begriff, daß kein anderes Mittel blieb, wollte man das wenige, was ihnen blieb, vor dem völligen Ruin retten. Er ging ins Schloß. Er brauchte beinahe eine Stunde, um den Weg von zwanzig Minuten zurückzulegen. Fast erlag er unter der Schmach seines Tuns. Sein in den letzten trauervollen und einsamen Jahren aufs höchste gesteigerter Stolz blutete bei dem Gedanken, das Laster seines Vaters öffentlich einzugestehen. Er wußte, daß dieses Laster allen bekannt war, und doch versteifte er sich mit seltsamer, wenn auch naturgemäßer Unlogik darauf, sich selbst zu belügen und zu tun, als merke er nichts: lieber hätte er sich in Stücke schneiden lassen, als es zuzugeben. Und jetzt ging er freiwillig! – Zwanzigmal war er nahe daran, umzukehren; zwei- oder dreimal ging er um die ganze Stadt und drehte in dem Augenblick, als er angekommen war, doch wieder um. Aber es handelte sich ja nicht nur um ihn. Seine Mutter, seine Brüder waren in Mitleidenschaft gezogen. Da sein Vater sie verließ, da er sie verriet, war es seine, des ältesten Sohnes Sache, seinen Platz einzunehmen, ihnen zu Hilfe zu kommen. Er hatte nicht zu zögern und den Hochmütigen zu spielen: er mußte die Schande auskosten. So trat er ins Schloß ein. Auf der Treppe wäre er beinahe noch geflohen. Er kniete auf einer Stufe nieder. Mehrere Minuten verharrte er auf dem Treppenabsatz, die Klinke in der Hand, bis ihn die Ankunft von irgend jemand einzutreten zwang.

In den Büros kannten ihn alle. Er fragte nach dem Theaterintendanten, Seiner Exzellenz Baron von Hammer-Langbach. Ein Unterbeamter, jung, feist, kahlköpfig, mit unreinem Teint, einer weißen Weste und rosa Krawatte, schüttelte ihm vertraulich die Hand und fing an, von der Oper des vorhergehenden Abends zu sprechen. Christof wiederholte sein Verlangen. Der Angestellte antwortete, daß Seine Exzellenz augenblicklich beschäftigt sei, aber wenn Christof ihm ein Gesuch vorzulegen habe, so könne man es ihm mit anderen Schriftstücken, die man gerade zum Unterzeichnen brächte, hineinschicken. Christof reichte ihm den Brief. Der Beamte warf einen Blick darauf und stieß einen Ausruf der Überraschung hervor.

„Da sieh einer“, meinte er fröhlich, „das ist einmal eine gute Idee. Darauf hätte er längst verfallen sollen. Im ganzen Leben hat er nichts Gescheiteres getan. Dieser alte Trunkenbold! Wie, zum Teufel, hat er sich wohl dazu entschlossen?“

Er hielt urplötzlich inne. Christof hatte ihm das Papier aus den Händen gerissen und schrie, bleich vor Zorn:

„Ich verbitte mir das! – Ich verbitte mir, daß Sie mich beleidigen!“

Der kleine Beamte war höchst erstaunt.

„Aber, mein lieber Christof", versuchte er zu sagen, „wer will dich denn beleidigen? Ich habe nur ausgesprochen, was die ganze Welt denkt. Du selbst denkst es ja."

„Nein!" schrie Christof wütend.

„Was? Du denkst es nicht? Du denkst nicht, daß er trinkt?"

„Es ist nicht wahr!" sagte Christof.

Er stampfte auf.

Der Beamte zuckte die Achseln.

„Warum hat er denn, wenn die Sache so liegt, diesen Brief geschrieben?"

„Weil . . .", sagte Christof (er wußte nicht mehr, was er sagen sollte), „weil . . . da ich doch sowieso jeden Monat mein Gehalt abhole, es bequemer ist, wenn ich gleichzeitig das meines Vaters mitnehme. Es ist überflüssig, daß wir uns beide bemühen . . . Mein Vater hat sehr viel zu tun."

Er errötete über die Ungereimtheit seiner Erklärung. Der Angestellte schaute ihn mit einem Gemisch von Ironie und Mitleid an. Christof zerknüllte das Papier in seiner Hand und machte Miene fortzugehen. Der andere stand auf und faßte ihn am Arm.

„Warte einen Augenblick", sagte er, „ich werde die Sache schon machen."

Er ging in das Kabinett des Intendanten hinüber. Christof wartete unter den Blicken der andern Beamten. Sein Blut kochte. Er wußte nicht mehr, was er tat, was er tun würde, tun müsse. Er dachte daran, sich, bevor man ihm Antwort brächte, davonzumachen; und er war gerade im Begriff dazu, als die Tür sich wieder öffnete.

„Seine Exzellenz will dich gern empfangen", teilte ihm der allzu dienstbeflissene Beamte mit.

Christof mußte eintreten.

Seine Exzellenz Baron von Hammer-Langbach, ein kleiner, schmucker Alter mit Backenbart, Schnurrbart und ausrasiertem Kinn, sah über seine goldene Brille hinweg zu

Christof hin, ohne sich im übrigen im Schreiben stören zu lassen oder durch irgendein Zeichen dessen verwirrten Gruß zu erwidern.

„Also, was wünschen Sie, Herr Krafft?“ fragte er nach einem Augenblick.

„Exzellenz“, sagte Christof eilig, „ich bitte um Verzeihung. Ich habe es mir überlegt. Ich wünsche nichts mehr.“

Der Greis fragte nicht nach einer Erklärung dieses plötzlichen Umschwungs. Er sah Christof aufmerksam an, hüstelte und meinte:

„Wollen Sie mir freundlichst den Brief, den Sie da in der Hand halten, geben, Herr Krafft?“

Christof merkte, daß der Blick des Intendanten auf dem Papier ruhte, das er gedankenlos weiter in der Faust zerknüllt hatte.

„Es ist überflüssig, Exzellenz“, stotterte er. „Es lohnt sich nicht mehr.“

„Geben Sie ihn bitte her“, wiederholte der Greis ruhig, als habe er nicht recht verstanden.

Christof reichte mechanisch den zerknitterten Brief hin, stürzte sich dann aber in eine Flut unklarer Worte und streckte fortwährend die Hand aus, um den Brief wiederzuerlangen. Die Exzellenz faltete das Papier sorgsam auseinander, las es, sah Christof an, ließ ihn eine Weile in seinem Wortwirrwarr, unterbrach ihn dann und sagte mit einem listigen kleinen Blitzen der Augen:

„Schon gut, Herr Krafft, das Gesuch ist bewilligt.“

Dann verabschiedete er ihn mit einer Handbewegung und vertiefte sich in seine Schreiberei.

Christof ging ganz bestürzt hinaus.

„Nichts für ungut, Christof!“ sagte der Beamte freundschaftlich, als das Kind wieder durch das Büro kam. Christof ließ sich die Hand schütteln, ohne daß er die Augen zu erheben wagte.

Dann befand er sich wieder außerhalb des Schlosses. Er war vor Scham erstarrt. Alles, was man ihm gesagt hatte, ging ihm wieder durch den Kopf; und er meinte eine beleidigende Ironie im Mitleid der Leute zu fühlen, die ihn achteten und bedauerten. Er kehrte nach Hause zurück und antwortete auf Luises Fragen kaum mit einigen gereizten Worten, als grolle er ihr um dessentwillen, was er getan hatte. Beim Gedanken an seinen Vater war er von Gewissensbissen gefoltert. Er wollte ihm alles gestehen, ihn um Verzeihung bitten. Aber Melchior war nicht da. Christof erwartete ihn schlaflos bis tief in die Nacht. Je mehr er an ihn dachte, um so größer wurde seine Reue; er idealisierte ihn; er stellte ihn sich schwach, gut, unglücklich und von den Seinen verraten vor. Sobald er seine Schritte auf der Treppe hörte, sprang er aus dem Bett, um ihm entgegenzueilen und sich in seine Arme zu werfen. Melchior jedoch kehrte in einem Zustand so widerlicher Trunkenheit heim, daß Christof nicht einmal die Kraft fand, ihm nahe zu kommen; und er legte sich wieder hin und spottete über seine eigenen Illusionen.

Als Melchior einige Tage später erfuhr, was geschehen war, bekam er einen entsetzlichen Wutanfall. Und trotz Christofs Bitten und Flehen ging er ins Schloß, eine Szene zu machen. Aber er kam ganz beschämt wieder zurück und sagte kein Sterbenswort darüber, was sich dort zugetragen hatte. Man hatte ihn sehr schlecht empfangen. Man hatte ihm gesagt, daß er vor allem einen andern Ton anzuschlagen habe – daß man ihm nur im Hinblick auf das Verdienst seines Sohnes seine Pension noch weiterzahle und, wenn er in Zukunft den geringsten Anlaß zu Ärgernissen gebe, sie ganz und gar streichen werde. Auch war Christof sehr erstaunt und erleichtert, seinen Vater von einem Tag zum andern sich mit der neuen Lage abfinden zu sehen und ihn sich sogar rühmen zu hören, selbst den ersten Anstoß zu diesem *Opfer* gegeben zu haben.

Das hinderte ihn andererseits durchaus nicht, nach außen zu jammern, daß er von seiner Frau und seinen Kindern ausgesogen werde, daß er sich sein ganzes Leben für sie abgearbeitet habe und daß man ihn jetzt an allem Mangel leiden lasse. Er versuchte auch durch alle Arten von Schmeichelei und erfinderischer List, Christof Geld abzulocken, was diesem oft Lust zum Lachen gab, war auch im Grunde kaum Ursache dazu vorhanden. Aber da Christof fest blieb, gab es Melchior stets wieder auf. Er fühlte sich den strengen Augen dieses vierzehnjährigen Kindes gegenüber, das ihn durchschaute, seltsam eingeschüchtert. Heimlich rächte er sich durch einen schlechten Streich. Er ging ins Wirtshaus, trank und schlemmte nach Belieben und bezahlte nichts, indem er vorgab, sein Sohn habe seine Schulden zu begleichen. Christof widersetzte sich nicht, aus Furcht, den Skandal noch zu vergrößern; und er und Luise entzogen sich das Letzte, um Melchiors Schulden auf sich zu nehmen. Dieser verlor, seit er sein Gehalt nicht mehr abhob, mehr und mehr jedes Interesse an seinem Beruf als Violinist; er fehlte so häufig im Theater, daß man ihn endlich, trotz aller Bitten Christofs, vor die Tür setzte. Nun fiel es dem Kind allein zur Last, seinen Vater, seine Brüder, das ganze Haus zu erhalten.

So wurde Christof mit vierzehn Jahren Familienoberhaupt.

Er nahm diese erdrückende Aufgabe entschlossen auf sich. Sein Stolz verbot ihm, bei andern Hilfe zu suchen. Er schwor sich, mit allem allein fertig zu werden. Von Kindheit an hatte er zu sehr darunter gelitten, seine Mutter demütigende Almosen annehmen zu sehen. Es kam stets zu Auseinandersetzungen, wenn die gute Frau ein Geschenk irgendeiner ihrer Gönnerinnen triumphierend nach Hause brachte. Sie sah darin nichts Böses und freute sich, ihrem Christof, dank solchen Geldes, ein wenig Mühe ersparen und das magere Abendbrot durch ein Gericht bereichern zu können. Christof aber wurde finster. Er sprach während des Abends nicht mehr. Er weigerte sich sogar, ihr zu sagen, warum er von dem reichlicheren Tisch nicht essen wollte. Luise war bekümmert; sie quälte ihren Sohn, er solle doch zulangen; er aber verharrte eigensinnig beim Nein; sie wurde schließlich ungeduldig und sagte ihm unangenehme Dinge, auf die er die Antwort nicht schuldig blieb; schließlich warf er seine Serviette auf den Tisch und ging aus. Sein Vater zuckte die Achseln und nannte ihn Angeber. Seine Brüder machten sich über ihn lustig und aßen seinen Teil auf.

Immerhin mußten doch Mittel zum Leben gefunden werden. Sein Gehalt im Orchester genügte nicht mehr. Er gab Stunden. Sein Virtuosentalent, sein guter Ruf und vor allem die Gönnerschaft des Fürsten verschafften ihm in der guten Gesellschaft zahlreiche Schüler. Jeden Morgen von neun Uhr an gab er jungen Mädchen, die oft älter als er selber waren, Klavierstunden; sie schüchterten ihn entsetzlich durch ihre Koketterien ein und brachten ihn mit ihrem albernen Spiel außer sich. In musikalischer Hinsicht waren sie absolut unfähig; dafür besaßen sie einen mehr oder weniger feinen Sinn für das Lächerliche; und ihr mokanter Blick sah Christof nicht eine seiner Ungeschicklichkeiten nach. Es war für ihn eine wahre Folter. Mit rotem Kopf saß er steif auf dem Stuhlrand neben ihnen, barst vor Zorn und wagte doch nicht, sich zu rühren, tat sich alle Gewalt an, um keine Dummheiten zu sagen, hatte Angst vor dem Klang seiner eignen Stimme und Mühe, ein Wort herauszubekommen, zwang sich, eine strenge Miene anzunehmen, und fühlte sich dabei von einem Seitenblick beobachtet – verlor seine Haltung, verhaspelte sich mitten in einer Bemerkung, fürchtete sich lächerlich zu machen, war es auch und ließ sich schließlich bis zu verletzenden Vorwürfen hinreißen. Aber seine Schülerinnen hatten es sehr leicht, sich zu rächen; und sie ließen sich das nicht entgehen, indem sie ihn durch eine gewisse Art, ihn anzuschauen, in Verlegenheit brachten und ihm die einfachsten Fragen stellten, die ihn bis zu den Haaren erröten ließen; oder sie baten ihn um einen kleinen Dienst – zum Beispiel irgendeinen vergessenen Gegenstand von einem Möbel zu holen –, was für ihn die härteste Prüfung bedeutete; denn er mußte das Zimmer unter dem Feuer boshafter Blicke durchqueren, die unbarmherzig die kleinste Unbeholfenheit seiner Bewegungen belauerten: seine ungelenken Beine, seine steifen Arme, seinen ganzen aus Verlegenheit hölzernen Körper.

Von seinen Stunden mußte er zur Theaterprobe laufen. Oft hatte er keine Zeit zum Frühstücken; er trug ein Stück Brot und Wurst in der Tasche, die er während der Pause verzehrte. Manchmal vertrat er Tobias Pfeiffer, den *Musikdirektor**, der sich für ihn interessierte und ihn zur Übung von Zeit zu Zeit die Orchesterproben dirigieren ließ. Auch mußte er seine eigne musikalische Ausbildung fortsetzen. Dann füllten wieder Klavierstunden die Zeit bis zur Abendvorstellung aus. Und oft genug verlangte man noch abends nach der Aufführung, ihn im Schloß zu hören. Dort mußte er ein oder zwei Stunden vortragen. Die Prinzessin spielte sich als Kunstkennerin auf; sie liebte Musik außerordentlich, ohne jemals gute von schlechter unterscheiden zu können. Sie schrieb Christof die sonderbarsten Programme vor, in denen platte Rhapsodien dicht neben Meisterwerken standen. Ihr größtes Vergnügen jedoch war, ihn improvisieren zu lassen; und sie lieferte ihm dazu Themen von geradezu übler Sentimentalität.

Gegen Mitternacht ging Christof fort, erschöpft, mit brennenden Händen, fieberndem Kopf und leerem Magen; er war in Schweiß gebadet, und draußen fiel oft Schnee oder eisiger Nebel. Er hatte mehr als die halbe Stadt zu durchqueren, um nach Hause zu kommen; er ging zu Fuß; seine Zähne schlugen aufeinander, und er hätte am liebsten schlafen oder weinen mögen; und dabei mußte er sich in acht nehmen, um seinen einzigen Gesellschaftsanzug nicht in den Pfützen zu beschmutzen.

Heimgekehrt, ging er auf sein Zimmer, das er immer noch mit seinen Brüdern teilte; und niemals empfand er Lebensüberdruß und Verzweiflung, niemals das Gefühl der Einsamkeit mehr als in dem Augenblick, der ihm endlich vergönnte, seine tägliche Bürde in der jämmerlichen Behausung mit ihrer erstickenden Luft abzuwerfen. Glücklicherweise wurde er aber sofort, wenn er seinen Kopf aufs Kissen legte, von schwerem Schlaf übermannt, der das Bewußtsein seiner Leiden von ihm nahm.

Sommer wie Winter stand er schon vor Morgengrauen wieder auf, um für sich selber zu arbeiten; und die einzigen freien Augenblicke, die ihm blieben, waren zwischen fünf und acht Uhr früh. Davon mußte er noch einen Teil für bestellte Arbeit verlieren; denn sein Titel als *Hofmusikus** und die Gunst des Großherzogs verpflichteten ihn zu offiziellen Kompositionen für die Hoffeste.

So war sein Leben bis zur Quelle vergiftet. Selbst seine Träume waren nicht mehr frei. Aber wie es meistens ist, der Zwang machte sie um so stärker. Wenn nichts die Tatkraft fesselt, hat die Seele viel weniger Grund, sich zu regen. Je enger sich um Christof das Gefängnis von Sorgen und kleinlichen Aufgaben schloß, um so mehr fühlte sein aufrührerisches Herz seine Unabhängigkeit. In einem hemmungslosen Leben hätte er sich sicherlich dem Glücksspiel der Stunden und dem wollüstigen Schlendergang der erwachenden Jugend hingegeben. So, da er nur ein bis zwei Stunden am Tag frei war, stürzte seine Kraft in diese hinein wie ein Wasserfall in eine Felsspalte. Sein Streben zwischen unzerbrechliche Schranken spannen zu müssen ist für die Kunst eine gute Zucht. In diesem Sinn kann man sagen, daß das Elend ein Meister nicht nur des Gedankens, sondern auch des Stils ist; es hält Geist wie Körper zur Nüchternheit an. Wenn die Zeit bemessen und die Worte abgezählt sind, sagt man nichts, was zuviel ist, und es wird zur Gewohnheit, nur das Wesentliche zu denken. Auf diese Weise lebt man doppelt, gerade weil man weniger Zeit zum Leben hat.

Das war Christofs Schicksal. Unterm Joch wurde er sich des Wertes der Freiheit voll bewußt; und er vergeudete die kostbaren Minuten nicht an unnützes Tun oder Reden. Sein natürlicher Hang, in breitem Überschwang zu schreiben und sich allen Launen eines wenn auch wahrhaftigen, so doch wahllosen Gedankens hinzugeben, fand seinen Zuchtmeister in der Notwendigkeit, in möglichst kurzer Zeit möglichst viel zu denken und zu tun. Nichts anderes hatte einen so großen Einfluß auf seine künstlerische und moralische Entwicklung: weder die Stunden seiner Lehrer noch das Beispiel der Meisterwerke. In den Jahren, in denen der Charakter sich bildet, wurde es ihm zur Gewohnheit, die Musik als eine klare Sprache anzusehen, in der jede Note Sinn hat; und er lernte zur selben Zeit die Musiker hassen, die reden, um doch nichts zu sagen.

Indessen waren die Kompositionen, welche er damals schrieb, noch weit davon entfernt, sein Ich vollständig auszudrücken, war er doch selbst noch weit davon entfernt, sich vollständig entdeckt zu haben. Er tastete im Dickicht erworbener Empfindungen, welche die Erziehung dem Kinde wie eine zweite Natur aufzwingt. Er hatte nur Ahnungen seines wirklichen Seins; besonders da er noch keine der Leidenschaften erwachender Jugend verspürt hatte, welche die Persönlichkeit von ihren erborgten Kleidern befreien, so wie ein Donnerschlag den Himmel von umhüllenden Nebeln reinigt. Dunkle, mächtige Ahnungen mischten sich in ihm mit fremden Erinnerungen, von denen er sich nicht frei machen konnte. Er ärgerte sich über solche Lügen. Er verzweifelte, wenn er sah, wie minderwertig das, was er schrieb, im Vergleich zu dem war, was er dachte. Er wurde an sich irre. Aber er konnte sich mit solcher sinnlosen Niederlage nicht zufriedengeben; er war vom Drang besessen, es besser zu machen, Großes zu schreiben. Und immer scheiterte er. Nach einem Augenblick voller Illusion während des Schaffens merkte er, daß seine Niederschrift nichts taugte; er zerriß sie und verbrannte alles, was er gearbeitet hatte. Um seine Schmach vollzumachen, mußte er jedoch die minderwertigsten seiner Werke, die offiziellen, wohlbewahrt sehen, ohne sie vernichten zu können; das anläßlich des fürstlichen Geburtstags verfaßte Konzert *Der Königsadler* und die bei Gelegenheit der Heirat der Prinzessin Adelaide geschriebene Kantate *Hochzeit der Pallas,* die mit großen Kosten in Luxusausgaben veröffentlicht wurden, um seine Dummheit den kommenden Jahrhunderten aufzubewahren – denn er glaubte an kommende Jahrhunderte! Über dergleichen weinte er vor Beschämung.

Fieberhafte Jahre! Keine Ruhe, kein Nachlassen. Nichts, was von der aufreibenden Arbeit ablenkt. Keine Spiele, keine Freunde. Wie hätte er welche haben sollen! Am Nachmittag, zur Stunde, wenn andre Kinder sich vergnügten, saß der kleine Christof mit vor Aufmerksamkeit krauser Stirn an seinem Orchesterpult im staubigen, schlecht erhellten Theatersaal. Und abends, wenn andere Kinder schliefen, saß er noch dort, auf seinem Stuhl vor Müdigkeit zusammengesunken.

Keine Vertrautheit zwischen den Brüdern. Der jüngste, Ernst, war zwölf Jahre; er war ein kleiner Taugenichts, verderbt und frech, der seine Tage mit irgendwelchen Lümmeln gleicher Art verbrachte und der in ihrer Gesellschaft nicht nur jämmerliche Manieren, sondern auch schändliche Gewohnheiten angenommen hatte, die der anständige Christof, der sich von so etwas nicht einmal eine Vorstellung hätte machen können, eines Tages voller Abscheu bemerkte. Der andere, Rudolf, Onkel Theodors Liebling, wollte Kaufmann werden. Er war solide, ruhig, aber heimtückisch; er glaubte sich Christof sehr überlegen und ließ seine Autorität im Hause durchaus nicht gelten, wenn er es auch natürlich fand, sein Brot zu essen. Er teilte Theodors und Melchiors Erbitterung gegen ihn und trug ihr lächerliches Geklatsch weiter. Keiner der beiden Brüder liebte Musik; und Rudolf tat sich aus Nachahmungstrieb etwas darauf zugute, sie wie sein Onkel zu verachten. Den beiden Kleinen waren die Überwachung und die Ermahnungen Christofs, der seine Rolle als Familienoberhaupt sehr ernst nahm, äußerst unangenehm, und sie wären gar zu gern aufsässig geworden; Christof jedoch, der derbe Fäuste hatte und sich seines Rechtes bewußt war, lehrte sie schnell Mores. Nichtsdestoweniger machten sie mit ihm alles, was sie wollten; sie mißbrauchten seine Gutgläubigkeit und legten ihm Schlingen, in die er stets hineingeriet; sie erpreßten Geld von ihm, belogen ihn schamlos und verspotteten ihn hinter seinem Rücken. Der gute Christof ließ sich immer hintergehen und übervorteilen; er hatte ein solches Bedürfnis, geliebt zu werden, daß ein zärtliches Wort genügte, seinen Groll zu entwaffnen. Für ein wenig Liebe hätte er ihnen alles verziehen. Doch sein Vertrauen war grausam erschüttert, seit er sie einmal über seine Dummheit hatte lachen hören, nachdem sie ihm eben eine heuchlerische Umarmungsszene, die ihn bis zu Tränen rührte, vorgespielt hatten, eine Szene, die nur den Zweck verfolgte, ihm die goldene Uhr, ein Geschenk des Fürsten, nach dem es sie gelüstete, abzulocken. Er verachtete sie und ließ sich in seinem unwiderstehlichen Drang, zu lieben und zu glauben, dennoch immer wieder weiter nasführen. Er wußte das, es brachte ihn gegen sich selbst in Wut, und er schlug seine Brüder krumm und lahm, wenn er wieder einmal entdeckte, daß sie mit ihm gespielt hatten. Und doch hinderte ihn das nicht, gleich darauf an dem neuen Angelhaken anzubeißen, den sie ihm gern hinwarfen.

Ein noch bittererer Schmerz war ihm vorbehalten. Er erfuhr von geschäftigen Nachbarn, daß sein Vater schlecht über ihn sprach. Nachdem er auf die Erfolge seines Sohnes stolz gewesen war und überall mit ihnen geprahlt hatte, überkam ihn die schimpfliche Schwäche, eifersüchtig auf ihn zu werden. Er versuchte ihn zu verkleinern. Es war zum Weinen töricht. Man konnte nur verachtungsvoll die Schultern zucken, nicht einmal böse werden; denn der Vater war durch seine Absetzung verbittert und wußte nicht, was er tat. Christof schwieg; denn er fürchtete allzu

Hartes zu sagen, wenn er spräche; er war im Herzen aber erbittert.

Wie traurig war solch ein Abendessen, wenn man im Familienkreise um das schmutzige Tischtuch beim Lampenschein zusammensaß; ringsherum nur abgeschmackte Gespräche und das Geräusch der Kauwerkzeuge dieser Wesen, die er verachtete, bedauerte und trotz alledem liebte! Einzig bei der tapferen Mutter fühlte Christof ein Band gegenseitiger Zärtlichkeit. Aber Luise rieb sich wie er den ganzen Tag auf; am Abend war sie dann wie erloschen, sagte fast nichts und schlief nach Tisch beim Strümpfestopfen auf ihrem Stuhl ein. Übrigens war sie so gut, daß sie in ihrer Liebe zwischen ihrem Mann und ihren drei Söhnen keinerlei Unterschied zu machen schien; sie liebte sie alle gleichmäßig. Christof fand in ihr nicht die Vertraute, deren er so sehr bedurft hätte.

So verschloß er sich denn in sich selber. Er schwieg während langer Tage und ging mit einer Art stummer Wut seinem eintönigen und aufreibenden Tagewerk nach. Solche Lebensweise war gefahrvoll, besonders für ein Kind im kritischen Alter, in dem der Organismus, empfindlicher als sonst, für alle Keime der Zerstörung empfänglich ist und sich leicht für das übrige Leben verbilden kann. Christofs Gesundheit litt schwer darunter. Er hatte von den Eltern widerstandsfähige Anlagen mitbekommen, einen gesunden, makellosen Körper. Aber ein so starker Bau bietet dem Leiden nur um so breiteren Raum, wenn ein Übermaß von Anstrengung und verfrühten Sorgen eine Bresche hineingeschlagen hat, durch die es eintreten kann. Schon sehr früh hatten sich bei ihm ernste nervöse Störungen gezeigt. Als er ganz klein war, litt er, wenn ihm eine Unannehmlichkeit widerfuhr, an Ohnmachten, konvulsivischen Anfällen, Erbrechen. Zwischen sieben und acht Jahren, zur Zeit seines ersten Auftretens in Konzerten, war sein Schlaf unruhig: er sprach, schrie, lachte, weinte im Traum; und diese krankhaften Anzeichen wiederholten sich jedesmal, wenn er größere Aufregungen hatte. Dann litt er unter furchtbaren Kopfschmerzen, die sich einmal als Stechen im Hinterkopf und an den Seiten des Schädels äußerten, ein andermal wie ein bleiern drückender Reifen um den Kopf herum lagen. Die Augen taten ihm weh; für Augenblicke war ihm, als drückten sich Nadelspitzen in seine Augenhöhlen; er war wie geblendet, konnte nicht mehr lesen und mußte minutenlang aufhören. Die ungenügende oder ungesunde Nahrung und die Unregelmäßigkeit der Mahlzeiten zerstörten seinen gesunden Magen; er wurde von Leibschmerzen oder erschlaffenden Diarrhöen geplagt. An nichts aber litt er mehr als an seinem Herzen; es ging in toller Unregelmäßigkeit; bald klopfte es wie rasend, daß man meinen konnte, es wolle zerspringen, bald schlug es kaum und schien stillstehen zu wollen. Nachts zeigte die Temperatur des Kindes erschreckende Schwankungen; sie wechselte ohne Übergang zwischen hohem Fieber und Blutleere. Er glühte, zitterte vor Frost, hatte Angstzustände, seine Kehle krampfte sich zusammen, eine Kugel schien ihm im Hals den Atem zu versperren. – Natürlich wurde seine Phantasie dadurch beunruhigt; er wagte von alldem, was er fühlte, den Seinen nicht zu sprechen; aber er analysierte es unaufhörlich mit einer Aufmerksamkeit, die seine Leiden noch vergrößerte oder neue schuf. Er bildete sich alle bekannten Krankheiten nacheinander ein; glaubte, daß er blind werden würde; und da ihn manchmal beim Gehen Schwindel überfielen, fürchtete er, plötzlich tot hinzuschlagen. – Immer beherrschte, bedrückte und spornte ihn gleichzeitig diese schreckliche Angst an, auf halbem Wege aufgehalten zu werden, frühzeitig zu sterben. Ach! Mußte man schon sterben, dann wenigstens nicht jetzt, nicht bevor man Sieger war!

Der Sieg ... Diese fixe Idee, die, ohne daß er sich darüber Rechenschaft gibt, unaufhörlich in ihm glüht, die ihn durch alle Widerwärtigkeiten, alle Anstrengungen, durch den ganzen modernden Sumpf seines Lebens stützt! Dumpfe und machtvolle Bewußtheit dessen, was er später sein wird, jetzt schon ist! – Was er ist? Ein kränkliches, nervöses Kind, das im Orchester Violine spielt und mittelmäßige Konzerte schreibt? Nein! Weit mehr als dieses Kind. Das ist nur Hülle, seine heutige Erscheinung. Das ist nicht sein Wesen. Keinerlei Beziehung besteht zwischen seinem wahren Wesen und der gegenwärtigen Form seines Gesichtes und seines Denkens. Er ist sich dessen wohl bewußt. Sieht er sich im Spiegel, so erkennt er sich nicht. Dies breite, rote Gesicht, diese buschigen Brauen, die kleinen tiefliegenden Augen, die kurze Nase, die sich an der Spitze verdickt und weite Nüstern hat, diese schweren Kinnbacken und der schmollende Mund, diese ganze häßliche und gewöhnliche Maske ist ihm selber fremd. Ebensowenig erkennt er sich in seinen Werken wieder. Er kritisiert sich, er kennt die Nichtigkeit alles dessen, was er macht, was er im Augenblick ist. Und dennoch ist er dessen, was er sein und tun wird, sicher. Manchmal wirft er sich diese Gewißheit wie eine hochmütige Lüge vor. Und er hat eine Freude daran, sich zu demütigen, sich zu kasteien, um sich selber zu strafen. Aber die Gewißheit dringt hindurch, und nichts kann sie beeinträchtigen. Was er auch tut, was er auch denkt, keiner seiner Gedanken, keine seiner Handlungen, keins seiner Werke umschließt ihn oder drückt ihn aus; er weiß es, er hat das seltsame Empfinden, daß er in seinem Tiefsten noch nicht Wirklichkeit geworden ist, daß er es sein wird, daß er es *morgen sein wird . . . Er wird sein!* – Er glüht in diesem Glauben, er berauscht sich an diesem Licht! Ach! Wenn das *Heute* ihn nur nicht im Vorübergehen aufhält! Wenn er nur nicht in einer der tückischen Schlingen strauchelt, die das *Heute* nicht müde wird seinen Füßen zu legen!

So steuert er seinen Kahn, ohne die Augen nach rechts oder nach links zu wenden, durch die Fluten hindurch, steht reglos am Ruder, den Blick starr und gespannt aufs Ziel gerichtet, auf den Hafen, auf die Vollendung, die er voraussieht. Wo er auch ist, im Orchester zwischen den geschwätzigen Musikern, bei Tisch inmitten der Seinen, im Palais, während er gedankenlos zur Zerstreuung fürstlicher Strohpuppen vorspielt, immer ist es die zweifelhafte Zukunft – mag auch ein Nichts sie auf ewig zerstören können –, immer ist es die Zukunft, in der er lebt.

Er sitzt allein in seiner Mansarde an seinem alten Klavier. Der sterbende Schimmer des Tages gleitet über das Notenheft. Er verdirbt sich die Augen, um bis zum letzten Lichtfunken zu lesen. Die Zärtlichkeit der großen erloschenen Herzen, die aus diesen stummen Seiten atmet, durchdringt ihn liebevoll. Seine Augen füllen sich mit Tränen. Ihm ist, als ob ein geliebtes Wesen hinter ihm stünde, ein Atem seine Wangen kose, als ob zwei Arme seinen Hals umschlingen wollten. Schauernd wendet er sich um. Er fühlt, er weiß es, er ist nicht allein. Eine liebende und geliebte Seele ist da, an seiner Seite. Er stöhnt auf, weil er sie nicht fassen kann. Und doch birgt auch dieser Schatten von Bitterkeit, der sich seiner Hingerissenheit zugesellt, noch eine heimliche Süße. Die Trauer selbst ist durchleuchtet. Er denkt seiner vielgeliebten Meister, der hingegangenen Großen, deren Seele in dieser Musik, in der sie einst lebte, wieder erwacht. Das Herz von Liebe geschwellt, denkt er an das übermenschliche Glück, das seiner ruhmreichen Freunde Teil gewesen sein muß, wenn doch selbst der verblaßte Widerschein ihres Glückes noch so glühend ist. Er träumt, ihnen gleich zu werden und auch solche Liebe zu leuchten, wie sie jetzt in ein paar verlorenen Strahlen sein Elend mit göttlichem Lächeln erhellt. Auch er will einst ein Gott sein, ein Herd der Freude, eine Sonne des Lebens!

Aber ach! Wenn er eines Tages denen gleicht, die er liebt, wenn er zu jenem strahlenhellen Glück gelangt, um das er sie beneidet – wird er gewiß enttäuscht sein.

ZWEITER TEIL

OTTO

Eines Sonntags war Christof von seinem *Musikdirektor** in das kleine Landhaus, das Tobias Pfeiffer eine Stunde von der Stadt entfernt besaß, zum Essen eingeladen. Er nahm einen Rheindampfer. Auf dem Deck setzte er sich neben einen jungen Burschen seines Alters, der ihm mit Zuvorkommenheit Platz machte. Christof beachtete es nicht. Aber nach einem Augenblick, als er merkte, daß sein Nachbar nicht aufhörte, ihn zu beobachten, sah auch er ihn scharf an. Es war ein Blondkopf mit rosigen, runden Wangen, einem artigen Scheitel auf der Seite und einem flaumigen Schimmer auf der Oberlippe; er hatte trotz aller Mühe, die er sich gab, als Gentleman aufzutreten, die treuherzige Miene eines großen, pausbäckigen Kindes; angezogen war er mit gesuchter Sorgfalt: Flanellanzug, helle Handschuhe, weiße Schuhe, blaßblaue Krawatte; in der Hand trug er ein kleines Spazierstöckchen. Er sah Christof mit einem Seitenblick an, doch ohne den Kopf zu wenden, mit steifem Hals wie eine Henne; und als nun Christof seinerseits zu ihm hinschaute, errötete er bis zu den Ohren, zog eine Zeitung aus der Tasche und tat, als ob er sich mit wichtiger Miene hineinvertiefe. Aber einige Minuten später bückte er sich eilfertig, um Christofs Hut, der heruntergefallen war, aufzuheben. Christof, den soviel Höflichkeit überraschte, sah den jungen Burschen wieder an, und dieser errötete von neuem; Christof dankte trocken; denn er mochte diesen kriechenden Eifer nicht; es war ihm greulich, wenn man sich mit ihm beschäftigte. Immerhin konnte er nicht umhin, sich geschmeichelt zu fühlen.

Bald dachte er nicht mehr daran. Seine Aufmerksamkeit wurde auf die Landschaft gelenkt. Seit langem hatte er der Stadt nicht entfliehen können; daher genoß er gierig die Luft, die sein Gesicht peitschte, das Anschlagen der Wellen gegen den Dampfer, die große Wasserfläche und das wechselnde Schauspiel der Ufer: graue, niedere Böschungen, im Strom sich badende Weidengebüsche, Städte, die mit gotischen Türmen und rauchenden Fabrikschornsteinen gekrönt waren, gelbe Weinberge, sagenhafte Felsen. Als er darüber ganz laut in Verzückung geriet, ließ sein Nachbar, wie von ungefähr, schüchtern und mit erstickter Stimme einige historische Einzelheiten über die geschickt restaurierten und mit Efeu umzogenen Ruinen fallen; er tat, als halte er sich selber einen Vortrag. Christofs Aufmerksamkeit wurde gefesselt, und er befragte ihn weiter. Der andere war ganz glücklich, seine Kenntnisse zu zeigen, und beeilte sich zu antworten; und mit jedem Satz wandte er sich jetzt direkt an Christof, indem er ihn Herr *Hofviolinist** anredete.

„Sie kennen mich also?" fragte Christof.

„O ja!" sagte der Junge im Ton so naiver Bewunderung, daß es Christofs Eitelkeit angenehm berührte.

Sie plauderten miteinander. Der junge Bursche hatte Christof oft im Konzert gesehen, und seine Phantasie war durch alles, was man sich über ihn erzählte, angeregt worden. Er sagte es Christof zwar nicht; doch dieser fühlte es und war freudig überrascht. Er war es nicht gewohnt, daß man mit ihm in solchem Ton tiefgefühlten Respektes sprach. Er befragte seinen Nachbar weiter über die Geschichte der Gegend; dieser breitete seine eben erst erworbenen Kenntnisse nur allzugern aus; und Christof bewunderte seine Gelehrsamkeit. Doch das war alles nur Vorwand für ihre Unterhaltung: hauptsächlich war es ihnen darum zu tun, sich gegenseitig kennenzulernen. Das wagten sie zunächst nicht offen einzugestehen. Dann und wann tasteten sie sich durch ungeschickte Fragen aneinander heran. Endlich gingen sie entschiedener vor; und Christof erfuhr, daß sein neuer Freund „Herr Otto Diener" hieß und der Sohn eines reichen Kaufmanns in der Stadt war. Es stellte sich natürlich heraus, daß sie gemeinsame Bekannte hatten, und nach und nach löste sich beider Zunge. Als das Schiff in der

Stadt anlangte, wo Christof aussteigen mußte, waren sie in lebhaftester Unterhaltung begriffen. Otto stieg ebenfalls aus. Dieser Zufall erschien ihnen höchst bedeutsam; und Christof schlug vor, bis zur Stunde seines Mittagessens gemeinsam ein wenig zu bummeln. Sie wanderten quer über die Felder. Christof hatte vertraulich Ottos Arm genommen und erzählte ihm von seinen Plänen, als ob er ihn von Geburt an kenne. Er war so sehr jeder Gesellschaft von Altersgenossen entwöhnt, daß er eine unaussprechliche Freude empfand, mit diesem gebildeten und guterzogenen jungen Menschen, der Sympathie für ihn hegte, zusammen zu sein.

Die Zeit verging unmerklich. Diener war auf das Vertrauen des jungen Musikers zu stolz, um ihn daran zu erinnern, daß die Stunde seiner Einladung schon geschlagen hatte. Endlich aber glaubte er sich dazu verpflichtet. Christof jedoch, der gerade einen Hügel mitten im Gehölz erklomm, antwortete, erst müsse man den Gipfel erreichen. Als sie oben waren, streckte er sich im Gras aus, als ob er die Absicht hätte, den Tag dort zu verbringen. Nach einer Viertelstunde, als Diener sah, daß er sich immer noch nicht rühren wollte, fragte er von neuem schüchtern:

„Und Ihr Mittagessen?"

Christof, der, die Hände hinterm Kopf, der Länge nach hingestreckt lag, machte seelenruhig:

„Ph!"

Als er jedoch Ottos bestürzte Miene sah, begann er zu lachen.

„Es ist hier zu schön", erklärte er. „Ich gehe nicht hin. Mögen sie auf mich warten!"

Er setzte sich halb auf.

„Haben Sie Eile? Nein, nicht wahr? Wissen Sie, was wir machen sollten? Wir essen zusammen Mittag. Ich kenne ein Wirtshaus."

Diener hätte wohl gern einige Einwände erhoben. Zwar erwartete ihn niemand, aber es war ihm unangenehm, irgendeine unvorhergesehene Entscheidung zu treffen; pedantisch, wie er war, mußte er sich immer alles im voraus zurechtlegen. Christofs Frage jedoch war in einem Ton gestellt, der die Möglichkeit einer Absage kaum zuließ. So ließ er sich denn mitschleppen, und sie fingen wieder zu plaudern an.

Im Restaurant ließ ihr Feuer etwas nach. Beide waren mit der ernsten Frage beschäftigt, wer den andern zum Essen einladen solle; und jeder setzte heimlich seine Ehre darein, daß er der Gebende sei: Diener, weil er der Reichere, Christof, weil er der Ärmere war. Sie spielten nicht darauf an; aber Diener bemühte sich, seine Rechte geltend zu machen, indem er in möglichst bestimmtem Ton das Menü bestellte. Christof bemerkte seine Absicht; und er überbot ihn und bestellte noch andere ausgesuchte Gerichte; er wollte ihm zeigen, daß er sich so gut wie irgendeiner darauf verstände. Als Diener einen neuen Versuch machte, indem er sich der Wahl des Weins bemächtigte, schmetterte ihn Christof mit einem Blick nieder und ließ eine Flasche des teuersten Gewächses, das man in dem Gasthaus führte, kommen.

Vor der nun so reichlich besetzten Tafel fanden sie sich ein wenig eingeschüchtert. Sie wußten sich nichts zu sagen, aßen bedächtig und fühlten sich in ihren Bewegungen beengt und geniert. Sie merkten plötzlich, daß sie Fremde füreinander waren, und sie beobachteten sich. Anstrengungen, das Gespräch wieder zu beleben, waren vergeblich; es fiel immer wieder in sich zusammen. So wurde die erste halbe Stunde tödlich langweilig. Glücklicherweise tat die Mahlzeit bald ihre Schuldigkeit, und die beiden Tischgenossen betrachteten sich mit größerem Vertrauen. Besonders Christof, der an solche Schlemmerei nicht gewöhnt war, wurde eigentümlich beredt. Er erzählte von seinem schweren Leben; und Otto, der aus seiner Zurückhaltung heraustrat, gestand, daß auch er nicht glücklich sei. Er sei schüchtern und schwächlich, und seine Kameraden nützten das aus. Sie machten sich über ihn lustig, sie verziehen ihm nicht, daß er ihre schlechten Manieren mißbilligte, sie spielten ihm schlimme Streiche. Christof ballte die Fäuste und sagte, daß es ihnen nicht gut gehen solle, wenn sie in seiner Gegenwart damit anfangen würden. Otto fühlte sich ebenfalls von den Seinen unverstanden. Christof kannte diesen Schmerz aus Erfahrung, und so bemitleideten sie sich gegenseitig. Dieners Eltern beabsichtigten, aus ihm einen Kaufmann zu machen, damit er das väterliche Geschäft übernehme. Er aber wollte Dichter werden. Ja, er würde ein Dichter sein, sollte er selbst wie Schiller aus seiner Vaterstadt fliehen und dem Elend Trotz bieten! (Nebenbei bemerkt: Er erbte seines Vaters ganzes Vermögen, und das war beträchtlich.) Er gestand errötend, daß er schon Verse über die Traurigkeit des Lebens geschrieben habe; doch konnte er sich trotz Christofs Bitten nicht dazu entschließen, sie aufzusagen. Schließlich jedoch zitierte er, vor Ergriffenheit stotternd, zwei oder drei. Christof fand sie wunderschön. Sie tauschten ihre Zukunftspläne aus: später würden sie zusammenarbeiten; sie würden Dramen und *Liederkreise** schreiben. Sie bewunderten sich gegenseitig. Außer seinem musikalischen Ruf imponierten Otto Christofs Kraft und sein beherztes Benehmen. Und Christof war für Ottos Eleganz, seine guten Manieren – alles in dieser Welt ist relativ – und für sein großes Wissen empfänglich, ein Wissen, das ihm ganz und gar fehlte und nach dem er dürstete.

Durch die Mahlzeit träge geworden, die Ellenbogen auf dem Tisch, sprachen sie so und hörten einander mit Rührung in den Augen zu. Der Nachmittag war vorgeschritten. Man mußte aufbrechen. Otto machte einen letzten Versuch, sich der Rechnung zu bemächtigen. Christof jedoch zwang ihn mit einem bösen Blick auf seinen Platz, so daß ihm jede Lust zum Widerstand verging. Christof hatte nur eine Sorge: daß man mehr von ihm verlangen könnte, als er besaß. Er würde seine Uhr und alles, was er an sich hatte, lieber hingegeben haben, als Otto davon das geringste zu verraten. Aber es kam nicht soweit; er durfte sich damit zufriedengeben, beinahe sein ganzes Monatsgeld für dieses Mittagessen zu opfern.

Sie stiegen den Hügel wieder hinab. Das Abenddunkel begann sich über das Tannengehölz zu breiten; die Wipfel schwammen noch in rosigem Licht; sie wallten feierlich auf und nieder und rauschten wie das Meer; der violette Nadelteppich dämpfte den Klang der Schritte. Beide schwiegen. Christof fühlte sein Herz von seltsamer und süßer Bewegtheit erfüllt, er war glücklich, wollte sprechen, doch irgendeine Angst bedrängte ihn. Er stand einen Augenblick still, und auch Otto hielt an. Ringsum schwieg alles. Mücken summten hoch oben in einem Sonnenstrahl. Ein trockner Zweig fiel nieder. Christof ergriff Ottos Hand und fragte mit bebender Stimme:

„Wollen Sie mein Freund sein?"

Otto murmelte:

„Ja."

Sie schüttelten sich die Hände, ihre Herzen schlugen; kaum wagten sie, sich anzusehen.

Nach einer kleinen Weile machten sie sich wieder auf den Weg. Sie gingen einige Schritte voneinander entfernt und redeten bis zum Waldrand nichts mehr; sie hatten vor sich selbst und ihrer geheimnisvollen Ergriffenheit Furcht, gingen sehr schnell und hielten nicht eher inne, als bis sie aus dem Dunkel der Bäume traten. Da beruhigten sie sich und faßten sich wieder bei der Hand. Sie bewunderten den klaren Abend, der niedersank, und sprachen in abgerissenen Worten miteinander.

Als sie auf dem Schiff im durchglänzten Dunkel des Vorderdecks saßen, versuchten sie von gleichgültigen Dingen zu plaudern; aber sie hörten kaum auf das, was sie sagten; sie waren in selige Mattigkeit gebadet. Sie empfanden weder das Bedürfnis, miteinander zu sprechen noch sich die Hand zu geben oder sich auch nur anzuschauen: sie waren einander nahe.

Kurz vor der Ankunft verabredeten sie, sich am nächsten Sonntag wieder zu treffen. Christof begleitete Otto bis zu dessen Tür. Beim Schein der Gaslaterne lächelten sie sich schüchtern zu und stammelten ein bewegtes „Auf Wiedersehen“. Sie waren so matt von der Spannung, in der sie die letzten Stunden hindurch gelebt hatten, von der Pein, die es sie gekostet hatte, mit irgendeinem Wort die feierliche Stille zu brechen, daß ihnen die Trennung eine Erleichterung war.

Christof ging allein durch die Nacht nach Hause. Sein Herz sang: Ich habe einen Freund, ich habe einen Freund! Er sah nichts, hörte nichts; er dachte nichts anderes.

Er fiel vor Müdigkeit fast um und schlief, kaum heimgekehrt, sofort ein. Zwei- oder dreimal in der Nacht wurde er wie durch eine fixe Idee geweckt. Dann wiederholte er sich: Ich habe einen Freund – und entschlummerte gleich wieder.

Am nächsten Morgen war ihm, als habe er alles nur geträumt. Um sich der Wirklichkeit zu vergewissern, begann er, sich die geringsten Einzelheiten des vorhergehenden Tages ins Gedächtnis zurückzurufen. In diese Beschäftigung vertiefte er sich noch, während er Stunden gab; selbst am Nachmittag bei der Orchesterprobe war er so zerstreut, daß er sich beim Fortgehen kaum an das, was er gespielt hatte, erinnerte.

Bei seiner Heimkehr fand er einen Brief vor. Er brauchte sich nicht erst zu fragen, woher er käme. Er lief in sein Zimmer und schloß sich ein, um ihn zu lesen. Auf blaßblauem Papier stand in einer sorgfältigen, langgezogenen, korrekten, aber unentschlossenen Handschrift geschrieben:

Lieber Herr Christof – oder darf ich sagen: sehr verehrter Freund?

Ich denke sehr viel an unseren gestrigen Ausflug, und ich danke Ihnen unendlich für Ihre mir bewiesenen Freundlichkeiten. Ich bin Ihnen für alles, was Sie getan haben, so dankbar, sowohl für Ihre guten Worte wie für den entzückenden Spaziergang und das ausgezeichnete Mittagessen! Ich bin nur böse, daß Sie für dieses Mittagessen so viel Geld ausgegeben haben. Welch herrlicher Tag! Ist es nicht, als habe die Vorsehung unser wunderbares Zusammentreffen gewünscht? Ich glaube, das Schicksal selber hat uns einander zuführen wollen. Wie freue ich mich, Sie nächsten Sonntag wiederzusehen! Ich hoffe, Sie haben wegen des versäumten Mittagessens bei dem Herrn *Hofmusikdirektor** nicht allzu viele Unannehmlichkeiten gehabt. Es wäre mir sehr peinlich, wenn Sie meinetwegen Ärger hätten!

Ich bin auf ewig, liebster Herr Christof, Ihr ganz ergebener Freund

Otto Diener.

PS: Holen Sie mich Sonntag bitte nicht von zu Hause ab. Wenn es Ihnen recht ist, treffen wir uns lieber im *Schloßgarten**.

Christof las diesen Brief mit Tränen in den Augen. Er küßte ihn; er brach in Lachen aus; er machte einen Luftsprung auf seinem Bett. Dann lief er zum Tisch und nahm die Feder, um sogleich zu antworten. Keine Minute hätte er warten können. Aber er war das Schreiben nicht gewohnt; er wußte nicht, wie er das, was sein Herz erfüllte, ausdrücken sollte. Er durchstach das Papier mit der Feder und beschmutzte seine Finger mit Tinte; vor Ungeduld stampfte er mit den Füßen auf. Endlich, nachdem er fünf oder sechs Entwürfe zerrissen hatte, brachte er es fertig, in unförmigen Buchstaben, die nach allen Seiten auseinanderliefen, und mit ungeheuren orthographischen Fehlern folgendes zu schreiben:

Mein Herz!

Wie darfst Du von Dankbarkeit sprechen, da ich Dich doch liebe! Habe ich Dir nicht gesagt, wie traurig und verlassen ich war, bevor ich Dich kannte? Deine Freundschaft ist mir das höchste aller Güter. Gestern war ich so glücklich, so glücklich! Das erstemal in meinem Leben. Lese ich Deinen Brief, so weine ich vor Freude. Ja, zweifle nicht, mein Geliebter, das Schicksal ist es, das uns einander nahebringt; es will, daß wir Freunde sind, um Großes zu vollbringen. Freunde! Welch himmlisches Wort! Ist es möglich, daß ich endlich einen Freund habe? Oh! Du wirst mich nie verlassen, nicht wahr? Du wirst mir treu bleiben? Ewig! Ewig! – Wie schön wird es sein, wenn wir zusammen aufwachsen, zusammenarbeiten, unser Tun gemeinsam verwerten, ich meine musikalischen Einfälle, all die verrückten Dinge, die mir durch den Kopf gehen, und Du Deine Klugheit und Deine erstaunliche Gelehrsamkeit! Wieviel weißt Du! Nie habe ich einen so klugen Menschen gesehen wie Dich. Manchmal mache ich mir Sorgen: mir ist, als sei ich Deiner Freundschaft nicht wert. Du bist so edel und so vollkommen, und ich bin Dir so dankbar, daß Du einen so plumpen Kerl wie mich liebst! Aber nein! Ich will Dir etwas sagen, wir dürfen nie von Dankbarkeit sprechen. In der Freundschaft gibt es weder Schuldner noch Wohltäter. Wohltaten würde ich nicht annehmen. Wir sind einander ebenbürtig, weil wir uns lieben. Wer hält mich davon zurück, Dich zu sehen? Ich werde, da Du es nicht willst, Dich nicht von zu Hause abholen – obgleich ich, aufrichtig gesprochen, all diese Vorsichtsmaßregeln nicht verstehe; aber Du bist der Klügere, sicherlich hast Du recht.

Nur ein Wort noch! Sprich nie mehr von Geld. Ich hasse das Geld: das Wort und es selber. Bin ich auch nicht reich, so bin ich doch stets reich genug, meinen Freund zu feiern; und es ist mir eine Freude, alles, was ich besitze, für ihn hinzugeben. Würdest Du nicht dasselbe tun? Wärest Du nicht der erste, der mir sein ganzes Vermögen geben würde, wenn ich es brauchte? Dazu aber wird es nie kommen! Ich habe gute Fäuste und einen klaren Kopf und werde stets das Brot, das ich esse, zu verdienen wissen. – Auf Sonntag! Gott! Eine ganze Woche, ohne Dich zu sehen! Und vor zwei Tagen kannte ich Dich noch gar nicht! Wie habe ich so lange ohne Dich leben können?

Der Taktschläger hat zu brummen versucht. Aber mache Dir deswegen keine größeren Sorgen als ich! Was gehen mich die andern an? Ich verachte, was sie von mir denken und jemals denken werden. Nur Du bist mir wichtig. Liebe mich sehr, mein Herz, liebe mich, wie ich Dich liebe! Ich kann Dir nicht sagen, wie sehr ich Dich liebe. Ich bin Dein, Dein, Dein – vom Scheitel bis zur Sohle. Dein auf ewig.

Christof

Christof verzehrte sich die Woche über vor Ungeduld. Er machte Umwege und ging weit von seiner Richtung ab, um in der Gegend von Ottos Haus herumzustreichen; er erwartete nicht einmal, ihn zu sehen; aber der Anblick des Hauses allein genügte ihm, um vor Erregung blaß und rot zu werden. Am Donnerstag hielt er es nicht mehr aus und sandte einen zweiten, noch überspannteren Brief als den ersten.

Otto antwortete darauf voller Gefühl.

Endlich kam der Sonntag, und Otto erschien pünktlich zum Stelldichein. Aber schon fast eine Stunde vorher verging Christof beinahe vor Erwartung auf der Promenade. Er fing an, sich wegen Ottos Ausbleiben zu quälen. Er zitterte, Otto könne krank sein; denn daß er sein Wort nicht halten würde, nahm er keinen Augenblick an. Ganz leise sagte er vor sich hin: „Mein Gott, mache, daß er kommt!" Und er schlug mit einem Stock nach Kieseln in der Allee und sagte sich, wenn er dreimal nicht träfe, würde Otto nicht kommen, doch wenn er den rechten berührte, müßte Otto gleich erscheinen. Trotz seiner Gespanntheit und der Leichtigkeit der Aufgabe geschah es dabei, daß er dreimal sein Ziel verfehlte; da sah er aber auch schon Otto mit seinem ruhigen und gesetzten Schritt ankommen: Otto blieb stets korrekt, war er auch noch so bewegt. Christof lief auf ihn zu und wünschte ihm mit trockener Kehle guten Tag. Otto antwortete: „Guten Tag!“ Aber mehr wußten sie nicht zu sagen, höchstens, daß das Wetter wunderschön sei und daß es zehn Uhr fünf oder sechs sei – es könne aber auch zehn Uhr zehn sein, da die Schloßuhr immer nachgehe.

Sie gingen zum Bahnhof und nahmen den Zug nach einer benachbarten Station, einem beliebten Ausflugsort. Unterwegs gelang es ihnen kaum, zehn Worte miteinander zu wechseln. Sie versuchten durch beredte Blicke einen Ersatz zu schaffen; doch das hatte ebensowenig Erfolg. Wenn sie sich auch noch so gern damit sagen wollten, welch gute Freunde sie seien, ihre Augen redeten gar nicht, sie spielten Komödie. Christof merkte es mit Beschämung. Er begriff nicht, warum er es so schlecht fertigbrachte, das auszudrücken, ja selbst alles das zu fühlen, was ihm noch eine Stunde vorher das Herz erfüllt hatte. Otto gab sich über dieses Mißgeschick vielleicht nicht ebenso klar Rechenschaft, weil er weniger aufrichtig war und in sich selber mit mehr Rücksicht hineinschaute; aber er fühlte die gleiche Enttäuschung.

In Wahrheit verhielt es sich so, daß die beiden Kinder in den acht Tagen ihrer Trennung voneinander ihre Gefühle so emporgeschraubt hatten, daß es ihnen unmöglich wurde, sie in der Wirklichkeit auf dieser Höhe zu erhalten, und daß ihr erster Eindruck beim Wiedersehen notwendigerweise Enttäuschung sein mußte. Dies aber wollten sie sich nicht eingestehen.

Den ganzen Tag irrten sie auf dem Lande umher, ohne den verdrießlichen Zwang, der auf ihnen lastete, abzuschütteln. Es war Festtag: Die Wirtshäuser und Wälder waren von einer Menge Spaziergänger überfüllt – kleinbürgerlichen Familien, die großen Lärm machten und überall tafelten. Das erhöhte ihre schlechte Laune; sie schoben es auf diese lästigen Leute, daß sie die Zwanglosigkeit des ersten Ausflugs so gar nicht wiederfinden konnten. Indessen redeten sie aufeinander ein und gaben sich alle erdenkliche Mühe, einen Gesprächsstoff zu finden; sie hatten Angst davor, zu merken, daß sie sich eigentlich nichts zu sagen hatten. Otto kramte seine Schulweisheit aus. Christof erging sich in technischen Erläuterungen musikalischer Werke und des Violinspielens. Sie langweilten sich gegenseitig tödlich, und jeder ärgerte sich über seine eigenen Worte. Und dabei zitterten sie davor, aufzuhören, und sprachen beständig weiter; denn sonst öffneten sich Abgründe des Schweigens, die sie erstarren machten. Otto hatte die größte Lust zu weinen, und Christof war nahe daran, ihn sitzenzulassen und sich so schnell wie möglich davonzumachen; so voller Scham und Ärger war er.

Erst eine Stunde vor der Rückfahrt tauten sie auf. Tief im Walde schlug nämlich ein Hund an; er jagte auf eigene Faust. Christof machte den Vorschlag, sich auf der Fährte zu verstecken, um vielleicht das verfolgte Tier sehen zu können. Sie liefen mitten ins Dickicht hinein. Der Hund entfernte sich bald, bald kam er wieder näher. Sie folgten nach rechts, nach links, drangen vor und kehrten wieder zum Ausgangspunkt zurück. Das Gebell wurde stärker. Der Hund erstickte fast an seinem Bellen vor Ungeduld und Blutgier; jetzt kam er auf sie zu. Christof und Otto lagen auf dem dürren Laub in der Spur eines Fußpfades, warteten und atmeten nicht. Das Bellen schwieg. Der Hund hatte die Spur verloren; noch einmal hörte man ihn in der Ferne kläffen; dann sank die Stille wieder über den Wald. Kein Laut mehr, einzig das Gesumm der Millionen von Wesen, Insekten und Würmern, die unaufhörlich zerstörend den Wald benagen, der ewig gleiche Atemzug des Todes, der niemals stillsteht. Gerade in dem Augenblick, als sie sich entmutigt erhoben und sagten: „Es ist aus. Er kommt nicht ...“, sprang ein kleiner Hase aus dem Dickicht auf. Er kam gerade auf sie zu; sie sahen ihn beide zu gleicher Zeit und stießen ein Freudengeheul aus. Der Hase überschlug sich auf der Stelle und sprang zur Seite, und schon sahen sie ihn sich Hals über Kopf seitwärts in die Büsche schlagen; das Rauschen der Zweige lief wie ein Kielwasser hinter ihm her und verklang. Obgleich sie ihren Aufschrei nun bereuten, brachte das Abenteuer sie doch in vergnügte Stimmung. Sie bogen sich vor Lachen, wenn sie an den erschrockenen Purzelbaum des Hasen dachten, und Christof ahmte ihn in plumpdrolliger Weise nach. Auch Otto versuchte es. Dann jagten sie sich gegenseitig. Otto war der Hase, Christof der Hund; sie rannten quer durch Wald und Heide, setzten über Hecken und sprangen über Gräben. Ein Bauer fluchte ihnen nach, weil sie mitten durch ein Roggenfeld getobt waren; sie hörten nicht auf ihn und liefen weiter. Christof ahmte das heisere Hundegebell so vollkommen nach, daß Otto vor Lachen die Tränen kamen. Schließlich ließen sie sich einen Abhang hinunterrollen und schrien dabei wie toll. Als sie zum Schluß keinen Laut mehr hervorbringen konnten, setzten sie sich hin und schauten sich mit lachenden Augen an. Jetzt waren sie völlig glücklich und mit sich selbst zufrieden. Und nur deshalb, weil sie sich nicht mehr als Freundschaftsheroen aufzuspielen versuchten; sie gaben sich offen als das, was sie waren: zwei Kinder.

Auf dem Rückweg faßten sie sich unter und sangen Lieder ohne allen Sinn. Als sie jedoch in die Stadt zurückkehren wollten, hielten sie es für gut, ihre Rolle wieder aufzunehmen, und sie schnitten in den letzten Baum des Waldes ihre verschlungenen Namenszüge. Aber ihre gute Laune triumphierte über die Sentimentalität; und auf der Rückfahrt brachen sie jedesmal, wenn sie einander anschauten, in Lachen aus. Als sie sich trennten, waren sie überzeugt, einen *kolossal entzückenden** Tag verbracht zu haben; und diese Überzeugung befestigte sich in ihnen, sobald jeder wieder allein war.

Von neuem nahmen sie, geduldiger und erfindungsreicher als Bienen, ihre Bauarbeit wieder auf; mit einigen minderwertigen Erinnerungsbrocken gelang es ihnen, sich ein wunderbares Bild ihrer selbst und ihrer Freundschaft zurechtzumodeln. Nachdem sie sich so die ganze Woche idealisiert hatten, sahen sie sich sonntags wieder; und trotz des Mißverhältnisses, das zwischen Wahrheit und Trugbild bestand, gewöhnten sie sich daran, es nicht zu bemerken und die Dinge nach ihrem Wunsch umzubilden.

Sie waren stolz darauf, Freunde zu sein. Sogar der Gegensatz ihrer Naturen brachte sie einander nahe. Christof kannte nichts Schöneres als Otto. Seine feinen Hände, sein hübsches Haar, sein frischer Teint, seine schüchterne Sprache, die Höflichkeit seiner Manieren und die peinliche Sorgfalt seines Anzuges entzückten ihn. Otto wurde von der überströmenden Kraft und Ungezwungenheit Christofs besiegt. Durch jahrhundertelang ererbte Erziehung an Respekt vor religiöser wie jeder andern Autorität gewöhnt, genoß er eine mit Gruseln vermischte Freude, sich einem von Natur jeder festgesetzten Regel gegenüber völlig unehrerbietigen Kameraden zu gesellen. Es überlief ihn ein kleiner wollüstiger Schreckschauer, wenn er Christof alle Berühmtheiten der Stadt kritisieren hörte und den Großherzog in Person unverschämt nachäffen sah. Christof merkte die Anziehungskraft, die er so auf seinen Freund ausübte; und er übertrieb noch seine herausfordernde Art. Wie ein alter Revolutionär untergrub er alle Konventionen und Staatsgesetze. Otto lauschte entsetzt und begeistert; schüchtern versuchte er, mit einzustimmen; aber er trug Sorge, ringsumher zu schauen, ob ihn auch niemand hören könnte.

Christof versäumte bei ihren gemeinschaftlichen Ausgängen nie, über die Umzäunungen eines Feldes hinüberzuspringen, sobald er sah, daß eine Aufschrift es verbot; oder er pflückte wohl auch Früchte über die Mauern der Grundstücke hinweg. Otto war in Todesangst, ertappt zu werden; aber solche Aufregungen hatten besonderen Reiz für ihn;

und war er abends heimgekehrt, hielt er sich für einen Helden. Er bewunderte Christof voll heimlicher Furcht. Sein angeborener Sinn für Gehorsam fand in einer Freundschaft, in der er sich nur dem Willen eines andern zu fügen brauchte, Befriedigung. Niemals machte ihm Christof die Mühe, die geringste Entscheidung zu treffen: er beschloß über alles, setzte fest, was man am Tage tun würde, ja sogar schon, was man im Leben beginnen sollte, und entwickelte für Ottos und für seine Zukunft Pläne, wobei er keinerlei Widerspruch duldete. Otto stimmte zu, zuweilen ein wenig gereizt, wenn er Christof über sein Vermögen verfügen hörte, um daraus später ein Theater nach seiner Idee zu bauen. Aber von dem Herrscherton seines Freundes eingeschüchtert, widersprach er nicht; denn schließlich fühlte er sich durch Christof überzeugt, daß das durch Herrn *Kommerzienrat** Oskar Diener erworbene Geld keine bessere Anwendung finden könnte. Christof kam keinen Augenblick der Gedanke, daß er Ottos Willen Gewalt antue. Er war Despot aus Instinkt und konnte sich nicht vorstellen, daß sein Freund etwas anderes wünsche als er. Hätte Otto einen Wunsch ausgesprochen, er hätte nicht gezögert, ihm seine persönlichen Neigungen zu opfern. Er hätte ihm viel mehr geopfert. Er war von dem Wunsch besessen, sich seinetwegen in Gefahr zu stürzen. Er ersehnte leidenschaftlich eine Gelegenheit, die seine Freundschaft auf die Probe stellte. Auf ihren Spaziergängen hoffte er, irgendeinem Abenteuer zu begegnen, um zu bestehen. Er wäre mit Wonne für Otto gestorben. Unterdessen wachte er mit liebevoller Fürsorge über ihn, gab ihm wie einem kleinen Mädchen auf schlechten Wegen die Hand, war besorgt, daß er ermüde, war besorgt, daß es ihm zu heiß sei, besorgt, daß er sich erkälte; er zog seine Jacke aus, um sie ihm, wenn sie sich niedersetzten, über die Schultern zu werfen; er trug ihm, wenn sie wanderten, seinen Mantel; ihn selber hätte er getragen. Wie ein Verliebter ließ er kein Auge von ihm. Und offen gesagt, war er verliebt.

Er wußte es nicht; ahnte er doch gar nicht, was Liebe ist. Für Augenblicke jedoch, wenn sie zusammen waren, überfiel ihn eine seltsam erregte Befangenheit – dieselbe, die ihm am ersten Tag ihrer Freundschaft in dem Tannengehölz das Herz zusammengeschnürt hatte; heiße Wellen stiegen ihm zu Kopf und tauchten seine Wangen in Rot. Er hatte Angst. In instinktiver Übereinstimmung entfernten sich dann beide Knaben furchtsam voneinander, flohen sich; der eine blieb auf dem Wege zurück, der andere eilte weit voran; sie taten, als seien sie sehr damit beschäftigt, Brombeeren in den Büschen zu suchen; sie wußten nicht, was sie beunruhigte.

Besonders aber in ihren Briefen erhitzten sich ihre Gefühle. Hier liefen sie nicht Gefahr, durch die Tatsachen widerlegt zu werden; nichts konnte ihre Phantasie beschränken noch einschüchtern. Sie schrieben sich jetzt zwei- oder dreimal wöchentlich in leidenschaftlich lyrischem Stil. Von wirklichen Ereignissen und täglichen Vorkommnissen sprachen sie kaum. Sie behandelten in dunklem Ton die ernstesten Fragen und glitten von Begeisterung ohne Übergang in Verzweiflung. Sie nannten sich „mein eigen, meine Hoffnung, mein Geliebter, mein Selbst". Von dem Worte „Seele" machten sie einen ungeheuren Gebrauch. Mit tragischen Farben malten sie ihr unglückliches Geschick aus und jammerten darüber, ihres Freundes Dasein mit ihrem Schicksal zu beunruhigen.

„Ich bin Dir böse, mein Liebster", schrieb Christof, „daß Du Dich meinetwegen bekümmerst. Ich kann es nicht vertragen, daß du leidest: *Du darfst es nicht, ich will es nicht.*" (Er unterstrich diese Worte mit einem Federzug, der das Papier zerriß.) „Wo soll ich die Kraft zum Leben hernehmen, wenn Du leidest? Mein einziges Glück ruht in Dir! Oh, sei glücklich! Alles Böse will ich freudig auf mich nehmen! Denke mein! Liebe mich! Ich habe ein übermäßiges Bedürfnis nach Liebe. Aus Deiner Liebe strömt mir eine Wärme entgegen, die mir das Leben wiedergibt. Wenn

Du wüßtest, wie ich vor Kälte zittere. In meinem Herzen ist Winter und schneidender Wind. Ich umarme Deine Seele."

„Mein Gedanke küßt den Deinen", erwiderte Otto.

„Ich nehme Dein Haupt in meine Hände", antwortete Christof, „und was ich nie tat und meine Lippen niemals tun werden, mein ganzes Wesen tut es: ich küsse Dich so, wie ich Dich liebe. Ermiß das!"

Otto tat, als ob er zweifle.

„Liebst Du mich ebensosehr, wie ich Dich liebe?"

„O Gott!" entsetzte sich Christof. „Nicht ebenso, aber zehn-, aber hundert-, tausendmal mehr! Wie! Fühlst Du es nicht? Was soll ich tun, um Dein Herz zu rühren?"

„Wie schön ist unsere Freundschaft!" seufzte Otto. „Ward in der Geschichte je eine ähnliche gesehen? Süß und frisch ist sie wie ein Traum. Daß sie doch niemals aufhörte! Wenn Du mich jemals nicht mehr liebtest!"

„Wie dumm Du bist, mein Geliebter", erwiderte Christof. „Verzeih, aber Deine kleinmütige Besorgnis empört mich. Wie kannst Du fragen, ob ich aufhören könnte, Dich zu lieben! Für mich ist leben Dich lieben. Der Tod kann meiner Liebe nichts anhaben. Du selbst könntest nichts dagegen tun, wolltest Du sie zerstören. Wenn Du mich verrietest, wenn Du mir das Herz zerrissest, so würde ich sterbend die Liebe segnen, die Du mir einflößtest. Höre doch ein für allemal auf, Dich mit diesen feigen Ängsten zu quälen und mich zu betrüben."

Aber eine Woche darauf schrieb er:

„Jetzt sind drei ganze Tage vergangen, und ich höre nicht ein einziges Wort aus Deinem Munde. Ich zittere. Vergißt Du mich vielleicht? Mein Blut erstarrt bei solchem Gedanken ... Ja, es ist kein Zweifel ... Neulich merkte ich schon Deine Kälte gegen mich. Du liebst mich nicht mehr. Du denkst daran, mich zu verlassen! – Höre, wenn Du mich vergißt, wenn Du mich jemals verrätst, töte ich Dich wie einen Hund!"

„Du kränkst mich, mein liebes Herz", stöhnte Otto. „Du entreißest mir Tränen. Das verdiene ich wirklich nicht. Aber Du kannst Dir alles erlauben. Du hast solche Rechte an mich, daß, wenn Du mir die Seele zerbrechen würdest, ein Splitter davon ewig leben würde, um Dich zu lieben!"

„Himmlische Mächte!" erregte sich Christof. „Ich habe meinen Freund zum Weinen gebracht! – Beschimpfe mich! Schlage mich! Tritt mich mit Füßen. Ich bin ein elender Mensch. Ich verdiene Deine Liebe nicht!"

Sie hatten besondere Arten, ihre Adresse auf den Brief zu schreiben, die Briefmarke verkehrt, schräg, unten in die rechte Ecke des Umschlags zu kleben, um ihre Briefe von denen, die sie an Gleichgültige schrieben, zu unterscheiden. Diese kindlichen Geheimnisse hatten für sie den Reiz holder Liebesmysterien.

Als Christof eines Tages aus einer Stunde kam, bemerkte er Otto in einer benachbarten Straße in Gesellschaft eines Knaben seines Alters. Sie lachten und plauderten vertraulich miteinander. Christof erbleichte und verfolgte sie mit den Augen, bis sie an der Straßenecke verschwanden. Sie hatten ihn gar nicht gesehen. Er kehrte heim. Ihm war, als sei eine Wolke vor der Sonne vorbeigezogen. Alles war verdunkelt.

Als sie sich am folgenden Sonntag wieder trafen, sprach Christof zuerst kein Wort. Doch nachdem sie eine halbe Stunde spazierengegangen waren, sagte er mit erstickter Stimme:

„Ich habe dich Mittwoch in der Kreuzgasse gesehen."

„So?" sagte Otto.

Und er errötete.

Christof fuhr fort:

„Du warst nicht allein."

„Nein", sagte Otto, „ich war mit jemand zusammen."

Christof würgte an seiner Erregung und fragte in einem Ton, der gleichmütig sein wollte:

„Wer war es denn?“

„Mein Vetter Franz.“

„Ach!“ sagte Christof.

Und nach einem Augenblick:

„Du hast mir nie von ihm erzählt.“

„Er wohnt in Rheinbach.“

„Siehst du ihn oft?“

„Er kommt manchmal her.“

„Und du? Gehst du auch zu ihm?“

„Manchmal.“

„Ach!“ wiederholte Christof.

Otto, dem es nicht unangenehm war, das Gespräch abzulenken, machte auf einen Vogel aufmerksam, der mit dem Schnabel in einen Baum hackte. Sie sprachen von anderen Dingen. Zehn Minuten später fing Christof plötzlich wieder an:

„Verstehst du dich gut mit ihm?“

„Mit wem?“ fragte Otto.

(Er wußte ganz genau, mit wem.)

„Mit deinem Vetter.“

„Ja. Warum?“

„Nur so.“

Otto liebte seinen Vetter, der ihn mit schlechten Späßen quälte, nicht besonders. Aber ein sonderbar boshafter Instinkt trieb ihn dazu, einige Augenblicke später hinzuzufügen:

„Er ist sehr nett.“

„Wer?“ fragte Christof.

(Er wußte sehr wohl, wer.)

„Franz.“

Otto erwartete eine Bemerkung von Christof; dieser aber schien nicht gehört zu haben. Er schnitt von einem Haselnußstrauch eine Gerte.

Otto fing wieder an:

„Er ist so unterhaltend. Immer weiß er Geschichten.“

Christof pfiff nachlässig.

Otto überbot sich:

„Und er ist so klug ... und wohlerzogen!"

Christof zuckte die Achseln, als wollte er sagen:

Welches Interesse kann dieser Mensch wohl für mich haben?

Und als Otto, nun einmal aufgereizt, gerade fortfahren wollte, schnitt er ihm brutal das Wort ab und zeigte ihm ein Ziel, nach dem sie laufen wollten.

Während des ganzen Nachmittags berührten sie den Gegenstand nicht mehr; aber sie behandelten sich mit Kälte, wenn sie dabei auch eine übertriebene Höflichkeit zur Schau trugen, die zwischen ihnen, besonders von Christofs Seite, ganz ungewohnt war. Dem blieben die Worte in der Kehle stecken. Endlich hielt er es nicht mehr aus und wandte sich mitten auf dem Wege zu Otto um, der fünf Schritte hinter ihm ging, ergriff voller Ungestüm seine Hände und brach auf einmal los:

„Höre, Otto! Ich will, ich will nicht, daß du mit Franz so intim bist, weil ... weil du mein Freund bist; und ich will nicht, daß du irgend jemand mehr liebst als mich! Ich will es nicht! Schau, du bist mir alles. Du kannst nicht ... Du darfst nicht ... Wenn ich dich nicht hätte, bliebe mir nichts als sterben. Ich weiß nicht, was ich täte. Ich würde mich töten. Ich würde dich töten. Nein. Verzeih!"

Die Tränen stürzten ihm aus den Augen.

Otto war gerührt und erschrocken von der Wahrhaftigkeit dieses Schmerzes, der dabei in Drohungen grollte, und schwor eiligst, daß er nie jemand so wie Christof lieben würde, daß Franz ihm gleichgültig sei und daß er ihn nicht wiedersehen wolle, wenn Christof es wünsche. Christof verschlang seine Worte, und sein Herz lebte wieder auf. Er lachte sehr laut und atmete hörbar. Voller Überschwang dankte er Otto. Er schämte sich wegen des Auftritts, aber er war doch von einer schweren Last befreit. Nun schauten sie einander wieder gerade in die Augen und hielten sich reglos bei der Hand; sie fühlten sich sehr glücklich und wußten sich gar nicht zu benehmen. Schweigsam kehrten sie heim; dann begannen sie von neuem zu sprechen und fanden ihre Fröhlichkeit wieder: mehr als je fühlten sie sich verbunden.

Doch es blieb nicht bei dem einen Auftritt dieser Art. Jetzt, da Otto seine Macht über Christof kannte, war er versucht, sie zu mißbrauchen; er wußte, wo er verletzbar war, und empfand eine unwiderstehliche Lust, den Finger auf die wunde Stelle zu legen. Zwar machten ihm Christofs Zornausbrüche durchaus kein Vergnügen, im Gegenteil: er fühlte sich dabei gar nicht wohl. Aber er erprobte seine Macht, indem er Christof leiden ließ. Er war nicht bösartig, aber er hatte das Herz einer Dirne.

So fuhr er denn trotz aller Versprechungen fort, sich mit Franz oder mit irgendeinem anderen Kameraden untergefaßt zu zeigen. Sie benahmen sich dann stets sehr laut und lachten auffällig. Wenn Christof ihm Vorstellungen machte, grinste er und tat, als ob er sie nicht sehr ernst nähme, bis er Christofs Augen die Farbe wechseln und seine Lippen vor Zorn zittern sah; dann packte ihn die Angst, auch er änderte den Ton und versprach, nicht wieder von vorn anfangen zu wollen. Am nächsten Morgen aber begann er das Spiel von neuem. Christof schrieb ihm wütende Briefe, in denen er ihn beschimpfte:

Lump! Wenn ich nur nichts mehr von Dir zu hören brauchte! Ich kenne Dich nicht mehr. Der Teufel soll Dich holen, Dich und alle Hunde Deiner Art!

Aber es genügte, daß Otto ein weinerliches Wort sprach oder, wie er es einmal tat, ihm eine Blume als Sinnbild ewiger Treue schickte, um Christof in Reue hinschmelzen zu machen; und er schrieb:

Mein Engel! Ich bin ein Narr. Vergiß meine Dummheit. Du bist der beste aller Menschen. Dein kleiner Finger für sich allein ist mehr wert als der ganze blöde Christof. Du trägst Schätze erfindungsreicher und feinsinniger Zärtlichkeit in Dir. Ich küsse Deine Rose mit Tränen. Sie ruht hier auf meinem Herzen. Ich presse sie mit der Faust in meine Haut; ich wünschte, sie würde mich bis aufs Blut stechen, damit ich Deine einzigartige Güte und meine niederträchtige Dummheit tiefer empfinde!

Doch bei alldem wurden sie einander überdrüssig. Es ist falsch, wenn man behauptet, kleine Zwiste erhalten die Freundschaft. Christof grollte Otto wegen der Ungerechtigkeiten, die er durch Ottos Schuld beging. Er versuchte wohl, sich zur Vernunft zu bringen, und warf sich seine Herrschsucht vor. Seine unverfälschte, heftige Natur, die zum erstenmal die Probe der Liebe bestand, gab sich ganz hin und verlangte, daß auch der andere Teil sich ganz hingebe, ohne ein Stückchen des Herzens zurückzubehalten. Er erlaubte in der Freundschaft keine Teilung. Ebenso wie er bereit war, dem Freund alles zu opfern, fand er es gerecht und sogar notwendig, daß der Freund ihm alles und sich selber opfere. Aber er fing zu begreifen an, daß die Welt nicht nach dem Muster seiner unbeugsamen Natur gebaut war und daß er von den Dingen etwas erwartete, was sie nicht geben konnten. So suchte er sich zu unterwerfen. Er klagte sich hart an, behandelte sich als Egoisten, der nicht das Recht habe, der Freiheit seines Freundes Abbruch zu tun, seine Zuneigung in Beschlag zu nehmen. Er machte aufrichtige Anstrengungen, ihn, was es ihn auch koste, völlig freizugeben. Er zwang sich sogar aus Erniedrigungsdrang dazu, Otto zuzureden, Franz nicht zu vernachlässigen; er gab sich alle Mühe, sich die Überzeugung beizubringen, daß es ihm wohltue, Otto in anderer Gesellschaft als der seinen Vergnügen finden zu sehen. Doch wenn Otto, der darauf durchaus nicht hereinfiel, ihm boshaft gehorchte, konnte er nicht anders als ein saures Gesicht dazu machen; und urplötzlich brach er dann wieder los.

Im Notfall hätte er Otto verziehen, daß dieser ihm andere Freunde vorzog; aber was er nicht vertragen konnte, war die Lüge. Otto war weder falsch noch heuchlerisch; es wurde ihm von Natur schwer, die Wahrheit zu reden, wie es einem Stotterer schwer wird, deutliche Worte zu sprechen; was er sagte, war nie ganz wahr und nie ganz falsch; sei es aus Schüchternheit oder aus Unsicherheit seiner eigenen Empfindung gegenüber, er sprach selten in ganz klarer Art und Weise; seine Antworten waren zweideutig; vornehmlich aber machte er aus allem eine Geheimniskrämerei und ein mysteriöses Getue, das Christof außer sich brachte. Wenn man ihn bei einem Fehler ertappte – oder bei etwas, was nach den Gesetzen ihrer Freundschaft einen Fehler bedeutete –, leugnete er trotzig, anstatt es zuzugeben, und erzählte die widersinnigsten Geschichten. Eines Tages war Christof darüber so aufgebracht, daß er ihn ohrfeigte. Er meinte, das sei das Ende ihrer Freundschaft und Otto würde ihm das nie verzeihen. Aber nachdem dieser ein paar Stunden geschmollt hatte, kam er wieder zu ihm, als sei nichts geschehen. Er trug Christof seine Gewalttätigkeiten nicht im geringsten nach; vielleicht mißfielen sie ihm nicht einmal, und er fand eine Art Reiz darin. Jedoch wußte er Christof schlechten Dank, daß dieser sich hintergehen ließ und all seine Märchen mit offenem Munde anhörte; er verachtete ihn deswegen ein wenig und dünkte sich der Überlegenere. Christof seinerseits grollte Otto, weil dieser seine Grobheiten ohne Widerstand hinnahm.

Sie betrachteten sich nicht mehr mit den Augen der ersten Tage. Beider Fehler traten ins volle Licht. Otto fand weniger Gefallen an Christofs Ungezwungenheit. Christof war auf Spaziergängen ein peinlicher Begleiter. Er kümmerte sich nicht im geringsten um sein äußeres Auftreten. Er machte es sich bequem, zog seinen Rock aus, knöpfte die Weste auf, ließ seinen Kragen offenstehen, stülpte die Hemdsärmel in die Höhe, hängte seinen Hut an das Stockende und dehnte sich in der freien Luft. Beim Wandern schlenkerte er mit den Armen, pfiff und sang aus voller

Kehle; er war rot, schweißbedeckt und bestaubt; wie ein Bauer sah er aus, der von der Kirmes heimkehrt. Dem aristokratischen Otto war es entsetzlich, in seiner Gesellschaft getroffen zu werden. Sah er einen Wagen auf dem Weg, versuchte er, zehn Schritt zurückzubleiben, und tat, als ginge er allein spazieren.

Nicht weniger peinlich war es, wenn Christof in einem Restaurant oder auf der Rückfahrt im Abteil zu reden anfing. Er unterhielt sich geräuschvoll, sagte alles, was ihm durch den Kopf ging, und behandelte Otto mit aufreizender Vertraulichkeit; er ließ Meinungen, die jedes Wohlwollens bar waren, über allgemein bekannte Persönlichkeiten laut werden, sogar über das Äußere von ihm ganz nahe sitzenden Leuten; oder er erging sich auch in intimen Einzelheiten über seine Gesundheit und sein häusliches Leben. Otto konnte noch so sehr die Augen rollen und Zeichen der Empörung geben: Christof schien sie nicht zu bemerken und nahm sich nicht mehr zusammen, als wenn er allein gewesen wäre. Otto sah, wie seine Nachbarn das Lächeln nicht bezwingen konnten, und hätte in die Erde sinken mögen. Er fand Christof ungeschlacht und begriff nicht, wie er je von ihm hatte entzückt sein können.

Das schlimmste war, daß Christof sich mit derselben Ungeniertheit betrug, wenn es sich um Hecken, Gatter, Zäune, Mauern, Wegsperren, Androhungen von Geldstrafen, kurz, jede Art *Verbot** handelte, das sich anmaßte, seine Freiheit zu beschränken und das geheiligte Eigentum vor ihr zu schützen. Otto lebte in beständiger Angst, und seine Vorstellungen nützten gar nichts: Christof trieb es aus Prahlerei nur noch ärger.

Eines Tages, als er, Otto auf den Fersen, sich mitten in einem Privatgehölz erging, dessen Mauern sie trotz oder gerade wegen der darauf angebrachten Flaschenscherben überklettert hatten, fanden sie sich plötzlich einem Wächter gegenüber, der sie mit Schimpfworten überhäufte und, nachdem er sie einige Minuten lang mit einer Anzeige bedroht hatte, auf die schmählichste Weise hinauswarf. Otto trug bei dieser Gelegenheit keinen Ruhm davon. Er sah sich schon im Gefängnis, jammerte und behauptete albern, daß er aus Versehen hereingekommen sei und daß er, ohne zu wissen, wo er gehe, nur Christof gefolgt sei. Als er sich gerettet sah, machte er, anstatt sich zu freuen, Christof bittere Vorwürfe; er beklagte sich, daß Christof ihn bloßstelle. Der andere vernichtete ihn mit einem Blick und nannte ihn „Memme!". Sie wechselten heftige Worte. Otto hätte Christof einfach stehenlassen, wenn er gewußt hätte, wie er allein nach Hause kommen sollte; so war er gezwungen, ihm zu folgen; aber sie taten, als gehörten sie nicht zusammen.

Ein Gewitter zog auf. In ihrem Zorn sahen sie es nicht kommen. Das glühende Land summte von Insektenlauten. Plötzlich schwieg alles. Sie merkten die Stille erst nach einigen Minuten: ihre Ohren brausten. Sie hoben die Augen: der Himmel war düster; riesige, schwere Regenwolken hatten ihn überzogen; von allen Seiten kamen sie wie ein Reitergeschwader an. Wie von einem Strudel des Himmels eingesogen, schienen sie von überall herbeizueilen. Der verängstigte Otto wagte seine Befürchtungen Christof nicht einzugestehen; und dieser empfand ein boshaftes Vergnügen daran, sich nichts merken zu lassen. Immerhin näherten sie sich einander, wenn auch ohne zu sprechen. Sie waren allein auf der Heide. Stille. Nicht ein Lufthauch. Kaum ein fieberhafter Schauer, der für Augenblicke die kleinen Blätter an den Bäumen beben ließ. Plötzlich fegte ein Wirbelwind den Staub auf, bog die Bäume und peitschte sie wütend. Und wieder sank die Stille nieder, düsterer als zuvor. Otto entschloß sich, mit zitternder Stimme zu sagen:

„Das Gewitter kommt. Wir müssen heim."

Christof sagte:

„Kehren wir um."

Aber es war zu spät. Ein blendendes, brutales Licht blitzte auf, der Himmel brüllte, das Wolkengewölbe grollte.

Einen Augenblick später waren sie vom Orkan umbraust, von Blitzen umhüllt, vom Donner betäubt und vom Kopf bis zu den Füßen durchnäßt. Sie befanden sich auf flachem Feld, mehr als eine halbe Stunde von jeder Behausung entfernt. Durch den wirbelnden Regen, durch das fahle Licht leuchtete der Riesenschein der Blitze auf. Die Knaben hatten Lust zu laufen; aber ihre durch den Regen festgeklebten Kleider hinderten sie am Gehen, ihre Stiefel platschten, Wasser rieselte ihnen den ganzen Leib entlang. Sie konnten nur mühsam Atem schöpfen. Otto schlugen die Zähne vor Kälte aufeinander; er war rasend vor Wut und sagte Christof verletzende Dinge; er wollte nicht weiter, behauptete, es sei lebensgefährlich zu wandern, drohte, sich mitten auf den Weg zu setzen, sich auf die Erde, mitten in die beackerten Felder, zu legen. Christof antwortete nicht; er setzte, von Wind, Regen und Blitzen geblendet, seinen Weg fort; auch er war bestürzt und ein wenig beunruhigt, hütete sich aber wohl, es zuzugeben.

Und plötzlich war alles vorbei. Das Gewitter war vorübergezogen, so schnell, wie es gekommen war. Aber die beiden waren in einem jämmerlichen Zustand. Christof war ja für gewöhnlich schon so schäbig, daß ihn ein wenig mehr Unordnung kaum veränderte. Der so gepflegte, so peinlich auf seinen Anzug bedachte Otto aber machte jetzt eine traurige Figur; es war, als habe er eben völlig angezogen ein Bad genommen, und als Christof sich zu ihm umwandte, konnte er, als er ihn so sah, einen Lachausbruch nicht zurückhalten. Otto war dermaßen erschöpft, daß er nicht einmal die Kraft fand, aufzubrausen. Christof hatte Mitleid mit seinem Zustand und sprach ihm fröhlich zu. Otto antwortete nur mit einem wütenden Blick. Christof führte ihn in einen Bauernhof; sie trockneten sich vor einem großen Feuer und tranken heißen Wein. Christof fand das Abenteuer amüsant und versuchte darüber zu lachen. Aber dergleichen war ganz und gar gegen Ottos Geschmack, und er bewahrte während des übrigen Weges ein trübseliges

Schweigen. Schmollend kehrten sie heim und reichten sich beim Abschied nicht die Hand.

Nach diesem Ausflug sahen sie sich über eine Woche nicht wieder. Sie beurteilten einander streng. Aber nachdem sie sich selber bestraft hatten, indem sie sich ihrer Sonntagsspaziergänge beraubten, langweilten sie sich dermaßen, daß ihr Groll sich legte. Christof bot wie gewöhnlich als erster die Hand zur Versöhnung. Otto nahm sie gnädig an; und sie schlossen Frieden.

Trotz dieser Uneinigkeiten war es ihnen unmöglich, einer ohne den andern auszukommen. Sie hatten zwar beide ihre Fehler, waren beide egoistisch; aber dieser Egoismus war naiv, kannte noch nicht die Berechnung des reifen Alters, die ihn so abstoßend macht – er kannte sich selbst noch nicht; fast war er liebenswert; jedenfalls hinderte er sie nicht, sich aufrichtig gern zu haben. Sie hatten ein solches Bedürfnis nach Liebe und Aufopferung. Der kleine Otto weinte in sein Kopfkissen und erzählte sich dabei romantische Geschichten, in denen er der Held war; er erfand tragische Abenteuer, in denen er stark, tapfer, unerschrokken auftrat und Christof beschützte, den er glühend zu lieben sich einbildete. Christof seinerseits sah und hörte nichts Schönes und Merkwürdiges, ohne daß er dachte: Wenn doch Otto da wäre! Er vermählte des Freundes Bild seinem ganzen Leben; und dies Bild verklärte sich, wurde so sanft und süß, daß er trotz allem, was er von ihm wußte, wie berauscht davon war. Gewisse Worte Ottos, deren er sich noch lange nachher erinnerte und die er verschönte, machten ihn vor Rührung beben. Sie ahmten sich gegenseitig nach. Otto äffte Christofs Manieren, Bewegungen, Schriftzüge nach. Manchmal war Christof ganz aufgebracht über diesen seinen Schatten, der jedes Wort von ihm wiederholte und ihm seine eignen Gedanken wie neue auftischte. Aber er merkte nicht, daß er selber von Otto beeinflußt wurde, daß er seine Art, sich zu kleiden und zu gehen und gewisse Worte auszusprechen, kopierte. Es war wie eine

Verzauberung. Sie waren einer vom andern durchtränkt, und ihr Herz strömte von Zärtlichkeit über. Wie eine Quelle ergoß sie sich nach allen Seiten. Jeder meinte, sein Freund sei die Ursache. Sie wußten nicht, daß es das Erwachen des Jünglings in ihnen war.

Da Christof gegen niemand Mißtrauen hegte, ließ er seine Papiere überall herumliegen. Indessen verbarg er in instinktiver Scham die Entwürfe zu den Briefen, die er an Otto kritzelte, und dessen Antworten. Er verschloß sie jedoch nicht, sondern legte sie einfach zwischen die Blätter eines seiner Notenhefte, wo er sicher zu sein meinte, daß man sie nicht suchen würde. Er dachte dabei nicht an die Bosheit seiner Brüder.

Seit einiger Zeit sah er sie, wenn sie seiner gewahr wurden, lachen und miteinander tuscheln: sie sagten sich Bruchstücke von Reden ins Ohr, über die sie in wahre Lachkrämpfe verfielen. Christof gelang es nicht, ihre Worte zu verstehen; außerdem behandelte er sie seit langem in einer Weise, die vollständige Gleichgültigkeit gegenüber allem, was sie sagen oder tun mochten, zur Schau trug. Doch einige Worte erregten seine Aufmerksamkeit; er meinte sie wiederzuerkennen. Und bald konnte er nicht mehr daran zweifeln, daß seine Brüder seine Briefe gelesen hatten. Aber als er Ernst und Rudolf anfuhr, die sich mit possenhaftem Ernst „meine süße Seele“ anredeten, konnte er nichts aus ihnen herausbekommen. Die Buben taten, als verständen sie nichts, und meinten, sie hätten doch das Recht, sich zu nennen, wie es ihnen beliebe. Und da Christof alle seine Briefe an ihrem Platz gefunden hatte, wollte er nicht weiter nachforschen.

Kurze Zeit darauf ertappte er Ernst auf frischer Tat beim Diebstahl: der kleine Taugenichts kramte in der Schublade, in der Luise das Geld verschloß. Christof schüttelte ihn gehörig und nahm die Gelegenheit wahr, ihm alles, was er auf dem Herzen hatte, zu sagen; er zählte ihm in Ausdrücken, die der Höflichkeit ziemlich entbehrten, alle seine Missetaten auf; und die Liste war nicht kurz. Ernst nahm die Strafpredigt schlecht auf; er antwortete hochnäsig, daß Christof ihm nichts vorzuwerfen habe, und er ließ über seines Bruders Freundschaft mit Otto zweideutige Dinge fallen. Christof verstand das nicht; doch als er hörte, daß man Otto in ihren Streit hineinzog, befahl er Ernst, sich deutlicher zu erklären. Der Kleine grinste; dann, als er Christof vor Zorn erbleichen sah, bekam er Angst und wollte nichts mehr sagen. Christof merkte, daß er so nichts weiter herausbekäme; er setzte sich, zuckte die Achseln und trug tiefe Verachtung für Ernst zur Schau. Gereizt, begann dieser seine Unverschämtheiten von neuem; er bemühte sich, seinen Bruder zu kränken, und sagte ihm eine Litanei von Dingen her, eins immer grausamer und häßlicher als das andere. Christof nahm sich mit aller Gewalt zusammen, um nicht aufzufahren. Als er aber endlich verstand, wurde er wie rasend: er sprang mit einem Satz vom Stuhl. Ernst hatte nicht mehr Zeit, zu schreien, denn Christof hatte sich auf ihn gestürzt, ihn mitten ins Zimmer gewälzt und stieß ihm den Kopf gegen den Boden. Bei dem fürchterlichen Geschrei des Opfers rannten Luise, Melchior, das ganze Haus zusammen. Man befreite Ernst, der schlimm zugerichtet war. Christof wollte nicht von der Verfolgung abstehen; man mußte auf ihn selber mit Schlägen eindringen. Wilde Bestie nannte man ihn, und er sah wahrhaftig so aus. Die Augen traten ihm aus dem Kopf, er fletschte die Zähne, und er hatte nur den einen Gedanken, sich wieder auf Ernst zu stürzen; als man ihn fragte, was vorgefallen sei, verdoppelte sich seine Wut, und er schrie, er werde ihn töten. Ernst weigerte sich gleichfalls, zu reden.

Christof konnte weder essen noch schlafen. Er zitterte und weinte in seinem Bett. Er litt nicht nur Ottos wegen. Eine Revolution vollzog sich in ihm. Ernst ahnte wohl kaum, was er seinem Bruder Böses getan hatte. Christofs

Reinheitsbegriffe waren von puritanischer Strenge; er konnte den Schmutz des Lebens nicht mit Nachsicht betrachten und entdeckte ihn auch nur nach und nach mit Abscheu. Bei ganz freiem Leben und starken Trieben war er mit seinen fünfzehn Jahren doch noch seltsam harmlos. Seine natürliche Reinheit und seine rastlose Arbeit hatten ihn beschützt. Seines Bruders Worte öffneten Abgründe vor ihm. Nie wäre er selber auf die Vorstellung solcher Gemeinheit gekommen; jetzt aber, da der Gedanke daran in ihm geweckt wurde, war ihm die ganze Freude am Lieben und Geliebtwerden verloren. Nicht nur seine Freundschaft für Otto, jede Freundschaft war ihm vergiftet.

Noch viel schlimmer wurde es, als einige sarkastische Anspielungen ihn, vielleicht zu Unrecht, glauben ließen, daß er der Gegenstand ungesunder Neugierde von seiten der kleinen Stadt war, besonders als Melchior ihm kurze Zeit darauf Vorstellungen wegen seiner Spaziergänge mit Otto machte. Wahrscheinlich sah Melchior nichts Böses darin; aber einmal gewarnt, las Christof jetzt aus allen Worten einen Verdacht; fast kam er sich schuldig vor. Otto machte gleichzeitig eine ähnliche Krise durch.

Noch versuchten sie, sich im geheimen zu sehen. Aber es war ihnen unmöglich, die ungezwungene Art der früheren Zusammenkünfte wiederzufinden. Die Harmlosigkeit ihrer Beziehungen war gestört. Beide Kinder, die sich mit so scheuer Zärtlichkeit liebten, die sich nie ein größeres Glück vorgestellt hatten, als sich zu sehen, zu verstehen, ihre Träume auszutauschen, fühlten sich von dem Verdacht niederer Herzen besudelt. Sie sahen schließlich in den unschuldigsten Handlungen Böses: in einem Blick, einem Händedruck. Sie erröteten und hatten schlechte Gedanken. Ihre Beziehungen wurden unerträglich.

Ohne sich darüber zu verständigen, sahen sie sich seltener. Sie versuchten es mit Schreiben; aber sie nahmen sich bei jedem Ausdruck in acht. Ihre Briefe wurden kalt und geschmacklos. So verloren sie den Mut. Christof schob seine

Arbeit, Otto seine Beschäftigungen vor, um die Korrespondenz abzubrechen. Bald darauf ging Otto zur Universität; und die Freundschaft, die einige Monate ihres Lebens erhellt hatte, erlosch völlig.

Auch flammte eine neue Liebe, von der diese nur ein Vorläufer gewesen war, in Christofs Herzen auf und ließ jedes andere Licht darin erbleichen.

DRITTER TEIL

MINNA

Vier oder fünf Monate vor diesen Begebenheiten hatte Frau Josepha von Kerich, seit kurzem Witwe des Staatsrats Stephan von Kerich, Berlin verlassen, wo ihres Mannes Dienststellung sie bis dahin festgehalten hatte, um sich mit ihrer Tochter in der kleinen rheinischen Stadt, ihrem Heimatort, niederzulassen. Dort hatte sie ein altes Familienbesitztum mit parkähnlichem, großem Garten erworben, der den Hügel entlang bis zum Fluß hinabreichte und sich nicht weit von Christofs Wohnhaus befand. Christof sah aus seiner Mansarde die schweren Zweige der Bäume, die über die Mauer hingen, und den hohen Giebel des roten Daches mit seinen bemoosten Ziegeln. Ein kleines, abschüssiges Gäßchen, das man kaum je benutzte, führte rechts am Park entlang; wenn man auf einen Stein kletterte, konnte man von dort aus über die Mauer sehen. Christof ließ sich das nicht entgehen. Er sah dann die vom Unkraut überwucherten Alleen, die Rasenplätze, die wilden Feldern glichen, die in wirrem Durcheinander stehenden alten Bäume und die weiße Hausfassade mit ihren trotzig geschlossenen Jalousien. Ein- oder zweimal jährlich kam ein Gärtner, um die Runde zu machen und das Haus zu lüften. Doch gleich darauf nahm die Natur wieder Besitz vom Garten, und alles sank in Schweigen zurück.

Dieses Schweigen machte auf Christof tiefen Eindruck. Gar oft kletterte er heimlich auf seinen Beobachtungsposten. In dem Maße, wie er größer wurde, reichten zunächst seine Augen, dann seine Nase, dann sein Mund bis zur Mauerkante empor; jetzt langten, wenn er sich auf die Zehenspitzen stellte, sogar schon seine Arme hinüber. Und trotz der unbequemen Stellung blieb er so, das Kinn auf die Mauer gestützt, schaute und lauschte, während der Abend über die Rasenflächen seine sanften goldenen Wellen ergoß, die im Dunkel der Tannen bläulichen Widerschein entzündeten. Er überließ sich da seinen Träumen, bis er in der Straße Schritte nahen hörte. Des Nachts schwebten Düfte rings um den Garten: vom Flieder im Frühling, von den Akazien im Sommer, von totem Laub im Herbst. Kehrte Christof abends auch noch so müde vom Schloß heim, so blieb er doch, um den köstlichen Duft einzuatmen, nahe seiner Tür noch stehen; und es wurde ihm schwer, sein stickiges Zimmer aufzusuchen. Oft hatte er sich auch – zu der Zeit, als er noch spielte – auf dem kleinen grasbewachsenen Platz vor der Einfahrt zum Hause Kerich getummelt. Zu beiden Seiten der Pforte erhoben sich zwei hundertjährige Kastanien; Großvater hatte sich oft in ihren Schatten gesetzt und seine Pfeife geraucht, und die Früchte dienten den Kindern als Wurfgeschosse und als Spielzeug.

Eines Morgens, als er das Gäßchen durchschritt, kletterte er aus alter Gewohnheit auf seinen Prellstein. Er dachte an andere Dinge und schaute zerstreut umher. Schon wollte er wieder hinabsteigen, als er die Empfindung von irgend etwas Ungewöhnlichem hatte. Er wandte die Augen dem Haus zu: die Fenster standen weit offen; die Sonne fiel ins Innere; und obgleich man niemand sah, erschien die alte Behausung aus fünfzehnjährigem Schlaf erweckt und des Erwachens froh. Christof kehrte in Verwirrung heim.

Bei Tisch sprach der Vater von dem, was die ganze Nachbarschaft beschäftigte: von der Ankunft Frau von Kerichs mit ihrer Tochter und einer unglaublichen Menge von Gepäck. Der Platz unter den Kastanien war voll von Gaffern, die dem Ausladen der Wagen beiwohnen wollten. Christof wurde durch diese Nachricht, die am engen Horizont seines Lebens ein wichtiges Ereignis bedeutete, sehr neugierig gemacht. Auf dem Weg zu seiner Arbeit versuchte er nach den Berichten seines Vaters sich die Bewohner des verwunschenen Hauses – phantastisch wie immer – auszumalen. Dann nahm ihn seine Tätigkeit so in Anspruch, daß er alles vergaß, bis ihm am Abend, als er schon im Begriff war heimzukehren, das Ganze wieder einfiel; seine Neugierde trieb ihn, auf seinen Beobachtungsposten zu steigen, um zu erspähen, was hinter den Mauern vorgehe. Er sah aber nichts als friedliche Alleen, deren reglose Bäume unter den letzten Sonnenstrahlen zu schlummern schienen. Nach wenigen Minuten war ihm die Erinnerung an den Gegenstand seiner Neugierde entschwunden, und er überließ sich wie immer dem süßen Reiz der Stille ringsum. Aufrecht, in unsicherer Schwebe auf der Spitze des Steins, pflegte er auf diesem wunderlichen Platz zu träumen. Nach dem häßlichen, stickigen, dunklen Gäßchen hatten die durchsonnten Gärten für ihn einen magischen Strahlenglanz. Sein Geist trieb willenlos durch die harmonischen Weiten, Melodien sangen in ihm, er entschlummerte in ihnen, vergaß Zeit und Dinge und war nur darauf bedacht, nichts vom Geflüster seines Herzens zu verlieren.

So träumte er mit offenen Augen und hätte nicht sagen können, wie lange er geträumt hatte; denn er sah nichts. Plötzlich zuckte er zusammen. Vor ihm, an der Biegung einer Allee, standen zwei Frauen und schauten ihn an. Die eine – eine junge Dame in Schwarz, mit feinen, unregelmäßigen Zügen, aschblondem Haar, groß, elegant, ein unbekümmertes Sichgehenlassen in der Kopfhaltung – beobachtete ihn mit wohlwollenden und belustigten Augen. Die andere – ein junges Mädchen von etwa fünfzehn Jahren, gleichfalls in tiefer Trauer – machte ein Gesicht wie ein Kind, das von toller Lachlust überfallen wird; ein wenig hinter ihrer Mutter, die ihr, ohne sie anzusehen, ein Zeichen machte, sich still zu verhalten, versteckte sie den Mund in ihren Händen, als hätte sie alle erdenkliche Mühe, das Lachen zu bezwingen. Sie war ein Persönchen mit frischem Gesicht, weiß, rosig und rund; sie hatte ein etwas dickes Näschen, ein etwas derbes Mündchen, ein kleines, rundes Kinn, feine Brauen, klare Augen und eine Unmenge blonder Haare, die sich, zu Zöpfen geflochten, im Kranz um ihren Kopf legten, den runden Nacken und die glatte weiße Stirn frei lassend – ein Gesichtchen von Cranach.

Christof war von dieser Erscheinung wie gebannt. Anstatt sich davonzumachen, blieb er mit weitoffenem Mund wie festgenagelt am Platz. Erst als er die junge Dame mit ihrem liebenswürdig spöttischen Lächeln einige Schritte auf sich zukommen sah, riß er sich aus seiner Reglosigkeit und sprang – purzelte – in das Gäßchen hinunter, wobei er den ganzen Putz mit sich fegte. Hinter sich hörte er eine wohlwollende Stimme, die ihn vertraulich anrief: „Kleiner!“, und ein Kinderlachen, das klar und plätschernd wie eine Vogelstimme war. Auf Händen und Knien kam er in dem Gäßchen wieder zu sich; und nach einer Sekunde der Bestürzung rannte er mit langen Schritten davon, als habe er Angst, verfolgt zu werden. Er schämte sich; und diese Scham überfiel ihn immer wieder von neuem, auch als er sich allein zu Hause in seinem Zimmer befand. Seitdem wagte er aus lächerlicher Furcht, man könne ihm, um ihn zu sehen, auflauern, nicht mehr, durch das Gäßchen zu gehen. Wenn er gezwungen war, sich in die Nähe des Hauses zu wagen, strich er mit gesenktem Kopf daran vorbei, ja, er rannte fast, ohne sich je umzuwenden, vorüber. Dabei dachte er unaufhörlich an die beiden Erscheinungen, die er gesehen hatte; er stieg auf den Boden, wobei er, um nicht gehört zu werden, die Schuhe auszog, und schaute durch die Dachluke nach der Seite des Kerichschen Besitztums, obgleich er ganz genau wußte, daß es unmöglich war, irgend etwas anderes als das Laubdach der Bäume und die Schornsteine zu entdecken.

Ungefähr einen Monat darauf spielte er an einem der wöchentlichen Abende des *Hofmusikvereins** ein von ihm komponiertes Konzert für Klavier und Orchester. Es war ungefähr in der Mitte des letzten Teils, als er in der Loge sich gegenüber zufällig Frau von Kerich und ihre Tochter erblickte, die ihn anschauten. Darauf war er so wenig vorbereitet, daß er ganz benommen wurde und beinahe seinen

Orchestereinsatz verpaßt hätte. Mechanisch spielte er das Stück zu Ende. Als es aus war, sah er, obgleich er vermied, in ihre Richtung zu schauen, wie Frau und Fräulein von Kerich leicht übertrieben klatschten, als wollten sie, daß er sie klatschen sähe. Da beeilte er sich, vom Podium zu kommen. In dem Augenblick, als er das Theater verließ, bemerkte er im Gang, durch wenige Reihen von Menschen von ihm getrennt, Frau von Kerich, die ihn zu erwarten schien. Es war unmöglich, sie nicht zu sehen; er tat dennoch, als sehe er sie nicht, und indem er plötzlich kehrtmachte, ging er eilig durch die Hintertür des Theaters hinaus. Gleich darauf bereute er es; denn er sah wohl, daß Frau von Kerich ihm durchaus nicht übel gesinnt war. Aber er wußte, wenn wieder dasselbe begänne, würde er wieder dasselbe tun. Er hatte eine wahre Angst davor, sie auf der Straße zu treffen. Wenn er von fern eine Gestalt entdeckte, die ihr glich, nahm er einen andern Weg.

Sie war es, die zu ihm kam. Sie suchte ihn in seiner eigenen Wohnung auf.

Eines Mittags, als er zum Essen heimkam, erzählte ihm Luise ganz stolz, daß ein Lakai in kurzen Hosen und Livree einen Brief an seine Adresse abgegeben habe; und sie reichte ihm einen großen schwarzgeränderten Briefumschlag, dessen Rückseite das Wappen der Kerichs trug. Christof öffnete ihn und zitterte davor, gerade das zu lesen, was darin stand:

„Frau Josepha von Kerich bittet Herrn *Hofmusikus** Christof Krafft, heute nachmittag um fünfeinhalb Uhr den Tee bei ihr einzunehmen.“

„Ich werde nicht hingehen“, erklärte Christof.

„Wie!“ schrie Luise entsetzt. „Ich habe gesagt, du würdest kommen.“

Christof machte seiner Mutter eine Szene und warf ihr vor, sie mische sich in alles, was sie nichts angehe.

„Der Diener wartete auf Antwort; ich sagte, daß du gerade heute frei wärst. Du hast zu der Zeit nichts vor."

Wenn Christof sich auch noch so sehr ärgerte und schwor, daß er nicht gehen würde, so konnte er jetzt nicht mehr gut absagen. Als die Einladungskarte kam, machte er sich mißlaunig fertig; im geheimen aber war er gar nicht böse, daß der Zufall seinem widerstrebenden Willen Gewalt antat.

Frau von Kerich hatte ohne Mühe in dem Pianisten des Konzerts den kleinen Wilden wiedererkannt, dessen struppiger Kopf am Tage ihrer Ankunft über ihrer Gartenmauer erschienen war. Sie hatte in der Nachbarschaft Erkundigungen über ihn eingezogen; und was sie von Christofs Familie und dem schweren und tapferen Leben des Kindes in Erfahrung brachte, hatte ihr Interesse erweckt und sie neugierig darauf gemacht, ihn zu sprechen.

Christof war krank vor Schüchternheit, als er, in einen lächerlichen Gehrock gepreßt, in dem er wie ein Landpastor aussah, das Haus erreichte. Er versuchte sich einzureden, daß die Damen von Kerich am ersten Tag, als sie ihn gesehen, nicht die Zeit gehabt hätten, seine Züge zu erkennen. Ein Diener führte ihn durch einen langen Korridor, dessen Teppich das Geräusch der Schritte dämpfte, in ein Zimmer mit einer Glastür, die zum Garten führte. Der Tag war kühl; ein kleiner Regenschauer fiel; im Kamin brannte ein kräftiges Feuer. Am Fenster, durch das man die Silhouetten der triefenden Bäume im Nebel erblickte, saßen die beiden Damen. Als Christof eintrat, hielt Frau von Kerich eine Handarbeit auf dem Schoß, während ihre Tochter aus einem Buche vorlas. Als sie ihn sahen, tauschten sie einen schelmischen Blick.

Sie erkennen mich! dachte Christof ganz verdutzt.

Er machte eine ungeschickte Verbeugung nach der andern.

Frau von Kerich lächelte belustigt und streckte ihm die Hand entgegen.

„Guten Tag, lieber Nachbar“, sagte sie. „Ich freue mich sehr, Sie bei mir zu sehen. Seit ich Sie im Konzert gehört, hatte ich nur den einen Wunsch, Ihnen zu sagen, welch ein Vergnügen Sie mir bereitet haben. Und da die einzige Möglichkeit, Ihnen das aussprechen zu können, war, Sie hierherzubitten, so hoffe ich, Sie werden mir verzeihen, daß ich sie angewandt habe.“

In diesen liebenswürdigen Worten lag trotz ihrer Alltäglichkeit und einer kleinen versteckten Dosis Ironie so viel Herzlichkeit, daß Christof sich wieder sicher fühlte.

Sie erkennen mich nicht! dachte er erleichtert.

Frau von Kerich stellte ihre Tochter vor, die inzwischen das Buch geschlossen hatte und Christof neugierig beobachtete.

„Meine Tochter Minna“, sagte sie, „die sich sehr wünschte, Sie kennenzulernen.“

„Aber Mama“, sagte Minna, „wir sehen uns doch heute nicht zum erstenmal.“

Und sie brach in Lachen aus.

Sie haben mich wiedererkannt! dachte Christof ganz niedergeschlagen.

„Richtig“, meinte Frau von Kerich, gleichfalls lachend, „Sie haben uns ja am Tage unserer Ankunft schon einen Besuch abgestattet.“

Bei diesen Worten lachte das junge Mädchen von neuem; Christof machte ein so jämmerliches Gesicht, daß Minna bei seinem Anblick noch lauter losplatzte, ja, ihr kamen fast die Tränen vor Lachen. Frau von Kerich wollte ihr Einhalt gebieten, konnte aber nicht anders als mit in die Fröhlichkeit einstimmen; und schließlich wurde Christof trotz seiner Verlegenheit selbst davon angesteckt. Ihre gute Laune war unwiderstehlich: man konnte sie unmöglich übelnehmen. Doch verlor er aufs neue ganz die Fassung, als Minna, nachdem sie Atem geschöpft hatte, ihn fragte, was er denn eigentlich auf ihrer Mauer anfange. Er stotterte ratlos irgend etwas hervor, und Minna amüsierte sich über seine Verwirrung. Frau von Kerich kam ihm jedoch zu Hilfe, indem sie den Tee servieren ließ und so dem Gespräch eine andere Wendung gab.

Sie fragte ihn freundlich nach seinem Leben aus. Er aber fühlte sich noch immer recht unbehaglich. Er wußte nicht, wie er sitzen und wie er seine Tasse, die stets umzukippen drohte, halten sollte; er glaubte sich verpflichtet, sich jedesmal, wenn man ihm Wasser, Milch, Zucker oder Kuchen anbot, schleunigst zu erheben und eine steife Verbeugung zu machen; dabei fühlte er sich in seinem Gehrock, seinem Kragen, seiner Krawatte wie in einen Schildkrötenpanzer gepreßt, wagte kaum, den Kopf nach rechts oder links zu drehen, und konnte es eigentlich auch gar nicht. Die tausend Fragen, die Frau von Kerich an ihn richtete, und ihre verbindlichen Formen betäubten ihn; unter Minnas Blicken, die er an seinen Zügen, seinen Händen, seinen Bewegungen, seiner Kleidung festgesogen fühlte, war er vollends wie erstarrt. Sie wollten es ihm gern gemütlich machen und verwirrten ihn nur immer mehr: Frau von Kerich durch den Schwall ihrer Worte, Minna durch kokette Seitenblicke, die sie ihm instinktiv, nur um sich zu amüsieren, zuwarf.

Endlich gaben sie es auf, irgend etwas anderes als Verbeugungen und Einsilbigkeiten aus ihm herauszuziehen; und Frau von Kerich, müde, die Kosten der Unterhaltung allein zu tragen, bat ihn, sich ans Klavier zu setzen. Viel schüchterner als vor einem Konzertpublikum spielte er ein Mozartsches Adagio. Doch gerade diese Schüchternheit, die leise Verwirrung, die sein Herz in der Nähe dieser beiden Frauen zu empfinden begann, die harmlose Erregung, die seine Brust schwellte und ihn glücklich und unglücklich zugleich machte, paßten vortrefflich zu der Zartheit und der jugendlichen Verschämtheit dieser Musik und verliehen ihr einen frühlingshaften Zauber. Frau von Kerich war ganz gerührt; sie lobte in einer überschwenglichen Art, wie sie Damen der Gesellschaft häufig eigen ist; darum war es aber nicht weniger aufrichtig gemeint, und selbst die Übertreibung war süß zu hören, wenn sie aus so reizendem Munde kam. Minna schwieg und sah mit schalkhaftem Erstaunen auf diesen Jungen, der sich so dumm anstellte, wenn er sprach, dessen Finger jedoch so beredt waren. Christof empfand die Zuneigung der Frauen und faßte sich ein Herz. Er spielte weiter; und halb zu Minna gewandt, sagte er mit befangenem Lächeln, ohne den Blick zu erheben:

„Jetzt sollen Sie hören, wie das auf der Mauer war."

Und er spielte ein kleines selbstkomponiertes Stück, in dem er wirklich die musikalischen Gedanken entwickelt hatte, die ihm auf seinem Lieblingsplatz beim Anblick des Gartens gekommen waren, wenn auch nicht gerade an jenem Abend, an dem er Minna und Frau von Kerich gesehen hatte – obgleich er aus irgendeinem dunklen Grund, den nur sein Herz kannte, sich davon zu überzeugen versuchte –, so doch an vorhergehenden Abenden; und so konnte man auch aus dem stillen Auf und Nieder dieses Andante con moto die heiteren Erinnerungen an Vogelgesang, an das Summen der Insekten und an das feierliche Schweigen hoher Bäume im Frieden der untergehenden Sonne erkennen.

Seine beiden Zuhörerinnen lauschten voller Entzücken. Als er geendet hatte, stand Frau von Kerich auf, ergriff mit ihrer gewohnten Lebhaftigkeit seine Hände und dankte ihm mit Wärme. Minna klatschte in die Hände, schrie, es sei „wundervoll" gewesen und sie wolle ihm eine Leiter an die Mauer stellen lassen, damit er ganz nach seinem Belieben arbeiten und noch mehr solche „famosen" Werke schaffen könne. Frau von Kerich bat Christof, nicht auf die närrische Minna zu hören; er möge ihren Garten benutzen, sooft er nur wolle, da er ihn so liebe, und sie fügte hinzu, daß er nicht einmal seine Aufwartung zu machen brauche, wenn es ihn langweile.

„Sie brauchen uns nicht Ihre Aufwartung zu machen", hielt Minna für gut hinzuzusetzen. „Aber wenn Sie es nicht tun, dann wehe Ihnen!"

Dabei drohte sie ihm voll komischen Ernstes mit dem Finger.

Minna empfand durchaus keinen besonderen Wunsch nach Christofs Besuch, nicht einmal danach, daß er sich ihnen gegenüber zu den Regeln der Höflichkeit zwinge; aber es machte ihr Spaß, diesen kleinen Effekt zu erhaschen, denn sie fühlte instinktiv, daß er ihr gut zu Gesicht stand.

Christof wurde vor Freude ganz rot. Vollends gefangen aber nahm ihn Frau von Kerich durch den Takt, mit dem sie von seiner Mutter und seinem Großvater sprach, die sie früher gekannt hatte. Aus dem Wunsche heraus, sie so tief zu empfinden, bauschte er diese leichte Güte, diese gesellschaftliche Gnade vor sich selber zu liebevoller Herzlichkeit auf und fühlte sich davon ganz durchdrungen. Mit kindlichem Vertrauen begann er von seinen Plänen, seinen Leiden zu erzählen. Dabei merkte er nicht, wie die Zeit verging, und sprang ganz entsetzt auf, als ein Diener erschien und meldete, das Diner sei angerichtet. Seine Verwirrung aber wandelte sich in Glück, als Frau von Kerich ihn nötigte, zum Essen bei ihnen wie bei guten Freunden zu bleiben. Man legte ihm sein Gedeck zwischen Mutter und Tochter; aber er gab bei Tisch eine weniger vorteilhafte Vorstellung seiner Talente als am Klavier. Diese Seite seiner Erziehung war sehr vernachlässigt worden; er schien zu glauben, daß bei Tisch Essen und Trinken die Hauptsache sei und es auf die Manieren wenig ankomme. Die wohlerzogene Minna sah ihm daher mit verzogenem Mäulchen entrüstet zu.

Man rechnete damit, daß er sich gleich nach dem Essen verabschieden würde. Statt dessen folgte er ihnen in den kleinen Salon, setzte sich zu ihnen und dachte gar nicht ans Gehen. Minna unterdrückte ihr Gähnen und machte ihrer Mutter allerlei Zeichen. Er aber merkte es nicht, denn er war von seinem Glück berauscht und meinte, die anderen müßten wie er empfinden, besonders da Minna rein aus Gewohnheit fortfuhr, ihm Äugelchen zu machen; dann aber wußte er auch nicht recht, wie er, einmal auf seinem Platz, sich erheben und Abschied nehmen sollte. So wäre er die ganze Nacht sitzen geblieben, wenn Frau von Kerich ihn nicht mit liebenswürdiger Ungeniertheit schließlich selber verabschiedet hätte.

Da ging er und trug in seinem Innern den lieblichen Widerschein von Frau von Kerichs braunen und Minnas blauen Augen mit sich fort; noch fühlte er auf seiner Hand die feine Berührung der zarten, blumensanften Finger; und ein köstlicher Duft, den er nie zuvor geatmet hatte, hüllte ihn ein, betäubte ihn, nahm ihm fast die Besinnung.

Zwei Tage darauf erschien er, wie verabredet, wieder, um Minna eine Klavierstunde zu geben. Von da an stellte er sich unter diesem Vorwand regelmäßig zweimal wöchentlich am Vormittag ein. Und oft kam er abends nochmals, um zu musizieren und zu plaudern.

Frau von Kerich sah ihn gern. Sie war eine kluge, gutherzige Frau. Mit fünfunddreißig Jahren hatte sie ihren Mann verloren, und obgleich an Körper und Herz noch jung, hatte sie sich ohne Bedauern aus der großen Welt zurückgezogen, in der sie seit ihrer Heirat eine gewisse Rolle gespielt hatte. Vielleicht hatte sie sich um so leichter von ihr getrennt, als sie sich dort stets gut unterhalten hatte und klug genug war, einzusehen, daß man nicht zu gleicher Zeit Gegenwart und Vergangenheit genießen könne. Sie bewahrte Herrn von Kerich ein treues Gedenken, wenn sie auch zu keiner Zeit ihrer Ehe etwas wie Liebe für ihn empfunden hatte; eine warme Freundschaft genügte ihr; ihre Sinne waren ruhig, aber ihr Herz liebevoll.

Sie hatte sich ganz der Erziehung ihrer Tochter gewidmet; und dieselbe Kühle, die sie in der Liebe bewies, mäßigte auch, was die Mütterlichkeit oft an Übertriebenem und Krankhaftem hat, besonders wenn das Kind das einzige Wesen ist, auf das eine Frau ihre eifersüchtigen Bedürfnisse, zu lieben und geliebt zu werden, überträgt. Sie liebte Minna zärtlich, beurteilte sie aber mit Klarheit und verhehlte sich keine ihrer Unvollkommenheiten, ebensowenig wie sie sich über sich selbst zu täuschen suchte. Geistreich und gescheit wie sie war, hatte sie einen untrüglichen und schnellen Entdeckerblick für die Schwächen und Lächerlichkeiten eines jeden; daran fand sie, ohne eine Spur von Bosheit, großes Vergnügen; denn sie war ebenso nachsichtig wie spottlustig, und wenn sie sich auch über Leute lustig machte, so erwies sie ihnen doch gern Gefälligkeiten.

Der kleine Christof bot ihr willkommene Gelegenheit, ihre Güte wie ihren kritischen Geist zu üben. In der ersten Zeit ihres Aufenthalts in der kleinen Stadt, während ihre tiefe Trauer sie von der Gesellschaft ausschloß, war ihr Christof eine Zerstreuung. Zunächst durch sein Talent. Wenn sie auch nicht musikalisch war, liebte sie doch die Musik; sie verschaffte ihr ein körperliches und seelisches Behagen, bei dem sich ihr Denken in eine sanfte Melancholie auflöste. Wenn sie so – während Christof spielte – leise lächelnd am Feuer saß, eine Handarbeit in den Händen, empfand sie das mechanische Auf und Ab ihrer Finger und dies lässige Dahinträumen, in dem allerlei Bilder aus der Vergangenheit an ihr vorüberschwebten, als stillen Genuß.

Mehr aber noch als für die Musik interessierte sie sich für den Musiker. Sie war intelligent genug, um Christofs seltene Begabung zu empfinden, wenn sie auch nicht fähig war, seine wahre Eigenart ganz zu beurteilen. Sie beobachtete voller Neugier das Erwachen der rätselhaften Flamme, die sie in ihm glimmen sah. Gar bald hatte sie seine guten Eigenschaften herausgespürt, seine Rechtlichkeit, seinen Mut und jenen gewissen Stoizismus, der bei Kindern so rührend ist. Nichtsdestoweniger betrachtete sie ihn aber doch mit dem gewöhnlichen Scharfblick ihrer spöttischen Augen. Sie lächelte über seine Tölpelhaftigkeit, seine Häßlichkeit und all das Komische an ihm; sie nahm ihn nicht ganz ernst – wie sie überhaupt vieles nicht ernst nahm. Seine närrischen

Einfälle, seine Heftigkeit, seine phantastischen Launen machten auf sie zunächst den Eindruck, als ob bei ihm nicht alles im rechten Gleichgewicht wäre; sie sah in ihm einen jener Kraffts, die brave Leute und gute Musiker, aber alle ein wenig verrückt waren.

Diese leichte Ironie entging Christof; er fühlte nur die Güte Frau von Kerichs. Er war so wenig daran gewöhnt, daß man gut zu ihm war. Wenn auch seine Obliegenheiten im Schloß ihn in tägliche Beziehung zu der großen Welt brachten, so war der arme Christof doch ein kleiner Wilder ohne Bildung und Erziehung geblieben. Der Egoismus des Hofes gab sich nur mit ihm ab, um sein Talent auszunutzen, ohne jemals zu versuchen, ihm in irgend etwas dienlich zu sein. Er kam aufs Schloß, setzte sich ans Klavier, spielte und ging fort, ohne daß irgend jemand sich je Mühe gab, sich mit ihm zu unterhalten, es sei denn, um ihm ein banales und zerstreutes Kompliment hinzuwerfen. Niemand war seit Großvaters Tode, weder zu Hause noch außerhalb, je auf den Gedanken gekommen, seine Bildung zu fördern, ihn ins Leben einzuführen, ihn zum Mann zu erziehen. Er litt grausam unter seiner Unwissenheit und seinen schlechten Umgangsformen. Er mühte sich bis aufs Blut, sich ganz allein zu bilden; aber es gelang ihm nicht. Bücher, Unterhaltungen, Beispiele, alles fehlte ihm. Er hätte seine Bedrängnis einem Freunde gestehen müssen und konnte sich dazu nicht entschließen. Selbst Otto gegenüber hatte er es nicht gewagt, denn bei den ersten Worten hatte dieser einen Ton hochmütiger Überlegenheit angeschlagen, der ihn wie ein glühendes Eisen brannte.

Und siehe da, bei Frau von Kerich ging alles ungezwungen. Von selbst, ohne daß er es nötig hatte, irgend etwas zu fragen – was seinen Stolz soviel gekostet hätte –, hielt sie ihm gütig vor, was er nicht tun dürfe, machte ihn darauf aufmerksam, was er zu tun hätte, gab ihm Ratschläge über die Art und Weise, sich zu kleiden, zu essen, zu gehen, zu sprechen, ließ ihm keinen Fehler in seinem Benehmen, seinem Geschmack, seiner Sprechweise durchgehen; und so leicht war ihre Hand, so bedacht, die Empfindlichkeit und den Argwohn des Knaben zu schonen, daß er unmöglich verletzt sein konnte. So bildete sie ihn auch literarisch, ohne daß sie den Anschein erweckte, sich darum zu kümmern; sie schien sich nicht über seine außergewöhnliche Unwissenheit zu wundern; aber sie ließ keine Gelegenheit vorübergehen, seine Irrtümer ganz einfach und ruhig aufzuklären, als sei es ganz natürlich, daß er sich geirrt habe. Und anstatt ihn durch pedantische Lektionen zu verscheuchen, hatte sie sich ausgedacht, ihre abendlichen Zusammenkünfte damit auszufüllen, daß sie Minna oder ihn schöne Stellen aus der Geschichte oder aus deutschen und fremden Dichtungen vorlesen ließ. Sie behandelte ihn wie das Kind im Hause, nur mit einer kleinen Nuance von Gönnertum, was er aber nicht bemerkte. Sie bekümmerte sich sogar um seine Kleidung, erneuerte sie, wenn nötig, strickte ihm ein Halstuch, schenkte ihm kleine Toilettengegenstände – und dies alles mit so viel Anmut, daß er sich durch solche Bemühungen und Geschenke nicht bedrückt fühlte. Kurz, sie umgab ihn mit all jenen kleinen Aufmerksamkeiten, jener liebevollen halb mütterlichen Fürsorge, die jede gütige Frau instinktiv für jedes Kind, das ihr anvertraut wird oder sich ihr anvertraut, bereit hat, ohne daß sie darum notgedrungen ein tieferes Empfinden für dasselbe gefaßt zu haben braucht. Christof aber glaubte, daß diese ganze Zärtlichkeit ihm persönlich gelte, und er verging fast vor Dankbarkeit; dies äußerte sich in jähen und leidenschaftlichen Ausbrüchen, die Frau von Kerich ein wenig lächerlich vorkamen, ihr aber trotzdem Vergnügen machten.

Zu Minna waren seine Beziehungen ganz anderer Art. Als er sie bei der ersten Unterrichtsstunde, noch ganz berauscht von den Erinnerungen des vergangenen Abends und den liebkosenden Blicken des jungen Mädchens, wiedergesehen hatte, war er höchst erstaunt, in ihr ein völlig anderes Persönchen zu finden als das, welches er einige Stunden vorher gesehen hatte. Sie schaute ihn kaum an, hörte nicht, was er sagte; und erhob sie die Augen zu ihm, so las er eine so eisige Kälte in ihnen, daß er ganz betroffen wurde. Er quälte sich lange, um herauszubekommen, womit er sie beleidigt haben könnte. Aber beleidigt hatte er sie in nichts, und Minnas Gefühle neigten sich ihm heute weder mehr noch weniger zu als gestern. Heute wie gestern war ihr Christof völlig gleichgültig. Wenn sie sich das erstemal zu seinem Empfang mit einem Lächeln in Unkosten gestürzt hatte, so war es aus angeborener Mädchenkoketterie geschehen, der es Spaß macht, die Macht ihrer Augen beim ersten besten zu erproben, der sich ihrer Langenweile bietet, und sei es ein aufgeputzter Affe. Aber schon am nächsten Morgen hatte die allzu leichte Eroberung keinen Reiz mehr für sie. Sie hatte Christof beobachtet und ihn als einen häßlichen, armen, schlechterzogenen Jungen erkannt, der zwar gut Klavier spielte, aber abscheuliche Hände hatte, seine Gabel bei Tisch in geradezu unglaublicher Art hielt und den Fisch mit dem Messer aß. So erschien er ihr sehr wenig interessant. Sie wollte gern Klavierstunden bei ihm nehmen, sie wollte sich sogar ganz gern mit ihm amüsieren, weil sie für den Augenblick keinen andern Gefährten besaß und weil sie trotz ihres Wunsches, nicht mehr als Kind zu gelten, von Zeit zu Zeit eine tolle Lust zu spielen überfiel, ein Bedürfnis, ihren Überfluß an Frohsinn auszuleben; und dieser wurde wie bei ihrer Mutter durch den Zwang, den ihr die frische Trauer auferlegte, manchmal noch angestachelt. Aber sie kümmerte sich nicht mehr um Christof als um ein Haustier; und geschah es manchmal an Tagen ihrer schlimmsten Kälte doch noch, daß sie ihm plötzlich süße Blicke zuwarf, so war es reine Vergeßlichkeit, weil sie an etwas ganz anderes dachte – oder auch einfach, um nicht aus der Übung zu kommen. Christofs Herz bebte, wenn sie ihn so anschaute. Und dabei sah sie ihn kaum: sie lebte in einer Traumwelt. Das junge Ding war in einem Alter, in dem man seine Sinne mit angenehmen Träumen beständig umschmeichelt. Sie dachte ohne Unterlaß an die Liebe, mit einer Neugierde, die nur infolge ihrer Unwissenheit noch ganz unschuldig war. Übrigens träumte sie als wohlerzogenes Fräulein von Liebe nur im Hinblick auf eine Heirat. Die Gestalt ihres Ideals stand durchaus noch nicht fest. Bald träumte sie davon, einen Leutnant zu heiraten, bald war es ein Dichter von der erhabenen und makellosen Art eines Schiller. Ein Zukunftsplan stürzte den andern um; und jeder neue wurde stets mit gleichem Ernst gefaßt und mit derselben Überzeugtheit erwogen. Schließlich aber mußte einer wie der andere einer vorteilhaften Wirklichkeit Platz machen. Denn es ist erstaunlich, mit welcher Leichtigkeit romantische junge Mädchen gewöhnlich ihre Träume vergessen, wenn sich ihnen eine weniger ideale, dafür aber sicherere Aussicht bietet.

Übrigens war Minna bei aller Sentimentalität und Romantik ruhig und kühl. Trotz ihres aristokratischen Namens und des Stolzes, den ihr das Wörtchen „von" einflößte, hatte sie das Gemüt einer kleinen deutschen Hausfrau – im köstlichen Alter der ersten Jugend.

Christof verstand natürlich nichts von dem komplizierten Mechanismus – komplizierter dem Anschein nach als in Wirklichkeit – eines weiblichen Herzens. Oft wurde er durch das Benehmen seiner schönen Freundinnen in Verwirrung gesetzt; aber er war in seiner Liebe zu ihnen so glücklich, daß er ihnen gern alles nachsah, was an ihnen beunruhigte und ein wenig traurig stimmte, nur um sich einzureden, daß er von ihnen ebenso geliebt werde, wie er sie liebte. Ein herzliches Wort oder ein liebevoller Blick setzten ihn in Verzückung. Manchmal wurde er dadurch so aus der Fassung gebracht, daß er in Tränen ausbrach.

In dem stillen kleinen Salon saß er am Tisch, wenige Schritte von Frau von Kerich entfernt, die beim Lampenschein nähte (Minna las an der anderen Seite des Tisches vor; durch die geöffnete Gartentür sah man den Sand der Allee im Mondschein glänzen; ein sanftes Murmeln raunte von den Gipfeln der Bäume). Da fühlte er sein Herz so vor Glück geschwellt, daß er plötzlich grundlos von seinem Stuhl aufsprang, sich Frau von Kerich zu Füßen warf, ihre Hand, war sie auch mit der Nadel bewaffnet, ergriff und sie mit Küssen bedeckte und unter Schluchzen seinen Mund, seine Wangen, seine Augen daraufpreßte. Minna erhob die Augen von ihrem Buch, zuckte leicht mit den Schultern und zog ein Mäulchen. Frau von Kerich sah lächelnd auf den großen Jungen, der sich zu ihren Füßen wälzte, streichelte ihm mit der freien Hand den Kopf und sagte mit ihrer hübschen, herzlichen, dabei spöttischen Stimme:

„Nun, mein großer Dummerjan, nun, was gibt es denn?“

O Süßigkeit dieser Stimme, dieses Friedens, dieser Stille, dieser köstlichen Atmosphäre, dieser Oase mitten im rauhen Leben und – himmlisches Licht, das mit seinem Widerschein die Dinge und Wesen vergoldet – dieser Zauberwelt, die aus dem Lesen der göttlichen Dichter emporstieg! Goethe, Schiller, Shakespeare, Fluten der Kraft, des Schmerzes und der Liebe!

Minna las, den Kopf über das Buch geneigt und das Gesicht vom Vorlesen leicht gerötet, mit ihrer frischen, ein wenig lispelnden Stimme, der sie einen bedeutenden Ton zu geben versuchte, wenn sie die Worte von Kriegern und Königen sprach. Manchmal nahm auch Frau von Kerich selber das Buch; dann verlieh sie den tragischen Vorgängen die geistreiche und zarte Anmut ihres Wesens; meistens aber lauschte sie, in ihrem Stuhl zurückgelehnt, ihre ewige Handarbeit auf den Knien; sie lächelte zu ihren eignen Gedanken, denn in allen Werken fand sie stets sich selber wieder.

Auch Christof hatte zu lesen versucht; aber er hatte darauf verzichten müssen: er stotterte, verfing sich in den Worten, übersprang die Interpunktionen, schien nichts zu verstehen und war so gerührt, daß er bei den pathetischen Stellen innehalten mußte, weil er die Tränen kommen fühlte. Dann warf er das Buch verärgert auf den Tisch, und seine beiden Freundinnen lachten hellauf ... Wie er sie liebte! Überall trug er ihr Bild mit sich, und dies Bild verschmolz mit Shakespeares und Goethes Gestalten. Fast vermochte er sie nicht auseinanderzuhalten. Manches köstliche Dichterwort, das auf dem Grund seines Wesens leidenschaftliche Schauer wachrief, wußte er nicht mehr von dem lieben Munde zu trennen, aus dem er es zum erstenmal hatte vernehmen dürfen. Noch nach zwanzig Jahren konnte er *Egmont* oder *Romeo* nicht wieder lesen oder spielen sehen, ohne daß ihm bei bestimmten Versen die Erinnerung an diese stillen Abende von neuem auftauchte, mit ihren Glücksträumen, mit den geliebten Gesichtern von Frau von Kerich und Minna.

Er verbrachte Stunden damit, sie anzuschauen: abends, wenn sie vorlasen, nachts, wenn er träumte oder wenn er in seinem Bett erwachte und mit offenen Augen dalag, tagsüber am Orchesterpult, wenn er mit halbgeschlossenen Lidern ganz mechanisch spielte. Er empfand für beide die kindlichste Zärtlichkeit. Liebe kannte er noch nicht, aber er glaubte sich verliebt. Nur wußte er nicht genau, ob in die Mutter oder in die Tochter. Er prüfte sich ernsthaft, wußte aber nicht, welche er wählen sollte. Da er jedoch meinte, er müsse sich um jeden Preis entscheiden, so neigte er sich mehr Frau von Kerich zu. Und wirklich machte er, nachdem er sich für sie entschieden hatte, die Entdeckung, daß er sie liebe. Er liebte ihre klugen Augen, das zerstreute Lächeln ihres halboffenen Mundes, ihre hübsche Stirn, die mit dem seitlich gescheitelten, feinen glatten Haar so jugendlich wirkte, ihre etwas verschleierte Stimme mit dem leichten Hüsteln, ihre mütterlichen Hände, die Eleganz ihrer Bewegungen und ihre unbekannte Seele. Er erschauerte vor Glück, wenn er neben ihr saß und sie ihm freundlich die Stelle eines Buches erklärte, die ihm unverständlich war; dabei stützte sie ihre Hand auf Christofs Schulter, und er fühlte die sanfte Wärme ihrer Finger, ihren Atem an seiner Wange, den süßen Duft ihres Körpers; er lauschte in seliger Verwirrung, dachte nicht mehr an das Buch und begriff nichts. Das merkte sie und bat ihn zu wiederholen, was sie eben gesagt habe; er aber blieb stumm; dann schalt sie ihn lachend, drückte ihm die Nase ins Buch und sagte, er werde sein Leben lang ein kleiner Esel bleiben. Worauf er erwiderte, das sei ihm ganz gleichgültig, vorausgesetzt, daß er *ihr* kleiner Esel wäre und sie ihn nicht von sich jage. Sie tat, als mache sie Schwierigkeiten, schließlich aber sagte sie, wenn er auch nur ein böser und schrecklich dummer kleiner Esel sei, so wolle sie ihn doch behalten – und vielleicht sogar liebhaben –, obgleich er zu gar nichts in der Welt gut sei, höchstens ganz einfach ein *guter* Junge zu sein. Dann lachten sie beide, und er schwamm in Wonne.

Seitdem er entdeckt hatte, daß er Frau von Kerich liebe, zog sich Christof von Minna etwas zurück. Er fing an, sich über ihre hochmütige Kälte zu ärgern; und je öfter er sie sah, um so mehr gewann er an Sicherheit und freierem Benehmen und verbarg ihr seine schlechte Laune nicht. Sie reizte ihn gern durch kleine Sticheleien, und er antwortete dann derb darauf. Stets sagten sie sich unangenehme Dinge, über die Frau von Kerich nur lachte. Doch war Christof in diesem Wortkampf nicht der Überlegene und wurde dadurch oft so aufgebracht, daß er meinte, er könne Minna nicht ausstehen; er redete sich ein, daß er nur Frau von Kerichs wegen immer wiederkomme.

Er setzte indessen seine Klavierstunden weiter fort. Zweimal wöchentlich von neun bis zehn überwachte er die Tonleitern und Übungen des jungen Mädchens. Das Zimmer, in dem sie sich aufhielten, war Minnas Studio. Ein wunderlicher Arbeitsraum, der mit erstaunlicher Treue den sonderbaren Wirrwarr dieses kleinen Weiberhirns widerspiegelte.

Auf dem Tisch ein ganzes Orchester von winzigen Katzenstatuetten, jede mit einem andern Instrument; daneben ein kleiner Taschenspiegel, Schreibzeug, Toilettengegenstände; alles in peinlicher Ordnung. Auf einer Etagere winzige Musikerbüsten: Beethoven mit gerunzelter Stirn, Wagner mit seinem Barett – und der Apollo vom Belvedere. Auf dem Kamin neben einem aus einer Schilfpfeife rauchenden Frosch ein Papierfächer mit dem Bayreuther Festspielhaus in schlechter Malerei. In der Bibliothek einige Bücher: Lübker, Mommsen, Schiller, *Ohne Familie* von Malot, Jules Verne, Montaigne. An den Wänden große Photographien der Sixtinischen Madonna und Herkomerscher Gemälde: sie waren mit blaugrünen Bändern eingefaßt. Dann hing da auch in einem Rahmen aus Silberdisteln die Ansicht eines Schweizer Hotels; vor allem aber überall und in allen Winkeln eine Unmenge Photographien von Offizieren, Tenören, Orchesterdirigenten und von Freundinnen – sämtlich mit Widmungen versehen, fast alle mit Versen oder doch wenigstens mit etwas, was man landläufig Verse nennt. Inmitten des Zimmers thronte auf einem Marmorsockel eine bärtige Brahmsbüste; und über dem Klavier schaukelten sich an einem Faden kleine Plüschäffchen und Kotillonerinnerungen.

Mit vom Schlaf noch verschwollenen Augen und verdrießlicher Miene kam Minna stets zu spät; sie reichte Christof kaum die Hand, wünschte ihm kühl guten Morgen und setzte sich stumm, ernst und würdevoll an das Klavier. Übte sie allein, so machte es ihr Vergnügen, ohne Ende Tonleitern zu spielen, denn die erlaubten ihr, ihren Halbschlaf angenehm auszudehnen und die Träume, die sie beschäftigten, weiterzuspinnen. Christof aber zwang ihre Aufmerksamkeit auf schwierige Übungen; dann gab sie sich aus Rache manchmal Mühe, so schlecht wie möglich zu spielen. Sie war ziemlich musikalisch, machte sich jedoch nicht sonderlich viel aus Musik. Aber wie so viele meinte sie, sie müsse Klavier spielen können; und so nahm sie ihre Stunden ziemlich gewissenhaft, abgesehen von ein paar Augenblicken teuflischer Bosheit, wenn sie ihren Lehrer aufbringen wollte. Weit mehr indessen brachte sie ihn durch die eisige Gleichgültigkeit auf, mit der sie lernte. Das schlimmste jedoch war, wenn sie sich einbildete, ihre Seele in eine ausdrucksvolle Stelle legen zu müssen: dann wurde sie sentimental und fühlte innerlich doch gar nichts.

Der kleine Christof war nicht sehr höflich, wenn er so neben ihr saß. Niemals machte er ihr Komplimente; weit entfernt davon. Sie trug ihm das nach und ließ keine seiner Bemerkungen ohne Widerspruch vorübergehen. Gegen alles, was er sagte, hatte sie etwas einzuwenden, und wenn sie sich irrte, so blieb sie trotzig darauf bestehen, sie spiele nur, was vorgeschrieben sei. Er wurde gereizt, und sie sagten sich dauernd allerlei Liebenswürdigkeiten. Dabei unterließ sie es nicht, obwohl sie die Augen auf die Tasten gesenkt hielt, ihn zu beobachten, und freute sich über seine Wut. Um sich die Zeit zu verkürzen, erfand sie törichte kleine Listen, die keinen andern Zweck hatten, als die Stunde zu unterbrechen und Christof zu ärgern. Sie bekam einen heftigen Hustenanfall und tat, als ob sie ersticken müßte, nur um sich interessant zu machen; oder sie hatte dem Zimmermädchen etwas äußerst Wichtiges zu sagen. Christof wußte, daß es Komödie war, und Minna wußte, daß Christof wußte, daß es Komödie war; das aber machte ihr gerade Spaß, denn Christof durfte nicht sagen, was er dachte.

Als sie sich eines Tages wieder so vergnügte und, das Mäulchen ins Taschentuch versteckt, herzbewegend hustete, als ob sie sogleich ersticken sollte, während sie in Wahrheit den gereizten Christof von der Seite beobachtete, kam sie auf den Gedanken, ihr Taschentuch fallen zu lassen, um Christof zu zwingen, es aufzuheben; er tat es in der denkbar unhöflichsten Weise. Sie belohnte ihn dafür mit dem „Danke!" einer großen Dame, was ihn fast zum Zerspringen brachte.

Dies Spiel fand sie so ausgezeichnet, daß es wiederholt werden mußte. Am nächsten Morgen fing sie wieder an. Christof aber fiel nicht darauf herein: er kochte vor Zorn.

Einen Augenblick wartete sie, dann sagte sie in verärgertem Ton:

„Würden Sie mir bitte mein Taschentuch aufheben?“

Da hielt Christof nicht länger an sich.

„Ich bin nicht Ihr Diener!“ schrie er grob. „Heben Sie es sich selber auf!“

Minna barst vor Zorn. Sie stand so heftig von ihrem Klaviersessel auf, daß er umfiel.

„Nein, das ist zu stark!“ sagte sie, schlug wütend auf das Klavier und ging empört hinaus.

Christof wartete, daß sie zurückkomme. Aber sie kam nicht. Er schämte sich seines Benehmens: er fühlte, er habe sich wie ein Flegel aufgeführt. Aber schließlich war er mit seiner Kraft am Ende; Minna machte sich mit zu großer Unverschämtheit über ihn lustig. Er fürchtete, daß sie sich jetzt bei ihrer Mutter beklage und daß er sich so für immer Frau von Kerichs Zuneigung verscherzt habe. Er wußte nicht, was er tun sollte; denn obschon er seine Brutalität bedauerte, hätte er doch für nichts auf der Welt um Verzeihung gebeten.

Auf gut Glück kam er am nächsten Morgen wieder, obgleich er dachte, Minna würde sich weigern, ihre Stunde zu nehmen. Minna aber, die zu stolz war, sich bei jemand zu beklagen, und deren Gewissen sich übrigens nicht vorwurfsfrei fühlte, erschien, wenn auch um noch fünf Minuten später als gewöhnlich. Ohne den Kopf nach ihm zu wenden, ohne ein Wort zu sprechen, setzte sie sich stocksteif ans Klavier, als sei Christof für sie nicht vorhanden. Nichtsdestoweniger nahm sie ihre Stunde und alle folgenden, denn sie wußte sehr wohl, daß Christof etwas von Musik verstehe und daß sie sauber Klavier spielen lernen müsse, wollte sie das sein, was zu sein ihr Ehrgeiz war: eine junge Dame aus guter Familie und tadellos erzogen.

Wie sehr aber langweilte sie sich! Wie sehr langweilten sie sich beide!

An einem nebligen Märzmorgen, als kleine Schneeflocken wie Federchen durch die graue Luft flogen, befanden sie sich wieder im Studio. Es war noch kaum Tag. Minna stritt wie gewöhnlich wegen einer falschen Note, die sie gespielt hatte, und sie behauptete, daß „es so dasteht". Obgleich er genau wußte, daß sie log, neigte sich Christof dennoch über das Heft, um die fragliche Stelle aus der Nähe zu sehen. Sie hatte die Hand aufs Pult gestützt und nahm sie nicht weg. Sein Mund war dieser Hand ganz nahe. Er versuchte zu lesen, doch gelang es ihm nicht: er schaute auf etwas anderes – auf dieses zarte, durchscheinende Etwas, das Blütenblättern glich. Und plötzlich – er wußte selber nicht, was ihm einfiel – preßte er seine Lippen mit aller Kraft auf dieses Händchen.

Beide waren sie darüber in gleichem Maße bestürzt. Er schnellte in die Höhe, sie zog ihre Hand weg – und sie erröteten beide. Sie sprachen kein Wort, sahen sich nicht an. Nach einem Augenblick peinlichen Schweigens nahm sie ihr Spiel wieder auf; aber sie war ganz erregt, ihre Brust hob sich wie in Beklemmung, und sie spielte eine falsche Note nach der andern. Er merkte es jedoch nicht, denn er war noch viel erregter als sie; seine Schläfen hämmerten, er hörte nichts, wußte nicht, was sie spielte, und machte, nur um das Schweigen zu brechen, aufs Geratewohl da und dort eine Bemerkung. Er glaubte, nun sei er in Minnas Augen endgültig unmöglich. Er schämte sich über das, was er getan, und hielt es für albern und plump. Als die Stunde zu Ende war, verließ er das Zimmer, ohne Minna auch nur anzusehen, ja, er vergaß sogar, sie zu grüßen. Sie aber zürnte ihm deshalb nicht. Sie dachte gar nicht mehr daran, Christof unerzogen zu finden; und wenn sie so viele falsche Noten gespielt hatte, so kam dies daher, weil sie Christof unaufhörlich mit staunender Neugierde und – zum erstenmal – mit Sympathie beobachtet hatte.

Als sie allein war, schloß sie sich, anstatt wie an andern Tagen zu ihrer Mutter hinüberzugehen, in ihr Zimmer ein und ging über dieses außergewöhnliche Ereignis gründlich mit sich zu Rate. Sie setzte sich mit aufgestützten Ellenbogen vor den Spiegel, aus dem ihre Augen ihr leuchtend entgegenblickten. In der Anstrengung des Denkens biß sie sich leicht auf die Lippe. Und während sie so mit Wohlgefallen ihr niedliches Gesicht betrachtete, sah sie, errötend und lächelnd, die ganze Szene wieder vor sich. Bei Tisch war sie angeregt und lustig. Dann lehnte sie es ab, auszugehen, und blieb einen Teil des Nachmittags über im Salon, eine Handarbeit in den Händen, an der sie kaum zehn Stiche machte, und selbst die waren noch falsch; aber was lag ihr daran! In einer Ecke des Zimmers, den Rücken ihrer Mutter zugewandt, lächelte sie still vor sich hin; dann wieder überfiel sie ein plötzlicher Drang, sich Bewegung zu machen, und sie sprang mit hellem Singen im Zimmer umher. Frau von Kerich fuhr zusammen und schalt sie närrisch. Minna fiel ihr um den Hals, bog sich dabei vor Lachen und küßte sie, als wolle sie sie erwürgen.

Abends, als sie auf ihr Zimmer ging, legte sie sich noch lange nicht schlafen. Immerzu sah sie in den Spiegel, beschwor die Erinnerung wieder herauf, und da sie den ganzen Tag nur an das eine gedacht hatte, konnte sie schließlich an gar nichts mehr denken. Langsam zog sie sich aus; hielt alle Augenblicke inne, setzte sich auf ihr Bett und versuchte sich Christofs Bild wieder vorzustellen: Es war ein Phantasie-Christof, der ihr erschien; und jetzt deuchte er ihr gar nicht mehr übel. Sie legte sich nieder und löschte das Licht. Nach zehn Minuten ging ihr die Szene vom Morgen plötzlich wieder durch den Kopf, und sie lachte hellauf. Ihre Mutter erhob sich leise und öffnete die Tür, weil sie meinte, daß sie trotz ihres Verbotes im Bett lese. Doch sie fand Minna ruhig hingestreckt, die Augen im Halbschein des Nachtlichts weit offen.

„Was gibt es denn?“ fragte sie. „Was macht dich denn so fröhlich?“

„Gar nichts“, antwortete Minna ernsthaft. „Ich denke.“

„Du kannst ja von Glück sagen, wenn du dich in deiner Gesellschaft so gut unterhältst. Aber jetzt heißt es schlafen."

„Ja, Mama", antwortete Minna sanft.

Innerlich jedoch murrte sie:

Aber geh doch hinaus! Geh doch nur hinaus!, bis sich die Tür wieder schloß und sie ihrer Träumerei weiter nachhängen konnte. Sie überließ sich einem lässig weichen Hindämmern. Beinahe schon im Einschlafen, fuhr sie aber voller Freude noch einmal in die Höhe.

Er liebt mich... Wie entzückend! Wie nett von ihm, daß er mich liebt! – Und wie liebe ich ihn!

Sie umarmte ihr Kopfkissen und war bald fest eingeschlafen.

Als die beiden Kinder zum erstenmal wieder zusammenkamen, war Christof von Minnas Liebenswürdigkeit überrascht. Sie sagte ihm guten Tag und fragte ihn mit sehr sanfter Stimme, wie es ihm gehe; mit artiger, bescheidener Miene setzte sie sich ans Klavier und war ein Engel an Fügsamkeit. Keine einzige ihrer boshaften Launen kam ihr mehr in den Sinn; sie lauschte andächtig auf Christofs Einwände, erkannte ihre Richtigkeit an, schrie selber erschrokken auf, wenn sie falsch spielte, und versuchte sich zu verbessern. Christof begriff nichts von alldem. In kürzester Zeit machte sie erstaunliche Fortschritte. Sie spielte nicht nur besser, sie schien sogar die Musik zu lieben. Sowenig er auch zum Schmeichler geschaffen war, mußte er sie dennoch loben. Sie errötete vor Freude und belohnte ihn mit einem tränenumflorten Blick der Dankbarkeit. Sie kleidete sich für ihn mit besonderer Sorgfalt, trug Bänder in prächtigen Farben und lächelte Christof mit schmachtenden Augen zu, was ihm mißfiel, ihn aufreizte und bis zum Grund seiner Seele bewegte. Jetzt war sie es, die zu plaudern versuchte; doch ihre Unterhaltungen hatten nichts Kindliches: sie redete höchst ernsthaft und zitierte mit pedantischer, gezierter Betonung die Dichter. Er antwortete kaum; ihm war höchst unbehaglich zumute: diese neue Minna, die er nicht kannte, setzte ihn in Erstaunen und Unruhe.

Sie beobachtete ihn unausgesetzt. Sie wartete ... Worauf? – Wußte sie das selber genau? Sie wartete darauf, daß er wieder anfange. – Da er aber überzeugt war, er habe sich wie ein Lümmel betragen, hütete er sich wohl; es schien sogar, als dächte er überhaupt nicht mehr daran. Das machte sie haltlos; und eines Tages, als er ganz ruhig und in respektvoller Entfernung von den gefährlichen kleinen Händen saß, packte sie die Ungeduld. Mit einer so plötzlichen Bewegung, daß sie selbst nicht Zeit fand, darüber nachzudenken, preßte sie ihm ihr Händchen an die Lippen. Er war darüber ganz bestürzt, dann wütend und beschämt. Doch er küßte sie nichtsdestoweniger, und zwar höchst leidenschaftlich. Aber Minnas naive Unverfrorenheit empörte ihn; und beinahe hätte er sie glatt sitzenlassen.

Aber er konnte nicht mehr. Er war gefangen. Ein Strudel von tausend Gedanken überflutete sein Inneres; er konnte sich nicht hindurchfinden. Wie Dämpfe, die vom Tale aufsteigen, hoben sie sich aus der Tiefe seines Herzens. Aufs Geratewohl wanderte er nach allen Richtungen durch diesen Liebesnebel; und was er auch tat, immer nur ging er in der Runde um eine fixe Idee, ein unbekanntes, gefährliches und verführerisches Begehren, wie eine Motte um die Flamme kreist. Es war das plötzliche Aufwallen der blinden Naturgewalten.

Eine Zeit der Spannung folgte. Sie beobachteten sich, sehnten sich und fürchteten sich beide. Sie waren in Unruhe. Ihre kleinen Feindseligkeiten und Launen trieben sie zwar weiter; doch zu Vertraulichkeiten kam es nicht mehr zwischen ihnen: sie waren einsilbig, jedes damit beschäftigt, in der Stille seine Liebe aufzubauen.

Die Liebe hat sonderbare Rückwirkungen. In dem Augenblick, als Christof die Entdeckung machte, daß er Minna liebe, entdeckte er gleichzeitig, daß er sie immer geliebt hatte. Seit drei Monaten sahen sie sich nun fast täglich, ohne daß er von dieser Liebe eine Ahnung gehabt hatte. Jetzt aber liebte er sie, nun mußte er sie natürlich auch schon seit aller Ewigkeit geliebt haben.

Es war für ihn eine Erlösung, endlich dahinterzukommen, *wen* er eigentlich liebte; liebte er doch schon so lange, ohne zu wissen, wen! Er war wie befreit, gleich einem Kranken, der an einem allgemeinen, unbestimmbaren und schwächenden Übel leidet und nun das Leiden sich plötzlich in einem heftigen, auf eine bestimmte Stelle lokalisierten Schmerz zusammenziehen fühlt. Nichts reibt so sehr auf wie Liebe ohne ein bestimmtes Ziel: gleich einem Fieber zernagt und untergräbt sie die Kräfte. Eine Leidenschaft, die man kennt, spannt den Geist aufs äußerste; das wirkt ermattend, aber man weiß doch warum. Es ist eine Überanstrengung, nicht aber eine Verzehrung. Alles lieber als Leere.

Obgleich Christof nach Minnas Benehmen mit gutem Grund glauben durfte, daß er ihr nicht gleichgültig sei, konnte er es doch nicht lassen, sich in dem Gedanken zu quälen, sie verachte ihn. Sie hatten niemals eine ganz bestimmte Vorstellung voneinander gehabt; nie aber war diese Vorstellung verwirrter und falscher als jetzt – eine Reihe unzusammenhängender sonderbarer Bilder, die nicht in Übereinstimmung zu bringen waren; denn sie fielen von einer Übertreibung in die andere und dichteten einander der Reihe nach sämtliche Fehler und Vorzüge an, die sie nicht besaßen: die Vorzüge, wenn sie einander fern, die Fehler, wenn sie zusammen waren. Und in beiden Fällen gingen sie gleichermaßen fehl.

Was sie eigentlich selber wünschten, wußten sie nicht. Christof empfand seine Liebe als jenen gebieterischen, unbedingten, Erwiderung heischenden Zärtlichkeitsdrang, der ihn schon seit seiner Kindheit durchglühte, den er auch von den andern verlangte und den er den andern gern gütlich oder gewaltsam abgetrotzt hätte. Für Augenblicke mischte sich in dieses allesbeherrschende Sehnen nach Hingabe seines Selbst und der andern – vielleicht vor allem der andern – der Anflug eines ihm unbekannten Begehrens, das ihn schwindeln machte und das er nicht verstand. Minna, die vor allem neugierig war und entzückt von der Aussicht, einen Roman zu erleben, suchte daraus alle nur mögliche Nahrung für ihre Eitelkeit und Sentimentalität zu ziehen; sie täuschte sich nur zu gern über das, was sie empfand. Ein gut Teil ihrer Liebe hatten sich beide nur aus Büchern angelesen. Sie durchlebten nochmals gelesene Romane und träumten sich beständig in Empfindungen hinein, die sie gar nicht hatten.

Aber der Augenblick kam, wo all diese kleinen Lügen, der ganze kleinliche Egoismus vor dem göttlichen Aufleuchten der Liebe vergehen sollte. Ein Tag, eine Stunde, ein paar wenige Sekunden ... Und alles kam so unerwartet!

Eines Abends waren sie allein und plauderten. Das Dunkel schlich sich in den Saal. Ihre Unterhaltung hatte eine ernste Färbung angenommen. Sie sprachen vom Unendlichen, vom Leben und vom Tode. Das gab einen großartigen Rahmen für ihre Gefühlchen ab. Minna klagte über ihre Vereinsamung, was Christof natürlich zu der Antwort veranlaßte, daß sie nicht so allein sei, wie sie behaupte.

„Nein", meinte sie und schüttelte ihr Köpfchen, „alles das sind Worte. Jeder lebt für sich, kein Mensch interessiert sich für einen, niemand liebt einen."

Pause.

„Und ich?" fragte Christof plötzlich, bleich vor Erregung.

Minna, das stürmische Persönchen, sprang mit einem Ruck auf und ergriff seine Hände.

Da öffnete sich die Tür. Erschrocken flogen sie auseinander, und schon trat Frau von Kerich ins Zimmer. Christof vertiefte sich in ein Buch, das er verkehrt herum hielt. Minna beugte sich tief über ihre Arbeit und stach sich mit der Nadel in den Finger.

Während des ganzen Abends blieben sie nicht mehr allein und fürchteten sich auch davor. Als Frau von Kerich einmal aufstand, um im Nebenzimmer etwas zu suchen, erbot sich Minna, die im allgemeinen nicht sehr aufmerksam war, es ihr zu holen; Christof aber benutzte ihre Abwesenheit, sich zu verabschieden, ohne ihr gute Nacht zu sagen.

Als sie am nächsten Morgen zusammenkamen, warteten sie schon ungeduldig darauf, ihre unterbrochene Unterhaltung wiederaufzunehmen. Es gelang ihnen aber nicht im geringsten. Dabei waren ihnen im Grunde die Umstände günstig. Sie gingen mit Frau von Kerich spazieren und hätten zehnmal Gelegenheit finden können, ganz nach Belieben miteinander zu plaudern. Aber Christof fand die Worte nicht; er selber war darüber so unglücklich, daß er sich so weit wie möglich von Minna entfernt hielt. Die tat, als merke sie seine Unhöflichkeit nicht; aber sie war gekränkt und zeigte es deutlich. Als Christof sich endlich zwang, einige Worte hervorzupressen, hörte sie ihm mit so eisiger Miene zu, daß er kaum den Mut hatte, seinen Satz zu beenden. Aber auch der Spaziergang fand sein Ende. Die Zeit verstrich. Und Christof war verzweifelt, daß er sie so wenig auszunutzen gewußt hatte.

Eine Woche ging dahin. Schon glaubten sie, daß sie sich über ihre gegenseitigen Gefühle getäuscht hätten. Sie waren nicht sicher, ob sie die ganze Szene jenes Abends nicht bloß geträumt hatten. Minna grollte Christof. Christof hatte Angst, ihr allein zu begegnen. Sie standen kühler als je miteinander.

Da kam ein Tag. – Den ganzen Morgen und einen Teil des Nachmittags hatte es geregnet. Sie blieben im Haus, sprachen und lasen nicht, gähnten, schauten aus dem Fenster, fühlten sich gelangweilt und verdrießlich. Gegen vier Uhr hellte sich der Himmel auf. Da gingen sie in den Garten. Auf die Terrassenbrüstung gestützt, schauten sie hinab auf die Rasenabhänge, die zum Fluß hinunterführten. Die Erde dampfte, ein warmer Dunst stieg zur Sonne auf; Regentröpfchen glänzten im Gras; der feuchte Erdgeruch mischte sich mit dem Duft der Blumen; rings um sie her summte ein goldener Schwarm von Bienen. Sie standen dicht beieinander und schauten sich nicht an; sie konnten sich nicht entschließen, das Schweigen zu brechen. Eine Biene kam geflogen, klammerte sich linkisch an eine Glyzinientraube, die regenschwer herabhing, und ließ einen ganzen Wassersturz über sich niedergehen. Da lachten sie gleichzeitig auf; und im selben Augenblick fühlten sie auch, daß sie nicht mehr böse aufeinander, daß sie gute Freunde waren. Dennoch vermieden sie es auch weiter, sich anzusehen.

Plötzlich nahm Minna, ohne den Kopf zu wenden, Christof bei der Hand und sagte:

„Kommen Sie."

Damit zog sie ihn im Lauf zu dem kleinen Irrgarten mit den von Buchsbaum eingefaßten Pfaden, der sich mitten in dem Lustwäldchen erhob. Sie erstürmten den Hügel, sie glitten über den aufgeweichten Boden, und die nassen Bäume schüttelten ihre Zweige über sie aus. Als sie die Höhe beinahe erreicht hatten, hielt Minna inne, um Atem zu schöpfen.

„Einen Augenblick ... einen Augenblick ...", sagte sie ganz leise und rang nach Luft.

Er blickte sie an. Sie blickte weg; sie lächelte keuchend, mit halboffenem Munde. Ihre Hand hielt sie fest um Christofs Hand geschlossen. Sie fühlten, wie das Blut in ihren aneinandergepreßten Handflächen hämmerte und wie ihre Finger bebten. Rings um sie her war Stille. Die lichten Triebe der Bäume erschauerten in der Sonne; mit hellem Silberklang tröpfelte ein feiner Regen aus dem Laub; und durch den Himmel schossen helle Schwalbenschreie.

Sie wandte ihm den Kopf zu: es war wie ein Blitz. Sie fiel ihm um den Hals, er warf sich in ihre Arme.

„Minna! Minna! Mein Liebling!“

„Ich liebe dich, Christof! Ich liebe dich!“

Sie ließen sich auf einer feuchten Holzbank nieder. Sie waren von Liebe erfüllt, von süßer, törichter Liebe. Alles andere war verschwunden. Kein Egoismus mehr, keine Eitelkeit, keine Hintergedanken. Alles Dunkel ihrer Seele war von diesem Liebesatem fortgeweht. „Liebe, Liebe“ – sprachen ihre lachenden und tränenfeuchten Augen. Das kalte, kokette kleine Mädchen, der stolze Junge, sie waren durchglüht von dem Drang, sich hinzugeben, sich aufzuopfern, zu leiden, einer für den andern zu sterben. Sie kannten sich selber nicht mehr, waren nicht mehr dieselben; alles war verwandelt: ihre Herzen, ihre Züge, ihre von Güte und rührender Zärtlichkeit strahlenden Augen. Minuten der Reinheit, der Selbstverleugnung, der völligen Hingabe des eignen Ich, wie sie das Leben nie mehr wiederbringt!

Nach einem verliebten Gestammel, nach leidenschaftlichen Schwüren, ewig einer des andern zu sein, nach Küssen und unzusammenhängenden, glückstaumelnden Worten merkten sie plötzlich, daß es schon sehr spät war; da liefen sie zurück, hielten sich bei den Händen, waren dauernd in Gefahr, auf den engen Wegen hinzufallen, und stießen sich an den Bäumen; aber blind und trunken vor Freude, spürten sie nichts.

Als sie sich getrennt hatten, kehrte er nicht heim: er hätte nicht schlafen können. Er ging vor die Stadt und wanderte querfeldein; aufs Geratewohl schritt er durch die Nacht. Die Luft war frisch, das Land lag dunkel und verlassen. Ein Käuzchen schrie fröstelnd. Wie ein Schlafwandler ging er. Er stieg zwischen den Reben den Hügel hinauf. In der Ebene zitterten die kleinen Lichter der Stadt und am dunklen Himmel die Sterne. Auf eine Mauer am Wegrand setzte er sich nieder und wurde plötzlich von einem Tränenausbruch geschüttelt. Warum, wußte er nicht. Er war zu glücklich. Der Überschwang seiner Freude war Trauer und Freude zugleich. Dankbarkeit für sein Glück war darin,

Mitleid mit denen, die nicht glücklich waren, ein schwermütiges und süßes Gefühl von der Zerbrechlichkeit aller Dinge, ein Lebenstaumel. Er weinte mit Wonne, und unter Tränen schlief er ein. Als er erwachte, dämmerte bereits der Morgen. Weiße Nebel zogen über den Fluß und hüllten die Stadt ein, wo Minna schlief, todmüde, das Herz erhellt von einem Lachen des Glücks.

Gleich am nächsten Morgen glückte es ihnen, sich wieder im Garten zu sehen und sich von neuem zu sagen, daß sie sich liebten; schon aber war es nicht mehr die göttliche Unbewußtheit des gestrigen Abends. Minna spielte ein wenig die Liebende; und auch er, wenngleich aufrichtiger, hielt sich an eine gewisse Rolle. Sie sprachen davon, wie sich ihr Leben gestalten würde. Er klagte über seine Armut, seine bescheidene Stellung; darauf spielte sie die Großherzige und freute sich an ihrem eigenen Edelmut. Sie behauptete, daß Geld ihr ganz gleichgültig sei. Das war es auch wirklich; denn sie kannte es nicht; sie kannte keine Entbehrung. Er versprach ihr, ein großer Künstler zu werden; das fand sie amüsant und schön wie in einem Roman. Sie meinte, es sei ihre Pflicht, sich wie eine wahre Liebende aufzuführen; also las sie Gedichte und war sentimental. Er wurde davon angesteckt. Er achtete auf seine Kleidung und wurde dadurch lächerlich; er achtete auf seine Redeweise und wurde geschraubt. Frau von Kerich beobachtete ihn lachend und fragte sich, was ihn nur so albern machen könne.

Doch es kamen noch Minuten von unsagbarer Poesie. Mitten in fahlen Tagen leuchteten sie plötzlich auf, gleich einem Sonnenstrahl im Nebel.

Oft war es nur ein Blick, eine Gebärde, ein Wort, die nichts bedeuteten und sie dennoch mit Glück überschwemmten. Es waren die Worte „Auf Wiedersehen!“ am Abend auf der schlechtbeleuchteten Treppe, die Augen, die einander suchten und im Halbdunkel errieten, der Schauer ihrer

Hände bei jeder Berührung, das Beben der Stimme, alle jene kleinen Nichts, deren Erinnerung sich nachts verdichtete, wenn sie in so leichtem Schlafe lagen, daß jeder Stundenschlag sie weckte, und wenn ihr Herz wie das Murmeln einer Quelle ihnen zuraunte: „Ich werde geliebt."

Sie entdeckten die Schönheit aller Dinge. Der Frühling lächelte mit wunderbarer Süße. Der Himmel hatte einen Glanz, die Luft eine Milde, wie sie es nie zuvor gewußt hatten. Die ganze Stadt, die roten Dächer, die alten Mauern, das holprige Pflaster schmückten sich mit heimeliger Lieblichkeit, die Christof fast wehmütig stimmte. Nachts, wenn alle Welt schlief, erhob sich Minna aus ihrem Bett und stand schlaftrunken und fiebernd am Fenster. Und an den Nachmittagen, an denen er nicht da war, saß sie träumend im Schaukelstuhl, ein Buch auf den Knien, die Augen halb geschlossen, einer glücklichen Mattigkeit hingegeben, Körper und Geist von Frühlingsluft umweht. Sie verbrachte jetzt lange Stunden am Klavier, wo sie mit einer für andere aufreizenden Geduld Akkorde und Tonleitern wiederholte, bis sie vor Erregung ganz bleich und kalt wurde. Bei Schumannscher Musik weinte sie. Für alle war sie von Mitleid und Güte erfüllt; und ihm ging es wie ihr. Den Armen, die sie trafen, gaben sie verstohlene Almosen und wechselten dabei verständnisvolle Blicke: dann waren sie ganz glücklich, so gut zu sein.

Allerdings waren sie es eigentlich nur gelegentlich. Minna entdeckte plötzlich, wie traurig das bescheidene Pflichtleben der alten Frieda wäre, die schon seit ihrer Mutter Kindheit im Hause diente; und sie lief eiligst zu ihr und fiel ihr um den Hals zum großen Erstaunen der guten Alten, die in der Küche gerade Wäsche ausbesserte. Doch das hinderte sie nicht, sie zwei Stunden später hart anzufahren, weil Frieda nicht beim ersten Klingelzeichen erschienen war. Und Christof, der sich in Liebe für alles Menschliche verzehrte und einen Umweg machte, nur um ein Insekt nicht zu zertreten, war gegen seine eigene Familie voller

Gleichgültigkeit. In sonderbarer Rückwirkung war er sogar den Seinen gegenüber um so kälter und stumpfer, je mehr Herzlichkeit er allen übrigen Wesen entgegenbrachte; kaum dachte er an sie, er sprach barsch mit ihnen und begegnete ihnen mit steter Gereiztheit. Ihrer beider Güte war nur eine Überfülle von Zärtlichkeit, die plötzlich überschäumte und dem ersten, der zufällig ihren Weg kreuzte, zugute kam. Waren solche Krisen vorüber, so zeigten sie sich egoistischer als gewöhnlich; denn ihr Geist war nur von einem einzigen Gedanken erfüllt, und auf ihn wurde alles zurückgeführt.

Welchen Raum nahm die Gestalt des kleinen Mädchens doch in Christofs Leben ein! Welch Aufruhr aller Gefühle, wenn er sie im Garten suchte und von fern ihr weißes Kleidchen entdeckte; wenn er im Theater wenige Schritte von ihren noch leeren Plätzen entfernt saß, die Tür der Parkettloge sich plötzlich öffnen und die lachende Stimme erklingen hörte, die er so gut kannte; wenn in einem fremden Gespräch zufällig der liebe Name von Kerich ausgesprochen wurde! Er erblaßte, errötete; minutenlang sah und hörte er nichts mehr. Und gleich darauf stieg eine Sturzwelle von Blut in seinem Körper empor, ein Sturm unbekannter Kräfte.

Minna, dies naiv-sinnliche kleine deutsche Mädchen, kannte wunderliche Spiele. Sie legte ihren Ring auf einen Mehlkuchen; und einer nach dem andern mußte ihn mit den Zähnen und ohne sich dabei die Nase weiß zu machen, herunternehmen. Oder sie zog wohl auch durch einen Zwieback einen Faden, den jeder von ihnen mit einem Ende in den Mund nahm; und nun galt es, an dem Faden entlang so schnell wie möglich an den Zwieback zu kommen und ihn anzubeißen. Ihre Gesichter kamen dabei immer näher, ihr Atem mischte sich, ihre Lippen berührten sich, sie lachten ein erkünsteltes Lachen, und ihre Hände waren eisig kalt. Christof überkam ein Drang, zu beißen, weh zu tun; mit einem Ruck fuhr er zurück; und sie lachte gezwungen weiter. Dann wandten sie sich voneinander ab, spielten die

Gleichgültigen und schauten sich doch verstohlen immer wieder an.

Solche Spiele hatten für sie einen beunruhigenden Reiz: sie suchten und flohen sie gleichzeitig. Christof hatte Angst davor und mochte dann noch lieber den Zwang solcher Zusammenkünfte, bei denen Frau von Kerich oder jemand anders anwesend war. Keine lästige Gegenwart konnte ja das Zwiegespräch ihrer verliebten Herzen stören; Widerstand machte es nur inniger und süßer. Alles zwischen ihnen war nun von unschätzbarem Wert: ein Wort, ein Lippenkräuseln, ein Blick genügten, um unter dem schlichten Schleier des täglichen Lebens den reichen, unberührten Schatz ihres Innenlebens durchleuchten zu lassen. Sie allein konnten es sehen, so meinten sie wenigstens, und lächelten sich, selig über ihre kleinen Geheimnisse, zu. Beim Belauschen ihrer Worte hätte man nichts anderes als eine Salonunterhaltung über gleichgültige Dinge vernommen: ihnen war es ein ununterbrochener Liebesgesang. Sie lasen wie in einem offenen Buch die flüchtigsten Veränderungen aus ihren Zügen, ihren Stimmen; ebensogut hätten sie mit geschlossenen Augen lesen können; denn sie brauchten nur ins eigne Herz zu lauschen, um dort das Echo vom Herzen ihres Liebsten zu hören. Sie strömten über von Vertrauen ins Leben, ins Glück, in sich selbst. Ihre Hoffnungen waren grenzenlos. Sie liebten, wurden geliebt, waren glücklich, ohne jeden Schatten, ohne einen Zweifel, ohne eine Sorge um die Zukunft. Oh, schöner Friede dieser Frühlingstage! Keine Wolke am Himmel. Ein so fester Glaube, daß nichts ihn je erschüttern zu können scheint. Eine so überquellende Freude, daß nichts sie zu erschöpfen vermag. Leben sie? Träumen sie? Gewiß, sie träumen. Zwischen dem Leben und ihrem Traum besteht kein Band. Keines oder nur dies eine, daß auch sie selber in dieser Zauberstunde nur ein Traum sind; denn ihr Wesen ist aufgelöst im Hauch der Liebe.

Frau von Kerich brauchte nicht lange, um hinter ihre kleinen Schliche zu kommen, die ihnen so fein dünkten, die aber sehr ungeschickt waren. Minna schöpfte etwas Verdacht, seitdem ihre Mutter eines Tages unverhofft eingetreten war, als sie mit Christof aus etwas größerer Nähe als schicklich gesprochen hatte und sie beim Knarren der Tür eiligst und in linkischer Verwirrung auseinandergefahren waren. Frau von Kerich hatte getan, als ob sie nichts gemerkt habe. Minna bedauerte das fast. Sie hätte gern gegen ihre Mutter zu kämpfen gehabt: das wäre doch romantischer gewesen.

Ihre Mutter hütete sich wohl, ihr dazu Gelegenheit zu geben; sie war zu klug, um sich zu beunruhigen oder der Sache irgendeine Wichtigkeit beizumessen. Doch sie sprach vor Minna über Christof mit Ironie und verspottete unbarmherzig seine Lächerlichkeiten; mit ein paar Worten machte sie ihn unmöglich. Das tat sie ohne jede Berechnung, rein aus dem Instinkt heraus, mit der natürlichen Arglist einer braven Frau, die ihr Eigentum verteidigt. Minna konnte sich noch so sehr sträuben, schmollen, unartig antworten und die Richtigkeit der Beobachtungen trotzig abstreiten – sie waren nur allzu gerechtfertigt, und Frau von Kerich besaß eine grausame Geschicklichkeit, den richtigen Punkt zu treffen. Christofs plumpe Stiefel, seine geschmacklosen Anzüge, sein schlechtgebürsteter Hut, sein provinzieller Dialekt, seine lächerliche Art zu grüßen, sein lautes, vulgäres Lachen, nichts wurde vergessen, was Minnas Eitelkeit verletzen konnte – und stets war es nur eine einfache, wie im Vorübergehen hingeworfene Bemerkung; nie war sie in Form einer Anklage gehalten; und wenn sich Minna gereizt auf die Hinterbeine stellte und widersprechen wollte, sprach Frau von Kerich in aller Harmlosigkeit schon von etwas ganz anderem. Aber der Pfeil saß, und Minna war getroffen.

Langsam begann sie, Christof mit kritischeren Blicken zu betrachten. Er fühlte es halb und halb und fragte sie manchmal beunruhigt:

„Warum siehst du mich so an?"

„Wegen gar nichts!" gab sie dann zur Antwort.

Aber einen Augenblick später, wenn er wieder vergnügt war, warf sie ihm gereizt vor, daß er so laut lache. Er war betroffen, denn niemals wäre es ihm in den Sinn gekommen, daß er sich ihr gegenüber beim Lachen in acht nehmen müsse; seine ganze Freude war ihm verdorben. – Oder wenn er in völliger Selbstvergessenheit plauderte, hörte sie mit zerstreutem Ausdruck zu und unterbrach ihn plötzlich, um eine unfreundliche Bemerkung über seine Kleidung zu machen; oder sie verwies ihm mit ausfallender Schulmeisterlichkeit seine ordinären Ausdrücke, daß ihm die Lust verging, noch irgend etwas zu sagen, und er manchmal ganz böse wurde. Dann redete er sich ein, daß es nur ein Beweis von Minnas Interesse sei, wenn sie sich über seine Manieren ärgerte; und sie redete sich das selber ein. Er versuchte demütig, sich ihre Worte zunutze zu machen. Sie wußte ihm jedoch keinen Dank; denn es gelang ihm nur selten.

Aber er fand nicht die Zeit – und Minna ebensowenig –, die Veränderung, die in ihr vorging, zu merken. Ostern war gekommen, und Minna sollte mit ihrer Mutter eine kleine Reise zu Verwandten in der Nähe von Weimar machen.

In der letzten Woche vor der Trennung fanden sie die Stimmung der ersten Tage wieder. Abgesehen von einigen ungeduldigen Bemerkungen, war Minna herzlicher als je. Am Vorabend der Abreise gingen sie lange im Park spazieren; geheimnisvoll zog sie Christof in die Tiefe des Laubengangs und hängte ihm ein parfümiertes seidenes Beutelchen um den Hals, in das sie eine Locke von sich getan hatte. Sie tauschten von neuem ewige Schwüre und versprachen einander feierlich, sich täglich zu schreiben; und dann wählten sie am Himmel einen Stern, den sie beide jeden Abend zur selben Zeit anschauen wollten.

Der verhängnisvolle Tag brach an. Zehnmal hatte er sich während der Nacht gefragt: Wo wird sie morgen sein? Und jetzt dachte er: Heute ist es. Heute morgen ist sie noch hier; heute abend ist sie es nicht mehr! – Schon vor acht Uhr ging er zu ihr. Sie war noch nicht auf. Er versuchte im Garten umherzuwandern; aber er brachte es nicht fertig und ging wieder hinein. Die Korridore standen voller Koffer und Pakete; er setzte sich in eine Zimmerecke nieder, horchte auf das Gehen der Türen, das Krachen der Dielen und erkannte die Tritte, die in der oberen Etage hin und her gingen. Frau von Kerich kam vorüber; als sie ihn sah, huschte ein leises Lächeln über ihre Züge, und ohne sich aufzuhalten, warf sie ihm ein spöttisches „Guten Morgen!" zu. Endlich erschien Minna. Sie war bleich, und ihre Augen waren geschwollen; sowenig wie er hatte sie in dieser Nacht geschlafen. Mit wichtiger Miene gab sie den Dienstboten Anweisungen; sie reichte Christof die Hand, sprach dabei aber ruhig weiter mit der alten Frieda. Sie war schon reisefertig. Frau von Kerich kam zurück. Sie besprachen sich über eine Hutschachtel. Minna schien gar nicht auf Christof zu achten, der vergessen und unglücklich neben dem Klavier stand. Nun ging sie mit ihrer Mutter hinaus; dann kam sie zurück, rief aber von der Schwelle Frau von Kerich noch etwas zu. Darauf schloß sie die Tür – und sie waren allein. Sie lief auf ihn zu, ergriff seine Hand und zog ihn in den kleinen Nebensalon, dessen Vorhänge geschlossen waren. Dort drückte sie plötzlich ihr Gesicht gegen das Christofs und küßte ihn aus Leibeskräften. Unter Tränen fragte sie:

„Versprichst du mir, versprichst du, daß du mich immer lieben wirst?"

Sie schluchzten ganz leise und machten krampfhafte Anstrengungen, es nicht hören zu lassen. Beim Geräusch von Schritten trennten sie sich. Minna trocknete sich die Augen und setzte ihre wichtige kleine Miene den Dienstboten gegenüber wieder auf; aber ihre Stimme zitterte.

Es gelang ihm, ihr das Taschentuch, das sie hatte fallen lassen, zu rauben, ihr kleines, schmutziges, zerdrücktes, tränenfeuchtes Taschentuch.

Dann begleitete er seine Freundinnen in deren Wagen bis zum Bahnhof. Während sie sich gegenübersaßen, wagten die beiden Kinder kaum, sich anzusehen, aus Furcht, in Tränen auszubrechen. Ihre Hände fanden sich flüchtig und drückten sich bis zum Schmerzen. Frau von Kerich beobachtete sie mit überlegenem Wohlwollen und schien nichts zu merken.

Endlich schlug die Abschiedsstunde. Als sich der Zug in Bewegung setzte, ging Christof neben dem Wagen her, lief dann mit, schaute nicht um sich, rannte alle Bahnbeamten an und hielt die Augen auf Minnas Augen geheftet, bis der Zug enteilt war. Aber noch immer lief er weiter, bis er nichts mehr sah. Da hielt er außer Atem inne. Dann befand er sich wieder auf dem Bahnhof inmitten lauter Gleichgültiger. Als er nach Hause kam, fand er die Seinen glücklicherweise ausgegangen; und er weinte den ganzen Morgen.

Zum erstenmal lernte er den furchtbaren Schmerz der Trennung kennen. Unerträgliche Qual für alle liebenden Herzen. Die Welt ist leer, das Leben ist leer, alles ist leer. Das Herz krampft sich zusammen, man kann nicht mehr atmen; zu leben ist tödliche Angst, eine schier unerfüllbare Aufgabe. Besonders, wenn ringsumher lebendige Spuren vom Gegenstand einer Liebe bleiben, wenn alle Dinge sie beständig heraufbeschwören, wenn man in der vertrauten Umgebung bleibt, wo man zusammen gelebt hat, wenn man sich selber leidenschaftlich daran klammert, das entschwundene Glück an denselben Orten wiederaufleben zu lassen. Dann ist es wie ein Abgrund, der sich unter jedem Schritte öffnet; man neigt sich über ihn, wird vom Schwindel erfaßt, man glaubt zu fallen, man fällt. Man meint dem Tod ins Angesicht zu sehen. Und man sieht ihn wirklich. Trennung ist nur eine seiner Masken. Lebendig sieht man dem Hinschwinden des Liebsten zu, was das Herz besitzt; das Leben verlischt, es bleibt nichts als ein schwarzes Loch, das Nichts.

Christof suchte alle die geliebten Orte wieder auf und litt nur um so mehr. Frau von Kerich hatte ihm den Schlüssel zum Garten überlassen, damit er während ihrer Abwesenheit dort spazierengehen könne. Noch am selben Tag kehrte er in den Park zurück und verging fast vor Schmerz. Auf dem Hinweg glaubte er dort ein wenig von der, die fort war, wiederzufinden – und er fand sie nur allzusehr; ihr Bild schwebte über allen Rasenplätzen; bei jeder Wegbiegung war er gewärtig, sie auftauchen zu sehen; aber er marterte sein Herz damit, sich vom Gegenteil zu überzeugen, die Spuren seiner Liebeserinnerungen wieder aufzusuchen: den Weg zum Irrgarten, die glyzinienbehangene Terrasse, die Bank im Laubengang; und mit selbstquälerischem Trotz wiederholte er sich immer wieder: „Vor acht Tagen ... vor drei Tagen ... Gestern, so war es, gestern war sie hier, heute morgen sogar ...“ Er wühlte sein Herz mit solchen Gedanken auf, bis er fast verging und sterbensmatt Einhalt tun mußte. In seine Trauer mischte sich der Zorn gegen sich selber wegen all der schönen Zeit, die er ungenutzt hatte verstreichen lassen. So viele Minuten, so viele Stunden, in denen er das unendliche Glück genoß, sie zu sehen, ihren Duft zu spüren, sich an ihrem Sein zu weiden! Und er hatte es nicht zu würdigen gewußt! Er hatte die Zeit verstreichen lassen, ohne jeden kleinsten Augenblick auszukosten! Und jetzt? – Jetzt war es zu spät ... Unwiederbringlich! Unwiederbringlich!

Er ging wieder heim. Seine Familie war ihm ein Greuel. Er konnte ihre Gesichter, ihre Gebärden, ihre geschmacklosen Unterhaltungen nicht ertragen, die immer dieselben wie am verflossenen Abend waren, dieselben wie an den Tagen vorher, dieselben wie zu der Zeit, da sie noch da war. Sie führten ihr gewohntes Dasein weiter, als ob sich gar nicht solch ein Unglück dicht neben ihnen abspielte. Auch die Stadt ahnte nichts. Alle Leute gingen lachend, lärmend und geschäftig ihrem Berufe nach. Die Grillen zirpten; der Himmel strahlte. Er haßte sie alle, fühlte sich vom allgemeinen Egoismus zermalmt. Und doch war er für sich allein egoistischer als sämtliche Erdbewohner. Nichts hatte mehr Wert für ihn. Er besaß keinerlei Güte mehr, liebte niemand mehr.

So verbrachte er jammervolle Tage. Seine Beschäftigungen nahm er automatisch wieder auf; aber er hatte keinen Lebensmut mehr.

Als er eines Abends stumm und bedrückt mit den Seinen bei Tisch saß, klopfte der Briefträger an die Tür und überbrachte ihm ein Schreiben. Sein Herz erkannte es, bevor er noch die Schrift gelesen hatte. Vier Augenpaare hefteten sich mit indiskreter Neugierde auf ihn, warteten darauf, daß er lese, klammerten sich an die Hoffnung auf diese Zerstreuung, die sie aus der gewohnten Langenweile herausrisse. Er aber legte den Brief neben seinen Teller und zwang sich, ihn nicht zu öffnen, indem er mit gemachter Gleichgültigkeit vorgab, er wisse, um was es sich handle. Seine Brüder jedoch glaubten das nicht und belauerten ihn weiter, so daß er bis zum Ende der Mahlzeit auf die Folter gespannt blieb. Dann erst war es ihm vergönnt, sich in sein Zimmer einzuschließen. Sein Herz schlug dermaßen, daß er den Brief beim Öffnen fast zerriß. Er zitterte davor, was er lesen werde; doch als er die ersten Worte überflogen hatte, überkam ihn eine große Freude.

Minna schrieb ihm heimlich ein paar zärtliche Worte. Sie nannte ihn liebes *Christlein**, sagte ihm, daß sie viel geweint habe, daß sie jeden Abend, den sie in Frankfurt verbracht hätte, den Stern angeschaut habe, daß Frankfurt eine großartige Stadt sei, wo es wundervolle Läden gebe, daß sie aber auf nichts achte, weil sie nur an ihn denke. Sie erinnerte ihn daran, daß er geschworen hätte, ihr treu zu bleiben und niemand in ihrer Abwesenheit zu sehen, damit er ganz allein an sie denken könne. Sie wollte, daß er die ganze Zeit, in der sie nicht da sei, arbeite, damit er berühmt würde und sie mit ihm. Sie schloß mit der Frage, ob er auch noch an den kleinen Salon denke, in dem sie sich am Morgen der Abreise Lebewohl gesagt hätten; und sie bat ihn, einmal morgens wieder dorthin zu gehen; sie versprach ihm, in Gedanken noch dort zu sein und ihm noch einmal ebenso Lebewohl zu sagen. Sie unterschrieb: „Ewig Dein! Ewig!", und dann hatte sie noch eine Nachschrift hinzugefügt, um ihm zu raten, sich anstatt seines häßlichen Filzhutes einen Strohhut zu kaufen – alle eleganten Leute trügen den hier –, einen grobgeflochtenen Strohhut mit einem breiten blauen Band.

Christof las den Brief viermal, bevor er ihn ganz und gar verstand. Er war wie betäubt und fand nicht einmal mehr die Kraft, glücklich zu sein; er fühlte sich plötzlich so matt, daß er zu Bett ging. Nachdem er den Brief immer und immer wieder aufs neue gelesen und geküßt hatte, legte er ihn unters Kopfkissen und vergewisserte sich unaufhörlich, daß er noch da sei. Ein unaussprechliches Wohlbehagen überkam ihn. Und er schlief in einem Zug bis zum Morgen.

Sein Leben wurde nun erträglicher. Minnas treues Gedenken schwebte rings um ihn her. Er machte sich daran, ihr zu antworten, aber er hatte ja nicht das Recht, ihr offen zu schreiben, mußte verbergen, was er fühlte; das war peinlich und schwierig. So gab er sich Mühe, seine Liebe unter zeremoniellen Höflichkeitsformeln, die er stets in komischster Weise anwandte, ungeschickt zu verschleiern.

Nachdem sein Brief abgegangen war, wartete er auf Minnas Antwort, lebte überhaupt nur noch in dieser Erwartung. Um Geduld zu bewahren, versuchte er spazierenzugehen und zu lesen, aber er dachte nur an Minna und sprach sich ihren Namen mit geradezu wahnsinniger Beharrlichkeit immer wieder vor. Für diesen Namen empfand er eine so abgöttische Liebe, daß er überall, wohin er ging, in seiner Tasche einen Band Lessing bei sich trug, weil Minnas Name darinstand; und jeden Tag, wenn er aus dem Theater kam, machte er einen großen Umweg, um bei einem Kurzwarenladen vorbeizukommen, dessen Schild die fünf angebeteten Buchstaben trug.

Zerstreute er sich, so warf er es sich vor, hatte sie ihm doch mit Nachdruck befohlen, zu arbeiten, um sie berühmt zu machen. Der naive Egoismus dieser Bitte rührte ihn als ein Zeichen ihres Vertrauens. Um es zu rechtfertigen, beschloß er, ein Werk zu schreiben, das ihr nicht nur gewidmet, sondern wirklich geweiht wäre. Übrigens hätte er auch augenblicklich gar nichts anderes machen können. Kaum hatte er das Konzept dazu entworfen, als ihm die musikalischen Gedanken auch schon zuströmten. Es war wie eine Wassermenge, die sich seit Monaten in einem Becken angesammelt hat, die nun plötzlich hervorstürzt und alle Dämme niederreißt. Acht Tage lang ging er nicht aus seinem Zimmer. Luise stellte ihm sein Essen vor die Tür; denn er ließ nicht einmal sie zu sich hinein.

Er schrieb ein Quintett für Klarinette und Streichinstrumente. Der erste Teil war ein Gedicht voller Hoffnung und jugendlicher Wünsche; der letzte ein Liebesgetändel, nur hie und da etwas von Christofs ungezügeltem Humor unterbrochen. Doch das ganze Werk war um des zweiten Teils, des Larghettos, willen geschrieben, in dem Christof eine kleine feurige und kindliche Seele gemalt hatte, die Minnas Porträt war oder sein sollte. Keiner hätte sie darin wiedererkannt, sie selber weniger als irgend jemand; das Wesentliche aber war, daß Christof sie darin ganz und gar erkannte; und ein Schauer von Glück durchrann ihn bei dem Gedanken, daß er sich des Wesens der Geliebten so bemächtigt habe. Keine Arbeit war ihm je so leicht und glücklich von der Hand gegangen: sie war eine Auslösung für den Liebesüberschwang, den die Trennung in ihm erzeugt hatte; und gleichzeitig gaben ihm die Sorge um das Kunstwerk, die Anspannung, welche nötig war, um die Leidenschaft in einer schönen, klaren Form zu meistern und zusammenzuschließen, so viel geistige Gesundheit, solches Gleichgewicht aller seiner Kräfte, daß ihm das eine Art physischer Wollust verursachte. Höchster Genuß, den jeder schaffende Künstler kennt: während er schafft, ist er dem Sklaventum seiner Wünsche und Schmerzen nicht unterworfen und wird seinerseits ihr Herrscher. Alles, was sonst ihn genießen, alles, was ihn leiden machte, scheint ihm nun das freie Spiel seines Willens. Nur allzu kurze Augenblicke! Denn nachher empfindet er um so drückender die Ketten der Wirklichkeit.

Solange Christof mit dieser Arbeit beschäftigt war, hatte er kaum Zeit, an Minnas Fernsein zu denken: er lebte mit ihr. Minna war nicht mehr in Minna; sie war ganz und gar in ihm. Aber als er fertig war, fand er sich wieder allein, einsamer als zuvor, müder als zuvor, erschöpft von der Anstrengung; es fiel ihm ein, daß er vor zwei Wochen an Minna geschrieben und daß sie ihm nicht geantwortet hatte.

Er schrieb ihr wieder; und diesmal konnte er sich nicht dazu entschließen, ganz den Zwang zu beobachten, den er sich im ersten Brief auferlegt hatte. Er warf Minna in scherzhaftem Ton vor – denn ernstlich glaubte er es selber nicht –, daß sie ihn vergessen habe. Er schalt sie wegen ihrer Faulheit und neckte sie zärtlich. Von seiner Arbeit sprach er höchst geheimnisvoll, um ihre Neugierde zu reizen und weil er ihr bei der Rückkehr eine Überraschung bereiten wollte. Den Hut, den er sich gekauft hatte, beschrieb er bis ins kleinste; und er erzählte, daß er, um den Befehlen der kleinen Despotin zu gehorchen – denn er hatte dem Brief jede Anmaßung genommen –, gar nicht mehr ausgehe und sich krank stelle, um alle Einladungen ablehnen zu können. Aber er verschwieg, daß er selbst mit dem Großherzog kühl stand, weil er sich in seinem Übereifer an einem Abend, zu dem er aufs Schloß gebeten war, hatte entschuldigen lassen. Der ganze Brief war von fröhlicher Ausgelassenheit und voll jener kleinen Geheimnisse, die für Liebende so wichtig sind: er bildete sich ein, Minna allein habe dazu den Schlüssel, und hielt sich für äußerst geschickt, weil er das Wort Liebe überall sorgfältig durch das Wort Freundschaft ersetzt hatte.

Nach dem Schreiben fühlte er sich momentan erleichtert: zunächst, weil ihm der Brief ein Gespräch mit der Abwesenden vorgegaukelt hatte; vor allem aber, weil er sicher war, Minna würde nun sofort antworten. So war er während der drei Tage, die er der Post zugebilligt hatte, um seinen Brief zu Minna zu bringen und ihm die Antwort zurückzutragen, sehr geduldig. Als aber der vierte Tag verstrichen war, wußte er wieder nicht, wie er weiterleben sollte. Er hatte nur noch während der Stunde, die jeder Postbestellung voranging, Energie und Interesse für die Außenwelt. Dann bebte er vor Ungeduld. Er wurde abergläubisch und suchte in den kleinsten Zeichen – dem Knistern des Feuers im Herd, einem zufällig ausgesprochenen Wort – die Bestätigung, daß der Brief eintreffen werde. War die Stunde dann vorbei, fiel er in seine tiefe Niedergeschlagenheit zurück. Nichts mehr von Arbeit, keine Spaziergänge; der einzige Daseinszweck war, die nächste Post zu erwarten, und seine ganze Energie gab er damit aus, die Kraft zu finden, so lange zu warten. Kam aber der Abend und es gab für den Tag keine Hoffnung mehr, dann war er ganz mutlos – ihm war, als würde er es nie fertigbringen, bis zum nächsten Morgen zu leben; und er blieb stundenlang am Tisch sitzen, ohne zu sprechen, ohne zu denken, ohne selbst die Kraft zu finden, sich niederzulegen, bis ihn endlich ein letzter Rest von Willen sein Bett aufsuchen ließ; dann sank er in einen schweren Schlaf voll törichter Träume, die ihn glauben ließen, daß die Nacht kein Ende nähme.

Diese fortwährende Erwartung wurde mit der Zeit zur körperlichen Qual, zur wirklichen Krankheit. Schließlich kam er dahin, seinen Vater, seine Brüder, den Briefträger selbst zu verdächtigen, den Brief empfangen zu haben und ihn ihm vorzuenthalten. Er wurde von Unruhe zernagt. An Minnas Treue zweifelte er keinen Augenblick. Wenn sie ihm nicht schrieb, mußte sie krank sein, im Sterben liegen, vielleicht tot sein. Aufs neue griff er hastig zur Feder und schrieb ihr einen dritten Brief, ein paar herzzerreißende Zeilen, und dachte diesmal nicht daran, seine Gefühle noch seine Orthographie zu überwachen. In der Eile hatte er manches durchgestrichen, die Seite beim Umwenden verwischt, den Umschlag beim Schließen beschmutzt: gleichviel! Er hätte nicht mehr bis zum nächsten Postzug warten können. Er brachte schleunigst den Brief selber zur Post und wartete nun in Todesangst. In der zweiten Nacht hatte er eine deutliche Erscheinung von Minna, sie war krank und rief ihn; da stand er auf und war nahe daran, zu Fuß loszumarschieren, um sie aufzusuchen. Aber wo? Wo sollte er sie finden?

Am vierten Morgen endlich kam ein Brief von Minna – eine knappe halbe Seite, kurz und geziert. Sie schrieb, daß sie nicht begreife, was ihm solche dummen Besorgnisse habe einflößen können, daß es ihr gut gehe, daß sie keine Zeit zum Schreiben habe, daß sie ihn bitte, sich in Zukunft weniger aufzuregen und ihr nicht ewig Briefe zu schicken.

Christof war tief bestürzt. Er zweifelte keinen Augenblick an Minnas Aufrichtigkeit, machte sich selber Vorwürfe, dachte, daß Minna ganz mit Recht über seine unvorsichtigen und verrückten Briefe ärgerlich sei. Er nannte sich einen Einfaltspinsel und schlug sich mit der Faust vor die Stirn. Aber was er auch tat: er mußte wohl oder übel fühlen, daß Minna ihn nicht so liebte wie er sie.

Die nun folgenden Tage waren ganz unsagbar trübe. Des einzigen Gutes, das ihn ans Dasein fesselte, seiner Briefe an Minna, beraubt, lebte Christof nur noch mechanisch; und das einzige Tun, das ihn an seinem Leben noch interessierte, war, abends beim Zubettgehen auf seinem Kalender wie ein Schulbub einen der endlosen Tage auszustreichen, die ihn noch von Minnas Rückkehr trennten.

Der Zeitpunkt der Rückkehr war verstrichen. Schon seit einer Woche hätte sie dasein müssen. Christofs gänzlichem Daniederliegen war ein fieberhafter Tätigkeitsdrang gefolgt. Minna hatte ihm bei der Abreise versprochen, ihm Tag und Stunde ihrer Ankunft mitzuteilen. Von Augenblick zu Augenblick wartete er darauf; und da er ohne Nachricht blieb, erging er sich in tausend Mutmaßungen, um sich die Verspätung zu erklären.

Eines Abends war ein Nachbar, einer von Großvaters Freunden, der Tapezierer Fischer, herübergekommen, um mit Melchior seine Pfeife zu rauchen und zu schwatzen, wie er es öfter nach dem Essen tat. Christof, den seine Gedanken plagten, wollte gerade in sein Zimmer hinaufgehen, da er dem Briefträger doch schon vergeblich aufgelauert hatte, als ihn ein Wort zusammenfahren ließ. Fischer sagte, daß er frühzeitig am nächsten Morgen zu den Kerichs gehen müsse, um Vorhänge anzubringen. Christof fragte betroffen:

„Sind sie denn schon zurückgekommen?"

„Witzbold! Das weißt du doch ebensogut wie ich", meinte der alte Fischer spöttisch. „Schon längst! Vorgestern sind sie heimgekehrt."

Christof hörte nichts weiter. Er verließ das Zimmer und machte sich zum Ausgehen fertig. Seine Mutter, die ihn seit einiger Zeit, ohne daß er es merkte, verstohlen beobachtete, folgte ihm in den Flur und fragte ihn schüchtern, wo er hingehe. Aber er verließ ohne Antwort das Haus. Er litt Qualen.

Er lief zu den Damen von Kerich. Es war neun Uhr abends. Sie waren beide im Salon und schienen über sein Kommen nicht erstaunt. Mit Seelenruhe sagten sie ihm guten Abend. Minna, die gerade schrieb, streckte ihm über den Tisch hin die Hand entgegen, fuhr in ihrem Briefe fort und fragte ihn dabei mit zerstreuter Miene, wie es ihm gehe. Sie entschuldigte sich übrigens wegen ihrer Unhöflichkeit und tat, als ob sie hörte, was er sagte; aber bald fiel sie ihm ins Wort, um ihre Mutter nach etwas zu fragen. Er hatte sich eine rührende Rede über alles, was er während ihrer Abwesenheit gelitten hatte, ausgedacht – jetzt konnte er kaum ein paar Worte stammeln; niemand schien großen Wert darauf zu legen, und er fand nicht den Mut, weiterzusprechen: es klang alles so falsch.

Als Minna ihren Brief beendet hatte, nahm sie eine Handarbeit, setzte sich einige Schritte von ihm entfernt hin und fing an, ihm von ihrer Reise zu erzählen. Sie sprach von den schönen Wochen, die sie verlebt habe, von den Reitausflügen, von dem Leben auf dem Schloß und von der interessanten Gesellschaft; nach und nach wurde sie angeregter und machte auf Ereignisse oder Menschen Anspielungen, die Christof nicht kannte, während die Erinnerung daran sie und ihre Mutter lachen machte. Christof fühlte sich daher als Fremder; er wußte nicht, wie er sich dabei benehmen sollte, und lachte mit verlegener Miene. Er ließ die Blicke nicht von Minnas Antlitz, schaute nach ihren Augen, flehte um das Almosen eines Blickes. Und sah sie ihn an – was sie selten tat, da sie sich öfter an ihre Mutter als an ihn wandte –, so waren ihre Augen wie ihre Stimme zwar freundlich, aber gleichgültig. Nahm sie sich ihrer Mutter wegen zusammen, oder verstand er sie nicht? Er hätte sie so gern unter vier Augen gesprochen; Frau von Kerich aber ließ sie nicht eine Minute allein. Er versuchte das Gespräch auf seine Angelegenheiten zu bringen; er sprach von seinen Arbeiten, seinen Plänen; undeutlich wurde ihm bewußt, daß Minna ihm langsam entglitt; und instinktiv versuchte er, sie an sich zu fesseln. Und wirklich schien sie mit großer Aufmerksamkeit zuzuhören; sie unterbrach seinen Bericht durch allerlei Zwischenbemerkungen, die zwar nicht immer ganz zutreffend waren, deren Ton jedoch volle Anteilnahme verriet. In dem Augenblick aber, wo er wieder Hoffnung zu schöpfen begann, ganz berauscht von ihrem reizenden Lächeln, sah er, wie sie das Händchen vor den Mund hielt und gähnte. Da brach er kurz ab. Sie merkte es und entschuldigte sich mit ihrer Müdigkeit. Er erhob sich, hoffte aber, daß man ihn noch zum Bleiben auffordern werde. Aber als nichts dergleichen geschah, zog er den Abschied in die Länge in der Erwartung, daß man ihn wenigstens auffordern werde, am nächsten Tag wiederzukommen; doch auch hiervon war nicht die Rede. Schließlich mußte er aber doch einmal gehen. Minna begleitete ihn indessen nicht hinaus. Sie reichte ihm mitten im Salon die Hand, eine ausdruckslose Hand, die kalt und gefühllos in der seinen lag. Und so verabschiedete man sich steif und förmlich voneinander.

Voller Entsetzen kam Christof heim. Von jener Minna von vor zwei Monaten, seiner lieben Minna, war nichts mehr übrig. Was war vorgefallen? Was war aus ihr geworden? Für einen armen Jungen, der noch niemals den steten Wechsel, das vollständige Verschwinden und das gänzliche Neuwerden lebendiger Seelen erfahren hatte, von denen die meisten gar keine Seelen, sondern eine Sammlung mehrerer Seelen sind, die einander folgen, sich verwandeln und beständig verlöschen, war die schlichte Wahrheit zu grausam, als daß er hätte daran glauben können. Mit Abscheu stieß er den auftauchenden Gedanken von sich und versuchte sich einzureden, daß er falsch gesehen habe und daß Minna noch immer dieselbe sei. Und er beschloß, gleich am nächsten Morgen wieder zu ihr zu gehen und sie um jeden Preis zu sprechen.

Er schlief die ganze Nacht nicht, er zählte Stunde um Stunde den Glockenschlag der Uhr. Schon in aller Herrgottsfrühe strich er um das Haus der von Kerichs herum, und sobald er konnte, trat er ein. Doch nicht Minna traf er, sondern Frau von Kerich. Häuslich und Frühaufsteherin, war sie gerade dabei, die Blumentöpfe unter der Veranda zu begießen. Als sie Christofs ansichtig wurde, begrüßte sie ihn mit einem spöttischen Tonfall in der Stimme:

„Ach, Sie sind es! Sie kommen gerade zur rechten Zeit, ich habe mit Ihnen zu reden. Warten Sie, warten Sie."

Damit ging sie einen Augenblick ins Haus, um ihre Kanne wegzustellen und sich die Hände zu trocknen, kam aber gleich wieder zurück. Als sie die fassungslose Miene Christofs sah, der ein Unheil nahen fühlte, lächelte sie ein wenig.

„Gehen wir in den Garten", fuhr sie fort, „dort sind wir ungestörter."

Christof folgte Frau von Kerich in den Garten – den Garten, der noch ganz von seiner Liebe erfüllt war. Sie schien es indessen mit dem Sprechen gar nicht eilig zu haben und belustigte sich an der Verwirrung des Knaben.

„Setzen wir uns dorthin", sagte sie endlich.

Ausgerechnet war es gerade die Bank, auf der Minna ihn am Vorabend ihrer Reise geküßt hatte.

„Ich denke, Sie wissen, um was es sich handelt", sagte Frau von Kerich, die, um ihn vollends zu verwirren, jetzt eine ernste Miene aufsetzte. „Ich hätte das nie von Ihnen gedacht, Christof. Ich habe Sie für einen zuverlässigen Jungen gehalten und hatte volles Vertrauen zu Ihnen. Niemals hätte ich gedacht, daß Sie es mißbrauchen würden, um zu versuchen, meiner Tochter den Kopf zu verdrehen. Sie war unter Ihrer Obhut. Sie hätten sie achten müssen, mich achten, sich selber achten."

In ihrem Ton lag leichte Ironie – Frau von Kerich legte dieser Kinderliebe nicht die geringste Wichtigkeit bei –, Christof aber fühlte das nicht; diese Vorwürfe, die er wie alles tragisch nahm, gingen ihm tief zu Herzen.

„Aber gnädige Frau ... aber gnädige Frau", stammelte er mit Tränen in den Augen. „Ich habe Ihr Vertrauen nie mißbraucht ... Bitte, glauben Sie das doch ja nicht ... Ich bin kein schlechter Mensch, das schwöre ich Ihnen! – Ich liebe Fräulein Minna, ich liebe sie von ganzem Herzen, ich will sie doch heiraten."

Nun lächelte Frau von Kerich.

„Nein, mein armer Junge", sagte sie mit jenem Wohlwollen, das im Grunde doch so hochmütig war und das er endlich zu verstehen begann, „nein, das ist unmöglich, das ist eine Kinderei.“

„Warum? Warum?“ fragte er.

Er griff nach ihren Händen, glaubte nicht, daß sie ernsthaft spreche, und fühlte sich durch ihre sanfte Stimme fast schon wieder beruhigt.

„Darum!“ gab sie ihm mit dem gleichen Lächeln zur Antwort.

Da er aber auf seiner Meinung bestand, erklärte sie ihm, nicht ohne eine leichte Ironie – denn sie nahm ihn nicht ganz ernst –, daß er ja kein Vermögen habe und daß Minna der Sinn nach anderem stehe. Er widersprach: das mache nichts aus, er werde schon reich und berühmt werden und Ehren, Geld, kurz, alles, was Minna nur wolle, erwerben. Frau von Kerich zeigte sich skeptisch; dieses Selbstvertrauen machte ihr indessen Spaß, und sie begnügte sich, zum Zeichen der Ablehnung mit dem Kopf zu schütteln. Er aber beharrte immer noch hartnäckig auf seiner Ansicht.

„Nein, Christof“, sagte sie schließlich in entschiedenem Ton, „nein, es lohnt sich nicht, darüber zu streiten, es ist unmöglich. Es handelt sich nicht nur um Geld. Da ist soviel anderes! – Die gesellschaftliche Stellung ...“

Sie brauchte gar nicht auszureden. Dieser Stich war ihm bis ins Mark gedrungen. Seine Augen sahen plötzlich klar. Er spürte die Ironie hinter dem freundlichen Lächeln, er sah die Kälte in diesem wohlwollenden Blick, er begriff mit einemmal, was ihn von dieser Frau schied, die er wie ein Sohn geliebt hatte, die ihn wie eine Mutter zu behandeln schien; er fühlte die ganze Gönnerschaft und den ganzen Hochmut, der hinter ihrer Herzlichkeit lag. Totenbleich stand er auf. Noch immer sprach ihm Frau von Kerich mit ihrer weichen Stimme zu; für ihn war jedoch alles längst zu Ende; er hörte nicht mehr die Musik dieser Sprache; hinter jedem Wort gewahrte er die Dürre dieser geschmeidigen Seele. Er konnte keinen Ton erwidern – und er ging. Alles drehte sich vor ihm im Kreise.

In sein Zimmer heimgekehrt, warf er sich aufs Bett und wurde in seinem verletzten Stolz von einem Wutanfall gepackt, wie er ihn schon manchmal gehabt hatte, als er noch ganz klein gewesen war. Er zerbiß sein Kopfkissen, stopfte sich das Taschentuch in den Mund, damit man ihn nicht schreien höre. Er haßte Frau von Kerich, haßte Minna; er verachtete sie vom Grund seines Herzens. Ihm war, als sei er geohrfeigt worden, und er bebte vor Scham und Wut. Er mußte es ihnen zurückgeben, auf der Stelle handeln; er würde sterben, wenn er sich nicht rächte.

Und er stand auf und schrieb einen Brief von alberner Heftigkeit:

Gnädige Frau!

Ich weiß nicht, ob Sie, wie Sie behaupten, sich in mir getäuscht haben. Was ich aber weiß, ist, daß ich mich grausam in Ihnen täuschte. Ich glaubte, daß Sie meine Freundinnen wären. Sie sagten es, Sie taten, als ob Sie es wären, und ich liebte Sie mehr als mein Leben. Ich sehe jetzt, daß all das eine Lüge ist und daß Ihre Zuneigung für mich nichts als Trug war: Sie benutzten mich, ich belustigte Sie, ich zerstreute Sie, ich machte Ihnen Musik – ich war Ihr Dienstbote. Ihr Dienstbote aber bin ich nicht!

Ich bin keines Menschen Dienstbote!

Sie gaben mir deutlich zu verstehen, daß ich nicht das Recht hätte, Ihre Tochter zu lieben. Nichts auf der Welt kann mein Herz hindern, das zu lieben, was es liebt; und bin ich Ihnen nicht ebenbürtig, so bin ich doch ebenso adelig wie Sie. Nur das Herz adelt den Menschen: bin ich nicht Graf, so habe ich dafür vielleicht mehr Ehre in mir als mancher Graf. Im Augenblick, wo er mich beleidigt, verachte ich ihn, ob Schuhputzer oder Graf. Wie Dreck verachte ich alles, was sich adelig dünkt und nicht den Adel der Seele besitzt.

Leben Sie wohl! Sie haben mich verkannt. Sie haben mich getäuscht. Ich verabscheue Sie.

Der, welcher Ihnen zum Trotz Fräulein Minna liebt und sie bis zum Tode lieben wird, *weil sie ihm gehört* und nichts sie ihm wieder entreißen kann.

Kaum hatte er seinen Brief in den Kasten geworfen, als ihn der Schrecken über das, was er getan, packte. Er versuchte, gar nicht mehr daran zu denken; doch gewisse Sätze kehrten ihm immer wieder ins Gedächtnis zurück; und der kalte Schweiß brach ihm aus, wenn er sich vorstellte, daß Frau von Kerich diese Ungeheuerlichkeiten las. Im ersten Augenblick hielt ihn seine Verzweiflung selber aufrecht; aber am nächsten Morgen schon begriff er, daß sein Brief keinen andern Erfolg haben würde, als ihn ganz und gar von Minna zu trennen: und das erschien ihm als das furchtbarste Unglück. Noch hoffte er, daß Frau von Kerich, die seine Zornesausbrüche kannte, auch diesen nicht ernst nehmen würde, daß sie es sich mit einer strengen Verwarnung genug sein lasse und daß sie vielleicht – wer weiß – durch die Aufrichtigkeit seiner Leidenschaft gerührt sein würde. Er harrte nur auf ein Wort, um sich ihr zu Füßen zu werfen. Fünf Tage wartete er darauf. Dann kam ein Brief. Er lautete:

Lieber Herr Krafft!

Da nach Ihrer Ansicht ein Mißverständnis von beiden Seiten zwischen uns besteht, ist es sicher das klügste, es nicht weiter auszudehnen. Ich würde mir Vorwürfe machen, Ihnen noch länger Beziehungen aufzudrängen, die Ihnen peinlich geworden sind. Sie werden es also nur natürlich finden, wenn wir sie abbrechen. Ich hoffe, daß es Ihnen fernerhin nicht an Freunden fehlen wird, welche Sie so, wie Sie es wünschen, zu schätzen wissen. Ich zweifle nicht an Ihrer Zukunft und werde Ihre Fortschritte im musikalischen Beruf von fern mit Sympathie verfolgen. Mit Gruß

Josepha von Kerich

Die bittersten Vorwürfe wären weniger grausam gewesen. Christof sah sich verloren. Man konnte dem, der einen ungerechterweise anklagte, antworten. Was aber war zu tun gegen das Nichts dieser höflichen Gleichgültigkeit? Er wurde wie rasend. Er dachte daran, daß er Minna nicht wiedersehen werde, nie mehr wiedersehen werde; das konnte er nicht ertragen. Er fühlte, wie wenig aller Stolz der Welt bedeutet gegen ein klein wenig Liebe; so vergaß er alle Würde, wurde nachgiebig, schrieb neue Briefe, in denen er flehte, man möge ihm verzeihen. Sie waren nicht weniger töricht als der, indem er seinem Zorn hatte die Zügel schießen lassen. Man antwortete ihm gar nicht. – Und alles war zu Ende.

Fast ging er daran zugrunde. Er wollte sich töten. Er wollte töten. Wenigstens bildete er sich ein, daß er es wollte. Er hatte aufrührerische, mörderische Gedanken. Man ahnt nicht den Grad der Leidenschaft in Liebe und Haß, die gewisse Kinderherzen manchmal verzehren. Es war die furchtbarste Krisis seiner Kindheit. Sie setzte seiner Kindheit ein Ende. Sie stählte seinen Willen. Aber es fehlte nicht viel, so hätte sie ihn für immer gebrochen.

Er wußte nicht mehr, wie er weiterleben sollte. Aufs Fensterbrett gestützt, sah er stundenlang auf den gepflasterten Hof hinab und überlegte wie als kleines Kind, daß es ja ein Mittel gäbe, der Lebensfolter zu entrinnen, wenn sie zu schwer würde. Das Mittel lag da vor seinen Augen, bereit, auf der Stelle zu helfen ... Auf der Stelle? Wer konnte es wissen? – Vielleicht nach Stunden – nach Jahrhunderten grausamer Qual! – Aber seine Kinderverzweiflung war so tief, daß er sich in den schwindelnden Abgrund solcher Gedanken gleiten ließ.

Luise sah, daß er litt. Sie konnte nicht mit Bestimmtheit ahnen, was in ihm vorging; aber ihr Instinkt warnte sie dunkel vor der Gefahr. Sie versuchte, sich ihrem Sohne zu nähern, in sein Leid einzudringen, um ihn trösten zu können. Aber die arme Frau hatte verlernt, sich mit Christof vertraut auszusprechen; seit manchem Jahr schon verschloß er seine Gedanken in sich; und sie war von den materiellen Sorgen des Lebens zu sehr in Anspruch genommen, um Zeit zu haben, sie ahnend aufzuspüren. Jetzt, da sie ihm so gern zu Hilfe gekommen wäre, wußte sie nicht, was sie tun sollte. Sie strich völlig ratlos um ihn herum; sie suchte nach Worten, die ihm gutgetan hätten; aber aus Furcht, ihn zu reizen, wagte sie nicht, zu sprechen. Dabei ärgerte sie ihn trotz aller Vorsicht durch jede Gebärde, allein schon durch ihre Gegenwart; denn sehr geschickt war sie nicht, und er war nicht sehr nachsichtig. Dennoch liebte er sie, liebten sie einander. Aber es braucht so wenig, um Menschen, die sich von Herzen lieben und achten, zu trennen! Ein zu lautes Sprechen, eine Bewegung, die nicht am Platze ist, eine harmlose Angewohnheit, mit den Augen oder mit der Nase zu zucken, die Art, zu essen, zu gehen und zu lachen, eine undefinierbare physische Störung . . . Man sagt sich selbst, daß es nichts bedeutet, und doch ist es eine Welt. Sehr oft genug, um Mutter und Sohn, Bruder und Bruder, Freund und Freund, die sich nahestanden, einander für immer zu entfremden.

So fand denn Christof in der Zärtlichkeit seiner Mutter keinen genügenden Halt während der Krisis, die er durchmachte. Und dann – was bedeutet dem mit seiner Leidenschaft allein beschäftigten Egoismus die Zärtlichkeit anderer?

Eines Nachts, als die Seinen schliefen und er gedankenlos und untätig am Tisch saß und gefährlichen Grübeleien nachhing, hallte Lärm von Schritten durch die schweigende kleine Straße, und ein Klopfen an der Tür riß ihn aus seiner Betäubung. Man vernahm ein undeutliches Stimmengemurmel. Ihm fiel ein, daß sein Vater abends nicht nach Hause gekommen war, und voller Wut glaubte er, daß man ihn wohl wieder betrunken nach Hause brächte, genau wie in der vorigen Woche, wo man ihn mitten auf der Straße liegend aufgefunden hatte. Denn Melchior legte sich keinerlei Zwang mehr auf; er ergab sich seinem Laster mehr und mehr, übrigens ohne daß seine Mordsgesundheit unter den Ausschweifungen und Unvorsichtigkeiten, die einen andern längst getötet hätten, auch nur im geringsten zu leiden schien. Er aß für vier, trank bis zur Bewußtlosigkeit, verbrachte ganze Nächte beim schlimmsten Hundewetter im Freien, ließ sich bei Keilereien verprügeln und stand trotzdem am nächsten Morgen in seiner ganzen lärmenden Fröhlichkeit wieder auf seinen Beinen und wollte, daß alle Welt um ihn her so vergnügt sei wie er selber.

Luise war aus dem Bett gesprungen und ging eilig öffnen. Christof hielt sich die Ohren zu, um nicht Melchiors weinselige Stimme und die spöttischen Bemerkungen der Nachbarn mit anhören zu müssen.

Plötzlich packte ihn eine unerklärliche Angst: das Gesicht in den Händen verborgen, fing er grundlos an zu zittern. Und gleich darauf ließ ihn ein herzzerreißender Schrei den Kopf aufrichten. Er sprang zur Tür . . .

Inmitten einer Gruppe von Männern, die mit leiser Stimme im dunklen Flur sprachen, der durch den flackernden Schein einer Laterne erhellt war, lag auf eine Tragbahre hingestreckt – wie einstmals Großvater – ein regloser Körper, der von Nässe triefte. Luise schluchzte am Hals des Toten. Man hatte Melchior soeben ertrunken im Mühlgraben gefunden.

Christof stieß einen Schrei aus. Die ganze übrige Welt verschwand, all seine andern Schmerzen waren wie weggefegt. Er warf sich neben Luise über die Leiche seines Vaters, und sie weinten zusammen.

Als er neben dem Bett saß und den letzten Schlaf Melchiors bewachte, dessen Gesicht jetzt einen strengen und feierlichen Ausdruck hatte, fühlte er, wie die düstere Ruhe des Todes in ihn eindrang. Seine kindliche Leidenschaft war wie ein Fieberanfall verflogen; der Eiseshauch des Grabes hatte alles mit sich fortgetragen: Minna, seinen Stolz, seine Liebe und ihn selbst ... Ach, es war schrecklich, daß alles so wenig neben dieser Wirklichkeit bedeutete, der einzigen Wirklichkeit: dem Tod! Lohnte es sich, soviel zu leiden, soviel zu ersehnen, sich so zu mühen, um endlich dahin zu gelangen?

Er schaute auf seinen entschlafenen Vater, und ein unendliches Mitleid erfüllte ihn. Er rief sich die geringsten Beweise seiner Güte und Zärtlichkeit ins Gedächtnis; denn bei all seinen Fehlern war Melchior ja nicht schlecht gewesen, es war so manches Gute in ihm. Er liebte die Seinen. Er war ehrenhaft. Er besaß etwas von der starrsinnigen Rechtlichkeit der Kraffts, die in Fragen der Moral und Ehre keinerlei Deutelei duldeten und die sich nie die geringste jener kleinen Schmutzereien erlaubt hätten, die so viele Leute der Gesellschaft nicht als ernstliche Vergehen ansehen. Er war tapfer und stellte sich jeder gefahrvollen Gelegenheit mit einer Art Freude. War er verschwenderisch für sich, so war er es auch für andere: er konnte nicht ertragen, daß man traurig war; und er schöpfte gern aus dem vollen von dem, was ihm gehörte – und was ihm nicht gehörte –, zugunsten armer Teufel, die ihm auf seinem Weg begegneten. Alle diese guten Eigenschaften standen Christof jetzt vor Augen – teilweise erfand er sie auch oder übertrieb sie. Ihm war, als habe er seinen Vater verkannt. Er warf sich vor, ihn nicht genug geliebt zu haben. Er sah ihn vom Leben besiegt, und er meinte seine unglückliche, willenlos umhergetriebene Seele, die für den Kampf zu schwach gewesen, über ihr unnütz verlorenes Leben seufzen zu hören. Von neuem vernahm er die jammervolle Bitte, deren Ton ihm einmal das Herz zerrissen hatte:

„Christof, verachte mich nicht!“

Und er wurde von Gewissensbissen geschüttelt. Er warf sich über das Bett und küßte weinend das Antlitz des Toten. Wie damals wiederholte er:

„Mein lieber Papa, ich verachte dich nicht, ich liebe dich! Vergib mir!“

Die Klage aber beruhigte sich nicht und kehrte voller Angst wieder:

„Verachtet mich nicht! Verachtet mich nicht!“

Und plötzlich sah Christof sich selber an Stelle des Toten hingestreckt; er vernahm die furchtbaren Worte aus seinem eignen Munde, er fühlte auf seinem Herzen die Verzweiflung eines unnützen, unwiderruflich verlorenen Lebens lasten. Und er dachte mit Entsetzen: Oh, alles – alle Leiden, alles Elend der Welt eher als dahin kommen! – Wie nahe war er daran gewesen! War er nicht beinahe der Versuchung unterlegen, sein Leben selber zu zerbrechen, um feige dem Leid zu entfliehen? Als ob nicht alle Leiden, alle Verrätereien Kindersorgen wären neben der höchsten Qual, dem größten Verbrechen, sich selber zu verraten, seinen Glauben zu verleugnen, sich im Tode zu verachten!

Er sah das Leben als einen Kampf ohne Rast und ohne Gnade, in dem der, der ein Mensch sein will, würdig des Namens Mensch, unaufhörlich gegen Armeen unsichtbarer Feinde kämpfen muß: die mörderischen Kräfte der Natur, die dunklen Triebe, die düsteren Gedanken, die ihn verräterisch dazu treiben, sich wegzuwerfen und sich zu vernichten. Er sah, daß auch er nahe daran gewesen war, in die Falle zu gehen. Er sah, daß Glück und Liebe der Trug eines Augenblicks sind, um das Herz dahin zu bringen, die Waffen zu strecken und abzudanken. Und der kleine fünfzehnjährige Puritaner vernahm die Stimme seines Gottes:

„Geh hin und ruhe niemals!“

„Wohin aber soll ich gehen, Herr? Was ich auch tue, wohin ich auch schreite, ist das Ergebnis nicht stets das gleiche, endet es nicht doch immer so?“

„Geht hin und sterbet, ihr, die ihr sterben müßt! Geht hin und leidet, ihr, die ihr leiden müßt! Man lebt nicht, um glücklich zu sein. Man lebt, um *mein* Gesetz zu erfüllen. Leide. Stirb. Doch sei, was du sein sollst: ein Mensch.“

Drittes Buch

DER JÜNGLING

ERSTER TEIL

DAS HAUS EULER

Das Haus war in Stille versunken. Seit des Vaters Tod schien alles erstorben. Jetzt, da die lärmende Stimme Melchiors zum Schweigen gekommen war, hörte man vom Morgen bis zum Abend nichts mehr als das einschläfernde Murmeln des Flusses.

Christof hatte sich von neuem in hartnäckige Arbeit gestürzt. In einer stummen Wut schien er sich dafür zu bestrafen, daß er hatte glücklich sein wollen. In seinem Stolz erstarrt, erwiderte er alle Beileidsbezeigungen und zärtlichen Worte mit Schweigen. Stumm spannte er sich an seine täglichen Aufgaben und gab mit eisiger Genauigkeit seine Stunden. Seine Schüler, die das ihm widerfahrene Unglück kannten, waren von seiner Gefühllosigkeit verletzt. Die aber, welche älter und in Schmerzen schon etwas erfahren waren, wußten, daß solche scheinbare Kälte bei einem Kinde viel Leid verbergen konnte; und sie hatten Mitleid mit ihm. Er dankte ihnen ihre Anteilnahme durchaus nicht. Selbst die Musik brachte ihm keinerlei Erleichterung. Er übte sie freudlos wie eine Pflicht aus. Man hätte meinen können, daß er eine grausame Genugtuung darin finde, an nichts mehr Freude zu haben oder sie sich auszureden, sich jedes Lebenszweckes zu berauben und dennoch weiterzuleben.

Seine beiden Brüder hatten das Trauerhaus, das sie in seinem Schweigen bedrückte, eilig geflohen. Rudolf war in das Handelshaus seines Onkels Theodor eingetreten und wohnte bei ihm. Was Ernst betraf, so hatte er es schon mit zwei oder drei Berufen versucht und sich endlich auf einem der Rheindampfer anstellen lassen, die zwischen Mainz und Köln den Dienst besorgen; er tauchte nur auf, wenn er Geld brauchte. So blieb Christof mit seiner Mutter allein in dem allzu großen Haus; und die Kargheit der Mittel, die Zahlung gewisser Schulden, die nach des Vaters Tode zum Vorschein gekommen waren, bestimmten sie, so schwer es ihnen wurde, sich ein bescheideneres und weniger kostspieliges Unterkommen zu suchen.

Sie fanden eine kleine Wohnung – zwei oder drei Zimmer im zweiten Stockwerk eines Hauses in der Marktstraße. Die Gegend war laut, im Zentrum der Stadt, fern dem Fluß, fern den Bäumen, fern dem freien Land und allen vertrauten Plätzen. Aber es galt, der Vernunft und nicht dem Gefühl zu gehorchen, und Christof fand dabei gute Gelegenheit, sein gramvolles Bedürfnis nach Kasteiung zu befriedigen. Übrigens war der Hauseigentümer, der alte Kanzleirat Euler, Großvaters Freund gewesen und kannte die ganze Familie; das war genug, um Luises Entschluß zu befestigen; sie sah sich in dem leeren Haus verloren und fühlte sich unwiderstehlich zu denen hingezogen, welche die ihr teuren Wesen noch gekannt hatten.

So bereiteten sie den Auszug vor. Lange kosteten sie die bittere Wehmut der letzten Tage aus, die man im lieben traurigen Heim verlebt, das man auf immer verläßt. Kaum wagten sie, sich gegenseitig ihren Kummer einzugestehen; sie empfanden davor Scham oder Angst. Jeder meinte, er dürfe dem andern seine Schwäche nicht zeigen. Bei Tisch, wenn sie ganz allein in dem düsteren Zimmer bei halbgeschlossenen Vorhängen saßen, wagten sie die Stimme nicht zu erheben, beeilten sich mit dem Essen und vermieden aus Furcht, ihre Erregung nicht verbergen zu können, sich anzuschauen. Gleich nachher gingen sie auseinander. Christof ging wieder an seine Berufsarbeit; aber sobald er einen Augenblick frei war, kam er zurück, schlich sich heimlich wieder ins Haus, stieg auf den Fußspitzen in sein Zimmer oder auf den Boden hinauf. Dann schloß er die Tür, setzte sich auf einen alten Koffer oder aufs Fensterbrett in einen Winkel und blieb da, ohne zu denken, indem er sich nur mit dem unbestimmten Summen des alten Hauses, das beim geringsten Schritt bebte, vollsog. Sein Herz erzitterte wie das Haus. Er erspähte angstvoll jeden leisesten Hauch von drinnen oder draußen, das Krachen der Diele, jedes der unmerklichen und vertrauten Geräusche; er kannte sie alle wieder. Sein Bewußtsein schwand, sein Denken wurde von den Bildern der Vergangenheit überspült; erst beim Klang der Uhr von Sankt Martin, die ihn daran erinnerte, daß es Zeit zum Wiederfortgehen sei, tauchte er aus seiner Betäubung empor.

Im unteren Stockwerk kam und ging leise Luises Schritt. Dann hörte man ihn stundenlang nicht mehr; sie machte keinerlei Geräusch. Christof lauschte. Er stieg hinunter und war ein wenig unruhig, wie man es nach einem großen Unglück lange bleibt. Er öffnete halb die Tür; Luise wandte ihm den Rücken zu. Sie saß vor einem Wandschrank inmitten eines Wirrwarrs von Sachen: Kleiderzeug, altem Kram, wertlosen Stücken, Erinnerungen, die sie unter dem Vorwand, sie zu ordnen, herausgezogen hatte. Aber die Kraft fehlte ihr: jedes rief in ihr etwas wach. Sie drehte und wendete sie zwischen den Fingern und begann zu träumen; der Gegenstand entglitt ihren Händen; sie blieb stundenlang, mit herabhängenden Armen, schlaff und in schmerzhafter Betäubung verloren, auf ihrem Stuhl sitzen.

Die arme Luise lebte jetzt den besten Teil ihres Lebens in der Vergangenheit – der trüben Vergangenheit, die für sie mit Freuden recht gegeizt hatte; aber sie war so gewohnt zu leiden, daß sie für die geringsten empfangenen Wohltaten Dankbarkeit bewahrte und die bleichen Lichtschimmer, die hier und da in der Folge grauer Tage aufgeleuchtet waren, ihr schon genügten, diese zu erhellen. Alles Böse, das Melchior ihr zugefügt hatte, war vergessen, sie erinnerte sich nur an das Gute. Die Geschichte ihrer Heirat war der große Roman ihres Lebens gewesen. Hatte sich Melchior durch eine Laune, die er schnell bereute, hineinziehen lassen, so hatte sie sich ihm doch mit ganzem Herzen hingegeben. Sie glaubte sich geliebt, wie sie selber liebte; und sie hatte Melchior dafür eine rührende Dankbarkeit bewahrt. Was er später geworden war, versuchte sie nicht, zu begreifen. Sie war unfähig, die Wirklichkeit so zu sehen, wie sie war; als demütige und gute Frau, die, um zu leben, das Leben nicht zu verstehen braucht, wußte sie nur diese Wirklichkeit so hinzunehmen, wie sie war. Was sie sich nicht erklärte, überließ sie Gott, ihr aufzuklären. In einer eigentümlichen Art von Frömmigkeit schob sie Gott alle Verantwortung für die Ungerechtigkeiten zu, die sie von Melchior und andern hatte dulden müssen, und rechnete diesen nur das Gute an, das sie von ihnen empfangen hatte. So war ihr nach einem Leben voller Elend keine bittere Erinnerung zurückgeblieben. Sie fühlte sich nur – schwächlich wie sie war – durch all die Jahre der Entbehrungen und Anstrengungen verbraucht; und jetzt, da Melchior nicht mehr war, jetzt, da zwei ihrer Söhne dem Heim entflohen waren und der dritte sie entbehren zu können schien, hatte sie alle Kraft des Handelns verloren; sie war müde, schlaftrunken, ihr Wille war betäubt. Sie machte eine jener neurasthenischen Krisen durch, die am Abend des Lebens oft tätige und arbeitsame Menschen befallen, wenn ein unvorhergesehener Schlag sie jedes Lebensinhalts beraubt. Sie hatte nicht mehr die Energie, den Strumpf, den sie strickte, zu vollenden, die Schublade, in der sie suchte, in Ordnung zu bringen, aufzustehen, um das Fenster zu schließen; sie blieb sitzen, die Gedanken leer, ohne Kraft – außer der der Erinnerung. Sie war sich ihres Verfalls bewußt, und sie errötete darüber wie über eine Schande; sie mühte sich, ihn ihrem Sohne zu verbergen; und Christof, der im Egoismus des eignen Schmerzes befangen war, hatte nichts gemerkt. Allerdings war er innerlich oft ungeduldig gegen die Schwerfälligkeit, mit der seine Mutter jetzt sprach, handelte und die geringsten Dinge tat. Aber so verschieden diese Art auch von ihrem gewohnten Tätigkeitsdrang war, er hatte sich bisher nicht darum gesorgt.

An jenem Tage wurde er plötzlich zum erstenmal davon betroffen, als er sie inmitten all des Krams überraschte, der, auf dem Boden ausgebreitet, zu ihren Füßen angehäuft lag, ihre Hände füllte, ihre Knie bedeckte. Sie saß mit steifem Hals, den Kopf nach vorn gestreckt, das Gesicht zusammengekrampft und starr. Als sie ihn eintreten hörte, zuckte sie zusammen; die Röte stieg ihr in die weißen Wangen; mit einer unwillkürlichen Bewegung bemühte sie sich, die Dinge, die sie hielt, zu verstecken, und stammelte mit verlegenem Lächeln:

„Du siehst, ich mache Ordnung..."

Da packte ihn das ergreifende Bild dieser armen gescheiterten Seele zwischen den Heiligtümern ihrer Vergangenheit, und er wurde von Mitleid erfaßt. Doch nahm er, um sie ihrer Apathie zu entreißen, einen etwas barschen und scheltenden Ton an:

„Vorwärts, Mama, vorwärts, du mußt nicht immer so mitten im Staub, in diesem abgesperrten Zimmer bleiben! Das tut nicht gut. Man muß das abschütteln, man muß mit all dieser Ordnerei ein Ende machen."

„Ja", sagte sie gefügig.

Sie versuchte aufzustehen, um die Dinge wieder in ihr Fach zu legen. Aber gleich setzte sie sich wieder und ließ, was sie ergriffen hatte, mutlos fallen.

„Ach, ich kann nicht, ich kann nicht", seufzte sie, „ich werde niemals damit fertig!"

Er erschrak. Er neigte sich über sie. Er streichelte ihre Stirn mit den Händen.

„Aber Mama, was hast du denn?" sagte er. „Willst du, daß ich dir helfe? Bist du krank?"

Sie antwortete nicht. Ein innerliches Schluchzen überkam sie. Er nahm ihre Hände, er kniete vor ihr nieder, um sie im Halbdunkel des Zimmers besser zu sehen.

„Mama!" sagte er beunruhigt.

Luise legte ihre Stirn an seine Schulter und gab sich einem Tränenausbruch hin.

„Mein Kleiner", wiederholte sie immer wieder, indem sie sich an ihn schmiegte, „mein Kleiner! – Du wirst mich nicht verlassen? Versprich mir, du verläßt mich nicht?"

Sein Herz war von Mitgefühl zerrissen.

„Nein doch, Mama, ich verlasse dich nicht. Wie kommst du denn auf diese Idee?"

„Ich bin so unglücklich! Alle haben sie mich verlassen, alle ..."

Sie zeigte auf die Dinge, die rings um sie lagen, und man wußte nicht, ob sie von ihnen sprach oder von ihren Söhnen und ihren Toten.

„Du bleibst bei mir? Du wirst mich nicht verlassen? – Was soll aus mir werden, wenn du auch fortgehst?"

„Ich gehe nicht fort. Ich sage dir, wir bleiben zusammen. Weine nicht mehr. Ich verspreche es dir."

Sie weinte weiter, ohne sich Einhalt tun zu können. Er trocknete ihr die Augen mit seinem Taschentuch.

„Was hast du, liebe Mama? Fehlt dir etwas?"

„Ich weiß nicht, ich weiß nicht, was ich habe."

Sie gab sich Mühe, ruhig zu werden und zu lächeln.

„Wenn ich noch so sehr dagegen ankämpfe: um ein Nichts fange ich an zu weinen ... Da siehst du, ich fange schon wieder an ... Verzeih mir. Ich bin dumm; ich bin alt; ich habe keine Kraft mehr. Nichts macht mir mehr Spaß. Ich bin zu nichts mehr gut. Ich wünschte, ich wäre mit alldem da eingescharrt ..."

Er drückte sie wie ein Kind an sein Herz.

„Quäle dich nicht, ruhe aus, denke nichts mehr ..."

Nach und nach beruhigte sie sich.

„Es ist so albern, ich schäme mich ... Aber was habe ich bloß, was habe ich bloß?"

Die arbeitsame alte Frau konnte nicht verstehen, warum ihre Kraft plötzlich gebrochen war; und sie war bis ins tiefste davon beschämt. Er tat, als ob er nichts davon merke.

„Ein wenig Übermüdung", sagte er, indem er versuchte, einen gleichmütigen Ton anzuschlagen. „Das hat nicht viel zu bedeuten, du wirst es selber sehen ..."

Aber auch er war beunruhigt. Von Kindheit an war er gewohnt, sie tapfer, resigniert und allen Schicksalsschlägen gegenüber still, widerstandsfähig zu sehen. Und er faßte es nicht, daß sie so plötzlich gebrochen war: er hatte Angst.

Er half ihr, die auf dem Boden verstreuten Sachen aufzusammeln. Von Zeit zu Zeit verweilte sie bei einem Gegenstand; aber er nahm ihn ihr sanft aus den Händen, und sie ließ ihn gewähren.

Von diesem Augenblick an machte er es sich zur Pflicht, mehr mit ihr zusammen zu sein. Sobald er seine Tagesarbeit beendet hatte, kam er zu ihr, anstatt sich, wie er es gern tat, bei sich einzuschließen. Er fühlte jetzt, wie sehr allein sie war und daß sie nicht stark genug war, es zu ertragen; es war gefährlich, sie sich selber zu überlassen.

So setzte er sich abends neben sie ans offene Fenster, das auf den Weg hinausschaute. Das Land versank nach und nach in tiefes Dunkel. Die Leute kehrten heim. Fern entzündeten sich die kleinen Lichter in den Häusern. Tausendmal hatten sie das gesehen. Bald aber sollten sie es nicht mehr schauen. Ab und zu wechselten sie ein Wort. Mit immer neuer Anteilnahme machten sie sich gegenseitig auf die geringsten bekannten und vorhergesehenen Begebenheiten des Abends aufmerksam. Sie schwiegen lange. Oder Luise rief ohne offensichtlichen Grund eine Erinnerung wach, eine unzusammenhängende Geschichte, die ihr durch den Kopf ging. Jetzt, da sie ein liebevolles Herz in ihrer Nähe fühlte, löste sich ihre Zunge ein wenig. Sie gab sich Mühe zu sprechen. Es wurde ihr schwer; denn sie hatte sich daran gewöhnt, abseits von den Ihren zu stehen: sie hielt ihre Söhne und ihren Mann für zu klug, um mit ihr zu plaudern, und wagte nicht, sich in ihre Unterhaltung zu mischen. Christofs sanfte Fürsorge war ihr etwas ganz Neues und unendlich Süßes, aber sie schüchterte sie ein. Sie suchte ihre Worte zusammen, hatte Mühe, sich auszudrücken; ihre Sätze blieben unvollendet, dunkel. Manchmal schämte sie sich dessen, was sie sagte; sie schaute ihren Sohn an und hörte mitten in einer Geschichte auf. Er aber drückte ihr die Hand, und sie fühlte sich wieder sicher. Er war von Mitleid und Liebe für diese kindliche und mütterliche Seele durchtränkt, an die er sich als Kind angeschmiegt hatte und die nun in ihm einen Halt suchte. Und er fand einen schwermütigen Genuß an diesen kleinen, für jeden andern als für ihn interesselosen Schwätzereien, den unbedeutenden Erinnerungen eines stets beschränkten und freudlosen Lebens, die jedoch Luise unendlich wichtig erschienen. Manchmal suchte er, sie zu unterbrechen; er fürchtete, daß diese Erinnerungen sie noch mehr niederdrücken könnten, und er redete ihr zu, sich ins Bett zu legen. Sie verstand seinen Gedankengang und sagte mit dankbarem Blick zu ihm:

„Nein, wirklich, es tut mir gut; bleiben wir noch ein wenig auf."

So blieben sie bis spät in den Abend, bis ringsherum alles eingeschlafen war. Dann sagten sie sich gute Nacht; sie ein wenig erleichtert, weil sie sich von einem Teil ihrer Leiden befreit hatte; er das Herz ein wenig schwer von dieser neuen Bürde, welche der, die er schon trug, noch aufgeladen wurde.

Der Tag des Auszugs kam heran. Am Abend vorher blieben sie länger als gewöhnlich in dem lichtlosen Zimmer. Sie sprachen nicht miteinander. Von Zeit zu Zeit seufzte Luise: „Oh, mein Gott!" Christof versuchte seine Aufmerksamkeit mit tausend kleinen Einzelheiten des Umzugs am nächsten Morgen zu beschäftigen. Sie wollte nicht zu Bett gehen. Er zwang sie zärtlich dazu. Aber er selbst legte sich, nachdem er in sein Zimmer hinaufgestiegen war, noch lange nicht hin. Ans Fenster gelehnt, mühte er sich, das Dunkel zu durchdringen, ein letztes Mal zu Füßen des Hauses die bewegten Nebelschatten des Stromes zu schauen. Er hörte den Wind in den großen Bäumen von Minnas Garten. Der Himmel war schwarz. Kein Mensch auf der Straße. Ein kalter Regen begann zu fallen. Die Wetterfahnen knirschten. In einem Nachbarhause weinte ein Kind. Die Nacht lastete mit erdrückender Traurigkeit auf Erde und Seele. In die trübselige Stille, die das Geräusch des Regens auf Dächern und Pflaster unterbrach, fielen mit gesprungenem Klang die eintönigen Stundenschläge, die Halben, die Viertel – einer nach dem andern.

Als sich Christof endlich mit erstarrtem Herzen und Körper entschloß, zu Bett zu gehen, hörte er, wie sich das Fenster unter dem seinen schloß. Und auf seinem Lager dachte er schmerzvoll, daß es für die Armen grausam ist, wenn sie an der Vergangenheit hängen; sie haben weder ein Haus noch irgendeinen Winkel auf Erden, wo sie ihren Erinnerungen Unterschlupf geben können: ihre Freuden, ihre Leiden, all ihre Tage sind in den Wind gestreut.

Am nächsten Morgen brachten sie bei prasselndem Regen ihre armseligen Habseligkeiten in die neue Behausung. Fischer, der alte Tapezierer, hatte ihnen ein Wägelchen und sein Pferd geliehen; und er selber kam, um ihnen zur Hand zu gehen. Aber sie konnten nicht alle Möbel mitnehmen; denn die Wohnung, welche sie bezogen, war bedeutend kleiner als die alte. Christof mußte seine Mutter überreden, die ältesten und unbrauchbarsten Stücke zurückzulassen. Das gelang nicht ohne Schwierigkeit; die geringsten hatten ihren Wert für sie: ob es ein hinkender Tisch, ein zerbrochener Stuhl war, sie wollte nichts opfern. Fischer, dem seine alte Freundschaft mit Großvater Autorität gab, mußte seine brummende Stimme mit der Christofs vereinen, und er versprach ihr schließlich als guter Kerl, der ihr Leid verstand, einiges von ihrem kostbaren Gerümpel in Verwahrung zu nehmen, damit sie es eines Tages zurückhaben könnte. Da erst willigte sie mit zerrissenem Herzen ein, sich davon zu trennen.

Die beiden Brüder waren von dem Umzug verständigt worden; aber Ernst war am Abend vorher gekommen, um zu sagen, daß er nicht dabeisein könne; und Rudolf erschien nur gegen Mittag für einen Augenblick; er sah zu, wie die Möbel aufgeladen wurden, gab einige Ratschläge und ging mit vielbeschäftigter Miene wieder davon.

Der Zug setzte sich durch die kotigen Straßen in Bewegung. Christof hielt das Pferd am Zügel, das auf dem glitschigen Pflaster ausglitt. Luise ging neben ihrem Sohn und suchte ihn vor dem unablässig fallenden Regen zu schirmen. Und dann kam der düstere Einzug in die feuchte Wohnung, die durch den bleichen Widerschein des Himmels noch trübseliger schien. Sie hätten der Niedergeschlagenheit, die sie bedrückte, nicht standgehalten, wenn nicht die Aufmerksamkeiten ihrer Wirte gewesen wären. Aber als der Wagen fort war, die Möbel drunter und drüber im Zimmer aufgestapelt standen, als die Nacht sank und Christof und Luise, er erschöpft auf eine Kiste, sie auf einen Sack, gesunken waren, hörten sie auf der Treppe ein kleines trocknes Hüsteln: jemand klopfte an ihre Tür. Der alte Euler trat ein, entschuldigte sich umständlich, daß er seine lieben Gäste störe, und fügte hinzu, daß er hoffe, sie würden, um den ersten Abend ihrer glücklichen Ankunft zu feiern, ihm die Freude machen, mit seiner Familie Abendbrot zu essen. Die ganz in Traurigkeit versunkene Luise wollte ablehnen. Christof fühlte sich ebensowenig durch solche Familienzusammenkunft verlockt; aber der Alte bestand darauf, und Christof, der daran dachte, daß es für seine Mutter besser sei, diesen ersten Abend nicht in dem neuen Zuhause allein mit ihren Gedanken zu verleben, zwang sie zuzusagen.

Sie stiegen in das untere Stockwerk hinab, wo sie die ganze Familie versammelt fanden: den Alten, seine Tochter, seinen Schwiegersohn Vogel und seine Enkelkinder, einen Knaben und ein Mädchen, die etwas jünger als Christof waren. Alle bemühten sich um sie, hießen sie willkommen, erkundigten sich, ob sie müde seien, ob sie mit ihren Zimmern zufrieden seien, ob sie nichts brauchten, und stellten ihnen zehn Fragen, von denen der verdutzte Christof nichts verstand; denn sie sprachen alle auf einmal. Die Suppe war schon aufgetragen; sie setzten sich zu Tisch. Doch der Lärm dauerte fort. Amalie, Eulers Tochter, hatte gleich begonnen, Luise mit allen örtlichen Besonderheiten der Gegend bekannt zu machen, den Gewohnheiten und Vorzügen des Hauses, der Stunde, zu der der Milchmann vorbeikam, der Stunde, zu der sie aufstand, den verschiedenen Lieferanten und den Preisen, die sie zahlte. Sie ließ sie nicht eher los, bis sie alles erklärt hatte. Die betäubte Luise gab sich Mühe, ihren Auseinandersetzungen Interesse entgegenzubringen; aber die Zwischenbemerkungen, die sie zufällig machte, bezeugten, daß sie nichts verstanden hatte, und verursachten entsetzte Ausrufe Amaliens und erneute Aufklärungen. Der alte Kanzleirat Euler setzte Christof die Schwierigkeiten des musikalischen Berufs auseinander. Christofs andere Nachbarin, Amaliens Tochter Rosa, sprach seit dem Beginn der Mahlzeit, ohne innezuhalten, mit solcher Zungenfertigkeit, daß sie nicht Zeit zum Atmen fand: die Luft versagte ihr mitten im Satz; aber es ging gleich wieder weiter. Vogel beklagte sich trübselig über sein Essen. Und es gab deswegen leidenschaftliche Erörterungen. Amalie, Euler, die Kleine unterbrachen ihre Reden, um am Streit mit teilzunehmen; und es erhoben sich endlose Meinungsverschiedenheiten wegen der Frage, ob das Ragout zuviel oder zuwenig gesalzen sei; sie riefen einer den andern zum Zeugen an, und natürlich war keine Ansicht der andern gleich. Jeder zuckte über den Geschmack seines Nachbarn die Achseln und hielt nur den seinen für gesund und vernünftig. Man hätte darüber bis zum Jüngsten Gericht streiten können.

Schließlich aber verständigten sich alle miteinander, um gemeinsam über die schlechten Zeiten zu stöhnen. Sie bejammerten herzlich den Kummer Luises und Christofs, dessen tapferes Verhalten sie in Ausdrücken lobten, die ihn rührten. Sie gefielen sich darin, nicht nur an das Unglück ihrer Gäste zu erinnern, sondern auch an ihres, das ihrer Freunde und aller derer, die sie kannten; und sie waren sich einig, daß die Guten immer unglücklich und daß nur den Egoisten und unanständigen Leuten Freuden vorbehalten seien. Sie kamen zu dem Schluß, daß das Leben traurig und zu nichts nütze sei und daß es viel besser wäre, tot zu sein, läge es nicht, wie es schiene, in Gottes Willen, daß man lebe, um zu leiden. Da diese Gedankengänge mit Christofs augenblicklichem Weltschmerz zusammentrafen, flößten sie ihm größere Achtung für seine Wirtsleute ein, und er schloß vor ihren kleinen Wunderlichkeiten die Augen.

Als er mit seiner Mutter in das ungeordnete Zimmer hinaufstieg, fühlten sie sich traurig und müde, aber etwas weniger einsam. Während Christof, die Augen in das Dunkel geheftet, vor Übermüdung und Straßenlärm nicht schlafen konnte, denn schwere Wagen erschütterten die Mauern, suchte er sich zu überzeugen, daß er hier wenn nicht glücklicher, so doch weniger unglücklich sei, war er doch unter braven Leuten, die, wenn sie auch ein wenig langweilig waren, dieselben Leiden wie er zu tragen hatten, die mit ihm zu fühlen schienen und die er zu verstehen glaubte.

Aber nachdem er schließlich gerade eingeschlummert war, wurde er bei Tagesanbruch schon wieder unsanft durch die Stimmen seiner miteinander streitenden Nachbarn und durch das Knirschen der Pumpe geweckt, die eine aufgeregte Hand in Bewegung setzte, um darauf eine große Waschung des Hofes und der Treppe vorzunehmen.

Justus Euler war ein kleiner, gebeugter Greis mit trüben, unruhigen Augen, einem roten, zerknitterten und verbeulten Gesicht, zahnlosem Munde und schlecht gepflegtem Bart, den er unaufhörlich mit seinen Händen zauste. Sehr brav, ein wenig spießbürgerlich und tiefanständig, hatte er sich ziemlich gut mit Großvater verstanden. Man behauptete, daß er ihm ähnlich sei. In der Tat war er von derselben Generation und in denselben Lebensanschauungen aufgewachsen; aber es fehlte ihm das kräftige physische Leben Hans Michels: das heißt, wenn er in vielen Punkten auch noch so sehr wie er dachte, ähnelte er ihm im Grunde kaum; denn viel mehr als Gedanken macht das Temperament die Menschen; und wie viele eingebildete oder wirkliche Unterschiede die Intelligenz auch immer zwischen den Menschen schafft, die große Gliederung der Menschheit ist die zwischen den gesunden und denen, die es nicht sind. Der alte Euler gehörte nicht zu den ersteren. Er redete von Moral wie Großvater; aber seine Sittlichkeit war nicht dieselbe wie Großvaters; sie hatte nicht dessen widerstandsfähigen Magen, dessen Lungen und dessen joviale Kraft. Bei ihm und den Seinen war alles nach sparsamerem und kärglicherem Plan gebaut. Nachdem er vierzig Jahre Beamter gewesen und jetzt pensioniert war, litt er schwer an seiner Tatenlosigkeit, die alten Männern so schwer wird, wenn sie sich für ihre letzten Jahre nicht ein Innenleben aufgespart haben. Alle seine angeborenen oder erworbenen Gewohnheiten, alle Gewohnheiten seines Berufs hatten ihm etwas Zaghaftes und Grämliches verliehen, das in irgendeinem Grad auch bei jedem seiner Kinder wieder auftauchte.

Sein Schwiegersohn, Subalternbeamter der Schloßkanzlei, war ungefähr fünfzig Jahre alt. Er war groß und stark und ganz kahl, trug eine an die Schläfen geklebte goldene Brille und sah blühend aus, hielt sich aber immer für krank und war es wohl auch; denn sein Denken war in der Nichtigkeit des Berufs versauert und sein Körper durch die sitzende Lebensweise verdorben; natürlich hatte er darum lange nicht alle Leiden, die er sich einbildete, aber er war trotz großen und nicht einmal ganz verdienstlosen Fleißes, ja selbst trotz einer gewissen Bildung das Opfer des widersinnigen modernen Lebens geworden und wie so viele an ihre Schreibtische gekettete Angestellte dem Dämon der Hypochondrie verfallen. Einer jener Unseligen, die Goethe *traurige ungriechische Hypochonder** nannte und die er bedauerte, aber sorgfältig mied.

Amalie tat weder das eine noch das andere. Robust, laut und tatkräftig, ließ sie sich von dem Gejammer ihres Mannes wenig rühren; sie rüttelte ihn derb auf. Aber bei immerwährendem Zusammenleben widersteht keine Kraft; und wenn in einer Ehe der eine neurasthenisch ist, sind es großer Wahrscheinlichkeit nach einige Jahre darauf alle beide. Amalie mochte sich noch so sehr gegen Vogel ereifern, sie mochte noch so sehr aus Angewohnheit und Bedürfnis weiterkeifen: im nächsten Augenblick stöhnte sie lauter als er über ihre Lage; und wenn sie so ohne Übergang aus dem Schelten ins Jammern fiel, tat sie ihm durchaus nicht wohl; im Gegenteil, indem sie seinen Albernheiten einen betäubenden Widerhall schuf, verzehnfachte sie sein Übel. Sie brachte es schließlich dahin, nicht nur den unglücklichen Vogel, der ganz entsetzt vor der Ungeheuerlichkeit seiner eignen, von diesem Echo zurückgeworfenen Klagen stand, vollends kleinlaut zu stimmen, sondern auch jedermann sonst und sich selber zu Boden zu drücken. Sie gewöhnte es sich nun ihrerseits an, grundlos über ihre feste Gesundheit zu seufzen, über die ihres Vaters, ihres Sohnes, ihrer Tochter. Es wurde bei ihr zur Manie: je mehr sie davon redete, um so mehr überzeugte sie sich selbst. Der kleinste Schnupfen wurde tragisch genommen; alles wurde eine Veranlassung zur Besorgnis. Mehr noch: ging es einem gut, quälte sie sich im Gedanken an die nächste Krankheit. So verlief das Leben in ewiger Todesangst. Schließlich befand man sich dabei nicht schlechter; und es schien, als trüge dies beständige Gejammer dazu bei, die allgemeine Gesundheit zu erhalten. Jeder aß, schlief, arbeitete wie gewöhnlich; und das häusliche Leben wurde davon auch nicht aufgehalten. Der Tätigkeitsdrang Amaliens war durchaus nicht befriedigt, wenn sie sich selber von morgens bis abends vom Dach bis zum Keller des Hauses regte: jeder um sie herum mußte alle Kräfte anspannen, und so gab es Möbelgepolter, Dielenwäsche, Parkettgeschrubbe, Lärm von Stimmen und Schritten und ewige Erschütterung und Bewegung.

Den beiden Kindern, welche von dieser lauten Autorität, die niemand frei ließ, ganz erdrückt wurden, schien es natürlich, sich ihr zu unterwerfen. Leonhard, der Junge, hatte ein hübsches, unbedeutendes Gesicht und steife Manieren; das junge Mädchen, Rosa, eine Blondine mit recht hübschen blauen und zärtlichen Augen, hätte besonders durch die Frische ihrer zarten Haut und ihren Ausdruck von Güte angenehm gewirkt, wäre ihre Nase nicht ein wenig groß und schief gewesen; sie machte das Gesicht plump und gab ihm einen albernen Zug. Sie ähnelte einem jungen Mädchen von Holbein im Museum zu Basel – der Tochter des Bürgermeisters Meyer –, die mit niedergeschlagenen Augen, die Hände auf den Knien und die gelösten farblosen Haare über den Schultern, dasitzt und ein verlegenes und beschämtes Gesicht wegen ihrer anmutlosen Nase macht. Rosa hatte sich bisher deswegen kaum Gedanken hingegeben, und in keinem Fall behinderten sie ihr unermüdliches Mundwerk. Unaufhörlich hörte man sie mit durchdringender, immer atemloser Stimme Geschichten erzählen, als fände sie niemals Zeit, alles zu sagen; dabei war sie stets erregt und in vollem Zuge, trotz aller Schelte, die sie sich von ihrer Mutter, ihrem Vater, sogar ihrem Großvater zuzog; sie alle brachte sie nämlich zur Verzweiflung – weniger weil sie ewig sprach, sondern weil sie selber dadurch im Sprechen beeinträchtigt wurden. Denn diese ausgezeichneten, guten, gerechten, aufopfernden Leute – diese Musterexemplare höchster Anständigkeit – besaßen fast alle Tugenden; aber es fehlte ihnen eine, die obenan steht und die den Reiz des Lebens ausmacht: die Tugend des Schweigens.

Christof war in geduldiger Stimmung. Seine Kümmernisse hatten seine unduldsame und jähzornige Gemütsart beruhigt. Die Erfahrung, die er an der grausamen Gleichgültigkeit geschmeidig schöner Seelen gemacht hatte, trug dazu bei, ihn mehr den Wert braver, anmutloser und verteufelt langweiliger Menschen fühlen zu lassen, die dafür vom Leben eine hohe Vorstellung hatten und ihm, weil sie ohne Freude lebten, ohne menschliche Schwäche zu leben schienen. Nachdem er es sich nun einmal zur Überzeugung gemacht hatte, daß sie ausgezeichnet seien und ihm gefallen müßten, gab er sich als echter Deutscher alle Mühe, zu glauben, daß sie ihm wirklich gefielen. Aber es gelang ihm durchaus nicht: ihm fehlte jener willfährige germanische Idealismus, der nicht sehen will und auch nicht sieht, was ihm zu entdecken peinlich wäre, aus Furcht, die bequeme Ruhe seines Urteilens und das Behagen seines Lebens zu stören. Im Gegenteil, niemals fühlte er die Fehler der Menschen tiefer, als wenn er sie liebte, als wenn er sie ohne Einschränkung ganz und gar hätte lieben mögen: er empfand so aus einer Art unbewußter Gerechtigkeit, aus einem unwiderstehlichen Bedürfnis nach Wahrheit, das ihn, ohne daß er es wollte, dem Teuersten gegenüber klarblickender und anspruchsvoller machte. So empfand er auch bald mit dumpfer Pein die Wunderlichkeiten seiner Wirtsleute. Diese trachteten durchaus nicht danach, sie zu bemänteln. Im Gegensatz zu dem, was gewöhnlich geschieht, stellten sie alles, was sie Unerträgliches hatten, offen zur Schau; und das Beste in ihnen blieb verborgen. Das sagte sich auch Christof; er schalt sich selbst ungerecht, versuchte seine ersten Eindrücke wiederzugewinnen und alle vorzüglichen Eigenschaften, die sie mit soviel Sorgfalt versteckten, aufzufinden.

Er versuchte mit dem alten Justus Euler, der sich nichts Besseres wünschte, Gespräche anzuknüpfen. In Gedanken an den Großvater, der ihn geliebt und gelobt hatte, empfand er für ihn eine geheime Sympathie. Aber der gute

Hans Michel hatte mehr als Christof die Gabe besessen, sich über seine Freunde Illusionen zu machen; und Christof merkte das sehr. Vergeblich suchte er, Eulers Erinnerungen an Großvater kennenzulernen. Es gelang ihm nur, ein verblaßtes und ziemlich karikiertes Bild Hans Michels aus ihm hervorzulocken und daneben Brocken völlig unwesentlicher Unterhaltungen aufzulesen. Eulers Berichte fingen unveränderlich so an:

„Wie ich schon deinem armen Großvater sagte ..."

Er hatte nur gehört, was er selber geredet hatte.

Vielleicht hatte auch Hans Michel nicht besser zugehört. Die meisten Freundschaften sind nicht viel mehr als ein gegenseitig nachsichtiger Verkehr, um mit einem andern von sich sprechen zu können. Hans Michel aber war wenigstens, so naiv er sich auch seiner Freude am Schwatzen hingegeben hatte, stets voller Anteilnahme gewesen, die bereit war, sich nach allen Seiten auszugeben. Er interessierte sich für alles; er bedauerte immer, nicht mehr fünfzehn Jahre alt zu sein, um die wunderbaren Erfindungen der kommenden Generationen mitzuerleben und an ihren Gedanken teilzuhaben. Er besaß jene vielleicht köstlichste Eigenschaft fürs Leben: die Frische der Neugier, der die Jahre nichts anhaben und die jeden Morgen wieder neu geboren wird. Er hatte nicht genug Talent, um diese Gabe zu verwerten; wie viele talentvolle Leute aber hätten ihn darum beneidet! Die meisten Menschen sterben mit zwanzig oder dreißig Jahren; haben sie die überschritten, sind sie nur noch ihr eigner Widerschein; den Rest ihres Lebens verbringen sie damit, sich selber nachzuäffen, in einer Weise, die von Tag zu Tag mechanischer und fratzenhafter wird, zu wiederholen, was sie zu jener Zeit gesagt, getan, gedacht oder geliebt haben, als sie noch *waren*.

Es war so unendlich lange her, daß der alte Euler *gewesen* war, und er war so wenig *gewesen*, daß das, was nun von ihm übrigblieb, sich recht ärmlich und ein wenig lächerlich ausnahm. Außer seinem alten Beruf und dem häuslichen Leben wußte er nichts und wollte nichts wissen. Allen Dingen gegenüber besaß er vollständig fertige Meinungen, die aus seiner Jünglingszeit stammten. Er behauptete, etwas von der Kunst zu verstehen; aber er hielt sich dabei an gewisse geheiligte Namen, die er nicht aussprach, ohne dabei hochtrabende Phrasen nachzubeten; alles übrige war null und nichtig. Sprach man ihm von modernen Künstlern, so hörte er gar nicht zu und redete von anderen Dingen. Er nannte sich selbst einen leidenschaftlichen Musikfreund und bat Christof, etwas vorzuspielen. Aber sobald Christof, der sich ein- oder zweimal bereden ließ, zu spielen begann, fing der Alte an, sich ganz laut mit seiner Tochter zu unterhalten, als verdoppele die Musik sein Interesse an allem, was nicht Musik war. Christof stand aufgebracht mitten im Stück auf: niemand merkte es. Nur einige alte Melodien gab es – die einen sehr schön, die andern sehr häßlich, aber alle gleichermaßen geheiligt –, die den Vorzug genossen, eine gewisse Stille und völlige Billigung hervorzurufen. Bei ihnen geriet der Alte von der ersten Note an in Verzückung, und die Tränen traten ihm in die Augen, weniger aus dem Vergnügen, das er dabei empfand, als aus dem, das er einstmals dabei empfunden hatte. Christof wurden diese Melodien schließlich zum Greuel, obgleich einige unter ihnen, wie die *Adelaide* von Beethoven, ihm lieb gewesen waren; der Alte trillerte beständig die ersten Takte daraus und unterließ nicht, zu erklären, daß „das Musik wäre“, indem er sie verachtungsvoll mit „dieser ganzen verdammten modernen Musik, die keine Melodien habe“, verglich. – Allerdings kannte er keine einzige moderne Melodie.

Sein gebildeterer Schwiegersohn kümmerte sich um die künstlerischen Zeitströmungen; aber das war noch schlimmer, denn seine Urteile waren allein von seiner beständigen Nörgelsucht bestimmt. Es fehlte ihm dabei weder an Geschmack noch Intelligenz; aber er konnte sich nicht dazu aufraffen, etwas Modernes zu bewundern. Er hätte ebensogut Mozart und Beethoven verachtet, wenn sie seiner Zeit angehört hätten, und das Verdienst von Wagner und Richard Strauss anerkannt, wären sie seit hundert Jahren tot. Ein grämlicher Instinkt in ihm weigerte sich, zuzugeben, daß es noch heute, zu seinen Lebzeiten, lebende große Männer geben könne: diese Vorstellung behagte ihm nicht. Er war durch sein verfehltes Leben so verbittert, daß er sich am liebsten überredet hätte, es sei für alle verfehlt, es könne gar nicht anders sein, und die, welche das Gegenteil glaubten oder vorgaben es zu glauben, seien entweder Einfaltspinsel oder Schwindler.

So sprach er auch von jeder neuen Größe nur im Ton bitterer Ironie; und da er durchaus nicht dumm war, gelang es ihm schon im ersten Augenblick, die schwachen und lächerlichen Seiten einer Berühmtheit zu entdecken. Jeder neue Name erfüllte ihn mit Mißtrauen; bevor er noch irgend etwas von ihm kannte, war er gewillt, ihn zu verurteilen – weil er ihn nicht kannte. Wenn er für Christof Sympathie empfand, war es, weil er meinte, daß dies menschenscheue Kind das Leben so wie er als schlecht empfinde und im übrigen ohne geniale Gaben sei. Nichts nähert kleine, kränkelnde und unzufriedene Seelen einander mehr als die Feststellung gemeinsamer Ohnmacht. Ebenso steuert nichts so sehr dazu bei, denen, die gesund und lebensfähig sind, die Lust an der Gesundheit und am Leben zurückzugeben, wie der Zusammenschluß dieses albernen Pessimismus Mittelmäßiger und Kranker, die, weil sie nicht glücklich sind, das Glück der anderen ableugnen. Christof bewies das. Die trübseligen Gedanken waren ihm freilich vertraut; aber er wunderte sich, sie auch in Vogels Mund zu finden und sie kaum wiederzuerkennen; mehr noch, sie wurden ihm feindselig; er wurde davon abgestoßen.

Besonders aber wurde er durch Amaliens Wesen aufgebracht. Die gute Frau tat schließlich nichts anderes, als Christofs Theorien über die Pflicht anzuwenden. Bei jeder Gelegenheit führte sie dieses Wort im Munde. Sie arbeitete ohne Unterlaß und wollte, daß jeder wie sie schaffe. Ihre

Arbeit bezweckte nicht, sie oder andere glücklicher zu machen: im Gegenteil. Man konnte fast sagen, ihre Hauptobliegenheit war, allen eine Plage zu sein und das Leben so unangenehm wie nur möglich zu gestalten, damit es geheiligt werde. Nichts hätte sie dazu bewegen können, einen einzigen Augenblick den heiligen Dienst des Haushalts zu unterbrechen, dies unverletzliche Amt, das bei so vielen Frauen die Stelle aller andern menschlichen und sozialen Pflichten einnimmt. Sie hätte sich verloren geglaubt, wenn sie nicht an denselben Tagen, in denselben Stunden das Parkett gebürstet, die Fenster gewaschen, die Türklinken geputzt, die Teppiche aus Leibeskräften geklopft und Stühle, Tische und Schränke umgestellt hätte. Sie prahlte geradezu damit. Man hätte glauben können, daß es sich um ihre Ehre handle. Und ist vielen Frauen die Ehre nicht etwas ganz Ähnliches, was sie auch aus demselben Geist verteidigen? Sie ist ihnen eine Art Möbelstück, das man blank halten muß, ein gutgewachstes Parkett: kalt, hart – und glatt.

Die Erfüllung ihrer Lebensaufgabe machte Frau Vogel nicht liebenswürdiger. Sie klammerte sich an die Nichtigkeiten des Haushalts wie an ein von Gott gegebenes Gesetz. Und sie verachtete alle, die es nicht wie sie machten, die sich Ruhe ließen, die es verstanden, zwischen ihrer Arbeit das Leben ein wenig zu genießen. Sie drang bis in Luises Zimmer vor und störte die arme Frau auf, wenn sie sich mitten in ihrer Arbeit von Zeit zu Zeit niedersetzte, um zu träumen. Luise seufzte, aber fügte sich mit verlegenem Lächeln. Glücklicherweise wußte Christof nichts davon; Amalie wartete, bis er ausgegangen war, um solche Einfälle in ihre Wohnung zu machen; und bisher hatte sie ihn direkt auch nicht angegriffen: er hätte es sich nicht gefallen lassen. Er fühlte sich ihr gegenüber in einem Zustand latenter Feindseligkeit. Was er ihr am wenigsten verzieh, war ihr Lärm. Der rieb ihn auf. Selbst wenn er sich in sein Zimmer einschloß – einen kleinen, niederen Raum, der nach dem Hof sah – und das Fenster trotz des

Luftmangels hermetisch absperrte, um nur nicht das Wirtschaftsgetöse des Hauses zu hören, so gelang es ihm selbst dann nicht im geringsten, ihm zu entgehen. Unwillkürlich verfolgte er gespannt und mit überreizter Aufmerksamkeit die geringsten Geräusche von unten; und wenn die schreckliche Stimme, die alle Wände durchdrang, nach momentaner Ruhe sich von neuem erhob, packte ihn die Wut: er schrie, stampfte mit dem Fuß und rief ihr durch die Mauer einen Schwall von Flüchen zu. In dem allgemeinen Getöse merkte man nicht einmal etwas davon; man meinte, er komponiere. Er wünschte Frau Vogel zu allen Teufeln. Weder Respekt noch Achtung hielt dem stand. In solchen Augenblicken schien ihm, er würde Klugheit, Anständigkeit und alle übrigen Tugenden, falls sie zuviel Lärm machten, gern für die schamloseste und dümmste Frau hergegeben haben – wenn sie nur schwieg.

Dieser Haß gegen den Lärm brachte ihn mit Leonhard zusammen. Inmitten der allgemeinen Aufregung blieb einzig der junge Mensch immer ruhig und erhob niemals mehr als gewöhnlich die Stimme. Er sprach gemessen und richtig, wählte alle seine Worte und beeilte sich nicht. Die brodelnde Amalie hatte nicht Geduld, zu warten, bis er fertig war; alle entsetzten sich wegen seiner Langsamkeit. Er aber ließ sich durchaus nicht rühren. Nichts brachte ihn aus seiner Ruhe und seiner respektvollen Höflichkeit. Christof fühlte sich um so mehr zu ihm hingezogen, als er gehört hatte, daß Leonhard sich dem geistlichen Stande weihen wolle; das machte ihn besonders neugierig.

Gerade damals befand sich Christof in religiöser Beziehung in einem recht sonderbaren Zustand: er wußte selbst nicht, wie er eigentlich fühlte. Nie hatte er Zeit gehabt, ernsthaft darüber nachzudenken. Er war nicht gebildet genug und viel zu sehr von der Schwierigkeit seiner Existenz in Anspruch genommen, um sich analysieren zu können und Ordnung in seine Gedanken zu bringen. Heftig wie er war, fiel er aus einer Übertreibung in die andere, vom ganzen Glauben in völliges Leugnen, ohne sich darum zu bekümmern, ob er dabei im Einklang mit sich selber sei oder nicht. War er glücklich, dachte er kaum an Gott, war aber ziemlich geneigt, an ihn zu glauben. War er unglücklich, so dachte er an ihn, glaubte aber kaum: es schien ihm unmöglich, daß ein Gott Unglück und Ungerechtigkeit gutheiße. Im übrigen beschäftigten ihn diese schwierigen Fragen sehr wenig. Im Grunde war er zu religiös, um viel an Gott zu denken. Er lebte in Gott und hatte nicht nötig, an ihn zu glauben. Das tut den Schwachen, den Geschwächten, den Bleichsüchtigen in ihrem Leben not. Die sehnen sich nach Gott wie die Pflanze nach der Sonne. Der Sterbende klammert sich ans Leben. Warum aber soll der, welcher in sich Leben und Sonne trägt, sie außer sich suchen?

Christof hätte sich wahrscheinlich niemals mit diesen Dingen beschäftigt, wenn er allein gelebt hätte. Aber die Verpflichtungen des sozialen Lebens brachten ihn dahin, seine Gedanken auf jene kindischen und überflüssigen Probleme zu lenken, die einen verhältnismäßig großen Platz in der Welt einnehmen und in denen man Partei ergreifen muß, weil man sich nun einmal bei jedem Schritt daran stößt. Als ob eine gesunde, edle, von Kraft und Liebe überströmende Seele nicht tausend wichtigere Dinge zu tun hätte, als sich darüber zu beunruhigen, ob Gott sei oder nicht! – Wenn es sich wenigstens nur darum handelte, an Gott zu glauben! Aber man muß an *einen* Gott von der und der Größe, Form, Farbe und Herkunft glauben! Doch daran dachte Christof gar nicht erst. Jesus nahm in seinem Denken fast gar keinen Raum ein. Es verhielt sich nicht etwa so, daß er ihn nicht liebte: er liebte ihn, wenn er an ihn dachte, aber er dachte nicht an ihn. Manchmal warf er sich das vor, grämte sich deswegen und verstand nicht, warum er nicht mehr von ihm gefesselt wurde. Dabei beobachtete er die religiösen Formen; die Seinen taten es, sein

Großvater hatte unaufhörlich die Bibel gelesen; er selbst ging regelmäßig zur Messe; er ministrierte dort in gewissem Sinn, da er Organist war; und er erfüllte diese Aufgabe mit vorbildlicher Gewissenhaftigkeit. Aber es wäre ihm beim Hinausgehen aus der Kirche sehr schwergefallen, anzugeben, was er gedacht habe. Er machte sich ans Lesen der Heiligen Schrift, um seine Vorstellungen zu klären, und er fand Vergnügen, ja selbst Genuß daran wie an einem schönen, merkwürdigen Buch, das von andern nicht wesentlich verschieden ist und das heilig zu nennen niemandem einfallen sollte. Offen gesagt: War ihm Jesus sympathisch, so war es ihm Beethoven noch viel mehr. Und an der Orgel in Sankt Florian, wo er den Sonntagsgottesdienst begleitete, war er viel mehr mit seiner Orgel als mit der Messe beschäftigt, und an den Tagen, an denen die Kapelle Bach spielte, war er frommer als an den Tagen, da sie Mendelssohn spielte. Gewisse Zeremonien erfüllten ihn mit leidenschaftlicher Inbrunst. Aber war es wirklich Gott, den er dann liebte, oder etwa nur die Musik, so wie es ihm ein unvorsichtiger Priester eines Tages neckend gesagt hatte, ohne zu ahnen, in welchen Aufruhr sein Scherz Christof stürzte. Ein anderer hätte gar nicht darauf achtgegeben und hätte nichts an seiner Lebensweise geändert – wie vielen Menschen ist es bequemer, gar nicht zu wissen, was sie denken! Christof aber wurde von einem Bedürfnis nach peinlicher Wahrhaftigkeit geplagt, das ihm bei jeder Gelegenheit Skrupel einflößte. Von dem Tage an, da er sie zum erstenmal empfand, war es ihm unmöglich, sie abzuschütteln. Er marterte sich, er meinte mit doppelsinniger Falschheit zu handeln. Glaubte er oder glaubte er nicht? – Er hatte keine Möglichkeiten, weder materielle noch intellektuelle (denn es gehört Wissen und Muße dazu), die Frage allein zu entscheiden. Und dabei mußte sie entschieden werden, wollte er nicht unter dem Gedanken leiden, ein Gleichgültiger oder ein Heuchler zu werden. Er war aber ganz unfähig, das eine oder das andere zu sein.

Er versuchte schüchtern, die Menschen, die ihn umgaben, auszuhorchen. Alle trugen sie selbstsichere Mienen. Christof brannte darauf, die Gründe ihres Glaubens kennenzulernen. Es gelang ihm durchaus nicht. Fast niemals gab man ihm eine bestimmte Antwort: immer waren es Ausflüchte. Einige behandelten ihn als hochmütig im Geiste und sagten, daß sich darüber überhaupt nicht reden ließe, daß tausend klügere und bessere Leute als er, ohne zu zweifeln, geglaubt hätten, daß er es nur ebenso machen solle. Einige setzten sogar eine verletzte Miene auf, als läge eine persönliche Beleidigung darin, ihnen solche Fragen zu stellen; und doch waren das vielleicht nicht die, die ihrer Sache am sichersten waren. Andere zuckten die Achseln und meinten lächelnd: „Pah, es kann nicht schaden, wenn man glaubt!" Und ihr Lächeln sagte: Und es ist so bequem! – Die verachtete Christof mit aller Kraft seines Herzens.

Er hatte versucht, seine Zweifel einem Priester anzuvertrauen; aber der erste Schritt hatte ihn entmutigt. Er konnte nicht ernsthaft mit ihm diskutieren. So leutselig der Geistliche auch war, er ließ ihn doch höflich fühlen, daß keinerlei wirkliche Gleichstellung zwischen ihm und Christof bestehe; es schien von vornherein abgemacht, daß seine Überlegenheit unbestritten sei und daß der Meinungsaustausch, ohne taktlos zu werden, nicht die Grenzen überschreiten dürfe, die er ihm zog. So war es ein ganz ungefährliches Paradestückchen. Wenn Christof darüber hatte hinausgehen wollen und Fragen stellte, auf die zu antworten dem würdigen Mann nicht gefiel, hatte er sich ihm mit gönnerhaftem Lächeln und irgendwelchen lateinischen Zitaten entzogen und ihn väterlich ermahnt, zu beten, damit Gott ihn erleuchte. Christof fühlte sich durch diesen Ton höflicher Überlegenheit gedemütigt und verletzt. Er hätte, mit Recht oder zu Unrecht, um keinen Preis der Welt noch einmal bei einem Priester Hilfe gesucht. Er gab gerne zu, daß ihm diese Menschen durch die Intelligenz und ihren heiligen Titel überlegen waren; in ernsthaften Diskussionen aber zählen weder Überlegenheit noch Minderwertigkeit, weder Titel noch Alter, noch Name: nichts gilt als die Wahrheit, vor der alle Welt gleich ist.

So war er denn glücklich, einen jungen Menschen seines Alters zu finden, der glaubte. Er selber wünschte sich nichts Besseres, als glauben zu können; und er hoffte, daß Leonhard ihm gute Vernunftgründe dafür nennen könne. Er versuchte sich ihm zu nähern. Leonhard nahm das mit gewohnter Sanftmut, doch ohne Eifer hin: Eifer kannte er nicht. Da man im Hause keine zusammenhängende Unterhaltung führen konnte, ohne jeden Augenblick durch Amalie oder den Alten unterbrochen zu werden, schlug Christof nach dem Essen einen Abendspaziergang vor. Leonhard war zu höflich, um nein zu sagen, obgleich er gern losgekommen wäre; denn seine schläfrige Natur hatte Angst vor dem Gehen, vor dem Gespräch und sonst allem, was ihn eine Anstrengung kosten konnte.

Christof wußte nicht recht, wie er die Unterredung eröffnen sollte. Nach zwei oder drei ungeschickten Sätzen über gleichgültige Dinge stürzte er sich mit einer etwas brutalen Plötzlichkeit in die Frage, die ihm am Herzen lag. Er fragte Leonhard, ob er wirklich Priester werden wolle und ob er das aus Neigung tue. Leonhard warf befremdet einen verstörten Blick auf ihn; als er aber sah, daß Christof keinerlei feindselige Absichten hatte, beruhigte er sich.

„Ja“, antwortete er. „Wie könnte es anders sein?“

„Ach!“ meinte Christof. „Sie sind recht glücklich!“

Leonhard hörte aus Christofs Ton einen Anflug von Neid heraus und fühlte sich dadurch angenehm geschmeichelt. Er änderte sogleich seine Art, wurde offenherzig, sein Gesicht hellte sich auf.

„Ja“, sagte er. „Ich bin glücklich.“

„Wie machen Sie das nur?“ fragte Christof.

Bevor Leonhard antwortete, schlug er vor, sich auf eine ruhige Bank in einem Klostergang von Sankt Martin niederzusetzen. Von dort sah man eine Ecke des kleinen, mit Akazien bepflanzten Platzes und dahinter die Stadt und das in Abenddunkel gehüllte Land. Der Rhein floß zu Füßen des Hügels dahin. Ein alter, verlassener Friedhof, dessen Gräber in einer Flut von Unkraut ertranken, schlief neben ihnen hinter seinem verschlossenen Gitter.

Leonhard begann zu reden. Er sprach mit vor Zufriedenheit leuchtenden Augen davon, wie köstlich es sei, dem Leben zu entfliehen, die Stätte gefunden zu haben, die in Gegenwart und Zukunft Schutz biete. Christof, der noch aus frischen Wunden blutete, fühlte diesen Wunsch nach Ruhe und Vergessen leidenschaftlich nach; aber er war bei ihm doch mit einem Bedauern gemischt. Er fragte mit einem Seufzer:

„Wird es Ihnen nicht dennoch schwer, so ganz auf das Leben zu verzichten?"

„Oh!" meinte der andere seelenruhig. „Wonach sollte man sich zurücksehnen? Ist das Leben nicht traurig und häßlich?"

„Es hat auch manches Schöne", sagte Christof und schaute in den schönen Abend.

„Einiges Schöne, ja; aber wenig."

„Dies wenige ist aber für mich noch viel!"

„Nun, meinetwegen, es bleibt doch immer eine einfache Verstandesrechnung. Auf der einen Seite wenig Gutes und viel Übel; auf der andern auf Erden weder Gutes noch Übles und später die ewige Seligkeit: Kann man da zaudern?"

Christof war von diesem Rechnungsschluß nicht sehr eingenommen. Ein so kalkuliertes Leben schien ihm recht ärmlich. Indessen bemühte er sich, sich zu überzeugen, daß hierin die Weisheit liege.

„Also", fragte er mit ein wenig Ironie, „es droht keine Gefahr, daß Sie sich durch eine Stunde des Vergnügens verführen lassen?"

„Welcher Unsinn! Wenn man doch weiß, daß es sich nur um eine Stunde handelt und später um alle Ewigkeiten!"

„Sie sind also dieser Ewigkeit ganz sicher?"

„Natürlich."

Christof fragte ihn weiter aus. Ein Schauer von Sehnsucht und Hoffnung durchrann ihn. Wenn Leonhard ihm endlich untrügliche Beweise des Glaubens erbringen könnte! Mit welcher Leidenschaft wollte er selbst auf die ganze übrige Welt verzichten, um ihm zu Gott zu folgen!

Zunächst nahm Leonhard, der sehr stolz auf seine Apostelrolle und im übrigen davon überzeugt war, Christof spreche seine Zweifel nur um der Form willen aus und werde geschmackvoll genug sein, bei den ersten Gegengründen die Waffen zu strecken, seine Zuflucht zu der Heiligen Schrift, der Autorität der Evangelien, den Wundern, der Überlieferung. Aber er begann mißmutig zu werden, als Christof, nachdem er ihm einige Minuten zugehört hatte, ihn unterbrach, indem er sagte, daß er mit Fragen auf eine Frage antworte und daß er ihn nicht darum gebeten habe, ihm das, was gerade der Gegenstand seiner Zweifel sei, auseinanderzusetzen, sondern ihm die Mittel zu geben, sie zu zerstreuen. Leonhard mußte also feststellen, daß Christof bedeutend kränker war, als er schien, und daß er so anmaßend war, sich nur mit den Gründen der Vernunft überzeugen lassen zu wollen. Jedoch meinte er noch, Christof spiele wohl nur den Freigeist (er konnte sich nicht vorstellen, daß jemand es aufrichtig sein sollte). So ließ er sich denn nicht entmutigen, und im starken Bewußtsein eben erworbener Kenntnisse rief er seine Schulweisheit zu Hilfe. Er kramte in buntem Durcheinander, mit mehr Gewichtigkeit als Ordnung, seine metaphysischen Beweise für die Existenz Gottes und der unsterblichen Seele aus. Christof mühte sich mit gespanntem Geist und vor Anstrengung krauser Stirn schweigend ab, ihm zu folgen; er ließ ihn seine Sätze wieder von vorn beginnen, versuchte mit zähem Willen, ihren Sinn zu durchdringen, sie sich einzugraben, den Schlußfolgerungen nachzugehen. Plötzlich aber brauste er auf, erklärte, daß man sich über ihn lustig mache, daß all dies nur Spitzfindigkeiten seien, Scherze von Schönrednern, die Worte fabrizierten und die sich hinterher vergnügt einbildeten, daß diese Worte Wirklichkeiten seien. Der gekränkte Leonhard verbürgte sich für den guten Glauben seiner Autoren. Christof zuckte die Achseln und meinte fluchend, wenn nicht Schwindler, so seien sie verdammte Literaten; und er verlangte andere Beweise.

Als Leonhard mit Verblüffung merkte, daß Christof unheilbar krank war, interessierte er sich nicht mehr für ihn. Es fiel ihm ein, daß man ihm geraten hatte, seine Zeit nicht mit Ungläubigen zu verlieren – wenigstens wenn sie darauf beharrten, nicht glauben zu wollen. Das heiße Gefahr laufen, sich selbst, ohne irgendwelchen Vorteil für den andern, zu verwirren. Besser sei es, den Unglücklichen dem Willen Gottes anheimzustellen, der ihn, wenn es ihm bestimmt sei, schon erleuchten werde. Wenn dem aber nicht so war, wie wollte man dann wagen, dem Willen Gottes zu widerstreiten? Leonhard versteifte sich also nicht darauf, den Streit auszudehnen. Er begnügte sich, mit Sanftmut zu sagen, daß für den Augenblick nichts zu tun sei, daß kein Vernunftgrund fähig sei, den Weg zu zeigen, solange man ihn nicht sehen wolle, und daß man beten und die göttliche Gnade anrufen müsse: nichts sei ohne sie möglich; man müsse sie ersehnen, man müsse, um zu glauben, wollen.

Wollen! dachte Christof bitter. Also wird Gott sein, weil ich wünsche, daß er sei! Und der Tod wird also nicht sein, weil es mir gefallen wird, ihn zu verneinen! – Ach! – Wie ist das Leben leicht für die, welche nicht das Bedürfnis haben, die Wahrheit zu schauen, für die, welche die Gabe haben, sie so zu sehen, wie sie es möchten, sich angenehme Träume zu spinnen oder weich zu schlafen! Christof war sicher, in einem solchen Bett niemals zu entschlummern . . .

Leonhard fuhr fort zu sprechen. Er war auf sein Lieblingsthema zurückgekommen: auf die Wonne des beschaulichen Lebens. Und auf diesem gefahrlosen Feld war er unerschöpflich. Mit seiner eintönigen Stimme, die vor Vergnügen bebte, zählte er die Freuden eines Lebens in Gott auf, das außerhalb der Welt, über ihr, dahinfließe, fern dem Lärm, von dem er mit einem unerwarteten Ausdruck von Haß sprach (er verabscheute ihn fast ebensosehr wie Christof), fern der Gewalt, fern der Bosheit, fern den kleinen Miseren, an denen man täglich leide – im warmen und sicheren Nest des Glaubens, von dem aus man in Frieden das Elend der fremden und fernen Welt betrachte. Als Christof ihn so sprechen hörte, sah er den Egoismus dieses Glaubens. Leonhard spürte es; eilig erklärte er sich näher. Solches Leben der Betrachtung sei kein müßiges Leben. Im Gegenteil, man schaffe durch das Gebet mehr als durch das Tun: was wäre die Welt ohne Gebet? Man sühne für andere, belade sich mit ihren Sünden, biete ihnen seine Verdienste, man vermittele zwischen Welt und Gott.

Christof lauschte ihm schweigend mit wachsender Feindseligkeit. Er empfand in Leonhard die Heuchelei dieser Verzichtleistung. Er war nicht ungerecht genug, sie bei allen Gläubigen vorauszusetzen. Er wußte sehr wohl, daß solche Lebensverneinung bei einer kleinen Anzahl eine Unfähigkeit zu leben bedeutet, eine herzergreifende Verzweiflung, eine Anrufung des Todes – daß sie bei einer noch kleineren Zahl eine leidenschaftliche Verzückung ist. (Wie lange dauert sie?) Aber ist sie bei den meisten Menschen nicht allzuoft eine kalte Berechnung von Seelen, denen mehr an ihrer Ruhe gelegen ist als am Glück der andern oder an der Wahrheit? Wie müßten die wahrhaften Herzen unter der Entweihung ihres Ideals leiden, wenn sie sich das klarmachten!

Der ganz glückliche Leonhard entwickelte jetzt die von seiner göttlichen Hühnerstange aus gesehene Schönheit und Harmonie der Welt: unten war alles düster, ungerecht, schmerzensvoll; oben wurde alles klar, licht, geordnet; die Welt glich einem wundervoll aufgezogenen Uhrwerk...

Christof hörte nur noch mit halbem Ohr zu. Er fragte sich: Glaubt er, oder glaubt er, daß er glaube? Sein eigner Glaube jedoch, seine leidenschaftliche Glaubenssehnsucht war nicht erschüttert. Die Minderwertigkeit einer Seele, die ärmlichen Gründe eines Dummkopfs wie Leonhard konnten ihr keinen Abbruch tun...

Die Nacht senkte sich über die Stadt. Die Bank, auf der sie saßen, lag im Dunkel; die Sterne flammten auf, ein weißer Nebel entstieg dem Strom, die Heimchen zirpten unter den Friedhofsbäumen. Die Glocken begannen zu klingen: zuerst, ganz allein, die hellste; sie befragte wie ein klagender Vogel den Himmel; dann vermählte sich ihrer Klage die zweite, eine Terz tiefer; endlich kam in der Quinte die dunkelste, die ihnen Antwort zu geben schien. Die drei Stimmen verschmolzen. Am Fuß der Türme war es wie das Gesumme eines mächtigen Bienenschwarms. Luft und Herz erbebten. Christof hielt den Atem an und dachte, wie ärmlich die Musik der Musiker gegenüber diesem Ozean von Tönen sei, in dem tausend Wesen murmeln: das ist die wilde Fauna, die freie Welt der Klänge gegenüber der von dem Menschenverstand katalogisierten, gezähmten, kalt eingeordneten Welt. Und er verlor sich in dieser uferlosen, grenzenlosen, klingenden Unendlichkeit...

Als das mächtige Gemurmel verstummte, als die letzten Schwingungen in der Luft erstarben, erwachte Christof. Er schaute verstört um sich... Er erkannte nichts wieder. Alles um ihn her, in ihm war verändert. Gott war nicht mehr...

Ebenso wie der Glaube ist auch oft der Verlust des Glaubens eine Wirkung der Gnade, ein plötzliches Licht. Die Vernunft hat damit nichts zu tun; es genügt ein Nichts: ein Wort, ein Schweigen, ein Glockenton. Man geht spazieren, man träumt, man ist auf nichts gefaßt. Plötzlich bricht alles zusammen. Man ist allein; man glaubt nicht mehr.

Der entsetzte Christof konnte nicht fassen, warum, wie sich das zugetragen hatte. Es war wie der Eisbruch eines Stromes im Frühling . . .

Leonhards Stimme fuhr weiter fort, eintöniger als die Stimme einer Grille. Christof vernahm sie nicht mehr, er vernahm nichts mehr. Die Nacht war vollends da. Leonhard hielt inne. Von Christofs Reglosigkeit überrascht, von der späten Stunde beunruhigt, schlug er vor heimzukehren. Christof antwortete nicht. Leonhard faßte ihn am Arm. Christof fuhr auf und schaute Leonhard mit verwirrten Augen an.

„Christof, wir müssen zurück“, sagte Leonhard.

„Geh zum Teufel!“ schrie Christof voller Wut.

„Mein Gott! Christof, was habe ich Ihnen getan?“ sagte der bestürzte Leonhard verängstigt.

Christof kam wieder zu sich.

„Ja, du hast recht, mein Guter“, meinte er in sanfterem Ton. „Ich weiß nicht, was ich rede. Geh zu Gott! Geh zu Gott!“

Er blieb allein. Sein Herz war voll höchster Not.

„Ach mein Gott! Mein Gott!“ schrie er, indem er die Hände ineinanderkrampfte und den Kopf leidenschaftlich zum schwarzen Himmel hob. „Warum glaube ich nicht mehr? Warum kann ich nicht mehr glauben? Was ist mit mir geschehen?“

Es war ein zu großes Mißverhältnis zwischen dem Einsturz seines Glaubens und dem Gespräch, das er eben mit Leonhard gehabt hatte: es war klar, daß dieses Gespräch ebensowenig daran Schuld trug, wie Amaliens Gezänk und die Lächerlichkeit seiner Wirte die Ursache der Erschütterung waren, die sich seit einigen Tagen in seinen sittlichen Anschauungen vorbereitet hatte. Das waren nur Vorwände. Der Aufruhr kam nicht von außen. In ihm war der Aufruhr. Er fühlte in seinem Herzen unbekannte Ungeheuer sich regen, und er wagte nicht, sich in die eigenen Gedanken zu versenken, um seinem Übel ins Gesicht zu schauen . . .

Seinem Übel? War es ein Übel? Sehnsucht, Trunkenheit, wollüstige Bangigkeit durchströmten ihn. Er gehörte sich selbst nicht mehr an. Vergeblich suchte er sich in seinem Stoizismus von gestern zu versteifen. Alles krachte mit einem Schlage zusammen. Er hatte plötzlich die Empfindung der weiten Welt, der glühenden, wilden, unermeßlichen Welt... Wie sehr flutet sie doch über Gott hinaus!

Es war nur ein Augenblick. Aber das ganze Gleichgewicht seines bisherigen Lebens war von nun an dahin.

Nur einem Mitglied der ganzen Familie hatte Christof keinerlei Beachtung geschenkt: das war die kleine Rosa. Sie war nichts weniger als schön; und Christof, der selber weit davon entfernt war, schön zu sein, war der Schönheit anderer gegenüber sehr anspruchsvoll. Er besaß die ruhige Grausamkeit der Jugend, für die eine Frau nicht existiert, wenn sie häßlich ist – wenigstens wenn sie noch nicht über das Alter hinaus ist, wo sie zärtliche Gefühle einflößen könnte und nicht etwa nur noch ernsthaft friedliche und sozusagen religiöse Empfindungen für sie vorhanden sind. Rosa tat sich übrigens durch keinerlei besondere Gaben hervor, obgleich sie nicht unintelligent war; doch sie war dafür von einer Geschwätzigkeit, die Christof davonjagte. Weil er es nicht der Mühe für wert hielt, sie näher kennenzulernen, hatte er sie niemals angeschaut.

Dabei war sie mehr wert als viele junge Mädchen; in jedem Fall mehr als die so sehr geliebte Minna. Sie war ein gutes kleines Mädchen ohne Koketterie und Eitelkeit, das bis zu Christofs Ankunft nicht gemerkt hatte, daß es häßlich war, oder sich nicht darum gekümmert hatte. Denn um dergleichen sorgte man sich rings um sie her durchaus nicht. Wenn der Großvater oder die Mutter es ihr etwa einmal scheltend sagte, lachte sie nur: sie glaubte es nicht oder legte dem keine Bedeutung bei und die andern auch nicht. So viele ebenso Häßliche und Häßlichere hatten jemand gefunden, der sie liebte! Die Deutschen sind in bezug auf physische Unvollkommenheiten von einer glücklichen Nachsicht: sie bringen es fertig, sie nicht zu sehen; sie können sogar dahin kommen, sie mit wohlwollender Phantasie zu verschönen, indem sie unerwartete Beziehungen zwischen dem Gesicht, das sie sehen wollen, und den herrlichsten Exemplaren menschlicher Schönheit herausfinden. Es hätte nicht allzu großer Überredungsgabe bedurft, um den alten Euler zu der Erklärung zu veranlassen, daß seine Enkelin die Nase der Juno Ludovisi habe. Glücklicherweise war er ein zu großer Brummbär, um Komplimente zu machen; und die ihrer Nasenform gegenüber gleichgültige Rosa setzte ihren Ehrgeiz nur in die Ausübung der berühmten Haushaltspflichten, so wie das des Hauses Brauch war. Sie hatte alles, was man sie gelehrt hatte, wie das Evangelium hingenommen. Da sie kaum ausging, hatte sie wenig Vergleichsmöglichkeiten, bewunderte daher harmlos die Ihren und glaubte, was diese sagten. Bei ihrer hingebenden, vertrauensvollen und leicht zufriedenen Natur suchte sie sich dem grämlichen Ton des Hauses anzupassen und sprach die pessimistischen Ansichten, die sie hörte, gefügig nach. Sie besaß das aufopferndste Herz – dachte immer an andere, suchte Freude zu bereiten, Sorgen zu teilen, Wünsche zu erraten, nur weil es ihr, ohne einen Gedanken an Gegenleistung, Bedürfnis war, zu lieben. Natürlich nutzten das die Ihren aus, obgleich sie gut waren und Rosa liebten; aber man ist stets versucht, die Liebe derer zu mißbrauchen, die einem ganz ergeben sind. Man war an ihre Aufmerksamkeiten so gewöhnt, daß man ihr keinerlei Dank wußte; was sie auch tat, man erwartete noch mehr. Überdies war sie ungeschickt, linkisch, hastig, hatte heftige und jungenhafte Bewegungen und Zärtlichkeitsausbrüche, die Katastrophen herbeiführten: einmal ein zerbrochenes Glas, ein andermal eine umgeworfene Karaffe oder eine laut zugeschlagene Tür – alles Dinge, die die Empörung des ganzen Hauses gegen sie entfesselten.

So wurde die Kleine beständig angefahren und schlich dann in einen Winkel, um zu weinen. Doch währten ihre Tränen selten lange. Gleich zeigte sie wieder ihr lachendes Gesicht und nahm ihr Geschwätz wieder auf, wobei sie gegen keinen auch nur einen Schatten von Groll bewahrte.

Christofs Ankunft wurde für ihr Leben ein bedeutsames Ereignis. Sie hatte oft von ihm sprechen hören. Christof spielte im Stadtklatsch eine Rolle: er war eine Art lokale Berühmtheit. Sein Name wurde in den häuslichen Unterhaltungen oft genannt, besonders zu der Zeit, als der alte Hans Michel noch lebte, der stolz, wie er auf seinen Enkel war, bei allen Bekannten sein Lob sang. Rosa hatte den jungen Musiker ein- oder zweimal im Konzert gesehen. Als sie hörte, daß er bei ihnen wohnen werde, klatschte sie in die Hände. Es wurde ihr wegen dieses Mangels an Haltung eine strenge Rede gehalten, so daß sie ganz verwirrt wurde. Sie konnte nichts Böses dabei finden. In einem so eintönigen Leben wie dem ihren war ein neuer Gast eine unerwartete Zerstreuung. Sie verbrachte die letzten Tage vor seiner Ankunft in fiebernder Erwartung. Sie war in Todesangst, daß das Haus ihm nicht gefallen könnte, und sie mühte sich, die Wohnung so gut aussehend wie möglich zu gestalten. Sie trug sogar als Willkommensgruß am Morgen des Umzugs einen kleinen Blumenstrauß auf den Kamin. Sie selber jedoch hatte keinerlei Anstalten getroffen, vorteilhaft zu erscheinen. Und der erste Blick, den Christof auf sie warf, genügte ihm, sie häßlich und geschmacklos zurechtgemacht zu finden. Sie hatte durchaus nicht denselben Eindruck von ihm, obgleich sie gute Gründe dafür gehabt hätte. Denn der abgezehrte, abgehetzte und ungepflegte Christof war noch häßlicher als gewöhnlich. Aber Rosa, die unfähig war, das geringste Schlechte, von wem es immer sei, zu denken, Rosa, die ihren Großvater, ihren Vater und ihre Mutter für vollkommen schön hielt, kam es gar nicht in den Sinn, Christof anders zu sehen, als sie ihn sich vorgestellt hatte, und so bewunderte sie ihn von ganzem Herzen. Es schüchterte sie sehr ein, ihn als Tischnachbarn zu haben; und unglücklicherweise drückte sich ihre Schüchternheit in jenem Wortschwall aus, der ihr vom ersten Augenblick an die Sympathie Christofs verscherzte. Sie merkte es nicht, und dieser erste Abend blieb in ihrem Leben eine leuchtende Erinnerung. Sie hörte, nachdem die andern in ihre Zimmer hinaufgestiegen und sie allein in ihrem Zimmer war, die Schritte der neuen Gäste über ihrem Kopfe, und das Geräusch hallte freudig in ihr wider: das Haus schien ihr aufzuleben.

Am folgenden Morgen sah sie zum ersten Male mit besorgter Aufmerksamkeit in den Spiegel; und ohne sich noch von der Größe ihres Unglücks Rechenschaft zu geben, fing sie an, es zu ahnen. Sie versuchte ihre Züge einen nach dem andern zu beurteilen; aber es gelang ihr nicht. Sie hatte traurige Ahnungen. Sie seufzte tief auf und hätte ihre Kleidung gern irgendwie geändert. Aber sie brachte es nur fertig, sich noch häßlicher zu machen. Zum Überfluß begann sie mit lästigem Eifer, Christof mit ihren Zuvorkommenheiten zu langweilen. In ihrem kindlichen Wunsch, ihre neuen Freunde fortwährend zu sehen und ihnen zu dienen, lief sie alle Augenblicke treppauf und treppab, schleppte jedesmal einen unnützen Gegenstand herbei, drang darauf, helfen zu wollen, unter beständigem Lachen, Schwatzen und Schreien. Einzig die ungeduldig rufende Stimme ihrer Mutter konnte ihren Eifer und ihre Reden unterbrechen. Christof machte ein saures Gesicht. Ohne die guten Vorsätze, die er gefaßt hatte, wäre er zwanzigmal aufgebraust. Zwei Tage hielt er stand, am dritten schloß er seine Tür ab. Rosa klopfte, rief – verstand endlich, ging verwirrt wieder hinunter und fing nicht noch einmal an. Er erklärte, als er sie sah, daß er mit einer dringenden Arbeit beschäftigt sei und sich nicht stören lassen könne. Sie entschuldigte sich bescheiden. Über den Mißerfolg ihres unschuldigen Entgegenkommens konnte sie sich nicht täuschen: es hatte seinem Ziel genau zuwidergearbeitet und ihr Christof entfremdet. Er gab sich nicht mehr Mühe, seine schlechte Laune zu verbergen; er hörte nicht einmal mehr zu, wenn sie sprach, und verhehlte seine Ungeduld nicht. Sie fühlte, daß ihr Geschwätz ihn ärgerte, und es gelang ihr mit aller Willensanstrengung, sich einen Teil des Abends still zu verhalten; aber es ging doch über ihre Kräfte: plötzlich platzte sie wieder heraus, und die Worte überstürzten sich rasender denn je. Christof stand mitten in einem ihrer Sätze auf und ließ sie sitzen. Sie war ihm deswegen nicht böse; sie zürnte mit sich selbst und nannte sich dumm, langweilig, lächerlich; alle ihre Fehler schienen ihr ungeheuerlich, sie wollte sie bekämpfen; aber sie war vom Fehlschlag ihrer ersten Versuche entmutigt und sagte sich, daß sie nichts vermöge, daß sie nicht die Kraft habe. Dennoch versuchte sie es von neuem.

Aber sie hatte ja noch andere Mängel, gegen die sich nichts tun ließ. Wie sollte sie ihre Häßlichkeit bekämpfen? Sie konnte sich darüber nicht mehr hinwegtäuschen. Die Gewißheit ihres Unglücks war ihr eines Tages ganz plötzlich geworden, als sie sich im Spiegel sah; es war wie ein Blitzstrahl gewesen. Natürlich übertrieb sie das Übel noch und sah ihre Nase zehnmal größer, als sie war; sie schien das ganze Gesicht einzunehmen; sie wollte sich nicht mehr sehen lassen und hätte sterben mögen. Aber in der Jugend ist solch eine Gewalt des Hoffens, daß dergleichen Verzweiflungsausbrüche nicht lange dauern. Sie überredete sich später, daß sie sich sicher täusche; sie versuchte es zu glauben, und sie kam für Augenblicke sogar dazu, ihre Nase sehr normal, ja eigentlich ganz hübsch zu finden. In ihrem weiblichen Instinkt suchte sie nun, allerdings recht ungeschickt, nach irgendwelchen kindlichen Hilfskniffen, einer Frisur, welche die Stirn weniger frei ließ und die Mißverhältnisse des Gesichts nicht so sichtbar machte. Dabei hatte das bei ihr nichts mit Koketterie zu tun; nicht ein Liebesgedanke war ihr in den Sinn gekommen, es sei denn ohne ihr Wissen. Sie verlangte so wenig: nichts als ein wenig

Freundschaft. Und selbst dieses wenige schien Christof nicht geneigt ihr schenken zu wollen. Rosa meinte, sie würde vollkommen glücklich sein, wenn er ihr nur beim Zusammentreffen freundschaftlich und mit ein wenig Güte guten Tag und gute Nacht gewünscht hätte. Aber Christofs Blick war für gewöhnlich so hart und kalt! Sie war davon wie erstarrt. Zwar sagte er ihr keine Unfreundlichkeiten, aber sie hätte Vorwürfe diesem grausamen Schweigen vorgezogen.

Abends saß Christof am Klavier und spielte. Er hatte sich in einer engen Mansarde in der höchsten Höhe des Hauses eingerichtet, nur um etwas weniger vom Lärm gestört zu werden. Rosa lauschte ihm unten voller Inbrunst. Sie liebte Musik, obgleich ihr Geschmack, der niemals gebildet wurde, schlecht war. Solange ihre Mutter da war, blieb sie in einer Zimmerecke über ihre Arbeit gebeugt und schien in ihre Tätigkeit vertieft. Ihre Seele aber hing an den Tönen, die von da oben kamen und von denen sie nichts verlieren wollte. Sobald sie das Glück hatte, daß Amalie zu einem Wege in die Nachbarschaft ausging, sprang sie sofort mit einem Satz auf, warf die Arbeit von sich und kletterte mit klopfendem Herzen zur Mansarde empor. Sie hielt den Atem an und drückte ihr Ohr an die Tür. So blieb sie, bis Amalie heimkehrte. Sie ging auf den Zehenspitzen und nahm sich in acht, um keinerlei Geräusch zu verursachen; da sie aber nicht sehr geschickt war und außerdem stets in Eile, war sie immer nahe daran, die Treppe hinunterzupurzeln. Und einmal, als sie wieder mit vorgebeugtem Körper, das Ohr ans Schlüsselloch gedrückt, lauschte, verlor sie das Gleichgewicht und stieß mit der Stirn an die Tür. Sie war so entsetzt, daß ihr der Atem ausging. Das Spiel brach jäh ab; sie fand nicht mehr die Kraft, sich davonzumachen. Sie richtete sich auf, als die Tür sich öffnete. Christof sah sie, warf ihr einen wütenden Blick zu, schob sie darauf ohne ein Wort brutal zur Seite, stieg voller Zorn die Treppe hinab und ging aus. Erst zum

Essen kam er wieder, schenkte ihren trostlosen Blicken, die um Verzeihung flehten, keinerlei Beachtung, tat, als sei sie gar nicht vorhanden, und hörte mit dem Spielen für mehrere Wochen auf. Rosa vergoß darüber im geheimen reichlich Tränen; keiner merkte etwas davon; keiner achtete auf sie. Sie flehte inbrünstig zu Gott . . . um was? Sie wußte es nicht recht. Es war ihr ein Bedürfnis, ihre Kümmernisse jemandem anzuvertrauen. Sie war sicher, daß Christof sie verabscheute.

Trotz alledem aber hoffte sie. Es war ihr genug, wenn er ihr irgendwelche Zeichen von Anteilnahme gab, wenn er anzuhören schien, was sie sagte, wenn er ihr freundschaftlicher als sonst die Hand drückte . . .

Einige unbedachte Worte der Ihren lenkten ihre Phantasie vollends auf eine trügerische Fährte.

Die ganze Familie war voller Sympathie für Christof. Der große sechzehnjährige Junge, der so ernst und einsiedlerisch lebte, eine so hohe Vorstellung von seinen Pflichten hatte, flößte ihnen allen eine Art Hochachtung ein. Seine manchmal ausbrechende schlechte Laune, sein hartnäckiges Schweigen, seine düstere Miene und seine barschen Manieren konnten in einem Hause wie diesem durchaus nicht Aufsehen erregen. Selbst Frau Vogel, die jeden Künstler für einen Nichtstuer hielt, wagte nicht, wie sie wohl Lust gehabt hätte, ihn anzugreifen und ihm vorzuwerfen, daß er am Abend Maulaffen feilhalte, wenn er stundenlang unbeweglich an seinem Mansardenfenster zum Hof hinuntergebeugt stand, bis die Nacht gekommen war; denn sie wußte, daß er sich den übrigen Tag mit Stundengeben abarbeitete; sie ging, wie auch die andern, höchst behutsam mit ihm um – wegen eines Hintergedankens, den niemand aussprach und um den alle wußten.

Rosa war es aufgefallen, wie ihre Eltern Blicke wechselten und geheimnisvoll flüsterten, wenn sie mit Christof sprach. Zuerst gab sie nicht acht darauf. Dann wurde sie neugierig und aufgeregt; sie brannte darauf, zu wissen, was sie sagten; aber sie wagte nicht, danach zu fragen.

Eines Abends, als sie im Garten auf eine Bank gestiegen war, um zum Wäschetrocknen eine Schnur zwischen zwei Bäume zu spannen, stützte sie sich, als sie wieder zur Erde sprang, auf Christofs Schulter. Gerade in diesem Augenblick traf ihr Blick den ihres Großvaters und ihres Vaters, die, den Rücken an die Hausmauer gelehnt, saßen und ihre Pfeife rauchten. Die beiden Männer tauschten ein Augenzwinkern, und Justus Euler sagte zu Vogel:

„Das wird ein nettes Paar geben."

Auf einen Ellenbogenstoß Vogels hin, der merkte, daß das junge Mädchen lauschte, ließ er die Bemerkung höchst geschickt (so meinte er wenigstens) unter einem tönenden „Hm; hm" verschwinden, das geeignet war, jede Aufmerksamkeit zwanzig Schritt in der Runde darauf zu lenken. Christof, der ihm den Rücken kehrte, merkte nichts. Rosa aber wurde dermaßen aufgestört, daß sie auf ihren Sprung nicht achtgab und sich den Fuß verrenkte. Sie wäre gefallen, wenn Christof sie nicht gehalten hätte, wobei er leise über diese ewige Ungeschicklichkeit fluchte. Sie hatte sich sehr weh getan; aber sie ließ sich nichts merken, dachte auch kaum daran, sondern nur an das, was sie eben gehört hatte. Sie flüchtete in ihr Zimmer; jeder Schritt war ihr ein Schmerz; sie riß sich zusammen, damit man ihr nichts ansehe. Sie war in eine wonnevolle Verwirrung getaucht. Sie sank auf den Stuhl zu Füßen ihres Bettes und verbarg das Gesicht in den Decken. Das Gesicht brannte ihr; Tränen standen ihr in den Augen, und sie lachte. Sie schämte sich, hätte sich in die Erde verkriechen mögen, brachte es nicht fertig, ihre Gedanken auf etwas zu richten. Ihre Schläfen hämmerten, ihr Knöchel verursachte ihr stechende Schmerzen, sie war benommen und hatte Fieber. Undeutlich vernahm sie die Geräusche von draußen, das Geschrei der in den Straßen spielenden Kinder; und des Großvaters Worte hallten in ihren Ohren; ein Schauer überlief sie, sie lachte leise, errötete, das Gesicht in den Daunen verborgen, sie betete, dankte, wünschte, fürchtete – sie liebte.

Ihre Mutter rief sie. Sie versuchte aufzustehen. Beim ersten Schritt fühlte sie einen so unerträglichen Schmerz, daß sie beinahe in Ohnmacht fiel; ihr schwindelte. Sie meinte sterben zu müssen, hätte sterben mögen und wollte gleichzeitig mit allen Kräften ihres Wesens leben, leben für das verheißene Glück. Endlich kam ihre Mutter, und das ganze Haus war bald in Aufruhr. Wie gewöhnlich gescholten, dann verbunden und ins Bett gelegt, ließ sie alles Fühlen in dem dumpfen Rauschen ihres körperlichen Schmerzes und ihres inneren Glückes hinsterben. Die geringsten Erinnerungen dieses ihr teuren Abends blieben ihr heilig. Sie dachte nicht an Christof, wußte nicht, was sie dachte. Aber sie war glücklich.

Am folgenden Morgen kam Christof, der sich für den Unfall etwas verantwortlich fühlte, um nach ihr zu sehen; und zum ersten Male bezeigte er ihr einen Schimmer von Herzlichkeit. Sie war dafür von Dankbarkeit durchströmt und segnete ihre Schmerzen. Ihr ganzes Leben lang hätte sie leiden mögen, um ihr ganzes Leben solche Freuden auszukosten. Mehrere Tage mußte sie ausgestreckt, ohne sich zu rühren, liegenbleiben. Sie brachte sie damit hin, die Worte des Großvaters wieder zu durchdenken und sie sich zu überlegen; denn es waren ihr Zweifel gekommen. Hatte er gesagt:

„Das wird ..."

oder

„Das würde ..."?

Oder war es etwa möglich, daß er gar nichts dergleichen gesagt hatte? – Ja, er hatte es gesagt, sie war dessen sicher ... Wie! Sahen sie denn nicht, daß sie häßlich war und daß Christof sie nicht leiden konnte? – Aber es tat so gut zu hoffen! Sie glaubte schließlich, daß sie sich vielleicht getäuscht habe, daß sie nicht ganz so häßlich sei, wie sie meinte; sie richtete sich in ihrem Stuhl auf, um sich in dem ihr gegenüber aufgehängten Spiegel zu sehen: sie wußte nicht mehr, was sie denken sollte. Ihr Großvater und ihr Vater mußten doch besser urteilen können als sie: man kann sich selber nicht beurteilen... Mein Gott! Wäre es möglich! – Wenn zufällig... wenn, ohne daß sie es ahnte, wenn... wenn sie hübsch wäre! – Vielleicht übertrieb sie sich auch die wenig herzlichen Gefühle Christofs. Allerdings kümmerte sich der gleichgültige Junge nach den Zeichen von Anteilnahme, die er ihr am ersten Morgen nach dem Unfall erwiesen hatte, nicht mehr um sie; er vergaß, nach ihr zu sehen; aber Rosa entschuldigte ihn: er hatte soviel zu tun! Wie hätte er an sie denken sollen? Man durfte einen Künstler nicht wie andere Männer beurteilen.

Jedoch konnte sie trotz aller Verzichtleistung nicht umhin, wenn er an ihr vorüberging, mit Herzklopfen auf ein warmes Wort zu warten. Ein einziges Wort, ein Blick... Ihre Phantasie tat das übrige. Liebe braucht im Anfang so wenig Nahrung! Genug, wenn man sich sieht, wenn man sich im Vorübergehen streift; in dieser Zeit durchströmt die Seele solche Traumkraft, daß sie allein beinahe genügt, sich ihre Liebe zu schaffen; ein Nichts versetzt sie in Rausch, den sie kaum so stark fühlen wird, wenn sie endlich den Gegenstand ihrer Wünsche besitzt – und im selben Maß, wie sie befriedigter, auch um so anspruchsvoller geworden ist. – Rosa lebte, ohne daß irgend jemand davon wußte, ganz und gar von einem in allen Teilen von ihr erdichteten Roman: Christof liebte sie heimlich und wagte es ihr aus Schüchternheit nicht zu sagen oder auch aus irgendeinem andern törichten, romanhaften und romantischen Grunde, welcher der Phantasie dieses sentimentalen Gänschens gefiel. Darauf baute sie nun endlose Geschichten auf, die völlig sinnlos waren; sie wußte das selbst, wollte es aber nicht wissen; sie belog sich voller Wollust, während sie Tage und Tage lang über ihre Handarbeit gebeugt saß. Sie vergaß darüber das Sprechen: ihr ganzer Wortschwall hatte sich in ihr Inneres ergossen wie ein Fluß, der plötzlich unter der Erde verschwindet. Dort aber nahm er seine Rache. Das war eine Überschwemmung von Reden, stummen Unterhaltungen, die niemand anders als sie vernahm! Manchmal sah man ihre Lippen sich regen wie bei Leuten, die beim Lesen zum besseren Verständnis die Silben leise buchstabieren müssen.

Wachte sie aus ihren Träumen auf, war sie glücklich und traurig zugleich. Sie wußte wohl, daß die Dinge nicht so lagen, wie sie sie sich eben erzählt hatte. Aber ein Widerschein des Glücks blieb ihr doch zurück, und sie begann vertrauensvoller zu leben. Sie gab die Hoffnung nicht auf, Christof zu gewinnen.

Ohne es sich einzugestehen machte sie sich ans Werk. Mit der Instinktsicherheit, die eine große Zuneigung verleiht, wußte das ungeschickte und unwissende kleine Mädchen mit dem ersten Schlag den Weg zu finden, auf dem sie das Herz ihres Freundes treffen konnte. Sie wandte sich nicht direkt an ihn. Aber sowie sie geheilt war und von neuem durch das Haus streifen konnte, schloß sie sich Luise an. Der geringste Vorwand war ihr gut genug. Sie erfand tausend kleine Dienstleistungen für sie. Ging sie aus, versäumte sie nie, Besorgungen für sie zu übernehmen; sie ersparte ihr die Wege zum Markt, die Verhandlungen mit den Lieferanten, sie holte ihr Wasser von der Pumpe im Hof, sie besorgte sogar einen Teil ihrer Wirtschaft, wusch die Fenster,. bürstete den Fußboden trotz aller Widersprüche Luises, die sich schämte, nicht selbst alles zu tun, aber doch so müde war, daß sie nicht die Kraft fand, sich den Hilfeleistungen zu widersetzen. Christof war den ganzen Tag abwesend. Luise fühlte sich verlassen, und die Gesellschaft des zärtlichen und geräuschvollen jungen Mädchens tat ihr wohl. Rosa nistete sich bei ihr ein. Sie brachte ihre Handarbeit mit, und sie fingen zu plaudern an. Das Mädchen suchte mit ungeschickter List das Gespräch auf Christof zu lenken. Von ihm reden zu können und seinen Namen zu hören machte sie glücklich; ihre Hände bebten, und sie vermied, die Augen zu heben. Luise, die sich nichts Besseres wünschte, als von ihrem lieben Christof zu reden, erzählte Kindheitsgeschichten von ihm, die nichtssagend und ein klein wenig lächerlich waren. Aber sie brauchte nicht zu fürchten, daß Rosa sie so ansah. Für diese bedeutete es unsägliche Freude und Rührung, sich Christof als kleines Kind mit allen Torheiten und Holdseligkeiten dieses Alters vorzustellen; die mütterliche Zärtlichkeit, die in jedem Frauenherzen lebt, vermengte sich in ihr wonnevoll mit der andern Zärtlichkeit; sie lachte aus warmem Herzen und hatte feuchte Augen. Luise war von der Teilnahme, die ihr Rosa bewies, bewegt. Sie ahnte dunkel, was in dem Herzen des jungen Mädchens vorging, und sie zeigte nichts davon; aber sie freute sich darüber; denn sie allein im Hause fühlte den Wert dieses Herzens. Manchmal hielt sie im Sprechen inne, um sie anzuschauen. Rosa sah, durch die Stille erstaunt, von ihrer Arbeit auf. Luise lächelte ihr zu. Rosa warf sich mit leidenschaftlicher Heftigkeit in ihre Arme und verbarg das Gesicht an Luises Brust. Dann fingen sie wieder zu arbeiten und zu plaudern an, als wäre nichts geschehen.

Luise, die für Rosas Aufmerksamkeiten dankbar war und ihren kleinen Plan verfolgte, geizte nicht mit Lobeserhebungen über die junge Nachbarin, wenn Christof des Abends heimkehrte. Christof war von Rosas Güte gerührt. Er sah, wie sie Gutes an seiner Mutter tat, deren Gesicht heiterer wurde; und er dankte ihr mit großer Wärme. Rosa stotterte und entfloh, um ihre Verwirrung zu verbergen: auf diese Weise erschien sie Christof tausendmal klüger und anziehender, als wenn sie gesprochen hätte. Er sah sie mit weniger voreingenommenem Blick an und machte keinen Hehl aus seiner Überraschung, in ihr Eigenschaften zu finden, die er nicht vermutet hatte. Rosa merkte das; sie fühlte seine wachsende Sympathie und dachte, daß diese Sympathie zur Liebe führe. Mehr als je gab sie sich ihren Träumen hin.

Im schönen Machtbewußtsein der ersten Jugend war sie nahezu überzeugt, daß alles, was man mit ganzer Seele wünscht, sich zuletzt erfüllen muß. – Wieso war ihr Wunsch übrigens so unvernünftig? Hätte Christof nicht mehr als jeder andere für ihre Güte empfänglich sein müssen, für ihr zärtliches Bedürfnis, sich aufzuopfern?

Aber Christof dachte gar nicht an sie. Er achtete sie; aber sie nahm in seinem Denken keinerlei Raum ein. Er war im Augenblick mit ganz anderem beschäftigt. Christof war nicht mehr Christof. Er kannte sich selber nicht mehr. Eine mächtige Arbeit ging in ihm vor, war dabei, alles aus ihm herauszufegen, ihn bis zum Grund des Wesens aufzuwühlen.

Christof empfand eine äußerste Schlaffheit und Ruhelosigkeit. Ohne Ursache fühlte er sich matt, hatte einen schweren Kopf; Augen, Ohren und alle Sinne waren ihm trunken und mit Brausen erfüllt. Es war ihm unmöglich, sein Denken fest auf irgend etwas zu richten. Der Geist sprang in erschöpfender Fieberhaftigkeit von Gegenstand zu Gegenstand. Dieses fortwährende Flattern von Bildern machte ihn ganz schwindlig. Zuerst schob er es der Übermüdung und den erschlaffenden Frühlingstagen zu. Aber der Frühling verstrich, und das Übel verschlimmerte sich nur.

Er litt unter dem, was die Poeten, die nur mit zarter Hand an diese Dinge rühren, die Regungen der Jünglingszeit nennen, die Pagengefühle, das Erwachen des Liebesverlangens in der jugendlichen Seele. Als ob die furchtbare Krisis, in der das ganze Wesen aus den Fugen geht und stirbt und in allen seinen Teilen wiedergeboren wird, als ob diese Erdumwälzung, in der alles: Glauben, Denken, Handeln, das gesamte Leben bereit scheint, sich aufzugeben, und sich in schmerz- und freudvollen Zuckungen neu schmiedet, auf eine Kinderei zurückzuführen wäre.

Sein ganzer Körper und seine ganze Seele waren in Gärung begriffen. Er beobachtete sie, ohne die Kraft zum

Kampf zu haben, mit einer Mischung von Neugier und Ekel. Er begriff nichts von allem, was in ihm vorging. Sein ganzes Wesen zersetzte sich. Ganze Tage verbrachte er in schwüler Betäubung. Zu arbeiten war ihm eine Qual. Nachts litt er unter bleiernem und zerrissenem Schlaf, ungeheuerlichen Träumen, stoßweise aufdrängendem Begehren; die Seele eines Tieres war in ihn gefahren. Glühend und in Schweiß gebadet, betrachtete er sich mit Entsetzen. Er versuchte die unreinen und wahnsinnigen Gedanken von sich abzuschütteln, und er fragte sich, ob er im Begriff sei, wahnsinnig zu werden.

Der Tag wurde ihm keine Zuflucht vor diesen tierischen Gedanken. Er fühlte sich in den Untiefen der Seele versinken: nichts, woran er sich halten durfte; keine Schranke, die er gegen das Chaos aufrichten konnte. Alle seine Rüstungen und Festungen, deren vielfache Schutzwehr ihn so stolz umgeben hatte – sein Gott, seine Kunst, sein Stolz, seine sittliche Kraft –, alles stürzte übereinander, bröckelte Stück für Stück von ihm ab. Er sah sich nackt, gebunden hingestreckt, ohne die Möglichkeit einer Bewegung, wie einen Leichnam, auf dem das Geschmeiß wimmelt. Plötzlich fuhr er dann in Empörung auf: Was war aus seinem Willen geworden, auf den er so stolz war? Vergebens rief er ihn herbei; es kam nur zu Anstrengungen, wie man sie im Schlaf macht, wenn man weiß, daß man träumt, und sich aufwecken will. Es gelingt einem nichts anderes, als wie eine Bleimasse von Traum zu Traum zu rollen und nur erstickender die Gelähmtheit der gefesselten Seele zu empfinden. Zuletzt fand er es weniger qualvoll, gar nicht zu kämpfen. Er ergab sich mit apathischem und mutlosem Fatalismus in seinen Zustand.

Der regelmäßige Strom seines Lebens schien unterbrochen. Entweder er ergoß sich in unterirdische Schluchten, oder er schien dicht daran, ganz zu versickern; dann wieder strömte er mit sprudelnder Wildheit empor. Die Kette der Tage war zerrissen. Inmitten der eintönigen Ebene der

Stunden öffneten sich gähnende Löcher, in die die Seele hinabstürzte. Christof verfolgte dies Schauspiel, als wäre es ihm fremd. Alles und alle – und er selber – wurden ihm fremd. Mechanisch ging er weiter seinem Beruf nach, tat seine Pflicht, und es war ihm dabei, als müsse der Mechanismus seines Lebens von einem Augenblick zum andern stillstehen: das Räderwerk war verbogen. Bei Tisch neben seiner Mutter und seinen Wirtsleuten, im Orchester, inmitten der Musiker und des Publikums höhlte sich plötzlich eine Leere in sein Gehirn: er schaute verblüfft auf die grinsenden Masken, die ihn umgaben, und er begriff nichts mehr. Er fragte sich:

Was für ein Zusammenhang besteht zwischen diesen Wesen und ...?

Er wagte nicht einmal auszusprechen:

...und mir?

Denn er wußte nicht mehr, ob er überhaupt existierte. Er sprach, und seine Stimme schien ihm aus einem andern Leibe zu tönen. Er bewegte sich, und er sah seine Gebärden wie von fern, von hoch oben – von einer Turmspitze. Mit irrer Miene strich er sich über die Stirn. Er war nahe daran, Tollheiten zu begehen.

Wenn er allen Augen ausgesetzt war, dann gerade mußte er sich am meisten zusammennehmen. Zum Beispiel an Abenden, an denen er ins Schloß ging oder wenn er öffentlich spielte. Plötzlich überfiel ihn der übermächtige Drang, irgendeine Fratze zu schneiden, eine Ungeheuerlichkeit auszusprechen, dem Großherzog eine lange Nase zu machen oder dem Hinterteil einer Dame einen Fußtritt zu versetzen. Einen ganzen Abend lang, während er das Orchester dirigierte, kämpfte er gegen die unsinnige Lust, sich vor aller Welt auszuziehen; und sobald er versuchte, gegen diese Idee anzugehen, war er von ihr wie besessen; er mußte alle seine Kraft zusammennehmen, um ihr nicht zu unterliegen. Nachdem er diesen albernen Kampf bestanden hatte, stand er in Schweiß gebadet und mit leerem Hirn da. Er wurde wirklich verrückt. Wenn er nur daran dachte, daß er irgend etwas nicht tun solle, so war das genug, daß sich ebendies mit der rasend machenden Beharrlichkeit einer fixen Idee ihm aufdrängte.

So verlief denn sein Leben zwischen zermürbenden Anstrengungen und Abstürzen ins Leere. Ein wütender Orkan in der Wüste. Woher kam er? Was bedeutete diese Tollheit? Aus welchem Abgrund stiegen diese Wünsche auf, die ihm Glieder und Hirn verrenkten? Er war wie ein Bogen, den eine gewalttätige Hand bis zum Zerspringen spannt – welchem unbekannten Ziele zu? – und gleich darauf wie ein totes Stück Holz wegwirft. Wessen Beute war er? Er wagte es nicht zu ergründen. Er fühlte sich besiegt, gedemütigt, und er mochte seiner Niederlage nicht ins Gesicht schauen. Matt war er und feige. Jetzt verstand er die Menschen, die er einst verachtet hatte: die, welche die peinliche Wahrheit nicht sehen wollten. Wohl fühlte er sich in solchen Stunden der Leere von Entsetzen erstarrt, wenn ihn die Erinnerung an die Zeit überfiel, die dahinging, an die verlassene Arbeit, die verlorene Zukunft. Aber es erfolgte darauf keinerlei Aufschwung; und seine Feigheit fand in der verzweifelten Bejahung des Nichts Entschuldigungen; es war ihm eine bittere Wollust, sich diesem Nichts hinzugeben wie ein Wrack der Stromschnelle. Wozu kämpfen? Es gab ja weder Schönes noch Gutes, weder Gott noch Leben, noch irgendein Sein. Wenn er auf die Straße ging, verlor er plötzlich den Boden; keine Erde war mehr da, keine Luft, kein Licht, nicht einmal er selber: nichts war da. Er sank, sein Kopf zog ihm gewaltsam die Stirn nach vorn; kaum konnte er sich gerade noch vor dem Fall bewahren. Er meinte, daß er auf der Stelle, vom Blitz getroffen, sterben müsse. Er meinte, er sei gestorben ...

Christof bekam eine neue Haut. Christof bekam eine neue Seele. Er sah die verbrauchte und verwelkte Seele seiner Kindheit hinsinken und ahnte noch nicht, daß ihm eine frische, jüngere und kräftigere wuchs. Wie sich im Lauf des Lebens der Körper ändert, so ändert sich auch die Seele; und die Umwandlung vollzieht sich nicht immer langsam in langen Tagen: es gibt kritische Stunden, in denen sich mit einem Schlage alles erneuert. Im herangewachsenen Menschen erwacht eine neue Seele. Die alte Hülle fällt. In solchen Stunden der Angst glaubt das Geschöpf, alles sei zu Ende. Und doch steht alles am Anfang. Ein Leben stirbt. Ein anderes ist schon geboren.

Eines Nachts saß er allein beim Kerzenschein, aufgestützt an seinem Tisch, in seinem Zimmer. Er wandte dem Fenster den Rücken zu. Er arbeitete nicht. Seit Wochen konnte er nicht arbeiten. Alles wirbelte in seinem Kopf. Alles hatte er auf einmal in Frage gestellt: Religion, Kunst, Moral, das ganze Leben. Und in dieser allgemeinen Auflösung seines Denkens hielt sich keinerlei Ordnung, keinerlei Gesetz; er hatte sich über einen wahllos aus der wunderlichen Bibliothek des Großvaters oder aus der der Vogels zusammengeschleppten Bücherhaufen hergemacht: theologische Schriften, wissenschaftliche, philosophische Bücher, oft sogar unvollständige. Da er noch alles zu lernen hatte, verstand er von alldem nichts; kein Buch brachte er zu Ende; er verlor sich mitten darin in Abschweifungen, endlosem Umherblättern, das ihm nur Müdigkeit, Leere und Trostlosigkeit hinterließ.

So saß er auch an jenem Abend in dumpfe, gedankenleere Betäubung versunken. Alles im Hause schlief. Sein Fenster stand offen. Kein Hauch wehte vom Hof. Dicke Wolken verhüllten den Himmel. Christof schaute wie ein Stumpfsinniger zu, wie die Kerze unten im Leuchter verlosch. Er brachte es nicht fertig, zu Bett zu gehen. Er dachte an nichts. Er fühlte, wie sich die Leere von Augenblick zu Augenblick tiefer höhlte. Er zwang sich, nicht in den Abgrund zu schauen, zu dem er sich hinsehnte; und wider seinen Willen neigte er sich über den Rand, senkte die Augen in die Tiefen der Nacht. In der Leere regte sich das Chaos in wimmelnden Nebelschatten. Todesangst durchrann ihn, ein Schauer überlief seinen Rücken; er klammerte sich an den Tisch, um nicht zu fallen. Er stand in krampfhafter Erwartung namenloser Dinge, eines Wunders, eines Gottes ...

Plötzlich ergoß sich hinter ihm im Hof wie aus einer Schleuse, die sich öffnet, eine Sintflut von Wasser, ein schwerer, breiter, gerade herabströmender Regen. Die reglose Luft erzitterte. Der trockene, ausgedörrte Boden erklang wie eine Glocke. Und der ungeheuer starke Geruch der glühenden und wie ein Tier warmen Erde, der Duft von Blumen, Früchten und liebesheißen Leibern stieg wie ein Krampf der Raserei und Freude auf. Christof stand wie gebannt, in seinem ganzen Wesen angespannt, und erschauerte im Innersten. Er zitterte ... Der Schleier zerriß. Ein blendendes Licht. Beim Blitzschein sah er in der Tiefe der Nacht, sah – wurde Gott. Der Gott war in ihm; er durchbrach die Decke des Zimmers, die Mauern des Hauses; er machte die Grenzen des Wesens bersten; er füllte den Himmel, das All, das Nichts. Die Welt stürzte in ihn gleich einem Katarakt. Auch Christof wurde in Schreck und Wonne dieses Zusammenbruchs mit in dem Wirbel fortgerissen, der Naturgesetze wie Strohhalme wegfegte und zermalmte. Der Atem verging ihm, er war trunken von diesem Niederstürzen in Gott ... Gott-Abgrund! Gott-Strudel! Flammenstoß des Seins! Orkan des Lebens! Tollheit des Lebens – ohne Ziel, ohne Zaum, ohne Grund – nur um der Freudenraserei des Lebens willen!

Als sich der Aufruhr löste, fiel Christof in einen tiefen Schlaf, wie er ihn seit langem nicht gekannt hatte. Bei seinem Erwachen am nächsten Morgen drehte sich ihm alles im Kopfe. Er fühlte sich zerschlagen, als hätte er getrunken.

Im Grunde des Herzens aber bewahrte er einen Abglanz des düsteren und mächtigen Lichtes, das ihn am Abend vorher niedergeworfen hatte. Er suchte es von neuem in sich zu entzünden. Vergeblich. Je mehr er es verfolgte, desto mehr entglitt es ihm. Von da an war seine ganze Energie beständig angespannt, um die Erscheinung jenes Augenblicks wiederzubeschwören. Unnützes Bemühen. Die Entzückung folgte dem Befehl des Willens nicht.

Jedoch dieser Anfall geheimnisvoller Trunkenheit blieb nicht vereinzelt; er wiederholte sich mehrmals, wenn auch niemals mit der Stärke wie beim erstenmal. Immer aber glitt die Vision in Augenblicken vorüber, in denen Christof sie am wenigsten erwartete, in kurzen, plötzlichen Sekunden, in eines Blickes, einer Armbewegung Dauer, bevor er noch Zeit fand, sich klarzumachen, daß sie es war; und er fragte sich dann, ob er nicht geträumt habe. Nach der Flammenkugel, die in jener Nacht gebrannt hatte, war es jetzt ein leuchtender Staub aus kleinen, flüchtigen Lichtscheinen, die das Auge im Fluge kaum wahrnehmen konnte. Aber öfter und öfter tauchten sie auf. Schließlich umgaben sie Christof mit einem beständigen und breiten Lichthof, in dem sich sein Geist auflöste. Alles, was ihn von diesem Halbtraum abhalten konnte, ärgerte ihn. Es war ihm unmöglich zu arbeiten; er versuchte es nicht einmal mehr. Jede Gesellschaft war ihm widerlich, und mehr als jede andere die seiner Nächsten, selbst die seiner Mutter, weil sie sich größere Rechte an seiner Seele anmaßte.

Er ging aus dem Hause, gewöhnte sich daran, seine Tage draußen zu verbringen, und kehrte erst zur Nacht heim. Er suchte die Einsamkeit freier Felder auf, um ihnen seine Trunkenheit zu schenken wie ein Besessener, der durch nichts aus dem Wahn seiner fixen Ideen aufgestört sein will. – Und in der freien, läuternden Luft, in der Berührung der Erde löste sich der Krampf, und seine Gedanken verloren ihr gespenstisches Aussehen. Sein Rausch verringerte sich dadurch nicht, eher verdoppelte er sich; aber es war nicht mehr ein gefahrvoller Wahnsinn des Geistes, sondern eine gesunde Trunkenheit des ganzen Seins: des Körpers und der Seele, die von Kraft überschäumten.

Er entdeckte die Welt neu, als habe er sie nie gesehen. Eine zweite Kindheit begann. Ihm war, als sei ein Zauberwort gesprochen worden, ein „Sesam, öffne dich!". Die Natur flammte in Heiterkeit. Die Sonne kochte. Der Himmel schien flüssig und breitete sich wie ein durchsichtiger Strom. Die Erde röchelte und dampfte in Wollust. Pflanzen, Bäume, Insekten, und was da sonst an unzähligen Wesen lebt, waren wie züngelnde Flammen des großen Lebensfeuers, das wirbelnd in die Luft stieg. Alles schrie vor Wonne.

Und dieses Glück war sein eigen. Diese Kraft gehörte ihm. Er gehörte zum Ganzen. Bisher, selbst in den glücklichen Kindheitstagen, in denen er die Natur mit brennender und begeisterter Neugier betrachtet hatte, waren ihm die Geschöpfe wie kleine, abgeschlossene Welten erschienen, die ihn erschreckten oder belustigten, die keinerlei Beziehung zu ihm hatten und die er nicht verstehen konnte. War es überhaupt gewiß, daß sie fühlten, daß sie lebten? Es waren fremde Mechanismen; und Christof hatte es mit unbewußter Kindergrausamkeit manchmal fertiggebracht, die unglücklichen Insekten zu zerreißen, ohne daran zu denken, daß sie litten, nur um sich an ihren drolligen Zuckungen zu belustigen. Erst der sonst so ruhige Onkel Gottfried hatte ihm eines Tages empört eine unglückliche Mücke, die er folterte, aus den Händen reißen müssen. Zuerst hatte der Kleine zu lachen versucht; dann war er, von des Onkels Erregung angesteckt, in Tränen ausgebrochen: er fing zu begreifen an, daß sein Opfer wirklich lebe, ebensogut wie er, und daß er ein Verbrechen begangen habe. Aber wenn er auch seitdem um nichts in der Welt den Tieren weh tun mochte, so empfand er doch keinerlei Sympathie für sie; er ging an ihnen vorüber, ohne je zu versuchen, dem nachzuspüren, was in ihrem kleinen

Mechanismus vorging; eher fürchtete er sich davor, es sich vorzustellen: es kam ihm wie ein böser Traum vor. – Und jetzt erhellte sich mit einem Male alles. Diese kleinen dunklen Lebewesen wurden ihrerseits zu Lichtherden.

Ins Gras gewühlt, das von Geschöpfen wimmelte, im Schatten der von Insekten summenden Bäume, schaute Christof dem fieberhaften Tun der Ameisen zu, den langfüßigen Spinnen, deren Gang einem Tanzen glich, den sich bäumenden Heuschrecken, die seitwärts daherhüpften, den schwerfälligen und eiligen Käfern, den kahlen und nackten rosigen Würmern mit ihrer elastischen weißmarmorierten Haut. Oder er lauschte mit geschlossenen Augen, die Hände unterm Kopf verschränkt, dem unsichtbaren Orchester, den in rasender Runde rings um die duftenden Tannen in Sonnenstrahlen tanzenden Insekten, den Fanfaren der Mücken, den Orgeltönen der Wespen, den wilden Bienenschwärmen, die in den Wipfeln des Gehölzes wie Glocken schwangen, dem göttlichen Gemurmel sich schaukelnder Bäume, dem holden Schauer des Windhauchs in den Zweigen und dem leisen Rauschen des wallenden Grases, das wie der Hauch ist, der die Stirn eines klaren Sees kräuselt, wie das Rascheln verliebter Schritte, die vorüberstreifen und in der Luft verschweben.

All diese Geräusche, all diese Rufe vernahm er in sich selber. Von dem kleinsten bis zum größten dieser Geschöpfe, überall rann derselbe Lebensstrom: auch ihn umspülte er. So war er einer der Ihren, war von ihrem Blute, vernahm das brüderliche Echo ihrer Freuden und Leiden; ihre Kraft strömte in seine über, so wie ein Fluß von tausend Bächen geschwellt wird. Er tauchte ganz in ihnen unter. Seine Brust war immer nahe am Zerspringen unter der Wucht der allzu überschwenglichen, allzu starken Luft, die ins verschlossene Haus seines erstarrten Herzens hereinbrach und alle Fenster sprengte. Der Wechsel war ein zu plötzlicher: nachdem er überall das Nichts gefunden hatte, nachdem er nur mit seinem eigenen Dasein beschäftigt gewesen und ihm das gleichsam entglitten war und sich wie eine Regenwolke aufgelöst hatte, fand er nun überall das Sein ohne Ende und ohne Maß – nun, da er nichts weiter ersehnte, als sich im All zu vergessen. Ihm war, als stände er aus dem Grabe auf. Voller Wollust schwamm er im uferbreit hinströmenden Leben, und von ihm getragen, glaubte er sich völlig frei. Er wußte nicht, daß er es weniger als je war, daß kein Wesen frei ist, ja das Gesetz selber nicht, welches das All regiert; daß der Tod allein – vielleicht – befreit.

Aber die Schmetterlingspuppe, die aus der erstickenden Scheide geschlüpft war, dehnte sich mit Wonne in ihrer neuen Hülle und hatte noch nicht Zeit gefunden, die Schranken ihres neuen Gefängnisses zu erkennen.

Eine neue Folge von Tagen begann. Tage in Fiebergold, geheimnisvoll und verzaubert wie die, in denen er als Kind die Dinge eins nach dem andern zum ersten Male entdeckte. Vom Morgengrauen bis zum Sonnenuntergang lebte er in einer beständigen Vision. Alle seine Beschäftigungen wurden vernachlässigt. Der gewissenhafte Junge, der Jahre hindurch, selbst wenn er krank war, nie eine Stunde oder eine Orchesterprobe versäumt hatte, fand jetzt in jedem Augenblick schlechte Ausreden, um der Arbeit zu entgehen. Er schämte sich nicht, zu lügen, und hatte deswegen keinerlei Gewissensbisse. Die stoischen Gesetze, unter die er bisher sein Leben mit Freuden gezwungen hatte: Rechtschaffenheit, Pflicht, erschienen ihm jetzt ohne Wahrheit, ohne Berechtigung. Ihr eifersüchtiges Herrschertum brach sich an der Natur. Die gesunde, starke, freie, menschliche Natur – das war die einzig gültige Tugend: zum Teufel mit allem übrigen! Man konnte ja über all die kleinlichen Regeln vorsichtiger Politik nur mitleidig lachen, welche die Welt mit dem Namen Moral auszeichnet und in denen sie das Leben einzusperren sich anmaßt. Lächerliche Maulwurfshügel, Ameisengewimmel! Das Leben wird sie schon bald zur Vernunft bringen. Es braucht nur vorüberzuschreiten, und alles ist fortgefegt...

Mitunter überfiel den vor Tatkraft strotzenden Christof eine Art Zerstörungswut, eine Lust, zu brennen, zu brechen, den blinden, gewaltsamen Taten der Kraft, die ihn erstickte, freien Lauf zu lassen. Solche Anfälle endeten gewöhnlich in plötzlichen Entladungen; er weinte, warf sich auf die Erde, küßte die Erde, hätte seine Zähne, seine Hände hineingraben, sich an ihr sättigen mögen; er bebte in Fieber und Begehren.

Eines Abends ging er am Waldrand spazieren. Seine Augen waren vom Licht berauscht, sein Kopf schwindelte; er ging in jenem Zustand der Begeisterung, in dem jedes Wesen und jedes Ding verklärt erscheint. Das samtene Abendlicht tat seinen Zauber dazu. Strahlen aus Purpur und Gold webten unter den Bäumen. Phosphoreszierender Glanz schien der Ebene zu entsteigen. Der Himmel war wollüstig und sanft wie Augen. In einem benachbarten Feld heuete ein Mädchen. In kurzem Hemd und Rock, mit nacktem Hals und bloßen Armen, harkte sie das Gras zu Haufen zusammen. Sie hatte eine kurze Nase, breite Wangen, eine runde Stirn und ein Taschentuch über den Haaren. Die sinkende Sonne rötete ihre braune Haut, die gebranntem Ton glich und die letzten Sonnenstrahlen aufzusaugen schien.

Christof war wie behext. Er lehnte an einer Buche und schaute mit leidenschaftlicher Aufmerksamkeit zu, wie sich das Mädchen der Waldgrenze näherte. Alles übrige war verschwunden. Sie achtete nicht auf ihn. Einen Augenblick hob sie ihren gleichmütigen Blick; er sah ihre harten Augen in dem gebräunten Gesicht. So nah ging sie jetzt an ihm vorüber, daß, als sie sich niederbeugte, um das Gras zusammenzuraffen, er zwischen dem halboffenen Hemd einen blonden Flaum auf Nacken und Rückgrat sah. Das dunkle Begehren, das sein Inneres schwellte, brach mit einem

Schlage aus. Er warf sich von hinten auf sie, packte sie um Hals und Leib, bog ihr den Kopf zurück, grub seinen Mund in ihren halboffenen Mund. Er küßte die trockenen, aufgesprungenen Lippen, stieß an ihre Zähne, die ihn zornig bissen. Seine Hände glitten über ihre derben Arme, über ihr schweißgetränktes Hemd. Sie wehrte sich. Er preßte sie enger an sich, er hatte Lust, sie zu würgen. Sie riß sich los, schrie, spuckte, wischte sich die Lippen mit der Hand und überhäufte ihn mit Schimpfworten. Er hatte sie losgelassen und floh querfeldein. Sie warf ihm Steine nach und ließ weiter eine Litanei schmutziger Zurufe gegen ihn los. Er errötete weniger über das, was sie sagen oder denken mochte, als um dessentwillen, was er selber dachte. Das Plötzliche und Unbewußte seiner Tat erfüllte ihn mit Schrecken. Was hatte er getan? Was würde er noch tun? Was er davon begriff, flößte ihm nur Ekel ein. Und gleichzeitig lockte ihn dieser Ekel. Er stritt gegen sich selbst und wußte nicht, auf welcher Seite der wahre Christof stand. Eine blinde Macht war über ihn hergefallen, er floh sie vergebens; denn er floh nur sich selbst. Was wollte sie mit ihm tun? Was würde er morgen tun ... in einer Stunde ... in der Spanne Zeit nur, die er brauchte, um dies beackerte Land zu durchlaufen, um auf den Weg zu gelangen? – Würde er auch nur hinkommen? Würde er nicht innehalten, zurücklaufen, auf dies Mädchen los? Und dann? – Er dachte an die trunkene Sekunde, als er sie an der Kehle gepackt hatte. Alle Taten waren möglich. Alle Taten waren einander gleich. Selbst ein Verbrechen! – Ja, selbst ein Verbrechen ... Er keuchte im Aufruhr seines Herzens. Als er den Weg erreicht hatte, hielt er inne, um zu atmen. Weit hinten sprach das Mädchen mit einer anderen, die ihr Geschrei herbeigerufen hatte, und die Fäuste in die Hüften gestemmt, schauten sie zu ihm hin und lachten laut heraus.

Er kehrte heim. Er schloß sich mehrere Tage ein und rührte sich nicht. Selbst in die Stadt ging er nur, wenn er dazu gezwungen war. Furchtsam vermied er jede Gelegenheit, außerhalb der Tore zu kommen, sich in die Felder zu wagen; er hatte Angst, dort wieder dem Wahnsinnsodem zu begegnen, der wie ein Windstoß in Gewitterschwüle in ihn eingefallen war. Er meinte, die Mauern der Stadt könnten ihn davor bewahren. Er dachte nicht, daß dem hereinschlüpfenden Feinde ein unmerklicher Spalt zwischen zwei geschlossenen Läden, schmal wie ein Blick, genügt.

ZWEITER TEIL

SABINE

In einem Flügel des Hauses, an der anderen Seite des Hofes, wohnte im Parterre eine zwanzigjährige junge Frau mit ihrem kleinen Töchterchen, die seit einigen Monaten Witwe war. Frau Sabine Fröhlich war ebenfalls Mieterin des alten Euler. Der Laden nach der Straße zu gehörte ihr; außerdem hatte sie zwei Hofzimmer und durfte ein kleines Gartenviereck benutzen, das von dem der Eulers nur durch ein einfaches Drahtgitter getrennt war, um das sich Efeu rankte. Dort sah man sie selten. Nur das Kind vergnügte sich da vom Morgen bis zum Abend, Erde durcheinanderzumanschen. Der Garten aber wuchs, wie er wollte, zu des alten Justus großem Mißvergnügen, der geharkte Wege und schöne Regelmäßigkeit der Beete liebte. Er hatte versucht, seiner Mieterin darüber einige Vorhaltungen zu machen; wahrscheinlich zeigte sie sich deswegen nun gar nicht mehr; und mit dem Garten wurde es nicht besser.

Frau Fröhlich betrieb einen kleinen Kurzwarenhandel, der dank seiner Lage in einer Geschäftsstraße und im Herzen der Stadt recht blühend hätte sein können; aber sie kümmerte sich nicht viel mehr um ihn als um den Garten. Anstatt ihre Wirtschaft selbst zu besorgen, wie es sich nach Frau Vogel für eine Frau, die sich selbst achtet, geziemte – besonders wenn die Vermögensverhältnisse ihr keinen Müßiggang erlauben oder ihn wenigstens entschuldigen –, hielt sie sich eine kleine Magd, ein junges Ding von fünfzehn Jahren, die morgens ein paar Stunden kam, um die Zimmer aufzuräumen und den Laden zu bewachen, während die junge Frau träge in ihrem Bett oder bei ihrer Toilette blieb.

Christof beobachtete sie manchmal durch ihre Fenster, wie sie mit nackten Füßen in ihrem langen Hemd im Zimmer auf und ab ging oder stundenlang vor ihrem Spiegel saß; denn sie war so sorglos, daß sie die Vorhänge zu schließen vergaß; und merkte sie es, so war sie doch zu gleichgültig, um sich die Mühe zu nehmen, sie herunterzulassen. Christof war schamhafter als sie und ging vom Fenster fort, um sie nicht zu stören; aber die Versuchung war groß; ein wenig errötend, warf er einen Seitenblick auf ihre nackten, etwas mageren Arme, die sich matt um ihre aufgelösten Haare schlangen, während die Hände hinter dem Nacken verschränkt lagen und da vergessen blieben, bis sie eingeschlafen waren und sie sie zurückfallen ließ. Christof redete sich ein, daß er nur aus Versehen beim Vorübergehen dies angenehme Schauspiel genieße und daß er davon nicht in seinen musikalischen Gedanken gestört werde; aber er fand Geschmack daran und verlor schließlich ebensoviel Zeit damit, Frau Sabine anzuschauen, wie sie damit verlor, ihre Toilette zu machen. Sie war nicht etwa putzsüchtig; sie ging gewöhnlich eher vernachlässigt herum und verwandte auf ihre Kleidung nicht die peinliche Sorgfalt, die Amalie oder Rosa daransetzten. Wenn sie ewig vor ihrem Toilettentisch saß, geschah es aus reiner Trägheit; nach jeder Nadel, die sie einsteckte, mußte sie sich von dieser großen Anstrengung ausruhen; sie zog dazu im Spiegel kleine, klagende Grimassen. Ganz war sie auch noch nicht gegen Ende des Tages angezogen.

Oft ging das Mädchen fort, bevor Sabine fertig war; und ein Kunde klingelte an der Ladentür. Sie ließ ihn ein- oder zweimal rufen und klingeln, bevor sie sich dazu entschloß, sich aus ihrem Sessel zu erheben. Sie kam lächelnd ohne jede Eile herbei, suchte ohne jede Eile den Artikel, den man von ihr verlangte, und wenn sie ihn nach einigem Suchen nicht fand oder wenn sie sich – das kam vor – zuviel Mühe machen mußte, um ihn herbeizuschaffen, zum Beispiel die Leiter von einem Ende des Raums zum andern zu schleppen, so sagte sie seelenruhig, daß sie den Gegenstand nicht mehr habe; und da sie sich nicht darum kümmerte, in Zukunft etwas mehr Ordnung bei sich zu schaffen oder die fehlenden Waren zu erneuern, wurden die Kunden dessen überdrüssig und wandten sich anderswohin. Ohne Groll übrigens. Es war unmöglich, diesem liebenswürdigen Wesen zu zürnen, das mit sanfter Stimme sprach und durch nichts aus der Ruhe zu bringen war. Alles, was man ihr hätte sagen können, war ihr gleichgültig; man fühlte das so genau, daß die, welche mit Schelten anfingen, nicht einmal den Mut fanden, lange fortzufahren; sie erwiderten schließlich ihr reizendes Lächeln und gingen davon; aber sie kamen nicht wieder. Sie sorgte sich darum nicht im geringsten. Sie lächelte nur immer.

Sie glich einem Florentiner Figürchen: die Brauen gewölbt, fein gezeichnet, unter dem Vorhang der Lider halboffene graue Augen, das untere Lid ein wenig stark und von einer leichten Falte untergraben. Die feine, kleine Nase hob sich dem Ende zu in einem leichten Bogen. Ein anderer kleiner Bogen trennte sie von der Oberlippe, die sich über dem halboffenen Munde mit einem kleinen Zug lächelnder Lässigkeit schürzte. Die Unterlippe war ein wenig dick. Das runde Untergesicht trug den kindlichen Ernst der kleinen Madonnen des Filippo Lippi. Der Teint war etwas trüb, die Haare hellbraun, die Locken stets in Unordnung und dazu eine erbärmliche Frisur. Sie hatte einen feinen, zartknochigen Körper mit trägen Bewegungen. Und sowenig sorgfältig sie angezogen war – mit einer Jacke, die halb offenstand, fehlenden Knöpfen, häßlichen, ausgetretenen Schuhen, mit ihrem ganzen ein wenig schlampigen Aussehen –, entzückte sie doch durch ihre jugendliche Grazie, durch ihre Sanftmut, ihr instinktiv einschmeichelndes Wesen. Wenn sie aus der Tür des Ladens trat, um Luft zu schöpfen, schauten sie die vorübergehenden jungen Leute mit Vergnügen an; und obgleich sie sich nicht viel darum kümmerte, konnte sie doch nicht umhin, es zu merken. Ihr Blick bekam dann jenen dankbar fröhlichen Ausdruck, den die Augen aller Frauen annehmen, die sich mit Sympathie betrachtet fühlen; er schien zu sagen:

Danke! Nur zu! Nur zu! Schaut mich an!

Fand sie aber auch noch soviel Vergnügen daran, zu gefallen, so war ihre Lässigkeit doch viel zu groß, als daß sie sich je im geringsten darum bemüht hätte.

Für die Eulers und Vogels war sie ein Stein des Anstoßes. Alles an ihr verletzte sie: ihre Energielosigkeit, die Unordnung im Haus, ihre nachlässige Kleidung, die höfliche Gleichgültigkeit deren Bemerkungen gegenüber, ihr ewiges Lächeln, der ungehörige Gleichmut, mit dem sie den Tod ihres Mannes hingenommen hatte – derselbe Gleichmut, mit dem sie kleinen Unpäßlichkeiten ihres Kindes gegenüberstand, ihren schlechten Geschäften, den großen und kleinen Unannehmlichkeiten des täglichen Lebens –, ohne daß je etwas ihr liebe Gewohnheiten änderte oder ihr ewiges Umherschlendern aufhören ließ; und das schlimmste von allem schien, daß sie so, wie sie war, gefiel. Das konnte ihr Frau Vogel nicht verzeihen. Man hätte meinen können, Sabine habe es darauf abgesehen, durch ihr Betragen alle festen Traditionen und wahren Grundsätze ironisch Lügen zu strafen, alle, die samt der freudlosen Arbeit, samt Aufgeregtheit, Lärm, Streit, Gejammer und gesundem Pessimismus den Lebenszweck der Familie Euler wie aller anständigen Leute ausmachten und deren Dasein zu einem verfrühten Fegefeuer gestalteten. Daß eine Frau, die nichts tat und es sich den ganzen lieben Tag lang gut sein ließ, sich auch noch unterstand, sie mit ihrer unverschämten Ruhe zu verspotten, während sie sich wie Galeerensträflinge zu Tode plagten – und daß ihr obendrein die Welt noch recht gab –, das ging über die Grenzen, das hätte einem das Anständigsein verleiden können! – Glücklicherweise und Gott sei Dank gab es immerhin auf der Erde noch einige Menschen mit gesunden Sinnen. Frau Vogel tröstete sich mit ihnen. Über die kleine Witwe, die man durch ihre Vorhänge neugierig beobachtete, tauschte man seine täglichen Eindrücke aus. Diese Klatschereien bildeten abends, wenn man bei Tisch zusammensaß, die Freude der

Familie. Christof hörte nur halb hin. Er war so daran gewöhnt, sich die Vogels zu Richtern ihrer Nachbarn aufwerfen zu sehen, daß er dem gar keine Beachtung mehr schenkte. Im übrigen kannte er von Frau Sabine noch nichts anderes als ihren Nacken und ihre bloßen Arme, die – waren sie auch recht erfreulich – ihm noch kein abschließendes Urteil über ihre Persönlichkeit erlaubten. Jedoch fühlte er sich ihr gegenüber außerordentlich nachsichtig gestimmt; und aus Widerspruchsgeist wußte er ihr vor allem dafür Dank, daß sie Frau Vogel so gar nicht gefiel.

Wenn es sehr heiß war, konnte man abends nach dem Essen nicht in dem dumpfen Hof bleiben, in den die Sonne während des ganzen Nachmittags schien. Einzig auf der Straßenseite war es möglich, ein wenig aufzuatmen. Euler und sein Schwiegersohn setzten sich manchmal mit Luise vor die Tür. Frau Vogel und Rosa erschienen höchstens einen Augenblick; sie wurden von den Haushaltspflichten abgehalten; Frau Vogel setzte ihren ganzen Stolz darein, recht deutlich zu zeigen, daß sie keine Zeit zum Müßiggang habe; und sie äußerte ziemlich laut, damit man sie auch höre, daß Leute, welche nichts Besseres wüßten, als vor ihren Türen zu gähnen, und dabei nicht den kleinen Finger rührten, ihr auf die Nerven gingen. Da sie aber (zu ihrem Bedauern) diese Leute nicht zur Arbeit zwingen konnte, tat sie wenigstens so, als sehe sie sie nicht, und ging wieder hinein, um sich wütend abzurackern. Rosa glaubte ihr nacheifern zu müssen. Euler und Vogel fanden überall Zugluft, fürchteten sich zu erkälten und stiegen ebenfalls zu sich hinauf; sie gingen sehr früh zu Bett und hätten sich am Ende ihrer Tage geglaubt, wenn sie das Geringste an ihren Gewohnheiten geändert hätten. Von neun Uhr an blieben nur noch Luise und Christof übrig. Luise verbrachte den ganzen Tag im Zimmer; abends fühlte sich Christof verpflichtet, ihr, wenn er irgend konnte, Gesellschaft zu leisten, um sie zu zwingen, ein wenig Luft zu schöpfen. Allein wäre sie nicht aus dem Hause gegangen: der Straßenlärm erschreckte sie. Die Kinder jagten sich mit lautem Geschrei. Alle Hunde der Gegend antworteten darauf mit ihrem Bellen. Man hörte Klavierspiel, ein wenig weiter fort eine Klarinette und in einer Nebenstraße ein Piston. Irgendwelche Stimmen riefen sich etwas zu. Leute kamen und gingen und standen gruppenweise vor ihren Häusern zusammen. Luise hätte sich in dem allgemeinen Tohuwabohu verloren gefühlt, wäre sie ihm allein preisgegeben gewesen. Aber an der Seite ihres Sohnes machte es ihr einiges Vergnügen. Nach und nach schlief der Lärm ein. Kinder und Hunde gingen als erste schlafen. Die Gruppen verliefen sich. Die Luft wurde reiner. Die Stille sank herab. Luise erzählte mit ihrer schwachen Stimme die kleinen Neuigkeiten, die sie von Amalie oder Rosa erfahren hatte. Sie waren ihr nicht besonders wichtig, aber sie wußte nicht, wovon sie sonst mit ihrem Sohne sprechen sollte, und fühlte doch das Bedürfnis, ihm nahezukommen, irgend etwas zu sagen. Christof fühlte das und tat, als ob er sich für ihr Erzählen interessiere; aber er hörte nicht zu. Er träumte vor sich hin und überdachte die Tagesereignisse.

Eines Abends, als sie so saßen und seine Mutter sprach, sah er, wie sich die Tür des benachbarten Ladens öffnete. Eine weibliche Gestalt trat still heraus und setzte sich vor das Haus. Ihr Stuhl stand einige Schritte von Luise entfernt. Sie saß im tiefsten Schatten. Christof konnte ihr Gesicht nicht sehen; aber er erkannte sie doch wieder. Sein Dämmerzustand verflog. Die Luft schien ihm weicher. Luise war Sabines Gegenwart nicht aufgefallen, und sie hatte mit halber Stimme ihr ruhiges Geplauder fortgesetzt. Christof hörte jetzt besser hin, und er fühlte das Bedürfnis, seine Bemerkungen mit hineinzustreuen, zu reden, vielleicht gehört zu werden. Die schmale Silhouette blieb reglos, ein wenig zusammengesunken, mit leicht gekreuzten Beinen, die Hände eine über der andern flach auf den Knien. Sie sah vor sich hin, schien nichts um sich zu vernehmen. Luise wurde schläfrig, sie ging hinein. Christof sagte, er wolle noch ein wenig draußen bleiben.

Es war beinahe zehn Uhr. Die Straße hatte sich geleert. Die letzten Nachbarn gingen einer nach dem andern in die Häuser. Man hörte, wie die Kaufläden geschlossen wurden. Die erhellten Fensterscheiben blinkten mit den Augen und erloschen. Eine oder zwei zögerten noch; dann erstarben auch sie. Alles schwieg ... Sie waren allein, schauten sich nicht an, hielten den Atem an und schienen nicht zu merken, daß sie einander nahe waren. Von fernen Feldern kam ein Hauch von gemähten Wiesen und von einem benachbarten Balkon der Duft eines Nelkentopfes. Die Luft war still. Zu ihren Häuptern rann die Milchstraße. Rechts stand der blutrote Jupiter. Oberhalb eines Schornsteins senkte der Große Wagen seine Achsen; im blaßgrünen Himmel blühten die Sterne wie Margeriten. Von der Pfarrkirche ertönten elf Schläge und wurden von den Kirchen ringsumher mit klaren oder rostigen Stimmen und dann in den Häusern von den dumpfen Klängen der Wanduhren oder den heiseren Kuckucksrufen wiederholt.

Sie wachten plötzlich aus ihrer Verträumtheit auf und erhoben sich zu gleicher Zeit. Und wie sie so jeder nach seiner Seite ins Haus treten wollten, grüßten sie sich beide, ohne zu sprechen, durch ein Kopfneigen. Christof stieg in sein Zimmer hinauf. Er zündete seine Kerze an, setzte sich an seinen Tisch, stützte den Kopf in die Hände und blieb so lange Zeit, ohne zu denken. Dann seufzte er und legte sich schlafen.

Als er am nächsten Morgen aufstand, trat er mechanisch ans Fenster und schaute zu Sabines Zimmer hinüber. Aber die Vorhänge waren geschlossen. Sie blieben es den ganzen Morgen.

Sie blieben seitdem stets geschlossen.

Am folgenden Abend schlug Christof seiner Mutter vor, sich wieder vor die Haustür zu setzen. Er gewöhnte sich mehr und mehr daran. Luise freute sich darüber; es bekümmerte sie, ihn sich gleich nach Tisch bei geschlossenen Fenstern und Laden in sein Zimmer einschließen zu sehen. – Der kleine, stumme Schatten versäumte ebenfalls nicht, sich immer wieder an den gewohnten Platz zu setzen. Und ohne daß Luise etwas merkte, grüßten sich die beiden mit einer schnellen Kopfbewegung. Christof plauderte mit seiner Mutter. Sabine lächelte ihrem kleinen Mädchen zu, das in der Straße spielte; gegen neun Uhr brachte sie es zu Bett und kam dann geräuschlos wieder. Verspätete sie sich ein wenig, so begann Christof zu fürchten, daß sie gar nicht mehr herauskäme. Er horchte dann auf jeden Laut des Hauses, auf das Lachen des kleinen Mädchens, das nicht schlafen wollte; er vernahm das Rascheln von Sabines Kleid, noch bevor sie wieder auf der Schwelle des Ladens erschienen war. Dann wandte er die Augen ab und sprach mit lebhafterer Stimme zu seiner Mutter. Manchmal hatte er die Empfindung, daß Sabine ihn anschaue. Er ließ von seiner Seite aus einen flüchtigen Blick zu ihr gleiten. Niemals aber trafen sich ihre Augen.

Das Kind wurde das Band zwischen ihnen. Es lief mit andern Kleinen in der Straße umher. Sie vergnügten sich gemeinsam, einen braven, gutmütigen Hund zu necken, der, die Schnauze zwischen die Pfoten gestreckt, schlummerte; er blinzelte mit dem einen roten Auge und stieß schließlich ein ärgerliches Knurren aus; da kreischten die Kinder vor Entsetzen und flohen. Das Mädelchen schrie durchdringend, schaute sich um, als ob es verfolgt würde, und stürzte sich in Luises Schoß, die zärtlich lachte. Luise behielt das Kind ein wenig bei sich, fragte es aus, und das Gespräch mit Sabine kam in Fluß. Christof nahm nicht daran teil. Er sprach Sabine nicht an. Sabine sagte nichts zu ihm. In schweigender Übereinstimmung taten sie, als übersähen sie einander. Aber er verlor kein Wort von den über seinen Kopf hinweg getauschten Reden. Luise schien sein Schweigen feindlich. Sabine hielt es nicht dafür; aber es schüchterte sie ein und störte sie ein wenig, wenn sie antwortete. Sie erfand dann einen Grund, um ins Haus zu gehen.

Während einer ganzen Woche hütete die erkältete Luise das Zimmer. Christof und Sabine saßen allein nebeneinander. Das erstemal erschreckte sie das. Sabine nahm, um irgend etwas anzufangen, die Kleine auf den Schoß und überschüttete sie mit Küssen. Christof fühlte sich befangen und wußte nicht, ob er immer weiter übersehen solle, was neben ihm vorging; mit der Zeit wurde das schwierig; denn wenn sie auch noch kein Wort aneinander gerichtet hatten, so war, dank Luise, die Bekanntschaft doch gemacht. Er versuchte ein oder zwei Sätze aus seiner Kehle zu würgen, aber der Ton blieb ihm unterwegs stecken. Noch einmal zog sie das kleine Mädchen aus der Klemme. Beim Versteckspiel lief es um Christofs Stuhl herum; der fing es ab und küßte es. Er liebte Kinder nicht besonders; aber es war ihm eine seltsame Wonne, gerade dieses Kind zu küssen. Die ganz ihrem Spiel hingegebene Kleine wehrte sich. Christof neckte sie weiter, und sie biß ihn in die Hände; er ließ sie zur Erde gleiten, Sabine lachte. Sie tauschten, indem sie das Kind anschauten, ein paar nichtssagende Worte. Darauf versuchte Christof (denn er fühlte sich dazu verpflichtet), ein Gespräch anzuknüpfen; aber er war nicht sehr wortgewandt, und Sabine erleichterte es ihm nicht; sie begnügte sich damit, das zu wiederholen, was er eben gesagt hatte:

Es sei heut abend sehr schön.

Ja, der Abend sei herrlich.

Im Hofe könne man ja nicht atmen.

Ja, der Hof sei zum Ersticken.

Die Unterhaltung wurde schwierig. Da es Zeit war, die Kleine ins Haus zu bringen, benutzte Sabine die Gelegenheit, mit ihr hineinzugehen; und sie kamen nicht mehr zum Vorschein.

Christof fürchtete, sie würde es an den folgenden Abenden ebenso machen und, solange Luise nicht da war, vermeiden, mit ihm zusammen zu sein. Aber gerade das Gegenteil war der Fall; und am folgenden Tage versuchte Sabine selber, das Gespräch wiederaufzunehmen. Ihr Wille dazu war größer als das Vergnügen daran; man fühlte, daß sie sich viel Mühe gab, Unterhaltungsstoff zu finden, und daß die Fragen, die sie stellte, sie selber langweilten; auf diese Weise sickerten Fragen und Antworten mitten in herzzerreißendes Schweigen. Christof mußte an die ersten zarten Zusammenkünfte mit Otto denken; bei Sabine aber war der Stoff noch beschränkter, und sie besaß dabei nicht Ottos Geduld. Als sie den geringen Erfolg ihrer Versuche sah, bestand sie nicht weiter darauf; sie mußte sich zu sehr anstrengen; das interessierte sie nicht. So schwieg sie, und er folgte ihrem Beispiel.

Daraufhin wurde alles wieder sehr wonnevoll. Die Nacht wurde von neuem still, und die Herzen nahmen ihre Gedanken wieder auf. Sabine schaukelte sich langsam auf ihrem Stuhl und träumte. Christof träumte auf seine Weise. Sie sagten sich nichts. Nach einer halben Stunde fing Christof halblaut mit sich selbst zu reden an und begeisterte sich am berauschenden Duft, der, vom lauen Wind getragen, von einem vorüberfahrenden Erdbeerwagen kam. Sabine antwortete zwei oder drei Worte. Dann schwiegen sie von neuem. Sie genossen diese endlosen Pausen als einen Reiz und ebenso ihre gleichgültigen Reden. Sie waren in ein und demselben Traum befangen und von einem einzigen Gedanken erfüllt; von welchem, wußten sie nicht; sie gestanden ihn sich selber nicht ein. Als es elf Uhr schlug, gingen sie lächelnd auseinander.

Am Tag darauf versuchten sie nicht einmal mehr, das Gespräch anzuknüpfen: sie nahmen ihr liebes Schweigen wieder auf. Ab und zu gaben sie sich durch ein paar Einsilbigkeiten zu verstehen, daß sie an dieselben Dinge dachten.

Sabine fing zu lachen an.

„Wieviel besser ist es“, sagte sie, „sich nicht zum Sprechen zu zwingen! Man glaubt immer, man müsse es tun, und es ist doch so langweilig!“

„Ach“, meinte Christof mit tiefer Überzeugtheit, „wenn doch alle Welt dieser Ansicht wäre!“

Sie lachten beide. Sie dachten an Frau Vogel.

„Die arme Frau“, sagte Sabine. „Wie ermüdend sie wirkt!“

„Sie selbst wird niemals müde“, erwiderte Christof mit verzweifeltem Gesichtsausdruck.

Sabine belustigte sich an seiner Miene und seinem Wort.

„Sie finden das spaßhaft?“ sagte er. „Sie können das wohl leicht. Sie sind geschützt.“

„Das will ich hoffen“, meinte Sabine. „Ich riegele mich bei mir ein.“

Sie ließ ein kleines, sanftes, fast geräuschloses Lachen hören. Christof lauschte ihm entzückt durch die Nachtstille nach. Er atmete mit Wonne die frische Luft ein.

„Ach, wie wohl tut es, einmal nichts zu reden“, meinte er und reckte die Arme.

„Und wie überflüssig das Sprechen ist“, sagte sie.

„Ja“, antwortete Christof, „man versteht sich so gut!“

Sie versanken wieder in ihr Schweigen. Die Nacht hinderte sie, einander zu sehen. Sie lächelten beide.

Jedoch wenn sie auch im Zusammensein das gleiche fühlten – oder es sich einbildeten –, so wußte doch einer vom andern in Wirklichkeit nichts. Sabine kümmerte sich auch nicht im geringsten darum. Christof war neugieriger. Eines Abends fragte er sie:

„Mögen Sie Musik?“

„Nein“, sagte sie einfach. „Sie langweilt mich. Ich verstehe nicht das geringste davon.“

Diese Offenheit fand er reizend. Er war der Lügen der Leute so überdrüssig, die sich wie Musiknarren gebärdeten und vor Langerweile starben, wenn sie welche hören sollten; es schien ihm daher beinahe ein Verdienst, wenn man

Musik nicht mochte und es sagte. Er erkundigte sich weiter, ob Sabine lese.

Nein, erstens besitze sie keine Bücher.

Er bot ihr seine an.

„Ernste Bücher?“ fragte sie besorgt.

Keine ernsten, wenn sie die nicht wolle. Vielleicht Gedichte?

„Das sind doch aber ernste Bücher?“

„Also dann Romane.“

Sie zog ein Mäulchen.

Ob sie die nicht interessierten?

Doch, sie interessierten sie wohl; aber es war immer zu lang. Sie hatte nie Geduld, bis zu Ende zu lesen. Sie vergaß den Anfang, übersprang ein paar Kapitel und verstand überhaupt nichts mehr. Dann warf sie das Buch beiseite!

Ein schöner Beweis von Interesse.

Ph! Immer noch genug für eine erfundene Geschichte. Sie bewahre ihr Interesse eben für anderes als für Bücher auf.

„Etwa fürs Theater?“

„O nein, das nicht!“

Ob sie nie hingehe?

Nein. Da sei es zu heiß. Es seien zu viele Menschen dort. Zu Hause sei man viel besser aufgehoben. Die Beleuchtung mache einem Augenschmerzen. Und die Schauspieler seien so häßlich!

Darin stimmte er mit ihr überein. Aber es gab doch noch etwas anderes im Theater: die Stücke.

„Ja“, meinte sie zerstreut. „Aber ich habe keine Zeit.“

„Was haben Sie denn von morgens bis abends zu tun?“

Sie lächelte.

„Es gibt soviel zu tun!“

„Nun ja“, meinte er, „Sie haben Ihren Laden.“

„Oh“, sagte sie seelenruhig, „der macht mir nicht viel Arbeit.“

„Dann nimmt Sie also Ihr Töchterchen die ganze Zeit in Anspruch?“

„O nein! Das arme kleine Ding! Es ist so artig. Es spielt ganz allein.“

„Was denn also?“

Er entschuldigte sich wegen seiner Fragelust. Aber ihr machte sie Spaß.

Es gebe so viel, so vielerlei.

„Was denn?“

Das ließe sich nicht sagen. Alles mögliche! Und wenn man selbst nur aufzustehen habe, seine Toilette zu machen, ans Essen zu denken, das Essen zu bereiten, es zu verzehren, ans Abendbrot zu denken, sein Zimmer ein wenig in Ordnung zu halten ... Dann sei der Tag schon zu Ende ... Und man müsse doch auch etwas Zeit zum Nichtstun übrigbehalten!

„Und Sie langweilen sich nicht?“

„Niemals.“

„Sogar wenn Sie nichts tun?“

„Besonders dann nicht. Viel eher langweile ich mich, wenn ich etwas tue.“

Sie schauten sich lachend an.

„Wie glücklich Sie sind!“ sagte Christof. „Ich bringe es nicht fertig, nichts zu tun.“

„Mir scheint, Sie verstehen es ganz gut.“

„Ich lerne es seit ein paar Tagen.“

„Nun, so werden Sie es gewiß erreichen.“

Wenn er so mit ihr geplaudert hatte, war sein Herz friedvoll und ausgeruht. Es war ihm genug, sie zu sehen. Seine Kümmernisse, seine Erregung, die ganze nervöse Angst, die sein Herz zusammenpreßte, entspannten sich. Keinerlei Unruhe, wenn er an sie dachte. Keinerlei Unruhe, wenn er mit ihr sprach. Er wagte nicht, es sich einzugestehen; aber seitdem er ihr nahegekommen war, fühlte er sich von einer köstlichen Betäubung durchdrungen, so daß er fast schläfrig wurde. Die Nächte hindurch schlief er, wie er nie zuvor geschlafen hatte.

Kehrte er von seiner Arbeit heim, so warf er einen Blick in das Ladeninnere. Selten kam es vor, daß er Sabine nicht sah. Sie grüßten sich lächelnd. Manchmal stand sie auf der Schwelle, und sie tauschten einige Worte; oder er öffnete wohl auch halb die Tür, rief die Kleine und ließ ihr eine Tüte Bonbons in die Hand gleiten.

Eines Tages entschloß er sich hineinzugehen. Er gab vor, Knöpfe für seinen Anzug zu brauchen. Sie fing an, welche zu suchen. Alle Knöpfe lagen durcheinander; es war unmöglich, sich darunter zurechtzufinden. Ein wenig ärgerte es sie, daß er diese Unordnung sah. Er hatte seinen Spaß daran und beugte sich neugierig vor, um noch besser zu sehen.

„Nein!" meinte sie und versuchte die Schublade mit den Händen zu bedecken. „Schauen Sie nicht her. Da herrscht ein schrecklicher Wirrwarr ..."

Sie fing wieder zu suchen an. Aber Christof machte sie befangen. Sie wurde gereizt und stieß die Schublade zurück.

„Ich finde sie nicht", sagte sie. „Gehen Sie doch zu Lisi in der Straße nebenan. Die hat sie sicher. Sie hat alles, was man braucht."

Er lachte über diese Art, Geschäfte zu machen.

„Schicken Sie ihr so alle Kunden zu?"

„Es ist nicht das erstemal", antwortete sie fröhlich.

Immerhin schämte sie sich ein bißchen.

„Es ist zu langweilig, alles in Ordnung zu bringen", begann sie von neuem. „Von einem Tag zum andern schiebe ich es auf ... Aber morgen mache ich es gewiß."

„Soll ich Ihnen dabei helfen?" fragte Christof.

Sie schlug es ab. Lieber hätte sie es angenommen; aber sie wagte es wegen der Klatschereien nicht. Und dann beschämte es sie auch.

Sie plauderten weiter.

„Und Ihre Knöpfe?" fragte sie nach einer Weile Christof. „Gehen Sie nicht zu Lisi?"

„Nie und nimmermehr“, sagte er. „Ich warte, bis bei Ihnen Ordnung ist.“

„Oh“, meinte Sabine, die schon vergessen hatte, was sie eben gesagt, „warten Sie nicht so lange!“

Das kam so aus tiefstem Herzen, daß sie beide lachen mußten.

Christof ging an die Schublade, die sie wieder hineingestoßen hatte.

„Lassen Sie mich suchen, ja?“

Sie lief zu ihm hin, um ihn davon zurückzuhalten.

„Nein, nein, bitte, lassen Sie es, ich bin ganz sicher, daß sie nicht da sind . . .“

„Ich wette, Sie haben welche.“

Beim ersten Griff zog er triumphierend den, welchen er haben wollte, hervor. Er brauchte noch andere, und er wollte weiterstöbern; aber sie riß ihm die Schachtel aus den Händen und fing in aufgestacheltem Ehrgeiz an, selber zu suchen.

Der Tag neigte sich. Sie ging ans Fenster. Christof setzte sich ein paar Schritte davon entfernt; das kleine Mädchen kletterte auf seine Knie. Er tat, als höre er auf ihr Geplapper, und antwortete zerstreut darauf. Er schaute zu Sabine hin, die seine Blicke fühlte. Sie beugte sich über die Schachtel, so daß er ihren Nacken und ein Stückchen ihrer Wange sah. – Und während er sie so anschaute, sah er, daß sie errötete. Und auch er errötete.

Das Kind sprach immerzu. Niemand antwortete ihm. Sabine regte sich nicht mehr. Christof sah nicht, was sie tat; er war sicher, daß sie reglos stand, nicht einmal die Schachtel ansah, die sie hielt. Das Schweigen dauerte fort. Das kleine, wilde Mädchen ließ sich von Christofs Knien gleiten.

„Warum sagt ihr nichts mehr?“

Sabine drehte sich mit einem Ruck um und zog sie in ihre Arme. Der Inhalt der Schachtel ergoß sich auf den Boden; die Kleine stieß Freudenschreie aus und begann auf allen vieren eine Jagd nach den Knöpfen, die unter alle Möbel rollten. Sabine kehrte ans Fenster zurück und drückte ihr Gesicht an die Scheibe. Sie schien in den Ausblick versunken.

„Adieu", sagte Christof befangen.

Ganz leise, ohne eine Bewegung des Kopfes, sagte sie: „Adieu."

Am Sonntagnachmittag war das Haus leer. Die ganze Familie ging zur Kirche, um die Vesper zu hören. Sabine tat es nie. Christof warf es ihr einmal scherzend vor, als er sie vor der Tür in dem kleinen Garten sitzen sah, während die schönen Glocken sich müde sangen, um sie zu rufen. Sie antwortete im selben Ton, daß man nur zur Messe verpflichtet sei, zur Vesper aber nicht: Es sei also überflüssig, ja eigentlich ein wenig aufdringlich, den Eifer zu übertreiben; und sie male sich aus, daß Gott, anstatt zu zürnen, ihr das hoch anrechnen werde.

„Sie schaffen sich Gott nach Ihrem Bilde", sagte Christof.

„Es würde mich an seiner Stelle so langweilen", meinte sie in überzeugtem Ton.

„Sie würden sich nicht sehr um die Welt kümmern, wenn Sie an seiner Stelle wären."

„Ich würde nichts anderes von ihr verlangen, als daß sie sich nicht um mich kümmert."

„Das würde ihr vielleicht nicht zum Schaden gereichen", sagte Christof.

„Pst!" wehrte Sabine. „Wir lästern!"

„Ich sehe keine Lästerung darin, zu sagen, daß Gott Ihnen gleicht. Ich bin sicher, er fühlt sich geschmeichelt."

„Wollen Sie still sein!" rief Sabine halb lachend, halb böse. Sie fing an zu fürchten, daß Gott sich ärgern könne. Sie lenkte die Unterhaltung eilig ab. „Außerdem", sagte sie, „ist es gerade der einzige Augenblick der Woche, in dem man sich friedlich am Garten freuen kann."

„Ja“, antwortete Christof. „Sie sind nicht da.“

Sie sahen sich an.

„Wie still es ist!“ meinte Sabine. „Man ist gar nicht daran gewöhnt ... Man weiß nicht mehr, wo man ist ...“

„Oh“, rief Christof plötzlich zornig, „an manchen Tagen möchte ich sie erwürgen!“

Er brauchte nicht zu erklären, von wem er redete.

„Und die andern?“ fragte Sabine fröhlich.

„Sie haben recht“, meinte Christof entmutigt. „Rosa ist noch da.“

„Arme Kleine!“ sagte Sabine.

Sie schwiegen.

„Wäre es doch immer wie jetzt!“ seufzte Christof.

Sie hob die lachenden Augen empor. Dann senkte sie die Blicke von neuem. Er merkte, daß sie arbeitete.

„Was tun Sie da?“ fragte er.

(Der zwischen den beiden Gärten gespannte Efeuvorhang trennte sie voneinander.)

Sie hob einen Napf, den sie auf den Knien hielt.

„Sehen Sie, ich lese Schoten aus.“

Sie ließ einen tiefen Seufzer hören.

„Das ist doch nicht unangenehm“, meinte er lachend

„Oh“, antwortete sie, „es ist zum Sterben, wenn man sich immer um sein Essen kümmern muß!“

„Ich wette“, sagte er, „Sie würden, wenn es möglich wäre, lieber aufs Essen verzichten als sich beständig mit der Zubereitung plagen.“

„Aber gewiß!“ rief sie.

„Warten Sie, ich helfe Ihnen.“

Er stieg über den Zaun und kam zu ihr. Sie saß auf einem Stuhl an ihrem Hauseingang. Er setzte sich zu ihren Füßen auf eine Stufe. Aus ihren über ihrem Leib gerafften Kleiderfalten schöpfte er Hände voll grüner Schoten; und er warf die kleinen, runden Kugeln in die zwischen Sabines Knie gepreßte Schale. Er schaute zur Erde. Da sah er Sabines schwarze Strümpfe, die Knöchel und Füße umspannten; ein Fuß war halb aus dem Schuh geglitten. Er wagte die Augen nicht mehr zu ihr aufzuschlagen.

Die Luft war schwer, der Himmel sehr weiß, sehr niedrig, ohne einen Hauch. Kein Blatt regte sich. Der Garten war von hohen Mauern umschlossen; die Welt endete da.

Das Kind war mit einer Nachbarin ausgegangen. Sie waren allein. Sie sagten nichts zueinander, konnten nichts mehr sagen. Ohne hinzusehen, griff er aus Sabines Schoß neue Hände voll kleiner Schoten; seine Finger zitterten, wenn er sie anrührte: sie trafen mitten in den frischen glatten Schoten mit Sabines bebenden Fingern zusammen und konnten nicht weiterarbeiten. Sie schauten einander nicht an und blieben reglos; sie mit halboffenem Munde, hängenden Armen in ihrem Stuhl zurückgelehnt; er zu ihren Füßen, an sie gelehnt; an seiner Schulter und seinem Arm entlang fühlte er die sanfte Wärme von Sabines Bein. Sie atmeten beide mühsam. Christof drückte seine Hände auf die Steine, um sie zu kühlen; eine seiner Hände streifte Sabines Fuß, der aus dem Schuh geglitten war, blieb auf ihm liegen und konnte sich nicht lösen. Ein Schauer durchlief sie. Fast schwindelte ihr. Christofs Hand preßte die zarten Zehen von Sabines kleinem Fuß zusammen. Sabine überrann es feucht und eisig, sie neigte sich zu Christof nieder ...

Bekannte Stimmen rissen sie aus ihrem Taumel. Sie zuckten zusammen. Christof sprang mit einem Satz auf und über das Gitter zurück. Sabine raffte den Abfall aus ihrem Kleid zusammen und ging ins Haus. Vom Hof aus wandte er sich noch einmal um. Sie stand auf der Schwelle. Sie schauten einander an. Regentröpfchen fingen an, das Laub der Bäume zu schütteln ... Sie schloß ihre Tür. Frau Vogel und Rosa kehrten heim ... Er ging hinauf in sein Zimmer ...

Als der gelbliche Tag erlosch, in Regenschauern ertränkt, stand er, von unwiderstehlichem Drang getrieben, von seinem Tisch auf; er lief ans geschlossene Fenster und streckte die Arme zum gegenüberliegenden Fenster aus. In demselben Augenblick sah er – glaubte er hinter den Scheiben des andern Fensters im Halbschatten des Zimmers Sabine zu sehen, die ihm die Arme entgegenstreckte.

Er stürzte aus dem Zimmer. Er lief die Treppe hinab, eilte zum Gartengitter. Auf die Gefahr, gesehen zu werden, wollte er hinübersetzen. Aber als er das Fenster, an dem sie ihm erschienen war, anschaute, sah er, daß alle Vorhänge geschlossen waren. Das Haus schien entschlafen. Zögernd blieb er stehen. Der alte Euler, der in seinen Keller stieg, bemerkte ihn und rief ihn an. Er kehrte wieder um und glaubte, er habe geträumt.

Rosa brauchte nicht lange, um zu merken, was vorging. Sie kannte kein Mißtrauen und wußte noch nicht, was Eifersucht war. Sie war bereit, alles zu geben, und erwartete nichts als Entgelt. Doch wenn sie wehmütig auf Christofs Liebe verzichtete, so hatte sie doch niemals die Möglichkeit ins Auge gefaßt, daß Christof eine andere liebe.

Eines Abends nach dem Essen machte sie die letzten Stiche an einer langweiligen Stickerei, an der sie seit Monaten gearbeitet hatte; sie war darüber glücklich und verspürte Lust, sich einmal ein wenig frei zu machen und mit Christof plaudern zu gehen. Kaum hatte ihre Mutter den Rücken gewandt, so benutzte sie die Gelegenheit, aus dem Zimmer zu schlüpfen. Wie ein unartiger Schulbub glitt sie heimlich aus dem Haus. Sie freute sich darauf, Christof zu beschämen, der verächtlich behauptet hatte, daß sie niemals mit ihrer Arbeit fertig würde. Es machte ihr Spaß, ihn auf der Straße zu überraschen. Wenn sich das arme Kind auch Christofs Gefühle einigermaßen klargemacht hatte, so war es doch immer geneigt, von seinem eigenen Vergnügen bei der Begegnung anderer auf das zu schließen, was die andern empfinden mußten.

Sie kam heraus. Vor dem Hause saßen wie gewöhnlich Christof und Sabine. Rosas Herz krampfte sich zusammen. Jedoch hielt sie sich nicht bei diesem sinnlosen Gefühl auf und rief Christof fröhlich an. Ihre durchdringende Stimme in der Stille der Nacht war für Christof wie eine falsche Note. Er zuckte auf seinem Stuhl zusammen und schnitt vor Zorn ein Gesicht. Rosa fuchtelte triumphierend mit ihrer Stickerei unter seiner Nase herum. Voller Ungeduld stieß Christof sie zurück.

„Sie ist fertig, fertig!" schrie Rosa in beharrlicher Freude.

„Nun, dann fange eine andere an!" sagte Christof trokken.

Rosa stand bestürzt. All ihre Freude war dahin.

Christof fuhr bösartig fort:

„Und wenn du noch weitere dreißig gemacht hast, wenn du recht alt sein wirst, kannst du dir wenigstens sagen, daß dein Leben nicht verloren war!"

Rosa fing beinahe zu weinen an.

„Mein Gott, wie garstig du bist, Christof!" sagte sie.

Christof schämte sich und sagte ihr ein paar freundschaftliche Worte. Sie war mit so wenigem zufrieden, daß sie gleich wieder Vertrauen schöpfte; und sofort ging es mit ihrem lauten Geschwätz weiter: leise konnte sie nicht sprechen, sie schrie, wie man es im Hause gewohnt war, aus vollem Halse. Trotz aller Anstrengung konnte Christof seine schlechte Laune nicht verbergen. Zuerst antwortete er mit ein paar gereizten Einsilbigkeiten; dann antwortete er gar nicht mehr, wandte ihr den Rücken zu, rückte auf seinem Stuhl hin und her und knirschte zu dieser Klappermusik mit den Zähnen. Rosa sah, daß er ungeduldig wurde, sie wußte, daß sie schweigen müsse; aber sie fuhr nur immer lauter fort. Sabine saß einige Schritte entfernt still im Dunkel und verfolgte den Auftritt mit ironischem Gleichmut. Schließlich wurde sie es müde, da sie sah, daß der Abend doch verloren war; sie stand auf und ging hinein. Christof merkte ihr Fortgehen erst, als sie nicht mehr da war. Sofort stand er ebenfalls auf, entschuldigte sich nicht einmal und verschwand mit einem dürren „Guten Abend" nach seiner Seite.

Rosa blieb allein auf der Straße und schaute erstarrt auf die Tür, hinter der er soeben verschwunden war. Tränen kamen ihr. Eilig ging sie ins Haus, stieg geräuschlos, damit sie nicht mit ihrer Mutter sprechen müsse, in ihr Zimmer hinauf, zog sich in aller Eile aus und begann, sobald sie im Bett und in ihren Decken vergraben lag, zu schluchzen. Sie versuchte nicht, über das, was geschehen war, nachzudenken; fragte sich nicht, ob Christof Sabine liebe, ob Christof und Sabine sie nicht leiden mochten; sie wußte, daß alles verloren war, das Leben keinen Sinn mehr hatte, daß ihr nichts blieb, als zu sterben.

Am nächsten Morgen kam ihr die Überlegung wieder und mit ihr die ewig trügerische Hoffnung. Sie dachte die Ereignisse des Abends durch und überredete sich, sie habe unrecht getan, ihnen solche Bedeutung beizulegen. Gewiß, Christof liebte sie nicht; sie fand sich drein – und bewahrte im Herzensgrund den uneingestandenen Gedanken, daß die Kraft ihrer Liebe die seine schließlich doch herbeizwingen werde. Woher aber wollte sie wissen, daß irgend etwas zwischen ihm und Sabine war? Wie hätte er, so klug wie er war, je eine kleine Person lieben können, deren Unbedeutendheit und Minderwertigkeit allen in die Augen sprang? Sie fühlte sich ganz beruhigt – fing darum aber nicht weniger an, Christof zu beobachten. Den ganzen Tag über sah sie nichts, da es nichts zu sehen gab. Christof aber, der sie ewig um sich herumstreichen sah, ohne sich erklären zu können, warum, empfand darüber eine eigentümliche Gereiztheit. Die trieb sie auf die Spitze, als sie am Abend wieder erschien und sich entschlossen neben die beiden an die Straße setzte. Es wurde eine Neuauflage des Auftritts vom verflossenen Abend: Rosa redete allein. Aber Sabine wartete nicht wieder so lange, bis sie ins Haus ging; und Christof folgte ihrem Beispiel. Rosa konnte sich nicht mehr verhehlen, daß ihre Gegenwart unerwünscht war; aber das unglückliche Mädchen versuchte sich zu belügen. Sie merkte nicht, daß sie nichts Schlimmeres tun konnte, als sich aufzudrängen; und sie trieb es mit gewohntem Ungeschick in den nächsten Tagen so fort.

Am folgenden Abend wartete Christof in Rosas Gesellschaft vergeblich auf Sabines Erscheinen.

Am übernächsten Tage sah sich Rosa allein. Sie hatten den Kampf aufgegeben. Aber Rosa gewann dabei nichts als Christofs Groll, der wütend darüber war, daß man ihm seine lieben Abende, sein einziges Glück, raubte. Er verzieh ihr das um so weniger, als er viel zu sehr in seine eigenen Gefühle vertieft war, um jemals auf den Gedanken zu kommen, die Rosas zu erraten.

Sabine kannte sie seit langem. Sie wußte, daß Rosa eifersüchtig war, sogar noch ehe sie wußte, ob sie selber verliebt sei; aber sie sprach nicht darüber; und sie beobachtete mit der natürlichen Grausamkeit jeder hübschen Frau, die ihres Sieges gewiß ist, still und spöttisch die vergeblichen Anstrengungen ihrer ungelenken Rivalin.

Nachdem Rosa Herrin des Schlachtfeldes geblieben war, betrachtete sie jammernd den Erfolg ihrer Taktik. Das beste für sie wäre gewesen, wenn sie nicht auf ihrem Willen bestanden und wenigstens im Augenblick Christof in Frieden gelassen hätte: folglich tat sie das gerade nicht. Und da das Dümmste, was sie tun konnte, war, zu ihm von Sabine zu sprechen, versuchte sie ausgerechnet das.

Um seine Gedanken zu erforschen, sagte sie eines Tages schüchtern und mit klopfendem Herzen, daß Sabine doch eigentlich recht hübsch sei. Christof erwiderte trocken, daß sie sehr hübsch sei. Und obgleich Rosa die Antwort, die sie sich zugezogen, vorausgesehen hatte, gab sie ihr doch einen Stich ins Herz. Sie wußte ja, daß Sabine hübsch war; aber sie hatte nie darauf achtgegeben; sie sah sie jetzt zum erstenmal und mit Christofs Augen; sie sah ihre feinen Züge, ihre kleine Nase, ihren winzigen Mund, ihren reizenden Körper, ihre anmutigen Bewegungen . . . Ach, wie weh das tat! – Was hätte sie nicht darum gegeben, in diesem Körper zu leben! Sie verstand nur zu gut, daß man ihn dem ihren vorzog! – Ihrem! – Hatte sie ihn geschaffen? Wie er sie drückte! Wie häßlich er ihr schien! Greulich war er ihr. Und denken zu müssen, daß nur der Tod sie von ihm befreien konnte! – Sie war zu stolz und zu gedemütigt zugleich, um darüber zu klagen, daß sie nicht geliebt wurde. Sie hatte ja kein Recht darauf; und sie suchte sich nur noch mehr zu demütigen. Aber ihr Instinkt bäumte sich auf ... Nein, es war ungerecht! – Warum war das ihr, ihr Körper und nicht Sabines? – Und warum liebte man Sabine? Womit verdiente sie es? – Rosa sah sie ohne Nachsicht: faul, vernachlässigt, egoistisch, gegen alles gleichgültig, wie sie sich weder um ihr Haus noch um ihr Kind, noch um irgend etwas sonst kümmerte, nur sich selber liebte, nur lebte, um zu schlafen, herumzustreichen und nichts zu tun ... Und das also gefiel ... das gefiel Christof! – Christof, der so streng war, Christof, der ein Urteil hatte, Christof, den sie über alles verehrte und bewunderte! Nein, das war zu ungerecht! Das war auch zu dumm! – Konnte Christof denn nicht sehen? – Sie konnte nicht umhin, ihm von Zeit zu Zeit eine für Sabine unfreundliche Bemerkung hinzuwerfen. Eigentlich war es wider ihre Absicht, aber sie konnte es nicht lassen. Immer tat es ihr nachher leid, denn sie war gut und mochte niemand Böses nachsagen. Aber mehr noch bereute sie es deshalb, weil sie darauf nur grausam harte Antworten bekam, die ihr zeigten, wie verliebt Christof war. Er ersparte ihr dann nichts. In seiner Neigung verletzt, suchte auch er zu verletzen: es gelang ihm gut. Rosa erwiderte nichts und ging mit gesenktem Kopf und zusammengepreßten Lippen davon, um nur nicht zu weinen. Sie sagte sich, daß es ihre Schuld sei, daß sie nur bekomme, was sie verdiene, wenn sie Christof weh tue, weil sie angreife, was er liebe.

Ihre Mutter war weniger duldsam. Frau Vogel, die ihre Augen überall hatte, war genau wie der alte Euler längst hinter die Zusammenkünfte Christofs mit seiner jungen Nachbarin gekommen; man konnte sich unschwer den Roman zusammenreimen. Die Pläne, die sie heimlich geschmiedet hatten und die dahin gingen, Rosa eines Tages mit Christof zu verheiraten, wurden damit durchkreuzt, und das schien ihnen von Christofs Seite eine persönliche Beleidigung, obgleich er doch nicht verpflichtet war, zu ahnen, daß man, ohne ihn gefragt zu haben, über ihn verfügt hatte. Aber Amalies Despotismus ließ nicht zu, daß man anders als sie dachte; und es schien ihr empörend, daß Christof die verächtliche Meinung, die sie unzählige Male über Sabine geäußert hatte, einfach überhörte.

Sie genierte sich auch durchaus nicht, sie ihm immer von neuem zu wiederholen. Sooft er da war, fand sie einen Vorwand, von der Nachbarin zu sprechen; sie suchte die verletzendsten Dinge von ihr zu sagen, solche, die Christof am empfindlichsten treffen mußten; mit ihrem rohen Blick und ihrer derben Zunge hatte sie es nicht schwer, sie zu finden. Mit dem einem Manne in der Kunst, Böses wie Gutes zu tun, so überlegenen Ur-Instinkt des Weibes wies sie weniger beharrlich auf Sabines Trägheit und moralische Fehler als auf ihre Unsauberkeit hin. Ihr indiskreter Spürblick hatte sich dafür durch die Fenster hindurch in der Tiefe des Hauses und in Sabines Toilettengeheimnissen Beweise zusammengesucht; und die breitete sie nun mit plumpem Eifer aus. Wenn sie aus Anstand nicht alles sagen konnte, ließ sie um so mehr durchblicken.

Christof erblaßte vor Scham und Zorn; er wurde weiß wie ein Tischtuch, und seine Lippen begannen zu zittern. Rosa, die voraussah, was geschehen würde, flehte ihre Mutter an aufzuhören; sie versuchte sogar, Sabine zu verteidigen. Aber sie hetzte dadurch Amalie nur noch mehr auf.

Und plötzlich sprang Christof von seinem Stuhl auf. Er schlug auf den Tisch und schrie, daß es eine Schändlichkeit sei, so von einer Frau zu sprechen, sie in ihrer Häuslichkeit auszuspähen, ihre Schwächen allen preiszugeben; man müsse sehr schlecht sein, ein gutes, reizendes, friedfertiges Geschöpf, das ganz für sich lebe, niemandem etwas Böses tue, von niemandem Böses rede, so zu verfolgen. Jedoch täusche man sich sehr, wenn man meine, ihr damit etwas anhaben zu können: man mache sie dadurch nur sympathischer und ihre Güte fühlbarer.

Amalie merkte, daß sie zu weit gegangen war; aber sie fühlte sich durch die Lektion beleidigt; und indem sie den Streit auf ein anderes Gebiet hinüberspielte, sagte sie, daß es allzu billig sei, immer nur von Güte zu reden; mit dem Wort entschuldige man alles. Zum Donnerwetter! Es sei allerdings leicht, als gut zu gelten, wenn man sich um niemand und nichts kümmere und seine Pflicht nicht erfülle!

Worauf Christof erwiderte, daß die erste Pflicht die sei, andern das Leben angenehm zu gestalten, daß es aber Leute gebe, für die Pflicht einzig in dem bestünde, was häßlich, langweilig, brummig sei, was die Freiheit anderer behindere, was ärgere, den Nachbarn, die Dienstboten, die eigene Familie und sie selbst schädige. Gott möge einen vor solchen Leuten und solcher Pflichterfüllung wie vor der Pest bewahren!

Der Streit wurde immer erbitterter. Amalie wurde äußerst scharf. Christof blieb ihr nichts schuldig. – Und der sichtbare Erfolg war, daß sich Christof von nun an bemühte, sich ständig mit Sabine zu zeigen. Er ging und klopfte an ihre Tür. Er plauderte und lachte fröhlich mit ihr und wählte dazu Augenblicke, in denen Amalie oder Rosa ihn sehen konnte. Amalie rächte sich durch wütende Reden. Der unschuldigen Rosa aber zerriß diese ausgeklügelte Grausamkeit das Herz; sie fühlte, daß er sie nicht ausstehen konnte, daß er sich rächen wollte; und sie weinte bitterlich.

So lernte Christof, der so oft unter Ungerechtigkeit gelitten hatte, anderen ungerechte Leiden zuzufügen.

Einige Zeit nach diesen Ereignissen feierte Sabines Bruder, der Müller in Landegg war, einem kleinen, von der Stadt ein paar Meilen entfernten Ort, die Taufe eines Knaben. Sabine war Patin. Sie verschaffte Christof eine Einladung. Er liebte solche Feste nicht; aber weil es ihm Spaß machte, die Vogels zu ärgern, und um mit Sabine zusammen zu sein, sagte er bereitwillig zu.

Sabine machte sich das boshafte Vergnügen, auch Amalie und Rosa einzuladen, war sie doch ihrer Absage sicher. Diese ließ auch nicht auf sich warten. Rosa hätte für ihr Leben gern angenommen. Sie haßte Sabine nicht, ihr Herz war sogar manchmal von Zärtlichkeit für sie erfüllt, weil Christof sie ja liebte; sie hätte ihr das gern gesagt, hätte sich ihr an den Hals werfen mögen. Aber ihre Mutter war da und das Beispiel ihrer Mutter. Sie versteifte sich im Trotz und sagte ab. Dann, als sie fortgegangen waren, als sie dachte, daß sie nun zusammen seien, miteinander glücklich, daß sie in diesem Augenblick über Land wanderten durch den schönen Julitag, während sie in ihrem Zimmer eingeschlossen vor einem Berg Flickwäsche neben der scheltenden Mutter saß, meinte sie ersticken zu müssen; und sie verwünschte ihre Eitelkeit. Wenn es noch Zeit gewesen wäre! – Wenn es noch Zeit gewesen wäre, ach, sie hätte ebenso gehandelt . . .

Der Müller hatte seinen Leiterwagen geschickt, Christof und Sabine abzuholen. Sie nahmen im Vorbeifahren einige Eingeladene aus der Stadt und den am Wege gelegenen Bauernhöfen mit. Das Wetter war frisch und trocken. Die helle Sonne ließ die roten Trauben der Ebereschen am Wege aufleuchten. Sabine lächelte. Ihr bläßliches Gesicht war von der frischen Luft rosig überhaucht. Christof hielt das kleine Mädchen auf den Knien. Sie versuchten nicht, miteinander zu sprechen, sprachen mit ihren Nachbarn, ganz gleich, mit wem und worüber. Sie waren es zufrieden, einer des andern Stimme zu hören; sie waren zufrieden, vom selben Wagen geschaukelt zu werden. Manchmal zeigten sie sich im Vorüberfahren ein Haus, einen Baum und tauschten dabei Blicke voller Kinderfreude. Sabine liebte das Land; aber sie ging fast niemals hinaus: ihre unverbesserliche Trägheit hielt sie von jedem Spaziergang zurück. Es war beinahe ein Jahr her, seit sie nicht aus der Stadt gekommen war, so freute sie sich am Geringsten, was sie sah. Für Christof war das alles nichts Neues; aber er liebte Sabine; und wie alle Liebenden sah er durch sie hindurch, fühlte jedesmal mit ihr, wenn sie freudig zusammenzuckte, und steigerte noch ihre eigenen Gefühle; denn indem er mit der Geliebten verschmolz, verlieh er ihr auch sein Wesen.

Sie kamen bei der Mühle an und wurden im Hof von allen Gutsleuten und den übrigen Eingeladenen mit betäubendem Getöse empfangen. Die Hühner, Gänse und Hunde stimmten im Chor mit ein. Der Müller Bertold, ein blondbeflaumter, fideler Kerl mit viereckigem Schädel und breiten Schultern, ebenso dick und groß, wie Sabine zart war, hob seine kleine Schwester in den Armen auf und setzte sie behutsam zur Erde, als habe er Furcht, sie zu zerbrechen. Christof merkte sofort, daß die kleine Schwester – wie es meistens geschieht – mit dem Koloß anfing, was sie wollte, und daß, wenn er sich auch derb über ihre Launen, ihre Trägheit, ihre tausendundeinen Fehler lustig machte, er ihr doch die Füße vor Diensteifrigkeit hätte küssen mögen. Sie war so daran gewöhnt, daß sie es natürlich fand. Alles fand sie natürlich und war über nichts erstaunt. Sie tat nichts, um geliebt zu werden: es schien ihr einfach, es müsse so sein. Und wurde sie nicht geliebt, so sorgte sie sich auch darum nicht: so kam es, daß jeder sie liebte.

Christof machte eine weitere Entdeckung, die ihm weniger Vergnügen verursachte: daß nämlich eine Taufe nicht nur eine Patin, sondern auch einen Paten erfordert und daß dieser auch jene Rechte hat, die er sich hütet abzutreten, besonders wenn die Patin jung und hübsch ist. Er merkte das jäh, als er einen blondgelockten Pächter mit

Ringen in den Ohren sich Sabine nähern und sie lachend auf beide Wangen küssen sah. Anstatt sich zu sagen, daß er ein Dummkopf sei, den Brauch vergessen zu haben, und ein noch dümmerer Dummkopf, sich darüber aufzuhalten, war er Sabine deswegen böse, als habe sie ihn mit Vorbedacht in diese Schlinge locken wollen. Seine schlechte Laune wurde noch größer, als er sich bei den weiteren Feierlichkeiten von ihr getrennt sah. Sabine wandte sich von Zeit zu Zeit in dem Zuge, der sich durch die Felder schlängelte, um und warf ihm einen freundschaftlichen Blick zu. Er tat, als sähe er ihn nicht. Sie fühlte, daß er böse war, und ahnte den Grund; aber das beunruhigte sie kaum: es machte ihr Spaß. Hätte sie ein wirkliches Zerwürfnis mit jemand, den sie liebte, gehabt, sie hätte trotz allen Leides, das sie deswegen empfinden mochte, nie das Geringste unternommen, das Mißverständnis aufzuklären: dazu hätte sie sich zu sehr anstrengen müssen. Alles würde schließlich von selber wieder gut werden...

Bei Tisch saß er zwischen der Müllerin und einem dicken rotwangigen Mädchen, das er zur Messe begleitet hatte, ohne sie seiner Aufmerksamkeit zu würdigen. Jetzt fiel es ihm ein, seine Nachbarin anzusehen; und da er sie ganz leidlich fand, machte er ihr, um sich zu rächen und Sabines Aufmerksamkeit zu erregen, geräuschvoll den Hof. Das gelang ihm auch; aber Sabine war nicht die Frau, auf irgend etwas oder irgend jemand eifersüchtig zu werden; war sie sicher, geliebt zu werden, so war es ihr ganz gleichgültig, ob man daneben noch andere liebe oder nicht; und anstatt gekränkt zu tun, freute sie sich herzlich, daß Christof sich gut unterhielt. Sie sandte ihm vom andern Tischende ihr reizendstes Lächeln zu. Christof kam dadurch aus der Fassung; er zweifelte nicht mehr an Sabines Gleichmut, und er versank wieder in seine schmollende Stummheit, woraus ihn weder Neckereien noch bis zum Rand gefüllte Gläser reißen konnten. Schließlich, als er schon beinahe schläfrig wurde und sich wütend fragte, wozu er eigentlich zu dieser endlosen Esserei gekommen sei, überhörte er, wie der Müller eine Bootsfahrt vorschlug, wobei man einige der Gäste auf ihre Gutshöfe zurückbringen wollte. Ebensowenig sah er, daß Sabine ihm ein Zeichen machte, zu ihr zu kommen, um dasselbe Boot zu nehmen. Als er selber daran dachte, war für ihn kein Platz mehr darin; und er mußte in einen anderen Kahn steigen. Dies neue Mißgeschick hätte ihn nicht liebenswürdiger gestimmt, wenn er nicht bald entdeckt hätte, daß man unterwegs fast alle seine Begleiter absetzte. Daraufhin entwölkte sich seine Stirn, und er zeigte den Abschiednehmenden ein freundliches Gesicht. Übrigens zerstreuten schließlich auch der schöne Nachmittag, das Rudervergnügen, die Fröhlichkeit der guten Leute seine ganze schlechte Laune. Sabine war nicht mehr da, er tat sich keinen Zwang mehr an und empfand keine Skrupel, sich harmlos wie die andern zu vergnügen.

Sie saßen in drei Booten, die ziemlich dicht hintereinander fuhren und sich gegenseitig zu überholen suchten. Die einen riefen den andern aufstachelnde Neckereien zu. Als die Boote sich streiften, traf Christof Sabines lächelnder Blick; er konnte nicht umhin, auch ihr zuzulächeln: sie fühlten, der Friede war geschlossen. Er wußte ja auch, gleich würden sie gemeinsam zurückfahren.

Man begann vierstimmige Lieder zu singen. Jede Gesellschaft sang nach der Reihe eine Strophe; den Refrain nahm der ganze Chor auf. Die auseinandergetriebenen Barken antworteten einander als Echo. Wie Vögel glitten die Töne übers Wasser. Von Zeit zu Zeit legte ein Boot am Ufer an; ein oder zwei Bauern stiegen aus; sie blieben am Flußrand und winkten den Weiterfahrenden zu. Die kleine Gesellschaft schmolz zusammen. Eine Stimme nach der andern löste sich aus dem Konzert. Zuletzt waren Christof, Sabine und der Müller allein.

Sie kehrten gemeinsam in einem Boot heim, indem sie sich stromab tragen ließen. Christof und Bertold hielten die Ruder, aber sie ruderten nicht. Sabine, die hinten Christof gegenübersaß, plauderte mit ihrem Bruder und schaute dabei Christof an. Dies Zwiegespräch erlaubte ihnen, sich ungestört anzusehen. Nie hätten sie es getan, wenn die lügnerischen Worte geschwiegen hätten. Die Worte schienen zu sagen: Ich sehe nicht Sie an. Aber die Blicke flüsterten sich zu: Wer bist du? Wer bist du? Du, den ich liebe! – Du, den ich liebe, wer du auch seist!

Der Himmel bezog sich, Nebel stiegen aus den Feldern auf, der Fluß dampfte, die Sonne verlosch in Dunstwolken. Sabine schauerte und wickelte Schultern und Kopf in ihren kleinen schwarzen Schal. Sie schien müde. Als das Boot am Ufer unter den hängenden Weidenzweigen entlangglitt, schloß sie die Augen: ihr kleines Gesicht war fahl; um ihre Lippen spannte sich ein schmerzhafter Zug; sie regte sich nicht mehr, schien zu leiden, gelitten zu haben – schien gestorben. Christofs Herz zog sich zusammen. Er neigte sich zu ihr. Sie schlug die Augen wieder auf, sah Christofs fragende und sorgende Augen und lächelte ihm entgegen. Ihm war das wie ein Sonnenstrahl. Er fragte mit halber Stimme:

„Fehlt Ihnen etwas?“

Sie verneinte und sagte:

„Mir ist kalt.“

Die beiden Männer breiteten ihre Mäntel über sie und wickelten ihre Füße, ihre Beine, ihre Knie hinein, als stopften sie einem Kinde sein Bettchen fest. Sie ließ es geschehen und dankte mit den Blicken. Ein dünner, eisiger Regen begann zu fallen. Sie griffen wieder zu den Rudern und betrieben eiliger die Heimkehr. Schwere Wetterwolken verhüllten den Himmel. Der Fluß wälzte sich wie ein Strom von Tinte dahin. Lichter entzündeten sich hier und dort in den Landhäusern. Als sie die Mühle erreichten, ging der Regen in Strömen nieder, und Sabine war durchnäßt.

Man machte in der Küche ein großes Feuer und wartete auf das Ende des Platzregens. Aber er wurde nur immer stärker, und der Wind blies hinein. Um nach der Stadt zurückzukehren, hätten sie drei Meilen mit dem Wagen zurücklegen müssen. Der Müller erklärte, daß er bei solchem Wetter Sabine nicht fahren lasse; und er schlug ihnen beiden vor, die Nacht in der Mühle zu verbringen. Christof zögerte mit der Antwort; er fragte Sabines Augen um Rat; aber Sabines Augen starrten hartnäckig in die Herdflammen: es war fast, als fürchteten sie sich, Christofs Entscheidung zu beeinflussen. Als aber Christof ja gesagt hatte, wendete sie ihm ihr gerötetes Gesicht zu (lag der Feuerschein darauf?), und er sah, daß sie zufrieden war.

Der liebe Abend ... Draußen wütete der Regen. Das Feuer stäubte Schwärme goldener Funken in den schwarzen Kamin. Sie saßen im Kreise ringsherum. Ihre phantastischen Silhouetten bewegten sich über die Wände hin. Der Müller lehrte Sabines Töchterchen, wie man mit den Händen Schattenbilder formt. Das Kind lachte, war aber doch ein wenig ängstlich. Sabine saß über das Feuer geneigt und schürte mechanisch mit einer schweren Zange darin; sie war ein wenig matt und lächelte träumend vor sich hin, während sie, ohne hinzuhören, zu dem Geschwätz ihrer Schwägerin, die ihr Dienstbotengeschichten erzählte, mit dem Kopfe nickte. Christof saß im Dunkel neben dem Müller, ließ des Kindes Haare leise durch seine Finger gleiten und hing mit dem Blick an Sabines Lächeln. Sie wußte, daß er sie anschaute. Er wußte, daß sie für ihn lächelte. Nicht einmal während des Abends fanden sie Gelegenheit, miteinander zu sprechen oder sich auch nur ins Gesicht zu schauen, und sie trachteten nicht danach.

Es war nicht spät, als sie auseinandergingen. Ihre Zimmer lagen nebeneinander. Eine innere Tür führte aus einem ins andere. Christof überzeugte sich mechanisch, daß der Riegel auf Sabines Seite vorgeschoben war. Er legte sich hin und zwang sich zum Schlafen. Der Regen peitschte gegen die Fenster. Der Wind heulte im Kamin. Im oberen Stockwerk klappte eine Tür. Eine sturmbewegte Pappel knackte vor dem Fenster. Christof konnte kein Auge schließen. Er dachte, daß er unter demselben Dach mit ihr sei, neben ihr. Eine Wand trennte sie. Er vernahm aus Sabines Zimmer keinerlei Geräusch. Aber er glaubte sie zu sehen. Er richtete sich im Bett auf, rief sie mit leiser Stimme durch die Mauer an, gab ihr zärtlich heiße Worte, streckte die Arme nach ihr aus. Und ihm war, als ob auch sie ihm die Arme entgegenrecke. Er hörte in seinem Innern die geliebte Stimme, die ihm antwortete, die seine Worte wiederholte, die ihn ganz leise rief. Und er wußte nicht, träumte er selbst diese Fragen, diese Antworten, oder sprach sie wirklich. Bei einem, wie ihm schien, lauteren Ruf konnte er nicht mehr an sich halten: er sprang aus dem Bett. Er tastete sich durch die Nacht zur Tür; er wollte sie nicht öffnen; diese verschlossene Tür machte ihn vor sich selber sicher. Als er aber an die Klinke rührte, merkte er, daß die Tür nachgab . . .

Er stand bestürzt. Leise schloß er sie wieder, machte sie von neuem auf, schloß sie noch einmal. War sie nicht eben noch verschlossen gewesen? Ja, er war dessen gewiß. Wer hatte sie also geöffnet? – Sein Herz klopfte atemberaubend. Er lehnte sich an sein Bett, setzte sich nieder, um Luft zu schöpfen. Die Leidenschaft lähmte ihn. Sie nahm ihm jede Kraft, zu sehen, zu hören, sich irgendwie zu regen; sein ganzer Körper wurde von Zittern erfaßt. Er schreckte vor dem fremden Glück zurück, das er seit Monaten gerufen hatte und das nun da war, neben ihm, durch nichts mehr von ihm getrennt. Der wilde und liebestolle Junge fühlte plötzlich nichts als Entsetzen und Widerwillen gegen seine verwirklichten Wünsche. Er schämte sich ihrer, schämte sich vor dem, was er im Begriff stand zu tun. Er liebte zu sehr, um zu wagen, das Geliebte auch zu genießen. Er scheute es viel eher und hätte alles getan, um sich das Glücklichsein unmöglich zu machen. Lieben, lieben – kann man es denn nie, ohne das Geliebte zu entweihen?

Er war an die Tür zurückgekehrt. Er hielt, vor Liebe

und Furcht bebend, die Hand am Schloß und konnte sich doch nicht zum Öffnen entschließen.

Und auf der andern Seite der Tür stand, zitternd vor Kälte, Sabine mit nackten Füßen auf den Fliesen.

So standen sie unschlüssig... Wie lange? Minuten? Stunden? – Sie wußten nicht, daß sie dastanden; und sie wußten es doch. Sie streckten sich die Arme entgegen – er von so mächtiger Liebe gewürgt, daß er nicht die Kraft fand, hineinzugehen; sie, indem sie ihn rief, ihn erwartete und davor bebte, daß er kommen würde... Und als er sich endlich dazu ermannte, einzutreten, hatte sie eben den Riegel vorgeschoben.

Da schlug er sich vor die Stirn. Er warf sich mit aller Kraft gegen die Tür. Seinen Mund ans Schlüsselloch gepreßt, flehte er:

„Mach auf!"

Er rief Sabine ganz leise; er konnte ihren gepreßten Atem hören. Sie blieb reglos erstarrt, mit klappernden Zähnen hinter der Tür, ohne Kraft zum Öffnen, ohne Kraft, sich niederzulegen...

Die Bäume krachten weiter im Sturm, und die Türen des Hauses schlugen... Mit zerschlagenen Gliedern, mit tieftraurigem Herzen ging jedes in sein Bett zurück. Die Hähne krähten mit heiserer Stimme. Der erste Morgenschein kam durch die beschlagenen Scheiben. Ein jämmerlicher fahler Morgen, den der hartnäckige Regen ertränkte...

Sobald es möglich war, stand Christof auf; er ging in die Küche hinunter, er sprach mit den Leuten. Er wäre gern gleich aufgebrochen, denn er fürchtete, Sabine allein gegenüberzustehen. So war es ihm fast eine Erleichterung, als die Pächterin kam und sagte, Sabine sei nicht wohl, sie habe sich gestern bei der Ausfahrt erkältet und werde heute morgen nicht fortgehen.

Der Rückweg war düster. Christof hatte den Wagen nicht angenommen und kehrte über aufgeweichte Felder, durch gelblichen Nebel, der die Erde, die Bäume, die Häuser gleich einem Leichentuch einhüllte, zu Fuß heim. Und wie das Licht schien alles Leben verlöscht. Alles sah gespenstisch aus. Und wie ein Gespenst war auch er.

Daheim begegnete er verärgerten Gesichtern. Alle waren entrüstet, daß er die Nacht Gott weiß, wo mit Sabine verbracht hatte. Er schloß sich in sein Zimmer ein und setzte sich an die Arbeit. Sabine kam am nächsten Morgen und schloß sich ihrerseits ein. Sie hüteten sich vor einer Begegnung. Das Wetter war regnerisch und kalt; keiner von beiden ging aus. Sie sahen sich hinter ihren geschlossenen Scheiben. Sabine saß eingewickelt am Feuer und sann. Christof war in seine Papiere vergraben. Von einem Fenster zum andern grüßten sie sich mit ein wenig kühler Zurückhaltung und taten, als wären sie von neuem in Anspruch genommen. Genau gaben sie sich nicht darüber Rechenschaft, was sie empfanden: sie zürnten einander, sie zürnten sich selbst, sie zürnten den Dingen. Die Nacht auf dem Gehöft war aus ihrem Denken verbannt: sie erröteten ihretwegen und wußten nicht, erröteten sie mehr über ihre Tollheit oder weil sie ihr nicht nachgegeben hatten. Sich zu sehen war ihnen peinlich; denn ihr Anblick erweckte ihnen Erinnerungen, die sie fliehen wollten; und in stillschweigender Übereinstimmung zogen sie sich in die Tiefe ihrer Zimmer zurück, um einander ganz und gar zu vergessen. Das aber war unmöglich; so litten sie beide unter der geheimen Feindseligkeit, die sie zwischen sich spürten. Christof wurde von dem Ausdruck dumpfen Grolls verfolgt, den er einmal von Sabines starrem Gesicht hatte lesen können. Sie litt darum nicht weniger unter ihren Gedanken. Wenn sie auch noch so sehr dagegen ankämpfte, sie ableugnete, sie konnte sich nicht von ihnen lösen. Und Scham mischte sich hinein, wenn sie dachte, Christof könne erraten, was in ihr vorgehe – Scham, sich dargeboten zu haben ... sich dargeboten und nicht hingegeben zu haben.

Christof ergriff voller Eifer die sich ihm bietende Gelegenheit, zu einigen Konzerten nach Köln und Düsseldorf zu fahren. Es war ihm sehr recht, zwei oder drei Wochen vom Hause fern zu verbringen. Die Vorbereitung zu diesen Konzerten und die Komposition eines neuen Werkes, das er dort zu spielen gedachte, beschäftigten ihn völlig, daß er schließlich die lästigen Erinnerungen vergaß. Sie verblaßten auch im Geist Sabines, die wieder in die Dumpfheit des gewohnten Lebens zurückgesunken war. Sie kamen fast dahin, in Gleichgültigkeit aneinander zu denken. Hatten sie sich wirklich geliebt? Sie zweifelten daran. Christof wollte schon beinahe, ohne Sabine Lebewohl gesagt zu haben, nach Köln abreisen.

Am Vorabend der Abfahrt wurden sie von einem unbestimmten Etwas wieder zusammengeführt. Es war einer jener Sonntagnachmittage, da alle in der Kirche waren. Auch Christof war, um die letzten Reisevorbereitungen zu treffen, ausgegangen. Sabine saß in ihrem winzigen Garten und wärmte sich an den letzten Sonnenstrahlen. Christof kam zurück; er hatte es sehr eilig, und als er sie sah, war seine erste Regung, zu grüßen und vorüberzugehen. Aber in dem Augenblick, als er vorbei wollte, hielt ihn irgend etwas zurück: War es Sabines Blässe oder ein unnennbares Gefühl – Reue, Furcht, Zärtlichkeit? – Er blieb stehen, wandte sich Sabine zu, stützte sich auf das Gartengitter und wünschte ihr guten Abend. Ohne Antwort reichte sie ihm die Hand. Ihr Lächeln war voller Güte – einer Güte, die er nie an ihr gesehen hatte. Ihre Gebärde sagte: Friede zwischen uns ... Er ergriff über das Gitter hinweg ihre Hand, neigte sich darüber und küßte sie. Sie machte keinen Versuch, sie zurückzuziehen. Er hätte sich ihr zu Füßen werfen mögen, ihr sagen: Ich liebe dich ... Schweigend schauten sie einander an. Aber sie sprachen sich nicht aus. Nach einer kleinen Weile machte sie ihre Hand frei und wandte den Kopf ab. Auch er wandte sich ab, um seine Befangenheit zu verbergen. Dann sahen sie sich von neuem mit heiteren Augen an. Die Sonne ging unter. Zarte Farbtöne in Violett, Orange und Lila liefen am kalten und klaren Himmel entlang. Sie zog mit einer ihm vertrauten Bewegung ihren Schal fröstelnd über den Schultern zusammen. Er fragte:

„Wie geht es Ihnen?"

Sie verzog die Lippen ein wenig, als verlohne es sich nicht, zu antworten. Und sie sahen sich weiter glücklich an. Es war ihnen, als hätten sie einander verloren und soeben wiedergefunden ...

Endlich brach er das Schweigen und sagte:

„Ich verreise morgen."

Sabines Gesicht wurde verstört.

„Sie verreisen?" wiederholte sie.

Er beeilte sich hinzuzufügen:

„Oh, nur auf zwei oder drei Wochen!"

„Zwei oder drei Wochen!" sagte sie mit fassungsloser Miene.

Er setzte ihr auseinander, daß er für Konzerte engagiert sei, aber daß er sich nach seiner Rückkehr den ganzen Winter nicht mehr vom Fleck rühren werde.

„Der Winter", sagte sie, „der ist fern ..."

„Aber gar nicht", meinte er, „bald genug wird er dasein."

Sie schüttelte, ohne ihn anzusehen, den Kopf.

„Wann werden wir uns wiedersehen?" fragte sie nach einer Weile.

Er begriff ihre Frage nicht ganz: er hatte ja darauf schon geantwortet.

„Sobald ich zurück sein werde: in vierzehn Tagen, spätestens drei Wochen."

Ihre Miene blieb verstört. Er versuchte zu scherzen.

„Die Zeit wird Ihnen nicht lang sein", sagte er. „Sie werden schlafen."

„Ja", sagte Sabine.

Sie sah zur Erde nieder und versuchte zu lächeln, aber ihre Lippen bebten.

„Christof!“ sagte sie plötzlich, indem sie sich zu ihm aufreckte.

Aus ihrer Stimme sprach tiefe Not. Sie schien zu sagen: Bleibe! Reise nicht!

Er faßte ihre Hand, sah sie an, er begriff nicht, warum sie dieser Reise von vierzehn Tagen soviel Bedeutung beilegte; aber er wartete nur auf ein Wort von ihr, um zu sagen:

Ich bleibe ...

Gerade in dem Augenblick, als sie sprechen wollte, öffnete sich das Tor zur Straße, und Rosa erschien. Sabine zog ihre Hand aus Christofs Hand und ging eilig ins Haus hinein. Von der Schwelle aus sah sie ihn noch einmal an – und verschwand.

Christof rechnete darauf, sie während des Abends noch einmal zu sehen. Aber da er von den Vogels ständig beobachtet, von seiner Mutter überallhin verfolgt wurde und, wie immer, mit seinen Reisevorbereitungen im Rückstand war, fand er nicht einen Augenblick, aus dem Haus zu schlüpfen.

Ganz früh am nächsten Morgen reiste er ab. Als er an Sabines Tür vorbeikam, hatte er Lust, hineinzugehen, ans Fenster zu pochen: es war ihm unangenehm, sie zu verlassen, ohne ihr auf Wiedersehen gesagt zu haben – denn er war von Rosa unterbrochen worden, bevor er Zeit dazu gefunden hatte. Aber er meinte, sie schlafe gewiß und würde ihm wenig Dank wissen, sie geweckt zu haben. Und dann, was sollte er ihr sagen? Auf die Reise zu verzichten war jetzt zu spät; und wenn sie ihn darum bitten würde? – Zu guter Letzt war er aber auch nicht böse darüber – gestand er sich das auch nicht ein –, seine Macht über sie erproben zu können, wenn nötig, ihr auch ein wenig Kummer zu bereiten ... Er nahm den Schmerz, den seine Abreise Sabine verursachte, nicht ernst; und er meinte, diese kurze Abwesenheit würde das Gefühl, das sie vielleicht für ihn hege, nur steigern.

Er lief zum Bahnhof. Trotz allem hatte er einige Gewissensbisse. Aber sobald sich der Zug in Bewegung setzte, war alles vergessen. Er fühlte sein Herz von Jugend geschwellt. Fröhlich grüßte er die alte Stadt, deren Dächer und Turmspitzen die Sonne rötete. Und mit der Unbekümmertheit derer, die abreisen, sagte er den Zurückbleibenden Lebewohl und dachte ihrer nicht mehr.

Während der ganzen Zeit, die er in Düsseldorf und Köln zubrachte, ging ihm Sabine nicht einmal durch den Sinn. Von morgens bis abends war er durch Proben und Konzerte, durch Diners und Unterhaltungen in Anspruch genommen, mit tausend neuen Dingen beschäftigt, durch die stolze Genugtuung seiner Erfolge abgelenkt, so daß er keine Zeit zur Erinnerung fand. Ein einziges Mal, es war in der fünften Nacht nach seiner Abreise, erwachte er plötzlich aus einem schweren Traum und merkte, daß er schlafend an *sie* gedacht, daß dieser Gedanke ihn geweckt hatte; aber er konnte sich gar nicht mehr erinnern, *wie* er an sie gedacht hatte. Er war verängstigt und aufgeregt. Das war nicht erstaunlich: er hatte am Abend in einem Konzert gespielt und sich nachher zu einem Essen schleppen lassen, wobei er ein paar Gläser Champagner getrunken hatte. Da er nun nicht schlafen konnte, stand er auf. Ein musikalischer Gedanke ließ ihn nicht los. Er sagte sich, daß dieser ihn im Traum geplagt habe, und schrieb ihn nieder. Als er ihn überlas, war er betroffen, wie tieftraurig er klang. Ihm war nicht traurig zumute gewesen, als er ihn schrieb – wenigstens schien es ihm so. Aber er erinnerte sich, daß er zu anderen Zeiten, wenn er sich traurig gefühlt, nur fröhliche Melodien hatte schreiben können, deren Vergnügtheit ihn geradezu verletzt hatte. So hielt er sich nicht lange damit auf, denn er war an Überraschungen seiner inneren Welt gewöhnt. Gleich darauf schlief er wieder ein und hatte am nächsten Morgen alles vergessen.

Er dehnte seine Reise drei oder vier Tage länger als beabsichtigt aus. Es machte ihm Spaß, sie hinzuziehen, wußte er doch, daß sein Wille genügte, um sofort heimzukehren; aber er hatte es damit nicht eilig. Erst im Eisenbahnzug auf der Heimfahrt überkam ihn wieder der Gedanke an Sabine. Er hatte ihr nicht geschrieben. Er war sogar sorglos genug gewesen, nicht einmal auf der Post nach Briefen zu fragen, die man ihm vielleicht hätte schicken können. Dieses Schweigen war ihm ein geheimer Genuß, denn er wußte, man erwartete ihn da unten, man liebte ihn ... Liebte man ihn? Niemals noch hatte sie es ihm gesagt, niemals hatte er es ihr gestanden. Gewiß, sie wußten es ohne Worte. Nichts aber wog die süße Sicherheit des Geständnisses auf. Warum hatten sie immer gezögert? Wenn sie nahe daran waren, zu sprechen, hatte sie stets irgend etwas – ein Zufall, eine Befangenheit – gehindert. Warum? Wieviel Zeit hatten sie verloren! – Er brannte darauf, die lieben Worte aus dem geliebten Munde zu hören. Er brannte darauf, sie ihr zu sagen, und er sprach sie ganz laut in das leere Wagenabteil hinein. Je näher er kam, um so mehr würgte ihn – fast wie eine Art Angst – die Ungeduld ... Schneller! Nur schneller! Ach, daß er sie in einer Stunde wiedersehen sollte!

Es war halb sieben Uhr morgens, als er ins Haus trat. Noch war niemand aufgestanden. Sabines Fenster waren geschlossen. Er überquerte den Hof auf Zehenspitzen, damit sie ihn nicht höre. Er lachte bei dem Gedanken, sie zu überraschen. Dann stieg er in sein Zimmer hinauf. Seine Mutter schlief. Geräuschlos machte er Toilette. Er hatte Hunger, aber er fürchtete, er würde Luise aufwecken, wenn er im Büfett etwas suchte. Jetzt hörte er im Hof Schritte, öffnete leise das Fenster und sah Rosa, die, wie gewöhnlich, als erste aufgestanden war und zu fegen begonnen hatte. Er rief sie halblaut an. Als sie ihn sah, zuckte sie freudig überrascht zusammen, dann aber zeigte sie eine düstere Miene. Er dachte, daß sie wohl noch böse auf ihn sei; doch war er im Augenblick in so vortrefflicher Stimmung, daß er zu ihr hinunterging.

„Rosa, Rosa", sagte er mit fröhlicher Stimme, „gib mir zu essen, oder ich esse dich! Ich sterbe vor Hunger!"

Rosa lächelte und führte ihn in die Küche. Während sie ihm eine Schale Milch eingoß, konnte sie nicht umhin, ihm eine endlose Reihe von Fragen wegen seiner Reise und seiner Konzerte zu stellen. Aber obgleich er aufgelegt war, darauf einzugehen (in der Heimkehrfreude war ihm Rosas Plapperei fast ein Vergnügen), hielt diese doch plötzlich mitten in ihrem Ausfragen inne, ihr Gesicht zog sich in die Länge, sie wandte die Augen ab, sie schien bekümmert. Dann ging ihr Geschwätz wieder weiter; aber es war, als werfe sie es sich vor, und sie brach es von neuem kurz ab. Schließlich merkte er es und sagte:

„Aber was hast du denn, Rosa? Schmollst du mit mir?"

Sie schüttelte energisch den Kopf, um zu verneinen; dann wandte sie sich mit ihrer gewöhnlichen Heftigkeit ihm zu und packte mit beiden Händen seinen Arm.

„O Christof!" sagte sie.

Er war ergriffen. Er ließ das Stück Brot, das er hielt, fallen.

„Was denn? Was gibt es?"

Sie wiederholte:

„O Christof! Es ist solch ein Unglück geschehen!"

Er stieß den Tisch zurück. Er stammelte:

„Hier?"

Sie wies auf das Haus an der andern Hofseite.

Er schrie:

„Sabine!"

Sie weinte:

„Sie ist tot."

Christof sah nichts mehr. Er stand auf, fühlte sich niederstürzen, klammerte sich an den Tisch, er warf, was darauf war, um, er wollte schreien. Grausame Schmerzen zerrissen ihn. Er wurde von Erbrechen befallen.

Die entsetzte Rosa bemühte sich um ihn, sie hielt ihm den Kopf, weinte.

Sobald er wieder sprechen konnte, sagte er:

„Es ist nicht wahr!"

Er wußte, daß es wahr war. Aber er wollte es ableugnen, er wollte das Geschehene ungeschehen machen. Als er Rosas tränenüberströmtes Gesicht sah, zweifelte er nicht mehr, und er schluchzte. Rosa hob den Kopf.

„Christof!" sagte sie.

Er lag über den Tisch hingestreckt und verbarg das Gesicht. Sie beugte sich über ihn.

„Christof! – Mama kommt!"

Christof richtete sich auf.

„Nein, nein", sagte er, „ich will nicht, daß sie mich sieht."

Sie nahm ihn bei der Hand, führte den Schwankenden, Tränenblinden zu einem kleinen Holzschuppen im Hof. Sie schloß hinter sich die Tür, und sie befanden sich im Dunkeln. Er setzte sich aufs Geratewohl auf einen Klotz, der zum Holzspalten dastand. Sie auf Reisigbündel. Die Geräusche von draußen drangen nur gedämpft herein. Da konnte er weinen, ohne Furcht, gehört zu werden. Er gab sich leidenschaftlich seinem Schluchzen hin. Rosa hatte ihn nie weinen sehen; sie hätte sogar gedacht, er sei dazu nicht imstande, sie kannte nichts anderes als ihre kleinen Mädchentränen, und diese Verzweiflung eines Mannes erfüllte sie mit Schrecken und Mitleid. Sie war von heißer Liebe für Christof durchglüht. Diese Liebe hatte nichts Egoistisches: sie war unendliches Opferbedürfnis, mütterliche Entsagung, ein Durst, für ihn zu leiden, ihm all sein Leid zu nehmen. Sie schlang ihren Arm um seine Schulter.

„Lieber Christof", sagte sie, „weine nicht!"

Christof wandte sich ab.

„Ich will sterben!"

Rosa faltete die Hände. „Sage das nicht, Christof!"

„Ich will sterben. Ich kann nicht mehr ... Ich kann nicht mehr leben ... Wozu soll man leben?"

„Christof, mein kleiner Christof! Du bist ja nicht verlassen. Man liebt dich."

„Was liegt mir daran? Ich liebe nichts mehr. Alles übrige kann ruhig leben oder sterben. Ich liebe nichts, nur sie habe ich geliebt, nur sie!"

Er schluchzte lauter, den Kopf in den Händen verborgen. Rosa wußte nichts mehr zu sagen. Der Egoismus in Christofs Leidenschaft schmerzte sie tief. In dem Augenblick, da sie ihm am nächsten zu sein meinte, sah sie sich ausgeschlossen und elender als je. Anstatt sie einander zu nähern, trennte sie der Schmerz noch mehr. Sie weinte bitterlich.

Nach einer Weile hielt Christof im Schluchzen inne und fragte:

„Aber wie? Wie nur?"

Rosa verstand.

„Am Abend nach deiner Abreise hat sie Influenza bekommen. Und gleich war sie hingerafft ..."

Er stöhnte:

„Mein Gott! – Warum hat man mir nicht geschrieben?"

Sie sagte:

„Ich habe geschrieben. Ich wußte deine Adresse nicht: du hattest uns nichts hinterlassen. Ich habe beim Theater nachgefragt. Niemand kannte sie."

Er wußte, wie schüchtern sie war und wieviel dieser Schritt sie gekostet haben mußte. Er fragte:

„Hatte sie ... hatte sie dich darum gebeten, hinzugehn?"

Sie schüttelte den Kopf.

„Nein. Aber ich dachte ..."

Er dankte ihr mit einem Blick. Rosas Herz ging auf.

„Mein armer ... armer Christof!" sagte sie.

Weinend warf sie sich ihm an den Hals. Christof fühlte den ganzen Wert dieser reinen Zärtlichkeit. Er sehnte sich so nach Trost! Er küßte sie.

„Du bist gut", sagte er, „du hast sie also auch geliebt, du?"

Sie löste sich von ihm, warf ihm einen leidenschaftlichen Blick zu, antwortete nicht und begann von neuem zu weinen.

Dieser Blick war eine Erleuchtung für ihn. Dieser Blick wollte sagen:

Sie war es nicht, die ich liebte . . .

Christof merkte endlich, was er bisher nicht gewußt hatte, was er seit Monaten nicht hatte sehen wollen. Er sah, daß sie ihn liebte.

„Pst!" sagte sie. „Man ruft mich."

Man hörte Amalies Stimme.

Rosa fragte:

„Willst du wieder in eure Wohnung hinübergehen?"

Er sagte:

„Nein, ich kann noch nicht, ich kann noch nicht mit meiner Mutter reden . . . Später . . ."

Sie sagte:

„Warte. Ich komme gleich wieder."

Er blieb in dem dunklen Schuppen, in den ein Streifen Tageslicht durch eine enge, von Spinnweben verhangene Dachluke fiel. Man hörte von der Straße her die Ausrufe einer Marktfrau. In einem benachbarten Stall schnaubte ein Pferd und schlug mit den Hufen gegen die Mauer. Die Offenbarung, die Christof soeben geworden war, machte ihm keinerlei Vergnügen; aber sie beschäftigte ihn einen Augenblick. Er erklärte sich jetzt vieles, was er nicht verstanden hatte. Eine Menge kleiner Tatsachen, die er nie beachtet hatte, kam ihm wieder in den Sinn und wurde ihm klar. Er wunderte sich, daß er daran dachte, es empörte ihn, daß er sich eine einzige Minute von seinem Elend ablenken ließ. Aber dieses Elend war so fürchterlich, so atemberaubend, daß der Selbsterhaltungstrieb, der stärker als sein Wille, als sein Mut, als seine Liebe war, ihn zwang, die Augen davon abzuwenden, sich auf diesen neuen Gedanken zu werfen, wie es der Verzweifelte, der sich ertränkt, tut, wenn er gegen seinen Willen den ersten Gegenstand ergreift, der ihm dazu verhelfen kann, sich wenn auch nicht zu retten, so doch noch einen Augenblick über Wasser zu halten. Doch er fühlte, gerade weil er litt, jetzt auch doppelt, was ein anderer litt – durch ihn litt. Er verstand die Tränen, die er eben verursacht hatte. Er hatte Mitleid mit Rosa. Er dachte daran, wie grausam er gegen sie gewesen war – wie grausam er noch sein würde. Denn er liebte sie nicht. Was nützte es, daß sie ihn liebte? Arme Kleine! – Er konnte sich hundertmal sagen, daß sie gut sei (sie hatte es eben bewiesen). Was ging ihn ihre Güte an? Was ging ihn ihr Leben an? – Er dachte:

Warum ist sie nicht tot und die andere am Leben?

Er dachte:

Sie lebt, sie liebt mich, sie kann es mir heute, morgen, mein ganzes Leben lang sagen – und die andere, die eine, die ich liebe, sie mußte sterben, ohne mir zu sagen, daß sie mich liebte; ich habe ihr nicht gesagt, daß ich sie liebe, niemals mehr werde ich es von ihr hören, niemals wird sie es erfahren!

Und die Erinnerung an den letzten Abend tauchte in ihm plötzlich wieder auf: es kam ihm in den Sinn, wie sie gerade zueinander hatten sprechen wollen, als Rosas Dazwischenkommen sie daran gehindert hatte. Und er haßte Rosa ...

Die Schuppentür ging wieder auf. Rosa rief Christof leise an, indem sie ihn tastend suchte. Sie faßte seine Hand. Ihm war es widerwärtig, sie so nahe zu fühlen; vergeblich machte er sich deswegen Vorwürfe, es war stärker als er.

Rosa schwieg: die Tiefe ihres Mitgefühls hatte sie das Schweigen gelehrt. Christof war ihr dankbar, daß sie seinen Kummer nicht durch unnütze Worte störte. Immerhin wollte er noch manches wissen ... Sie war die einzige, die ihm von *ihr* sprechen konnte. Ganz leise fragte er:

„Wann ist sie . . .?“
(Er wagte nicht auszusprechen: gestorben.)
Sie antwortete:
„Samstag vor acht Tagen.“
Ein Erinnern stieg in ihm auf. Er sagte:
„Während der Nacht.“
Rosa sah ihn erstaunt an und sagte:
„Ja, nachts, zwischen zwei und drei Uhr.“
Die düstere Melodie tauchte von neuem in ihm auf.
Er fragte zitternd:
„Hat sie sehr gelitten?“
„Nein, nein, Gott sei Dank, lieber Christof, sie litt fast gar nicht. Sie war so schwach! Sie leistete gar keinen Widerstand. Man konnte gleich sehen, daß sie verloren war.“
„Und sie, hat sie es gemerkt?“
„Ich weiß nicht. Ich glaube . . .“
„Hat sie irgend etwas gesagt?“
„Nein, nichts. Sie klagte wie ein kleines Kind.“
„Du warst um sie?“
„Ja, die ersten beiden Tage, bevor der Bruder kam, war ich ganz allein da.“
Er drückte ihr in einer Aufwallung von Rührung die Hand.
„Hab Dank.“
Sie fühlte, wie ihr das Blut zum Herzen strömte.
Nach einem Stillschweigen sprach er, stammelte er die Frage, die ihn erstickte:
„Sie hat . . . mir nichts sagen lassen?“
Rosa schüttelte traurig den Kopf. Sie hätte viel darum gegeben, ihm die erhoffte Antwort zu geben. Fast warf sie sich vor, nicht lügen zu können. Sie versuchte ihn zu trösten.
„Sie war nicht mehr bei Bewußtsein.“
„Sprach sie?“
„Man konnte es nicht recht verstehen. Sie sprach ganz leise.“

„Wo ist das kleine Mädchen?“

„Der Bruder hat es mit sich in seine Heimat genommen.“

„Und *sie*?“

„Auch sie ist dort. Vergangene Woche am Montag hat man sie fortgebracht.“

Sie fingen von neuem zu weinen an.

Noch einmal rief Frau Vogels Stimme Rosa zu sich. Christof blieb wieder allein und durchlebte die Sterbetage. Acht Tage, acht Tage war es schon her ... O Gott! Was war aus ihr geworden? Wie hatte es in dieser Woche auf die Erde geregnet! – Und er hatte während derselben Zeit gelacht, er war glücklich gewesen!

Er fühlte in seiner Tasche ein in Seidenpapier gehülltes Paket: es waren silberne Schnallen, die er ihr für ihre Schuhe mitgebracht hatte. Er gedachte des Abends, an dem seine Hand auf ihrem kleinen entschuhten Fuß gelegen hatte. Ihre kleinen Füße – wo waren sie jetzt? Wie sehr mußten sie frieren! – Er dachte, daß die Erinnerung an jene leise Berührung das einzige sei, was ihm von dem geliebten Körper blieb. Niemals hatte er ihn anzurühren, in die Arme zu nehmen, ihn an den seinen zu pressen gewagt. Ganz unerkannt war sie für immer davongegangen. Nichts wußte er von ihr, weder von ihrer Seele noch von ihrem Körper. Keine Erinnerung ihrer Gestalt, ihres Lebens, ihrer Liebe war sein eigen ... Ihrer Liebe? – Welchen Beweis besaß er von ihr? Keinen Brief, kein Andenken – nichts. Wo sie fassen, wo sie suchen; in ihm selber, außer ihm? – O Leere! Nichts blieb ihm von ihr als die Liebe, die er für sie fühlte, nichts blieb ihm als er selbst ... Und trotz allem brachte ihn sein rasender Wunsch, sie der Zerstörung zu entreißen, sein Drang, den Tod zu verneinen, dahin, sich in aufbäumendem Glauben an diesen letzten Splitter zu klammern:

> ... Nè son già morto; e ben c'albergo cangi,
> Resto in te vivo, c'or mi vedi e piangi,
> Se l'un nell'altro amante si trasforma ...

Niemals hatte er diese erhabenen Worte gelesen; aber sie waren in ihm. Ein jeder ersteigt, wenn die Reihe an ihn kommt, das Golgatha der Jahrhunderte. Jeder entdeckt auf seinem Wege die Leiden, jeder die verzweifelte Hoffnung und den Wahn der Jahrhunderte von neuem. Jeder setzt seinen Fuß in die Fußtapfen derer, die waren, derer, die vor ihm den Tod bekämpften, den Tod verleugneten – nun Tote sind.

Er vergrub sich in sein Zimmer. Den ganzen Tag über ließ er die Vorhänge geschlossen, um nicht die gegenüberliegenden Fenster sehen zu müssen. Er floh die Vogels; sie waren ihm widerwärtig. Zwar konnte er ihnen nichts vorwerfen: sie waren zu brave und fromme Leute, als daß sie ihre Gefühle dem Tode gegenüber nicht zum Schweigen gebracht hätten. Sie kannten Christofs Leid und achteten es, was immer sie davon denken mochten; vor ihm den Namen Sabines auszusprechen, vermieden sie. Aber sie waren ihre Feinde gewesen, als sie noch lebte: Das war genug, um ihn jetzt, da sie nicht mehr war, zu dem ihren zu machen.

Übrigens war an ihrer lärmenden Art nichts anders geworden, und trotz des aufrichtigen, jedoch vorübergehenden Mitleids, das sie empfunden hatten, war es klar, daß ihnen das Unglück im Grunde gleichgültig blieb – das war nur zu natürlich –, vielleicht empfanden sie es sogar heimlich als Erleichterung. Christof bildete sich das wenigstens ein. Jetzt, da er die Absichten der Vogels ihm gegenüber durchschauen gelernt hatte, neigte er dazu, sie zu übertreiben. In Wahrheit lag ihnen recht wenig an ihm; und er schrieb sich selber eine allzu große Bedeutung zu. Aber er nahm als sicher an, daß Sabines Tod, der ja das Haupthindernis für die Pläne seiner Wirtsleute aus dem Wege räumte, ihnen das Feld für Rosa frei zu lassen schien. Darum haßte er Rosa. Daß alle – die Vogels, Luise, Rosa selber –, ohne ihn auch nur zu fragen, schweigend über ihn verfügt hatten, das allein hätte in diesem wie in jedem anderen Fall genügt, ihm jede Neigung für die, welche er lieben sollte, zu verleiden. Er geriet jedesmal in Harnisch, wenn man seine kostbare Freiheit anzutasten schien. Aber hier kam nicht er allein in Frage. Die Rechte, die man sich da über ihn anmaßte, taten nicht allein seinen Rechten Abbruch, sondern auch denen der Toten, der sein Herz gehörte. So verteidigte er sie mit aller Schärfe, obgleich niemand sie angriff. Er verdächtigte Rosas Güte, die tief darunter litt, ihn leiden zu sehen, und oft bei ihm anklopfte, um ihn zu trösten und mit ihm von der anderen zu reden. Er wehrte ihr nicht: war es ihm doch Bedürfnis, von Sabine mit irgend jemand, der sie gekannt hatte, zu sprechen. Er wollte die kleinsten Einzelheiten aus der Zeit ihrer Krankheit wissen; und doch war er Rosa nicht dankbar und unterschob ihrem Herzen eigennützige Beweggründe. Er sah ja, wie die ganze Familie, selbst Amalie, diese Besuche und langen Gespräche zuließ, die sie niemals gutgeheißen hätten, wenn Rosa dabei nicht auf ihre Rechnung gekommen wäre. Steckte Rosa mit den Ihren etwa unter einer Decke? Er konnte es nicht glauben, daß ihre Teilnahme völlig aufrichtig und von allen persönlichen Gedanken frei sei.

Und in der Tat, sie war es auch nicht. Rosa bedauerte Christof von ganzem Herzen. Sie gab sich Mühe, Sabine mit Christofs Augen zu betrachten, sie durch ihn hindurch zu lieben; sie warf sich die schlechten Gedanken, die sie gegen sie gehegt hatte, ernsthaft vor und bat sie ihr abends in ihrem Gebet ab. Aber konnte sie vergessen, daß sie selber lebte, daß sie Christof jederzeit sah, daß sie ihn liebte, daß sie die andere nicht mehr zu fürchten hatte, daß die andere verblich, daß selbst die Erinnerung an sie allmählich verbleichen würde, daß sie allein dablieb und eines Tages vielleicht ...? Konnte sie mitten im Schmerz, im Schmerz ihres Freundes, den sie so ganz als eigenen empfand, eine plötzliche Freudenregung unterdrücken, eine törichte Hoffnung? Sie warf sie sich gleich darauf vor.

Nur wie ein Blitz kam sie. Es war genug. Er hatte ihn gesehen. Er warf ihr einen Blick zu, der ihr Herz erstarren ließ: sie las darin Gedanken voll Haß. Er zürnte ihr, daß sie lebte, während die andere gestorben war.

Der Müller kam und holte mit seinem Wagen Sabines geringes Mobiliar. Als Christof gerade von einer Stunde heimkehrte, sah er vor der Tür auf der Straße das Bett, den Schrank, die Matratzen, die Wäsche ausgebreitet; alles was ihr gehört hatte, alles, was von ihr geblieben war. Es war ihm ein entsetzlicher Anblick. Eilig ging er vorüber. Beim Eingang stieß er auf Bertold, der ihn anhielt.

„Ach, mein lieber Herr!" sagte er und schüttelte ihm überschwenglich die Hand. „Wer hätte das gedacht, als wir zusammen waren, he? Wie vergnügt wir alle miteinander waren! Dabei ist es ihr seit jenem Tage, seit der verdammten Wasserpartie, schlecht gegangen. Na ja! Was nützt es, zu jammern! Sie ist tot. Nach ihr kommt die Reihe an uns. So ist mal das Leben . . . Und Sie? Wie geht's Ihnen? Mir sehr gut, Gott sei Dank!"

Er schwitzte, war rot und roch nach Wein. Der Gedanke, daß er ihr Bruder sei, daß er Rechte auf ihr Andenken habe, tat Christof weh. Er litt darunter, diesen Menschen von der, die er liebte, reden zu hören. Der Müller dagegen war glücklich, jemand zu begegnen, mit dem er von Sabine schwatzen konnte. Christofs Kälte begriff er nicht. Er ahnte nicht im geringsten, daß seine Gegenwart, das plötzliche Heraufbeschwören jenes Tages auf dem Gehöft, die glückvollen Erinnerungen, die er plump wachrief, daß die armen Reliquien Sabines, die den Boden bedeckten und an die er redend mit dem Fuße stieß, alle Schmerzen in Christofs Seele aufwühlten. Jedesmal, wenn nur Sabines Name in seinem Munde wiederkehrte, zerriß er Christofs Herz. Er suchte nach einem Vorwand, um Bertold zum Schweigen zu bringen. Er entkam zur Treppe. Aber der andere hängte sich an ihn, hielt ihn auf den Stufen fest und fuhr in seinem Reden fort. Als der Müller endlich mit dem eigentümlichen

Vergnügen, das gewisse Leute, besonders aus dem Volke, an solchen Berichten finden, von Sabines Krankheit zu erzählen begann, und zwar mit einer wahren Überfülle peinlicher Einzelheiten, hielt es Christof nicht mehr aus (er raffte alle Kraft zusammen, um nicht vor Schmerz aufzuschreien) und unterbrach ihn kurz.

„Entschuldigen Sie", sagte er mit eisiger Frostigkeit, „ich muß Sie jetzt verlassen."

Er ließ ihn stehen, ohne auch nur adieu zu sagen.

Diese Gefühllosigkeit empörte den Müller. Er hatte vordem etwas von der heimlichen Neigung zwischen seiner Schwester und Christof geahnt; und es erschien ihm ungeheuerlich, daß dieser jetzt eine solche Gleichgültigkeit zeigte; er schloß daraus, daß Christof keine Spur von Herz habe.

Christof war in sein Zimmer geflohen. Er meinte erstikken zu müssen. Solange der Umzug dauerte, ging er nicht aus. Er hatte sich geschworen, nicht aus dem Fenster zu schauen, aber er konnte sich nicht bezwingen. Aus einem Winkel, hinter seinen Vorhängen verborgen, verfolgte er mit schmerzvoller Spannung die Abfahrt der geliebten Sachen. Als er sie für immer verschwinden sah, war er nahe daran, auf die Straße zu laufen und zu rufen! Nein, nein, laßt sie mir! Nehmt sie mir nicht weg! – Er hätte flehen mögen, daß man ihm wenigstens etwas gebe, ein einziges Stück, daß man sie ihm nicht ganz nehme. Aber wie hätte er wagen können, den Müller darum zu bitten! Er war ihm nichts. Sie selber hatte ja von seiner Liebe nichts gewußt. Wie hätte er wagen können, sie vor einem anderen zu entschleiern? Und dann, hätte er auch nur ein Wort zu sagen versucht, so wäre er in Schluchzen ausgebrochen . . . Nein, nein, er mußte schweigen, mußte diesem vollständigen Entschwinden machtlos zuschauen, ohne auch nur einen Splitter aus dem Schiffbruch retten zu können . . .

Und als alles vorüber war, als das Haus leer war, die Hoftür sich hinter dem Müller wieder geschlossen hatte, als die Scheiben nicht mehr unter den sich entfernenden Wagenrädern zitterten, als ihr Rollen verklang, da warf er sich auf die Erde und hatte keine Träne, keinen Gedanken mehr für Leid oder Kampf, war erstarrt und selber wie tot.

Man pochte an die Tür. Er blieb reglos. Wieder klopfte man. Er hatte vergessen abzuschließen. Rosa kam herein. Als sie ihn auf die Diele hingestreckt sah, schrie sie auf und blieb entsetzt stehen. Voller Zorn hob er den Kopf.

„Was denn? Was willst du? Laß mich!"

Sie ging nicht fort, blieb zögernd an die Tür gelehnt und wiederholte:

„Christof . . ."

Schweigend stand er auf; er schämte sich, daß sie ihn so gesehen hatte. Indem er sich mit der Hand abstäubte, fragte er hart:

„Nun also, was willst du?"

Die verschüchterte Rosa sagte:

„Verzeih . . . Christof . . . ich kam herein . . . ich brachte dir . . ."

Er sah, daß sie etwas in der Hand hielt.

„Da", sagte sie und reichte es ihm hin. „Ich bat Bertold, mir ein Andenken von ihr zu geben. Ich meinte, es würde dir Freude machen . . ."

Es war ein kleiner silberner Spiegel, ihr Handspiegel, in den sie – weniger aus Eitelkeit als aus Müßiggang – stundenlang geschaut hatte. Christof griff danach, griff nach der Hand, die ihn ihm entgegenstreckte.

„O Rosi!" stammelte er.

Er stand erschüttert vor ihrer Güte und vor dem Bewußtsein der eigenen Ungerechtigkeit. Mit einer leidenschaftlichen Bewegung kniete er vor ihr nieder und küßte ihr die Hand.

„Verzeih . . . Verzeih . . .", sagte er.

Zuerst verstand Rosa nicht; dann begriff sie ihn nur allzugut; sie errötete, sie zitterte, sie fing an zu weinen. Sie verstand, daß er sagen wollte:

Verzeih, wenn ich ungerecht bin ... Verzeih, wenn ich dich nicht liebe ... Verzeih, wenn ich es nicht kann ... wenn ich nicht dazu imstande bin, wenn ich dich niemals lieben werde!

Sie entzog ihm ihre Hand nicht – und wußte doch, daß nicht sie es war, die er küßte. Er aber weinte, die Wange in Rosas Hand, heiße Tränen, denn er fühlte, daß sie in ihm las; eine bittere Trauer war in ihm, weil er sie nicht lieben konnte und sie leiden ließ.

So blieben sie beide im Abenddämmer des Zimmers und weinten.

Endlich löste sie ihre Hand. Er fuhr fort zu murmeln: „Verzeih!"

Sanft legte sie ihm die Hand auf die Stirn. Er stand auf. Schweigend küßten sie sich und fühlten auf ihren Lippen den herben Geschmack der Tränen.

„Wir werden immer Freunde bleiben", sagte er ganz leise.

Sie schüttelte den Kopf, und zu traurig, um sprechen zu mögen, verließ sie ihn.

Er dachte, daß es in der Welt schlecht eingerichtet sei. Wer liebt, wird nicht wiedergeliebt. Wer geliebt wird, liebt nicht. Wer liebt und geliebt wird, sieht sich eines Tages, ob früher oder später, von seiner Liebe getrennt ... Man leidet. Man bereitet Leid. Und nicht immer ist der der Unglücklichere, welcher leidet.

Christof fing wieder an, das Zuhause zu fliehen. Er hielt es dort nicht mehr aus. Er konnte die vorhanglosen Fenster in der leeren Wohnung gegenüber nicht sehen.

Aber er lernte einen schlimmeren Schmerz kennen. Der alte Euler beeilte sich, sein Parterre wieder zu vermieten. Eines Tages sah Christof in Sabines Zimmer fremde Gesichter. Neues Leben verlöschte die letzten Spuren des hingeschwundenen Daseins.

So wurde es ihm unmöglich, in der Wohnung zu bleiben. Ganze Tage verbrachte er draußen; erst des Nachts kehrte er heim, wenn er nichts mehr sehen konnte. Wieder nahm er seine Wanderungen über Land auf. Unwiderstehlich zogen sie ihn zu Bertolds Gehöft. Aber er ging nicht hinein, er wagte sich nicht nahe hinan und strich nur von weitem ringsherum. Er hatte einen Hügel entdeckt, von dem man den Pachthof, die Ebene und den Fluß überschaute: das wurde sein gewöhnliches Wegziel. Von dort aus verfolgte er mit den Augen die Flußbiegungen bis zu dem Weidengebüsch, unter dem er den Todesschatten über Sabines Züge hatte gleiten sehen. Von dort aus unterschied er die Fenster der beiden Zimmer, in denen sie Seite an Seite gewacht hatten, einander so nah und so fern, nur durch eine Tür getrennt – die Tür der Ewigkeit. Von dort aus schweifte sein Blick über den Kirchhof hin. Er hatte sich nicht entschließen können, hineinzugehen: von Kindheit an empfand er ein Grauen vor diesen verwesten Feldern, in die sein Denken die von ihm geliebten Wesen nicht bannen mochte. Aber von fern, von hoch oben hatte der kleine Totenacker nichts Düsteres; er war still und schlief in der Sonne... Schlafen! – Sie hatte so gern geschlafen! Dort störte sie nichts. Die Schreie der Hähne antworteten einander über die Ebene hin. Vom Landgut klang das Summen der Mühle, das Gegacker des Geflügelhofes, das Geschrei spielender Kinder. Er entdeckte Sabines Töchterchen, er sah sie laufen, hörte ihr Lachen heraus. Einmal erspähte er sie nahe der Hoftür in der Krümmung eines Hohlweges, den zwei Mauern bildeten; er fing sie im Vorübergehen auf und küßte sie wild. Die Kleine hatte Furcht und begann zu weinen. Sie hatte ihn schon fast vergessen. Er fragte sie:

„Bist du gern hier?"

„Ja, es gefällt mir..."

„Du willst nicht zurück?"

„Nein!"

Er hatte sie losgelassen. Diese Kindergleichgültigkeit drückte ihn nieder. Arme Sabine! – Und doch, das war sie, ein klein wenig sie ... So wenig! Das Kind ähnelte seiner Mutter nicht; es war durch sie hindurchgegangen, aber es war nicht sie; kaum hatte es von diesem geheimnisvollen Durchschreiten einen ganz leisen Duft des hingeschwundenen Wesens bewahrt: einen Stimmklang, ein kleines Lippenkräuseln, ein Neigen des Kopfes. Das übrige war ein ganz anderes Geschöpf; und dies so mit Sabine vermengte Wesen stieß Christof, ohne daß er es sich eingestand, fast ab.

Nur in sich selber fand Christof Sabines Bild rein wieder. Überall verfolgte sie ihn, schwebte um ihn; aber ganz fühlte er sich nur mit ihr vereint, wenn er allein war. Nirgends war sie ihm näher als in seiner Einsiedelei auf dem Hügel, allen Blicken fern, inmitten des von ihrem Andenken erfüllten Landes. Meilenweit ging er, um dort hinzukommen, und lief mit klopfendem Herzen wie zu einem Stelldichein hinauf – und es war wirklich eins. Sobald er angelangt war, streckte er sich auf die Erde hin – auf dieselbe Erde, in der *ihr* Körper lag –, er schloß die Augen, und sie riß ihn an sich. Er sah ihre Züge nicht, er hörte nicht ihre Stimme: er brauchte das nicht. Sie ging in ihn ein, sie durchdrang ihn, er besaß sie ganz und gar. In diesem Zustand leidenschaftlicher Vision fand er keine Kraft zum Denken, er wußte nicht, was vorging, er wußte nichts mehr, außer daß er mit ihr vereint war.

Dieser Zustand dauerte nur kurze Zeit. Genaugenommen war er eigentlich nur ein einziges Mal aufrichtig. Schon am nächsten Tage war der Wille daran beteiligt. Und seitdem versuchte Christof vergeblich, die Vision wieder heraufzubeschwören. Da erst dachte er daran, sich Sabines Gesicht und ihre deutliche Erscheinung zu vergegenwärtigen. Bis dahin hatte er sich nicht darauf besonnen. Nun gelang es ihm zuweilen blitzartig, und er war ganz davon erhellt. Aber es geschah um den Preis stundenlangen, nächtelangen Wartens.

Arme Sabine! dachte er. Alle vergessen sie dich, nur der dich liebt, nur ich bewahre dich ewig, du mein köstlicher Schatz! Ich besitze dich, ich halte dich, ich lasse dich nicht entgleiten . . .

So sprach er, weil sie ihm bereits entglitt: sie entrann seinem Denken, wie Wasser den Fingern entrinnt. Er kam immer wieder treu zum Stelldichein. Er wollte an sie denken und schloß die Augen. Aber es geschah, daß er nach einer halben, einer, zwei Stunden merkte, daß er an nichts gedacht hatte. Die Geräusche des Tales, das Sprudeln der Schleuse, die Glöckchen zweier Ziegen, die auf dem Hügel grasten, der Sang des Windes in den zarten Bäumchen, zu deren Füßen er lag, durchtränkten sein offenes, weiches Denken wie einen Schwamm. Er empörte sich gegen seine Zerstreutheit; er zwang seinen Geist zum Gehorsam, zwang ihn, das entschwundene Bild, an das er sein Leben binden wollte, festzuhalten; aber sein Denken sank müde und schlafumfangen zurück, und wieder gab er sich mit einem Seufzer der Erleichterung der trägen Flut von Eindrücken hin.

Er schüttelte seine Betäubung ab. Er durchlief das Land nach allen Richtungen auf der Suche nach Sabine. Er suchte sie in dem Spiegel, über den ihr Lächeln geglitten war. Er suchte sie am Ufer des Flusses, in den sie ihre Hände getaucht hatte. Aber Spiegel und Wasser gaben ihm nur sein eigenes Bild zurück. Die Bewegtheit des Marsches, die frische Luft, sein kräftig klopfendes Blut weckten neue Musik in ihm. Er wollte sich belügen.

„O Sabine!“ seufzte er.

Er widmete ihr die so entstehenden Lieder, er wollte in seiner Musik Liebe und Leid wiederaufleben lassen . . . Doch wie er sich auch mühte: Liebe und Leid lebten auf; aber die arme Sabine kam zu kurz dabei. Liebe und Leid sahen der Zukunft entgegen und nicht in die Vergangenheit zurück. Christof vermochte nichts gegen seine Jugend. Der Lebenssaft quoll in ihm mit neuem Ungestüm. Sein

Gram, seine Reue, seine keusche und glühende Liebe, seine eingedämmten Wünsche erhöhten sein Fieber. Seinem Leid zum Trotz schlug sein Herz in fröhlichen und heftigen Rhythmen. Wilde Lieder hüpften nach trunkenen Tonmaßen; alles feierte das Leben, selbst die Trauer trug ein festliches Gewand. Christof war zu freimütig, um sich lange in seine Illusionen hineinzuzwingen; und er verachtete sich. Doch das Leben riß ihn mit sich fort; und schmerzvoll, in der Seele den Tod, im Körper das Leben, gab er sich seiner neu auflebenden Kraft, seiner berauschten unsinnigen Lebensfreude hin, die bei den Starken durch Schmerz, Mitleid, Verzweiflung, durch die herzzerreißende Wunde eines unwiederbringlichen Verlustes, durch alle Todesqualen nur angespornt und belebt wird, weil sie die jungen Flanken mit rasendem Sporn durchfurchen.

Dennoch wußte Christof, daß er sich in den tiefsten Schlupfwinkeln seiner Seele ein unzugängliches, unverletzliches Asyl bewahrte, wo Sabines Schatten eingeschlossen blieb. Der Sturzbach des Lebens konnte es nicht fortreißen. So trägt jeder tief in sich selbst gleichsam einen kleinen Friedhof derer, die er geliebt hat. Durch Jahre schlafen sie dort, ohne daß irgend etwas sie weckt. Aber ein Tag kommt – das weiß man –, an dem die Gruft sich öffnet. Die Toten stehen aus ihrem Grabe auf und lächeln mit ihren entfärbten Lippen der Geliebten, dem Liebenden zu, in dessen Brust ihr Andenken ruht, dem Kinde gleich, das im Mutterleibe schlummert.

DRITTER TEIL

ADA

Nach regnerischem Sommer strahlte der Herbst. In den Obstgärten strotzten die Früchte an den Zweigen. Die roten Äpfel glänzten wie Elfenbeinkugeln. Manche Bäume hatten schon frühzeitig ihr leuchtendes Spätherbstgefieder angelegt: in der Farbe des Feuers, in der Farbe der Früchte, reifer Melonen, Orangen, Zitronen, schmackhafter Küchenkost, gerösteten Fleisches. Fahle Schimmer entzündeten sich überall in den Wäldern, und aus den Wiesen sprangen die kleinen rosa Flammen der durchsichtigen Zeitlose auf.

Christof stieg einen Hügel hinab. Es war ein Sonntagnachmittag. Sein Schritt holte weit aus; vom Abhang hinuntergezogen, lief er fast. Er sang eine Melodie, deren Rhythmus ihn seit Beginn des Spazierganges gefangenhielt. Rot und aufgelöst, schritt er so dahin, fuchtelte mit den Armen, rollte wie ein Wahnsinniger mit den Augen – als er sich plötzlich bei einer Wegbiegung einem großen blonden Mädchen gegenüber fand, das sich auf eine Mauer geschwungen hatte und sich dort, während es mit aller Kraft einen großen Zweig niederzog, genäschig an kleinen violetten Pflaumen gütlich tat. Beide waren gleichermaßen verdutzt. Sie sah ihn mit offenem Munde verblüfft an; dann brach sie in Lachen aus. Er machte es geradeso. Sie war hübsch anzusehen mit ihrem runden Gesicht, das von blonden, krausen Haaren wie von Sonnenstaub eingerahmt war, ihren vollen rosigen Wangen, den weiten blauen Augen, der etwas großen, keck aufgestülpten Nase, dem kleinen, sehr roten Mund, der ein weißes Gebiß mit starken vorstehenden Eckzähnen zeigte, dem sinnlichen Kinn und ihrem ganzen großen, vollen, wohlgestalten, festgezimmerten und üppigen Körper. Er rief ihr „Guten Appetit!“ zu und wollte seinen Weg fortsetzen. Sie aber rief ihn an:

„Sie! Ach Sie! Wollen Sie nett sein? Helfen Sie mir doch herunter. Ich kann nicht mehr ..."

Er kehrte um und fragte, wie sie es denn angefangen habe, hinaufzukommen.

„Mit meinen Krallen ... Hinaufzukommen ist immer leicht ..."

„Vor allem, wenn überm Kopf lockende Früchte herunterhängen ..."

„Ja ... Aber hat man gegessen, so fehlt einem der Mut. Man kann den Weg nicht mehr zurückfinden."

Er betrachtete sie, wie sie dort in der Höhe nistete, und sagte:

„Es geht Ihnen da oben ja ausgezeichnet. Bleiben Sie nur schön ruhig sitzen. Ich komme Sie morgen besuchen. Guten Abend!"

Aber er rührte sich nicht von der Stelle und blieb unter ihr aufgepflanzt.

Sie tat, als habe sie Angst, und flehte ihn mit kleinen Grimassen an, sie nicht zu verlassen. So schauten sie einander an und lachten. Sie wies auf einen Zweig, den sie umklammert hielt, und fragte:

„Wollen Sie auch welche?"

Sein Eigentumsrespekt hatte sich seit der Zeit seiner Ausflüge mit Otto nicht sehr entwickelt; er nahm ohne Zögern an. Sie machte sich einen Spaß daraus, ihn mit Pflaumen zu bewerfen. Als er gegessen hatte, sagte sie:

„Jetzt!"

Ihm bereitete es ein boshaftes Vergnügen, sie zappeln zu lassen. Sie wurde auf ihrer Mauer schon ungeduldig. Schließlich sagte er: „Also los!" und streckte ihr die Arme entgegen.

Doch als sie schon springen wollte, besann sie sich eines Besseren.

„Halt! Wir müssen erst Vorrat sammeln!"

Sie pflückte die schönsten ihr erreichbaren Pflaumen und füllte damit ihre Bluse.

„Achtung! Daß Sie sie nicht zerdrücken!"

Er hatte fast Lust, es zu tun.

Sie neigte sich von der Mauer und sprang in seine Arme. Obgleich er recht stämmig war, bog er sich doch unter der Last und hätte sie beinahe mitgezerrt. Sie waren von gleicher Größe. Ihre Gesichter berührten sich. Er küßte ihre vom Pflaumensaft feuchten und süßen Lippen, und sie gab ihm ohne viele Umstände den Kuß zurück.

„Wo gehen Sie hin?" fragte er.

„Ich weiß nicht."

„Sie gingen so für sich spazieren?"

„Nein, ich bin mit Freunden zusammen. Aber ich habe sie verloren ... Heho!" rief sie plötzlich aus voller Kraft.

Niemand antwortete.

Weitere Maßregeln traf sie nicht, und sie machten sich aufs Geratewohl auf den Weg.

„Und Sie, wo gehen Sie denn hin?" fragte sie.

„Ich weiß es ebensowenig."

„Sehr schön. Also gehen wir zusammen."

Sie zog aus ihrer klaffenden Bluse Pflaumen und fing an, sie zu lutschen.

„Das wird Ihnen noch schlecht bekommen", meinte er.

„Nie im Leben! Ich esse den ganzen Tag welche."

Durch den Blusenverschluß sah er ihr Mieder.

„Die sind jetzt ordentlich heiß", sagte sie.

„Lassen Sie mal sehen!"

Sie reichte ihm lachend eine hin. Er aß sie. Sie sah ihn von der Seite an, während sie wie ein Kind an ihren Früchten lutschte.

Er wußte nicht recht, wie das Abenteuer enden solle. Sie hingegen ahnte es. Sie wartete ab.

„Heho!" schrie man aus dem Wald.

„Heho!" antwortete sie ... „Ach, da sind sie! Das nenne ich Glück!"

Sie dachte eigentlich, daß es eher Pech sei. Aber das Wort wurde dem Weibe nicht gegeben, damit es sage, was es denkt ... Gott sei Dank! Sonst wäre keine Moral auf Erden mehr möglich ...

Die Stimmen näherten sich. Ihre Freunde kamen auf den Weg heraus. Mit einem Satz übersprang sie den Straßengraben, kletterte die Böschung, die ihn begrenzte, empor und verbarg sich hinter den Bäumen. Erstaunt sah er ihr zu. Mit energischem Wink rief sie ihn zu sich. Er folgte ihr, und sie schlug sich mit ihm ins Innere des Gehölzes.

„Heho!" rief sie von neuem, als sie weit genug fort waren ... „Sie sollen mich ordentlich suchen!" erklärte sie Christof.

Ihre Freunde waren auf dem Wege stehengeblieben und horchten, von wo die Stimme komme. Sie antworteten und drangen nun auch in den Wald ein. Aber sie erwartete sie nicht. Sie belustigte sich damit, nach rechts und links die Richtung zu verändern. Die andern schrien sich die Lungen wund. Sie ließ es ruhig geschehen; dann begann sie, in entgegengesetzter Richtung zu rufen. Schließlich wurden sie es müde, und da sie sicher waren, sie würde am ehesten kommen, wenn sie sie gar nicht suchten, riefen sie:

„Gute Fahrt!"

und zogen singend davon.

Sie war wütend, daß sie sich nicht mehr um sie kümmerten. Wenn sie selbst die andern auch noch so sehr loszuwerden wünschte, wollte sie doch durchaus nicht, daß diese sich so leicht damit zufriedengaben. Christof machte ein dummes Gesicht. Dies Versteckspielen mit einem Mädchen, das er nicht kannte, machte ihm nur mäßiges Vergnügen, und es kam ihm nicht im mindesten in den Sinn, ihre gemeinsame Einsamkeit auszunützen. Sie dachte ebensowenig daran: in ihrer Enttäuschung vergaß sie Christof.

„Nein, das ist zu stark!" sagte sie und schlug die Hände zusammen. „Da lassen sie mich einfach stehen!"

„Aber", meinte Christof, „Sie selber haben es doch so gewollt."

„Gar nicht!“

„Sie sind ihnen davongerannt.“

„Wenn ich ihnen davonrenne, so ist das meine Sache und nicht ihre. Sie haben mich zu suchen. Und wenn ich mich nun verlaufen hätte?“

Sie wehklagte bereits darüber, was alles hätte geschehen können, wenn ... wenn das Gegenteil von dem gewesen wäre, was war.

„Oh, ich gehe jetzt und werde es ihnen gehörig geben!“ sagte sie.

Mit langen Schritten ging sie den Weg zurück.

Auf dem Marsch kam ihr Christof wieder in den Sinn, und sie sah ihn sich von neuem an. – Aber es war zu spät. Sie fing an zu lachen. Der kleine Teufel, der den Augenblick vorher in ihr gesessen hatte, war fort. Solange kein anderer kam, betrachtete sie Christof mit gleichgültigen Augen. Dann hatte sie aber auch Hunger. Ihr Magen mahnte sie, daß es Abendbrotzeit sei, und es war ihr darum zu tun, so schnell wie möglich im Restaurant mit ihren Freunden wieder zusammenzutreffen. Sie nahm Christofs Arm, stützte sich mit ihrem ganzen Gewicht darauf, ächzte und behauptete, ganz erschöpft zu sein. Das hinderte sie aber nicht, Christof in vollem Lauf einen Hügelabhang mit hinabzuzerren und dabei wie eine Verrückte zu schreien und zu lachen.

Sie plauderten. Sie erfuhr, wer er war; sie kannte seinen Namen nicht und schien seinem Musikertitel nur eine sehr mäßige Hochachtung entgegenzubringen. Er hörte, daß sie Ladenfräulein bei einer Modistin in der Kaiserstraße (der elegantesten Straße der Stadt) sei; sie hieß Adelheid – für ihre Freunde Ada. Ihre Ausflugsbegleiter waren eine ihrer Freundinnen, die im selben Hause wie sie arbeitete, und zwei sehr anständige junge Leute, ein Angestellter der Bank Weiller und ein Kommis aus einem großen Warenhaus. Sie feierten ihren Sonntag; sie hatten beschlossen, im Restaurant Brochet, von wo man eine so schöne Aussicht auf den Rhein hat, Abendbrot zu essen und dann auf dem Dampfer heimzukehren.

Die Gesellschaft hatte sich schon im Gasthof niedergelassen, als sie dort eintraten. Ada vergaß nicht, ihren Freunden eine Szene zu machen; sie beschwerte sich wegen ihrer nichtswürdigen Vernachlässigung und stellte Christof als den vor, der sie gerettet habe. Die andern ließ ihr Klagelied ganz kalt; Christof aber kannten sie, der Bankbeamte dem Ruf nach, der Kommis durch ein paar Melodien von ihm, die er gehört hatte (er hielt es für gut, sofort eine zu trällern); und der Respekt, den sie ihm zollten, machte auf Ada Eindruck, um so mehr, als Myrrha, das andere junge Mädchen (sie hieß in Wirklichkeit Johanna), sofort begann, dem Herrn *Hofmusikus** Avancen zu machen. Sie war eine Brünette mit blinzelnden Augen, knochiger Stirn, glatten Haaren und einem etwas grimassenhaften Chinesengesicht, das aber geistvoll und mit seinem Ziegenmäulchen, seinem öliggoldenen Teint nicht ohne Reiz war. Alle baten Christof, ihre Mahlzeit mit seiner Anwesenheit zu beehren.

Er hatte niemals solcher Feier beigewohnt; denn jeder überhäufte ihn mit Aufmerksamkeiten, und die beiden Frauen suchten als gute Freundinnen ihn eine der andern abspenstig zu machen. Beide machten ihm den Hof: Myrrha in gesellschaftlicher Art und mit gleißenden Blicken, während sie ihn unterm Tisch immer wieder mit dem Bein streifte – Ada frech, indem sie ihre schönen Augen, ihren schönen Mund und alle sonstigen Verführungskünste ihrer hübschen Person spielen ließ. Ihre etwas plumpen Koketterien waren Christof peinlich und verwirrten ihn gleichzeitig. Jedoch waren ihm die beiden kecken Mädchen eine Abwechslung zu den unangenehmen Gesichtern, die ihn daheim umgaben. Myrrha fesselte ihn; er erriet, daß sie klüger als Ada sei; aber ihre schmeichlerische Art und ihr zweideutiges Lächeln erweckten in ihm ein Gemisch von Lockungen und Widerwillen. Sie konnte gegen die Strahlenkraft der Lust, die von Ada ausging, nicht aufkommen, und sie wußte das wohl. Als sie merkte, daß die Partie verloren war, bestand sie nicht weiter darauf, fuhr fort zu lächeln und wartete geduldig ihren Tag ab. Als sich Ada als Siegerin des Feldes sah, suchte sie ihre Vorteile nicht weiter auszunutzen; was sie getan hatte, war mehr geschehen, um ihre Freundin zu ärgern – das war ihr gelungen, und sie war befriedigt. Aber während des Spieles war sie doch selbst ins Garn gegangen. Sie sah in Christofs Augen die Leidenschaft, die sie entzündet hatte, und diese Leidenschaft flammte nun auch in ihr auf. Sie wurde still, sie hörte mit ihren gewöhnlichen Neckereien auf; schweigend sahen sie sich an: auf ihrer beider Munde lag noch der Nachgeschmack ihres Kusses. Von Zeit zu Zeit, ruckweise, beteiligten sie sich lärmend an den Scherzen der übrigen Tischgenossen; dann versanken sie wieder in ihr Schweigen und verschlangen sich mit den Augen. Zuletzt sahen sie sich nicht einmal mehr an, als fürchteten sie, sich zu verraten. In sich selbst versunken, brüteten sie über ihrem Begehren.

Als die Mahlzeit beendet war, machten sie sich zum Fortgehen fertig. Sie hatten zwei Kilometer durch den Wald zurückzulegen, um zur Dampferstation zu gelangen. Ada stand als erste auf, und Christof folgte ihr. Sie warteten auf dem Vorplatz vor dem Hause, bis die andern fertig waren – wortlos, Seite an Seite, im dichten Nebel, den die einzige angezündete Laterne vor der Tür kaum durchdrang...

Ada faßte Christof bei der Hand und zog ihn am Haus entlang zum Garten ins Dunkel. Unter einem Balkon, von dem eine Draperie wilden Weines herabfiel, hielten sie sich verborgen. Tiefes Dunkel umgab sie. Sie sahen einander nicht. Der Wind rauschte in den Tannenwipfeln. Er fühlte Adas warme Finger, die in seinen Fingern verschlungen lagen, und den Duft einer Heliotropblüte, die sie an der Brust trug.

Plötzlich riß sie ihn an sich: Christofs Mund drückte sich in Adas vom Nebel nasses Haar, küßte ihre Augen, ihre

Wimpern, ihre Nasenflügel, ihre festen Wangen, ihren Mundwinkel, suchte, fand die Lippen und blieb daran hängen.

Die anderen waren herausgekommen. Man rief:

„Ada!"

Sie standen reglos, kaum atmend, eng aneinandergepreßt.

Sie hörten Myrrha:

„Sie sind vorangegangen."

Die Schritte ihrer Begleiter verklangen in der Nacht. Sie umschlangen sich fester und erstickten auf ihren Lippen ein leidenschaftliches Geflüster.

In der Ferne schlug eine Dorfuhr. Sie rissen sich aus ihrer Umarmung. Schnell galt es jetzt, zur Abfahrtstelle zu laufen. Ohne ein Wort, Arme und Hände ineinander verschlungen, machten sie sich auf den Weg und stellten den Schritt aufeinander ein – einen kleinen Schritt, rasch und entschieden wie Ada selber. Der Weg war öde, das Land menschenleer, sie sahen nicht zehn Schritte vor sich; heiter und sicher gingen sie durch die vielgeliebte Nacht. Nicht ein einziges Mal stolperten sie über die Wegkiesel. Um die Verspätung einzuholen, nahmen sie eine Abkürzung. Aber nachdem der Fußpfad einige Zeit durch die Weinberge hinabgeführt hatte, ging er in Schlangenlinien lange Zeit den Hügel wieder hinauf. Durch den Nebel vernahmen sie das Plätschern des Flusses und den hallenden Schaufelschlag des ankommenden Dampfers. Sie verließen den Weg und liefen quer durch die Felder. Endlich gelangten sie zum Rheinufer, doch waren sie von der Station noch ziemlich weit entfernt. Ihre Fröhlichkeit wurde dadurch nicht beeinträchtigt. Ada hatte ihre Abendmüdigkeit vergessen. Es schien, sie könnten so die ganze Nacht hindurch über das schweigende Gras, durch den am mondweißen Fluß noch feuchteren und dichteren Nebel hindurchwandern. Die Dampfersirene pfiff, das unsichtbare Ungeheuer entfernte sich schwerfällig. Lachend sagten sie:

„Dann nehmen wir den nächsten."

Sanfte Kielwellen brachen sich am Ufergestade zu ihren Füßen.

An der Anlegestelle hieß es:

„Der letzte ist eben abgefahren."

Christofs Herz klopfte. Die Hand Adas preßte ihres Begleiters Arm stärker.

„Ph!" sagte sie. „Morgen gibt's auch noch einen."

Wenige Schritte entfernt, am Flußufer, erschien ein Lichthof im Nebel, der Schein einer über einer Terrasse an einem Pfosten aufgehängten Laterne. Ein wenig weiter ein paar erhellte Scheiben, ein kleiner Gasthof.

Sie traten in den winzigen Garten. Der Sand knirschte unter ihren Schritten. Tastend fanden sie die Treppenstufen. Als sie hereinkamen, begann man im Haus das Licht zu löschen. Ada, an Christofs Arm, verlangte ein Zimmer. Der Raum, in den man sie führte, schaute auf das Gärtchen. Christof beugte sich aus dem Fenster, sah den Phosphorschein des Stromes und das Laternenauge, an dessen Scheiben sich breitflügelige Mücken drückten. Die Tür schloß sich hinter ihnen. Ada blieb aufrecht neben dem Bett stehen und lächelte. Er wagte nicht, sie anzuschauen. Auch sie sah ihn nicht an; aber durch die Wimpern hindurch verfolgte sie alle Bewegungen Christofs. Die Dielen krachten bei jedem Schritt. Man vernahm die geringsten Geräusche im Haus. Sie ließen sich auf dem Bett nieder und umschlangen sich schweigend.

Das flackernde Licht im Garten ist verloschen. Alles ist verloschen ...

Nacht ... Abgrund ... Weder Licht noch Bewußtheit ... Sein. Gewalt des Seins, dunkel und verzehrend. Allmächtige Lust. Zermalmende Lust. Lust, die das Geschöpf an sich zieht wie die Leere den Stein. Strudel des Begehrens, der das Denken einsaugt. Sinnloses und rasendes Gesetz trunkener Welten, die durch die Nacht dahinrollen ...

Nacht . . . Beider Atem vermengt, die goldene Wärme zweier Leiber, die ineinander verschmelzen, die Abgründe der Betäubung, in die sie gemeinsam versinken . . . Nacht, die Nächte umfaßt, Stunden, die Jahrhunderte sind, Sekunden, die den Tod enthalten . . . Gemeinsame Träume, Worte bei geschlossenen Augen, süßes, flüchtiges Berühren der nackten Füße, die einander im Halbschlaf suchen, Tränen und Lachen, wundersames Glück, sich inmitten der Leere der Dinge zu lieben, gemeinsam des Schlafes Vergessen zu teilen, die stürmischen Bilder, die durchs Hirn fliegen, die Visionen der rauschenden Nacht . . . Der Rhein schlägt in flacher Bucht zu Füßen des Hauses an, seine Fluten zerstäuben an den Wellenbrechern in einen kleinen Regen, der auf den Sand niederfällt. Die Dampferbrücke kracht und stöhnt unter dem Wasserdruck. Die sie haltende Kette spannt und entspannt sich mit dem Geklirr alten Eisens. Die Stimme des Stromes schwillt an, sie erfüllt das Zimmer. Das Bett scheint eine Barke. Seite an Seite werden sie von der schwindelnden Strömung fortgetragen – und schweben im Leeren gleich einem gleitenden Vogel. Die Nacht wird schwärzer und die Leere leerer. Enger drücken sie sich aneinander. Ada weint, Christof verliert das Bewußtsein. Beide versinken sie in den Fluten der Nacht . . .

Nacht . . . Tod . . . Warum wieder erwachen?

Der erste Tagesschimmer streift die feuchten Scheiben. Der Schimmer des Lebens entzündet sich von neuem in den matten Körpern. Er erwacht. Adas Augen schauen ihn an. Ihre Häupter liegen auf demselben Kissen. Ihre Arme sind verschlungen. Ihre Lippen berühren sich. Ein ganzes Leben zieht in wenigen Minuten vorüber: Tage in Sonne, in Größe, in Frieden.

Wo bin ich? Bin ich zwiefach? Bin ich noch? Ich fühle mein Sein nicht mehr. Die Unendlichkeit umhüllt mich: ich habe die Seele einer Statue mit weiten stillen Augen, erfüllt von olympischer Ruhe!

Wieder versinken sie in Jahrhunderte von Schlaf. Und die vertrauten Morgengeräusche, die fernen Glocken, ein vorüberstreichendes Boot, zwei Ruder, von denen das Wasser tropft, die Schritte auf dem Wege, kosen ihr Traumglück, ohne es zu stören, lassen sie nur fühlen, nur auskosten, daß sie leben ...

Der Dampfer, der vor dem Fenster schnaubte, entriß Christof seiner Betäubung. Sie hatten verabredet, um sieben Uhr fortzufahren, um rechtzeitig für ihre gewohnte Tätigkeit in die Stadt zurückzukehren. Er flüsterte:

„Hörst du?“

Sie öffnete die Augen nicht, lächelte, schob die Lippen vor, versuchte ihn zu küssen und ließ dann ihren Kopf auf Christofs Schulter zurückfallen ... Durch die Fensterscheiben sah er am weißen Himmel den Dampferschornstein vorübergleiten, die leere Kommandobrücke und die Rauchstöße. Und wieder sank er in Schlaf ...

Eine Stunde verstrich, ohne daß er es merkte. Als er sie schlagen hörte, fuhr er überrascht auf.

„Ada!“ rief er sanft seiner Freundin ins Ohr. „Heidi!“ wiederholte er. „Es ist acht Uhr.“

Mit noch immer geschlossenen Augen kräuselte sie ärgerlich Brauen und Mund.

„Ach, laß mich schlafen!“ sagte sie.

Und indem sie müde seufzte, machte sie sich aus seinen Armen los, drehte ihm den Rücken zu und schlief auf der anderen Seite wieder ein.

Er blieb neben ihr hingestreckt. Gleiche Wärme rann durch ihrer beider Körper. Er träumte vor sich hin. Sein Blut floß in breitem, ruhevollem Strom. Seine klaren Sinne erhaschten mit unverbrauchter Frische die geringsten Eindrücke. Er freute sich seiner Kraft und seiner Jugend. Er war stolz darauf, ein Mann zu sein. Er lächelte seinem Glück zu, und er fühlte sich allein; allein, wie er immer gewesen war, vielleicht mehr als je, aber ohne alle Traurigkeit, in göttlicher Einsamkeit. Kein Fieber mehr, keine Gespenster. Frei spiegelte sich die Natur in seiner frohen Seele. Auf dem Rücken hingestreckt, dem Fenster gegenüber, die Augen in die blendende Luft leuchtender Nebel getaucht, lächelte er: Welch eine Lust zu leben!

Leben! – Eine Barke glitt vorüber ... Er dachte plötzlich an die, welche nicht mehr lebten, an eine vorübergeglittene Barke, in der sie beide zusammen saßen: er – sie ... Sie? – Nicht die, welche da neben ihm schläft. Sie, die eine, die Geliebte, die arme kleine Tote. – Was will dann aber diese hier? Wie kommt sie her? Wie sind sie in dies Zimmer gekommen, in dies Bett? Er schaut sie an, er kennt sie nicht: sie ist eine Fremde; gestern morgen war sie noch nicht für ihn vorhanden. Was weiß er von ihr? Er weiß, daß sie nicht klug ist. Er weiß, daß sie nicht gut ist. Er weiß, daß sie in diesem Augenblick mit ihrem vom Schlaf schlaffen und gedunsenen Gesicht, ihrer niederen Stirn, ihrem zum Atmen offenen Mund, ihren dicken und vorgeschobenen Lippen, die eine Karpfenschnute bilden, nicht schön ist. Er weiß, daß er sie nicht liebt. Und ein stechender Schmerz durchdringt ihn, wenn er daran denkt, daß er schon in der ersten Minute diese fremden Lippen geküßt hat, daß er in der ersten Nacht, nachdem sie sich sahen, diesen schönen, gleichgültigen Leib besessen hat – und daß er jene, die er liebte, hat neben sich leben und sterben sehen und daß er niemals gewagt hat, auch nur ihre Haare zu berühren, daß er niemals den Duft ihres Wesens kennen wird. Nichts mehr. Alles ist vergangen. Die Erde hat ihm alles genommen. Er hat sie nicht beschützt ...

Und während er so, über die unschuldige Schläferin geneigt, ihre Züge entziffert und sie mit schlimmen Augen ansieht, fühlt sie seinen Blick. Es beunruhigt sie, sich beobachtet zu wissen; sie macht eine große Anstrengung, um ihre schweren Augenlider aufzuschlagen und zu lächeln; und mit schwerer Zunge wie ein erwachendes Kind sagt sie:

„Schau mich nicht an, ich bin häßlich . . ."

Gleich fällt sie wieder, vom Schlafe übermannt, zurück, lächelt noch immer, stammelt:

„Oh, ich bin so . . . so müde!"

und versinkt von neuem in ihre Träume.

Er konnte nicht umhin zu lachen; zärtlich küßte er ihren Mund und ihre kindliche Nase. Nachdem er dann noch einen Augenblick das große kleine Mädchen im Schlaf betrachtet hatte, stieg er über sie hinweg und stand geräuschlos auf. Sie stieß einen Seufzer der Erleichterung aus, als er fort war, und streckte sich der Länge nach quer über das leere Bett. Er nahm sich in acht, sie während des Anziehens nicht zu wecken, obgleich dafür keine Gefahr vorhanden war; und als er fertig war, setzte er sich auf den Stuhl ans Fenster und sah dem nebligen, dampfenden Fluß, der Eisschollen zu treiben schien, zu; er versank in eine Träumerei, durch die eine wehmütig pastorale Musik webte.

Von Zeit zu Zeit öffnete sie halb die Augen, sah ihn verschwommen an, brauchte einige Sekunden, um ihn zu erkennen, lächelte ihm zu und sank aus einem Schlaf in den andern. Sie fragte ihn nach der Uhr.

„Drei Viertel neun."

Sie überlegte, halb im Schlaf noch:

Was kann das wohl heißen: drei Viertel neun?

Um halb zehn reckte sie sich, seufzte und sagte, daß sie aufstehen würde.

Es schlug zehn Uhr, bevor sie sich gerührt hatte. Sie ärgerte sich.

„Schlägt es schon wieder! – Ewig wird es später!"

Er lachte und setzte sich neben sie aufs Bett. Sie schlang ihre Arme um seinen Hals und erzählte ihm ihre Träume. Er hörte nicht sehr aufmerksam zu und unterbrach sie mit kleinen zärtlichen Worten. Aber sie hieß ihn still sein und fing mit tiefstem Ernst von vorn an, als handle es sich um Geschichten von größter Bedeutung:

Sie war bei einem Diner; der Großherzog war auch dabei. Myrrha *war* ein Neufundländer ... nein, ein kraushaariges Schaf, das bei Tisch bediente ... Ada hatte gelernt, sich von der Erde zu erheben, in der Luft zu gehen, zu tanzen, sich hinzulegen. Das war nämlich ganz einfach: man brauchte nur so ... so ... zu machen, und schon war es geschehen ...

Christof machte sich über sie lustig. Sie lächelte ebenfalls, wenn auch ein wenig verstimmt, weil er lachte. Sie zuckte die Achseln.

„Ach! Du verstehst mich nicht!"

Sie frühstückten an ihrem Bett, aus derselben Tasse, mit demselben Löffel.

Endlich stand sie auf; sie warf die Decken zurück, zog ihre schönen weißen Füße hervor, ihre schönen vollen Beine und ließ sich bis an den Bettrand rollen. Dann setzte sie sich, um Atem zu schöpfen, auf und betrachtete ihre Füße. Endlich klatschte sie in die Hände und sagte, er solle hinausgehen, und da er sich nicht beeilte, nahm sie ihn bei den Schultern, schob ihn zur Tür und schloß hinter ihm ab.

Nachdem sie eine ganze Weile herumgeschlendert war, jedes ihrer schönen Glieder genau betrachtet und gedehnt hatte, beim Waschen ein sentimentales *Lied** von vierzehn Strophen gesungen hatte, Christof, der ans Fenster trommelte, Wasser ins Gesicht gespritzt und im Fortgehen die letzte Rose aus dem Garten gepflückt hatte – nahmen sie das Schiff. Der Nebel hatte sich noch nicht zerteilt; aber die Sonne glänzte hindurch: man schwebte mitten in milchigem Licht. Ada saß mit Christof auf dem Hinterdeck, zog ein schläfriges Schmollgesicht und brummte, daß ihr das Licht in die Augen falle und sie den ganzen Tag Kopfschmerzen haben werde. Und als Christof ihr Gejammer nicht ernst genug nahm, zog sie sich in verdrießliches Schweigen zurück. Ihre Augen waren nur halb offen, und sie zeigte ganz den drolligen Ernst, den Kinder haben, wenn sie eben aufgewacht sind. Als sich aber eine elegante Dame bei der nächsten Station nicht weit von ihr entfernt niedersetzte, wurde sie sofort munter und gab sich Mühe, mit Christof gefühlvoll und vornehm zu reden. Sie redete ihn auch wieder zeremoniell mit „Sie“ an.

Christof beunruhigte sich, was sie ihrer Arbeitgeberin sagen werde, um ihr Ausbleiben zu entschuldigen. Sie sorgte sich kaum darum.

„Pah! Das ist doch nicht das erstemal.“

„Wieso?“

„Daß ich zu spät komme“, antwortete sie, etwas verblüfft über die Frage.

Er wagte nicht, nach der Ursache solcher Verspätungen zu fragen.

„Was wirst du ihr sagen?“

„Daß meine Mutter krank ist oder gestorben ... Was weiß ich?“

Ihn peinigte es, daß sie so leichtfertig sprach.

„Ich will nicht, daß du lügst.“

Sie war beleidigt.

„Erstens lüge ich niemals ... Und dann, ich kann ihr doch nicht sagen ...“

Er fragte halb im Scherz, halb ernst:

„Warum nicht?“

Sie lachte, zuckte die Achseln und sagte, daß er roh und unerzogen sei und daß sie ihn im übrigen gebeten habe, sie nicht zu duzen.

„Habe ich kein Recht dazu?“

„Durchaus nicht.“

„Nach dem, was geschehen ist?“

„Gar nichts ist geschehen.“

Sie sah ihn scharf und lachend mit herausfordernder Miene an, und das Stärkste war, daß es ihr, obgleich sie scherzte, nicht viel ausgemacht hätte – das fühlte er –, dasselbe ernsthaft zu sagen und es fast zu glauben. Doch plötzlich schien eine angenehme Erinnerung sie fröhlich zu stimmen; denn sie brach, während sie Christof anschaute, in

Lachen aus und küßte ihn geräuschvoll, ohne sich um ihre Nachbarn zu kümmern, die übrigens auch nicht im mindesten erstaunt zu sein schienen.

Auf allen seinen Spaziergängen war er jetzt in Gesellschaft von Ladenmädchen und Kommis, deren Gewöhnlichkeit ihm durchaus nicht behagte und die er auf dem Wege loszuwerden suchte; Ada aber war aus Widerspruchsgeist gar nicht mehr geneigt, sich in die Wälder zu verirren. Regnete es oder ging man aus irgendeinem anderen Grunde nicht aus der Stadt, so führte er sie ins Theater, ins Museum, in den *Tiergarten**, denn es lag ihr daran, sich mit ihm zu zeigen. Sie äußerte sogar den Wunsch, daß er sie zum Gottesdienst begleite; aber er war so unsinnig aufrichtig, daß er den Fuß in keine Kirche mehr setzen wollte, seit er nicht mehr glaubte – so hatte er auch unter einem andern Vorwand seine Organistenstelle aufgegeben –, und gleichzeitig war er, sich selbst unbewußt, viel zu religiös geblieben, Adas Vorschlag nicht blasphemisch zu finden.

Abends ging er zu ihr. Dort traf er gewöhnlich Myrrha, die im selben Hause wohnte. Myrrha hegte keinerlei Groll gegen ihn, sie reichte ihm ihre weiche und einschmeichelnde Hand, plauderte von gleichgültigen oder leichtfertigen Dingen und zog sich diskret zurück. Die beiden Frauen schienen bessere Freundinnen als je zu sein, seitdem sie weniger Grund dazu hatten; immer steckten sie zusammen. Ada hatte vor Myrrha keine Geheimnisse, sie erzählte ihr alles; Myrrha lauschte allem: sie schienen beide das gleiche Vergnügen daran zu finden.

Christof fühlte sich in der Gesellschaft dieser zwei Frauen nicht wohl. Ihre Freundschaft, ihre sonderbaren Gespräche, ihr freier Ton, die rohe Art, mit der Myrrha alles ansah und davon sprach (immerhin weniger in seiner Gegenwart, als wenn er nicht da war; Ada jedoch wiederholte es ihm), ihre geschwätzige, zudringliche Neugier, die sich stets um

Albernheiten oder eine ziemlich niedere Sinnlichkeit drehte, diese ganze zweideutige und ein wenig animalische Atmosphäre war ihm entsetzlich unangenehm, wenn sie ihn auch interessierte, denn er kannte nichts Ähnliches. Er fühlte sich ganz verloren bei der Unterhaltung dieser beiden Tierchen, die Kleiderkram besprachen, Unsinn zusammenschwatzten, in einer albernen Weise lachten und deren Augen vor Vergnügen glänzten, wenn sie irgendeiner zotigen Geschichte auf der Spur waren. Ging Myrrha fort, so fühlte er sich erleichtert. Die beiden Frauen zusammen – das war wie in einem fremden Land, dessen Sprache er nicht kannte. Unmöglich, sich zu verständigen; sie hörten ihm nicht einmal zu und machten sich über den Fremdling lustig.

Befand er sich mit Ada allein, so redeten sie weiter in zwei verschiedenen Sprachen; aber sie gaben sich wenigstens Mühe, einer den anderen zu verstehen. Eigentlich wurde es ihm um so schwerer, sie zu verstehen, je mehr er sie verstand. Sie war die erste Frau, die er kennenlernte. Denn wenn die arme Sabine eine war, er hatte nichts davon gewußt: sie war für ihn stets ein Phantasiebild des Herzens geblieben. Ada befaßte sich damit, ihn die verlorene Zeit einholen zu lassen. Sie suchte auf ihre Weise ihm die Rätsel des Weibes zu lösen; Rätsel vielleicht nur für die, welche einen Sinn darin suchen.

Ada war ohne jede Intelligenz: das war ihr geringster Fehler. Christof hätte sich damit abgefunden, wenn sie es nur auch getan hätte. Aber obgleich sie einzig und allein von Albernheiten erfüllt war, wollte sie doch den Anschein erwecken, als verstünde sie etwas von geistigen Dingen; und sie urteilte über alles mit der größten Keckheit. Sie redete über Musik, sie setzte Christof das, was er am besten kannte, auseinander, sie stellte unumstößliche Urteile und Vetos auf. Unnütz, sie belehren zu wollen: allem gegenüber zeigte sie sich anmaßend und empfindlich. Sie spielte die Spröde, war eigensinnig, eitel; sie wollte, sie konnte nichts begreifen. Weshalb nur gab sie nicht zu, daß sie tatsächlich nichts begriff! Wieviel mehr hätte er sie geliebt, wenn sie sich damit beschieden hätte, einfach das zu sein, was sie mit all ihren guten Eigenschaften und Fehlern war!

In Wirklichkeit lag ihr am Nachdenken gar nichts. Am Essen lag ihr etwas, am Trinken, Singen, Tanzen, Schreien, Lachen und Schlafen; glücklich wollte sie sein; und es wäre schon ausgezeichnet gewesen, wenn sie das fertiggebracht hätte. Aber obgleich sie dafür begabt war: genäschig, faul, sinnlich, voll von naivem Egoismus, der Christof gleichzeitig empörte und belustigte, kurz, obgleich sie ungefähr alle Untugenden besaß, die das Leben ihren glücklichen Besitzern angenehm gestalten, wenn auch nicht gerade ihren Freunden, und selbst diesen – denn strahlt nicht ein glückliches Gesicht, wenigstens wenn es hübsch ist, auch Glück auf alle, die ihm nahe kommen? –, also trotz so vieler Gründe, mit ihrem Dasein zufrieden zu sein, war Ada nicht einmal dazu intelligent genug. Dieses schöne, kräftige Mädchen, frisch, fröhlich und gesund aussehend, voller überquellender Heiterkeit und mit einem ungeheuren Appetit, machte sich über ihre Gesundheit Sorge. Wenn sie dabei war, für vier zu essen, stöhnte sie über ihre Hinfälligkeit. Über alles klagte sie: nicht mehr vorwärts schleppen konnte sie sich, keine Luft mehr bekommen; sie hatte Kopfweh, Fuß-, Augen-, Magen- und Seelenschmerzen. Vor allem hatte sie Angst, war unsinnig abergläubisch und sah überall Zeichen: bei Tisch gekreuzte Gabeln oder Messer, die Zahl der Tafelnden, das umgeworfene Salzfaß; mit einer ganzen Reihe von Zeremonien mußte man darauf das drohende Unheil abwenden. Auf Spaziergängen zählte sie die Raben und unterließ nie, darauf zu achten, nach welcher Seite sie flogen. Ängstlich spähte sie auf den Weg zu ihren Füßen und jammerte, wenn sie vormittags eine Spinne darüberkriechen sah; sie wollte dann umkehren, und es gab kein anderes Mittel, den Spaziergang fortzusetzen, als sie zu überzeugen, daß es zwölf Uhr vorüber sei und sich also das

Vorzeichen aus Sorge in Hoffnung gewandelt habe. Sie hatte Furcht vor ihren Träumen, lang und breit erzählte sie sie Christof; stundenlang suchte sie sich an eine Einzelheit zu erinnern, falls sie sie vergessen hatte; nichts schenkte sie ihm von der Fülle der Ungereimtheiten, in denen von seltsamen Hochzeiten die Rede war, von Toten, von Schneiderinnen, von Prinzen, von lächerlich-wichtigen und manchmal unanständigen Dingen. Er mußte zuhören, mußte seine Ansicht äußern. Manchmal blieb sie tagelang unter dem Eindruck solcher törichten Bilder. Sie fand es im Leben schlecht eingerichtet, sah Menschen und Dinge scheel an und brachte Christof mit ihren Klagelitaneien zur Verzweiflung; es hätte sich wirklich nicht gelohnt, seine griesgrämigen Kleinbürger zu verlassen, um auch hier den ewigen Feind wiederzufinden: den *traurigen ungriechischen Hypochonder**.

Mitten aber in ihren schmollenden Brummereien überfiel sie plötzlich wieder lärmende, übertriebene Lustigkeit. Dagegen war ebensowenig etwas zu machen wie gegen die vorherige Übelgelauntheit. Nun gab es Lachausbrüche, die in ihrer Grundlosigkeit kein Ende nehmen zu wollen drohten, wilde Läufe quer über Felder, Tollheiten, Kinderspiele, Vergnügen an allen möglichen Dummheiten, wie Erde, Schmutz, Tiere, Spinnen, Ameisen, Würmer anzupacken, sie zu necken, ihnen weh zu tun, einen vom andern auffressen zu lassen, die Vögel von den Katzen, die Würmer von den Hühnern, die Spinnen von den Ameisen – übrigens alles ohne Bösartigkeit oder aus einem ganz unbewußt schlechten Instinkt heraus, aus Neugier, aus Langerweile. Ein unermüdlicher Drang steckte in ihr, Albernheiten zu sagen, fünfzigmal Wörter zu wiederholen, die keinen Sinn hatten, zu necken, zu ärgern, zu quälen, außer sich zu bringen. Und ihre Koketterien, sowie jemand – ganz gleich, wer – vorbeiging! – Gleich sprach sie lebhafter, lachte, vollführte Lärm, schnitt Grimassen, machte sich bemerkbar; sie schlug einen künstlichen, stolzierenden Schritt an. Christof war voller Schrecken darauf gefaßt, daß sie anfangen würde, ernsthaft zu reden. Und wirklich, da ging es schon los. Sie wurde sentimental, und zwar, wie alles übrige, ohne jedes Maß; Herzensergüsse mit Getöse. Christof litt, und er hätte sie schlagen mögen. Nichts aber verzieh er ihr weniger als ihre Unaufrichtigkeit. Er wußte noch nicht, daß Aufrichtigkeit eine ebenso seltene Gabe wie Verstand oder Schönheit ist und daß man sie gerechterweise nicht von allen verlangen kann. Er konnte Lügen nicht vertragen, und Ada schenkte ihm ein reichliches Maß voll. Sie log beständig seelenruhig den Gegenbeweisen ins Gesicht. Sie besaß eine erstaunliche Leichtigkeit, was ihr nicht gefiel, zu vergessen – oder selbst das, was ihr gefallen hatte –, wie Frauen, die dem Augenblick leben, es eben machen.

Und trotz allem liebten sie sich, liebten sich von ganzem Herzen. In ihrer Liebe war Ada ebenso aufrichtig wie Christof. Beruhte sie auch nicht auf geistiger Sympathie, so war diese Liebe doch darum nicht weniger echt; sie hatte nichts mit niederer Leidenschaft gemein. Sie war eine schöne Jugendliebe, die, so sinnlich sie war, doch nichts Niedriges hatte, denn alles in ihr war jung; sie war naiv, fast keusch und in der lodernden Unbewußtheit des Genießens rein. Obgleich Ada lange nicht so unschuldig war wie Christof, besaß sie doch den göttlichen Vorzug eines aufblühenden Körpers und Herzens, jene quellgleich durchsichtige und lebendige Sinnenfrische, die fast den Eindruck von Reinheit macht und die durch nichts ersetzt werden kann. Eigennützig, kleinlich, unaufrichtig im gewöhnlichen Leben, wie sie war – die Liebe machte sie schlicht, wahr und fast gut; sie lernte die Freude begreifen, die man darin finden kann, sich um eines andern willen zu vergessen. Christof sah das mit Entzücken; er hätte für sie sterben können. Wer ahnt, wieviel lächerliche und rührende Illusion eine liebende Seele in ihre Liebe hineinträumt! Und des Verliebten natürliche Einbildungskraft war bei Christof durch die dem Künstler angeborene Phantasie noch verhundertfacht. Ein

Lächeln Adas hatte für ihn tiefste Bedeutung; ein zärtliches Wort war ein Beweis ihrer Herzensgüte. Alles Beste und Schönste des Weltalls liebte er in ihr. Er nannte sie sein Ich, seine Seele, sein Sein. Sie weinten zusammen vor Liebe.

Es war nicht nur Genuß, der sie aneinanderband. Undeutbare Poesie, aus Erinnerungen und Träumen gewoben, war es – ihren eigenen Träumen? Oder denen der Wesen, die vor ihnen sich geliebt hatten, die vor ihnen waren ... in ihnen? – Ohne es sich zu sagen, ohne es vielleicht zu wissen, bewahrten sie in sich den Zauber der ersten Minuten, in denen sie sich im Walde begegnet waren, der ersten Tage, der ersten gemeinsam verbrachten Nächte, des Schlafes, als sie einer im Arm des andern reglos, gedankenlos in einem Strudel von Liebe und schweigender Wollust ertranken. Ein plötzliches Wiederaufleben, Bilder, dumpfe Gedanken, deren Vorbeistreichen sie vor Wonne heimlich erbleichen und hinschmelzen ließ, umgaben sie wie Bienengesumm. Glühendes und zärtliches Licht ... Von allzu schwerer Süße übermannt, ergibt sich das Herz und schweigt. Stille, Fieberschmachten, Lächeln der Erde, die unter der ersten Frühlingssonne schauert ... Junge Liebe in zwei jungen Leibern ist ein Aprilmorgen. Sie vergeht wie der Tau. Die Jugend des Herzens vergeht wie Märzenschnee an der Sonne.

Nichts war mehr geeignet, Christofs Liebe für Ada zu befestigen, als die Art, in der die anderen sie beurteilten.

Vom Morgen nach ihrer ersten Begegnung an war das ganze Stadtviertel auf dem laufenden. Ada tat nichts, um das Abenteuer geheimzuhalten; es lag ihr vielmehr daran, sich ihrer Eroberung zu rühmen. Christof wäre etwas mehr Zurückhaltung lieber gewesen. Aber er sah sich von der Neugier der Leute verfolgt, und da er sich nicht den Anschein geben wollte, als fliehe er sie, zeigte er sich erst recht mit Ada. Die kleine Stadt war ein Klatschnest. Christofs

Kollegen im Orchester machten ihm bald gutmütig spöttische Komplimente, auf die er nichts erwiderte, da er es durchaus nicht liebte, daß man sich in seine Angelegenheiten mischte. Im Schloß wurde sein Mangel an Selbstachtung getadelt. Die bürgerliche Gesellschaft verdammte seine Lebensführung streng. In gewissen Familien verlor er seine Stunden. In anderen hielten sich die Mütter von nun an für verpflichtet, mit mißtrauischer Miene den Übungen ihrer Töchter beizuwohnen, als habe Christof die Absicht, die kostbaren Hühnchen zu entführen. Den jungen Damen war völlige Ahnungslosigkeit vorgeschrieben. Natürlich wußten sie alles. Und wenn sie Christof auch wegen seiner Geschmacksverirrung sehr kalt behandelten, starben sie doch vor Neugierde, mehr Einzelheiten zu erfahren. Nur in der kleinen Kaufmannschaft und bei den Ladenangestellten war Christof beliebt, doch er blieb es nicht lange; er wurde durch den Beifall der einen ebenso gereizt wie durch den Tadel der andern; und da er gegen die Mißbilligung nichts ausrichten konnte, tat er wenigstens alles, um den Beifall abzuschütteln, was nicht besonders schwierig war. Er war über die allgemeine Zudringlichkeit empört.

Am meisten gegen ihn aufgebracht waren Justus Euler und die Familie Vogel. Christofs ungehöriges Betragen schien ihnen eine persönliche Beleidigung. Sie hatten dabei in bezug auf seine Person keinerlei ernsthafte Pläne geschmiedet; denn diese Art Künstlernaturen war ihnen – besonders Frau Vogel – doch wenig vertrauenerweckend. Da sie aber von Natur trübsinnig und immer zu glauben bereit waren, daß sie vom Schicksal verfolgt seien, redeten sie sich von dem Augenblick an, da sie sicher waren, es würde aus der Verheiratung Rosas mit Christof nichts werden, ein, es läge ihnen etwas daran; sie sahen darin einen Beweis ihres gewöhnlichen Pechs. Logischerweise hätte nun, wenn das Schicksal für ihren Fehlgriff verantwortlich war, Christof es nicht sein können; aber die Logik der Vogels zog immer die Schlußfolgerung, die ihnen die reichlichsten Gründe zum Klagen gab. Sie urteilten daher, daß, wenn Christof sich schlecht aufführte, es nicht nur zu seinem Vergnügen geschehe, sondern um sie zu beleidigen. Im übrigen waren sie entrüstet. Sehr religiös, moralisch, voller Familientugenden wie sie waren, gehörten sie zu denen, für die die Sünde des Fleisches die schmachvollste von allen ist, die schwerste, ja fast die einzige, da sie die einzig zu fürchtende ist – denn es ist ja selbstverständlich, daß wohlerzogene Menschen niemals in die Versuchung kommen, zu stehlen oder zu töten. So schien ihnen denn auch Christof von Grund aus verdorben, und sie änderten ihm gegenüber den Ton. Sie zeigten ihm eisige Mienen und wandten sich ab, wenn er vorüberging. Da Christof nicht das geringste an ihrer Unterhaltung lag, zuckte er über alle diese Ziereреien die Achseln. Er tat, als fühle er Amalies Unverschämtheiten nicht, die, obgleich sie ihn voller Verachtung zu umgehen schien, alles versuchte, ihn zu einem Angriff zu reizen, damit sie, was sie auf dem Herzen hatte, loswerden konnte.

Nur Rosas Haltung rührte Christof. Die Kleine verdammte ihn härter als alle die Ihren. Nicht etwa weil diese neue Liebe Christofs ihr die letzten Möglichkeiten, von ihm geliebt zu werden, zu zerstören schien: sie wußte, daß alles verloren war – wenn sie vielleicht auch weiter hoffte ... Sie hoffte ewig! Aber sie hatte sich aus Christof ein Götterbild gemacht; und dies Götterbild stürzte zusammen. Das war ihrem unschuldigen, redlichen Herzen der schlimmste Schmerz, ja ein grausamerer, als von ihm verschmäht und vergessen zu werden. Puritanisch erzogen, in engen Sittlichkeitsbegriffen, an die sie leidenschaftlich glaubte, betrübte sie das, was sie von Christof hörte, nicht nur aufs tiefste, es widerte sie auch an. Sie hatte schon darunter gelitten, daß er Sabine liebte, und einige der Illusionen über ihren Helden waren ihr bereits verlorengegangen. Daß Christof eine so minderwertige Seele lieben konnte, schien ihr unbegreiflich und wenig rühmlich. Aber diese Liebe war wenigstens rein, und Sabine war ihrer nicht unwürdig gewesen. Und schließlich war der Tod darüber hinweggegangen und hatte alles geheiligt ... Aber daß Christof gleich darauf eine andere liebte – und was für eine andere –, das war niedrig, das war gemein! Sie kam fast dahin, die Tote gegen ihn zu verteidigen. Sie verzieh ihm nicht, daß er sie vergessen hatte ... Ach! Er dachte ihrer öfter als sie; aber sie ahnte nicht, daß ein heißes Herz Platz für zwei Gefühle auf einmal haben kann. Sie glaubte, man könne der Vergangenheit nicht treu sein, ohne die Gegenwart zu opfern. Rein und kühl wie sie war, hatte sie weder vom Leben noch von Christof eine Ahnung; alles, meinte sie, müsse wie sie rein, eng begrenzt und der Pflicht unterworfen sein. Sie war in ihrer Seele und in ihrer ganzen Person so anspruchslos, daß sie nur einen Stolz kannte: den auf ihre Reinheit. Die forderte sie von sich wie von anderen. Daß Christof sich so erniedrigt hatte, verzieh sie ihm nicht und wollte es ihm nie verzeihen.

Christof versuchte mit ihr zu reden, wenn auch nicht gerade, ihr Aufklärungen zu geben. – Was hätte er einem kleinen puritanischen und naiven Mädchen sagen können? – Er hätte ihr gern versichert, daß er ihr Freund sei, daß ihm an ihrer Achtung liege und daß er noch ein Recht darauf habe. Rosa aber floh ihn in strengem Schweigen, und er fühlte, daß sie ihn verachtete.

Das bereitete ihm Kummer und Zorn. Er war sich dessen bewußt, daß er solche Verachtung nicht verdiente, und doch wurde er dadurch schließlich aus der Fassung gebracht: er hielt sich für schlecht. Er machte sich selber die bittersten Vorwürfe, wenn er an Sabine dachte. Er marterte sich:

Mein Gott, wie ist es nur möglich? Wie bin ich denn? – Aber er konnte dem Strom, der ihn mitriß, nicht widerstehen. Er dachte, das Leben sei verbrecherisch; und er schloß die Augen, um es nicht zu sehen, um zu leben. Er hatte ein solches Bedürfnis zu leben, zu lieben, glücklich zu sein! – Nein, in seiner Liebe war nichts Verächtliches! Er wußte, er war vielleicht nicht weise, nicht klug, vielleicht nicht einmal sehr glücklich, wenn er Ada liebte; was aber war dabei Häßliches? Angenommen – er bemühte sich, daran zu zweifeln –, daß Ada keinen sehr hohen sittlichen Wert besaß, wieso war seine Liebe zu ihr dadurch weniger rein? Die Liebe lebt in dem, der liebt, nicht in dem, der geliebt wird. Die Liebe ist geradesoviel wert wie der Liebende. Alles ist rein bei den Reinen. Alles ist rein bei den Starken und Gesunden. Die Liebe, die gewisse Vögel mit ihren schönsten Farben schmückt, läßt in den wahrhaftigen Herzen alles, was in ihnen Edelstes lebt, aufgehen. Der Wunsch, den anderen nichts anderes sehen zu lassen, als was seiner wert ist, läßt nur an solchem Denken und Tun sich freuen, das mit dem schönen Bild, welches die Liebe schuf, in Einklang ist. Und der Jungbrunnen, in den die Seele niedertaucht, das heilige Strahlenfeuer der Kraft und Freude sind schön und wohltätig und machen das Herz größer.

Daß seine Freunde ihn verkannten, erfüllte ihn mit Bitterkeit. Das schlimmste aber war, daß seine eigene Mutter sich zu grämen begann.

Die gute Frau teilte längst nicht die Beschränktheit der Vogelschen Anschauungen. Wahre Trübsal war ihr zu nahe gekommen, als daß sie andere zu erfinden trachtete. Sie war viel zu demütig und vom Leben zerbrochen, hatte zuwenig Freuden von ihm empfangen und noch weniger verlangt, war allem Kommenden gegenüber zu ergeben und versuchte zuwenig, es zu begreifen, um sich nicht davor zu hüten, andere zu begutachten und zu verurteilen; sie meinte dazu kein Recht zu haben. Sie hielt sich für zu dumm, um zu behaupten, andere hätten unrecht, weil sie anders als sie dachten; es wäre ihr lächerlich erschienen, den Leuten aus ihrer eigenen Moral und ihrem Glauben heraus unbeugsame Gesetze aufzwingen zu wollen. Übrigens waren ihre Moral und ihr Glaube durchaus instinktiv. Selbst fromm und rein, schloß sie mit der dem Volk eigenen Nachsicht für gewisse Schwächen die Augen vor dem Lebenswandel der anderen. Ihr Schwiegervater, Hans Michel, hatte ihr das früher zum Vorwurf gemacht: sie unterschied nicht genug zwischen anständigen Leuten und denen, die es nicht waren. Es machte ihr nichts aus, auf der Straße oder auf dem Markt stehenzubleiben, um einem in der Gegend nur allzu bekannten gefälligen Mädchen die Hand zu drücken und freundschaftlich mit ihr zu reden, anstatt sie, wie andere wohlanständige Frauen es taten, zu übersehen. Sie stellte es Gott anheim, das Gute vom Bösen zu unterscheiden, zu strafen und zu vergeben. Sie erwartete von anderen nur ein wenig jenes freundlichen Entgegenkommens, das so notwendig ist, um sich gegenseitig das Leben zu erleichtern. Wenn man nur gut war – das hielt sie für die Hauptsache.

Jedoch seit sie bei den Vogels wohnte, war man im besten Zuge, sie zu ändern. Der verleumderische Geist der Familie hatte aus ihr um so leichter seine Beute gemacht, als sie in jener Zeit zu niedergeschlagen und kraftlos war, um ihm widerstehen zu können. Amalie hatte sich ihrer bemächtigt; und während des langen Zusammenseins bei gemeinsamer Arbeit, wobei Amalie allein redete, hatte die widerstandslose und niedergedrückte Luise sich unbewußt angewöhnt, alles zu verurteilen und zu kritisieren. Frau Vogel verhehlte ihr durchaus nicht, was sie über Christofs Aufführung dachte. Luises Ruhe reizte sie. Sie fand es schamlos, daß sich Luise mit dem, was sie alle außer sich brachte, so wenig abgab, und sie war nicht eher zufrieden, als bis sie es fertiggebracht hatte, Luise vollständig aufzustören. Christof merkte es. Luise wagte ihm keine Vorwürfe zu machen; aber tagtäglich plagte sie ihn mit schüchternen, besorgten, hartnäckigen Bemerkungen; wenn er, ungeduldig geworden, darauf dann heftig antwortete, sagte sie wohl nichts mehr; aber er las unablässig den Kummer in ihren Augen; und kam er heim, sah er manchmal, daß sie geweint hatte. Er kannte seine Mutter zu gut, um nicht sicher zu sein, daß ihre Sorgen nicht aus ihr selbst kamen. Und er wußte, wo sie ihren Ursprung hatten.

Er beschloß, ein Ende damit zu machen. Eines Abends, als Luise ihre Tränen nicht mehr zurückhalten konnte und während des Abendbrots vom Tisch aufgestanden war, ohne daß Christof herausbringen konnte, was sie so betrübte, raste er die Treppe hinunter und klopfte bei den Vogels an. Er kochte vor Zorn. Es war nicht allein die Art und Weise, in der sich Frau Vogel gegen seine Mutter benahm, die ihn empörte; er wollte ihnen das, was sie Rosa eingeblasen hatten, heimzahlen, ihre Zänkereien gegen Sabine, kurz, alles, was er seit Monaten hatte erdulden müssen. Seit Monaten schleppte er eine Last angehäuften Grolls mit sich herum, die er jetzt schleunig loswerden wollte.

Er brach bei Frau Vogel ein und fragte mit einer Stimme, die zwar ruhig sein wollte, aber vor Wut zitterte, was sie wohl um alles in der Welt seiner Mutter erzählt habe, um diese in einen derartigen Zustand zu bringen.

Amalie nahm das sehr übel auf; sie antwortete, daß sie sage, was ihr beliebe, daß sie niemand über ihr Betragen Rechenschaft zu geben habe – ihm am allerwenigsten. Und da sie sich längst eine Rede zurechtgelegt hatte, ergriff sie die Gelegenheit und fügte hinzu, daß er für Luises Unglück keinen anderen Grund zu suchen brauche als seine eigene Lebensführung, die für ihn eine Schande und für alle ein Ärgernis sei.

Christof wartete nur auf den Angriff, um vorzugehen. Er schrie voller Erregung, daß seine Lebensführung nur ihn etwas angehe, daß es ihm höchst gleichgültig sei, ob sie Frau Vogel gefalle oder nicht gefalle, daß, wenn sie Lust habe, sich darüber zu beschweren, sie sich ihm gegenüber beschweren solle und daß sie ihm alles sagen könne, was ihr nur in den Sinn komme, das sei für ihn dasselbe, als wenn es regne, aber daß er ihr *verbiete* – sie verstehe wohl –, daß er ihr *verbiete,* irgend etwas darüber zu seiner

Mutter zu sagen, und daß es eine Schändlichkeit sei, sich damit an eine arme, alte, kranke Frau heranzuwagen.

Frau Vogel schrie Zeter und Mordio. Nie hatte jemand gewagt, in solchem Ton mit ihr zu sprechen. Sie sagte, daß sie sich von einem liederlichen Kerl nicht schulmeistern lasse – und dazu in ihrem eigenen Hause! Und sie behandelte ihn in schimpflicher Weise.

Der lärmende Auftritt rief die anderen herbei – außer Vogel, der alles floh, was seiner Gesundheit schaden konnte. Der alte Euler aber, der von der entrüsteten Amalie zum Zeugen genommen wurde, ersuchte Christof streng, sie in Zukunft mit seinen Bemerkungen und seinen Besuchen zu verschonen. Er sagte, sie hätten ihn nicht nötig, um zu wissen, was sie tun sollten, sie erfüllten ihre Pflicht, und so würden sie es immer halten.

Christof erklärte, daß er gehe und nicht mehr den Fuß in ihr Haus setzen werde. Jedoch gehe er nicht eher, als bis er sich alles, was er ihnen wegen dieser berühmten Pflicht, die ihm ein persönlicher Feind geworden war, zu sagen habe, vom Herzen geredet habe. Er sagte, daß diese Pflicht dazu imstande sei, ihn das Laster lieben zu lehren. Leute ihres Schlages seien es, die durch ihr Bemühen, das Gute so trübselig wie möglich zu machen, davon abschreckten. Sie seien daran schuld, wenn man sich den Gegensatz suche und sich von denen, die niedriger ständen, aber liebenswürdig und fröhlich seien, angezogen fühle. Es hieße den Namen der Pflicht entheiligen, wenn man ihn überall, bei den albernsten Arbeiten, dem gleichgültigsten Tun anwende mit einer unbeugsamen, hochmütigen Härte, die schließlich das Leben verfinstern und vergiften müsse. Pflicht sei etwas Außergewöhnliches; man solle sie für die Augenblicke aufbewahren, die wirkliche Opfer heischen, und mit ihrem Namen nicht die eigene schlechte Laune und den Wunsch, sich anderen unangenehm zu machen, bedecken. Es liege kein Grund vor, weil man aus Dummheit oder Ungeschick griesgrämig sei, das auch von allen anderen zu verlangen und allen seine Krankendiät aufzuzwingen. Die höchste aller Tugenden sei die Freude. Und die Tugend müsse ein glückliches, freies, zwangloses Gesicht zeigen. Wer Gutes tue, müsse sich selbst eine Freude damit bereiten. Diese unaufhörlich vorgeschobene Pflicht aber, diese Schulmeistertyrannei, dieser keifende Ton, diese überflüssigen Streitereien, diese säuerliche und kindische Krittelei, dieser Lärm, dieses Fehlen jeder Anmut, dieses allen Reizes, aller Höflichkeit und aller Stille beraubte Leben, dieser armselige Pessimismus, der nichts übersieht, was das Dasein trauriger gestalten könnte, als es ist, diese hochmütige Dummheit, der es leichter fällt, die andern zu verachten, als sie zu verstehen, diese ganze bürgerliche Moral ohne Größe, ohne Glück, ohne Schönheit sei widerlich und schädlich: sie lasse das Laster menschlicher erscheinen als die Tugend.

So dachte Christof; und in seinem Verlangen, dort, wo er gekränkt war, auch zu verletzen, merkte er nicht, daß er ebenso ungerecht war wie die, von denen er sprach.

Gewiß waren die armen Leute ungefähr so, wie er sie sah. Aber es war nicht ihre Schuld: das freudlose Leben hatte ihre Gesichter, ihre Gebärden, ihre Gedanken freudlos gemacht. Sie waren durch das Unglück entstellt worden, nicht durch das große Unglück, das mit einem Schlage niedersaust und tötet oder den Menschen schmiedet, sondern durch das beständig wiederkehrende Mißgeschick, das kleine Elend, das vom ersten bis zum letzten Tage tropfenweise immer das gleiche bleibt ... Es ist ein Jammer! Denn wie viele Schätze an Rechtlichkeit, Güte, schweigendem Heldentum liegen unter so runzeligen Hüllen verborgen! – Die ganze Kraft eines Volkes, aller Saft der Zukunft.

Christof hatte mit dem Glauben, daß die Pflicht Ausnahme sei, nicht unrecht. Doch die Liebe ist es ebensosehr. Alles ist Ausnahme. Alles, was etwas taugt, hat seinen schlimmsten Feind nicht etwa im Bösen (die Laster haben ihren Wert), sondern in der Gewohnheit. Der tödliche Feind der Seele ist das Verbrauchtwerden im Alltäglichen.

Ada fing an, ihrer Liebe überdrüssig zu werden. Sie war nicht gescheit genug, um ihr in einer überströmenden Natur wie der Christofs eine immer neue Wiedergeburt zu bereiten. Ihre Sinne und ihre Eitelkeit hatten aus dieser Neigung alle ihr auffindbare Lust gezogen; es blieb nur noch die der Zerstörung. Sie war von dem heimlichen Instinkt dafür besessen, der so vielen, selbst guten Frauen, so vielen, selbst klugen Männern eigen ist, die nicht irgend etwas schaffen, seien es Werke, Kinder oder Taten, kurz, Leben – und die dennoch zuviel Leben in sich bergen, um ihre Untätigkeit zu ertragen. Sie möchten, daß die anderen unnütz wie sie würden, und sie arbeiten daran nach besten Kräften. Manchmal geschieht es wider Willen, und sie stoßen, wenn sie sich ihres verbrecherischen Wunsches bewußt werden, diesen voller Entrüstung von sich. Oft aber hätscheln sie ihn auch; und sie mühen sich je nach ihren Kräften – die einen bescheiden im engen Kreise, die anderen ganz im großen, an breiten Schichten –, alles, was lebt, was leben möchte und zu leben verdient, zu zerstören. Der Kritiker, der große Menschen und große Gedanken hartnäckig zu erniedrigen bestrebt ist, und das Mädchen, dem es Vergnügen macht, ihre Liebhaber zu entwürdigen, sind zwei schädliche Raubtiere desselben Schlages. – Doch das zweite ist liebenswürdiger.

Ada hätte also Christof gern ein wenig verdorben, um ihn zu demütigen. Im Grunde gehörte sie nicht zu den Starken. Sie hätte selbst zur verderbenden Verführerin mehr Verstand gebraucht. Sie fühlte es, und es war nicht der kleinste Teil ihres heimlich gegen Christof gehegten Grolles, daß ihre Liebe ihm so gar nichts anhaben konnte. Sie gestand sich den Wunsch nicht ein; sie hätte vielleicht nichts gegen ihn versucht, wenn sie die Macht dazu gehabt hätte. Aber sie fand es unverschämt, so gar nichts ausrichten zu können. Einer Frau die Illusion ihrer Macht zum Guten oder Bösen über den von ihr Geliebten nicht lassen heißt, sie nicht zu lieben verstehen; es heißt sie auch unwiderstehlich dahin treiben, den Beweis dieser Macht erbringen zu wollen. Christof gab darauf nicht acht. Als Ada ihn spielerisch fragte:

„Würdest du wohl deine Musik für mich aufgeben?"

(obgleich ihr daran gar nichts gelegen war), antwortete er freimütig:

„Oh! Dazu, Kleine, bringst weder du mich noch irgend jemand. Musik werde ich immer machen."

„Und du behauptest, mich zu lieben!" rief sie verärgert.

Sie haßte diese Musik – um so mehr, als sie nichts davon verstand und es ihr nicht möglich war, den Angriffspunkt zu finden, von dem aus sie den unsichtbaren Feind treffen und Christof in seiner Leidenschaft verwunden konnte. Wenn sie geringschätzig davon zu sprechen versuchte oder Christofs Kompositionen verächtlich machen wollte, brach er in helles Gelächter aus; und obgleich sie darüber außer sich geriet, zog sie es vor, zu schweigen; denn sie fühlte, daß sie sich lächerlich machte.

Wenn aber von dieser Seite nichts zu machen war, so hatte sie dafür bei Christof eine andere schwache Stelle entdeckt, wo ihr der Angriff leichter wurde: es war sein sittliches Bewußtsein. Trotz seines Zerwürfnisses mit den Vogels, trotz seiner Jugendtrunkenheit hatte sich Christof ein instinktives Schamgefühl, ein Bedürfnis nach Reinheit bewahrt, dessen er sich selbst nicht bewußt war, das aber einer Frau wie Ada zunächst auffallen, sie anziehen und bezaubern, ihr dann Spaß machen, sie bald mit Ungeduld erfüllen und sie schließlich bis zum Haß reizen mußte. Sie stellte sich ihm nicht offen entgegen. Hinterlistig fragte sie:

„Liebst du mich?"

„Allerdings!"

„Wie sehr liebst du mich?"

„Sosehr man nur lieben kann."

„Das ist nicht viel... Na, meinetwegen! – Was könntest du für mich tun?"

„Alles, was du verlangen würdest."

„Würdest du eine Schlechtigkeit begehen?"

„Sonderbare Art von Liebe!"

„Darum handelt es sich nicht. Könntest du sie begehen?"

„Das wird niemals notwendig sein."

„Aber wenn ich es nun wollte?"

„Du tätest nicht recht daran."

„Vielleicht nicht... Würdest du es tun?"

Er wollte sie küssen. Aber sie stieß ihn zurück.

„Würdest du es tun, ja oder nein?"

„Nein, mein Kleines."

Sie wandte ihm wütend den Rücken.

„Du liebst nicht, du weißt gar nicht, was lieben heißt."

„Das kann wohl sein", meinte er gutmütig.

Er wußte sehr wohl, daß er so gut wie jeder andere im Augenblick der Leidenschaft fähig war, eine Dummheit zu begehen, vielleicht auch eine Schlechtigkeit und – wer weiß? – vielleicht mehr. Aber er hätte es schändlich gefunden, sich dessen kalt zu rühmen, und gefährlich, es Ada einzugestehen. Ein Instinkt warnte ihn, daß die liebe Feindin auf der Lauer lag und jedes geringste Versprechen zu Protokoll nahm; er wollte ihr kein Material gegen sich in die Hände geben.

Ein andermal versuchte sie es von einer neuen Seite; sie fragte ihn:

„Liebst du mich aus freien Stücken oder weil ich dich liebe?"

„Aus freien Stücken."

„Also würdest du mich auch lieben, wenn ich dich nicht mehr liebte?"

„Ja."

„Und wenn ich einen anderen liebte, würdest du mich dann weiter lieben?"

„Oh! Dann – das weiß ich nicht ... Ich glaube nicht ... In jedem Fall wärst du das letzte Wesen, dem ich es sagen würde."

„Was würde sich denn dadurch ändern?"

„Sehr vieles. Ich vielleicht. Du ganz sicher."

„Was macht denn das, wenn ich mich verändere?"

„Alles. Ich liebe dich, wie du bist. Würdest du eine andere werden, bürge ich nicht dafür, dich dann noch zu lieben."

„Du liebst nicht, du liebst nicht. Was sollen diese Spitzfindigkeiten? Man liebt oder man liebt nicht. Wenn du mich liebst, so mußt du mich so, wie ich bin, lieben, immer und ewig und was ich auch tue ..."

„Das hieße dich wie ein Tier lieben."

„So will ich gerade geliebt werden."

„Dann hast du dich leider in mir getäuscht", meinte er scherzend, „ich bin nicht der, den du suchst. Wenn ich es auch wollte, könnte ich es nicht. Und ich will es auch nicht."

„Du bist sehr stolz auf deinen Verstand! Du liebst deinen Verstand mehr als mich."

„Aber ich liebe dich, Undankbare, mehr, als du dich liebst. Je schöner und besser du bist, um so mehr liebe ich dich."

„Du bist ein Schulmeister", sagte sie voller Ärger.

„Was ist dagegen zu machen? Ich liebe, was schön ist. Häßliches widert mich an."

„Sogar bei mir."

„Besonders bei dir."

Sie stampfte wütend mit dem Fuß auf.

„Ich will nicht abgeschätzt werden."

„Beklage dich also, weil ich dich abschätzte und dich liebe", sagte er zärtlich, um sie zu beruhigen.

Sie ließ sich von ihm in die Arme nehmen und war sogar gnädig genug, zu lächeln und sich von ihm küssen zu lassen. Einen Augenblick später aber, als er meinte, sie habe alles vergessen, fragte sie beunruhigt:

„Was findest du an mir Häßliches?"

Er hütete sich wohl, es zu sagen, und antwortete feige: „Ich kann nichts Häßliches finden."

Sie dachte einen Augenblick nach, lächelte und sagte: „Hör mal zu, Christli, du sagst, du magst keine Lügen."

„Ich verachte sie."

„Du hast ganz recht", meinte sie. „Ich verachte sie auch. Übrigens bin ich in diesem Punkt ganz ruhig, ich lüge nie."

Er sah sie an: sie sprach aufrichtig. Diese Unbewußtheit entwaffnete ihn.

„Also", fuhr sie fort, indem sie den Arm um seinen Hals schlang, „warum würdest du mir böse sein, wenn ich einen anderen liebte und es dir sagte?"

„Quäle mich doch nicht immer!"

„Ich quäle dich ja nicht; ich sage nicht, daß ich einen anderen liebe; ich versichere dir sogar, ich tue es nicht... Aber wenn ich später mal liebte?"

„Nun also, denken wir nicht daran."

„Ich will aber daran denken... Du würdest mir doch nicht böse sein? Du kannst mir deswegen nicht böse sein?"

„Ich würde dir darum nicht böse sein, ich würde dich ganz einfach verlassen."

„Mich verlassen? Warum denn? Wenn ich dich doch liebte?"

„Obwohl du gleichzeitig einen anderen liebst?"

„Natürlich. Das kommt vor."

„Schön, aber das wird zwischen uns nicht vorkommen."

„Warum?"

„Weil am selben Tage, an dem du einen anderen liebst, ich dich nicht mehr lieben würde, mein Kleines, kein bißchen mehr, nicht ein bißchen."

„Eben hast du noch gesagt, vielleicht... Da siehst du, du liebst eben nicht!"

„Laß gut sein. Für dich ist es jedenfalls besser so."

„Weil...?"

„Weil... liebte ich dich, wenn du einen anderen liebtest, so könnte das dir, mir und dem anderen schlecht bekommen."

„Da haben wir es! Jetzt bist du total verrückt. Ich bin also dazu verdammt, mein ganzes Leben mit dir zu verbringen?“

„Beruhige dich. Du bist frei. Du kannst mich, wann du willst, verlassen. Bloß daß es dann nicht auf Wiedersehen hieße, sondern adieu.“

„Aber wenn ich dich nun noch weiter lieben würde?“

„Liebt man sich, so bringt einer dem anderen Opfer.“

„Nun also, dann opfere dich doch.“

Er konnte nicht umhin, über ihren Egoismus zu lachen, und sie lachte mit.

„Eines einzelnen Opfer“, sagte er, „schafft nur des einzelnen Liebe.“

„Gar nicht. Es schafft beider Liebe. Ich würde dich viel mehr lieben, wenn du dich für mich aufopfertest. Und denke doch, Christli, wieviel mehr du mich lieben würdest! Nach solchem Opfer wärest du sehr glücklich.“

Sie lachten und waren froh, sich damit über den Ernst ihrer Meinungsverschiedenheit hinwegzutäuschen.

Er lachte und schaute sie an. Sie empfand im Grunde, wie sie sagte, keinerlei Wunsch, Christof jetzt zu verlassen; wenn er sie oft reizte und langweilte, so wußte sie doch eine Hingabe wie die seine zu schätzen; und sie liebte niemand anders. Sie sprach nur zum Spaß so, halb, weil sie wußte, daß es ihm unangenehm war, halb, weil es ihr Vergnügen machte, mit zweideutigen und nicht ganz sauberen Gedanken zu spielen, gleich einem Kinde, das sich daran vergnügt, im schmutzigen Wasser zu planschen. Er wußte das. Er zürnte ihr deswegen nicht. Aber er war dieser ungesunden Auseinandersetzungen müde, des dumpfen Kampfes gegen dieses schwankende und trübe Wesen, das er liebte, das vielleicht ihn liebte; er war müde der Anstrengung, die er machen mußte, um sich selbst über sie hinwegzutäuschen, manchmal zum Weinen müde. Er dachte: Warum, warum ist sie so? Warum ist man so? Wie kleinlich das Leben ist! Und gleichzeitig lächelte er, wenn er in das hübsche Gesicht sah, das sich über ihn neigte, ihre blauen Augen, ihren Blütenteint, ihren lachenden, schwatzenden Mund, der ein wenig dümmlich über dem frischen Glanz ihrer Zunge und ihrer feuchten Zähne offenstand. Ihre Lippen berührten sich fast; und er sah sie wie von fern an, von ganz fern, von einem anderen Stern; er sah, wie sie sich mehr und mehr entfernte, sich im Nebel verlor ... Und dann sah er sie nicht mehr. Er hörte sie nicht mehr, verfiel in eine Art lächelnde Vergangenheit, in der er seiner Musik, seinen Träumen, tausend Ada fernen Dingen nachsann. Er vernahm eine Melodie. Er komponierte still ... Ach, die schöne Weise! – So traurig, todestraurig! Und doch so gut, so liebereich ... Ach! Wie gut das tat! – Das ist es, so ist es ... Alles übrige war keine Wirklichkeit ...

Man schüttelte seinen Arm. Eine Stimme schrie ihn an:

„Sag jetzt, was ist dir? Wahrhaftig, du bist verrückt. Warum schaust du mich so an? Warum antwortest du nicht?"

Er sah nun wieder die ihn anblickenden Augen. Wer war das doch? – Ach so, ja ... Er seufzte.

Sie fragte ihn aus. Sie wollte wissen, woran er gedacht habe. Sie begriff es nicht; aber sie fühlte, sie könne sich noch so sehr anstrengen: ganz besaß sie ihn nicht, immer gab es noch eine Tür, durch die er entschlüpfen konnte. Das ärgerte sie im geheimen.

„Warum weinst du?" fragte sie einmal, nachdem er von einer seiner seltsamen Reisen in ein anderes Leben zurückgekehrt war.

Er strich mit der Hand über die Augen. Er fühlte, sie waren feucht.

„Ich weiß nicht", sagte er.

„Warum antwortest du mir nicht? Dreimal habe ich jetzt dasselbe gesagt."

„Was wolltest du?" fragte er sanft.

Sie fing wieder mit ihren geschmacklosen Streitfragen an. Er machte eine müde Gebärde.

„Jaja", sagte sie, „ich höre schon auf. Kein Wort mehr!"

Und sie fuhr um so eifriger fort.

Christof schüttelte sich voller Zorn.

„Willst du mich mit deinen Schmutzereien zufriedenlassen!“

„Ich scherze doch.“

„Suche dir sauberere Gegenstände!“

„Widerlege mich wenigstens. Sag doch, warum dir das nicht gefällt.“

„Fällt mir nicht ein. Es läßt sich nicht darüber reden, weshalb der Mist stinkt. Er stinkt, und damit basta! Ich halte mir die Nase zu und mache mich davon.“

Und wütend ging er fort; er wanderte mit langen Schritten und sog die eisige Luft ein.

Aber an anderen Tagen fing sie wieder an, einmal, zweimal, zehnmal. Alles, was sein Empfinden verletzen und empören konnte, brachte sie zur Sprache.

Er versuchte das Ganze als das ungesunde Spiel eines neurasthenischen Mädchens anzusehen, dem es Spaß machte, ihn aufzureizen. Er zuckte die Achseln oder tat, als höre er nicht hin: er nahm sie nicht ernst. Nichtsdestoweniger hatte er manchmal Lust, sie aus dem Fenster zu werfen; denn Neurasthenie und Neurastheniker waren sehr wenig nach seinem Geschmack...

Aber es genügte, daß er ihr zehn Minuten fern war, um alles, was ihm mißfiel, vergessen zu haben. Mit einem neuen Vorrat von Hoffnungen und Illusionen kehrte er zu Ada zurück. Er liebte sie. Liebe ist eine Tat ununterbrochenen Glaubens. Ob Gott ist oder nicht, darauf kommt es kaum an: man glaubt, weil man glaubt. Man liebt, weil man liebt: dazu bedarf es keiner Gründe!

Nach dem Auftritt, den Christof mit den Vogels gehabt hatte, war es unmöglich geworden, im Hause zu bleiben, und Luise hatte ein anderes Unterkommen für ihren Sohn und sich suchen müssen.

Eines Tages schneite plötzlich Ernst, Christofs jüngster Bruder, von dem lange Zeit keine Nachricht mehr gekommen war, zu ihnen herein. Er war brotlos, nachdem er sich hintereinander aus allen Stellen, die er probiert, hatte davonjagen lassen; sein Beutel war leer und seine Gesundheit zerrüttet: so erschien es ihm angebracht, sich im mütterlichen Haus wieder hochbringen zu lassen.

Ernst stand mit keinem seiner Brüder auf schlechtem Fuße; er wurde von beiden wenig geschätzt, und er wußte das; doch er war ihnen deswegen nicht böse, denn es war ihm höchst gleichgültig. Sie waren ihm darum ebensowenig böse. Das wäre vergebliche Liebesmüh gewesen. Alles, was man ihm vorhielt, glitt, ohne eine Spur zu hinterlassen, von ihm ab. Er lächelte mit seinen hübschen Schmeichelaugen, versuchte eine zerknirschte Miene zu ziehen, dachte dabei an etwas ganz anderes, gab alles zu, dankte und knöpfte zu guter Letzt dem einen oder anderen Bruder Geld ab. Fast wider Willen liebte Christof den liebenswürdigen Taugenichts, der äußerlich wie er und noch mehr als er ihrem Vater Melchior ähnlich sah. Er war groß und kräftig wie Christof, hatte ein regelmäßiges Gesicht, eine offenherzige Miene, klare Augen, eine gerade Nase, einen lachenden Mund, schöne Zähne und ein einschmeichelndes Wesen. Wenn Christof ihn sah, war er entwaffnet und machte ihm nicht halb soviel Vorwürfe, wie er für ihn in Bereitschaft hatte: im Grunde empfand er eine Art mütterlichen Wohlgefallens an diesem hübschen Burschen, der seines Blutes war und ihm, wenigstens äußerlich, Ehre machte. Er hielt ihn nicht für schlecht, und dumm war Ernst ebenfalls durchaus nicht. Wenn auch ohne Bildung, war er doch nicht geistlos; er konnte sich sogar für geistige Dinge interessieren. Er hörte Musik mit wirklichem Genuß; und verstand er auch die seines Bruders nicht, so lauschte er ihr doch neugierig. Christof, der mit Anteilnahme der Seinen nicht verwöhnt war, hatte es Freude gemacht, ihn in manchen seiner Konzerte zu entdecken.

Ernsts Haupttalent aber war das Verständnis, das er für die Charaktere seiner beiden Brüder entwickelte, und seine Geschicklichkeit, es auszunützen. Christof konnte seinen Egoismus und seine Gleichgültigkeit noch so genau kennen, er konnte noch so deutlich sehen, daß Ernst an seine Mutter und ihn nur dachte, wenn er sie nötig hatte: immer wieder ließ er sich durch seine herzliche Art gefangennehmen, und es geschah sehr selten, daß er ihm irgend etwas versagte. Er mochte ihn viel lieber als seinen anderen Bruder, Rudolf, der solide und korrekt war, seinen Geschäften eifrig nachging, sehr moralisch dachte, der kein Geld forderte und ebensowenig welches hergegeben hätte und der regelmäßig alle Sonntage seine Mutter auf eine Stunde besuchen kam, während der er nur von sich sprach, großtat, mit seinem Geschäftshaus und allem, was ihn betraf, protzte, sich nach niemand anderem erkundigte, sich für nichts interessierte und mit dem Stundenschlag, höchst befriedigt von seiner erfüllten Pflicht, davonging. Den konnte Christof nicht ausstehen. Er richtete es so ein, daß er, wenn Rudolf kam, ausgegangen war. Rudolf war eifersüchtig auf ihn; er schätzte Künstler sehr gering, und Christofs Erfolge waren ihm peinlich. In den Kaufmannskreisen, die er besuchte, ließ er es sich allerdings nicht entgehen, sich mit des Bruders kleinem Ruhm aufzuspielen; niemals aber hätte er Christof oder seiner Mutter etwas davon verraten: er tat, als wisse er nichts. Dafür entging ihm nie die geringste Unannehmlichkeit, die Christof erlebte. Christof stand über diesen Kleinlichkeiten und tat, als merke er sie nicht; was ihn aber empfindlicher getroffen hätte und was er nie vermutete, war, daß ein Teil der böswilligen Auskünfte, die Rudolf über ihn besaß, von Ernst stammte. Der kleine Lump empfand sehr genau den Unterschied zwischen Rudolf und Christof, ohne allen Zweifel erkannte er Christofs Überlegenheit an und hatte vielleicht sogar eine gewisse, etwas ironische Sympathie für seine Arglosigkeit. Aber er hütete sich wohl, sich den Vorteil daraus entgehen zu lassen; und wenn er die schlechte Gesinnung Rudolfs auch verachtete, beutete er sie doch gleichzeitig schamlos aus. Er schmeichelte seiner Eitelkeit und Eifersucht, hörte seine Strafpredigten mit Ehrerbietung an und hielt ihn auf dem laufenden über den Stadtklatsch, besonders über all das, was Christof betraf – worüber er immer herrlich unterrichtet war. Er kam damit zu seinem Ziel; und Rudolf ließ sich trotz seines Geizes wie Christof das Geld aus der Tasche locken.

So nützte Ernst unparteiisch beide aus und machte sich über beide lustig. Beide liebten ihn denn auch.

Ungeachtet aller seiner Gaunereien war Ernst in einem jämmerlichen Zustand, als er sich bei seiner Mutter einfand. Er kam von München, wo er seine letzte Stelle gefunden und wie gewöhnlich gleich wieder verloren hatte. Er hatte bei strömendem Regen den größten Teil des Weges zu Fuß machen müssen und Gott weiß, wo geschlafen. Er war schmutzbedeckt, abgerissen, sah wie ein Bettler aus und hustete jämmerlich; denn er hatte sich unterwegs eine schlimme Bronchitis geholt. Als sie ihn so eintreten sahen, war Luise ganz entsetzt, und Christof lief ihm bewegt entgegen. Ernst hatte schnell die Tränen bereit und versäumte nicht, den gemachten Eindruck auszunutzen; allgemeine Rührung folgte, und sie weinten zu dritt, einer im Arm des andern.

Christof gab sein Zimmer her; man wärmte das Bett und legte den Kranken nieder, der nahe daran schien, seine Seele auszuhauchen. Luise und Christof wechselten die Nachtwache neben seinem Lager. Der Arzt mußte geholt werden. Arzneien wurden nötig, ein gutes Feuer im Zimmer, eine besondere Kost.

Darauf mußte man ihn vom Kopf bis zu den Füßen neu einkleiden: Wäsche, Schuhzeug, Kleidung, alles war zu erneuern. Ernst ließ es geschehen. Luise und Christof brachten jedes Opfer, um die Ausgaben zu decken. Sie waren im Augenblick recht in Verlegenheit: ein neuer Umzug, eine teurere, wenn auch ebenso unbequeme Wohnung, weniger Stunden für Christof und bedeutend vermehrte Ausgaben. Es gelang ihnen mit knapper Not, auszukommen. Jetzt mußten sie zu äußersten Mitteln greifen. Christof hätte sich wohl an Rudolf wenden können, dem es leichter als ihm möglich gewesen wäre, Ernst zu Hilfe zu kommen; aber er wollte es nicht: er setzte seine Ehre darein, dem Bruder allein zu helfen. Er glaubte sich als Ältester dazu verpflichtet – und weil er eben Christof war. Er mußte daher, vor Scham errötend, ein Angebot annehmen – oder vielmehr seinerseits darauf zurückkommen –, das er vierzehn Tage vorher mit Empörung zurückgewiesen hatte: Es war der Vorschlag, den ihm ein unbekannter reicher Dilettant, der ihm eine musikalische Arbeit abkaufen wollte, um sie unter seinem Namen herauszugeben, von einem Agenten hatte machen lassen. Luise dagegen verdingte sich tagsüber zum Ausbessern von Wäsche. Einer verhehlte dem anderen die Opfer, die er brachte, und sie belogen sich gegenseitig bezüglich des Geldes, das sie heimbrachten.

Der genesende Ernst, der zusammengekauert am Ofen saß, gestand eines Tages zwischen zwei krampfhaften Hustenanfällen, daß er einige Schulden habe. Man bezahlte sie. Niemand machte ihm deswegen einen Vorwurf. Das wäre einem Kranken und einem verlorenen Sohn gegenüber, der reuig heimkehrte, nicht großmütig gewesen. Denn Ernst schien durch die überstandenen Prüfungen verwandelt zu sein. Mit tränenerstickter Stimme sprach er von seinen vergangenen Irrwegen; und Luise küßte ihn und beschwor ihn, nicht mehr daran zu denken. Er war zärtlich, hatte stets verstanden, seine Mutter durch seine Liebesbeweise zu betören. Christof war früher darauf ein wenig eifersüchtig gewesen. Jetzt fand er es natürlich, daß der jüngere und schwächere Sohn auch der geliebtere sei. Er selbst betrachtete ihn, trotz des geringen Altersunterschiedes, eher wie einen Sohn als wie einen Bruder. Ernst bezeigte ihm großen Respekt; er spielte manchmal auf die Kosten an, die sich Christof auferlegte, auf die Geldopfer ... Aber Christof ließ ihn nicht weiterreden, und Ernst begnügte sich damit, ihm mit einem demütigen und warmen Blick zu danken. Zu allen Ratschlägen, die ihm Christof gab, sagte er ja; und er schien geneigt, sobald er hergestellt sein würde, ein neues Leben anzufangen und ernstlich zu arbeiten.

Er erholte sich, doch die Genesung schritt langsam vorwärts. Der Arzt hatte erklärt, daß seine mißbrauchte Gesundheit besondere Vorsichtsmaßregeln nötig mache. So blieb er also weiter bei seiner Mutter, schlief in Christofs Bett, aß mit gutem Appetit das Brot, das sein Bruder verdiente, und die kleinen leckeren Gerichte, die Luise erfinderisch für ihn bereitete. Er redete nicht vom Fortgehen. Luise und Christof redeten ihm ebensowenig davon. Sie waren überglücklich, den Sohn, den Bruder, den sie liebten, wiedergefunden zu haben.

In den langen Abenden, die er mit Ernst verbrachte, ließ sich Christof nach und nach ein wenig gehen und sprach vertraulicher mit ihm. Es war ihm ein Bedürfnis, sich irgend jemand anzuvertrauen. Ernst war intelligent; er hatte eine schnelle Auffassungsgabe und verstand jede halbe Andeutung. Es war ein Vergnügen, mit ihm zu plaudern. Immerhin wagte Christof von dem, was ihm am meisten am Herzen lag, von seiner Liebe, nichts zu sagen. Eine Art Schamgefühl hielt ihn zurück. Ernst, der genau Bescheid wußte, ließ sich davon nichts merken.

Eines Tages benutzte der wieder ganz hergestellte Ernst einen sonnigen Nachmittag, um am Rhein entlangzuschlendern. Als er ein wenig außerhalb der Stadt an einem lauten Gasthof vorbeikam, wohin man sonntags zu Tanz und Bier ging, bemerkte er Christof mit Ada und Myrrha an einem Tisch, an dem es recht lärmend herging. Auch Christof sah ihn und errötete. Ernst spielte den Taktvollen und ging, ohne ihn anzureden, vorüber.

Christof war diese Begegnung sehr peinlich. Sie ließ ihn schärfer empfinden, in welcher Gesellschaft er sich befand, und es war ihm unangenehm, daß sein Bruder ihn darin sah, nicht allein, weil er von nun an das Recht verlor, Ernsts Lebenswandel zu kritisieren, sondern vor allem, weil er von seinen Pflichten als ältester Bruder eine sehr hohe, sehr naive und ein wenig altertümliche Meinung hatte, die vielen Leuten lächerlich erschienen wäre; er meinte, sein Tun stehe im Widerspruch mit seiner Pflicht und erniedrige ihn in seinen eigenen Augen.

Als sie sich abends in dem gemeinsamen Zimmer wieder zusammenfanden, wartete er darauf, daß Ernst irgendeine Andeutung über das Vorgefallene mache. Ernst aber schwieg wohlweislich und wartete ebenfalls ab. Darauf überwand sich Christof, während sie sich entkleideten, von seiner Liebe zu sprechen. Er war dabei so verwirrt, daß er Ernst nicht anzusehen wagte; und aus Schüchternheit sprach er möglichst burschikos. Ernst erleichterte ihm nichts; er blieb stumm, sah ihn ebenfalls nicht an, doch beobachtete er ihn darum nicht weniger; es entging ihm nichts von der Komik, die in Christofs linkischer Art und seinen unbeholfenen Worten lag. Kaum wagte Christof, Ada zu nennen; und das Bild, das er von ihr entwarf, konnte genausogut auf alle geliebten Frauen passen. Aber er sprach von seiner Liebe; und nach und nach ließ er sich von dem Zärtlichkeitsstrom, der sein Herz erfüllte, mitreißen und redete davon, wie gut es tue zu lieben, wie elend er sich gefühlt habe, bevor er dies Licht in seiner Nacht entdeckt habe, und daß das Leben ohne eine tiefe Liebe gar nichts wert sei. Der andere hörte ernsthaft zu; er antwortete mit Zartgefühl, stellte keinerlei Fragen; aber ein bewegter Händedruck bewies, daß er mit Christof fühlte. Sie tauschten ihre Gedanken über Liebe und Leben aus. Christof war glücklich, sich so verstanden zu sehen. Vor dem Einschlafen umarmten sie sich brüderlich.

Christof gewöhnte sich mit der Zeit daran, wenn auch

immerhin schüchtern und mit großer Zurückhaltung, seine ganze Liebesgeschichte Ernst anzuvertrauen, dessen Zartgefühl ihn in Sicherheit wiegte. Er ließ ihn seine Besorgnisse in bezug auf Ada fühlen; niemals aber beschuldigte er sie: er klagte sich selbst an. Und mit Tränen in den Augen versicherte er, daß er nicht mehr leben könne, wenn er sie verlöre.

Er unterließ auch nicht, zu Ada von Ernst zu sprechen. Er pries seinen Geist und seine Schönheit.

Ernst verriet Christof keinerlei Wunsch, Ada vorgestellt zu werden; aber er schloß sich trübselig in sein Zimmer ein und weigerte sich auszugehen, indem er sagte, er kenne ja doch niemand. Christof machte sich Vorwürfe, daß er sonntags seine Landausflüge mit Ada weiter fortsetzte, indessen sein Bruder zu Hause blieb. Natürlich war es ihm unangenehm, mit seiner Freundin nicht allein sein zu sollen; aber er schalt sich egoistisch und schlug Ernst vor mitzukommen.

Die Vorstellung fand vor Adas Tür auf ihrem Etagenflur statt. Ernst und Ada begrüßten sich formell. Ada ging hinunter, gefolgt von Myrrha, von der sie nicht zu trennen war und die, als sie Ernst sah, einen kleinen Überraschungsschrei ausstieß. Ernst lächelte, trat auf sie zu und küßte Myrrha, die das ganz natürlich zu finden schien.

„Wie! Ihr kennt euch?“ fragte Christof verblüfft.

„Allerdings!“ meinte Myrrha lachend.

„Seit wann?“

„Seit einer ganzen Weile!“

„Und du wußtest das?“ fragte Christof Ada. „Warum hast du mir nichts davon gesagt?“

„Meinst du, ich kenne Myrrhas sämtliche Liebhaber?“ sagte Ada achselzuckend.

Myrrha fing das Wort auf und tat zum Scherz, als werde sie böse. Mehr konnte Christof nie herausbekommen. Er war betrübt. Ihm schien, Ernst, Myrrha, Ada hätten es an Aufrichtigkeit fehlen lassen, obgleich er ihnen tatsächlich ja keinerlei Lüge vorwerfen konnte; aber es war schwierig, zu glauben, daß Myrrha, die keinerlei Geheimnisse vor Ada hatte, gerade dies so sorgsam gehütet haben sollte und daß Ernst und Ada sich nicht schon kannten. Er beobachtete sie. Aber sie wechselten nur einige gleichgültige Worte, und während des ganzen übrigen Spazierganges kümmerte sich Ernst nur um Myrrha. Ada sprach ihrerseits nur mit Christof, und sie war zu ihm viel liebenswürdiger als gewöhnlich.

Von da an nahm Ernst an allen ihren Ausflügen teil. Christof hätte sich wohl gern seiner entledigt, aber er wagte nichts zu sagen. Dabei hatte er keinen anderen Grund für den Wunsch, seinen Bruder fernzuhalten, als die Scham, ihn zum Genossen seiner Vergnügungen zu haben. Er hegte kein Mißtrauen. Ernst gab ihm keinerlei Anlaß dazu. Er schien in Myrrha verliebt und beachtete Ada gegenüber eine höfliche Zurückhaltung, ja eine betonte Rücksichtnahme, die fast deplaciert war; es war, als wolle er auf die Geliebte seines Bruders ein wenig von dem Respekt übertragen, den er diesem zollte. Ada fand das nicht erstaunlich, und sie beherrschte sich Ernst gegenüber nicht weniger.

Sie machten lange gemeinsame Spaziergänge. Die beiden Brüder marschierten voran; Ada und Myrrha folgten lachend und tuschelnd einige Schritte hinterher. Sie blieben mitten auf dem Wege lange plaudernd stehen. Christof und Ernst standen auch still, um sie zu erwarten. Christof wurde schließlich ungeduldig und ging weiter, aber bald wendete er sich voller Verdruß um, denn er sah Ernst mit den beiden Schwätzerinnen lachen und plaudern. Er hätte gern gewußt, was sie redeten; aber kamen sie in seine Nähe, so hörte ihr Gespräch auf.

„Was habt ihr denn nur immer heimlich zu verabreden?" fragte er.

Sie antworteten mit einem Scherz. Alle drei verstanden sich untereinander wie die Jahrmarktsspitzbuben.

Christof hatte gerade einen ziemlich lebhaften Streit mit Ada gehabt. Sie schmollten schon seit dem Morgen miteinander. Ungewöhnlicherweise hatte Ada darauf nicht eine würdig beleidigte Miene aufgesetzt, wie sie es in solchem Fall aus Rache zu tun pflegte, indem sie sich unausstehlich langweilig aufführte. Diesmal schien sie einfach Christofs Dasein zu übersehen und zeigte den anderen beiden Begleitern gegenüber die beste Laune. Man hätte meinen können, daß sie im Grunde über das Zerwürfnis nicht ungehalten sei.

Christof empfand im Gegenteil den größten Wunsch nach Frieden: er war verliebter als je. Seiner Zärtlichkeit mischte sich ein Gefühl von Dankbarkeit bei für alles, was diese Liebe Wohltätiges gehabt hatte, ein Bedauern, die Stunden mit dummen Streitigkeiten zu vergeuden – und die grundlose Furcht, der ahnungsvolle Gedanke, daß diese Liebe ihrem Ende zugehe. Wehmütig betrachtete er das hübsche Gesicht Adas, welche tat, als sähe sie ihn gar nicht, und mit den anderen lachte; und dies Gesicht erweckte in ihm so viele köstliche Erinnerungen, dies reizende Gesicht zeigte sogar für Augenblicke – wie gerade in diesem – so viel Gutherzigkeit und ein so reines Lächeln, daß Christof sich fragte, weshalb es eigentlich nicht besser zwischen ihnen stehe, warum sie sich mutwilligerweise ihr Glück zerstörten, warum sie durchaus die leuchtenden Stunden vergessen und alles, was gut und brav in ihr war, verleugnen wollte und welche seltsame Befriedigung sie nur darin finden könnte, die Reinheit ihrer Neigung, sei es auch nur in Gedanken, zu stören und zu beschmutzen. Er empfand ein unendliches Bedürfnis, der, die er liebte, zu vertrauen, und er versuchte noch einmal, sich etwas vorzumachen. Er warf sich vor, ungerecht zu sein, und hatte Gewissensbisse, weil er unnachsichtig gewesen war.

Er näherte sich ihr, versuchte mit ihr zu reden; sie antwortete mit ein paar trockenen Worten; sie fühlte keinerlei Verlangen, sich mit ihm auszusöhnen. Er ließ nicht nach, er bat sie leise, ihn doch einen Augenblick, fern von den andern, anzuhören. Ziemlich mürrisch folgte sie ihm. Als sie einige Schritte weiter waren und weder Myrrha noch Ernst sie sehen konnten, faßte er plötzlich ihre Hände, bat sie um Verzeihung, kniete im Walde mitten im toten Laub vor ihr nieder. Er sagte, er könne so, überworfen mit ihr, nicht leben; er könne den Spaziergang, den schönen Tag nicht mehr genießen, an nichts könne er sich mehr freuen; er brauche ihre Liebe. Ja, er sei oft ungerecht, heftig, abstoßend; er flehte sie an, ihm das zu vergeben: der Grund dazu läge in seiner Liebe selber. Er könne nichts Minderwertiges in ihr ertragen, nichts, das nicht ganz der Erinnerungen ihrer lieben miteinander verlebten Stunden würdig sei. Er rief sie ihr zurück, mahnte sie an ihre erste Begegnung, ihre ersten gemeinsamen Tage; er sagte, daß er sie immer noch ebenso liebe, sie ewig lieben werde. Sie möge sich um alles nicht ihm entfremden! Sie sei die Welt für ihn ...

Ada hörte ihm zu und lächelte verwirrt und fast gerührt. Sie machte ihm ihre guten Augen – Augen, die sagen, daß man sich liebt und nicht mehr zürnt. Sie küßten sich und gingen aneinandergepreßt durch den entblätterten Wald. Sie fand Christof nett und empfand seine zärtlichen Worte mit dankbarem Sinn; aber darum mochte sie keinen der schlimmen Einfälle, die ihr im Kopfe saßen, opfern. Immerhin zauderte sie ein wenig; ganz soviel lag ihr nicht mehr an ihnen. Und doch tat sie, was sie sich vorgenommen hatte. Weshalb? Wer kann es ermessen? – Weil sie schon vorher den Entschluß gefaßt hatte, es zu tun? – Wer weiß? Vielleicht schien es ihr besonders reizvoll, gerade an jenem Tage ihren Freund zu betrügen, um ihm, um sich selbst ihre Freiheit zu beweisen. Sie glaubte nicht, ihn zu verlieren; das würde sie nicht gewollt haben. Sie glaubte sich seiner sicherer als je.

Sie waren an eine Waldlichtung gelangt. Zwei Fußpfade trennten sich dort. Christof schlug den einen ein. Ernst behauptete, der andere führe schneller zum Gipfel des

Hügels, auf den sie wollten. Ada war seiner Ansicht. Christof kannte den Weg, da er ihn oft gemacht hatte, und blieb dabei, daß sie sich täuschten. Die anderen bestanden auf ihrer Meinung. Darauf wurde beschlossen, die Probe zu machen; und jeder wettete, daß er als erster ankäme. Ada ging mit Ernst. Myrrha begleitete Christof; sie tat, als sei sie überzeugt, daß er recht habe. Und sie fügte hinzu: „Wie immer!" Christof hatte den Spaß ernst genommen, und da er sehr ungern verlor, marschierte er schnell, allzu schnell für Myrrha, die viel weniger Eile als er zeigte.

„Beeile dich doch nicht so, mein Freund", sagte sie in ihrem ironischen, ruhigen Ton zu ihm, „wir werden immer noch zuerst ankommen."

Ein Skrupel erfaßte ihn.

„Du hast recht", sagte er, „ich glaube, ich gehe etwas zu schnell: das gilt nicht im Spiel."

Er verlangsamte den Schritt.

„Aber ich kenne sie", fuhr er fort, „ich bin sicher, sie laufen, um nur vor uns da zu sein."

Myrrha lachte hell auf.

„Aber nein, o nein, darum sorge dich nur nicht."

Sie hängte sich an seinen Arm und drängte sich eng an ihn. Da sie ein wenig kleiner als Christof war, schlug sie im Gehen ihre verständigen, schmeichlerischen Augen zu ihm auf. Sie sah wirklich hübsch und verführerisch aus. Kaum erkannte er sie wieder: nichts war wechselvoller als sie. Im gewöhnlichen Leben hatte sie ein etwas fahles, gedunsenes Gesicht; doch es genügte die geringste Erregung, ein fröhlicher Gedanke oder der Wunsch zu gefallen, um dies ältliche Aussehen verschwinden zu lassen; die Wangen röteten sich, die Falten um die Augen herum verloschen, der Blick glänzte auf, und das ganze Gesicht war von einem Leben, einer Jugend, einem Geist erfüllt, den Adas Züge nicht kannten. Christof war über die Verwandlung ganz überrascht, und er wandte die Augen ab: das Alleinsein mit ihr machte ihn ein wenig befangen. Sie war ihm hinderlich; er hörte nicht, was sie sagte, antwortete nicht darauf oder auch ganz verkehrt; denn er dachte – wollte einzig an Ada denken. Er dachte an die guten Augen, die sie eben gehabt hatte; und sein Herz strömte von Liebe über. Myrrha wollte ihn zur Bewunderung des Waldes veranlassen, dessen feine kleine Zweige so schön in den klaren Himmel ragten ... Ja gewiß, alles war schön: die Wolke hatte sich zerstreut, Ada war zurückgekehrt, es war ihm gelungen, das Eis zwischen ihnen zu brechen, sie liebten sich neu, sie waren nur eins. Sein Atem ging erleichtert; wie dünn die Luft war! Ada war ihm zurückgekehrt ... Alles mahnte ihn an sie ... Es war ein wenig feucht; würde sie nicht frieren? – Die hübschen Bäume waren vom Reif bepudert. Wie schade, daß sie das nicht sah! – Jetzt aber fiel ihm die eingegangene Wette wieder ein, und er beschleunigte den Schritt; seine ganze Aufmerksamkeit war auf den Weg gerichtet, damit er ihn nicht verfehle. Als er ans Ziel kam, triumphierte er:

„Wir sind die ersten!"

Er schwenkte fröhlich seinen Hut. Myrrha sah ihn mit einem Lächeln an.

Der Platz, auf dem sie sich befanden, war ein langer, schroffer Felsen mitten im Wald. Von der Plattform des Gipfels, der von Haselnußgesträuch und kleinen, verkrüppelten Eichen umrandet war, überschauten sie die waldigen Abhänge, die von violetten Nebeln umhüllten Wipfel der Tannen und das lange Band des Rheins im bläulichen Tal. Kein Vogelschrei. Keine Stimme. Nicht ein Hauch. Ein regloser, vom Winter gefangener Tag, der sich fröstelnd an den bleichen Strahlen einer schlaffen Sonne wärmt. Ab und zu in der Ferne der kurze Pfiff eines Zuges im Tal. Christof stand am Rand des Felsens und betrachtete sinnend die Landschaft. Myrrha betrachtete Christof.

Er wandte sich mit gutgelaunter Miene zu ihr um.

„Da sieht man es! Solche Faulpelze, ich hatte es ihnen ja vorher gesagt! – Na gut! Erwarten wir sie also."

Er streckte sich auf die geborstene Erde in die Sonne.

„Ganz richtig, warten wir", meinte Myrrha und nahm den Hut ab.

In ihrem Ton lag etwas Spöttisches, daß er sich aufrichtete und sie anschaute.

„Was ist los?" fragte sie seelenruhig.

„Was sagtest du eben?"

„Ich sagte: Warten wir. Es lohnte sich nicht, mich so außer Atem zu bringen."

„Das ist wahr."

Sie legten sich beide auf den rauhen Boden nieder und warteten. Myrrha summte ein Lied. Christof trällerte ein paar Stellen daraus mit. Aber alle Augenblicke brach er ab und lauschte.

„Mir scheint, ich höre sie."

Myrrha sang weiter.

„Sei eine Minute still, ja?"

Myrrha brach ab.

„Nein, es war nichts."

Sie nahm das Lied wieder auf.

Christof hielt es nicht länger auf seinem Platz aus.

„Vielleicht haben sie sich verlaufen."

„Verlaufen? Kann man gar nicht. Ernst kennt übrigens alle Wege."

Eine sonderbare Idee ging Christof durch den Kopf.

„Sind sie vielleicht doch als erste hier angekommen und vor uns wieder fortgegangen?"

Myrrha, die auf dem Rücken lag und in den Himmel schaute, bekam mitten im Singen einen tollen Lachanfall, so daß sie beinahe erstickte. Christof aber versteifte sich auf seine Idee. Er wollte zur Station hinunter, wo, wie er sagte, die Freunde schon sein müßten. Myrrha entschloß sich endlich, aus ihrer Unbewegtheit herauszugehen.

„Das wäre das beste Mittel, sie zu verlieren! – Von der Station war nie die Rede. Hier sollten wir uns treffen."

Er setzte sich neben sie. Seine Ungeduld machte ihr Spaß.

Er fühlte, wie sie ihn mit ironischem Blick beobachtete. Aber er fing an, sich ernsthaft zu sorgen – um ihretwillen zu sorgen: er verdächtigte sie nicht. Wieder stand er auf. Er redete davon, in den Wald zurückzugehen, sie zu suchen, sie zu rufen. Myrrha ließ ein kleines, glucksendes Lachen hören; sie hatte aus ihrer Tasche eine Nadel, Schere und Faden hervorgeholt, trennte seelenruhig die Federn von ihrem Hut ab und nähte sie wieder an. Sie schien für einen ganzen Tag eingerichtet.

„Nicht doch, nicht doch, Schäfchen", sagte sie. „Meinst du nicht, daß, wenn sie kommen wollten, sie ganz von selber kämen?"

Ihm war es wie ein Schlag aufs Herz. Er wandte sich zu ihr um; sie sah ihn nicht an und war ganz in ihre Arbeit vertieft. Er kam auf sie zu.

„Myrrha!" sagte er.

„He?" machte sie, ohne sich stören zu lassen.

Er kniete nieder, um sie aus größerer Nähe zu sehen.

„Myrrha!" wiederholte er.

„Na, was denn?" fragte sie, indem sie die Augen von der Arbeit ließ und ihn lächelnd anschaute. „Was gibt es denn?"

Sie sah sein verstörtes Gesicht, und ihres bekam einen spöttischen Ausdruck.

„Myrrha?" fragte er mit gepreßter Kehle. „Sag mir, was du denkst ..."

Sie zuckte die Achseln, lächelte und fing wieder an zu arbeiten.

Er griff nach ihren Händen und nahm ihr den Hut, an dem sie nähte, weg.

„Laß das, laß das und sag mir ..."

Sie sah ihm gerade ins Gesicht und wartete. Sie sah, wie Christofs Lippen zitterten.

„Du meinst", sagte er ganz leise, „daß Ernst und Ada ...?"

Sie lächelte.

„Und ob!"

Er bäumte sich empört auf.

„Nein! Nein! Das ist unmöglich! Das denkst du nicht! – Nein! Nein!“

Sie legte ihm die Hände auf die Schultern und bog sich vor Lachen.

„Wie bist du dumm, wie bist du dumm, mein Liebling!“

Er schüttelte sie heftig.

„Lache nicht! Warum lachst du? Wenn es wahr wäre, würdest du nicht lachen. Du liebst Ernst...“

Sie lachte weiter, zog ihn an sich und küßte ihn. Wider Willen gab er ihr den Kuß zurück. Als er aber auf seinen Lippen ihre von den Küssen seines Bruders noch heißen Lippen fühlte, zuckte er zurück; er hielt ihren Kopf in einiger Entfernung von sich fest; er fragte:

„Du hast es gewußt? Es war zwischen euch abgemacht?“

Sie nickte lachend. „Ja.“

Christof schrie nicht, er fand keine Bewegung des Zornes. Er öffnete den Mund, als könnte er nicht mehr atmen; er schloß die Augen und ballte die Hände gegen seine Brust: ihm war, als zerspränge sein Herz. Dann lag er, den Kopf in die Hände vergraben, auf der Erde und wurde von einem Anfall des Ekels und der Verzweiflung geschüttelt, wie er ihn als Kind manchmal durchgemacht hatte.

Myrrha war nicht sehr weichherzig, aber sie hatte Mitleid mit ihm; in einer Wallung mütterlichen Mitgefühls neigte sie sich über ihn, sprach ihm herzlich zu, wollte ihm ihr Riechfläschchen geben. Aber er stieß sie mit Abscheu zurück und sprang so heftig auf, daß sie Angst bekam. Er hatte weder die Kraft noch den Wunsch zur Rache. Er sah sie mit einem vom Schmerz verzerrten Gesicht an.

„Elendes Weib“, sagte er niedergeschmettert, „du weißt nicht, was du anrichtest...“

Sie wollte ihn halten. Er floh quer durch den Wald und spie seinen Ekel vor diesen Schändlichkeiten, diesen Dreckseelen, dieser blutschänderischen Teilung, zu der sie ihn hatte bringen wollen, von sich. Er weinte, zitterte und schluchzte vor Ekel. Ein Abscheu vor ihr, vor ihnen allen, vor sich selber, vor seinem Leib und seinem Herzen war in ihm. Ein Orkan der Verachtung brach in ihm los. Seit langem hatte er sich vorbereitet; früher oder später mußte die Reaktion gegen die niedrigen Gedanken, die entwürdigenden Kompromisse, die widerliche und verpestete Atmosphäre, in der er seit Monaten lebte, kommen; aber sein Liebesbedürfnis, sein Verlangen, sich in der Geliebten zu täuschen, hatte die Krise so lange, wie es irgend möglich war, hinausgeschoben. Mit einem Schlage kam sie zum Ausbruch; und es war besser so. Ein großer Windstoß von herber Reinheit, eine eisige Brise hatte alle Bazillen weggefegt. Mit einem Schlage hatte der Ekel die Liebe zu Ada gemordet.

Wenn Ada geglaubt hatte, durch diese Tat ihre Herrschaft über Christof nur mehr zu festigen, so bewies sie damit noch einmal ihre rohe Unkenntnis dessen, der sie liebte. Eifersucht, die schmutzige Herzen bindet, konnte eine junge, stolze und reine Natur wie die Christofs nur zur Empörung treiben. Was er aber vor allem nicht verzieh, was er nie verzeihen konnte, war, daß Adas Verrat aus keinerlei Leidenschaft entsprang, nicht einmal aus einer jener törichten und niederziehenden Launen, denen die weibliche Vernunft manchmal kaum widerstehen kann. Nein – er durchschaute jetzt bei ihr den heimlichen Wunsch, ihn herabzuziehen, ihn zu demütigen, ihn für seine moralische Widerstandskraft, seinen feindlichen Glauben zu strafen, ihn zur Allgemeinheit niederzudrücken, vor ihre Füße zu zwingen, ihre schädliche Macht sich selber zu beweisen. Und mit Entsetzen fragte er sich: Woher nur kommt bei der Mehrzahl dieses Bedürfnis nach Besudelung, dieser Drang, gerade das zu besudeln, was in ihnen selber und anderen rein ist – was sind das für Schweineseelen, deren Wonne es ist, sich im Schmutz zu wälzen, und die glücklich sind, wenn auf ihrer Haut nicht ein sauberes Fleckchen mehr geblieben ist!

Ada wartete zwei Tage darauf, daß Christof wiederkehre. Dann fing sie an unruhig zu werden und schickte ihm eine zärtliche Karte, auf der sie mit keinem Wort das Vorgefallene erwähnte. Christof antwortete gar nicht. Er haßte Ada mit so tiefem Haß, daß er nicht einmal mehr Worte wußte, um ihn auszudrücken. Er hatte sie aus seinem Leben gestrichen. Sie existierte für ihn nicht mehr.

Von Ada war Christof befreit, aber von sich selber nicht. Vergeblich spiegelte er sich etwas vor und versuchte die keusche und starke Ruhe der Vergangenheit zurückzuerobern. Man geht nicht zur Vergangenheit zurück. Man muß auf seinem Wege weiter; und sich umzuwenden ist zu nichts anderem gut, als vielleicht die Orte, an denen man vorbeischritt, den fernen Rauch des Daches, unter dem man schlief, am Horizont, im Nebel der Erinnerung verschwinden zu sehen. Nichts aber trägt uns weiter von unseren alten Seelen fort als ein paar Monate der Leidenschaft. Der Weg biegt plötzlich um, die Landschaft wechselt; es ist, als sagte man dem, was dahinten bleibt, ein letztes Mal Lebewohl.

Christof konnte sich nicht dareinfinden. Er streckte die Arme zur Vergangenheit aus; er versteifte sich darauf, seine frühere, einsame und verzichtende Seele wiederaufleben zu lassen. Aber sie war nicht mehr da. Leidenschaft ist weniger durch sich als durch die Trümmer, die sie aufstapelt, gefahrvoll. Wenn auch Christof nicht mehr liebte, wenn er auch – für den Augenblick – die Liebe noch so sehr verachtete: Er war durch ihre Kralle gezeichnet. In seinem Herzen war eine Leere, die ausgefüllt werden mußte. Anstatt des furchtbaren Dranges nach Zärtlichkeit und Lust, der die, welche einmal von ihnen kosteten, verzehrt, brauchte er eine andere Leidenschaft, und war es auch eine entgegengesetzte: die Leidenschaft der Verachtung, der trotzigen Reinheit, des Glaubens an die Tugend. Die aber genügten nicht, genügten nicht mehr, um seinen Hunger zu stillen; sie gaben nur Nahrung für den Augenblick her. Sein Leben wurde eine Folge von heftigen Widersprüchen, von Sprüngen aus einem Extrem ins andere. Einmal wollte er es den Gesetzen einer unmenschlichen Askese unterwerfen: nicht mehr essen, nichts als Wasser trinken, sich den Körper durch Wanderungen, Überanstrengungen, Nachtwachen abtöten und sich jedes Vergnügen versagen. Ein andermal überredete er sich, daß Kraft die wahre Moral für Leute seines Schlages bedeute; und er jagte tausend Freuden nach. In einem wie im anderen Falle war er gleich unglücklich. Er konnte nicht mehr einsam sein. Und war er es nicht, so hielt er auch das nicht aus.

Der einzige Trost wäre ihm eine wahre Freundschaft gewesen, die von Rosa vielleicht: er hätte sich hineinflüchten können. Aber das Zerwürfnis zwischen den beiden Familien war vollständig. Sie sahen sich nicht mehr. Einmal nur hatte Christof Rosa getroffen. Sie kam aus der Messe. Er hatte geschwankt, ob er sie anreden solle; und auch sie hatte, als sie ihn sah, eine Bewegung ihm entgegen gemacht; aber als er durch die Flut der Gläubigen, die die Stufen hinunterkamen, auf sie zugehen wollte, wandte sie die Augen ab, und als er neben ihr war, grüßte sie ihn kalt und ging vorüber. Er fühlte die tiefe und eisige Verachtung im Herzen des jungen Mädchens. Und er spürte nicht, daß sie ihn trotzdem immer noch liebte und es ihm gern gesagt hätte; aber das warf sie sich wie eine Sünde vor: sie hielt Christof für schlecht und verdorben und glaubte ihn sich ferner als je. So verloren sie einander für immer. Und es war für den einen wie für den anderen vielleicht gut so. Trotz ihrer Güte war sie nicht lebendig genug, um ihn zu verstehen. Trotz seines Bedürfnisses nach Wärme und Achtung wäre er in einem mittelmäßigen, begrenzten Leben ohne Freude, ohne Leid, ohne Luft erstickt. Sie hätten beide gelitten. Beide hätten darunter gelitten, den anderen leiden zu lassen. Das Mißgeschick, das sie trennte, wurde für ihre Lebensrechnung so vielleicht zum Glück, wie das so oft geschieht – wie es denen, die stark sind und dauern, immer geschieht.

Aber im Augenblick barg es für sie viel Trübsal und großes Unglück. Vor allem für Christof. Diese tugendhafte Unduldsamkeit, diese Beschränktheit des Herzens, die denen manchmal alle Vernunft zu rauben scheint, die im Grunde am meisten davon haben, und die die Besten ohne Güte erscheinen läßt, ärgerte, kränkte ihn, stieß ihn aus Widerspruchsgeist in ein zügelloseres Leben zurück.

Im Verlauf seiner Schlendereien mit Ada durch die Landkneipen der Umgegend hatte er die Bekanntschaft von ein paar guten Kerlen gemacht – Bohemiens, die ihm in ihrer harmlosen freien Art nicht allzusehr mißfallen hatten. Einer unter ihnen, Friedemann, der wie er Musiker war, ein Organist, einige dreißig Jahre alt, war nicht ohne Geist; er verstand auch etwas von seinem Beruf, war aber von so unheilbarer Faulheit, daß er, ehe er die geringste Anstrengung machte, aus seiner Mittelmäßigkeit emporzukommen, lieber vor Hunger starb, wenn auch vielleicht nicht vor Durst. Er tröstete sich in seiner Tatenlosigkeit damit, von denen schlecht zu reden, die sich im Leben mühen. Seine etwas plumpen Spöttereien wirkten immerhin auf die Lachmuskeln. Er war freigeistiger als seine Berufsgenossen und fürchtete sich nicht – wenn auch noch zurückhaltend, mit Augenblinzeln und Andeutungen –, angesehene Leute heftig anzugreifen; er war sogar fortgeschritten genug, der Musik gegenüber nicht fertig präparierte Ansichten zu haben, sondern einmal einen tückischen Beilhieb gegen den angemaßten Ruf der Tagesberühmtheiten zu wagen. Die Frauen fanden ebensowenig Gnade vor ihm; wenn von ihnen die Rede war, wiederholte er gern das Wort eines alten weiberfeindlichen Mönches, das im Augenblick ganz nach Christofs Geschmack war, das bittere: Femina mors animae.

In seinen inneren Wirrnissen zerstreute es Christof etwas, sich mit Friedemann zu unterhalten. Er beurteilte ihn richtig und konnte nicht lange an diesem Geist gewöhnlicher Spötterei Gefallen finden; solcher Ton beständiger Verneinung wurde bald ärgerlich und roch nach Ohnmacht; aber er befreite von der selbstgefälligen Dummheit der Philister. Und obgleich Christof im Grunde seinen Gefährten geringschätzte, konnte er ihn nicht mehr entbehren. Immer sah man sie zusammen, am selben Tisch mit heruntergekommenen, zweifelhaften Menschen aus Friedemanns Gesellschaft, die noch weniger taugten als er. Sie spielten, prahlten und tranken ganze Abende miteinander. Christof erwachte plötzlich mitten in widerlichem Wurst- und Tabakgeruch; er sah mit verwirrtem Blick auf seine Umgebung: Er erkannte sie nicht. Angstvoll dachte er:

Wo bin ich nur? Was sind das für Leute? Was habe ich mit ihnen zu schaffen?

Ihre Reden, ihr Lachen verursachten ihm Übelkeit. Aber er fand nicht die Kraft, sich von ihnen zu trennen: er hatte Furcht davor, nach Haus zurückzukehren, allein den eigenen Sehnsüchten und Gewissensbissen gegenüberzustehen. Er ging unter, er fühlte, wie er unterging; er suchte – er sah in Friedemann mit grausamer Klarheit das verwüstete Bild dessen, was er eines Tages sein würde; und so tief war er in Entmutigung gesunken, daß ihn dieses Schreckbild, anstatt aufzurütteln, nur noch mehr zu Boden warf.

Er wäre zugrunde gegangen, wenn er dazu fähig gewesen wäre. Glücklicherweise hatte er, wie alle Wesen seiner Art, gegen die Zerstörung eine Schutzwehr und Triebmacht, die die andern nicht haben: vor allem seine Kraft, seinen Instinkt, zu leben, nicht unterzugehen, diesen Instinkt, der klüger als die eigene Klugheit, stärker als der eigene Wille war. Und er besaß, ihm selber unbewußt, auch jene seltsame Neugier des Künstlers, jene leidenschaftliche Objektivität, die jedes mit wahrer Schöpferkraft begabte Wesen in sich trägt. Er konnte noch sosehr lieben, leiden und sich allen Gefühlsstürmen hingeben: er sah sie. Sie waren in ihm, waren aber nicht er. Myriaden kleiner Seelen strebten undeutlich in seinem Innern einem unbekannten, aber bestimmten Punkte zu: wie die Planetenwelt im endlosen Raum von einem geheimnisvollen Schlund eingesogen wird. Dieser beständige Zustand unbewußten Doppellebens offenbarte sich vor allem in den schwindelnden Augenblicken, in denen das tägliche Leben einschläft und aus den Abgründen des Schlafes der Blick der Sphinx auftaucht, das tausendfältige Gesicht des Seins. Seit einem Jahr war Christof von Träumen besessen, in denen er in derselben Sekunde deutlich und mit zwingender Bildkraft fühlte, daß er gleichzeitig mehrere Wesen *war*, die einander oft fern lebten, getrennt durch Länder, Welten, Jahrhunderte. Im Wachen blieb ihm davon eine visionäre Verwirrtheit zurück, ohne daß er sich ihrer Ursache erinnern konnte. Es war dann wie die Ermüdung nach einer vorübergegangenen fixen Idee, deren Spur bleibt, ohne daß man sie begreifen kann. Während aber seine Seele im Netz der Tage schmerzvoll zuckte, schaute eine andere Seele in ihm diesen verzweifelten Anstrengungen aufmerkend und in heiterer Ruhe zu. Er sah sie nicht; aber sie warf den Widerschein ihres verborgenen Lichtes auf ihn. Diese andere Seele war voller Begier und Wonne, zu fühlen, zu leiden, diese Männer und Frauen, diese Erde, dieses Leben, diese Leidenschaften zu betrachten und zu verstehen, selbst wenn sie marterten, selbst wenn sie minderwertig oder häßlich waren – und das genügte, um ihnen ein wenig von ihrem Lichte mitzuteilen, um Christof vor dem Nichts zu retten. Sie ließ ihn fühlen, daß er nicht ganz und gar allein war. Diese zweite Seele, mit ihrer Begier, alles zu sein und alles zu verstehen, stellte allen zerstörenden Mächten ihre Waffe entgegen.

Aber wenn das genug war, um ihm den Kopf über Wasser zu halten, so konnte er doch nicht aus eigener Kraft heraus. Es gelang ihm nicht, sich zu meistern, sich zu sammeln. Alle Arbeit war ihm unmöglich. Er machte eine geistige Krise durch, die fruchtbar für ihn werden sollte; sein ganzes zukünftiges Leben lag als Keim schon in ihr verborgen – aber dieser heimliche Reichtum setzte sich im Augenblick nur in Ausschweifungen um, und die sichtbaren Zeichen seines Überflusses unterschieden sich nicht von denen jämmerlichster Unfruchtbarkeit. Christof war vom Leben überwuchert. Alle seine Kräfte hatten ein mächtiges Wachstum durchgemacht, hatten, alle auf einmal, zu schnell ausgeschlagen. Nur allein sein Wille war nicht so schnell emporgeschossen, und diese Schar von Ungeheuern in ihm hatte ihn toll gemacht. Die Persönlichkeit krachte in allen Fugen. Von diesem Erdbeben, dieser inneren Sintflut sahen die anderen nichts. Christof selbst sah nichts als seine Ohnmacht, etwas zu wollen, zu schaffen, zu sein. Wünsche, Instinkte, Gedanken stiegen wie Schwefelwolken – eine nach der anderen – aus vulkanischen Spalten auf, und immer fragte er sich:

Was wird nun noch kommen? Was wird aus mir werden? Wird das immer so bleiben, oder ist alles zu Ende? Werde ich nie etwas sein?

Und da geschah es, daß sich die ererbten Triebe in ihm erhoben, die Laster derer, die vor ihm waren.

Er betrank sich.

Wenn er nach Hause zurückkehrte, roch er nach Wein, lachte er und war niedergedrückt.

Die arme Luise schaute ihn an, seufzte, sagte nichts und betete.

Eines Abends aber, als er aus einer Kneipe an den Stadttoren kam, entdeckte er einige Schritte vor sich die schnurrige Gestalt Onkel Gottfrieds, den Packen auf dem Rücken. Seit Monaten war der kleine Mann nicht in die Stadt zurückgekehrt; seine Abwesenheit dehnte sich mit jedem Mal länger aus. Christof rief ihn ganz glücklich an. Der unter seiner Last gebeugte Gottfried wandte sich um; er schaute Christof an, der übertriebene Grimassen schnitt, und setzte sich auf einen Wegstein, um ihn zu erwarten. Christof kam mit angeregtem Gesicht heran, indem er allerhand Narrenpossen trieb und dem Onkel mit großen Zärtlichkeitsbezeigungen die Hand schüttelte. Gottfried sah ihn lange an, dann sagte er:

„Guten Tag, Melchior."

Christof meinte, der Onkel habe sich geirrt, und brach in Lachen aus.

Es geht mit dem armen Menschen bergab! dachte er. Er verliert sein Gedächtnis!

Gottfried sah wirklich gealtert aus, eingeschrumpft, runzlig und verkrüppelt; er atmete leise, mühsam und kurz. Christof fuhr in seinen albernen Reden fort. Gottfried warf seinen Ballen wieder über die Schulter und machte sich schweigend auf den Weg. So gingen sie nebeneinanderher; Christof redete mit lauter Stimme auf den anderen ein und gestikulierte, Gottfried ging schweigsam, hüstelnd. Und als Christof ihn etwas fragte, nannte ihn Gottfried noch einmal Melchior. Diesmal fragte ihn Christof:

„Ja, sage mal! Was fällt dir denn ein, mich immer Melchior zu nennen? Du weißt doch, daß ich Christof heiße. Hast du meinen Namen vergessen?"

Gottfried schlug, ohne stehenzubleiben, die Augen zu ihm auf, schaute ihn an, schüttelte den Kopf und sagte kalt:

„Nein, du bist Melchior, ich erkenne dich gut."

Christof blieb wie angewurzelt stehen. Gottfried trippelte weiter, Christof folgte ihm ohne eine Erwiderung. Er war ernüchtert. Als er an der Tür eines Kaffeehauses vorbeikam, trat er an die trüben Spiegel, welche die Gasflammen am Eingang und an dem verödeten Bürgersteig zurückwarfen, und blickte sich an: Er erkannte Melchior. Verstört ging er heim.

Die Nacht verbrachte er, indem er mit sich ins Gericht ging, sich die Seele durchwühlte. Jetzt verstand er. Ja, er erkannte die Instinkte, die Laster wieder, die in ihm zum Vorschein gekommen waren; sie flößten ihm Entsetzen ein.

Er gedachte der düsteren Wache neben dem toten Melchior, gedachte der guten Vorsätze, und er ließ sein bisheriges Leben an sich vorbeiziehen: allen Vorsätzen war er untreu geworden. Was hatte er seit einem Jahr getan? Was hatte er für seinen Gott getan, seine Kunst, seine Seele? Was hatte er für seine Ewigkeit getan? Nicht ein Tag, der nicht verloren, verpfuscht, besudelt gewesen wäre. Nicht ein Werk, nicht ein Gedanke, nicht eine dauerhafte Kraftleistung. Ein Chaos von Sehnsüchten, von denen eine die andere zerstört hatte. Wind, Staub, Nichts ... Was hatte es ihm genützt, zu wollen? Nichts von allem, was er gewollt, hatte er ausgeführt. Das Gegenteil dessen, was er wollte, hatte er getan. Geworden war er, wie er nicht sein wollte: Das war die Bilanz seines Lebens.

Er legte sich überhaupt nicht nieder. Gegen sechs Uhr morgens – noch war es ganz dunkel – hörte er Gottfried, der sich zum Fortgehen rüstete, denn er hatte nicht länger bleiben wollen. Da er durch die Stadt kam, war er nach alter Gewohnheit seine Schwester und seinen Neffen begrüßen gekommen, aber er hatte gleich gesagt, daß er sich am folgenden Morgen wieder auf den Weg machen wolle.

Christof ging hinunter. Gottfried sah sein fahles, von einer schmerzensreichen Nacht durchfurchtes Gesicht. Er lächelte ihm herzlich zu und fragte ihn, ob er ihn ein wenig begleiten wolle. So gingen sie vor Sonnenaufgang zusammen fort. Sie brauchten nicht miteinander zu reden: sie verstanden sich. Als sie beim Kirchhof vorbeikamen, sagte Gottfried:

„Gehen wir hinein, magst du?“

Niemals versäumte er, wenn er in die Gegend kam, Hans Michel und Melchior aufzusuchen. Christof war seit einem Jahr nicht dort gewesen. Gottfried kniete vor Melchiors Hügel nieder und sagte:

„Laß uns beten, daß sie gut schlafen und uns nicht quälen.“

Sein Denken war ein Gemisch von seltsamem Aberglauben und klarem Verstand: manchmal setzte es Christof in Verwunderung; diesmal aber verstand er es nur allzugut. Nichts weiter sagten sie zueinander, bis sie den Kirchhof verließen.

Als sie das knarrende Gitter wieder geschlossen hatten und längs der Mauer durch die frostigen, erwachenden Felder dem kleinen Pfad folgten, der sich unter den schneetropfenden Gräberzypressen hinzog, fing Christof zu weinen an.

„Ach, Onkel!" sagte er. „Wie bin ich unglücklich!"

Er getraute sich aus einer sonderbaren Furcht, den Onkel peinlich zu berühren, nicht, ihm von seiner Liebeserfahrung zu sprechen, aber er redete von seiner Schmach, seiner Minderwertigkeit, seiner Feigheit, seinen übertretenen Vorsätzen.

„Onkel, was soll ich tun? Ich habe gewollt, ich habe gekämpft; und nach einem Jahr bin ich auf demselben Punkt wie zuvor. Nicht einmal da! Ich bin zurückgeworfen. Ich bin zu nichts gut, zu nichts bin ich zu gebrauchen. Ich habe mein Leben zugrunde gerichtet, ich habe mich verleugnet!"

Sie stiegen den Hügel oberhalb der Stadt empor. Gottfried sagte voller Güte:

„Wir sind noch nicht am Ende, mein Jungchen. Man tut nicht, was man will. Man will, man lebt! Das ist zweierlei. Man muß nicht traurig sein. Die Hauptsache, siehst du, ist, daß man niemals müde wird, zu wollen und zu leben. Das übrige hängt nicht von uns ab."

Christof wiederholte voller Verzweiflung:

„Ich habe mich verleugnet!"

„Hörst du?" sagte Gottfried.

(Die Hähne krähten übers Land.)

„Sie haben auch einem anderen gekräht, der verleugnet hat. Sie krähen jedem von uns, jeden Morgen."

„Es kommt ein Tag", sagte Christof bitter, „wo sie mir nicht mehr krähen werden . . . Ein Tag ohne Morgen. Und was werde ich dann aus meinem Leben gemacht haben?"

„Es gibt immer ein Morgen“, sagte Gottfried.

„Was aber tun, wenn alles Wollen nichts nützt?“

„Wache und bete.“

„Ich glaube nicht mehr.“

Gottfried lächelte.

„Du würdest nicht mehr leben, wenn du nicht glaubtest. Ein jeder glaubt. Bete!“

„Was beten?“

Gottfried wies zur Sonne empor, die an dem roten, eisigen Horizont erschien.

„Sei fromm vor dem aufgehenden Tage. Denke nicht daran, was in einem Jahr, in zehn Jahren sein kann. Denke ans Heute. Laß alle Theorien. Alle Theorien, siehst du, selbst die von Tugend reden, sind schlecht, sind dumm, richten Böses an. Vergewaltige das Leben nicht. Lebe heute. Sei fromm vor jedem Tag. Liebe ihn, ehre ihn, vor allem vergeude ihn nicht, hindere ihn nicht am Blühen. Liebe ihn, auch wenn er grau und trübe ist wie dieser. Sorge dich nicht. Schau, jetzt ist Winter. Alles schläft. Die gute Erde wird wieder aufwachen. Man muß nur eine gute Erde und geduldig wie sie sein. Sei fromm. Harre aus. Bist du gut, so wird alles wohl gehen. Bist du es nicht, bist du schwach, kommst du nicht ans Ziel, nun, so mußt du auch dann noch glücklich sein. Dann kannst du sicherlich nicht mehr. Also, warum mehr wollen? Warum dich um das betrüben, was du nicht vollbringen kannst? Man muß so viel tun, wie man kann ... Als ikh kan.[1]“

„Das ist zuwenig“, sagte Christof und verzog das Gesicht. Gottfried lachte freundschaftlich.

„Das ist mehr, als irgend jemand tut. Du bist hochmütig. Du willst ein Held sein. Daher kommt es, daß du nichts als Dummheiten begehst ... Ein Held! Ich weiß nicht genau, was das ist; aber, siehst du, ich bilde mir ein: Ein Held ist einer, der tut, was er kann. Die anderen tun es nicht.“

1 Wahlspruch Jan van Eycks

„Ach“, seufzte Christof, „wozu soll man dann leben? Das lohnt nicht der Mühe. Und doch gibt es Leute, die behaupten: Wollen ist Können!“

Gottfried lachte von neuem leise.

„Wirklich? – Nun, dann sind sie große Lügner, mein Kleiner. Oder sie wollen nichts Großes . . .“

Sie waren auf dem Gipfel des Hügels angelangt. Sie küßten sich zärtlich. Der kleine Händler ging mit seinem müden Schritt davon. Christof blieb sinnend und schaute ihm nach. Er wiederholte leise des Onkels Wort:

„Als ikh kan.“

Und er lächelte und dachte:

Ja . . . Immerhin . . . Es ist genug!

Er kehrte zur Stadt zurück. Der harte Schnee knirschte unter seinen Schuhen. Der scharfe Winternordwind ließ die nackten Zweige der verkrüppelten Bäume auf dem Hügel beben. Er rötete seine Wangen, brannte seine Haut, peitschte sein Blut. Die roten Dächer der Häuser unten lachten der glanzvollen, kalten Sonne entgegen. Die Luft war stark und hart. Die eisige Erde schien in einer herben Freudigkeit zu jubilieren. Christofs Herz war wie sie. Er dachte:

Auch ich werde erwachen!

Noch hatte er Tränen in den Augen. Er trocknete sie mit dem Handrücken und schaute lachend zur Sonne auf, die in einem Dunstvorhang versank. Schneeschwere Wolken strichen, vom Windstoß gepeitscht, über die Stadt. Er machte ihnen eine lange Nase. Der eisige Wind blies . . .

„Blase, blase! – Mach mit mir, was du willst! Trag mich fort! – Ich weiß, wohin ich gehe.“

Viertes Buch

EMPÖRUNG

VORWORT
ZUR ERSTEN AUSGABE

Auf der Schwelle einer neuen Periode des *Johann Christof*, deren etwas scharfer kritischer Charakter die Leser aller Richtungen der Reihe nach zu verletzen Gefahr läuft, bitte ich meine und Johann Christofs Freunde, unsere Urteile niemals als endgültige aufzufassen. Jeder unserer Gedanken bedeutet nur einen Augenblick in unserem Leben. Wozu diente unser Leben, wenn nicht dazu, unsere Irrtümer einzusehen, unsere Vorurteile zu überwinden, unser Denken und unser Herz zu weiten? Geduld! Schenkt uns Vertrauen, wenn wir fehlgehen. Wir wissen, daß wir fehlgehen. In dem Augenblick, da wir unsere Irrtümer einsehen, werden wir diese härter als ihr verurteilen. Wir geben uns Mühe, jeden Tag ein wenig mehr Wahrheit zu erobern. Am Ende unseres Weges werdet ihr beurteilen können, ob unser Versuch etwas taugte. Wie es in dem alten Sprichwort heißt:

Das Ende lobt das Leben und der Abend den Tag.

November 1906 R. R.

ERSTER TEIL

TRIEBSAND

Frei! Er fühlte sich frei! – Frei von den anderen und von sich selber! – Das Netz der Leidenschaften, das ihn seit einem Jahr umfing, war plötzlich zerrissen. Wie? Davon wußte er nichts. Die Maschen hatten dem Wachstum seines Wesens nicht standgehalten. Er hatte eine jener Entwicklungskrisen durchgemacht, in denen kräftige Naturen die tote Hülle des vergangenen Jahres heftig durchbrechen und mit ihr die alte Seele, in der sie ersticken.

Christof atmete in vollen Zügen, ohne selbst recht zu verstehen, was mit ihm vorgegangen war. Ein eisiger Wirbelwind verfing sich unter dem großen Stadttor, als er nach der Wanderung mit Gottfried heimkehrte. Die Leute duckten vor dem Sturm die Köpfe. Die Mädchen, die zur Arbeit gingen, kämpften verzweifelt gegen den Wind, der sich in ihre Röcke warf; sie blieben mit roter Nase, roten Wangen und wütender Miene für Augenblicke stehen, um Luft zu schöpfen; sie waren dem Weinen nahe. Christof lachte vor Lust. Er dachte nicht an den Orkan. Er dachte an den andern Orkan, aus dem er eben kam. Er schaute den Winterhimmel, die schneeumhüllte Stadt, die mühsam vorbeigehenden Leute; er schaute um sich, in sich: nichts band ihn mehr an irgend etwas. Er war allein . . . Allein! Welch ein Glück, allein zu sein, sich zu gehören! Welch ein Glück, seinen Ketten entsprungen zu sein, der Qual seiner Erinnerungen, den Visionen geliebter und verhaßter Gesichter! Welch ein Glück, endlich zu leben, nicht mehr eine Beute des Lebens, vielmehr dessen Herr geworden!

Er kehrte in sein schneeglitzerndes Heim zurück. Wie ein Hund schüttelte er sich vergnügt. Als er bei seiner Mutter vorbeikam, die den Korridor fegte, hob er sie unter unartikulierten und zärtlichen Zurufen, wie man sie für kleine Kinder hat, von der Erde auf. Die alte Luise sträubte sich in den

Armen ihres von schmelzendem Schnee nassen Sohnes und nannte ihn mit einem guten Kinderlachen „Dummer Junge!"

In großen Sätzen sprang er in sein Zimmer hinauf. Der Tag war so dunkel, daß er sich kaum in seinem kleinen Spiegel sehen konnte; aber sein Herz jubilierte. Sein enges, niederes Zimmer, in dem er sich kaum rühren konnte, kam ihm wie ein Königreich vor. Er riegelte die Tür ab und lachte vor Zufriedenheit. Endlich sollte er sich wiederfinden! Wie lange hatte er sich selbst verloren! Schnell mußte er sich ins eigene Denken stürzen. Wie ein großer See, der fern im goldenen Nebel verschwamm, kam es ihm vor. Nach einer Fiebernacht sah er sich plötzlich am Uferrand, die Füße von der Wasserfrische umspült, den Leib von einem Sommermorgenwind gekost. Er stieß zum Schwimmen ab; wohin es ging, wußte er nicht, und es war ihm gleich: seine Freude war, aufs Geratewohl drauflloszuschwimmen. Lachend schwieg er und lauschte auf die tausend Geräusche seiner Seele: es wimmelte dort von Wesen. Er unterschied nichts, es drehte sich ihm alles im Kopf: er fühlte einzig ein blendendes Glück. Er genoß es, unbekannte Kräfte in sich zu fühlen. Träge verschob er auf später eine Probe seines Könnens und gab sich der stolzen Trunkenheit dieses inneren Blütenflors hin, der, seit Monaten zurückgedrängt, jetzt wie ein plötzlicher Frühling aufsproß.

Seine Mutter rief ihn zum Frühstück. Er ging mit benommenem Kopfe hinunter, als hätte er einen Tag im Freien hinter sich; aber es strahlte so viel Freude aus ihm, daß Luise ihn fragte, was er denn habe. Er antwortete nicht; er faßte sie um die Taille und zwang sie zu einer Tanzrunde um den Tisch herum, auf dem die Suppenschüssel dampfte. Luise schrie atemlos, daß er wohl ganz und gar verrückt sei; dann schlug sie die Hände zusammen.

„Mein Gott!" meinte sie besorgt. „Ich wette, er ist wieder verliebt!"

Christof stimmte ein helles Gelächter an. Er warf seine Serviette in die Luft.

„Verliebt!“ rief er. „Bei Gott! – Nein, nein! Davon habe ich genug! Du kannst beruhigt sein. Das ist zu Ende, vorbei, fürs ganze Leben vorbei! – Uff!“

Er trank ein großes Glas Wasser.

Luise sah ihn beruhigt an, schüttelte den Kopf, lächelte.

„Ein schöner Trinkerschwur!“ sagte sie. „Bis zum Abend wird er wohl wahr bleiben.“

„Das ist schon immer etwas“, antwortete er gutmütig.

„Gewiß!“ meinte sie. „Aber nun sag, warum bist du so vergnügt?“

„Ich bin vergnügt. Weiter nichts!“

Mit aufgestützten Ellenbogen saß er ihr gegenüber und wollte ihr erzählen, was er später alles machen wollte. Sie hörte ihm zärtlich zweiflerisch zu und machte ihn sanft darauf aufmerksam, daß die Suppe kalt würde. Er wußte, daß sie auf das, was er sagte, nicht achtgab; aber es kümmerte ihn nicht: er sprach für sich selber.

Lächelnd sahen sie einander an: er sprach, sie lauschte kaum. Wenn sie auch stolz auf ihren Sohn war, seinen Künstlerplänen schenkte sie nicht viel Bedeutung; sie dachte: Er ist glücklich, das ist die Hauptsache! – Und während er sich an den eigenen Reden berauschte, schaute er in das liebe Gesicht seiner Mutter, mit ihrem streng den Kopf verhüllenden schwarzen Häubchen, ihren weißen Haaren, ihren jungen Augen, die voller Liebe waren, ihrer nachsichtigen Ruhe. Alle ihre Gedanken las er aus ihnen ab. Scherzend sagte er:

„Das ist dir einerlei, gelt? Alles, was ich dir da erzähle?“

Sie widersprach schwach:

„Aber gar nicht, gar nicht!“

Er küßte sie.

„Aber doch, doch! Du brauchst dich deswegen nicht zu verteidigen. Du hast recht. Liebe mich nur. Ich brauche nicht verstanden zu werden – weder von dir noch von irgend jemand sonst. Ich brauche jetzt niemanden und nichts mehr: alles habe ich in mir ...“

„Da haben wir ihn also glücklich bei einer neuen Verrücktheit!“ meinte Luise. „Na, wenn es durchaus sein muß, so ist mir diese schon lieber.“

Wundersame Wonne, auf dem See seines Denkens zu treiben! – Auf dem Boden einer Barke liegt er; in Sonne gebadet, sein Antlitz vom frischen Lufthauch geküßt, der über die Fläche des Wassers huscht, so schwebt er im Raume ... und schlummert ein. Unter dem ruhenden Körper, unter dem schaukelnden Boot, fühlt er die dunkle Flut; lässig senkt seine Hand sich hinein. Er richtet sich auf; und das Kinn auf den Rand des Bootes gestützt, so wie als Kind blickt er dem Wasser nach. Er schaut die Spiegelungen seltsamer Wesen; wie Blitze schießen sie vorbei ... Andere dann – und andere ... Niemals sind es die gleichen. Er lacht dem phantastischen Schauspiel zu, das sich in ihm entrollt; er lacht seinem Denken zu. Noch tut ihm nicht not, es irgend zu bannen. Wählen ... Warum soll aus tausend Träumen er wählen? Er hat ja noch Zeit! – Nachher! – Wenn er es will, braucht er nur die Netze auszuwerfen, um die Fabelwesen zu fangen, die da im Wasser wimmeln. Er läßt sie vorüber ... Später ...

Vom Windhauch bewegt, im unfühlbaren Strom wiegt leise das Boot. Die Luft ist voll Süße, Sonne und Stille.

Endlich läßt er träumerisch die Netze fallen. Über das glucksende Wasser gebeugt, folgt er ihnen mit Blicken, bis sie verschwunden sind. Nach einigen Minuten des Sinnens zieht er sie still wieder zurück; sie werden schwerer, je mehr er sie hebt; in dem Augenblick, da er sie hochzieht, hält er zum Atmen inne. Er weiß, er hebt seinen Fang, doch weiß er nicht, welchen Fang, und er dehnt die Lust der Erwartung.

Endlich entschließt er sich; der Fische vielfarbiges Funkeln taucht aus dem Wasser auf; sie krümmen sich schlangengleich. Neugierig schaut er sie an, berührt sie mit dem Finger, nimmt einen Augenblick nur die schönsten in seine Hand; kaum aber zieht er sie hoch aus dem Naß, als ihre Farben verblassen und sie in den Fingern zergehen. Er wirft sie ins Wasser zurück und beginnt nach neuen zu fischen. Gieriger ist er, alle Träume, die sich in ihm regen, einen nach dem andern zu betrachten als einen davon zu halten: sie scheinen ihm schöner, schwimmen sie frei im durchsichtigen See...

Er fischt sich welche von jeder Art, die einen immer absonderlicher als die andern. Seit Monaten häuften sie Bilder in ihm, ohne daß er den Reichtum angriff, der jetzt sein Inneres sprengt. Doch alles liegt drunter und drüber: sein Denken ist eine Rumpelkammer, ein Judentrödel, wo seltene Dinge, kostbare Stoffe, altes Eisen und Lumpen im gleichen Raum aufgestapelt sind. Er versteht nicht zu unterscheiden, was am wertvollsten ist: alle bereiten ihm gleiche Lust. Da sind Akkorde, die rieselnd rauschen, Farben, die gleich Glocken erklingen, bienengleich summende Harmonien, lächelnde Weisen gleich liebenden Lippen. Da sind Landschaftsbilder, Visionen von Menschen, von Leidenschaften, von Seelen, von Charakteren, Dichtergedanken und Gottesideen. Ungeheure und unmögliche Pläne türmen sich auf, Tetralogien, Dekalogien, die sich erkühnen, das All zu umfangen und in Musik zu malen. Meistens aber sind es dunkle oder auch blendend helle Ideen, die unversehens durch ein Nichts heraufbeschworen werden: den Klang einer Stimme, eines Menschen Vorübergehen, Regengeplätscher, einen inneren Rhythmus. – Viele jener großen Ideen leben nur in einem Titel; die meisten zerschmelzen zu einem oder zwei Gedanken, zu nicht mehr: das ist genug. Wie sehr junge Leute glaubt er geschaffen zu haben, was er zu schaffen träumt.

Er war jedoch zu lebendig, um lange an diesen Luftgebilden Genüge zu finden. Er wurde des eingebildeten Besitztums müde; er wollte die Träume greifen. – Bei welchem aber anfangen? Einer erschien ihm so wichtig wie der andere. Er drehte und wendete sie; er verwarf sie und nahm sie wieder auf ... Nein, er nahm sie nicht wieder auf: es waren nicht mehr dieselben. Sie ließen sich nicht zweimal greifen; ewig veränderten sie sich. Während er sie anschaute, in seinen Händen, unter seinen Blicken wurden sie andere. Er mußte sich beeilen, und das konnte er nicht. Er selbst war über die Langsamkeit seiner Arbeit bestürzt. Alles hätte er in einem Tage machen mögen, und dabei verursachte es ihm die furchtbarsten Schwierigkeiten, auch nur das Geringste fertigzubringen. Das schlimmste war, daß er ihrer schon im Anfang der Ausführung überdrüssig wurde. Die Träume zogen weiter, und er selbst war auch schon wieder weiter; während er etwas tat, bedauerte er, nicht etwas anderes zu schaffen. Fast war es, als brauchte er nur ein besonders schönes Thema auszuwählen, damit es ihn nicht mehr locke. So lagen alle seine Reichtümer brach. Seine Gedanken lebten nur, solange er nicht daran rührte; alles, was ihm zu greifen gelang, war schon tot. Er litt Tantalusqualen: Früchte, die vor seinen Händen hingen, wurden zu Steinen, sobald er sie pflückte; ein frisches Wasser vor seinen Lippen – und es entfloh, wenn er sich zu ihm niederneigte.

Um seinen Durst zu stillen, wollte er sich wenigstens an schon eroberten Quellen laben, an seinen alten Werken ... Welch widerlicher Trank! Beim ersten Schluck spie er ihn fluchend wieder aus. Wie! Dies laue Wasser, diese abgeschmackte Musik, das war seine Musik? – Er überlas alle seine Kompositionen. Dieses Leben schmetterte ihn nieder: er verstand nichts mehr davon, verstand nicht einmal mehr, wie er das hatte schreiben können. Er errötete. Einmal, nach einer besonders nichtssagenden Seite, sah er sich unwillkürlich um, ob auch niemand im Zimmer sei, und er steckte sein Gesicht ins Kopfkissen wie ein Kind, das sich schämt. Ein andermal wieder mutete ihn das Lächerliche dieser Werke so tölpelhaft an, daß er seine eigene Urheberschaft völlig vergaß ...

„Nein! So ein Idiot!“ schrie er und bog sich vor Lachen.

Nichts aber brachte ihn so außer sich wie solche Kompositionen, die leidenschaftliche Gefühle ausdrücken sollten: Liebeskummer oder Freude. Dabei sprang er vom Stuhl auf, als hätte ihn eine Mücke gestochen; er hämmerte mit den Fäusten auf dem Tisch herum, schlug sich vor den Kopf und heulte vor Zorn; er beschimpfte sich grob, nannte sich Schwein, dreifachen Lumpen, Erzdummkopf und Hanswurst. Er hatte einigen Vorrat an Vergleichen, um seinen Rosenkranz herzubeten. Schließlich stellte er sich breit und rot vom Schreien vor seinem Spiegel auf, packte sich am Kinn und sagte:

„Schau nur hin, schau nur hin, Kretin, was du für ein Eselsgesicht hast! Ich werde dich lügen lehren, Nichtsnutz! Ins Wasser, Herr Krafft, ins Wasser!“

Er tauchte sein Gesicht in die Waschschüssel und hielt es unter Wasser, bis er fast erstickte. Als er, krebsrot, mit dicken Augen und wie eine Robbe schnaufend, wieder auftauchte, rannte er, ohne sich auch nur die Mühe zu nehmen, das Wasser abzutrocknen, das an ihm hinunterrieselte, an seinen Tisch; er ergriff die verfluchten Kompositionen, zerriß sie voller Wut und knirschte:

„Da, du Kanaille!“

Danach fühlte er sich erleichtert.

Was ihn in diesen Werken vor allem empörte, war ihre Verlogenheit. Nichts wahrhaft Gefühltes. Ein auswendig gelernter Stil, eine Schülerrhetorik; er sprach darin von Liebe wie ein Blinder von Farben; er sprach nach dem Hörensagen davon, indem er alberne Allgemeinheiten nachbetete. Und nicht allein die Liebe, sondern alle Gefühle hatten ihm zum Thema seiner Schwülstigkeiten gedient. – Und doch hatte er sich stets angestrengt, wahrhaft zu sein. Aber es genügt nicht, aufrichtig sein zu wollen; man muß es sein können. Und wie soll man es sein, wenn man noch nichts vom Leben kennt? Was ihm so plötzlich die Unaufrichtigkeit seiner Werke enthüllt, mit einem Schlage Abgründe zwischen ihm und seiner Vergangenheit eröffnet hatte, das waren die Prüfungen der letzten sechs Monate. Den Phantomen war er entronnen; jetzt trug er einen Wirklichkeitsmaßstab in sich, an dem er alle seine Gedanken messen und Lüge oder Wahrheit danach beurteilen konnte.

Der Abscheu, den ihm seine alten, ohne wahres Gefühl geschaffenen Kompositionen einflößten, trieb ihn in seinem gewohnten Überschwang zu dem Entschluß, nie mehr etwas zu schreiben, es sei denn im Zwang leidenschaftlicher Notwendigkeit; und die Jagd nach Ideen aufgebend, schwor er, auf ewig der Musik zu entsagen, wenn sich die schöpferische Tat ihm nicht mit Donner und Blitz aufdrängte.

So sprach er, weil er wohl wußte, daß das Gewitter herannahte.

Der Blitz schlägt ein, wo er will und wann er will; aber die Gipfel ziehen ihn an. Gewisse Stätten – gewisse Seelen sind Gewitternester: sie schaffen sie oder ziehen sie von allen Seiten des Horizontes an sich. Und ebenso wie gewisse Monate im Jahr sind gewisse Lebensalter so mit Elektrizität geladen, daß sie den Blitz erzeugen – wenn nicht nach Willen, so doch zur erwarteten Stunde.

Das ganze Wesen ist dann Spannung. Oft bereitet sich das Gewitter Tage und Tage lang vor. Glühende Flocken bedecken den weißen Himmel. Nicht ein Hauch. Die reglose Luft gärt, scheint zu kochen. Die Erde schweigt, von Betäubung niedergezwungen. Das Hirn summt im Fieber. Die ganze Natur harrt des Ausbruchs gesammelter Kräfte, harrt auf den Schlag des Hammers, der gewichtig sich hebt, um auf den Amboß der Wetterwolken urplötzlich niederzusausen. Dunkle, glutschwangere Wolken rollen vorüber; ein Feuerwind hebt sich; die Nerven schauern gleich Blättern ... Dann sinkt von neuem die Stille herab. Der Himmel brütet weiter den Blitz.

In diesem Harren ist eine wollüstige Angst. Trotz der niederdrückenden Unlust fühlt man durch die Adern das Feuer rinnen, in dem das Weltall erglüht. Die übervolle Seele brodelt im Hochofen wie der Wein in der Kufe. Tausend Keime aus Leben und Tod ringen in ihr. Was wird aus ihr hervorgehen? – Gleich der schwangeren Frau schweigt sie und senkt den Blick in sich selbst, lauscht voller Bangen dem bebenden Leben in ihrem Leibe und denkt: Was wird aus mir geboren werden?

Manchmal ist das Warten vergeblich. Das Gewitter zerrinnt ohne Entladung; man erwacht mit schwerem Schädel, enttäuscht, entnervt, angeekelt. Doch es ist nur aufgeschoben; das Wetter wird sich dennoch entladen; und ist es nicht heute, so morgen; je mehr es sich hinzieht, um so heftiger wird es ...

Da ist es! – Aus allen Winkeln des Wesens sind Wolken emporgequollen. Mächtige blauschwarze Massen, vom rasenden Zucken der Blitze zerrissen, kommen in schwerem, schwindelndem Flug, umzingeln den Horizont der Seele, schlagen über dem erstickten Himmel plötzlich die beiden Flügel zusammen und löschen das Licht. Stunde des Wahnsinns! – Die aufgepeitschten, entfesselten Kräfte brechen den Käfig, in dem sie Gesetze verschlossen hielten, die des Geistes Gleichgewicht, das Dasein der Dinge sichern, und herrschen unförmlich und riesenhaft in der Nacht des Bewußtseins. Man fühlt, daß man stirbt. Man will nicht mehr leben. Man ersehnt nur das Ende, nur den Tod, der befreit ...

Und plötzlich entlädt sich der Blitz!

Christof schrie auf vor Lust.

Lust, Raserei der Lust, Sonne, die alles, was ist, alles, was wird, erhellt, göttliche Lust am Schaffen! Es gibt nur eine Lust: schaffen! Die nur leben, die schaffen. Alle anderen sind Lebensfremde, Schatten, die über die Erde fortschweben. Alle Freuden im Leben sind auch Freuden des Schaffens: Liebe, Genie, Tat – Fackeln der Kraft, aus einer einzigen Glut entflammt. Die selbst, welche nicht Raum am großen Herd finden, Streber, Egoisten und furchtlose Prasser, möchten sich an seinem verblaßten Widerschein wärmen.

Schaffen im Leiblichen oder Schaffen im Geistigen heißt dem Gefängnis des Körpers entfliehen, heißt sich in den Sturm des Lebens stürzen, heißt *der* sein, welcher *ist*. Schaffen heißt den Tod besiegen.

Wehe dem Unfruchtbaren, der auf Erden allein und verloren bleibt, den eigenen verdorrten Leib betrachtet und die Nacht in ihm, aus der niemals Flammen des Lebens schlagen werden! Wehe der Seele, die sich nicht fruchtbar fühlt, die nicht schwer ist von Leben und Liebe wie ein Blütenbaum im Frühling! Die Welt mag sie mit Ehren und Glück überschütten; sie krönt einen Leichnam.

Als Christof von der Lichtgarbe getroffen wurde, fuhr es wie ein elektrischer Schlag durch seinen Körper; er bebte in Erschütterung. Es war, als schaute er auf offenem Meer in tiefster Nacht plötzlich Land. Oder als würde er inmitten einer Menge von zwei tiefblickenden Augen getroffen. Oft ging es ihm so nach Stunden gänzlicher Erschlaffung, in denen sich sein Geist verzweifelt im Leeren bewegt hatte. Öfter aber noch, wenn er an ganz anderes dachte, mit seiner Mutter plauderte oder sich auf der Straße erging. Befand er sich gerade auf der Straße, so hinderte ihn ein menschliches Anstandsgefühl, seiner Freude allzu geräuschvollen Ausdruck zu verleihen. Aber daheim konnte ihn nichts halten. Er stampfte mit den Füßen; er blies eine Triumphfanfare; seine Mutter kannte sie bereits und wußte, was sie bedeutete. Sie sagte zu Christof, er sei wie eine Henne, die eben ein Ei gelegt habe.

Der musikalische Gedanke durchdrang ihn ganz und gar. Manchmal in der Gestalt einer vollständigen, abgeschlossenen Melodie; öfter war er ein großes Nebelchaos, das ein ganzes Werk verhüllte: der Bau des Stückes, seine Hauptlinien ließen sich wie durch einen Schleier ahnen, der stellenweise durch blendende Satzteile zerrissen wurde, die sich mit bildnerischer Deutlichkeit aus dem Dunkel lösten. Nur wie ein Blitz war es; manchmal folgten ihm andere, Schlag auf Schlag. Jeder erhellte andere Tiefen der Nacht. Gewöhnlich aber verschwand die launische Kraft, nachdem sie sich unvorhergesehen einmal offenbart hatte, wieder für mehrere Tage in ihre geheimnisvollen Schlupfwinkel und ließ nur eine leuchtende Lichtspur hinter sich zurück.

Die Wonne solcher Offenbarung war so groß, daß Christof alles übrige zum Abscheu wurde. Der erfahrene Künstler weiß sehr gut, daß die Offenbarungen selten sind und daß es dem Verstande überlassen bleibt, das intuitiv empfangene Werk zu vollenden; er keltert seine Gedanken und entpreßt ihnen bis zum letzten Tropfen den göttlichen Saft, der sie schwellt (und gar zu oft verdünnt er sie sogar mit klarem Wasser). Christof war zu jung und seiner selbst zu sicher, um solche Mittel nicht zu verachten. Er träumte das Unmögliche: nichts als das Ursprüngliche zu schaffen. Hätte er sich nicht mit Willen blind gemacht, wäre ihm die Unsinnigkeit seines Vorsatzes leicht klargeworden. Zwar machte er wirklich eine Periode inneren Überflusses durch, in der es keine Lücke gab, durch die das Nichts hineingleiten konnte. Alles wurde ihm Anlaß unerschöpflicher Fruchtbarkeit: alles, was seine Augen sahen, alles, was seine Ohren vernahmen, alles, was im täglichen Leben sein Wesen berührte, jeder Blick, jedes Wort ließ in der Seele Traumernten reifen. Am grenzenlosen Himmel seines

Denkens sah er Millionen Sterne ziehen. – Und dennoch kamen selbst in jener Zeit Augenblicke, in denen alles urplötzlich verlöschte. Und obgleich die Nacht nicht lange währte, obgleich er kaum Zeit hatte, unter längerem Schweigen der Seele zu leiden, stand er doch in geheimem Entsetzen vor dieser unbekannten Macht, die ihn aufsuchte, ihn verließ, wiederkehrte, verschwand ... Diesmal auf wie lange? Würde sie je zurückkommen? – Sein Stolz widersetzte sich solchen Gedanken und sprach: Diese Kraft bin ich selbst. An dem Tage, da sie nicht mehr sein wird, werde auch ich nicht mehr sein: ich werde mich töten! – Er hörte nicht auf zu zittern; doch auch das war eine Freude mehr.

War so immerhin für den Augenblick keine Gefahr vorhanden, daß die Quelle versiegte, so konnte sich Christof doch schon Rechenschaft geben, daß sie niemals genügen würde, um allein ein ganzes Werk zu nähren. Die Gedanken boten sich fast stets im Rohzustand dar; sie mußten sorgfältig von der Schlacke gereinigt werden. Und immer kamen sie abgerissen, sprungweise; um sie untereinander zu verbinden, mußte überlegter Verstand und fester Wille an ihnen arbeiten und sie zu einem neuen Wesen zusammenschmelzen. Christof war viel zu sehr Künstler, um das zu unterlassen; aber er wollte es nicht zugeben. Er versuchte sich fälschlicherweise zu überzeugen, daß er sich ganz darauf beschränkte, seine innere Vorstellung auszudrücken, während er doch immer gezwungen war, sie mehr oder weniger umzugestalten, damit sie verständlich würde. Ja es geschah sogar, daß er ihren Sinn vollständig fälschen mußte. Denn überfiel ihn der musikalische Gedanke auch mit noch so großer Wucht, so war es ihm oft doch unmöglich, zu sagen, was er bedeuten sollte. Er brach in die unterirdischen Schächte des Seins ein, tief unterhalb der Grenzen, an denen das Bewußtsein anfängt; und in dieser reinen Urkraft, die sich jedem gewöhnlichen Maßstab entzog, war es dem Verstande unmöglich, irgendeine der menschlichen, von Menschen benannten und eingeteilten Tätigkeiten oder

Empfindungen wiederzuerkennen: Freuden, Schmerzen, alle waren sie zu einer einzigen Leidenschaft verschmolzen, die dunkel blieb, weil sie über aller Vernunft stand. Ob er sie aber begriff oder nicht – der Verstand mußte ihr immerhin einen Namen geben, mußte sie an eines der logischen Gebilde binden, die der Mensch im Bienenstock seines Gehirns unermüdlich aufrichtet.

So überredete sich Christof also – wollte sich überreden –, daß die dunklen Kräfte, die sich in ihm regten, einen deutbaren Sinn hätten und daß dieser Sinn mit seinem Willen übereinstimmte. Der freie Instinkt, der aus dieser Unbewußtheit aufgesprudelt war, wurde wohl oder übel gezwungen, sich unterm Joch der Vernunft mit klaren Gedanken zusammenzuspannen, die eigentlich keinerlei Beziehung zu ihm hatten. Aber ein solches Werk wurde nur ein trügerisches Nebeneinanderherlaufen von einem der großen Pläne, die Christofs Geist gefaßt hatte, und den ungebändigten Kräften, die einen ganz anderen, ihm selbst unbekannten Sinn bargen.

Im ungewissen tappend, mit gesenktem Haupt schritt er vorwärts; die widersprechenden Mächte, die in ihm aufeinanderplatzten, führten ihn und erfüllten aufs Geratewohl seine unzusammenhängenden Werke mit brausendem, mächtigem Leben, das er sich nicht erklären konnte, das er aber mit stolzer Freude empfand.

Das Bewußtsein dieser frischen Kraft ermutigte ihn zum erstenmal, allem, was ihn umgab, allem, was man ihn zu verehren gelehrt hatte, allem, was er ohne Widerspruch geachtet hatte, ins Gesicht zu schauen – und alsbald begann er mit kecker Freimütigkeit darüber zu urteilen. Der Schleier zerriß: er schaute die deutsche Lüge.

Jede Rasse, jede Kunst hat ihre Heuchelei. Die Welt nährt sich von ein wenig Wahrheit und viel Lüge. Der Menschengeist ist schwach; er gewöhnt sich schwer an die reine Wahrheit; seine Religion, seine Ethik, seine Staaten, seine Dichter, seine Künstler müssen sie ihm in Lügen verhüllt darbieten. Diese Lügen passen sich dem Geist jeder Rasse an; sie sind bei jeder verschieden: sie sind es, die es den Völkern so schwer machen, einander zu verstehen, und die es ihnen so leicht machen, einander zu verachten. Die Wahrheit ist bei allen dieselbe; jedes Volk aber hat seine Lüge, die es seinen Idealismus nennt. Jedes Wesen atmet sie von der Geburt bis zum Tode ein; sie ist für jedes zur Lebensbedingung geworden; nur einige Genies können sich nach heroischen Kämpfen, in denen sie im freien Weltall ihres Denkens einsam werden, von ihr loslösen. Ein unbedeutender Anlaß war es, der Christof plötzlich die Lüge der deutschen Kunst enthüllte. Er hatte sie immer vor Augen gehabt und sie bis dahin doch nie gesehen; er war ihr zu nahe gewesen, hatte zuwenig Abstand von ihr gehabt. Jetzt tauchte das Gebirge vor ihm auf, denn er hatte sich davon entfernt.

Er besuchte ein Konzert in der *Städtischen Tonhalle**. Es fand in einer weiten Halle statt, in der zehn oder zwölf Reihen Kaffeetische standen, im ganzen ungefähr zwei- bis dreihundert. Hinten das Podium mit dem Orchester. Christofs Umgebung bestand aus Offizieren, die in lange dunkle Überröcke geschnürt waren – breite rasierte Gesichter, rot, ernsthaft und spießig –, aus Damen, die sich lärmend unterhielten und lachten und übertriebene Natürlichkeit zur Schau trugen; aus artigen kleinen Mädchen, die beim Lächeln alle Zähne zeigten; und aus dicken Männern, die hinter ihren Bärten und Brillen verschanzt standen und guten Spinnen mit runden Augen ähnelten. Bei jedem Glas standen sie auf, um auf seine Gesundheit zu trinken; diese Tat vollführten sie mit religiösem Ernst; ihre Gesichter und ihr Ton verwandelten sich in diesem Augenblick: sie schienen die Messe zu lesen, schienen sich Trankopfer darzubringen, tranken mit einem Gemisch von Feierlichkeit und Komik den heiligen Kelch. Die Musik ging im Lärm der Gespräche und im Geschirrgeklapper unter. Dabei gab sich alle Welt Mühe, leise zu sprechen und zu essen. Der *Herr Konzertmeister**, ein großer, gebeugter alter Mann mit einem weißen Bart, der ihm wie ein Schwanz vom Kinn hing, und einer langen, gebogenen, bebrillten Nase, sah wie ein Philologe aus. – Alle diese Gestalten waren Christof seit langem vertraut. Aber an jenem Tage war er in der Stimmung, sie als Karikaturen zu sehen. Es gibt solche Tage, an denen uns ohne ersichtlichen Grund das Groteske in Wesen und Dingen, das im gewöhnlichen Leben unbemerkt vorbeigleitet, urplötzlich in die Augen springt. Das Orchesterprogramm umfaßte die *Egmont*-Ouvertüre, einen Walzer von Waldteufel, den *Pilgerchor aus Tannhäuser*, die Ouvertüre zu den *Lustigen Weibern* von Nicolai, den religiösen Marsch aus *Athalia* und eine Phantasie über den *Nordstern.* Das Orchester spielte die Beethovensche Ouvertüre gewissenhaft und den Walzer mit wildem Schwung. Während des *Pilgerchores aus Tannhäuser* hörte man, wie Flaschen entkorkt wurden. Ein dicker Herr, der an einem Tisch neben Christof saß, nickte zu den *Lustigen Weibern* den Takt und mimte dazu Falstaff. Eine ältere, starke Dame in himmelblauem Kleid mit weißem Gürtel, einen goldenen Kneifer auf der eingedrückten Nase, roten Augen und ungeheurem Brustumfang sang mit mächtiger Stimme *Lieder** von Schumann und Brahms. Sie wölbte die Brauen, warf verführerische Blicke, senkte die Lider, neigte das Haupt nach rechts und nach links, ließ ein gewinnendes Lächeln über ihr Mondgesicht gleiten und verausgabte eine so überausdrucksvolle Mimik, daß man für Augenblicke an ein Tingeltangel hätte erinnert sein können, hätte sie nicht andererseits so majestätische Ehrbarkeit ausgestrahlt; diese würdige Familienmutter wollte die kleine Törin spielen, die Jugend, die Leidenschaft; und die Schumannsche Poesie nahm den leisen, faden Geruch einer nursery an. Das

Publikum war begeistert. – Feiertäglich aber wurde die Aufmerksamkeit erst, als die *Süddeutsche Männer-Liedertafel** erschien, die Gesangsvereinsstücke voller Gefühl abwechselnd säuselte und brüllte. Es waren ihrer vierzig, die wie vier sangen; man hätte meinen können, daß sie sich alle Mühe gaben, in ihren Vorführungen jede Spur von eigentlich choralem Stil auszulöschen. Dafür war da eine Sucht nach kleinen melodischen Effekten, kleinen schüchternen und weinerlichen Nuançen, verhauchendem Pianissimo mit jähen donnernden Ausbrüchen wie Paukenschlägen dazwischen; ein Fehlen jeglicher Fülle, jeglichen Gleichgewichts – nichts als Süßlichkeit; man dachte an Zettel, den Weber:

Laßt mich den Löwen auch spielen . . .
ich will euch so sanft brüllen wie ein saugendes
Täubchen;
ich will euch brüllen, als wär es 'ne Nachtigall.

Christof lauschte von Beginn an mit wachsender Verblüfftheit. Nichts von alledem war ihm neu. Er kannte diese Konzerte, dies Orchester, dies Publikum. Aber mit einemmal erschien ihm alles gefälscht. Alles, bis zu dem, was er am meisten liebte: die *Egmont*-Ouvertüre, deren pomphaftes Durcheinander und wohlanständige Erregtheit ihn in diesem Augenblick wie ein Mangel an Freimut verletzten. Allerdings waren es weder Beethoven noch Schumann, die er hörte, sondern es war die undurchdringliche Dummheit ihrer lächerlichen Interpreten und des wiederkäuenden Publikums, die sich wie eine dichte Dunstwolke rings um die Werke verbreitete. Aber auch davon abgesehen, lag in den Werken, selbst in den schönsten, etwas für Christof Beunruhigendes, das er vordem nie gefühlt hatte . . . Was war es nur? Er wagte es nicht zu zergliedern, waren ihm doch diese sehr geliebten Meister zu heilig, um sie anzutasten. Aber vergebens schloß er jetzt die Augen: er hatte gesehen. Und wider Willen sah er weiter hin; wie La Vergognosa di Pisa schaute er zwischen den Fingern hindurch.

Er sah die deutsche Kunst in ihrer ganzen Nacktheit. Alle – die Großen wie die Dummköpfe – breiteten ihre Seelen mit gerührter Wohlgefälligkeit aus. Die Bewegtheit strömte über, der charaktervolle Edelsinn rieselte aus allen Poren, das Herz zerschmolz zu maßlosen Ergüssen; die Schleusen der gefürchteten deutschen Empfindsamkeit waren aufgezogen; sie verdünnte die Kraft der Stärksten, sie ertränkte die Schwachen unter gräulichen Wasserflächen: eine wahre Überschwemmung. Das deutsche Denken schlief auf dem Grunde. Und was für ein Denken manchmal – bei einem Mendelssohn, einem Brahms, einem Schumann und in ihrer Gefolgschaft bei der ganzen Legion kleiner Komponisten von pathetischen oder weinerlichen *Liedern**! Alles Sand. Nicht ein einziger Fels. Feuchter, unförmiger Ton... Oft schien es Christof unglaublich, daß das Publikum von all der Albernheit und Kinderei nicht betroffen wurde. Er schaute ringsumher; aber er sah nichts als anbetende Mienen, die im voraus von den Schönheiten, die sie vernehmen, und dem Vergnügen, das sie an ihnen finden würden, überzeugt waren. Wie hätten sie sich unterstehen sollen, selbständig zu urteilen? Sie waren von Ehrfurcht für diese geheiligten Namen erfüllt. Was erfüllte sie nicht mit Ehrfurcht? Sie standen ihrem Programm ehrfürchtig gegenüber, ihrem Glase Bier, sich selber. Man fühlte, innerlich gaben sie allem, was sich näher oder ferner auf sie bezog, den Exzellenztitel.

Christof betrachtete abwechselnd Publikum und Werke: die Werke spiegelten das Publikum, das Publikum spiegelte wie eine Gartenkugel die Werke wider. Christof merkte, wie ihn die Lachlust ankam, und er schnitt Grimassen. Er nahm sich jedoch zusammen. Als aber „die Männer aus dem Süden" mit Feierlichkeit anfingen, das errötende *Geständnis* eines jungen verliebten Mädchens zu singen, hielt Christof nicht mehr an sich. Er brach in Lachen aus. Empörtes „St!" klang auf. Seine Nachbarn sahen ihn verblüfft an; diese guten, gekränkten Gesichter machten ihm noch mehr Spaß: Er lachte immer heller, lachte, lachte, bis er vor Lachen weinte. Jetzt aber wurde man böse. Man schrie: „Hinaus!" Er stand auf und ging achselzuckend, während sein Rücken in einem Anfall von tollem Lachen geschüttelt wurde, aus dem Saal. Dies Hinausgehen rief allgemeine Entrüstung hervor. Es wurde der Anfang der Feindseligkeiten zwischen Christof und seiner Vaterstadt.

Infolge dieser Kostprobe kam Christof zu Hause auf den Gedanken, die Werke der „geheiligten" Musiker von neuem wieder durchzulesen. Er war niedergeschmettert, als er merkte, daß einige der Meister, die er am innigsten liebte, *gelogen* hatten. Er zwang sich, daran zu zweifeln, zu glauben, daß er selbst sich täusche. – Aber nein, da war nichts zu machen. Er stand erschüttert vor der Unsumme von Minderwertigkeit und Lüge, die den künstlerischen Schatz eines großen Volkes bildet. Wie wenige Seiten hielten der Prüfung stand!

Von da an wagte er sich nur noch mit Herzklopfen an das Lesen anderer Werke, die ihm teuer waren ... Ach! Er war wie behext: überall hatte er dasselbe Mißgeschick. Bei einigen bereitete ihm die Entdeckung herzzerreißenden Schmerz; es war, als verliere er einen sehr geliebten Freund, als merke er plötzlich, daß dieser Freund, in den er volles Vertrauen gesetzt hatte, ihn seit Jahren hinterging. Er weinte darüber. Nachts schlief er nicht mehr; er quälte sich weiter. Er gab sich selber die Schuld: Konnte er denn nicht mehr urteilen? War er ganz und gar idiotisch geworden? – Nein, nein, mehr als je sah er die strahlende Schönheit des Tages, fühlte er den verschwenderischen Überfluß des Lebens: sein Herz konnte ihn nicht täuschen ...

Noch lange aber wagte er nicht, an die zu rühren, die ihm die Besten waren, die Reinsten, Allerheiligsten. Er zitterte davor, den Glauben zu erschüttern, den er an sie hatte. Wie aber dem unerbittlichen Instinkt einer wahrhaften Seele widerstehen, die bis zu Ende gehen und die Dinge sehen will, wie sie sind, was immer sie dadurch leiden mag? – Er schlug also die heiligen Werke auf, er gab die letzte Reserve, die Kaiserliche Garde hin ... Vom ersten Blick an sah er, daß sie nicht unfehlbarer als die anderen waren. Er fand nicht den Mut, weiter vorzudringen. In manchen Augenblicken hielt er inne und schloß das Buch; wie der Sohn Noahs warf er den Mantel über die Blöße seines Vaters ...

Dann saß er niedergeschlagen inmitten seiner Trümmer. Lieber hätte er einen Arm verloren als seine heiligen Illusionen. Sein Herz trug Trauer. Aber in ihm war so viel Kraft, daß sein Vertrauen in die Kunst nicht erschüttert wurde. Mit der kindhaften Anmaßung des jungen Menschen begann er das Leben von vorn, als ob es niemand vor ihm gelebt hätte. In dem Rausch seiner neuen Kraft fühlte er – vielleicht nicht zu Unrecht –, daß, wenige Ausnahmen abgerechnet, fast keinerlei Beziehungen zwischen lebendigen Leidenschaften und dem Ausdruck bestehen, welchen die Kunst ihnen verliehen hat. Aber er täuschte sich, wenn er meinte, er selber sei glücklicher oder wahrer, wenn er sie ausdrückte. Da er von seinen heißen Gefühlen ganz erfüllt war, wurde es ihm wohl leicht, sie aus allem, was er schrieb, wieder hervorleuchten zu sehen; außer ihm aber hätte sie niemand in dem unvollkommenen Wortschatz erkannt, über den er verfügte, um sie zu benennen. Vielen Künstlern, die er verdammte, war es ebenso ergangen. Sie hatten Tiefes empfunden und ausgedrückt. Aber das Geheimnis ihrer Sprache war mit ihnen gestorben.

Christof war kein Psychologe, er kümmerte sich um alle diese Gründe nicht: war etwas für ihn tot, so mußte es immer so gewesen sein. Er prüfte alle seine Urteile über die Vergangenheit mit der selbstsicheren und ungestümen Ungerechtigkeit der Jugend. Er entblößte die edelsten Seelen ohne Mitleid für ihre Lächerlichkeiten. Da war die eitle Schwermut, die vornehme Phantasie, das wohlgeordnete Nichts von Mendelssohn. Da war das Glasgeklingel und der Flitterkram von Weber, seine Herzensdürre, seine verstandesmäßige Rührung. Da war Liszt, der Heldenvater und Zirkusreiter, der Neuklassiker und Jahrmarktsgaukler, ein Gemisch aus gleichen Dosen wahren und falschen Adels, aus hohem Idealismus und widerlichem Virtuosentum. Da war der unter seiner Empfindsamkeit wie unter kilometertiefem, durchsichtigem, fadem Wasser ersäufte Schubert. Selbst die Alten der heroischen Zeitalter, die Halbgötter, die Propheten, die Kirchenväter wurden nicht verschont. Sogar der große Sebastian, der drei Jahrhunderte alte, der Vergangenheit und Zukunft in sich trug – Bach, er war nicht frei von aller Lüge, aller Modetorheit, allem Schulgeschwätz. Dieser Mann, der Gott geschaut hatte, schien Christof manchmal von süßlicher, nichtssagender Frömmigkeit, von altväterischem Jesuitenstil. In seinen Kantaten waren Melodien voll verliebten und frömmelnden Schmachtens (Zwiegespräche der Seele, die mit Jesus schöntut), die Christof anwiderten: er meinte pausbäckige Engeljungen mit runden Waden zu sehen. Dann hatte er auch das Empfinden, daß der geniale *Kantor* immer im festverschlossenen Zimmer schrieb: es roch muffig. In seiner Musik war nicht die kräftige, freie Luft, die bei anderen wehte, die vielleicht weniger große Musiker, aber mehr große Menschen – mehr Mensch – waren, so wie Beethoven, wie Händel. Was ihn ferner bei allen, besonders bei den Klassikern, verletzte, war ihr Mangel an Freiheit: fast alles in ihren Werken war „konstruiert“. Das eine Mal war ein Gefühl mit allen Gemeinplätzen der musikalischen Rhetorik aufgebauscht, ein anderes Mal war ein einfacher Rhythmus, ein ornamentales Gebilde wiederholt, umgekehrt und in jeder Weise mechanisch umgestellt. Diese symmetrischen und langweilig geschwätzigen Konstruktionen – Sonaten und Symphonien – brachten Christof, der in diesem Augenblick für die Schönheit der Regelmäßigkeit, der großangelegten und durchdachten Grundrisse wenig empfänglich war, außer sich. Sie schienen ihm mehr Maurer- als Musikerarbeit.

Man braucht nicht zu denken, er sei den Romantikern gegenüber weniger streng gewesen. Es war ganz sonderbar, daß keine Komponisten ihn mehr ärgerten als jene, die am freiesten, ursprünglichsten, am wenigsten konstruktiv hatten sein wollen – solche, die wie Schumann ihr ganzes Leben Tropfen für Tropfen in unzählige kleine Werke gegossen hatten. Er war gegen sie mit um so heftigerem Zorn geladen, als er in ihnen seine Jünglingsseele wiedererkannte und alle Torheiten, die er geschworen hatte ihr auszutreiben. Gewiß, man konnte den offenherzigen Schumann unmöglich der Falschheit zeihen: er sprach fast niemals etwas aus, was er nicht wirklich gefühlt hatte. Aber gerade sein Beispiel führte Christof zu der Erkenntnis, daß die schlimmste Falschheit der deutschen Kunst nicht dort lag, wo die Künstler Empfindungen ausdrücken wollten, die sie nicht fühlten, sondern vielmehr dort, wo sie zwar Gefühle ausdrückten, die sie empfanden – *die aber in sich gefälscht waren.* Die Musik ist ein unerbittlicher Spiegel der Seele. Je naiver und vertrauensvoller ein deutscher Musiker ist, um so mehr zeigt er die Schwächen der deutschen Seele, ihren unsicheren Grund, ihre weiche Empfindsamkeit, ihren Mangel an Freimut, ihren ein wenig hinterhältigen Idealismus, ihre Unfähigkeit, sich selbst zu sehen, zu wagen, sich ins Gesicht zu schauen. Dieser falsche Idealismus gab den Riß selbst bei den Größten – wie Wagner. Als Christof dessen Werke überlas, knirschte er mit den Zähnen. *Lohengrin* schien ihm von einer Lügenhaftigkeit, daß man aufheulen konnte. Er haßte dieses Ritterpack, dieses heuchlerische Liebegottspielen, diesen Helden ohne Tadel und ohne Adel, diese leibhaftige, egoistische, kalte Tugendhaftigkeit, die mit Vorliebe sich selbst anbetet und nur sich selbst liebt. Er kannte diesen Typus des deutschen Pharisäers nur allzugut, er hatte ihn in der Wirklichkeit kennengelernt: schön zurechtgemacht, unbewegt und hart, in Anbetung vor dem eigenen Bild, vor dessen Göttlichkeit er kampflos die anderen opfert. *Der Fliegende Holländer* erschlug ihn mit seiner massigen Sentimentalität und seiner trübseligen Langenweile. Die dekadenten Barbaren des *Ringes* waren, wenn sie liebten, von widerlicher Fadheit. Wenn Siegmund seine Schwester entführte, schmetterte sein Tenor eine Salonromanze. Siegfried und Brünhilde breiteten in der *Götterdämmerung** als brave deutsche Eheleute einer vor des anderen Augen und vor allem vor dem Publikum ihre geschwätzig-pomphafte eheliche Leidenschaft aus. Sämtliche Arten der Lüge hatten sich in diesem Werk ein Stelldichein gegeben: falscher Idealismus, falsches Christentum, falsche Gotik, falsches Legendentum, falsche Göttlichkeit und falsche Menschlichkeit. Niemals hatte sich das Althergebrachte in einem Theater breiter gemacht als in diesem, das alles Althergebrachte umzustoßen vorgab. Weder Augen, Geist noch Herz konnten sich einen Augenblick davon blenden lassen; wurden sie es, mußten sie es selber wollen. – Sie wollten es. Deutschland ergötzte sich an dieser ältlich-kindlichen Kunst, dieser Kunst losgelassener Bestien und mystisch quakelnder kleiner Mädchen.

Jedoch was Christof auch immer tat, sowie er diese Musik wieder vernahm, wurde er wie die anderen davon gefangengenommen, mehr als die anderen, von der Sturzflut, dem diabolischen Willen des Mannes, der das alles entfesselt hatte. Er lachte und bebte, seine Wangen flammten; er fühlte Reiterarmeen durch sich hindurchrasen; und er dachte, daß denen, die solche Sturmgewalt in sich tragen, alles erlaubt sei. Welche Freudenschreie stieß er aus, wenn er in den geheiligten Werken, die er nur noch zitternd durchblätterte, seine frühere Mitgerissenheit wiederfand, immer gleich glühend wiederfand, ohne daß ihm irgend etwas die Reinheit dessen, was er liebte, trüben konnte! Das waren glorreiche Trümmer, die er so aus dem Schiffbruch rettete. Welches Glück! Ihm war, als rettete er einen Teil seiner selbst. Und war dies alles nicht er selbst? Diese großen Deutschen, gegen die er zu Felde zog, waren sie nicht sein Blut, sein Fleisch, sein kostbarstes Sein? Er war gegen sie nur so streng, weil er es gegen sich war. Wer liebte sie mehr als er? Wer fühlte tiefer als er Schuberts Güte, Haydns Unschuld, Mozarts Zärtlichkeit, Beethovens großes, heroisches Herz? Wer hatte sich andächtiger als er in das Rauschen Weberscher Wälder geflüchtet, in das tiefe Dunkel von Johann Sebastians Kathedralen, die ihre Steingebirge, ihre gigantischen Türme mit den durchbrochenen Spitzen über die deutsche Ebene in den grauen Nordhimmel erhoben? – Aber er litt an ihren Lügen und konnte sie nicht vergessen. Er schob sie der Rasse zu, ihre Größe aber ihnen selber. Er tat unrecht daran. Größe und Schwäche sind gleichermaßen jener Rasse eigen, deren mächtiges und traumtrübes Denken als der breiteste Strom von Musik und Dichtung dahinrollt, aus dem Europa trinkt... Und in welchem anderen Volk hätte er die naive Reinheit gefunden, die ihn in diesem Augenblicke dazu brachte, es so hart zu verdammen?

Davon ahnte er nichts. Mit der Undankbarkeit eines verzogenen Kindes wandte er gegen seine Mutter die Waffen, die er von ihr empfangen hatte. Später, viel später sollte er es ganz fühlen, was er ihr schuldete und wie teuer sie ihm war...

Jetzt aber befand er sich in einer Zeit blinder Auflehnung gegen alle Götter seiner Kindheit. Er zürnte sich und ihnen dafür, daß er mit so leidenschaftlicher Hingabe an sie geglaubt hatte. – Und es war gut, daß es so kam. Es gibt ein Lebensalter, in dem man den Mut zur Ungerechtigkeit finden muß, in dem man wagen muß, mit jeder Bewunderung und jeder angelernten Hochachtung aufzuräumen und alles zu verneinen – Lügen und Wahrheiten –, alles, was man nicht selbst als wahr erkannt hat. Das Kind saugt durch die ganze Erziehung, durch alles, was es rings um sich sieht und hört, eine solche Menge von Lügen und Torheiten ein, die den wesentlichen Wahrheiten des Lebens vermengt sind, daß die erste Pflicht des Jünglings, der ein Mann sein will, ist, alles auszuspeien.

Christof machte solch eine Krisis kräftigen Ekels durch. Sein Instinkt trieb ihn dazu, alle unverdaulichen Bestandteile seines Wesens, die ihn belästigten, fortzuschaffen.

Vor allem diese widerwärtige Empfindsamkeit, die von der deutschen Seele wie von einem feuchten, nach Schimmel riechenden Keller niedertropfte. Licht! Licht! Rauhe, trockene Luft, welche alle Sumpfmikroben fortfegen sollte samt dem faden Nachgeschmack all dieser *Lieder*, Liedchen** und *Liedlein**, zahllos wie Regentropfen, in die sich das deutsche *Gemüt** unversiegbar ergoß; dieses unzählige: *Sehnsucht*, Heimweh*, Aufschwung*, Frage*, Warum*, An den Mond*, An die Sterne*, An die Nachtigall*, An den Frühling*, An den Sonnenschein*;* dieses unzählige: *Frühlingsleid*, Frühlingslust*, Frühlingsgruß*, Frühlingsfahrt*, Frühlingsnacht*, Frühlingsbotschaft*;* dieses unzählige: *Stimme der Liebe*, Sprache der Liebe*, Trauer der Liebe*, Geist der Liebe*, Fülle der Liebe*;* dieses unzählige: *Blumenlied*, Blumenbrief*, Blumengruß*;* dieses unzählige: *Herzeleid*, Mein Herz ist schwer*, Mein Herz ist betrübt*, Mein Aug ist trüb**; diese sanften, albernen Zwiegespräche mit dem *Röselein**, mit Bächlein, Turteltauben und Schwalben; diese abgeschmackten Fragen *Ob die Rose ohne Dornen sein solle, Ob die Schwalbe mit einem alten Mann ihr Nest gebaut habe* oder *Ob sie erst seit kurzem Braut sei* – diese ganze Sintflut von fader Zärtlichkeit, fader Rührung, fader Melancholie, fader Poesie ... Wieviel Schönes wurde so entweiht, wie viele hohe Gefühle bei jedem Anlaß und ohne Anlaß verbraucht! Denn das schlimmste ist, daß all dies ja überflüssig war; nichts als schlechte Angewohnheit, sein Herz öffentlich zu enthüllen, ein zärtlicher alberner Hang, einander geräuschvoll anzuvertrauen. Nichts zu sagen haben und ewig reden! Wollte dies Geschwätz denn niemals enden? – Holla! Silentium, ihr Sumpffrösche!

Besonders grausam empfand Christof die Lüge, wenn Liebe ausgedrückt wurde; denn hier lag es ihm am nächsten, sie mit der Wahrheit zu vergleichen. Diese eingebürgerten tränenreichen und wohlerzogenen Liebesgesänge entsprachen in nichts weder dem männlichen Begehren noch dem weiblichen Herzen. Und doch mußten die Leute, die das geschrieben hatten, wenigstens einmal in ihrem Leben geliebt haben! War es denkbar, daß sie in dieser Weise geliebt hatten? Nein, nein! Sie hatten gelogen, gelogen wie immer, hatten sich selbst belogen; sie hatten sich idealisieren wollen ... Idealisieren! Das wollte heißen: Furcht haben, dem Leben ins Antlitz zu schauen; unfähig sein, die Dinge so, wie sie sind, zu sehen. – Überall die nämliche Schüchternheit, der nämliche Mangel an männlichem Freimut. Überall dieselbe kaltgestellte Begeisterung, dieselbe pomphafte und theatralische Feierlichkeit, im Patriotismus, im Trinken, in der Religion. Die *Trinklieder** waren großartige Ansprachen an den Wein oder an das Glas: *Du herrlich Glas ...** Der Glaube, der wie ein unerwarteter Springquell aus der Seele sprudeln sollte, war ein Fabrikartikel, eine gangbare Ware. Die Vaterlandslieder schienen für eine Herde gefügiger, im Takt blökender Hammel gemacht ... Heult doch auf! – Was! Wollt ihr denn bis in eure Saufgelage hinein weiterlügen – „idealisieren" –, bis in eure Metzeleien, bis in den Wahnsinn!

Christof war dahin gelangt, den Idealismus zu hassen. Er zog dieser Lüge die offene Brutalität vor. Im Grunde war er idealistischer als die anderen und hatte – durfte keine ärgeren Feinde haben als die brutalen Realisten, denen er den Vorzug zu geben glaubte.

Seine Leidenschaft machte ihn blind. Er fühlte sich durch den Nebel, die bleichsüchtige Lüge, „die sonnenlosen Gespenster" erstarrt. Mit allen Kräften seines Wesens ersehnte er die Sonne. In seiner jugendlichen Verachtung für die ihn umgebende Heuchelei oder das, was er so nannte, sah er nicht die tiefe und tüchtige Weisheit der Rasse, die sich nach und nach ihren grandiosen Idealismus aufgebaut hatte, um ihre ungebändigten Triebe niederzuzwingen oder sie zu verwerten. Nicht willkürliche Vernunftgründe, nicht moralische und religiöse Gebote, ebensowenig Gesetzgeber und Staatsmänner, Priester und Philosophen formen die Seele der Rassen um und zwingen ihr eine neue Natur auf: Jahrhunderte des Unglücks und der Prüfungen schmieden die Völker, die leben wollen, fürs Leben.

Unterdessen komponierte Christof; und seine Kompositionen waren keine Gegenbeispiele für die Fehler, die er den anderen vorwarf. Das kam, weil das Schaffen ihm unwiderstehliches Bedürfnis war und sich nicht den Gesetzen, die sein Verstand diktierte, unterwarf. Man schafft nicht aus Gründen. Man schafft aus Notwendigkeit. – Dann genügt es auch nicht, die den meisten Gefühlen anhaftende Lüge und Theatralik erkannt zu haben, um nicht in sie zurückzufallen: dazu sind lange und beschwerliche Anstrengungen nötig. Nichts ist schwerer, als in der modernen Gesellschaft mit der von Generationen übernommenen, erdrückenden Erbschaft träger Gewohnheiten ganz und gar aufrichtig zu sein. Vor allem für solche Menschen oder Völker schwierig, welche den aufdringlichen Hang haben, ihr Herz unaufhörlich sprechen zu lassen, während es meist doch nichts Besseres zu tun gibt, als zu schweigen.

Darin war auch Christofs Herz echt deutsch: er hatte noch nicht die Tugend des Schweigens erworben. Übrigens hätte sie seinem Alter nicht entsprochen. Er hatte von seinem Vater das Bedürfnis zu reden geerbt, geräuschvoll zu reden. Er war sich dessen bewußt, und er kämpfte dagegen an; aber dieser Kampf legte einen Teil seiner Kräfte lahm. –

Er focht einen anderen gegen das nicht weniger unangenehme Erbteil, das ihm sein Großvater mitgegeben hatte: eine ungemeine Schwierigkeit, sich genau auszudrücken. – Er war der Sohn des Virtuosen. Er fühlte in sich die gefahrvolle Anziehungskraft der Virtuosität – der physischen Lust, der Lust an Geschicklichkeit, Fertigkeit, Muskeltätigkeit, der Lust am Besiegen, Blenden, am Unterjochen des tausendköpfigen Publikums mittels der Persönlichkeit; eine bei einem jungen Menschen übrigens sehr entschuldbare, fast harmlose Lust, aber nichtsdestoweniger tödlich für Kunst und Seele. Christof kannte sie: er hatte sie im Blut. Er verachtete sie, gab ihr aber dennoch nach.

So zwischen den Instinkten seiner Rasse und denen seiner Persönlichkeit hin und her gezerrt, mit der Last einer umklammernden Vergangenheit, die sich in ihm einnistete und von der er sich nicht befreien konnte, beladen, kam er nur tappend vorwärts und war allem, was er ächtete, viel näher, als er dachte. Alle seine Werke aus jener Zeit waren ein Gemisch aus Wahrheit und Schwulst, aus hellseherischer Kraft und stammelnder Torheit. Nur für Augenblicke gelang es seinem Ich, die Hülle jener toten Wesen zu durchbrechen, die seine Bewegungen einschnürten.

Er war einsam. Er hatte keinen Führer, der ihm aus dem Morast half. Wenn er sich schon draußen glaubte, dann gerade sank er um so tiefer ein. Er tappte im dunkeln und verschwendete Zeit und Kräfte an unglückliche Versuche. Keine Erfahrung wurde ihm erspart; und im Wirrwarr dieser schöpferischen Regsamkeit gab er sich keine Rechenschaft darüber, was unter allem, das er schuf, am meisten Wert hatte. Er verstrickte sich in unsinnige Pläne, in symphonische Dichtungen, die sich philosophisch gebärdeten und ungeheure Dimensionen hatten. Er war zu wahrhaft, um sich lange an sie zu binden; und er ließ sie, bevor er einen einzigen Teil skizziert hatte, voller Abscheu liegen. Oder er mutete sich wohl auch zu, die unzugänglichsten Dichtwerke als Ouvertüren in Musik zu übertragen. Dann streifte er in Gebieten umher, die ihn nichts angingen. Wenn er sich selbst seine Textbücher schrieb – denn er fürchtete sich vor nichts –, so kamen bloße Eseleien heraus; und wenn er sich an die großen Werke von Goethe, von Kleist, von Hebbel oder Shakespeare machte, verstand er alles verkehrt. Das war nicht Mangel an Intelligenz, aber Mangel an kritischem Geist; er war zu sehr mit sich beschäftigt und konnte daher die andern nicht verstehen; überall fand er sich selbst mit seiner naiven und schwülstigen Seele wieder.

Neben diesen Ungeheuern, die nichts weniger als lebensfähig waren, schrieb er eine Anzahl kleiner Werke – die unvergänglichsten von allen –, die der unmittelbare Ausdruck vorübergehender Empfindungen waren: musikalische Gedanken, *Lieder**. Hier wie überall schuf er in leidenschaftlicher Reaktion gegen das Althergebrachte. Er nahm die berühmtesten, schon in Musik gesetzten Gedichte wieder vor und hatte die Dreistigkeit, es anders und wahrer als Schumann und Schubert machen zu wollen. Einmal wollte er poetischen Gestalten Goethes, seiner Mignon, seinem Harfner, ihren individuellen, ausgeprägten und beunruhigenden Charakter wiedergeben. Ein anderes Mal machte er sich an gewisse Liebes*lieder**, welche die Künstler in ihrer Schwäche und das Publikum in seiner Geschmacklosigkeit in schweigender Übereinkunft mit immer neuer süßlicher Sentimentalität umhüllt hatten; und er entkleidete sie: er hauchte ihnen wilde und sinnliche Herbheit ein. Mit einem Wort, er mutete sich zu, Leidenschaften und Geschöpfe um ihrer selbst willen lebendig zu machen und nicht als Spielzeug für deutsche Familien, die sonntags in irgendeinem *Biergarten** bequeme Rührseligkeiten suchen.

Gewöhnlich aber fand er die Dichter zu literarisch; und er suchte mit Vorliebe die allereinfachsten Texte: alte *Lieder**, alte geistliche Gesänge, die er in einem Erbauungsbuch gefunden hatte. Er hütete sich sehr davor, ihren Choralcharakter zu bewahren, er behandelte sie in kühn weltlicher Weise, frei und lebendig. Oder er nahm wohl auch Sprichwörter, manchmal sogar Worte, die er im Vorübergehen aufgefangen hatte, Bruchstücke volkstümlicher Gespräche, Betrachtungen von Kindern – ungelenke und prosaische Worte, aus denen das ganz reine Gefühl leuchtete. Da war er in seinem Fahrwasser, und er erreichte eine Tiefe, von der er selbst nichts ahnte.

Gut oder schlecht, und öfter schlecht als gut, strömte die Gesamtheit seines Schaffens von Leben über. Alles darin war nicht neuartig: weit entfernt davon. Unzählige Male war Christof gerade aus seiner Aufrichtigkeit heraus banal; es widerfuhr ihm, schon gebrauchte Formen zu benutzen, weil sie seinen Gedanken genau wiedergaben, weil auch er genau so und nicht anders fühlte. Um nichts in der Welt hätte er danach getrachtet, originell zu sein: ihm schien, man müsse sehr minderwertig sein, um sich mit dergleichen zu plagen. Er versuchte zu sagen, was er fühlte, ohne sich darum zu kümmern, ob das gleiche vor ihm schon gesagt worden war oder nicht. Er war stolz genug, zu glauben, daß dies immer noch die bessere Art von Originalität sei und daß Johann Christof doch nur einmal dagewesen sei und sein würde. In seiner prachtvollen Jugendfrechheit schien ihm noch nichts getan; und alles schien ihm zu tun oder doch neu zu tun. Das Gefühl dieser inneren Fülle, eines unbegrenzten Lebens versetzte ihn in einen Zustand überschäumenden und ein wenig aufdringlichen Glückes. Jeder Augenblick war von Jubelstimmung erfüllt. Sie bedurfte der Freude nicht, sie konnte auch aus der Trauer wachsen: ihre Quelle war seine Kraft, die Mutter jedes Glückes und jeder Tugend. Leben, immer noch mehr leben! – Wer in sich diese Krafttrunkenheit, diesen Lebensjubel – wäre es auch im tiefsten Unglück – nicht fühlt, ist kein Künstler. Das ist der Prüfstein. Wahre Größe erkennt sich an der Jubelkraft in Freude oder Leid. Ein Mendelssohn oder ein Brahms, die Götter des Oktobernebels und des feinen Regens, haben nie diese göttliche Macht gekannt.

Christof fühlte sie in sich; und er stellte seine Freude mit unvorsichtiger Naivität zur Schau. Er sah darin nichts Böses, er wollte sie nur mit anderen teilen. Er merkte nicht, wie verletzend diese Freude für die meisten Menschen ist, die sie nicht besitzen. Im übrigen kümmerte er sich wenig darum, ob er gefiel oder mißfiel; er war seiner selbst sicher, und nichts schien ihm einfacher, als seine Überzeugung den andern mitzuteilen. Er verglich seine Reichtümer mit der allgemeinen Armut der Notenfabrikanten; und er dachte, daß es doch ganz leicht sein müsse, seiner Überlegenheit Anerkennung zu verschaffen. Allzuleicht sogar. Er brauchte sich nur zu zeigen.

Er zeigte sich.

Man erwartete ihn.

Christof hatte aus seinen Gefühlen kein Geheimnis gemacht. Seit er sich des deutschen Pharisäertums, das die Dinge nicht sehen will, wie sie sind, bewußt geworden war, hatte er es sich zum Gesetz gemacht, allem gegenüber, und ohne Rücksicht auf irgendein Werk oder irgendeinen Menschen, unbedingt, unaufhörlich und starrsinnig aufrichtig zu sein. Und da er nichts ohne Übertreibung tun konnte, redete er Ungeheuerlichkeiten und entrüstete die Leute. Er benahm sich geradezu märchenhaft naiv. Dem ersten besten vertraute er mit der Genugtuung eines Menschen, der seine unschätzbaren Entdeckungen nicht für sich behalten will, an, was er von der deutschen Kunst dachte. Es kam ihm nicht einmal der Gedanke, daß man das schlecht aufnehmen könnte. Wenn er soeben die Eselei eines geheiligten Werkes erkannt hatte, war er derartig erfüllt von seiner Entdeckung, daß er möglichst schnell jeden, den er gerade traf, daran teilnehmen ließ: Musiker oder musikalische Bekannte. Die geschmacklosesten Urteile ließ er mit strahlendem Gesicht los. Zuerst nahm man ihn nicht ernst; man lachte über seine Einfälle. Aber man fand bald, daß er allzuhäufig und mit einer unangebrachten Hartnäckigkeit auf sie zurückkam. Es wurde klar, daß Christof an seine Paradoxe glaubte; das war weniger drollig. Er machte sich damit unmöglich; er trug mitten im Konzert lärmende Ironie zur Schau oder gab seiner Verachtung für die ruhmvollsten Meister Ausdruck.

In der kleinen Stadt trug man sich alles zu; keines seiner Worte ging verloren. Man zürnte ihm schon wegen seines Benehmens im vergangenen Jahr. Man hatte die skandalöse Art, in der er sich mit Ada öffentlich gezeigt hatte, nicht vergessen. Er selbst dachte an das alles nicht mehr; die Tage löschten die Tage, und was vergangen war, lag weit hinter ihm. Andere aber erinnerten sich für ihn daran: die, deren soziale Obliegenheit es in allen kleinen Städten ist, jede Sünde, jede Schande, alle traurigen, häßlichen, mißlichen Ereignisse, die ihre Nachbarn angehen, mit peinlicher Genauigkeit aufzunehmen, damit nicht das Geringste davon verlorengeht. Die neuen Absonderlichkeiten Christofs fanden in dem auf seinen Namen lautenden Register einen passenden Platz an der Seite der alten. Die einen warfen ihr Licht auf die andern. Zu der beleidigten Moral fügte sich jetzt der entrüstete gute Geschmack. Die Nachsichtigsten sagten von ihm:

„Er will was Besonderes sein."

Aber die Mehrzahl war sich einig.

*„Total verrückt!"**

Eine noch gefährlichere Ansicht begann sich zu verbreiten (eine Ansicht, deren hoher Ursprung ihren Erfolg sicherte): Man erzählte sich, daß Christof im Schloß, wohin er weiter regelmäßig zur Erfüllung seiner offiziellen Pflichten ging, so geschmacklos gewesen sei, sich dem Großherzog in persona gegenüber mit aufrührerischer Schamlosigkeit über hochverehrte Meister zu äußern; er hatte, so wurde gesagt, *Elias* von Mendelssohn „das Geplapper eines heuchlerischen clergyman" genannt und gewisse *Lieder** von Schumann als *Backfisch*musik* bezeichnet – und das, nachdem die hohen Fürstlichkeiten eben ihre Vorliebe für diese Werke geäußert hatten! Der Großherzog hatte diesen Impertinenzen ein Ende gemacht, indem er trocken sagte:

„Wenn man Sie hört, Herr Krafft, könnte man manchmal daran zweifeln, daß Sie ein Deutscher sind."

Dieses Rächerwort, das von so hoch oben fiel, verfehlte nicht, sehr tief zu fallen; und alle die, welche Veranlassung zu haben meinten, gegen Christof eingenommen zu sein, sei es seiner Erfolge wegen, sei es aus noch persönlicheren Gründen, ließen es sich nicht entgehen, daran zu erinnern, daß er in der Tat kein reiner Deutscher sei. Seine väterliche Familie war – man wird sich dessen entsinnen – flandrischen Ursprungs. Also war es ja gar nicht überraschend, wenn dieser Emigrant die nationalen Ruhmestaten anschwärzte! Diese Feststellung erklärte alles; und das germanische Selbstgefühl fand dadurch einen Grund mehr, sich noch höher zu achten und seinen Widersacher gleichzeitig über die Achsel anzusehen.

Dieser vorläufig ganz platonischen Rache führte Christof selber noch festere Nahrung zu. Es ist sehr unklug, andere zu kritisieren, wenn man selbst eben im Begriff ist, sich der Kritik auszusetzen. Ein geschickterer Künstler hätte seinen Vorgängern gegenüber mehr Respekt gezeigt. Christof aber sah nicht ein, warum er seine Verachtung für das Minderwertige und das Glück über seine eigene Kraft verstecken sollte. Dies Glück gebärdete sich ganz maßlos. Christof war in letzter Zeit ein Bedürfnis nach Mitteilung gekommen. Für ihn allein war die Freude allzugroß; er wäre zersprungen, hätte er seine Fröhlichkeit nicht mitgeteilt. Aus Mangel an Freunden hatte er seinen Orchesterkollegen, den Zweiten *Kapellmeister**, Siegmund Ochs, zum Vertrauten gemacht, einen jungen Württemberger, der ein guter Kerl, aber heimtückisch war und ihm eine überströmende Ehrerbietung bezeigte. Er mißtraute ihm nicht; er wäre niemals auf den Gedanken gekommen, daß es irgendwelche schlimmen Folgen haben könne, seine Freude einem

Gleichgültigen, ja selbst einem Feinde mitzuteilen. Hätten sie ihm nicht eher dankbar sein müssen? Allen wollte er Glück schenken, Freunden und Feinden. – Er ahnte nicht, daß es nichts Schwierigeres gibt, als die Menschen zur Annahme eines neuen Glückes zu bewegen. Fast ist ihnen ein altes Übel lieber: was sie brauchen, ist eine seit Jahrhunderten wiedergekäute Nahrung. Was ihnen aber vor allem unerträglich vorkommt, ist der Gedanke, dieses Glück einem andern zu schulden. Solche Beleidigung verzeihen sie nur, wenn ihnen kein weiteres Mittel mehr bleibt, ihr zu entgehen; und in jedem Fall tun sie alles, um es sich teuer bezahlen zu lassen.

So gab es denn tausend Gründe dafür, daß Christofs Bekenntnisse nicht besonders freundlich aufgenommen wurden, wem gegenüber er sie auch immer machte. Tausendundeinen aber gab es, daß Siegmund Ochs sie nicht gut aufnahm. Der Erste *Kapellmeister**, Tobias Pfeiffer, war nahe daran, in den Ruhestand zu treten; und Christof hatte trotz seiner Jugend alle Aussicht, sein Nachfolger zu werden. Ochs war ein zu guter Deutscher, um nicht anzuerkennen, daß Christof diesen Platz verdiente, zumal der Hof auf seiner Seite stand. Von sich selbst aber hatte er eine zu gute Meinung, um nicht überzeugt zu sein, er verdiene ihn weit mehr, wenn ihn nur der Hof besser kennen würde. So nahm er denn Christofs Herzensergüsse mit eigentümlichem Lächeln entgegen, wenn dieser am Morgen mit einem Gesicht, das sich zum Ernst zwang, aber wider Willen strahlte, im Theater erschien.

„Nun also", sagte er spöttisch zu ihm, „wieder ein neues Meisterwerk?"

Christof nahm ihn beim Arm.

„Ich sage dir, mein Lieber! Das letzte übersteigt alles ... Wenn du es nur hörtest! – Der Teufel hole mich! Es ist zu schön! Nichts kommt ihm gleich. Gott stehe den armen Leuten bei, die es hören werden! Man kann danach nur noch den einen Wunsch haben: sterben."

Solche Worte fielen durchaus nicht in eines Tauben Ohren. Anstatt darüber zu lächeln oder über diesen kindlichen Enthusiasmus mit Christof selber freundschaftlich zu scherzen, der der erste gewesen wäre, darüber zu lachen, wenn man ihm das Lächerliche darin zu fühlen gegeben hätte, zeigte Ochs ironische Begeisterung; er reizte Christof, andere Ungeheuerlichkeiten loszulassen; und er hatte, kaum daß er ihn verlassen hatte, nichts Eiligeres zu tun, als sie so bald wie möglich überall herumzuerzählen und sie dabei noch grotesker wiederzugeben. Man machte sich in dem kleinen Musikerkreis nach Kräften darüber lustig; und jeder wartete ungeduldig auf die Gelegenheit, die unglücklichen Werke zu begutachten. – Sie waren im voraus abgeurteilt.

Endlich kamen sie ans Licht.

Christof hatte aus dem Schwall seiner Arbeiten eine Auswahl getroffen; zunächst eine Ouvertüre zu *Judith* von Hebbel, deren wilde Energie ihn im Gegensatz zu dem deutschen Mangel an Spannkraft angezogen hatte, obgleich er bereits anfing, ein wenig davon angewidert zu werden, da ihm ein dunkles Gefühl das Geschraubte dieser Art, immer und um jeden Preis Genie zu entfalten, zeigte. Er hatte eine Symphonie hinzugefügt, die den pathetischen, Böcklin entlehnten Titel *Der Traum des Lebens* und das Motto „Vita somnium breve" trug. Eine Folge seiner Lieder vervollständigte das Programm nebst einigen klassischen Werken und einem Festmarsch von Ochs, den Christof aus Kameradschaftlichkeit seinem Konzert angefügt hatte, obgleich er seine Minderwertigkeit fühlte.

Über die Proben war wenig durchgesickert. Obgleich das Orchester absolut nichts von den aufzuführenden Werken verstand und jeder für sein Teil durch die Eigentümlichkeiten dieser neuen Musik in Verwirrung versetzt wurde, fand doch niemand Zeit, sich eine Meinung zu bilden; vor allem war man dazu nicht fähig, bevor das Publikum geurteilt hatte. Im übrigen übertrug sich Christofs Sicherheit auf die Künstler, die, wie jedes gute deutsche Orchester, gefügig und diszipliniert waren. Die einzigen Schwierigkeiten kamen von der Sängerin. Es war die Dame in Blau aus dem Konzert in der *Tonhalle**. Sie war in Deutschland eine Berühmtheit: diese Familienmutter, die in Dresden und Bayreuth Brünhilde und Kundry mit unwiderlegbarer Lungenfülle darstellte. Wenn sie aber in der Wagnerschule die Kunst gelernt hatte, gut auszusprechen, die Konsonanten durch den Raum zu werfen und die Vokale wie Keulenschläge auf das staunende Publikum niedersausen zu lassen – eine Kunst, auf welche diese Schule mit Recht stolz ist –, so hatte sie, aus guten Gründen, die Kunst nicht erlernt, natürlich zu sein. Sie machte aus jedem Wort ein Schicksal; alles wurde betont; die Silben wandelten auf Bleisohlen einher, und in jedem Satz lag eine Tragödie. Christof bat sie, ihre dramatische Kraft ein wenig zu mäßigen. Sie gab sich zuerst mit ziemlich gutem Willen Mühe; aber ihre angeborene Plumpheit und das Bedürfnis, Stimme zu geben, rissen sie fort. Christof wurde nervös. Er machte die achtbare Dame darauf aufmerksam, daß er lebendige Wesen sprechen lassen wolle und nicht den Drachen Fafner mit seinem Schalltrichter. Sie nahm – wie sich denken läßt – diese Unverschämtheit sehr schlecht auf. Sie sagte, daß sie, Gott sei Dank, wisse, was singen heiße, daß sie die Ehre gehabt habe, die *Lieder** von Meister Brahms in Gegenwart dieses großen Mannes vorzutragen, und daß er nicht müde geworden sei, sie von ihr zu hören.

„Um so schlimmer! Um so schlimmer!" schrie Christof.

Sie bat ihn mit hoheitsvollem Lächeln, ihr den Sinn dieses rätselhaften Ausrufes doch freundlichst erklären zu wollen. Er antwortete, daß Brahms in seinem ganzen Leben nie gewußt habe, was natürlich sein heiße, daß sein Lob schlimmer als jeder Tadel sei und daß, obgleich er, Christof, manchmal recht wenig höflich sei, wie er es eben gezeigt habe, er sich doch niemals erlauben würde, ihr etwas derartig Unfreundliches zu sagen.

Das Zwiegespräch ging in dieser Tonart weiter; und die Dame blieb dabei, in ihrer Art mit niederschmetternder Pathetik zu singen – bis Christof eines Tages kalt erklärte, er sähe es ein, ihre Natur sei nun einmal so, daran ließe sich nichts ändern; aber da die *Lieder** nicht so gesungen werden könnten, wie sie es verlangten, würden sie überhaupt nicht gesungen werden: Er ziehe sie vom Programm zurück. – Man war am Vorabend des Konzertes, man zählte auf die *Lieder**; sie selbst hatte davon gesprochen; sie war musikalisch genug, um gewissen Vorzügen in ihnen gerecht werden zu können; Christof tat ihr einen Schimpf an; und da sie außerdem nicht sicher war, ob das morgige Konzert nicht den Ruf des jungen Mannes begründen würde, wollte sie sich mit einem aufgehenden Stern nicht entzweien. So gab sie denn urplötzlich nach und unterwarf sich während der letzten Probe gefügig allem, was Christof von ihr verlangte. Aber sie war fest entschlossen, es am nächsten Tag im Konzert nur nach ihrem Kopf zu machen.

Der Tag kam. Christof fühlte keinerlei Besorgnis. Er war von seiner Musik zu sehr erfüllt, um ein Urteil über sie zu haben. Er gab sich wohl Rechenschaft darüber, daß seine Werke stellenweise lächerlich wirken konnten. Aber was kümmerte ihn das? Man kann nichts Großes schreiben, ohne Gefahr zu laufen, sich lächerlich zu machen. Um den Dingen auf den Grund zu kommen, muß man Menschenfurcht, Höflichkeit, Schamgefühl und den sozialen Lügen, unter denen das Herz erstickt liegt, Trotz bieten. Wenn man niemand zum Zorn reizen will, muß man sich sein Leben lang damit begnügen, den Mittelmäßigen eine mittelmäßige Wahrheit zu verabreichen, die sie verdauen können; man muß diesseits des Lebens bleiben. Groß ist man erst, wenn man diese Besorgnisse unter die Füße getreten hat. Christof schritt darüber hinweg. Man konnte ihn wohl auspfeifen; aber er war sicher, nicht gleichgültig zu lassen.

Er stellte sich belustigt die Gesichter dieser oder jener ihm bekannten Leute vor, während sie diese oder jene etwas gewagte Stelle hörten. Er machte sich auf herbe Kritiken gefaßt – und lächelte im voraus darüber. In jedem Fall mußte man taub sein, um abzustreiten, daß da eine Kraft liege – ob liebenswürdig oder nicht, war ja gleich! – Liebenswürdig! Liebenswürdig! – Kraft! Das genügt. Alles mußte sie mit sich reißen wie der Rhein!

Ein erstes Mißgeschick war, daß der Großherzog nicht kam. Die fürstliche Loge wurde nur von Statisten besetzt: einigen Hofdamen. Christof empfand das mit dumpfer Gereiztheit. Er dachte: Der Esel schmollt mit mir. Er weiß nicht, was er von meinen Werken denken soll; er hat Angst, sich zu blamieren! Er zuckte die Achseln und tat, als kümmere ihn solche Albernheit nicht. Andere achteten mehr darauf: es war eine erste ausgeteilte Lektion und eine Drohung für die Zukunft.

Das Publikum hatte sich nicht viel eifriger als der Herr gezeigt: ein Drittel des Saals war leer. Christof dachte unwillkürlich mit Bitterkeit an die übervollen Säle seiner Kindheitskonzerte. Bei etwas reiferer Erfahrung hätte er es natürlich gefunden, daß jetzt, da er gute Musik machte, weniger Menschen ihn zu hören kamen als zu der Zeit, da er schlechte machte; denn nicht die Musik, sondern der Musiker interessiert den größten Teil des Publikums; und es ist ganz selbstverständlich, daß ein Musiker, der aller Welt gleicht, viel weniger Interesse erweckt als ein Musiker im Kinderröckchen, der die Empfindsamkeit rührt und die Gaffer entzückt.

Nachdem Christof vergeblich gewartet hatte, daß sich der Saal fülle, entschloß er sich anzufangen. Er suchte sich zu überreden, daß es so besser sei: Wenige, aber gute Freunde! – Sein Optimismus hielt nicht lange vor.

Die Stücke wurden unter eisigem Schweigen abgespielt. – Es gibt ein Schweigen des Publikums, das man schwer von Liebe fühlt und bereit, überzuströmen. In diesem aber lag nichts. Nichts. Tiefer Schlaf. Man fühlte, daß jeder Satz in Abgründen von Gleichgültigkeit versank. Christof, der, den Rücken zum Publikum gewandt, mit seinem Orchester beschäftigt war, merkte nichtsdestoweniger alles, was im Saal vorging; denn er war wie jeder echte Musiker mit inneren Fühlhörnern begabt, mittels deren man deutlich spürt, ob das, was man spielt, in den umgebenden Herzen ein Echo findet. Obgleich er in dem Nebel von Langeweile, der aus dem Parkett und den Logen hinter ihm aufstieg, erstarrte, fuhr er fort, den Takt zu schlagen und sich selbst anzufeuern.

Endlich war die Ouvertüre beendet, und die Zuhörer applaudierten. Sie applaudierten höflich, kalt, und sie schwiegen. Christof wäre es lieber gewesen, wenn sie ihn verhöhnt hätten ... Einen Pfiff! Irgend etwas, was ein Lebenszeichen war, wenigstens ein Rückschlag gegen sein Werk! – Nichts. Er schaute das Publikum an. Das Publikum schaute sich an. Einer suchte in des andern Augen eine Meinung. Und da man keine fand, sank man in seine Gleichgültigkeit zurück.

Die Musik setzte wieder ein. Die Symphonie kam an die Reihe. – Christof führte sie mit großer Mühe bis zum Ende. Mehrere Male war er nahe daran, seinen Stock hinzuwerfen und davonzulaufen. Die allgemeine Apathie übermannte ihn; er verstand schließlich selbst nicht mehr, was er dirigierte; er hatte das Empfinden eines Hinuntersinkens in unergründliche Öde. Nicht einmal das ironische Flüstern, das er bei gewissen Stellen erwartete, tauchte auf: das Publikum war ins Lesen des Programms vertieft. Christof hörte, wie sich die Seiten alle auf einmal mit dürrem Rascheln umwendeten; darauf war wieder Stille bis zum letzten Akkord; dann sagte dasselbe höfliche Händeklatschen, daß das Publikum begriffen habe, das Werk sei zu Ende. – Drei oder vier vereinzelte Beifallsbezeigungen setzten noch einmal ein, nachdem die andern schon geendet hatten; aber sie erweckten keinerlei Echo und schwiegen beschämt: Die Leere schien noch leerer, und der kleine Zwischenfall diente dazu, das Publikum über die Langeweile, die es empfunden hatte, ein wenig aufzuklären.

Christof saß mitten in seinem Orchester, er wagte weder nach rechts noch nach links zu schauen. Er hätte weinen mögen; und gleichzeitig bebte er vor Zorn. Er wäre gern aufgestanden und hätte ihnen allen zugeschrien: Ihr ödet mich an! Ach! Wie ihr mich anödet! – Macht, daß ihr fortkommt, alle!

Das Publikum wachte ein wenig auf: es erwartete die Sängerin. Es war gewohnt, sie mit Beifall zu empfangen. In diesem Ozean neuer Werke, in dem es ohne Kompaß schwamm, war sie ihm etwas Sicheres, ein bekanntes festes Land, auf dem man keine Gefahr lief, sich zu verlieren. Christof las jeden ihrer Gedanken; und ein schlimmes Lachen überkam ihn. Die Sängerin war sich der Erwartung des Publikums nicht weniger bewußt; Christof sah es an ihrer Königinnenmiene, als er kam, um sie zu benachrichtigen, daß die Reihe an ihr sei. Sie sahen einander mit Feindseligkeit ins Gesicht. Anstatt ihr den Arm zu reichen, versenkte Christof seine Hände in seine Taschen und ließ sie allein eintreten. Wütend ging sie an ihm vorüber. Mit verdrießlicher Miene folgte er ihr. Sobald sie erschien, bereitete ihr die Zuhörerschaft eine Huldigung: Es war für alle eine Erleichterung. Die Gesichter hellten sich auf, das Publikum belebte sich, alle Operngläser waren gezückt. Sicher ihrer Macht, nahm sie die *Lieder** – selbstverständlich auf ihre Weise – in Angriff und ohne im geringsten den Vorstellungen, die ihr Christof am Abend vorher gemacht hatte, Rechnung zu tragen. Christof, der sie begleitete, erbleichte. Er hatte diesen Widerstand vorausgesehen. Bei der ersten Veränderung, die sie vornahm, schlug er auf den Flügel und sagte voller Zorn:

„Nein!“

Sie fuhr fort. Er aber zischte mit dumpfer, wütender Stimme dicht hinter ihrem Rücken:

„Nein! Nein! Das ist nicht richtig! – Nicht so!“

Durch dieses wilde Gemurmel, welches das Publikum zwar nicht hören konnte, von dem das Orchester aber kein Wort verlor, nervös gemacht, wurde sie widerspenstig, verlangsamte das Tempo bis zum äußersten, machte Pausen, endlose Fermaten. Er gab nicht nach, sondern ging vorwärts; schließlich waren sie einen ganzen Takt auseinander. Das Publikum merkte es nicht: seit langem hatte es sich damit abgefunden, daß Christofs Musik dem Ohr weder angenehm noch richtig klang. Christof aber, der nicht dieser Ansicht war, schnitt wahnsinnige Grimassen; schließlich brach er los. Er hielt mit einem Ruck mitten im Satz inne.

„Genug!“ schrie er mit voller Stimme.

Von ihrem Schwung getragen, sang sie noch einen halben Takt weiter und hörte nun ihrerseits auf.

„Genug!“ wiederholte er trocken.

Das Publikum saß verblüfft. Nach einigen Sekunden sagte er in eisigem Tonfall:

„Von vorn anfangen!“

Sie sah ihn fassungslos an; ihre Hände zitterten; sie dachte daran, ihm ihr Notenheft an den Kopf zu werfen; sie begriff später nie, wie sie es nicht hatte tun können. Aber sie stand von Christofs Autorität gebannt – sie fing von vorne an. Sie sang den ganzen *Lieder*zyklus*, ohne eine Nuance, ohne einen Rhythmus zu ändern; denn sie fühlte, er würde ihr nichts schenken; und sie zitterte bei dem Gedanken an eine neue Beschimpfung.

Als sie geendet hatte, rief das Publikum sie wie rasend vor. Den *Liedern** galt dieser Beifall nicht (hätte sie andere gesungen, würde man ebenso geklatscht haben). Er galt der berühmten, im Dienst ergrauten Sängerin: man wußte, sie konnte man in aller Sicherheit bewundern. Auch lag dem Publikum daran, den Eindruck des ungerechten Verweises wiedergutzumachen. Es hatte doch von ungefähr begriffen, daß die Sängerin einen Fehler gemacht hatte; aber man fand es unfein, daß Christof ihr das zu verstehen gegeben hatte. Man verlangte die Lieder noch einmal. Aber Christof klappte den Flügel entschlossen zu.

Diese neue Frechheit merkte sie gar nicht; sie war viel zu erregt, um auf den Gedanken einer Wiederholung zu kommen. Eilig schritt sie hinaus und schloß sich ins Künstlerzimmer ein; und dort entlud sich eine Viertelstunde lang ihr Herz von der Flut an Groll und Wut, die sich in ihr angesammelt hatte: Nervenkrisis, Tränensintflut, entrüstete Schimpfreden, Flüche gegen Christof – nichts fehlte. Man hörte ihre Wutschreie durch die geschlossene Tür. Diejenigen ihrer Freunde, denen es gelungen war, hineinzukommen, erzählten beim Herauskommen, Christof habe sich wie ein Gassenlümmel aufgeführt. Eine Stimmung verbreitet sich schnell in einem Konzertsaal. So war denn das Publikum, als Christof zum letzten Stück aufs Dirigentenpult stieg, unruhig. Aber dieses Stück war nicht von ihm: es war der *Festmarsch** von Ochs. Das Publikum, das sich bei dieser platten Musik äußerst wohl fühlte, fand ein einfaches Mittel, Christof seine Mißbilligung zu bezeigen, ohne sich bis zur Kühnheit aufzuschwingen, ihn auszupfeifen: Es rief mit betonter Begeisterung nach dem Komponisten, ließ ihn zwei- oder dreimal vorkommen, was dieser mit Bereitwilligkeit tat. Und das war das Ende des Konzerts.

Es versteht sich von selbst, daß der Großherzog und der ganze Hof – samt der kleinen klatschhaften und gelangweilten Provinzstadt – sich keine Einzelheit von dem Vorgefallenen entgehen ließen. Die der Sängerin befreundeten Zeitungen taten des Zwischenfalls keinerlei Erwähnung; aber sie waren einer Stimme, um die Kunst der Sängerin begeistert zu loben, und begnügten sich daneben, die Titel der *Lieder**, die sie gesungen hatte, aufzuzählen. Über die andern Werke Christofs kaum ein paar Zeilen, ungefähr dieselben in allen Zeitungen: „. . . Kontrapunktliche Gelehrsamkeit. Schwierige Handschrift. Mangel an Phantasie.

Keine Melodie. Mit dem Gehirn und nicht mit dem Herzen geschrieben. Mangel an Wahrhaftigkeit. Will originell sein . . ." Dann folgte noch ein Absatz über die wahre Originalität, die der toten und begrabenen Meister, der Mozart, Beethoven, Loewe, Schubert, Brahms, „derer, die originell sind, ohne es gewollt zu haben", und auf diese Weise kam man durch eine natürliche Überleitung auf die Neueinstudierung des Großherzoglichen Theaters, das *Nachtlager von Granada** von Konradin Kreutzer. Man berichtete lang und breit über „diese köstliche Musik, die frisch und lieblich wie am ersten Tage anmutet".

Alles in allem begegnete Christofs Werken bei den Kritikern, die am gutwilligsten waren, völliges Unverständnis; bei denen, die ihm übelwollten, heimtückische Feindseligkeit; beim großen Publikum endlich, das von keinerlei freundschaftlicher oder feindlicher Kritik geleitet wurde, eisige Stille. Den eigenen Gedanken überlassen, denkt das große Publikum gar nichts.

Christof war niedergeschmettert.

Seine Schlappe hatte dabei durchaus nichts Überraschendes. Es stand drei zu eins, daß seine Werke mißfallen mußten. Sie waren nicht genug gereift. Sie waren zu neuartig, um auf den ersten Schlag verstanden zu werden. Und schließlich war man nur allzu glücklich, dem unverschämten jungen Mann eine Lektion erteilen zu können. – Christofs Sinn aber war nicht gelassen genug, um die Berechtigung seiner Niederlage anzuerkennen. Es fehlte ihm die heitere Ruhe, die der wahre Künstler durch die schmerzvolle Erfahrung einer lang andauernden Verständnislosigkeit der Menschen und ihrer unheilbaren Dummheit erwirbt. Sein kindliches Vertrauen in das Publikum und in den Erfolg, den er, weil er ihn verdiente, erwartete, stürzte zusammen. Feinden zu begegnen, hätte er natürlich gefunden. Aber was ihn verblüffte, war, daß er nicht einen

Freund hatte. Die, auf welche er zählte, die, welche sich bisher für sein Schaffen zu interessieren schienen, hatten seit dem Konzert nicht ein einziges Wort der Ermutigung für ihn gefunden. Er versuchte ihre Meinung auszuforschen: Sie verschanzten sich hinter unbestimmten Worten. Er drang in sie, wollte ihre wahre Gesinnung wissen: Die Aufrichtigsten hielten ihm seine früheren Werke, seine Anfängerdummheiten als Beispiel vor. – Mehr als einmal mußte er im Verlauf seines Lebens seine neuen Werke im Namen der alten verdammen hören – und das durch dieselben Leute, die ein paar Jahre vorher diese alten Werke verurteilten, als sie noch neu waren. Das ist eine ganz gewöhnliche Erscheinung. Christof aber konnte sich darein nicht fügen; er erhob ein großes Geschrei. Man liebte ihn nicht, sehr gut! Das ließ er gern zu; es war ihm sogar recht, er gab nichts darauf, jedermanns Freund zu sein. Aber daß man behauptete, ihn zu lieben, und ihm nicht erlauben wollte zu wachsen, daß man ihn zwingen wollte, sein ganzes Leben ein Kind zu bleiben, das überschritt alle Grenzen! Was mit zwölf Jahren gut war, konnte es mit zwanzig nicht mehr sein; und er hoffte sehr, auch da nicht stehenzubleiben, sich noch weiter zu wandeln, beständig zu wandeln ... Solche Dummköpfe, die das Leben aufhalten wollten! – Was seine Kinderkompositionen Interessantes an sich hatten, waren nicht ihre kindlichen Nichtigkeiten, es war die Kraft, die darin der Zukunft entgegenreifte. Und diese Zukunft wollten sie töten! Nein, sie hatten niemals verstanden, was er war, niemals hatten sie ihn geliebt; sie liebten nur, was an Gewöhnlichem in ihm war, was er mit anderen gemein hatte, nicht aber, was er wirklich war: Ihre Freundschaft war ein bloßes Mißverständnis ...

Er übertrieb vielleicht. Es kommt häufig vor, daß brave Leute, die unfähig sind, ein neues Werk zu lieben, es aufrichtig bewundern, wenn es zwanzig Jahre alt geworden ist. Neues Leben hat für ihre schwachen Köpfe zu starken Geruch; dieser Geruch muß sich im Windhauch der Zeit erst verflüchtigen. Das Kunstwerk fängt erst an, ihnen verständlich zu werden, wenn es mit der Rinde vieler Jahre bedeckt ist.

Christof aber konnte sich nicht damit abfinden, daß man ihn mißverstand, wenn er *Gegenwart* war, und ihn verstand, wenn er *Vergangenheit* geworden war. Lieber wollte er glauben, daß man ihn gar nicht, in keinem Fall verstand, niemals. Und er wütete. Er hatte die lächerliche Idee, sich verständlich machen zu wollen, Erklärungen über sich abzugeben, über sich zu streiten, obgleich das natürlich zu gar nichts führte: er hätte den Zeitgeschmack reformieren müssen. Aber er fürchtete sich vor nichts. Er war entschlossen, mit Güte oder Gewalt eine vollständige Säuberung im deutschen Geschmack vorzunehmen. Die Möglichkeit dazu war ihm versagt; denn in einigen Gesprächen, in denen er seine Worte mühsam zusammensuchte, sich mit maßloser Heftigkeit auf Kosten der großen Meister oder sogar der sich mit ihm Unterredenden ausdrückte, konnte er niemanden überzeugen; es gelang ihm nur, sich ein paar Feinde mehr zu machen. Er hätte seine Gedanken mit Muße vorbereiten und hierauf das Publikum zwingen müssen, ihn anzuhören . . . Und gerade im gegebenen Augenblick kam ihm sein Stern – sein böser Stern – zu Hilfe und bot ihm die Mittel dazu.

Er saß an einem Tisch des Theaterrestaurants im Kreise von Orchestermitgliedern, die er durch seine künstlerischen Urteile entsetzte. Nicht alle waren einer Meinung; alle aber fühlten sich durch solche freiheitliche Sprache verletzt. Der alte Krause, die Bratsche, ein braver Mensch und guter Musiker, der Christof aufrichtig liebte, wollte die Unterhaltung ablenken; er hustete oder spähte nach einer Gelegenheit, einen Kalauer loszulassen. Christof aber hörte nicht, er redete immer dreister drauflos; und Krause jammerte innerlich:

Was braucht er denn das alles zu sagen? Der liebe Herrgott steh ihm bei! Man kann ja so etwas denken; aber man sagt's doch nicht, zum Teufel!

Das sonderbarste war, daß auch er „so etwas" dachte; zum mindesten hatte er einen Anflug davon, und Christofs Worte hatten in ihm manche Zweifel geweckt; aber er fand nicht den Mut, sie sich einzugestehen – halb aus Furcht, sich bloßzustellen, halb aus Bescheidenheit und Mangel an Selbstvertrauen.

Weigl, der Hornist, wollte nichts hören; er wollte bewundern, was oder wer es auch sei, schlecht oder gut, Stern oder Gasflamme; alles war für ihn auf einer Linie; ein Mehr oder Weniger gab es für seine Bewunderung nicht; er bewunderte, bewunderte, bewunderte. Das war für ihn ein Lebensbedürfnis; wollte man ihm Grenzen ziehen, so litt er tief.

Der Violoncellist Kuh litt noch viel mehr. Er liebte von ganzem Herzen schlechte Musik. Alles, was Christof mit seinen Sarkasmen und Schmähreden brandmarkte, war ihm unendlich lieb; sein Instinkt leitete ihn zu den abgedroschensten Sachen; seine Seele war ein Behälter tränenreicher, pomphafter Gefühle. Er log dabei durchaus nicht in seinem gerührten Kult für alle falschen Größen. Nur wenn er sich überredete, die wahren zu bewundern, dann log er – in vollkommener Unschuld. Es gibt „Brahminen", die in ihrem Gott den Hauch vergangener Genies wiederzufinden glauben: Sie lieben Beethoven in Brahms. Kuh machte es noch besser: Er liebte Brahms in Beethoven.

Der über Christofs Paradoxe Empörteste aber war der Bassist Spitz. Nicht so sehr sein musikalisches Empfinden als seine angeborene Domestikengesinnung fühlte sich verletzt. Einer der römischen Kaiser wollte aufrecht sterben. Spitz wollte platt auf dem Bauch sterben, wie er gelebt hatte: das war seine angeborene Stellung. Er schwelgte in Wonne, wenn er sich zu Füßen alles dessen, was offiziell, anerkannt, „gemacht" war, wälzen konnte; und er war außer sich, wenn man ihn hindern wollte, den Lakaien zu spielen.

Kuh seufzte also, Weigl machte verzweifelte Gebärden, Krause schwatzte ungereimtes Zeug, und Spitz schrie mit scharfer Stimme. Der unerschütterliche Christof aber schrie lauter als die andern; und er sagte ungeheuerliche Dinge über Deutschland und die Deutschen.

An einem benachbarten Tisch hörte ihm ein junger Mann zu und bog sich dabei vor Lachen. Er hatte schwarze, lokkige Haare, schöne, kluge Augen, eine umfangreiche Nase, die sich an ihrem Ende nicht recht entschließen konnte, ob sie nach rechts oder nach links gehen sollte, und nun, anstatt geradeaus zu gehen, nach beiden Seiten zugleich ging, starke Lippen und ein geistreiches, bewegliches Mienenspiel, das allem, was Christof sagte, folgte; er hing an seinen Lippen und spiegelte mit anteilnehmender und spottlustiger Aufmerksamkeit jedes seiner Worte in einem kleinen Runzeln der Stirn, in den Fältchen um Schläfen, Augenwinkel, Nase und Wangen wider, wobei er vor Lachen Grimassen schnitt und sich sein Körper für Augenblicke in einem krampfhaften Anfall schüttelte. Er mischte sich nicht in die Unterhaltung, verlor aber kein Wort von ihr. Er bezeigte eine ganz besondere Freude, wenn er Christof in eine Beweisführung verwickelt sah und er, von Spitz gereizt, nun darin herumzappelte, vor Zorn stotterte und stammelte, bis er endlich das gesuchte Wort gefunden hatte – einen Felsblock, der seinen Gegner zerschmettern mußte. Und sein Vergnügen war grenzenlos, wenn sich Christof in seiner Leidenschaft weit über seine Überzeugung fortreißen ließ und ungeheuerliche paradoxe Behauptungen zum besten gab, die seine Zuhörer Zeter und Mordio schreien ließen.

Endlich, nachdem jeder müde geworden war, seine Überlegenheit zu fühlen und fühlen zu lassen, trennten sie sich. In dem Augenblick, als Christof, der als letzter im Saal geblieben war, die Schwelle überschreiten wollte, wurde er von dem jungen Mann angesprochen, der soviel Vergnügen daran gefunden hatte, ihm zuzuhören. Er hatte ihn noch nicht bemerkt. Der andere lächelte und bat mit gezogenem Hut höflich um die Erlaubnis, sich vorstellen zu dürfen: „Franz Mannheim.“

Er entschuldigte sich, so neugierig gewesen zu sein, der Unterhaltung zu folgen, und er beglückwünschte ihn zu der maestria, mit der er seine Gegner zermalmt habe. Er lachte noch immer, als er daran dachte. Christof schaute ihn beglückt, ein wenig mißtrauisch an.

„Ernsthaft?“ fragte er. „Sie machen sich nicht über mich lustig?“

Der andere schwor bei allen Göttern. Christofs Gesicht leuchtete auf.

„Dann finden Sie also, daß ich recht habe? Sie sind meiner Meinung?“

„Hören Sie“, meinte Mannheim, „aufrichtig gesprochen: Ich bin nicht musikalisch und verstehe nichts von Musik. Die einzige Musik, die mir gefällt – es ist nicht sehr schmeichelhaft, was ich Ihnen sagen werde –, ist die Ihre ... Immerhin, ich beweise Ihnen damit, daß mein Geschmack nicht allzu schlecht ist ...“

„He, he!“ machte Christof zweifelnd, aber trotzdem geschmeichelt. „Das ist noch kein Beweis.“

„Sie sind schwierig ... Gut! – Ich denke wie Sie; ein Beweis ist das noch nicht. Ebenso traue ich mir kein Urteil über das zu, was Sie von den deutschen Musikern sagten. Aber in jedem Fall paßt es so ganz auf die Deutschen im allgemeinen, die alten Deutschen, all diese romantischen Idioten mit ihrem ranzigen Denken, ihren Rührungstränen und dem ganzen greisenhaften Quatsch, den wir durchaus bewundern sollen!“ Er rezitierte einige Zeilen aus der berühmten Schillerschen Stelle:

„... das ewig Gestrige,
*was immer war und immer wiederkehrt ...**

und zuallererst ...“, unterbrach er sich mitten in seinem Zitat.

„Wer?“ fragte Christof.

„Der alte Trompeter, der das geschrieben hat!“

Christof verstand nicht. Mannheim aber fuhr fort:

„Ich meinerseits wünschte, daß man alle fünfzig Jahre eine Generalreinigung der Kunst und des Denkens vornähme, daß man nichts von allem, was vorher war, bestehen ließe.“

„Das ist ein bißchen radikal“, meinte Christof lächelnd.

„Durchaus nicht, ich bitte Sie! Fünfzig Jahre sind noch zuviel; man müßte sagen: dreißig ... Und dann noch! – Es handelt sich um eine hygienische Maßnahme. Man bewahrt in seinem Haus nicht eine Sammlung seiner Großväter auf. Wenn die tot sind, schickt man sie höflichst anderswohin zum Verfaulen und legt Steine drüber, damit sie sicher nicht wieder zum Vorschein kommen. Zarte Seelen setzen auch Blumen darauf. Das will ich gern tun, das ist mir gleich. Alles, was ich verlange, ist, daß sie mich in Frieden lassen. Ich lasse sie ja auch in Frieden! Jeder für sich: Auf dieser Seite die Lebenden, auf der andern die Toten.“

„Es gibt Tote, die lebendiger als die Lebenden sind.“

„Aber nein, gar nicht! Richtiger wäre es, wenn Sie sagten, daß es Lebende gibt, die toter sind als die Toten.“

„Vielleicht auch. In jedem Fall gibt es unter dem Alten noch viel Junges.“

„Meinetwegen; ist es jung, so werden wir es selber entdecken ... Aber ich glaube es nicht recht. Was einmal gut war, ist es nie ein zweites Mal. Nur der Wechsel ist gut. Vom Alten muß man sich vor allem befreien. In Deutschland gibt es zuviel Altes. Tod dem Alten!“

Christof lauschte diesen launigen Redereien mit tiefer Aufmerksamkeit und gab sich große Mühe, sie zu widerlegen; er stimmte teilweise mit ihnen überein und erkannte in ihnen gewisse eigene Gedanken wieder; gleichzeitig aber empfand er ein Mißbehagen, sie zur Karikatur übertrieben aussprechen zu hören. Da er aber bei allen andern seinen eignen Ernst voraussetzte, sagte er sich, daß sein Gegenüber, das beschlagener als er schien und gewandter sprach, recht habe und nur die logischen Konsequenzen seiner eigenen Prinzipien ziehe. Der hochmütige Christof, dem es so viele Leute nicht verziehen, daß er an sich selbst glaubte, war oft von einer naiven Bescheidenheit, die ihn denen gegenüber oft ins Unrecht setzte, welche eine bessere Erziehung als er genossen hatten, aber es unterließen, darauf zu pochen, um eine unangenehme Auseinandersetzung zu vermeiden. Mannheim, dem seine eigenen paradoxen Behauptungen Spaß machten und der von Erwiderung zu Erwiderung in immer überspannteren Unsinn getrieben wurde, über den er innerlich selbst lachte, war nicht gewohnt, sich so ernst genommen zu sehen; die Mühe, die sich Christof gab, seine Aufschneidereien zu widerlegen oder sie auch nur zu verstehen, stimmte ihn höchst fröhlich; und wenn er sich innerlich auch mokierte, war er Christof auch wiederum für die Bedeutung, die er ihm beilegte, dankbar: Er fand ihn lächerlich und riesig nett.

Sie trennten sich als die besten Freunde; nicht wenig überrascht aber war Christof, drei Stunden später in der Theaterprobe Mannheims strahlendes und Grimassen schneidendes Gesicht an der kleinen Tür, die zum Orchester führte, auftauchen und ihm geheimnisvolle Zeichen machen zu sehen. Als die Probe beendet war, ging Christof zu ihm. Mannheim nahm ihn vertraulich beim Arm.

„Haben Sie einen Augenblick übrig? – Hören Sie zu. Es ist mir ein Gedanke gekommen. Vielleicht werden Sie ihn verrückt finden ... Würden Sie nicht gern einmal, was Sie über Musik und Musikanten denken, schreiben? Anstatt Ihre Zunge damit zu ermüden, vier Kretins Ihrer Umgebung herunterzukanzeln, die doch nichts Besseres können, als auf Holz pusten und kratzen, täten Sie da nicht besser, sich ans große Publikum zu wenden?“

„Ob ich nicht besser täte? Ob ich möchte? – Beim Himmel! Und wo denken Sie denn, daß ich schreiben sollte? Sie sind gut, Sie ...!“

„Bitte sehr, ich habe Ihnen etwas vorzuschlagen ... Ein paar Freunde – Adalbert von Waldhaus, Raphael Goldenring, Adolf Mai und Ludwig Ehrenfeld – und ich, wir haben eine Zeitschrift gegründet, die einzige vernünftige Zeitschrift der Stadt: den *Dionysos*. – Sie kennen sie doch? – Wir alle bewundern Sie, und wir würden uns sehr freuen, wenn Sie zu uns gehörten. Würden Sie die Musikkritik übernehmen?"

Christof wurde durch solche Ehrung ganz verwirrt. Er hätte für sein Leben gern angenommen; er fürchtete nur, sich dessen nicht wert zu erweisen: er konnte ja nicht schreiben.

„Ach, lassen Sie doch", sagte Mannheim, „ich bin sicher, Sie können es sehr gut. Und außerdem ist in dem Augenblick, da Sie Kritiker sind, alles Recht auf Ihrer Seite. Mit dem Publikum muß man nicht viel Umstände machen. Es ist so dumm wie so bald nicht wieder etwas. Ein Künstler ist gar nichts; ein Künstler ist jemand, den man auspfeifen kann; ein Kritiker aber, das ist der, welcher das Recht hat zu sagen: Pfeifen Sie mir diesen Menschen da aus! Das ganze Auditorium schiebt ihm die Mühe zu, für alle zu denken. Sie können denken, was Sie wollen. Tun Sie wenigstens, als dächten Sie etwas. Wenn Sie diesen Gänsen nur ihr Futter geben – was für eins, ist ganz gleich –, sie schlingen alles hinunter."

Christof sagte schließlich zu und dankte voller Überschwang. Er stellte nur die Bedingung, alles sagen zu dürfen.

„Natürlich, natürlich", meinte Mannheim. „Absolute Freiheit! Jeder von uns ist frei."

Ein drittes Mal am selben Abend suchte Mannheim ihn nach der Vorstellung auf, um ihn Adalbert von Waldhaus und seinen Freunden vorzustellen. Sie empfingen ihn voll Herzlichkeit.

Außer Waldhaus, der einer der altadeligen Familien des Landes angehörte, waren alle Juden und alle sehr reich. Mannheims Vater war Bankier, Goldenrings ein bekannter Weinbergbesitzer, Mais Hüttendirektor und Ehrenfelds ein großer Juwelier. Ihre Väter gehörten zur alten Generation arbeitsamer, zäher Juden, die dem Geist ihrer Rasse treu waren, mit herber Energie ihr Vermögen geschaffen hatten und ihr Machtbewußtsein mehr als ihr Geld genossen. Die Söhne schienen dazu da, um zu zerstören, was die Väter aufgebaut hatten. Sie verspotteten die Familienvorurteile und den Hang zu sparsamer, wühlender Ameisenarbeit; sie spielten die Künstler, taten, als ob sie das Vermögen verachteten und es aus dem Fenster würfen; in Wirklichkeit aber verlor sich kaum etwas davon zwischen ihren Fingern. Sie konnten noch so viele Tollheiten begehen: Sie trieben es nie so weit, sich den klaren Blick trüben zu lassen und ihren praktischen Sinn zu verleugnen. Im übrigen wachten ihre Väter darüber und zogen ihnen die Zügel an. Der Freigebigste, Mannheim, hätte mit aufrichtigem Herzen alles, was er besaß, ausgestreut; aber er besaß nie etwas; und obgleich er lärmend auf den Geiz seines Vaters fluchte, lachte er innerlich darüber und fand, daß der Vater ganz recht tue. Letzten Endes blieb eigentlich nur Waldhaus, der als Herr seines Vermögens freigebig handelte und mit seinen Mitteln die Zeitschrift hielt. Er war Dichter. Er schrieb „Polymeter" im Stil von Arno Holz und Walt Whitman, abwechselnd sehr lange und sehr kurze Verse, in denen Punkte, Doppel- und Tripelpunkte, Gedankenstriche, Pausen, Kursivwörter und unterstrichene Wörter eine große Rolle spielten, nicht weniger als die Alliterationen und Wiederholungen – eines Wortes, einer Zeile, eines ganzen Satzes. Er schaltete Wörter und Hauchlaute aus allen Sprachen in sie ein. Er behauptete (man konnte nicht herausbekommen, wieso) Verse im Stile Cézannes zu machen. Er hatte wirklich eine ziemlich poetische Seele, die langweilige Dinge in vornehmer Weise fühlte. Er war sentimental und trocken, naiv und eitel; seine fleißigen Verse gebärdeten sich mit kavaliermäßiger Nachlässigkeit. Er wäre ein guter Dichter für die elegante Welt gewesen. Aber von dieser Art gibt es zu viele in den Zeitschriften und Salons; und er wollte allein sein. Er hatte sich in den Kopf gesetzt, den großen Herrn, der über die Vorurteile seiner Kaste erhaben ist, zu spielen. Dabei war er mehr als irgendeiner von ihnen besessen. Er gestand es sich nicht ein. Er fand Vergnügen daran, sich in der Zeitschrift, die er leitete, ausschließlich mit Juden zu umgeben, um die sehr antisemitischen Seinen zu entsetzen und sich selber geistige Freiheit zu beweisen. Er beobachtete seinen Gefährten gegenüber einen Ton höflichen Gleichgestelltseins. Im Grunde aber empfand er für sie eine ruhige und grenzenlose Verachtung. Er wußte ganz genau, wie gut es ihnen paßte, seinen Namen und sein Geld auszunützen; und er ließ sie gewähren – des süßen Gefühls wegen, sie verachten zu können.

Und auch sie verachteten ihn, weil er sie machen ließ, was sie wollten; denn sie wußten sehr wohl, daß er seinen Vorteil dabei fand. Waldhaus stellte ihnen seinen Namen und sein Vermögen zur Verfügung; sie trugen ihm dafür ihr Talent, ihren Geschäftsgeist und eine Leserschaft zu. Sie waren bedeutend intelligenter als er. Nicht etwa, daß sie stärkere Persönlichkeiten gewesen wären. Das waren sie vielleicht noch weniger als er. Aber sie waren in der kleinen Stadt, wie immer und überall – allein durch die Tatsache ihrer Rassenverschiedenheit, die sie seit Jahrhunderten isoliert und ihren spöttischen Beobachtergeist geschärft hatte –, die fortgeschrittensten Geister, wurmstichigen Einrichtungen und abgelebten Gedanken gegenüber die Empfindlichsten. Da jedoch ihr Charakter weit weniger ausgeprägt als ihr Verstand war, suchten sie bei allem Spott dennoch aus diesen Institutionen und Gedanken viel eher Vorteil zu ziehen als sie zu reformieren. Obwohl sie aus ihrem Unabhängigkeitsglauben einen Beruf machten, waren sie genau wie der Edelmann Adalbert kleine Provinzsnobs, reiche Söhne und Nichtstuer, die aus Sport und zum Flirt Literatur trieben. Sie gaben sich sehr gern den Anschein von fürchterlichen Säbelspaltern und waren doch gute Jungen, die höchstens ein paar harmlose Leute spalteten oder solche, die sich außerstande glaubten, ihnen jemals schaden zu können. Sie hüteten sich sehr, mit einer Gesellschaft zu brechen, in die sie eines Tages, wie sie ganz genau wußten, zurückkehren würden, um in ihr ungestört das Leben aller Welt zu leben und sich innig mit allen, jetzt von ihnen bekämpften Vorurteilen zu vermählen. Und wenn sie es einmal wagten, einen Ausfall zu machen, Reklamelärm zu schlagen, geräuschvoll gegen einen Tagesgötzen zu Felde zu ziehen – der bereits zu wanken anfing –, trugen sie Sorge, ihre Schiffe nicht hinter sich zu verbrennen; war Gefahr in Sicht, schifften sie sich wieder ein. Welches auch immer der Ausgang des Feldzugs war – einmal beendet, dauerte es gute Weile, bis sie wieder anfingen; die Philister konnten ruhig schlafen. Alles, was die neuen *Davidsbündler** suchten, war der Anschein, als ob sie schrecklich hätten sein können, wenn sie gewollt hätten – aber sie wollten nicht. Sie zogen es vor, die Künstler zu duzen und mit den Schauspielerinnen zu soupieren.

Christof fühlte sich in dieser Umgebung unbehaglich. Man sprach hauptsächlich von Frauen und Pferden und von alledem ohne Anmut. Alles war gezwungen. Adalbert redete mit ausdrucksloser, langsamer Stimme, mit überfeiner Höflichkeit, langweilig und gelangweilt. Adolf Mai, der Redaktionssekretär, ein stämmiger, schwerfälliger Mensch mit in die Schultern gezogenem Kopf und brutalem Gesicht, wollte immer recht haben; er entschied alles, hörte nie, was man antwortete, schien die Meinung seines Gegenübers stets zu verachten und mehr noch dieses selbst. Goldenring, der Kunstkritiker, der an nervösem Zucken litt und dessen Augen hinter riesigen Gläsern beständig zwinkerten, trug – wahrscheinlich um den Malern, mit denen er verkehrte, nachzueifern – lange Haare, rauchte schweigsam, kaute Brocken von Sätzen, die niemals zu Ende kamen, und vollführte mit dem Daumen unbestimmte Gesten in der Luft. Ehrenfeld war klein, kahl, freundlich, trug einen blonden Bart, hatte ein feines, müdes Gesicht mit krummer Nase und schrieb die Modenberichte und die Gesellschaftschronik für die Zeitschrift. Er sagte mit einschmeichelnder Stimme sehr rohe Dinge; er war geistreich, aber in bösartiger, oft gemeiner Art. – Wie es sich von selbst versteht, waren alle diese jungen Millionäre Anarchisten; für den, der alles besitzt, ist der äußerste Luxus, die Gesellschaft zu verneinen; denn so drückt man sich um das herum, was man ihr schuldet. Genau wie ein Dieb, der, nachdem er einen Vorübergehenden ausgeplündert hat, zu ihm sagt: „Was willst du noch? Mach, daß du fortkommst! Ich brauche dich nicht mehr.“

Christof fühlte von der ganzen Gesellschaft nur für Mannheim Sympathie. Er war zweifellos der Lebendigste der fünf; er machte sich über alles, was er oder was man sagte, lustig. Er schwatzte, verhaspelte sich, verschluckte Wörter, hohnlächelte, redete Unsinn und war nicht fähig, einer Beweisführung zu folgen noch ganz genau zu ergründen, was er selber dachte; aber er war ein guter Kerl ohne Feindseligkeit, gegen wen immer es sei, und ohne einen Schatten von Ehrgeiz. Eigentlich war er nicht sehr aufrichtig: immer spielte er eine Rolle. Aber es geschah ganz unschuldig und schadete niemandem. Er ging für alle sonderbaren, meist großherzigen Utopien durchs Feuer. Dabei war er zu mokant und zu schlau, um wirklich an sie zu glauben; selbst wenn er sich irgendwo festgebissen hatte, wußte er sehr gut seine Kaltblütigkeit zu wahren und gab sich nie durch Anwendung seiner Theorien Blößen. Aber er brauchte irgendeine Verrücktheit: eine Art Spielzeug, das er beständig wechselte. Im Augenblick war er von der Idee der Güte besessen. Es genügte ihm nicht, auf ganz natürliche Art gut zu sein; er wollte gut scheinen; er war berufsmäßig gut, schauspielerte Güte. Aus Widerspruchsgeist gegen die dürre und harte Tatkraft der Seinen, gegen Sittenstrenge, Militarismus und deutsches Philistertum war er Tolstoianer, Nirvanianer, Evangelianer, Buddhist – er wußte selbst nicht ganz genau, was –, Apostel einer weichen, marklosen, nachsichtigen, allzeit hilfsbereiten, leicht zu lebenden Moral, die alle Sünden mit Wonne vergab, vor allem die Sünden der Sinne, die auch gar nicht ihre Vorliebe für diese verbarg, Tugenden aber weit weniger verzieh, kurz, einer Moral, die nichts als ein Traktätchen, den Genuß betreffend, war, eine liederliche Verbindung zu gegenseitiger Nachsicht, die es belustigte, sich selbst den Heiligenschein aufzusetzen. Es lag in alldem eine kleine Heuchelei verborgen, die für überfeine Geruchsnerven nicht besonders gut roch und die einfach widerlich hätte wirken können, wenn man sie ernst genommen hätte. Aber das verlangte sie gar nicht; sie machte sich über sich selbst lustig. Dieses Gassenbubenchristentum wartete übrigens nur darauf, den Platz für eine andere Narrheit frei zu machen – ganz gleich, welche: vielleicht für die brutale Kraft, das Imperatorentum, den „lachenden Löwen". – Mannheim gab sich selbst ein Schauspiel; er gab es sich von ganzem Herzen; er kostümierte sich der Reihe nach mit sämtlichen Gefühlen, die er nicht besaß, bevor er wieder ein guter alter Jude wie alle anderen und mit dem ganzen Geist seiner Rasse wurde. Er war sehr sympathisch und überaus aufreizend.

Eine Zeitlang wurde Christof eine seiner Verrücktheiten. Mannheim schwor nur noch auf ihn. Er posaunte seinen Namen überall aus. Er füllte die Ohren der Seinen zum Überdruß mit Lobeshymnen auf ihn. Nach seinen Reden zu urteilen, war Christof ein Genie, ein fabelhafter Mensch, der verrückte Musik machte, vor allem in ganz erstaunlicher Weise über sie zu reden wußte, voller Geist war – und außerdem schön: ein hübscher Mund, herrliche Zähne. Er fügte hinzu, daß Christof ihn bewundere. – Schließlich brachte er ihn eines Abends zum Essen nach Hause mit. Christof sah sich dem Vater seines neuen Freundes, dem Bankier Lothar Mannheim, und der Schwester von Franz, Judith, gegenüber.

Es war das erstemal, daß er in ein israelitisches Haus kam. Zwar gab es in der kleinen Stadt ziemlich zahlreiche jüdische Kreise, die durch ihren Reichtum, ihren Zusammenschluß und ihre Intelligenz eine recht bedeutende Rolle spielten, aber doch ein wenig abseits von den anderen lebten. Es bestanden im Volk ihnen gegenüber immer noch hartnäckige Vorurteile und eine geheime Feindseligkeit, die wenn auch gutartig, so doch beleidigend war. Ähnliche Gefühle bestanden auch in Christofs Familie. Sein Großvater liebte die Juden nicht; aber die Ironie des Schicksals hatte es gewollt, daß seine beiden besten Musikschüler (einer war Komponist, der andere ein berühmter Virtuose geworden) Israeliten waren; und der gute Mann war darüber recht unglücklich; denn in manchen Augenblicken hätte er die beiden ausgezeichneten Musiker umarmen mögen; und dann erinnerte er sich voller Trauer, daß sie Gott ans Kreuz geschlagen hatten; er wußte gar nicht, wie er diese unvereinbaren Empfindungen vereinen sollte. Zu guter Letzt umarmte er sie. Er neigte zu dem Glauben, daß Gott ihnen schon verzeihen würde, weil sie die Musik so sehr geliebt hätten. Christofs Vater, Melchior, der den Freigeist spielte, zeigte weniger Skrupel, Geld von Juden anzunehmen, er fand das sogar ganz in der Ordnung; aber er machte sich dafür über sie lustig und verachtete sie. Was nun seine Mutter betraf, so war sie etwas unsicher, ob sie keine Sünde begehe, wenn sie als Kochfrau bei ihnen diente. Die, zu denen sie ging, waren übrigens ziemlich schroff gegen sie; jedoch sie zürnte ihnen deswegen nicht, sie zürnte niemandem und war nur von Mitleid für die Unglücklichen erfüllt, die Gott verdammt hatte; sie wurde manchmal ganz traurig, wenn sie die Tochter des Hauses vorbeigehen sah oder fröhliches Kinderlachen hörte.

So eine schöne Person! – So eine niedliche Kleine! – Was für ein Unglück! dachte sie.

Sie wagte nichts zu Christof zu sagen, als er ihr mitteilte, er würde abends bei den Mannheims essen; aber sie fühlte sich bedrückt. Sie dachte, man müsse ja nicht alles glauben, was man von den Juden Böses rede – man sagte von aller Welt Böses –, und es gebe ja überall gute Menschen, aber es sei trotzdem besser und richtiger, wenn jeder für sich bleibe, die Juden auf ihrer, die Christen auf der andern Seite.

Christof kannte keines dieser Vorurteile. Mit seiner Gesinnung, die in ständigem Widerspruch zu seiner Umgebung stand, wurde er von dieser anderen Rasse eher angezogen. Aber er kannte sie kaum. Er hatte nur wenige Beziehungen zu den gewöhnlichsten Elementen der jüdischen Bevölkerung gehabt: den kleinen Kaufleuten, dem Pöbel, der in gewissen Straßen zwischen Rhein und Dom wimmelte und mit dem allgemein menschlichen Herdeninstinkt immer weiter eine Art von kleinem Getto bildete. Es kam ziemlich oft vor, daß er in diesem Stadtteil herumschlenderte und mit neugierigem Blick gewisse Frauentypen im Vorübergehen erspähte; sie gefielen ihm ganz gut mit ihren mageren Wangen, ihren vorspringenden Lippen und Backenknochen, dem ein wenig billigen Lächeln in der Art Leonardo da Vincis; wenn nur ihre gewöhnliche Sprache und ihr meckerndes Lachen die Harmonie des unbewegten Gesichtes nicht immer gleich zerstört hätten. Selbst in der Hefe des Volkes, unter diesen dickschädeligen, untersetzten und plattfüßigen Geschöpfen mit glasigen Augen und oft bestialischen Gesichtern, diesen ganz degenerierten Nachkömmlingen der edelsten aller Rassen, selbst in diesem zähen und stinkenden Schlamm fand man noch seltsame Phosphoreszenzen, die sich entzündeten und wie Irrlichter über den Sümpfen tanzten: wunderbare Blicke, leuchtende Intelligenzen, eine Elektrizität, die sich im Moor erzeugte und die Christof fesselte und beunruhigte. Er dachte, daß in ihnen schöne ringende Seelen leben müßten, große Herzen, die aus dem Pfuhl emporstrebten; und er hätte ihnen begegnen, ihnen zu Hilfe kommen mögen; er liebte sie, ohne sie zu kennen, und fürchtete sie gleichzeitig ein wenig. Niemals aber war er irgendeinem unter ihnen nähergekommen. Vor allem hatte er niemals Gelegenheit gehabt, in die gute jüdische Gesellschaft zu gelangen.

Das Diner bei den Mannheims hatte also für ihn den Reiz der Neuheit und ein wenig auch den der verbotenen Frucht. Die Eva, welche ihm den Apfel reichte, machte diesen nur lockender. Von dem Augenblick an, da er eintrat, hatte Christof nur noch Augen für Judith Mannheim. Sie gehörte zu einer Art Frauen, die von allen, die er bisher gekannt hatte, vollständig verschieden war. Sie war groß, schlank, ein wenig mager, wenn auch fest gebaut; ihr Gesicht war von nicht sehr reichem, aber dickem schwarzem Haar eingerahmt, das die Schläfen nebst der knochigen goldtonigen Stirn bedeckte; sie war ein wenig kurzsichtig, hatte starke Lider, leichtgewölbte Augen, eine ziemlich große Nase mit geweiteten Flügeln, Wangen von intelligenter Magerkeit, ein schweres Kinn, ziemlich frischen Teint und ein energisches, klares und schönes Profil; von vorn war der Ausdruck beunruhigender, ungewisser, zusammengesetzter. Augen und Wangen stimmten nicht zueinander. Man empfand eine starke Rassigkeit in ihr und in der Form dieser Rasse die vielgestaltigsten, unzusammenhängendsten Elemente bunt durcheinandergeworfen, sehr schöne und sehr gewöhnliche. Ihre Schönheit wirkte vor allem durch ihren schweigenden Mund und ihre Augen, die durch ihre Kurzsichtigkeit tiefer und durch ihre bläulichen Schatten dunkler erschienen.

Man hätte mehr als Christof an solche Augen gewöhnt sein müssen, die mehr einer Rasse als einem Einzelwesen angehörten, um unter ihrem feuchten und feurigen Schleier die wahre Seele der Frau, die er vor sich hatte, entziffern zu können. Es war die Seele des Volkes Israel, die sie, ohne es zu wissen, in sich trugen und die Christof nun in ihrer brennenden, düsteren Tiefe entdeckte. Er war verloren. Erst viel später und mit der Zeit, nachdem er sich schon recht oft in solche Augensterne verirrt hatte, lernte er es, seinen Weg durch dieses orientalische Meer zu finden.

Sie schaute ihn an, und nichts störte die Klarheit ihres Blickes; nichts in dieser Christenseele schien ihr zu entgehen. Er fühlte es. Er fühlte unter diesem verführerischen Frauenblick einen männlich klaren und kalten Willen, der in ihm mit einer Art zudringlicher Brutalität wühlte. Diese Brutalität hatte nichts Böswilliges. Sie nahm von ihm Besitz. Durchaus nicht in der Art einer Kokette, die verführen möchte, ohne sich recht darum zu kümmern, ob sie weiß, wen sie verführt. Zwar, sie war koketter als irgend jemand; aber sie kannte ihre Macht und verließ sich auf ihren natürlichen Instinkt, den sie nach seinem Belieben spielen ließ – besonders wenn sie es mit einer so leichten Beute wie Christof zu tun hatte. Was sie vor allem interessierte, war, ihren Gegner kennenzulernen: jeder ganz unbekannte Mann war ein Gegner für sie – ein Gegner, mit dem man vielleicht später, wenn es ihr paßte, ein Bündnis schließen konnte. Da das Leben ein Spiel war, in dem der Klügere gewann, handelte es sich darum, in den Karten seines Gegners zu lesen und die seinen nicht zu zeigen. Wenn ihr das gelang, genoß sie die Wonne eines Sieges. Es lag ihr wenig daran, ob sie ihn dann noch weiter ausnützen konnte oder nicht. Es war ja nur zum Vergnügen. Der Verstand war ihre Passion. Nicht der abstrakte Verstand, obgleich sie ein genügend wohlbeschaffenes Gehirn hatte, um, wenn sie gewollt hätte, es in gleich welcher Wissenschaft zu etwas zu bringen, und sie weit besser als ihr Bruder den wahren Nachfolger des Bankiers Lothar Mannheim hätte abgeben können. Aber sie zog den lebendigen Verstand vor, den, der sich mit Menschen abgibt. Es war ihr ein Genuß, eine Seele zu durchdringen, ihren Wert zu wägen (sie verwandte darauf mindestens soviel gewissenhafte Aufmerksamkeit wie die Jüdin von Massys auf das Zählen ihrer Gulden); sie verstand es mit bewundernswertem Ahnungsvermögen, durch ein Nichts den Fehler in der Rüstung herauszufinden, die Makel und Schwächen, die die Schlüssel der Seele sind, und sich der Geheimnisse zu bemächtigen: Das war ihre Art, sich als Herrscherin über sie zu fühlen. Aber sie verweilte nicht lange bei ihrem Siege und fing mit ihrer Eroberung nichts an. Waren ihre Neugier und ihr Stolz einmal befriedigt, so war sie nicht mehr gefesselt und ging zu einem andern Gegenstand über. Diese ganze Kraftverschwendung blieb unfruchtbar. In dieser so lebendigen Seele war irgend etwas Totes. Sie trug den Dämon der Neugier und des Überdrusses in sich.

So schaute sie Christof an, der sie ebenfalls betrachtete. Sie sprach kaum und begnügte sich mit einem undurchdringlichen Lächeln um die Mundwinkel. Christof wurde von ihm hypnotisiert. Für Augenblicke erlosch dieses Lächeln, und dann wurde das Gesicht kalt, die Augen gleichgültig; sie kümmerte sich um die Bedienung und sprach in eisigem Ton zu den Dienstboten; es schien, als höre sie auf nichts anderes mehr. Dann erhellten sich ihre Augen von neuem; und drei oder vier wohlüberlegte Worte zeigten, daß sie alles vernommen und alles verstanden hatte.

Kühl berichtigte sie ihres Bruders Urteil über Christof; sie kannte Franzens Aufschneidereien; ihre Ironie hatte freien Spielraum, als sie jetzt Christof erscheinen sah, dessen Schönheit und Vornehmheit ihr Bruder gerühmt hatte (es war, als sei es eine besondere Gabe von Franz, genau das Gegenteil des Tatsächlichen zu sehen; oder vielleicht fand er ein paradoxes Vergnügen daran, es sich einzureden). – Als sie aber Christof eingehender studierte, erkannte sie, daß immerhin nicht alles, was Franz von ihm gesagt hatte, falsch sei; und je weiter sie in ihrer Entdekkung vordrang, desto mehr fühlte sie in Christof eine noch unbestimmte und unausgeglichene, aber starke und kühne Kraft: Daran fand sie Vergnügen, denn sie war sich mehr als irgend jemand der Seltenheit von Kraft bewußt. Sie verstand es, Christof zum Sprechen zu bringen, sein Denken zu enthüllen, ihm selber die Grenzen und Mängel seines Geistes zu zeigen; sie veranlaßte ihn, Klavier zu spielen – sie liebte Musik nicht, verstand aber etwas davon –, und sie durchschaute Christofs musikalische Originalität vollständig, obgleich ihr diese keinerlei Eindruck hinterließ. Ohne daß sie irgend etwas an der höflichen Kühle ihres Benehmens änderte, bewiesen einige kurze, richtige, durchaus nicht schmeichlerische Bemerkungen ihr Interesse an Christof.

Christof merkte es und war stolz darauf; denn er fühlte den Wert solchen Urteils und das Seltene in dessen Beifall. Nicht im geringsten verbarg er den Wunsch, ihn sich immer mehr zu erobern, und benahm sich darin mit einer kindlichen Offenheit, die seinen drei Wirten Lächeln entlockte: er sprach nur noch zu Judith und für Judith und kümmerte sich um die andern beiden so wenig, als wenn sie gar nicht vorhanden wären.

Franz schaute seinem Sprechen zu. Mit einem Gemisch von Bewunderung und Spott folgte er mit Lippen und Augen allen Worten Christofs; er warf Vater und Schwester mokante Blicke zu, lachte beinahe laut heraus; Judith blieb unbeweglich und tat, als ob sie nichts merkte.

Lothar Mannheim, ein festgefügter, großer alter Herr, der ein wenig gebeugt ging, einen roten Teint und graue, borstenartig verschnittene Haare hatte, sehr schwarze Brauen und einen schwarzen Schnurrbart, ein volles, aber energisches und spottlustiges Gesicht, das den Eindruck machtvoller Lebenskraft hervorrief – auch Lothar Mannheim hatte Christof mit ironischem Wohlwollen studiert;

und auch er hatte sofort herausgefühlt, daß „irgend etwas“ an dem Burschen sei. Aber er interessierte sich weder für Musik noch für Musiker: das war nicht seine Sache. Er verstand nichts davon und verhehlte das nicht; er tat sich sogar damit groß (wenn ein Mann seines Schlages eine Unkenntnis zugibt, geschieht es immer aus Eitelkeit). Da Christof seinerseits mit rührender Unhöflichkeit bezeigte, daß er ohne Bedauern die Gesellschaft des Herrn Bankiers entbehren könne und die Unterhaltung mit Fräulein Judith Mannheim ihm für den Abend vollständig genüge, hatte der alte Lothar, darüber belustigt, es sich in seinem Kaminsessel bequem gemacht; dort las er seine Zeitung, hörte von ungefähr mit ironischem Ohr, was Christof an Hirngespinsten und sonderbarer Musik zum besten gab, und lachte manchmal ein stilles Lachen bei dem Gedanken, daß es Leute geben könne, die das verstanden und daran Vergnügen hatten. Schließlich gab er sich nicht einmal mehr Mühe, der Unterhaltung zu folgen; er überließ es dem Verstand seiner Tochter, ihm den genauen Wert des Neuankömmlings zu bestimmen. Sie pflegte diese Aufgabe gewissenhaft zu erfüllen.

Als Christof fortgegangen war, wandte sich Lothar an Judith:

„Nun also, du hast ihn ja gehörig ins Gebet genommen; was sagst du von dem Herrn Künstler?“

Sie lachte, überlegte einen Augenblick, zog die Summe ihrer Rechnung und sagte:

„Er ist ein wenig verdreht; aber er ist nicht dumm.“

„Schön“, meinte Lothar, „das ist mir auch so vorgekommen. Also kann er Erfolg haben?“

„Ja, das glaube ich. Er ist eine starke Persönlichkeit.“

„Sehr schön“, sagte Lothar. Und mit der prächtigen Logik der Starken, die sich nur für Starke erwärmen, fügte er hinzu: „Also muß man ihm helfen.“

Christof trug die Bewunderung für Judith Mannheim mit sich fort. Trotzdem war er nicht verliebt, wie Judith meinte. Beide – sie mit ihrer Geistesschärfe, er mit seinem Instinkt, der den Geist bei ihm ersetzte – waren gleichermaßen einer über den andern im Irrtum befangen. Christof wurde vom Rätsel dieser Erscheinung und von der Kraft ihres intellektuellen Lebens gebannt; aber er liebte sie nicht. Seine Augen und sein Verstand waren gefangen: Sein Herz war es nicht. – Warum? – Das zu erklären wäre ziemlich schwierig gewesen. Weil er in ihr irgend etwas Gefahrvolles und Beunruhigendes ahnte? Unter anderen Umständen wäre gerade das für ihn ein Grund mehr zum Lieben gewesen: nie ist die Liebe stärker, als wenn sie fühlt, sie ist auf etwas gerichtet, was ihr Leiden bereiten wird. – Wenn Christof Judith nicht liebte, war es weder des einen noch des anderen Schuld. Der wahre, für beide ziemlich beschämende Grund war, daß er seiner letzten Liebe noch zu nahe stand. Die Erfahrung hatte ihn nicht weiser gemacht. Aber er hatte Ada so heiß geliebt, er hatte an diese Leidenschaft so viel Glauben, Kraft und so viele Illusionen verschwendet, daß ihm für den Augenblick nicht mehr genug für eine neue Liebe blieb. Bevor sich eine andere Flamme entzündete, mußte sich in seinem Herzen ein neuer Holzstoß ansammeln; bis dahin konnten nur durch Zufall übriggebliebene Scheite der großen Feuersbrunst ein paar Strohfeuer entstehen lassen, die blendenden und kurzen Schein gaben und dann aus Mangel an Nahrung erloschen. Sechs Monate später hätte er Judith vielleicht blind geliebt. Heute sah er nichts anderes als einen Freund in ihr – wenn auch gewiß einen etwas erregenden; aber er zwang sich, diese Erregtheit zu verjagen: sie rief ihm Ada zurück, und das war keine anziehende Erinnerung. Was ihn in Judith anzog, war, was sie von anderen Frauen unterschied, und nicht, was sie Gemeinsames mit ihnen hatte. Sie war die erste geistvolle Frau, die er sah. Geistvoll war sie von Kopf bis Fuß. Selbst ihre Schönheit – ihre Bewegungen, ihre Gebärden, ihre

Gesichtszüge, ihr Lippenkräuseln, ihre Augen, ihre Hände, ihre elegante Magerkeit – war der Widerschein ihres Verstandes; ihr Körper war durch ihren Verstand geformt; ohne ihren Verstand wäre sie den meisten sogar häßlich erschienen. Dieser Verstand entzückte Christof. Er glaubte sie großzügiger und freier, als sie war; was sie Trügerisches an sich hatte, konnte er noch nicht wissen. Er fühlte den brennenden Wunsch, sich Judith anzuvertrauen, sein Denken mit ihr zu teilen. Niemals hatte er jemand gefunden, der sich dafür interessierte: Wieviel Glück hätte er in einer Freundin finden können! Während seiner ganzen Kindheit hatte er eine Schwester vermißt: er meinte, eine Schwester hätte ihn besser, als es je ein Bruder konnte, verstanden. Und nun, da er Judith sah, wachte in ihm diese kindliche Traumhoffnung nach einer geschwisterlichen Freundschaft wieder auf. An Liebe dachte er nicht. Da er nicht verliebt war, schien ihm Liebe gering gegenüber der Freundschaft.

Judith merkte diese Gefühlsschattierung sehr bald und fühlte sich verletzt. Sie liebte Christof nicht, und sie entzündete unter den jungen Leuten der Stadt, die reich und in besserer gesellschaftlicher Stellung als Christof waren, zu viele Leidenschaften, als daß es ihr eine große Genugtuung gewesen wäre, Christof verliebt zu sehen. Aber zu merken, daß er es nicht war, bereitete ihr Enttäuschung. Es war doch ein wenig kränkend, daß sie nur einen Vernunfteinfluß auf ihn ausüben konnte (ein Unvernunfteinfluß hat für die weibliche Seele viel mehr Wert). Aber sie übte selbst den nicht aus: Christof handelte nur nach seinem Kopf. Judith war herrschsüchtig. Sie war gewohnt, die recht bestimmbaren Gedanken der jungen Leute, die sie kannte, nach ihrem Belieben zu kneten. Da sie sie aber als minderwertig einschätzte, fand sie wenig Vergnügen daran, sie zu beherrschen. Bei Christof war das interessanter, weil mehr Schwierigkeit dabei war. Seine Pläne waren ihr gleichgültig; aber es hätte ihr gefallen, dies unverbrauchte Denken zu leiten, diese grobbehauene Kraft zu formen und sie ins rechte Licht zu setzen – natürlich nach ihrem Geschmack und nicht nach dem Christofs, den zu verstehen sie sich nicht sehr abmühte. Sie hatte sofort heraus, daß es nicht ohne Kampf gehen würde; sie hatte in Christof alle möglichen Vorurteile entdeckt, alle möglichen Ideen, die ihr kindlich und übertrieben vorkamen; das alles war Unkraut für sie, und sie wandte alle Kraft auf, um es auszureißen. Nicht eines riß sie aus. Nicht die kleinste Befriedigung ihrer Eitelkeit wurde ihr zuteil. Mit Christof war nichts anzufangen. Da er nicht verliebt war, bestand keinerlei Grund für ihn, ihr in irgendeinem Punkt seines Innenlebens nachzugeben.

Sie erhitzte sich am Spiel und versuchte aus Instinkt einige Zeit lang, ihn zu erobern. Es hätte wenig gefehlt, und Christof wäre trotz aller Geistesklarheit, die er damals besaß, von neuem gefangen worden. Männer lassen sich leicht von dem betören, was ihrem Stolz und ihren Wünschen schmeichelt; und ein Künstler doppelt leicht, weil er mehr Phantasie als andere besitzt. So hätte es Judith wohl fertiggebracht, ihn in einen gefährlichen Flirt zu verstricken, der ihn noch einmal herabgewürdigt hätte, und vielleicht vollständiger als je. Aber wie gewöhnlich wurde sie des Ganzen bald überdrüssig; sie fand, daß diese Eroberung nicht die Mühe lohne: Christof langweilte sie bereits. Sie verstand ihn nicht mehr.

Sie verstand ihn nicht mehr, wenn sie eine gewisse Grenze überschritten hatte. Bis dahin verstand sie alles. Um weiter vorzudringen, genügte ihr wunderbarer Verstand nicht. Dazu hätte sie des Herzens bedurft oder wenigstens dessen, was einige Zeit lang ein Herz vortäuschen kann: Liebe. Christofs Kritiken an Menschen und Dingen fühlte sie sehr gut nach; sie machten ihr Spaß, und sie fand sie ziemlich richtig; sie hatte sogar manchmal selber dergleichen gedacht. Was sie aber nicht verstand, war, daß diese Gedanken einen Einfluß auf sein praktisches Leben haben sollten, da ihre Anwendung gefährlich und unangenehm war. Die rebellische Haltung, die Christof gegen alles und gegen alle einnahm, führte zu nichts: er konnte sich nicht einbilden, daß er die Welt umwandeln würde ... Also? – Das hieß, mit dem Kopf gegen die Wand rennen. Ein kluger Mensch bildet sich über die Menschen sein Urteil, verspottet sie heimlich, verachtet sie ein wenig; aber er macht es wie sie – nur ein wenig besser: das ist der einzige Weg, ihrer Herr zu werden. Das Denken ist eine Welt, das Handeln eine andere. Wo ist die Notwendigkeit, sich zum Opfer dessen, was man denkt, zu machen? Richtig denken? Gewiß! Wozu aber das Richtige aussprechen? Da die Menschen nun einmal so dumm sind, die Wahrheit nicht vertragen zu können, braucht man sie doch nicht dazu zu zwingen. Ist es nicht ein heimlicher Genuß, ihre Schwäche hinzunehmen, sich ihr scheinbar zu fügen, während man sich im verachtenden Herzen doch frei fühlt? Genuß eines klugen Sklaven? Meinetwegen. Aber Sklaven gegen Sklaven; da man sich schließlich doch dazu bequemen muß, ist es besser, es mit freiem Willen zu sein und lächerliche, unnütze Kämpfe zu vermeiden. Im übrigen gibt es nichts Schlimmeres, als Sklave seines eigenen Denkens zu sein und ihm alles zu opfern. Man muß nicht auf sich selbst hereinfallen. – Sie sah klar voraus, daß, wenn Christof in seinem Trotz verharrte, wie er zu tun entschlossen schien, und weiter gegen alle Vorurteile deutscher Kunst und deutschen Geistes so heftig zu Felde zog, er alle Welt, selbst seine Gönner, gegen sich aufhetzen würde; unabwendbar würde er seiner Niederlage entgegengehen. Sie begriff nicht, warum er gegen sich selbst zu wüten schien und sich mutwillig zugrunde richtete.

Um ihn zu verstehen, hätte sie fähig sein müssen, auch zu verstehen, daß nicht der Erfolg sein Ziel war, sondern sein Glaube. Er glaubte an die Kunst, glaubte an seine Kunst, glaubte an sich selbst wie an Wirklichkeiten, die nicht nur höher als alle Vernunftinteressen, sondern auch höher als das eigene Leben standen. Wenn er, durch ihre

Betrachtungen ein wenig ungeduldig geworden, ihr dergleichen in kindlichem Überschwang sagte, zuckte sie mit den Achseln: das nahm sie nicht ernst. Sie sah darin große Worte, wie sie sie von ihrem Bruder zu hören gewohnt war, der periodisch unsinnige und erhabene Entschlüsse kundtat, die auszuführen er sich wohl hütete. Als sie dann sah, daß Christof wirklich an diese Worte glaubte, kam sie zu der Überzeugung, daß er verrückt sei, und interessierte sich nicht mehr für ihn.

Von da an gab sie sich keinerlei Mühe mehr, vorteilhaft vor ihm zu erscheinen, und gab sich als das, was sie war: weit mehr Deutsche und Durchschnittsdeutsche, als sie es zuerst schien und als sie selbst es vielleicht dachte. – Man wirft den Israeliten sehr mit Unrecht vor, keiner Nation anzugehören und von einem zum anderen Ende Europas nur ein einziges gleichartiges Volk zu bilden, das den Einflüssen der verschiedenen Völker, unter denen sie hausen, unzugänglich sei. In Wahrheit gibt es keine Rasse, die leichter den Stempel der Länder, durch die sie hindurchschreitet, annimmt; und gibt es manche gemeinsame Charakterzüge bei einem deutschen und einem französischen Juden, so sind ihre Verschiedenheiten, die von dem neuen Vaterlande herrühren, dessen geistige Gewohnheiten sie mit unglaublicher Schnelligkeit annehmen, doch noch größer – allerdings mehr den Gewohnheiten als dem Geist nach. Da die Gewohnheit jedoch allen Menschen zur zweiten Natur wird, für die meisten aber die einzige und alleinige Natur ist, so folgt daraus, daß die große Mehrzahl der eingeborenen Bürger eines Landes sehr unrecht tut, den Israeliten das Fehlen eines tiefen und begründeten nationalen Geistes vorzuwerfen, den sie selber nicht im geringsten Grade besitzen.

Da Frauen allen äußeren Einflüssen noch zugänglicher sind, sich noch schneller allen Lebensbedingungen anpassen und sich mit ihnen verändern, so nehmen auch die Frauen der Kinder Israels in ganz Europa, oft sogar mit Übertreibung, die physischen und sittlichen Moden des Landes, in dem sie leben, an – ohne jedoch die Silhouette und den beunruhigenden, schweren, eindringlichen Duft ihrer Rasse einzubüßen. Christof fiel das auf. Er traf bei den Mannheims Tanten, Kusinen, Freundinnen von Judith. Sowenig deutsch viele dieser Gesichter waren mit den brennenden, dicht an der Nase liegenden Augen, der dicht am Mund stehenden Nase, den starken Zügen, dem roten Blut unter brauner, dicker Haut, sowenig sie dazu geschaffen schienen, Deutsche zu sein – so waren sie doch in ihrer Art, zu sprechen, sich anzuziehen, durchaus Deutsche, und mehr, als gut ist. Judith war ihnen allen weit überlegen; und der Vergleich brachte alles, was Außergewöhnliches in ihrem Geist, alles, was in ihrer Persönlichkeit ihr Werk war, zum Vorschein. Dabei hatte sie nicht weniger Fehler als die andern. Zwar war sie in bezug auf Moral freier als jene – fast vollständig frei; jedoch sie war es nicht in sozialen Dingen; zum mindesten verdrängte hier das praktische Interesse die freie Vernunft. Sie beugte sich vor der Welt, den Kasten, den Vorurteilen, weil sie – alles in allem – dabei ihren Vorteil fand. Sie konnte noch so sehr deutschen Geist verspotten: Sie war deutscher Art verbunden. Sie fühlte verstandesmäßig die Minderwertigkeit dieses oder jenes anerkannten Künstlers; aber sie versagte ihm dennoch nicht die äußere Achtung, weil er eben anerkannt war; und war sie persönlich mit ihm in Beziehung, bewunderte sie ihn; denn das schmeichelte ihrer Eitelkeit. Sie liebte die Brahmsschen Werke wenig und hielt ihn heimlich für einen Künstler zweiten Ranges; aber sein Ruhm imponierte ihr; und da sie fünf oder sechs Briefe von ihm empfangen hatte, folgte daraus für sie mit Notwendigkeit, daß er der größte Musiker seiner Zeit war. Sie zweifelte nicht im geringsten an dem wahren Wert Christofs und an der Dummheit des Oberleutnants Detlef von Fleischer; aber sie fühlte sich mehr geschmeichelt, wenn dieser ihren Millionen gnädigst den Hof machte, als wenn Christof ihr seine Freundschaft entgegenbrachte; denn ein einfältiger Offizier ist darum nicht weniger ein Mensch einer anderen Kaste; und es ist für die deutsche Jüdin schwieriger als für eine andere Frau, in diese Kaste einzudringen. Obgleich sich Judith von solchen feudalen Albernheiten nicht hinters Licht führen ließ und sehr genau wußte, daß, wenn sie es erreichen würde, den Oberleutnant Detlef von Fleischer zu heiraten, sie es war, die ihm damit eine große Ehre erwies, so gab sie sich dennoch Mühe, ihn zu erobern; sie erniedrigte sich dazu, diesem Idioten schöne Augen zu machen und seiner Eitelkeit zu schmeicheln. Die stolze Jüdin, die tausend Gründe hatte, stolz zu sein, die kluge und hochmütige Tochter des Bankiers Mannheim, sehnte sich danach, herabzusteigen, es dem ersten besten der kleinen deutschen Bürgermädchen gleichzutun, die sie so verachtete.

Die Erfahrung war schnell gemacht. Christof verlor seine Illusionen in bezug auf Judith fast ebenso rasch, wie er sie sich gebildet hatte. Man muß Judith die Gerechtigkeit widerfahren lassen, daß sie nichts tat, damit er sie sich bewahrte. Sobald eine Frau dieses Schlages dich abgeurteilt hat, sich von dir lossagt, bist du nicht mehr für sie da: sie sieht dich nicht mehr, und sie empfindet ebensowenig Scheu, vor dir mit ruhiger Schamlosigkeit ihre Seele zu entkleiden wie sich vor ihrem Hund oder ihrer Katze vollständig nackt zu zeigen. Christof sah Judiths Egoismus, ihre Kälte, die Minderwertigkeit ihres Charakters. Er hatte nicht die Zeit gehabt, ganz von ihr gefangen zu werden, immerhin aber schon genug, um zu leiden, um in eine Art Fieber versetzt zu werden. Er liebte Judith nicht, aber er liebte, was sie hätte sein können, was sie hätte sein sollen. Ihre schönen Augen hielten ihn in schmerzhaftem Bann; er konnte sie nicht vergessen; obgleich er jetzt die dumpfe Seele, die in ihrem Grunde schlummerte, kannte, sah er sie doch weiter, wie er sie so gern sehen wollte, wie er sie zuerst gesehen hatte.

Er erlebte eine jener Liebeshalluzinationen ohne Liebe, die in Künstlerherzen soviel Raum einnehmen, wenn sie nicht vollständig von ihrem Werk beschlagnahmt sind. Ein vorübergehendes Gesicht ist genug, um sie ihnen zu geben; dann sehen sie in ihm alle Schönheit, die es birgt, die ihm selbst unbewußt ist, um die es sich nicht kümmert. Und sie lieben es um so mehr, als sie wissen, daß es sich nicht darum kümmert. Sie lieben es wie ein schönes Ding, das sterben wird, ohne daß jemand von seinem Werte wußte.

Vielleicht täuschte er sich, und Judith Mannheim hätte ihm nicht mehr sein können, als sie war. Aber Christof hatte einen Augenblick lang an sie geglaubt; und der Zauber dauerte fort: Er konnte sie nicht unparteiisch beurteilen. Alles, was Schönes in ihr war, schien ihm nur ihr allein eigen, Ausdruck ihres persönlichsten Ich zu sein. Alles Gewöhnliche an ihr aber schob er ihrer doppelten Rasse zu: der jüdischen und der deutschen. Und vielleicht zürnte er der letzteren deswegen noch mehr, denn er hatte mehr von ihr zu leiden gehabt. Da er noch keine andere Nation kannte, war der deutsche Geist für ihn eine Art Sündenbock: er lud alle Sünden der Welt auf ihn. Die Enttäuschung, die ihm Judith bereitet hatte, war für ihn ein Grund mehr, ihn zu bekämpfen: er konnte ihm nicht verzeihen, den Schwung einer solchen Seele gebrochen zu haben.

Das war seine erste Begegnung mit Israel. Er hatte in dieser starken, von den andern abseits stehenden Rasse einen Verbündeten für seinen Kampf erhofft. Dieser Traum zerstob. Mit der Beweglichkeit leidenschaftlichen Einfühlens, die ihn von einer Übertreibung zur andern springen ließ, überredete er sich alsobald, daß diese Rasse weit schwächer sei, als man ihr nachsagte, und weit offener – viel zu offen – für alle Einflüsse von außen. Sie litt an ihrer eigenen Schwäche und an allen denen, die sie auf ihrem Wege aufsammelte. Das also war noch nicht der Stützpunkt, an dem er den Hebel seiner Kunst ansetzen konnte. Viel eher lief er Gefahr, mit ihr im Wüstensande zu versinken.

Nachdem er diese Gefahr erkannt hatte und sich seiner selbst nicht sicher genug fühlte, um sie zu bekämpfen, hörte er mit einem Schlage auf, die Mannheims zu besuchen. Mehrmals wurde er eingeladen und entschuldigte sich, ohne Gründe anzugeben. Da er bisher stets außerordentliche Bereitwilligkeit zum Kommen gezeigt hatte, fiel solch plötzlicher Wechsel auf; man schob es seiner „Originalität“ zu; aber keiner der drei Mannheims zweifelte, daß Judiths schöne Augen auch dabei mitsprachen; Lothar und Franz neckten sie bei Tisch damit. Judith zuckte die Achseln und sagte, das sei eine schöne Eroberung; und sie bat ihren Bruder mit kühlen Worten, Christof „nichts in den Kopf zu setzen“. Aber dabei tat sie alles, um ihn wieder ins Haus zu ziehen. Sie schrieb ihm unter dem Vorwand einer musikalischen Auskunft, die ihr niemand anders geben könne; und am Schluß des Briefes spielte sie freundschaftlich auf die Seltenheit seiner Besuche an und sprach von der Freude, die alle haben würden, wenn man ihn wieder sähe. Christof antwortete, erteilte den gewünschten Bescheid, schob seine Arbeit vor und erschien nicht. Manchmal trafen sie sich im Theater. Christof wandte dann die Augen hartnäckig von der Loge der Mannheims fort; und er tat, als sähe er Judith nicht, die ihr lockendstes Lächeln für ihn bereithielt. Sie bestand nicht auf ihrem Willen. Da ihr nicht viel an ihm lag, fand sie es unpassend, daß dieser kleine Künstler ihr für nichts und wieder nichts so viele Anstrengungen zumutete. Wenn er wieder kommen wollte, so würde er wohl kommen. Wenn nicht – nun denn! Man würde sich trösten ...

Man tröstete sich; und seine Abwesenheit riß wirklich keine große Lücke in die Gesellschaften der Mannheims. Judith jedoch bewahrte fast wider Willen gegen Christof einen leisen Groll. Sie fand es natürlich, daß sie sich nicht um ihn kümmerte, wenn er da war; und sie gestattete ihm, sein Mißvergnügen darüber merken zu lassen; daß aber dieses Mißvergnügen so weit ging, jede Beziehung abzubrechen, nannte sie einen dummen Hochmut, und es schien ihr ein mehr egoistisches als verliebtes Herz zu beweisen. – Judith war gegen ihre eignen Fehler bei andern nicht nachsichtig.

Sie verfolgte jedoch mit um so größerer Aufmerksamkeit alles, was Christof tat und schrieb. Ohne sich den Anschein zu geben, brachte sie ihren Bruder gern auf ein Gespräch darüber; sie ließ sich seine Tagesunterhaltungen mit Christof erzählen; und sie durchstichelte seinen Bericht mit ironischen und geistvollen Bemerkungen, die sich keinen lächerlichen Zug entgehen ließen und nach und nach Franzens Enthusiasmus zerstörten, ohne daß er es merkte.

Zuerst ging mit der Zeitschrift alles aufs beste. Christof hatte die Minderwertigkeit seiner Mitarbeiter noch nicht durchschaut; und sie erkannten in ihm – da er einer der Ihren geworden war – das Genie an. Mannheim, der ihn entdeckt hatte, wiederholte, ohne je etwas von ihm gelesen zu haben, nach allen Seiten, daß Christof ein glänzender Kritiker sei, der sich bis dahin über seinen eigentlichen Beruf getäuscht habe und durch ihn, Mannheim, ihm jetzt zugeführt werde. In geheimnisvollen, die Neugier reizenden Wendungen kündigten sie seine Artikel im voraus an; und sein erster Bericht wurde für die Schläfrigkeit der kleinen Stadt in der Tat etwas wie ein Stein, der in einen Entensumpf fällt. Er war betitelt: *Zuviel Musik!*

„Zuviel Musik, zuviel Trinken, zuviel Essen“, schrieb Christof. „Man ißt, man trinkt, man hört ohne Hunger, ohne Durst, ohne Bedürfnis, nur aus der Gewohnheit der Vielfresserei. Eine allgemeine Straßburger Gänsediät herrscht bei uns. Das ganze Volk leidet an Heißhunger. Was man ihm gibt, ist ganz gleichgültig: *Tristan* oder den *Trompeter von Säckingen**, Beethoven oder Mascagni, eine Fuge oder einen Geschwindmarsch, Adam, Bach, Puccini, Mozart oder Marschner – es weiß nicht, was es ißt. Die

Hauptsache bleibt ihm, daß es ißt. Nicht einmal mehr Vergnügen findet es daran. Seht es doch im Konzert! Man spricht von dem deutschen Frohsinn! Diese Leute wissen ja nicht einmal, was Frohsinn ist: sie sind immer vergnügt! Ihr Frohsinn wie ihre Traurigkeit gehen wie Regen nieder: zerstäubte Freude. Sie ist schlaff und kraftlos. Stundenlang können sie dasitzen und mit unbestimmtem Lächeln Töne aufnehmen, Töne, Töne. Sie denken an nichts, fühlen nichts: Schwämme sind sie. Die wahre Lust oder der wahre Schmerz – die Kraft – kann nicht stundenlang wie ein Faß Bier ausgeteilt werden. Das packt dich an der Kehle und wirft dich nieder; und nachher hat man kein Verlangen mehr, noch etwas anderes aufzunehmen: man hat sein Teil! –

Zuviel Musik! Ihr tötet Euch und tötet sie. Mögt Ihr selber Euch töten, das geht nur Euch etwas an. Aber vor der Musik – halt! Ich erlaube nicht, daß Ihr alles, was auf der Welt schön ist, herabwürdigt, indem Ihr Heiliges und Niedriges in denselben Korb werft, indem Ihr, wie Ihr es beständig macht, das Vorspiel zum *Parsifal* zwischen eine Phantasie über die *Regimentstochter* und ein Saxophonquartett schiebt oder einem Beethovenschen Adagio einen Cake-Walk und eine Schweinerei von Leoncavallo als Begleitung gebt. Ihr rühmt Euch, das große musikalische Volk zu sein. Ihr behauptet, Musik zu lieben. Welche Musik liebt Ihr denn? Die gute oder die schlechte? Ihr beklatscht sie beide gleichermaßen. Trefft schließlich eine Wahl! Was wollt Ihr, wenn Ihr's Euch genau überlegt? Ihr wißt es selber nicht. Ihr wollt es nicht wissen. Denn Ihr habt Angst davor, Partei zu ergreifen und Euch dabei zu blamieren ... Zum Teufel mit Eurer Vorsicht! – Ihr steht über den Parteien, sagt Ihr? Darüber: das will heißen darunter ..."

Und er zitierte ihnen die Verse des alten Gottfried Keller, des rauhen Zürichers, der ihm unter den Schriftstellern durch seine kräftige Redlichkeit und seinen herben Erdgeruch lieb war:

„Wer über den Partei'n sich wähnt mit stolzen Mienen,
*der steht zumeist vielmehr beträchtlich unter ihnen.**

Habt doch den Mut zur Wahrheit", fuhr er fort. „Habt den Mut, häßlich zu sein! Wenn Ihr schlechte Musik liebt, sagt es frei heraus! Zeigt Euch, wie Ihr seid! Wascht Eure Seele von der widerlichen Schminke aller Eurer Kompromisse und aller Eurer Zweideutigkeiten rein. Macht große Wäsche! Seit wie lange habt Ihr Eure Fratze nicht im Spiegel besehen? Ich will sie Euch zeigen. Komponisten, Virtuosen, Orchesterdirigenten, Sänger und Du, liebes Publikum, ein einziges Mal sollt Ihr wissen, wer Ihr seid... Seid, was Ihr mögt; aber, bei allen Teufeln!, seid wahr! Seid wahr, sollten auch Künstler und Kunst darunter leiden! Wenn Kunst und Wahrheit nicht miteinander leben können, mag die Kunst verschwinden! Die Wahrheit ist das Leben. Der Tod ist die Lüge."

Diese jugendlich übertriebene Rede rief in ihrer Geschmacklosigkeit natürlich großes Geschrei hervor. Da jedoch auf alle gezielt war, nicht aber auf einen einzelnen, brauchte sich niemand getroffen zu fühlen. Jeder übrigens ist, glaubt oder gibt vor, der aufrichtigste Freund der Wahrheit zu sein; es lag also keine Gefahr vor, daß man die Schlußfolgerungen des Artikels bekämpfte. Man war nur durch den allgemeinen Ton verletzt; man war sich darin einig, ihn sehr wenig angemessen zu finden, vor allem von seiten eines Künstlers, der eine halboffizielle Stellung einnahm. Einige Musiker begannen sich zu beunruhigen und widersprachen mit großem Eifer: sie sahen voraus, daß Christof hier nicht stehenbleiben würde. Andere glaubten klüger zu sein, wenn sie Christof zu seiner Heldentat beglückwünschten: sie waren darum wegen etwaiger folgender Artikel nicht weniger besorgt.

Die eine und die andere Taktik hatten denselben Erfolg. Christof war losgelassen; nichts konnte ihn aufhalten; und wie er versprochen hatte, wurden alle vorgenommen, die Schaffenden und die Ausführenden.

Die ersten Niedergesäbelten waren die *Kapellmeister**. Christof beschränkte sich nicht etwa auf allgemeine Betrachtungen über die Kunst des Dirigierens. Er nannte seine Kollegen in der Stadt oder den benachbarten Städten mit Namen; oder wenn er sie nicht nannte, waren seine Andeutungen doch so klar, daß keiner darüber im Irrtum bleiben konnte. Jeder erkannte den apathischen Chef des Hoforchesters, Alois von Werner, den vorsichtigen, mit Ehren bedeckten Greis, der alles fürchtete, alles zum besten wandte, der Angst davor hatte, seine Musiker zu kritisieren, und gefügig dem Tempo folgte, das sie anschlugen, der in seine Programme nichts aufzunehmen wagte, was nicht durch zwanzigjährige Erfolge geheiligt oder doch zum mindesten durch den Stempel irgendeines akademischen Würdenträgers geadelt war. Christof spendete seinen Gewagtheiten ironischen Beifall; er beglückwünschte ihn, Gade, Dvořák oder Tschaikowski entdeckt zu haben. Er geriet über die unveränderliche Korrektheit, die metronomische Gleichförmigkeit und das ewig *fein nuancierte** Spiel seines Orchesters in Verzückung; er schlug ihm vor, ihm für sein nächstes Konzert die *Schule der Geläufigkeit* von Czerny zu orchestrieren; und er beschwor ihn, sich nicht zu sehr zu überanstrengen, nicht in so heiße Leidenschaft zu geraten und seine kostbare Gesundheit zu schonen. – Oder er brach in laute Empörung über die Art aus, in der Werner die *Eroika* von Beethoven dirigiert hatte:

„Eine Kanone! Eine Kanone! Zerschmeißt mir diese Leute da! Aber habt Ihr denn keine Ahnung, was eine Schlacht ist, der Kampf gegen Dummheit und menschliche Bestialität – und die Kraft, die sie mit einem Freudenlachen unter die Füße tritt ... Doch wie solltet Ihr es wissen? Euch gilt ja ihr Kampf! Allen Heroismus, der in Euch steckt, gebt Ihr darin aus, ohne Gähnen die *Eroika* anzuhören oder zu spielen (denn im Grunde langweilt sie

Euch . . . Gesteht es doch ein, daß sie Euch langweilt, daß Ihr dabei vor Langeweile sterbt!), oder Ihr verbraucht Euren Heldenmut, um beim Vorbeizug irgendeines Serenissimi mit entblößtem Kopf und gebogenem Rücken einem Luftzug standzuhalten."

Er konnte nicht genug sarkastische Bemerkungen gegen die Hohenpriester des Konservatoriums finden, welche die großen Männer der Vergangenheit als „Klassiker" spielen ließen.

„Klassisch! Das Wort sagt alles. Freie Leidenschaft zum Schulgebrauch ausgespült und zurechtgemacht! Das Leben, die unendliche, von Winden überfegte Ebene – zwischen die vier Mauern eines Turnhofes eingesperrt. Der wilde, stolze Rhythmus eines schauernden Herzens aufs Pendel-Ticktack eines Viervierteltaktes zurückgeschraubt, der als kleiner Biedermann seinen Weg macht, im Hinkeschritt beim betonten Taktteil mit dem Krückstock aufschlagend! – Um sich des Ozeans zu freuen, müßt Ihr ihn in ein Goldfischglas tun. Das Leben begreift Ihr nur, nachdem Ihr es getötet habt."

Wenn er so nicht gerade zart mit den „Strohflechtern" umging, wie er sie nannte, so tat er es noch weniger mit den „Zirkusreitern" des Orchesters, den berühmten *Kapellmeistern**, die auf ihren Tourneen in die Stadt kamen, um den Schwung ihrer Arme und ihre geschminkten Hände bewundern zu lassen, die ihre Kunststücke auf den Rücken der großen Meister vollführten und sich alle Mühe gaben, die bekanntesten Werke unkenntlich zu machen und Luftsprünge durch die Reifen der *Symphonie in c-Moll* zu vollführen. Er behandelte sie als alte Koketten, als Zigeuner und Kunstreiter.

Die Virtuosen gaben ihm natürlich reichen Stoff. Wenn er ihre Taschenspielervorstellungen zu kritisieren hatte, erklärte er sich zum Urteil für unbefugt und sagte, daß diese mechanischen Übungen in das Feld einer Hochschule für Kunst und Handwerk gehörten und höchstens eine Registriermaschine, welche die Dauer und die Zahl der Noten und die verausgabte Energie anmerkte, den Wert solcher Arbeiten abschätzen könne. Manchmal wettete er, daß ein berühmter Klaviervirtuose, der eben in einem zweistündigen Konzert die fabelhaftesten Schwierigkeiten mit lächelnden Lippen und der Locke über den Augen überwunden hatte, ein kindliches Andante von Mozart nicht spielen könne. – Gewiß verkannte auch er nicht die Lust an der überwundenen Schwierigkeit. Auch er hatte sie gekostet: sie gehörte zu den Freuden des Lebens. Aber es schien ihm grotesk und erniedrigend, wenn man darin nur die rein stoffliche Seite sah und schließlich den ganzen Heroismus der Kunst darauf beschränkte. Den „Klavierlöwen" und „Panthern" verzieh er nicht. – Aber ebenso unnachsichtig ging er gegen die braven, in Deutschland berühmten Pedanten vor, die gerade in der Sorge, den Meistertext nur nicht zu verändern, jeden Gedankenschwung sorgfältig unterdrückten und wie Hans von Bülow in einer leidenschaftlichen Sonate eine Vortragsstunde zu geben schienen.

Die Sänger wurden vorgenommen. Christofs Herz war schwer beladen mit allem, was er ihnen über ihre barbarische Plumpheit und ihre provinzielle Theatralik zu sagen hatte. Nicht nur seine Erinnerung an das Mißgeschick mit der Dame in Blau trieb ihn dazu. Der angesammelte Groll aus vielen Vorstellungen, die ihm eine Marter gewesen waren, sprach aus ihm. Man wußte nicht, was während solcher Aufführungen mehr zu leiden hatte: Ohren oder Augen. Dabei hatte Christof noch nicht genug Vergleichsmöglichkeiten, um die ganze Häßlichkeit der Aufmachung, der plumpen Kostüme, der schreienden Farben zu ahnen. Er war nur über die Gewöhnlichkeit der Gestalten, Gebärden und Haltungen entsetzt, über das unnatürliche Spiel, über die Unfähigkeit der Schauspieler, fremde Seelen zu verlebendigen, und über die geradezu verblüffende Gleichgültigkeit, mit der sie an die verschiedensten Rollen herangingen, vorausgesetzt, daß sie ungefähr in derselben

Stimmlage geschrieben waren. Üppige Matronen, vergnügt und wohlgerundet, zeigten sich der Reihe nach als Isolde und als Carmen. Amfortas spielte Figaro ... Aber was Christof natürlich am fühlbarsten blieb, war der häßliche Gesang an sich, besonders in den klassischen Werken, in denen die melodische Schönheit ein wesentliches Element ist. Man konnte in Deutschland die vollkommene Musik aus dem Ende des achtzehnten Jahrhunderts nicht mehr singen; man gab sich dazu nicht mehr Mühe genug. Der klare, reine Stil von Gluck und Mozart, der wie derjenige Goethes ganz in italienisches Licht gebadet zu sein scheint – dieser Stil, der sich schon bei Weber zu erregen beginnt, vibrierend und flatternd wird, der in den plumpen Karikaturen des Schöpfers eines Crociato lächerlich wird, er wurde von Wagners Triumph vollständig vernichtet. Über den Griechenhimmel war der wilde Flug der Walküren mit ihren durchdringenden Schreien hinweggezogen. Die schweren Wolken Odins erstickten das Licht. Niemandem fiel es mehr ein, Musik zu singen: man sang Dichtungen. Man nahm Häßliches und Nachlässigkeiten im einzelnen, ja selbst falsche Noten leicht, da man behauptete, nur das Ganze, nur der Gedanke sei von Bedeutung ...

„Der Gedanke! Sprechen wir einmal davon. Als ob Ihr ihn herausfühltet! – Ob Ihr ihn aber versteht oder nicht, achtet bitte die Form, die er sich wählte. Musik sei und bleibe doch vor allem Musik!"

Übrigens meinte Christof, daß dieser übergroße Wert, den deutsche Künstler dem Ausdruck und dem tiefen Gedanken beizulegen behaupteten, nichts als ein guter Witz sei. Ausdruck? Gedanken? Ja, sie legten ihn überall hinein – überall in gleichem Grade. Sie entdeckten in einer wollenen Socke genausoviel Gedankeninhalt – nicht mehr und nicht weniger – wie in einer Statue von Michelangelo. Mit gleicher Energie spielten sie, wen und was man wollte. Den meisten sei im Grunde bei der Musik die Tonfülle, das musikalische Geräusch die Hauptsache. Die so große

Sangesfreudigkeit in Deutschland sei nur Lust an Stimmgymnastik. Es handele sich darum, sich mit Luft recht vollzupumpen und sie dann kräftig, anhaltend und im Takt wieder herauszublasen. – Und er verabfolgte irgendeiner großen Sängerin anstatt eines Lobes ein Gesundheitsdiplom.

Er begnügte sich aber nicht damit, die Künstler herunterzumachen. Er setzte über die Rampe und verprügelte das Publikum, das mit offenem Maul diesen Exekutionen zuschaute. Man war so entsetzt, daß man nicht wußte, ob man lachen oder wütend werden sollte. Das Publikum hatte alles Recht, wegen der Ungerechtigkeit ein Zetergeschrei zu erheben, es hatte sich so schön davor gehütet, in irgendeiner künstlerischen Schlacht Partei zu ergreifen; vorsichtig hielt es sich von jeder brennenden Frage fern. Aus Angst, sich zu irren, klatschte es allem Beifall. Und jetzt warf ihm Christof gerade als Verbrechen vor, daß es Beifall spendete! – Und etwa schlechten Werken? – Schon das wäre stark gewesen! Aber Christof ging weiter: was er ihnen am meisten vorwarf, war, daß sie die großen Werke beklatschten.

„Heuchler", sagte er zu ihnen, „Ihr wollt den Glauben erwecken, als hättet Ihr soviel Begeisterung in Euch? Aber geht mir doch! Ihr beweist gerade das Gegenteil dessen, was Ihr beweisen wollt. Beklatscht, wenn Ihr es durchaus wollt, die Werke oder die Seiten, die den Beifall herausfordern. Beklatscht die geräuschvollen Abschlüsse, die, wie Mozart sagte, für langsame Ohren gemacht sind. Da laßt Euch frohen Herzens gehen: das Eselsgeschrei ist vorgesehen, es gehört zum Konzert. – Aber nach der *Missa solemnis* von Beethoven ... Unglückliche! Das ist das Jüngste Gericht; das wahnsinnsschwangere Gloria ist soeben vor Euch gleich einem Gewittersturm über dem Ozean niedergedonnert; den Windwirbel eines athletischen und zwingenden Willens habt Ihr vorbeisausen sehen, der, aufgehalten, sich bricht, sich an den Wolken festhält, mit beiden Fäusten festgeklammert über dem Abgrund hängt und sich zu vollem Fluge von neuem in den unendlichen Raum schwingt. Der Sturmwind heult. Und dann mitten im stärksten Aufruhr ein plötzlicher Übergang, ein blendender Glanz von Tönen, der die Finsternis des Himmels durchbricht und gleich einem Lichtschild auf das fahle Meer herniedersinkt. Das ist das Ende. Der wütende Flug des Würgeengels hält urplötzlich inne; drei Blitzschläge – und seine Schwingen stehen unbeweglich. Rings um Euch zittert noch alles. Dem trunkenen Auge schwindelt es. Das Herz flattert, der Atem stockt, die Glieder sind gelähmt ... Und kaum ist die letzte Note verklungen – da seid Ihr wieder vergnügt und lustig, schreit, lacht, kritisiert, klatscht! – Aber Ihr habt ja nichts gesehen, nichts gehört, nichts gefühlt, nichts verstanden, nichts, nichts, absolut nichts! Die Qualen eines Künstlers sind eine Schaustellung für Euch. Ihr findet, daß die Agonietränen eines Beethoven fein gemalt sind. Ihr würdet nach der Kreuzigung ‚Da capo!' schreien. Eine große Seele kämpft ein ganzes Leben lang in Schmerzen, um Eurer Maulafferei eine Stunde Unterhaltung zu geben!"

So deutete er, ohne es zu ahnen, das große Goethewort aus, dessen hoheitsvolle, heitere Ruhe er allerdings noch nicht erreicht hatte: *Dem Volk ist das Erhabene ein Spiel. Sähe es dasselbe, so wie es ist, so fände es nicht die Kraft, seinen Anblick zu ertragen.*

Wenn er sich damit begnügt hätte! – Aber einmal im Schwunge, ließ er das Publikum hinter sich und fiel wie eine Kanonenkugel in das Allerheiligste, das Tabernakel, den unverletzlichen Hort der Minderwertigkeit – in die Kritik. Er bombardierte seine Kollegen. Einer unter ihnen hatte sich erlaubt, den begabtesten unter den lebenden Komponisten, den fortgeschrittensten Vertreter der neuen Richtung anzugreifen: Haßler, den Schöpfer von allerdings ziemlich überspannten, aber durchaus genialen Programmsymphonien. Christof, der ihm als Kind einmal vorgestellt worden war, bewahrte ihm seither in dankbarer Erinnerung an die Begeisterung, die er einst für ihn empfunden hatte, stets eine geheime Zärtlichkeit. Es mit ansehen zu müssen, wie ein blöder Kritiker, dessen Unwissenheit er kannte, einem Mann von solcher Bedeutung eine Lektion erteilte, ihn zur Ordnung rief und ihm Verhaltensmaßregeln erteilte, brachte ihn außer sich.

„Ordnung! Ordnung!" rief er. „Ihr kennt nur Polizeivorschriften. Das Genie läßt sich nicht auf eingefahrenen Wegen führen. Es schafft neue Regeln und erhebt seinen Willen zum Gesetz."

Nach dieser stolzen Erklärung nahm er den unglücklichen Kritiker vor, verzeichnete alle Eseleien, die er seit einer gewissen Zeit geschrieben hatte, und verabfolgte ihm einen schulmeisterlichen Verweis.

Die ganze Kritik empfand die Beleidigung. Bis dahin hatten sich alle abseits vom Kampf gehalten. Es fiel ihnen nicht ein, Christofs Abfertigungen herausfordern zu wollen: sie kannten ihn, kannten seine Urteilsfähigkeit und wußten auch, daß er nicht allzuviel Geduld besaß. Einige unter ihnen hatten höchstens ihr leises Bedauern ausgedrückt, daß ein so begabter Komponist sich in einen Beruf verirrte, der ihn nichts angehe. Wie aber auch immer ihre Meinung war (falls sie eine hatten), sie achteten in ihm doch ihr eigenes Vorrecht, alles kritisieren zu dürfen, ohne sich selbst der Kritik auszusetzen. Als sie aber sahen, wie Christof die schweigende Übereinkunft, die sie untereinander verband, brutal zerbrach, sahen sie sofort einen Feind der öffentlichen Ordnung in ihm. In völliger Übereinstimmung entrüsteten sie sich, daß ein so junger Mann es an Respekt gegenüber den nationalen Ruhmestaten fehlen ließ; und sie begannen einen erbitterten Feldzug gegen ihn. Nicht in langen Aufsätzen, in fortgesetzten Erörterungen; auf dies Terrain begaben sie sich nicht gern mit einem besser bewaffneten Gegner; obwohl ein Journalist ja die ganz besondere Fähigkeit besitzt, zu streiten, ohne auf die Einwände seines Gegners zu achten oder sie auch nur gelesen zu haben. Aber eine lange Erfahrung hatte ihnen gezeigt, daß, da der Leser einer Zeitung stets der Ansicht seines Blattes ist, es den eignen Kredit ihm gegenüber schwächen hieß, wenn man auch nur den Schein einer Diskussion weckte. Man mußte zugeben oder, besser noch – verneinen. (Die Verneinung hat die doppelte Kraft der Zustimmung; das ist die einfache Folge des Gesetzes der Schwere: es ist leichter, einen Stein herunterfallen zu lassen, als ihn in die Luft zu schleudern.) So hielten sie sich denn mit Vorliebe an das System, jeden Tag an guter Stelle mit unermüdlicher Beharrlichkeit kleine, niederträchtige, ironische und beleidigende Notizen zu wiederholen. Sie machten den unverschämten Christof lächerlich, wenn sie ihn auch nicht immer nannten, sondern nur in durchsichtiger Art auf ihn wiesen. Sie entstellten seine Worte so, daß sie sinnlos schienen; sie erzählten Anekdoten von ihm, deren Ausgangspunkt manchmal wahr war, während das übrige aus einem geschickt zusammengestellten Lügengewebe bestand, das ihn mit der ganzen Stadt, mehr aber noch mit dem Hof verfeinden mußte; sie wendeten sich sogar gegen seine äußere Person, seine Gesichtszüge, seinen Anzug, und malten eine Karikatur von ihm, die, immer wieder vorgezeigt, schließlich fast ähnlich wirkte.

Alles das wäre Christofs Freunden gleichgültig gewesen, wenn ihre Zeitschrift in der Schlacht nicht auch Hiebe mit abbekommen hätte. Eigentlich waren es mehr Warnsignale. Man versuchte nicht, sie mit in den tieferen Streit zu verwickeln; man zielte eher darauf hin, sie und Christof auseinanderzubringen; man drückte sein Erstaunen aus, daß sie ihren guten Ruf so aufs Spiel setze, und man ließ durchblicken, daß man, falls sie nicht mehr auf ihren Namen bedacht sei, trotz allen Bedauerns gezwungen sein würde, sich an die übrige Redaktion zu halten. Ein erstes, ziemlich harmloses Angriffsfeuer gegen Adolf Mai und

Mannheim brachte Bewegung ins Wespennest. Mannheim lachte nur darüber: er dachte, das würde seinen Vater, seine Onkel, seine Vettern, seine ganze zahlreiche Familie, die sich ein Recht anmaßten, ihn zu beaufsichtigen, und sich über alles, was er tat, aufregten, wütend machen. Adolf Mai aber nahm die Sache äußerst ernst und warf Christof vor, daß er die Zeitschrift kompromittiere. Christof schickte ihn zum Henker. Die andern fanden es, da sie nicht angegriffen waren, höchst vergnüglich, daß Mai, der ihnen einen feierlichen Vortrag hielt, die Zeche an ihrer Statt bezahlen mußte. Waldhaus freute sich heimlich darüber; er sagte, es gebe keinen Kampf ohne ein paar blutige Köpfe. Wohlverstanden, seiner konnte nicht darunter sein; er meinte, er sei durch seine Familie und seine Beziehungen gegen alle Schläge gesichert; und er fand nichts Böses darin, wenn die Juden, seine Verbündeten, ein wenig gezaust würden. Ehrenfeld und Goldenring, die bisher schadlos davongekommen waren, fürchteten sich vor ein paar Angriffen nicht; sie konnten antworten. Viel unangenehmer war ihnen die Hartnäckigkeit, mit der Christof es sich angelegen sein ließ, sie mit ihren Freunden und besonders ihren Freundinnen zu entzweien. Zu den ersten Aufsätzen hatten sie sehr gelacht und den Spaß gut gefunden. Sie bewunderten, mit welcher Kraft Christof die Fenster einschlug; sie meinten, ein Wort würde genügen, um seinen Kampfeszorn zu mäßigen, um wenigstens seine Faustschläge von denen abzuwenden, die sie ihm bezeichneten. – Nicht im mindesten. Christof hörte auf nichts: keinerlei Empfehlung kam für ihn in Betracht, und wie ein Besessener raste er weiter. Wenn man ihn gewähren ließ, war keine Möglichkeit mehr, in der Stadt zu bleiben. Schon waren ihre kleinen Freundinnen, in Tränen gebadet, wütend auf die Redaktion gekommen und hatten ihnen Szenen gemacht. So wandten sie alle Diplomatie auf, um Christof dahin zu bringen, wenigstens einige Urteile zu mildern: Christof änderte nichts. Sie wurden böse: Christof wurde böse, aber er änderte nichts. Waldhaus nahm, da er ja in nichts betroffen war und ihm die Aufregung seiner Freunde Spaß machte, um sie noch mehr zu ärgern, für Christof Partei. Vielleicht war er übrigens auch eher als sie fähig, die großherzige Überspanntheit Christofs, der sich mit gesenktem Schädel allem entgegenwarf, ohne sich irgendeinen Rückzug, irgendeine Zuflucht für die Zukunft offenzulassen, zu schätzen. Was Mannheim betrifft, so amüsierte er sich königlich über die Katzenmusik; er hielt es für einen köstlichen Spaß, diesen verrückten Kerl zwischen seine artigen Leute gebracht zu haben, und er bog sich wegen der Hiebe, die Christof austeilte, ebenso vor Lachen wie wegen der, die er empfing. Wenn er auch unter dem Einfluß seiner Schwester zu glauben begann, daß Christof unstreitig ein wenig übergeschnappt sei, so mochte er ihn darum nur um so lieber. (Es war ihm fast Notwendigkeit, die, welche ihm sympathisch waren, ein wenig lächerlich zu finden.) – So unterstützte er gemeinsam mit Waldhaus auch ferner Christof gegen die andern.

Da es ihm trotz aller Anstrengungen, sich vom Gegenteil zu überzeugen, durchaus nicht an praktischem Sinn mangelte, hatte er die sehr richtige Vorstellung, daß es für seinen Freund vorteilhaft sein müsse, seine Sache mit der fortschrittlichsten musikalischen Partei in der Stadt zu verbinden.

Es gab, wie in den meisten deutschen Städten, auch hier einen *Wagnerverein**, der das Neue gegen die konservative Clique vertrat. – Und man setzte sich wirklich keinen großen Gefahren mehr durch die Verteidigung Wagners aus, nachdem sein Ruhm überall anerkannt war und seine Werke auf dem Repertoire sämtlicher Opern Deutschlands standen. Dennoch war sein Sieg eher durch die Übermacht erzwungen als frei gewährt, und die große Mehrzahl blieb im Grunde des Herzens hartnäckig konservativ; besonders in den kleinen Städten wie in dieser, die ein wenig abseits der großen modernen Strömungen lag und überdies stolz auf ihre alte Vergangenheit war. Mehr als irgendwo anders herrschte hier das dem deutschen Volke angeborene Mißtrauen gegen jede Neuerung, eine Art von Trägheit, irgend etwas Wahres und Starkes zu fühlen, das nicht schon von mehreren Generationen wiedergekäut worden war. Man konnte das an den sauren Mienen beobachten, mit denen wenn auch nicht gerade Wagners Werke, gegen die man nicht mehr zu kämpfen wagte, so doch alle neuen, vom Wagnerschen Geist beeinflußten Schöpfungen aufgenommen wurden. Die *Wagnervereine** hätten daher eine recht nützliche Aufgabe zu erfüllen gehabt, wenn es ihnen am Herzen gelegen hätte, allerorten die jungen und originellen Kräfte in der Kunst zu verteidigen. Manchmal taten sie es wohl, und Bruckner und Hugo Wolf fanden in einigen von ihnen ihre besten Verbündeten. Allzuoft aber lastete der Egoismus des Meisters auf seinen Jüngern, und ebenso wie Bayreuth nur der ungeheuren Verherrlichung eines einzelnen diente, so waren die Bayreuther *Filialen* kleine Kirchen, in denen man die Messe ewig zur Ehre eines einzigen Gottes las. Höchstens in Seitenkapellen ließ man treue Jünger zu, welche die heiligen Dogmen buchstabengenau anwendeten und, das Antlitz in den Staub gedrückt, die alleinige Gottheit mit dem vielfältigen Antlitz – Musik, Dichtung, Drama und Metaphysik – anbeteten.

So war es gerade mit dem *Wagnerverein** auch dieser Stadt der Fall. Jedoch hielt er auf gute äußere Formen; er warb gern talentvolle junge Leute an, die ihm vielleicht nützlich sein konnten; und seit langem hatte man Christof im Auge. Man war ihm zart entgegengekommen, was Christof nicht beachtet hatte, da er keinerlei Bedürfnis verspürte, sich, mit wem es auch sei, zu verbünden; er begriff nicht, welche Notwendigkeit seine Landsleute dazu trieb, sich stets in Horden zusammenzuschließen, als ob sie nichts allein tun konnten: weder singen noch spazierengehen, noch trinken. Er hatte einen Widerwillen gegen jedes *Vereinswesen**. Wenn es aber sein mußte, so war er einem *Wagner-*

*verein** noch eher geneigt als jedem andern – war der doch wenigstens ein Vorwand für schöne Konzerte; und obgleich er nicht alle Kunstanschauungen der Wagnerianer teilte, stand er ihnen näher als andern musikalischen Gruppen. Bei einer Partei, die sich Brahms und den „Brahminen" gegenüber ebenso ungerecht verhielt wie er selbst, schien es ihm möglich, den Boden einer Verständigung zu finden. So ließ er sich denn vorstellen. Mannheim war der Vermittler: er kannte alle Welt. Er gehörte auch, ohne Musiker zu sein, zum *Wagnerverein**. – Das Direktionskomitee hatte nicht versäumt, den Feldzug, den Christof in der Zeitschrift führte, zu verfolgen. Ein paar Hinrichtungen, die er im feindlichen Feld vorgenommen hatte, schienen ihnen eine kräftige Faust zu beweisen, die sie selbst gut hätten brauchen können. Christof hatte zwar auch einige respektlose Spitzen gegen das heilige Götterbild losgelassen; aber man zog vor, demgegenüber die Augen zuzudrücken – und vielleicht standen diese ersten, noch ziemlich harmlosen Angriffe, ohne daß man es zugab, nicht außer Beziehung zu der Eile, mit der man sich Christofs zu bemächtigen suchte, bevor er noch die Zeit hätte, sich ausführlicher auszusprechen. Man bat ihn zunächst sehr liebenswürdig um die Erlaubnis, ein paar seiner Lieder bei einem der nächsten Konzerte des Vereins zur Aufführung zu bringen. Christof war geschmeichelt und nahm an: Er kam in den *Wagnerverein**, und von Mannheim gestoßen, ließ er sich einschreiben.

An der Spitze des *Wagnervereins** standen damals zwei Männer, von denen der eine einen gewissen Ruf als Schriftsteller, der andere als Dirigent genoß. Beide glaubten geradezu mohammedanisch felsenfest an Wagner. Der erste, Josias Kling, hatte ein *Wagnerlexikon** geschrieben, in dem man in einer Minute jeden Gedanken des Meisters de omni re scibili nachschlagen konnte. Das war das große Werk seines Lebens gewesen. Er wäre imstande gewesen, ganze Kapitel daraus bei Tisch zu rezitieren, so wie französische Provinzler Gesänge aus der *Pucelle* hersagen können. Auch veröffentlichte er in den *Bayreuther Blättern** Aufsätze über Wagner und den arischen Geist. Es versteht sich von selbst, daß Wagner für ihn der Typus des reinen Ariers war, dessen deutsche Rasse der uneinnehmbare Zufluchtsort gegen alle verderblichen Einflüsse des lateinischen, vor allem des französischen Semitismus geblieben war. Er proklamierte die endgültige Niederlage des unreinen französischen Geistes. Nichtsdestoweniger führte er seinen täglich erbitterteren Kampf gegen ihn weiter, als ob der Erbfeind immer noch drohe. Nur einen großen Mann erkannte er in Frankreich an: den Grafen Gobineau. Kling war ein ganz kleines, sehr höfliches Greislein, das wie ein junges Mädchen errötete. – Die andere Säule des *Wagnervereins**, Erich Lauber, war bis zu seinem vierzigsten Jahre Direktor einer chemischen Fabrik gewesen; dann hatte er alles stehen- und liegenlassen, um Orchesterdirigent zu werden. Durch seine Willenskraft und seinen Reichtum war es ihm gelungen. Er war ein Bayreuth-Fanatiker; man erzählte sich, daß er in Pilgersandalen von München zu Fuß dorthin gewandert sei. Es war sonderbar, daß dieser Mann, der viel gelesen hatte, viel gereist war, verschiedene Berufe ausgefüllt und überall eine energische Persönlichkeit gezeigt hatte, in der Musik ein Hammel des Panurg geworden war. Seine ganze Originalität hatte er darauf verwendet, sich hierbei noch ein wenig dümmer als die andern anzustellen. Da er in musikalischer Hinsicht zuwenig selbstsicher war, um sich auf sein persönliches Empfinden zu verlassen, so folgte er knechtisch den Wagnerauslegungen, welche die in Bayreuth patentierten *Kapellmeister** und Künstler gaben. Er hätte am liebsten bis in die kleinsten Einzelheiten der Szenerie und der buntscheckigen Kostüme alles nachgeahmt, was den kindischen und barbarischen Geschmack des kleinen Hofes von Wahnfried entzückte. Er war vom Schlage jenes Michelangelo-Fanatikers, der in seinen Kopien sogar die Mauersprünge und

Schimmelflecke, welche sich in das heilige Werk geschlichen hatten, wiedergab, weil auch diese dadurch heilig geworden waren.

Christof konnte diesen beiden Persönlichkeiten keinen besonderen Geschmack abgewinnen. Aber sie waren Weltmänner, umgänglich und beide ziemlich gebildet. Laubers Unterhaltung blieb stets anregend, wenn man ihn auf ein anderes Thema als die Musik brachte. Übrigens war er ein Windhund; und die Windhunde mißfielen Christof nicht allzusehr: sie waren eine kleine Abwechslung gegenüber der niederschmetternden Banalität der vernünftigen Leute. Er wußte noch nicht, daß es nichts Niederschmetternderes gibt als einen Menschen, der unvernünftig tut, und daß Originalität noch viel seltener bei denen ist, die man sehr zu Unrecht „Originale" nennt, als bei der übrigen Herde. Denn diese sogenannten „Originale" sind einfach Verrückte, deren Denken nur noch wie ein Uhrwerk läuft.

Josias Kling und Lauber wünschten Christof zu gewinnen und waren daher zunächst voller Zuvorkommenheit gegen ihn. Kling widmete ihm einen schmeichelhaften Artikel, und Lauber bemühte sich, allen seinen Anweisungen in betreff seiner Werke, die er in einem der Vereinskonzerte dirigierte, zu folgen. Christof war davon gerührt. Leider wurde ihm der Eindruck dieser Zuvorkommenheit durch den Unverstand derer, die sie anstrebten, verdorben. Er besaß nicht die Fähigkeit, sich über Leute Illusionen zu machen, weil sie ihn bewunderten. Er war anspruchsvoll. Er stellte die Forderung, nicht als das Gegenteil dessen bewundert zu werden, was er war; beinahe sah er die, welche aus Irrtum seine Freunde waren, für Feinde an. So wußte er auch Kling durchaus keinen Dank dafür, daß dieser in ihm einen Jünger Wagners sah und Beziehungen zwischen seinen *Liedern** und Stellen aus dem *Ring* suchte, während sie nichts als einige Noten der Tonleiter gemeinsam hatten. Und es machte ihm nicht das geringste Vergnügen, eins seiner Werke – dicht neben dem wertlosen Machwerk eines

Wagnerschülers – zwischen zwei Kolossalblöcken des ewigen Bayreuther Götzen eingeklemmt mit anzuhören.

Es dauerte nicht lange, bis es ihm in dieser kleinen Gemeinde zum Ersticken wurde. Auch sie war eine Konservierungsanstalt, die sich ebenso beschränkt wie die alten gebärdete, und noch unduldsamer, weil sie noch nicht lange mit der Kunst zu tun hatte. Christof begann dadurch seine Illusionen in bezug auf den absoluten Wert irgendeiner Kunstform oder irgendeines Gedankensystems zu verlieren. Bis dahin hatte er gemeint, die großen Ideen trügen ihr Licht überallhin mit sich. Jetzt merkte er, wenn sich die Ideen auch noch so sehr wandelten, die Menschen blieben doch immer dieselben; und schließlich kam es nur auf die Menschen an: die Ideen paßten sich ihnen an. Waren sie minderwertig und knechtisch geboren, so wurde selbst die Genietat klein, wenn sie durch ihre Seelen hindurchging, und der Befreiungsschrei des Helden, der seine Ketten zerbrach, wurde zur Urkunde der Hörigkeit kommender Generationen. – Christof konnte sich nicht enthalten, diese Empfindungen auszudrücken. Er zog über den Kunstfetischismus her. Er erklärte, es dürfe keinerlei Götzen, keinerlei Klassiker geben, und nur der habe ein Recht, sich Erbe des Wagnerschen Geistes zu nennen, der fähig sei, ihn unter die Füße zu treten, um seinen geraden Weg zu gehen, immer vorwärts- und nie zurückschauend – der, welcher den Mut habe, sterben zu lassen, was sterben müsse, und in glühender Vermählung mit dem Leben zu bleiben. Klings Dummheit stimmte Christof streitlustig; er betonte die Fehler oder Lächerlichkeiten, die er bei Wagner fand. Darauf schrieben ihm die Wagnerianer eine wahnwitzige Eifersucht auf ihren Gott zu. Christof war seinerseits sicher, daß dieselben Leute, welche sich für Wagner begeisterten, seit er tot war, ihn als erste zu seinen Lebzeiten erdrosselt hätten. Darin tat er ihnen unrecht. Auch ein Kling und ein Lauber hatten ihre erleuchtete Stunde gehabt; vor einigen zwanzig Jahren waren sie im Vortrab gewesen; dann hatten sie wie die meisten Leute ihr Lager aufgeschlagen. Der Mensch hat so wenig Kraft, daß er nach dem ersten Aufstieg außer Atem anhält; sehr wenige haben genug Lungenstärke, um ihren Weg fortzusetzen.

Christofs Haltung verscherzte ihm schleunigst seine neuen Freunde. Ihre Sympathie war ein Handel; er mußte zu ihnen stehen, damit sie seine Partei ergriffen; es war nur allzu selbstverständlich, daß Christof nichts von sich selbst aufgab. Er ließ sich nicht fangen. So stellte man ihn kalt. Die Lobeserhebungen, die er den von der Clique abgestempelten Göttern und Götterchen verweigerte, wurden ihm verweigert. Man zeigte weniger Eifer, seine Werke aufzuführen; und manche fingen sogar an, dagegen aufzutreten, daß man seinen Namen allzuoft auf den Programmen sehe. Man machte sich hinter seinem Rücken über ihn lustig, und die Kritik tat das übrige. Indem Kling und Lauber sie gewähren ließen, schienen sie mit ihr verbündet. Immerhin hütete man sich wohl, mit Christof zu brechen; anfangs, weil den rheinischen Gemütern die halben Entschlüsse die natürlichsten sind, die Entschlüsse, die überhaupt keine sind und den Vorzug haben, eine ungewisse Situation ins unendliche zu verlängern; schließlich auch, weil man trotz allem wohl hoffte, ihn zu guter Letzt zu dem zu bringen, was man wollte, wenn nicht aus Überzeugung, dann aus Ermüdung.

Christof ließ ihnen dazu nicht die Zeit. Wenn er zu fühlen meinte, daß ein Mensch ihm ungünstig gesinnt war, es aber nicht zugeben wollte und, um im guten Einvernehmen mit ihm zu bleiben, sich etwas vorspiegelte, ruhte er nicht eher, als bis er ihm bewiesen hatte, daß sie Feinde seien. Nach einem Abend im *Wagnerverein**, an dem er auf eine Mauer versteckter Feindseligkeiten gestoßen war, hielt er nicht länger an sich und sandte Lauber seine nackte Austrittserklärung. Lauber begriff nicht; und Mannheim lief zu Christof und versuchte alles in Ordnung zu bringen. Aber schon bei den ersten Worten fuhr Christof auf.

„Nein, nein, nein und nochmals nein! Sprich mir nicht mehr von diesen Geschöpfen. Ich will sie nicht mehr sehen ... Ich kann nicht mehr, kann einfach nicht mehr ... Ich habe einen entsetzlichen Widerwillen gegen diese Menschen; es ist mir fast unmöglich, auch nur einem von ihnen ins Gesicht zu schauen."

Mannheim lachte aus vollem Herzen. Es lag ihm weit weniger daran, Christofs Aufregung zu besänftigen als ihren Anblick zu genießen.

„Ich weiß wohl, sie sind nicht gerade schön", sagte er; „aber das ist doch nicht seit heute. Was ist denn neuerdings vorgefallen?"

„Gar nichts. Nur habe ich persönlich genug davon ... Ja, lache nur, mache dich nur über mich lustig. Ich weiß schon, ich bin verrückt. Kluge Leute handeln nach den Gesetzen der gesunden Vernunft. Ich bin nicht so; ich bin ein Mensch, der nur seinen Impulsen folgt. Wenn sich in mir ein gewisses Quantum von Elektrizität angesammelt hat, muß es sich entladen, koste es, was es wolle; wenn es den andern dabei heiß und kalt wird, um so schlimmer für sie! Um so schlimmer für mich! Ich bin nicht dafür geschaffen, in Gesellschaft zu leben. Von nun an will ich nur noch mir gehören."

„Immerhin wirst du nicht behaupten, keinen Menschen nötig zu haben", meinte Mannheim. „Deine Musik kannst du dir nicht für dich allein vorspielen lassen. Du brauchst Sänger, Sängerinnen, ein Orchester, einen Dirigenten, ein Publikum, eine Claque ..."

Christof schrie:

„Nein! Nein! Nein!"

Das letzte Wort aber ließ ihn in die Höhe fahren.

„Eine Claque! Schämst du dich nicht?"

„Nun, reden wir von keiner bezahlten Claque (obgleich die doch das einzig bisher auffindbare Mittel ist, um dem Publikum den Wert eines Werkes klarzumachen). Aber eine Claque ist doch immer nötig: die Claque ist die kleine, gehörig abgerichtete Koterie. Jeder Autor hat eine: dazu sind ja die Freunde da."

„Ich will keine Freunde."

„Dann wirst du ausgepfiffen werden."

„Ich will ausgepfiffen werden!"

Mannheim war im siebenten Himmel.

„Selbst dies Vergnügen wirst du nicht lange haben. Man wird dich nicht spielen."

„Nun, dann meinetwegen! Meinst du, mir liegt daran, ein berühmter Mann zu werden? – Ja, ich war im besten Zuge, mit allen Kräften diesem Ziel zuzustreben ... Unsinn! Tollheit! Verblödung! – Als ob die Befriedigung gemeinster Eitelkeit ein Entgelt für all die Opfer wäre: Ärger, Leiden, Gemeinheiten, Plackereien, Erniedrigungen, entehrende Zugeständnisse – und womit man sonst noch den Ruhm bezahlen muß! Da sollen mich doch zehntausend Teufel holen, wenn solche Sorgen mir noch einmal das Gehirn zermürben! Nichts mehr von alldem! Ich will nichts mit dem Publikum und der Öffentlichkeit zu tun haben. Die Öffentlichkeit ist eine infame Kanaille. Ich will ein Privatmann sein, für mich leben und für die, welche ich liebe ..."

„So ist's recht", sagte Mannheim ironisch. „Man soll einen Beruf ergreifen. Warum willst du nicht Schuster werden?"

„Ach! Wäre ich nur ein Flickschuster wie der unvergleichliche Sachs!" schrie Christof. „Wie froh würde sich mein Leben gestalten! In der Woche Schuster, sonntags Musiker, und nur im kleinen Kreis zu meinem und einiger Freunde Vergnügen! Das wäre ein Dasein! – Bin ich ein Narr, Zeit und Mühe für das großartige Vergnügen zu opfern, dem Urteil der Dummköpfe zur Beute zu fallen? Ist es denn nicht viel besser und schöner, von ein paar braven Leuten geliebt und verstanden zu werden als von tausend Idioten angehört, bekrittelt oder umschmeichelt zu sein? – Der Hochmutsteufel, der Ruhmsuchtsdämon soll mich nicht wieder bei den Haaren kriegen: da kannst du dich auf mich verlassen!"

„Ganz gewiß“, sagte Mannheim.

Er dachte:

In einer halben Stunde wird er das Gegenteil sagen!

Und seelenruhig schloß er:

„Also nicht wahr, das mit dem *Wagnerverein** bringe ich in Ordnung?“

Christof rang die Hände.

„Dazu muß ich mir seit einer Stunde die Lungen ausschreien, um dir das Gegenteil klarzumachen! – Ich sage dir, daß ich nie wieder den Fuß dahin setze. Ich habe ein Grauen vor all diesen *Wagnervereinen**, vor all diesen *Vereinen**, all diesen Hammelherden, in denen sich eins an das andere drängt, um gemeinsam zu blöken. Geh und sag den Hammeln von mir: Ich bin ein Wolf, ich habe Zähne, ich bin nicht zum Weiden gemacht!“

„Gut, gut, sie sollen's hören“, meinte Mannheim, indem er, höchst befriedigt von seinem Vormittag, davonging. Er dachte:

Er ist verrückt, reif fürs Narrenhaus!

Seine Schwester, der er seine Unterhaltung schleunigst wiedererzählte, zuckte die Achseln und sagte:

„Verrückt? Er möchte sich gern den Anschein geben! – Er ist dumm und lächerlich eingebildet...“

Unterdessen führte Christof seinen wütenden Feldzug in der Zeitschrift von Waldhaus fort. Nicht etwa, weil es ihm Vergnügen machte: der Kritik war er sterbensüberdrüssig, und er war nahe daran, alles zum Teufel zu schicken. Aber da man sich bemühte, ihm den Mund zu verbieten, wurde er widerspenstig: er wollte nicht den Anschein erwecken, als ob er nachgäbe.

Waldhaus fing an, besorgt zu werden. Solange er inmitten der Schlägerei unverletzt geblieben war, hatte er dem Schlachtgetümmel mit der Ruhe eines olympischen Gottes zugeschaut. Seit einigen Wochen aber schienen die andern Zeitungen das Bewußtsein von der Unverletzlichkeit seiner Person zu verlieren. Sie hatten sich darangemacht, ihn in seiner Schriftstellereitelkeit anzugreifen, und zwar mit solcher Bosheit, daß Waldhaus, wäre er scharfsinniger gewesen, darin wohl die Kralle eines Freundes hätte wiedererkennen können. Und wirklich geschahen diese Angriffe auf heimtückische Antriebe Ehrenfelds und Goldenrings hin: sie sahen nur noch dies Mittel, um ihn dazu zu bewegen, Christofs Polemik ein Ende zu machen. Sie rechneten richtig. Waldhaus erklärte auf der Stelle, daß Christof anfange, ihn zu ärgern; und er hörte auf, ihn zu unterstützen. Die ganze Redaktion zerbrach sich nun den Kopf darüber, wie man ihn zum Schweigen bringen könne. Aber legt doch einem Hund einen Maulkorb an, während er dabei ist, seine Beute zu verschlingen! Alles, was man Christof vorredete, reizte ihn nur noch mehr. Er nannte sie Memmen und erklärte, er werde alles sagen – alles, was er die Pflicht zu sagen habe. Es stehe ihnen ja frei, ihn vor die Tür zu setzen! Dann werde die ganze Stadt wissen, daß sie genauso feige wie die anderen seien; aber von selber werde er nicht gehen.

Sie schauten einander verblüfft an und warfen Mannheim das Geschenk, das er ihnen gemacht hatte, als er ihnen diesen Tollhäusler zuführte, bitter vor. Mannheim, der immer noch lachte, machte sich anheischig, Christof ganz allein zu bändigen; und er wettete, daß Christof vom nächsten Aufsatz an seinen Wein mit Wasser mischen werde. Sie blieben ungläubig. Aber die Tatsache bewies, daß Mannheim sich nicht zu sehr gerühmt hatte. Christofs nächster Artikel enthielt, wenn er auch nicht gerade ein Muster an Höflichkeit war, nicht eine unfreundliche Bemerkung, gegen wen es auch immer sei. Mannheims Mittel war höchst einfach, alle wunderten sich hinterher, warum sie nicht früher darauf gekommen waren. Christof überlas niemals, was er für die Zeitschrift schrieb; kaum sah er die Probeabzüge seiner Aufsätze durch, und dann nur höchst flüchtig und schlecht. Adolf Mai hatte ihm deswegen verschiedentlich süßsaure Vorstellungen gemacht; er sagte, daß ein Druckfehler eine Zeitschrift schände; und Christof, der die Kritik nicht ganz als Kunst betrachtete, antwortete darauf, daß der, von dem er schlecht spreche, es immer noch genügend verstehen werde. Mannheim benutzte die Gelegenheit; er sagte, Christof habe recht; das Lesen von Korrekturen sei Arbeit für einen Druckereifaktor; und er bot ihm an, sie ihm abzunehmen. Christof zerfloß fast vor Dankbarkeit; aber alle versicherten ihm einstimmig, daß mit diesem Abkommen ihnen allen gedient sei, da es der Redaktion einen Zeitverlust erspare. Christof überließ seine Abzüge also Mannheim und bat ihn, sie recht gut zu verbessern. Daran ließ es Mannheim nicht fehlen: Er machte sich den schönsten Zeitvertreib daraus. Zunächst wagte er nur, einige Ausdrücke vorsichtig zu mildern, hier und dort einige unfreundliche Beiworte fallenzulassen. Nachdem ihn aber der Erfolg kühn gemacht hatte, trieb er die Versuche weiter; er fing an, die Sätze und den Sinn zu überarbeiten; er brachte das mit wahrer Kunstfertigkeit zustande; alles kam darauf an, den Grundstamm des Satzes und seine charakteristische Art beizubehalten und doch gerade das Gegenteil von dem, was Christof hatte sagen wollen, zu sagen. Mannheim gab sich mehr Mühe, Christofs Artikel zu entstellen, als er darauf verwandt hätte, einen zu schreiben; nie im Leben hatte er soviel gearbeitet. Aber er genoß das Resultat: einige Musiker, die Christof bis dahin mit seinen Sarkasmen verfolgt hatte, waren ganz verblüfft, ihn sich nach und nach besänftigen zu sehen und ihn schließlich ihr Loblied singen zu hören. Die Zeitschrift schwamm in Wonne. Mannheim las ihnen die Erzeugnisse seiner nächtlichen Arbeiten vor. Schallendes Gelächter ertönte. Ehrenfeld und Goldenring sagten manchmal zu Mannheim:

„Nimm dich in acht! Du gehst zu weit!"

„Keine Gefahr!" antwortete Mannheim.

Und er trieb es immer ärger.

Christof merkte nichts. Er kam in die Redaktion, brachte sein Manuskript und kümmerte sich um nichts weiter. Manchmal geschah es, daß er Mannheim beiseite zog.

„Diesmal hab ich es den Kanaillen ordentlich gegeben. Lies einmal . . .“

Mannheim las.

„Nun, was sagst du dazu?“

„Entsetzlich! Mein Lieber, du läßt nichts mehr übrig!“

„Was meinst du, was sie sagen werden?“

„Oh, es wird einen Heidenlärm geben!“

Aber es gab durchaus keinen Heidenlärm. Im Gegenteil, die Gesichter um Christof hellten sich auf; Leute, die er verabscheute, grüßten ihn auf der Straße. Einmal erschien er unruhig und mit krauser Stirn in der Redaktion; er warf eine Visitenkarte auf den Tisch und fragte:

„Was soll das heißen?“

Es war die Karte eines Musikers, dem er gerade das Genick gebrochen hatte, und auf der Karte stand:

Mit vielem Dank.

Mannheim antwortete lachend:

„Er ist ironisch.“

Christof war erleichtert.

„Uff!“ meinte er. „Ich hatte schon Angst, mein Aufsatz mache ihm Vergnügen.“

„Er ist wütend“, sagte Ehrenfeld, „aber er will sich nichts merken lassen. Er spielt den Überlegenen, er spöttelt.“

„Er spöttelt? – Der Schweinehund!“ meinte Christof, von neuem empört. „Ich werde ihm einen anderen Artikel schreiben. Wer zuletzt lacht, lacht am besten!“

„Nein, nein!“ sagte Waldhaus besorgt. „Ich glaube gar nicht, daß er sich lustig macht. Das ist Demut, er ist ein guter Christ: man schlägt ihn auf eine Backe, er hält die andere hin.“

„Noch besser!“ rief Christof. „So ein Feigling! Nun, er soll seine Tracht Prügel bekommen!“

Waldhaus wollte sich ins Mittel legen. Aber die andern lachten.

„Laß doch ...", sagte Mannheim.

„Na schließlich ...", meinte Waldhaus, plötzlich wieder besänftigt. „Ein bißchen mehr oder weniger!"

Christof ging fort. Die Verschworenen ergingen sich in Luftsprüngen und tollem Gelächter. Als sie sich ein wenig beruhigt hatten, sagte Waldhaus zu Mannheim:

„Immerhin, du, es hätte wenig gefehlt ... Gib bitte acht! Er wird uns noch ertappen."

„Ph!" meinte Mannheim. „Wir haben noch schöne Zeiten vor uns ... Und dann werbe ich ihm ja Freunde!"

ZWEITER TEIL

VERSINKEN

Soweit war Christof in seinen ungeschickten Versuchen, die deutsche Kunst zu reformieren, gelangt, als eine französische Schauspielertruppe in die Stadt kam. Richtiger gesagt: ein Trupp. Denn wie gewöhnlich war es ein Haufen wer weiß, wo aufgelesener armer Teufel und junger unbekannter Schauspieler, die nur allzu glücklich waren, ausgebeutet zu werden, wenn sie überhaupt auftreten durften. Die ganze Gesellschaft war dem Siegeswagen einer berühmten alten Schauspielerin vorgespannt, die eine Tournee durch Deutschland machte und bei der Durchreise in der kleinen Residenzstadt drei Vorstellungen geben wollte.

In der Zeitschrift von Waldhaus schlug man großen Lärm. Mannheim und seine Freunde waren im literarischen und mondänen Pariser Leben zu Hause oder behaupteten doch wenigstens, es zu sein; sie wiederholten das Geschwätz, das sie aus den Boulevard-Zeitungen aufgefangen und mehr oder weniger verstanden hatten, und wollten so französische Geisteskultur in Deutschland repräsentieren. Das hieß Christof den Wunsch, sie näher kennenzulernen, nehmen, denn Mannheim ödete ihn mit seinen Lobliedern auf Paris an. Er war mehrmals dort gewesen, hatte dort einen Teil seiner Familie – in allen Teilen Europas hatte er Familie, und überall hatte diese die Nationalität des Landes angenommen und sich Würdenämter verschafft. Ein englischer Lord, ein belgischer Senator, ein französischer Minister, ein Reichstagsabgeordneter und ein päpstlicher Graf gehörten zu diesem Stämmchen Abrahams; und obgleich sie alle ihren gemeinsamen Ursprung achteten und sich in ihrer Rasse vereint fühlten, waren sie doch aufrichtige Engländer, Franzosen, Deutsche oder Papisten; denn ihr Stolz zweifelte nicht einen Augenblick, daß das Land, das sie zu ihrem eigenen gemacht hatten, das beste von allen sei. Mannheim war der einzige, dem es aus Paradoxie Spaß machte, alle Länder, zu denen er nicht gehörte, vorzuziehen. So sprach er denn oft und mit Begeisterung von Paris; doch stellte er, um das Lob der Pariser zu singen, sie wie halb Verrückte, wie Wollüstlinge und Großmäuler dar, die ihre Zeit damit hinbrachten, die Nächte zu durchbummeln und Revolutionen zu machen, ohne sich selbst je ernst zu nehmen; so fühlte sich Christof von der „byzantinischen und dekadenten Republik jenseits der Vogesen“ wenig angelockt. Leichtgläubig stellte er sich Paris etwa so vor, wie es auf einem primitiven Stich aussah, den er auf dem Buchtitel einer kürzlich erschienenen Sammlung deutscher Kunstbücher gesehen hatte. Im Vordergrund der Dämon von Notre-Dame, der zusammengekauert über die Dächer der Stadt schaut, und dazu die Inschrift:

Nach seinem Fraß über der großen Stadt
Giert der ewigen Geilheit Vampir nimmersatt

Als guter Deutscher hegte er tiefe Verachtung für die ausschweifenden Welschen und ihre Literatur, von der er kaum einige zotige Possen, den *Aiglon, Madame Sans-Gêne* und Tingeltangellieder kannte. Der Snobismus der Kleinstadt trieb jetzt die bekanntermaßen für Kunst unempfindlichsten Leute dazu, sich zum Vorverkauf zu drängen und sich auffällig Plätze zu reservieren, was Christof veranlaßte, der großen Komödiantin gegenüber eine verächtlich-gleichgültige Haltung anzunehmen. Nicht einen Schritt würde er tun, um sie zu sehen, sagte er rebellisch. Es wurde ihm um so leichter, sein Versprechen zu halten, als die Plätze äußerst teuer waren und er sie nicht bezahlen konnte.

Das Repertoire, das die französische Truppe nach Deutschland brachte, umfaßte zwei oder drei klassische Stücke; in der Hauptsache aber setzte es sich aus jenen Nichtigkeiten zusammen, die recht eigentlich Pariser Exportartikel sind; denn es gibt nichts Internationaleres als die Mittelmäßigkeit. *La Tosca,* die erste Vorstellung der reisenden Schauspielerin, kannte Christof bereits; er hatte sie deutsch gehört, und zwar mit all den leichten Reizen ausgestattet, die eine kleine rheinische Theatergruppe einem französischen Werk verleihen kann. Als er seine Freunde ins Theater gehen sah, fand er mit einem spöttischen Lachen, daß er es recht gut habe, das Stück nicht noch einmal hören zu müssen. Am nächsten Morgen aber folgte er dennoch mit aufmerksamem Ohr den begeisterten Schilderungen, die sie von dem Abend entwarfen; er war wütend, weil er sich sogar des Rechtes zum Widerspruch beraubt hatte, als er das, wovon alle Welt redete, nicht hatte sehen wollen.

Die zweite angekündigte Vorstellung sollte eine französische Übersetzung des *Hamlet* sein. Christof hatte niemals die Gelegenheit vorübergehen lassen, ein Shakespeare-Stück zu sehen. Shakespeare war für ihn ebenso wie Beethoven eine unerschöpfliche Lebensquelle. *Hamlet* war ihm in jener Zeit der Ruhelosigkeit und der aufrührerischen Zweifel, die er eben durchkämpft hatte, besonders teuer gewesen. Trotz der Furcht, sich in diesem Zauberspiegel selbst wiederzufinden, wurde er von ihm in Bann gehalten; und er strich um die Theaterzettel herum, ohne sich einzugestehen, daß er vor Begierde brannte, einen Platz zu nehmen. Nach allem aber, was er seinen Freunden gesagt, hatte er sich so in seinen Trotz verbissen, daß er nicht zurück wollte. Und er wäre wie am vorigen Abend zu Hause geblieben, wenn ihn nicht im Augenblick seiner trübseligen Heimkehr der Zufall mit Mannheim zusammengeführt hätte.

Mannheim hielt ihn am Arm fest und erzählte ihm mit wütender Miene, wobei er aber unaufhörlich Witze machte, eine Schwester seines Vaters, ein altes Kamel, sei mit ihrer ganzen Sippe ihnen unversehens ins Haus gefallen und sie müßten nun zu ihrem Empfang zu Hause bleiben. Er habe versucht zu entwischen; aber sein Vater verstehe in bezug auf verwandtschaftliche Etikettenfragen und das, was man den Ahnen schulde, keinen Spaß; und da er sich augenblicklich wegen einer Kleinigkeit, die er aus seinem Vater herauslocken wolle, mit ihm gut stellen müsse, habe er nachgegeben und auf die Vorstellung verzichten müssen.

„Ihr hattet eure Billets schon?“ fragte Christof.

„Natürlich! Eine prachtvolle Loge; und zum Überfluß soll ich sie diesem Trottel von Grünebaum, Papas Associé, hintragen – ich bin gerade auf dem Weg –, damit er sich mit Mutter Grünebaum und seiner Gans von Tochter darin bläht. Zu reizend! – Ich überlege eben, was ich ihnen wenigstens recht Unangenehmes sagen könnte. Aber das ist ihnen höchst gleichgültig, falls ich ihnen nur die Billetts bringe; lieber wäre es ihnen freilich, wenn es Bankbilletts wären!“

Plötzlich hielt er mit offenem Munde inne und schaute Christof an.

„Oh! – Aber da hab ich's ja! – Da hab ich ja, was ich brauche!“

Er gluckste vergnügt.

„Christof, du gehst ins Theater!“

„Nein.“

„Doch, bitte. Geh ins Theater. Du erweist mir eine Gefälligkeit. Du kannst sie mir nicht abschlagen.“

Christof begriff nicht.

„Aber ich habe doch keinen Platz.“

„Da hast du ihn!“ rief Mannheim triumphierend und zwang ihm das Billett in die Hand.

„Du bist verrückt“, sagte Christof. „Und was wird aus der Bestellung deines Vaters?“

Mannheim wand sich vor Lachen.

„Der wird einen Zorn haben!“ meinte er.

Er trocknete sich die Augen und schloß:

„Ich werde ihn morgen früh beim Aufstehen anpumpen, bevor er noch irgend etwas weiß.“

„Ich kann das nicht annehmen", sagte Christof, „da ich weiß, daß es ihm unangenehm ist."

„Du hast gar nichts zu wissen, du weißt nichts, das geht dich nichts an."

Christof hatte das Billett entfaltet.

„Und was soll ich mit einer Loge von vier Plätzen anfangen?"

„Alles, was du magst. Du schläfst im Hintergrund oder führst, wenn du Lust hast, einen Tanz darin auf. Nimm Weiber mit. Du wirst doch ein paar haben? Sonst kann man dir auch welche leihen."

Christof streckte Mannheim das Billett hin.

„Nein, wirklich, nimm es wieder."

„Nie im Leben", meinte Mannheim und wich einige Schritte zurück. „Ich kann dich nicht dazu zwingen hinzugehen, wenn es dich langweilt; aber zurück nehme ich es nicht. Du hast freie Hand, es ins Feuer zu werfen oder es selbst als Tugendheld zu Grünebaum zu tragen. Das geht mich nichts mehr an. Guten Abend!"

Er machte sich davon und ließ Christof mitten auf der Straße mit seinem Billett in der Hand stehen.

Christof war recht verlegen. Er sagte sich wohl, daß es am richtigsten wäre, Grünebaum die Plätze hinzutragen; aber dieser Gedanke begeisterte ihn durchaus nicht. Unentschieden ging er heim; und als er zufällig auf die Uhr schaute, sah er, daß es gerade noch Zeit war, sich für das Theater anzuziehen. Es wäre immerhin zu dumm gewesen, das Billett verfallen zu lassen. Er schlug seiner Mutter vor, sie hinzuführen. Luise aber erklärte, daß sie sich viel lieber schlafen lege. So ging er. Im Grunde hatte er eine kindliche Freude. Nur etwas ärgerte ihn: daß er das Vergnügen allein genießen sollte. In bezug auf Vater Mannheim oder die Grünebaums, denen er die Loge fortnahm, empfand er keinerlei Gewissensbisse. Aber denen gegenüber, die sonst mit ihm hätten teilen können, fühlte er sie. Er dachte, wieviel Freude solche Vorstellung jungen Leuten wie ihm machen könnte; und es quälte ihn, daß er sie ihnen nicht verschaffen sollte. Er suchte in seinen Gedanken, fand aber niemand, dem er das Billett hätte anbieten können. Überdies war es spät, und er mußte eilen.

Als er im Theater an der geschlossenen Kasse vorüberkam, verkündete ihm ein Plakat, daß kein einziger Platz mehr zu haben sei. Unter den jungen Leuten, die ärgerlich umkehrten, bemerkte er ein junges Mädchen, das sich nicht zum Fortgehen entschließen konnte und alle Eintretenden mit neidvollem Ausdruck anschaute. Sie war sehr einfach schwarz gekleidet, nicht sehr groß, hatte ein schmales Gesicht und sah zart aus. Ob sie häßlich oder hübsch war, merkte er im Augenblick nicht. Er war an ihr vorbeigeschritten, hielt nun an, wandte sich um, und ohne lange zu überlegen, fragte er geradezu:

„Sie haben keinen Platz mehr gefunden?"

Sie errötete und sagte mit fremdländischem Tonfall:

„Nein, leider nicht."

„Ich habe eine Loge, mit der ich allein nichts anfangen kann. Wollen Sie sie mit mir benutzen?"

Sie errötete noch mehr, dankte und entschuldigte sich, das nicht annehmen zu können. Christof wurde durch die Ablehnung verlegen; er entschuldigte sich nun seinerseits und versuchte sie zu überreden; aber es gelang ihm nicht, sie umzustimmen, obgleich sie ersichtlich die größte Lust dazu verspürte. Er war sehr verblüfft, entschloß sich aber schnell.

„Hören Sie", sagte er, „es gibt einen Ausweg, und alles ist in Ordnung: nehmen Sie das Billett. Mir liegt nicht soviel daran, ich habe das Stück schon gesehen. (Er renommierte.) Ihnen wird das mehr Spaß machen als mir. Nehmen Sie es, es ist gern geschehen."

Das junge Mädchen war von dem Anerbieten und der herzlichen Art, in der es gemacht wurde, so gerührt, daß ihr fast die Tränen in die Augen traten. Sie stammelte voller Dankbarkeit, daß sie ihn auf keinen Fall berauben würde.

„Nun also, dann kommen Sie doch mit", meinte er lächelnd.

Sein Ausdruck war so gut und offen, daß sie sich schämte, ihn zurückgewiesen zu haben; und sie antwortete ein wenig verwirrt:

„Ich komme . . . Vielen Dank."

Sie traten ein. Die Loge der Mannheims war eine weitoffene Mittelloge – unmöglich, sich darin zu verstecken. Selbstverständlich blieb ihr Eintreten nicht unbemerkt. Christof ließ das junge Mädchen in der ersten Reihe sitzen, er selbst hielt sich ein wenig im Hintergrund, um sie nicht zu belästigen. Sie saß gerade und steif da, war entsetzlich verschüchtert und wagte nicht, den Kopf umzudrehen; sie hätte viel darum gegeben, doch nicht zugesagt zu haben. Christof sah absichtlich nach der entgegengesetzten Richtung, weil er ihr Zeit lassen wollte, sich zu fassen, und auch nicht recht wußte, was er mit ihr reden solle. Überall, wohin er auch schaute, konnte er leicht feststellen, daß seine und seiner unbekannten Begleiterin Gegenwart inmitten der glänzenden Gesellschaft der Logenbesucher die Neugierde und die Deutelei der Kleinstadt hervorrief. Allen, die ihn anschauten, warf er wütende Blicke zu; außer sich war er, daß man sich hartnäckig mit ihm beschäftigte, während er sich doch gar nicht um die anderen kümmerte. Auf den Gedanken kam er nicht, daß diese zudringliche Neugierde mehr noch seiner Begleiterin als ihm gelte, und ihr in einer verletzenderen Art. Um seine völlige Gleichgültigkeit allem gegenüber, was man sagen oder denken mochte, zu zeigen, neigte er sich zu seiner Nachbarin und fing mit ihr zu plaudern an. Sie aber zeigte eine so verstörte Miene, als er mit ihr sprach, schien so unglücklich, ihm antworten zu müssen, und es wurde ihr so schwer, sich ein Ja oder Nein abzuringen, wobei sie ihn nicht einmal anzuschauen wagte, daß er mit ihrer Scheu Mitleid hatte und sich wieder in seinen Winkel zurückzog. Glücklicherweise begann die Vorstellung.

Christof hatte den Theaterzettel nicht gelesen und sich kaum darum gekümmert, welche Rolle die große Schauspielerin spielte: er gehörte zu den naiven Gemütern, die um des Stückes und nicht um der Darsteller willen ins Theater gehen. Er hatte sich nicht gefragt, ob die Berühmtheit Ophelia oder die Königin darstellen werde; hätte er es sich gefragt, würde er, dem Alter der beiden gemäß, für die Königin gestimmt haben. Niemals aber wäre er auf den Gedanken gekommen, daß sie Hamlet spielen könnte. Als er es merkte, als er die aufgezogene Puppenstimme vernahm, dauerte es eine gute Weile, bevor er es glaubte...

„Ja, wer – wer ist denn das?" sagte er halblaut. „Das ist doch nicht etwa..."

Und als er feststellen mußte, daß das wirklich Hamlet war, stieß er einen Fluch aus, den seine Nachbarin als Ausländerin glücklicherweise nicht verstand, den man aber in der Nebenloge ganz deutlich vernahm. Denn von dort wurde ihm umgehend der empörte Befehl zuteil, sich still zu verhalten. So zog er sich denn in den Hintergrund der Loge zurück, um nach Belieben zu toben. Sein Zorn besänftigte sich nicht. Bei einiger Gerechtigkeit hätte er der eleganten Hosenrolle wie dem Kraftstück der Kunst, das einer sechzigjährigen Frau erlaubte, sich im Kostüm eines Jünglings zu zeigen und darin sogar schön zu erscheinen – wenigstens für wohlwollende Augen –, Achtung gezollt. Aber er haßte Kraftstücke und alles, was die Natur fälscht. Er liebte es, wenn eine Frau eine Frau und ein Mann ein Mann war (was heute durchaus nicht selbstverständlich ist). Die kindliche und ein wenig lächerliche Verkleidung von Beethovens Leonore war ihm schon nicht angenehm. Dieser Hamlet aber überstieg alles, was man an Widersinnigkeit träumen konnte. Aus dem robusten Dänen, der feist und bleich, cholerisch, ränkevoll, grüblerisch und von Halluzinationen geplagt ist, eine Frau zu machen – nicht einmal eine Frau, denn eine Frau, die den Mann spielt, wird nie etwas anderes als ein Monstrum sein –, aus diesem Hamlet einen Eunuchen zu machen, ein unklares Zwitterding, dazu gehörte die ganze schlaffe Verschwommenheit der Zeit, die ganze Albernheit der Kritik; sonst hätte dieser widerliche Blödsinn nicht einen einzigen Tag, ohne ausgezischt zu werden, geduldet werden können! Die Stimme der Schauspielerin brachte Christof vollends außer sich. Sie hatte ganz die singende, tremolierende Aussprache und den monotonen Gesangston, der seit den Zeiten der Madame de Champmeslé dem unpoetischsten Volk der Welt stets teuer gewesen zu sein scheint. Christof war dermaßen aufgebracht, daß er die Wände hätte hinaufkriechen mögen. Er hatte der Bühne den Rücken zugekehrt und schnitt der Logenwand zornige Grimassen wie ein Kind, das man in die Ecke gestellt hat. Zum Glück wagte seine Begleiterin nicht, sich nach ihm umzuschauen; denn hätte sie ihn gesehen, würde sie ihn für verrückt gehalten haben.

Plötzlich hörte Christofs Grimassenschneiden auf. Er blieb unbeweglich und schwieg. Eine schöne musikalische Stimme, eine junge Frauenstimme, fing ernst und süß zu tönen an. Christof spitzte die Ohren. Je länger sie sprach, um so neugieriger wandte er sich auf seinem Stuhl der Bühne zu, um den Vogel zu betrachten, der solch Gezwitscher hören ließ. Er sah Ophelia. Allerdings hatte sie nichts von der Shakespeareschen Ophelia. Sie war ein schönes großes Mädchen, kräftig und schlank wie eine junge griechische Statue: Elektra oder Kassandra. Sie strömte von Leben über. Trotz aller ihrer Anstrengungen, sich in ihre Rolle zu zwingen, strahlte die in ihr wohnende Jugend und Freude aus ihrem Körper, ihren Bewegungen, ihren Gebärden, ihre braunen lachenden Augen. Und so groß ist eines schönen Körpers Macht, daß es Christof, der noch im Augenblick vorher der Wiedergabe Hamlets gegenüber unerbittlich war, nicht eine Sekunde lang einfiel, zu bedauern, daß Ophelia dem Bilde, das er sich von ihr gemacht hatte, kaum glich; reuelos opferte er das Ideal der Wirklichkeit. Aus der unbewußten Unehrlichkeit leidenschaftlicher Menschen heraus fand er sogar eine tiefe Wahrheit in der jugendlichen Glut, die auf dem Grunde dieses reinen und sinnlichen Jungfrauenherzens brannte. Vollends bezauberte ihn die magische Kraft dieser klaren, warmen und samtenen Stimme: jedes Wort klang wie ein schöner Akkord. Rings um die Silben tanzte ganz leise, gleich dem Duft von Thymian und wilder Myrte, in sich bäumenden Rhythmen der Tonfall des Südens. Seltsame Erscheinung: eine Ophelia aus der Gegend von Arles! Sie brachte ein wenig von ihrer goldenen Sonne und ihrem tollen Mistral mit.

Christof vergaß seine Nachbarin, setzte sich neben sie in die vordere Logenreihe und ließ keinen Blick von der schönen Schauspielerin, deren Namen er nicht kannte. Das Publikum jedoch, das durchaus nicht gekommen war, um eine Unbekannte zu sehen, zollte ihr keine Aufmerksamkeit; und es entschloß sich erst zu klatschen, wenn das Hamletweib auftrat. Christof brummte empört und rief mit leiser Stimme, die aber zehn Schritt im Umkreis zu hören war, dem Publikum „Esel" zu.

Erst als sich der Vorhang zur Pause senkte, erinnerte er sich des Daseins seiner Logennachbarin; und da er sie immer noch so eingeschüchtert fand, dachte er lächelnd, wie sehr er sie durch seine Ausfälle erschreckt haben müsse. – Er täuschte sich darin nicht: die junge Mädchenseele, welche der Zufall ihm für ein paar Stunden nahe gebracht hatte, war von fast krankhafter Zurückhaltung; nur außergewöhnliche Erregtheit konnte ihr den Mut gegeben haben, Christofs Einladung anzunehmen. Und kaum hatte sie zugesagt, als sie auch schon um alles in der Welt wünschte, freizukommen, eine Ausrede zu finden, zu entfliehen. Noch viel schlimmer wurde es, als sie sich als Gegenstand der allgemeinen Aufmerksamkeit sah; und ihr Unbehagen wuchs beständig, je länger sie hinter ihrem Rücken – umzuwenden wagte sie sich nicht – die dumpfen Verwünschungen und Scheltreden ihres Begleiters vernahm. Sie war von seiner Seite auf alles gefaßt, und als er sich gar neben sie setzte, war sie vor Entsetzen erstarrt; was für eine Tollheit würde er nun begehen? Sie wäre am liebsten hundert Klafter unter der Erde gewesen. Unwillkürlich rückte sie von ihm ab; sie hatte Furcht, ihn nur zu streifen.

Doch alle ihre Befürchtungen sanken zusammen, als die Pause gekommen war und sie ihn gutmütig sagen hörte: „Ich bin ein recht unangenehmer Nachbar, nicht wahr? Ich bitte Sie um Verzeihung."

Da schaute sie ihn an und sah wieder sein gutes Lächeln, das sie vorhin zur Annahme der Einladung bestimmt hatte.

Er fuhr fort:

„Ich kann aus dem, was ich denke, keinen Hehl machen... Es ist doch aber auch zu stark! – Dieses Weib, diese alte Frau!"

Er schnitt von neuem ein angewidertes Gesicht.

Sie lächelte und sagte sehr leise:

„Trotz allem, es ist doch schön."

Er merkte ihre fremde Aussprache und fragte:

„Sie sind Ausländerin?"

„Ja", sagte sie.

Er schaute auf ihr bescheidenes Kleidchen.

„Lehrerin?" fragte er.

Sie errötete und sagte:

„Ja."

„Aus welchem Land?"

„Ich bin Französin."

Er machte eine erstaunte Gebärde.

„Französin? Das hätte ich nie gedacht."

„Warum?" fragte sie schüchtern.

„Sie sind so . . . gesetzt!" sagte er.

(Sie dachte, daß das in seinem Munde keine volle Schmeichelei sei.)

Ganz verwirrt sagte sie: „Es gibt auch solche in Frankreich."

Er sah in ihr verständiges kleines Gesicht mit der gewölbten Stirn, der geraden kleinen Nase, dem feinen Kinn, den mageren Wangen, die von kastanienbraunen Haaren umrahmt waren. Er sah sie nicht: er dachte an die schöne Schauspielerin. Er wiederholte:

„Sonderbar, daß Sie Französin sind! – Wirklich, Sie stammen aus demselben Lande wie Ophelia? Man würde es nie glauben."

Und nach einem Augenblick des Schweigens fügte er hinzu:

„Wie schön sie ist!"

Und er merkte gar nicht, daß es den Anschein hatte, als ziehe er zwischen ihr und seiner Nachbarin einen für diese unfreundlichen Vergleich. Sie fühlte das sehr wohl; aber sie war Christof deswegen nicht böse, denn sie dachte wie er. Er suchte von ihr einige Einzelheiten über die Schauspielerin zu erfahren, doch sie wußte nichts; man merkte, sie war in Theaterangelegenheiten sehr wenig bewandert.

„Es macht Ihnen gewiß Vergnügen, französisch sprechen zu hören?" meinte er.

Er glaubte zu scherzen, aber er hatte richtig getroffen.

„Ach!" sagte sie mit einem Ton, der aus dem Herzen kam und ihn aufhorchen ließ. „Es tut mir so wohl! Ich ersticke hier."

Diesmal sah er sie genauer an: Sie krampfte leicht die Hände ineinander und schien niedergedrückt. Aber gleich darauf fiel ihr ein, wie verletzend ihre Worte für ihn sein konnten.

„Oh, Verzeihung!" sagte sie. „Ich weiß nicht, was ich rede."

Er lachte hell.

„Aber entschuldigen Sie sich doch nicht! Sie haben außerordentlich recht. Man braucht nicht Franzose zu sein, um hier zu ersticken. Uff!"

Er dehnte die Schultern, indem er die Luft einsog.

Sie aber schämte sich, soviel von sich verraten zu haben, und schwieg von nun an. Außerdem begann sie zu merken, daß man in den Nachbarlogen ihre Unterhaltung belauerte; und auch er sah es voller Zorn. So brachen sie ab; und er ging, um das Ende der Pause abzuwarten, in den Gang hinaus. Die Worte des jungen Mädchens klangen in seinen Ohren nach; aber er war zerstreut: das Bild Ophelias beschäftigte seine Gedanken. In den folgenden Aufzügen bemächtigte es sich seiner vollständig. Und als die schöne Schauspielerin zu dem Wahnsinnsauftritt und den schwermütigen Liedern von Liebe und Tod kam, wußte ihre Stimme so rührende Töne zu finden, daß sie ihn erschütterten; er fühlte, gleich würde er anfangen zu heulen. Ihm selbst schien das ein Zeichen von Schwäche, und er war wütend auf sich selbst (denn er gestand einem wahren Künstler durchaus nicht das Recht zu weinen zu); da er außerdem kein Schauspiel geben wollte, stand er heftig auf und trat aus der Loge. Die Gänge, das Foyer waren leer. In seiner Erregtheit schritt er die Treppen des Theaters hinunter und, ohne daß er es merkte, hinaus. Er fühlte das Bedürfnis, die kalte Nachtluft zu atmen, mit großen Schritten durch die dunklen, halbverlassenen Straßen zu wandern. Am Ufer eines Kanals, auf die Mauerbrüstung gestützt, kam er wieder zu sich und betrachtete das stille Wasser, in dessen Dunkel der Widerschein der Straßenlaternen tanzte. Ihm glich seine Seele: sie war dunkel und bebte. Er konnte nichts anderes in ihr erkennen als eine große Freude, die auf der Oberfläche tanzte. Die Uhren klangen. Es wäre ihm unmöglich gewesen, ins Theater zurückzukehren und das Ende des Stückes mit anzuhören. Fortinbras' Triumph zu sehen? Nein, das reizte ihn nicht ... Ein schöner Triumph! Wer denkt daran, den Sieger zu beneiden? Wer möchte der Sieger sein, nachdem man von allen Leidenschaften des wilden und unsinnigen Lebens gewürgt worden ist? Das ganze Werk ist nur eine einzige mächtige Anklage gegen das Leben. Aber in ihr kocht eine solche Lebenskraft, daß Trübsal Freude wird und Bitternis berauscht ...

Christof kehrte heim, ohne sich weiter um das junge, fremde Mädchen zu kümmern, das er in der Loge zurückgelassen hatte und dessen Namen er nicht einmal wußte.

Am nächsten Morgen besuchte er die Schauspielerin in dem kleinen Hotel dritten Ranges, in dem sie der Impresario mit ihren Kollegen untergebracht hatte, während die Berühmtheit im ersten Hotel der Stadt wohnte. Man ließ ihn in einen kleinen, schlechtgehaltenen Salon eintreten, in dem die Frühstücksüberreste zusammen mit Haarnadeln und zerrissenen, schmutzigen Notenblättern auf dem offenen Klavier herumlagen. Im Zimmer nebenan sang Ophelia aus voller Kehle wie ein Kind, dem es Spaß macht, Lärm zu vollführen. Als man ihr den Besuch meldete, hörte sie einen Augenblick auf und fragte mit fröhlicher Stimme, die nicht die geringste Sorge trug, ob sie an der andern Seite der Wand gehört werde:

„Was will dieser Herr? Wie heißt er? – Christof... Christof, was? Christof Krafft? – Was für ein Name!“

(Sie wiederholte ihn zwei- oder dreimal, wobei sie die R fürchterlich rollte.)

„Man könnte meinen, er sei ein Fluch...“

(Sie gebrauchte einen.)

„Ist er jung oder alt? – Nett? – Gut, ich komme.“

Wieder fing sie zu singen an:

„Nichts ist süßer als meine Liebe...“

Dabei stöberte sie im Zimmer herum und verwünschte eine Schildpattnadel, die sich inmitten des Durcheinanders suchen ließ. Sie wurde ungeduldig, fing zu schimpfen an, spielte den Löwen. Obgleich Christof sie nicht sah, verfolgte er in Gedanken alle ihre Bewegungen hinter der Wand und lachte vor sich hin. Endlich hörte er sich nähernde Schritte, die Tür öffnete sich stürmisch, und Ophelia erschien.

Sie war halb angezogen, nur in einem Morgenrock, den sie um sich zusammenzog und dessen weite Ärmel die

Arme bloß ließen; die Haare waren schlecht gekämmt, Locken hingen ihr in die Augen und über die Wangen. Ihre schönen braunen Augen lachten, ihr Mund lachte, ihre Wangen lachten, ein liebenswürdiges Grübchen lachte mitten in ihrem Kinn. Kaum entschuldigte sie sich mit ihrer dunklen klangvollen Stimme, so zu erscheinen. Sie wußte, es gab nichts zu entschuldigen, wußte, daß er ihr nur sehr dankbar sein konnte. Sie meinte, er sei ein Journalist, der sie interviewen wolle. Anstatt enttäuscht zu sein, als er ihr sagte, er sei nur um seinetwillen und weil er sie bewundere gekommen, war sie darüber selig. Sie war ein gutes, anhängliches Mädchen, das vergnügt war, wenn es gefiel, und es nicht zu verbergen trachtete. Christofs Besuch und seine Begeisterung machten sie ganz glücklich – sie war durch Schmeicheleien noch nicht verwöhnt. In allen ihren Bewegungen und in ihrer ganzen Art und Weise war sie so natürlich, selbst in ihren kleinen Eitelkeiten und in dem naiven Vergnügen, das sie empfand, wenn sie gefiel, daß er nicht einen Augenblick befangen war. Sofort waren sie gute Freunde. Er kauderwelschte ein wenig Französisch, sie kauderwelschte ein paar deutsche Worte; nach Verlauf einer Stunde erzählten sie sich alle ihre Geheimnisse. Es fiel ihr nicht ein, ihn fortzuschicken. Als robuste und heitere Südländerin, intelligent und mitteilsam, wie sie war, hätte sie sich inmitten ihrer dummen Kollegen und in einem Lande, dessen Sprache sie nicht kannte, vor Langeweile nicht zu lassen gewußt, wäre nicht soviel natürliche Fröhlichkeit in ihr gewesen; nun war sie glücklich, jemanden zu haben, mit dem sie reden konnte. Und auch für Christof war es eine unaussprechliche Wohltat, inmitten seiner engherzigen und wenig aufrichtigen Kleinbürger dies freie Kind des Südens, voll vom Saft des Volkes, zu treffen. Er kannte noch nicht das Begrenzte dieser Naturen, die, im Gegensatz zu seinen Deutschen, nichts weiter in Hirn und Herz haben, als was sie zeigen – und oft selbst das nicht einmal. Zum mindesten aber war sie jung, sie lebte, sie sagte offen, unumwunden, was sie dachte; frei, mit frischem neuem Blick urteilte sie über alles; ein wenig von ihrem Mistral, dem Nebelfeger, wehte aus ihr. Sie hatte glückliche Gaben. Ohne Kultur und Überlegung, fühlte sie doch sofort und mit ganzem Herzen alles, was schön und gut war, und konnte aufrichtig davon bewegt werden; im nächsten Augenblick lachte sie dann wieder hell heraus. Gewiß, sie war kokett; sie ließ ihre Augen spielen; sie zeigte recht gern ihren nackten Hals aus dem halboffenen Morgenrock: sie hätte Christof gern den Kopf verdreht. Aber das alles war reiner Instinkt, nichts davon war Berechnung; und noch lieber mochte sie lachen, fröhlich plaudern und ohne viel Ziererei und Umstände ein guter Kerl, ein guter Kamerad sein. Sie erzählte Christof von den Kehrseiten des Theaterlebens, seinen kleinen Miseren, den albernen Empfindlichkeiten der Kollegen, den Zänkereien der Jesebel (so nannte sie die große Schauspielerin), die sehr darauf bedacht war, sie nicht glänzen zu lassen. Er vertraute ihr darauf seine Klagen über die Deutschen an: Sie klatschte in die Hände und stimmte ihm laut zu. Sie war im allgemeinen gutherzig und wollte von niemand etwas Böses sagen; aber das hinderte nicht, daß sie es doch sagte; und wenn sie sich auch boshaft schalt, falls sie sich über jemand lustig machte, so besaß sie nun einmal jene den Südländern eigene Veranlagung zu Spottlust und derber witziger Beobachtung. Der konnte sie nicht widerstehen und entwarf beißende Spottporträts. Sie lachte fröhlich mit ihren blassen Lippen, die ihre Jungehundezähne entblößten; und ihre umschatteten Augen leuchteten aus dem etwas fahlen Gesicht, das die Schminke entfärbt hatte.

Ganz plötzlich merkten sie, daß sie seit mehr als einer Stunde plauderten. Christof schlug Corinne (das war ihr Theatername) vor, sie am Nachmittag abholen zu kommen, um sie in der Stadt herumzuführen. Sie war von der Idee entzückt; und sie verabredeten sich für die Zeit gleich nach Tisch.

Zur bestimmten Stunde war er da. Corinne saß in dem kleinen Salon des Hotels und hielt ein Heft, aus dem sie laut las. Sie bewillkommnete ihn mit ihren lachenden Augen, ohne im Lesen innezuhalten, bis sie ihren Satz beendet hatte. Darauf winkte sie ihn neben sich auf das Sofa.

„Da setzen Sie sich hin und sprechen Sie nicht", sagte sie, „ich übe meine Rolle. Es dauert noch eine Viertelstunde."

Sie folgte im Manuskript mit der Fingerspitze und las dabei sehr schnell und aufs Geratewohl wie ein eiliges kleines Mädchen. Er bot ihr an, ihre Lektion zu überhören. Sie gab ihm das Heft und stand zum Wiederholen auf. Stotternd ging es los; manchmal fing sie viermal ein Satzende an, bevor sie sich in den folgenden Satz schwang. Dabei schüttelte sie während des Hersagens den Kopf, so daß die Haarnadeln durchs ganze Zimmer flogen. Wenn ein widerwilliges Wort nicht in ihr Gedächtnis wollte, wurde sie ungeduldig wie ein unartiges kleines Kind; manchmal entschlüpften ihr ein drolliger Fluch oder selbst ziemlich derbe Worte – einmal ein sehr derbes und kurzes, mit dem sie sich selbst anschrie. Christof stand überrascht vor dieser Mischung von Talent und Kinderei. Sie fand richtige und herzbewegende Töne; aber mitten in einer Stelle, in die sie ihr ganzes Herz zu legen schien, kam es vor, daß sie Worte ohne jeden Sinn plapperte. Sie sagte ihre Lektion wie ein kleiner Papagei her, ohne sich viel darum zu kümmern, was sie bedeutete – und so kamen die schnurrigsten Ungereimtheiten zustande. Sie ließ sich davon durchaus nicht rühren; merkte sie etwas, bog sie sich vor Lachen. Endlich sagte sie: „Schluß!", riß ihm das Heft aus den Händen, warf es im Bogen in eine Zimmerecke und rief:

„Ferien! Die Stunde hat geschlagen! – Gehen wir spazieren!"

Er war in bezug auf ihre Rolle ein wenig unruhig und fragte aus Gewissenhaftigkeit:

„Sie glauben, daß es geht?"

Mit Überzeugtheit antwortete sie:

„Aber gewiß. Und der Souffleur, wozu ist denn der da?"

Sie ging in ihr Schlafzimmer hinüber, um ihren Hut aufzusetzen.

Während Christof sie erwartete, setzte er sich vor das Klavier und schlug eine Akkordfolge an. Sie rief aus dem anderen Raum:

„Oh! Was ist das? Spielen Sie weiter. Wie hübsch!"

Sie kam, indem sie sich den Hut feststeckte, herbeigelaufen. Er spielte weiter. Als er zu Ende war, wollte sie noch mehr hören. Sie drückte ihr Entzücken in jenen zierlichen kleinen Ausrufen aus, an die die Französinnen gewöhnt sind und die sie ebensogut bei *Tristan* wie bei einer Tasse Schokolade anwenden. Christof mußte darüber lachen: es war ihm eine Abwechslung zu den mächtigen und pathetischen Ausrufen seiner Deutschen. Es handelte sich um zwei entgegengesetzte Übertreibungen: die eine neigte dazu, aus einer Nippsache ein Gebirge zu machen, die andere machte aus einem Gebirge eine Nippsache; die eine war nicht weniger lächerlich als die andere; aber diese schien ihm im Augenblick liebenswürdiger, weil er den Mund, aus dem sie kam, liebte. – Corinne wollte wissen, von wem das, was er spielte, sei; und als sie erfuhr, daß es von ihm war, erhob sie großes Geschrei. Er hatte ihr wohl bei ihrer Morgenunterhaltung gesagt, daß er Komponist sei; aber sie hatte gar nicht darauf achtgegeben. Jetzt setzte sie sich neben ihn und verlangte, daß er alles, was er komponiert habe, spielen solle. Der Spaziergang war vergessen. Es war bei ihr nicht einfache Höflichkeit: sie liebte Musik über alles, und sie besaß einen wunderbaren Instinkt, der bei ihr die ungenügende Erziehung völlig ersetzte. Zuerst nahm er sie nicht ernst und spielte ihr seine leichtesten Melodien vor. Aber als er zufällig eine Suite spielte, von der er sehr viel hielt, und dabei merkte, daß auch sie, ohne daß er ihr irgend etwas gesagt hatte, diese vorzog, war er freudig überrascht. Mit dem naiven Erstaunen der Deutschen bei der Begegnung mit einem Franzosen, der ein guter Musiker ist, sagte er zu ihr:

„Das ist sonderbar. Was für einen guten Geschmack Sie haben! Ich hätte das nie gedacht..."

Corinne lachte ihm ins Gesicht.

Ihm machte es nunmehr Spaß, nach und nach immer schwerer zu verstehende Werke auszuwählen, um zu sehen, wie weit sie folgen werde. Sie schien durch keinerlei Ausdruckskühnheiten aus der Fassung zu bringen. Wie groß aber war sein Erstaunen, als nach einer ganz besonders neuartigen Melodie, an der Christof schließlich selbst gezweifelt hatte, weil es ihm nie gelungen war, für sie in Deutschland Sinn zu erwecken, Corinne ihn bat, noch einmal von vorn anzufangen, und, indem sie aufstand, begann, aus dem Gedächtnis und fast ohne sich zu irren, mitzusingen. Er wandte sich zu ihr um und ergriff voller Begeisterung ihre Hände.

„Aber Sie sind ja Musikerin!" rief er.

Sie begann zu lachen und erzählte ihm, daß sie als Sängerin an einer Provinzoper angefangen habe, daß aber ein reisender Impresario ihr Talent für das Theater erkannt und sie nach dieser Seite gedrängt habe. Er rief:

„Wie schade!"

„Warum?" meinte sie. „Dichtung ist auch Musik."

Sie ließ sich den Sinn seiner *Lieder** erklären; er sagte ihr die deutschen Worte, und sie wiederholte sie mit affenartiger Leichtigkeit, indem sie die Worte bis zum Gefältel von Mund und Augen genau nachsprach. Als sie dann aus dem Gedächtnis singen sollte, machte sie groteske Fehler; und wenn sie nicht weiterwußte, erfand sie Worte in barbarischen Kehllauten, die sie beide zum Lachen brachten. Sie wurde nicht müde, ihn zum Spielen zu bitten, noch er, ihr vorzuspielen und ihre hübsche Stimme zu hören, die nichts von Berufskniffen kannte, ein wenig kehlig wie bei einem kleinen Mädchen klang, dafür aber einen unerklärlichen Reiz, etwas Zartes und Rührendes hatte. Sie sagte ihm freimütig, was sie dachte. Obgleich sie nicht erklären konnte, warum ihr etwas gefiel oder mißfiel, war in ihren Urteilen doch stets ein verborgener Grund. Sonderbar war es, daß sie sich bei Stücken im klassischen Stil und bei solchen, die in Deutschland am meisten geschätzt wurden, am wenigsten wohl fühlte; sie fand aus Höflichkeit ein paar Schmeicheleien, aber man merkte, daß ihr das nichts sagte. Da sie keinerlei musikalische Kultur besaß, empfand sie dabei auch nicht das Vergnügen, welches Musikfreunde und selbst Künstler unbewußt an dem *schon gehört* haben, ein Vergnügen, das sie oft unbewußt in einem neuen Werk diejenigen Formen oder Formeln nachschaffen und lieben läßt, die ihnen schon in alten Werken teuer waren. Ebensowenig besaß sie den deutschen Geschmack für melodische Sentimentalitäten (zum mindesten war ihre Sentimentalität eine andere – er kannte noch nicht deren Fehler); für Stellen von etwas weichlicher Fadheit, die in Deutschland besonders gefielen, begeisterte sie sich nicht. Das minderwertigste seiner *Lieder** – eine Melodie, die er hätte vernichten mögen, weil seine Freunde, die allzu glücklich waren, ihn wegen irgend etwas loben zu können, nur von ihr sprachen – fand sie gar nicht besonders hübsch. Corinnes dramatischer Instinkt ließ sie vor allem Melodien bevorzugen, die eine bestimmte Leidenschaft offen zum Ausdruck brachten; und das waren die, welche auch ihm am meisten am Herzen lagen. Geringe Sympathie zeigte sie jedoch auch für gewisse harmonische Härten, die Christof ganz natürlich schienen; es gab ihr einen Stoß, wenn sie dergleichen hörte; sie hielt dann inne und fragte, „ob das wirklich so sei". Wenn er ja sagte, nahm sie entschlossen den schweren Sprung; aber ihr Mund zog eine kleine Grimasse, die Christof nicht entging. Manchmal ließ sie sogar lieber den Takt aus. Dann wiederholte er ihn auf dem Klavier.

„Sie mögen das nicht?" fragte er.

Sie verzog das Gesicht.

„Das ist falsch", sagte sie.

„Gar nicht“, meinte er lachend. „Es ist ganz wahr. Überlegen Sie sich nur, was es sagt. Ist es hier nicht richtig?“

(Er wies auf sein Herz.)

Aber sie schüttelte den Kopf.

„Mag sein; aber da ist es falsch.“

(Sie zog sich am Ohr.)

Ebenso zeigte sie sich durch die großen Registersprünge der deutschen Deklamation verletzt.

„Warum spricht er so laut?“ fragte sie. „Er ist ja ganz allein. Fürchtet er nicht, daß seine Nachbarn ihn belauschen? Er tut so ... (entschuldigen Sie! Sie sind doch nicht böse?) ... er tut, als rufe er ein Schiff an.“

Er wurde nicht böse; er lachte aufrichtig und gab zu, daß etwas Wahres daran sei. Ihre Einwände machten ihm Spaß; noch niemand hatte sie ihm gemacht. Sie kamen darin überein, daß der gesungene Vortrag meist das natürliche Wort wie unter einem Vergrößerungsglase entstellt. Corinne wollte, daß Christof für sie die Musik zu einem Stück schreibe, in dem sie zur Begleitung des Orchesters spräche und zwischendurch ab und zu ein paar Stellen sänge. Er war Feuer und Flamme für die Idee trotz der Schwierigkeiten ihrer bühnenmäßigen Verwirklichung, die zu überwinden ihm gerade Corinnes musikalische Stimme geeignet schien; und so schmiedeten sie Pläne für die Zukunft.

Erst kurz vor fünf fiel ihnen ihr Spaziergang wieder ein. Es wurde in jener Jahreszeit früh Nacht. Vom Spazierengehen konnte keine Rede mehr sein. Am Abend hatte Corinne Probe, der niemand beiwohnen durfte. Sie nahm ihm also das Versprechen ab, am Nachmittag des folgenden Tages zu dem geplanten Spaziergang wiederzukommen.

Am nächsten Tag wiederholte sich beinahe dieselbe Szene. Er fand Corinne mit baumelnden Beinen auf einem hohen Schemel vor ihrem Spiegel: Sie probierte eine Perücke auf. Ihre Garderobenfrau und der Friseur waren um sie beschäftigt; letzterem machte sie Vorstellungen wegen einer Locke, die sie höher gesteckt haben wollte. Während sie sich noch in dem Spiegel beschaute, entdeckte sie Christof darin, der hinter ihrem Rücken lächelte. Sie streckte ihm die Zunge heraus. Der Friseur zog mit der Perücke ab, und sie wandte sich fröhlich zu Christof um.

„Guten Tag, mein Freund!" sagte sie.

Sie hielt ihm die Wange zum Kuß hin. Er war auf solche Vertraulichkeit gar nicht gefaßt, hütete sich aber, nicht davon zu profitieren. Sie legte ihrer Gunst nicht allzuviel Bedeutung bei; für sie war das eine Begrüßung, so gut wie eine andere.

„Oh, ich bin froh!" sagte sie. „Fein wird sich das heut abend machen." (Sie sprach von ihrer Perücke.) „Ich war so verzweifelt! Wären Sie heute morgen gekommen, hätten Sie mich sterbensunglücklich gefunden."

Er fragte, warum.

Der Pariser Friseur hatte sich beim Einpacken geirrt und eine Perücke, die nicht zur Rolle paßte, in den Koffer gelegt. „Ganz glatt", erzählte sie, „ganz gerade und dumm fiel sie herunter. Als ich die sah, habe ich geweint, geweint wie eine Magdalena. Nicht wahr, Madame Désirée?"

„Als ich hereinkam", sagte die Madame, „hat mir das gnädige Fräulein angst gemacht. Das gnädige Fräulein war schneeweiß. Das gnädige Fräulein war wie tot."

Christof lachte. Corinne sah es im Spiegel.

„Darüber können Sie lachen, Sie herzloser Mensch?" fragte sie empört.

Auch sie fing zu lachen an.

Er fragte, wie die Probe am vorigen Abend verlaufen sei. – Alles sei sehr schön gegangen. Sie habe nur gewünscht, daß man in den andern Rollen mehr streiche und in ihrer gar nichts. Sie unterhielten sich so gut, daß ein Teil des Nachmittags wieder dahinging. Langsam zog sie sich an; es machte ihr Spaß, Christof wegen ihrer Toiletten um Rat zu fragen. Christof hob ihre Eleganz hervor und sagte ihr in seinem deutsch-französischen Kauderwelsch ganz naiv, daß er niemals jemand gesehen habe, der so „luxurieux“ sei. Zuerst sah sie ihn forschend an, dann brach sie in schallendes Gelächter aus.

„Was habe ich denn gesagt?“ fragte er. „Heißt es nicht so? Darf man das nicht sagen?“

„Doch! Doch!“ schrie sie, indem sie sich vor Lachen bog. „Es ist ganz richtig.“

Endlich gingen sie aus. Ihre auffallende Toilette und ihr überlebhaftes Sprechen zogen die Aufmerksamkeit auf sich. Sie beschaute alles mit den spottlustigen Augen einer Französin und war nicht weiter bemüht, ihre Eindrücke zu verhehlen. Sie lachte laut vor den Modeauslagen und vor den Läden mit Ansichtskarten, in denen man bunt durcheinander alles sah: rührselige Szenen, derb schlüpfrige Bilder, die Kokotten der Stadt, die kaiserliche Familie, den Kaiser in Rot, den Kaiser in Grün, den Kaiser als rauhen Seemann, wie er das Steuerrad des Schiffes Germania hielt und dem Himmel Trotz bietet. Sie brach vor einem Tafelservice, das mit dem bitterbösen Kopf Wagners geschmückt war, oder vor einem Friseurschaufenster, in dem ein wächserner Männerkopf thronte, in ein schallendes Gelächter aus. Eine nicht sehr schickliche Heiterkeit bezeigte sie ferner vor dem vaterländischen Denkmal, das den alten Kaiser in Reiseüberzieher und Schirmmütze darstellte, neben ihm die Gestalten Preußens, der deutschen Staaten und die eines völlig nackten Kriegsgenius. Alles, was in den Gesichtern der Leute oder in ihrer Sprechweise ihren Hang zum Spott herausforderte, nahmen ihre Augen im Vorübergehen mit. Und ihre Opfer konnten über den boshaften Seitenblick, der ihre Lächerlichkeiten auffing, nicht im unklaren bleiben. Corinnes Nachahmungstrieb verführte sie sogar manchmal, ohne jede Überlegung mit den Lippen und mit der Nase aufgeblasene oder zusammengeschrumpfte Fratzen zu kopieren; und sie blähte die Backen, um Bruchstücke von Sätzen oder Worten zu wiederholen, die sie im

Fluge aufgeschnappt hatte und deren Tonfülle ihr drollig vorkam. Christof lachte aus vollem Herzen über alles und fühlte sich durch ihre Keckheiten nicht im mindesten in Verlegenheit gebracht; denn er war ja ebenso ungeniert. Glücklicherweise hatte sein Ruf nicht viel zu verlieren; denn ein solcher Spaziergang war ganz dazu angetan, diesen auf immer zu untergraben.

Sie besichtigten den Dom. Corinne wollte trotz ihrer hohen Absätze und ihres zu langen Kleides bis zur Turmspitze klettern. Sie fegte mit ihrer Schleppe alle Stufen und verfing sich schließlich an einer Treppenecke; das rührte sie aber nicht, sie zog tapfer an, der Stoff krachte auseinander, und sie kletterte, indem sie das Kleid keck emporraffte, weiter. Es fehlte wenig, so hätte sie die Glocken geläutet. Vom Turm aus deklamierte sie Victor Hugo, wovon Christof nichts verstand, und sang dann ein französisches Volkslied. Darauf mimte sie den Muezzin. – Die Dämmerung sank herab. Sie stiegen wieder in die Kirche hinab; dichtes Dunkel kroch die gigantischen Mauern entlang, aus deren Stirn die zauberhaften Augen der Glasfenster leuchteten. In einer Seitenkapelle sah Christof das junge Mädchen, das seine Logennachbarin in der Hamlet-Vorstellung gewesen war, auf den Knien. Sie war so in ihr Gebet vertieft, daß sie ihn gar nicht bemerkte; ihr Ausdruck war schmerzvoll und verkrampft, so daß er davon betroffen wurde. Er hätte ihr gern ein paar Worte sagen, sie wenigstens grüßen mögen; aber Corinne riß ihn in ihrem Wirbel mit.

Bald darauf trennten sie sich. Sie mußte sich für die Vorstellung zurechtmachen, die nach deutschem Brauch früh begann. Kaum aber war er heimgekehrt, klingelte man und überbrachte ihm folgende Karte von Corinne:

Dusel! Jesebel krank! Frei! Hoch die Bande! – Freund! Kommen Sie! Machen ein kleines gemeinsames Essen!

Freundin Corinnette

PS: Bringen Sie viel Noten mit.

Er hatte einige Mühe, zu begreifen. Als er verstanden hatte, war er ebenso froh wie Corinne und begab sich sofort ins Hotel. Er fürchtete die ganze Schauspielergesellschaft beim Essen vereint zu finden; aber er sah niemand. Selbst Corinne war verschwunden. Schließlich hörte er ihre lachende, klingende Stimme aus dem hintersten Raum; er ging auf die Suche nach ihr und fand sie endlich in der Küche. Sie hatte sich in den Kopf gesetzt, ein Gericht nach ihrem Geschmack zuzubereiten, eine ihrer südfranzösischen Speisen, deren durchdringendes Aroma ein ganzes Stadtviertel erfüllt und Steine auferwecken kann. Sie stand mit der dicken Wirtin des Hotels auf bestem Fuße; die beiden kauderwelschten einen entsetzlichen Sprachmischmasch aus Deutsch, Französisch und Negerjargon, den man in keiner Sprache bezeichnen konnte, miteinander. Sie lachten schallend und gaben einander ihre Werke zu kosten. Christofs Eintritt erhöhte den Lärm. Man wollte ihn vor die Tür setzen; aber er widersetzte sich, und es gelang ihm sogar, ebenfalls von der berühmten Speise zu kosten. Er verzog ein wenig das Gesicht, worauf Corinne ihn einen barbarischen Teutonen schalt und sagte, es wäre nicht der Mühe wert, sich für ihn anzustrengen.

Sie gingen zusammen in den kleinen Salon zurück, in dem der Tisch gedeckt stand; doch nur für ihn und Corinne. Er konnte die Frage nicht unterdrücken, wo denn ihre Kollegen seien. Corinne antwortete mit einer gleichgültigen Bewegung:

„Ich weiß nicht."

„Sie speisen nicht gemeinsam zu Abend?"

„Nie! Man sieht sich gerade genug im Theater! – Das wäre noch schöner, wenn man sich auch bei Tische zusammenfinden sollte!"

Das wich so von deutschen Gewohnheiten ab, daß er darüber ganz erstaunt und erfreut war.

„Ich dachte, Sie seien ein geselliges Volk", sagte er.

„Nun ja, bin ich nicht gesellig?" scherzte sie.

„Gesellig! Das bedeutet in Gesellschaft leben. Da müssen Sie erst uns Deutsche sehen! Männer, Frauen, Kinder – jeder ist vom Tag der Geburt bis zum Tod Mitglied der Gesellschaft. Alles tut man in Gesellschaft: in Gesellschaft ißt man, singt man, denkt man. Niest die Gesellschaft, so niest man mit; nicht einen Schoppen trinkt man ohne die Gesellschaft."

„Das muß ja heiter sein", meinte sie. „Warum nicht gleich aus demselben Glas?"

„Ist das nicht etwa sehr brüderlich, wie?"

„Gehen Sie mir mit Brüderlichkeit! Ich will gern denen ‚Bruder' sein, die mir gefallen; den andern bin ich's nicht ... Puh! Das ist doch keine Gesellschaft, das ist ja ein Ameisenhaufen!"

„Dann machen Sie sich jetzt ein Bild, wie wohl ich mich hier fühle; ich denke ja genau wie Sie!"

„So kommen Sie zu uns!"

Er wünschte sich nichts Besseres. Er fragte sie über Paris und die Franzosen aus. Die Aufschlüsse, die sie ihm gab, waren nicht immer allzu genau. Zu ihrer südfranzösischen Großsprecherei kam der instinktive Wunsch, ihr Gegenüber zu verblüffen. Nach ihren Reden zu urteilen, war in Paris alle Welt frei; und da alle Welt in Paris intelligent war, nutzte jeder diese Freiheit, ohne daß irgendeiner sie mißbrauchte; jeder tat, was ihm gefiel, dachte, glaubte, liebte oder liebte nicht, alles nach eigenem Belieben. Niemand hatte etwas dareinzureden. Dort mischte sich niemand in die Glaubensangelegenheiten des andern; niemand spionierte das Gewissen seines Nachbarn aus; niemand bevormundete die Gedanken des andern. Dort mischten sich keine Politiker in literarische und künstlerische Angelegenheiten; keiner verteilte Orden, Stellen und Geld unter Freunde und Anhänger. Dort bestimmten nicht Cliquen über Ruf und Erfolg; dort waren Journalisten nicht käuflich; die Schriftsteller schütteten einander nicht Weihrauchgefäße über den Kopf aus, mit denen sie einander die

Köpfe vorher nicht hatten einschlagen können. Dort erstickte die Kritik nicht unbekannte Talente und verging in Lobhudeleien vor den Anerkannten. Dort heiligte der Erfolg, der Erfolg um jeden Preis, nicht alle Mittel und rief die öffentliche Begeisterung wach. Dort herrschten sanfte, herzliche, höfliche Umgangsformen. Nicht die geringste Reizbarkeit in den Beziehungen der Menschen. Keinerlei Verleumdung. Jeder kam dem andern zu Hilfe. Jeder verdienstvolle Neuankömmling war sicher, daß sich ihm die Hände entgegenstreckten und sich unter seinen Schritten alle Wege ebneten. Reine Schönheitsliebe erfüllte die Herzen der ritterlichen und selbstlosen Franzosen; ihre einzige Schwäche war ihr Idealismus, der sie trotz ihres weltberühmten Esprit zum Narren der anderen Völker machte.

Christof lauschte mit offenem Munde; und er hatte wahrhaftig Grund zum Staunen. Corinne staunte selber, als sie sich so reden hörte. Sie hatte vergessen, was sie am Tage vorher zu Christof über die Schwierigkeit ihres verflossenen Lebens gesagt hatte, und er dachte ebensowenig wie sie daran.

Indessen befaßte sich Corinne nicht einzig damit, ihr Vaterland bei den Deutschen beliebt zu machen: es lag ihr ebensoviel daran, für sich selbst Liebe zu wecken. Ein ganzer Abend ohne Flirt wäre ihr steif und ein wenig sinnlos vorgekommen. So sparte sie nicht mit Angriffen auf Christof; aber das war vergebliche Mühe: er merkte es gar nicht. Christof wußte nicht, was flirten heißt. Er liebte oder liebte nicht. Wenn er nicht liebte, war er meilenweit von jedem Liebesgedanken fern. Für Corinne empfand er lebhafte Freundschaft, er empfand den Reiz dieser südlichen, ihm so ganz neuen Natur, ihrer Anmut, ihres frohen Temperaments, ihres lebendigen und offenen Verstandes – sicherlich Grund genug zur Liebe; aber „der Geist weht, von wannen er will", hier wehte er nicht, und auf den Gedanken, Liebe zu spielen, wenn keine Liebe da war, wäre er nie verfallen.

Corinne machte seine Kühle Spaß. Sie saß neben ihm vor dem Klavier, während er die mitgebrachten Stücke spielte, hatte ihren nackten Arm um Christofs Hals geschlungen und neigte sich, um den Noten zu folgen, zum Klavier hin, wobei sie ihre Wange fast an die ihres Freundes lehnte. Er fühlte die Bewegungen ihrer Wimpern und sah ganz gegen seinen Willen den Winkel ihres mokanten Auges, ihr liebenswertes Mäulchen, den kleinen Flaum ihrer geschürzten Lippe, die lächelnd wartete. – Sie wartete. Christof verstand die Aufforderung nicht. Corinne hinderte ihn am Spiel: Das war alles, was er dachte. Mechanisch befreite er sich und rückte seinen Stuhl ab. Als er sich im nächsten Augenblick zu Corinne umwandte, um ihr etwas zu sagen, sah er, daß sie sich vor Lachlust nicht halten konnte. Das Grübchen in ihrer Wange zuckte; sie preßte die Lippen aufeinander und schien sich mit aller Gewalt zusammenzunehmen, um nicht in helles Gelächter auszubrechen.

„Was haben Sie?“ fragte er erstaunt.

Sie schaute ihn an und platzte heraus.

Er begriff nichts.

„Warum lachen Sie?“ fragte er. „Habe ich irgend etwas Komisches gesagt?“

Je mehr er in sie drang, um so mehr lachte sie. Wenn sie beinahe aufhörte, genügte es, daß sie einen Blick auf seine bestürzte Miene warf, um heller wieder anzufangen. Sie sprang auf, lief zu dem Sofa am andern Ende des Zimmers und vergrub ihr Gesicht in den Kissen, um sich ordentlich auszulachen; ihr ganzer Körper schüttelte sich. Er wurde schließlich von ihrem Gelächter angesteckt, kam zu ihr und gab ihr kleine Klapse auf den Rücken. Als sie nicht mehr konnte, hob sie den Kopf, trocknete ihre tränenden Augen und streckte ihm beide Hände hin.

„Was für ein guter Junge Sie sind!“ sagte sie.

„Kein schlimmerer als irgendeiner.“

Sie wurde weiter von kleinen Lachanfällen geschüttelt, während sie immer noch seine Hände hielt.

„Sehr gesetzt ist die Française nicht, wie?“ meinte sie. (Sie sprach Françouèse aus.)

„Sie machen sich über mich lustig“, meinte er gutmütig.

Sie schaute ihn mit gerührtem Blick an, schüttelte kräftig seine Hände und sagte:

„Freunde?“

„Freunde!“ nickte er und erwiderte ihren Händedruck.

„Wird er an Corinnette denken, wenn sie nicht mehr da ist? Wird er der Française nicht böse sein, weil sie nicht gesetzt ist?“

„Und wird sie dem teutonischen Barbaren nicht böse sein, weil er so dumm ist?“

„Gerade darum mag man ihn gern ... Er wird sie in Paris besuchen?“

„Versprochen ... Und sie, wird sie mir schreiben?“

„Geschworen ... Sagen Sie auch: Ich schwöre es.“

„Ich schwöre.“

„Nein, nicht so. Sie müssen die Hand ausstrecken.“

Sie ahmte den Schwur der Horatier nach. Dann nahm sie ihm das Versprechen ab, ein Stück für sie zu schreiben, ein Melodrama, das ins Französische übersetzt und in Paris gespielt werden sollte. Am folgenden Morgen sollte sie mit ihrer Truppe abreisen. Er verabredete mit ihr, daß er sie am übernächsten Tag in Frankfurt, wo sie eine Vorstellung gaben, wiedertreffen wolle. Dann schwatzten sie noch eine Weile miteinander. Sie schenkte Christof eine Photographie von sich, auf der sie fast bis zum Gürtel nackt war. Fröhlich trennten sie sich und küßten sich geschwisterlich. Wirklich war auch Corinne, nachdem sie gesehen hatte, daß Christof sie aufrichtig liebhatte, aber ganz entschieden nicht in sie verliebt war, dazu gekommen, ihn ohne Liebe wie einen guten Kameraden gern zu haben.

Weder dem einen noch dem andern wurde der Schlaf gestört. Er konnte ihr am nächsten Morgen nicht Lebewohl sagen; denn er hatte eine Probe. Am folgenden Tage aber richtete er, seinem Versprechen gemäß, es so ein, nach

Frankfurt zu reisen; es waren dorthin nur zwei oder drei Stunden Eisenbahnfahrt. Corinne hatte kaum an Christofs Versprechen geglaubt; er aber hatte es ernst genommen; und pünktlich zur Vorstellung war er da. Als er während der Pause kam und an das Garderobenzimmer klopfte, in dem sie sich gerade anzog, schrie sie in froher Überraschung auf und fiel ihm um den Hals. Sie war ihm für sein Kommen aufrichtig dankbar. Zum Unglück für Christof aber war sie in dieser reichen und intelligenten Judenstadt, wo man ihre gegenwärtige Schönheit und ihren zukünftigen Erfolg einzuschätzen wußte, weit mehr umringt. Jeden Augenblick klopfte jemand an die Garderobe; und die Tür öffnete sich halb, um schwerfällige Gesichter mit lebhaften Augen einzulassen, die mit scharfer Betonung Fadheiten sagten. Natürlich kokettierte Corinne mit ihnen; und dann behielt sie auch Christof gegenüber denselben gezierten und herausfordernden Ton bei, was ihn recht ärgerte. Er hatte übrigens keinerlei Vergnügen an der ruhigen Schamlosigkeit, mit der sie vor ihm ihre Toilette machte; Schminke und Fett, womit sie Arme, Busen und Gesicht überzog, flößten ihm tiefen Widerwillen ein. Er war nahe daran, ohne sie noch einmal wiederzusehen, gleich nach der Vorstellung abzureisen; aber als er ihr Lebewohl sagte und sich entschuldigte, an dem Essen, das ihr zu Ehren nach dem Theater gegeben werden sollte, nicht teilnehmen zu können, bezeigte sie eine so reizend herzliche Enttäuschung, daß seine Vorsätze nicht standhielten. Sie ließ sich ein Kursbuch bringen, um ihm zu beweisen, daß er noch eine gute Stunde mit ihr verbringen könne – verbringen müsse. Er wünschte sich nichts Besseres, als überzeugt zu werden, und nahm also am Abendessen teil. Es gelang ihm sogar, seine Langeweile während aller Albernheiten, die geredet wurden, und seinen Ärger über Corinnes Nekkereien, die sie für den erstbesten Affen übrig hatte, nicht allzusehr zu zeigen. Unmöglich konnte man ihr böse sein. Sie war ein braves Mädchen ohne irgendeinen sittlichen

Grundsatz, träge, sinnlich, vergnügungssüchtig, kindlich kokett, aber gleichzeitig so unverfälscht, so gutherzig und in allen ihren Fehlern so urwüchsig und gesund, daß man nur darüber lächeln konnte und selbst diese fast lieben mußte. Christof, der ihr gegenübersaß, betrachtete, während sie sprach, ihr belebtes Gesicht, ihre schönen, leuchtenden Augen, ihren etwas vollen Mund mit dem italienischen Lächeln – diesem Lächeln, in dem Güte ist, Feinfühligkeit und sybaritische Schwere: Er sah sie klarer als bisher. Einige Züge erinnerten ihn an Ada: gewisse Gebärden, gewisse Blicke, ein gewisses sinnliches, etwas derbes Spiel – das Ewigweibliche. Aber was er vor allem in ihr liebte, war die Natur des Südens, die verschwenderische Mutter, die mit ihren Gaben nicht geizt, die sich nicht damit befaßt, Salonschönheiten und Bücherintelligenzen hervorzubringen, sondern harmonische Geschöpfe, deren Körper und Geist dazu geschaffen sind, sich in Luft und Sonne zu entfalten. – Als er fortging, stand sie vom Tisch auf, um ihm fern von den andern Lebewohl zu sagen. Sie küßten sich noch einmal und erneuerten ihr Versprechen, sich zu schreiben, sich wiederzusehen.

Er nahm den letzten Zug, um nach Hause zurückzukehren. Auf einer Zwischenstation wartete der aus der entgegengesetzten Richtung kommende Zug. In dem Wagen, der gerade dem seinen gegenüber hielt, sah Christof in der dritten Klasse die junge Französin, die mit ihm in der Aufführung des *Hamlet* gewesen war. Auch sie sah Christof und erkannte ihn. Sie waren beide betroffen. Schweigend grüßten sie einander und blieben dann reglos; sie wagten nicht, sich in die Augen zu sehen. Er hatte jedoch mit einem schnellen Blick entdeckt, daß sie einen kleinen Reisehut trug und einen alten Koffer bei sich hatte. Der Gedanke, daß sie das Land verlasse, kam ihm nicht; er meinte, sie verreise auf einige Tage. Er wußte nicht, ob er sie ansprechen sollte; er zauderte, überlegte sich, was er ihr sagen wollte, und war gerade im Begriff, das Fenster herunterzulassen, um ein paar Worte an sie zu richten, als man das Abfahrtssignal gab – so verzichtete er darauf; noch einige Sekunden vergingen, ehe der Zug sich in Bewegung setzte. Sie sahen sich ins Gesicht. Allein in ihrem Wagenabteil, das Gesicht gegen die Scheiben gepreßt, senkten sie durch die sie umgebende Nacht ihre Augen ineinander. Ein doppeltes Fenster trennte sie. Hätten sie die Arme hinausgestreckt, so würden sich ihre Hände berührt haben. So nah waren sie sich. Schwerfällig schütterten die Wagen. Jetzt, da sie sich trennten, sah sie ihn mit langem Blick und ganz ohne Schüchternheit an. So vertieft waren sie einer in des andern Betrachtung, daß sie sogar vergaßen, sich ein letztes Mal zu grüßen. Langsam entfernte sie sich; er sah sie entschwinden, und der Zug, der sie davontrug, brauste in die Nacht. Gleich zwei irrenden Welten waren sie im unendlichen Raum einen Augenblick lang aneinander vorübergeglitten, und vielleicht für die Ewigkeit entfernten sie sich wieder voneinander.

Als sie entschwunden war, fühlte er die Leere, die dieser unbekannte Blick eben in ihm erzeugt hatte; er verstand nicht, wieso, aber die Leere war da. Schlaftrunken, mit halbgeschlossenen Lidern in eine Wagenecke gelehnt, fühlte er auf seinen Augen die Berührung dieser Augen; alle seine übrigen Gedanken schwiegen, um sie besser zu fühlen. Corinnes Bild flatterte außen vor seinem Herzen wie ein Insekt, das mit den Flügeln an die andere Seite der Scheiben schlägt; aber er ließ es nicht ein.

Er fand es wieder, als er nach der Ankunft aus dem Wagen stieg, als die frische Nachtluft und der Marsch durch die schlafenden Straßen die Betäubung von ihm abgestreift hatten. Er lächelte in Erinnerung an die reizende Schauspielerin mit einem Gemisch von Vergnügen und Ärger, je nachdem er an ihre warme Art oder an ihre gewöhnlichen Koketterien dachte.

„Teufelsfranzosen!" brummte er, leise vor sich hin lachend, während er sich geräuschlos auszog, um seine nebenan schlafende Mutter nicht aufzuwecken.

Ein Wort, das er an jenem Abend in der Loge vernommen hatte, kam ihm wieder in den Sinn:

„Es gibt auch andere."

Von seiner ersten Begegnung mit Frankreich an richtete dies Land das Rätsel seiner Doppelnatur vor ihm auf. Aber wie alle Deutschen bemühte er sich durchaus nicht, es zu lösen; und wenn er an das junge Mädchen im Eisenbahnwagen dachte, wiederholte er seelenruhig:

„Sie sieht nicht französisch aus."

Als ob es Sache eines Deutschen wäre, zu entscheiden, was französisch ist und was nicht.

Französin oder nicht, sie ging ihm nicht aus dem Sinn; denn mitten in der Nacht wachte er mit beklommenem Herzen auf: er hatte an den Koffer denken müssen, den er neben dem jungen Mädchen auf der Bank gesehen hatte. Und plötzlich tauchte in ihm die Vorstellung auf, daß die Reisende für immer fortgefahren sei. Eigentlich hätte ihm dieser Gedanke gleich vom ersten Augenblick an kommen müssen; aber er war ihm nicht eingefallen. Jetzt empfand er ihn mit dumpfer Traurigkeit. Er zuckte in seinem Bett die Achseln.

Was soll mir das ausmachen? sagte er sich. Es geht mich ja nichts an!

Und er schlief wieder ein.

Am nächsten Morgen aber begegnete er als erstem auf der Straße Mannheim, der ihn „Blücher" nannte und ihn fragte, ob er entschlossen sei, ganz Frankreich zu erobern. Durch ihn, die verkörperte Zeitung, erfuhr er, daß die Logengeschichte einen Erfolg gehabt habe, der alle Erwartungen Mannheims überstieg.

„Du bist ein großer Mann!" schrie Mannheim. „Neben dir bin ich nichts."

„Was habe ich denn getan?" fragte Christof.

„Du bist wundervoll!" fing Mannheim wieder an. „Ich

beneide dich. Den Grünebaums ihre Loge vor der Nase wegschnappen und ihre französische Erzieherin statt ihrer dorthin einzuladen – nein, das, das ist glänzend, ich hätte das nicht gefunden!"

„Es war die Erzieherin der Grünebaums?" fragte Christof verblüfft.

„Ja, tu noch, als ob du's nicht wüßtest; spiele den Unschuldigen, das kann ich dir nur raten! – Papa kommt nicht mehr aus der Wut heraus. Die Grünebaums haben einen Zorn! – Aber lange gefackelt haben sie nicht: die Kleine ist vor die Tür gesetzt worden."

„Wie?" schrie Christof. „Sie haben sie fortgeschickt? Meinetwegen fortgeschickt?"

„Du wußtest es nicht?" fragte Mannheim. „Hat sie es dir denn nicht gesagt?"

Christof war verzweifelt.

„Laß dir dadurch nicht die Laune verderben, mein Bester", meinte Mannheim, „das hat keine so große Bedeutung. Und dann war es schließlich vorauszusehen, daß am Tage, an dem die Grünebaums erfahren würden . . ."

„Was?" schrie Christof. „Was erfahren?"

„Daß sie deine Geliebte war, zum Donnerwetter!"

„Ich kenne sie ja nicht einmal, weiß nicht, wer sie ist."

Mannheim zeigte ein Lächeln, das sagen wollte:

Du hältst mich für allzu dumm!

Christof wurde böse und ersuchte Mannheim, ihm die Ehre zu erweisen, das, was er behaupte, zu glauben. Mannheim sagte:

„Dann ist es noch komischer."

Christof regte sich auf, sprach davon, die Grünebaums aufzusuchen, ihnen Bescheid zu sagen, das junge Mädchen zu rechtfertigen. Mannheim redete es ihm aus.

„Mein Lieber", sagte er, „alles, was du ihnen sagst, wird sie nur noch mehr vom Gegenteil überzeugen. Und dann ist es zu spät. Das Mädel ist jetzt weit weg."

Christof versuchte todestraurig, die Spur der jungen

Französin wiederzufinden. Er wollte ihr schreiben, sie um Verzeihung bitten. Niemand aber wußte etwas von ihr. Die Grünebaums, an die er sich wandte, schickten ihn heim; sie wüßten selbst nicht, wo sie hingegangen sei, und sie kümmerten sich nicht darum. Der Gedanke an das Böse, das er angerichtet hatte, marterte Christof: Es wurde ihm zur beständigen Gewissensqual. Mit ihr verband sich ein geheimnisvoller Zauber, der aus den entschwundenen Augen still über ihm strahlte. Reiz und Reue schienen, von der Flut der Tage und von neuen Gedanken überdeckt, sich zu verwischen; aber sie blieben dunkel auf dem Grund bestehen. Christof vergaß die, welche er sein Opfer nannte, nicht. Er hatte sich geschworen, sie wiederzufinden. Er wußte, wie wenig Aussicht er hatte; und doch war er sicher, daß er sie wiedersehen würde.

Was Corinne betraf, so antwortete sie auf keinen der Briefe, die er an sie richtete. Drei Monate später aber, als er gar nichts mehr erwartete, bekam er von ihr ein Telegramm von vierzig Worten, in dem sie drauflosalberte, ihm kleine Kosenamen gab und fragte, ob man sich immer noch „liebe". Dann kam nach wieder einer Pause von beinahe einem Jahr ein mit ihrer riesigen kinderhaften Zickzackhandschrift (die nach einer großen Dame aussehen sollte) beschriebener Brieffetzen mit ein paar herzlichen und drolligen Worten. – Und dann blieb es dabei. Sie vergaß ihn nicht; aber sie hatte keine Zeit, an ihn zu denken.

Noch ganz unter Corinnes Zauber und voll der Ideen, die sie über Kunst ausgetauscht hatten, träumte Christof davon, die Musik für ein Stück zu schreiben, in dem Corinne spielen und einige Arien singen sollte – eine Art poetischen Melodramas. Diese Kunstgattung, die einst in Deutschland in hohem Ansehen stand, die von Mozart leidenschaftlich bewundert, von Beethoven, Weber, Mendelssohn und Schumann, von allen großen Klassikern gepflegt wurde, war seit dem Triumph des Wagnertums, das die endgültige Form für Theater und Musik geschaffen haben wollte, in Ungnade gefallen. Die braven Wagnerschen Pedanten waren nicht damit zufrieden, jedes neue Melodrama zu verwerfen; sie bemühten sich, auch die alten Melodramen aufzuputzen; mit Sorgfalt strichen sie aus den Opern jede Spur gesprochener Dialoge und schrieben für Mozart, Beethoven oder Weber Rezitative nach ihrer Art; sie waren überzeugt, die Gedanken der Meister zu vervollständigen, wenn sie auf deren Meisterschöpfungen fromm ihren kleinen Unrat ablagerten.

Christof, den Corinnes Kritiken für die Schwerfälligkeit und die häufigen Häßlichkeiten Wagnerscher Deklamation besonders empfindlich gestimmt hatten, fragte sich, ob es nicht überhaupt ein Unsinn und etwas Naturwidriges sei, auf dem Theater Wort und Gesang im Rezitativ zusammenzukuppeln und zu schmieden; es war, als wolle man ein Pferd und einen Vogel vor denselben Wagen spannen. Wort und Gesang hatten jedes seinen eignen Rhythmus. Man konnte verstehen, daß ein Künstler eine der beiden Künste dem Siege der andern, von ihm bevorzugten, opferte. Aber zwischen ihnen einen Kompromiß schließen hieß sie alle beide opfern: es hieß das Wort nicht mehr als Wort, den Gesang nicht mehr als Gesang gelten lassen, hieß den breiten Lauf des Sanges in zwei langweilige Kanaldämme pressen – und des Wortes schöne nackte Glieder mit schweren und reichen Stoffen beladen, die seine Bewegungen und Schritte hemmten. Warum konnte man nicht beiden ihre Bewegungsfreiheit lassen? Gleich einem schönen Mädchen, das mit glücklich leichtem Schritt am Bach entlanggeht und wandernd träumt: das frohe Murmeln des Wassers wiegt ihr Träumen, und unbewußt geht nach und nach ihr Schritt im Takt des Quellgesangs. So müßten auch Musik und Dichtung frei und Seite an Seite dahinschreiten und ihre Träume ineinanderschlingen. – Allerdings taugte nicht alle Musik zu solcher Vereinigung, ebensowenig wie alle Dichtung. Die Gegner des Melodramas konnten viel gegen die früheren Versuche und deren Interpreten einwenden. Lange hatte Christof ihren Widerwillen geteilt: die Torheit der Schauspieler, die sich mit gesprochenen Rezitationen zur Instrumentalbegleitung befaßten, ohne sich dabei um die Begleitung zu kümmern, ohne zu versuchen, ihr die Stimme anzupassen, sondern gerade im Gegenteil alles taten, damit man nur sie selber hörte, mußte allerdings jedes musikalische Ohr empören. Seit er jedoch die harmonische Stimme Corinnes genossen hatte – diese flüssig reine Stimme, die sich in der Musik wie ein Sonnenstrahl im Wasser bewegte, die sich ganz dem Umriß einer melodischen Phrase vermählte, die wie ein schmiegsamerer, freierer Gesang war –, sah er die Schönheit einer neuen Kunst deutlich vor sich.

Vielleicht hatte er recht; aber er war noch zu unerfahren, um sich ohne Gefahr in einer Kunstgattung zu versuchen, die, wenn sie wahrhaft künstlerisch sein soll, von allen die schwierigste ist. Als erste Hauptbedingung fordert diese Kunst vollkommene Übereinstimmung der verbundenen Kräfte des Dichters, des Musikers und der Darsteller. – Christof bekümmerte sich nicht darum. Unbesonnen stürzte er sich in eine unbekannte Kunst, deren Gesetze er ganz allein nur ahnte.

Sein erster Gedanke war gewesen, ein Shakespearesches Märchen oder einen Akt aus dem zweiten Teil des *Faust* in Musik zu setzen. Die Theater aber zeigten sich wenig geneigt, einen solchen Versuch zu unternehmen; er mußte kostspielig werden und schien ihnen verrückt. In Sachen der Musik gab man ja Christofs Kennerschaft gern zu, daß er sich aber erlaubte, über das Theater seine Vorstellungen zu haben, machte die Leute lächeln: darin nahm man ihn nicht ernst. Die Welt der Töne und die der Dichtung schienen zwei einander fremde und heimlich feindliche Staaten. Um in den Dichterstaat einzudringen, mußte Christof die Mitarbeiterschaft eines Dichters dulden; und es war ihm nicht gestattet, diesen Dichter selbst zu wählen. Er selbst hätte es sich nicht erlaubt: er mißtraute seinem literarischen Geschmack. Man hatte ihm die Überzeugung beigebracht, daß er nichts von Poesie verstehe; und wirklich verstand er nichts von den Gedichten, die man rings um ihn bewunderte. Er hatte sich manchmal mit seiner gewohnten Ehrlichkeit und Hartnäckigkeit viel Mühe gegeben, die Schönheit von diesem oder jenem Gedicht herauszufühlen; aber er hatte es stets unverrichtetersache und über sich selbst ein wenig beschämt wieder aufgegeben: Nein, er war entschieden kein Dichter. Zwar liebte er gewisse alte Dichter leidenschaftlich, und das tröstete ihn ein wenig, aber wahrscheinlich liebte er sie nicht in der rechten Weise. Hatte er nicht einmal die lächerliche Idee ausgesprochen, daß nur die große Dichter seien, welche groß blieben, selbst wenn man sie in Prosa übertrage, selbst in eine fremde Sprache übertrage, und daß die Worte überhaupt nur den Wert des Seelischen hätten, das sie ausdrückten? Seine Freunde hatten sich über ihn lustig gemacht. Mannheim hatte ihn als Banausen behandelt. Er hatte nicht versucht, sich zu rechtfertigen. Da er täglich an Beispielen von Literaten, die über Musik sprachen, die Schwäche der Künstler sah, die über eine andere Kunst als die ihre zu urteilen sich anmaßten, fand er sich – wenn auch im Grunde ein wenig skeptisch – mit seiner poetischen Urteilslosigkeit ab und unterwarf sich mit geschlossenen Augen den Urteilen derer, die er in der Frage für besser unterrichtet hielt. So ließ er sich denn von seinen Freunden von der Zeitschrift einen berühmten Mann aus der dekadenten Clique aufdrängen, Stefan von Hellmuth, der ihm eine *Iphigenie* in seinem Geschmack brachte. Es war gerade die Periode, in der die deutschen Dichter, wie ihre Kollegen in Frankreich, dabei waren, alle griechischen Tragödien neu zu schaffen. Das Werk Stefan von Hellmuths war eins jener erstaunlichen griechisch-deutschen Stücke, in denen sich Ibsen, Homer und Oscar Wilde vermischen – selbstverständlich einige archäologische Handbücher nicht zu vergessen. Agamemnon war neurasthenisch und Achill impotent; sie bejammerten ihren Zustand lang und breit; und natürlich änderten ihre Klagen nichts. Die ganze Kraft des Dramas war in der Rolle der Iphigenie konzentriert – einer nervenkranken, hysterischen und pedantischen Iphigenie, die den Helden Vorschriften erteilte, wütend deklamierte, dem Publikum ihren Nietzscheschen Pessimismus entwickelte und sich todestrunken mit gellendem Gelächter selbst erdrosselte.

Nichts war Christofs Geistesrichtung so entgegengesetzt wie diese gespreizte Literatur degenerierten Barbarentums, das sich griechisch aufputzte. Rings um ihn schrie man dem Meisterwerk Beifall zu. Er wurde feige, er ließ sich überreden. Eigentlich verhielt es sich so: Er war bis zum Bersten mit Musik erfüllt und dachte an sie weit mehr als an den Text. Der Text war ihm ein Bett, um die Flut seiner Leidenschaften hineinzugießen. Von dem Zustand des Verzichtes und einer unpersönlichen geistigen Einstellung, die dem musikalischen Deuter eines dichterischen Werkes ziemten, war er so weit wie irgend denkbar entfernt. Er dachte nur an sich und nicht an das Werk. Wohl hütete er sich, das zuzugeben. Übrigens gab er sich Illusionen hin: er sah in der Dichtung etwas ganz anderes, als was darin lag. Geradeso wie er es als Kind getan, hatte er sich schließlich in seinem Kopf ein ganz anderes Stück aufgebaut als das, welches er vor Augen hatte.

Erst im Lauf der Proben wurde er des wirklichen Werkes gewahr. Eines Tages, als er eine Szene anhörte, erschien ihm diese so blödsinnig, daß er meinte, die Schauspieler entstellten sie; und er war anmaßend genug, sie nicht nur ihnen in Gegenwart des Dichters, sondern sogar diesem selber, der seine Darsteller verteidigte, erklären zu wollen. Der Autor warf sich in die Brust und sagte in beleidigtem Ton, er glaube zu wissen, was er habe schreiben wollen. Christof gab sich aber durchaus nicht zufrieden und blieb dabei, daß Hellmuth es ganz falsch auffasse. Die allgemeine Heiterkeit belehrte ihn, daß er sich lächerlich mache. Er schwieg, da er doch zugeben mußte, daß schließlich ja nicht er die Verse geschrieben hatte. Da erkannte er die niederschmetternde Nichtigkeit des Stückes und wurde davon ganz bedrückt; er fragte sich, wie er sich nur so habe täuschen können, nannte sich Dummkopf und raufte sich die Haare. Sosehr er sich auch beruhigen wollte und immer wiederholte: „Du verstehst nichts davon: das ist nicht deine Sache. Kümmere dich um deine Musik!“, schämte er sich doch so für gewisse Albernheiten, das gespreizte Pathos, die schreiende Unechtheit der Worte, Gebärden, Stellungen, daß er, während er das Orchester dirigierte, in manchen Augenblicken nicht die Kraft hatte, seinen Taktstock zu heben. Er hätte sich im Souffleurkasten verstecken mögen. Um zu verbergen, was er dachte, war er zu offen und ein zu schlechter Diplomat. Jeder merkte es: seine Freunde, die Schauspieler und der Autor. Hellmuth fragte ihn mit verkniffenem Lächeln:

„Hat das Stück denn noch nicht das Glück, Ihnen zu gefallen?“

Christof antwortete tapfer:

„Wenn ich die Wahrheit sagen soll, nein. Ich verstehe es nicht.“

„Sie haben es also, um Ihre Musik zu schreiben, nicht gelesen?“

„Doch“, meinte Christof naiv, „aber ich habe mich geirrt; ich verstand etwas ganz anderes.“

„Dann ist es schade, daß Sie nicht selbst etwas geschrieben haben, was Sie verstehen.“

„Ach! Wenn ich es nur gekonnt hätte!“ sagte Christof.

Der gekränkte Dichter kritisierte, um sich zu rächen, die Musik. Er klagte darüber, daß sie zuviel Raum einnehme und daß man neben ihr die Verse nicht höre.

Wenn so der Dichter den Musiker nicht verstand und ebensowenig der Musiker den Dichter, so verstanden die Schauspieler weder den einen noch den andern und kümmerten sich auch gar nicht darum. Sie fahndeten in ihren

Rollen nur nach Stellen, in denen sie von Zeit zu Zeit ihre gewohnten Effekte anbringen konnten. Es war gar keine Rede davon, ihren Vortrag der Gesamtheit des Stückes und dem musikalischen Rhythmus anzupassen: sie gingen nach der einen Seite, die Musik nach der andern. Es war, als sängen sie beständig falsch. Christof fletschte die Zähne darüber und schrie ihnen bis zur Erschöpfung ihren Ton zu. Sie ließen ihn schreien und blieben unerschütterlich in ihrer Art, ja, sie verstanden nicht einmal, was er von ihnen wollte. Wären die Proben nicht schon so vorgeschritten gewesen und würde er nicht Angst vor einem Prozeß gehabt haben, so hätte Christof alles hingeworfen. Mannheim, den er an seiner Entmutigung teilhaben ließ, machte sich über ihn lustig.

„Was ist denn los?" fragte er. „Alles geht doch sehr schön. Ihr versteht euch nicht? Na, was macht denn das? Wer hat je außer dem Autor ein Werk verstanden? Es ist noch ein Glück, wenn er sich selbst versteht!"

Christof quälte sich wegen der Plattheit des Gedichtes, dessentwegen, wie er sagte, seine Musik durchfallen würde. Mannheim gab ohne viel Schwierigkeit zu, daß die Dichtung keinen Sinn und Verstand habe und daß Hellmuth ein „Gimpel" sei; aber er hegte seinetwegen keinerlei Besorgnis: Hellmuth gab gute Diners und hatte eine hübsche Frau! Was braucht es für die Kritik noch mehr? – Christof zuckte die Achseln und sagte, er habe keine Zeit, Possen mit anzuhören.

„Aber das sind doch keine Possen!" rief Mannheim lachend. „So sind nun die ernsten Leute! Keine Ahnung haben sie, was im Leben zählt."

Und er riet Christof, sich nicht allzusehr mit Hellmuths Angelegenheiten abzugeben und an seine eigenen zu denken. Er redete ihm zu, ein wenig Reklame zu machen. Christof wies das mit Entrüstung zurück. Einem Reporter, der ihn über sein Leben interviewen wollte, antwortete er wütend:

„Das geht Sie nichts an!"

Und als man ihn um seine Photographie für eine Zeitschrift bat, ging er vor Zorn hoch und schrie, er wäre, Gott sei gedankt, kein Kaiser, der seinen Kopf für die Vorübergehenden ausstellen müsse. – Unmöglich war es, ihn mit den einflußreichen Gesellschaftskreisen in Verbindung zu bringen. Er antwortete auf keine Einladung; und war er einmal zufällig gezwungen anzunehmen, vergaß er hinzugehen oder ging in so schlechter Laune, daß es schien, er habe es darauf abgesehen, aller Welt unangenehm zu werden.

Die Krone von allem aber war, daß er sich zwei Tage vor der Aufführung mit seiner Zeitschrift überwarf.

Was einmal kommen mußte, kam. Mannheim hatte seine Überarbeitung von Christofs Aufsätzen fortgeführt; und er scheute sich nicht, ganze Zeilen voller Kritik zu streichen und sie durch lobende zu ersetzen.

Eines Tages sah sich Christof in einem Salon einem Virtuosen gegenüber – einem geschniegelten Pianisten, den er heruntergemacht hatte und der auf ihn zukam, um ihm mit einem breiten Lächeln zu danken. Er antwortete brutal, daß er nicht wisse, wofür. Der andere blieb dabei und ergoß sich in Dankbarkeitsversicherungen. Christof schnitt ihm kurz das Wort ab und sagte, wenn er von dem Aufsatz befriedigt sei, so wäre das seine Sache, jedenfalls sei der Aufsatz nicht dazu geschrieben worden, ihm eine Freude zu machen. Und er kehrte ihm den Rücken. Der Virtuose nahm ihn für einen gutherzigen Brummbären und ging lachend davon. Christof aber, dem es in den Sinn kam, daß er einige Zeit zuvor eine Dankeskarte von einem andern seiner Opfer erhalten hatte, wurde plötzlich von einem Verdacht ergriffen. Er ging fort, kaufte an einem Zeitungskiosk die letzte Nummer der Zeitschrift, suchte seinen Aufsatz, las... Einen Augenblick fragte er sich, ob er verrückt werde. Dann verstand er; und in rasender Wut stürzte er in die Redaktion des *Dionysos*.

Waldhaus und Mannheim befanden sich dort in Unterhaltung mit einer ihrer Freundinnen vom Theater. Sie hatten nicht nötig, Christof zu fragen, warum er komme. Ohne sich Zeit zu nehmen, Atem zu schöpfen, warf Christof die Nummer der Zeitschrift auf den Tisch und schrie sie mit unerhörter Heftigkeit an, brüllte, titulierte sie Kerle, Lumpen, Fälscher und schlug aus Leibeskräften. dazu mit einem Stuhl auf den Boden. Mannheim versuchte zu lachen. Christof wollte ihm einen Fußtritt geben. Mannheim flüchtete hinter den Tisch und bog sich vor Lachen. Waldhaus aber behandelte Christof sehr von oben herab. Würdig und steif, bemühte er sich inmitten des Getöses, ihm zu verstehen zu geben, daß er solchen Ton ihm gegenüber nicht gestatte und daß Christof von ihm hören werde. Damit überreichte er ihm seine Karte. Christof warf sie ihm an die Nase.

„Großmaul! – Ihre Karte brauche ich nicht, um zu wissen, was Sie sind ... Ein Lumpenkerl sind Sie und ein Fälscher! – Und Sie meinen, ich werde mich mit Ihnen schlagen? – Eine Züchtigung, das ist alles, was Sie verdienen!"

Bis auf die Straße hörte man seine Stimme. Die Leute blieben stehen, um zuzuhören. Mannheim schloß die Fenster. Die erschrockene Besucherin wollte fliehen. Christof aber verstellte die Tür. Der bleiche und vor Zorn berstende Waldhaus, der stotternde und hohnlächelnde Mannheim versuchten zu antworten. Christof ließ sie überhaupt nicht zu Worte kommen. Was er sich nur an beleidigendsten Dingen vorstellen konnte, entlud er über sie und ging nicht eher fort, als bis er mit seinem Atem und seinen Schimpfworten am Ende war. Waldhaus und Mannheim kamen erst wieder zu Stimme, nachdem er fort war. Mannheim fand seine Haltung schnell wieder: Beleidigungen glitten von ihm ab wie Wasser an Entenfedern. Waldhaus aber blieb erbittert: seine Würde war tödlich getroffen worden. Und was die Schande noch nagender machte, war, daß sie Zeugen gehabt hatten: Das konnte er niemals verzeihen. Seine Kollegen stimmten ihm zu. Mannheim allein war auch fernerhin Christof nicht böse: er hatte übergenug an Spaß durch ihn gehabt. Er fand, daß alles, was er sich auf seine Kosten zugute getan hatte, mit ein paar derben Worten nicht zu teuer bezahlt war. Es war ein prachtvoller Witz gewesen; wäre er selbst dessen Gegenstand gewesen, so hätte er als erster darüber gelacht. So war er auch bereit, Christof die Hand zu drücken, als wenn nichts geschehen wäre. Christof aber war nachtragender und stieß jedes Entgegenkommen zurück. Mannheim nahm es sich nicht weiter zu Herzen: Christof war ein Spielzeug, aus dem er jedes mögliche Vergnügen herausgezogen hatte. Er begann sich für einen andern Hampelmann zu entflammen. Von einem Tag zum andern war alles zwischen ihnen zu Ende. Das hinderte Mannheim durchaus nicht, zu sagen, sie wären intime Freunde, wenn von Christof die Rede war. Und vielleicht glaubte er es sogar.

Zwei Tage nach dem Zwist fand die Premiere der *Iphigenie* statt. Es war ein vollkommener Durchfall. Die Zeitschrift von Waldhaus lobte die Dichtung und sagte nichts über die Musik. Die übrigen Zeitungen und Zeitschriften aber taten sich gütlich daran. Man lachte und pfiff. Nach der dritten Aufführung wurde das Stück abgesetzt; aber die Spötteleien hörten noch lange nicht auf. Man war nur allzu froh, bei dieser Gelegenheit über Christof herziehen zu können; und die *Iphigenie* blieb während mehrerer Wochen ein Gegenstand unerschöpflicher Witze. Man wußte, Christof hatte keine Verteidigungswaffe mehr, und das nutzte man aus. Das einzige, was ihn noch ein wenig hielt, war seine Stellung am Hof. Obgleich seine Beziehungen zum Großherzog ziemlich kühl geworden waren, seit ihm dieser bei den verschiedensten Anlässen Vorstellungen gemacht hatte, denen er nicht im geringsten Rechnung getragen hatte, begab er sich doch weiter von Zeit zu Zeit aufs

Schloß und genoß dadurch in den Augen des Publikums eine Art offizieller Protektion, die allerdings mehr scheinbar als wirklich war. – Er legte es darauf an, diese letzte Stütze selbst zu zerstören.

Er litt unter den Kritiken. Sie wandten sich nicht allein gegen seine Musik, sondern gegen seine Idee einer neuen Kunstform, die zu verstehen man sich keine Mühe gab; viel einfacher war es ja, sie zu entstellen, um sie dann nach Belieben lächerlich zu machen. Christof besaß noch nicht die Reife, um sich zu sagen, daß die beste Antwort auf böswillige Kritiken ist, keine Antwort zu geben und weiter zu schaffen. Seit ein paar Monaten hatte er die schlechte Gewohnheit angenommen, keinen ungerechten Angriff vorübergehen zu lassen, ohne darauf zu erwidern. So schrieb er einen Artikel, in dem er einige seiner Gegner durchaus nicht schonte. Die beiden anständigen Zeitungen, denen er ihn brachte, gaben ihn ihm zurück, indem sie sich mit ironischer Höflichkeit entschuldigten, ihn nicht veröffentlichen zu können. Christof wollte seinen Kopf durchsetzen. Das sozialistische Blatt der Stadt, das ihm einige Avancen gemacht hatte, fiel ihm ein. Er kannte einen der Redakteure; sie unterhielten sich manchmal miteinander. Christof machte es Vergnügen, jemand zu treffen, der freiheitlich von der Gewalt, von der Armee, von drückenden und veralteten Vorurteilen redete. Aber die Unterhaltung dehnte sich nie sehr weit aus; denn sie drehte sich bei dem Sozialisten immer um Karl Marx, der Christof absolut gleichgültig war. Außerdem fand er in diesen Reden eines „freien Menschen“ – außer einem Materialismus, der ihm nicht sonderlich zusagte – eine pedantische Strenge wieder, einen Gedankendespotismus, einen versteckten Machtkult, einen umgekehrten Militarismus; das alles klang nicht sehr verschieden von dem, was er täglich in Deutschland hörte.

Trotzdem erinnerte er sich an ihn und seine Zeitung, als sich die Türen der andern Redaktionen vor ihm verschlossen. Er sagte sich wohl, daß sein Schritt Ärgernis erregen würde: die Zeitung war maßlos, gehässig und wurde fortwährend verurteilt. Da Christof sie aber nicht las, dachte er nur an die Kühnheit ihrer Anschauungen, die ihn durchaus nicht erschreckte, und nicht an die Niedrigkeit des Tons, die ihn abgestoßen hätte. Im übrigen war er gegen das heimtückische Einverständnis der andern Zeitungen so in Wut gebracht und so darauf versessen, es zu ersticken, daß er vielleicht sogar darüber, wenn er besser unterrichtet worden wäre, hinweggesehen hätte. Er wollte den Leuten zeigen, daß man sich seiner nicht so leicht entledigte. – So trug er also den Artikel in die sozialistische Redaktion, die ihn mit offenen Armen empfing. Am nächsten Morgen erschien der Aufsatz; und die Zeitung verkündete dazu in pathetischen Ausdrücken, daß sie sich der Mitarbeiterschaft des jungen und talentvollen Meisters, des Bürgers Krafft, versichert habe, dessen glühende Sympathien für die Forderungen der Arbeiterklasse allgemein bekannt seien.

Christof las weder die Fußnote noch den Aufsatz, denn er war an jenem Morgen – einem Sonntag – vor der Morgendämmerung zu einem Spaziergang durch die Felder fortgegangen. Er war in wunderbarer Stimmung. Als er die Sonne aufgehen sah, schrie er, lachte, jodelte, sprang und tanzte. Keine Zeitschrift mehr, keine Kritiken mehr! Frühling war's, und die Musik des Himmels und der Erde, die schönste von allen, kehrte wieder. Nichts mehr von den düsteren, erstickenden und stinkenden Konzertsälen, von widerwärtigen Nachbarn, von geschmacklosen Virtuosen! Man hörte den wundersamen Sang murmelnder Wälder erklingen. Und über die Felder strichen gleich Wogen berauschende Düfte des Lebens, das allerorten die Erdrinde sprengte.

Der Kopf summte ihm von Luft und Licht, als er vom Spaziergang heimkehrte. Da gab ihm seine Mutter einen

Brief, den man während seiner Abwesenheit aus dem Schloß überbracht hatte. Der Brief war in unpersönlicher Form gehalten und benachrichtigte Herrn Krafft, daß er sich während des Vormittags aufs Schloß zu begeben habe. – Der Morgen war verstrichen, es war beinahe ein Uhr. Christof rührte das wenig.

„Jetzt ist es zu spät", sagte er. „So wird es eben morgen sein."

Seine Mutter aber war unruhig.

„Nein, nein, man kann eine Aufforderung Seiner Hoheit nicht einfach aufschieben; du muß sofort gehen. Vielleicht handelt es sich um eine wichtige Angelegenheit."

Christof zuckte die Achseln.

„Wichtig? Als ob diese Individuen einem irgend etwas Wichtiges sagen könnten! Er wird mir seine großen Gedanken über Musik entwickeln. Das wird heiter werden! – Ihm ist wohl der Einfall gekommen, mit Siegfried Meyer[1] zu konkurrieren, und er hat wohl auch einen *Sang an Ägir* vorzuzeigen! Ich werde ihn nicht schonen. Ich werde ihm sagen: Treiben Sie Ihre Politik. Da sind Sie Meister: Sie werden stets recht behalten. Vor der Kunst aber nehmen Sie sich in acht! In der Kunst sieht man Sie ohne Helmfederbusch, ohne Mütze, ohne Uniform, ohne Geld, ohne Titel, ohne Ahnen und Schildwachen; und – zum Donnerwetter! – denken Sie mal ein bißchen nach: Was bleibt da noch von Ihnen übrig?"

Die gute Luise, die alles ernst nahm, hob die Arme zum Himmel.

„Das wirst du doch nicht sagen! – Du bist verrückt! Du bist verrückt!"

Ihm machte es Spaß, sie zu ängstigen, und er trieb sein Spiel mit ihrer Gutgläubigkeit, bis die Übertreibungsdosis so stark war, daß Luise schließlich begriff, daß er sich über sie lustig machte. Sie zuckte die Achseln.

„Du bist zu albern, mein lieber Junge!"

1 Gebräuchliche scherzhafte Auslegung der Abkürzung S. M. (Seine Majestät).

Er umarmte sie lachend. Er war prächtiger Laune. Während des Spaziergangs hatte er ein schönes musikalisches Thema gefunden; und er fühlte, wie es sich in ihm wie ein Fisch im Wasser tummelte. Bevor er nicht gegessen hatte, wollte er durchaus nicht aufs Schloß: er habe einen Riesenhunger. Dann prüfte Luise seinen Anzug, denn er fing wieder an, sie zu quälen; er behauptete, so wie er aussähe, mit seinen alten Kleidern und bestaubten Schuhen, sei er gut genug. Das hinderte ihn aber nicht, sie zu wechseln und selber seine Stiefel zu wichsen, wobei er wie eine Amsel pfiff und alle Orchesterinstrumente nachahmte. Als er fertig war, nahm seine Mutter alles in Augenschein und band seinen Schlips ernsthaft noch einmal. Ausnahmsweise war er sehr geduldig, weil er mit sich zufrieden war – was ebenfalls nicht sehr häufig vorkam. Er ging und sagte im Fortgehen, er wolle die Prinzessin Adelheid entführen – die Tochter des Großherzogs, eine recht hübsche Frau, die an einen kleinen deutschen Fürsten verheiratet war und die gerade ein paar Wochen bei ihren Eltern verbrachte. Sie hatte Christof, als er Kind war, einst einige Zuneigung erwiesen, und er hatte eine Schwäche für sie; Luise behauptete, er sei in sie verliebt; und er tat aus Spaß, als sei er es.

Er beeilte sich nicht, schlenderte an den Läden entlang, blieb auf der Straße stehen, um einen Hund zu streicheln, der wie er herumbummelte und jetzt auf der Seite lag und in die Sonne gähnte. Er übersprang die harmlose Ketteneinfassung, die den Schloßplatz umzog – ein großes, verlassenes, von Gebäuden umgebenes Viereck mit zwei verschlafenen Fontänenstrahlen, zwei symmetrischen und schattenlosen Beeten, die scheitelartig durch eine sandige, sorgfältig geharkte Allee getrennt waren; in Kübel gepflanzte Orangenbäume umrandeten sie. In der Mitte stand die Bronzestatue irgendeines Großherzogs im Kostüm Louis-Philippes auf einem Sockel, der an seinen vier Ecken mit den Allegorien der Tugenden geschmückt war. Auf einer Bank war ein vereinzelter Spaziergänger über seiner

Zeitung eingeschlafen. Am Gittertor des Schlosses schlief ein überflüssiger Soldatenposten. Hinter den Gräben gähnten, als wollten sie sich über den Schloßwall lustig machen, zwei verschlafene Kanonen in die verschlafene Stadt. Christof lachte ihnen allen ins Gesicht.

Er trat ins Schloß, ohne sich zu bemühen, eine förmlichere Haltung anzunehmen, nur das Gesumm stellte er ein; jedoch innerlich tanzten seine Gedanken noch weiter. Er warf seinen Hut auf den Tisch der Halle und sprach dabei den alten Türhüter, den er seit seiner Kindheit kannte, vertraulich an. (Der Biedermann stand da schon seit dem ersten Besuch, den Christof mit seinem Großvater im Schloß gemacht hatte, an jenem Abend, an dem sie Haßler vorgestellt worden waren.) Aber der Alte, welcher Christofs etwas respektlose Launen stets wohlwollend aufgenommen hatte, setzte diesmal eine schroffe Miene auf. Christof achtete nicht darauf. Ein paar Schritte weiter, im Vorzimmer, traf er auf einen Kanzleibeamten, der sehr geschwätzig und für gewöhnlich ihm gegenüber sehr ausgiebig mit Freundschaftsbezeigungen war; Christof war von der Eilfertigkeit überrascht, die der Mensch an den Tag legte, um vorüberzukommen und einem Gespräch aus dem Wege zu gehen. Jedoch hielt er sich bei diesen Eindrücken nicht auf, er setzte seinen Weg fort und bat, vorgelassen zu werden.

Er trat ein. Das Essen war gerade beendet. Seine Hoheit hielt sich in einem der Salons auf. Er rauchte, an den Kamin gelehnt, und unterhielt sich mit seinen Gästen, unter denen Christof seine Prinzessin bemerkte, die ebenfalls rauchte; sie saß nachlässig tief in einem Sessel und sprach sehr laut zu einigen Offizieren, die um sie herumstanden. Die Gesellschaft war angeregt. Alle waren äußerst heiter; und Christof hörte im Eintreten das volle Lachen des Großherzogs. Aber dies Lachen brach kurz ab, als der Fürst Christof sah. Er stieß ein Brummen aus und ging stracks auf ihn los.

„Ah, da sind Sie ja, Sie!" schrie er. „Endlich haben Sie

die Gnade, zu kommen? Denken Sie etwa, immer so weiter Ihre Scherze mit mir zu treiben? Sie sind ein sauberer Bursche, Herr Krafft!“

Christof wurde durch dieses unmittelbar auf ihn eindringende Geschoß so aus der Fassung gebracht, daß es einen Augenblick dauerte, ehe er ein Wort hervorbringen konnte. Er dachte an nichts anderes als an seine Verspätung, die aber doch solche Heftigkeit nicht rechtfertigen konnte. Er stammelte:

„Hoheit, was habe ich getan?“

Seine Hoheit hörte nicht und fuhr voller Zorn fort:

„Schweigen Sie! Ich lasse mich durch einen frechen Burschen nicht beleidigen.“

Christof erblaßte und rang gegen seine zusammengeschnürte Kehle, die ihm das Wort verweigerte. Nach gewaltsamer Anstrengung schrie er los:

„Hoheit, Sie haben kein Recht . . . Selbst Sie haben kein Recht, mich zu beleidigen, ohne mir zu sagen, was ich getan habe.“

Der Großherzog wandte sich zu seinem Sekretär, der eine Zeitung aus der Tasche zog und sie ihm reichte. Er war dermaßen außer sich, daß sein cholerisches Temperament nicht die einzige Erklärung dafür sein konnte: Die Wirkung allzu ausgiebig genossenen Weins hatte auch ihr Teil daran. Er pflanzte sich vor Christof auf und fuchtelte ihm wie ein Torero mit seiner Capa mit der zerfalteten und zerknüllten Zeitung wütend vor dem Gesicht herum. Dabei schrie er:

„Da haben Sie Ihren Unrat, Herr Krafft! – Sie verdienten, daß man Ihnen die Nase hineinhält!“

Christof erkannte die sozialistische Zeitung.

„Ich verstehe nicht, was dabei Böses ist“, sagte er.

„Was! Was!“ kläffte der Großherzog. „Sie sind wirklich von einer Unverschämtheit! – Dies Lumpenblatt, das mich täglich beschimpft, das Unsauberkeiten gegen mich speit!“

„Durchlaucht!“ sagte Christof. „Ich habe es nie gelesen.“

„Sie lügen!" schrie der Großherzog.

„Ich verbitte mir, daß Sie mich der Lüge zeihen", sagte Christof. „Ich habe es nicht gelesen, ich kümmere mich nur um Musik. Und übrigens habe ich das Recht, zu schreiben, wo ich mag."

„Sie haben keinerlei Recht außer dem, Ihren Mund zu halten. Ich bin Ihnen gegenüber zu gut gewesen. Ich habe Sie und die Ihren mit Wohltaten überschüttet, trotz Ihres und Ihres Vaters schlechten Betragens, das mir Grund genug gegeben hätte, mich von Ihnen loszusagen. Ich verbiete Ihnen, weiter in einer Zeitung, die mir feindlich ist, zu schreiben. Und außerdem verbiete ich Ihnen im allgemeinen, in Zukunft irgend etwas, was es auch sei, ohne meine Genehmigung zu schreiben. Ich habe gerade genug von Ihren musikalischen Streitereien. Ich gebe nicht zu, daß jemand, der sich meiner Protektion erfreut, seine Zeit damit hinbringt, alles, was Menschen von Geschmack und Herz, alles, was wahren Deutschen teuer ist, anzugreifen. Sie täten besser, anständigere Musik zu schreiben und, wenn Ihnen das unmöglich ist, bei Ihren Tonleitern und Übungen zu bleiben. Ich danke für einen musikalischen Bebel, der sich damit die Zeit vertreibt, die Ruhmestaten der Nation zu entehren und die Gemüter zu verwirren. Wir wissen, Gott sei Dank, was gut ist! Wir haben, um es zu wissen, nicht darauf gewartet, daß Sie es uns sagen. Also machen Sie, daß Sie an Ihr Klavier kommen, mein Herr, und lassen Sie uns in Frieden!"

Gesicht an Gesicht mit Christof, schaute ihn der starke Mann mit herausfordernden Augen an. Christof war leichenblaß, er versuchte zu sprechen, seine Lippen bebten; er stotterte:

„Ich bin nicht Ihr Sklave, ich rede, was ich will, ich schreibe, was ich will..."

Seine Stimme erstickte, er war nahe daran, vor Scham und Zorn zu weinen; seine Knie zitterten. Bei einer plötzlichen Ellenbogenbewegung, die er jetzt machte, warf er etwas auf dem Möbel, an dem er stand, um. Er fühlte, daß er lächerlich war; und wirklich vernahm er ein Lachen. Als er in den Hintergrund des Salons schaute, sah er dort wie durch einen Nebel hindurch die Prinzessin, die den Auftritt verfolgte und dabei mit ihren Nachbarn ironisch-mitleidige Bemerkungen austauschte. Von diesem Augenblick an verlor er das deutliche Bewußtsein dessen, was vorging. Der Großherzog schrie. Christof schrie lauter als er, ohne zu wissen, was er sagte. Der Sekretär des Fürsten und ein anderer Beamter kamen auf ihn zu und suchten ihn zum Schweigen zu bringen: er stieß sie zurück. Er fuchtelte beim Sprechen mit einem Aschenbecher umher, den er mechanisch von dem Tisch genommen hatte, an dem er lehnte. Er hörte, wie der Sekretär zu ihm sagte:

„Werden Sie das wohl loslassen, lassen Sie das los!“

Und er hörte sich selber zusammenhanglose Worte schreien und mit dem Aschenbecher auf den Tischrand schlagen.

„Hinaus!“ brüllte der Großherzog in höchster Wut. „Hinaus! Hinaus! Ich jage Sie davon!“

Die Offiziere hatten sich dem Fürsten genähert und suchten ihn zu beruhigen. Der Großherzog war nahe daran, vom Schlag getroffen zu werden, und schrie mit aus dem Kopf quellenden Augen, man solle diesen Landstreicher vor die Tür setzen. Christof sah vor blinder Leidenschaft nichts mehr: er war nahe daran, dem Großherzog mit der Faust ins Gesicht zu schlagen. Aber er wurde von einem Chaos widersprechender Gefühle niedergehalten: der Scham, der Wut, einem Rest von Schüchternheit, von germanischer Treue, überliefertem Respekt, anerzogener Unterwürfigkeit vor dem Fürsten! Er wollte sprechen, er konnte es nicht; er wollte etwas tun, er konnte es nicht; er sah und hörte nichts mehr; er ließ sich hinausstoßen.

Er schritt mitten durch einen Haufen unbeweglicher Diener, die an die Tür gekommen waren und sich nichts von dem lauten Streit hatten entgehen lassen. Die dreißig

Schritte, die er zu machen hatte, um aus dem Vorzimmer hinauszukommen, schienen ihm ein ganzes Leben zu dauern. Die Galerie wurde immer länger, je weiter er ging. Würde er denn niemals hinausgelangen! – Das Sonnenlicht, das er da unten durch die Glastür leuchten sah, schien ihm die Rettung. Stolpernd stieg er die Treppe hinab; daß er barhäuptig war, vergaß er; der alte Türsteher rief ihn zurück, damit er seinen Hut nähme. Er mußte alle seine Kräfte zusammenraffen, um aus dem Schloß zu kommen, den Hof zu durchschreiten, nach Hause zu gelangen. Seine Zähne schlugen aufeinander. Als er daheim die Tür öffnete, war seine Mutter entsetzt über sein Aussehen und sein Zittern. Er schob sie beiseite und verweigerte jede Antwort auf ihre Fragen. Er stieg in sein Zimmer hinauf, schloß sich ein und legte sich zu Bett. Er wurde von so heftigem Schauer geschüttelt, daß er es nicht fertigbrachte, sich auszuziehen; sein Atem ging stoßweise, und seine Glieder waren wie zerschlagen ... Ach! Nichts mehr sehen, nichts mehr fühlen müssen; diesen elenden Leib nicht mehr aufrecht halten, nicht mehr gegen das gemeine Leben kämpfen müssen; fallen, fallen ohne Atem, ohne Denken, nicht mehr, nirgend mehr sein ... Nachdem er sich seine Kleider endlich mit übermenschlicher Mühe heruntergerissen und um sich her auf die Erde gestreut hatte, warf er sich in sein Bett und vergrub sich bis über die Augen darin. Jedes Geräusch im Zimmer schwieg: Man hörte nichts mehr als das kleine eiserne Bett, das auf der Diele zitterte.

Luise horchte an der Tür; sie klopfte vergebens, rief leise: nichts antwortete. Sie wartete, spähte angstvoll in die Stille; dann ging sie davon. Ein- oder zweimal am Tage kam sie lauschend zurück und dann noch am Abend vor dem Zubettgehen. Der Tag verstrich, die Nacht verstrich: Das Haus war verstummt. Christof bebte im Fieber; in manchen Augenblicken weinte er; und in der Nacht richtete er sich auf und drohte mit der Faust gegen die Mauer. Gegen zwei Uhr morgens stand er in einer Art Wahnsinn, in

Schweiß gebadet und halb nackt, auf: er wollte den Großherzog töten. Haß und Beschämung zerrissen ihn; Leib und Seele wanden sich in ihrem Feuer. – Von diesem Sturm drang nichts nach außen: kein Wort, kein Laut. Mit zusammengebissenen Zähnen verschloß er alles in sich.

Am nächsten Morgen kam er wie gewöhnlich herunter. Er sah verwüstet aus. Er sagte nichts, und seine Mutter wagte ihn nichts zu fragen: sie wußte durch die Zuträgereien der Nachbarschaft schon Bescheid. Den ganzen Tag lang blieb er stumm, fiebrig, mit gebeugtem Rücken wie ein Greis auf einem Sessel vor dem Feuer sitzen; und war er allein, so weinte er still.

Gegen Abend besuchte ihn der Redakteur der sozialistischen Zeitung. Natürlich war er auf dem laufenden und wollte Einzelheiten wissen. Christof war von seinem Besuch gerührt und deutete ihn naiv als ein Zeichen von Anteilnahme und eine Entschuldigung derer, die ihn bloßgestellt hatten; er setzte seinen Stolz darein, so zu tun, als bereue er nichts, und ließ sich dazu verführen, alles, was er auf dem Herzen hatte, zu sagen; es war ihm eine Erleichterung, einem Manne gegenüber, der wie er den Haß gegen Unterdrückung hegte, freimütig zu sprechen. Der andere verlockte ihn zur Aussprache. Er sah in dem Ereignis ein gutes Geschäft für seine Zeitung und die Gelegenheit zu einem Skandalartikel, zu dem ihm Christof den Stoff liefern sollte, falls er ihn nicht etwa selbst schreiben wollte; denn er rechnete damit, daß nach dieser Geschichte der Hofmusiker sein sehr schätzenswertes polemisches Talent und seine kleinen Geheimdokumente über den Hof, die noch mehr wert waren, in den Dienst „der Sache" stellen würde. Da er nicht auf übertriebenes Zartgefühl hielt, stellte er ihm das schmucklos dar. Christof gab das einen Ruck; er erklärte, daß er nichts schreiben würde, und führte an, jeder Angriff auf den Großherzog von seiner Seite würde in diesem Augenblick als ein persönlicher Racheakt ausgelegt werden und daß er jetzt in seiner Freiheit auf mehr Zurückhaltung angewiesen sei als zur Zeit seiner Gebundenheit, da es für ihn noch Gefahr bedeutete, wenn er sagte, was er dachte. Der Journalist begriff von diesen Skrupeln nichts. Er hielt Christof im Grunde für ein wenig beschränkt und klerikal; vor allem dachte er, daß Christof Furcht habe.

Er sagte:

„Nun gut, dann lassen Sie uns nur machen. Ich werde selber schreiben. Sie brauchen sich um nichts zu kümmern."

Christof beschwor ihn zu schweigen; aber er hatte keinerlei Mittel, ihn dazu zu zwingen. Übrigens stellte ihm der Journalist vor, daß die Angelegenheit ihn nicht allein betreffe; die Beleidigung gelte der Zeitung, die das Recht habe, sich zu rächen. Darauf konnte man nichts erwidern. Alles, was Christof tun konnte, war, ihm sein Wort abzuverlangen, daß er gewisse Vertraulichkeiten, die für den Freund und nicht für den Publizisten bestimmt waren, nicht mißbrauchen werde. Der andere gab es ihm ohne Zögern. Christof fühlte sich dadurch nicht sicherer; zu spät gab er sich von der Unvorsichtigkeit, die er begangen hatte, Rechenschaft. – Als er allein war, ließ er sich alles, was er gesagt hatte, noch einmal durch den Kopf gehen und erschauerte. Ohne eine Minute zu überlegen, schrieb er dem Journalisten und beschwor ihn von neuem, das, was er ihm anvertraut hatte, nicht zu wiederholen (der Unglückliche wiederholte es zum Teil in seinem Briefe selber).

Als er mit fieberhafter Hast am nächsten Morgen die Zeitung aufschlug, fiel sein erster Blick auf seine lang und breit vorgetragene Geschichte. Alles, was er am Abend vorher gesagt hatte, fand er jämmerlich entstellt wie alle Dinge, die durch das Gehirn eines Journalisten hindurchgehen, und zugleich maßlos übertrieben wieder. Der Artikel griff den Großherzog und seinen Hof in gemeinen Schimpfworten an; doch waren gewisse Einzelheiten für

Christof zu charakteristisch, zu offensichtlich nur ihm allein bekannt, als daß man ihm nicht den ganzen Aufsatz zuschreiben mußte.

Dieser neue Schlag schmetterte Christof nieder. Er las und las, während ihm kalter Schweiß ins Gesicht stieg. Als er fertig war, saß er verzweifelt da. Er wollte in die Redaktion laufen; aber seine Mutter fürchtete nicht ohne Grund seine Heftigkeit und hielt ihn davon ab. Er selber fürchtete sie. Er fühlte: Ging er hin, würde er irgendeine Torheit vollführen. Und so blieb er – um eine andere zu begehen. Er schickte dem Journalisten einen empörten Brief, in dem er ihm in verletzenden Ausdrücken sein Betragen vorwarf, den Artikel widerrief und mit der Partei brach. Der Widerruf erschien nicht. Christof schrieb darauf an die Zeitung und flehte sie an, seinen Brief zu veröffentlichen. Man schickte ihm eine Abschrift seines ersten Briefes, den er am Abend der Unterredung geschrieben hatte und der deren Bestätigung war; man fragte ihn, ob man auch diesen veröffentlichen solle. So fühlte er sich in ihrer Hand. Überdies hatte er das Unglück, den indiskreten Interviewer auf der Straße zu treffen; er konnte sich nicht enthalten, ihm die Verachtung, die er für ihn empfand, auszudrücken. Am nächsten Morgen veröffentlichte die Zeitung einen kurzen, beleidigenden Artikel, in dem man von Hoflakaien sprach, die, selbst wenn man sie vor die Tür gesetzt hätte, immer Lakaien blieben. Einige Hinweise auf das kürzlich geschehene Ereignis ließen keinen Zweifel darüber, daß es sich um Christof handelte.

Nachdem es für alle völlig offenbar war, daß Christof keinerlei Rückhalt mehr hatte, sah er sich plötzlich einer solchen Unmenge von Feinden gegenüber, wie er sie nie geahnt hatte. Alle, die er direkt oder indirekt beleidigt hatte, sei es durch persönliche Kritik, sei es durch Bekämpfung ihrer Ideen und ihres Geschmacks, gingen nun zum

Angriff über und rächten sich reichlich. Das große Publikum, das Christof aus seiner Apathie aufzurütteln versucht hatte, nahm höchst befriedigt von der Strafe Notiz, die den unverschämten jungen Mann ereilt hatte, der so anmaßend gewesen war, die Ansichten reformieren zu wollen und den Schlummer der Biederleute zu stören. Christof war ins Meer geworfen. Jeder tat sein möglichstes, um ihm den Kopf unter Wasser zu halten.

Sie stürzten sich nicht alle zugleich auf ihn. Zuerst fing einer an, das Terrain zu erforschen. Als Christof sich nicht wehrte, verdoppelte er die Schläge. Darauf folgten andere seinem Beispiel und endlich die ganze Rotte. Einige nahmen nur zum Vergnügen am Fest teil wie junge Hunde, denen es Spaß macht, ihre Unschicklichkeiten an guter Stelle zu verrichten: Das war die geflügelte Schar unbefähigter Journalisten, die durch Lobhudelei vor den Siegern und durch Niedertracht gegen die Unterliegenden ihre Unwissenheit vergessen machen wollen. Die andern kamen mit der Wucht ihrer Prinzipien daher; sie schlugen blindlings drauflos; wo sie hingetroffen hatten, blieb weniger als nichts: Das war die hohe – die männermordende Kritik.

Zum Glück las Christof keine Zeitungen. Einige ergebene Freunde waren so aufmerksam gewesen, ihm die verletzendsten zuzuschicken. Aber er ließ sie sich auf seinem Tisch anhäufen und dachte nicht daran, sie aufzuschlagen; schließlich aber wurden seine Blicke von einem dicken roten Strich angezogen, der einen Artikel umrahmte. Da las er, daß seine *Lieder** dem Gebrüll eines wilden Tieres ähnelten, daß seine Sinfonien aus einem Irrenhaus zu stammen schienen, daß dies alles hysterische Kunst, Harmonienkrämpfe seien, die über die Dürre des Herzens und die Nichtigkeit der Gedanken hinwegtäuschen sollten. Der sehr bekannte Kritiker schloß folgendermaßen:

„Herr Krafft hat kürzlich als Berichterstatter einige erstaunliche Beispiele seines Stils und Geschmacks zum besten gegeben, die in musikalischen Kreisen unwiderstehliche

Heiterkeit entfesselten. Daraufhin ist ihm freundschaftlich geraten worden, sich lieber dem Komponieren zu widmen. Die letzten Erzeugnisse seiner Muse haben gezeigt, daß dieser gutgemeinte Rat schlecht war. Herr Krafft sollte entschieden Reporter bleiben."

Nach dieser Lektüre, die Christof einen ganzen Monat lang zur Arbeit unfähig machte, begann er natürlich die übrigen feindseligen Blätter zu suchen, um sich vollends allen Mut zu rauben. Luise aber, die die Manie hatte, alles, was herumlag, unter dem Vorwand, „Ordnung zu machen", verschwinden zu lassen, hatte sie schon verbrannt. Zuerst ärgerte er sich darüber, dann fühlte er sich erleichtert; er reichte seiner Mutter die übriggebliebene Zeitung und sagte, sie hätte mit ihr dasselbe tun sollen.

Andere Kränkungen trafen ihn tiefer. Ein Quartett, das er im Manuskript an eine bekannte Frankfurter Gesellschaft gesandt hatte, wurde einstimmig und ohne Erklärungen abgelehnt. Eine Ouvertüre, die ein Kölner Orchester zu spielen geneigt schien, wurde ihm nach monatelangem Warten als unaufführbar zurückgesandt. Die schlimmste Prüfung aber wurde ihm durch ein Orchester der Stadt auferlegt. Der *Kapellmeister** H. Euphrat, der es dirigierte, war ein ziemlich guter Musiker; doch wie viele Orchesterdirigenten war er ohne jede geistige Neugierde; er litt (oder vielmehr gedieh und erfreute sich) an der seinem Beruf eigenen Trägheit, schon bekannte Werke bis ins unendliche wiederzukäuen und jedes wirklich neue Werk wie das Feuer zu scheuen. Er wurde niemals müde, Beethoven-, Mozart- oder Schumannfeiern zu veranstalten; in diesen Erzeugnissen brauchte er sich nur von dem Geschnurr der bekannten Rhythmen tragen zu lassen. Dafür war ihm die Musik seiner eigenen Zeit unerträglich. Einzugestehen wagte er das nicht und behauptete, allen jungen Talenten geneigt zu sein; und in der Tat, brachte man ihm eine nach altem Muster zugeschnittene Arbeit – einen Abklatsch von Werken, die vor einigen fünfzig Jahren neuartig gewesen waren –, so nahm er sie außerordentlich gut auf. Er setzte sogar eine Art Eitelkeit darein, sie dem Publikum aufzuzwingen. Das änderte weder die Reihenfolge seiner Effekte noch die Reihenfolge, in der das Publikum gewohnheitsgemäß gerührt wurde. Dafür zeigte er ein Gemisch von Verachtung und Haß für alles, was diese schöne Ordnung zu zerstören und ihm neue Mühe zu verursachen drohte. Die Verachtung überwog, wenn der Neuerer keinerlei Aussicht hatte, aus seinem Dunkel aufzutauchen. Drohte er, sich durchzusetzen, dann begegnete er ihm mit Haß – selbstverständlich nur bis zu dem Augenblick, in dem er sich ganz und gar durchgesetzt hatte.

Christof war dahin noch nicht gelangt – weit entfernt davon. So war er denn sehr überrascht, als man ihn durch eine indirekte Mitteilung wissen ließ, daß *Herr** H. Euphrat sehr geneigt sei, irgend etwas von ihm aufzuführen. Er hatte um so weniger Grund, das zu erwarten, als er wußte, daß der *Kapellmeister** ein enger Freund von Brahms und von einigen andern war, die er in seinen Kritiken recht hart mitgenommen hatte. Da er selbst ein guter Kerl war, traute er seinen Gegnern dieselben großherzigen Gefühle zu, deren er fähig gewesen wäre. Er meinte, sie wollten ihm jetzt, da sie ihn zu Boden gedrückt sahen, beweisen, daß sie über kleinlichen Groll erhaben seien: Das rührte ihn. Er schrieb ein paar überschwengliche Worte an Herrn Euphrat und sandte ihm eine sinfonische Dichtung. Der andere ließ ihm durch seinen Sekretär in einem kühlen, doch höflichen Briefe antworten, daß man seine Einsendungen erhalten habe, und hinzufügen, daß nach den Gesellschaftsstatuten die Sinfonie nächstens an das Orchester verteilt werden würde und eine Generalprobe bestehen müsse, bevor sie zur öffentlichen Aufführung zugelassen würde. Gesetz war Gesetz: Christof hatte sich nur zu beugen. Auch war das ja eine bloße Formalität, um die manchmal sich allzusehr häufenden Geistesfrüchte von Dilettanten auszuscheiden.

Zwei oder drei Wochen später empfing Christof die Nachricht, daß die Probe seines Werkes stattfinden sollte. Im Prinzip spielte sich alles unter Ausschluß der Öffentlichkeit ab, und der Komponist selber konnte der Aufführung nicht beiwohnen. Indessen sah man darüber stets hinweg, und so kam es, daß er immer anwesend war; nur zeigte er sich nicht. Jeder wußte das, und jeder tat, als wisse er von nichts. Am genannten Tag holte ein Freund Christof ab und begleitete ihn in den Saal, wo er im Hintergrund einer Loge Platz nahm. Er war überrascht, als er bei dieser nichtöffentlichen Probe den Konzertsaal – wenigstens die Parkettplätze – fast ganz gefüllt sah: ein Haufen von Dilettanten, Müßiggängern und Kritikern bewegte sich schwatzend hin und her. Das Orchester war darauf hingewiesen, ihre Gegenwart zu übersehen.

Man begann mit der *Rhapsodie* von Brahms für Alt, Männerchor und Orchester über ein Fragment der *Harzreise im Winter** von Goethe. Christof konnte die majestätische Sentimentalität dieses Werkes nicht ausstehen, sagte sich jedoch, daß von seiten der „Brahminen" vielleicht eine höfliche Art der Rache darin bestünde, ihn zu zwingen, eine Komposition mit anzuhören, die er respektlos kritisiert hatte. Er mußte über diese Idee lachen, und seine gute Laune wuchs, als nach der *Rhapsodie* zwei andere Erzeugnisse bekannter Musiker, die er vorgenommen hatte, darankamen: Die Absicht schien ihm außer Zweifel. Und konnte er auch ein paar Grimassen nicht unterdrücken, so dachte er doch, daß es schließlich ein anständiger Kampf sei; und anstatt der Musik genoß er den Witz der Sache. Er machte sich sogar den Spaß, seine ironischen Beifallsbezeigungen mit denen des Publikums zu mischen, das Brahms und seinen Zunftgenossen eine begeisterte Huldigung bereitete.

Endlich kam die Reihe an Christofs Symphonie. Einige Blicke, die man vom Orchester und aus dem Konzertsaal zu seiner Loge hinwarf, zeigten ihm, daß man von seiner

Gegenwart unterrichtet war. Er trat zurück. Er wartete mit jener Herzbeklemmung, die jeden Musiker in dem Augenblick überfällt, in dem der Dirigentenstab sich hebt und der Strom der Musik seine Kraft schweigend sammelt, um seinen Damm zu durchbrechen. Noch nie hatte er sein Werk vom Orchester gehört. Wie würden sich die Geschöpfe, die er geträumt hatte, lebendig ausnehmen? Wie würde der Ton ihrer Stimmen sein? Er fühlte ihr Murmeln in sich; und über den Abgrund der Töne gebeugt, wartete er zitternd, was daraus emportauchen sollte.

Was daraus emportauchte, war ein namenloses Etwas, ein unförmiger Brei. An Stelle der starken Säulen, die den Giebel des Gebäudes stützen sollten, fielen die Akkorde wie in einer Ruine übereinander; man unterschied nichts als Schutt und Staub. Christof brauchte einen Augenblick, bevor er sicher war, daß man wirklich ihn spiele. Er suchte nach der Linie, dem Rhythmus seines Gedankens; er erkannte ihn nicht wieder; stammelnd und schwankend, gleich einem Trunkenen, der sich an die Mauern anklammert, ging er daher; und er wurde von Scham übermannt, als sähe man ihn selbst in solchem Zustand. Er wußte zwar genau, daß es nicht das war, was er geschrieben hatte: wird der eigene Gedanke durch einen törichten Vortrag entstellt, so überfällt uns immer ein Augenblick des Zweifels, in dem wir uns entsetzt fragen, ob wir für diesen Unsinn verantwortlich sind. Das Publikum indessen stellt sich diese Frage niemals: es glaubt dem Vortrag, den Sängern, dem Orchester, die es zu hören gewohnt ist – wie es auch seiner Zeitung glaubt. Die können sich nicht irren. Reden sie Albernheiten, so ist der Autor albern. In diesem Augenblick zweifelte es um so weniger, als es an seinem Glauben Freude fand. – Christof versuchte sich zu überzeugen, daß der *Kapellmeister** den Wirrwarr merken, daß er das Orchester anhalten und alles wiederholen lassen würde. Die Instrumente spielten nicht einmal mehr zusammen. Der Hornist hatte seinen Einsatz verfehlt und kam einen Takt zu spät; er spielte einige Minuten weiter und hörte dann seelenruhig auf, um sein Instrument zu leeren. Gewisse Stellen der Oboen waren völlig verschwunden. Dem geübtesten Ohr war es unmöglich, den musikalischen Gedankenfaden herauszufinden oder sich auch nur vorzustellen, daß es einen gäbe. Jede Phantasie der Instrumentation, alle humoristischen Einfälle wurden grotesk durch die Plumpheit der Ausführung. Das Ganze war zum Weinen dumm; es war das Werk eines Idioten, eines Spaßmachers, der nichts von Musik verstand. Christof raufte sich die Haare. Er wollte dazwischenfahren; aber der Freund neben ihm hielt ihn zurück und versicherte, daß der *Herr Kapellmeister** schon selber die Fehler des Spiels merken und alles richtigstellen würde – daß außerdem Christof sich ja gar nicht zeigen dürfe und eine Einmischung seinerseits den schlechtesten Eindruck hervorrufen würde. Er brachte Christof dazu, sich ins Logeninnere zurückzuziehen. Christof ließ es mit sich geschehen; aber er schlug sich mit den Fäusten gegen den Kopf; und jede neue Ungeheuerlichkeit entriß ihm ein Röcheln der Empörung und des Schmerzes.

„Die Elenden! Die Elenden!" stöhnte er. Er biß in seine Hände, um nicht aufzuschreien.

Jetzt stieg mit den falschen Noten die Unruhe des Publikums, das sich zu regen anfing, zu ihm auf. Zuerst war es nur ein Schwirren; bald aber konnte Christof nicht mehr zweifeln: Sie lachten. Die Orchestermitglieder hatten das Zeichen gegeben; einige verbargen ihre Heiterkeit nicht im geringsten. Dadurch fühlte sich das Publikum sicher, daß das Werk lächerlich war, und so bogen sie sich vor Lachen. Das Vergnügen wurde allgemein; es verdoppelte sich bei der Wiederkehr eines sehr rhythmischen Motivs, das die Kontrabässe in derbkomischer Weise heraushoben. Einzig der *Kapellmeister** fuhr inmitten des Hallos unerschüttert fort, den Takt zu schlagen.

Endlich kam man zum Ende (auch die besten Dinge haben ein Ende). Das Publikum hatte das Wort. Es brach los. Ein Heiterkeitsausbruch erfolgte, der mehrere Minuten andauerte. Die einen pfiffen, die andern klatschten ironisch Beifall; die Geistreichsten schrien: „Da capo!“ Eine Baßstimme, welche aus der Tiefe einer Vorderloge kam, begann das groteske Motiv nachzuahmen. Andere Spaßvögel wurden davon angesteckt und äfften es ihrerseits nach. Jemand schrie: „Der Komponist!“ – Seit langem hatten sich diese witzigen Leute nicht so gut unterhalten.

Nachdem sich der Tumult ein wenig gelegt hatte, machte der immer noch unbewegliche *Kapellmeister** dem Orchester ein Zeichen, daß er sprechen wolle; er hatte sein Gesicht dreiviertel dem Publikum zugewandt, tat aber so, als sähe er es nicht (das Publikum war immer noch darauf angewiesen, nicht vorhanden zu sein). Man schrie: „Ruhe!“, und alles wurde still. Er wartete noch einen Augenblick; darauf sagte er (seine Stimme war klar, kalt und durchdringend):

„Meine Herren, sicher hätte ich *dieses Zeug* nicht zu Ende spielen lassen, wenn ich den Herrn, der es gewagt hat, Schändlichkeiten über Meister Brahms zu schreiben, nicht einmal dem öffentlichen Urteil hätte aussetzen wollen.“

So sprach er, sprang dann von seinem Tritt und schritt unter den begeisterten Zurufen der freudetrunkenen Zuhörer hinaus. Man wollte ihn wieder hervorrufen; zwei oder drei Minuten lang schrie man nach ihm. Aber er kam nicht wieder. Das Orchester zerstreute sich. Auch das Publikum entschloß sich fortzugehen. Das Konzert war zu Ende.

Es war ein schöner Tag gewesen.

Christof war schon fortgegangen. Kaum hatte er den elenden Orchesterdirigenten sein Pult verlassen sehen, als er aus der Loge gestürzt war. Er stolperte die Treppen des ersten Stockwerks hinunter, um ihm nachzueilen und ihn zu ohrfeigen. Der Freund, der ihn begleitet hatte, lief hinter ihm her und suchte ihn zurückzuhalten; Christof aber stieß ihn von sich und hätte ihn beinahe die Treppe hinabgeworfen. (Er hatte Gründe, zu glauben, daß der Mensch an der Falle, die man ihm gestellt hatte, nicht unbeteiligt war.) – Zum Glück für Herrn Euphrat und für ihn selbst war die Tür, die zum Podium führte, verschlossen; und seine wütenden Faustschläge konnten sie nicht öffnen. Unterdessen fing das Publikum an, den Saal zu verlassen. Christof konnte an seinem Platz nicht stehenbleiben. Er machte sich davon.

Er war in einem unbeschreiblichen Zustand. Er rannte aufs Geratewohl vorwärts, fuchtelte mit den Armen, rollte die Augen, sprach laut vor sich hin und benahm sich wie ein Wahnsinniger; er schluckte seine Empörungs- und Wutschreie in sich hinein. Die Straße war fast leer. Der Konzertsaal war im vorhergehenden Jahr in einem neuen Viertel ein wenig außerhalb der Stadt gebaut worden. Christof floh instinktiv auf freies Feld, quer über ödes Land, auf dem sich vereinzelte Schuppen und ein paar von Bretterzäunen umgebene Hausgerüste erhoben. Er hatte mörderische Gedanken, er hätte den Mann töten mögen, der ihm diese Schmach angetan hatte ... Ach! Und hätte er ihn getötet, so wäre doch nichts an der Feindseligkeit all dieser Leute geändert, deren beleidigendes Lachen ihm noch im Ohr gellte. Es waren ihrer zu viele, er konnte nichts gegen sie ausrichten; sie, die in so vielen Dingen geteilter Meinung waren, hatten sich geeinigt, um ihn zu beschimpfen und zu erdrücken. Das war mehr als Verständnislosigkeit. Haß lag darin. Was hatte er ihnen allen denn getan? Er trug schöne Dinge in sich, Dinge, die wohltun und das Herz weiten; er hatte sie sagen wollen, um andere damit zu erfreuen; er glaubte, daß sie darüber glücklich sein würden gleich ihm. Und gefiel es ihnen selbst nicht, so mußten sie ihm doch wenigstens die Absicht danken; sie konnten bei aller Strenge ihm freundschaftlich zeigen, worin er sich geirrt hatte; wie aber war es möglich, mit so boshafter Lust seine widerlich entstellten Gedanken zu verhöhnen, sie mit Füßen zu treten, sie unter Lächerlichkeit zu ersticken? In seiner Erregung übertrieb er noch ihren Haß; er traute ihm einen Ernst zu, dessen diese mittelmäßigen Wesen ganz unfähig waren. Er schluchzte: „Was habe ich ihnen getan?" Er meinte zu ersticken und fühlte sich verloren wie als Kind, als er zum erstenmal menschliche Schlechtigkeit kennengelernt hatte.

Und als er um sich sah, merkte er plötzlich, daß er an das Ufer des Mühlbachs gelangt war, dorthin, wo sich einige Jahre vorher sein Vater ertränkt hatte. Und im selben Augenblick kam auch ihm der Gedanke, sich zu ertränken. Ohne eine Minute zu zögern, machte er sich bereit, hinabzuspringen.

Doch wie er sich, vom stillen, klaren Blick des Wassers geheimnisvoll angezogen, über den Abhang beugte, fing ein ganz kleiner Vogel auf einem nahen Baum zu singen an – liebesselig zu singen. Er blieb reglos, um ihm zu lauschen. Das Wasser murmelte. Man hörte das Rauschen des blühenden Korns, das, sanft gekost vom Winde, wogte. Die Pappeln zitterten. Hinter einer Weghecke in einem Garten füllten unsichtbare Bienenkörbe die Luft mit ihrer durchdufteten Musik. Am anderen Ufer des Baches träumte eine Kuh mit schönen achatumrandeten Augen. Ein kleines blondes Mädchen saß mit einer geflochtenen, leichten Kiepe an den Schultern wie ein kleiner beflügelter Engel auf einem Mauerrand, träumte auch, baumelte dazu mit den nackten Beinen und summte eine Weise vor sich hin, die keinerlei Sinn barg. Fern im Feld sprang ein weißer Hund, weite Bogen ziehend, umher . . .

Christof lehnte an einem Baum, lauschte, betrachtete die frühlingsfrohe Erde; der Friede, die Freude dieser Geschöpfe gewannen ihn zurück: er vergaß, vergaß . . . Plötzlich preßte er den schönen Baum, an dem seine Wange lehnte, in seine Arme. Er warf sich zur Erde; er vergrub das Haupt im Gras; er lachte krampfhaft, er lachte vor

Glück. Die ganze Schönheit, die Anmut, die Wonne des Lebens umfing ihn, durchdrang ihn. Er dachte:

Warum bist du so schön, und warum sind sie – die Menschen – so häßlich?

Was aber lag daran! Er liebte die Erde, liebte sie, fühlte, daß er sie ewig lieben würde, daß nichts ihn von ihr trennen konnte. Trunken küßte er den Boden. Er küßte das Leben.

Ich halte dich! Du bist mein. Sie können dich mir nicht entreißen. Mögen sie tun, was sie wollen! Mögen sie mich leiden machen! – Leiden – auch das ist Leben!

Christof machte sich mutig von neuem an die Arbeit. Er wollte nichts mehr mit den sogenannten „Schriftstellern" zu tun haben, nichts mehr mit den Phrasenhelden, den unfruchtbaren Schwätzern, den Journalisten, den Kritikern, den Ausbeutern und Schacherern der Kunst. Und was die Musiker betraf, so wollte er seine Zeit nicht mehr damit verbringen, gegen ihre Vorurteile und Eifersüchteleien zu Felde zu ziehen. Sie wollten nichts von ihm wissen? – Gut denn! Er wollte von ihnen nichts. Er hatte sein Werk zu schaffen: Er würde es vollenden. Der Hof gab ihm seine Freiheit wieder: Er wußte ihm Dank dafür. Er wußte den Leuten Dank für ihre Feindschaft: So konnte er in Frieden arbeiten.

Luise hieß das von ganzem Herzen gut. Sie hatte keinerlei Ehrgeiz; sie war keine Krafft; weder dem Vater noch dem Großvater glich sie. Ihr lag für ihren Sohn nichts an Ehren und Ruf. Gewiß, sie hätte sich gefreut, wenn er berühmt und reich würde; wenn solche Vorzüge aber mit allzu vielen Widerwärtigkeiten erkauft werden mußten, so wollte sie lieber gar nicht davon hören. Ihr war der Kummer Christofs, den er durch sein Zerwürfnis mit dem Hof gehabt hatte, nähergegangen als das Ereignis selbst; im Grunde war sie sehr glücklich, daß er mit den Zeitschriften-

und Zeitungsleuten auseinandergekommen war. Sie hatte ein bäurisches Mißtrauen gegen die Druckerschwärze: das alles war nur dazu da, einem die Zeit zu stehlen und einem Unannehmlichkeiten zuzuziehen. Manchmal hatte sie die jungen Leutchen der Zeitschrift, an der er mitarbeitete, sich mit Christof unterhalten hören: Sie war von deren Bosheit entsetzt gewesen. Sie schwärzten alles an, sagten allen Ungeheuerlichkeiten nach; und je mehr sie es taten, um so zufriedener waren sie. Die mochte sie nicht. Sicherlich waren sie sehr klug und gelehrt; aber gut waren sie nicht; sie freute sich, daß ihr Christof nicht mehr mit ihnen zusammenkam. Sie stimmte ihm völlig zu: Wozu brauchte er sie?

„Sie mögen von mir reden, schreiben und denken, was sie wollen", sagte Christof. „Sie können mich nicht abhalten, ich selbst zu sein. Was geht mich ihre Kunst, ihr Denken an? Ich verneine sie!"

Es ist sehr schön, die Welt zu verneinen. Aber die Welt läßt sich nicht so leicht durch die Großtuerei eines jungen Menschen verneinen. Christof war aufrichtig; aber er machte sich Illusionen, er kannte sich nicht sehr gut. Er war kein Mönch und besaß nicht das Temperament dazu, auf die Welt zu verzichten. Vor allem lag das nicht in seinem Alter. In der ersten Zeit litt er nicht allzusehr: er lebte in sein Komponieren vertieft, und solange die Arbeit dauerte, fühlte er nicht, daß ihm irgend etwas fehlte. Als jedoch die Zeit der Niedergeschlagenheit kam, die der Vollendung des Werkes folgt und die so lange anhält, bis sich ein neues Werk vom Geiste losringt, schaute er um sich und fühlte sich in seiner Verlassenheit erstarren. Er fragte sich, wozu er schreibe. Solange man arbeitet, drängt sich einem diese Frage nicht auf; man muß schreiben, darüber ist kein Wort zu verlieren. Dann steht man dem neugeborenen Werk gegenüber; der mächtige Trieb, der es aus dem Innern emporgerissen hat, schweigt; man begreift nicht mehr, warum es geboren ist; kaum erkennt man sich selbst in ihm wieder; fast ist es ein Fremdes, das man zu vergessen trachtet. Das aber ist nicht möglich, solange es weder veröffentlicht noch aufgeführt ist, solange es nicht sein Eigendasein in der Welt lebt. Bis dahin ist es gleich dem der Mutter noch verbundenen Neugeborenen ein Lebendiges, das ans lebendige Fleisch gefesselt ist; damit es lebe, muß man es um jeden Preis abtrennen. Je mehr Christof komponierte, um so tiefer litt er unter der Bedrängnis dieser aus ihm emporgewachsenen Geschöpfe, die weder leben noch sterben konnten. Wer konnte ihn erlösen? Ein dunkler Drang regte sich in diesen Kindern seines Denkens; verzweifelt begehrten sie, sich von ihm zu lösen, sich gleich lebendigem Samen, den der Wind ins All entführt, in andere Seelen zu ergießen. Sollte er in seine Unfruchtbarkeit vermauert bleiben? Er mußte darüber rasend werden.

Da jeder Ausweg – Theater, Konzerte – ihm verschlossen war und er sich um keinen Preis dazu erniedrigt hätte, es bei den Direktoren, die ihn einmal abgewiesen hatten, von neuem zu versuchen, blieb ihm kein anderes Mittel, als das Geschriebene zu veröffentlichen; aber er konnte sich nicht einbilden, leichter einen Verleger zu finden, der ihn beim Publikum einführte, als ein Orchester zum Spielen. Die zwei oder drei Versuche, die er so ungeschickt wie möglich gemacht hatte, genügten ihm. Ehe er sich einer neuen Ablehnung aussetzte oder mit einem dieser Musikkaufleute stritt und ihre gönnerhaften Mienen ertrug, wollte er lieber alle Kosten der Herausgabe selber tragen. Das war reiner Wahnsinn; er hatte noch einen kleinen Geldvorrat, der aus seinem Hofgehalt und einigen Konzerten stammte, aber die Quelle dieser Mittel war versiegt, und es konnte lange Zeit verstreichen, ehe er eine andere finden würde; er hätte recht vorsichtig mit diesem kleinen Überschuß haushalten müssen, damit er ihm über die schwierige Periode, die vor ihm lag, hinweggeholfen hätte. Das versäumte er nicht nur, sondern stürzte sich, da sein Geld unzureichend war, um die

Unkosten der Herausgabe zu decken, obendrein in Schulden. Luise wagte nichts zu sagen; sie fand ihn unvernünftig und verstand nicht recht, wie man Geld ausgeben könne, um seinen Namen auf einem Buch zu sehen; doch da sie ihn auf diese Weise Geduld fassen sah und ihn bei sich behalten konnte, war sie allzu glücklich, daß er sich damit zufriedengab.

Anstatt dem Publikum Kompositionen in einem bekannten Stil zu bieten, in dem es sich sicher und zu Hause fühlte, wählte Christof unter seinen Manuskripten eine Folge von Arbeiten, die sehr persönlich waren und auf die er viel hielt. Es waren Klavierstücke, zwischen die sich *Lieder** mischten, von denen einige sehr kurz und in volkstümlicher Art gehalten, andere sehr weitläufig und fast dramatisch waren. Das Ganze bildete eine Folge froher oder trauriger Bilder, die sich ungezwungen ineinanderschlangen und die einmal durch das Klavier, dann wieder durch Gesang – allein oder mit Begleitung – zum Ausdruck kamen. „Denn", sagte Christof, „wenn ich träume, forme ich nicht stets, was ich fühle: ich leide, bin glücklich, ohne es in Worten auszusprechen. Aber der Augenblick kommt, in dem ich es sagen muß, in dem ich es, ohne daran zu denken, singe. Manchmal nur in unbestimmten Worten, in ein paar zusammenhanglosen Sätzen, manchmal als vollständige Dichtungen; dann fange ich wieder zu träumen an. So streicht der Tag dahin – und so ist es wirklich ein Tag, den ich darstellen wollte. Wozu diese ewigen Sammlungen von Liedern oder Präludien allein? Es gibt nichts, was künstlicher und unharmonischer wäre. Den freien Flug der Seele muß man wiederzugeben suchen." – So nannte er denn die Sammlung *Ein Tag*. Die verschiedenen Teile des Werkes trugen Untertitel, welche kurz die Nacheinanderfolge des innerlich Geschauten angaben. Christof hatte ihnen geheimnisvolle Widmungen beigefügt, Namenszüge, Daten, die nur er verstehen konnte und die ihm die Erinnerung schöner Stunden oder geliebter Gestalten wachriefen: die lachende Corinne, die schmachtende Sabine und die kleine unbekannte Französin.

Außer diesem Werk wählte er einige dreißig *Lieder** aus – solche, die ihm am besten und folglich dem Publikum am wenigsten gefielen. Er hatte sich gehütet, Melodien, die „melodisch“ waren, zu nehmen, sondern hatte die charakteristischsten gewählt. (Bekanntlich haben die guten Leute stets große Furcht vor dem „Charakteristischen“. Charakterloses ist weit besser dazu angetan, ihnen zu gefallen.)

Diesen *Liedern** waren Verse alter schlesischer Dichter aus dem siebzehnten Jahrhundert unterlegt, die Christof in einer populären Ausgabe gefunden hatte und die er um ihres schlichten Ernstes willen liebte. Zwei waren ihm vor allem wie Brüder wert, zwei geniale Dichter, die beide mit dreißig Jahren gestorben waren: der wundervolle Paul Fleming, der frei den Kaukasus durchstreift und Ispahan besucht und der sich inmitten aller Kriegsroheiten und Verderbtheiten seiner Zeit, in allen Trübseligkeiten des Lebens eine reine, liebende und heitere Seele bewahrt hatte; und Johann Christian Günther, das ungebundene Genie, das sich in Wollust und Verzweiflung verbrannt und sein Leben in alle Winde gestreut hatte. Von Günther hatte er den herausfordernden Schrei rächender Ironie gegen den feindlichen Gott, der ihn zerschmettert, wiederzugeben gesucht, die wütenden Verwünschungen des gefesselten Titanen, der den Blitz gegen den Himmel zurückzückt. Von Fleming hatte er die anmutigen und blumenzarten Liebeslieder an Anemone und Basilene genommen, ferner die Sternenrunde, das *Tanzlied** der klaren und fröhlichen Herzen und das heroische und stille Sonett *An Sich**, das sich Christof als tägliches Morgengebet aufsagte.

Auch der lächelnde Optimismus des frommen Paul Gerhardt entzückte Christof; er war für ihn nach seinen Traurigkeiten ein Ausruhen. Er liebte seine unschuldigen Bilder der in Gott ruhenden Natur: die frischen Felder, wo zwischen Tulpen und weißen Narzissen, am Rand des Baches, der überm Sande singt, die Störche ernsthaft einherstolzieren, wo großflügelige Schwalben und der Schwarm der Tauben die klare Luft durchstreichen; er liebte seine frohen Sonnenstrahlen, die den Regen durchbrechen, den leuchtenden Himmel, der zwischen Wolken lacht, und die majestätisch heitere Stille des Abends, die Ruhe der Wälder und der Herden, der Städte und der Felder. Er war unbescheiden genug gewesen, mehrere der geistlichen Lieder, die man noch in protestantischen Gemeinden sang, in Musik zu setzen. Er hatte sich sehr gehütet, ihren Choralcharakter beizubehalten. Im Gegenteil: davor hatte er ein wahres Grauen. Er hatte ihnen freien, lebendigen Ausdruck verliehen. Der alte Gerhardt wäre vielleicht vor dem teuflichen Stolz erschauert, den jetzt gewisse Strophen in seinem *Christlichen Wanderlied* atmeten, oder auch vor der heidnischen Heiterkeit, die gleich einem Sturzbach den friedlichen Strom seines *Sommersangs* überschäumen ließ.

Das Werk kam heraus, und natürlich in einer Weise, die jeder Vernunft hohnsprach. Der Verleger, den Christof für den Druck und Vertrieb seiner *Lieder** bezahlte, kam nur dadurch zu diesem Auftrag, weil er in der Nachbarschaft wohnte. Sein Geschäft war einer Arbeit von solcher Bedeutung nicht gewachsen. Monatelang wurde sie hingeschleppt; Druckfehler schlichen sich ein, kostspielige Korrekturen wurden nötig. Christof, der nichts davon verstand, ließ sich alles ein Drittel teurer als nötig aufrechnen. Die Ausgaben überstiegen bei weitem den Voranschlag. Als dann alles fertig war, hatte Christof eine riesige Auflage auf dem Hals, mit der er nichts anzufangen wußte. Der Verleger hatte keine Kundschaft; er unternahm nichts zur Verbreitung des Werkes. Übrigens paßte seine Gleichgültigkeit ganz gut zu Christofs Haltung. Als er ihn, um sein Gewissen zu beruhigen, gebeten hatte, ein paar Reklamezeilen zu schreiben, erwiderte Christof, daß er keine Reklame wolle: wenn seine Musik gut wäre, würde sie für sich selber sprechen. Der andere hielt seinen Willen heilig:

Er begrub die Auflage tief in seinem Lager. Dort ruhte sie wohlbewahrt; denn in sechs Monaten wurde nicht ein Exemplar verkauft.

Christof wartete also darauf, daß sich das Publikum entschlösse, ihn aufzusuchen. Unterdessen mußte er aber ein Mittel finden, um die Bresche auszufüllen, die er in seine kleine Kasse geschlagen hatte; und er durfte nicht wählerisch sein, denn er mußte leben und seine Schulden abzahlen. Die waren nicht nur größer, als er vorhergesehen hatte, sondern er merkte auch, daß die Reserve, auf die er zählte, kleiner war, als er berechnet hatte. Hatte er, ohne es zu merken, Geld verloren, oder hatte er – was bedeutend wahrscheinlicher war – schlecht gerechnet? (Er hatte noch nie etwas genau zusammenzählen können.) Wofür das Geld verausgabt worden war, kam jedenfalls wenig in Betracht; es fehlte: Das stand fest. Luise mußte das Letzte opfern, um ihrem Sohn zu Hilfe zu kommen. Ihn drückte das schwer, und er versuchte um jeden Preis, so schnell wie möglich seine Schuld zu bezahlen. Er ging auf die Suche nach Musikstunden, war es ihm auch noch so peinlich, sich anzubieten, zumal er sich manchmal Körbe holte. Sein Ansehen war sehr gesunken; er hatte große Schwierigkeit, von neuem ein paar Schüler zu finden. So war er denn nur allzu glücklich, als man ihm von einer Stelle an einer Schule sprach, und nahm sie an.

Es war eine halb geistliche Anstalt. Der Direktor war ein schlauer Mensch, der, ohne Musiker zu sein, den ganzen Vorteil durchschaute, den man aus Christof – in seiner augenblicklichen Lage sogar auf recht billige Weise – ziehen konnte. Er war leutselig und zahlte wenig. Als Christof eine schüchterne Einwendung wagte, gab ihm der Direktor mit einem wohlwollenden Lächeln zu verstehen, daß er nach Verlust seines offiziellen Titels nicht mehr beanspruchen könne.

Traurige Beschäftigung! Es handelte sich weniger darum, die Schüler musikalisch zu bilden, als den Eltern und ihnen selbst die Illusion zu verschaffen, als leisteten sie etwas. Die Hauptsache war, sie so weit zu bringen, daß sie zu den Feierlichkeiten, zu denen das Publikum zugelassen wurde, singen konnten. Auf die Mittel kam es wenig an. Christof war das geradezu widerlich; er konnte sich bei der Erfüllung seiner Pflicht nicht einmal zum Trost sagen, daß er etwas Nützliches tue; sein Gewissen drückte ihn, als begehe er eine Heuchelei. Er versuchte den Kindern eine tiefere Bildung zu vermitteln, sie ernste Musik kennen und lieben zu lehren. Aber den Schülern lag wenig daran. Christof gelang es nicht, sich Gehör zu verschaffen; ihm fehlte die Autorität; er war auch wirklich nicht dazu geschaffen, Kinder zu unterrichten. Er interessierte sich nicht für ihr Gestotter; sofort wollte er ihnen die musikalische Theorie erklären. Hatte er eine Klavierstunde zu geben, so brachte er dem Schüler eine Beethovensche Sinfonie mit, die er vierhändig mit ihm spielen wollte. Natürlich ging das nicht; er wurde wütend, jagte den Schüler vom Klavier und spielte lange Zeit statt seiner. – Mit seinen Privatschülern außerhalb der Schule machte er es nicht viel anders. Er hatte nicht einen Funken Geduld; einem netten jungen Mädchen, das sich auf ihr aristokratisches Benehmen etwas zugute tat, sagte er zum Beispiel, sie spiele wie eine Köchin; oder er schrieb sogar an die Mutter, daß, falls er sich noch weiter mit einem so absolut talentlosen Wesen abgeben müßte, er schließlich darüber zugrunde gehen würde und lieber darauf verzichte. – Das alles förderte seine Angelegenheiten nicht. Seine wenigen Schüler verließen ihn; er brachte es nicht fertig, auch nur einen länger als zwei Monate zu behalten. Seine Mutter suchte ihn zur Vernunft zu bringen. Sie nahm ihm das Versprechen ab, sich wenigstens nicht mit dem Institut zu überwerfen, in das er eingetreten war; denn wenn er diesen Platz verlieren würde, so hätte er nicht gewußt, wie er sein Leben fristen sollte. So zwang er sich denn trotz seines Widerwillens: Er war von musterhafter Pünktlichkeit. Wie aber sollte er verheimlichen, was er dachte, wenn ein Esel von Schüler zum zehntenmal einen Lauf verpatzte oder wenn er seiner Klasse fürs nächste Konzert einen albernen Chor eintrichtern mußte! (Denn man ließ ihn nicht einmal sein Programm zusammenstellen: man traute seinem Geschmack nicht.) Es ist verständlich, daß er wenig Eifer zeigte. Immerhin verbohrte er sich schweigend und verbissen in seine Aufgabe und verriet seine innere Wut nur durch einen gelegentlichen Faustschlag auf den Tisch, der seine Schüler emporschrecken ließ. Manchmal aber war die Pille allzu bitter: Er konnte sie nicht schlukken. Mitten in einem Stück unterbrach er seine Sänger:

„Ach! Hört auf! Hört auf! Ich will euch lieber Wagner vorspielen."

Sie wünschten sich nichts Besseres. Hinter seinem Rücken spielten sie Karten. Immerhin fand sich einer unter ihnen, der die Sache dem Direktor hinterbrachte, und Christof mußte sich daran erinnern lassen, daß er nicht dazu da sei, um in seinen Schülern Liebe zur Musik zu wecken, sondern um sie singen zu lassen. Zitternd hörte er solche Strafpredigten an; aber er ließ sie sich gefallen: er wollte nicht brechen. – Wer hätte ihm einige Jahre vorher, damals, als er noch nichts geleistet hatte, als seine Laufbahn glanzvoll und gesichert begann, gesagt, daß er von dem Augenblick an, da er etwas taugte, solchen Demütigungen unterworfen sein würde?

Unter allem, was seine Eigenliebe durch den Unterricht am Institut litt, war die Last der pflichtmäßigen Besuche bei seinen Kollegen nicht das Geringste. Zwei machte er aufs Geratewohl und langweilte sich dermaßen, daß er nicht den Mut zu weiteren fand. Die beiden Bevorzugten wußten ihm keinen Dank dafür; die andern aber hielten sich für persönlich beleidigt. Alle fühlten sich Christof an Stellung und Intelligenz überlegen; und sie schlugen ihm gegenüber einen gönnerhaften Ton an. Sie trugen so selbstgewisse Mienen zur Schau und waren ihrer Meinung über ihn so sicher, daß er sie zuweilen teilte; er kam sich dumm neben ihnen vor: was hätte er mit ihnen reden können? Sie waren von ihrem Beruf erfüllt und sahen nicht darüber hinaus. Menschen waren sie nicht. Wenn sie wenigstens Bücher gewesen wären! Aber sie waren Fußnoten zu Büchern, philologische Kommentare.

Christof floh jede Gelegenheit, mit ihnen zusammenzutreffen. Manchmal aber war er dazu gezwungen. Der Direktor hatte einmal monatlich Empfangstag; und er hielt darauf, daß sich sein ganzer Kreis vollzählig versammelte. Christof hatte die erste Einladung, sogar ohne sich zu entschuldigen, umgangen und sich nicht gerührt; er hatte sich in der trügerischen Hoffnung gewiegt, sein Ausbleiben werde wohl nicht bemerkt werden. Jedoch schon am nächsten Morgen wurde er die Zielscheibe einer süßsauren Bemerkung. Das nächste Mal entschloß er sich auf Betreiben seiner Mutter, hinzugehen; er zeigte dabei so frohen Eifer, als ginge er zu einem Begräbnis.

Er kam in eine Gesellschaft von Lehrern des Instituts und anderer Schulen der Stadt, die mit ihren Frauen und Töchtern erschienen waren. Eingepfercht in einen zu kleinen Salon, saßen sie hieratisch streng geordnet und zollten ihm keinerlei Beachtung; die ihm zunächst stehende Gruppe sprach von Pädagogik und Küche. Alle diese Lehrersfrauen besaßen kulinarische Rezepte, über die sie mit schwülstiger und mürrischer Pedanterie redeten. Die Männer standen diesen Fragen nicht weniger interessiert gegenüber und wußten ebensogut darin Bescheid. Sie waren auf die häuslichen Talente ihrer Frauen ebenso stolz wie diese auf das Wissen ihrer Eheherren. Christof stand neben einem Fenster an die Wand gelehnt, wußte nicht, wie er sich benehmen sollte, versuchte einmal sinnlos zu lächeln, starrte dann wieder düster, mit zusammengekniffenem Gesicht vor sich hin und starb vor Langerweile. Einige Schritte von ihm entfernt, in einer Fensternische, saß eine junge Frau, mit der niemand sprach; sie langweilte sich ebenfalls. Alle beide schauten ins Zimmer und sahen sich nicht. Erst nach einiger Zeit, in dem Augenblick, als der eine wie der andere es nicht mehr aushalten konnte und sie sich, um zu gähnen, abwandten, bemerkten sie einander. Gerade in dieser Minute trafen sich ihre Augen. Sie tauschten einen Blick freundschaftlichen Einverständnisses. Er machte einen Schritt auf sie zu. Sie sagte halblaut zu ihm:

„Ist es nicht sehr unterhaltend?"

Er kehrte dem Zimmer den Rücken, schaute zum Fenster und streckte die Zunge hinaus. Sie lachte hell auf, wurde plötzlich munter und machte ihm ein Zeichen, sich neben sie zu setzen. So wurden sie bekannt. Sie war die Frau des Professors Reinhart, des Naturgeschichtslehrers an der Schule, war neuerdings in die Stadt gekommen und kannte dort noch niemanden. Sie war nichts weniger als schön, hatte eine große Nase, schlechte Zähne, wenig Frische, aber lebhafte, ziemlich geistvolle Augen und ein kindlich gutmütiges Lächeln. Sie schwatzte wie eine Elster, er antwortete ihr voll Eifer; sie hatte eine amüsante Offenheit und war voll drolliger Einfälle. Lachend und mit lauter Stimme tauschten sie ihre Eindrücke, ohne sich um ihre Umgebung zu kümmern. Ihre Nachbarn, die nicht so gnädig gewesen waren, ihrer beider Dasein zu bemerken, solange es freundlich gewesen wäre, ihnen aus ihrer Verlassenheit zu helfen, warfen jetzt unzufriedene Blicke auf sie: sich so zu amüsieren war wirklich geschmacklos! – Doch den beiden Schwätzern war es völlig gleichgültig, was man von ihnen denken mochte: sie nahmen ihre Rache.

Schließlich stellte Frau Reinhart Christof ihren Mann vor. Er war auffallend häßlich: ein bleiches, bartloses, pokkennarbiges Gesicht, das ein wenig wüst aussah, doch einen Ausdruck tiefer Güte trug. Er sprach mit Kehltönen und bildete seine Worte schulmeisterlich, stotternd und indem er zwischen den einzelnen Silben Pausen machte.

Sie waren seit einigen Monaten verheiratet und, häßlich

wie sie waren, einer in den andern verliebt; sie hatten eine Art, sich inmitten dieses ganzen Kreises zärtlich anzuschauen, miteinander zu sprechen, sich bei der Hand zu fassen, die komisch und rührend wirkte. Was der eine wünschte, wollte der andere auch. Gleich luden sie Christof ein, bei ihnen nach dem Empfang zu Abend zu speisen. Christof versuchte zuerst scherzend abzuwehren; er sagte, das Beste, was man an diesem Abend tun könne, sei, zu Bett zu gehen: man würde ja vor Langeweile halb tot sein, als habe man einen Marsch von zehn Meilen hinter sich. Frau Reinhart aber erwiderte, daß man gerade deswegen den Tag nicht so beschließen solle: es sei gefährlich, die Nacht unter so düsteren Gedanken hinzubringen. Christof ließ sich Gewalt antun. In seiner Vereinsamung war er glücklich, diese braven Menschen getroffen zu haben, die zwar nicht besonders vornehm, aber aufrichtig und *gemütlich** waren.

Das kleine Heim der Reinharts war *gemütlich** wie sie. Dies *Gemüt** war ein wenig redselig, ein *Gemüt** mit Überschriften. Möbel, Geräte, Geschirr sprachen und drückten immer wieder von neuem ihre Freude aus, „den lieben Gast" zu empfangen, erkundigten sich nach seiner Gesundheit und gaben ihm leutselige und tugendhafte Ratschläge.

Auf dem Sofa – das übrigens recht hart war – machte sich ein kleines Kissen breit, das freundschaftlich murmelte:

*„Nur ein Viertelstündchen!"**

Die Kaffeetasse, die man Christof anbot, nötigte zum wiederholten Nehmen:

*„Noch ein Schlückchen!"**

Die Teller würzten die übrigens ausgezeichnete Küche mit Weisheiten. Einer sagte:

„Herzlichkeit und Dankbarkeit sind gern gesehn. Undank findet niemand schön."

Ein anderer:

„Bedenk alles recht, sonst geht's dir schlecht."

Obgleich Christof Nichtraucher war, konnte sich der Aschenbecher auf dem Kamin nicht enthalten, sich ihm vorzustellen:

„*Ruheplätzchen für brennende Zigarren.*"*

Er wollte sich die Hände waschen. Die Seife auf dem Toilettentisch sagte:

„*Für unsern lieben Gast.*"*

Und das schulmeisterliche Handtuch machte ihm wie jemand, der recht höflich sein will, nichts zu sagen hat, aber sich dennoch für verpflichtet hält, irgend etwas zu reden, die höchst vernünftige, aber dem Gegenstand nicht sehr angemessene Bemerkung:

„*Morgenstund hat Gold im Mund.*"*

Christof wagte schließlich nicht mehr, sich auf seinem Stuhl umzudrehen, aus Furcht, sich von immer neuen, aus allen Zimmerecken kommenden Stimmen angerufen zu hören. Er hatte Lust zu sagen:

Haltet doch den Mund, kleine Ungeheuer. Man versteht hier sein eigenes Wort nicht.

Und ein tolles Lachen packte ihn, das er seinen Wirten als eine Erinnerung an die eben verlassene Schulgesellschaft deutete. Um nichts in der Welt hätte er sie kränken wollen. Übrigens war er für Lächerlichkeiten nicht allzu empfindlich. Er gewöhnte sich sehr schnell an die redselige Vertraulichkeit der Dinge und Wesen. Was hätte er ihnen nicht hingehen lassen! Es waren so gute Menschen! Sie waren sonst nicht langweilig; wenn es ihnen vielleicht an Geschmack fehlte, so mangelte es ihnen doch nicht an Intelligenz.

Sie fühlten sich in dem Ort, in den sie kürzlich verschlagen worden waren, etwas verloren. Die unerträgliche Empfindlichkeit der kleinen Provinzstadt ließ durchaus nicht zu, daß man darin wie in einem Wirtshaus ein und aus ging, sondern man mußte hier nach allen Regeln der Kunst um die Ehre bitten, zugelassen zu werden. Die Reinharts hatten nicht genug mit dem provinziellen Formenkodex gerechnet, durch den die Alteingesessenen die Pflichten aller derer regeln, die in einer kleinen Stadt neu ankommen. Reinhart hatte sich schließlich mechanisch gefügt. Seiner Frau aber war solcher Frondienst entsetzlich; sie mochte sich keinen Zwang antun und schob ihre Pflichten von Tag zu Tag auf. Sie hatte aus der Besuchsliste diejenigen herausgesucht, die ihr am wenigsten langweilig schienen, und diese Besuche zuerst erledigt; die anderen wurden endlos verschoben. Die Honoratioren, die zur letzteren Kategorie gehörten, barsten vor Zorn über solchen Mangel an Höflichkeit. Angelika Reinhart – ihr Mann nannte sie Lili – hatte ein etwas freies Benehmen; es gelang ihr nicht gut, einen offiziellen Ton anzuschlagen. Ihre Vorgesetzten fragte sie ungeniert aus, worüber diese vor Empörung erröteten; wenn nötig, scheute sie sich auch nicht, sie einmal Lügen zu strafen. Sie hatte ein gutes Mundwerk und fühlte das Bedürfnis, alles, was ihr durch den Kopf ging, auszusprechen; manchmal waren das riesige Dummheiten, und man machte sich hinter ihrem Rücken darüber lustig; ein andermal sagte sie Leuten gerade ins Gesicht eine derbe Bosheit und machte sich damit tödliche Feinde. In dem Augenblick, nachdem das Wort heraus war, biß sie sich auf die Zunge und hätte es zurücknehmen mögen – aber es war zu spät. Ihr Mann, der der sanfteste und respektvollste Mensch war, machte ihr deswegen bescheidene Vorstellungen. Dann küßte sie ihn, sagte, daß sie eine dumme Person sei und daß er recht habe. Aber im nächsten Augenblick fing sie wieder an; und vor allem in Situationen, in denen sie gewisse Dinge am wenigsten hätte sagen dürfen, sagte sie sie sofort: sie wäre geplatzt, hätte sie es nicht ausgesprochen. – Sie war ganz dazu angetan, sich mit Christof gut zu verstehen.

Eine der vielen Taktlosigkeiten, die sie nicht hätte sagen dürfen und die sie folglich sagte, war ein bei jeder Gelegenheit wiederkehrender, recht unangebrachter Vergleich zwischen dem, was man in Frankreich und was man in Deutschland tat. Selber Deutsche – niemand war es mehr als sie –, aber im Elsaß erzogen und in freundschaftlichen Beziehungen zu französischen Elsässern stehend, war sie offenbar in den Bann lateinischer Kultur geraten, der in den annektierten Ländern so viele Deutsche nicht widerstehen können, und gerade die, welche am wenigsten für sie geschaffen scheinen. Vielleicht war diese Anziehungskraft aus einer Art Widerspruchsgeist heraus noch stärker geworden, seit Angelika einen Norddeutschen geheiratet hatte und sich in rein germanischer Umgebung befand.

Schon am ersten Abend mit Christof schnitt sie ihr gewohntes Diskussionsthema an. Sie rühmte die liebenswürdige Ungezwungenheit französischer Unterhaltungen. Christof stimmte mit ein. Frankreich war für ihn Corinne: schöne leuchtende Augen, ein junger, lachender Mund, ein frankes und freies Benehmen, eine wohllautende Stimme – das alles machte ihm Lust, mehr von dem Lande kennenzulernen.

Lili Reinhart schlug vergnügt in die Hände, weil ihre und Christofs Ansicht so gut zusammenpaßten.

„Wie schade", sagte sie, „daß meine kleine französische Freundin nicht mehr hier ist, aber sie konnte es nicht aushalten: sie ist fortgezogen."

Corinnes Bild verblaßte sofort. Wie eine sterbende Rakete am dunklen Himmel plötzlich den sanften, unergründlichen Sternenschimmer aufleuchten läßt, so erschien jetzt ein anderes Bild, andere Augen.

Christof fragte emporfahrend:

„Wer? Die kleine Erzieherin?"

„Wie?" meinte Frau Reinhart. „Auch Sie kennen sie?"

Beide beschrieben das junge Mädchen: die Porträts stimmten überein.

„Sie kannten sie?" wiederholte Christof. „Oh, sagen Sie mir alles, was Sie von ihr wissen!"

Frau Reinhart beteuerte zunächst, daß sie intime Freundinnen gewesen seien und sich alles anvertraut hätten. Doch als es an die Einzelheiten ging, schmolz dies „alles“ auf recht wenig zusammen. Zuerst hatten sie sich bei einem Besuch getroffen. Frau Reinhart war dem jungen Mädchen freundlich entgegengekommen und hatte sie mit ihrer gewohnten Herzlichkeit aufgefordert, sie zu besuchen. Zwei- oder dreimal war das junge Mädchen gekommen, und sie hatten miteinander geplaudert. Aber es war der neugierigen Lili nur mit Mühe gelungen, einiges aus dem Leben der kleinen Französin zu erfahren: sie war außerordentlich zurückhaltend. Stück für Stück mußte man ihr ihre Geschichte entreißen. Frau Reinhart wußte gerade nur, daß sie Antoinette Jeannin hieß; sie hatte kein Vermögen und als einzigen Verwandten einen jungen Bruder, der in Paris geblieben war und dessen Unterstützung sie sich widmete. Von ihm sprach sie ohne Unterlaß: es war das einzige, wobei sie sich ein wenig mitteilsam gab. Und Lili Reinhart hatte ihr Vertrauen dadurch gewonnen, daß sie für den Jungen, der so allein, ohne Eltern und Freunde, in einem Pariser Gymnasium war, mitleidsvolle Teilnahme zeigte. Antoinette hatte eine Stelle im Ausland angenommen, um die Kosten seiner Erziehung zu bestreiten. Aber die beiden armen Kinder konnten nicht eins ohne das andere leben; sie schrieben sich jeden Tag; und die geringste Verzögerung in der Ankunft des erwarteten Briefes stürzte jedes von ihnen in krankhafte Besorgnis. Antoinette ängstigte sich unaufhörlich um ihren Bruder: das Kind konnte sich nicht immer überwinden, ihr zu verheimlichen, wie bitter es die Einsamkeit empfand, und jede Klage hallte in Antoinettes Herzen jammervoll wider. Der Gedanke, daß er leide, marterte sie; oft bildete sie sich ein, daß er krank sei und es ihr nur nicht sagen wolle. Die gute Frau Reinhart hatte sie manches Mal ihrer grundlosen Ängste wegen freundschaftlich schelten müssen; und es gelang ihr, wenigstens für den Augenblick, ihr wieder Mut einzuflößen. – Über Antoinettes Familie, ihre Lage, über den Grund ihrer Seele hatte sie nichts in Erfahrung bringen können. Bei der ersten Frage schon zog sich das junge Mädchen mit ängstlicher Scheu in sich selbst zurück. Sie war gebildet und klug und schien früh den Ernst des Lebens kennengelernt zu haben. Sie machte den Eindruck, gleichzeitig naiv und vom Leben enttäuscht, fromm und ohne jede Illusion zu sein. Glücklich war sie hier in einer Familie ohne Takt und Güte nicht gewesen. Warum sie fortgegangen war, wußte Frau Reinhart nicht genau. Man hatte behauptet, sie habe sich schlecht aufgeführt. Angelika glaubte das nicht; sie hätte ihre Hand dafür ins Feuer gelegt, daß das widerliche Klatschereien waren, die dieser blöden, bösartigen Stadt ganz entsprachen. Aber irgend etwas war jedenfalls vorgefallen; was, ist ja ziemlich gleichgültig, nicht wahr?

„Ja“, sagte Christof und senkte den Kopf.

„Kurzum, sie ist fort.“

„Und was hat sie Ihnen bei der Abreise gesagt?“

„Ach“, meinte Lili Reinhart, „ich hatte rechtes Pech. Ich war gerade auf zwei Tage nach Köln gereist! Bei der Rückkehr ... *Zu spät!**“ unterbrach sie sich, um dem Dienstmädchen einen Verweis zu erteilen, das die Zitrone für den Tee zu spät brachte.

Und sie fuhr pathetisch und mit der angeborenen Feierlichkeit, welche die wahren deutschen Seelen selbst für die gewöhnlichen Obliegenheiten des täglichen Lebens bereit haben, fort:

„Zu spät, wie so oft im Leben!“

(Man wußte nicht, ob es sich um die Zitrone oder um die unterbrochene Geschichte handele.)

Letztere nahm sie wieder auf:

„Bei der Rückkehr fand ich einen kurzen Brief von ihr vor, in dem sie mir für alles, was ich getan hatte, dankte und mir sagte, daß sie nach Paris zurückkehre. Eine Adresse hinterließ sie nicht.“

„Und sie hat nie wieder geschrieben?“

„Nichts mehr.“

Christof sah von neuem das schwermütige Gesicht, dessen Augen eine Sekunde lang wieder so vor ihm aufgetaucht waren, wie sie ihn das letzte Mal durch das Eisenbahnfenster hindurch angeblickt hatten, in der Nacht verschwinden.

Das Rätsel Frankreich richtete sich von neuem und mit größerer Eindringlichkeit vor ihm auf. Christof wurde nicht müde, Frau Reinhart über das Land, das sie ja zu kennen behauptete, auszufragen. Und Frau Reinhart, die zwar selbst niemals dort gewesen war, hielt mit ihren Aufklärungen nicht zurück. Reinhart war ein ausgezeichneter Patriot und voller Vorurteile gegen Frankreich, das er nicht besser als seine Frau kannte; er wagte manchmal, wenn ihre Begeisterung allzu lebhaft wurde, einige Einschränkungen; aber sie vertrat daraufhin nur mit verdoppelter Energie ihre Behauptungen, und Christof stimmte, ohne etwas zu wissen und vertrauensvoll, mit ein.

Mehr noch als ihre Erinnerungen bedeuteten ihm Lili Reinharts Bücher. Sie hatte sich eine kleine Bibliothek von französischen Bänden geschaffen: Schulbücher, ein paar Romane, einige zufällig zusammengekaufte Theaterstücke. Reinhart stellte sie ihm verbindlich zur Verfügung, und Christof, der voller Lernbegier war und nichts von Frankreich kannte, schien das ein wahrer Schatz.

Er nahm für den Anfang ein paar Bände ausgewählter Lesestücke, alte Schulbücher, die Lili Reinhart oder ihr Mann als Kinder beim Unterricht gebraucht hatten. Reinhart hatte ihm versichert, damit müsse er anfangen, wenn er lernen wolle, sich inmitten dieser ihm völlig unbekannten Literatur zurechtzufinden. Christof hatte vor denen, die mehr wußten als er, großen Respekt und gehorchte aufs Wort; und noch am selben Abend machte er sich ans Lesen. Zunächst versuchte er seine Reichtümer im großen und ganzen zu überblicken.

So machte er die Bekanntschaft folgender französischer Schriftsteller: Théodore-Henri Barrau, François Pétis de la Croix, Frédéric Baudry, Emile Delérot, Charles-Auguste-Désiré Filon, Samuel Descombaz und Prosper Baur. Er las Gedichte vom Abbé Joseph Reyre, von Pierre Lachambaudie, vom Herzog von Nivernois, von André van Hasselt, von Andrieux, von Madame Colet, von Constance-Marie Prinzessin von Salm-Dyk, von Henriette Hollard, von Gabriel-Jean-Baptiste-Ernest-Wilfried Legouvé, von Hippolyte Violeau, von Jean Reboul, von Jean Racine, von Jean de Béranger, von Frédéric Béchard, von Gustave Nadaud, Edouard Plouvier, Eugène Manuel, von Hugo, Millevoye, Chênedollé, von James Laçour Delâtre, Felix Chavannes, von Francis-Edouard-Joachim, genannt François Coppée, und Louis Belmontet. Christof fühlte sich in dieser poetischen Sintflut völlig verloren; er ging zur Prosa über. Da fand er Gustave de Molinari, Fléchier, Ferdinand-Edouard Buisson, Mérimée, Malte-Brun, Voltaire, Lamê-Fleury, den älteren Dumas, J.-J. Rousseau, Mézières, Mirabeau, de Mazade, Claretie, Cortambert, Friedrich II. und Monsieur de Vogüé. Der am häufigsten zitierte französische Historiker war Maximilien Samson-Frédéric Schoell. Christof fand in dieser französischen Anthologie die deutsche Kaiserproklamation; und er las ein Porträt der Deutschen von Frédéric-Constant de Rougemont, aus dem er erfuhr: *Der Deutsche ist dazu geboren, im Reich der Seele zu leben. Den lauten und leichtsinnigen Frohsinn des Franzosen kennt er nicht. Er hat sehr viel Seele; in seiner Zuneigung ist er weichherzig und tief. Unermüdlich ist er in seinen Arbeiten und in seinen Unternehmungen ausdauernd. Es gibt kein anderes Volk, das so sittenstreng und bei dem die Lebensdauer so lang ist. Deutschland besitzt eine außergewöhnlich große Zahl von Schriftstellern. Für Kunst ist es besonders begabt. Während die Bewohner anderer Länder ihren Stolz dareinsetzen, Franzosen, Engländer, Spanier zu sein, umschließt der Deutsche die ganze Mensch-*

heit mit unparteiischer Liebe. Kurzum, die deutsche Nation ist schon allein durch ihre Stellung im Zentrum Europas zugleich das Herz und die höhere Vernunft der Menschheit.

Christof schloß müde und erstaunt das Buch und dachte: Die Franzosen sind gute Kerle; aber sie sind nicht bedeutend!

Er nahm einen andern Band vor. Der stand auf einem höheren Niveau; er war für Hochschulen berechnet. Musset war in ihm mit drei Seiten vertreten und Victor Duruy mit dreißig. Lamartine hatte sieben und Thiers beinahe vierzig Seiten. Den *Cid* gab man ganz und gar wieder – wenigstens beinahe ganz (man hatte nur die Monologe von Don Diego und Rodrigo ausgelassen, weil sie gar zu lang waren). – Lanfrey pries Preußen gegenüber Napoleon I.; ihm war denn auch der Platz nicht knapp bemessen worden; er allein nahm mehr Raum ein als alle großen Klassiker des achtzehnten Jahrhunderts zusammen. Umfangreiche Berichte der französischen Niederlagen von 1870 hatte man aus dem *Zusammenbruch* von Zola geschöpft. Aber man fand weder Montaigne noch La Rochefoucauld, weder La Bruyère noch Diderot, weder Stendhal noch Balzac, noch Flaubert. Dafür trat Pascal, der in dem andern Buch fehlte, hier als Merkwürdigkeit auf; und Christof erfuhr nebenbei, daß dieser religiöse Schwärmer *zu den Vätern von Port-Royal, einem Institut für junge Mädchen in der Nähe von Paris, gehörte ...*

Christof war im Begriff, alles zum Teufel zu schicken; ihm schwindelte, und er sah nichts mehr. Er sagte sich: Niemals werde ich mich da zurechtfinden. Es war ihm unmöglich, sich ein Urteil zu bilden. Seit Stunden blätterte er, dem Zufall nach, darauflos und wußte nicht, wohin er geriet. Das Lesen des Französischen wurde ihm nicht leicht, und wenn er nach vieler Mühe eine Seite verstand, war es fast stets nichtssagendes, hochtrabendes Gerede.

Manchmal jedoch zuckten aus dem Chaos Lichtstrahlen

auf, Degenhiebe, schneidende, durchschlagende Worte, heroisches Gelächter. Nach und nach löste sich aus dieser ersten Lektüre, vielleicht durch die tendenziöse Art der Sammlung, ein Eindruck. Die deutschen Verleger hatten mit oder ohne Absicht vor allem solche französischen Stücke ausgewählt, in denen Franzosen selber sich zu Zeugen französischer Fehler und deutscher Überlegenheit machten. Sie ahnten aber nicht, daß sie damit in den Augen eines unabhängigen Menschen wie Christof etwas anderes ins beste Licht setzten: nämlich die erstaunliche Urteilsfreiheit dieser Franzosen, die bei sich alles kritisierten und ihre Gegner lobten. Michelet feierte Friedrich II., Lanfrey die Engländer bei Trafalgar, Charras das Preußen von 1813. Kein Feind Napoleons hätte härter von ihm zu sprechen gewagt. Die höchsten Dinge waren vor ihrem Tadelgeist nicht sicher. Bis zum großen König hinauf hatten die Perückendichter ihr freies Wort. Molière schonte nichts. La Fontaine verspottete alles. Boileau brandmarkte den Adel. Voltaire beschimpfte den Krieg, geißelte die Religion, machte das Vaterland lächerlich. Moralisten, Satiriker, Pamphletisten und komische Dichter wetteiferten in fröhlicher oder düsterer Kühnheit miteinander. Vor gar nichts hatten sie Respekt. Die braven deutschen Verleger machte das manchmal ganz bestürzt; sie fühlten das Bedürfnis, ihr Gewissen zu beruhigen, und sie suchten Pascal zu entschuldigen, der die Köche, die Lastträger, die Soldaten und die Troßbuben in denselben Topf warf; in einer Fußnote beteuerten sie, daß Pascal sicher nicht so gesprochen hätte, wenn er die herrlichen modernen Armeen gekannt hätte. Sie versäumten auch nicht, daran zu erinnern, mit welchem Glück Lessing die Fabeln La Fontaines verbessert habe, wie er zum Beispiel, dem Rat des Genfers Rousseau gemäß, den Käse des Meisters Rabe in ein Stück vergiftetes Fleisch verwandelt habe, an dem der böse Fuchs stirbt:

Möchtet ihr euch nie etwas anderes als Gift erloben, verdammte Schmeichler!

Sie zwinkerten vor der nackten Wahrheit mit den Augen; Christof aber freute sich: er liebte das Licht. Hie und da bekam zwar auch er einen kleinen Stoß; er war an solche zügellose Ungebundenheit nicht gewöhnt, die in den Augen des freiesten Deutschen, der trotz allem in Ordnung und Disziplin aufwächst, wie Anarchie wirkt. Übrigens wurde er durch die französische Ironie irregeleitet: manches faßte er zu ernst auf, anderes, was unerbittliche Verneinung war, hielt er für scherzhafte Paradoxe. Einerlei! Durch Staunen oder Entsetzen wurde er doch nach und nach angezogen. Er hatte darauf verzichtet, seine Eindrücke zu ordnen; aus einem Gefühl geriet er ins andere: er lebte. Die Heiterkeit französischen Erzählens – Chamfort, Ségur, der ältere Dumas, Mérimée, alle drunter und drüber zusammengepfercht – weitete ihm das Herz; und von Zeit zu Zeit, gleich Windstößen, stieg aus irgendeiner Buchseite der berauschende, wilde Geruch der Revolutionen empor.

Es war beinahe Morgen, als Luise, die im Zimmer nebenan schlief, beim Erwachen das Licht durch Christofs Türritzen schimmern sah. Sie klopfte an die Wand und fragte, ob er krank sei. Ein Stuhl knirschte auf der Diele; die Tür öffnete sich, und Christof erschien im Hemd, eine Kerze und ein Buch in der Hand, und vollführte sonderbar feierliche und komische Gebärden. Luise richtete sich erschrocken in ihrem Bett auf und dachte, er sei verrückt geworden. Er begann zu lachen, deklamierte eine Szene aus Molière und fuchtelte dazu mit seiner Kerze herum. Mitten in einem Satze platzte er laut heraus; um Atem zu schöpfen, setzte er sich auf den Bettrand seiner Mutter; das Licht in seiner Hand zitterte. Luise war beruhigt und schalt ihn freundlich:

„Was ist denn los? Was ist denn los? Willst du dich wohl hinlegen! – Wirst du denn ganz und gar verrückt, mein armer Junge?“

Aber er trieb es nur um so bunter.

„Du mußt das hören!“

Er machte es sich auf ihrem Bett bequem und begann, ihr das Stück von Anfang an vorzulesen. Er meinte Corinne zu sehen; er hörte ihren pathetischen Tonfall. Luise wehrte sich.

„Mach, daß du fortkommst! Mach, daß du fortkommst! Du wirst dich erkälten. Du langweilst mich, laß mich schlafen!"

Unerbittlich las er weiter. Er ließ seine Stimme anschwellen, bewegte die Arme und erstickte vor Lachen; dann fragte er seine Mutter, ob das nicht wunderbar wäre. Luise hatte ihm den Rücken zugedreht und sich in ihre Decken verkrochen; sie hielt sich die Ohren zu und sagte:

„Laß mich zufrieden!"

Aber weil sie ihn lachen hörte, mußte auch sie leise lachen. Schließlich hörte sie auf, Einspruch zu erheben. Und als Christof einen Akt beendet hatte und sie vergeblich zur Begeisterung an seiner Lektüre anrief, neigte er sich über sie und sah, daß sie schlief. Da lächelte er, küßte sanft ihr Haar und ging geräuschlos in sein Zimmer hinüber.

Er stöberte weiter in der Bibliothek der Reinharts. Alle Bücher nahm er vor, eins nach dem andern, wie sie gerade kamen. Christof verschlang alles. Sein Wunsch war so groß, das Land Corinnes und der Unbekannten zu lieben, er hatte so viel Begeisterung in Bereitschaft, daß er alles brauchen konnte. Selbst in den Werken zweiten Ranges war irgendeine Seite, irgendein Wort, das wie ein frischer Luftzug auf ihn wirkte. Das übertrieb er noch vor sich selbst, besonders wenn er mit Frau Reinhart davon sprach, die ihn dann ihrerseits noch überbot. Wenn sie auch unwissend wie ein Karpfen war, so machte es ihr doch Spaß, die französische Kultur der deutschen gegenüberzustellen; um ihren Mann ein wenig zu ärgern und um sich für die Unannehmlichkeiten, die sie in der kleinen Stadt zu erdulden hatte, zu rächen, machte sie die deutsche zugunsten der französischen schlecht.

Reinhart war empört. Außerhalb seines Faches war er bei den Schulkenntnissen stehengeblieben. Für ihn waren die Franzosen geschickte Leute, die praktische Intelligenz besaßen, liebenswürdig zu plaudern verstanden, aber leichtfertig, reizbar, eitel waren, unfähig jedes ernsten, starken Empfindens, jeder Lauterkeit – ein Volk ohne Musik, ohne Philosophie, ohne Poesie (ausgenommen Boileaus *Art poétique,* Béranger und François Coppée), ein Volk des Pathos, der großen Gebärde, der übertriebenen Worte und der Pornographie. Kein Wort war ihm stark genug, um die lateinische Unsittlichkeit zu brandmarken; und da ihm nichts Besseres einfiel, sprach er immer wieder von ihrer *Frivolität,* was für ihn wie für die meisten seiner Landsleute etwas ganz besonders Häßliches bedeutete. Und zum Schluß kam das gewohnte Loblied zu Ehren des edlen deutschen Volkes – des sittlichen Volkes (*dadurch*, sagt Herder, *unterscheidet es sich von allen andern Völkern)* – des treuen Volkes – *des Volkes im wahrsten Sinne des Wortes,* wie Fichte sagt; und die deutsche Kraft wurde gepriesen, Symbol aller Gerechtigkeit und aller Wahrheit – das deutsche Denken, das deutsche *Gemüt**, die deutsche Sprache, diese einzig originale Sprache, ebenso einzig rein wie die Rasse selbst, die deutschen Frauen, der deutsche Wein, der deutsche Sang ... *Deutschland, Deutschland über alles, über alles in der Welt!*

Christof erhob Einspruch. Frau Reinhart lachte schallend. Sie schrien alle drei sehr laut gegeneinander an und verstanden sich nichtsdestoweniger ausgezeichnet; denn sie wußten alle drei sehr wohl, daß sie gute Deutsche waren.

Christof kam oft zum Plaudern, Essen oder Spazierengehen zu seinen neuen Freunden. Lili Reinhart verwöhnte ihn und bereitete ihm köstliche Mahlzeiten, sie war äußerst froh, auf diese Weise ihre eigene Leckerei zu befriedigen. Sie erfand alle möglichen gefühlvollen und kochkünstlerischen Aufmerksamkeiten für ihn. Zu Christofs Geburtstag hatte sie eine Torte gebacken, auf die zwanzig Kerzen gesteckt waren; in ihrer Mitte stand eine kleine griechisch gekleidete Zuckerfigur mit einem Strauß in der Hand, die so kühn war, Iphigenie darstellen zu wollen. Christof, der trotz allem im tiefsten Herzen Deutscher war, rührten diese ein wenig geräuschvollen und nicht allzu feinsinnigen Beweise aufrichtiger Herzlichkeit sehr.

Aber die prächtigen Reinharts fanden noch andere, zartere Aufmerksamkeiten, um ihre Freundschaft zu beweisen. Auf Antrieb seiner Frau hatte Reinhart, obgleich er nur mit Mühe Noten entziffern konnte, einige zwanzig Exemplare von Christofs *Liedern** gekauft (die ersten, die der Verleger absetzte); er hatte sie nach verschiedenen Seiten in Deutschland unter seine Universitätsbekannten verteilt; auch an Leipziger und Berliner Buchhändler, mit denen er durch seine Schulbücher in Verbindung stand, hatte er eine Anzahl schicken lassen. Dieser rührende, ungeschickte Versuch, von dem Christof nichts wußte, trug übrigens keinerlei Früchte, wenigstens für den Augenblick nicht. Die nach allen Seiten versandten *Lieder** schienen kein rechtes Feuer zu entzünden: niemand redete von ihnen. Die Reinharts waren über diese Gleichgültigkeit sehr betrübt und beglückwünschten sich, daß sie ihren Schritt vor Christof geheimgehalten hatten; denn er hätte ja mehr Schmerz als Trost davon gehabt. – In Wirklichkeit jedoch verliert sich nichts, wie man so vielfach zu beobachten im Leben Gelegenheit hat; keine Anstrengung ist vergeblich. Jahre hindurch erfährt man nichts davon; eines Tages merkt man dann, daß der Gedanke doch seinen Weg gefunden hat. Christofs *Lieder** drangen nach und nach in die Herzen einiger braver Menschen, die, in ihrer Provinz vergraben, zu schüchtern oder zu nachlässig waren, um es ihm zu sagen.

Ein einziger schrieb ihm. Zwei oder drei Monate nach Reinharts Sendung kam ein gerührter, zeremonieller, begeisterter Brief an Christof; er war in altmodischem Stil gehalten, kam aus einer kleinen thüringischen Stadt und war *Universitätsmusikdirektor Professor Dr. Peter Schulz** unterzeichnet.

Das war für Christof eine große Freude, eine noch größere für die Reinharts, als er gerade bei ihnen den Brief, den er seit zwei Tagen in seiner Tasche vergessen hatte, öffnete. Sie lasen ihn gemeinsam, und Reinhart tauschte mit seiner Frau verständnisvolle Blicke aus, die Christof nicht bemerkte. Er schien strahlend; plötzlich aber sah Reinhart, wie sich sein Gesicht verdüsterte; mitten im Lesen brach er ab.

„Nun, warum liest du nicht weiter?" fragte Reinhart.

(Sie duzten sich bereits.)

Christof warf den Brief voller Zorn auf den Tisch.

„Nein, das ist zu stark!" rief er.

„Was denn?"

„Lies!"

Er drehte dem Tisch den Rücken zu und setzte sich in einen Schmollwinkel.

Reinhart und seine Frau lasen, fanden aber nichts als Ausdrücke hingebendster Bewunderung.

„Ich sehe nichts", sagte er erstaunt.

„Du siehst nichts? Du siehst nichts?" schrie Christof, indem er den Brief nahm und ihm denselben unter die Augen hielt. „Kannst du denn nicht lesen? Siehst du nicht, daß auch er ein ‚Brahmine' ist?"

Erst jetzt bemerkte Reinhart, daß der *Universitätsmusikdirektor** in einer Zeile seines Briefes Christofs *Lieder** mit denen von Brahms verglichen hatte.

Christof jammerte:

„Ein schöner Freund! Endlich finde ich einen Freund! – Und kaum gewonnen, habe ich ihn auch schon verloren!"

Er war außer sich über den Vergleich. Hätte man ihn gewähren lassen, so würde er umgehend in einem Brief voller Grobheiten geantwortet haben. Oder bei einigem Nachdenken hätte er vielleicht gar nichts geantwortet und wäre sich daher sehr vernünftig und edelmütig vorgekommen. Glücklicherweise hielten ihn die Reinharts, wenn ihnen seine schlechte Laune auch Spaß machte, davon ab, eine neue Torheit zu begehen. Sie brachten ihn dazu, ein Wort des Dankes zu schreiben. Aber dieses mit Murren geschriebene Wort wurde kalt und gezwungen. Die Begeisterung von Peter Schulz erschütterte das nicht: er sandte noch zwei oder drei Briefe, die von Herzlichkeit überströmten. Christof war kein guter Briefschreiber; und obzwar ein wenig ausgesöhnt mit dem unbekannten Freund durch den aufrichtigen Ton, den er aus allen seinen Zeilen vernahm, ließ er die Korrespondenz doch fallen. Schulz schwieg endlich. Christof dachte nicht mehr an ihn.

Die Reinharts sah er jetzt jeden Tag und oft mehrmals am Tage. Sie verbrachten fast alle ihre Abende miteinander. Nach einem einsamen, in sich selbst vertieften Tag hatte er ein physisches Bedürfnis, zu reden, alles, was ihm durch den Kopf ging, auszusprechen, selbst wenn man ihn nicht verstand; hatte ein Bedürfnis, mit oder ohne Grund zu lachen, sich auszugeben, sich auszuspannen.

Er machte ihnen Musik. Da er kein anderes Mittel hatte, ihnen seine Dankbarkeit zu bezeigen, setzte er sich ans Klavier und spielte stundenlang. Frau Reinhart war gar nicht musikalisch und unterdrückte nur mit Mühe das Gähnen; aber sie mochte Christof gern und tat, als interessiere sie sich für das, was er spielte. Reinhart war nicht viel musikalischer als seine Frau, wurde aber rein stofflich von gewissen Stellen gerührt; dann aber wurde er gewaltsam und bis zu Tränen davon aufgewühlt, was ihm idiotisch vorkam. Die übrige Zeit war es ihm nichts: bloßes Geräusch. Als allgemeine Regel konnte übrigens gelten: Er wurde stets nur von dem am wenigsten Wertvollen in einem Werk gerührt – von durch und durch nichtssagenden Stellen. Alle beide redeten sich ein, Christof zu verstehen; und Christof wollte es sich auch einreden. Von Zeit zu Zeit überfiel ihn wohl die boshafte Lust, seinen Scherz mit ihnen zu treiben; er stellte ihnen Fallen, er spielte ihnen irgend etwas vor, was keinerlei Sinn hatte: irgendwelche alberne Potpourris. Und er ließ sie glauben, daß es von ihm sei. Wenn sie es recht bewundert hatten, gestand er den Scherz ein. Daraufhin wurden sie mißtrauisch; und wenn Christof seitdem beim Spielen eines Stückes geheimnisvoll tat, bildeten sie sich ein, er wollte sie wieder anführen, und sie kritisierten es. Christof ließ sie reden, stimmte ihnen bei, gab zu, daß diese Musik keinen Heller wert sei, und lachte dann plötzlich laut los.

„Vermaledeite Spitzbuben! Wie recht ihr habt! – Das ist nämlich von mir!“

Er freute sich wie ein König, sie irregeführt zu haben. Frau Reinhart ärgerte sich ein wenig und gab ihm einen kleinen Klaps; aber er lachte so herzlich, daß sie mitlachen mußten. Sie erhoben keinen Anspruch auf Unfehlbarkeit, und da sie nicht mehr wußten, auf welchem Bein sie tanzen sollten, hatte Lili Reinhart die Rolle übernommen, alles zu kritisieren, und ihr Mann, alles zu loben; so waren sie ganz sicher, daß einer von beiden stets Christofs Ansicht sein würde.

Übrigens war es weniger der Musiker, der sie in Christof anzog, als der etwas verrückte, anhängliche und lebendige gute Junge. Das Böse, das sie von ihm hatten sagen hören, stimmte sie eher zu seinen Gunsten; wie er wurden sie durch die Kleinstadtluft bedrückt; wie er waren sie gerade Menschen, hatten ihr eigenes Urteil, und sie behandelten ihn als ein großes Kind, das sich im Leben nicht sehr geschickt zeigt und das ein Opfer seines Freimuts ist.

Christof machte sich über seine neuen Freunde nicht viele Illusionen; es stimmte ihn ein wenig melancholisch, sich sagen zu müssen, daß sie das Tiefste seines Wesens nicht verstünden, daß sie es niemals verstehen würden; aber er war so aller Freundschaft entwöhnt, und er hatte so großes Bedürfnis danach, daß ihn unendliche Dankbarkeit gegen sie erfüllte, weil sie bereit waren, ihn ein wenig zu lieben; die Erfahrung des letzten Jahres hatte ihn belehrt: er erkannte sich nicht mehr das Recht zu, den Wählerischen zu spielen. Zwei Jahre früher wäre er nicht so duldsam gewesen; er dachte mit ein wenig belustigter Reue an seine Strenge gegenüber den braven und langweiligen Eulers. Ach! Wie weise er geworden war! Er seufzte ein wenig darüber. Aber eine heimliche Stimme flüsterte ihm zu:

„Ja, aber auf wie lange Zeit?"

Das ließ ihn lächeln und tröstete ihn.

Was hätte er nicht für einen Freund gegeben, einen einzigen, der ihn verstand und teil an seiner Seele hatte! – Aber trotz seiner großen Jugend hatte er doch schon genug Welterfahrung, um zu wissen, daß sein Wunsch einer von denen war, die das Leben am schwersten erfüllt, und daß er keinen Anspruch habe, glücklicher zu sein als die meisten wahren Künstler, die vor ihm gelebt hatten. Die Geschichte einiger von ihnen hatte er kennengelernt. Durch ein paar Bücher, die er aus der Bibliothek der Reinharts geliehen hatte, erfuhr er von den furchtbaren Prüfungen, durch die die deutschen Musiker des siebzehnten Jahrhunderts hindurchgegangen waren; von dem ruhigen Gleichmut dieser großen Seelen hatte der größte unter ihnen, der heroische Schütz, Zeugnis gegeben! Das Vaterland war von allen europäischen Soldatenbanden überschwemmt; mit Füßen getreten, vom Unglück gebrochen, ermattet, entwürdigt, versuchte es keine Auflehnung und ersehnte nichts als Ruhe. Er aber, inmitten der Krieger, der eingeäscherten Städte, der von der Pest verwüsteten Provinzen, hatte unerschüttert seinen Weg fortgesetzt. Christof dachte: Wer hätte neben solchem Beispiel das Recht, sich zu beklagen? Sie hatten keinerlei Publikum, keinerlei Zukunft; sie schrieben für sich selbst und für Gott. Was sie heute schrieben, vernichtete vielleicht der kommende Tag. Und dennoch schrieben sie weiter und waren nicht trübselig; sie verloren durch nichts ihre unerschrockene, fröhliche Einfalt; sie ließen sich's an ihrem Sang genug sein, verlangten vom Leben nur das Leben, wollten gerade nur ihr Brot verdienen, sich ihrer Gedanken entladen und zwei oder drei gute Leute finden, die schlicht, wahrhaft, vielleicht sogar ohne Beziehung zur Kunst waren, die sie sicherlich nicht verstanden, sie aber aufrichtig liebten. – Wie hätte er es wagen dürfen, anspruchsvoller als sie zu sein? Es gib ein Geringstes an Glück, das man verlangen kann. Niemand aber hat ein Recht auf mehr: das übrige muß man sich selber verschaffen, das ist nicht Sache der andern.

Diese Gedanken stimmten ihn von neuem froh; und durch sie liebte er seine braven Freunde Reinhart noch mehr. Er dachte nicht, daß man ihm auch diese letzte Zuneigung abspenstig machen würde.

Er rechnete nicht mit der Bosheit kleiner Städte. Ihr Groll ist hartnäckig – um so hartnäckiger, je zielloser er ist. Ein rechter Haß, der weiß, was er will, beschwichtigt sich, wenn er sein Ziel erreicht hat. Aber die aus Langeweile Böses tun, legen nie die Waffen nieder; denn sie langweilen sich immer. Christof war ihrem Müßiggang eine gegebene Beute. Allerdings war er geschlagen; aber er hatte die Kühnheit, dadurch gar nicht niedergedrückt zu erscheinen. Er störte niemanden mehr, aber kümmerte sich auch um niemanden. Er verlangte nichts, folglich konnte man ihm nichts anhaben. Mit seinen neuen Freunden war er glücklich und allem gegenüber, was man von ihm sagen oder denken konnte, gleichgültig. Das konnte man sich nicht gefallen lassen. – Frau Reinhart reizte noch mehr. Die Freundschaft, die sie der ganzen Stadt zum Trotz für Christof zur Schau trug, schien wie ihr Benehmen eine Herausforderung der öffentlichen Meinung. In Wahrheit forderte die gute Lili Reinhart nichts und niemanden heraus, sie dachte nicht daran, die andern mit Absicht zu reizen; sie tat, was ihr gut schien, ohne nach der Meinung der Mitmenschen zu fragen. Das war aber die schlimmste Herausforderung.

Man belauerte ihre Bewegungen. Sie nahmen sich nicht genug in acht. Wenn sie zusammen ausgingen oder wenn sie, zu Hause geblieben, des Abends, auf die Balkonbrüstung gelehnt, plauderten und lachten, ließen des einen Übermut, der andern Unbesonnenheit es an Vorsicht fehlen. Sie ließen sich in der Vertraulichkeit ihres Benehmens unschuldig gehen, wodurch die Klatscherei leicht ihre Nahrung fand.

Eines Morgens bekam Christof einen anonymen Brief. Man beschuldigte ihn in gemein beleidigenden Ausdrücken, der Geliebte Frau Reinharts zu sein. Er war außer sich vor Erstaunen. Niemals hatte er ihr gegenüber den leisesten Gedanken an Liebe oder an Flirt gehabt: er war viel zu anständig dazu, und vor dem Ehebruch hatte er einen puritanischen Abscheu. Der Gedanke allein an diese unsaubere Teilung verursachte ihm Widerwillen. Einem Freunde die Frau zu nehmen wäre ihm als Verbrechen erschienen; und Lili Reinhart wäre die letzte auf der Welt gewesen, die ihn dazu in Versuchung geführt hätte: die arme Frau war nichts weniger als schön, und er hätte also nicht einmal die Entschuldigung einer Leidenschaft aufbringen können.

Als er wieder zu seinen Freunden kam, war er voll Scham und befangen. Er fand bei ihnen dieselbe Verlegenheit. Jeder von ihnen hatte einen ähnlichen Brief bekommen; aber sie wagten nicht, es einander zu sagen; alle drei beobachteten sich untereinander, beobachteten sich selbst, wagten nicht mehr, sich zu rühren, zu sprechen, und machten nichts als Torheiten. Wenn Lili Reinharts sorglose Natur einen Augenblick die Oberhand gewann und sie wieder zu lachen und Tollheiten zu schwatzen anfing, traf sie plötzlich ein forschender Blick ihres Mannes oder Christofs; der Brief kam ihr wieder in den Sinn, sie wurde befangen; Christof und Reinhart wurden es ebenfalls. Und jeder dachte:

Wissen die andern etwa davon?

Sie sprachen sich jedoch nicht aus und versuchten wie vorher zu leben.

Doch es folgten weitere anonyme Briefe, immer unverschämtere, schmutzigere; ein Zustand der Machtlosigkeit und unerträglicher Scham befiel Christof und Reinharts. Wenn die Briefe ankamen, fanden sie nicht die Kraft, sie ungelesen zu verbrennen; sie versteckten sich mit ihnen und öffneten sie mit zitternder Hand; das Herz stockte ihnen beim Entfalten der Seiten, und wenn sie, was sie zu lesen fürchteten, mit irgendeiner neuen Variation über dasselbe Thema lasen – ausgeklügelte, gemeine Erfindungen eines Menschen, der das Böse wollte –, so weinten sie ganz leise. Bis zur Erschöpfung zerbrachen sie sich darüber den Kopf, wer der Elende sein könne, der sie so hartnäckig verfolgte.

Eines Tages gestand Frau Reinhart, die am Ende ihrer Kräfte war, ihrem Mann, welcher Verfolgung sie zum Opfer gefallen war; und er beichtete ihr darauf mit tränenden Augen, daß er dasselbe erdulde. Sollte man zu Christof darüber sprechen? Sie wagten es nicht. Und doch mußte man ihn warnen, damit er auf der Hut sei. Schon bei den ersten Worten, die Frau Reinhart ihm unter Erröten sagte, merkte sie verblüfft, daß auch Christof Briefe empfing. Diese Unersättlichkeit der Bosheit brachte sie außer sich. Frau Reinhart zweifelte nicht mehr daran, daß die ganze Stadt im Komplott sei. Anstatt sich gegenseitig aufzurichten, machten sie einander vollends mutlos. Sie wußten nicht, was tun. Christof redete davon, jemand den Schädel einzuschlagen. Aber wem? Und dann wäre das ja gerade etwas für den Klatsch gewesen! – Sollte man die Polizei von den Briefen unterrichten? Das hieße das leise Geflüster der Öffentlichkeit preisgeben ... Konnte man tun, als ob man sich nicht darum kümmere? Das war nicht mehr möglich. Ihre freundschaftlichen Beziehungen waren jetzt gestört.

Reinhart konnte ein noch so unbedingtes Vertrauen zu Christof und seiner Frau Ehrenhaftigkeit haben: wider Willen verdächtigte er sie. Er fühlte, wie unsinnig und schändlich seine Verdächtigungen waren; er zwang sich, Christof mit seiner Frau allein zu lassen; aber er litt darunter, und seine Frau sah das wohl.

Für sie war es noch schlimmer. Niemals hatte sie daran gedacht, mit Christof zu flirten, ebensowenig wie Christof mit ihr. Die Klatschereien gaben ihr jetzt die lächerliche Idee ein, daß Christof vielleicht doch in sie verliebt sei; und wenn sie auch meilenweit davon entfernt war, Christof davon etwas merken zu lassen, so hielt sie es doch für gut, sich dagegen zu verwahren; wenn auch nicht durch deutliche Winke, so doch durch ungeschickte Vorsichtsmaßregeln, die Christof zuerst nicht verstand und die ihn, als er sie begriff, außer sich brachten. Es war zum Weinen dumm! Er sollte in diese brave kleine Bürgersfrau verliebt sein, die zwar gut, aber häßlich und gewöhnlich war! – Und daß sie es glaubte! – Und daß er sich nicht dagegen verwahren, ihr und ihrem Mann nicht sagen konnte:

Aber Kinder! Beruhigt euch doch! Es hat keine Gefahr!

Doch nein, er konnte diese prächtigen Menschen nicht kränken. Und überdies wurde ihm klar, daß sie sich nur dagegen wehren konnte, von ihm geliebt zu werden, weil sie selbst heimlich anfing, ihn zu lieben: die anonymen Briefe hatten den schönen Erfolg gehabt, ihr diese dumme romantische Idee einzublasen.

Ihrer aller Lage war so peinlich und albern geworden, daß es unmöglich so weitergehen konnte. Lili Reinhart, die trotz ihrer Wortdraufgängerei durchaus kein starker Charakter war, verlor gegenüber der dumpfen Feindseligkeit der kleinen Stadt den Kopf. So versuchten sie verschämte Vorwände, um nicht mehr zusammenzukommen:

Frau Reinhart sei nicht wohl ... Reinhart habe zu arbeiten ... Sie verreisten auf ein paar Tage ...

Ungeschickte Lügen, die der Zufall mit boshaftem Vergnügen enthüllte!

Christof sprach freimütiger:

„Trennen wir uns, meine armen Freunde. Wir sind nicht die Stärkeren."

Die Reinharts weinten. – Aber nachdem sie so miteinander gebrochen hatten, fühlten sie sich erleichtert.

Die Stadt konnte frohlocken. Diesmal war Christof ganz einsam. Sie hatte ihm bis zum letzten Hauch das geraubt, was jedes Herz wenigstens in geringem Maße zum Leben braucht: menschliche Zuneigung.

DRITTER TEIL

BEFREIUNG

Er hatte niemanden mehr. Alle seine Freunde waren zerstoben. Der liebe Gottfried, der ihm früher in schwierigen Stunden zu Hilfe gekommen war und dessen er in diesem Augenblick so sehr bedurfte, war vor Monaten fortgezogen – und diesmal für immer. Eines Abends im letzten Sommer war aus einem fern gelegenen Dorf ein von ungeschickter Hand geschriebener Brief angekommen; er teilte Luise mit, daß ihr Bruder auf einer seiner Herumstreifereien, die der kleine Handelsmann trotz seiner schlechten Gesundheit nun einmal nicht lassen konnte, gestorben war. Man hatte ihn da unten auf dem Kirchhof des Ortes begraben. Die letzte männlich ernste Freundschaft, die fähig gewesen wäre, Christof zu stützen, war in den Abgrund gesunken. Er blieb allein mit seiner alten Mutter, der sein Denken gleichgültig war – die ihn nur lieben konnte, die ihn nicht verstand. Rings um ihn her die unendliche deutsche Ebene, der dunkle Ozean. Bei jeder Anstrengung, sich herauszuretten, sank er tiefer unter. Und die feindliche Stadt schaute seinem Ertrinken zu...

Wie er so kämpfte, erschien ihm wie ein Blitz inmitten seiner Nacht das Bild Haßlers, des großen Musikers, den er als Kind so sehr geliebt hatte und dessen Ruhm jetzt über das ganze deutsche Land strahlte. Er dachte an Haßlers frühere Versprechungen, und mit verzweifelter Kraft klammerte er sich alsbald an diesen letzten Rettungsbalken. Haßler konnte ihn erlösen! Haßler mußte ihn erlösen! Was verlangte er denn von ihm? Weder Unterstützung noch Geld, noch irgendwelche materielle Hilfe. Nichts weiter, als daß er ihn verstehe. Haßler war wie er verfolgt worden. Haßler war ein freier Mensch; er würde einen freien Mann verstehen, den die deutsche Kleinlichkeit mit ihrem Groll verfolgte und zu erdrücken suchte. Sie kämpften denselben Kampf.

Sobald er diesen Gedanken gefaßt hatte, führte er ihn aus. Er sagte seiner Mutter, daß er acht Tage abwesend sein würde; und er nahm am selben Abend den Zug nach der norddeutschen Großstadt, in der Haßler *Kapellmeister** war. Er konnte nicht länger warten. Es war der letzte Versuch, aufzuatmen.

Haßler war berühmt. Seine Feinde waren nicht entwaffnet; aber seine Freunde schrien, daß er der größte Musiker der Gegenwart, Vergangenheit und Zukunft sei. Er war von Anhängern und Verleumdern umringt, von denen die einen so geschmacklos wie die andern waren. Da er nicht von starkem Schlage war, hatten ihn die einen verbittert, die andern verzärtelt. Seine ganze Energie verwandte er darauf, das zu tun, was seinen Kritikern unangenehm war und sie zum Schreien veranlaßte; er war wie ein Gassenjunge, der Schabernack treibt. Seine Possen waren oft abscheulich geschmacklos; nicht nur, daß er sein erstaunliches Talent zu musikalischen Exzentrizitäten gebrauchte, über die sich die Oberpriester die Haare rauften, sondern er zeigte auch eine aufreizende Vorliebe für sonderbare Texte, für verschrobene Vorwürfe, oft auch für zweideutige und anstößige Situationen, kurz, für alles, was das gesunde Gefühl und das allgemeine Schicklichkeitsempfinden verletzen konnte. Er war zufrieden, wenn der Philister aufheulte, und der Philister versäumte das nicht. Sogar der Kaiser, der sich mit der unverschämten Anmaßung der Emporkömmlinge und Fürsten in die Kunst einmischte, betrachtete die Berühmtheit Haßlers als ein öffentliches Ärgernis und ließ keine Gelegenheit vorübergehen, ohne seinen frechen Werken geringschätzige Gleichgültigkeit zu bezeigen. Haßler, wütend und zugleich entzückt von so hoher Gegnerschaft, die für die vorgeschrittenen Kreise der deutschen Kunst fast zu einer Bestätigung seiner Bedeutung geworden war, trieb es nur um so toller und stieß alle Welt vor den Kopf;

seine Freunde aber gerieten bei jeder neuen Dummheit in Verzückung und schrien dem Genie Beifall zu.

Haßlers Clique bestand hauptsächlich aus Literaten, Malern und dekadenten Kritikern, die allerdings das Verdienst hatten, die Partei des Widerspruchs gegen die in Norddeutschland ewig drohende Reaktion der Frömmelei und Staatsmoral zu bilden; aber die Unabhängigkeit war im Kampfe außer Rand und Band geraten, grenzte – ihnen selbst unbewußt – ans Lächerliche; denn fehlte es vielen unter ihnen auch nicht an einem etwas unausgeglichenen Talent, so besaßen sie doch wenig Verstand und noch weniger Geschmack; sie konnten nicht mehr aus der erkünstelten Atmosphäre herauskommen, die sie sich zusammengebraut hatten; und wie alle Cliquen hatten sie schließlich völlig den Sinn für das wirkliche Leben verloren. Sie galten als Autorität für sich selbst und die paar hundert Einfaltspinsel, die ihre Zeitschriften lasen und alles, was sie zu diktieren beliebten, mit offenem Munde annahmen. Ihre Lobhudelei war Haßler verhängnisvoll geworden; denn sie machte ihn zu nachsichtig gegen sich selbst. Alle musikalischen Gedanken, die ihm durch den Kopf gingen, nahm er ohne Prüfung auf; und er war zuinnerst überzeugt, daß, wenn er auch irgend etwas seiner selbst Unwürdiges schriebe, es den übrigen Musikern noch immer weit überlegen wäre. War dieser Gedanke auch in den meisten Fällen nur allzu richtig, so folgte daraus noch nicht, daß er sehr gesund war und geeignet, Meisterwerke hervorzubringen. Haßler empfand für alle, Freunde wie Feinde, eine tiefe Verachtung; und diese bittere und spöttische Verachtung erstreckte sich auf ihn und auf das ganze Leben; er vergrub sich um so mehr in seine ironische Skepsis, als er früher einmal an vieles Edle und Naive geglaubt hatte. Da er nicht die Kraft besessen hatte, das alles gegen die langsam zerstörende Macht der Zeit zu verteidigen, noch heuchlerisch genug war, sich einzureden, er glaube an das, woran er nicht mehr glaubte, begann er dessen Andenken eifernd zu verhöhnen. Außerdem hatte er die gleichgültige, weiche Natur des Süddeutschen, die wenig für ein Übermaß von Glück oder Unglück, von heiß oder kalt geschaffen ist und die einer gemäßigten Temperatur bedarf, um ihr Gleichgewicht zu bewahren. Unmerklich ließ er sich in trägen Lebensgenuß hineingleiten: er liebte gute Küche, schwere Getränke, müßige Schlendereien und weichliche Gedanken. Davon wurde seine ganze Kunst geprägt; wenn er auch begabt genug war, um mitten aus seiner erschlafften Musik, die sich dem Geschmack der Mode hingab, manchmal noch geniale Funken aufsprühen zu lassen. Niemand fühlte besser als er selbst seinen Rückgang. Eigentlich war er der einzige, der ihn fühlte – und auch das nur in seltenen Augenblicken, die er natürlicherweise mied. Dann war er ein Menschenfeind, in trübe Stimmungen verstrickt, in egoistischen Vorurteilen befangen, von Gesundheitssorgen geplagt – und allem gegenüber, was einstmals seine Begeisterung oder seinen Haß erregt hatte, gleichgültig.

So war der Mann beschaffen, zu dem Christof kam, um Trost zu suchen. Mit welcher Hoffnung traf er an einem kalten, regnerischen Morgen in der Stadt ein, wo derjenige lebte, dessen Kunst in seinen Augen den Geist der Unabhängigkeit atmete! Von ihm erwartete er das freundschaftliche und tapfere Wort, dessen er bedurfte, um die aussichtslose und notwendige Schlacht weiterzuführen, die jeder wahre Künstler bis zum letzten Atemzug, ohne einen einzigen Tag die Waffen zu strecken, der Welt liefern muß; denn wie Schiller gesagt hat: *Die einzige Beziehung zum Publikum, die man niemals bereut, ist der Krieg.*

Christof war so ungeduldig, daß er sich kaum Zeit nahm, seine Tasche in dem erstbesten Hotel nahe beim Bahnhof unterzustellen, um dann nach dem Theater zu laufen, wo er sich nach der Adresse Haßlers erkundigte. Haßler wohnte ziemlich weit vom Zentrum in einer Vorstadt. Christof fuhr mit der elektrischen Bahn dorthin und verspeiste unterwegs mit tüchtigem Hunger ein Brötchen. Sein Herz schlug, als er sich dem Ziele näherte.

Das Viertel, in dem Haßler wohnte, war in jenem neuen sonderbaren Stil erbaut, in den das junge Deutschland sein gelehrtes Barbarentum ergoß, das sich in mühseligen Anstrengungen, Genie zu entfalten, verausgabte. Mitten in der banalen Stadt mit ihren geraden, charakterlosen Straßen erhoben sich plötzlich ägyptische Mausoleen, norwegische Bauernhäuser, Klöster, Basteien, internationale Ausstellungspavillons, dickbauchige, sockellose, in der Erde steckende Häuser mit ausdruckslosem Gesicht, einem einzigen riesigen Auge mit Kerkergittern, mit Toren, die von Unterseebooten erdrückt wurden, mit Eisenbögen, goldenen Chiffren in den Sparren der vergitterten Fenster, speienden Ungeheuern über der Eingangstür, blauen Fayenceplatten, die hier und dort, stets da, wo man sie am wenigsten erwartete, eingelassen waren, mit buntscheckigen Mosaiken, die Adam und Eva darstellten, und mit grellbunten Ziegeldächern; burgartige Häuser, deren oberste Stockwerke wie durch Schießscharten ausgezackt waren, unförmige Tiere auf dem Giebel trugen, an einer Seite kein Fenster hatten, dann wieder dicht nebeneinander gähnende Löcher zeigten, die einmal quadratisch, dann rechtwinklig waren und wie Wunden aussahen; große leere Mauerflächen, aus denen plötzlich ein schwerer, von Nibelungen-Karyatiden gestützter Balkon mit einem einzigen Fenster hervorquoll und aus deren steinernen Brüstungen zwei bärtige, haarige Greisenköpfe herausragten, Böcklinsche Fischmänner. An den Giebel eines dieser Gefängnisse – eines pharaonischen Hauses mit einer einzigen niederen Etage und zwei nackten Kolossen am Eingang – hatte der Architekt geschrieben:

Seine Welt zeige der Künstler,
*die niemals war noch jemals sein wird.**

Christof, der einzig von dem Gedanken an Haßler erfüllt war, sah das alles mit verdutzten Augen an und machte gar nicht den Versuch, zu verstehen. Er gelangte an das gesuchte Haus, das eins der einfachsten war – im karolingischen Stil erbaut. Im Innern ein protziger, banaler Luxus; im Treppenhaus eine drückende Luft von überhitzter Dampfheizung – ein enger Aufzug, den Christof nicht benutzte, damit er mehr Zeit gewinne, sich für seinen Besuch vorzubereiten; so stieg er also mit kleinen Schritten, unsicheren Beinen und vor Erregung zitterndem Herzen die vier Treppen empor. Während dieses kurzen Weges kamen ihm seine alte Begegnung mit Haßler, seine Kinderbegeisterung und Großvaters Bild wieder ins Gedächtnis, als läge das alles nur einen Tag zurück.

Es war kurz vor elf Uhr, als er an der Tür läutete. Er wurde von einer munteren Soubrette mit dem Benehmen einer serva padrona empfangen, die ihn von oben bis unten keck betrachtete und zunächst erklärte: Herr Haßler könne nicht empfangen, Herr Haßler sei müde. Doch die naive Enttäuschung, die sich daraufhin auf Christofs Gesicht malte, machte ihr offenbar Spaß; denn nachdem sie ihre aufdringliche Prüfung von Christofs ganzer Person beendet hatte, wurde sie plötzlich nachgiebig gestimmt, ließ Christof in Haßlers Arbeitszimmer eintreten und sagte, sie werde schon dafür sorgen, daß Haßler ihn empfange. Daraufhin warf sie ihm einen kleinen zärtlichen Blick zu und schloß die Tür.

An den Wänden hingen ein paar impressionistische Bilder und französische galante Gravüren des achtzehnten Jahrhunderts; denn Haßler wollte in allen Künsten zu Hause sein; er schätzte daher gleichzeitig Manet und Watteau, wie es ihn seine Clique gelehrt hatte. Dasselbe Stilgemisch charakterisierte die Einrichtung. Ein sehr schöner Schreibtisch im Stile Ludwigs XV. war von Sesseln im Jugendstil und einem orientalischen Diwan mit einem Berg vielfarbiger Kissen umgeben. Die Türen waren mit Bleiverglasungen geschmückt; auf den Etageren und dem Kamin, auf dem Haßlers Büste thronte, stand japanischer Kleinkram herum; in einer Schale auf einem Tischchen lagen eine Unmenge Photographien von Sängerinnen, Bewunderinnen und Freundinnen, die mit geistreichen und begeisterten Widmungen beschrieben waren. Auf dem Schreibtisch herrschte eine unglaubliche Unordnung; das Klavier stand offen; auf den Etageren lag Staub; und angerauchte Zigarren waren in allen Ecken verstreut.

Christof hörte im Zimmer nebenan eine verdrießliche Stimme schelten; das durchdringende Organ des kleinen Dienstmädchens erwiderte ihr. Es war klar, daß Haßler von dem Gedanken, sich zeigen zu sollen, nicht begeistert war; ebenso sicher aber hatte das Fräulein sich in den Kopf gesetzt, daß Haßler sich zeigen müsse; und sie genierte sich nicht, ihm mit kecker Vertraulichkeit zu widersprechen; ihre spitze Stimme drang durch die Wände. Christof war es recht unbehaglich, einige Bemerkungen, die sie ihrem Herrn gegenüber machte, mit anzuhören. Den aber rührte das gar nicht. Im Gegenteil! Man hätte meinen können, daß ihre Frechheiten ihm Spaß machten. Und während er noch weiterschalt, neckte er das Mädchen und fand Vergnügen daran, sie aufzuregen. Endlich hörte Christof eine Tür gehen und Haßler, immer noch brummend und spöttelnd, mit schlürfendem Schritt kommen.

Er trat ein. Christofs Herz krampfte sich zusammen. Er erkannte ihn. Hätte er ihn doch um Gottes willen nicht erkannt! Ja, das war Haßler und doch nicht er. Er hatte immer noch seine hohe Stirn ohne eine einzige Runzel, sein Gesicht, das faltenlos wie das eines Kindes war; aber er war kahl, feist, hatte eine gelbe Gesichtsfarbe, eine verschlafene Miene; die Unterlippe hing ein wenig herab, der Mund war gelangweilt und brummig. Die Schultern waren gebeugt, seine beiden Hände steckten in den Taschen seines verschlampten Anzugs; an seinen Füßen schleifte er ausgetragene Pantoffeln, sein Oberhemd bauschte sich über den

Beinkleidern, die er nicht einmal fertig zugeknöpft hatte. Er sah Christof mit schläfrigen Augen an, die sich auch nicht erhellten, als der junge Mann seinen Namen gestammelt hatte. Er grüßte stumm, automatisch, wies Christof mit dem Kopf einen Sitz an und sank mit einem Seufzer auf den Diwan nieder, dessen Kissen er rings um sich auftürmte. Christof wiederholte:

„Ich hatte schon die Ehre . . . Sie haben die Güte gehabt . . . Ich bin Christof Krafft . . ."

Haßler lag im Diwan vergraben, seine langen Beine waren übereinandergeschlagen, seine mageren Hände über dem rechten, bis zu seinem Kinn emporgezogenen Knie verschränkt; er erwiderte:

„Kenne ich nicht."

Christof versuchte mit zusammengeschnürter Kehle, ihm ihre einstige Begegnung ins Gedächtnis zurückzurufen. Unter jedweden Umständen wäre es ihm schwergefallen, über so persönliche Erinnerungen zu sprechen; hier wurde es ihm zur Qual: er verwickelte sich in seinen Sätzen, fand nicht die rechten Worte, redete Unsinn, der ihn erröten ließ. Haßler ließ ihn stammeln und hörte nicht auf, ihn unterdessen mit seinen verschwommenen, gleichgültigen Blicken zu betrachten. Als Christof seinen Bericht beendet hatte, fuhr Haßler einen Augenblick fort, schweigend sein Knie zu schaukeln, als erwarte er, daß Christof weiterrede. Dann sagte er:

„Ja . . . Das macht uns nicht jünger . . ."

und reckte sich.

Nachdem er gegähnt hatte, fügte er hinzu:

„. . . Entschuldigen bitte . . . Gar nicht geschlafen . . . Letzte Nacht im Theater soupiert . . ."

und gähnte von neuem.

Christof hoffte, daß Haßler irgendeine Anspielung auf das, was er ihm eben erzählt hatte, machen würde; aber Haßler, den diese ganze Geschichte nicht im geringsten interessiert hatte, sprach nicht mehr davon; mit keinem Wort fragte er nach Christofs Leben. Als er mit dem Gähnen fertig war, fragte er:

„Sind Sie schon lange in Berlin?"

„Ich bin heute morgen angekommen", sagte Christof.

„Ach!" machte Haßler, ohne sich weiter zu wundern. „Welches Hotel?"

Ohne anscheinend auf die Antwort zu achten, richtete er sich träge auf, langte nach einer elektrischen Klingel und schellte.

„Erlauben Sie ..."

Das kleine Dienstmädchen mit der impertinenten Miene erschien.

„Kitty", sagte er, „hast du die Absicht, mir heute das Frühstück vorzuenthalten?"

„Sie denken doch nicht", antwortete sie, „daß ich Ihnen hierher was zu essen bringe, während Sie Besuch haben?"

„Warum denn nicht?" meinte er mit einem spöttischen Augenzwinkern auf Christof. „Er nährt meinen Geist; ich werde den Leib nähren."

„Schämen Sie sich nicht, sich bei Ihrer Mahlzeit wie ein wildes Tier in einer Manege zuschauen zu lassen?"

Anstatt böse zu werden, fing Haßler an zu lachen und verbesserte:

„Wie ein gezähmtes Tier ...

Bring es immerhin", fuhr er fort, „ich werde die Schande mit hinunteressen."

Achselzuckend ging sie hinaus.

Da Christof sah, daß Haßler noch immer keine Anstalten machte, sich nach seinem Tun zu erkundigen, versuchte er selbst, die Unterhaltung wieder anzuknüpfen. Er sprach von der Schwierigkeit des Provinzlebens, von der Minderwertigkeit der Leute, von ihrer Engherzigkeit, von der Vereinsamung, in der man lebte. Er gab sich alle Mühe, Teilnahme an seiner inneren Bedrängnis zu wecken. Haßler aber lag auf seinem Diwan, den Kopf auf ein Kissen zurückgelehnt, hatte die Augen halb geschlossen, ließ ihn reden und schien nicht zuzuhören; oder er hob wohl einen Augenblick die Lider und warf ein paar Worte voll ironischer Kälte, einen derben Witz über die Provinzler dazwischen, der Christofs Versuch, intimer zu sprechen, kurz abschnitt. – Kitty war mit dem Frühstückstablett zurückgekehrt: Kaffee, Butter, Schinken usw. Sie setzte es schmollend auf den Schreibtisch nieder, mitten in die Unordnung der Papiere hinein. Christof wartete, bis sie wieder hinaus war, um von neuem seinen schmerzlichen Bericht aufzunehmen, der ihm so bittere Mühe machte.

Haßler hatte das Tablett an sich gezogen; er goß sich Kaffee ein, nippte daran; dann unterbrach er Christof mitten in einem Satz, um ihm vertraulich, gutmütig und ein wenig von oben herab anzubieten:

„Eine Tasse?"

Christof lehnte ab. Er gab sich alle erdenkliche Mühe, den Faden seines Satzes wieder anzuknüpfen; aber er wußte, mehr und mehr aus der Fassung gebracht, nicht mehr, was er sagte. Er wurde durch Haßlers Anblick zerstreut, der, seine Serviette unterm Kinn, sich wie ein Kind mit Butterbrötchen und Schinkenscheiben, die er mit den Fingern hielt, vollstopfte; er brachte es jedoch fertig, zu erzählen, daß er komponiere, daß er ein Vorspiel für *Judith* von Hebbel habe aufführen lassen. Haßler hörte zerstreut zu.

„*Was?*"* fragte er.

Christof wiederholte den Titel.

„*Ach! Soso!*"* meinte Haßler, indem er Brötchen und Finger in seine Tasse tauchte.

Das war alles.

Christof war so entmutigt, daß er aufstehen und fortgehen wollte; aber er dachte an diese ganze lange, vergeblich gemachte Reise; und so raffte er denn seinen Mut zusammen und schlug Haßler stotternd vor, ihm einige seiner Werke vorzuspielen. Bei den ersten Worten unterbrach ihn Haßler.

„Nein, nein, ich verstehe nichts davon", sagte er mit seiner spöttischen und ein wenig beleidigenden Ironie. „Und dann habe ich auch keine Zeit.“

Christof traten die Tränen in die Augen, aber er hatte sich geschworen, nicht fortzugehen, ehe er Haßlers Ansicht über seine Kompositionen kannte. In einem Gemisch von Verwirrung und Zorn sagte er:

„Ich bitte um Verzeihung; aber Sie haben mir damals versprochen, mich anzuhören; einzig und allein deshalb bin ich aus dem fernsten Deutschland hergekommen: Sie werden mich anhören.“

Haßler, der an diese Art und Weise nicht gewöhnt war, sah sich den jungen Mann an, der da linkisch, wütend, errötet, nahe dem Weinen stand: Das machte ihm Spaß. Er zuckte müde die Schultern, zeigte mit dem Finger nach dem Flügel und sagte mit komisch resignierter Miene:

„Na also! – Dann los!“

Daraufhin vergrub er sich wie ein Mann, der ein Schläfchen machen will, auf seinem Diwan, puffte die Kissen zurecht, bis sie bequem unter seinen ausgestreckten Armen lagen, schloß halb die Augen, öffnete sie einen Augenblick wieder, um den Umfang der Musikrolle abzuschätzen, die Christof aus einer seiner Taschen gezogen hatte, stieß einen kleinen Seufzer aus und machte sich bereit, gelangweilt zuzuhören.

Verschüchtert und gekränkt, begann Christof zu spielen. Sehr bald öffnete Haßler von neuem Auge und Ohr; das berufsmäßige Interesse des Künstlers, der wider Willen von etwas Schönem gefesselt wird, ergriff ihn. Zunächst sagte er nichts und blieb regungslos; aber seine Augen wurden klarer, und seine brummigen Lippen bewegten sich. Dann wachte er ganz und gar auf und knurrte sein Erstaunen und seinen Beifall hervor. Es waren nur unartikulierte Ausrufe; aber der Ton ließ keinerlei Zweifel über seine Empfindungen aufkommen, was Christof ein unbeschreibliches Wohlgefühl verursachte. Haßler dachte nicht mehr daran, die Zahl der Seiten, die gespielt waren und die noch zu spielen übrigblieben, zu zählen. Als Christof ein Stück beendet hatte, sagte er:

„Weiter! – Weiter!"

Er fing an, sich der menschlichen Sprache zu bedienen.

„Gut, das! Gut!" rief er aus. „Famos! – *Schrecklich famos!** – Ja, zum Teufel!" brummte er verdutzt. „Was ist denn das?"

Er hatte sich auf seinem Sitz aufgerichtet, neigte den Kopf nach vorne, hielt die hohle Hand ans Ohr, sprach laut vor sich hin, lachte vor Befriedigung und streckte bei gewissen Absonderlichkeiten der Harmonie leicht die Zunge heraus, als wollte er sich die Lippen lecken. Ein unerwarteter Übergang wirkte so stark auf ihn, daß er plötzlich mit einem Ausruf aufstand und sich neben Christof an den Flügel setzte. Es war, als bemerkte er Christofs Gegenwart gar nicht. Er kümmerte sich nur um die Musik; und als das Stück zu Ende war, ergriff er das Heft, überlas die Seite noch einmal, las darauf die folgenden Seiten und fuhr fort, seine Bewunderung und Überraschung im Selbstgespräch von sich zu geben, als wäre allein er im Zimmer.

„Zum Teufel!" knurrte er. „Wo hat dieser Bengel das gefunden?"

Er stieß Christof mit der Schulter beiseite und spielte selber ein paar Seiten. Am Klavier waren seine Finger wundervoll, sehr sanft, kosend und leicht. Christof betrachtete seine feinen, langen, wohlgepflegten Hände, deren Vornehmheit ein wenig krankhaft wirkte und nicht zu der übrigen Person paßte. Bei gewissen Akkorden hielt Haßler inne, wiederholte sie, blinzelte dazu mit den Augen und schnalzte mit der Zunge; seine Lippen summten und ahmten die Tonfülle der Instrumente nach; von Zeit zu Zeit kam dann wieder ein Ausruf, in dem sich Vergnügen und Ärger mischten; er konnte sich einer heimlichen Gereiztheit, einer uneingestandenen Eifersucht nicht erwehren, und zur selben Zeit genoß er doch gierig.

Obgleich er dabei blieb, zu sich selber zu sprechen, als

sei Christof nicht da, konnte Christof, der rot vor Freude war, nicht umhin, Haßlers Ausrufe auf sich zu beziehen; und er erklärte, was er hatte ausdrücken wollen. Haßler schien zuerst den Worten des jungen Mannes keinerlei Aufmerksamkeit zu schenken und fuhr in seinen lauten Betrachtungen fort; dann aber wurde er durch gewisse Ausdrücke Christofs getroffen, und seine Augen noch immer auf das Musikheft, das er durchblätterte, gerichtet, hörte er zu, ohne es sich merken lassen zu wollen. Christof wurde seinerseits immer angeregter; und schließlich schüttete er sein ganzes Herz aus: Mit naiver Begeisterung sprach er von seinen Plänen und seinem Leben.

Haßler schwieg; während er ihm lauschte, nahm die Ironie in ihm von neuem überhand. Er hatte sich das Heft aus der Hand ziehen lassen; den Ellenbogen auf die Klavierplatte gestützt und die Stirn in der Hand, schaute er Christof an, der ihm voll Feuer und jugendlicher Erregtheit seine Werke erklärte. Er dachte an seine eigenen Anfänge und Hoffnungen, an Christofs Erwartungen, an den Ekel, der seiner wartete, und er lächelte bitter.

Christof sprach mit gesenkten Augen, in der Furcht, etwas von dem zu vergessen, was er sagen wollte. Haßlers Schweigen ermutigte ihn. Er fühlte, daß Haßler ihn beobachtete, daß er keins seiner Worte verlor; er meinte das Eis, das sie trennte, gebrochen zu haben, und sein Herz strahlte. Als er zu Ende war, hob er voll Schüchternheit den Kopf – auch voll Vertrauen – und schaute Haßler an. Aber wie allzu frühe Triebe erfror seine ganze keimende Freude mit einem Schlage, als er die trübseligen, gütelosen Spötteraugen sah, die ihn anstarrten. Da schwieg er.

Nach einer eisigen Pause sprach Haßler mit dürrer Stimme. Wiederum war er anders. Er wollte dem jungen Mann gegenüber eine Art Strenge zeigen; grausam verhöhnte er seine Pläne, seine Hoffnungen auf Erfolg, als wollte er sich in ihm, in dem er sich wiederfand, selber geißeln. Kalt machte er sich daran, seinen Lebensglauben, seinen Glauben an die Kunst, seinen Glauben an sich selbst zu zerstören. Sich selbst stellte er voller Bitterkeit als Beispiel hin und sprach von seinen heutigen Werken in beleidigender Art.

„Schweinereien!“ sagte er. „Das brauchen diese Schweine. Meinen Sie, daß zehn Menschen auf der Welt Musik lieben? Ist auch nur einer da?“

„Ich bin da!“ sagte Christof leidenschaftlich.

Haßler schaute ihn an, zuckte die Achseln und sagte mit müder Stimme:

„Sie werden wie die andern sein. Sie werden es wie die andern machen. Sie werden wie die andern nach Erfolg trachten, nach Wohlleben – und Sie werden recht haben ...“

Christof versuchte zu widersprechen; aber Haßler schnitt ihm das Wort ab, nahm das Musikheft wieder vor und fing an, die Werke, die er eben noch gelobt hatte, streng zu kritisieren. Er suchte dabei nicht nur mit verletzender Härte die wirklichen Nachlässigkeiten heraus, die Inkorrektheiten der Niederschrift, die Geschmacks- und Ausdrucksfehler, die dem jungen Mann entgangen waren, sondern er gab unsinnige Urteile ab, Urteile, wie sie der engherzigste und rückständigste Musiker hätte aussprechen können; einer von denen, unter welchen Haßler selbst sein ganzes Leben lang zu leiden gehabt hatte. Er fragte, was für Sinn und Verstand in alldem läge. Er kritisierte nicht einmal mehr, er verneinte: es war, als wolle er mit Gewalt und voller Haß den Eindruck auslöschen, den die Werke wider Willen auf ihn gemacht hatten.

Christof war so bestürzt, daß er nicht zu antworten versuchte. Wie kann man auf Unsinnigkeiten antworten, die man mit Erröten aus dem Munde eines Menschen vernimmt, den man liebt und achtet? Außerdem hörte Haßler nicht zu. Das geschlossene Heft in den Händen, mit ausdruckslosen Augen und bitterem Munde, beharrte er trotzig auf seiner Meinung. Zum Schluß sagte er, als habe er von neuem Christofs Gegenwart vergessen:

„Ach, das schlimmste Elend ist ja, daß es nicht einen Menschen, nicht einen einzigen gibt, der fähig ist, einen zu verstehen!“

Christof fühlte sich von Rührung überwältigt; mit einem Ruck wandte er sich zu Haßler, legte seine Hand auf dessen Hand, und das Herz von Liebe erfüllt, wiederholte er: „Ich bin da.“

Aber Haßlers Hand regte sich nicht; und wenn irgend etwas in seinem Herzen eine Sekunde lang bei diesem jungen Aufschrei zuckte, so glänzte doch kein Schimmer in seinen erloschenen Augen auf, die Christof ansahen. Ironie und Egoismus gewannen die Oberhand. Er machte wie zum Gruß eine feierlich komische kleine Bewegung des Oberkörpers.

„Sehr verbunden!“ sagte er.

Er dachte:

Was mir daran liegt! Meinst du, für dich hätte ich mein Leben verloren?

Er stand auf, warf das Heft aufs Klavier und ging mit seinen langen schlotternden Beinen durchs Zimmer, um seinen Platz auf dem Diwan wieder einzunehmen. Christof hatte seinen Gedanken erfaßt, er hatte dessen beleidigende Spitze gespürt, und er versuchte stolz zu erwidern, daß man nicht nötig habe, von allen verstanden zu werden: manche Seelen wiegen allein ein ganzes Volk auf; sie denken für alle, und was sie gedacht haben, müssen die andern nachdenken. – Aber Haßler hörte nicht mehr hin. Er war in seine Apathie zurückgesunken, die durch das Verebben des leise in ihm entschlafenen Lebens verursacht wurde. Christof war zu gesund, um solche plötzliche Veränderung zu begreifen; er fühlte nur unbestimmt, daß sein Spiel verloren war; aber nachdem er sich dem Sieg so nahe geglaubt hatte, konnte er sich jetzt noch nicht zufriedengeben. Er machte verzweifelte Anstrengungen, um Haßlers Anteilnahme wieder zu beleben; er hatte sein Musikheft wieder zur Hand genommen und versuchte ihm die Gründe für die beanstandeten Unregelmäßigkeiten zu erklären. Haßler saß auf seinem Sofa vergraben und wahrte trübseliges Schweigen; er zeigte weder Zustimmung noch Widerspruch: er wartete darauf, daß die Sache ein Ende nähme.

Christof sah ein, daß hier nichts mehr zu machen sei. Mitten in einem Satz hörte er auf. Er rollte sein Heft zusammen und stand auf. Auch Haßler erhob sich. Christof fühlte sich beschämt und eingeschüchtert; er entschuldigte sich stotternd. Haßler verbeugte sich leicht mit einer gewissen hochmütigen und gelangweilten Vornehmheit, reichte ihm kühl und höflich die Hand und begleitete ihn bis zur Eingangstür, ohne ihn mit einem Wort zurückzuhalten oder ihn zum Wiederkommen aufzufordern.

Niedergeschmettert stand Christof wieder auf der Straße. Aufs Geratewohl schritt er aus. Nachdem er mechanisch zwei oder drei Straßen entlanggegangen war, stand er wieder an der Haltestelle der Trambahn, mit der er gekommen war. Ohne zu überlegen, was er tat, stieg er wieder ein. Mit zerschlagenen Armen und Beinen sank er auf die Bank. Es war ihm unmöglich, zu überlegen oder seine Gedanken zu sammeln: Er dachte an nichts. Er hatte Angst davor, in sich selbst hineinzuschauen: in die Leere. Ihm war, als sei diese Leere rings um ihn her, in der ganzen Stadt; er konnte in ihr nicht mehr atmen: der Nebel, die riesigen Häuser erdrückten ihn. Nur einen Gedanken hatte er: fliehen, fliehen, so schnell er konnte – als ob er, wenn er sich aus dieser Stadt rettete, in ihr die bittere Enttäuschung, die sie ihm bereitet hatte, zurücklassen könnte.

Er kehrte in sein Hotel zurück. Es war noch nicht halb eins. Vor zwei Stunden war er angekommen. Wie hell war sein Herz gewesen! Jetzt war jedes Licht erloschen.

Er nahm kein Frühstück. Er ging nicht in sein Zimmer hinauf. Zur Verblüffung der Leute verlangte er seine Rechnung, bezahlte, als habe er eine Nacht verbracht, und sagte, daß er abreisen wolle. Vergeblich machte man ihm klar, daß er sich nicht zu beeilen brauche, daß der Zug, den er zur Rückfahrt benutzen wollte, erst in einigen Stunden abgehe, daß er besser tue, im Hotel zu warten. Er wollte sofort auf den Bahnhof, wollte den erstbesten Zug, ganz gleich, welchen, nehmen, nur um keine Stunde mehr an diesem Ort zu bleiben. Trotz der langen Reise, trotz aller Ausgaben, die diese Fahrt ihm gemacht hatte, und obwohl er sich soviel davon versprochen hatte, nicht nur Haßler, sondern auch die Museen zu besuchen, in Konzerte zu gehen, Bekanntschaften anzuknüpfen, hatte er jetzt nur noch einen Gedanken im Kopf: fort!

Er kam auf den Bahnhof zurück. Wie man ihm gesagt hatte, ging sein Zug erst um drei Uhr. Da es überdies kein Schnellzug war – Christof konnte nur vierter Klasse fahren –, blieb er unterwegs liegen; es wäre für Christof vorteilhafter gewesen, den folgenden, zwei Stunden später abgehenden Zug zu nehmen, der den ersten einholte. Aber das hieße zwei Stunden länger hierbleiben, und das konnte Christof nicht aushalten. Er wollte sogar die Wartezeit auf dem Bahnhof verbringen. Trübseliges Warten in den weiten, leeren, düsteren und lärmenden Hallen, wo, immer eilig, immer laufend, fremde Gestalten ein und aus gehen; alles Fremde, alles Gleichgültige; nicht einer, den man kennt, nicht ein einziges Freundesgesicht. Der bleiche Tag verlosch. Die elektrischen, vom Nebel verhüllten Lampen besprenkelten die Nacht und schienen sie noch düsterer zu machen. Christof wurde von Stunde zu Stunde gedrückter und wartete angstvoll auf den Augenblick der Abfahrt. Zehnmal in jeder Stunde überlas er die Abfahrtszeiten, um sich zu versichern, daß er sich nicht geirrt habe. Als er sie wieder einmal, um sich die Zeit zu vertreiben, von Anfang bis zu Ende durchsah, fiel ihm ein Ortsname auf: er meinte ihn zu kennen. Erst nach einem Augenblick erinnerte er sich, daß es die Stadt des alten Schulz war, der ihm so gute Briefe geschrieben hatte. In seiner Aufgewühltheit kam ihm sofort der Gedanke, diesen unbekannten Freund aufzusuchen. Der Ort lag nicht auf seinem Wege, war aber durch eine Lokalbahn mit einem Umweg von ein oder zwei Stunden zu erreichen; man brauchte eine ganze Nacht dazu, mußte zwei- oder dreimal umsteigen und hatte endlose Aufenthalte: Christof berechnete nichts. Auf der Stelle beschloß er hinzufahren: ein instinktives Bedürfnis, sich an eine Sympathie zu klammern, trieb ihn. Ohne sich Zeit zur Überlegung zu nehmen, setzte er eine Depesche auf und telegraphierte Schulz seine Ankunft für den nächsten Morgen. Noch war das Wort nicht abgegangen, als er es schon bereute. Er verspottete sich bitter wegen seiner ewigen Illusionen. Warum wieder neuen Kummer suchen? – Aber nun war's geschehen. Es war zu spät, etwas daran zu ändern.

Diese Gedanken füllten seine letzte Wartestunde aus. Endlich war sein Zug zusammengestellt. Er stieg als erster ein; und er war kindisch genug, erst aufatmen zu können, als sich der Zug in Bewegung setzte und er hinter sich im grauen Himmel unter traurig strömendem Regen die Silhouette der Stadt verschwinden sah, über die der Abend niedersank. Ihm war, als hätte es sein Tod sein müssen, dort eine Nacht zu verbringen.

Zur selben Zeit – gegen sechs Uhr abends – traf ein Brief Haßlers in Christofs Hotel ein. Sein Besuch hatte vieles in ihm aufgewühlt. Mit Bitternis hatte er den ganzen Nachmittag darüber nachgesonnen und dabei auch nicht ohne Sympathie an den armen Jungen gedacht, der mit so heißer Herzlichkeit zu ihm gekommen war und den er eisig empfangen hatte. Er machte sich seine Aufnahme zum Vorwurf. Eigentlich war sie nur die Folge einer seiner wunderlichen Schmollanfälle, an die er selber schon gewöhnt war. Er wollte das wiedergutmachen und schickte Christof mit einem Billett für die Oper ein paar Zeilen, in denen er ihm eine Zusammenkunft nach dem Ende der Vorstellung vorschlug. – Christof erfuhr niemals etwas davon. Als Haßler ihn nicht sah, dachte er:

Er ist also böse. Um so schlimmer für ihn!

Er zuckte die Achseln und suchte ihn nicht weiter. Am nächsten Morgen dachte er nicht mehr an ihn.

Am nächsten Morgen aber war Christof weit von ihm entfernt – so weit, daß alle Ewigkeit nicht ausgereicht hätte, um sie wieder zusammenzubringen. Und so blieben beide für immer allein.

Peter Schulz war fünfundsiebzig Jahre alt. Seine Gesundheit war immer zart gewesen, und das Alter hatte ihn nicht geschont. Er war ziemlich groß, hielt sich aber gebeugt und ließ den Kopf nach vorn hängen; auf der Brust war er etwas schwach; er atmete mühsam. Asthma, Katarrh, Bronchitis hetzten sich in ihm, und die Spur der Kämpfe, die er zu erdulden gehabt, der vielen Nächte, die er aufrecht, schweißgebadet in seinem Bett gesessen hatte, den Körper nach vorn gebeugt, um nur einen Lufthauch in seine erstikkende Brust zu bekommen, hatte sich in den schmerzvollen Falten seines länglichen, mageren, glattrasierten Gesichtes tief eingeprägt. Die Nase war lang und an ihrer Spitze ein wenig geschwollen. Tiefe Runzeln, die unter den Augen ansetzten, durchzogen quer die von Zahnlücken ausgehöhlten Wangen. Doch das Alter und die Krankheiten waren nicht die einzigen Bildhauer dieser armen zerbröckelten Maske gewesen; die Kümmernisse des Lebens hatten auch ihr Teil daran gehabt. Und trotz alledem war er nicht traurig. Der große, ruhige Mund war voll heiterer Güte. Vor allem aber gaben die Augen diesem alten Gesicht einen Ausdruck rührender Sanftmut; sie waren von klarem, durchsichtigem Hellgrau, sie sahen mit Ruhe und Milde geradeaus, sie offenbarten die ganze Seele: man konnte bis in ihren Grund schauen.

Sein Leben war arm an Geschehnissen gewesen. Seit Jahren war er allein. Seine Frau war tot. Sie war nicht sehr gut gewesen, nicht sehr klug, nichts weniger als schön. Aber er bewahrte ihr ein rührendes Andenken. Vor fünfundzwanzig Jahren hatte er sie verloren, und seitdem war kein Abend vergangen, ohne daß er beim Einschlafen ein kleines traurig-zärtliches Gespräch mit ihr gepflogen hatte; jedem seiner Tage verband er sie so. – Kinder hatte er nicht gehabt: Das war der große Kummer seines Lebens. So hatte er sein Zärtlichkeitsbedürfnis auf seine Schüler übertragen, an denen er wie ein Vater an seinen Söhnen hing. Er hatte wenig Erwiderung gefunden. Ein altes Herz kann sich einem jungen ganz nahe und fast gleichaltrig fühlen: es weiß, wie kurz die trennenden Jahre sind. Aber der junge Mensch ahnt das nicht: für ihn ist der Greis ein Wesen aus einer andern Epoche. Überdies ist er auch von zu vielen unmittelbaren Sorgen in Anspruch genommen und wendet instinktiv die Augen von dem melancholischen Ziel seines Strebens ab. Manchmal hatte der alte Schulz ja einige Dankbarkeit bei Schülern gefunden, die von seiner lebhaften, frischen Teilnahme an allem Freudigen und Traurigen, was ihnen begegnete, ergriffen waren; sie besuchten ihn von Zeit zu Zeit; wenn sie die Universität verließen, schrieben sie ihm Dankesbriefe; manche schrieben ihm noch ein- oder zweimal in den darauffolgenden Jahren. Später hörte der alte Schulz nichts mehr von ihnen, es sei denn durch Zeitungen, die ihm die Beförderung des einen oder anderen mitteilten; dann freute er sich über ihre Erfolge, als wären es seine eigenen. Er trug ihnen ihr Stillschweigen nicht nach, er fand dafür tausend Entschuldigungen. An ihrer Anhänglichkeit zweifelte er nie und glaubte bei den Eigennützigsten an die Gefühle, die er selber für sie hegte.

Seine Bücher aber waren seine beste Zuflucht, sie blieben treu, sie enttäuschten nicht. Die Seelen, die er in ihnen liebte, waren dem Strom der Zeit entrückt: sie waren unwandelbar, waren für alle Ewigkeit in der Liebe beschlossen, die sie einflößten und zu erwidern schienen, die sie ihrerseits auf alle, die sie liebten, ausstrahlten. Professor der Ästhetik und Musikgeschichte, war er wie ein alter, von Vogelsang durchschwirrter Wald. Manche dieser Lieder klangen von weit her, sie kamen aus der Tiefe der Jahrhunderte: Das waren nicht die geringsten an Lieblichkeit und geheimnisvollem Zauber. Andere waren ihm vertraut und nahe; das waren liebe Gefährten; jeder ihrer Sätze rief ihm, bewußt oder unbewußt, Freuden und Leiden seines vergangenen Lebens wach (denn unter jedem Tag, den das Licht der Sonne erhellt, fließen andere Tage, von unbekanntem Licht erhellt, dahin). Endlich gab es solche, die man noch nie vernommen hatte und die Dinge aussprachen, die man seit langem erwartete, deren man bedurfte, das Herz tat sich auf, um sie zu empfangen, wie die Erde unterm Regen. So lauschte der alte Schulz in der Stille seines einsamen Lebens dem von Vögeln erfüllten Wald; und wie über den Mönch der Legende, der unterm Sang des Zaubervogels verzückt entschlafen war, strichen die Jahre über ihn fort, und der Abend seines Lebens war gekommen, indessen er immer noch seine zwanzigjährige Seele hatte.

Nicht nur Musik machte ihn reich. Er liebte die Dichter – die alten wie die neuen. Die seines Vaterlandes zog er allen vor, besonders Goethe; doch er schätzte auch die anderer Länder. Er war gebildet und las mehrere Sprachen. Dem Geist nach war er ein Zeitgenosse Herders und der großen *Weltbürger** vom Ende des achtzehnten Jahrhunderts. Er hatte die Jahre harter Kämpfe, die 1870 vorangingen und folgten, durchlebt und war von ihren großen Gedanken umrauscht worden. Doch obgleich er Deutschland anbetete, war er darauf nicht stolz. Er dachte mit Herder: *Unter allen Stolzen halte ich den Nationalstolzen ... für den größten Narren.* Und mit Schiller: *Es ist ein recht armseliges Ideal, für eine einzige Nation zu schreiben.* Sein Geist war manchmal ängstlich; aber sein Herz war von wunderbarer Weite und bereit, alles Schöne dieser Welt voll Liebe aufzunehmen. Vielleicht war er Mittelmäßigkeiten gegenüber allzu duldsam; doch sein Instinkt täuschte ihn nie darüber, wo das Bessere sei; und besaß er nicht die Kraft, unechte Künstler, welche die öffentliche Meinung pries, zu verurteilen, so fand er stets die, originelle und starke Künstler, die vom Publikum verkannt wurden, zu verteidigen. Seine Güte führte ihn manchmal zu weit, er zitterte davor, eine Ungerechtigkeit zu begehen; und liebte er das, was andere liebten, nicht, so war er überzeugt, daß er sich täuschte; und zuletzt liebte er es auch. Zu lieben war ihm so wonnevoll! Liebe und Bewunderung brauchte sein Innenleben noch notwendiger als seine elende Brust die Luft. Und so empfand er eine aufrichtige Dankbarkeit für die, welche ihm einen neuen Anlaß dazu gaben! – Christof konnte nicht ahnen, was seine *Lieder** ihm bedeuteten. Beim Schaffen hatte er sie lange nicht so lebendig gefühlt; denn ihm waren sie ja nur ein paar aus der inneren Schmiede aufstiebende Funken, es würden noch viele hervorspringen. Für den alten Schulz aber waren sie eine ganze Welt, die sich mit einem Schlage vor ihm auftat – eine ganze Welt zum Lieben. Sein Leben war von ihnen erhellt worden.

Seit einem Jahre hatte er auf seine Universitätstätigkeit verzichten müssen: seine immer zarter werdende Gesundheit erlaubte ihm das Lehren nicht mehr. Er war krank und lag zu Bett, als ihm die Wolfsche Buchhandlung, wie das die Regel war, ein Paket mit den letzten musikalischen Neuigkeiten, die sie erhalten hatte und unter denen sich diesmal Christofs *Lieder** befanden, zuschickte. Er lebte allein; kein Verwandter war bei ihm; die wenigen, die er besessen hatte, waren längst gestorben. So war er auf die Pflege einer alten Magd angewiesen, die seine Schwäche dazu mißbrauchte, ihm alles, was ihr paßte, aufzuzwingen. Zwei oder drei Freunde, kaum jünger als er, besuchten ihn von Zeit zu Zeit; aber auch sie hatten keine allzu feste Gesundheit; und wenn das Wetter schlecht war, hielten auch sie sich zu Haus und sparten mit Besuchen. Es war gerade Winter, die Straßen bedeckte schmelzender Schnee, Schulz hatte den ganzen Tag über niemanden gesehen. Im Zimmer war es dunkel; ein gelber Nebel hatte sich wie eine Wand vor die Fenster gelegt und vermauerte den Blick; der Ofen strömte eine drückende und erschlaffende Hitze aus. Von der nahen Kirche sang alle Viertelstunden ein altes Glokkenspiel aus dem siebzehnten Jahrhundert greulich falsch und mit klappernder Stimme Bruchstücke eintöniger Choräle, deren Fröhlichkeit, war man selbst unfroh, etwas fratzenhaft erschien. Der alte Schulz lehnte mit dem Rükken gegen einen Berg von Kissen und hustete. Er versuchte Montaigne, den er liebte, wieder einmal zu lesen; aber heute machte ihm seine Lektüre nicht soviel Freude wie gewöhnlich; er hatte das Buch fallen lassen, atmete mühsam und träumte vor sich hin. Das Notenpaket lag auf seinem Bett, er konnte sich nicht dazu aufraffen, es zu öffnen; er fühlte, daß sein Herz traurig war. Endlich seufzte er, knüpfte sorgsam den Bindfaden auseinander, setzte seine Brille auf und begann die Musikstücke durchzulesen. Seine Gedanken waren nicht bei der Sache: immer wieder kehrten sie zu den Erinnerungen zurück, die er beiseite schieben wollte.

Da fielen seine Blicke auf einen alten Gesangbuchvers, dessen Worte Christof einem naiven und frommen Dichter des siebzehnten Jahrhunderts entnommen hatte, um ihnen einen neuen Ausdruck zu verleihen; es war das *Christliche Wanderlied** von Paul Gerhardt:

Hoff, o du arme Seele,
hoff und sei unverzagt!
Erwarte nur die Zeit,
so wirst du schon erblicken
*die Sonn der schönsten Freud.**

Der alte Schulz kannte diese treuherzigen Worte wohl; niemals aber hatten sie so zu ihm gesprochen, so . . . Das war nicht mehr die stille Frömmigkeit, die die Seele mit ihrer Eintönigkeit beruhigt und einschläfert. Das war eine Seele gleich seiner, die eigene Seele war es, nur jünger, nur stärker, die da litt, die da hoffte, die die Freude schauen wollte, die sie schaute. Seine Hände bebten, große Tränen rannen ihm die Wangen hinab. Er fuhr fort zu lesen:

Auf, auf! Gib deinem Schmerze
und Sorgen gute Nacht!
Laß fahren, was das Herze
*betrübt und traurig macht!**

Christof beseelte diese Gedanken mit jugendlich unerschrockenem Feuer, das sich in den letzten vertrauensvollen und naiven Versen zu heldenhaftem Lachen steigerte:

Bist du doch nicht Regente,
der alles führen soll,
Gott sitzt im Regimente
*und führet alles wohl.**

Und als dann jene Strophe herrlicher Herausforderung kam, die er mit der Unverschämtheit seines jungen Barbarentums ruhig aus ihrer ursprünglichen Stellung im Zusammenhang des *Liedes** herausgerissen hatte, um daraus den Schluß des Ganzen zu bilden:

Und ob gleich alle Teufel
hier wollten widerstehn,
so wird doch ohne Zweifel
Gott nicht zurückegehn.
Was er sich vorgenommen
und was er haben will,
das muß doch endlich kommen
*zu seinem Zweck und Ziel.**

da schwang sich das Lied zu jubelndem Frohsinn auf, zu Kampfestrunkenheit, zum Triumph wie dem eines römischen Imperators.

Der Greis zitterte am ganzen Körper. Atemlos folgte er der stürmischen Musik wie ein Kind, das ein Gefährte bei der Hand gefaßt hat und im Lauf mit fortzieht. Sein Herz klopfte. Seine Tränen rannen. Er stammelte:

„O mein Gott! O mein Gott!"

Er fing zu schluchzen an, er lachte. Er war glücklich. Er verlor den Atem; ein schrecklicher Hustenanfall packte ihn. Salome, die alte Dienstmagd, kam herbeigelaufen und meinte, es gehe mit dem Alten zu Ende. Aber er weinte und hustete weiter und wiederholte immer wieder:

„O mein Gott! O mein Gott!"

Und in den kurzen Erholungspausen zwischen zwei Hustenanfällen lachte er ein kleines, spitzes und sanftes Lachen.

Salome meinte, er würde verrückt. Als sie endlich den Grund seiner Aufregung begriff, fuhr sie ihn hart an:

„Wie kann man sich nur wegen einer Dummheit in solche Verfassung bringen! – Geben Sie mir das! Ich tue es fort. Sie sollen es nicht wiedersehen."

Aber der Alte, immer noch hustend, widersetzte sich ihr; er schrie Salome an, sie möge ihn in Frieden lassen. Als sie auf ihrem Kopf beharrte, wurde er wütend, fluchte und wurde mitten darin von neuen Anfällen gewürgt. Niemals hatte sie ihn so zornig werden und ihr Trotz bieten sehen. Sie war verblüfft und gab nach, aber sie sparte nicht mit strengen Worten, nannte ihn einen alten Narren, sagte, daß sie bisher geglaubt habe, es mit einem wohlerzogenen Menschen zu tun zu haben, daß sie aber jetzt sehe, sie habe sich getäuscht; er rede ja so gotteslästerliches Zeug, daß ein Fuhrknecht darüber erröten würde, seine Augen sprängen ihm aus dem Kopf, und wenn sie Pistolen wären, würde er sie damit totschießen ... Sie wäre in ihrer Litanei noch lange so fortgefahren, wenn er sich nicht wütend aus seinen Kissen aufgerichtet und ihr in einem so entschiedenen Tone zugeschrien hätte:

„Gehen Sie hinaus!",

daß sie ging und die Tür zuschlug. Sie erklärte, jetzt

könne er lange rufen, ehe sie sich bemühte; sie würde ihn jetzt ganz allein verrecken lassen.

Nun wurde es wieder still im Zimmer, in dem die Dunkelheit sich ausbreitete. Wieder betete das Glockenspiel sein friedliches, wunderliches Geklingel in den Abendfrieden hinein. Der alte Schulz lag reglos auf dem Rücken und wartete, ein wenig beschämt über seinen Zorn, bis sich der Aufruhr seines Herzens beruhigte; die kostbaren *›Lieder‹* aber drückte er an seine Brust und lachte wie ein Kind.

Die folgenden einsamen Tage verlebte er in einer Art Ekstase. Er dachte nicht mehr an seine Krankheit, nicht an den Winter, an das trübe Tageslicht, an seine Verlassenheit. Alles um ihn her war voll Leuchten und Liebe. Dem Tode nahe, fühlte er sich in der Seele eines unbekannten Freundes wieder auferstehen.

Er versuchte sich Christof vorzustellen. Er sah ihn nicht, wie er war. Er malte ihn sich so, wie er selbst wohl hätte sein mögen: blond, schlank, mit blauen Augen, einer zarten, etwas verschleierten Stimme, sanft, schüchtern und weichherzig. Aber wie er auch sein mochte, er war jedenfalls ganz bereit, ihn zu idealisieren. Er idealisierte alles, was ihn umgab: seine Schüler, seine Nachbarn, seine Freunde, sein altes Dienstmädchen. Seine anteilnehmende Sanftmut und sein Mangel an Kritik, der teilweise aus dem Wunsch stammte, jeden störenden Gedanken fernzuhalten, webten rings um ihn her heiter reine Gesichter wie das seine. Er brauchte solch eine gütige Lüge zum Leben. Ganz und gar ließ er sich von ihr nicht täuschen; und oft seufzte er nachts in seinem Bett, wenn er an tausend kleine, am Tage vorgefallene Dinge dachte, die seinem Idealismus widersprachen. Er wußte wohl, daß die alte Salome sich hinter seinem Rücken mit den Klatschbasen des Stadtviertels über ihn lustig machte und daß sie ihn regelmäßig bei den Wochenabrechnungen bestahl. Er wußte wohl, daß seine Schüler ihn umschmeichelten, solange sie ihn brauchten, und ihn beiseite schoben, wenn sie allen erdenklichen Nutzen aus ihm herausgezogen hatten. Er wußte, daß seine alten Universitätskollegen ihn seit seinem Abschied völlig vergessen hatten und daß sein Nachfolger seine Aufsätze, ohne ihn zu nennen, beraubte oder ihn in gemeiner Weise nannte, um einen wertlosen Satz von ihm zu zitieren und seine Irrtümer ans Licht zu ziehen (ein Verfahren, das in der Welt der Kritik allgemein verbreitet ist). Er wußte, daß sein alter Freund Kunz ihn noch heute nachmittag plump angelogen hatte und daß er die Bücher, die er seinem andern Freund, Pottpetschmidt, auf ein paar Tage geliehen, niemals wiedersehen würde – was für jemand, der wie er an seinen Büchern wie an lebendigen Menschen hing, schmerzlich war. Viele andere traurige Dinge aus alter und neuer Zeit kamen ihm in den Sinn; er wollte nicht an sie denken; aber sie waren trotzdem da: Er fühlte sie. Die Erinnerung daran durchdrang ihn manchmal wie ein stechender Schmerz.

„O mein Gott! Mein Gott!"

seufzte er in der Stille der Nacht. – Dann aber trieb er die bösen Gedanken fort, er verleugnete sie; er wollte vertrauensvoll, optimistisch sein, wollte an die Menschen glauben, und er glaubte an sie. Wie oft waren seine Illusionen grausam zerstört worden! – Aber er ließ immer wieder neue erstehen, immer wieder ... Er konnte sie nicht entbehren.

Der unbekannte Christof wurde seinem Leben ein strahlendes Leuchtfeuer. Sein erster kalter und mürrischer Brief hätte ihm Schmerzen bereiten müssen (vielleicht tat er es auch); aber das wollte er sich nicht eingestehen; er freute sich an ihm wie ein Kind. Er war so bescheiden und verlangte von den Menschen so wenig; das wenige, was er von ihnen empfing, genügte schon, um sein Liebes- und Dankbarkeitsbedürfnis zu unterhalten. Christof zu sehen war ihm ein Glück, auf das er nie zu hoffen gewagt hätte; denn er war jetzt zu alt, um eine Reise an den Rhein zu unternehmen; der Gedanke aber, Christof um einen Besuch zu bitten, wäre ihm nie gekommen.

Christofs Depesche erreichte ihn am Abend, in dem Augenblick, als er sich gerade zu Tisch setzen wollte. Zuerst begriff er nicht recht: die Unterschrift schien ihm unbekannt. Er meinte, man habe sich geirrt, die Depesche sei nicht für ihn; dreimal überlas er sie; in seiner Verwirrtheit wollte die Brille nicht festsitzen, die Lampe brannte schlecht, die Buchstaben tanzten vor seinen Augen. Als er verstanden hatte, war er so außer Fassung, daß er zu essen vergaß. Salome konnte noch so sehr zetern – es war ihm unmöglich, einen Bissen hinunterzuschlucken. Er warf seine Serviette auf den Tisch, ohne sie zusammenzufalten, was er sonst nie versäumte; stolpernd stand er auf, nahm seinen Hut und Stock und ging aus. Der erste Gedanke des guten Schulz bei solchem Glück war, es mit andern zu teilen und seine Freunde von der Ankunft Christofs zu benachrichtigen.

Er hatte zwei Freunde, die wie er große Musikliebhaber waren und auf die er seine Begeisterung für Christof hatte übertragen können: den Amtsrichter Samuel Kunz und den Zahnarzt Oskar Pottpetschmidt, der ein ausgezeichneter Sänger war. Die drei alten Kameraden hatten oft miteinander von Christof gesprochen und alle Musik, die sie von ihm hatten auftreiben können, gespielt. Pottpetschmidt sang, Schulz begleitete, Kunz hörte zu. Und dann begeisterten sie sich stundenlang. Wie oft hatten sie beim Musizieren gesagt:

„Ach, wäre Krafft doch hier!“

Auf der Straße lachte Schulz in seiner Freude – seiner eigenen und der, die er bereiten wollte – vor sich hin. Die Nacht kam; Kunz wohnte in einem Dörfchen, eine halbe Stunde von der Stadt entfernt. Aber der Himmel war klar, es war ein ganz milder Aprilabend; die Nachtigallen sangen. Das Herz des alten Schulz schwamm in Glück, das Atmen machte ihm keine Mühe, und seine Füße waren wie zwanzigjährig. Er schritt leicht dahin und achtete nicht auf die Steine, an die er im Dunkel stieß. In kecker Munterkeit trat er ein wenig zur Seite, wenn ein Wagen daherkam, und tauschte einen fröhlichen Gruß mit dem Kutscher, der erstaunt dreinschaute, wenn die Laterne im Vorbeifahren den auf einen Meilenstein geklетterten Alten beleuchtete.

Als er bei Kunzens Haus, das am Anfang des Dorfes in einem kleinen Garten lag, ankam, war es völlig Nacht geworden. Er trommelte an seine Tür und rief ihn aus voller Kehle. Ein Fenster öffnete sich, und der bestürzte Kunz erschien. Er versuchte in der Dunkelheit etwas zu erkennen und fragte:

„Wer ist da? Was ist los?“

Schulz schrie außer Atem und vergnügt:

„Krafft ... Krafft kommt morgen ...“

Kunz fand sich nicht zurecht; aber er erkannte die Stimme.

„Schulz! – Wie! So spät? Ja, was ist denn los?“

Schulz wiederholte:

„Er kommt morgen, morgen früh!“

„Was?“ fragte Kunz, immer noch verdutzt.

„Krafft!“ schrie Schulz.

Kunz brauchte einen Augenblick, um dem Sinn dieses Wortes nachzudenken; plötzlich bekundete ein lauter Freudenruf, daß er verstanden hatte.

„Ich komme hinunter!“ rief er.

Das Fenster schloß sich wieder. Er erschien mit einer Lampe in der Hand auf dem Treppenabsatz und kam in den Garten hinab. Er war ein kleiner, schmerbäuchiger Alter mit einem dicken Graukopf, rotem Bart und Sommersprossen auf Gesicht und Händen. Seine Porzellanpfeife im Mund, kam er mit kleinen Schritten daher. Niemals hatte der friedfertige, ein wenig verschlafene Mann sich über irgend etwas im Leben aufgeregt. Die Nachricht aber, die ihm Schulz zutrug, brachte es doch fertig, ihn aus seiner

Ruhe aufzustören; er fuhr mit seinen kurzen Armen und seiner Lampe umher und fragte:

„Was? Wirklich? Er kommt?“

„Morgen früh!“ wiederholte Schulz triumphierend und schwenkte die Depesche.

Die beiden alten Freunde setzten sich in der Laube auf eine Bank, Schulz nahm die Lampe. Kunz faltete die Depesche sorgsam auseinander, las langsam mit halber Stimme; über seine Schulter hinweg las Schulz laut mit. Kunz prüfte dann noch die das Telegramm umrahmenden Angaben: die Zeit, zu der es aufgegeben, die Zeit, zu der es angekommen war, die Zahl der Worte. Darauf gab er das kostbare Dokument dem behaglich lachenden Schulz zurück, sah ihn kopfnickend an und sagte immer wieder:

„Ach, das ist schön! – Das ist schön!“

Nachdem er einen Augenblick nachgedacht und eine große Tabakswolke eingesogen und ausgestoßen hatte, legte er seine Hand auf Schulzens Knie und meinte:

„Man muß Pottpetschmidt benachrichtigen.“

„Ich gehe hin“, sagte Schulz.

„Ich komme mit“, sagte Kunz.

Er ging ins Haus, um die Lampe abzustellen, und kam sogleich zurück. Untergefaßt machten sich die beiden Alten auf den Weg. Pottpetschmidt wohnte am andern Ende des Dorfes. Schulz und Kunz wechselten zerstreute Worte, während sie die frohe Botschaft überdachten. Plötzlich blieb Kunz stehen und schlug mit seinem Stock auf den Boden.

„Ach! Donnerwetter! Er ist ja nicht hier!“

Er erinnerte sich jetzt, daß Pottpetschmidt am Nachmittag zu einer Operation in eine Nachbarstadt hatte fahren müssen, wo er die Nacht verbringen und sich ein oder zwei Tage aufhalten wollte. Schulz war niedergeschmettert; ebenso Kunz. Sie waren so stolz auf Pottpetschmidt; sie hätten gern Ehre mit ihm eingelegt. Mitten auf dem Wege blieben sie stehen und wußten nicht, wozu sie sich entschließen sollten.

„Wie machen wir's? Wie machen wir's?" fragte Kunz.

„Krafft muß unbedingt Pottpetschmidt hören", meinte Schulz. Er überlegte und sagte:

„Man muß ihm eine Depesche schicken."

Sie gingen zum Telegraphenamt und setzten gemeinsam eine lange, bewegte Depesche auf, aus der klug zu werden ziemlich schwierig war. Dann kehrten sie heim. Schulz berechnete:

„Wenn er den ersten Zug nimmt, kann er morgen früh schon hiersein."

Kunz aber machte ihn darauf aufmerksam, daß es zu spät sei und daß ihm die Depesche sicher erst am nächsten Morgen ausgehändigt würde. Schulz nickte; und sie sagten immer wieder:

„Was für ein Unglück!"

An Kunzens Tür trennten sie sich; denn wie groß auch dessen Freundschaft für Schulz war, so ging sie doch nicht so weit, ihn zu der Unvorsichtigkeit zu verleiten, Schulz aus dem Dorf hinauszubegleiten – wenn es auch nur ein kleines Stückchen Weges gewesen wäre, das er allein in der Nacht hätte zurückgehen müssen. Sie verabredeten, daß Kunz am nächsten Tag zum Mittagessen zu Schulz käme. Schulz schaute voller Angst zum Himmel.

„Hoffentlich wird morgen schönes Wetter!"

Und es fiel ihm ein Stein vom Herzen, als Kunz, der als ein ausgezeichneter Kenner der Meteorologie galt, nach ernsthafter Prüfung des Himmels meinte (denn ihm lag nicht weniger als Schulz am Herzen, daß Christof ihren kleinen Ort in seiner ganzen Schönheit sähe):

„Morgen wird schönes Wetter sein."

Schulz ging den Weg zur Stadt zurück; mehr als einmal strauchelte er in den Wagenspuren oder stolperte gegen einen am Wegrand aufgestapelten Steinhaufen; schließlich gelangte er aber doch glücklich hin. Bevor er nach Hause ging, sprach er noch beim Konditor vor und bestellte bei ihm eine bestimmte Torte, für welche die Stadt berühmt war. Dann kehrte er heim; doch in dem Augenblick, als er ins Haus treten wollte, kehrte er noch einmal um und erkundigte sich am Bahnhof nach der genauen Ankunftszeit der Züge. Endlich war er daheim, rief Salome und besprach mit ihr lang und breit das Mittagessen für den nächsten Tag. Erst dann legte er sich erschöpft zur Ruhe. Aber er war so überreizt wie ein Kind am Abend vor Weihnachten, und so wälzte er sich, ohne einen Augenblick Schlaf zu finden, die ganze Nacht in seinem Bett herum. Gegen ein Uhr morgens kam ihm der Gedanke, aufzustehen, um Salome zu sagen, sie möge doch lieber einen gedämpften Karpfen zum Mittagessen machen; denn der gelang ihr wunderbar. Er sagte es ihr nicht und tat sicher gut daran. Trotzdem aber stand er auf, um verschiedenes in dem Zimmer, das er für Christof bestimmt hatte, zu ordnen; er nahm sich unsäglich in acht, damit Salome ihn nicht höre; denn er hatte vor ihrem Schelten Angst. Er zitterte vor Angst, die Ankunft des Zuges zu versäumen, obgleich Christof nicht vor acht Uhr eintreffen sollte. Schon am frühen Morgen war er auf. Sein erster Blick galt dem Himmel. Kunz hatte sich nicht getäuscht, es war herrliches Wetter. Auf den Zehenspitzen stieg Schulz in den Keller hinunter, wo er aus Furcht vor der Kälte und den steilen Treppen seit langem nicht mehr gewesen war; er traf dort eine Auswahl unter seinen besten Weinen, stieß beim Hinaufgehen hart mit dem Kopf gegen die Gewölbedecke und meinte, als er endlich mit seinem beladenen Korb wieder oben an der Treppe angelangt war, ersticken zu müssen. Darauf ging er, mit seiner Baumschere bewaffnet, in den Garten; unbarmherzig schnitt er seine schönsten Fliederzweige und die ersten blühenden Rosen ab. Dann stieg er wieder in sein Zimmer hinauf, rasierte sich in fieberhafter Eile, schnitt sich einoder zweimal, zog sich mit aller Sorgfalt an und ging zum Bahnhof. Es war sieben Uhr. Salome brachte ihn nicht dazu, einen Tropfen Milch zu sich zu nehmen; denn er behauptete, Christof würde, wenn er ankomme, sicher ebenfalls noch nichts zu sich genommen haben, und so würden sie, wenn sie vom Bahnhof kämen, zusammen frühstücken.

Drei Viertelstunden zu früh war er an der Bahn. Er wartete, wartete bis zur Verzweiflung, und schließlich verfehlte er Christof doch. Anstatt geduldig am Ausgang zu warten, ging er auf den Bahnsteig und verlor schließlich im Gewirr der Ankommenden und Abfahrenden den Kopf. Trotz der genauen Angaben der Depesche hatte er sich, Gott weiß, warum, eingebildet, daß Christof mit einem andern Zuge ankommen müsse; und überdies wäre er nie auf den Gedanken gekommen, daß er aus einem Wagen vierter Klasse aussteigen könne. Nachdem Christof schon längst angekommen und geradeswegs zu ihm nach Hause gegangen war, blieb er noch über eine halbe Stunde wartend auf dem Bahnhof. Um das Unglück vollzumachen, war Salome gerade auf den Markt gegangen. Christof fand die Tür verschlossen. Die Nachbarin, die Salome beauftragt hatte, im Fall, daß jemand klingeln würde, zu sagen, sie sei bald zurück, richtete die Bestellung, ohne irgend etwas hinzuzufügen, aus. Christof, der nicht Salome besuchen wollte und nicht einmal wußte, wer sie war, fand den Scherz schlecht; er fragte, ob der *Herr Universitätsmusikdirektor** Schulz denn nicht in der Stadt sei. Man antwortete ihm: doch!, konnte ihm aber nicht sagen, wo er sei. Wütend ging er davon.

Als der alte Schulz mit ellenlangem Gesicht heimkehrte und von Salome, die auch eben zurückgekommen war, erfuhr, was sich ereignet hatte, war er vollständig verzweifelt. Er weinte beinahe. Er war voller Zorn über die Dummheit des Dienstmädchens, das in seiner Abwesenheit fortgegangen war und es nicht einmal fertiggebracht hatte, anzugeben, daß man Christof warten lassen möge. Salome antwortete ihm im selben Ton, sie hätte sich ebensowenig vorstellen können, daß er dumm genug sei, denjenigen, den er erwartete, zu verfehlen. Doch der Alte hielt sich nicht dabei auf, mit ihr zu streiten; ohne einen Augenblick zu verlieren, stolperte er von neuem die Treppe hinunter und machte sich wieder auf die Suche nach Christof, der sehr unbestimmten Spur, welche die Nachbarn ihm angaben, folgend.

Christof hatte sich gekränkt gefühlt, weil er niemanden und nicht einmal ein Wort der Entschuldigung vorfand. Da er nicht wußte, was er bis zum nächsten Zug anfangen sollte, war er in der Stadt und den angrenzenden Feldern, die ihm hübsch schienen, spazierengegangen. Es war ein stilles, verschlafenes, zwischen weiche Hügel gebettetes Städtchen; Gärten rings um die Häuser, blühende Kirschbäume, grüne Rasen, schöne schattige Plätze, künstliche Ruinen, weiße Büsten früherer Fürstinnen auf Marmorsäulen inmitten dichten Laubes, sanfte, liebe Gesichter. Rings um die Stadt Felder, Hügel. Amseln sangen fröhlich in blühenden Büschen und vollführten lachende, klingende kleine Flötenkonzerte. Christofs schlechte Laune war bald vorbei: Er vergaß Peter Schulz.

Der Greis lief vergeblich durch alle Straßen und fragte die Leute aus; er stieg bis zum alten Schloß auf dem Hügel oberhalb der Stadt hinauf und kam tiefunglücklich wieder herunter – als er mit seinen durchdringenden Augen, die sehr weit sahen, in einiger Entfernung einen Mann entdeckte, der, auf eine Wiese hingestreckt, im Schatten eines Gebüsches lag. Er kannte Christof nicht, konnte nicht wissen, ob er es war. Außerdem drehte ihm der Mensch den Rücken zu und hatte den Kopf halb ins Gras vergraben. Schulz strich mit klopfendem Herzen auf dem Wege hin und her und umkreiste den Wiesenfleck.

Er ist es! – Nein, er ist es nicht!

Er wagte nicht, ihn anzurufen. Da kam ihm ein Gedanke: er begann die erste Strophe aus Christofs Lied zu singen:

*„Auf! Auf!“**

Christof sprang empor wie ein Fisch aus dem Wasser und schrie aus voller Kehle die Fortsetzung. Fröhlich schaute er sich um. Sein Gesicht war rot; Gräser hingen ihm im Haar. Sie riefen sich bei ihrer beider Namen und liefen aufeinander zu. Schulz sprang über den Chausseegraben, Christof setzte über die Barriere. Sie schüttelten sich überschwenglich die Hände und kehrten laut lachend und schwatzend zusammen nach Hause zurück. Der Alte erzählte sein Mißgeschick. Christof, der noch einen Augenblick vorher fest entschlossen gewesen war, seines Weges zu ziehen, ohne einen neuen Versuch zu machen, Schulz zu sehen, fühlte sofort die treuherzige Güte dieser Seele und begann sie zu lieben. Bevor sie noch zu Hause angelangt waren, hatten sie sich schon eine Menge anvertraut.

Bei der Heimkehr fanden sie Kunz vor, der, nachdem er gehört hatte, daß Schulz auf der Suche nach Christof war, seelenruhig wartete. Man servierte den Milchkaffee. Christof sagte jedoch, daß er bereits in einem Gasthof in der Stadt gefrühstückt habe. Der Alte war untröstlich; es bereitete ihm aufrichtigen Kummer, daß Christof seine erste Mahlzeit am Ort nicht bei ihm eingenommen hatte; solche kleinen Dinge waren für sein warmes Herz von unendlicher Bedeutung. Christof machte das heimlich Spaß, aber er verstand ihn und liebte ihn deswegen nur um so mehr. Um ihn zu trösten, beteuerte er ihm, daß sein Appetit gut genug sei, um zweimal frühstücken zu können; und er bewies es ihm.

Alle seine Nöte waren zerstoben: er fühlte sich inmitten wahrer Freunde, er lebte wieder auf. Humoristisch erzählte er von seiner Reise, seinem Verdruß; wie ein Schuljunge in den Ferien war er. Schulz strahlte, ließ kein Auge von ihm und lachte aus vollem Herzen.

Bald war das Gespräch bei dem, was sie alle drei verborgen einte: Christofs Musik. Schulz konnte es kaum erwarten, Christof einige seiner Werke vorspielen zu hören; aber er wagte nicht, ihn darum zu bitten. Christof ging während der Unterhaltung mit großen Schritten im Zimmer auf und ab. Schulz belauerte jede seiner Bewegungen und flehte, wenn er beim offenen Klavier vorbeikam, zum Himmel, daß er davor stehenbleiben möge. Kunz hatte denselben Gedanken. Das Herz klopfte ihnen, als sie sahen, wie er sich, ohne im Sprechen aufzuhören, gedankenlos auf den Klavierstuhl setzte und dann, ohne das Instrument anzuschauen, seine Hände aufs Geratewohl über die Tasten laufen ließ. Es kam, wie Schulz es vorausgesehen hatte; kaum hatte Christof ein paar Arpeggien angeschlagen, als sich der Ton seiner bemächtigte. Weiter plaudernd, reihte er die Akkorde aneinander; dann wurden es ganze Tonsätze; und schließlich schwieg er und begann vorzuspielen. Die Alten tauschten einen listig-glücklichen, verständnisvollen Blick.

„Kennen Sie das?“ fragte Christof, indem er eins seiner *Lieder** spielte.

„Ob ich es kenne!“ sagte Schulz entzückt.

Christof wandte, ohne sich zu unterbrechen, halb den Kopf und meinte:

„Na! Sehr gut ist Ihr Klavier nicht!“

Der Alte war sehr zerknirscht. Er entschuldigte sich.

„Es ist alt“, sagte er bescheiden. „Es ist so wie ich.“

Christof drehte sich um, schaute den Greis, der wegen seines Alters um Verzeihung zu bitten schien, an und ergriff lachend seine beiden Hände. Er betrachtete seine treuherzigen Augen.

„O Sie“, meinte er, „Sie sind jünger als ich.“

Schulz lachte gutmütig und sprach von seinem alten Körper, seinen Schwächen.

„Tatata!“ sagte Christof. „Darum handelt es sich nicht. Ich weiß, was ich sage. Ist es nicht wahr, Kunz?“

(Er ließ das „Herr“ schon weg.)

Kunz stimmte ihm aus allen Kräften zu.

Schulz versuchte gleichzeitig, die Sache seines alten Klaviers zu befürworten.

„Es hat noch sehr hübsche Töne", sagte er schüchtern.

Er rührte sie an: vier oder fünf ziemlich frische Töne, eine halbe Oktave im mittleren Register des Instrumentes. Christof verstand, daß es ihm ein alter Freund war, und er sagte freundlich, während er an Schulzens Augen dachte:

„Ja, es hat noch liebe Augen."

Schulzens Gesicht hellte sich auf. Er stimmte ein etwas konfuses Loblied auf sein altes Klavier an, schwieg aber sofort wieder; denn Christof hatte von neuem zu spielen begonnen. *Lieder** folgten auf *Lieder**; Christof sang halblaut mit. Schulz folgte mit feuchten Augen jeder seiner Bewegungen. Kunz hatte die Hände überm Leib gefaltet und schloß die Augen, um besser zu genießen. Von Zeit zu Zeit schaute sich Christof strahlend nach den beiden Greisen um, die verzückt lauschten; und in naiver Begeisterung, die sie nicht im entferntesten belachten, sagte er:

„Na! Ist das schön! – Und das! Was sagen Sie dazu? Und dies! – Dies ist das schönste von allen... Jetzt will ich Ihnen etwas vorspielen, daß Sie sich vor Entzücken im siebenten Himmel fühlen sollen..."

Während er ein träumerisches Stück beendete, fing die Kuckucksuhr zu schreien an. Christof sprang mit einem Satz empor und schrie zornig auf. Kunz fuhr auf und rollte seine großen, entsetzten Augen. Schulz begriff zuerst nicht. Als er dann sah, wie Christof dem Vogel, der ihn grüßte, mit der Faust drohte und schrie, man möge um des Himmels willen diesen Idioten da, dies bauchrednerische Gespenst, davontragen, fand auch er zum erstenmal im Leben, daß dieser Lärm wirklich unerträglich sei; er nahm einen Stuhl und wollte selber hinaufklettern, um den Störenfried abzuhängen. Aber er wäre fast gefallen, und Kunz hinderte ihn, es noch einmal zu versuchen; er rief Salome. Sie kam ihrer Gewohnheit nach ohne Eile herbei und stand ganz verdutzt, als man ihr die Wanduhr unter den Arm steckte, die der ungeduldige Christof schon selbst abgehängt hatte.

„Was soll ich denn damit tun?" fragte sie.

„Was du magst. Schaff es fort, daß man es hier nicht mehr sieht!“ sagte Schulz, der nicht weniger ungeduldig als Christof geworden war.

Er fragte sich, wie er diesen Greuel nur so lange hatte ertragen können.

Salome dachte, daß sie entschieden alle miteinander verrückt seien.

Die Musik fing wieder an. Die Stunden verstrichen. Salome meldete, daß das Essen serviert sei. Schulz hieß sie still sein. Nach zehn Minuten kam sie wieder, dann nach weiteren zehn Minuten noch einmal; diesmal war sie außer sich; sie versuchte eine unbewegte Miene aufzusetzen, kochte aber vor Zorn, pflanzte sich mitten im Zimmer auf und fragte trotz Schulzens verzweifelter Gebärden mit Trompetenstimme: Ob die Herren ihr Mittagbrot lieber kalt oder verbrannt essen wollten; ihr sei das gleich; sie erwarte ihre Befehle.

Schulz wurde durch diesen Angriff ganz verwirrt und wollte seinem Mädchen eine Szene machen; Christof aber brach in Lachen aus, Kunz tat desgleichen, und Schulz machte es schließlich wie sie. Salome war mit dieser Wirkung zufrieden und schob mit der Miene einer Königin, die bereit ist, ihren reuigen Untertanen zu verzeihen, ab.

„Das ist ein Dragoner!“ sagte Christof, während er vom Klavier aufstand. „Sie hat recht. Es gibt nichts Unerträglicheres als ein Publikum, das mitten im Konzert hereinkommt.“

Sie setzten sich zu einem ungeheuren und saftigen Mahl an den Tisch. Schulz hatte Salomes Ehrgeiz aufgestachelt, und sie wünschte sich nichts Besseres, als ihre Kunst zeigen zu können. Übrigens fehlte es ihr nicht an Gelegenheit dazu. Die alten Freunde waren erstaunliche Schlemmer. Kunz war bei Tisch ein anderer Mensch; er strahlte wie eine Sonne und wäre einem Gastwirt ein gutes Aushängeschild gewesen. Schulz war für gute Küche nicht weniger empfänglich; doch seine schlechte Gesundheit legte ihm mehr Zurückhaltung auf. Meistens trug er dem allerdings nicht Rechnung und mußte es bezahlen. In solchen Fällen beklagte er sich nicht: wurde er krank, so wußte er wenigstens, warum. Wie Kunz, besaß er selbst Küchenrezepte, die sich seit Generationen vom Vater zum Sohne in der Familie vererbt hatten. Salome war also gewohnt, für Kenner zu arbeiten. Diesmal aber hatte sie sich den Kopf zerbrochen, um in einem einzigen Programm alle ihre Meisterwerke zu vereinen: es war wie eine Ausstellung der unvergeßlichen, ehrlichen, unverfälschten rheinischen Küche mit ihren Düften aller Kräuter, ihren dicken Soßen, ihren nahrhaften Suppen, ihren vorbildlichen Fleischgerichten, ihren monumentalen Karpfen, ihrem Sauerkraut, ihren Gänsen, ihren Haustorten, ihren Anis- und Kümmelbroten. Christof begeisterte sich mit vollem Munde und aß wie ein Scheunendrescher; er besaß die fabelhafte Aufnahmefähigkeit seines Vaters und Großvaters, die eine ganze Gans verschlungen hätten. Übrigens konnte er ebensogut eine Woche lang von Brot und Käse leben wie sich bis zum Bersten voll essen, wenn sich dazu Gelegenheit bot. Der herzlich-feierliche Schulz betrachtete ihn mit gerührten Augen und tränkte ihn mit alten Rheinweinen. Der rötlich schimmernde Kunz erkannte in ihm einen Bruder. Das breite Gesicht Salomes lachte vor Zufriedenheit. – Im ersten Augenblick war sie enttäuscht gewesen, als Christof angekommen war. Schulz hatte ihr im voraus so viel von ihm erzählt, daß sie sich ihn mit den Zügen einer Exzellenz und mit Titeln und Ehren bedeckt vorgestellt hatte. Beim ersten Anblick hatte sie ausgerufen:

„Was! Mehr ist das nicht?“

Bei Tisch aber eroberte Christof ihre Gunst; sie hatte nie jemanden gesehen, der ihrem Talent so herrlich gerecht wurde. Anstatt in ihre Küche zurückzukehren, blieb sie auf der Türschwelle stehen, um Christof zuzusehen, der, ohne sich im Essen stören zu lassen, Unsinn schwatzte; und die Fäuste in die Hüften gestemmt, lachte sie aus vollem Halse.

Alle waren kreuzfidel. Nur einen dunklen Punkt gab es in ihrem Glück: Pottpetschmidt war nicht da. Darauf kamen sie oft zurück.

„Ach, wenn er hier wäre! Der kann essen! Der kann trinken! Der kann singen!"

Sie hörten mit Lobreden nicht auf.

Wenn Christof ihn doch hören könnte! – Aber vielleicht konnte er es noch. Vielleicht kam Pottpetschmidt heut abend zurück oder spätestens heut nacht ...

„Oh, heut nacht bin ich weit von hier", sagte Christof.

Das strahlende Gesicht von Schulz verdunkelte sich.

„Wie das, weit!" meinte er mit zitternder Stimme. „Sie reisen doch noch nicht ab?"

„Doch, doch!" sagte Christof heiter. „Ich nehme den Abendzug."

Schulz war unglücklich. Er hatte damit gerechnet, daß Christof mehrere Nächte in seinem Haus verbringen würde. Er stammelte:

„Nein, nein, das ist nicht möglich!"

Kunz wiederholte:

„Und Pottpetschmidt!"

Christof schaute sie beide an; die Enttäuschung, die sich auf ihren guten Freundesgesichtern malte, rührte ihn; er sagte:

„Wie lieb Sie sind! – Ich reise morgen früh. Soll ich?"

Schulz faßte seine Hand.

„Ach, wie wunderschön! Vielen, vielen Dank!"

Er war wie ein Kind, für das das Morgen so fern, so fern liegt, daß man nicht daran zu denken braucht. Christof reiste nicht heute ab, der ganze Tag gehörte ihnen, sie würden den ganzen Abend gemeinsam verleben, er würde unter seinem Dach schlafen: Das war alles, was Schulz sah; weiter wollte er nicht denken.

Die Heiterkeit setzte von neuem ein. Plötzlich stand Schulz mit feierlicher Miene auf und brachte einen bewegten und schwungvollen Toast auf seinen Gast aus, der ihm die riesige Freude und Ehre angetan hatte, seine kleine

Stadt und sein bescheidenes Haus zu besuchen; er trank auf seine glückliche Heimkehr, seine Erfolge, seinen Ruhm, auf alles Glück der Welt, das er ihm aus voller Seele wünschte. Sodann hielt er eine andere Rede auf die „edle Musik", eine andere auf seinen alten Freund Kunz und noch eine auf den Frühling – und Pottpetschmidt vergaß er auch nicht. Kunz seinerseits trank auf Schulz und ein paar andere; und Christof beschloß die Reden mit einer auf die Dame Salome, die darüber krebsrot wurde. Dann stimmte er, ohne den Rednern Zeit zum Ausruhen zu lassen, ein bekanntes Lied an, in das die beiden Alten einfielen. Hierauf kam ein anderes an die Reihe, und dann noch ein dreistimmiges, das von Freundschaft, Musik und Wein handelte: Das alles wurde von hallendem Lachen und vom Klang der Gläser begleitet, mit denen fortwährend angestoßen wurde.

Es war halb vier Uhr, als sie vom Tische aufstanden. Sie fühlten sich ein wenig schwer. Kunz sank in einen Lehnstuhl; er hätte gern ein Schläfchen gemacht. Schulzens Beine waren von den Aufregungen am Morgen, und nicht weniger von seinen Trinksprüchen, wie zerschlagen. Alle beide hofften, daß Christof sich wieder ans Klavier setzen und stundenlang spielen würde. Aber ausgelassen und munter wie er war, schlug der schreckliche Bengel nur drei oder vier Akkorde an, schloß dann mit einem Ruck das Klavier, schaute aus dem Fenster und fragte, ob man bis zum Abendbrot nicht einen Ausflug machen könne. Die Landschaft lockte ihn. Kunz zeigte wenig Begeisterung; Schulz aber fand sofort, daß der Gedanke ausgezeichnet sei und daß sie ihrem Gast den *Schönbuchwälder** Spaziergang zeigen müßten. Kunz schnitt ein Gesicht, aber er widersprach nicht und erhob sich mit den andern: es verlangte ihn ebenso wie Schulz danach, Christof die Schönheiten der Gegend zu zeigen.

Sie gingen aus. Christof hatte Schulzens Arm genommen und veranlaßte den Alten, ein wenig schneller auszuschreiten, als ihm lieb war. Kunz folgte schweißtriefend. Sie schwatzten vergnügt drauflos. Die Leute, die sie von ihren Türschwellen aus vorübergehen sahen, fanden, der *Herr Professor** Schulz sähe wie ein Jüngling aus. Als sie aus der Stadt herauskamen, gingen sie querfeldein. Kunz klagte über die Hitze. Der mitleidlose Christof aber fand die Luft köstlich. Zum Glück für die beiden alten Leute blieb man alle Augenblicke im Eifer des Gesprächs stehen und vergaß bei der Unterhaltung die Länge des Weges. Man kam in den Wald. Schulz zitierte Verse von Goethe und Mörike. Christof liebte Gedichte sehr; aber er konnte keins behalten: er überließ sich beim Zuhören einer unbestimmten Träumerei, in der Musik die Worte umhüllte und sie vergessen machte. Er bewunderte Schulzens Gedächtnis. Wie groß war der Unterschied zwischen der geistigen Lebendigkeit dieses kranken, fast gebrechlichen Greises, der, das halbe Jahr in seinem Zimmer eingeschlossen, fast das ganze Leben in seiner Provinzstadt eingeschlossen verbracht hatte – und Haßler, der, jung, berühmt, im Herzen des künstlerischen Lebens stand, Europa auf seinen Konzerttourneen durchreiste und doch an nichts Anteil nahm, nichts kennenlernen wollte! Schulz war nicht allein über die Kunst seiner Zeit, die ja auch Christof kannte, unterrichtet, sondern er wußte auch eine Menge über frühere oder ausländische Musiker, von denen Christof niemals hatte sprechen hören. Sein Gedächtnis glich einem tiefen Brunnen, in dem alle schönen Wasser des Himmels aufgefangen waren. Christof wurde nicht müde, daraus zu schöpfen; und Schulz war über Christofs Interesse glücklich. Er hatte schon manchmal gefällige Zuhörer oder nachsichtige Schüler getroffen; immer aber hatte ihm ein junges, feuriges Herz gefehlt, mit dem er seine Begeisterung teilen konnte, die manchmal bis zum Ersticken in ihm anschwoll.

Sie waren die besten Freunde der Welt, als der Alte die Ungeschicklichkeit beging, von seiner Bewunderung für Brahms zu reden. Christof geriet in eisigen Zorn; er ließ Schulzens Arm los und sagte in schneidendem Ton, daß, wer Brahms liebe, sein Freund nicht sein könne. Das fiel wie ein kalter Strahl auf ihre Freude. Schulz war zu bescheiden, um zu streiten, zu ehrlich, um zu lügen; er stammelte, versuchte sich zu rechtfertigen; Christof aber unterbrach ihn mit einem schneidenden:

„Genug!",

das keine Widerrede gestattete. Kaltes Schweigen trat zwischen sie. Sie wanderten weiter. Die beiden Greise wagten nicht, sich anzusehen. Kunz hüstelte ein wenig und versuchte dann, die Unterhaltung wieder anzuknüpfen, indem er vom Wald und vom schönen Wetter sprach. Christof aber hatte sein Schmollgesicht aufgesetzt, ließ das Gespräch fallen und antwortete nur Einsilbigkeiten. Als Kunz so auf dieser Seite kein Echo fand, versuchte er, um das Schweigen zu brechen, mit Schulz zu plaudern; dem aber war die Kehle zugeschnürt, er konnte nicht sprechen. Christof sah ihn von der Seite an, und die Lust zu lachen überkam ihn: er hatte ihm schon verziehen. Ernsthaft war er ihm nie böse gewesen; er fand sogar, daß er ein Scheusal sei, den armen Alten traurig zu stimmen; aber er mißbrauchte seine Macht ein wenig und wollte sich nicht den Anschein geben, als nehme er das einmal Gesagte zurück. So blieb es bis zum Waldausgang; man hörte nichts mehr als die schleppenden Schritte der beiden ganz aus der Fassung gebrachten Alten; Christof pfiff vor sich hin und schien sie nicht mehr zu sehen. Plötzlich hielt er's nicht mehr aus. Er fing hell zu lachen an, wandte sich zu Schulz um und packte ihn mit seinen festen Händen bei den Armen.

„Mein guter, lieber, alter Schulz!" Und dabei sah er ihn zärtlich an. „Wie schön ist es, wie schön!"

Er redete von der Landschaft und dem schönen Tag; aber seine lachenden Augen schienen zu sagen:

Du bist gut. Ich bin ein brutaler Kerl. Verzeih mir! Ich habe dich sehr gern!

Das Herz des Alten schmolz. Es war, als sei es nach einer Sonnenfinsternis wieder hell geworden. Er brauchte noch einen Augenblick, bevor er wieder ein Wort hervorbringen konnte. Christof hatte von neuem seinen Arm genommen und plauderte freundschaftlicher als je; er war so im Zuge, daß er noch einmal so schnell ging und dabei gar nicht darauf achtete, daß er seine beiden Begleiter erschöpfte. Schulz klagte nicht; er war so zufrieden, daß er seine Müdigkeit nicht einmal spürte. Er wußte wohl, daß er alle Unvorsichtigkeiten dieses Tages büßen mußte; aber er sagte sich:

Desto schlimmer für morgen! Wenn *er* fort ist, habe ich genug Zeit, mich auszuruhen!

Der nicht so überschwengliche Kunz aber folgte mit jämmerlicher Miene in einem Abstand von fünfzehn Schritten. Endlich fiel es Christof auf. Ganz verwirrt bat er um Entschuldigung und schlug ihnen vor, sich in den Schatten der Pappeln auf eine Wiese hinzustrecken. Schulz willigte natürlich ein, ohne sich zu fragen, wie das seiner Bronchitis bekommen würde. Gücklicherweise dachte Kunz statt seiner daran, oder er führte das wenigstens als Vorwand an, um sich nicht selber, in Schweiß gebadet, wie er war, in das kühle Gras zu legen. Er schlug vor, an einer nahen Station den Zug zur Stadt zurück zu nehmen. So wurde es gemacht. Trotz ihrer Müdigkeit mußten sie schnell ausschreiten, um nicht zu spät zu kommen, und sie erreichten genau in dem Augenblick, als der Zug einlief, den Bahnhof.

Bei ihrem Anblick stürzte ein dicker Mann an ein Wagenfenster und brüllte die Namen von Schulz und Kunz, samt der ganzen Liste ihrer Titel und Ämter, wobei er wie ein Verrückter die Arme schwenkte. Schulz und Kunz antworteten mit ebenso großem Geschrei und fuchtelten ebenfalls mit den Armen. Sie stürzten zum Abteil des dicken Mannes, der ihnen entgegendrängte und seine Reisegenossen dabei zur Seite puffte. Der verblüffte Christof rannte ihnen nach und fragte:

„Was ist denn los?“

Und die andern schrien frohlockend:

„Das ist Pottpetschmidt!“

Dieser Name sagte ihm nicht viel. Die Trinksprüche vom Mittagessen hatte er vergessen. Pottpetschmidt, Schulz und Kunz – der eine oben im Wagen, die andern auf dem Trittbrett – vollführten einen betäubenden Lärm; sie wußten sich vor Verwunderung über ihr Glück nicht zu lassen. Schnell schwangen sie sich in den abfahrenden Zug. Schulz stellte vor. Pottpetschmidt verbeugte sich mit plötzlich versteinerten Zügen und ungelenk wie ein Pfahl; sobald aber die Formalitäten erfüllt waren, fiel er über Christofs Hand her, schüttelte sie fünf- oder sechsmal, als wollte er sie ausrenken, und begann dann wieder zu toben. Christof hörte aus seinem Geschrei heraus, daß er Gott und seinem guten Stern für diese wunderbare Begegnung dankte. Das hinderte ihn nicht, einen Augenblick darauf sich wütend auf die Schenkel zu schlagen und über sein Pech zu schimpfen, das ihn – der doch nie aus der Stadt käme – gerade zur Ankunft des Herrn *Kapellmeisters** verreisen ließ. Schulzens Depesche war ihm erst am Morgen, eine Stunde nach Abgang des Zuges, überbracht worden; bei ihrer Ankunft hatte er noch geschlafen, und man hatte es für richtig erachtet, ihn nicht zu wecken. Den ganzen Morgen hatte er gegen die Hotelleute gewütet. Er wütete noch jetzt. Seine Patienten hatte er zum Teufel geschickt, seine beruflichen Verabredungen im Stich gelassen und in seiner Eile, heimzukommen, den erstbesten Zug genommen; dieser Teufelszug aber hatte den Anschluß an die Hauptstrecke versäumt: Pottpetschmidt hatte drei Stunden auf einem Bahnhof warten müssen. Alle Verzweiflungsrufe seines Wortschatzes hatte er verausgabt und sein Mißgeschick zwanzigmal den mit ihm wartenden Reisenden und dem Bahnsteigschaffner erzählt. Endlich war es weitergegangen. Er hatte davor gezittert, zu spät zu kommen... Aber – Gott sei gelobt! Gott sei gelobt!

Er hatte Christofs Hände wieder erfaßt und knetete sie in seinen dicken, behaarten Tatzen. Er war fabelhaft groß und dick: ein viereckiger Kopf, rote kurzgeschnittene Haare, ein rasiertes pockennarbiges Gesicht, große Augen, eine große Nase, dicke Lippen, ein Doppelkinn, ein kurzer Hals, ein ungeheuer breiter Rücken, ein Bauch wie ein Faß, vom Körper abstehende Arme, riesenhafte Hände und Füße, eine gigantische, durch Vielesserei und Bier aus der Form gebrachte Fleischmasse – kurz, einer jener menschlichen Tabaksäcke, wie man sie manchmal durch die Straßen bayrischer Städte rollen sieht und die das Geheimnis dieser Menschenrasse bewahren, welche durch ein der Geflügelmast ähnliches Nudelsystem zustande gekommen ist. Er glänzte vor Vergnügen und Hitze wie ein Klumpen Butter; seine Hände ruhten auf seinen gespreizten Knien oder auch auf denen seiner Nachbarn; unermüdlich schwatzte er drauflos, indem er die Konsonanten mit der Kraft einer Wurfmaschine in die Luft hinausrollte. Manchmal überfiel ihn ein Lachen, das ihn durch und durch schüttelte, er warf den Kopf nach hinten, sperrte den Mund auf, schnaufte, röchelte und erstickte fast. Sein Lachen steckte Schulz und Kunz an, die, war der Anfall vorüber, sich die Augen trockneten und Christof anschauten, als wollten sie fragen:

Na! – Was sagst du dazu?

Christof sagte nichts; er dachte voller Entsetzen:

Dieses Ungeheuer singt meine Musik?

Sie kehrten in Schulzens Haus zurück. Christof hoffte den Gesang Pottpetschmidts umgehen zu können und kam ihm, trotz aller Anspielungen Pottpetschmidts, der darauf brannte, sich hören zu lassen, nicht im geringsten entgegen. Schulz und Kunz aber lag es sehr am Herzen, mit ihrem Freund Ehre einzulegen: er mußte es über sich ergehen lassen. Ziemlich übel gelaunt setzte sich Christof ans Klavier; er dachte:

Junge, Junge, du weißt nicht, was dir droht! Nimm dich in acht! Ich lasse dir nichts durchgehen!

Er sagte sich, daß er Schulz betrüben würde, und war

darüber ärgerlich; aber nichtsdestoweniger war er entschlossen, ihm eher Schmerz zu bereiten als zuzugeben, daß dieser John Falstaff seine Musik zugrunde richtete. Die Reue, seinen alten Freund betrübt zu haben, wurde ihm erspart: der dicke Mann sang mit wundervoller Stimme. Gleich bei den ersten Takten machte Christof eine überraschte Bewegung. Schulz, der ihn nicht aus den Augen ließ, zitterte: er meinte, Christof sei nicht zufrieden, und war erst beruhigt, als er sah, wie sich dessen Gesicht, je länger er spielte, mehr und mehr erhellte. Er selbst strahlte im Widerschein dieser Freude auf. Und der Augenblick, in dem Christof sich nach beendetem Stück umwandte und rief, daß er noch nie eins seiner *Lieder** so habe singen hören, gab Schulz tiefere und süßere Wonne als dem zufriedenen Christof und dem triumphierenden Pottpetschmidt; denn jeder der beiden genoß nur seine eigene Freude, Schulz aber die seiner beiden Freunde zusammen. Das Konzert ging weiter. Christof war höchst erstaunt: er konnte nicht verstehen, wie es dies gewöhnliche, schwerfällige Wesen fertigbrachte, den Sinn seiner *Lieder** zum Ausdruck zu bringen. Allerdings waren nicht alle Nuancen darin; aber Schwung und Leidenschaft waren da, die Christof den berufsmäßigen Sängern niemals hatte einflößen können. Er sah Pottpetschmidt an und fragte sich:

Fühlt er das wirklich?

Aber er sah in seinen Augen keine andere Flamme als die befriedigter Eitelkeit. Eine unbewußte Kraft bewegte diese schwere Masse. Und diese blinde, passive Kraft war wie eine Armee, die kämpft, ohne zu wissen, gegen wen oder warum. Der Geist der *Lieder** bemächtigte sich ihrer, und jubelnd gehorchte sie, denn sie mußte irgend etwas tun; und sich selbst überlassen, hätte sie nicht gewußt, was und wie.

Christof sagte sich, am Schöpfungstage habe sich der große Bildhauer nicht allzuviel Mühe gegeben, um die verstreuten Glieder seiner im groben zugehauenen Geschöpfe recht zu ordnen; er hatte sie wohl, so gut es eben ging, zusammengefügt, ohne sich darum zu kümmern, ob sie zueinander gehörten; so wurde jedes mit Teilen verschiedenster Herkunft verarbeitet, und der eine Mensch war in vier oder fünf verschiedenen Menschen verstreut: bei dem einen war das Gehirn, das Herz bei dem andern, bei einem dritten der Körper, der zu dieser Seele paßte; das Instrument war auf dieser, der Musiker auf jener Seite. Manche Geschöpfe waren wie wundervolle Geigen, die ewig in ihrem Kasten verschlossen bleiben, weil niemand da ist, der sie zu spielen verstünde. Und die, welche geschaffen waren, um darauf zu spielen, mußten sich ihr ganzes Leben lang mit elenden Fiedeln begnügen. Er hatte um so mehr Ursache, so zu denken, als er selbst wütend auf sich war, weil er noch nie eine Musikseite hatte sauber singen können. Seine Stimme war unrein, und er konnte sich nur mit Entsetzen zuhören.

Pottpetschmidt begann indessen, vom Erfolg berauscht, Christofs *Lieder** „mit Ausdruck" zu singen, das heißt, er wollte seinen eigenen an die Stelle von Christofs setzen. Der fand natürlich nicht, daß seine Lieder bei dem Tausch gewannen, und sein Gesicht verfinsterte sich. Schulz merkte es. Sein Mangel an Kritik und die Bewunderung für seine Freunde hätten ihm nicht gestattet, sich selbst über Pottpetschmidts Geschmacklosigkeit Rechenschaft zu geben. Doch durch seine Zuneigung für Christof erkannte er die flüchtigsten Regungen im Denken des jungen Mannes: er lebte nicht mehr in sich, sondern in Christof; und so litt auch er unter Pottpetschmidts Überschwang. Er gab sich alle Mühe, ihn auf dieser abschüssigen Bahn aufzuhalten. Es war nicht leicht, Pottpetschmidt zum Schweigen zu bringen. Schulz kostete es alle erdenkliche Mühe, den Sänger daran zu hindern, nachdem Christofs Repertoire erschöpft war, sich noch in den Geistesfrüchten minderwertiger Komponisten hören zu lassen, bei deren bloßen Namen sich Christof schon wie ein Stachelschwein sträubte und zusammenrollte.

Glücklicherweise wurde das Abendbrot gemeldet; das stopfte Pottpetschmidt den Mund. Ein neues Feld öffnete sich vor ihm, auf dem er seine Fähigkeit entfalten konnte: hier konnte es ihm keiner gleichtun; und Christof, den seine morgendlichen Heldentaten ein wenig ermattet hatten, versuchte nicht zu kämpfen.

Der Abend rückte vor. Sie saßen um den Tisch herum; die drei alten Freunde schauten Christof bewundernd an und tranken seine Worte. Es kam Christof ganz sonderbar vor, daß er in diesem Augenblick in der kleinen, verlorenen Stadt saß, unter diesen alten Leuten, die er bis jetzt nie gesehen hatte und denen er sich näher fühlte als der eigenen Familie. Er dachte, welche Wohltat es für einen Künstler sein müsse, wenn er eine Ahnung von den unbekannten Freunden hätte, denen sein Gedanke in der Welt begegnet – wie sehr das sein Herz erwärmen, seine Kräfte stärken würde. Aber meistens .hat er nichts davon: jeder bleibt allein und stirbt allein und wagt um so weniger von seinen Empfindungen zu sprechen, je mehr er fühlt und je dringender er der Aussprache bedarf. Den gewöhnlichen Komplimentemachern fällt das Reden nicht schwer. Die aber, die am innigsten lieben, müssen sich Gewalt antun, um ihre Zähne auseinanderzubringen und zu sagen, daß sie lieben. So muß man denen, die zu sprechen wagen, recht dankbar sein: sie sind, ohne es zu ahnen, des Künstlers Mitarbeiter. – Christof war von Dankbarkeit für den alten Schulz durchdrungen. Er verwechselte ihn nicht mit seinen beiden Gefährten; daß er die Seele der kleinen Freundesgruppe war, fühlte er wohl: die andern waren nur der Widerschein dieses lebendigen Leuchtfeuers von Güte und Liebe. Die Freundschaft, die Kunz und Pottpetschmidt für ihn empfanden, war ganz anderer Art. Kunz war egoistisch: die Musik verursachte ihm ein wohliges Gefühl wie einer großen Katze, die man streichelt. Für Pottpetschmidt war sie eine Befriedigung der Eitelkeit und eine körperliche Übung. Weder dem einen noch dem andern war es darum zu tun, ihn zu verstehen. Schulz aber vergaß sich selber ganz: er liebte.

Es war spät. Die beiden eingeladenen Freunde gingen fort, in die Nacht. Christof blieb mit Schulz allein. Er sagte zu ihm:

„Jetzt werde ich für Sie allein spielen."

Er setzte sich ans Klavier und spielte – so wie er spielen konnte, wenn jemand bei ihm war, den er liebhatte. Er spielte aus seinen neuen Werken. Der Greis geriet in helle Begeisterung. Er saß neben Christof, ließ kein Auge von ihm und hielt seinen Atem an. In seiner Herzensgüte, die unfähig war, das kleinste Glück für sich zu behalten, sagte er wider Willen von neuem:

„Ach, wie schade, daß Kunz nicht hier ist!"

(Was Christof ein wenig ungeduldig machte.)

Eine Stunde verging. Christof spielte immer noch; sie hatten kein Wort gewechselt. Als Christof geendet hatte, sprach keiner von beiden. Alles war still: Haus und Straße schliefen. Christof wandte sich um und sah den alten Mann weinen; er stand auf, ging auf ihn zu und küßte ihn. Ganz leise redeten sie miteinander in der Stille der Nacht. Vom Nebenzimmer tönte das gedämpfte Ticktack der Wanduhr. Schulz saß mit vorgebeugtem Körper und verschlungenen Händen und sprach mit halber Stimme; er erzählte dem fragenden Christof von seinem Leben, seinen Traurigkeiten; jeden Augenblick aber fühlte er Gewissensbisse, weil er klagte, fühlte das Bedürfnis, zu sagen:

Es ist nicht recht ... Ich habe nicht das Recht, mich zu beklagen ... Jedermann ist gut zu mir gewesen!

Und er beklagte sich in der Tat nicht; eine unwillkürliche Melancholie stieg nur aus dem nüchternen Bericht seines einsamen Lebens auf. In den schmerzlichsten Augenblicken kam dabei das Glaubensbekenntnis eines sehr vagen, sehr sentimentalen Idealismus zum Vorschein, der Christof aufreizte – dem zu widersprechen aber grausam gewesen wäre. Im Grunde war es bei Schulz weniger ein fester Glaube als ein leidenschaftlicher Wunsch, zu glauben, eine ungewisse Hoffnung, an die er sich wie an einen Anker klammerte. Er suchte Bestätigung dafür in Christofs Augen. Christof vernahm den Ruf in seines Freundes Blick, der mit rührendem Vertrauen an ihm hing, der die Antwort von ihm erflehte – sie ihm vorschrieb. Da sprach er die Worte ruhiger Zuversicht und selbstsicherer Kraft, die der Alte erwartete und die ihm wohltaten. Der Alte und der Junge hatten die trennenden Jahre vergessen; sie waren einander nahe wie zwei gleichaltrige Brüder, die sich lieben und helfen; der Schwächere suchte Stütze am Stärkeren, der Greis flüchtete sich in die Seele des Jünglings.

Um Mitternacht gingen sie auseinander. Christof mußte früh aufstehen, um mit demselben Zug, der ihn hergebracht hatte, weiterzufahren. So trödelte er beim Ausziehen nicht. Der Alte hatte das Zimmer seines Gastes hergerichtet, als sollte er dort Monate zubringen. Auf dem Tisch hatte er eine Vase mit Rosen und einem Lorbeerzweig gestellt. Ein ganz neues Löschblatt lag auf dem Schreibtisch. Er hatte am Morgen ein Klavier hineinstellen lassen. Für das Brettchen am Kopfende des Bettes hatte er ein paar seiner kostbarsten und liebsten Bücher ausgewählt. An jede Einzelheit hatte er mit Liebe gedacht. Aber es war vergebliche Mühe: Christof sah nichts davon. Er warf sich auf sein Bett und schlief sofort wie ein Murmeltier.

Schulz schlief nicht. Die ganze Freude, die er gehabt hatte, und den ganzen Kummer, den ihm die Abreise seines Freundes schon jetzt bereitete, bewegte er in sich. Die Worte, die sie gesprochen, gingen ihm wieder durch den Kopf. Er dachte daran, daß der liebe Christof neben ihm, an der andern Seite der Wand, an der sein Bett stand, schlief. Er war von Müdigkeit todesmatt, wie zerschlagen; das Atmen wurde ihm schwer; er fühlte, daß er sich während des Spazierganges erkältet hatte, daß er einen Rückfall bekommen würde; aber er hatte nur einen Gedanken:

Wenn es nur nicht vor seiner Abreise kommt!

Und er zitterte davor, einen Hustenanfall zu bekommen, der Christof aufwecken würde. Er war voller Dankbarkeit gegen Gott und machte sich daran, ein paar Verse über den Gesang des alten Simeon zu machen: Nunc dimittis ... Ganz in Schweiß gebadet, stand er auf, um seine Verse niederzuschreiben, und blieb am Tisch sitzen, bis sie sorgfältig abgeschrieben waren und er sie mit einer von Herzlichkeit überströmenden Widmung, seiner Unterschrift und Datum und Stunde versehen hatte. Dann legte er sich fröstelnd wieder hin und konnte sich die ganze übrige Nacht nicht mehr erwärmen.

Die Morgendämmerung kam. Schulz dachte schmerzlich an die des vorhergehenden Tages. Doch er schalt sich, daß er sich mit solchen Gedanken die letzten Glücksminuten, die ihm blieben, verdarb; er wußte ja, daß er am folgenden Tage die jetzt entfliehende Stunde betrauern würde; so tat er alles, um nichts von ihr zu verlieren. Mit gespanntem Ohr verfolgte er jedes geringste Geräusch aus dem Zimmer nebenan. Christof aber rührte sich nicht. Wo er sich hingelegt hatte, lag er noch; nicht eine Bewegung hatte er gemacht. Schon halb sieben hatte es geschlagen, und immer noch schlief er. Nichts wäre leichter gewesen, als ihn seinen Zug versäumen zu lassen; und sicherlich hätte er die Tatsache lachend hingenommen. Der Alte aber war zu gewissenhaft, um so über einen Freund ohne dessen Einwilligung zu verfügen, wenn er sich auch immer wieder sagte:

Es wäre ja nicht meine Schuld. Ich hätte keinen Teil daran. Ich brauche nur nichts zu sagen. Und wacht er nicht zur Zeit auf, so kann ich noch einen ganzen Tag mit ihm verbringen!

Dann widersprach er sich wieder:

Nein, ich habe kein Recht dazu!

Und er hielt sich für verpflichtet, ihn aufzuwecken. Er klopfte an seine Tür. Christof hörte nicht sofort; er mußte stärker pochen. Das machte dem Alten großen Kummer; er dachte:

Ach, wie gut er schläft! Bis Mittag wäre er so liegengeblieben!

Endlich antwortete Christofs fröhliche Stimme von der andern Seite. Als er erfuhr, wie spät es war, war er höchst verwundert; und man hörte ihn in seinem Zimmer hin und her rennen, sich geräuschvoll zurechtmachen, Melodienbruchstücke singen, während er zwischendurch Schulz freundschaftlich etwas durch die Wand zurief und Witze machte, die den Alten trotz seines Kummers zum Lachen brachten. Die Tür ging auf: Er erschien frisch, ausgeruht, mit glücklichem Gesicht; nicht im entferntesten dachte er daran, daß er soviel Schmerz bereite. In Wahrheit drängte ihn nichts zur Abreise; es hätte ihm nichts ausgemacht, ein paar Tage länger zu bleiben; und welche Freude hätte er Schulz damit gemacht! Aber Christof konnte das nicht ganz ahnen. Übrigens war es ihm bei aller Zuneigung, die er für den Alten empfand, ganz lieb, abzureisen: er war von den unaufhörlichen Gesprächen des vorigen Tages, von diesen Seelen, die sich mit verzweifelter Zärtlichkeit an ihn klammerten, ermüdet. Und dann war er jung und dachte, sie würden ja noch viel Zeit haben, sich wiederzusehen; er reiste ja nicht ans Ende der Welt! – Der Greis wußte, daß er selber bald ferner als am Ende der Welt sein würde; und er schaute Christof für alle Ewigkeit an.

Er begleitete ihn trotz übergroßer Müdigkeit zum Bahnhof. Ein feiner, kalter Regen fiel lautlos nieder. An der Station merkte Christof beim Öffnen seines Portemonnaies, daß er nicht mehr genug Geld für die Fahrkarte nach Hause besaß. Er wußte, daß Schulz es ihm mit Freuden leihen würde; aber er wollte ihn nicht darum bitten ... Warum? Warum dem, der dich liebt, die Gelegenheit, das Glück streitig machen, dir einen Dienst zu erweisen? – Er wollte es nicht aus Zartgefühl – vielleicht aus Eitelkeit. Er nahm eine Karte bis zu einer Zwischenstation, wobei er sich vornahm, den übrigen Weg zu Fuß zurückzulegen.

Die Abfahrtsstunde schlug. Auf dem Trittbrett des Wagens umarmten sie sich. Schulz ließ das während der Nacht geschriebene Gedicht in Christofs Hand gleiten. Er blieb auf dem Bahnsteig zu Füßen des Wagenabteils. Sie hatten sich nichts mehr zu sagen, wie es bei einem Abschied, der sich in die Länge zieht, meist der Fall ist; aber Schulzens Augen fuhren zu reden fort; sie ließen Christofs Gesicht nicht los, bis der Zug abging.

Der Wagen verschwand in einer Kurve. Schulz war wieder allein. Durch die schmutzige Allee kehrte er heim; mühsam schleppte er sich vorwärts: plötzlich fühlte er Müdigkeit, Kälte, die Trübsal des Regentages. Es wurde ihm sehr schwer, bis nach Hause und die Treppen hinaufzukommen. Kaum war er in seinem Zimmer, als er von einem Erstickungs- und Hustenanfall gepackt wurde. Salome kam ihm zu Hilfe. Mitten in seinem unwillkürlichen Stöhnen sagte er immer wieder:

„Welches Glück! – Welches Glück, daß es gewartet hat!"

Er fühlte sich sehr schlecht. Er legte sich nieder. Salome holte den Arzt. In seinem Bett fiel sein Körper haltlos zusammen; er hätte kein Glied mehr rühren können; nur seine Brust keuchte wie ein Blasebalg. Sein Kopf war schwer und fiebrig. Den ganzen Tag brachte er damit zu, Minute für Minute des verflossenen Tages noch einmal zu durchleben; so quälte er sich und warf sich gleich darauf vor, daß er sich nach solchem Glück beklagte. Die Hände ineinandergeschlungen, das Herz von Liebe geschwellt, dankte er Gott.

Christof kehrte, durch diesen Tag aufgeheitert und durch die Zärtlichkeit, die er hinter sich zurückließ, in sich selbst gefestigt, in seine Provinz zurück. Als seine Fahrkarte abgelaufen war, stieg er fröhlich aus und machte sich zu Fuß auf den Weg. Er hatte einige sechzig Kilometer zurückzulegen. Da er keine Eile hatte, streifte er wie ein Schuljunge umher. Es war April. Die Natur war noch ziemlich weit zurück. Die Blätter falteten sich an den Spitzen schwarzer Zweige wie kleine runzelige Hände auseinander; hier und da stand ein Apfelbaum in Blüte, und die wilden Rosen lächelten von den Hecken. Über entblättertem Wald, in dem ein feiner zartgrüner Flaum zu sprießen begann, ragte auf dem Gipfel einer Anhöhe, gleich der Trophäe auf einer Lanzenspitze, ein altes romanisches Schloß. In dem sanftblauen Himmel schwebten tiefschwarze Wolken. Ihre Schatten liefen über das frühlingshafte Land; Regenschauer strichen vorüber; dann kam die Sonne wieder zum Vorschein, und die Vögel sangen.

Christof merkte, daß er seit einigen Augenblicken an Onkel Gottfried dachte. Seit langem hatte er nicht an den armen Mann gedacht; und er fragte sich, warum sein Andenken gerade in diesem Augenblick sich ihm hartnäckig aufdrängte; während er durch eine Pappelallee an einem spiegelnden Kanal entlangging, war er wie behext davon, und so sehr verfolgte ihn das Bild, daß ihm bei der Biegung einer hohen Mauer war, als sähe er ihn auf sich zukommen.

Der Himmel hatte sich verdunkelt. Heftiger Hagel und Regen stürzte nieder, und in der Ferne grollte der Donner. Christof befand sich in der Nähe eines Dorfes, dessen rosa Fassaden und rote Dächer ihm zwischen Baumgruppen entgegenschimmerten. Er beschleunigte den Schritt und flüchtete sich unter das vorspringende Dach des ersten Hauses. Die Hagelkörner fielen dicht; sie schlugen auf den Dachziegeln auf und sprangen dann wie Bleikügelchen in die Straße hinab. In den Wagenspuren stand das Wasser bis zum Rand. Zwischen den Blütenhängen, über tiefblauen Wolken spannte ein Regenbogen sein grelleuchtendes Fahnenband.

Auf der Türschwelle stand ein junges Mädchen und strickte. Sie forderte Christof freundlich zum Eintreten auf.

Er nahm die Einladung an. Der Raum, den er betrat, diente gleichzeitig als Küche, Eßzimmer und Schlafstätte. Über einem Feuer im Hintergrund hing ein großer Kochkessel. Eine Bäuerin, die beim Gemüseputzen war, wünschte Christof einen guten Tag und forderte ihn auf, sich am Feuer zu trocknen. Das junge Mädchen holte eine Flasche und gab ihm zu trinken. Dann setzte sie sich an die andere Seite des Tisches, strickte weiter und beschäftigte sich nebenbei mit zwei Kindern, die sich damit vergnügten, sich gegenseitig Grashalme, jene, die man auf dem Lande *Spitzbuben* oder *kleine Savoyarden* nennt, in den Hals zu stecken. Sie knüpfte mit Christof eine Unterhaltung an. Nach einigen Augenblicken erst merkte er, daß sie blind war. Schön war sie nicht. Es war ein kräftiges Mädchen mit roten Wangen, weißen Zähnen und festen Armen; doch den Zügen fehlte es an Regelmäßigkeit; sie hatte das Lächeln und das etwas ausdruckslose Gesicht vieler Blinden und ebenso deren Sucht, von Dingen und Leuten so zu sprechen, als sähe sie sie. Im ersten Augenblick fragte sich Christof, ob sie sich über ihn lustig mache, als sie zu ihm sagte, daß er wohl aussähe und daß die Landschaft heute sehr hübsch sei. Nachdem er aber nacheinander die Blinde und deren Mutter angeschaut hatte, sah er, daß niemand erstaunt war. Die beiden Frauen fragten Christof freundschaftlich aus und erkundigten sich, woher er komme, welchen Weg er genommen habe. Die Blinde mischte sich mit etwas übertriebener Lebhaftigkeit in die Unterhaltung; sie stimmte Christofs Angaben über den Weg und die Felder zu oder machte Bemerkungen darüber. Natürlich trafen ihre Einwürfe nicht immer das Rechte. Aber sie schien sich einreden zu wollen, daß sie ebensogut sähe wie er.

Andere Mitglieder der Familie waren hereingekommen: ein stämmiger Bauer von einigen dreißig Jahren und seine junge Frau. Christof plauderte mit beiden; dabei schaute er zum Himmel, der sich aufklärte, und wartete auf den

Augenblick, um wieder weiterwandern zu können. Die Blinde summte eine Melodie vor sich hin, während die Nadeln ihres Strickzeugs weiterliefen. Diese Melodie rief in Christof alte Erinnerungen wach.

„Was! Sie kennen das auch?" sagte er.

(Gottfried hatte ihn die Weise früher einmal gelehrt.)

Er trällerte die Fortsetzung. Das junge Mädchen begann zu lachen. Sie sang die erste Hälfte der Sätze, und er machte sich den Spaß, sie zu beenden. Als er im Begriff war aufzustehen, um nach dem Wetter zu schauen, wobei er rings um das Zimmer ging und sein Blick mechanisch in alle Winkel drang, fiel ihm in einer Ecke neben dem Küchentisch ein Gegenstand in die Augen. Es gab ihm förmlich einen Ruck. Es war ein langer, gebogener Stab, dessen rohgeschnitzter Griff ein grüßendes Männchen in gebückter Haltung darstellte. Christof kannte ihn gut: als ganz kleines Kind hatte er schon damit gespielt. Er stürzte auf den Stock zu und fragte mit gepreßter Stimme:

„Woher haben Sie . . . Woher haben Sie das?"

Der Mann sah ihn an und sagte:

„Ein Freund hat es uns hinterlassen; ein alter Freund, der inzwischen gestorben ist."

Christof rief:

„Gottfried?"

Alle wandten sich ihm zu und sagten:

„Woher wissen Sie das?"

Und als Christof sagte, daß Gottfried sein Onkel gewesen sei, entstand allgemeine Aufregung. Die Blinde hatte sich erhoben; ihr Wollknäuel war durchs Zimmer gerollt; sie trat auf ihre Arbeit, hatte Christofs Hände erfaßt und sagte ganz ergriffen immer wieder:

„Sie sind sein Neffe?"

Alle sprachen zugleich. Christof fragte:

„Aber Sie, woher kennen Sie ihn?"

Der Mann erwiderte:

„Hier ist er gestorben."

Man setzte sich wieder; und als sich die Erregung ein wenig gelegt hatte, erzählte die Mutter, die inzwischen ihre Arbeit wieder aufgenommen hatte, daß Gottfried seit Jahren ins Haus gekommen sei; auf jedem seiner Streifzüge hatte er beim Kommen und Gehen hier haltgemacht. Bei seinem letzten Besuch – es war im vergangenen Juli – schien er sehr matt. Nachdem er seinen Packen abgeladen hatte, brauchte er eine ganze Weile, bis er ein Wort sprechen konnte; aber sie achteten gar nicht darauf, weil sie daran gewöhnt waren, daß er in solchem Zustand eintraf; man wußte ja, daß er kurzatmig war. Er klagte übrigens nicht. Niemals klagte er: in allen Unannehmlichkeiten fand er noch einen Grund zur Zufriedenheit. Hatte er eine aufreibende Arbeit vor, so freute er sich bei dem Gedanken, wie wohl er sich am Abend in seinem Bett fühlen würde; und litt er an irgend etwas, sagte er sich, wie gut er es haben würde, wenn die Beschwerde vorüber wäre . . .

„Und dabei ist es gar nicht recht, immer zufrieden zu tun“, fügte die gute Frau hinzu; „denn klagt man nicht, so bedauern einen die andern auch nie. Ich beklage mich immer.“

So hatte man also nicht acht auf ihn gegeben. Man hatte sogar über sein gutes Aussehen gescherzt, und Modesta – das war der Name der jungen Blinden – hatte ihm seinen Packen abgenommen und dabei gefragt, ob er denn niemals müde würde, wie ein Jüngling zu laufen. Statt jeder Antwort hatte er gelächelt; denn er konnte nicht sprechen. Er setzte sich auf die Bank vor der Tür nieder. Jeder ging wieder an seine Arbeit: die Männer aufs Feld, die Mutter in die Küche. Modesta stellte sich neben die Bank; sie lehnte mit ihrem Strickzeug in der Hand an der Tür und plauderte mit Gottfried. Er antwortete ihr nicht; sie erwartete keine Antwort und erzählte ihm alles, was sich seit seinem letzten Besuch ereignet hatte. Er atmete mühsam; und sie merkte, daß er Anstrengungen machte, zu sprechen. Anstatt sich zu beunruhigen, sagte sie ihm:

„Sprich nicht. Ruhe dich aus. Du kannst später reden ... Wie kann man sich nur so übermüden!"

Darauf sprach er nicht mehr. Sie nahm ihre Erzählung wieder auf und meinte, er höre zu. Er tat einen Seufzer und wurde dann still. Als die Mutter ein wenig später aus dem Haus trat, fand sie dort Modesta immer noch redend und auf der Bank den regungslosen Gottfried, dessen Kopf zurückgeworfen und dem Himmel zugewandt war: Seit einigen Minuten hatte Modesta zu einem Toten gesprochen. Nun verstand sie, daß der arme Mann bemüht gewesen war, ihr vor dem Sterben noch ein paar Worte zu sagen, und es nicht mehr vermocht hatte; also hatte er mit seinem traurigen Lächeln darauf verzichtet und die Augen im Frieden des Sommerabends geschlossen ...

Der Regen hatte aufgehört. Die Schwiegertochter ging in den Stall; der Sohn nahm seine Hacke und reinigte vor der Tür die Wasserrinne, die der Schmutz verstopft hatte. Modesta war schon beim Beginn der Erzählung verschwunden. Christof blieb mit der Mutter allein im Zimmer und schwieg bewegt. Die etwas schwatzhafte Alte konnte längeres Schweigen nicht ertragen; und sie begann, ihm die ganze Geschichte ihrer Bekanntschaft mit Gottfried zu erzählen. Sie lag schon lange zurück. Als sie ganz jung gewesen war, hatte Gottfried sie geliebt. Er wagte nicht, es ihr zu gestehen, aber man scherzte darüber; sie machte sich über ihn lustig, alle andern taten es auch. (Das war überall, wo er vorbeikam, so Gewohnheit.) Gottfried kam nichtsdestoweniger jedes Jahr treu wieder zurück. Er fand es natürlich, daß man sich über ihn lustig machte, natürlich, daß sie ihn nicht liebte, natürlich, daß sie sich verheiratete und mit einem andern glücklich wurde. Allzu glücklich wurde sie, allzusehr hatte sie sich ihres Glückes gerühmt: Da kam das Unglück. Ihr Mann starb plötzlich. Dann verlor ihre Tochter – ein schönes, gesundes, kräftiges Mädchen, das von aller Welt bewundert wurde und das sich gerade mit dem reichsten Bauernsohn der Umgebung verheiraten wollte –

infolge eines Unfalls das Augenlicht. Als sie eines Tages auf den großen Birnbaum hinter dem Haus gestiegen war, um Früchte zu pflücken, war die Leiter ausgerutscht; sie fiel, und ein geknickter Zweig traf sie hart neben dem Auge. Man glaubte zuerst, sie würde mit einer Narbe davonkommen; aber seitdem litt sie unaufhörlich an stechenden Schmerzen in der Stirn: ein Auge trübte sich, dann das andere; alle Pflege war vergeblich. Natürlich war es mit der Heirat nichts. Der Zukünftige verdrückte sich ohne weitere Erklärung; und von allen Burschen, die einander einen Monat vorher um einen Walzer mit ihr halbtot geschlagen hätten, hatte nicht einer den Mut – was ganz verständlich ist –, sich eine Kranke aufzuladen. Da war die bisher sorglose und lachlustige Modesta in solche Verzweiflung verfallen, daß sie sterben wollte. Sie verweigerte die Nahrung und weinte von morgens bis abends; selbst noch des Nachts hörte man sie in ihrem Bett jammern. Man wußte nicht mehr, was tun, und konnte nur mit ihr unglücklich sein; sie aber weinte dann nur um so mehr. Schließlich wurde man ihrer Klagen überdrüssig; da fuhr man sie an, und sie redete davon, sich in den Kanal stürzen zu wollen. Manchmal kam der Pastor; er sprach mit ihr vom lieben Gott, von den ewigen Dingen und dem Verdienst, das sie sich für die andere Welt erwürbe, wenn sie ihr Leid trüge; aber das tröstete sie nicht im mindesten. Eines Tages kam Gottfried wieder. Modesta war niemals sehr gut zu ihm gewesen. Nicht etwa, weil sie von Natur böse gewesen wäre; aber sie war hochmütig, und dann – sie dachte nicht viel nach, sie lachte gern; es gab keinen Streich, den sie ihm nicht gespielt hätte. Als er von ihrem Unglück hörte, war er fassungslos. Aber er zeigte ihr nichts davon. Er setzte sich neben sie, deutete mit keinem Wort auf ihren Unfall und fing ruhig, wie er es vordem getan hatte, mit ihr zu plaudern an. Kein Wort des Bedauerns hatte er für sie; es war, als merke er nicht einmal, daß sie blind sei. Nur sprach er nie mit ihr von irgend etwas, was sie nicht sehen konnte;

er sprach ihr von alledem, was sie in ihrem Zustand hören oder merken konnte; und er tat das ganz einfach wie etwas Selbstverständliches; man hätte meinen können, daß auch er blind sei. Zuerst hörte sie nicht zu und fuhr fort zu weinen. Am nächsten Tage aber lauschte sie schon besser und sprach sogar ein wenig mit ihm ...

„Ich weiß nicht recht", fuhr die Mutter fort, „was er ihr wohl gesagt haben mag; denn wir hatten mit dem Heu zu tun, und ich fand nicht Zeit, mich um sie zu kümmern. Abends jedoch, als wir von den Feldern heimkehrten, haben wir sie in ruhigem Plaudern gefunden. Und seitdem wurde es immer besser mit ihr. Es war, als vergäße sie ihr Übel. Von Zeit zu Zeit überfiel es sie wohl noch: sie weinte vor sich hin oder versuchte auch mit Gottfried von Traurigem zu reden; der aber tat, als höre er es nicht, und fuhr fort, bestimmt, fast heiter über Dinge mit ihr zu sprechen, die sie beruhigten und interessierten. Endlich brachte er sie dazu, außerhalb des Hauses, das sie seit dem Unfall nicht verlassen hatte, umherzugehen. Zuerst ließ er sie ein paar Schritte um den Garten herum machen, dann weitere Wege, die Felder entlang. Und jetzt ist sie so weit, daß sie sich überall zurechtfindet und alles unterscheidet, als ob sie sähe. Sie merkt sogar manches, worauf wir nicht achten; und an allem nimmt sie Anteil, sie, die vorher für nicht viel anderes als die eigene Person Sinn hatte. Damals blieb Gottfried länger als gewöhnlich bei uns. Wir wagten nicht, ihn um Aufschub seiner Abreise zu bitten; aber er blieb von selbst, bis er sie ruhiger sah. Und eines Tages – sie war dort, im Hof – hörte ich sie lachen. Ich kann Ihnen nicht beschreiben, wie mir zumute war. Gottfried schaute auch ganz zufrieden drein. Er saß neben mir. Wir haben uns angesehen, und da – ich schäme mich nicht, es Ihnen zu sagen, Herr Krafft – habe ich ihn geküßt, und von ganzem Herzen. Darauf hat er mir gesagt:

‚Jetzt, glaube ich, kann ich fortgehen. Man braucht mich nicht mehr.'

Ich habe versucht, ihn zurückzuhalten. Aber er meinte: ‚Nein, jetzt muß ich weiter. Ich kann nicht mehr bleiben.' Jedermann wußte, daß er wie der Ewige Jude war: er konnte nicht an ein und demselben Ort wohnen bleiben. So bestand man nicht darauf. Er zog also davon; aber er richtete es ein, daß er öfters hier vorbeikam; und das war jedesmal eine große Freude für Modesta: stets wenn er hiergewesen war, ging es mit ihr besser. Sie beschäftigt sich jetzt wieder in der Wirtschaft; ihr Bruder hat geheiratet; sie kümmert sich um die Kinder; und jetzt beklagt sie sich niemals mehr und macht immer ein zufriedenes Gesicht. Manchmal frage ich mich, ob sie ebenso glücklich wäre, wenn sie ihre beiden Augen hätte. Ja, wirklich, lieber Herr, es kommen Tage, an denen man meint, man wäre besser daran, wenn man wie sie wäre; man brauchte dann manche häßlichen Menschen und manches Böse nicht mit anzusehen. Die Welt wird immer schlechter; von Tag zu Tag wird es schlimmer ... Immerhin möchte ich um alles nicht, daß mich der liebe Gott beim Wort nähme; und aufrichtig gesprochen, ich selbst will ja lieber weiter die Welt sehen, häßlich, wie sie nun einmal ist ..."

Modesta erschien wieder, und man sprach von etwas anderem. Christof wollte jetzt, da das Wetter wieder schön war, weiterwandern; aber das gaben sie nicht zu. Er mußte das Abendbrot mit ihnen einnehmen und die Nacht über bleiben. Modesta setzte sich neben Christof und wich während des ganzen Abends nicht von ihm. Er hätte mit dem jungen Mädchen, dessen Schicksal ihn mitleidig bewegte, gern vertraulicher gesprochen. Aber sie gab ihm keine Gelegenheit dazu. Sie versuchte nur, ihn über Gottfried auszufragen. Als Christof ihr einiges mitteilte, was sie noch nicht wußte, war sie zufrieden und gleichzeitig ein wenig eifersüchtig. Sie selbst erzählte nur ungern von Gottfried; man fühlte, daß sie nicht alles sagte, oder wenn sie etwas sagte, bereute sie es sofort: ihre Erinnerungen waren ihr

Eigentum, sie mochte sie mit keinem andern teilen. In ihrer Anhänglichkeit empfand sie mit der Herbheit einer ihrem Heimatboden verwachsenen Bäuerin. Der Gedanke, daß jemand Gottfried ebensosehr liebe wie sie, war ihr unangenehm. Sie wollte es freilich auch nicht glauben; Christof las in ihr und ließ ihr diese Genugtuung. Während er ihr zuhörte, merkte er, daß sie sich, obgleich sie Gottfried früher mit unduldsamen Augen angesehen hatte, seit ihrer Erblindung von ihm ein Bild machte, das der Wirklichkeit in nichts entsprach. Auf dies Phantom übertrug sie das ganze in ihr lebende Liebesbedürfnis. Nichts hatte dieser Phantasiearbeit widersprochen. Mit der furchtlosen Sicherheit von Blinden, die, was sie nicht wissen, seelenruhig erfinden, sagte sie zu Christof:

„Sie sehen ihm ähnlich."

Er begriff, daß sie seit Jahren daran gewöhnt war, in einem Haus mit verschlossenen Läden zu leben, in das die Wirklichkeit nicht mehr eindrang. Und jetzt, da sie gelernt hatte, in dem sie umgebenden Dunkel zu sehen, vielleicht sogar das Dunkel zu vergessen, hätte ihr ein Lichtstrahl, der in ihre Finsternis drang, vielleicht Furcht eingeflößt. Sie rief in einem zusammenhanglosen, lächelnden Gespräch mit Christof eine Menge kleiner, ein wenig alberner Nichtigkeiten wach, bei denen er nicht auf seine Rechnung kam. Er ärgerte sich über dies Geschwätz, er konnte nicht verstehen, daß ein Wesen, das soviel gelitten hatte, nicht mehr Ernst aus seinem Schmerz geschöpft habe und an solchen Oberflächlichkeiten Gefallen finden könne; von Zeit zu Zeit machte er den Versuch, von ernsteren Dingen zu reden; aber sie fanden keinerlei Echo: Modesta konnte – oder wollte – ihnen nicht folgen.

Man ging zu Bett. Christof konnte lange nicht einschlafen. Er gedachte Gottfrieds und zwang sich, sein Bild aus den kindischen Erinnerungen Modestas zu lösen. Es gelang ihm nur mit Mühe, und er ärgerte sich darüber. Sein Herz zog sich bei dem Gedanken zusammen, daß sein Onkel hier gestorben war, daß sein Leib wahrscheinlich in diesem Bett geruht hatte. Er versuchte, die Angst seiner letzten Augenblicke in sich aufleben zu lassen, als er nicht mehr sprechen und sich der Blinden nicht verständlich machen konnte und die Augen zum Sterben geschlossen hatte. Wie gern hätte er diese Lider gehoben, die Gedanken, die sich unter ihnen verbargen, gelesen, das Mysterium dieser Seele geschaut, die hinweggegangen war, ohne sich ganz erkennen zu lassen, ohne sich vielleicht selbst zu kennen! Sie hatte es nicht versucht; ihre ganze Weisheit war gewesen, die Weisheit nicht zu wollen, den Dingen nie den eigenen Willen aufzwingen zu wollen, sondern sich ihrem Lauf zu überlassen, sie hinzunehmen und zu lieben. So hatte Gottfried ihr geheimnisvolles Wesen in sich aufgenommen; und wenn er der Blinden, Christof und sicher noch vielen anderen, von denen man nie etwas erfahren würde, soviel Gutes getan hatte, so kam es daher, weil er, anstatt gewohnte Worte menschlicher Auflehnung gegen die Natur im Munde zu führen, den Frieden der Natur und die Versöhnung in sich trug. So wirkte er wohltuend wie Felder und Wälder ... Christof beschwor das Andenken der mit Gottfried auf offenem Felde verlebten Abende herauf, seiner Kinderspaziergänge, der nächtlichen Erzählungen und Lieder. Er gedachte des letzten Ganges, den er mit dem Onkel an einem verzweiflungsvollen Wintermorgen auf den Hügel, von dem man auf die Stadt niedersah, gemacht hatte; die Tränen traten ihm in die Augen. Er wollte nicht schlafen, nichts wollte er von dieser heiligen Nachtwache in dem kleinen, von Gottfrieds Seele erfüllten Ort verlieren, in den ihn seine Schritte geführt hatten. Aber während er dem Rauschen des Brunnens, der in unregelmäßigen Stößen floß, und dem spitzen Schrei der Fledermäuse lauschte, siegte die gesunde Jugendmüdigkeit über seinen Willen; und der Schlaf übermannte ihn.

Als er erwachte, schien die Sonne; jedermann auf dem Hof war schon an der Arbeit. In dem unteren Raum fand er nur die Alte und die Kleinen vor. Das junge Paar war auf den Feldern, und Modesta war melken gegangen; man suchte vergeblich nach ihr. Christof wollte ihre Rückkehr nicht abwarten; im Grunde lag ihm wenig daran, sie wiederzusehen, und so sagte er, daß er Eile habe. Nachdem er der guten Frau Grüße für die andern aufgetragen hatte, machte er sich auf den Weg.

Er hatte das Dorf hinter sich, als er bei einer Wegbiegung zu Füßen einer Weißdornhecke die Blinde auf einem Meilenstein sitzen sah. Beim Geräusch seiner Schritte stand sie auf, kam lächelnd auf ihn zu, nahm ihn bei der Hand und sagte:

„Kommen Sie!"

Sie stiegen quer über Wiesen empor bis zu einem beschatteten, blühenden, ganz mit Kreuzen übersäten Feld, welches das Dorf beherrschte. Sie führte ihn zu einem Grabe und sagte:

„Das ist es."

Sie knieten nieder. In Christof erwachte die Erinnerung an ein anderes Grab, an dem er mit Gottfried gekniet hatte, und er dachte:

Bald ist die Reihe an mir!

Doch dieser Gedanke hatte in diesem Augenblick nichts Trauriges. Tiefer Friede entströmte der Erde. Christof beugte sich über das Grab und rief Gottfried ganz leise zu:

„Kehr ein in mich!"

Modesta bewegte mit gefalteten Händen schweigend die Lippen und betete. Dann rutschte sie knieend rings um das Grab, wobei ihre Hände das Gras und die Blumen berührten; sie schien sie zu liebkosen; ihre klugen Finger sahen; sie pflückten sanft tote Efeuzweige und verwelkte Veilchen ab. Um aufzustehen, stützte sie ihre Hand auf den Grabstein; Christof bemerkte, wie ihre Finger flüchtig über Gottfrieds Namen glitten und dabei jeden Buchstaben streiften. Sie sagte:

„Heut ist die Erde lind."

Sie streckte ihm die Hand hin; er gab ihr die seine. Sie ließ ihn die feuchte, laue Erde fühlen. Er ließ ihre Hand nicht los; ihre verschlungenen Hände wühlten sich in den Boden. Er küßte Modesta. Sie küßte seine Lippen.

Beide standen auf. Sie reichte ihm ein paar frische Veilchen, die sie gepflückt hatte, und barg die verwelkten an ihrer Brust. Nachdem sie ihre Knie abgestäubt hatten, verließen sie wortlos den Kirchhof. In den Feldern sangen die Lerchen. Weiße Schmetterlinge tanzten um ihre Häupter. Sie setzten sich auf einer Wiese nieder. Aus dem Dorf stiegen die Rauchsäulen ganz gerade in den regengewaschenen Himmel auf. Der reglose Kanal schimmerte zwischen den Pappeln. Ein blau leuchtender Dunst hüllte wie Flaum Wiesen und Wälder ein.

Nach einigem Stillschweigen sprach Modesta halblaut von der Schönheit des Tages, als sähe sie ihn. Mit halboffenen Lippen trank sie die Luft; sie belauschte das Geräusch von Wesen und Dingen. Auch Christof kannte den Wert dieser Musik. Er faßte in Worte, was sie dachte – in Worte, die sie nicht finden konnte. Er nannte manche Laute, manch unmerkliches Säuseln, das man unterm Grase oder in den Höhen der Luft vernahm, mit Namen. Sie sagte zu ihm:

„Ach! Sehen Sie das auch?"

Er antwortete, daß Gottfried ihn gelehrt habe, das alles zu unterscheiden.

„Sie auch?"

Es klang ein wenig gekränkt. Er war versucht, zu ihr zu sagen:

Seien Sie doch nicht eifersüchtig.

Aber er sah das göttliche Licht, das rings um sie lächelte, er betrachtete ihre toten Augen und wurde von Mitleid durchdrungen.

„Also", fragte er, „war es Gottfried, der Sie gelehrt hat?"

Sie bejahte und sagte, daß sie jetzt alles mehr genieße als früher ... (Sie sagte nicht, wann dieses „früher" war; sie vermied die Worte „Augen" und „blind".)

Einen Augenblick schwiegen sie. Christof schaute sie voller Mitgefühl an. Sie fühlte seinen Blick. Er hätte ihr gern gesagt, wie sehr er sie bedauerte, er hätte gewünscht, daß sie sich ihm anvertraute. Herzlich fragte er:

„Waren Sie nicht sehr unglücklich?"

Sie blieb stumm und steif. Sie riß Grashalme aus und kaute sie schweigend. Nach einigen Augenblicken – der Lerchensang verschwebte im Himmel – erzählte Christof, auch er sei unglücklich gewesen und Gottfried habe ihm geholfen. Er sprach von all seinen Kümmernissen, seinen Prüfungen, als denke er laut. Das Gesicht der Blinden hellte sich bei der Erzählung auf, und sie folgte mit gespannter Aufmerksamkeit. Christof beobachtete sie und sah, daß sie nahe daran war, zu reden; sie machte eine Bewegung, als wollte sie ihm näher rücken und ihm die Hand reichen. Auch er näherte sich ihr; aber schon hatte sie sich wieder in ihre Unzugänglichkeit zurückgezogen; und als er geendet hatte, erwiderte sie auf seine Erzählung nur mit ein paar nichtssagenden Worten. Hinter ihrer faltenlosen, gewölbten Stirn fühlte man einen kieselharten Bauerntrotz. Sie sagte, sie müsse nun nach Haus zurück, um nach den Kindern und ihrem Bruder zu sehen, und sie sprach mit lächelnder Ruhe davon.

Er fragte:

„Sind Sie glücklich?"

Sie schien es noch mehr zu sein, als ihr Ton ausdrückte. Sie bejahte und hob die Gründe hervor, die sie zum Glücklichsein habe, und versuchte ihn davon zu überzeugen; sie sprach von den Kindern, vom Hause, von ihrem Tun ...

„O ja", sagte sie, „ich bin sehr glücklich!"

Sie stand zum Fortgehen auf; auch er erhob sich. In gleichmütigem, fröhlichem Ton sagten sie sich Lebewohl. Die Hand Modestas zitterte ein wenig in der Christofs. Sie sagte:

„Sie haben heute schönes Wanderwetter."

Und sie gab ihm ein paar Vorsichtsmaßregeln für eine Wegkreuzung, an der man sich nicht irren dürfe.

Sie trennten sich. Er stieg den Hügel hinab. Als er unten war, drehte er sich um. Sie stand auf dem Hügel am selben Platz, winkte mit dem Taschentuch und machte ihm Zeichen, als sähe sie ihn.

In der Hartnäckigkeit, mit der sie ihr Unglück verneinte, war etwas Heroisches und Lächerliches zugleich, was Christof rührte und ihm peinlich war. Er fühlte, wie sehr Modesta Mitleid, ja selbst Bewunderung verdiente; und doch hätte er nicht zwei Tage mit ihr zusammen leben können.

Während er zwischen erblühten Hecken seines Weges weiterging, dachte er auch an den lieben alten Schulz, an seine klaren, zärtlichen Greisenaugen, vor denen so viele Kümmernisse vorbeigezogen waren, die sie nicht sehen wollten, die sie in ihrer verletzenden Wirklichkeit auch nicht sahen.

Wie sieht er mich selber? fragte er sich. Ich bin so anders als die Vorstellung, die er sich von mir macht! Ich bin für ihn der, den er in mir sehen will. Alles ist seinem Bilde nachgeschaffen, rein und edel wie er. Er könnte das Leben nicht ertragen, wenn er es sähe, wie es ist!

Und er gedachte des Mädchens, das, in Finsternis gehüllt, die Finsternis leugnete und sich überreden wollte, daß das, was war, nicht war, und das, was nicht war, war.

Da sah er die Größe des deutschen Idealismus, den er so oft gehaßt hatte, weil er den minderwertigen Seelen eine Quelle von Heuchelei und Albernheit wird. Er sah die Schönheit dieses Glaubens, der sich eine Welt inmitten der Welt und verschieden von ihr schafft, wie eine Insel im Ozean. – In sich selbst aber konnte er diesen Glauben nicht ertragen; ihm widerstrebte es, auf diese Toteninsel zu flüchten ... Leben! Wahrheit! Er wollte kein Held der Lüge sein. Vielleicht war diese optimistische Lüge schwachen Wesen zum Leben wirklich nötig; und Christof hätte es als Verbrechen empfunden, diesen Unglücklichen die stützende Illusion zu rauben. Vor sich selber aber hätte er solche Ausflüchte nicht brauchen können: lieber wollte er sterben als von Einbildungen leben ... War denn aber die Kunst nicht auch eine Einbildung? – Nein, sie durfte es nicht sein. Wahrheit! Wahrheit! Mit weitoffenen Augen durch alle Poren den allmächtigen Atem des Lebens einsaugen, die Dinge sehen, wie sie sind, seinem Mißgeschick ins Angesicht schauen – und lachen!

Mehrere Monate vergingen. Christof hatte jede Hoffnung aufgegeben, aus seiner Vaterstadt herauszukommen. Der einzige, der ihn hätte retten können, Haßler, hatte ihm seine Hilfe verweigert. Und die Freundschaft des alten Schulz war ihm nur geschenkt worden, um ihm gleich wieder genommen zu werden.

Nach seiner Rückkehr hatte er ihm einmal geschrieben; darauf hatte er zwei herzliche Briefe erhalten; in einer Art Müdigkeit aber, vor allem jedoch infolge seiner Schwerfälligkeit, sich schriftlich auszudrücken, zögerte er immer wieder, für die lieben Worte zu danken; von Tag zu Tag schob er die Antwort hinaus. Und als er sich endlich zum Schreiben entschloß, bekam er durch Kunz die Nachricht vom Tode seines alten Gefährten. Schulz habe einen Rückfall seiner Bronchitis bekommen, schrieb er, der sich zur Lungenentzündung verschlimmert hatte; er hätte verboten, daß man Christof beunruhigte, doch hätte er ohne Unterlaß von ihm gesprochen. Trotz äußerster Schwäche, trotz jahrelanger Krankheit war ihm ein langes und schweres Ende nicht erspart geblieben. Kunz hatte er damit beauftragt, Christof die Nachricht zu übermitteln; er sollte ihm sagen, daß er bis zur letzten Stunde an ihn gedacht habe, daß er ihm für alles Glück, das er ihm schulde, danke und daß sein Segen, solange Christof lebe, ihn begleiten werde. – Was Kunz nicht sagte, war, daß der mit Christof verlebte Tag wahrscheinlich die Veranlassung zu dem Rückfall und die Todesursache geworden war.

Christof weinte in der Stille und fühlte nun erst den ganzen Wert des Freundes, der ihm verloren war, fühlte, wie sehr er ihn geliebt hatte; er litt, wie es immer ist, weil er es ihm nicht noch mehr gezeigt hatte. Jetzt war es zu spät. Und was blieb ihm? Der gute Schulz war gerade nur in sein Leben getreten, um nun, da er nicht mehr war, die Leere noch leerer erscheinen zu lassen. Kunz und Pottpetschmidt aber hatten nur durch die Freundschaft, die sie für Schulz empfunden hatten, und durch die, welche Schulz für sie gefühlt hatte, für ihn einen Wert. Christof schrieb ihnen einmal, und dabei blieb es. – Er versuchte auch an Modesta zu schreiben; aber sie ließ ihm mit einem nichtssagenden Brief antworten, in dem sie nur über Gleichgültiges sprach. So verzichtete er darauf, die Verbindung aufrechtzuerhalten. Er schrieb an niemand mehr, und niemand schrieb mehr an ihn.

Schweigen. Schweigen. Von Tag zu Tag schlug der schwere Mantel des Schweigens mehr über Christof zusammen. Wie ein Aschenregen fiel es auf ihn nieder. Der Abend schien schon zu kommen; und Christof fing kaum erst zu leben an, noch wollte er nicht verzichten. Die Schlafenszeit war noch nicht da. Er mußte leben.

Und in Deutschland konnte er nicht mehr leben. Sein Genie wurde von der Enge der kleinen Stadt bedrückt, und die Qual darüber brachte ihn bis zur Ungerechtigkeit gegen sie auf. Seine Nerven lagen bloß; alles verwundete ihn bis aufs Blut. Er war wie eins jener bejammernswerten Raubtiere, die in den Löchern und Käfigen, in die man sie im *Stadtgarten** eingesperrt hatte, vor Langeweile langsam zugrunde gingen. Er besuchte sie aus Mitgefühl öfters; er betrachtete ihre wundervollen Augen, in denen wilde, verzweifelte Flammen brannten, die täglich mehr und mehr verloschen. Ach! Wie sehr hätten sie den brutalen befreienden Flintenschuß geliebt! Alles eher als die grausame

Gleichgültigkeit dieser Menschen, die ihnen zu leben und zu sterben verwehrten!

Das Niederdrückendste für Christof aber war nicht die Feindseligkeit der Leute: es war ihre haltlose Natur, die ohne Gestalt und ohne Tiefe war. Da ist der verbohrte Widerstand eines jener dick- und hartschädeligen Geschlechter noch besser, die keinen neuen Gedanken begreifen wollen. Gegen Kraft gebraucht man Kraft: Hacke und Mine, die den Fels schleifen und sprengen. Was aber soll man gegen eine gestaltlose Masse ausrichten, die wie Gallert nachgibt, bei leisester Berührung einsinkt und doch keinen Eindruck bewahrt? Alle Gedanken, alle Energien, alles verschwindet in dem Schlammloch; kaum daß, wenn ein Stein hinunterstürzt, ein leichtes Zittern über die Oberfläche des Schlundes rieselt; der Rachen öffnet sich, schließt sich wieder – und von dem, was war, bleibt nicht die geringste Spur.

Feinde waren das nicht. Wären es nur in Gottes Namen Feinde gewesen! Aber es waren Leute, die weder die Kraft zu lieben noch zu hassen hatten, weder zu glauben noch nicht zu glauben – sei es in Religion, in Kunst, in Politik, im täglichen Leben: ihre ganze Kraft gab sich in dem Versuch aus, das Unvereinbare zu vereinen. Besonders seit den deutschen Siegen taten sie alles, um Kompromisse zu schließen, einen widerlichen Mischmasch aus neuer Macht und alten Grundsätzen zustande zu bringen. Auf den alten Idealismus wollte man nicht verzichten: Das wäre eine Tat des Freimuts gewesen, zu der man nicht fähig war. Man hatte sich, um ihn den deutschen Interessen dienstbar zu machen, damit begnügt, ihn zu verfälschen. Man folgte dem Beispiel des heiteren und doppelzüngigen Hegel, der Leipzig und Waterloo abgewartet hatte, um den Grundgedanken seiner Philosophie dem preußischen Staat anzupassen – und änderte jetzt, nachdem die Interessen andere geworden waren, auch die Prinzipien. War man geschlagen, so sagte man, Deutschlands Ideal sei die Menschheit. Jetzt, da man die andern schlug, hieß es, Deutschland sei das Ideal der Menschheit. Solange die anderen Länder die mächtigeren waren, sagte man mit Lessing: ... *die Liebe des Vaterlandes ... scheint mir aufs höchste eine heroische Schwachheit, die ich recht gern entbehre.* Und man nannte sich *Weltbürger.* Jetzt, da man den Sieg davontrug, konnte man nicht genug Verachtung für die *französischen* Utopien aufbringen, als da sind Weltfrieden, Brüderlichkeit, friedlicher Fortschritt, Menschenrechte, natürliche Gleichheit; man sagte, das stärkste Volk habe den andern gegenüber ein absolutes Recht, während die andern als die Schwächeren ihm gegenüber rechtlos seien. Es schien der lebendige Gott und der fleischgewordene Geist zu sein, dessen Fortschritt sich durch Krieg, Gewalttat und Unterdrückung vollzog. Die Macht war jetzt, da man sie auf seiner Seite hatte, heiliggesprochen. Macht war jetzt der Inbegriff alles Idealismus und aller Vernunft geworden.

Um der Wahrheit die Ehre zu geben, muß man sagen, daß Deutschland jahrhundertelang so sehr darunter gelitten hatte, Idealismus ohne Macht zu besitzen, daß es nach so vielen Prüfungen wohl entschuldbar war, wenn es jetzt das traurige Geständnis ablegte, es bedürfe vor allem der Macht. Wieviel verborgene Bitterkeit aber lag in solchem Bekenntnis des Volkes eines Herder und Goethe! Und welch Verzicht, welche Erniedrigung des deutschen Ideals lag in diesem deutschen Sieg! – Und, ach, dieser Verzicht fand nur allzuviel Entgegenkommen in der beklagenswerten Neigung der besten Deutschen, sich unterzuordnen.

Was den Deutschen charakterisiert, sagte Möser schon vor mehr als einem Jahrhundert, *ist der Gehorsam.*

Und Frau von Staël:

Sie parieren ordentlich. Sie nehmen philosophische Vernunftgründe zu Hilfe, um das Unphilosophischste auf der Welt zu erklären: den Respekt vor der Macht und die Gewöhnung an Furcht, die den Respekt in Bewunderung verwandelt.

Christof fand dies Gefühl beim Größten und beim Kleinsten in Deutschland wieder, von Schillers *Wilhelm Tell* an – dem bedächtigen kleinen Spießbürger mit den Lastträgermuskeln, der, wie der freie Jude Börne sagt, *um Ehre und Angst miteinander in Einklang zu bringen, vor dem Pfahl des „lieben Herrn“ Geßler mit gesenkten Augen vorbeigeht, damit er sich darauf berufen könne, daß der nicht ungehorsam ist, welcher den Hut nicht sah* – bis hinauf zu dem ehrenwerten siebzigjährigen Professor Weiße, einem der meistgeachteten Gelehrten der Stadt, der, wenn ein Herr Leutnant an ihm vorüberkam, ihm eilfertig den Fußsteig überließ und auf den Fahrdamm hinunterging. Christofs Blut kochte, wenn er Zeuge solcher täglichen kleinen Beweise knechtischer Unterwürfigkeit wurde. Er litt darunter, als habe er sich selbst erniedrigt. Das hochmütige Benehmen der Offiziere, denen er auf der Straße begegnete, und ihre herausfordernde Steifheit versetzten ihn in dumpfe Wut; ganz auffällig zeigte er, daß er keinen Schritt tat, um ihnen Platz zu machen, und erwiderte im Vorübergehen ihre anmaßenden Blicke. Mehr als einmal hätte er sich dadurch beinahe Händel zugezogen; fast sah es aus, als suche er sie. Und doch war er der erste, die gefährliche Überflüssigkeit solcher Kraftprotzereien zu durchschauen; für Augenblicke aber verwirrte sich sein gesundes Fühlen: der fortwährende Zwang, den er sich selbst auferlegte, und seine robusten Kräfte, die sich ansammelten und sich gar nicht ausgaben, machten ihn wütend. Dann war er bereit, jede Dummheit zu begehen; und er hatte das Gefühl, er würde verloren sein, bliebe er nur noch ein Jahr hier. Er haßte den brutalen Militarismus, den er auf sich lasten fühlte, all diese Säbel, die auf dem Pflaster klangen, diese Gewehrpyramiden und die vor den Kasernen aufgestellten Kanonen, die mit ihren gegen die Stadt gerichteten Mündungen schußbereit dastanden. Zur selben Zeit machten Skandalromane großen Lärm, welche die Verlotterung mancher Garnisonen aufdeckten; die Offiziere waren darin als bösartige Wesen dargestellt, die außerhalb ihres Automatenberufes nichts anderes kannten als Müßiggehen, Trinken, Spielen, Schuldenmachen, sich erhalten lassen, sich untereinander Böses nachsagen und ihre Macht von oben bis unten durch die ganze Hierarchie hindurch den Untergebenen gegenüber mißbrauchen. Der Gedanke, daß er eines Tages gezwungen sein würde, ihnen zu gehorchen, würgte Christof an der Kehle. Das würde er nicht aushalten, niemals würde er ihre Demütigungen und Ungerechtigkeiten ertragen können und sich vor ihren Augen dadurch erniedrigen ... Er ahnte nicht, welche sittliche Größe in manchen von ihnen lebte, wußte nichts von dem, was sie selber zu tragen hatten: ihre verlorenen Illusionen, ihre schlecht angewandte, verschleuderte Kraft, Jugend, Ehre, ihren Glauben und glühenden Aufopferungsdurst – die ganze Widersinnigkeit einer Karriere, die, wenn sie nur Karriere ist, wenn sie nicht die Selbstaufopferung zum Ziel hat, ein trübseliges Treiben bleibt, eine alberne Parade, ein Ritual, das man ohne Glauben herunterbetet ...

Das Vaterland genügte Christof nicht mehr. Er fühlte jene unbekannte Kraft in sich, die gleich Ebbe und Flut zu bestimmten Zeiten plötzlich und unwiderstehlich in manchen Vogelarten erwacht: den großen Wandertrieb. Als er Herders und Fichtes Werke las, die der alte Schulz ihm hinterlassen, fand er Seelen wie seine – nicht *Söhne der Erde,* die knechtisch an der Scholle haften, sondern *Geister, Söhne der Sonne,* die sich unbesiegbar dem Lichte zuwenden.

Wohin sollte er gehen? Er wußte es nicht. Aber seine Augen schauten nach dem lateinischen Süden. Und zuallererst nach Frankreich. Nach Frankreich, der ewigen Zuflucht aus deutscher Wirrnis. Wie oft hatte deutsches Denken es nicht in Anspruch genommen, ohne doch je aufzuhören, ihm Böses nachzusagen! Welche unendliche Anziehungskraft entströmte selbst nach siebzig immer noch der Stadt, die unter deutschen Kanonen in Trümmern und Rauch gelegen hatte! Die revolutionärsten wie die rückständigsten Denk- und Kunstformen hatten in ihr abwechselnd und manchmal gleichzeitig Vorbilder oder Anregungen gefunden. Und so wandte sich auch Christof, wie so viele andere deutsche Musiker in ihrer Verzweiflung, Paris zu ... Was kannte er von Frankreich? – Zwei Frauengesichter und ein paar zufällig gelesene Bücher. Das genügte ihm, um sich ein Land des Lichts vorzustellen, voll Heiterkeit, Heldentum, sogar ein wenig gallischer Großmannssucht, die der herzenskühnen Jugend nicht schlecht steht. Er glaubte daran, weil er dieses Glaubens bedurfte, weil er mit ganzer Seele wünschte, daß es so sei.

Er war zum Fortgehen entschlossen. Aber seiner Mutter wegen konnte er nicht fort.

Luise alterte. Ihr Sohn ging ihr über alles; er war ihre ganze Freude; und sie war der Inbegriff dessen, was er auf Erden liebte. Und doch litten sie aneinander. Sie verstand Christof kaum und bemühte sich nicht darum: sie wollte ihn nur lieben. Ihr Geist war beschränkt, schüchtern, dunkel; dafür besaß sie ein wundervolles Herz, ein unendliches Bedürfnis, zu lieben und geliebt zu werden; das hatte etwas Rührendes und Bedrückendes. Sie hatte Respekt vor ihrem Sohn, weil er ihr sehr gelehrt schien; aber sie tat alles, um sein Künstlertum zu ersticken. Sie dachte, er würde sein ganzes Leben bei ihr in der kleinen Stadt bleiben. Seit Jahren lebten sie zusammen; und sie konnte sich nicht vorstellen, daß es nicht immer so weitergehen würde. So war sie glücklich: Wie hätte sie es nicht sein sollen? Alle ihre Träume für ihn reichten nicht weiter, als ihn die Tochter eines angesehenen Bürgers der Stadt heiraten zu sehen, ihn sonntags die Orgel in seiner Kirche spielen zu hören und ihn nie zu verlassen. Für sie war ihr Junge immer noch zwölf Jahre alt; sie hätte ihn am liebsten nie älter gehabt.

Unschuldig quälte sie den unglücklichen jungen Mann, der unter diesem engen Horizont erstickte.

Und dennoch lag viel Wahres, lag sittliche Größe in dieser unbewußten Philosophie der Mutter, die den Ehrgeiz nicht verstehen kann, der alles Glück des Lebens in Familienliebe und der Erfüllung bescheidener Pflichten beschlossen liegt. Sie war eine Seele, die lieben wollte, nichts als lieben. Eher auf das Leben, auf Vernunft, Logik, auf die Welt, auf alles verzichten als auf Liebe! Und diese Liebe war unendlich, flehend, fordernd; sie gab alles und wollte alles; sie verzichtete aufs Leben, um zu lieben, und forderte den Verzicht von den andern, den Geliebten. Liebeskraft eines schlichten Herzens! Sie findet mit einem Schlage, was tastende Vernunftschlüsse eines schwankenden Genies wie Tolstoi – oder die überfeine Kunst einer sterbenden Kultur nach Jahrhunderten – nach einem ganzen Leben rasender Kämpfe und erschöpfender Anstrengungen entdecken. Doch die gebieterische Welt, die in Christof grollte, hatte ganz andere Gesetze und forderte andere Weisheit.

Schon längst hatte er seinen Entschluß der Mutter mitteilen wollen. Aber er zitterte in Gedanken an den Kummer, den er ihr bereiten würde, und sowie er reden wollte, wurde er feige und verschob es auf später. Zwei- oder dreimal machte er schüchterne Anspielungen auf seine Abreise; Luise jedoch nahm sie nicht ernst – vielleicht tat sie nur so, um sich selbst einzureden, er spreche bloß im Spaß. Daraufhin wagte er nicht, weiter vorzugehen, aber er blieb finster, zerstreut, und man fühlte, daß ein Geheimnis auf seinem Herzen lastete. Die arme Frau aber, die ahnte, welches Geheimnis dies sei, bemühte sich ängstlich, sein Geständnis hinauszuschieben. In Minuten des Schweigens, wenn sie abends beim Lampenlicht nebeneinandersaßen, fühlte sie plötzlich, daß er sprechen wollte; dann fing sie, von Entsetzen erfaßt, ganz schnell und aufs Geratewohl zu reden an, was immer es sein mochte; kaum wußte sie, was sie sagte; um jeden Preis aber mußte sie ihn am Sprechen hindern. Gewöhnlich ließ sie ihr Instinkt das Beste finden, um ihm Schweigen aufzuerlegen: sie klagte leise über ihre Gesundheit, über ihre geschwollenen Hände und Füße, über ihre steifen Beine; sie übertrieb ihr Übel noch, nannte sich ein altes lahmes Weib, das zu nichts mehr gut sei. Er fiel auf diese naiven Schliche nicht herein; traurig und mit stummem Vorwurf sah er sie an; und einen Augenblick später stand er auf, indem er vorgab, daß er müde sei und zu Bett gehen wolle.

Aber all diese Auswege konnten Luise nicht lange retten. Als sie eines Abends wieder zu ihnen ihre Zuflucht genommen hatte, raffte Christof seinen Mut zusammen, legte seine Hand auf die der alten Frau und sagte:

„Nein, Mutter, ich habe dir etwas zu sagen."

Luise war betroffen; aber sie versuchte ein fröhliches Gesicht zur Schau zu tragen, um dann mit zusammengeschnürter Kehle zu fragen:

„Nun, was denn, mein Junge?"

Christof teilte ihr stammelnd seinen Entschluß mit, fortzugehen. Sie versuchte wohl, die Sache als Scherz aufzufassen und die Unterhaltung, wie gewöhnlich, abzulenken; aber seine Stirn glättete sich nicht; er fuhr diesmal mit so entschiedener und ernster Miene zu reden fort, daß es keine Möglichkeit des Zweifelns mehr gab. Da schwieg sie; ihr Blut stockte, sie konnte ihn nur stumm und erstarrt mit entsetzten Augen anschauen. Ein so unsäglicher Schmerz trat bei seinen Worten in diese Augen, daß auch er die Sprache verlor; und so blieben sie beide, ohne einen Laut von sich zu geben, sitzen. Als sie endlich wieder Atem fand, sagte sie (ihre Lippen zitterten):

„Das ist nicht möglich ... Das ist nicht möglich ..."

Zwei große Tränen liefen ihre Wangen hinab. Er wandte entmutigt den Kopf ab und verbarg sein Gesicht in den Händen. Beide weinten. Nach einiger Zeit ging er in sein Zimmer und schloß sich dort bis zum nächsten Morgen ein. Dann machten sie keinerlei Anspielungen mehr auf das

Geschehene; und da er nicht mehr davon sprach, wollte sie glauben, daß er auf seinen Plan verzichtet habe. Aber sie lebte in Todesängsten.

Jedoch der Augenblick kam, in dem er das Schweigen nicht mehr ertragen konnte. Er mußte sprechen, sollte er ihr auch das Herz zerreißen: er litt zu sehr. Der Egoismus seines Leids siegte über den Gedanken an den Schmerz, den er ihr bereiten mußte. Er sprach. Er vermied aus Furcht, sich aus dem Gleichgewicht bringen zu lassen, seine Mutter anzusehen, und ging bis zum Äußersten. Er bestimmte sogar den Tag seiner Abreise, um keine weitere Sekunde der Hinundwiderrede aushalten zu müssen – er wußte nicht, ob er ein zweites Mal den traurigen Mut, den er heute besaß, finden würde.

Luise schrie:

„Nein, nein, sei still!"

Er riß sich zusammen und fuhr mit unerschütterlicher Entschlossenheit zu reden fort. Als er geendet hatte – sie schluchzte –, nahm er ihre Hände und versuchte ihr begreiflich zu machen, wie unbedingt notwendig es für seine Kunst, sein Leben sei, daß er für einige Zeit fortgehe. Sie wollte nicht hören, weinte und sagte nur immer wieder:

„Nein, nein! – Ich will es nicht . . ."

Nach vergeblichen Versuchen, vernünftig mit ihr zu reden, verließ er sie und dachte, die Nacht würde ihre Gedanken schon ändern. Am nächsten Morgen aber beim Frühstück fing er mitleidlos wieder von seinem Plan zu sprechen an. Sie ließ das Stück Brot, das sie gerade zu den Lippen führen wollte, fallen und sagte im Ton schmerzlichen Vorwurfs:

„Willst du mich denn foltern?"

Er wurde gerührt, sagte aber:

„Liebe Mama, es muß sein."

„Aber nein, aber nein!" wiederholte sie. „Es muß nicht sein . . . Du willst mich nur quälen . . . Das ist ja Wahnsinn . . ."

Sie wollten sich gegenseitig überzeugen; aber sie hörten nicht aufeinander. Er begriff, daß alle Erörterung unnütz sei: sie marterten sich dadurch nur noch mehr. Und er begann vor ihren Augen seine Reisevorbereitungen zu treffen.

Als sie sah, daß keine ihrer Bitten ihn zurückhielt, verfiel Luise in einen Zustand dumpfer Traurigkeit. Sie schloß sich tagsüber in ihr Zimmer ein und zündete, kam der Abend, kein Licht an; sie sprach nicht mehr, sie aß nicht mehr; nachts hörte er sie weinen. Er wurde dadurch gepeinigt. Er hätte in seinem Bett schreien mögen vor Schmerz und wälzte sich die ganze Nacht schlaflos umher – eine Beute seiner Selbstvorwürfe. Er liebte sie so sehr! Warum mußte er sie leiden lassen! – Ach! Sie würde nicht die einzige bleiben: Das sah er klar. Warum hatte das Schicksal in ihn Wunsch und Kraft zu einer Sendung gelegt, die denen, welche er liebte, Leid bereiten mußte?

Ach! dachte er. Wäre ich frei, wäre ich nicht durch grausame Kraft gezwungen, zu sein, was ich sein muß, oder in Schmach und Ekel vor mir selbst zu sterben, wie wollte ich euch glücklich machen, euch, die ich liebe! Laßt mich erst leben, handeln, kämpfen, leiden; dann will ich wiederkehren, liebender als zuvor. Dann will ich nur noch lieben, lieben, lieben!

Niemals hätte er dem beständigen Vorwurf dieser untröstlichen Seele widerstehen können, wenn dieser Vorwurf die Kraft gehabt hätte, stumm zu bleiben. Die schwache, etwas geschwätzige Luise aber konnte die Qual, die sie erstickte, nicht für sich behalten. Sie sprach zu ihren Nachbarinnen darüber. Sie redete ihren beiden anderen Söhnen davon. Die ließen sich eine so schöne Gelegenheit, Christof ins Unrecht zu setzen, nicht entgehen. Besonders Rudolf, der nie aufgehört hatte, seinen älteren Bruder zu beneiden, obgleich er im Augenblick wenig Grund dazu hatte – Rudolf, den das leiseste Lob Christofs tief verletzte und der im geheimen, ohne sich selbst solch niedere Gedanken einzugestehen, Christofs zukünftige Erfolge fürchtete, denn er war gescheit genug, um seines Bruders Kraft zu fühlen, und ärgerte sich in dem Gedanken, daß auch andere sie wie er empfänden –, Rudolf war nur allzu glücklich, Christof mit der Wucht seiner Überlegenheit niederzuschmettern. Er hatte sich nie besonders um seine Mutter gekümmert, obgleich er ihre Bedrängnis kannte; war er auch reichlich in der Lage, sie unterstützen zu können, so überließ er doch diese ganze Sorge Christof. Als er jetzt aber von Christofs Plan hörte, entdeckte er sofort ganze Schätze von Zärtlichkeit in sich. Er entrüstete sich darüber, daß Christof seine Mutter verlassen wollte, und bezeichnete diesen Plan als ungeheuerlichen Egoismus. Er hatte die Dreistigkeit, diese Ansicht vor Christof zu wiederholen. Sehr von oben herab las er ihm die Lektion wie einem Kinde, das die Rute verdient. Mit hochmütiger Miene erinnerte er ihn an seine Pflichten gegen seine Mutter und an alle Opfer, die sie ihm gebracht habe. Christof barst beinahe vor Wut. Mit einem Fußtritt in den Hintern warf er Rudolf zur Tür hinaus und nannte ihn einen Lumpen und heuchlerischen Hund. Rudolf rächte sich, indem er der Mutter seine Anschauungen in den Kopf setzte. Luise ließ sich von ihm aufhetzen und kam zur Überzeugung, daß Christof als ein schlechter Sohn an ihr handle. Sie hörte immer wieder sagen, daß er nicht das Recht zum Fortgehen habe, und wünschte nichts Besseres, als es zu glauben. Anstatt ihre Tränen zu gebrauchen, die ihre stärkste Waffe waren, machte sie Christof bittere, ungerechte Vorwürfe, gegen die er sich auflehnte. Einer sagte dem andern unangenehme Dinge; und der Erfolg war, daß Christof, der bisher immer noch gezögert hatte, an nichts anderes mehr dachte, als seine Reisevorbereitungen zu beschleunigen. Er wußte, die barmherzigen Nachbarn bemitleideten seine Mutter und sahen in ihr ein Opfer, in ihm aber einen Henkersknecht. Er biß die Zähne zusammen, stand aber von seinem Entschluß nicht mehr ab.

Die Tage gingen dahin. Christof und Luise sprachen kaum miteinander. Anstatt die letzten gemeinsamen Tage bis zum kleinsten Tropfen auszukosten, verloren diese beiden Menschen, die sich liebten, alle Zeit, die ihnen noch blieb – wie das nur allzuoft der Fall ist –, mit unfruchtbarer Schmollerei, in der so viele herzliche Beziehungen zugrunde gehen. Sie sahen sich nur bei Tisch, wo sie sich stumm und ohne einander anzusehen, gegenübersaßen und sich, weniger um zu essen als um Haltung zu bewahren, zu ein paar Bissen zwangen. Mit größter Mühe brachte Christof ein paar Worte aus der Kehle, aber Luise antwortete nicht; und wenn sie dann ihrerseits sprechen wollte, schwieg er. Dieser Zustand war für beide unerträglich; und je länger er dauerte, um so schwieriger wurde es, ihn zu überwinden. Sollten sie sich nun so trennen? Luise machte sich jetzt klar, daß sie ungerecht und ungeschickt gewesen war; aber sie litt zu sehr, um sich zu überlegen, wie sie das Herz ihres Sohnes, das sie verloren zu haben meinte, zurückgewinnen und die Abreise, mit der sie sich nun einmal nicht abfinden wollte, verhindern könnte. Christof sah heimlich in das bleiche, verschwollene Gesicht seiner Mutter und wurde von Gewissensbissen gefoltert; da er aber zum Fortgehen entschlossen war und wußte, daß es um sein Leben ging, wünschte er in seiner Feigheit, schon fort zu sein, um seinen Gewissensbissen zu entgehen.

Die Abreise war für den übernächsten Tag festgesetzt. Sie waren wieder einmal nach trübseligem Zusammensitzen auseinandergegangen. Nach dem Abendbrot, bei dem sie kein Wort miteinander geredet hatten, hatte sich Christof in sein Zimmer zurückgezogen. Unfähig zu irgendeiner Arbeit, saß er, den Kopf in die Hände gestützt, vor seinem Tisch und zermarterte sich das Hirn. Die Nacht schritt vor; es war gegen ein Uhr morgens. Plötzlich hörte er ein Geräusch, hörte im Nebenzimmer einen Stuhl umfallen. Die Tür ging auf, und seine Mutter, im Nachthemd und mit bloßen Füßen, warf sich ihm schluchzend an den Hals. Sie glühte im Fieber, küßte ihren Sohn und stöhnte zwischen verzweiflungsvollen Tränenstößen:

„Geh nicht fort! Geh nicht fort! Ich flehe dich an! Ich flehe dich an! Geh nicht fort! – Ich sterbe daran . . . Ich kann, ich kann es nicht aushalten!"

Verstört und erschreckt, umarmte er sie und sagte immer wieder:

„Liebe Mama, beruhige dich, beruhige dich, ich bitte dich!"

Sie aber fuhr fort:

„Ich kann es nicht ertragen . . . Ich habe nur noch dich. Was soll aus mir werden, wenn du fortgehst? Ich sterbe, wenn du fortgehst. Ich will nicht fern von dir sterben. Ich will nicht allein sterben. Warte, bis ich tot bin!"

Ihre Worte zerrissen ihm das Herz. Er wußte nicht, was er ihr zum Trost sagen sollte. Welche Vernunftgründe konnten diesem Ausbruch von Liebe und Schmerz standhalten! Er zog sie auf seine Knie und suchte sie mit Küssen und zärtlichen Worten zu beruhigen. Nach und nach wurde die alte Frau still und weinte nur noch leise vor sich hin. Als sie ein wenig besänftigt war, sagte er zu ihr:

„Lege dich wieder hin. Du wirst dich erkälten."

Sie wiederholte:

„Geh nicht fort!"

Ganz leise sagte er:

„Ich werde nicht fortgehen."

Sie schauerte zusammen und faßte nach seiner Hand.

„Wirklich?" fragte sie. „Wirklich nicht?"

Er wandte entmutigt den Kopf ab.

„Morgen", sagte er, „morgen werde ich dir sagen . . . Laß mich, ich bitte dich darum!"

Gefügig stand sie auf und ging in ihr Zimmer zurück.

Am nächsten Morgen schämte sie sich ihres Anfalls von Verzweiflung, der sie mitten in der Nacht wie Wahnsinn gepackt hatte, und sie zitterte vor dem, was ihr Sohn ihr sagen würde. Sie hatte sich in eine Zimmerecke gesetzt und erwartete ihn; um sich abzulenken, hatte sie ein Strickzeug genommen; ihre Hände aber verweigerten den Dienst: Sie ließ es fallen. Christof kam herein. Halblaut, ohne sich ins Gesicht zu schauen, sagten sie sich guten Morgen. Es war dunkel; er stellte sich mit dem Rücken zu seiner Mutter ans Fenster und blieb dort, ohne zu sprechen, stehen. Ein Kampf tobte in ihm. Er wußte den Ausgang im voraus nur allzugut und suchte deshalb, ihn hinauszuschieben. Luise wagte nicht, das Wort an ihn zu richten, nicht die Antwort heraufzubeschwören, die sie erwartete und fürchtete. Sie zwang sich, ihr Strickzeug wieder vorzunehmen, aber sie sah nicht, was sie tat, und die Maschen fielen herunter. Draußen regnete es. Nach langem Schweigen trat Christof auf sie zu. Sie regte sich nicht, aber ihr Herz klopfte. Christof schaute sie unbeweglich an; plötzlich warf er sich auf die Knie, verbarg sein Gesicht im Kleid der Mutter, und ohne ein Wort zu sagen, weinte er. Da verstand sie, daß er blieb, und ihr Herz war von tödlicher Angst befreit – gleich aber zog die Reue darin ein. Denn sie fühlte es, welches Opfer ihr Sohn ihr brachte; und nun begann sie all das zu leiden, was Christof ausgestanden hatte, solange er über sie hinwegschreiten wollte. Sie neigte sich über ihn und bedeckte ihm Stirn und Haare mit Küssen. Schweigend flossen ihre Tränen und Schmerzen zusammen. Endlich hob er das Gesicht; Luise nahm seinen Kopf zwischen ihre Hände und senkte ihre Augen in die seinen. Am liebsten hätte sie ihm gesagt:

Ziehe davon!

Und sie konnte es nicht.

Er hätte ihr gern gesagt:

Ich bleibe mit Freuden.

Und er konnte es nicht.

Ihre Lage war unentwirrbar; weder der eine noch der andere konnte daran etwas ändern. In ihrer schmerzvollen Liebe seufzte sie.

„Ach, wären wir doch alle miteinander geboren, um auch miteinander zu sterben!"

Bei diesem naiven Wunsch durchdrang ihn tiefe Zärtlichkeit; er trocknete seine Tränen, zwang sich zu einem Lächeln und sagte:

„Wir werden zusammen sterben."

Sie drang in ihn:

„Ganz gewiß? Du gehst nicht fort?"

Er erhob sich.

„Ich habe es gesagt. Sprechen wir nicht mehr davon. Wir brauchen darauf nicht mehr zurückzukommen."

Christof hielt Wort: er sprach nicht mehr vom Fortgehen. Aber er konnte nicht hindern, daß er daran dachte. Er blieb; aber er ließ seine Mutter das ihr gebrachte Opfer teuer mit seiner Traurigkeit und schlechten Laune bezahlen. Und die ungeschickte Luise – um so ungeschickter, als sie genau wußte, daß sie es war, und unfehlbar stets das tat, was sie nicht hätte tun sollen – drang in ihn, er möchte ihr den Grund seines Kummers sagen, den sie doch nur allzu genau kannte. Sie quälte ihn mit ihrer guten Herzlichkeit, die stets besorgt, ängstlich, geschwätzig war und ihn in jedem Augenblick daran erinnerte, wie verschieden sie waren – was er so gern vergessen hätte. Wie oft wollte er sich ihr vertrauensvoll eröffnen! Im Augenblick des Sprechens aber richtete sich die Chinesische Mauer zwischen ihnen auf; und er verschloß seine Geheimnisse in sich. Sie ahnte das; aber sie wagte nicht, ihn zum Sprechen zu ermuntern, oder sie verstand nicht, es zu tun. Versuchte sie es, so brachte sie es nur dahin, daß die Geheimnisse, die so schwer auf ihm lasteten und die er so brennend gern ausgesprochen hätte, nur noch tiefer in ihn zurückströmten.

Tausend Kleinigkeiten, harmlose Angewohnheiten trennten sie ebenfalls von ihm und reizten Christof. Die gute Alte faselte ein wenig. Es war ihr Bedürfnis, die Geschichten aus der Nachbarschaft zu besprechen; dann besaß sie eine gewisse Ammenzärtlichkeit, die hartnäckig immer wieder auf die Nichtigkeiten erster Jahre, auf alles, was sich an die Wiege knüpft, zurückkommt. Mit so vieler Mühe ist man dem entwachsen, ist ein Mann geworden! Und immer wieder muß Julias Amme kommen, muß die schmutzigen Windeln und törichten Gedanken hervorziehen, die ganze unselige Zeit beschwören, in der eine werdende Seele sich gegen den Druck der gemeinen Materie, der erstickenden Umgebung wehrt!

Zwischen alldem zeigte sie rührende Zärtlichkeitsausbrüche – wie gegen ein kleines Kind –, die ihm ans Herz griffen, und er gab sich ihnen hin wie ein kleines Kind.

Das schlimmste war, daß sie vom Morgen bis zum Abend zusammen lebten, immer zusammen und von allen übrigen Menschen abgeschlossen. Wenn man zu zweit leidet und einer kann die Pein des andern nicht heilen, so wird das zu einer Qual, durch die man außer sich gerät: jeder macht den andern schließlich für seinen Kummer verantwortlich, und jeder glaubt zuletzt an seine Schuld. Da ist es besser, allein zu sein – denn man leidet allein.

Jeder Tag wurde beiden zur Folter. Sie hätten sich niemals losgerungen, wenn nicht, wie so oft, der Zufall das grausame Netz, in dem sie zappelten, scheinbar mit unglücklicher, in Wahrheit mit glücklicher Hand zerschnitten hätte.

Es war an einem Oktobersonntag. Vier Uhr nachmittags. Das Wetter war strahlend. Christof war den ganzen Tag, in sich selbst versunken, auf seinem Zimmer geblieben und hatte „an seiner Melancholie gesogen".

Jetzt hielt er es nicht mehr aus; ein wilder Wunsch kam über ihn, auszugehen, zu marschieren, seine Kräfte zu gebrauchen, sich bis zur Erschöpfung müde zu machen, nur um nicht zu denken.

Seit dem Abend vorher stand er mit seiner Mutter kühl. Er war im Begriff, fortzugehen, ohne ihr Lebewohl zu sagen. Schon war er auf dem Flur, als er an den Kummer dachte, den er ihr damit für den ganzen einsamen Abend bereiten würde. So kehrte er unter dem Vorwand, irgend etwas vergessen zu haben, um. Die Tür zum Zimmer seiner Mutter stand halb offen. Er steckte den Kopf durch die Spalte. Er sah seine Mutter ein paar Sekunden lang ... Wieviel sollten ihm diese wenigen Sekunden für den Rest seines Lebens bedeuten!

Luise war soeben vom Nachmittagsgottesdienst zurückgekehrt. Sie saß an ihrem Lieblingsplatz in der Fensterecke. Die schmutzigweiße, abgeblätterte Mauer des gegenüberliegenden Hauses verdeckte die Aussicht. Aber von dem Winkel, in dem sie saß, konnte man rechts über die beiden Höfe der Nachbarhäuser hinweg eine kleine Rasenecke, nicht größer als ein Taschentuch, sehen. Vom Fensterbrett kletterte eine Schlingpflanze an Bindfäden entlang und spannte ihr feines Netz, das ein Sonnenstrahl küßte, über diese luftige Leiter hin. Luise saß mit rundem Rücken auf einem niederen Stuhl und hatte ihre dicke Bibel offen auf den Knien liegen, doch sie las nicht. Ihre beiden Hände ruhten flach auf dem Buch – ihre Hände, deren Adern geschwollen, deren Nägel viereckig und etwas gekrümmt waren wie die einer Arbeiterin –, ihre Augen schauten voller Liebe auf die kleine Pflanze und das Stückchen Himmel, das man durch sie hindurch sah. Ein Sonnenreflex auf grüngoldenen Blättern erhellte ihr müdes, von etwas Kupferausschlag fleckiges Gesicht, ihre weißen, sehr feinen und gelichteten Haare und ihren lächelnden, halboffnen Mund. Sie genoß die Ruhestunde. Es war für sie der schönste Augenblick in der Woche. Sie benutzte ihn, um sich dem gedankenlosen Zustand hinzugeben, der den Bekümmerten so süß ist, um unterzutauchen in die leise Betäubung des Seins, aus der nur das halb entschlummerte Herz spricht.

„Mutter", sagte er, „ich möchte ein wenig ausgehen. Ich werde eine kleine Wanderung in Richtung Buir machen; vielleicht komme ich ziemlich spät zurück."

Luise, die vor sich hin dämmerte, fuhr leicht zusammen.

Dann wandte sie ihm den Kopf zu und sah ihn mit ihren guten, friedlichen Augen an.

„Geh, mein Junge", sagte sie zu ihm. „Du hast recht, nutze das schöne Wetter."

Sie lächelte ihm zu. Auch er lächelte zu ihr hinüber. So schauten sie einen Augenblick einander an; dann winkten sie sich mit Kopf und Augen ein kleines zärtliches „Guten Abend!" zu.

Leise schloß er die Tür. Sie sank langsam wieder in ihre Träumerei zurück, in die das Lächeln ihres Sohnes einen leuchtenden Widerschein warf gleich dem Sonnenstrahl auf den bleichen Blättern der Schlingpflanze.

So verließ er sie – für sein ganzes Leben.

Oktoberabend. Lauer, blasser Sonnenschein. Das welke Land entschlummert. Kleine Dorfglocken klingen gemächlich in die Stille der Felder hinein. Mitten aus den Äckern steigen Rauchsäulen langsam empor. In der Ferne weben feine Dunstschleier. Weiße Nebelteppiche liegen auf der feuchten Erde und warten, um sich zu heben, auf das Nahen der Nacht ... Ein Jagdhund beschreibt, die Nase am Boden, in einem Rübenfelde weite Kreise. Über den grauen Himmel ziehen große Krähenschwärme.

Christof ging träumend und ohne festes Ziel dahin; instinktiv aber nahmen seine Schritte doch eine bestimmte Richtung. Seine Spaziergänge um die Stadt herum endeten seit ein paar Wochen, ob er es wollte oder nicht, meist in der Nähe eines Dorfes, wo er sicher war, ein schönes Mädchen zu treffen, das ihn anzog. Es war allerdings nur ein Reiz; aber er war stark und etwas verwirrend. Christof konnte es kaum ohne irgendeine Liebe aushalten, und sein Herz blieb selten leer: stets stand irgendein schönes Bild darin, das ihm Idol wurde. Meistens lag ihm wenig daran, ob dies Idol von seiner Liebe wußte: ihm war es nur Bedürfnis, zu lieben; nie durfte in seinem Herzen Nacht sein.

Der Brennstoff der neuen Flamme war ein Bauernmädchen, das er, wie Elieser die Rebekka, am Brunnen getroffen hatte; doch zu trinken hatte sie ihm nichts gereicht, hatte ihm nur Wasser ins Gesicht gespritzt. Sie kniete am Rande eines Baches in einer Höhlung des Uferwalls zwischen zwei Weiden, deren Wurzeln gleichsam ein Nest um sie schlangen, und wusch mit mächtigem Eifer Wäsche; ihre Zunge war dabei ebenso tätig wie ihre Arme: sie plauderte und lachte sehr laut mit andern Dorfmädchen, die an der gegenüberliegenden Seite des Baches ebenfalls wuschen. Christof hatte sich, ein paar Schritte von ihr entfernt, ins Gras gestreckt; und das Kinn in seine Hände gestützt, blickte er die Mädchen an. Das schüchterte sie wenig ein, sie schwatzten weiter, und zwar in einer Ausdrucksweise, die manchmal recht kräftig wurde. Er hörte kaum zu: er lauschte nur dem Klang ihrer lachenden Stimmen, der sich mit dem Geräusch der Wäsche und fernem Rindergebrüll auf den Wiesen mischte. So träumte er vor sich hin und ließ dabei die Augen nicht von der schönen Wäscherin. – Die Mädchen hatten bald den Gegenstand seiner Aufmerksamkeit herausgefunden: Sie machten unter sich boshafte Anspielungen darauf. Seine Erwählte hatte es mit keineswegs zarten Bemerkungen auf ihn abgesehen. Da er sich nicht regte, stand sie auf, nahm einen Haufen gewaschener und ausgewrungener Wäsche und fing an, sie unter den Büschen auszubreiten, ein Vorwand, näher an ihn heranzukommen und ihn in Augenschein nehmen zu können. Als sie an ihm vorbeikam, bespritzte sie ihn wie zufällig mit den feuchten Tüchern und sah ihn dazu lachend und frech an. Sie war mager und kräftig, hatte ein starkes, etwas aufwärts gebogenes Kinn, eine kurze Nase, schön gebogene Brauen, dunkelblaue, kühne, glänzende und harte Augen, einen schönen, starklippigen Mund, der ein wenig vorstand wie bei einer griechischen Maske, eine Fülle blonder, am Hinterkopf zusammengewundener Haare und gebräunte Haut. Den Kopf trug sie sehr gerade, lachte bei jedem

Wort, das sie sagte, und marschierte wie ein Mann, indem sie mit den sonnverbrannten Händen schlenkerte. Sie breitete weiter ihre Wäsche aus, sah dabei Christof herausfordernd an – und wartete darauf, daß er sie anspreche. Auch Christof fixierte sie; aber er hatte gar nicht den Wunsch, mit ihr zu reden. Schließlich lachte sie ihm laut ins Gesicht und ging zu ihren Gefährtinnen zurück. Er blieb auf seinem Platz liegen, bis der Abend sank und er sie mit ihrer Bütte auf dem Rücken davongehen sah, die nackten Arme gekreuzt, mit gebeugtem Rücken, immerzu schwatzend und lachend.

Zwei oder drei Tage später sah er sie in der Stadt auf dem Markt zwischen Bergen von Karotten, Tomaten, Gurken und Kohl wieder. Er schlenderte umher und schaute sich in der Menge der Verkäuferinnen um, die da wie Sklavinnen zum Verkauf in einer Reihe bei ihren Körben standen. Der Schutzmann schritt bei einer jeden mit seiner Geldkatze und seiner Markenrolle vorüber, empfing sein Geldstück und verabfolgte dafür ein Papierchen. Die Kaffeeverkäuferin ging mit einem Korb voll kleiner Kaffeetöpfchen von Reihe zu Reihe. Eine alte, gutmütige und rundliche Nonne machte mit zwei großen Körben an den Armen die Runde um den Markt, erbettelte sich ohne besondere Demut Gemüse und sprach dabei vom lieben Gott. Man schrie durcheinander. Die altertümlichen Wagen mit ihren grünbemalten Tellern rasselten und klirrten mit Kettenlärm. Große Hunde, die vor Wägelchen gespannt waren, bellten vergnügt und stolz auf ihre Wichtigkeit. Inmitten des Getöses bemerkte Christof Rebekka – mit ihrem richtigen Namen hieß sie Lorchen. – Sie hatte sich auf ihr blondes Haar ein weißgrünes Kohlblatt gelegt, das eine ausgezackte Spitzenkappe bildete. So saß sie vor einer Unmenge goldiger Zwiebeln, rosiger Rübchen, Bohnen und hochroter Äpfel auf einem Korb, knabberte Äpfel und kümmerte sich nicht um ihren Verkauf. Unaufhörlich aß sie. Von Zeit zu Zeit wischte sie sich Kinn und Hals mit ihrer Schürze, schob die Haare mit dem Arm empor, rieb sich die Wangen an der Schulter oder die Nase mit dem Handrücken. Oder sie ließ, die Hände auf den Knien, kleine Schoten unaufhörlich von einer Hand in die andere rieseln. Mit müßiger Miene schaute sie nach rechts und links. Doch sie verlor nichts von dem, was rings um sie her vorging, und alle ihr zugedachten Blicke fing sie, ohne daß man es merkte, auf. Sie sah Christof ganz genau. Sie hatte eine bestimmte Art, die Brauen zusammenzuziehen, wodurch sie über die Köpfe ihrer Käufer hinweg ihren Verehrer beobachten konnte. Dabei benahm sie sich würdig und ernst wie ein Papst; im stillen aber machte sie sich über Christof lustig. Er verdiente es wohl: er pflanzte sich ein paar Schritte von ihr entfernt auf, verschlang sie mit den Augen; und dann ging er fort, ohne mit ihr gesprochen zu haben.

Mehr als einmal strich er um das Dorf, in dem sie wohnte. Auf ihrem Bauernhof kam und ging sie, und er blieb auf dem Wege stehen, um sie anzuschauen. Er gestand sich nicht ein, daß er um ihretwillen kam; und wirklich, er tat es nahezu gedankenlos. War er in die Komposition eines Werkes vertieft, so befand er sich in einem schlafwandlerischen Zustand: indessen seine bewußte Seele seinen musikalischen Gedanken folgte, blieb sein übriges Wesen der andern, unbewußten Seele ausgeliefert, die jeder geringsten geistigen Zerstreutheit auflauerte, um das Weite zu suchen. Oft war er vom Gesumm seiner musikalischen Gedanken ganz betäubt, wenn er plötzlich ihr gegenüberstand; und noch während er sie ansah, träumte er weiter. Er hätte nicht behaupten können, daß er sie liebte; er dachte nicht einmal daran; es machte ihm Freude, sie anzuschauen: das war alles. Über den Wunsch, der ihn immer wieder ihr entgegenführte, gab er sich gar keine Rechenschaft.

Seine Hartnäckigkeit aber brachte Klatschereien auf. Man machte sich auf dem Bauernhof lustig darüber, nachdem man herausbekommen hatte, wer Christof war. Übrigens ließ man ihn in Frieden; denn er war recht ungefährlich. Alles in allem machte er einen ziemlich närrischen Eindruck; doch darum kümmerte er sich nicht.

Im Dorf war Kirchweih. Die Gassenbuben zerdrückten Knallerbsen zwischen zwei Kieseln und schrien dazu: *„Der Kaiser lebe hoch!“** Man hörte ein Kalb in seinem Stalle brüllen und den Gesang der Kneipenden im Wirtshaus. Kometengeschweifte Papierdrachen schwankten über den Feldern in der Luft hin und her. Die Hühner scharrten wie närrisch im goldenen Mist, der Wind blähte sich in ihren Federn, als hätte er es mit den Röcken einer alten Dame zu tun. Ein rosiges Schwein schlief wohlig in der Sonne.

Christof wandte sich zum Wirtshaus „Drei Könige“, auf dessen rotem Dach ein Fähnchen flatterte. An der Fassade hatte man Zwiebelkränze aufgehängt, und die Fenster waren mit roter und gelber Kapuzinerkresse geschmückt. Er trat in den von Tabaksrauch erfüllten Saal, an dessen Wänden vergilbte Farbdrucke hingen und am Ehrenplatz das kolorierte, von einem Eichenkranz umrahmte Bild des Kaisers. Man tanzte. Christof war ganz sicher, daß seine Schöne dasein würde. Und wirklich, sie war das erste Gesicht, das er sah. Er ließ sich in einer Ecke des Saales nieder, von wo er in aller Ruhe dem Tanze folgen konnte. Aber trotz aller Vorsicht, die er daran gewandt hatte, nicht bemerkt zu werden, entdeckte ihn Lorchen dennoch sofort in seinem Winkel. Während sie sich in endlosen Walzern drehte, warf sie ihm, über die Schultern ihrer Tänzer hinweg, schnelle Blicke zu, und um ihn recht zu reizen, kokettierte sie mit den Burschen vom Dorf und lachte mit ihrem großen, schönen Mund. Sie sprach laut und redete dummes Zeug, unterschied sich also in nichts von den jungen Mädchen der Gesellschaft, die, sobald man sie ansieht, meinen, sie müßten lachen, sich in Bewegung setzen und sich vor dem Publikum einfältig aufführen, anstatt das lieber unter sich zu besorgen – worin sie eigentlich gar nicht so einfältig sind; denn sie wissen ganz gut, daß das Publikum sie anschaut und nicht anhört. – Christof saß mit aufgestützten Ellenbogen, das Kinn in der Faust, da und folgte mit glühenden und wütenden Augen dem Treiben des Mädchens. Sein Kopf war frei genug, um sich von ihren Listen nicht anführen, aber doch nicht so frei, um sich von ihnen nicht überrumpeln zu lassen; und so brummte er denn vor Zorn, um gleich wieder heimlich zu lachen und die Achseln darüber zu zucken, daß er ins Garn gehen sollte.

Außer dem jungen Mädchen beobachtete ihn noch ein anderer: Lorchens Vater. Er war klein, stämmig, kahl und hatte einen dicken Kopf mit kurzer Nase; sein von der Sonne gebräunter Schädel war von einem Kranz einst blonder Haare umrahmt, die sich in dicken Locken wie beim Dürerschen Johannes krausten; gut rasiert, ein unbewegliches Gesicht, seine lange Pfeife im Mundwinkel – so unterhielt er sich bedächtig mit andern Bauern, während er von der Seite Christofs Mienenspiel beobachtete; still lachte er vor sich hin. Einmal hüstelte er, und ein spitzbübischer Blick glänzte in seinen kleinen grauen Augen auf; dann setzte er sich zu Christof an den Tisch. Christof wandte sich ihm höchst unzufrieden mit saurem Gesicht zu; da begegnete er einem Schelmenblick des Alten, der, ohne seine Pfeife aus dem Mund zu ziehen, vertraulich das Wort an ihn richtete. Christof kannte ihn und wußte, daß er ein alter Schurke war; aber die Schwäche, die er für die Tochter hatte, machte ihn dem Vater gegenüber duldsam und ließ ihn sogar ein absonderliches Vergnügen darin finden, mit ihm zusammen zu sein: Der alte Gauner ahnte das. Er sprach vom Regen und vom schönen Wetter, machte eine neckende Anspielung auf die schönen Mädchen, auf sein Fernbleiben vom Tanze und schloß, daß Christof ganz recht habe, sich nicht anzustrengen; man habe es ja auch weit besser am Tische vor seinem Glase; und er lud sich ohne Umstände selber ein, eins mit ihm zu leeren. Während er trank, redete er ohne Eile weiter. Er sprach von seinen kleinen Geschäften, von den schwierigen Lebensbedingungen, den schlechten Zeiten, von der allgemeinen Teuerung. Christof antwortete nur mit einigem Gebrumm: das alles interessierte ihn nicht. Er schaute Lorchen an. Minuten des Schweigens traten ein; der Bauer erwartete ein Wort, keinerlei Antwort kam; da nahm er ruhig das Gespräch wieder auf. Christof fragte sich, was ihm wohl die Ehre der Gesellschaft des Alten und seiner vertraulichen Mitteilungen verschaffte. Endlich kam er dahinter. Der Alte hatte sein Klagelied erschöpft und ging zu einem andern Kapitel über: er lobte seine ausgezeichneten Produkte, sein Gemüse, sein Geflügel, seine Eier, seine Milch. Und plötzlich fragte er Christof, ob er ihm nicht die Kundschaft des Hofes verschaffen könnte. Christof fuhr empor.

„Woher, zum Teufel, wissen Sie das? Kennen Sie mich denn?“

„Ja, gewiß“, sagte der Alte. „Man kann alles wissen ...“

Ohne jedoch hinzuzufügen:

... wenn man sich die Mühe gibt, sein eigner kleiner Polizeispitzel zu sein!

Christof machte sich ein boshaftes Vergnügen daraus, ihm beizubringen, daß, obgleich man „alles wissen kann“, man wahrscheinlich doch nicht von seinem kürzlichen Zerwürfnis mit dem Hof unterrichtet sei; und daß, wenn er sich jemals habe schmeicheln können, in den großherzoglichen Bedientenzimmern und Küchen irgendwelches Vertrauen zu genießen (was er stark bezweifle), dieses Vertrauen gegenwärtig tot und begraben sei. Der Alte verzog unmerklich den Mund. Er ließ sich indessen nicht entmutigen; und bald darauf fragte er, ob Christof ihn nicht wenigstens dieser oder jener Familie empfehlen könne. Er nannte ihm alle die, mit denen Christof in Beziehung gestanden hatte; denn er hatte sich auf dem Markt sehr genau unterrichtet. Christof wäre über diese Spionage wütend geworden, wenn er nicht bei dem Gedanken, daß der Alte bei all seiner Schlauheit der Genasführte sein würde, hätte lachen müssen; denn er ahnte kaum, daß die Empfehlung, die er verlangte, eher dazu geeignet war, ihn seine Kundschaft verlieren zu lassen als ihm neue zu verschaffen. Er ließ ihn also für nichts und wieder nichts seine Spule plumper kleiner Listen abhaspeln; und er antwortete weder ja noch nein. Aber der Bauer ließ nicht locker; schließlich machte er sich an Christof selber und an Luise, die er sich als letztes aufgespart hatte, und wollte ihnen mit aller Gewalt seine Milch, Butter und Sahne aufschwatzen. Er fügte hinzu, Christof sei ja Musiker, und es gebe bekanntlich nichts Besseres für die Stimme, als morgens und abends ein rohes Ei hinunterzuschlucken, und er mache sich anheischig, ihm welche zu liefern, die noch warm von der Henne kämen. Über den Gedanken, daß der Alte ihn für einen Sänger hielt, mußte Christof laut herauslachen. Der Bauer benutzte das, um eine neue Flasche zu bestellen. Danach schien ihm, daß er alles, was er für den Augenblick aus Christof ziehen konnte, aus ihm herausgezogen habe, und er ging ohne weitere Förmlichkeiten davon.

Die Nacht war gekommen. Immer lebhafter waren die Tänze geworden. Lorchen schenkte Christof keinerlei Beachtung mehr: sie war allzusehr damit beschäftigt, einem jungen Dorfschlingel den Kopf zu verdrehen, dem Sohn eines reichen Pächters, um den sich alle Mädchen stritten. Christof machte der Kampf Spaß: die jungen Damen lächelten einander zu und hätten einander mit Wonne zerkratzt. Christof war als guter Kerl selbstlos genug, Lorchen dabei die Daumen zu halten. Als der Sieg jedoch errungen war, fühlte er sich ein wenig niedergeschlagen. Er warf sich das vor. Er liebte Lorchen nicht, und es war nur natürlich, daß sie liebte, wen sie wollte. – Zweifellos. Aber es war nicht vergnüglich, sich so einsam zu fühlen. Alle diese Leute interessierten sich nur für ihn, um ihn auszunützen und sich hinterher über ihn lustig zu machen. Er seufzte, lächelte beim Anblick Lorchens, welche die Freude, ihre Rivalinnen wütend zu machen, zehnmal hübscher erscheinen ließ, und machte sich zum Fortgehen bereit. Es war beinahe neun Uhr, und er hatte zwei gute Meilen bis zur Stadt zurückzulegen.

Als er vom Tisch aufstand, öffnete sich die Tür, und ein Dutzend Soldaten polterte herein. Ihr Auftreten schien einen kalten Luftzug in den Saal zu wehen. Die Leute begannen zu tuscheln. Ein paar tanzende Paare hielten an und warfen beunruhigte Blicke auf die Neuangekommenen. Die Bauern, die neben der Tür standen, drehten ihnen auffällig den Rücken zu und unterhielten sich untereinander; doch, ohne daß es den Anschein hatte, waren sie darauf bedacht, sorgsam beiseite zu treten, um sie vorbeizulassen. – Seit einiger Zeit befand sich die ganze Gegend in stillem Kampf gegen die Garnison, die rings um die Stadt in den Forts lag. Die Soldaten langweilten sich tödlich und ließen das die Bauern entgelten. Sie machten sich derb über sie lustig, behandelten sie schlecht, gingen mit den Mädchen wie in unterworfenen Ländern um. In der vorigen Woche hatten einige von ihnen, in Weinstimmung, die Kirmes eines Nachbardorfes gestört und einen Pächter beinahe umgebracht. Christof wußte über diese Dinge Bescheid und teilte die Stimmung der Bauern; er setzte sich wieder an seinen Platz und wartete, was geschehen würde.

Die Soldaten kümmerten sich nicht um den unwilligen Empfang, der ihnen bereitet wurde, sondern ließen sich lärmend an den besetzten Tischen nieder, von denen sie, um sich Platz zu schaffen, die Leute fortpufften: Das war in einem Augenblick geschehen. Die meisten rückten brummend beiseite. Ein Alter, der am Ende einer Bank saß, stand nicht schnell genug auf; da kippten sie die Bank um, und der Alte purzelte inmitten schallenden Gelächters herunter. Christof stand empört auf; aber als er gerade im Begriff stand, dazwischenzufahren, sah er, wie der Alte sich mühsam wieder aufrichtete und, anstatt sich zu beschweren, eine Entschuldigung nach der andern hervorstotterte. Da traten zwei Soldaten an Christofs Tisch; als er sie kommen sah, ballte er die Fäuste. Aber er brauchte sich ihrer nicht zu bedienen. Beide waren kräftige, aber gutmütige Burschen, die wie Hammel einem oder zwei Wagehälsen folgten und sie nachzuahmen suchten. Sie waren durch Christofs hochmütige Miene sofort eingeschüchtert; und als er in dürrem Tonfall zu ihnen sagte:

„Der Platz ist besetzt“,

entschuldigten sie sich eilig und rückten, um ihn nicht zu stören, ans Ende der Bank. Seine Stimme hatte herrisch geklungen: die natürliche Unterwürfigkeit gewann die Oberhand. Sie merkten sofort, daß Christof kein Bauer war.

Durch diese unterwürfige Haltung wurde Christof ein wenig besänftigt und beobachtete nun mit mehr Kaltblütigkeit. Er sah ohne weiteres, daß die ganze Bande von einem Unteroffizier geführt wurde, einer kleinen Bulldogge mit harten Augen und heuchlerischem, bösem Domestikengesicht: Er war einer der Helden des Krawalls vom vergangenen Sonntag. Er saß schon betrunken an einem Tisch neben Christof, starrte alle Leute unverschämt an und warf ihnen verletzende Spöttereien an den Kopf, die sie scheinbar überhörten. Vor allem hielt er sich an die tanzenden Paare und bezeichnete in gemeinen Ausdrücken, die seine Gefährten zum Lachen brachten, ihre körperlichen Vorzüge oder Fehler. Die Mädchen erröteten, und die Tränen traten ihnen in die Augen; die Burschen knirschten mit den Zähnen und schluckten ihre Wut hinunter. Der Blick des Unholds lief langsam, ohne einen zu schonen, um den Saal herum: Christof sah, wie er sich ihm näherte. Er ergriff fest seinen Schoppen und wartete so – die Faust auf dem Tisch –, entschlossen, bei der ersten Beleidigung dem Unteroffizier das Glas an den Kopf zu werfen. Er sagte sich:

Ich bin verrückt. Ich ginge besser fort. Ich werde mir noch den Bauch aufschlitzen lassen; und wenn ich dem entgehe, wird man mich ins Gefängnis stecken: Das ist die Sache nicht wert. Gehen wir, bevor er mich aufreizt!

Doch sein Stolz widersetzte sich: er wollte sich nicht den Anschein geben, als ergriffe er vor diesen Kerlen die Flucht. – Der tückische und brutale Blick heftete sich auf ihn. Christof richtete sich kerzengerade auf und fixierte ihn zornig. Der Unteroffizier betrachtete ihn einen Augenblick: Christofs Gesicht brachte ihn in Schwung. Er stieß seinen Nachbarn mit dem Ellenbogen an und machte ihn grinsend auf den jungen Mann aufmerksam; schon öffnete er den Mund, um ihn zu beschimpfen. Christof raffte sich zusammen und war im Begriff, ihm sein Glas in großem Bogen an den Kopf zu werfen. – Diesmal rettete ihn der Zufall noch. In dem Augenblick, als der Trunkenbold reden wollte, stieß ein ungeschicktes Tänzerpaar gegen ihn, so daß sein Glas umfiel. Wütend wandte er sich um und schüttete einen ganzen Karren von Schimpfworten über sie aus. Seine Aufmerksamkeit war abgelenkt, er dachte nicht mehr an Christof. Der wartete noch ein paar Minuten; als er dann sah, daß sein Feind auf die Auseinandersetzung nicht mehr zurückkommen wollte, stand er auf, nahm langsam seinen Hut und bahnte sich ohne Hast einen Weg zur Tür. Die Augen ließ er nicht von der Bank, auf der der andere saß, um ihm recht fühlbar zu machen, daß er ihm nicht ausweiche. Aber der Unteroffizier hatte ihn vollständig vergessen, niemand kümmerte sich mehr um ihn.

Er drückte die Türklinke nieder, noch ein paar Sekunden, und er war draußen. Aber es war beschlossen, daß er nicht mit heiler Haut davonkommen sollte. Hinten im Saal erhob sich Lärm. Die Soldaten hatten getrunken und wollten nun tanzen. Und da alle Mädchen bereits ihre Kavaliere hatten, jagten sie die Tänzer davon, was diese sich gefallen ließen. Lorchen aber war dafür nicht zu haben. Sie hatte nicht umsonst so kühne Augen und ihr eigenwilliges Kinn, das Christof so gut gefiel. Sie walzte wie toll, als der Unteroffizer, der ein Auge auf sie geworfen hatte, sie ihrem Tänzer entreißen wollte. Sie stampfte mit dem Fuß auf, schrie, stieß den Soldaten zurück und erklärte, daß sie niemals mit einem solchen Trampel, wie er einer sei, tanzen würde. Der sprang ihr aber nach. Die Leute, hinter die sie sich zu flüchten suchte, stieß er mit der Faust beiseite. Schließlich floh sie hinter einen Tisch; und den Augenblick, in dem sie dort, vor ihm geschützt, Atem schöpfte, benutzte sie, um ihn zu beschimpfen; sie sah, daß ihr ganzer Widerstand ihr nichts helfen würde, sie trampelte vor Wut, suchte die verletzendsten Worte und verglich seinen Kopf mit dem verschiedener Tiere ihres Wirtschaftshofes. Er beugte sich mit bösem Lächeln von der andern Seite des Tisches zu ihr hinüber, und seine Augen glühten vor Zorn. Plötzlich nahm er einen Anlauf und setzte über den Tisch. Er packte sie. Wie eine echte Kuhmagd wehrte sie sich mit Händen und Füßen. Da er nicht mehr allzu fest auf den Beinen war, kam er dabei beinahe aus dem Gleichgewicht. Wütend stieß er sie an die Wand und versetzte ihr eine Ohrfeige. Aber er hatte nicht die Zeit, noch einmal auszuholen, denn jemand hatte ihn von hinten angesprungen, ohrfeigte ihn mit aller Kraft und beförderte ihn mit einem Fußtritt in die Mitte der Zechenden. Es war Christof, der, ohne nachzudenken, was er tat, Tische und Leute beiseite gestoßen und sich auf ihn gestürzt hatte. Der Unteroffizier wandte sich in wahnsinniger Wut um und zog den Säbel; aber bevor er ihn gebrauchen konnte, hatte ihn Christof mit einem Holzschemel niedergeschmettert. Das Ganze hatte sich dermaßen schnell abgespielt, daß keiner der Zuschauer auf den Gedanken gekommen war, dazwischenzutreten. Doch als man den Soldaten wie einen Stier auf die Diele hinschlagen sah, erhob sich ein ungeheurer Tumult. Die andern Soldaten liefen mit gezücktem Säbel auf Christof zu. Die Bauern stürzten sich auf sie. Das Handgemenge wurde allgemein. Maßkrüge flogen durch den Saal, Tische stürzten um. Die Bauern wurden munter: es galt einen alten Haß zu stillen. Man wälzte sich auf der Erde und biß wütend aufeinander los. Lorchens verjagter Tänzer, ein stämmiger Gutsknecht, hielt einen Soldaten, der ihn vorher beleidigt hatte, beim Kopf gepackt und hämmerte ihn wild gegen die Wand. Lorchen hatte sich mit einem Knüttel bewaffnet und schlug wie toll drauflos. Die andern Mädchen flohen heulend außer zwei oder drei derben Frauenzimmern, die sich gütlich taten. Die eine, eine dicke kleine Blondine, sah, wie ein riesiger Soldat – derselbe, der sich an Christofs Tisch gesetzt hatte – mit den Knien die Brust seines zu Boden gefallenen Gegners bearbeitete; sie lief zum Herd, kam zurück, bog den Kopf des Kerls nach hinten und warf ihm eine Handvoll glühender Asche in die Augen. Der Mann brüllte auf. Das Mädchen jubelte und beschimpfte den entwaffneten Feind, den die Bauern jetzt nach Herzenslust verhauen konnten. Endlich zogen sich die Soldaten als die Schwächeren ins Freie zurück; zwei ließen sie schwerverwundet auf dem Platz. Der Kampf dauerte auf der Dorfstraße fort. Mit Höllengeschrei drangen sie in die Häuser ein und wollten alles plündern. Die Bauern verfolgten sie mit ihren Heugabeln und ließen ihre bissigen Hunde auf sie los. Ein dritter Soldat fiel; man hatte ihm eine Mistgabel in den Leib gestoßen. Die übrigen mußten fliehen und wurden noch aus dem Dorf hinausgejagt; von fern schrien sie dann, daß sie ihre Kameraden holen und gleich wieder zurückkehren würden.

Als die Bauern Herren des Schlachtfeldes geblieben waren, kehrten sie in den Gasthof zurück. Sie frohlockten; das war die seit langem erwartete Rache für die Mißhandlungen, die sie hatten erdulden müssen. Noch dachten sie nicht an die Folgen des tollen Scharmützels. Alle redeten durcheinander, und jeder rühmte sich seiner Heldentaten. Alle verbrüderten sich mit Christof im frohen Gefühl der Zusammengehörigkeit. Lorchen ergriff seine Hand, hielt sie einen Augenblick in ihren rauhen Pfötchen und lachte ihm dabei ins Gesicht. Jetzt fand sie ihn nicht mehr lächerlich.

Man nahm sich der Verwundeten an. Unter den Dörflern hatte es nur eingeschlagene Zähne, ein paar gebrochene

Rippen, Beulen und blaue Flecke ohne ernstere Bedeutung gesetzt. Anders aber unter den Soldaten. Drei waren ernsthaft verletzt: der Koloß mit den verbrannten Augen, dem die halbe Schulter durch einen Beilschlag weggerissen war, der Mann mit dem aufgeschlitzten Bauch, der röchelnd dalag, und der von Christof niedergeschlagene Unteroffizier. Man hatte sie in die Nähe des Herdes auf die Erde gelegt. Der Unteroffizier, der von den dreien am wenigsten Verwundete, hatte die Augen eben wieder aufgeschlagen. Er sah mit langem, haßerfülltem Blick auf den Kreis der über ihn gebeugten Bauern. Kaum kam ihm wieder zum Bewußtsein, was sich ereignet hatte, als er sie auch bereits zu beschimpfen begann. Er schwor, er würde sich rächen, ihnen allen würde er es heimzahlen; er erstickte fast vor Wut; man hatte das Gefühl, daß er sie alle am liebsten umgebracht hätte. Sie versuchten zu lachen; aber es klang gezwungen. Ein junger Bauer schrie dem Verwundeten zu:

„Halt 's Maul, oder ich schlag dich tot!"

Der Unteroffizier versuchte sich aufzurichten, starrte den Sprecher mit seinen blutunterlaufenen Augen an und sagte:

„Dreckluder! Schlagt mich tot! Dann haut man euch den Kopf herunter."

Er fluchte weiter. Der mit dem aufgeschlitzten Bauch schrie wie ein gestochenes Schwein. Der dritte lag reglos und steif wie ein Toter. Ein lähmendes Entsetzen packte die Bauern. Lorchen und ein paar Frauen trugen die Verwundeten in ein anderes Zimmer. Die Verwünschungen des Unteroffiziers und das Geschrei des Sterbenden klangen gedämpfter aus der Ferne. Die Bauern wurden schweigsam; sie blieben bewegungslos im Kreise stehen, als lägen die drei Körper noch immer zu ihren Füßen hingestreckt; sie wagten sich nicht zu rühren und sahen einander verängstigt an. Schließlich sagte Lorchens Vater:

„Da habt ihr was Schönes angerichtet!"

Furchtsames Murmeln wurde laut: sie würgten an ihrer Angst. Dann fingen sie alle auf einmal zu sprechen an. Zuerst flüsterten sie, als hätten sie Furcht, daß man sie an der Tür hören könnte; bald aber wurde der Ton lauter und heftiger: einer beschuldigte den andern, gegenseitig warfen sie sich die Schläge vor, die sie ausgeteilt hatten. Immer erbitterter wurde der Streit; sie schienen nahe daran, einander in die Haare zu geraten, als Lorchens Vater sie alle unter einen Hut brachte. Mit gekreuzten Armen wandte er sich Christof zu und deutete mit dem Kinn auf ihn.

„Und der", sagte er, „was hat der hier zu suchen gehabt?"

Der ganze Zorn des Haufens kehrte sich gegen Christof. „Das stimmt! Das stimmt!" schrie man. „Er hat angefangen! Ohne ihn wäre gar nichts geschehen!"

Christof stand verblüfft; er versuchte zu erwidern:

„Was ich dabei getan habe, geschah nicht um meinetwillen; für euch hab ich es getan; das wißt ihr sehr gut."

Aber wütend gaben sie zur Antwort:

„Können wir uns etwa nicht selber verteidigen? Haben wir nötig, daß erst ein Stadtherr kommt und uns sagt, was wir zu tun haben? Wer hat Sie nach Ihrer Meinung gefragt? Und vor allem, wer hat Sie um Ihr Kommen gebeten? Konnten Sie nicht bleiben, wo Sie waren?"

Christof zuckte die Achseln und wandte sich zur Tür. Lorchens Vater aber versperrte ihm den Weg und kläffte:

„So! So! Jetzt möchte er sich davonmachen, nachdem er uns in die Patsche gebracht hat. Er darf nicht fort!"

Die Bauern heulten:

„Er darf nicht fort! Er ist an allem schuld. Er soll für alles büßen!"

Sie umringten ihn und ballten gegen ihn die Fäuste. Christof sah sich von einem Kreis drohender Gesichter umzingelt, die Furcht machte sie rasend. Er sagte kein Wort, schnitt eine Grimasse des Ekels, warf seinen Hut auf den Tisch und setzte sich, indem er ihnen allen den Rücken zudrehte, hinten in den Saal.

Aber Lorchen stürzte sich empört mitten unter die Bauern. Ihr hübsches Gesicht war vor Zorn ganz rot und verzerrt. Derb stieß sie die, welche Christof umringten, zurück.

„Feiglinge! Viecher!" schrie sie. „Schämt ihr euch nicht? Ihr wollt glauben machen, daß er alles getan hat! Als ob man euch nicht gesehen hätte! Als ob ein einziger unter euch wäre, der nicht nach besten Kräften drauflosgeschlagen hätte! – Und wäre ein einziger da, der mit verschränkten Armen dabeigestanden hätte, während die andern sich schlugen, so würde ich ihm ins Gesicht spucken und ihm Feigling! Feigling! zurufen."

Die Bauern standen, von diesem unerwarteten Ausbruch überrascht, einen Augenblick schweigend da; dann aber fingen sie wieder zu schreien an:

„Er hat angefangen! Ohne ihn wäre nichts geschehen."

Lorchens Vater machte seiner Tochter vergeblich Zeichen. Sie begann von neuem:

„Allerdings hat er angefangen! Darauf braucht ihr weiß Gott nicht stolz zu sein! Ohne ihn hättet ihr euch beschimpfen lassen, hättet euch immer weiter beschimpfen lassen. Hasenfüße! Bangbüchsen!"

Sie fuhr ihren Freund an:

„Und du! Kein Wort hast du gesagt; schöngetan hast du, den Hintern hast du den Fußtritten noch hingehalten; viel hat nicht gefehlt, und du hättest auch noch ‚Danke schön!' gesagt. Schämst du dich nicht? – Schämt ihr euch nicht alle? Ihr seid ja gar keine Männer! Hasenfüße seid ihr, Kopfhänger! Der dort hat euch erst ein Beispiel geben müssen! – Und jetzt wollt ihr ihm alles aufhalsen? – Also das geschieht nicht, das sage ich euch! Er hat sich nur für uns geschlagen. Entweder ihr bringt ihn in Sicherheit, oder ihr löffelt die Suppe mit ihm zusammen aus. Darauf gebe ich euch mein Wort!"

Lorchens Vater riß sie am Arm; er war außer sich und schrie:

„Halt den Mund! Halt den Mund! – Wirst du wohl den Mund halten, verdammtes Frauenzimmer!"

Sie aber stieß ihn fort und legte nur um so mehr los. Die Bauern fluchten. Sie schrie noch lauter als sie und mit so durchdringender Stimme, daß einem das Trommelfell platzen konnte:

„Erstens, du, was hast du zu sagen? Meinst du, ich hätte dich vorhin nicht gesehen, wie du mit den Hacken auf den losgetrampelt bist, der dort nebenan wie tot liegt? Und du da, zeige mal deine Hände her! – Da ist ja noch Blut daran. Glaubst du, ich hätte dich nicht mit deinem Messer gesehen? Wenn ihr das Geringste gegen ihn unternehmt, sage ich alles, was ich gesehen habe, alles! Ich lasse euch alle verurteilen."

Aufgebracht drängten die Bauern ihre wütenden Fratzen an Lorchen und kreischten ihr ins Gesicht. Einer machte Miene, sie zu ohrfeigen; aber Lorchens Freund packte ihn am Kragen, und die beiden schüttelten sich gegenseitig, bereit, einander krumm und lahm zu schlagen. Ein Alter sagte zu Lorchen:

„Wenn wir verurteilt werden, wirst du es auch."

„Ich auch", erwiderte sie. „Ich bin nicht so feige wie ihr."

Und sie fing ihr Lied von vorn an.

Nun wußten sie sich nicht mehr zu helfen und wandten sich an ihren Vater.

„Willst du ihr nicht den Mund stopfen?"

Der Alte hatte begriffen, daß es unklug war, Lorchen bis zum Äußersten zu treiben. Er suchte die andern durch Zeichen zu beschwichtigen. Da wurde es still. Lorchen allein redete weiter; als sie jedoch keinen Widerspruch mehr fand, hörte auch sie wie ein Feuer ohne Nahrung auf. Nach einer kleinen Weile hüstelte ihr Vater und sagte:

„Nun also, was willst du eigentlich? Du willst uns doch nicht ins Verderben stürzen?"

„Ich will, daß man ihn in Sicherheit bringt", sagte sie.

Nun begann man nachzudenken. Christof hatte sich nicht vom Platze gerührt: er saß in seinen Stolz versteift und schien nicht zu hören, daß es sich um ihn handelte; aber Lorchens Eingreifen rührte ihn. Lorchen schien ebensowenig zu wissen, daß er da war: Sie lehnte an dem Tisch, an dem er saß, und fixierte mit herausforderndem Blick die Bauern, die rauchend umherstanden und zur Erde schauten. Endlich sagte ihr Vater, nachdem er eine Weile an seiner Pfeife gekaut hatte:

„Ob man etwas sagt oder nicht – bleibt er, so ist klar, was ihm passiert. Der Unteroffizier hat ihn erkannt: Er wird ihm nichts erlassen. Es gibt für ihn nur eins, das ist: sofort über die Grenze entwischen."

Er hatte sich überlegt, daß es für sie schließlich vorteilhafter wäre, wenn Christof sich davonmachte: er würde sich auf diese Weise selbst angeben. Und war er nicht mehr da und konnte sich nicht mehr verteidigen, würde man weiter keine Mühe haben, die Schuld an der ganzen Geschichte auf ihn abzuwälzen. Die andern stimmten zu. Sie verstanden einander völlig. – Jetzt, da sie entschlossen waren, hatten alle die größte Eile, Christof fortzuschaffen. Ohne die geringste Verlegenheit über das, was sie noch eben geäußert hatten, näherten sie sich ihm und taten, als interessierten sie sich lebhaft für sein Wohl.

„Keine Minute ist zu verlieren, Herr Krafft", sagte Lorchens Vater. „Sie werden zurückkommen. Eine halbe Stunde brauchen sie zur Festung. Eine halbe Stunde zurück . . . Es ist gerade noch Zeit, zu entwischen."

Christof war aufgestanden. Auch er hatte nachgedacht. Er wußte, wenn er blieb, war er verloren. Aber fortgehen, fortgehen, ohne seine Mutter wiederzusehen? – Nein, das ging nicht. Er sagte, daß er zuerst zur Stadt zurückgehen wolle; er habe noch Zeit, in der Nacht von dort über die Grenze zu kommen. Aber die andern erhoben ein Zetergeschrei. Eben noch hatten sie ihm die Tür versperrt, um ihn am Fliehen zu hindern, jetzt widersetzten sie sich einem Aufschub seiner Flucht. In die Stadt zurückkehren hieße sich unvermeidlich abfangen lassen; bevor er noch angelangt sei, würde man dort schon benachrichtigt sein; man würde ihn zu Hause festnehmen. Er aber wollte auf seinem Willen bestehen. Lorchen hatte ihn verstanden.

„Sie wollen Ihre Mutter noch sehen? – Ich werde statt Ihrer gehen."

„Wann?"

„Heut nacht."

„Wirklich? Das wollten Sie tun?"

„Ich gehe hin."

Sie nahm ihr Umschlagtuch und wickelte sich hinein.

„Schreiben Sie etwas auf, ich bringe es ihr hin. Kommen Sie hier herein; ich gebe Ihnen Tinte."

Sie zog ihn in das Hinterzimmer; auf der Schwelle wandte sie sich um und fuhr ihren Verehrer an:

„Und du, mach dich fertig, du wirst ihn begleiten. Du verläßt ihn nicht eher, als bis du ihn jenseits der Grenze siehst."

„Schon gut, schon gut", brummte er.

Ihm war es wie allen anderen darum zu tun, Christof so schnell wie möglich in Frankreich und womöglich noch weiter fort zu wissen.

Lorchen trat mit Christof in das andere Zimmer. Noch zögerte Christof. Der Gedanke, daß er seine Mutter nicht mehr umarmen sollte, zerriß ihm das Herz. Wann würde er sie wiedersehen? Sie war so alt, so erschöpft, so einsam! Dieser neue Schlag würde ihr den Rest geben. Was würde ohne ihn aus ihr werden? – Was aber würde aus ihr werden, wenn er bliebe, sich verurteilen, sich jahrelang einsperren ließe? Würde das für sie nicht noch sicherer Verlassenheit und Elend bedeuten? War er wenigstens frei, wenn auch noch so fern, so konnte er ihr helfen, konnte sie nachkommen lassen. – Doch er hatte keine Zeit, Klarheit in seine Gedanken zu bringen. Lorchen hatte seine Hände erfaßt; sie stand hochaufgerichtet neben ihm und sah ihn an; ihre Gesichter berührten sich fast; sie schlang die Arme um seinen Hals und küßte ihn auf den Mund.

„Schnell! Schnell!“ sagte sie ganz leise und wies auf den Tisch.

Er versuchte nicht mehr nachzudenken. Er setzte sich. Sie riß aus einem Rechnungsbuch ein kariertes Blatt Papier mit roten Querstreifen.

Er schrieb:

Meine liebe Mutter!

Verzeih mir! Ich werde Dir einen großen Schmerz bereiten. Ich konnte nicht anders handeln. Unrechtes habe ich nicht getan. Aber ich muß jetzt fliehen und das Land verlassen. Das Mädchen, das Dir diese Zeilen bringt, wird Dir alles erzählen. Ich wollte Dir Lebewohl sagen. Aber man will es nicht. Man behauptet, ich würde vorher gefangengenommen werden. Ich bin so unglücklich, daß ich keinen Willen mehr habe. Ich werde über die Grenze gehen, aber ganz in der Nähe bleiben, bis Du mir geschrieben hast; das Mädchen, das Dir meinen Brief gibt, wird mir Deine Antwort zurückbringen. Sage mir, was ich tun soll. Was Du mir auch sagst, werde ich tun. Willst Du, daß ich zurückkomme? Rufe mich zurück! Den Gedanken, Dich allein zurückzulassen, kann ich nicht ertragen. Wie wirst Du Dich durchschlagen? Verzeih mir! Verzeih mir! Ich liebe und umarme Dich . . .

Lorchens Freund öffnete halb die Tür.

„Wir müssen schnell machen, Herr Krafft, sonst wird es zu spät“, sagte er.

Christof unterzeichnete eilig den Brief und gab ihn Lorchen.

„Sie bringen ihn selbst hin?“

„Freilich“, sagte sie.

Sie war schon zum Gehen gerüstet.

„Morgen bringe ich Ihnen die Antwort“, fuhr sie fort. „Erwarten Sie mich in Leiden“ (es war dies die erste Station außerhalb Deutschlands) „auf dem Bahnsteig.“

(Die Neugierige hatte, während Christof schrieb, den Brief über seine Schulter hinweg gelesen.)

„Sie werden mir doch alles erzählen, auch, wie sie den Schlag ertragen hat, und alles, was sie gesagt hat? Sie werden mir nichts verhehlen?" fragte Christof flehend.

„Ich werde Ihnen alles sagen."

Sie konnten nicht mehr so frei miteinander sprechen: von der Türschwelle schaute der Bursche ihnen zu.

„Ich werde sie manchmal besuchen, Herr Christof", sagte Lorchen. „Ich schreibe Ihnen dann, wie es ihr geht. Seien Sie ganz unbesorgt."

Sie schüttelte ihm kräftig wie ein Mann die Hand.

„Los!" sagte der Bauer.

„Los!" sagte Christof.

Sie gingen alle drei hinaus. Auf dem Wege trennten sie sich. Lorchen ging nach der einen, Christof mit seinem Führer nach der anderen Seite. Sie sprachen nicht. Der zunehmende Mond verschwand dunstumhüllt hinter Wäldern. Ein bleiches Licht lag über dem Feld. In den Tiefen brauten Nebel, dicht und weiß wie Milch. In der feuchten Luft standen erschauernd die Bäume . . . Kaum einige Minuten hinter dem Dorf zuckte der Bauer plötzlich zusammen und machte Christof ein Zeichen, stillzustehen. Sie lauschten. Auf dem Wege vor ihnen näherten sich die taktmäßigen Schritte einer Abteilung Soldaten. Der Bauer setzte über die Hecke ins freie Feld. Christof ihm nach. Quer über Äcker gingen sie weiter. Sie hörten die Soldaten auf dem Wege vorüberziehen. Der Bauer schüttelte im Dunkel die Faust gegen sie. Christofs Herz krampfte sich zusammen wie das eines gehetzten Tieres. Sie wanderten weiter, vermieden die Dörfer und einsamen Höfe, wo das Anschlagen der Hunde sie der ganzen Gegend verraten hätte. Als sie einen bewaldeten Hügel hinabstiegen, entdeckten sie in der Ferne die roten Signallichter der Bahnlinie. Sie richteten sich nach diesen Leuchtfeuern und beschlossen, den Weg nach der nächsten Station einzuschlagen. Das war nicht leicht. Je mehr sie ins Tal kamen, um so tiefer gerieten sie in Nebel. Sie mußten zwei oder drei kleine Bäche überspringen. Dann ging es über endlose Rübenfelder und über Ackerland; es war ihnen, als sollten sie niemals herauskommen. Die Ebene war holprig: ein ewiger Wechsel von Auf und Ab, so daß man Gefahr lief zu fallen. Nachdem sie aufs Geratewohl umhergeirrt und vom Nebel ganz durchnäßt waren, sahen sie plötzlich, wenige Schritte vor sich, auf der Höhe eines Dammes die Bahnlaternen. Sie erkletterten die Böschung. Auf die Gefahr hin, erwischt zu werden, gingen sie die Schienen entlang, bis sie einige hundert Meter vor der Station waren, dort benutzten sie wieder den Weg. Zwanzig Minuten bevor der Zug in die Station einlief, erreichten sie den Bahnhof. Trotz Lorchens Ermahnung verließ der Bauer Christof jetzt. Ihm war darum zu tun, schnell nach Haus zu kommen, um zu sehen, was aus den andern und seinem Hab und Gut geworden war.

Christof nahm eine Fahrkarte nach Leiden und setzte sich allein in den öden Wartesaal dritter Klasse. Ein Bahnbeamter, der auf einem Bänkchen geduselt hatte, sah Christofs Billett an und öffnete ihm bei der Ankunft des Zuges die Tür. Der Wagen war leer. Alles schlief im Zuge. Alles schlief ringsumher. Christof allein schlief nicht, trotz seiner Müdigkeit. Je näher ihn die schweren Eisenräder der Grenze zutrugen, desto heißer fühlte er den bebenden Wunsch, in Sicherheit zu kommen. In einer Stunde sollte er frei sein. Aber bis dahin genügte ein Wort, und er war gefangen ... Gefangen! Sein ganzes Wesen bäumte sich bei dem Gedanken auf, von abscheulicher Übermacht erstickt zu werden! – Der Atem verging ihm. Mutter und Vaterland, die er verließ, waren aus seinen Gedanken verschwunden. Im Egoismus der bedrohten Freiheit dachte er nur an diese Freiheit, die er retten wollte. Um jeden Preis! Ja selbst um den Preis eines Verbrechens ... Er machte sich bittere Vorwürfe, daß er den Zug genommen hatte, anstatt den

Weg bis zur Grenze zu Fuß zurückzulegen. Er hatte ein paar Stunden gewinnen wollen. Schöner Vorsprung! Er rannte selbst in den Rachen des Wolfs hinein. Gewiß erwartete man ihn an der Grenzstation. Befehle waren sicherlich inzwischen ausgegeben worden ... Einen Augenblick dachte er daran, vor der Station von dem fahrenden Zug abzuspringen; er öffnete sogar die Tür; aber es war schon zu spät: der Zug hielt. Fünf Minuten Aufenthalt. Eine Ewigkeit. Christof saß in die Tiefe seines Wagenabteils zurückgezogen und schaute, hinter dem Vorhang verborgen, angstvoll auf den Bahnsteig, auf dem regungslos ein Gendarm stand. Der Bahnhofsvorsteher trat mit einer Depesche in der Hand aus seinem Büro heraus und ging eilig in der Richtung auf den Gendarm zu. Christof zweifelte nicht, daß es sich um ihn handelte. Er suchte nach einer Waffe. Doch er besaß nur ein starkes Messer mit zwei Klingen; das öffnete er in seiner Tasche. Ein Schaffner mit einer Laterne an der Brust wechselte einige Worte mit dem Bahnhofsvorsteher und ging dann am Zug entlang. Christof sah ihn kommen. Die Faust in seiner Tasche um den Messergriff gekrampft, dachte er:

Ich bin verloren!

Er war in einem Zustand so furchtbarer Überreiztheit, daß er fähig gewesen wäre, dem Mann das Messer in die Brust zu stoßen, wenn der den unglücklichen Einfall gehabt hätte, geradewegs auf ihn zuzukommen und sein Wagenabteil zu öffnen. Aber der Bedienstete blieb am Wagen nebenan stehen und kontrollierte die Fahrkarte eines eben eingestiegenen Reisenden. Der Zug setzte sich wieder in Bewegung. Christof preßte die Hand auf sein pochendes Herz. Er regte sich nicht. Kaum wagte er, sich zu gestehen, daß er gerettet sei. Er wollte es nicht eher glauben, als bis die Grenze hinter ihm lag ... Der Tag graute. Die Umrisse von Bäumen traten aus der Nacht. Ein Wagen mit Schellengeläut und einem blinzelnden Laternenauge fuhr gleich einem phantastischen Schatten auf der Straße vorüber ... Christof versuchte, das Gesicht an die Fensterscheiben gedrückt, den Pfahl mit dem kaiserlichen Wappen zu entdecken, der die Grenzen seiner Hörigkeit bezeichnete. Er suchte ihn im erwachenden Tageslicht noch, als der Zug pfiff, um die Ankunft auf der ersten belgischen Station zu melden.

Er stand auf, öffnete die Tür weit und trank die eisige Luft. Frei! Sein ganzes Leben vor ihm! Freude zu leben! – Gleich aber überkam ihn auch die ganze Traurigkeit alles dessen, was er hinter sich ließ, die ganze Traurigkeit dessen, was ihm bevorstand; und die Erschöpfung nach dieser aufregenden Nacht warf ihn nieder. Er sank auf die Bank. Kaum eine Minute trennte ihn noch von der Ankunft. Als gleich darauf der Schaffner die Wagentür öffnete, fand er Christof eingeschlafen. Er rüttelte ihn am Arm! Christof erwachte verwirrt und meinte eine Stunde geschlafen zu haben. Schwerfällig stieg er aus und schleppte sich zur Zollrevision; und nun, da ihn der fremde Boden endgültig aufgenommen hatte, da er sich nicht mehr zu verteidigen brauchte, streckte er sich der Länge nach auf einer Bank des Wartesaals aus und fiel wie ein Klotz in Schlaf.

Gegen Mittag wachte er auf. Lorchen konnte kaum vor zwei oder drei Stunden ankommen. Er schritt auf dem Bahnsteig der kleinen Station auf und ab und sah die Züge vorübersausen. Dann ging er weiter geradeaus zwischen den Feldern dahin. Es war ein grauer, freudloser Tag, an dem man den nahenden Winter spürte. Das Licht schien verschlafen. Nur der klagende Pfiff eines rangierenden Zuges unterbrach die traurige Stille. Christof blieb ein paar Schritte vor der Grenze in der öden Landschaft stehen. Vor ihm lag ein winziger Teich, ein spiegelklarer Wasserfleck, in dem sich ein schwermütiger Himmel spiegelte. Er war von einer Hecke umschlossen, und zwei Bäume standen an seinem Ufer. Rechts eine Pappel, deren entblätterter Wipfel im Morgenwind bebte; hinter ihr, gleich einem ungeheuren Polypen, ein großer Nußbaum mit nackten schwarzen Zweigen. Schwärme von Raben schaukelten sich schwerfällig auf ihnen. Die letzten dürren Blätter lösten sich von selber und fielen eins nach dem andern in den regungslosen Weiher ...

Christof war, als habe er das schon einmal gesehen: diese beiden Bäume, diesen Weiher ... Und plötzlich durchlebte er eine jener schwindelnden Minuten, wie sie sich ab und zu im Leben einstellen. Eine Lücke in der Zeit. Man weiß nicht mehr, wo man ist, wer man ist, in welchem Jahrhundert man lebt, seit wie vielen Jahrhunderten man so ist. Christof hatte das Gefühl, daß dies alles schon einmal gewesen, daß das, was jetzt schien, nicht jetzt war, sondern in einer andern Zeit. Er war nicht mehr er selbst. Er sah sich von außen, von weit her, als einen andern, der hier schon einmal am selben Platz gestanden hatte. Ein Schwarm von uralten Erinnerungen, von unbekannten Wesen summte in ihm, seine Adern brausten:

So war's ... So war's ... So ist's gewesen ...

Das dumpfe Brausen der Jahrhunderte ...

Manch andre Kraffts hatten vor ihm das Schicksal erlitten, unter dem er heute stand, hatten das Weh der letzten Stunde auf heimatlichem Boden ausgekostet. Sie waren ein ewig umherirrendes Geschlecht, immer und überall fortgetrieben von Freiheitsdrang und unstetem Sinn. Immer eine Beute des inneren Dämons, der ihnen keine Ruhe ließ. Dennoch verwachsen mit dem Boden, von dem es sie fortriß, den zu lieben sie nie aufhörten ...

Nun war die Reihe an Christof, dieselben schmerzensreichen Pfade zu gehen; und er fand auf dem Wege die Spuren derer, die ihn vor ihm gegangen waren. Mit Tränen in den Augen sah er im Dunst den Boden der Heimat verschwimmen, der er Lebewohl sagen mußte ... Hatte er nicht heiß gewünscht, sie zu verlassen? – Ja, aber jetzt, da er sie wirklich verließ, war er von Angst erfüllt. Nur ein rohes Herz kann sich empfindungslos von der heimatlichen Erde lösen. Ob glücklich oder unglücklich, man hat doch mit ihr gelebt; sie war die Mutter, die Gefährtin: man hat in ihr, auf ihr geschlafen, man ist von ihr durchtränkt, in ihrem Busen ruht der Schatz unserer Träume, unser ganzes vergangenes Leben und die geweihte Asche derer, die wir geliebt haben. Christof sah die Tage seiner Jugend an sich vorüberziehen, sah die lieben Gestalten, die er auf dieser Erde oder unter ihr zurückließ. Seine Leiden waren ihm nicht weniger teuer als seine Freuden. Minna, Sabine, Ada, der Großvater, Onkel Gottfried, der alte Schulz – alle tauchten im Verlauf weniger Minuten wieder vor seinen Augen auf. Er konnte sich von seinen Toten nicht losreißen (auch Ada zählte er zu den Toten); der Gedanke an seine Mutter, die er als einzige Lebende von allen, die er liebte, inmitten dieser Schatten zurückließ, war ihm unerträglich. Er war nahe daran, wieder über die Grenze zu gehen; so feige schien es ihm plötzlich, die Flucht ergriffen zu haben. Er war fest entschlossen, zurückzukehren, falls die Antwort, die Lorchen ihm von seiner Mutter bringen würde, allzu großen Schmerz verraten sollte – koste es, was es wolle. Wenn er aber keinerlei Nachricht bekäme? Wenn Lorchen nicht bis zu Luise gelangt war oder die Nachricht nicht bringen konnte? Nun, dann würde er eben umkehren.

Er ging zum Bahnhof zurück. Nach trübseligem Warten lief der Zug endlich ein. Christof spähte nach Lorchens keckem Gesicht; denn er war überzeugt, daß sie ihr Versprechen halten würde; aber sie ließ sich nicht blicken. Unruhig lief er von einem Wagenabteil zum andern. Als er sich durch die Flut der Reisenden hindurchstieß, fiel ihm ein Gesicht auf, das ihm nicht unbekannt schien. Es war ein pausbackiges Mädchen von dreizehn oder vierzehn Jahren, untersetzt, rot wie ein Apfel, mit einem breiten Stülpnäschen, einem großen Mund und einem dicken Zopf, der um den Kopf geschlungen war. Als er sie genauer ansah, bemerkte er in ihrer Hand einen alten Koffer, der seinem eigenen glich. Auch sie beobachtete ihn verstohlen von der Seite; und als sie merkte, daß er sie ansah, machte sie ein paar Schritte auf ihn zu; dann blieb sie aufgepflanzt vor ihm stehen und starrte ihm wortlos mit ihren kleinen Mausaugen ins Gesicht. Christof erkannte sie wieder: es war eine kleine Kuhmagd von Lorchens Hof. Er wies auf den Koffer und sagte:

„Der gehört mir, nicht wahr?"

Die Kleine rührte sich nicht und antwortete mit einfältiger Miene:

„Erst wissen, woher kommen Sie?"

„Aus Buir."

„Und wer schickt Ihnen das?"

„Lorchen. Nur zu, gib her."

Das Mädchen reichte ihm den Koffer.

„Da haben S' ihn!"

Und sie fügte hinzu:

„Oh, ich habe Sie gleich erkannt!"

„Ja, warum hast du denn so lange gewartet?"

„Ich hab darauf gewartet, daß Sie mir sagten, Sie wären es."

„Und Lorchen?" fragte Christof. „Warum ist sie nicht gekommen?"

Die Kleine antwortete nicht. Christof begriff, daß sie unter den vielen Menschen nichts sagen wollte. Sie mußten erst bei der Zollrevision vorbei. Als sie das hinter sich hatten, führte Christof das Mädchen an das äußerste Ende des Bahnsteigs.

„Die Polizei war da", erzählte das jetzt sehr gesprächige Dorfkind. „Fast gleich nachdem Sie gegangen waren, sind sie gekommen. Sie sind in die Häuser gegangen, haben alle Leute ausgefragt und haben den großen Sami und Christian und den Vater Kaspar festgenommen. Und auch Melanie und Gertrud, obgleich sie schrien, daß sie nichts getan hätten, und weinten; und Gertrud hat die Gendarmen gekratzt. Man konnte ihnen noch so sehr sagen, daß Sie alles getan haben."

„Wieso ich!" rief Christof aus.

„Na ja", meinte die Kleine seelenruhig, „das macht doch nichts, nicht wahr? Sie waren doch fort! Darauf hat man Sie überall gesucht und hat in jeder Richtung Leute nach Ihnen ausgeschickt."

„Und Lorchen?"

„Lorchen war nicht da. Sie ist erst später aus der Stadt zurückgekommen."

„Hat sie meine Mutter gesprochen?"

„Ja. Hier ist der Brief. Und sie wollte selber kommen; aber man hat sie auch festgenommen."

„Ja, wie hast du es denn angestellt?"

„Das kam so: Sie ist, ohne von der Polizei gesehen zu werden, ins Dorf zurückgekommen; und sie wollte schon wieder fort. Aber Irma, Gertruds Schwester, hat sie angezeigt. Da kam man und wollte sie kriegen. Als sie nun die Gendarmen kommen sah, ist sie in ihr Zimmer hinaufgegangen und hat ihnen zugerufen, sie würde sofort unten sein, sie zöge sich nur an. Ich war gerade hinterm Hause im Weinberg; da hat sie mich ganz leise vom Fenster aus gerufen: Lydia! Lydia! Ich bin gekommen; da hat sie mir Ihren Koffer und den Brief Ihrer Mutter heruntergelassen; und sie hat mir erklärt, wo ich Sie finden würde; sie hat gesagt, ich solle laufen und mich nicht kriegen lassen. Ich bin gelaufen, was ich konnte, und da bin ich."

„Weiter hat sie nichts gesagt?"

„Doch. Sie hat mir aufgetragen, Ihnen noch dies Tuch zu bringen, damit Sie sähen, daß sie mich schickt."

Christof erkannte das weiße Tuch mit roten Punkten und gestickten Blumen, das Lorchen, als sie sich am Abend vorher von ihm trennte, um den Kopf gebunden hatte. Und er lächelte nicht über den naiv unwahrscheinlichen Vorwand, dessen sie sich bedient hatte, um ihm dies Liebeszeichen zu senden.

„So“, meinte die Kleine, „da ist der andere Zug, der zurückfährt. Ich muß heim. Guten Abend.“

„Warte doch“, sagte Christof. „Wie hast du denn das Geld zur Reise bekommen?“

„Lorchen hat es mir gegeben.“

„Nimm trotzdem“, sagte Christof und drückte ihr ein paar Geldstücke in die Hand.

Er hielt die Kleine, die davonwollte, am Arm zurück.

„Und nun . . .“, sagte er. Er beugte sich hinab und küßte sie auf beide Wangen. Das Mädchen machte Miene, sich zu sträuben.

„Wehre dich doch nicht“, sagte Christof scherzend. „Es ist nicht für dich bestimmt.“

„Oh, ich weiß wohl!“ erwiderte sie schnippisch. „Es ist für Lorchen.“

Es war indessen nicht nur Lorchen, die Christof in den rundlichen Wangen der kleinen Kuhmagd küßte: Es war sein ganzes Deutschland.

Die Kleine entwand sich ihm und lief zu ihrem Zuge. Sie blieb am Fenster stehen und winkte ihm mit dem Taschentuch zu, bis sie ihn nicht mehr sah. Er folgte mit den Augen der kleinen Botin, die ihm eben zum letzten Male den Atem des Vaterlandes und derer, die er liebte, gebracht hatte.

Als sie entschwunden war, fühlte er sich ganz einsam, diesmal fremd auf fremder Erde. Noch hielt er den Brief seiner Mutter und das Liebe atmende Kopftuch in der Hand. Er drückte es an seine Brust und wollte den Brief öffnen; aber seine Hand zitterte. Was würde er lesen? Welch Leid würde er darin finden? – Nein, er würde den schmerzlichen Vorwurf, den er schon zu hören meinte, nicht ertragen können: er würde umkehren.

Endlich öffnete er den Brief aber doch und las:

Mein armes Kind, ängstige Dich nicht um meinetwillen. Ich werde tapfer sein. Der liebe Gott hat mich bestraft. Ich sollte nicht egoistisch sein und Dich hierbehalten. Geh nach Paris. Vielleicht ist das besser für Dich. Sorge Dich nicht um mich. Ich werde schon durchkommen. Die Hauptsache ist, daß Du glücklich bist. Ich küsse Dich. Schreibe mir, wenn Du kannst.

Mutter

Christof setzte sich auf seinen Koffer und weinte.

Der Bahnsteigschaffner rief den Zug nach Paris aus. Er lief mit Getöse ein. Christof trocknete seine Tränen, stand auf und sagte sich:

Es muß sein!

Er schaute in der Richtung, in der Paris liegen mußte, zum Himmel. Der überall düstere Horizont war dort noch düsterer, wie ein gähnender, schwarzer Abgrund. Christofs Herz zog sich zusammen; aber er wiederholte sich:

Es muß sein!

Er stieg in den Zug und schaute, ans Fenster gelehnt, weiter zum drohenden Horizont.

O Paris! dachte er. Paris! Komm mir zu Hilfe! Rette mich! Rette meine Gedanken!

Dunkler und dichter wurde der Nebel. Hinter Christof, über dem Lande, das er verließ, lächelte ein kleines Stückchen Himmel, blaßblau, groß wie zwei Augen – wie Sabines Augen –, lächelte traurig inmitten schwerer Wolkenschleier und verlosch. Der Zug fuhr ab. Der Regen fiel. Die Nacht sank nieder.

ANHANG

11 *Dianzi, nell'alba* . . .: (italien.) „Vorhin, beim Grauen, das vorm Tage fließt, /Als deine Seele noch vom Schlaf getragen . . ." Dante, ‚Göttliche Komödie', Läuterungsberg IX, 52–53.

13 *Come, quando* . . .: (italien.) „Wie, wenn der Dunst begonnen zu verwehen, / Der dich zuvor so feucht und dicht umfing, / Der Sonnenball nur schwach erst ist zu sehen . . ." Dante, ‚Göttliche Komödie', Läuterungsberg XVII, 4–6.

33 *Regulus:* Marcus Atilius Regulus, römischer Feldherr (gest. nach 255 v. Chr.). Besiegte 256 die karthagische Flotte und landete in Afrika, wo er anfangs erfolgreich kämpfte. Die Überlieferung hat sein Schicksal romanhaft ausgesponnen.

Arminius: Cheruskerfürst (18 oder 16 v. Chr. bis 19 oder 21 n. Chr.); vernichtete 9 n. Chr. im Teutoburgerwald ein römisches Heer von etwa 20000 Mann.

Lützowsche Jäger: Adolf Frhr. von Lützow, preußischer Reiteroffizier, Freischarführer in den Freiheitskriegen (1782–1834). Bildete 1813 das Lützowsche Freikorps, in das K. Th. Körner, L. Jahn, J. v. Eichendorff und viele Studenten begeistert eintraten, das militärisch aber ohne Bedeutung war.

Körner: Karl Theodor Körner (1791–1813). Schloß sich 1813 dem Lützowschen Freikorps an. Bekannt vor allem durch seine vaterländisch-schwungvollen Kriegs- und Freiheitslieder, die 1814 unter dem Titel ‚Leyer und Schwert' herausgegeben wurden.

43 *L'alba vinceva* . . .: (italien.) „Bezwungen von der Tageshelle wich / Das Morgengraun; da blinkte mir entgegen / Des Meeres Funkeln wie ein ferner Strich." Dante, ‚Göttliche Komödie', Läuterungsberg I, 115–117.

46 *George Sand:* Eigentlich Amandine-Lucie-Aurore Dupin, verh. Baronin Dudevant, französische Romanschriftstellerin und Journalistin (1804–1876). Spielte im literarischen Leben ihrer Zeit eine wesentliche Rolle, hatte zahlreiche Liebhaber, u. a. Alfred de Musset und Frédéric Chopin. Befreundet mit List, Berlioz, Delacroix und Balzac. Begann mit romantischen Liebesromanen; in ihrem späteren Schaffen treten humanitäre und soziale Strömungen in den Vordergrund.

Geoffroy Saint-Hilaire: Etienne Geoffroy Saint-Hilaire, französischer Zoologe (1772–1844). Anhänger der Deszendenztheorie Lamarcks; er verteidigte 1830 in Paris die Entwicklung der Arten gegen den Baron de Cuvier, unterlag jedoch und mußte wissenschaftlich verstummen.

65 *De Profundis:* (latein.) „Aus der Tiefe rufe ich, Herr, zu dir . . ." (Psalm 130, 1).

96 *E la faccia del sol* . . .: (italien.) „Und ganz beschattet aufgehn Sols Gesicht . . ." Dante, ‚Göttliche Komödie', Läuterungsberg XXX, 25.

113 *Aria, Minuetto . . . e Marcia:* (italien.) Arie, Menuett . . . und Marsch.

114 *illico:* (latein.) auf der Stelle.

127 *primo:* (latein.) erstens.

128 *secundo . . . tertio:* (latein.) zweitens . . . drittens.

133 *Coriolan-Ouvertüre:* Der dichterische Vorwurf zu Beethovens Ouvertüre (1807) war die ‚Coriolan'-Tragödie des Dichters Heinrich Joseph Collin (1772–1811) und nicht, wie meist angenommen, Shakespeares gleichnamiges Römerdrama. (Bei Collin begehrt Coriolan in leidenschaftlichem Stolz gegen sein Volk und das Gesetz der Gemeinschaft auf und geht daran zugrunde.)

137 *Mozart redivivus:* (latein.) den wiedererstandenen Mozart.

151 *Laden-Condottieri:* Anspielung auf die Condottieri, die Söldner und Freischarführer im Italien des 14. und 15. Jhs.

183 *Hochzeit der Pallas:* Pallas, Beiname der griechischen Göttin Athene. Der Titel ist eine Anspielung auf barocke Festkantaten, deren Textdichter die griechische Mythologie als allegorische Vorlage für den festlichen Anlaß benutzten.

223 *Cranach:* Gemeint ist vermutlich der Maler Lucas Cranach d. J. (1515–1586), der besonders durch seine Porträts bekannt ist.

239 *Lübker:* Friedrich Lübker, klassischer Philologe (1811–1867). Herausgeber des ‚Reallexikons des klassischen Altertums'.

Mommsen: Theodor Mommsen, Geschichtsforscher (1817–1903). Verfasser der ‚Römischen Geschichte'. Erhielt 1902 als erster Deutscher den Nobelpreis für Literatur.

‚Ohne Familie' von Malot: Hector Henri Malot, französischer Erzähler (1830–1907). Setzte die von George Sand begründete Tradition des idealistisch-sentimentalen Romans im 19. Jh. fort. ‚Sans famille' gehört zu den klassischen Kinderbüchern des 19. Jhs.

Jules Verne: Französischer Schriftsteller (1828–1905). Begründer des modernen utopisch-technischen Abenteurer- und Entdeckerromans.

Montaigne: Michel Eyquem Montaigne, französischer Philosoph (1533–1592). Seine ‚Essais' sind das bedeutendste Erzeugnis des französischen Späthumanismus.

Sixtinische Madonna: Gemälde von Raffael, benannt nach dem auf dem Bild dargestellten Papst Sixtus II.

Herkomersche Gemälde: Sir Hubert Herkomer, englisch-deutscher Maler, Graphiker und Kunstgewerbler (1849–1914).

Kotillonerinnerungen: Erinnerungsstücke an Ballgesellschaften.

294 *traurige ungriechische Hypochonder:* Rolland spielt hier auf ein Ge-

sprách Goethes mit Eckermann am 12. März 1828 über die Staatsdiener an, in dem Goethe Bedenken äußerte, von diesen zu viele theoretisch-gelehrte Kenntnisse zu verlangen, die sie ja nie anwenden könnten. Sie würden ihre wichtigste Fähigkeit einbüßen „die nötige geistige wie körperliche Energie, die bei einem tüchtigen Auftreten im praktischen Verkehr ganz unerläßlich ist ... Der dritte Teil der an den Schreibtisch gefesselten Gelehrten und Staatsdiener ist körperlich anbrüchig und dem Dämon der Hypochondrie verfallen."

295 *Junges Mädchen von Holbein:* Gemeint ist das Gemälde ,Die Madonna des Bürgermeisters Jakob Meyer' von Hans Holbein d. J. (1497–1543).

298 *,Adelaide' von Beethoven:* 1795/96 geschriebenes Lied nach einem Gedicht des zeitgenössischen Lyrikers Friedrich von Matthisson.

313 *Juno Ludovisi:* Am Eingang des Parks der ehemaligen, im 17. Jh. erbauten Villa Ludovisi in Rom stand ein kolossaler griechischer Juno-Kopf, eine römische Kopie aus dem 1. Jh. (heute im Thermen-Museum), auf den Rolland hier anspielt.

339 *Filippo Lippi:* Fra Filippo Lippi, italienischer Maler (1406–1469). Seine Madonnenbilder sind erfüllt von inniger religiöser Empfindung und poetisch verklärter Wirklichkeitsbeobachtung.

342 *Piston:* Blechblasinstrument nach Art des Kornetts.

382 ... *Nè son già* ...: (italien.) „... Ich bin nicht tot, und wechsle auch die Herberg ich, So bleibe leben ich in dir, der du mich siehst und weinst, Wenn ein Liebender verwandelt in den andern sich." (Michelangelo)

411 *den traurigen ungriechischen Hypochonder:* Vgl. Anm. I/294.

448 *Femina mors animae*: (latein.) Die Frau ist der Tod der Seele.

455 *Jan van Eyck:* Niederländischer Maler (1390–1441).

475 *Egmont-Ouvertüre:* Orchesterwerk von Beethoven (1810 geschr.).
Waldteufel: Emil Waldteufel, Komponist (1837–1915). Hofballdirektor Napoleons III., dirigierte die Bälle der Opéra. Als „französischer Strauß" komponierte er vor allem Walzer.
Tannhäuser: Oper von Richard Wagner, 1845 abgeschlossen. Vor allem die Ouvertüre und der Pilgerchor waren als Einzelstücke bei Symphoniekonzerten beliebt.
Ouvertüre zu den ,Lustigen Weibern' von Nicolai: ,Die lustigen Weiber von Windsor', komische Oper von Otto Nicolai nach Shakespeares gleichnamigem Lustspiel (1849 uraufgeführt).
nursery: (engl.) Kinderstube.
Athalia: Judäische Königin (2. Kön. 11 und 2. Chron. 23). Racine bearbeitete den Stoff in dem Trauerspiel ,Athalie'. Felix Mendelssohn-Bartholdy vertonte die Chöre der Tragödie.

476 *Zettel, den Weber:* Figur aus Shakespeares ‚Sommernachtstraum'; tolpatschiger Handwerker, der vor dem Königshof als Löwe auftritt. Zitat aus Shakespeares ‚Sommernachtstraum' in der Übersetzung von A. W. Schlegel I, 2.

La Vergognosa di Pisa: (italien.) Figur auf einem Fresko von Benozzo Gozzoli (1420–1497) auf dem Campo Santo in Pisa: Die verschämte Zuschauerin bei Noahs Trunkenheit.

479 *wie der Sohn Noahs ...:* Vgl. 1. Mose 9,22–23. Gemeint sind die beiden Söhne Noahs, Sem und Japhet, die die Blöße ihres trunkenen Vaters mit einem Kleidungsstück bedeckten.

491 *‚Elias' von Mendelssohn:* Oratorium von Felix Mendelssohn-Bartholdy, 1846 mit triumphalem Erfolg uraufgeführt.

clergyman: (engl.) Geistlicher.

494 *‚Judith' von Hebbel:* Das erste Drama von Friedrich Hebbel (1813 bis 1863), 1840 beendet. Es ist bezeichnend für die innere Entwicklung Johann Christofs, daß er zur Vertonung dieses Ideendrama wählt, das von einer deterministischen Tragik gekennzeichnet ist, die dem einzelnen Menschen kein Ausweichen vor dem Schicksal ermöglicht.

Böcklin ... Der Traum des Lebens: Anspielung auf Böcklins Bild ‚Vita somnium breve' (latein., „Das Leben ist ein kurzer Traum"), das 1896 entstand.

502 *Konradin Kreutzer:* Komponist (1780–1849). Das 1834 komponierte ‚Nachtlager von Granada' ist eines seiner Hauptwerke.

507 *maestria:* (italien.) Meisterschaft.

511 *Polymeter:* Verse, bei denen viele verschiedene Silbenmaße (Metra) verwendet werden.

Arno Holz: Naturalistischer Schriftsteller (1863–1929). Versuchte die Lyrik formal durch reimlose, freie Rhythmen zu erneuern und vom Formzwang zu befreien.

Walt Whitman: Amerikan. Schriftsteller (1819–1892). Bevorzugte in seinen Gedichten eine revolutionäre Form des freien, aber sehr rhythmisierten Verses.

Verse im Stile Cézannes: Paul Cézanne, französischer Maler (1839 bis 1906). Freund Emile Zolas. Führte die Formen auf einfache geometrische Grundelemente zurück und baute mit diesen seine Bilder auf. Hier ist sein Stil übertragen auf die Lyrik: revolutionäre Verse.

513 *Davidsbündler:* Kreis von Musikern und Kunstfreunden um Robert Schumann.

515 *Nirvanianer:* Im Buddhismus ist Nirwana die Erlösung als vollständiges Aufhören des Lebenstriebes. Kann schon im Diesseits durch Ausschaltung der Kardinallaster erreicht werden.

520 *Die Jüdin von Massys:* Gemälde von Quentin Massys (1465–1530),

einem der bedeutendsten holländischen Maler des 16. Jhs., mit dem Titel ‚Geldwechsler und seine Frau' (1514).

532 *Trompeter von Säckingen:* Oper von Viktor Ernst Nessler (1884), einem erfolgreichen Komponisten volkstümlich-romantischer Opern (1841–1890).

Mascagni: Pietro Mascagni, italienischer Komponist (1863–1945). Verhalf dem Verismus mit seiner Oper ‚Cavalleria Rusticana' zum Welterfolg.

Adam: Adolphe Charles Adam, französischer Opernkomponist (1803–1856). Schrieb 53 Bühnenwerke, in denen der Geist der „opéra comique" fortlebt. Am bekanntesten ist sein ‚Postillon von Lonjumeau' (1836).

Puccini: Giacomo Puccini, italienischer Komponist (1858–1924). Hauptvertreter der italienischen Opernkunst nach Verdi. Verarbeitete in seinen Opern die harmonischen und klanglichen Neuerungen des französischen Impressionismus.

Marschner: Heinrich Marschner, Komponist (1795–1861). Komponierte romantische Opern mit derb-lustigen, volkstümlichen und dämonisch-unheimlichen Elementen.

533 *Regimentstochter:* Komische Oper von Gaetano Donizetti (1797 bis 1848).

Cake-Walk: (engl.) „Kuchentanz". Grotesker Wett-Tanz nordamerikanischer Neger. Kam um 1900 als Gesellschaftstanz nach Europa.

Leoncavallo: Ruggiero Leoncavallo, italienischer Komponist (1858–1919). Mit Mascagni und Puccini Hauptvertreter der veristischen Oper. Seine bekannteste Oper ist ‚Der Bajazzo'. Vgl. Anm. III/449.

534 „*Wer über den Partei'n sich wähnt* . . .": Epigramm von Gottfried Keller unter dem Titel ‚Parteileben'.

535 *Gade:* Niels Vilhelm Gade, dänischer Komponist (1817–1890). Nach Mendelssohns Tod Dirigent des Gewandhausorchesters in Leipzig.

Czerny: Karl Czerny, Pianist und Komponist (1791–1857). Komponierte vor allem klavierpädagogische Werke wie das genannte Standardwerk ‚Schule der Geläufigkeit'.

537 *Hans von Bülow:* Hans Guido Frhr. von Bülow, Konzertpianist und Dirigent (1830–1894), erster Mann Cosima Wagners. Bülow trat als Dirigent (u. a. der Berliner Philharmoniker) vor allem für Wagner und Brahms ein. Er gilt als einer der ersten Repräsentanten des modernen Dirigententypus, der vor allem durch seine orchestererzieherische Arbeit und seinen Spürsinn für detaillierte Werktreue hervortrat.

538 *Isolde:* Königstochter in Wagners ‚Tristan und Isolde'.

Carmen: Zigeunerin in Bizets gleichnamiger Oper.

Amfortas: König des Grals bei Wolfram von Eschenbach.

Figaro: Kammerdiener in Mozarts Oper ‚Die Hochzeit des Figaro'.

Crociato: (italien.) Kreuzfahrer.

Odin: Germanischer Gott (= Wotan). Als Gott des Windes treibt er seine Anhänger zusammen und führt sie durch die Lüfte über das Land. Hier steht er wohl stellvertretend für die Wiederbelebung der germanischen Mythologie in der deutschen Oper, vor allem bei Wagner.

546 *„Brahminen" :* Von Brahms beeinflußte Musiker und Anhänger des Komponisten. Vgl. III/337.

de omni re scibili: (latein.) über alles Wißbare.

547 *Pucelle:* (französ.) Jungfrau von Orleans; satirisches Epos von Voltaire.

Graf Gobineau: Joseph Arthur, Graf von Gobineau, französischer Schriftsteller und Diplomat (1816–1882). Stellte die Theorie auf, daß die verschiedenen Rassen bestimmte unveränderliche Eigenschaften und Fähigkeiten bewahren. Dabei komme den „Ariern" die Beherrschung aller anderen Rassen zu.

Ein Hammel des Panurg werden: Panurg ist ein Gefährte („Faktotum") des Pantagruel im gleichnamigen Stück von François Rabelais. Hier im Sinne von: „Jemand, der zu allem zu gebrauchen ist".

551 *Claque:* (französ.) bezahlte Beifallsklatscher.

559 *Aiglon:* Drama von Pierre de Ronsard über Napoleon II. Vgl. auch Anm. II/494.

Madame Sans-Gêne: Unterhaltungskomödie von Victorien Sardou (1831–1908), einem der führenden Theaterdichter des 2. Kaiserreiches.

560 *La Tosca:* Sensationsdrama von Victorien Sardou. Diente Giacomo Puccini als Libretto-Vorlage für seine gleichnamige Oper.

561 *Associé:* (französ.) Teilhaber.

580 *luxurieux:* (französ.) Heißt nicht „luxuriös", sondern: geil, wollüstig.

586 *Française:* (französ.) Französin.

Horatier: Altrömisches Patriziergeschlecht um 500 v. Chr.

588 *sybaritisch:* verweichlicht, genußsüchtig; nach der antiken unteritalienischen Stadt Sybaris, deren Einwohner als Schlemmer verrufen waren.

604 *Sang an Ägir:* Komposition Wilhelms II.

608 *Bebel:* August Bebel, sozialdemokratischer Parteiführer (1840 bis 1913). Trat gegen den Revisionismus und für den orthodoxen Marxismus ein.

627 *Paul Fleming:* Dichter des Barock (1609–1640). Bereiste von 1633–39 Rußland und Persien. Mit den „Kriegsroheiten" sind die Greuel des Dreißigjährigen Krieges gemeint.

Johann Christian Günther: Barockdichter (1695–1723). Seine leidenschaftliche Vagantennatur widersetzte sich jeder Bindung. Er beeinflußte besonders die Dichter des Sturm und Drang. Goethe sagte von ihm: „Er wußte sich nicht zu zähmen, und so zerrann ihm sein Leben wie sein Dichten."

‚Tanzlied' von Fleming: Beginnt mit den Zeilen: „Laßt uns tanzen, laßt uns springen! Denn die Sterne, gleich den Freiern, prangen in den lichten Schleiern . . ."

Sonett ‚An Sich': Das im Dreißigjährigen Krieg (1641) entstandene Sonett von Paul Fleming beginnt: „Sei dennoch unverzagt. Gib dennoch unverloren . . ."

Paul Gerhardt: Bedeutendster protestantischer Kirchenlieddichter des 17. Jhs. (1607–1676), dessen Lieder noch heute einen wesentlichen Bestandteil des protestantischen Gesangbuchs bilden. Die zarte, liedhafte Sprache, die volkstümliche Schlichtheit und die Wärme der Gerhardtschen Sprache machen sie für eine Vertonung, die in vielen Variationen versucht wurde, besonders geeignet.

628 *Christliches Wanderlied:* Den Textanfang vgl. I/679.

Sommersang: Das bekannte protestantische Gesangbuchlied von Paul Gerhardt „Geh aus mein Herz und suche Freud . . ."

641 *Théodore-Henri Barrau . . .:* Diese Aufzählung französischer Schriftsteller beinhaltet bis auf wenige Ausnahmen eher volkstümliche, unbedeutendere Literatur, durch die Jean Christophe keinen wirklichen Überblick über französische Literatur gewinnen konnte (vgl. Rollands eigene Interpretation S. 642/43).

642 *Musset:* Alfred de Musset, einer der bedeutendsten Dichter der französischen Romantik (1810–1857). Vgl. Anm. III/29.

Victor Duruy: Französischer Historiker, Mitglied der Académie française (1811–1894); führte den Turnunterricht an höheren Schulen ein, verfaßte Schulbücher und Geschichtswerke.

Lamartine: Alphonse de Lamartine, französischer Dichter der Romantik (1790–1869). Großen Erfolg hatte sein Gedichtband ‚Méditations poétiques' (1820). Wegen der ideologischen Wirkung seiner ‚Histoire des Girondins' (1847) hatte er wesentlichen Anteil am Sturz der Julimonarchie. 1848 war er für kurze Zeit Außenminister der provisorischen Regierung.

Thiers: Adolphe Thiers, französischer Staatsmann und Geschichtsschreiber (1797–1877). Erster Präsident der 3. Republik, Wortführer des Liberalismus gegen das Königtum.

Cid: Drama von Corneille.

Zusammenbruch: (‚La débacle') Werk von Emile Zola (1840–1902),

19. Band des Zyklus ‚Les Rougon-Macquart', erschienen 1892. Erster und zugleich bedeutendster realistischer Kriegsroman des 19. Jhs., der den Zusammenbruch des 2. Kaiserreiches aus der Sicht eines Teilnehmers am deutsch-französischen Krieg beschreibt.

Montaigne: Vgl. Anm. I/239.

La Rochefoucauld: François VI., Duc de La Rochefoucauld, französischer Schriftsteller (1613–1680). Schuf den Aphorismus französischer Prägung. Sein Werk ist das profane Gegenstück zur jansenistischen Menschendeutung und ein Vorläufer der modernen Tiefenpsychologie. Vgl. I/239.

La Bruyère: Jean de Bruyère, französischer Schriftsteller (1645 bis 1696). Seine ‚Caractères de Théophraste' sind ein Hauptwerk des französischen Moralismus.

Diderot: Denis Diderot, französischer Schriftsteller (1713–1784). Einer der letzten, aber auch größten Träger der europäischen Universalbildung. Schrieb philosophische Dialoge, Romane und Dramen.

Pascal, Port-Royal: Blaise Pascal, französischer Religionsphilosoph, Mathematiker und Physiker (1623–1662). Port Royal des Champs: 1204 gegründetes Zisterzienserinnenkloster bei Paris, war das Zentrum hochgeistiger religiöser Kreise. Pascal zog sich 1654 in das Kloster zurück und widmete sich seinen theologischen Studien und religiösen Meditationen.

643 *Michelet:* Jules Michelet, französischer Geschichtsschreiber (1798–1874).

Friedrich II.: Gemeint ist Friedrich der Große (1712–1786), der im Sinne eines „aufgeklärten Absolutismus" regierte.

die Engländer bei Trafalgar: Am 21. Okt. 1805 sicherten sich die Engländer in der Seeschlacht bei Trafalgar gegen die Franzosen die britische Seeherrschaft.

Das Preußen von 1813: Im Jahre 1813 erhoben sich die Preußen gegen Napoleon und besiegten ihn in der Völkerschlacht bei Leipzig.

„*Möchtet ihr* . . .": Letzter Satz aus Lessings Fabel ‚Der Rabe und der Fuchs' (Aesop. 205, Phaedrus lib. I, Fab. 13).

644 *Chamfort:* Nicolas Sébastien Roch, genannt de Chamfort (1741 bis 1794), französischer Schriftsteller. Geistreicher Aphorist und Anekdotenerzähler.

Ségur: Sophie Comtesse de Ségur (1799–1847), französische Schriftstellerin russischer Herkunft. Schrieb erfolgreiche Jugendbücher.

Dumas d. Ä.: Alexandre Dumas Père (1802–1870), französischer Schriftsteller. Seine Haupterfolge erzielte er mit einer über

300 Bände umfassenden Reihe von historischen Abenteuerromanen.

Mérimée: Prosper Mérimée (1803–1870), französischer Schriftsteller. Schrieb romantische Lesedramen und Novellen.

646 *Boileaus ‚Art poétique':* Nicolas Boileau-Despréaux (1636–1711), verfaßte 1674 eine ‚Art poétique' in Form einer viergliedrigen Versepistel nach Horaz' ‚Ars poetica'.

Béranger: Pierre Jean de Béranger (1780–1857), französischer Dichter. Erfolgreichster und volkstümlichster Liederdichter Frankreichs im 19. Jh.

François Coppée: Französischer Dichter (1842–1908). Nach seiner Gedichtsammlung ‚Les Intimités' nennt man die das Leben des Kleinbürgers schildernden Dichter Intimisten.

661 *Fayenceplatten:* Tonplatten, die mit einer wasserundurchlässigen, undurchsichtigen, meist weißen Zinnglasur überzogen sind.

Nibelungen-Karyatiden: Der antiken Baukunst nachgebildete Menschenfiguren anstelle von Säulen.

662 *serva padrona:* (italien.) Magd als Herrin. Hier Wortspiel: Titel einer Oper von Giovanni Battista Pergolesi (1710–1736).

Manet: Edouard Manet (1832–1883), französischer Maler des Impressionismus. Seine Bilder wurden von der offiziellen Kritik erbittert bekämpft, waren aber auf die jüngeren Künstler von außerordentlichem Einfluß.

Watteau: Jean-Antoine Watteau (1684–1721), der bedeutendste französische Maler des 18. Jhs., dessen Stil er entscheidend mitbestimmt hat. Vgl. Anm. II/210.

666 *‚Judith' von Hebbel:* Vgl. Anm. I/494.

703 *John Falstaff:* Gestalt aus ‚Heinrich IV.' und den ‚Lustigen Weibern' von Shakespeare. Falstaff ist ein Genie unter den Schelmen, ein Clown mit Geist statt Gewissen, ein in seiner Art ehrlicher Lügner und Schwindler.

708 *Nunc dimittis ...:* (latein.) Nun lässest du deinen Diener im Frieden fahren (Luk. 2,29).

712 *Savoyarden:* Eigentlich: die Bewohner von Savoyen.

728 *Möser:* Justus Möser, Staatsmann, Publizist und Geschichtsschreiber (1720–1794). Wirkte im erzieherischen Geist der Aufklärung durch Wochenschriften nach englischem Vorbild auf die öffentliche Meinung.

Frau von Staël: Anne Louise Germaine, Baronne de Staël-Holstein, französische Schriftstellerin schweizerischer Herkunft. Ihr unter dem Einfluß der deutschen Klassik und Romantik, vor allem August Wilhelm Schlegels, geschriebenes Hauptwerk ‚De l'Allemagne' (1910) prägte das Deutschlandbild Frankreichs. Rolland spielt darauf im folgenden Zitat an.

729 *Börne:* Ludwig Börne, eigentlich Löb Baruch, Schriftsteller des Jungen Deutschland (1786–1837), der sich lange in Paris aufhielt und Frankreich aus der Sicht des Deutschen beschrieb. Das Zitat ist dem Essay ‚Über den Charakter des Wilhelm Tell' (1828) entnommen, wobei Rolland sehr frei übersetzte.